고문진보 후집

고문진보 후집

황견 엮음 ㅡ 이장우 · 우재호 · 박세욱 옮김

을유문화사

을유사상고전

고문진보 후집

발행일
2003년 12월 30일 초판 1쇄
2007년 2월 28일 2판 1쇄
2020년 9월 30일 3판 1쇄
2023년 7월 30일 3판 2쇄

옮긴이 이장우 · 우재호 · 박세욱
펴낸이 정무영, 정상준
펴낸곳 (주)을유문화사

창립일 1945년 12월 1일
주소 서울시 마포구 서교동 469-48
전화 02-733-8153
팩스 02-732-9154
홈페이지 www.eulyoo.co.kr

ISBN 978-89-324-5269-2 03820

3판을 내면서

2001년과 2003년에 이 책의 전집과 후집을 각각 나누어 낸 뒤에, 2007년에 다시 이 두 책의 개정판을 한번 펴냈고, 이번에 이 두 책의 3판을 다시 펴내게 되었다.

이 3판을 내면서는 을유문화사 편집부의 철저한 내용 검토와 수정 작업을 거쳤고, 우재호 교수가 다시 한 번 검열하는 노고를 마다하지 않았다. 필자는 전집 앞부분의 현토를 조금 고치고, 후집 전체의 번역문을 통독하면서 역문과 현토를 일부 수정했다.

이 책이 처음 세상에 나온 지 이미 20년이 다 되어 가고 있지만 거의 1년에 한 번씩 재쇄를 거듭하여, 우리 공역자들이 뿌듯한 마음을 가질 수 있었고, 또 번역문 중 일부는 고등학교의 어느 문학 교과서에도 수록되었으며, 이 책이 여러 대학의 부교재로도 자주 채택되고 있다는 반가운 소식을 듣기도 한다.

들리는 바에 의하면, 근년에 국내에서 나오는 한문 고전 역주류의 책은, 대개 우리가 이 『고문진보』를 역주하면서 과감하게 시도하였던, 원문 한자 발음 표기, 현토, 대역, 풀어 쓴 각주 형식을 더러 채용하고 있다고도 하니, 이 "을유문화사판 고문진보 역주"는 사실상 한국 한문 번역계에 하나의 새로운 모델을 제시한 것이라고 자부하여 보고자 한다. 이러한 모델을 지키면서 을유문화사에서 연이어 펴낸 사서삼경과, 『춘추좌전』, 『노자』, 『장자』 같은 책들도 차차 책 모습을 다시 바꾸어 새롭게 낸다고 하니, 요즘처럼 책이 잘 나가지 않는다고 하는 세상에서 그래도 어딘가는 귀한 불씨를 보존하여 가고 있는 듯하여 매우 반갑다.

이 모든 즐거운 일은, 한국 최고의 출판사인 을유문화사의 편집진과 경영진의 뒷받침을 바탕으로 삼은 것이라, 감사한 마음을 가눌 길 없다.

2020년 8월 28일

북산서실에서

역자들을 대표하여

이장우

개정판을 내면서

1. 좋은 고전을 읽고, 좋은 글을 쓰고자 하는 사람들에게

『고문진보』의 전집은 중국 역대의 명시를, 후집은 중국 역대의 명문장을 담고 있다. 옛날 우리 동양의 선비들은 이 책에 담긴 것과 같은 중국의 명시와 명문을 읽고 외우면서 한문의 맛을 느끼고 한문 작문을 하는 데 길잡이로 삼았다.

그러면 지금 한글세대인 학생들이나 젊은이들에게 이 한문 책이 무슨 도움이 될 것인가?

지금 한국의 논술고사에서 가장 자주 인용되는 책은 『논어』와 『장자』라고 한다. 앞서 대만에서도 고등학생들이 이와 비슷한 작문 시험을 준비하기 위하여 중국 옛날 명문을 많이 읽고 외운다는 이야기를 들은 적이 있다. 비록 답안을 현대어인 백화문이라는 문체로 쓰지만, 옛날 글을 알고 마음속에 간직하고 있으면, 문장에 더 힘이 넘치고 점수를 더 잘 받을 수 있다고 한다. 이러한 사정은 내가 지금 글을 쓰고 있는 중국 대륙에서도 대개 마찬가지다. 그 이유는 무엇일까?

아마 옛날 사람들이 가지고 있었던 인간의 삶 자체를 긍정적이며 낙천적으로 보는 적극적인 인생관, 사회에 대한 지식인들의 사명감의 강조, 자연과 인간 사이의 조화로운 균형의 도모 등등, 이러한 내용을 담고 있는 글을 한 번이라도 읽어 본 사람의 글과 그렇지 못한 사람의 글은 저절로 차이가 날 것으로 생각한다.

또한 한문 문장이 가지고 있는 간결하면서도 힘찬 표현, 우리의 피부에 가까이 와 닿는 재미있는 비유, 기승전결(起承轉結)로 이어 나가는 그 나름의 논지 전개 등을 접한다면 오히려 지금 따뜻한 가슴보다는 차가운 머리만을 더욱 중시하는 현대 서양식 글쓰기에만 몰두하다가, 우리 나름의 동양적인 정서는 자취를 감춘 시류(時流)의 글들에 식상한 사람들이 한결 편안하면서도 수준 높고, 기백이 넘치는 글을 쓸 수 있을지도 모른다.

무엇보다도 중요한 것은, 이 책을 보면, 도대체 글[文]이라는 것이 무엇이며, 왜 글이라는 것이 필요한지, 또 글은 어떻게 읽어야 하고, 어떻게 지어야 하는지, 글을 읽고 짓는 사람은 어떻게 살아야만 하는지 등 가장 근본적이고 중요한 문제에 대한 고민을 담고 있는 좋은 글이 많다는 점이다. 비록 시대가 많이 바뀌고 문장을 표현하는 도구도 많이 바뀌었다고 하더라도, 이러한 근본적인 고민은 마찬가지라고 해야 할 것이다.

한 걸음 더 나아가 이 『고문진보』에 보면, 당송 시대의 대문호들이 쓴 아주 훌륭한 논설문도 수두룩하다고 말할 수 있다.

2. 중국을 좀 더 많이, 깊이 있게 알고자 하는 사람들에게

또 지금 중국을 여행할 때 이 책에 나오는 굴원(屈原), 왕희지(王羲之), 도연명(陶淵明), 이백(李白), 두보(杜甫), 백거이(白居易), 소동파(蘇東坡) 같은 작가들의 이름과, 서안(西安), 성도(成都), 아미산(峨眉山), 무한(武漢), 여산(廬山), 동정호(洞庭湖) 등등 유적지에 관하여 쓴 명문들의 내용을 조금이라도 읽은 적이 있기만 해도, 훨씬 더 그 중국 여행이 알차고 뜻깊어질 것이다.

지금 중국 어느 유명한 여행지를 가든지, 대개 마오쩌둥이나 중국 공산당 명사들이 초서나 해서로 쓴, 그 유적지와 관계가 깊은 옛날의 명시나 명문, 또는 그러한 유명한 글에서 뽑은 명구들을 돌에 파서 비석을 세우거나, 나무에 파서 현판으로 걸어 놓은 것을 자주 보는데, 그런 글이나 문구들은 대개 이 책에 나오는 시구나 문장들이 많다.

그런 글을 적어 자신의 실력을 과시하는 마오쩌둥이나 공산당 간부들, 또는 그런 것을 찾아서 열심히 세워 주는 그 추종자들 모두 (비록 한때 홍위병을 내세워 옛날 것을 닥치는 대로 쳐부수는 착오를 저지르기도 하였지만) 공산주의자이기 이전에 자기 것에 대한 자부심이 강한 중국 사람들이라는 것을 알아야만 한다.

그러니 옛날의 중국은 물론이려니와, 오늘날 중국을 여행하는 데나, 오늘날 중국 사람들을 만나서 그들의 마음을 올바르게 이해하는 데도 이 책은 매우 유용하다고 말할 수 있다.

3. 이 『고문진보』 번역의 특징

2001년 봄에 『고문진보』 전집을, 다시 그보다 2년 뒤에 『고문진보』 후집을 을유문화사에서 내었는데, 그 당시로서는 아주 파격적이고, 이색적인 체재를 지닌 번역 주석서라는 평가를 받았다.

모든 문장에 한글 발음을 달고, 또 토(吐: 현토)까지 첨부하였으며, 본문과 번역문을 모두 끊어 한 페이지 안에서 서로 곧바로 대조하여 볼 수 있도록 하였고, 주석도 바로 해당되는 본문의 하단에 달아, 같은 페이지 안에서 원문과 번역, 주석을 모두 서로 대조하여 볼 수 있도록 하였다. 이러한 아이디어는 서양에서 한문을 잘 모르는 사람들을 위하여 내는 동양 고전 번역 주석서들에서 힌트를 받은 것이라고도 할 수 있다. 또 일본에서 이러한 책을 낼 때도 흔히 이 정도는 주밀하게 고려하고 있다.

그러나 지금까지 한국의 한문 고전 번역서들을 보면, 도대체 일반 독자들의 한문 기초 수준이 어느 정도로 저하되었는지를 전혀 고려하지 않고, 마치 독자들도 으레 번역하는 자기와 한문 실력이 비슷하다고 생각하는지, 또는 국한문 혼용 시대가 되돌아와야만 된다고 생각하는지, 주석도 매우 불충분하며, 어떤 책은 번역 문장에까지도 한문을 섞어 놓기까지 한다. 이런 시대 상황을 파악하지 못하는 목표가 막연한 번역 책들은 이제는 수명이 다하여 사라질 수밖에 없으리라고 생각한다.

역자들의 이러한 생각이 적중하였는지, 이 책 전집과 후집이 모두 나오자마자 독자들의 좋은 반응을 얻어 거듭 몇 쇄(刷)를 내었다.

더구나 대한민국학술원에서는 이 책의 전집과 후집 두 권 모두 그해의 우수학술도서로 지정하여 주었다. 역자들로서는 정말 모험에 성공한 듯한 흐뭇한 성취감을 느끼고 있다.

4. 이 개정 작업을 도와준 분들

이 개정판은 앞서 낸 책에서 발견되는 오자와 오기, 또는 전·후집을 따로 내었기 때문에 발생한 체재의 불일치 등을 많이 수정 보완하였다. 아직도 틀린 것이 또 나오지나 않을까 많은 걱정이 되기는 하지만, 역자들은 이 책을 낸 뒤에도 긴장을 늦추지 않고, 이 책을 가지고 계속하여 가르쳐 보면서 보완 작업을 하였음을 밝히고자 한다.

이 개정판을 내면서 여러 사람의 도움을 받았다. 전집을 다시 손보는 데는 영남대 대학원생 박한규 군, 석문주 양 등의 공로가 가장 크며, 후집을 교정하는 데는 동양고전연구회의 회원인 윤국희 여사와 여러 동학들의 수고가 컸음을 우선 밝힌다.

이 외에도 이 번역에 참여하였던 우재호, 장세후, 박세욱 박사와 필자에게 이 책으로 수업을 받고 있는 영남대 중문과와, 같은 학교의 서당인 의인정사의 수강생들, 사단법인 동양고전연구회의 수강생들, 나아가서는 가끔 전화나 이메일로 많은 것을 지적하여 주었던 얼굴도 모르는 전국의 독자들에게 모두 고맙게 생각한다.

5. 맺는말

중국의 좋은 시와 좋은 문장을 모은 이 『고문진보』는 비록 중국인의 손에서 만들어지기는 하였지만, 이미 위에서 한 번 말한 것과 같이, 오히려 한국인과 일본인들이 오늘날까지 잘 지켜 준 책이라고 말할 수 있다(더욱 자세한 것은 「해제」 참조). 이러한 의미에서도 우리가 지금 이 책을 읽고 있는 것을 매우 자랑스럽게 생각해야 할 것이다.

한 걸음 더 나아가, 이러한 동양 고전에 대한 평이하면서도 치밀한 번역 주석 작업을 계기로 동양의 또는 한국의 여러 고전이 한문을 잘 모르는 젊은이들에게 한결 가까이 여겨지게 되기를 바라며, 그렇게 되어야만 한국인들의 가치관도 다시 바로 설 것으로 믿고 있다.

삼가 이 책을 많이 사랑하여 주기를 빈다.

마지막으로 지난해부터 역자들에게 이 책의 개정 작업을 독촉하여 편집 진행을 해 준 을유문화사 여러 분들에게도 감사를 드린다.

2007년 1월 17일

난징대학 외국인 교수 숙사에서

역자들을 대표하여

이장우

차례

권 2

권 3

권 4

권 5

권 6

권 7

권 8

권 9

권 10

일러두기

1. 모든 원문의 한자는 음을 달고 현토를 하였으며, 주석이나 해설에서도 모든 한자는 괄호 안에 넣고 어려운 한자 용어는 될 수 있는 한 쉽게 풀어 설명하도록 노력하였다.
2. 표목으로 제시된 모든 시의 제목을 한글로 풀어 적었으며, 주석이나 해설에 나오는 책 이름[書名], 작품 이름[篇名] 등도 한자 말 그대로 썼을 때에 독자들이 이해하기 어렵다고 생각되면 한글로 풀어놓은 뒤에 원래의 책 이름이나 작품 이름을 괄호 안에 표기했다.
3. 작가를 표시할 때는 이름으로 표시하는 것을 기본으로 하고, 주석이나 해설에서는 더러 자(字)나 호(號)를 사용하기도 하였다.
4. 모든 작품에는 일련번호를 부여하여 중복되는 내용의 상호 참조에 편리하도록 하였다.
5. 제목에는 각주를 달아 제목이 담고 있는 뜻을 설명하였다.

해제
참된 보물이 담긴 책, 『고문진보』

1. 고문진보란

‘고문(古文)’이라는 말은 ‘옛날 글’이라는 뜻이며, ‘진보(眞寶)’라는 말은 ‘참된 보배’라는 뜻이니, 『고문진보』라면 ‘옛날 글 가운데서 참된 보물만 모아 둔 책’이라고 우선 풀이할 수가 있을 것이다.

그러나 이 고문이라는 말에는 본래 옛날 글이라는 뜻도 있지만, 한 걸음 더 들어가서 보면, ‘요즈음 글’이라는 뜻을 가진 ‘금문(今文)’에 대한 반대의 뜻이 들어 있기도 하다. 그렇다면 어느 때를 기준으로 하여 옛날 글과 요즈음 글을 나누는가?

대개 진시황이 천하를 통일하기 이전에 지어졌던 사서삼경이나 제자백가의 글들, 또는 그보다 조금 뒤인 전한(서한) 때 사마천이 지은 『사기』 같은 책에 적힌 글을 고문이라고 하고, 후한(동한) 이후부터 위진 남북조를 거쳐 당나라 초기까지 문단에서 크게 유행하였던 변려문(騈儷文)을 금문이라고 하였다. 당나라 중기 이후(중당)부터 한유, 유종원 같은 이른바 당송 팔대가들이 나타나서, 대구(對句)를 많이 사용하고 전고(典故)가 많으며 문장에 담는 내용보다는 문장 형식의 꾸밈새에만 치중하는 변려문(금문)을 반대하고, 다시 고문을 모방하여야 한다고 주장하고 나섰기 때문에 이들이 쓴 글을 다시 고문이라고 부르게 되었다.

이렇게 되니, 고문이라는 말에는 '옛날 글'이라는 매우 넓은 범위의 뜻도 있지만, 또 문장의 형식의 아름다움에만 치우치지 않고, 문장 안에 무엇인가 인생 또는 사회를 이끌어가는 데 도움이 될 만한 알맹이 있는 내용, 즉 '옛날 사람들이 생각하던 올바른 도(道)를 담아야 하는 글'이라는 뜻도 지니게 되었다.

『고문진보』는 고풍(고체)시와 변문(騈文)이 아닌 고문을 뽑아 놓은 시문 선집으로, 한국과 일본에서 많이 읽혀 왔다. 그러나 이 책이 언제쯤 중국에서 처음 편집되고 간행되었으며, 후세에 누가 계속하여 이 책을 증보하고 주석하여 놓았는지, 또 누가 계속하여 그것을 간행하였는지 체계적으로 일목요연하게 밝혀 놓은 글은 중국에는 별로 없는 것 같다.

다만 중국과 일본에서 흔히 황견(黃堅: 미상)을 이 책의 편자로 보는 견해가 많다. 이것은 이 책의 명나라 때의 한 중각판(重刻版)에 나타난 발문을 보고서 인용하는 말일 뿐, 구체적으로 어떤 사람인지는 명확하지 않다.

그런데 한국에서는 조선 시대에 나온 여러 책을 보면, 이 책의 처음 편자를 황견이라고 적은 책은 잘 보이지 않고, 그보다는 오히려 원나라 때의 주자(朱子)학자에 속하는 진력(陳櫟: 1252~1334)과 같은 사람을 이야기하는 경우가 훨씬 더 많다.

중국에서는 명나라 후기부터는 이 책이 많이 변화되어 『고문대전』이라는 이름으로 바뀌어 가면서 더러는 시 부분이 빠져 나가기도 하였고, 청나라에 들어서는 거의 간행되지도 않았다. 따라서 일반 대중에게 거의 읽히지도 않았던 것 같다.

2. 이 책에 관련된 두 가지 잘못된 이야기

그러면 이 책은 어떻게 읽혔던가?

이 책은 중국에서 원나라 초기에 처음 편집되고, 뒤이어 여러 사람이 주석을 달기도 하면서 자주 재편집되었다. 우리나라에는 고려 후기, 또는 조선 초기에 이미 몇 가지 판본이 수입된 이후 인쇄되어 널리 보급되었고, 일본에도 한국에서 널리 전파된 것과 똑같은 판본이 들어가기도 하였지만, 내용이 조금 다른 판본이 흘러들어 가서 크게 보급되었다고 한다.

그런데 한 가지 우스운 현상은, 1958년에 김달진 선생이 청우출판사에서 한국에서 전통적으로 많이 유행되어 오던 판본(『詳說古文眞寶大全』)에 의거한 한글판 번역을 내어놓았음에도 불구하고, 근세에 들어 일본에서 『고문진보』에 대한 몇 가지 볼 만한 번역이 나오자, 그 전후에 출간된 대부분의 번역본은 일본에서 유행되어 오던 일본판 『고문진보』(대개 『箋解古文眞寶』 같은 책)를 바탕으로 하여 번역을 하고, 심지어 한국에서는 통행되지도 않았던 일본 판본에 대한 해설까지도 그대로 옮겨 놓고 있었다는 점이다.

이러한 현상은 1986년에 김학주 교수가, 1994년에 성백효 선생이 각각 명문당과 전통문화연구회에서 한국의 전통적인 『고문진보』 판본에 의거한 번역을 다시 내어 크게 보급시키면서 점차 일소되어 가고 있다.

대개 일본에서 나왔던 『고문진보』보다 한국에서 나왔던 『고문진보』는 산문을 수록한 후집 부분의 문장 편수가 훨씬 많고, 배열도 작품의 갈래[文類]에 따른 것이 아니라 저작 시대 순서에 따르고 있다.

또한 일본에서는 흔히 이 책을 처음 편집한 사람을 황견(黃堅)이라고 적고 있는데, 1970년대 초에 한국의 어떤 이름 있는 고고학자가 이 황견을 북송의 유명한 시인 황정견(黃庭堅: 1045~1105)으로 보고, 고려 시대 중기(1170년 전후)에 이미 이 책이 우리나라에서 금속활자로 인쇄되어 나온 것을 자신이 처음으로 확인하였다고 학계에 발표한 사건까지 있었다. 그때 그 고고학자는 이것이야말로 지금까지 발견된 것 중에서는 세계 최초의 금속활자 책이라고 주장하였고, 그날 우리나라의 모든 언론 매체들은 다투어 가면서 이 사실을 매우 흥분에 휩싸여서 보도하였다.

그러나 그다음 날부터 차주환, 이가원 같은 저명한 한학자들의 반론이 제기되어, 또 한 차례 언론을 통한 설전이 계속되었다. 그 반론의 요지는 황견을 황정견으로 단정할 아무런 근거가 없고, 우리나라에서는 오히려 원나라 때 성리학자인 진력 같은 사람을 이 책의 편자로 이야기하는 경우는 있지만, 황견을 거론한 사례는 하나도 없다는 것이다. 더구나 『고문진보』에는 황정견의 제자나 그 뒤에 나온 문인들의 글도 실려 있기 때문에 도저히 북송의 황정견과는 결부시킬 수가 없다는 것이다.

이러한 점에 관해서는, 그 뒤에 성균관대학교의 천혜봉 교수나 서지학자 김윤수 씨가 쓴 볼 만한 논문이 있고, 필자도 관련된 문제를 다룬 별도의 글이 있기 때문에, 여기서 상세한 언급은 피하고자 한다. 그러나 일본에서 지금까지 나온 몇 가지 볼 만한 『고문진보』의 번역본 해제를 보아도, 황견을 원나라 때 사람이라고 하였지 북송 시대의 황정견과 동일인이라고 하지는 않는다.

그렇다면 왜 같은 『고문진보』라는 이름을 가진 책인데, 편자의 이름이 다르게 전하고 내용도 다소 다른 것인가? 누가 처음으로 이러한 문장 선집을 편집하고 '고문진보'란 이름을 붙였는가? 자세히 알 수는 없으나, 중국이나 일본에서 지금까지 밝혀진 여러 가지 자료와 연구를 종합하여 보면, 대개 황견일 가능성이 가장 큰 것으로 보인다. 그러나 그가 어떤 사람인지는 알 수 없다.

이 책이 나온 뒤에 여러 사람이 자기 나름으로 주석을 첨가하기도 하고 체제를 다소 바꾸기도 하면서, 여러 가지 이본(異本)이 생겨나고 편찬자의 이름 표기도 더러 달라졌을 것이다.

그러면 진력은 어떤 사람인가? 왜 우리나라의 유학자들은 그를 이 책의 편자라고 하였을까? 진력 역시 원나라 때 사람인데, 고문을 뽑아서 비평한 『비점고문(批點古文)』이라는 저서를 남기고 있다. 이 책에서는 당시 주자학자들의 고문에 대한 주석을 많이 채용하고 있다. 그런데 우리나라에서 크게 유행한 『고문진보대전』에서는 이 『비점고문』의 내용을 그대로 수록하고 있기 때문에 한국에서는 이 진력의 이름이 오히려 더 알려지게 된 것으로 보인다.[1]

1 천혜봉, 「고문진보대전에 대하여」, 『역사학보』 제61집, 1974; 김윤수, 「상설고문진보대전과 비점고문」, 『중국어문학』 제15집, 1985; 左藤保, 『古文眞寶』, 學習硏究社, 東京, 1984; 이장우, 「명나라와 조선의 고문진보」, 『중국과 중국학』 제1호, 2003 등 참조

3. 역사적 의의

어찌 되었든 명나라 이후로 중국에서는 거의 자취를 감추어 버린 이 책이 한국이나 일본에서는 크게 보급되어 한문 문장 교과서로서 많이 읽힌 것은 틀림이 없다.

고려 말기, 조선 초기에 이미 우리나라에서 목판본과 활자본 『고문진보』가 나오고, 점필재 김종직 선생이 쓴 이 책의 서문이나, 퇴계 이황 선생의 이 책에 실린 작품에 대한 비평 같은 글을 우리는 지금 그분들이 남긴 글에서 찾아 읽을 수 있다. 점필재 선생은 당시에 이미 이 책의 편자에 대한 추측이 구구하였는지, "『고문진보』는 이미 세 차례나 다른 사람의 손을 거쳐 우리나라에 들어왔다"고 하였다. 다음에 김종직 선생의 「상설고문진보발문」에 보이는 내용을 여기에 필자가 쉬운 말로 옮겨 본다.

> 시는 『시경』 삼백 편을 할아버지로 삼고, 문은 양한의 것을 으뜸으로 삼는다. 그러나 소리로 율격을 맞추고, 대구로 짝을 지음에 이르러 문장은 병들게 되었다. 양나라 소통에서부터 여러 사람들의 글을 분류하여 책을 만드는 사람들이 많았으나, 대개는 모두 많음을 자랑하고 넓음을 다투어서 (…) 그 번잡함을 싫어하지 않으니, 문장의 병통을 논할 겨를이 없었다.
> 오직 『고문진보』 한 책만이 그렇지가 않아서 거기에 수록할 글을 뽑아서 엮는데 자못 서산 진덕수(眞德秀) 공의 『문장의 바른표본(文章正宗)』의 전통을 터득하였다. 이따금 근체의 글을 섞어 넣기는 하였으나, 역시 서너 편에 지나지 않으니, 그 본래 대의를 바로 세우고자 한 취지에는 조금도 어그러지고 부족함이 없다.
> 이 책이 앞뒤로 사람들의 손을 세 차례나 거친 뒤에, 우리 동쪽 나라에 들어

와서는 야은 전선생이 합포(마산)에서 제일 먼저 간행하고, 그 뒤에 관성(옥천)에서 이어서 간행되었으나, 이 두 판본에는 서로 더하고 뺀 것이 있었다.
경태 초년에 한림시독 예겸 선생이 지금 통행되는 책을 가지고 와서 우리 동방에 넘겨주셨는데, 그 시와 또 문은 옛날 책에 비교하면 갑절이나 되기 때문에 "대전"이라고 부르게 되었고, 한·진·당·송의 기이하고 숙련되고 우뚝하게 뛰어난 작품은 여기에 모두 모이게 되었으나, 그러나 넉 자씩 가지런하게 놓고 여섯 자씩 짝을 맞추며, 소리로 율격을 견주어 가면서 배열하는 글은 (…) 또한 취하지 않았다.
또한 염계(濂溪)의 주(周)선생과 관중(關中)의 장횡거(張橫渠)와 낙양 부근의 정명도(程明道)·정이천(程伊川) 형제분들의 성리학에 관련된 문장들까지 첨가하여 실었기 때문에 이 뒤에 문장을 배우려는 사람들로 하여금, 사상적으로 근거할 바를 알게 하였다. 오호라! 이렇기 때문에 이 책이 바로 "참다운 보배[眞寶]"가 되는 바가 아니겠는가?
그러나 이 책은 세상에 크게 보급될 수는 없었는데, 대개 그 원인은 활자로 인쇄를 하면 인쇄를 한 뒤에는 곧 그 활자판을 헐어 버리기 때문에, 목판본과 같이 한 번 판각한 뒤에 필요한 대로 마음 놓고 여러 부를 더 찍어낼 수가 없기 때문이었다.
전임 경상감사였던 이서장 대감께서 일찍이 이러한 점을 매우 안타깝게 여기시고, 집에서 전하여 오던 책 한 질을 진주 고을에 부탁하여 간행하도록 하셨다. 지금 감사인 오백창 대감께서도 계속하여 일이 성사되도록 감독하셨다. (…)
장차 이 책이 우리 삼한 지방에 유포됨이, 마치 일용할 양식과 같이 요긴하고, 늘 몸에 걸치는 옷감과 같이 귀중함을 보게 되리니, 집집마다 이 책을 간직하고, 사람마다 외우게 되어, 다투어 가면서 이렇게 한다면, 우리 조선 왕조의 문장의 법도가 진나라·당나라·송나라를 넘어서서, 주나라와 한나라에까지 올라가서 아름다움을 겨루게 될 것이다. 이렇게만 된다면 여러 어른들께서 인쇄 출판을 기획한 공로는 얼마나 빛날 것인가?[2]

또 퇴계 선생이 한 말 중에 다음과 같은 내용도 있다. 그 당시의 사람들은 문장을 공부하기 위하여 『고문진보』를 보통 5~6백 번씩이나 읽으면서 암송하는데, 자신은 젊었을 때 몇백 번밖에 읽지를 못하였지만, 이 뒤로는 한결 시를 쉽게 지을 수 있었다는 것이다.[3] 그가 제자들에게 이 책을 강의하고, 제자들이 이 책 가운데 어려운 부분을 질문한 것에 대하여 대답한 내용은 대개 "고문진보 강록(講錄)"이라는 이름으로 몇몇 제자의 문집에 수록되어 있기도 하다.[4]

이 『고문진보』는 한글로 언해된 것이 부분적으로 남아 있어 영인된 것

2 詩以三百篇爲祖, 文以兩漢爲宗. 聲律偶儷興, 而文章病焉, 梁蕭統以來, 遺編諸家者多矣, 率背誇富鬪博 (…) 不厭其繁, 文章之病, 不暇論也.
惟眞寶一書不然. 其採輯, 頗得眞西山正宗之 遺法, 往往齒以近體之文, 亦不過三數篇, 不能虧損其立意之萬一, 前後三經人手, 自流入東土, 壄隱田先生, 首刊千合補, 厥後繼刊千管城. 三本, 互有增減. 景泰初, 翰林侍讀倪先生, 將今本以遺我東方, 其詩苦文, 視舊倍蓰, 呼爲大全. 漢晋唐宋, 奇閑儁越之作, 會稡千是, 而騈四儷六, 排比聲律者, (…) 赤有所不取. 又且叅之以濂溪關洛性命之說, 使後之學爲文章者, 知有所根柢焉. 烏呼! 此其所以爲眞寶世歟!
然而此書不能盛行千世, 盖鑄字隨印隨纏, 非如板本一完之後, 可恣意以印世. 前監司李相公恕長, 當慨千兹, 以傳家一帙, 囑之普陽. 今監司吳相公伯昌繼督. (…)
將見是書之流布三韓, 如菽粟布帛焉, 家儲而人誦. 競爲之, 則盛朝之文章法度, 可以凌晋唐宋, 以媲美周漢矣. 夫如是, 則數君子規劃畵梓之功, 爲如何世!! ―『壄隱逸藁』 권 4(부록), p. 7b~8b
이 글에서 『고문진보』에서 사륙변려문은 취하지 않았다고 하였으나, 그대표적인 명문인 「북산이문(北山移文)」과 「등왕각서(滕王閣序)」 같은 글은 몇 편 수록되어 있다.

3 『퇴계선생언행통록』, 계명한문학연구회, 대구, 1991, 영인본, p. 392

4 김륭의 『물암집』, 이덕홍의 『간재집』 등

과 재편집되어 나온 것이 있기도 하다.[5] 한글로 문장의 뜻을 이해하기에 편하게 토를 달아 놓은[懸吐] 책은 여러 가지가 있고, 지금도 그러한 책이 서당의 교재용으로 계속하여 나오기도 한다.

앞에서 밝힌 바와 같이, 1945년 이후로는 일본어로 된 『고문진보』를 보고 옮기다 보니 한국에서 전해 오던 이 책의 전통은 당분간 망각되었다. 그러나 1980년대에 들어와서 다시 한국에서 유행하던 책을 찾아서 옮긴 번역들이 몇 종류나마 나오게 되어 퍽 다행으로 생각한다.

4. 이 책의 내용

이 책의 내용을 좀 살펴보자. 이 책은 크게 시를 모은 부분과 산문을 모은 부분으로 양분되는데 앞의 시 선집을 전집, 뒤의 산문 선집을 후집이라고 부른다.

전집에는 여러 가지 시가가 시작되기 전에 소년들에게 공부를 열심히 할 것을 권유하는 권학문이 몇 편 실려 있다. 그다음에 다섯 글자씩 쓴 오언시와 일곱 글자씩 쓴 칠언시가 각각 길이의 장단에 따라서 장편과 단편으로 나뉘어 수록되고, 글자의 수가 많은 구절과 적은 구절이 뒤섞인 장단구, 옛날 한나라 때의 민요풍의 노래 가사들을 모방하여 쓴 악부시 순으로 배열되어 있다. 이러한 전집의 목차를 보면 다음과 같은 두 가지 점을 주목할 만하다.

첫째, 이 책은 시문 선집이기도 하지만 교훈서를 겸하려고 하였다.

5 고려서림, 서울, 1986; 선문대학교 중한번역문헌연구소, 2002

둘째, 고체시는 수록하면서 근체시는 배제하고 있다. 이 점은 설명이 좀 필요하다.

근체시는 당나라에 들어와서 위에서 이야기한 변려문의 영향을 받아 시에서 대구와 전고를 많이 사용하며 음률적인 요소(한 음절 안에서 소리의 높이에 변화가 없는 평성과 그렇지 못한 측성의 배열 규칙 같은 것)까지도 엄격하게 규정한 율시(律詩: 규율·음률이 엄격한 시란 뜻) 같은 시이다. 그 이전에 지어지던 형식이 그렇게 까다롭지 않은 시를 고체시, 또는 고시라고 하며, 고풍(古風)이라고도 부른다. 근체시, 고체시 할 것 없이 오언시와 칠언시가 있지만, 이 책에서는 고풍이라고 하여 고체시에 속한 오언시와 칠언시만 수록하고 있다. 그다음에 나오는 장단구, 악부시도 물론 다 고체시다.

산문에서 당송 팔대가 같은 문장가들이 나와서 고문을 쓸 것을 주장한 뒤에도 우아한 글을 좋아하는 사람들은 금문인 변려문을 계속하여 청나라 말기까지 사용하였던 것같이, 근체시가 형성된 뒤에도 당, 송, 명, 청으로 내려오면서도 형식을 그렇게 따지지 않는 고체시는 계속하여 많이 지어졌다.

후집은 주로 당송 시대의 고문이 수록되어 있지만, 그 이전에 나온 산문과 운문이 결합된 사부(辭賦)체나, 대표적인 변려문 몇 편도 수록하여 놓았다. 그런데 여기서 잠시 '산문'이니 '운문'이니 하는 용어에 대하여 좀 더 자세히 설명할 필요를 느낀다. 왜냐하면 중국에서 원래 산문, 운문이라고 하던 말의 뜻과, 현대에 와서 우리가 흔히 사용하는 이러한 말들의 뜻은 다소 차이가 나기 때문이다.

원래 한자 용어로 산문(散文)은 직역을 하면 '흩어진 글'이 되는데, 이 말은 시구나 변려문과 같이 문장의 길이(글자 수)가 일정하게 배열되어 있지 못한 글이라는 뜻이다. 즉 긴 문장과 짧은 문장이 별 구애를 받지 않고 혼합되어 있는 글을 말한다. 그러나 요즘 우리가 흔히 말하는 산문이라는 개념은 시가(詩歌: 즉 운문)와 같이 줄(시행)을 자주 바꾸는 형식에 대비가 되는, 문장이 줄줄이 이어지는 '줄글'을 말한다. 현대 한국의 문학 용어로는 '산문'에 대가 되는 개념이 '운문(시가)'이지만, 중국의 전통 문학용어로서의 '산문'에 대가 되는 용어로서는 '운문'보다는 오히려 변려문을 줄인 '변문'이라는 말이 사용된다. 이 경우에는 산문은 대구(對句)를 사용하지 않는 글, 변문은 대구를 사용하는 글이라는 뜻이 된다. 그러니 중국에서 원래 산문이라는 말은 문장의 길이가 일정하지도 않고, 대구도 사용하지 않는 글이라는 뜻이다.

중국이나 한국에서 현대적인 용어로서 산문이라고 하면 옛날의 산문과 변문, 나아가서는 옛날에 운문이라고 하던 것의 일부까지도 포함한다. 중국의 옛날 작품 중에는 시가가 아니지만 각운자를 다는 문류가 더러 있는데, 위에서 말한 사부(辭賦)류의 작품에도 각운자를 넣는 단락이 있을 수 있다. 애도문, 조문, 제문, 잠·명·송·찬 같은 유의 글에는 모두 전문(全文)에 각운자를 넣는 것이 제격이며, 산문(줄글) 형식으로 시작하여 쓴 글도 마지막 부분에 가서 "찬으로 이르기를(贊曰)", "시로 이르기를(詩曰)"과 같은 말을 넣어 운문으로 끝내면서, 산문과 운문을 혼합하기까지 한다.

그러니 중국의 옛날 산문은 요즘 보는 것과 같은 순수한 산문이 아니라, 매우 시적인 요소가 많이 들어 있는 산문이라고 말할 수도 있다. 이러한 것이 중국 전통 산문의 한 특징이라고 할 수 있을 것이다.

이상 전집과 후집의 내용을 종합하여 보면, 이 『고문진보』라는 책의 내용은 고시(고체시)와 고문(당송 고문)을 위주로 편집하였다고 말할 수 있으나, 약간은 이 범위를 넘어선 것도 있다고 할 수 있다. 아마 중국에서 『고문관지』나 『고문사류찬』 같은 산문 선집과, 『당시삼백수』 같은 훌륭한 시 전문 선집이 나오고 보니, 이 『고문진보』 같은 좀 성격이 막연한 선집은 저절로 도태되어 별로 주목을 받지 못한 것이 아닌가 싶은 생각이 들기도 한다.

그러나 중국의 사정이야 어찌 되었든, 오늘날 우리의 입장에서 보면 이 책은 역시 매우 소중하다. 왜냐하면 우리 선조들이 수백 년 동안 이 책에 담긴 글들을 밤낮없이 읽고 외웠으며, 이와 비슷한 글을 지어 선비로서 행세하기도 하고, 과거에 붙어 입신출세하고 이름을 후세에 남기기도 하였기 때문이다. 우리는 『고문진보』 같은 고전을 통해 동양적 사고방식에 대한 이해와 우리 정신문화에 대한 인식의 폭을 넓힐 수 있을 것이다.

5. 역주를 마치며

1957년, 필자가 대학교 학부 1학년 때 여름 방학을 맞아서 중문학과의 주임 교수님을 찾아가서 방학 동안 무슨 책을 읽는 것이 좋을지 여쭈어보았더니, 이 『고문진보』를 읽으라고 하셨다. 그래서 서점에 가서 구하여 보았더니, 한글 번역본은 찾을 수 없었고, 다만 서당에서 읽히는 원문에 현토만 된 책을 한 권 구하여 시골집으로 내려갔다. 그 책의 후집 내용 중 처음에 나오는 「이소(離騷: 슬픔을 만나)」라는 작품을 보고 시골 어르신들께서는 이게 도대체 무슨 말인지 모르겠다고 이구동성으로 말씀하셨다.

그러나 필자는 학교에서 한 학기 동안 중국 문학사를 배우면서 이 작품의 줄거리는 대강 알고 있었기 때문에, 마치 내가 이 작품을 알고 있는 듯이 행세하였다. 지금 생각하니 얼마나 한심한 치기였던가?

지금도 필자는 이와 같이 어려운 문장이 교과서에라도 나오면 여러 가지 주석과 번역본들을 펴 놓고 상호 대조를 하여 본 뒤에 겨우 해석을 하여 학생들에게 가르친다. 「이소」뿐만 아니라, 「북산이문(北山移文: 북산의 산신이 해염 현령에게 보내는 경고의 글)」, 「등왕각서(滕王閣序: 등왕각 연회에서 지은 시의 서문)」, 「서명(西銘: 서쪽 창에 붙인 좌우명)」 같은 글은 주석이 없이는 도저히 설명을 할 수가 없는 중국 고문 중에서도 가장 어려운 글들이다.

필자는 이 후집의 앞부분에 나오는 글은 대개 대학에서 몇 차례씩이나 강의를 하여 본 글도 많이 있지만, 뒷부분에 나오는 글들은 이번에 역주를 하면서 비로소 한 차례 모두 통독을 할 수가 있었다. 다 읽어 본 감상을 몇 마디 적자면, 대체로 이야기 자체가 재미있는 내용도 많았고, 또 오늘날 우리의 삶 자체나 처세에도 도움이 될 만한 훌륭한 가르침도 많았다. 그러나 더러는 오늘날의 관점으로 보면 이상하게 보이는 글도 있다. 예를 들면 임금의 덕을 칭송한 내용이나 벼슬을 얻기 위하여 고관들에게 자신을 추천하는 글 같은 것이 여러 편 나오는데, 이러한 내용은 현대인들의 눈으로 볼 때는 자칫하면 대개 지나친 아부와 자기선전 이상으로는 보이지 않을 것이다. 그러나 그러한 글을 그 당시의 특수한 상황을 고려하여 보아 넘기면, 그 이외는 대체로 모두 내용이 훌륭하다고 생각한다.

권 1

1. 슬픔을 만나(離騷)[1]

굴원(屈原)[2]

帝高陽[3]之苗裔[4]兮여, 제 고 양 지 묘 예 혜	고양 임금의 먼 자손이며,
朕皇考[5]曰伯庸이라. 짐 황 고 왈 백 용	나의 선친은 백용이라 하셨도다.
攝提貞于孟陬[6]兮여, 섭 제 정 우 맹 추 혜	범의 해 바로 첫 정월,
惟庚寅吾以降[7]이라. 유 경 인 오 이 강	경인날에 내가 태어났도다.
皇覽揆余于初度[8]兮여, 황 람 규 여 우 초 도 혜	선친은 내가 처음 태어날 때를 보고 헤아리시어,

1 이소(離騷): 우수에 맺힌 한 편의 긴 서정시다. '이'는 만나다, '소'는 근심의 뜻으로 곧 '근심을 만나다', '시름 노래'로 풀이된다. 후세 사람들이 이를 높여 경(經) 자를 붙여 「이소경」이라 하기도 한다. 무당이 노래하는[巫歌] 형식으로 지었다.

2 굴원(屈原: 기원전 343?~기원전 277?): 이름은 평(平), 자는 원(原), 성은 초나라 왕실과 같다. 회왕(懷王)을 섬겨 삼려대부(三閭大夫)가 되었다. 당시 상관대부(上官大夫) 근상(靳尙) 등이 굴원의 뛰어난 재능을 질투해 참소하여, 왕이 굴원을 멀리 내쳤다. 「슬픔을 만나」는 그 비통함을 노래한 것이다. 굴원은 뒤에 다시 경양왕(頃襄王)에 의해 멀리 양자강 남쪽 강남으로 내쫓기는 몸이 되었다. 굴원은 강가를 하염없이 거닐며 슬픔을 읊조리다가 돌을 껴안고 멱라수에 빠져 죽었다. 「어부와의 대화(漁父辭)」, 「회사부(懷沙賦)」 등의 작품이 있다.

3 고양(高陽): 고대 중국의 왕 전욱(顓頊)의 호. 전욱의 후손 웅역(熊繹)이 초나라 무왕(武王)에 이르렀고, 무왕의 아들 하(瑕)가 굴(屈)씨의 선조가 되었다. 굴원은 굴하의 자손이다.

4 묘예(苗裔): 먼 후손

5 짐황고(朕皇考): '짐'은 아(我)와 같다. '황고'는 돌아가신 아버지를 높여서 부르는 말. '황'은 미(美)의 뜻

6 섭제정우맹추(攝提貞千孟陬): '섭제'는 본래 별 이름. 여기서는 12지에서 인(寅)을 가리킨다. '정'은 정(正), '맹'은 시(始), '추'는 정월을 뜻한다.

7 강(降): 세상에 태어남을 뜻한다.

8 황람규여우초도(皇覽揆余千初度): '황'은 황고(皇考). '람'은 보다. '규'는 헤아리다. '도'는 때이니, '초도'란 처음 태어났을 때를 말한다.

肇[9]錫予以嘉名이라. 조 석여이가명	비로소 내게 아름다운 이름을 주셨도다.
名余曰正則[10]兮여, 명여왈정칙 혜	이름하여 정칙이라 하고,
字余曰靈均[11]이라. 자여왈영균	자를 영균이라 하셨도다.
紛[12]吾既有此內美兮여, 분 오기유차내미혜	내 이미 아름다운 자질을 가득 지녔는데,
又重之以修能[13]이라. 우중지이수능	또 그 위에 좋은 재주를 보태었도다.
扈江離與辟芷[14]兮여, 호강리여벽지 혜	강리와 벽지를 몸에 두르고,
紉秋蘭以爲佩[15]라. 인추란이위패	가을 난초 엮어서 허리 장식으로 삼았도다.
汩[16]余若將不及兮여, 골 여약장불급혜	나는 미치지 못하는 것같이 허둥대었고,

9 조(肇): '비로소 시(始)'와 같다.

10 정칙(正則): 굴원의 은유적인 이름. 자신의 이름인 평(平)의 뜻을 두 글자로 푼 것으로, '정'은 공평, '칙'은 법칙이라는 뜻이다.

11 영균(靈均): 굴원의 은유적인 애칭. 자신의 자(字)인 원(原)의 뜻을 두 글자로 푼 것으로, '영'은 신령스럽다, '균'은 공평하다.

12 분(紛): 성한 모양. 이 문장은 굴원이 천부적으로 아름다운 기질을 타고났음을 뜻한다.

13 수능(修能): '수'는 장(長), '능'은 재능. 뛰어난 재능을 가리킨다.

14 호강리여벽지(扈江離與辟芷): '호'는 피(被)와 같다. '강리'는 물에서 나는 향초. '벽지'는 깊은 숲속에서 나는 향초 이름

15 인추란이위패(紉秋蘭以爲佩): '인'은 꿰다. '추란'은 향초 이름. '패'는 노리개, 곧 사람이 몸에 다는 장식물

16 골(汩): 물이 급하게 흐르는 모양. 이 문장은 굴원이 늘 자기의 몸을 닦는 데 부족함이 없는가를

恐年歲之不吾與라.
공 년 세 지 불 오 여

세월이 나와 함께하지 않음을 두려워하도다.

朝搴[17]阰[18]之木蘭兮여,
조 건 비 지 목 란 혜

아침에는 비산의 목란을 꺾고,

夕攬[19]洲之宿莽[20]이라.
석 람 주 지 숙 망

저녁에는 모래톱의 숙망을 캐도다.

日月忽其不淹[21]兮여,
일 월 홀 기 불 엄 혜

해와 달은 홀연히 오래 머무르지 않고,

春與秋其代[22]序로다.
춘 여 추 기 대 서

봄과 가을이 차례로 바뀌어 가도다.

惟草木之零落兮여,
유 초 목 지 영 락 혜

초목의 영락함을 생각해 보니,

恐美人[23]之遲暮로다.
공 미 인 지 지 모

아름다운 사람 늙어갈까 두려워라.

不撫壯[24]而棄穢[25]兮여,
불 무 장 이 기 예 혜

한창때를 어루만지며 더러움을 버리지 않고,

何不改乎此度[26]오?
하 불 개 호 차 도

어찌 이 어지러운 법을 고치지 않는가?

살핌에 급급함을 말한다.

17 건(搴): 잡아 꺾다.

18 비(阰): 초나라 남쪽에 있는 산

19 남(攬): 캐다.

20 숙망(宿莽): 앞의 목란과 함께 향초 이름이다. 목란은 껍질을 벗겨도 마르지 않고 숙망은 한겨울에도 죽지 않는다고 한다. 굴원의 변함없는 지조를 비유하는 말

21 엄(淹): 오래 머무르다.

22 대(代): 바꾸다.

23 미인(美人): 회왕을 말한다. 이 문장은 회왕이 늙기 전에 자신을 부르지 않을까 봐 걱정한다는 뜻.

24 장(壯): 장년

25 예(穢): 더러움. 악행을 가리킨다.

乘騏驥[27]以馳騁兮여, 승 기 기 이 치 빙 혜	준마 타고 달리면서
來吾道夫先路로다. 내 오 도 부 선 로	내 앞서 길을 인도하리라.
昔三后[28]之純粹兮여, 석 삼 후 지 순 수 혜	옛 삼왕께서는 [덕이] 순수하였는데,
固衆芳[29]之所在로다. 고 중 방 지 소 재	참말로 많은 방초가 모였기 때문이라.
雜申椒與菌桂[30]兮여, 잡 신 초 여 균 계 혜	산초나무와 계수나무도 섞여 있었으니,
豈維紉夫蕙茝[31]리요. 기 유 인 부 혜 채	어찌 다만 저 혜초와 구릿대만 줄지었으리오?
彼堯舜之耿介[32]兮여, 피 요 순 지 경 개 혜	저 요순 임금께서는 광명정대하시어,
旣遵道而得路[33]로다. 기 준 도 이 득 로	이미 도를 지키고 옳은 길을 얻으셨도다.
何桀紂之昌披[34]兮여, 하 걸 주 지 창 피 혜	어찌하여 걸왕과 주왕은 허리띠도 매지 않고,

26 차도(此度): 소인에 의해 어지러워진 악법
27 기기(騏驥): 준마. 현인을 비유한 말로, 굴원 자신을 가리킨다.
28 삼후(三后): 삼왕. 하나라 우왕, 은나라 탕왕, 주나라 문·무왕.
29 중방(衆芳): 여러 현인을 여기에 비유했다.
30 잡신초여균계(雜申椒與菌桂): '잡'은 한둘이 아니라는 뜻. '신초'는 산초나무, '균계'는 계수나무를 이르며, 현신을 향목의 이름에 비유했다.
31 혜채(蕙茝): 혜초와 구릿대. 현인군자를 향초의 이름에 비유했다.
32 경개(耿介): '경'은 광(廣), '개'는 대(大)의 뜻이다.
33 득로(得路): 인의의 대도를 얻다.
34 걸주지창피(桀紂之昌披): '걸주'는 폭군인 하나라의 걸왕과 은나라의 주왕. '창피'는 옷을 입고 띠를 매지 않은 것이니 곧 어지러워진 모양을 뜻한다.

夫唯捷徑以窘步[35]로다. 부 유 첩 경 이 군 보	지름길로 급한 걸음 하였던가?
惟黨人之偸樂[36]兮여, 유 당 인 지 투 락 혜	소인 도당들이 구차하게 놀고먹으니
路幽昧[37]以險隘로다. 노 유 매 이 험 애	길 어두워 험하고 좁도다.
豈余身之憚殃兮여, 기 여 신 지 탄 앙 혜	어찌 내 몸의 재앙을 꺼리랴만
恐皇輿[38]之敗績[39]이라. 공 황 여 지 패 적	임금님 수레 부서질까 두렵도다.
忽奔走以先後兮여, 홀 분 주 이 선 후 혜	홀연히 바쁘게 앞뒤로 달려서
及前王之踵武[40]로다. 급 전 왕 지 종 무	선왕의 발자취에 미치게 함이라.
荃[41]不揆余之中情[42]兮여, 전 불 규 여 지 중 정 혜	임금님께서는 나의 충정을 헤아리지 않고,
反信讒而齌怒[43]로다. 반 신 참 이 제 노	도리어 모함하는 말을 믿고 노여워하시네.

---

35 첩경이군보(捷徑以窘步): '첩경'은 지름길, '군보'는 급한 걸음이다. 곧 사도로 줄달음질침을 뜻한다.

36 당인지투락(黨人之偸樂): '당인'은 소인들이 무리 지어 붕당을 만든 것. '투'는 구차하다. 곧 '투락'은 남의 눈을 속이며 해야 할 일을 하지 않고 구차하게 놀고먹는 것

37 유매(幽昧): 어둡다.

38 황여(皇輿): '황'은 군(君)과 같다. 임금의 수레

39 패적(敗績): '패'는 넘어지다. '적'은 공(功)의 뜻. 이미 이룩한 사업이 무너지는 것. 실패

40 종무(踵武): '종'은 발뒤꿈치. '무'는 자취. 곧 뒤를 잇는 것

41 전(荃): 손(蓀)과 같다. 향초 이름으로 창포의 일종

42 중정(中情): 충정

43 제노(齌怒): '제'는 급하게 불을 때다. 갑자기 벌컥 화를 내는 것

余固知謇謇[44]之爲患兮여, 여 고 지 건 건 지 위 환 혜	진실로 바른말 하는 것이 우환이 될 줄 알지만,
忍而不能舍[45]也로다. 인 이 불 능 사 야	차마 그만둘 수 없어라.
指九天[46]以爲正兮여, 지 구 천 이 위 정 혜	구천을 두고 증거를 삼으리니,
夫唯靈修[47]之故也로다. 부 유 영 수 지 고 야	그 오직 영수 때문이어라.
曰黃昏以爲期兮여, 왈 황 혼 이 위 기 혜	황혼으로써 기약하라 하시더니,
羌中道而改路로다. 강 중 도 이 개 로	아! 중도에서 길 바꾸셨네.
初旣與余成言兮여, 초 기 여 여 성 언 혜	처음에 이미 나와 언약했건만,
後悔遁而有他로다. 후 회 둔 이 유 타	뒤에 다시 옮겨 [마음을] 다른 데 두었도다.
余旣不難夫離別兮여, 여 기 불 난 부 이 별 혜	내 이미 헤어지기 어렵지 않지만,
傷靈修之數化로다. 상 영 수 지 삭 화	영수의 마음 자주 변함이 가슴 아프구나.
余旣滋蘭之九畹[48]兮여, 여 기 자 란 지 구 원 혜	내 이미 난초를 밭에 모종 내고,

44 건건(謇謇): 말을 더듬거리다. 바른말이란 하기 어려우므로 더듬거린다는 것은 직언을 의미한다.

45 사(舍): 지(止)와 같다.

46 구천(九天): 구중천. 여기서는 하늘, 곧 천지신명을 뜻한다.

47 영수(靈修): 밝은 지혜로 자기 몸을 잘 닦는 것. 곧 군왕을 가리킨다. 다음의 두 구절은 후세 사람이 지어 넣었다는 설이 있다.

48 자란지구원(滋蘭之九畹): '자'는 모종을 내다. '원'은 밭 12묘. 아래의 '혜초'·'유이'·'게거'·'두형'·'방지' 등은 다 향초 이름으로, 모두 인의충효를 비유한 것이다.

又樹蕙之百畝로다. 우 수 혜 지 백 무	또 혜초 백 이랑을 심었네.
畦留夷與揭車兮여, 휴 류 이 여 게 거 혜	유이·게거를 언덕에 심고,
雜杜衡與芳芷로다. 잡 두 형 여 방 지	두형·방지도 섞었네.
冀枝葉之峻[49]茂兮여, 기 지 엽 지 준 무 혜	가지와 잎이 크게 무성하기를 바라고,
願竢時乎吾將刈리라. 원 사 시 호 오 장 예	때를 기다려 내 장차 베고자 함이라.
雖萎絶[50]其亦何傷兮여, 수 위 절 기 역 하 상 혜	병들어 떨어져도 어찌 또 아파하랴만,
哀衆芳之蕪穢[51]로다. 애 중 방 지 무 예	많은 꽃들이 더러워지는 것이 슬퍼라.
衆皆競進以貪婪[52]兮여, 중 개 경 진 이 탐 람 혜	뭇 사람들이 다 다투어 나아가며 욕심을 부림이여!
憑[53]不乎厭求索이라. 빙 불 염 호 구 색	가득 찼어도 구해 찾는 데 싫증도 내지 않네.
羌內恕己以量人[54]兮여, 강 내 서 기 이 량 인 혜	아! 안으로 저를 헤아림으로써 남을 헤아림이여!
各興心而嫉妬로다. 각 흥 심 이 질 투	각기 마음을 일으켜 질투하네.

---

49 준(峻): 장(長) 또는 대(大)와 같은 뜻

50 위절(萎絶): '위'는 병(病), '절'은 낙(落)과 같다. 병들어 떨어지다.

51 무예(蕪穢): 잡초로 거칠어지다.

52 탐람(貪婪): 욕심이 지나치게 많다.

53 빙(憑): 만(滿)과 같다.

54 내서기이량인(內恕己以量人): '서'는 자기의 마음으로 남의 마음을 헤아리다. 소인들이 탐욕스런 마음으로 굴원의 마음을 헤아려 굴원이 자신들과 같은 줄 안다는 말

忽馳騖[55]以追逐兮여, 홀 치 무 이 추 축 혜	홀연히 부산하게 달려 뒤좇아 가지만,
非余心之所急이라. 비 여 심 지 소 급	내 마음엔 급할 바가 아니어라.
老冉冉[56]其將至兮여, 노 염 염 기 장 지 혜	늙음이 점점 이르려 함에,
恐修名[57]之不立이라. 공 수 명 지 불 립	깨끗한 이름을 세우지 못할까 두렵네.
朝飮木蘭之墜露兮여, 조 음 목 란 지 추 로 혜	아침에 떨어지는 목란의 이슬을 마시면서,
夕餐秋菊之落英[58]이라. 석 찬 추 국 지 낙 영	저녁엔 떨어지는 국화꽃을 먹네.
苟余情其信姱以練要[59]兮여, 구 여 정 기 신 과 이 련 요 혜	오로지 내 마음 어여쁨으로써 갈고 닦으니,
長顑頷[60]亦何傷고? 장 함 함 역 하 상	길이 배고픔이야 또한 무슨 아픔이리오?
擥[61]木根以結茝兮여, 람 목 근 이 결 채 혜	목란 뿌리 잡고 구릿대 묶고,
貫薜荔[62]之落蘂[63]로다. 관 벽 려 지 낙 예	승검초에서 떨어지는 꽃술을 꿰었네.

55 치무(馳騖): '무'는 어지럽게 이리저리 달리다. 소인들이 이욕을 좇아 어지러이 달리는 모양

56 염염(冉冉): 점점 나아가는 모양

57 수명(修名): 깨끗한 이름. 또는 오래 남을 이름

58 낙영(落英): '영'은 꽃. 꽃이 떨어지는 것

59 신과이련요(信姱以練要): '신'은 실(實)과 같다. '과'는 어여쁘다. '련요'는 행실을 갈고 닦으며 몸을 지키다.

60 함함(顑頷): 굶주려 얼굴이 누렇게 된 모양

61 남(擥): 걷어잡다.

矯[64]菌桂以紉蘭兮여, 교 균계이인란혜	계수나무 들어서 난초를 엮고,
索胡繩之纚纚[65]로다. 삭호승지시시	가늘고 길게 호승을 꼬네.
謇[66]吾法夫前修[67]兮여, 건 오법부전수 혜	어쩌면 나는 저 앞서간 어진 이를 본받고자 하나,
非世俗之所服[68]이라. 비세속지소복	세속에서는 행하는 바가 아닐세.
雖不周[69]於今之人兮여, 수부주 어금지인혜	지금 사람에겐 맞지 않는다지만,
願依彭咸[70]之遺則하리라. 원의팽함 지유칙	팽함이 남긴 법도를 의지하리라.
長太息以掩涕兮여, 장태식이엄체혜	긴 한숨으로 눈물을 가리며,
哀民生之多艱[71]이라. 애민생지다간	백성의 수많은 고생을 슬퍼함이라.
余雖好修姱以鞿羈[72]兮여, 여수호수과이기기 혜	내 비록 삼가고 조심함을 좋아하였지만,

62 벽려(薜荔): 승검초. 향초 이름

63 낙예(落蘂): 꽃술

64 교(矯): 거(擧)와 같다. 들어올리다.

65 삭호승지시시(索胡繩之纚纚): '삭'은 꼬다. '호승'은 향초 이름. '시시'는 끈의 가늘고 긴 모양

66 건(謇): 말을 더듬는 모양

67 전수(前修): 전대의 현인

68 복(服): 행(行)과 같다.

69 주(周): 합(合)과 같다.

70 팽함(彭咸): 은나라의 현인으로 임금에게 간언했으나 듣지 않자 물에 빠져 죽었다고 한다.

71 간(艱): 난(難)과 같다.

72 수과이기기(修姱以鞿羈): '수과'는 몸을 깨끗이 하고 아름답게 꾸미는 것을 가리킨다. '기(鞿)'는 말재갈로, 곧 자기의 몸을 법도에 어김이 없도록 삼가고 조심하는 것을 뜻한다.

謇朝誶而夕替[73]로다.
건 조 수 이 석 체

애써 아침에 말씀 올렸다가 저녁에 버림받았네.

旣替余以蕙纕[74]兮여,
기 체 여 이 혜 양 혜

이미 날 버려 혜초 띠를 매고도,

又申[75]之以攬茝로다.
우 신 지 이 람 채

다시 거듭하여 구릿대를 매네.

亦余心之所善兮여,
역 여 심 지 소 선 혜

또한 내 마음이 선한 것은,

雖九死其猶未悔라.
수 구 사 기 유 미 회

아홉 번 죽어도 오히려 후회 않으리라.

怨靈修之浩蕩[76]兮여,
원 영 수 지 호 탕 혜

원망스럽다! 영수의 아무 생각 없음이여.

終不察夫民心이라.
종 불 찰 부 민 심

끝내 백성의 마음을 살피지 않으시네.

衆女嫉余之蛾眉[77]兮여,
중 녀 질 여 지 아 미 혜

뭇 여인들이 나의 아름다움을 질투하여,

謠諑[78]謂余以善淫이라.
요 착 위 여 이 선 음

헐뜯으며 날더러 음란하다 하네.

固時俗之工巧兮여,
고 시 속 지 공 교 혜

진실로 세속은 교묘한 것이니,

---

73 체(替): 버림받다

74 양(纕): 허리에 두르는 띠

75 신(申): 중(重)과 같다. 거듭

76 영수지호탕(靈修之浩蕩): '영수'는 군왕을 가리키는 말. 신령한 지혜로써 몸을 잘 닦음을 의미한다. '호탕'은 전혀 사려함이 없는 모양

77 아미(蛾眉): 가늘고 길게 굽은 아름다운 눈썹. 아름다운 용모를 뜻한다.

78 요착(謠諑): '요'는 소문내다. '착'은 헐뜯다.

偭規矩[79]而改錯[80]라.
면 규 구 이 개 조

올바른 법도를 외면하고 그릇되어 있네.

背繩墨[81]以追曲[82]兮여,
배 승 묵 이 추 곡 혜

먹줄을 등지고 굽은 길을 좇으며,

競周容[83]以爲度[84]로다.
경 주 용 이 위 도

다투어 남의 뜻에 맞추는 것을 법도로 삼네.

忳鬱邑余侘傺[85]兮여,
돈 울 읍 여 차 제 혜

시름에 빠져 이내 멍하니 있나니,

吾獨窮困乎此時也라.
오 독 궁 곤 호 차 시 야

나만이 이런 때 곤궁하구나.

寧溘死[86]以流亡兮여,
영 합 사 이 류 망 혜

차라리 갑자기 죽어서 없어진다 해도,

余不忍爲此態[87]也로다.
여 불 인 위 차 태 야

나는 차마 이런 태도를 취하지는 못하겠네.

鷙鳥[88]之不群兮여,
지 조 지 불 군 혜

사나운 매는 무리 지어 다니지 않는다더니,

---

79 면규구(偭規矩): '면'은 배(背). '규구'는 컴퍼스와 굽은 자. 곧 인의의 정도를 버리고 영합을 일삼는 것

80 조(錯): 치(置)

81 승묵(繩墨): 먹줄. 정도를 말한다.

82 추곡(追曲): '추'는 수(隨), '곡'은 사도(邪道)를 말한다. 즉 시속을 좇는 것

83 주용(周容): '주'는 합(合). 곧 남의 뜻에 맞추어 용납되기를 바라는 것

84 도(度): 법

85 돈울읍여차제(忳鬱邑余侘傺): '돈'은 우(憂), '울읍'은 가슴에 맺히다. '차제'는 상심한 모양

86 합사(溘死): 갑작스럽게 죽다.

87 차태(此態): 정도를 버리고 사도를 좇는 태도

88 지조(鷙鳥): 몹시 사나운 새. '지'는 매의 한 종류

自前世而固然이라. 자 전 세 이 고 연	예부터 진실로 그러하였네.
何方圜[89]之能周[90]兮여, 하 방 환 지 능 주 혜	어찌 모난 것과 둥근 것이 합해질 수 있으리?
夫孰異道而相安고? 부 숙 이 도 이 상 안	그 누가 도를 달리하고서 서로 편안할까?
屈心而抑志兮여, 굴 심 이 억 지 혜	마음을 굽히고 뜻을 억누르며,
忍尤[91]而攘詬[92]로다. 인 우 이 양 구	허물을 참고 욕됨을 뿌리치네.
伏淸白以死直兮여, 복 청 백 이 사 직 혜	청렴결백함에 엎드려 바르게 죽는 것은
固前聖之所厚로다. 고 전 성 지 소 후	진실로 옛 성인이 두터이 여기는 것이라.
悔相道之不察兮여, 회 상 도 지 불 찰 혜	길을 살피지 못한 것을 후회하며
延佇[93]乎吾將反이라. 연 저 호 오 장 반	내 장차 돌아갈까 망설이네.
回朕車[94]以復路兮여, 회 짐 거 이 복 로 혜	내 수레를 돌려 되돌아가리!

89 환(圜): 원(圓)과 같다.
90 주(周): 합(合)과 같다.
91 우(尤): 과(過)와 같다.
92 양구(攘詬): '양'은 제(除), '구'는 치(恥)와 같다.
93 연저(延佇): 목을 늘이고 발돋움하여 멀리 바라보고 서 있는 모양
94 회짐거(回朕車): '회'는 선전(旋轉), 곧 가던 길을 뒤로 돌리는 것. '짐'은 아(我)와 같다.

及行迷之未遠이라. 급 행 미 지 미 원	길 잘못 든 지 아직 멀지 않았음이라.
步余馬於蘭皐[95]兮여, 보 여 마 어 란 고 혜	내 말에게 난초의 연못 언덕을 거닐게 하고,
馳椒丘且焉止息이라. 치 초 구 차 언 지 식	산초 언덕에 달려가 잠깐 여기서 쉬네.
進不入以離尤[96]兮여, 진 불 입 이 이 우 혜	나아갔지만 허물을 만나 들어가지도 못하고,
退將復修吾初服[97]하리라. 퇴 장 부 수 오 초 복	물러가 다시 나의 처음 옷을 닦으리라.
製芰荷[98]以爲衣兮여, 제 기 하 이 위 의 혜	마름과 연잎을 마름질해 저고리 짓고,
集芙蓉[99]以爲裳이라. 집 부 용 이 위 상	연꽃을 모아 치마를 짓네.
不吾知其亦已兮여, 불 오 지 기 역 이 혜	나를 알아주지 않아도 그 또한 그만이니
苟余情其信芳이라. 구 여 정 기 신 방	실로 내 마음 꽃다운 것이로다.
高余冠之岌岌[100]兮여, 고 여 관 지 급 급 혜	높다란 내 관을 더욱 높게 하고,

95 고(皐): 못의 언덕진 곳
96 이우(離尤): '이'는 만나다, '우'는 과(過)와 같다.
97 초복(初服): 처음 입는 깨끗한 옷. 향초 같은 깨끗한 것만 몸에 걸치는 것
98 제기하(製芰荷): '제'는 마름질하다. '기'는 마름풀. '하'는 연잎
99 부용(芙蓉): 연꽃
100 급급(岌岌): 우뚝 높이 솟은 모양

長余佩之陸離[101]로다.
장 여 패 지 육 리

띄에 곱고 치렁치렁한 것 길게
늘어뜨렸네.

芳與澤其雜糅[102]兮여,
방 여 택 기 잡 유 혜

향기와 윤기가 함께 섞여 있으니,

唯昭質[103]其猶未虧로다.
유 소 질 기 유 미 휴

오직 밝은 천성이 오히려
이지러지지 않았네.

忽反顧以遊目兮여,
홀 반 고 이 유 목 혜

홀연 돌아서 눈을 휘둘러보아

將往觀乎四荒[104]이라.
장 왕 관 호 사 황

장차 가서 사방 끝을 구경할까 하네.

佩繽紛[105]其繁[106]飾兮여,
패 빈 분 기 번 식 혜

띄에는 한창 고운 것 많이 꾸며 넣으니,

芳菲菲其彌章[107]이라.
방 비 비 기 미 장

향기는 물씬물씬 더욱 뚜렷하네.

民生[108]各有所樂兮여,
민 생 각 유 소 락 혜

인생은 각기 즐기는 것이 있으니,

余獨好修以爲常이라.
여 독 호 수 이 위 상

난 항상 유독 수식을
좋아하는 것으로 사네.

雖體解[109]吾猶未變兮여,
수 체 해 오 유 미 변 혜

비록 몸이 찢겨도 내 오히려
변치 않을 것이니,

---

101 육리(陸離): 치렁치렁한 것이 눈부시게 아름다운 모양
102 방여택기잡유(芳與澤其雜糅): '방'은 방향. '택'은 윤택함. '유'는 잡(雜)
103 소질(昭質): '소'는 명(明). 밝고 깨끗한 천성
104 사황(四荒): 사방의 변두리
105 빈분(繽紛): 많고 성한 모양
106 번(繁): 중(衆)과 같다.
107 비비기미장(菲菲其彌章): '비비'는 향기가 진하게 풍기는 모양. '미'는 익(益), '장'은 명(明)의 뜻
108 민생(民生): 인생

豈余心之可懲고. 기 여 심 지 가 징	어이 내 마음 뉘우치게 하리오?
女嬃[110]之嬋媛[111]兮여, 여 수 지 선 원 혜	누님은 나를 걱정하여,
申申其詈[112]予로다. 신 신 기 리 여	거듭거듭 나를 나무라시네.
曰鯀[113]婞直[114]以亡身兮여, 왈 곤 행 직 이 망 신 혜	곤은 강직하여 몸을 망쳤으며,
終然殀乎羽之野[115]라. 종 연 요 호 우 지 야	끝내 우산 들판에서 일찍 죽었느니라.
汝何博謇[116]而好修兮여, 여 하 박 건 여 호 수 혜	그대 어이 그리 충직하고 수행하기를 즐겨하여,
紛[117]獨有此姱節[118]고. 분 독 유 차 과 절	홀로 이 어여쁜 절개를 가득 지니고 있는가?
薋菉葹以盈室[119]兮여, 자 록 시 이 영 실 혜	남가새·꼴·도꼬마리 집에 가득한데,

109 체해(體解): 사지를 찢다.

110 여수(女嬃): 굴원의 누님을 뜻한다는 설도 있고, 초나라에서 이 말을 누님의 뜻으로 썼다는 설도 있다.

111 선원(嬋媛): 애타게 생각하며 잡아당기는 모습

112 신신기리(申申其詈): '신신'은 거듭 되풀이하다. '리'는 꾸짖다.

113 곤(鯀): 요임금의 신하로 9년을 치수에 힘썼으나 강직한 성품 때문에 우산(羽山)으로 귀양 가 죽었다. 하나라 우임금의 아버지

114 행직(婞直): 강직

115 요호우지야(殀乎羽之野): '요'는 일찍 죽다. '우'는 우산

116 박건(博謇): 박식하고 곧게 말하다.

117 분(紛): 성한 모양

118 과절(姱節): 어여쁜 절개

119 자록시이영실(薋菉葹以盈室): '자'는 남가새, '록'은 꼴, '시'는 도꼬마리. 모두 악초(惡草)의 이름으로, 비방하는 소인을 뜻한다. '실'은 조정을 가리킨다.

判獨離而不服이로다.
판 독 리 이 불 복

유독 홀로 멀리하고 그것을
쓰려 하지 않는구나!

衆不可戶說兮여,
중 불 가 호 설 혜

뭇 사람들에게 일일이 말할 수도
없으니,

孰云察余之中情고.
숙 운 찰 여 지 중 정

누가 일러 나의 충정을 밝혀 주리오?

世幷擧而好朋兮여,
세 병 거 이 호 붕 혜

세상은 모두 다 무리 짓기를
좋아하는데,

夫何煢獨而不余聽고.
부 하 경 독 이 불 여 청

어이 홀로 외로이 내 말을 듣지 않는가?

依前聖以節中[120]兮여,
의 전 성 이 절 중 혜

옛 성인을 의지하며 중도를 지키다가

喟憑心而歷茲[121]로다.
위 빙 심 이 력 자

아! 마음에 울분 가득 안고
여기까지 겪어 왔네.

濟沅湘[122]以南征兮여,
제 원 상 이 남 정 혜

원수와 상수를 건너 남녘으로 가서,

就重華[123]而陳詞리라.
취 중 화 이 진 사

순임금께 나아가 말씀 아뢰리라.

啓九辨與九歌[124]兮여,
계 구 변 여 구 가 혜

"계왕은 구변과 구가를 노래하였고,

---

120 절중(節中): 중정(中正)에 꼭 알맞다.

121 위빙심이력자(喟憑心而歷茲): '위'는 탄식의 말, '빙'은 만(滿). 가슴에 울분이 가득함. '역'은 경력의 뜻

122 원상(沅湘): 동정호 남쪽을 흐르는 원수(沅水)와 상수(湘水)를 말한다.

123 중화(重華): 순임금의 호. 순임금의 묘는 원수·상수의 남쪽인 구의산에 있다. 이 문장은 굴원이 옛 성인을 따라 중도를 지키며 겪어 온 설움을 순임금의 묘에 가서 아뢰리라는 뜻이다.

124 계구변여구가(啓九辨與九歌): '계'는 우왕(禹王)의 아들로, 현명한 임금 계왕. '구변'과 '구가'는 우왕의 악가

夏康[125]娛以自縱이라. 하강 오이자종	하나라 태강은 제멋대로 놀았습니다.
不顧難以圖後兮여, 불고난이도후혜	환난을 돌아보아 뒤를 헤아리지 않았으니,
五子[126]用失乎家衖[127]이라. 오자 용실호가항	오형제는 그래서 집을 잃었습니다.
羿[128]淫遊以佚畋兮여, 예 음유이일전혜	예(羿)는 음탕하게 놀며 멋대로 사냥에 빠져,
又好射夫封狐[129]로다. 우호사부봉호	큰 여우 쏘기를 좋아하였습니다.
固亂流[130]其鮮終兮여, 고난류 기선종혜	실로 도리를 어긴 자는 좋은 종말 없다더니,
浞[131]又貪夫厥家로다. 착 우탐부궐가	한착이 또 그 집안을 탐하였습니다.
澆[132]身被服强圉[133]兮여, 요 신피복강어 혜	요(澆)는 몸에 강한 힘을 지녔지만,

125 하강(夏康): 계왕의 아들 태강(太康).

126 오자(五子): 태강의 다섯 형제. 태강은 날마다 사냥을 일삼으며 방종한 생활을 하였다. 하수 밖까지 사슴 사냥을 나가 며칠이나 돌아오지 않자 예가 나라를 빼앗았다. 이에 오자가 탄식하면서 오자의 노래를 지었다.

127 가항(家衖): 가도(家道)를 말한다. 여기서 가항을 잃었다 함은 곧 나라가 무너지고 집이 망하였다는 것을 뜻한다. 앞의 '용'은 '때문에'의 의미로 사용되었다.

128 예(羿): 하나라의 제후국 유궁(有窮)의 왕. 하나라에 난이 일어난 틈을 타서 나라를 빼앗았다. 뒤에 한착(寒浞)에게 죽음을 당하였다. 활을 잘 쏜 것으로 유명하다.

129 봉호(封狐): '봉'은 대(大). 큰 여우

130 난류(亂流): 난이 일어난 틈을 타서 나라를 빼앗는 무리

131 착(浞): 예(羿)의 신하 한착(寒浞). 예의 국상(國相)으로 있었으나, 뒤에 사냥에서 돌아오는 예를 죽였다.

132 요(澆): 한착의 아들

133 피복강어(被服强圉): '피복'은 몸에 지니다. '강어'는 강한 힘

縱欲而不忍이라. 종 욕 이 불 인	욕심대로 하고 참지 못하였습니다.
日康[134]娛而自忘兮여, 일 강 오 이 자 망 혜	날마다 편히 즐겨 스스로를 잊어,
厥首用夫顚隕[135]이라. 궐 수 용 부 전 운	그래서 그 목이 떨어져 뒹굴었습니다.
夏桀之常違[136]兮여, 하 걸 지 상 위 혜	하나라 걸왕은 상도(常道)를 어기더니,
乃遂焉而逢殃[137]이라. 내 수 언 이 봉 앙	이에 마침내 재앙을 만났습니다.
后辛之菹醢[138]兮여, 후 신 지 저 해 혜	주왕은 신하들을 죽여 소금에 절였는데,
殷宗用之不長이라. 은 종 용 지 부 장	은나라의 종말은 이로써 길지 못하였습니다.
湯禹儼而祗敬[139]兮여, 탕 우 엄 이 지 경 혜	탕왕과 우왕은 두려워하고 공경하였으며,
周[140]論道而莫差로다. 주 논 도 이 막 차	주나라는 도를 따져 어긋남이 없었습니다.

134 강(康): 안(安)과 같다.

135 전운(顚隕): '전'은 엎어지다. '운'은 떨어지다. 요가 날마다 방탕하게 지내다가 소강에게 죽음을 당한 것.

136 하걸지상위(夏桀之常違): 하걸은 하나라의 폭군 걸왕. '상위'는 상도에 어긋나다.

137 봉앙(逢殃): 하나라 걸왕이 은나라 탕왕에게 패망한 것

138 후신지저해(后辛之菹醢): 후신은 은나라 폭군 주왕(紂王). '저'는 김치를 담그다. '해'는 젓갈을 담그다. 주왕은 현인 비간(比干)을 죽이고, 매백(梅伯)을 죽여 소금에 절였다고 한다. 주왕은 주나라 무왕에게 패망하였다.

139 엄이지경(儼而祗敬): '엄'은 외(畏)의 뜻. 하늘을 두려워함. '지경'은 현인을 공경하다.

140 주(周): 주나라 문왕을 가리킨다.

擧賢才而授能兮여,
거현재이수능혜

어진 이를 천거하고 능력 있는 이에게 벼슬을 주셨으니,

循繩墨[141]而不頗로다.
순승묵 이불파

법도를 따르고 기울지 않았습니다.

皇天無私阿[142]兮여,
황천무사아 혜

하늘은 사사로이 치우침이 없어,

覽民德焉錯輔[143]로다.
남민덕언조보

사람의 덕을 보고 도움을 주십니다.

夫維聖哲之茂行[144]兮여,
부유성철지무행 혜

저 착한 분들의 훌륭한 행위여!

苟得用此下土[145]로다.
구득용차하토

진실로 이 천하에 쓰임이 되었습니다.

瞻前而顧後[146]兮여,
첨전이고후 혜

앞을 보고 뒤를 굽어보면

相觀民之計極이라.
상관민지계극

사람의 계략과 종말을 볼 수 있습니다.

夫孰非義而可用兮여,
부숙비의이가용혜

그 누가 의롭지 않고서 쓰일 수 있으며,

孰非善而可服가?
숙비선이가복

그 누가 선이 아니고서 복종하겠습니까?

阽[147]余身而危死[148]兮여,
점 여신이위사 혜

내 몸이 위태로워 죽게 되어도,

---

141 승묵(繩墨): 먹줄. 곧 법도를 뜻한다.

142 사아(私阿): 사사로이 치우치다.

143 조보(錯輔): '조'는 치(置), '보'는 좌(佐). 하늘은 공평하여 성현의 덕이 있는 사람을 도와 임금으로 세운다는 말이다.

144 무행(茂行): '무'는 성(盛)과 같다. 성덕한 행위

145 하토(下土): 천하

146 첨전이고후(瞻前而顧後): 고금의 흥망성쇠를 더듬어 보다.

147 점(阽): 낭떠러지. 몹시 위태로움

覽余初其猶未悔라.
남 여 초 기 유 미 회

내 처음 뜻을 지켜 절대
후회하지 않겠습니다.

不量鑿而正枘[149]兮여,
불 량 조 이 정 예 혜

구멍을 헤아리지 않고
자루를 맞추려다,

固前修[150]以菹醢로다.
고 전 수 이 저 해

본디 옛 어진 이도 소금에
절여졌습니다.”

曾歔欷[151]余鬱邑兮여,
증 허 희 여 울 읍 혜

거듭 흐느껴도 내 마음은 답답하여,

哀朕時之不當[152]이라.
애 짐 시 지 부 당

때를 잘못 만났음을 슬퍼하네.

攬茹蕙[153]以掩涕兮여,
남 여 혜 이 엄 체 혜

어린 혜초 잡고서 눈물을 훔쳐도,

霑[154]余襟之浪浪[155]이라.
점 여 금 지 랑 랑

눈물 줄줄 내 옷깃을 적시네.

跪敷衽[156]以陳辭兮여,
궤 부 임 이 진 사 혜

옷자락 깔고 꿇어앉아
말씀드리고 나니,

148 위사(危死): 거의 죽을 지경

149 불량조이정예(不量鑿而正枘): ‘조’는 구멍. ‘예’는 자루. 굴원이 왕의 도량을 헤아리지 못하고 충정을 지켜 온 자신을 비유한 말이다.

150 전수(前修): 전현(前賢), 곧 비간과 매백

151 증허희(曾歔欷): ‘증’은 중(重), ‘허희’는 흐느껴 우는 소리

152 애짐시지부당(哀朕時之不當): 성군의 시대에 태어나지 못하고, 현인을 죽여 소금에 절이는 폭군의 시대에 태어남을 슬퍼하는 것

153 여혜(茹蕙): ‘여’는 유(柔). 어린 혜초를 부여잡고 눈물을 씻는다는 뜻으로, 아무리 슬퍼도 선미(善美)를 잃지 않는 것

154 점(霑): 유(濡)와 같다.

155 랑랑(浪浪): 줄줄 흐르는 모양

156 부임(敷衽): ‘부’는 포(布), ‘임’은 옷자락

耿吾旣得此中正[157]이라.
경 오 기 득 차 중 정

내 이미 환하게 중정을 얻었네.

駟玉虯[158]以乘鷖[159]兮여,
사 옥 규 이 승 예 혜

용 네 마리가 끄는 봉황 수레를 타고,

溘埃[160]風余上征[161]이라.
합 애 풍 여 상 정

티끌 바람 일으켜 홀연히 나는 위로 올라가네.

朝發軔於蒼梧[162]兮여,
조 발 인 어 창 오 혜

아침에 수레를 창오에서 출발시켜,

夕余至乎縣圃[163]로다.
석 여 지 호 현 포

저녁에 나는 현포에 이르렀네.

欲少留此靈瑣[164]兮여,
욕 소 류 차 영 쇄 혜

잠시 이 신령의 문에서 멈추고자 하나,

日忽忽其將暮로다.
일 홀 홀 기 장 모

해가 문득 저물려 하네.

吾令羲和弭節[165]兮여,
오 령 희 화 미 절 혜

나는 희화에게 명하여 천천히 가게 하고,

望崦嵫而勿迫[166]이라.
망 엄 자 이 물 박

엄자산을 바라보고도 이르지 못하게 하였네.

---

157 중정(中正): 어느 한편에 치우치거나 모자람이 없는 성인의 대도

158 규(虯): 전설의 동물로 뿔 없는 용

159 예(鷖): 봉황의 다른 이름

160 애(埃): 진(塵). 티끌

161 정(征): 행(行)과 같다.

162 발인어창오(發軔於蒼梧): '발인'은 수레를 출발시키다. '창오'는 산 이름으로 순임금의 묘가 있는 곳

163 현포(縣圃): 곤륜산 위에 있는 신령이 노는 동산

164 영쇄(靈瑣): '영'은 신령, '쇄'는 문루

165 희화미절(羲和弭節): '희화'는 요임금 때 태양을 부리는 사람. '미절'은 걸음을 늦추다.

路曼曼[167]其修[168]遠兮여, 노 만 만 기 수 원 혜	길은 아득하여 길고도 멀지만,
吾將上下而求索[169]이라. 오 장 상 하 이 구 색	내 장차 오르내리며 현군을 찾아보리라.
飮余馬於咸池[170]兮여, 음 여 마 어 함 지 혜	내 말에게 함지에서 물 마시게 하고
揔[171]余轡乎扶桑[172]이라. 총 여 비 호 부 상	나의 말고삐를 부상나무에 매었네.
折若木以拂日[173]兮여, 절 약 목 이 불 일 혜	약목을 꺾어서 해를 좇고
聊逍遙以相羊[174]이라. 요 소 요 이 상 양	이리저리 다니며 노니네.
前望舒[175]使先驅兮여, 전 망 서 사 선 구 혜	망서를 앞세워 달리게 하고,
後飛廉[176]使奔屬[177]이라. 후 비 렴 사 분 촉	바람신은 뒤에서 바삐 따르게 하네.

166 엄자이물박(崦嵫而勿迫): '엄자'는 태양이 들어가는 산. '박'은 근(近). 곧 해가 지지 못하도록 하는 것

167 만만(曼曼): 아득히 먼 모양

168 수(修): 장(長)과 같다.

169 구색(求索): 현군을 찾는 것을 말한다.

170 함지(咸池): 태양이 목욕하는 곳. 곧 해가 들어가는 연못

171 총(揔): 결(結)과 같다.

172 부상(扶桑): 동쪽 끝에 있다는 신령스러운 나무의 이름. 태양이 이 나무 밑에서 나온다고 한다.

173 절약목이불일(折若木以拂日): '약목'은 곤륜산 서쪽에 있는 신령스러운 나무의 이름으로 그 꽃이 대지를 비춘다고 한다. '불'은 격(擊)과 같다. 곧 동쪽의 들을 거쳐 서쪽의 들로 가서 서산에 지려는 해를 약목을 꺾어 쳐서 다시 돌려보내고 노닌다는 말

174 상양(相羊): 이리저리 거닐다.

175 망서(望舒): 태음(太陰), 곧 달을 모는 사람

176 비렴(飛廉): 바람을 맡은 신. 풍신 또는 풍사

177 분촉(奔屬): 바삐 달려 뒤따라오게 하다. 여기서 '屬' 자를 각운에 맞추어 읽을 때는 '주'로 발음함

鸞皇[178]爲余先戒兮여, 난 황 위 여 선 계 혜	난새와 봉황은 날 위해 앞서가며 알려 주고,
雷師[179]告余以未具라. 뇌 사 고 여 이 미 구	천둥신은 내게 미비함을 알려 주네.
吾令鳳鳥飛騰兮여, 오 령 봉 조 비 등 혜	나는 봉황을 날아오르게 하여
繼之以日夜로다. 계 지 이 일 야	밤낮으로 계속하게 하네.
飄風[180]屯[181]其相離兮여, 표 풍 둔 기 상 리 혜	돌개바람 모였다 서로 흩어지더니,
帥雲霓[182]而來御로다. 수 운 예 이 래 어	구름 무지개 거느리고 맞으러 오네.
紛總總[183]其離合兮여, 분 총 총 기 이 합 혜	많이 모였다가 흩어지고
斑[184]陸離其上下로다. 반 육 리 기 상 하	어지러이 뒤섞여 오르내리네.
吾令帝閽[185]開關兮여, 오 령 제 혼 개 관 혜	내 천제의 문지기에게 문을 열라 했더니,
倚閶闔[186]而望予로다. 의 창 합 이 망 여	천문(天門)에 기대어 나를 바라보기만 하네.

178 난황(鸞皇): 난새와 봉황. 이 새가 나타나 노래하고 춤추면 태평성대가 온다고 한다. 현인군자를 비유한 것

179 뇌사(雷師): 뇌신

180 표풍(飄風): 회풍. 돌개바람·구름·무지개 등은 다 소인을 비유한 것

181 둔(屯): 취(聚)

182 예(霓): 무지개

183 분총총(紛總總): '분'은 성한 모양, '총총'은 많은 것이 모여 있는 모양

184 반(斑): 어지러운 모양

185 제혼(帝閽): '제'는 천제, '혼'은 문지기

時曖曖[187]其將罷[188]兮여, 시 애 애 기 장 파 혜	때는 어둑어둑 날이 지려 하는데,
結幽蘭而延佇로다. 결 유 란 이 연 저	난초 묶어 놓고 목 늘이고 바라보고 섰네.
世溷濁[189]而不分兮여, 세 혼 탁 이 불 분 혜	세상은 어지럽고 분별없어
好蔽美而嫉妬로다. 호 폐 미 이 질 투	즐겨 아름다움을 가리고 시샘하네.
朝吾將濟於白水[190]兮여, 조 오 장 제 어 백 수 혜	아침에 내 백수를 건너려고
登閬風[191]而緤[192]馬로다. 등 낭 풍 이 설 마	낭풍산에 올라 말을 매네.
忽反顧以流涕兮여, 홀 반 고 이 류 체 혜	홀연 돌아보며 눈물을 흘리니 ,
哀高丘之無女[193]로다. 애 고 구 지 무 녀	높은 언덕에 신녀 없음이 슬퍼서이네.
溘吾遊此春宮[194]兮여, 합 오 유 차 춘 궁 혜	어느새 나는 춘궁에 노니는데,
折瓊枝[195]以繼佩로다. 절 경 지 이 계 패	옥수 가지 꺾어 노리개에 다네.
及榮華[196]之未落兮여, 급 영 화 지 미 락 혜	화려한 꽃잎 아직 떨어지지 않았으니,

186 창합(閶闔): 천문(天門)

187 애애(曖曖): 어둑어둑한 모양

188 파(罷): 극(極)과 같다.

189 혼탁(溷濁): '혼'은 난(亂). '탁'은 흐리다. 어지럽고 흐림

190 백수(白水): 곤륜산에서 나오는 물 이름

191 낭풍(閬風): 곤륜산 위에 있는 신산

192 설(緤): 계(繫)

193 여(女): 신녀. 자기와 뜻을 같이할 만한 사람. 현군을 비유한 말

194 춘궁(春宮): 오제(五帝) 중 봄의 신인 동방청제(東方靑帝)의 궁전

195 경지(瓊枝): 옥수(玉樹) 가지

相下女之可詒[197]로다. 상하녀지가이	선물 보낼 하녀를 찾네.
吾令豊隆[198]乘雲兮여, 오령풍륭 승운혜	내 풍륭을 시켜 구름을 타고 가서,
求虙妃[199]之所在로다. 구복비 지소재	복비 있는 곳 찾게 하였네.
解佩纕[200]以結言兮여, 해패양 이결언혜	패옥띠 풀어 언약하며,
吾令蹇修[201]以爲理로다. 오령건수 이위리	내 건수에게 중매를 부탁하리.
紛總總其離合[202]兮여. 분총총기이합 혜	숱하게 모였다 떨어졌다 하더니,
忽緯繣其難遷[203]이라, 홀위획기난천	갑자기 어긋나 옮기기 어렵네.
夕歸次[204]於窮石[205]兮여, 석귀차 어궁석 혜	저녁에 궁석산에 돌아가 머물고,
朝濯髮乎洧盤[206]이라. 조탁발호유반	아침에 유반강에서 머리를 감네.

196 영화(榮華): 한창 고운 옥수꽃을 가리킨다.

197 하녀지가이(下女之可詒): '하녀'는 신녀(神女)의 시녀. '이'는 선물을 주다. 하녀를 통해 신녀에게 자신의 뜻을 전달하려는 것. 여기서 신녀는 회왕을 가리킨다.

198 풍륭(豊隆): 구름의 신

199 복비(虙妃): 전설의 제왕 복희씨의 딸. 낙수에 빠져 죽어 황하의 신이 되었다고 한다. '복'은 '복(宓)' 또는 '복(伏)'으로도 쓴다.

200 패양(佩纕): '양'은 패옥띠. 노리개의 띠

201 건수(蹇修): 복희씨의 신하

202 이합(離合): 중매 서는 사람이 말의 이치를 분명하게 하여 잘 통하게 하는 것

203 위획기난천(緯繣其難遷): '위'는 사리에 어긋나다. '천'은 이(移). 모함하는 사람이 많아 복비의 마음이 흔들리더니 그만 어긋나 거절당하게 되었다는 말

204 차(次): 묵다, 머물다.

205 궁석(窮石): 후예(后羿)가 거처하였다는 산 이름

206 유반(洧盤): 엄자산에서 흘러나온다는 전설의 강 이름

保厥美以驕傲兮여, 보 궐 미 이 교 오 혜	그 아름다움에 만족하여 교만하고 업신여기며,
日康娛以淫遊로다. 일 강 오 이 음 유	날마다 편히 즐기며 지나치게 노네.
雖信美而無禮兮여, 수 신 미 이 무 례 혜	비록 아름답지만 예의가 없으니,
來違棄[207]而改求로다. 내 위 기 이 개 구	자, 버리고 다시 찾아보리라.
覽相觀於四極[208]兮여, 남 상 관 어 사 극 혜	사방의 먼 끝을 두루 둘러보고,
周流乎天余乃下라. 주 류 호 천 여 내 하	하늘을 두루 돌아다니다 나는 곧 내려왔네.
望瑤臺[209]之偃蹇[210]兮여, 망 요 대 지 언 건 혜	드높은 요대를 바라보니,
見有娀之佚女[211]로다. 견 유 융 지 일 녀	유융씨 미녀가 보이네.
吾令鴆[212]爲媒兮여, 오 령 짐 위 매 혜	내 짐새에게 중매 서도록 하였으나,
鴆告余以不好로다. 짐 고 여 이 불 호	짐새가 내게 고하기를 곱지 않다 하네.
雄鳩[213]之鳴逝兮여, 웅 구 지 명 서 혜	산비둘기 울며 날아가 보지만,

207 위기(違棄): 포기하다.

208 사극(四極): 사방의 먼 끝

209 요대(瑤臺): '요'는 아름다운 옥. 옥으로 만든 누대

210 언건(偃蹇): 우뚝 높이 솟은 모양

211 유융지일녀(有娀之佚女): '유융'은 나라 이름, '일녀'는 미녀. 곧 유융의 딸이며 제곡(帝嚳)의 부인으로, 뒤에 은나라의 시조 설(契)을 낳은 간적(簡狄). 『여씨춘추(呂氏春秋)』에 의하면 유융이 아름다운 두 딸을 위해 옥으로 높은 누대를 만들었다고 한다.

212 짐(鴆): 짐새. 그 날개를 술에 넣어 마시면 죽는다는 독조. 고자질하는 소인을 말한다.

余猶惡其佻巧[214]로다.
여 유 오 기 조 교

난 도리어 그의 경박하고
교활함을 싫어하네.

心猶豫而狐疑[215]兮여,
심 유 예 이 호 의 혜

마음은 머뭇머뭇 의심도 많아서

欲自適而不可로다.
욕 자 적 이 불 가

혼자 가고 싶지만 그럴 수 없네.

鳳皇旣受詒[216]兮여,
봉 황 기 수 이 혜

봉황이 이미 선물을 받았으니,

恐高辛[217]之先我로다.
공 고 신 지 선 아

고신씨가 나보다 먼저 할까 두렵네.

欲遠集[218]而無所止兮여,
욕 원 집 이 무 소 지 혜

멀리 나아가고 싶지만 갈 곳이 없으니,

聊浮游以逍遙로다.
요 부 유 이 소 요

애오라지 또 돌며 소요하네.

及少康[219]之未家[220]兮여,
급 소 강 지 미 가 혜

소강이 아직 장가들기 전에,

留有虞之二姚[221]로다.
유 유 우 지 이 요

유우씨 두 딸을 멈추어 둘 것을.

理弱而媒拙兮여,
이 약 이 매 졸 혜

이치도 불분명하고 중매도 서툴러

---

213 웅구(雄鳩): 산비둘기. 말 많은 소인을 말한다.

214 조교(佻巧): '조'는 경박하다. '교'는 교활하다.

215 유예이호의(猶豫而狐疑): '유예'는 결단을 내리지 못하고 주저하다. '호의'는 여우가 의심이 많아, 꽁꽁 언 냇물을 건널 때도 반드시 물이 없는 곳으로 건넌다는 데서, 의심이 많은 것을 뜻한다.

216 봉황기수이(鳳皇旣受詒): 봉황이라면 중매를 잘 서겠지만, 이미 고신씨의 명으로 유곡씨의 딸에게 중매를 하러 떠나고 없다는 뜻

217 고신(高辛): 오제(五帝) 가운데 제곡의 호

218 집(集): 취(就)의 뜻

219 소강(少康): 하나라의 왕. 그의 아버지가 한착(寒浞)에게 죽임을 당하자 유우국으로 도망쳐 유우국 임금의 두 딸에게 장가를 들었다고 한다.

220 가(家): 취(娶)의 뜻

221 유우지이요(有虞之二姚): 유우국 임금의 성이 요(姚)씨이므로, '이요'는 두 딸을 말한다.

恐導言之不固라.
공 도 언 지 불 고

소개하는 말이 단단치 못할까 두렵네.

世溷濁而嫉賢兮여,
세 혼 탁 이 질 현 혜

세상은 혼탁하여 어진 이를 헐뜯고,

好蔽美而稱惡이라.
호 폐 미 이 칭 악

즐겨 아름다움을 가리고
악을 칭송하네.

閨中[222]既以邃[223]遠兮여,
규 중 기 이 수 원 혜

규중이 이미 깊고도 머니,

哲王[224]又不寤[225]라.
철 왕 우 불 오

슬기로운 임금님 또한 깨닫지 못하네.

懷朕情而不發兮여,
회 짐 정 이 불 발 혜

내 진정을 품고서 펴지 못하니,

余焉能忍而與此終古[226]오.
여 언 능 인 이 여 차 종 고

내 어찌 능히 참고 이와 더불어
오래 있으리오.

索藑茅以筳篿[227]兮여,
색 경 모 이 정 전 혜

경모풀을 가지고 점치는 대쪽으로

命靈氛[228]爲余占之라.
명 영 분 위 여 점 지

영분에게 명하여 나를 위해
점치게 하네.

222 규중(閨中): 유우국 임금의 두 딸이 거처하는 작은 방

223 수(邃): 심(深)의 뜻

224 철왕(哲王): 밝고 슬기로운 임금. 회왕을 가리킨다. 회왕이 밝은 임금이 되기를 바라는 역설적인 표현

225 오(寤): 각(覺)의 뜻

226 차종고(此終古): '차'는 혼탁한 세상. '종고'는 오래, 영구히

227 색경모이정전(索藑茅以筳篿): '색'은 취(取)의 뜻. '경모'는 경모풀로, 영초(靈草)의 일종. '정'은 대. '전'은 점대

228 영분(靈氛): 길흉을 점치는 점쟁이의 이름

曰兩美[229]其必合兮여, 왈 양 미 기 필 합 혜	양쪽이 다 착하다면 반드시 합하겠지만,
孰信修而慕之리오? 숙 신 수 이 모 지	그 누가 진실로 아름다워 그것을 추구하리오?
思九州之博大兮여, 사 구 주 지 박 대 혜	구주가 넓고 큼을 생각하니,
豈惟是其有女오? 기 유 시 기 유 녀	어찌 여기에만 그 미녀가 있으리오?
曰勉遠逝而無狐疑兮여, 왈 면 원 서 이 무 호 의 혜	힘써 멀리 가서 의심치 말 것이니,
孰求美而釋女오? 숙 구 미 이 석 녀	누가 아름다운 사람을 구하면서 그대를 버리리오?
何所獨無芳草兮여, 하 소 독 무 방 초 혜	어느 곳이라 유독 방초가 없으리오만,
爾何懷乎故宇[230]오? 이 하 회 호 고 우	그대 어이 옛 집만을 생각하는가?
世幽昧以眩曜[231]兮여, 세 유 매 이 현 요 혜	세상은 어두워 눈이 아찔해 잘못 보니,
孰云察余之善惡고? 숙 운 찰 여 지 선 악	누가 일러 나의 선악을 살펴나 주겠는가?
民好惡其不同兮여, 민 호 오 기 부 동 혜	사람은 좋아하고 싫어함이 같지 않다지만,

229 양미(兩美): 남녀 양편이 다 선하고 아름다운 것. 여기서는 어진 임금과 어진 신하를 나타낸다. 이 말은 어두운 임금과 어진 신하가 결코 합할 수 없다는 것이다.

230 고우(故宇): 고국을 가리킨다.

231 현요(眩曜): '현'은 눈이 아찔하고 어지럽다. '요'는 잘못 보다.

惟此黨人[232]其獨異라. 유 차 당 인 기 독 이	오직 여기 사람들은 유독 다르네.
戶服艾以盈要兮여, 호 복 애 이 영 요 혜	집집마다 흰 쑥을 허리에 가득 두르고는
謂幽蘭其不可佩라. 위 유 란 기 불 가 패	그윽한 난초는 찰 것이 못 된다고 하네.
覽察草木其猶未得兮여, 남 찰 초 목 기 유 미 득 혜	초목을 살피는 것도 오히려 아직 얻지 못하거늘,
豈珵[233]美之能當고? 기 정 미 지 능 당	어찌 패옥의 아름다움을 맞출 수 있으리오?
蘇糞壤以充幃[234]兮여, 소 분 양 이 충 위 혜	거름흙을 취해 향낭에 채우고,
謂申椒其不芳이라. 위 신 초 기 불 방	산초가 향기롭지 않다고 말하네.
欲從靈氛之吉占兮여, 욕 종 영 분 지 길 점 혜	영분의 길점에 따르고자 하나,
心猶豫而狐疑라. 심 유 예 이 호 의	마음은 주저하여 의심도 많네.
巫咸[235]將夕降兮여, 무 함 장 석 강 혜	무함이 저녁에 내려오니,
懷椒糈而要之[236]라. 회 초 서 이 요 지	산초 향·쌀 갖추어 두고 이를 구해 보리라.

232 차당인(此黨人): 초나라 집권당의 무리

233 정(珵): 아름다운 패옥

234 소분양이충위(蘇糞壤以充幃): '소'는 취(取). '분양'은 더러운 거름흙. '위'는 향낭

235 무함(巫咸): 은나라에서 길흉을 판단하는 신

百神翳[237]其備[238]降兮여,
백 신 예 기 비 강 혜

온갖 신이 해를 가리며 함께 내려오니,

九疑繽[239]其並迎이라.
구 의 빈 기 병 영

구의산 신령을 함께 맞으러 오네.

皇剡剡[240]其揚靈[241]兮여,
황 염 염 기 양 령 혜

천신이 번쩍번쩍 신령스런 빛을 발하여

告余以吉故[242]라.
고 여 이 길 고

길한 연유를 내게 고하네.

曰勉陞降以上下[243]兮여,
왈 면 승 강 이 상 하 혜

힘써 오르고 내리며
위로 하고 아래로 하여

求榘矱[244]之所同이라.
구 구 확 지 소 동

법도가 같은 이를 찾으라 하네.

湯禹儼而求合兮여,
탕 우 엄 이 구 합 혜

탕왕·우왕은 공경스럽게 짝을
찾았는데,

摯[245]咎繇[246]而能調[247]라.
지 고 요 이 능 조

지와 고요 그래서 잘 어울렸네.

---

236 회초서이요지(懷椒糈而要之): '회'는 장(藏). '초'는 산초 향. '서'는 제사에 쓰는 쌀. '요'는 구(求)

237 예(翳): 폐(蔽)의 뜻. 백신이 해를 가린다는 것은 수많은 신이 내려옴을 말한다.

238 비(備): 구(俱)의 뜻

239 빈(繽): 숱하게 많은 모양

240 염염(剡剡): 번쩍번쩍 빛나는 모양

241 양령(揚靈): '령'은 신령스런 빛. 빛을 발하는 것

242 길고(吉故): 영분의 점을 가리킨다.

243 승강이상하(陞降以上下): 위로 하늘에 오르고 아래로 땅에 내려오다.

244 구확(榘矱): 법도

245 지(摯): 탕왕의 현신 이윤(伊尹)의 이름

246 고요(咎繇): 하나라 우왕의 현신

247 조(調): 조화

苟中情其好修兮여, 구 중 정 기 호 수 혜	진정으로 결백하게 수양하기를 좋아한다면,
又何必用夫行媒[248]오? 우 하 필 용 부 행 매	저 중매꾼은 다시 무엇에 꼭 소용이리오?
說[249]操築於傅巖兮여, 열 조 축 어 부 암 혜	부열이 부암에서 벽 쌓는 일을 하였는데
武丁[250]用而不疑라. 무 정 용 이 불 의	무정은 기용하며 의심치 않았구나.
呂望之鼓刀[251]兮여, 여 망 지 고 도 혜	여망은 칼을 울게 하는 백정이었지만
遭周文[252]而得擧라. 조 주 문 이 득 거	주나라 문왕을 만나 천거되었네.
甯戚[253]之謳柯兮여, 영 척 지 구 가 혜	영척이 소리 맞추어 노래하는 것을
齊桓聞以該[254]輔라. 제 환 문 이 해 보	제나라 환공이 듣고 등용하니 그를 보좌하였네.

248 행매(行媒): 벼슬에 나아갈 수 있게 천거해 줄 사람을 말한다.

249 열(說): 부열(傅說). 은나라 고종의 어진 재상

250 무정(武丁): 은나라 고종. 어느 날 성인을 얻는 꿈을 꾸고, 길에서 담을 쌓던 부열을 발탁하여 재상으로 삼아 천하를 크게 평정하였다.

251 여망지고도(呂望之鼓刀): '여망'은 주나라 문·무왕의 재상 태공망(太公望) 여상(呂尙). 성은 강(姜)씨. 여망은 백정 일을 하며 숨어 살았는데, 위수에서 낚시를 하고 있는 것을 문왕이 사냥 나왔다가 보고, 꿈에 얻은 성인의 형상과 똑같다고 하여 등용하였다. '고'는 명(鳴)과 같다.

252 주문(周文): 주나라 문왕

253 영척(甯戚): 춘추 시대 위(衛)나라 사람. 어느 날 영척이 소를 치다가 수레 밑에서 때를 만나지 못한 자신의 처지를 노래하였는데, 지나가던 환공이 듣고 비범한 사람으로 여겨 등용하였다.

254 해(該): 비(備)와 같다.

及年歲之未晏[255]兮여, 급 년 세 지 미 안 　 혜	나이 아직 늦지 않았고,
時亦猶其未央[256]이라. 시 역 유 기 미 앙	때가 또한 아직 다하지 않았도다.
恐鵜鴂[257]之先鳴兮여, 공 제 결 　 지 선 명 혜	때까치가 먼저 울어
使夫百草爲之不芳이라. 사 부 백 초 위 지 불 방	저 온갖 풀들로 하여금 향기롭지 못하게 할까 두렵네.
何瓊佩之偃蹇[258]兮여, 하 경 패 지 언 건 　 혜	옥으로 된 패물들 얼마나 빼어난가!
衆薆[259]然而蔽之라. 중 애 　 연 이 폐 지	뭇 사람들이 숱하게 이를 가리고 막고 있네.
惟此黨人之不諒[260]兮여, 유 차 당 인 지 불 량 　 혜	오직 이 무리들의 무지함이
恐嫉妬而折之라. 공 질 투 이 절 지	질투하다 이를 꺾어 버릴까 두렵네.
時繽紛[261]以變易兮여, 시 빈 분 　 이 변 역 혜	시절이 어지러이 변해 가니,
又何可以淹留[262]오? 우 하 가 이 엄 류	다시 어찌 오래 머무를 수 있으랴?

255 안(晏): 만(晚)과 같다.

256 앙(央): 진(盡)과 같다.

257 제결(鵜鴂): 때까치. 때까치가 추분 전에 울면 초목이 시든다고 한다.

258 경패지언건(瓊佩之偃蹇): '경패'는 옥으로 만든 노리개, '언건'은 많은 것이 한창 성한 모양. 덕의 성대함을 비유한 말

259 애(薆): 성한 모양

260 양(諒): 지(知)와 같다.

261 빈분(繽紛): 어지러운 모양

262 엄류(淹留): 오래 머무르다.

蘭芷[263]變而不芳兮여, 난 지 변 이 불 방 혜	난초와 구릿대가 향기롭지 않고,
殺蕙化而爲茅[264]라. 전 혜 화 이 위 모	전혜가 바뀌어 띠풀이 되었네.
何昔日之芳草兮여, 하 석 일 지 방 초 혜	어찌 옛날의 꽃다운 향초가
今直爲此蕭艾[265]也오? 금 직 위 차 소 애 야	지금은 바로 이 같은 보잘것없는 풀이 되었는고?
豈其有他故兮여, 기 기 유 타 고 혜	어찌 다른 데 그 연유가 있겠는가?
莫好修之害也라. 막 호 수 지 해 야	수양을 좋아하지 않은 해라네.
余以蘭爲可恃兮여, 여 이 란 위 가 시 혜	내 난초를 믿을 수 있다고 여겼더니,
羌無實而容長[266]이라. 강 무 실 이 용 장	아! 알맹이는 없고 겉만 아름답네.
委[267]厥美以從俗兮여, 위 궐 미 이 종 속 혜	저 아름다움을 버리고 세속을 따라,
苟得列乎衆芳[268]이라. 구 득 열 호 중 방	구차히 뭇 꽃에 줄지음을 얻었네.
椒專佞以慢慆[269]兮여, 초 전 녕 이 만 도 혜	산초가 오로지 난잡하고 음란해지고,

263 난지(蘭芷): 난초와 구릿대. 향초. 충절을 지키는 군자를 여기에 비유했다.

264 모(茅): 띠. 모함하는 소인을 여기에 비유했다.

265 소애(蕭艾): 쑥의 한 가지. 소인을 여기에 비유했다.

266 무실이용장(無實而容長): 향초가 향기는 없고 겉만 번지르르하다는 뜻

267 위(委): 기(棄)와 같다.

268 중방(衆芳): 세인이 말하는 꽃, 곧 속인을 뜻한다. 당시의 군자들이 화를 면하기 위해 변절한 일을 두고 탄식한 말이다.

269 만도(慢慆): '만'은 행동이 난잡해지다. '도'는 음란하다.

榝[270]又欲充夫佩幃라.
살 우 욕 충 부 패 위

오수유가 또 저 패옥의 향낭을 채우고자 하네.

旣干進[271]而務入兮여,
기 간 진 이 무 입 혜

이미 벼슬을 바라고 들어가기에 힘쓰니,

又何芳之能祗오?
우 하 방 지 능 지

또 어느 향초를 존경할 수 있으랴?

固時俗之流從兮여,
고 시 속 지 류 종 혜

실로 시속에 따라 흐르다 보면,

又孰能無變化오?
우 숙 능 무 변 화

또 누가 능히 변함이 없으리오?

覽椒蘭其若玆兮여,
남 초 란 기 약 자 혜

산초와 난초를 보아도 이와 같으니,

又況揭車與江離[272]오?
우 황 게 거 여 강 리

하물며 게거와 강리는 어떠하리오?

惟玆佩之可貴兮여,
유 자 패 지 가 귀 혜

오직 이 옥띠만은 소중한 것이나,

委厥美而歷玆라.
위 궐 미 이 력 자

그 아름다움을 버림받으며 예까지 겪어 왔네.

芳菲菲而難虧兮여,
방 비 비 이 난 휴 혜

그윽한 향기 이지러지기 어려워,

芬至今猶未沬[273]이라.
분 지 금 유 미 말

향기 지금까지 오히려 아직도 흐려지지 않았네.

---

270 살(榝): 오수유(吳茱萸), 수유보다 작고, 냄새가 고약하다고 한다.

271 간진(干進): 벼슬에 나아가기를 바라다.

272 게거여강리(揭車與江離): 둘 다 향초 이름. 산초나 난초의 향기에는 미치지 못한다. 산초와 난초 같은 군자도 변절한 것을, 그만 못한 이야 말할 것도 없다는 뜻

273 말(沬): 흩어져 사라지다.

和調度[274]以自娛兮여, 화 조 도 이 자 오 혜	격조와 법도를 알맞게 스스로 즐기면서,
聊浮游而求女라. 요 부 유 이 구 녀	애오라지 떠다니며 미녀를 찾네.
及余飾之方壯兮여, 급 여 식 지 방 장 혜	나의 장식이 한창 왕성한 때에,
周流觀乎上下라. 주 류 관 호 상 하	두루 돌아다니며 천지를 돌아보리라.
靈掠既告余以吉占兮여, 영 분 기 고 여 이 길 점 혜	영분이 이미 내게 길점 일러 주었으니,
歷[275]吉日乎吾將行이라. 역 길 일 호 오 장 행	길일을 가려 내 장차 가리라.
折瓊枝以爲羞[276]兮여, 절 경 지 이 위 수 혜	옥수 가지 꺾어 반찬으로 하고,
精瓊爢[277]以爲粻[278]이라. 정 경 미 이 위 장	옥수 가루 만들어 양식으로 삼네.
爲余駕飛龍兮여, 위 여 가 비 룡 혜	나를 위해 비룡에 멍에를 씌우고,
雜瑤象[279]以爲車라. 잡 요 상 이 위 거	옥돌 상아 섞어 수레를 만들었네.
何離心[280]之可同兮여, 하 이 심 지 가 동 혜	무엇으로 갈라진 마음 합할 수 있으리오?

---

274 조도(調度): '조'는 격조. '도'는 법도. 곧 사람이 지닌 고아한 기상과 예의법도

275 역(歷): 두루 헤아려 길일을 택한다는 뜻

276 절경지이위수(折瓊枝以爲羞): '수'는 고기를 말린 건포. 옥수 가지를 마른 식물로 한다. 즉 음식도 향기롭고 깨끗한 것으로 준비한다는 뜻

277 정경미(精瓊爢): '정'은 쌀을 찧다. '경미'는 옥수 가루

278 장(粻): 양식

279 요상(瑤象): '요'는 옥돌, '상'은 상아

280 이심(離心): 상하의 마음이 같지 않다. 곧 임금과 굴원의 사이

吾將遠逝以自疏리라. 오장원서이자소	내 장차 멀리 가서 스스로 멀리하려네.
邅[281]吾道夫崐崘兮여, 전 오도부곤륜혜	내 저 곤륜산으로 길을 돌아가는데,
路修遠以周流[282]라. 노수원이주류	길이 길고도 멀어 돌아 돌아 가네.
揚雲霓之晻靄[283]兮여, 양운예지암애 혜	구름과 무지개 깃발이 어둡게 하고,
鳴玉鸞之啾啾[284]라. 명옥란지추추	옥난새 방울 소리 딸랑딸랑 울리네.
朝發軔於天津[285]兮여, 조발인어천진 혜	아침에 수레를 은하수 나루터에 내어,
夕余至乎西極이라. 석여지호서극	저녁에 나는 서쪽 끝에 닿았네.
鳳皇翼[286]其承旂[287]兮여, 봉황익 기승기 혜	봉황이 공손히 교룡기를 받들고,
高翺翔之翼翼[288]이라. 고고상지익익	높이 날아 훨훨 오르네.
忽吾行此流沙[289]兮여, 홀오행차유사 혜	홀연히 나는 여기 사막을 지나고,
遵赤水而容與[290]라. 준적수이용여	적수를 따라 즐거이 노네.

---

281 전(邅): 전(轉)과 같다.

282 주류(周流): 구불구불 돌아가다.

283 운예지암애(雲霓之晻靄): '운예'는 구름과 무지개를 그린 깃발. '암애'는 그늘진 모양. 곧 구름 깃발의 그림자에 덮여 어두운 것

284 옥란지추추(玉鸞之啾啾): '옥란'은 옥으로 난새의 모양을 따서 만든 방울. '추추'는 방울 소리

285 천진(天津): 은하수를 건너는 나루터. 해와 달과 오성(五星)이 이곳을 왕래한다고 한다.

286 익(翼): 경(敬)과 같다.

287 기(旂): 교룡기

288 고상지익익(翺翔之翼翼): '고상'은 새가 훨훨 높이 나는 모양. '익익'은 부드럽게 날아오르는 모양

289 유사(流沙): 서쪽에 있는 사막. 모래가 물과 같이 흐른다고 하여 유사라 하였다.

麾蛟龍以梁津[291]兮여,
휘 교 룡 이 량 진 혜

교룡을 지휘해 나루 위에 다리를 놓아

詔西皇[292]使涉予라.
조 서 황 사 섭 여

서황께 고해 날 건너게 하였네.

路修遠以多艱兮여,
노 수 원 이 다 간 혜

길은 길고도 멀어 고생도 많으니,

騰[293]衆車使徑待라.
등 중 거 사 경 대

뭇 수레를 달려 길을 질러가
기다리게 하였네.

路不周[294]以左轉兮여,
노 부 주 이 좌 전 혜

부주산으로 가는 길 찾아
왼쪽으로 돌고,

指西海以爲期[295]라.
지 서 해 이 위 기

서해를 가리키며 만나자 하였네.

屯[296]余車其千乘兮여,
둔 여 거 기 천 승 혜

줄지어 가는 내 수레가 천 대나 되는데,

齊玉軑[297]而幷馳라.
제 옥 대 이 병 치

옥 수레바퀴 가지런히 하여
나란히 달리네.

駕八龍之蜿蜿[298]兮여,
가 팔 룡 지 완 완 혜

꿈틀거리는 여덟 마리 용을 몰고,

---

290 적수이용여(赤水而容與): '적수'는 곤륜산 동남에서 남해로 흘러드는 물 이름. 옛날 황제가 놀던 곳. '용여'는 유희

291 휘교룡이량진(麾蛟龍以梁津): '휘'는 지휘. '교룡'은 이무기와 용, 곧 상상의 동물이다. '양진'은 나루 위에 다리를 놓다.

292 조서황(詔西皇): '조'는 고(告). '서황'은 서황제 소호(少皞). 서쪽의 신

293 등(騰): 치(馳)

294 부주(不周): 곤륜산 서북에 있는 산 이름

295 기(期): 회(會)와 같다.

296 둔(屯): 취(聚)와 같다.

297 옥대(玉軑): 옥으로 만든 수레바퀴통

載雲旗之委蛇[299]라. 재 운 기 지 위 이	펄럭이는 구름 깃발을 세웠네.
抑志而弭節[300]兮여, 억 지 이 미 절 혜	마음을 억눌러 걸음걸이를 늦추려 해도,
神高馳之邈邈[301]이라. 신 고 치 지 막 막	혼은 높이 달려 아득히 가네.
奏九歌[302]而舞韶[303]兮여, 주 구 가 이 무 소 혜	구가를 연주하고 소(韶)에 춤추며
聊假日以媮樂이라. 요 가 일 이 유 락	잠시 틈을 내어 즐거이 노네.
陟陞皇之赫戲[304]兮여, 척 승 황 지 혁 희 혜	황천의 밝은 속을 올라 보니,
忽臨睨[305]夫舊鄕[306]이라. 홀 임 예 부 구 향	문득 저 옛 고향이 아래로 보이네.
僕夫[307]悲余馬懷[308]兮여, 복 부 비 여 마 회 혜	마부도 슬퍼하고 내 말도 그리워하며,
蜷局[309]顧而不行이라. 권 국 고 이 불 행	움츠린 채 돌아보며 가지 못하네.

---

298 팔룡지완완(八龍之蜿蜿): '팔룡'은 여러 마리의 용과 수레. '완완'은 용이 구불거리며 나아가는 모양

299 운기지위이(雲旗之委蛇): '운기'는 구름 깃발. '위이'는 의태어로 펄럭이는 모양

300 미절(弭節): 걸음걸이를 늦추어 천천히 가다.

301 막막(邈邈): 아득히 먼 모양

302 구가(九歌): 우왕의 노래

303 소(韶): 순임금의 음악

304 척승황지혁희(陟陞皇之赫戲): '척'과 '승'은 등(登). '황'은 황천(皇天). '혁희'는 광명한 모양을 뜻한다.

305 예(睨): 곁눈질로 보다.

306 구향(舊鄕): 초나라를 가리킨다.

307 복부(僕夫): 마부

308 회(懷): 사(思)와 같다.

309 권국(蜷局): 등을 움츠린 채 나아가지 못하는 모양

亂[310]曰 난 왈	난(亂)에 말하였다.
已矣哉라! 이 의 재	그만두어라!
國無人莫我知兮여, 국 무 인 막 아 지 혜	나라엔 사람이 없고 나를 알아주지 않는데,
又何懷乎故都리오? 우 하 회 호 고 도	어찌 고향을 그리워하리오?
旣莫足與爲美政兮여, 기 막 족 여 위 미 정 혜	이미 함께 아름다운 정치를 할 수 없다면,
吾將從彭咸之所居하리라. 오 장 종 팽 함 지 소 거	나는 장차 팽함이 거처하는 곳으로 가리라.

2. 어부와의 대화(漁父辭)[311]

굴원(屈原)

屈原旣放[312]에, 굴 원 기 방	굴원이 이미 추방되어
游於江潭[313]하고, 유 어 강 담	강가와 물가에 노닐고

---

310 난(亂): 맺음말. '사(辭)' 자와 비슷하다고 보기도 함. 뒤에 나오는 '찬왈(贊曰)', '시왈(詩曰)'과 같은 형식임. 앞의 해제를 참고할 것

311 어부사(漁父辭): '어부'란 그 당시의 은자를 뜻한다. 이 글은 굴원이 상강의 물가에서 어부를 가장한 한 은자와 문답한 것을 초나라 사람들이 굴원의 그 결백한 지조를 애모하여 엮어 전한 글이라고 한다. 일설에는 굴원이 자문자답한 시라고도 한다.

312 방(放): 나라에 죄를 얻어 멀리 쫓겨나는 일

行吟[314]澤畔할새,
행음 택반

호반을 거닐며 읊조리니,

顔色憔悴하고,
안색초췌

얼굴빛이 핼쑥하고

形容이 枯槁[315]라.
형용 고고

몸은 마르고 생기가 없었다.

漁父見而問之曰,
어부견이문지왈

어부가 보고서 물었다.

子非三閭大夫[316]與[317]아?
자비삼려대부 여

"당신은 초나라의 삼려대부가
아니시오?

何故로 至於斯오?
하고 지어사

어찌하여 이 지경에 이르렀소?"

屈原曰,
굴원왈

굴원이 대답하였다.

擧世[318]皆濁이나 我獨淸하고,
거세 개탁 아독청

"세상이 온통 다 흐렸는데
나 혼자만이 맑고,

衆人皆醉나 我獨醒이라.
중인개취 아독성

뭇 사람이 다 취해 있는데
나만 홀로 깨어 있으므로,

是以見放이라.
시이견방

그리하여 추방을 당하게 되었소."

---

313 강담(江潭): 강가와 물가

314 행음(行吟): 거닐면서 시를 읊조리다.

315 고고(枯槁): 몸이 마르고 생기가 없는 모양

316 삼려대부(三閭大夫): 초나라 왕실의 세 성씨인 소(昭), 굴(屈), 경(景)씨의 세 가문을 다스리는 높은 벼슬

317 여(與): 여기서는 의문조사, 여(歟)와 같음

318 거세(擧世): 온 세상. 이 문장은 세상 사람이 다 명리욕에 취해 이성을 잃고 헤매는데 홀로 청렴결백하게 맑게 깨어 있다는 뜻

漁父曰,
어 부 왈

어부는 말하였다.

聖人은 不凝滯於物[319]하고,
성 인 　 불 응 체 어 물

“성인은 사물에 막히거나 걸리지 않고,

而能與世推移[320]하나니,
이 능 여 세 추 이

세상과 함께 잘도 옮아가니,

世人이 皆濁이어든,
세 인 　 개 탁

세상 사람이 다 흐려져 있거늘,

何不淈其泥
하 불 굴 기 니

어찌하여 흙탕물 휘저어

而揚其波[321]하며,
이 양 기 파

그 물결을 날리지 않으며,

衆人皆醉어든,
중 인 개 취

뭇 사람이 다 취해 있거늘,

何不餔其糟
하 불 포 기 조

어찌하여 그 찌꺼기를 씹고

而歠其釃[322]하고,
이 철 기 리

그 밑술을 들이마시지 않고,

何故로 深思高擧하야,
하 고 　 심 사 고 거

무엇 때문에 깊이 생각하고
고상하게 행동하여,

自令放爲오?
자 령 방 위

스스로 추방을 당하게 하였소?”

---

319 응체어물(凝滯於物): 사물에 걸리거나 막히다. 예를 들어 결백한 지조 등에 얽매여 세상과 타협하지 못하고 나아가지 못하는 것

320 여세추이(與世推移): 사물의 이치에 통달한 성인은 세상 형편에 따라 자유로이 활동해 나감. '여(與)' 자는 여기서 '~와 더불어'의 뜻을 가진 전치사

321 굴기니이양기파(淈其泥而揚其波): 세상 사람이 다 더럽혀져 있을 때는, 나도 남들처럼 겉으로 진흙을 묻히고 흙탕물을 튀기는 것이 현명하다는 뜻

322 포기조이철기리(餔其糟而歠其釃): '포'는 먹다. '철'은 마시다. '리'는 찌꺼기 술. 남들이 다 취해 있다면 혼자만 결백한 지조를 드러내지 말고, 그 술 찌꺼기라도 먹으며 둥글게 살아가는 것이 좋다는 것

屈原曰,
굴 원 왈

굴원이 대답하였다.

吾聞之하니,
오 문 지

"내가 듣건대,

新沐者는 必彈冠하고,
신 목 자 필 탄 관

새로 머리를 감은 사람은
반드시 갓을 털어 쓰고,

新浴者는 必振衣라.
신 욕 자 필 진 의

새로 몸을 씻은 사람은 반드시
옷을 털어 입는다고 하였소.

安能以身之察察[323]로,
안 능 이 신 지 찰 찰

어떻게 맑고 깨끗한 몸으로

受物之汶汶[324]者乎아?
수 물 지 문 문 자 호

더러운 것을 받아들일 수 있겠소?

寧赴湘流하야
영 부 상 류

차라리 상수에 몸을 던져

葬於江魚之腹中이언정,
장 어 강 어 지 복 중

물고기 뱃속에 장사를 지낼망정,

安能以皓皓之白으로,
안 능 이 호 호 지 백

어떻게 희고 흰 깨끗한 몸으로

而蒙世俗之塵埃乎아?
이 몽 세 속 지 진 애 호

세속의 티끌과 먼지를 뒤집어쓸
수 있단 말이오?"

漁父莞爾[325]而笑하고,
어 부 완 이 이 소

어부가 빙그레 웃고서

鼓枻[326]而去하며
고 예 이 거

노를 두드리고 떠나가면서

---

323 찰찰(察察): 맑고 깨끗하다.
324 문문(汶汶): 더럽고 욕되다.
325 완이(莞爾): 빙그레 미소 짓는 모양
326 고예(鼓枻): 돛대를 두드려 장단을 맞추는 일

乃歌曰,
내 가 왈

이렇게 노래하였다.

滄浪[327]之水淸兮어든,
창 랑 지 수 청 혜

"창랑의 물이 맑거든

可以濯吾纓이오.
가 이 탁 오 영

그 물로 나의 갓끈을 씻는 것이 좋고,

滄浪之水濁兮어든,
창 랑 지 수 탁 혜

창랑의 물이 흐리거든

可以濯吾足이로다.
가 이 탁 오 족

거기에 나의 발을 씻는 것이 좋으리라."

遂去不復與言이러라.
수 거 불 부 여 언

드디어 가서는 다시는 대화가 없었다.

3. 진나라 임금이 다른 나라의 유세객을 쫓아냄을 반대하는 편지(諫秦王逐客書)[328]

이사(李斯)[329]

臣이 聞
신 문

신이 듣건대

327 창랑(滄浪): 한수(漢水)의 하류. 창랑의 물이 맑다는 것은 도가 행해지는 좋은 세상을 뜻하고, 갓끈을 씻는다는 것은 의관을 갖추어 조정에 나아간다는 뜻이다. 창랑의 물이 흐리다는 것은 도가 없는 어지러운 세상을 말하고, 발을 씻는다는 것은 세상을 피해 숨어 산다는 뜻이다. 세상이 맑든 흐리든 그때그때의 상황에 따라서 처세하는 것이 좋다는 것

328 간진왕축객서(諫秦王逐客書): 전국 시대 말기에 초강대국이 된 진나라의 임금(뒷날의 시황제)에게 진나라의 대신들이 외국에서 들어온 유세객들을 모두 내쫓아야 된다고 했을 때, 여기에 반대해 올린 글

329 이사(李斯: ?~기원전 208): 원래 초나라 사람으로 순자(荀子)의 제자였는데, 진나라로 들어와서 객경(客卿)이 되고, 동문인 한비자를 모함해서 죽이고 진나라의 실권을 장악해 진시황을 도와 천하를 합병하고 승상이 되었다. 문장에도 뛰어나고 글씨에도 능하였으나, 뒤에 조고(趙高)의 모략으로 비참하게 죽었다.

吏議逐客하니,
이 의 축 객

관리들이 다른 나라 인사를 쫓아낼 것을 논의한다는데,

竊以爲過矣니이다.
절 이 위 과 의

제 생각으로는 잘못된 일이라 여겨집니다.

昔者에 繆公[330]이 求士하사,
석 자 목 공 구 사

옛날 목공은 선비들을 구하여,

西取由余[331]於戎하고,
서 취 유 여 어 융

서쪽에서는 융 땅에서 유여를 구하였고,

東得百里奚[332]於宛하며,
동 득 백 리 해 어 완

동쪽에서는 완 땅에서 백리해를 얻었으며,

迎蹇叔[333]於宋하고,
영 건 숙 어 송

송나라에서는 건숙을 맞아 왔고,

來丕豹公孫支於晉하니,
내 비 표 공 손 지 어 진

진(晉)나라에서는 비표와 공손지를 데려왔으니,

此五子者는,
차 오 자 자

이 다섯 사람은

---

330 목공(繆公): 춘추 시대 진(秦)나라 임금. 춘추오패의 한 사람. '목'은 목(穆)이라고도 한다.

331 유여(由余): 본래 진(晉)나라 사람으로 융(戎)으로 망명하여 융왕(戎王)을 섬겼다. 융왕은 진(秦)나라 목공이 현명하다는 말을 듣고 유여를 사신으로 보냈다. 목공은 유여를 만나보고는 잡아 두었다가 등용하였다. 그는 융을 칠 계책을 내어 천리의 땅을 개척하고 목공을 서쪽의 패자가 되게 하였다.

332 백리해(百里奚): 춘추 시대 우(虞)나라 사람. 우공을 섬겨 대부가 되었으나 우나라가 멸망한 후 노예가 되어 진나라로 보내졌다. 진나라 목공은 백리해가 현명하다는 말을 듣고 다섯 장의 검은 양가죽을 주고 사와서 나라의 정치를 맡겼는데, 그가 재상이 된 지 7년 만에 목공은 패자가 되었다.

333 건숙(蹇叔): 백리해의 추천으로 목공이 후한 폐백을 주고 송나라에서 데려다가 상대부로 삼았다.

不産於秦이로되, 불 산 어 진	진(秦)나라 출신이 아니지만,
而繆公이 用之하사, 이 목 공 용 지	목공은 그들을 임용하여
幷國二十하야, 병 국 이 십	이십여 나라를 합병시켰고,
遂覇西戎이라. 수 패 서 융	마침내는 서융의 패자가 되었습니다.
孝公[334]用商鞅[335]之法하야, 효 공 용 상 앙 지 법	효공은 상앙의 법을 채용하여
移風易俗하며, 이 풍 역 속	풍속을 바로잡고
民以殷盛하고, 민 이 은 성	백성들을 잘살게 하고
國以富强이라. 국 이 부 강	나라를 부강하게 하였습니다.
百姓이 樂用하고, 백 성 낙 용	백성들은 부림을 당하는 것을 즐기고
諸侯親服하며, 제 후 친 복	제후들은 친해지고 복종하게 되었으며,
獲[336]楚魏之師하야, 획 초 위 지 사	초·위나라의 군사를 사로잡고
擧[337]地千里하니, 거 지 천 리	천리의 땅을 더 넓혀,

334 효공(孝公): 진(秦)나라 임금. 기원전 362년~기원전 338년 재위

335 상앙(商鞅): 전국 시대 위(衛)나라의 공자 공손앙(公孫鞅). 상(商) 땅에 봉해져 상군(商君)이라고도 한다. 진(秦)나라 효공의 재상이 되어 변법자강책으로 진나라를 강성케 하였다. 그러나 법이 너무 엄해 많은 사람의 원망을 샀으므로 효공이 죽은 뒤 거열형을 받고 죽었다.

336 획(獲): 잡았다는 뜻. 여기서는 상앙이 위(魏)나라 안읍(安邑)을 쳐서 왕자 묘(卯)를 잡았던 일을 가리킨다.

337 거(擧): 개척의 뜻

至今治强이라. 지 금 치 강	지금까지도 나라가 강성하게 만들었습니다.
惠王[338]用張儀[339]之計하야, 혜 왕 용 장 의 지 계	혜왕은 장의의 계책을 사용하여
拔三川[340]之地하고, 발 삼 천 지 지	한나라 삼천의 땅을 빼앗고
西幷巴蜀[341]하며, 서 병 파 촉	서쪽으로는 파촉 땅을 합병하였으며,
北收上郡[342]하고, 북 수 상 군	북쪽으로는 상군을 접수하고
南取漢中[343]하며, 남 취 한 중	남쪽으로는 한중 땅을 빼앗았으며,
包九夷[344]하고, 포 구 이	여러 남쪽 오랑캐들을 합병시키고
制鄢郢[345]하며, 제 언 영	언영을 제압하였으며,
東據成皐[346]之險하고, 동 거 성 고 지 험	동쪽으로는 성고의 험한 지형에 의지하고

338 혜왕(惠王): 진(秦)나라 임금. 기원전 338년에 즉위하여 왕(王)이라 자칭하였다.

339 장의(張儀): 전국 시대 위(魏)나라 사람. 소진(蘇秦)과 함께 귀곡자에게 배우고, 진나라 혜왕의 재상이 되었다. 그는 여섯 나라에 유세하여 소진의 합종책(合縱策)을 버리고 연횡책(連橫策)을 따라 진나라를 섬기게 하였다. 혜왕이 죽고 무왕이 즉위하자 모함을 받아 진나라를 떠나 위나라로 가서 재상이 되었으나 1년 만에 죽었다.

340 삼천(三川): 황하 중류의 지류인 경수(涇水)·위수(渭水)·낙수(洛水). 진(秦)나라에서 삼천군(郡)을 둔 일이 있다.

341 파촉(巴蜀): 지금의 성도(成都)를 중심으로 한 사천성 지역

342 상군(上郡): 지금의 섬서성 서북쪽 일대에 걸쳐 있던 땅 이름

343 한중(漢中): 지금의 섬서성 남부와 호북성 서북부에 걸쳐 있던 군 이름

344 포구이(包九夷): '포'는 합병시키다. '구이'는 여러 오랑캐. 여기서는 초나라 안에 있던 많은 오랑캐를 가리킨다.

345 언영(鄢郢): 지금의 호북성 의성현(宜城縣) 동남쪽에 있던 지명

割膏傅之壤하야, 비옥한 땅을 떼어 내게 함으로써,
할고유지양

遂散六國之從[347]하야, 마침내는 여섯 나라의 합종책을 무산시켜
수산육국지종

使之西面事秦하니, 그들이 서쪽 진나라를 섬기도록 하였으니,
사지서면사진

功施到今이라. 그 공은 지금까지 미치고 있습니다.
공시도금

昭王[348]은 得范雎[349]하고, 소왕은 범저를 등용하여
소왕 득범저

廢穰侯[350]하며, 재상 양후를 파면시키고
폐양후

逐華陽[351]하고, 화양군을 쫓아내어,
축화양

強公室하며, 공실(公室)을 강하게 하고
강공실

杜私門하고, 사사로운 집안의 세력을 막았으며,
두사문

---

346 성고(成皐): 춘추 시대에는 모국(貌國)이었고, 뒤에 정(鄭)나라에 소속되었다가 전국 시대에는 한(韓)나라 땅이 되었던 요해지(要害地)이다. 지금의 하남성 사수현(汜水縣) 서북쪽이다.

347 육국지종(六國之從): '육국'은 전국 시대의 진(秦)을 제외한 여섯 나라, 곧 연(燕)·조(趙)·한(韓)·위(魏)·제(齊)·초(楚). 이 여섯 나라는 소진의 합종책에 따라 힘을 합쳐 강한 진나라에 대항했다.

348 소왕(昭王): 진(秦)나라 임금. 기원전 228년에 서제(西帝)라 자칭하였다.

349 범저(范雎): 전국 시대 위(魏)나라 사람. 처음에 위나라에서 벼슬하다 실패하고 진나라로 가서 소왕에게 유세하였다. 양후와 화양군 등 소왕의 친인척을 물러나게 하고 원교근공책으로 진나라를 강성하게 하였다. 뒤에 재상에 올랐으며 응후(應侯)에 봉해졌다. '雎' 자가 '수(睢)'로 된 책도 있다.

350 양후(穰侯): 진나라 소왕의 어머니 선태후(宣太后)의 동생 위염(魏冉). 재상의 자리에 있으며 제후 못지 않은 권력을 휘둘렀으나 범저의 탄핵으로 벼슬자리에서 쫓겨났다.

351 화양(華陽): 선태후의 동생 미융(芈戎). 역시 범저의 탄핵으로 관외로 쫓겨났다.

蠶食諸侯하야, 잠 식 제 후	제후들을 잠식해
使秦成帝業하시니, 사 진 성 제 업	진나라가 제왕의 대업을 이루게 하였으니,
此四君者는, 차 사 군 자	이들 네 임금은
皆以客之功이라. 개 이 객 지 공	모두 다른 나라 인사들의 공로에 의지한 것입니다.
由此觀之면 유 차 관 지	이로써 본다면,
客이 何負於秦哉오? 객 하 부 어 진 재	다른 나라 인사들이 진나라에 무엇을 저버렸습니까?
向使四君으로, 향 사 사 군	전날 만약에 이 네 임금이
卻客而不內[352]하고, 각 객 이 불 납	다른 나라 인사들을 물리치며 들여놓지 않고,
疏士而不用이면, 소 사 이 불 용	이들을 멀리하고 등용하지 않았더라면,
是使國無富利之實하야, 시 사 국 무 부 리 지 실	이는 나라가 부강해지고 이로워지는 실리를 없애는 것이므로,
而秦無彊大之名也리이다. 이 진 무 강 대 지 명 야	진나라는 강성하다는 명성을 얻지 못하였을 것입니다.

352 각객이불납(卻客而不內): 다른 나라 출신 인사들을 물리치고 받아들이지 않다. '납'은 납(納)과 같다.

今陛下致昆山[353]之玉하고,
금 폐 하 치 곤 산 지 옥

지금 폐하께서는 곤산의 옥을 가져오시고,

有隨和之寶[354]하며,
유 수 화 지 보

수후의 구슬과 화씨의 옥을 가지고 계시며,

垂明月之珠[355]하고,
수 명 월 지 주

명월의 구슬을 늘어뜨리고,

服太阿之劍[356]하고,
복 태 아 지 검

태아의 칼을 차고,

乘纖離[357]之馬하고,
승 섬 리 지 마

섬리의 말을 타고 계시고,

建翠鳳[358]之旗하며,
건 취 봉 지 기

취봉의 깃발을 세우고,

樹靈鼉[359]之鼓하시니,
수 영 타 지 고

신령스런 악어가죽으로 만든 북을 달아 놓고 계시니,

此數寶者는,
차 수 보 자

이 여러 가지 보배는

秦不生一焉이나,
진 불 생 일 언

진나라에서는 하나도 나지 않는 것들이지만,

---

353 곤산(昆山): 곤륜산(崑崙山). 황하의 근원이 시작되며, 옛날부터 옥의 산지로 유명하였다.

354 수화지보(隨和之寶): 수후(隨侯)의 주(珠)와 화씨(和氏)의 벽(碧). 수후의 주는 수후가 상처를 치료해 준 뱀이 물어다 주었다는 구슬. 화씨의 벽은 초나라 사람 변화(卞和)가 형산에서 캐어 다듬은 보옥

355 명월지주(明月之珠): 밤에도 밝은 달처럼 빛을 발한다는 야광 구슬

356 태아지검(太阿之劍): 초나라(또는 오나라)의 간장(干將)이 만들었다는 명검

357 섬리(纖離): 주나라 목왕(穆王)의 팔준(八駿) 중의 하나인 명마

358 취봉(翠鳳): 비취새 깃으로 봉황 모양을 만든 깃대의 장식. 천자의 수레에 세웠다.

359 영타(靈鼉): 신령스런 악어. 큰 악어가죽으로 좋은 북을 만들었다.

而陛下說之는 이 폐 하 열 지	그런데도 폐하께서 그것들을 좋아하고 계신데
何也오? 하 야	어째서입니까?
必秦國之所生然後可인댄, 필 진 국 지 소 생 연 후 가	꼭 진나라에서 생산된 것이라야만 한다면
則是夜光之璧으로, 즉 시 야 광 지 벽	곧 야광의 구슬로
不飾朝廷하고, 불 식 조 정	조정을 장식할 수 없을 것이고,
犀象[360]之器로, 서 상 지 기	외뿔소의 뿔과 코끼리의 이빨로 만든 그릇으로
不爲玩好하며, 불 위 완 호	즐길 수도 없을 것이며,
鄭衛[361]之女로, 정 위 지 녀	정나라와 위나라의 미녀들이
不充後宮하며, 불 충 후 궁	후궁에 채워질 수 없을 것이며,
而駿良駃騠[362]로, 이 준 량 결 제	결제와 같은 좋은 말들이
不實外廏[363]하고, 불 실 외 구	외양간에 매어질 수 없으며,
江南金錫[364]으로, 강 남 금 석	강남의 금과 주석도

360 서상(犀象): 외뿔소의 뿔과 코끼리의 이빨. 서각과 상아

361 정위(鄭衛): 정나라와 위나라. 노래가 음탕하여 가무에 능한 미인이 많다고 여겨졌다.

362 결제(駃騠): 태어난 지 7일 만에 어미보다도 빨리 달렸다는 명마

363 외구(外廏): 밖의 마구간

不爲用이오, 불 위 용	쓸 수가 없고,
西蜀丹靑[365]으로, 서 촉 단 청	서촉의 단청도
不爲采며, 불 위 채	채색으로 쓰지 못하게 될 것이니,
所以飾後宮充下陳[366]하여, 소 이 식 후 궁 충 하 진	후궁을 꾸미고 후궁의 처소를 채우며
娛心意說耳目者가, 오 심 의 열 이 목 자	마음을 기쁘게 하고 귀와 눈을 즐겁게 해 주는 것들이,
必出於秦然後可인댄, 필 출 어 진 연 후 가	반드시 진나라에서 나온 것들이어야만 한다면,
則是宛珠[367]之簪과, 즉 시 완 주 지 잠	완 땅의 구슬이 장식된 비녀와
傅璣[368]之珥[369]와, 부 기 지 이	모난 구슬로 장식한 귀고리와
阿縞[370]之衣와, 아 호 지 의	동아에서 나는 곱고 흰 비단 옷과
錦繡之飾이, 금 수 지 식	촉에서 나는 수놓은 비단 장식이
不進於前하고, 부 진 어 전	폐하의 앞에 바쳐지지 않게 될 것이며,

364 금석(金錫): 금과 주석

365 단청(丹靑): 옛날 집에 칠하던 빨간색, 파란색 염료. 서촉 땅에서 좋은 염료가 나왔다.

366 하진(下陳): 대열의 뒤쪽, 또는 후궁들의 거처를 가리킨다.

367 완주(宛珠): 완 땅에서 나는 구슬

368 부기(傅璣): 모가 있는 구슬을 붙여 장식하는 것

369 이(珥): 귀고리

370 아호(阿縞): 제나라 동아(東阿) 땅에서 나던 희고 고운 비단

而隨俗雅化[371]하여, 이 수 속 아 화	풍속에 따라 우아함이 변화하여
佳冶窈窕[372]趙女가, 가 야 요 조 　 조 녀	아름답고 얌전한 조나라의 미녀들도
不立於側也라. 불 립 어 측 야	폐하 곁에 서 있지 않게 될 것입니다.
夫擊甕[373]叩缶[374]하고, 부 격 옹 　 고 부	물독을 두드리고 물동이를 치며
彈筝[375]搏髀[376] 탄 쟁 　 박 비	쟁을 뜯고 넓적다리를 두드리며
而歌呼嗚嗚[377]하여, 이 가 호 오 오	신나게 노래하고 소리 질러,
快耳目者는, 쾌 이 목 자	귀와 눈을 즐겁게 하는 것이
眞秦之聲也요, 진 진 지 성 야	참된 진나라의 노래요,
鄭衛[378] 정 위	정·위나라의 노래와
桑間[379]韶虞[380]象武[381]者는, 상 간 　 소 우 　 상 무 　 자	상간·소우·상무는

371 수속아화(隨俗雅化): 습속을 따라 우아함이 변화하다.

372 가야요조(佳冶窈窕): 아름답고 얌전하다.

373 격옹(擊甕): 물독을 치면서 박자를 맞추다.

374 고부(叩缶): 토기로 된 동이를 두드리며 박자를 맞추다.

375 탄쟁(彈筝): 쟁을 뜯다. 쟁은 슬처럼 생긴 현악기로 12현 또는 13현이다.

376 박비(搏髀): 넓적다리를 두드리며 장단을 맞추다. '비'는 넓적다리뼈

377 가호오오(歌呼嗚嗚): '오오' 하고 즐거운 소리로 노래하다.

378 정위(鄭衛): 정나라와 위나라의 노래. 『시경(詩經)』 시대부터 음란한 난세의 음악으로 알려져 왔다.

379 상간(桑間): 역시 망해 가는 나라의 음탕한 노래 이름

380 소우(韶虞): 순임금의 음악 이름

381 상무(象武): '상'은 주공(周公)이 지은 음악. '무'는 주나라 무왕(武王)의 음악 이름

異國之樂也라.
이 국 지 악 야

모두 다른 나라의 음악입니다.

今棄擊甕叩缶
금 기 격 옹 고 부

지금 물독을 두드리고 물동이를
치는 것을 버리고

而就鄭衛하고,
이 취 정 위

정·위나라의 노래를 즐기고,

退彈箏而取韶虞하니,
퇴 탄 쟁 이 취 소 우

쟁을 뜯는 것을 물리치고
소우를 취하고 계신데,

若是者는 何也오?
약 시 자 하 야

이와 같이 하는 것은 어째서입니까?

快意當前[382]하여,
쾌 의 당 전

당장에 기분이 좋고,

適觀而已矣라.
적 관 이 이 의

보기에 흡족하기 때문입니다.

今取人則不然하야,
금 취 인 즉 불 연

지금 사람을 쓰는 데는 그렇지 않아서,

不問可否하고,
불 문 가 부

찬성과 반대를 묻지 않고

不論曲直하며,
불 론 곡 직

옳고 그름도 따지지 않고,

非秦者去하고,
비 진 자 거

진나라 출신이 아니면 물리치고

爲客者逐하니,
위 객 자 축

다른 나라 인사면 내쫓겠다는 것이니,

然則是所重者는,
연 즉 시 소 중 자

그렇다면 중히 여기는 것은

382 쾌의당전(快意當前): 당장 마음이 즐거운 것

在乎色樂珠玉이오,
재 호 색 악 주 옥

여색과 음악과 구슬과
옥 같은 것들이고,

而所輕者는,
이 소 경 자

가벼이 여기는 것은

在乎人民也라.
재 호 인 민 야

사람들이라는 셈이 됩니다.

此非所以跨海內[383]
차 비 소 이 과 해 내

이것은 천하에 군림하고

制諸侯之術也니이다.
제 제 후 지 술 야

제후들을 통솔하는 술법이
되지 못하는 일입니다.

臣은 聞
신 문

신이 듣건대,

地廣者는 粟多하고,
지 광 자 속 다

땅이 넓은 나라는 곡식이 많고

國大者는 人衆하며,
국 대 자 인 중

나라가 크면 인구가 많으며,

兵強則士勇이라.
병 강 즉 사 용

군대가 강하면 병사들이
용감하다 하였습니다.

是以로
시 이

그래서

泰山은 不辭土壤이니,
태 산 불 사 토 양

태산은 작은 흙덩이도 사양하지
않기에

故로 能成其大하고,
고 능 성 기 대

그처럼 거대해질 수가 있는 것이고,

---

383 과해내(跨海內): 사해(四海)에 걸쳐 군림하다. 온 천하를 지배하다.

河海는 不擇細流니,
하해 불택세류

황하와 바다는 가는 물줄기도 가리지 않기에

故로 能就其深하며,
고 능취기심

물이 깊어질 수가 있는 것이며,

王者는 不卻衆庶[384]니,
왕자 불각중서

왕은 여러 사람을 물리치지 않음으로써

故로 能明其德이라.
고 능명기덕

그의 덕을 밝힐 수 있는 것입니다.

是以로 地無四方하고,
시이 지무사방

그래서 땅은 사방을 가리지 않고

民無異國하니,
민무이국

백성은 어떤 나라 사람이든 가리지 않으니,

四時充美[385]하고,
사시충미

사철 언제나 충실하고 아름다워지고

鬼神降福하니,
귀신강복

귀신도 그에게 복을 내려 주어,

此는 五帝三王[386]之
차 오제삼왕 지

이것이 오제와 삼대의 임금에게

所以無敵也라.
소이무적야

적이 없었던 까닭입니다.

今乃棄黔首[387]하야,
금내기검수

그러나 지금 백성들을 버려

---

384 불각중서(不卻衆庶): 백성들을 버리지 않다.

385 사시충미(四時充美): 계절에 관계없이 언제나 아름다운 것이 가득하다.

386 오제삼왕(五帝三王): '오제'는 고대 중국의 다섯 임금. 곧 황제(黃帝)·전욱(顓頊)·제곡(帝嚳)·당요(唐堯)·우순(虞舜). '삼왕'은 삼대(三代)의 첫 임금. 곧 하(夏)나라 우왕(禹王)·상(商)나라 탕왕(湯王)·주나라의 문왕과 무왕

387 검수(黔首): 백성들. 관(冠)을 쓰지 않은 평민들을 가리킨다.

以資敵國하고,
이 자 적 국

적국의 자산이 되게 하고,

卻賓客以業[388]諸侯하야,
각 빈 객 이 업 제 후

다른 나라 인사들을 물리쳐
제후들의 패업을 돕고,

使天下之士로
사 천 하 지 사

천하의 선비들로 하여금

退而不敢西向하며,
퇴 이 불 감 서 향

물러나 감히 서쪽 진나라로
향하지 않게 하고,

裹足[389]不入秦하니,
과 족 불 입 진

발을 싸매 놓은 듯이 진나라로
들지 않게 하는 것이니,

此는 所謂藉寇兵[390]
차 소 위 자 구 병

이것은 이른바 적에게 무기를
빌려 주고

而齎盜糧[391]者也라.
이 재 도 량 자 야

도둑에게 양식을 대 주는 것과
같은 일입니다.

夫物不産於秦이나,
부 물 불 산 어 진

물건 중에는 진나라에서 나지 않지만

可寶者多하고,
가 보 자 다

보배가 될 만한 것이 많고,

士不産於秦이로되,
사 불 산 어 진

선비 중에서 진나라 출신이
아니면서도

388 업(業): 패업을 돕다.

389 과족(裹足): 발을 싸매어 놓다. 곧 발을 움직이지 않음을 가리키는 말

390 자구병(藉寇兵): 도둑에게 무기를 대 주다. 적에게 무기를 빌려 주다.

391 재도량(齎盜糧): 도둑에게 양식을 대 주다.

願忠者衆이어늘,
원 충 자 중

충성을 다하고자 하는 사람이 많거늘,

今逐客以資敵國하고,
금 축 객 이 자 적 국

지금 다른 나라 인사들을 내쫓아
적국에 보탬이 되게 하고,

損民[392]以益讐하야,
손 민 이 익 수

백성들을 버려 원수에게
이익이 되게 하여,

內自虛
내 자 허

안으로는 저절로 텅 비게 하고

而外樹怨於諸侯하니,
이 외 수 원 어 제 후

밖으로는 제후들에게 원한을
사게 하니,

求國無危나,
구 국 무 위

나라가 위태롭지 않기를 바라도

不可得也리이다.
불 가 득 야

그렇게 될 수 없을 것입니다.

4. 가을바람(秋風辭)[393]

한무제(漢武帝)[394]

秋風起兮白雲飛하니,
추 풍 기 혜 백 운 비

가을바람이 일어남이여,
흰 구름이 날리도다.

---

392 손민(損民): 백성을 덜어 내다. 백성을 버리다.

393 추풍사(秋風辭): 한나라 무제가 잠시 지금의 산서성 서부인 하동군(河東郡)에 나가 토지신을 제사 지내고 오는 도중에 가을바람에 흥을 느껴 지은 사(辭)이다. '사'란 문체의 한 가지로 앞에 나온 초사의 「슬픔을 만나」와 같이 산문화된 운문이다.

草木黃落兮雁南歸로다. 초 목 황 락 혜 안 남 귀	초목이 누렇게 떨어짐이여, 기러기가 남쪽으로 돌아가도다.
蘭有秀兮菊有芳하니, 난 유 수 혜 국 유 방	난초에 빼어난 꽃이 있음이여, 국화는 향기롭도다.
懷佳人兮不能忘이로다. 회 가 인 혜 불 능 망	아름다운 사람 생각함이여, 잊을 수가 없도다.
泛樓船兮濟汾河[395]하니, 범 루 선 혜 제 분 하	다락배를 띄움이여, 분하를 건너도다.
橫中流兮揚素波로다. 횡 중 류 혜 양 소 파	강물 가운데를 가로질러 감이여, 흰 물결을 날리도다.
簫鼓鳴兮發棹歌하니, 소 고 명 혜 발 도 가	피리소리 북소리 울림이여, 뱃노래를 부르도다.
歡樂極兮哀情多로다. 환 락 극 혜 애 정 다	기쁨과 즐거움이 극진함이여, 슬픈 생각이 많도다.
少壯幾時兮奈老何오. 소 장 기 시 혜 내 로 하	젊음이 얼마이겠는가! 늙는 것을 어찌하리오!

394 한무제(漢武帝: 기원전 156~기원전 87): 전한(前漢)의 7대 황제. 성명은 유철(劉徹). 15세에 등극하여 60년 가까이 재위하면서 국운을 융성시켰다.

395 분하(汾河): 산서성에서 황하 중류로 흘러드는 황하의 지류

5. 진나라의 과오를 논함(過秦論)[396]

가의(賈誼)[397]

秦孝公[398]據殽函[399]之固하고, 진효공 거효함 지고	진나라 효공은 견고한 효산과 함곡관에 자리 잡고
擁雍州[400]之地하야, 옹옹주 지지	옹주의 땅을 점거하여,
君臣이 固守以窺周室하고, 군신 고수이규주실	임금과 신하가 굳게 지키며 주나라 왕실을 엿보았고,
有席卷[401]天下하야, 유석권 천하	천하를 차지하여
包擧[402]宇內[403]하고, 포거 우내	온 세상을 싸서 들고,

396 과진론(過秦論): 진나라는 여섯 나라를 멸하고 주나라에 이어 천하를 지배했지만, 고작 2대에 그쳤을 뿐이다. 이 진나라의 흥망성쇠를 논한 가의의 「과진론」은 세 편이 있는데, 이 글은 제1편에 해당한다. 한나라 문제(文帝)가 가의의 재주에 대해서 듣고, 그를 불러 박사로 삼았는데, 그때 가의가 이 글을 지어 문제에게 바쳤다.

397 가의(賈誼: 기원전 201 ~기원전 169): 한나라 문제 때의 문인이며 정책 이론가. 20세에 박사가 되고 여러 가지 개혁 정책을 건의했으나 원로대신들의 미움을 사 좌천되었다가 33세에 요절하였다. 『신서(新書)』 10권을 남겼다.

398 진효공(秦孝公): 진나라의 왕. 진시황의 6대조로 진나라를 강성하게 하여 뒤에 진나라가 천하를 통일하는 토대를 만들었다.

399 효함(殽函): 효산과 함곡관. 모두 지세가 험한 요충지이다.

400 옹주(雍州): 섬서성의 관중 땅. 요충지이다.

401 석권(席卷): 자리를 말아 올리는 것처럼 한쪽 끝에서부터 차근차근 다스려 가는 것. 천하를 정복하는 일에 비유된다.

402 포거(包擧): 싸서 들어 올리다. 몽땅 차지하다.

403 우내(宇內): 천하. 세계

囊括[404]四海[405]하며, 낭괄 사해	사해를 주머니 속에 넣어
幷呑[406]八荒[407]之心이라. 병탄 팔황 지심	사방을 병합하려는 마음이 있었다.
當是時也에, 당시시야	마침 이러한 때에,
商君佐之하야, 상군좌지	상군이 보좌하여
內立法度하고, 내립법도	안으로는 법도를 세워
務耕織修守戰之備하며, 무경직수수전지비	밭 갈고 베 짜는 일에 힘써 방어 태세를 가다듬고,
外連衡[408]而鬪諸侯라. 외연형 이투제후	밖으로는 연횡을 통해 제후들을 싸우게 하였다.
於是에 어시	이에
秦人이 拱手[409] 진인 공수	진나라 사람들은 팔짱을 끼고
而取西河之外라. 이취서하지외	서하의 밖을 차지하였다.
孝公이 旣沒에 효공 기몰	효공이 세상을 떠난 후
惠文武昭襄이 혜문무소양	혜문왕·무왕·소양왕은

---

404 낭괄(囊括): 자루 속에 담아 주둥이를 잡아매다. 남김없이 거두어 가지는 것을 말한다.

405 사해(四海): 천하

406 병탄(幷呑): 집어삼키다.

407 팔황(八荒): 팔방의 멀고 너른 범위

408 외연형(外連衡): 외교상으로 연횡책을 쓰다. '형'은 횡(橫)과 같은 뜻

409 공수(拱手): 팔짱을 끼다. 하는 일 없이 가만히 앉아 있는 것

蒙故業[410]하고, 몽 고 업	이전 임금들의 유업을 이어받고
因遺策[411]하야, 인 유 책	물려준 정책을 따라서,
南取漢中[412]하고, 남 취 한 중	남쪽으로는 한중을 얻고
西擧[413]巴蜀하며, 서 거 파 촉	서쪽으로는 파촉을 차지하며,
東割膏腴[414]之地하고, 동 할 고 유 지 지	동쪽으로는 비옥한 땅을 나누어 가지고
北收要害[415]之郡하니, 북 수 요 해 지 군	북쪽으로는 요충지의 군을 접수하니,
諸侯恐懼會盟[416] 제 후 공 구 회 맹	제후들은 두려워서 회맹하여
而謀弱秦하고, 이 모 약 진	진나라를 약화시키려 모의하고,
不愛珍器重寶 불 애 진 기 중 보	진귀한 기물과 귀중한 보물과
肥饒[417]之地하야, 비 요 지 지	비옥한 땅을 아끼지 않고,
以致天下之士하며, 이 치 천 하 지 사	천하의 선비를 초청하여

410 몽고업(蒙故業): 선조의 사업을 이어받다.

411 유책(遺策): 효공이 남긴 정책

412 한중(漢中): 촉의 땅

413 거(擧): 깨뜨리다. 차지하다.

414 고유(膏腴): 비옥한 땅

415 요해(要害): 요충지. 지세가 험준하여 지키기는 쉬우나 공격하기는 어려운 곳

416 회맹(會盟): 제후들이 회합해 동맹을 맺다. '맹'은 희생으로 바친 피를 마시며 신에게 장래에 위약을 하지 않겠다고 맹세하는 것

417 비요(肥饒): 땅이 기름지고 산물이 많다.

合從[418]締交[419]하여, 합 종 체 교	합종을 맺고
相與爲一[420]이라. 상 여 위 일	하나로 뭉쳤다.
當此之時하야, 당 차 지 시	바로 이 시기에
齊有孟嘗[421]하고, 제 유 맹 상	제나라에는 맹상군이,
趙有平原[422]하며, 조 유 평 원	조나라에는 평원군이,
楚有春申[423]하고, 초 유 춘 신	초나라에는 춘신군이,
魏有信陵[424]이라. 위 유 신 릉	위나라에는 신릉군이 있었다.
此四君者는, 차 사 군 자	이 네 사람은
皆明智而忠信하고, 개 명 지 이 충 신	모두 총명하고 지혜롭고 충성스럽고 믿음직하였고,
寬厚而愛人하며, 관 후 이 애 인	관대하고 후덕하여 사람을 사랑했으며,

418 합종(合從): '종'은 종(縱)과 같다. 한·위·조·연·초·제의 여섯 나라가 동맹을 맺어 서쪽의 강대국 진나라에 대항해야 한다는 소진의 합종책을 가리킨다.

419 체교(締交): 외교를 맺다.

420 상여위일(相與爲一): 서로 더불어 하나로 단결하다.

421 맹상(孟嘗): 제나라 왕족으로 재상을 지낸 맹상군 전문(田文). 인재를 우대하여 식객이 수천 명에 이르렀다.

422 평원(平原): 조나라 무령왕의 동생 평원군 조승(趙勝). 진나라가 조나라의 수도 한단을 포위하자, 위나라·초나라와 동맹을 맺고 한단을 구하였다.

423 춘신(春申): 초나라의 재상을 지낸 춘신군 황헐(黃歇)

424 신릉(信陵): 위나라 안리왕의 동생 신릉군 위무기(魏無忌). 조나라의 한단이 진나라에 포위되었을 때, 군사를 이끌고 가 한단을 구하였다.

尊賢重士하고, 존 현 중 사	어진 이를 존경하고 선비를 중시하였고,
約從離衡[425]하야, 약 종 이 형	합종을 약속하여 연횡을 버리고,
兼韓魏燕趙宋 겸 한 위 연 조 송	한·위·연·조·송·
衛中山[426]之衆이라. 위 중 산 지 중	위·중산의 군사를 연합하였다.
於是에 六國之士에, 어 시 육 국 지 사	이때에 여섯 나라의 인사로
有甯越[427]徐尙[428] 유 영 월 서 상	영월·서상·
蘇秦[429]杜赫[430]之屬이, 소 진 두 혁 지 속	소진·두혁 등의 무리들이
爲之謀하고, 위 지 모	그것을 모의하고,
齊明[431]周最[432]陳軫[433] 제 명 주 최 진 진	제명·주최·진진·
召滑[434]樓緩[435]翟景[436] 소 활 누 완 적 경	소활·누완·적경·

425 약종이형(約從離衡): '종'은 합종책, '형'은 연횡책. 한·위·조·연·초·제의 여섯 나라가 연횡책을 버리고 동맹을 맺어, 강대한 진나라에 대항하게 된 것을 말한다.

426 송(宋)·위(衛)·중산(中山): 전국 시대의 약소국들이다.

427 영월(甯越): 조나라 사람

428 서상(徐尙): 어떠한 인물인지에 대해서는 자세히 알려진 것이 없다.

429 소진(蘇秦): 낙양 사람으로서, 육국 합종설을 주장하였다.

430 두혁(杜赫): 주나라 사람

431 제명(齊明): 동주(東周)의 신하로, 후에 초나라와 한나라에서 벼슬하였다.

432 주최(周最): 주나라의 공자로, 제나라에서 벼슬하였다.

433 진진(陳軫): 처음에는 진나라에 출사하였으나 초나라에서 벼슬하였다.

434 소활(召滑): 초왕의 신하

435 누완(樓緩): 위나라의 대신

蘇厲[437]樂毅[438]之徒가,
소려 악의 지도

소려·악의 등의 무리가

通其意하며,
통기의

그 뜻을 통하게 하였으며,

吳起[439]孫臏[440]帶佗[441]
오기 손빈 대타

오기·손빈·대타·

兒良王廖[442]田忌[443]
아량왕료 전기

아량·왕료·전기·

廉頗[444]趙奢[445]之朋이,
염파 조사 지붕

염파·조사 등의 무리가

制其兵이라.
제기병

그 군대를 통솔하였다.

嘗以什倍之地와,
상이십배지지

일찍이 열 배가 되는 땅과

百萬之軍으로,
백만지군

백만의 군사로

仰關[446]而攻秦하고,
앙관 이공진

함곡관을 올려다보며
진나라를 공격하였으나,

秦人開關延敵[447]하니,
진인개관연적

진나라 사람들이 관문을 열고
적을 맞아들이니,

---

436 적경(翟景): 인명으로, 자세한 것은 미상이다.

437 소려(蘇厲): 소진의 동생

438 악의(樂毅): 연나라 소왕의 신하

439 오기(吳起): 위나라 사람으로 병서『오자(吳子)』를 남긴 병법가

440 손빈(孫臏): 손무의 자손으로, 제나라의 병법가

441 대타(帶佗): 자세한 것은 알려지지 않았다.

442 아량(兒良)·왕료(王廖):『여씨춘추』에 의하면, 두 사람 모두 천하의 호걸

443 전기(田忌): 제나라의 장수. 손빈을 기용해 많은 전공을 세웠다.

444 염파(廉頗): 조나라의 명장

445 조사(趙奢): 조나라의 장수

446 앙관(仰關): 함곡관을 올려다보다. 진나라는 높은 곳에 있기 때문에 '앙관'이라 한 것이다.

九國[448]之師가, 구국 지사	아홉 나라 군대는
遁逃而不敢進이라. 둔도이불감진	도망하며 감히 나아가지 못하였다.
秦無亡[449]矢遺鏃[450]之費오, 진무망 시유족 지비	진나라는 화살을 잃거나 화살촉을 낭비하지 않았지만,
而天下諸侯已困矣라. 이천하제후이곤의	천하의 제후들은 곤경에 처하게 되었다.
於是에 從散約敗[451]하고, 어시 종산약패	이리하여 합종은 흩어지고 동맹은 깨져
爭割地而賂[452]秦하니, 쟁할지이뢰 진	다투어 땅을 나누어 진나라에 바치니,
秦有餘力而制其弊[453]하고, 진유여력이제기폐	진나라는 남은 힘으로 피폐한 군대를 제압하고
追亡逐北[454]하니, 추망축배	패주하는 군대를 추격하니,
伏尸百萬이오, 복시백만	엎드린 시체는 백만이요,
流血漂鹵[455]하고, 유혈표로	흐르는 피에 방패가 떠다니고,

447 연적(延敵): 적을 끌어들이다.

448 구국(九國): 한·위·조·연·초·제의 여섯 나라와 위·송·중산의 세 나라

449 망(亡): 실(失)의 뜻으로, 잃다.

450 유족(遺鏃): '유'는 기(棄)의 뜻으로 잃거나 내버리는 것. '족'은 화살촉

451 종산약패(從散約敗): 합종책은 사라지고 동맹은 깨지다.

452 뇌(賂): 뇌물을 바치다.

453 제기폐(制其弊): 쇠약해진 틈을 타 마음대로 제압하다.

454 추망축배(追亡逐北): 패하여 달아나는 군사를 추격하고 쫓다.

因利乘便하야,
인 리 승 편
편리한 형세를 타고 이용하여

宰制[456]天下하며,
재 제 천 하
천하를 주무르며

分裂河山하니,
분 열 하 산
산하를 분열시키니,

疆[457]國은 請伏이오,
강 국 청 복
강대국은 항복을 청하고

弱國은 入朝[458]라.
약 국 입 조
약소국은 신하의 예를 올린다.

施[459]及孝文王莊襄王하야,
이 급 효 문 왕 장 양 왕
이어 효문왕과 장양왕 때에는

享國[460]日淺[461]하여,
향 국 일 천
나라를 다스린 지 얼마 되지 않아서

國家亡[462]事라.
국 가 무 사
국가에는 일이 없었다.

及至始皇하야,
급 지 시 황
시황제 때에 이르자,

奮六世[463]之餘烈[464]하고,
분 육 세 지 여 열
여섯 조상이 남긴 업적을 떨쳐

---

455 표로(漂鹵): 큰 방패가 떠다니다. '로'는 배를 젓는 노를 뜻할 때도 있다.

456 재제(宰制): 하고 싶은 대로 처리하다. '재'는 칼을 가지고 고기를 요리하는 것, 또는 그런 직업을 가진 사람

457 강(疆): 강(强)과 같은 뜻

458 입조(入朝): 신하의 예로써 진나라를 받드는 것을 뜻한다.

459 이(施): 연(延)의 뜻으로, 나아가서 또는 이어서

460 향국(享國): 나라를 물려받다.

461 일천(日淺): 제위에 올라 얼마 있지 못한 것을 가리킨다. 소양왕이 죽고 그의 아들 효문왕이 제위를 물려받았으나 탈상한 지 3일 만에 죽었다. 그의 아들 장양왕이 제위에 올랐으나 4년 후에 죽어 시황이 즉위하였다.

462 무(亡): '亡' 자는 여기에서는 '무'로 읽는다.

463 육세(六世): 효공·혜문왕·무왕·소양왕·효문왕·장양왕

464 여열(餘烈): 선조들이 남긴 사업. '열'은 업(業)의 뜻

振長策[465]而馭宇內[466]하여, 진 장 책 이 어 우 내	긴 채찍을 휘둘러 천하를 몰아서,
呑二周[467]而亡諸侯하고, 탄 이 주 이 망 제 후	서주와 동주를 삼키고 제후를 없애고
履至尊而制六合[468]이라. 이 지 존 이 제 육 합	황제가 되어 천지 사방을 다스렸다.
執敲扑[469]以鞭笞天下하니, 집 고 복 이 편 태 천 하	회초리와 매를 들고 천하를 채찍질하니,
威振四海라. 위 진 사 해	그 위세가 사해를 뒤흔들었다.
南取百粵[470]之地하야, 남 취 백 월 지 지	남으로는 백월의 땅을 취하여
以爲桂林象郡하니, 이 위 계 림 상 군	계림과 상군으로 삼으니,
百粵之君이 백 월 지 군	백월의 군왕은
俛首係頸[471]하고, 부 수 계 경	머리를 숙이고 목을 매고
委命下吏라. 위 명 하 리	목숨을 옥리에게 맡겼다.

465 장책(長策): 긴 채찍

466 어우내(馭宇內): 말을 부리듯 천하를 제어하다.

467 탄이주(呑二周): '탄'은 집어삼키는 것, 병탄. '이주'는 동주(東周)와 서주(西周). 주나라 효왕은 동생 환공(桓公)을 하남(河南)에 봉하여 동주라 하고 낙양을 서주라 하였는데, 시황이 두 주나라를 멸망시키고 삼천군을 두었다.

468 육합(六合): 천지 사방

469 고복(敲扑): '고'는 짧은 회초리, '복'은 긴 매. 곧 형구를 뜻한다.

470 백월(百粵): '월'은 월(越)과 같음. 남쪽에 있는 광동·광서·안남의 땅을 가리킨다.

471 부수계경(俛首係頸): 머리를 숙이고, 목에 줄을 걸다. 약한 제후들이 진시황이 내릴 벌을 기다리는 것을 말한다.

迺使蒙恬[472]北築長城
내 사 몽 염 북 축 장 성

이에 몽염에게 북쪽에 장성을 축성하여

而守藩籬[473]하고,
이 수 번 리

울타리를 지키게 하고

却[474]匈奴七百餘里하니,
각 흉 노 칠 백 여 리

흉노를 칠백여 리 퇴각시키니,

胡人不敢南下而牧馬하고,
호 인 불 감 남 하 이 목 마

오랑캐들은 감히 남쪽으로 내려와 말을 먹이지 못하였고,

士不敢彎弓而報怨이라.
사 불 감 만 궁 이 보 원

군사들은 감히 활을 당겨 보복하려 하지 못하였다.

於是에 廢先王之道하고,
어 시 폐 선 왕 지 도

이리하여 선왕의 도를 없애고,

焚百家之言하야,
분 백 가 지 언

제자백가의 서적을 불태워

以愚黔首하고,
이 우 검 수

백성들을 어리석게 하였고,

墮名城하며,
타 명 성

유명한 성곽을 허물고

殺豪俊하고,
살 호 준

호걸과 준재를 죽이고,

收天下之兵하야,
수 천 하 지 병

천하의 병기를 거두어들여

---

472 몽염(蒙恬): 진나라의 장수. 진시황은 천하를 통일하고 몽염에게 30만 병사를 이끌고 북방의 융적을 쫓아 버리고 만리장성을 쌓게 하였다. 만리장성은 임조에서 요동에 이르는 만여 리의 성벽으로, 그 위력은 흉노를 두려움에 떨게 하였다.

473 번리(藩籬): 울타리

474 각(却): 물러나다. 또는 물리치다.

聚之咸陽하고, 취 지 함 양	함양에 모아 놓고,
銷鋒鍉하야, 소 봉 제	창끝과 화살촉을 녹여
鑄以爲金人十二하고, 주 이 위 금 인 십 이	금인(金人) 열두 개를 주조하고,
以弱天下之民하니라. 이 약 천 하 지 민	천하의 백성을 약하게 만들었다.
然後에 踐華爲城[475]하고, 연 후 천 화 위 성	그런 다음 화산 마루에 성곽을 쌓고
因河爲池[476]하며, 인 하 위 지	황하의 물줄기를 끌어들여 못을 만들어,
據億丈之城하고, 거 억 장 지 성	억 길이나 되는 높은 성벽에 자리 잡고
臨不測之淵하야 임 불 측 지 연	헤아릴 수 없이 깊은 계곡을 굽어보며
以爲固라. 이 위 고	방비를 굳게 하였다.
良將勁弩[477]가 양 장 경 노	뛰어난 장수와 굳센 쇠뇌로
守要害之處하고, 수 요 해 지 처	요충을 지키게 하고,
信臣精卒이 신 신 정 졸	믿을 만한 신하와 정예 병사들이
陳利兵而誰何라. 진 리 병 이 수 하	날카로운 병기를 늘어놓고 검문하였다.

475 천화위성(踐華爲城): 화산(華山)을 밟고 성을 쌓다. '화'는 오악(五嶽)의 하나. 화산 위에다 성을 쌓은 것을 말한다.

476 인하위지(因河爲池): '하'는 황하. 황하를 이용해 성의 주위에 못을 팜. 큰 산과 강을 이용해 함양의 방비를 도모한 것을 말한다.

477 경노(勁弩): 센 쇠뇌. 강노

天下已定에, 천 하 이 정	천하가 평정됨에
始皇之心이 시 황 지 심	진시황은 마음속으로
自以爲關中之固가 자 이 위 관 중 지 고	관중의 견고함은
金城[478]千里니, 금 성 천 리	철옹성으로 천 리에 달하니,
子孫帝王萬世之業也러라. 자 손 제 왕 만 세 지 업 야	자손만대에까지 제왕의 업을 이어가리라 여겼다.
始皇旣沒[479]에, 시 황 기 몰	진시황이 죽고 난 후에도
餘威震于殊俗[480]이라. 여 위 진 우 수 속	남은 위엄은 풍속이 다른 곳까지 진동하였다.
然而陳涉[481]은 연 이 진 섭	그런데 진승은
甕牖繩樞[482]之子요, 옹 유 승 추 지 자	가난한 집안의 자식이요,

478 금성(金城): 철벽같이 단단한 성

479 시황기몰(始皇旣沒): 진시황 37년, 시황제는 동방을 순행하던 중 평진에 이르러 병이 깊어져, 그해 7월 사구에서 죽었다. 제왕의 죽음에 붕(崩) 자를 쓰지 않고 '몰' 자를 쓴 것은, 이 글이 진나라의 허물을 논하는 글이기 때문이다.

480 수속(殊俗): 다른 풍속. 여기서는 풍속을 달리하는 이민족을 뜻한다.

481 진섭(陳涉): 양성(陽成) 사람으로 이름은 승(勝). 섭은 자(字)이다. 진나라 2세 황제 원년(기원전 209년)에 오광(吳廣)과 함께 군사를 일으켜 초나라 왕이 되었으나, 진나라 장수 장감의 군대에 패해 끝내 부하에게 살해되었다. 그러나 이들의 거사가 도화선이 되어 뒤에 유방, 항우 등의 거병으로 결국 진나라가 무너지게 되었다.

482 옹유승추(甕牖繩樞): 깨진 항아리의 주둥이를 벽에 끼워 창으로 삼고 새끼를 엮어 문을 단다는 뜻으로, 몹시 가난한 집을 나타내는 말이다.

甿隷[483]之人으로, 맹 례 　 지 인	천한 백성으로
而遷徙之徒[484]也라. 이 천 사 지 도 　 야	유랑하는 무리였다.
材能不及中庸[485]하며, 재 능 불 급 중 용	재능은 평범한 수준에도 미치지 못했으며,
非有仲尼[486]墨翟之賢이요, 비 유 중 니 　 묵 적 지 현	공자나 묵자의 현명함이나
陶朱[487]猗頓[488]之富라. 도 주 　 의 돈 　 지 부	도주나 의돈의 부유함도 없었다.
躡足[489]行伍[490]之間하고, 섭 족 　 항 오 　 지 간	병사의 행렬 사이에서 바삐 다니고
俛起[491]阡陌之中[492]하야, 부 기 　 천 맥 지 중	밭둑에서 비천한 몸을 일으켜,
率疲散之卒[493]하고, 솔 피 산 지 졸	지치고 흩어진 병사들을 이끌고
將數百之衆하야, 장 수 백 지 중	수백의 무리를 거느리고

483 맹례(甿隷): 천한 백성

484 천사지도(遷徙之徒): 유랑하는 빈민의 무리. 진승이 유배되어 어양의 수비병이 되었던 사실을 가리킨다.

485 중용(中庸): 평범한 사람. '용'은 상(常)의 뜻

486 중니(仲尼): 유가의 시조인 공자의 자(字)이다.

487 도주(陶朱): 월나라의 재상 범려(范蠡). 월왕 구천(句踐)을 도와서 오나라를 멸망시켰다. 후에 벼슬을 버리고 도(陶)에 숨어 살면서 이름을 도주로 바꾸었는데 큰 부호가 되었다.

488 의돈(猗頓): 노나라의 대부호

489 섭족(躡足): 분주히 달리다.

490 항오(行伍): 병사의 행렬

491 부기(俛起): 몸을 굽혔다가 일어나다. 빈천한 몸을 일으키는 것을 뜻한다.

492 천맥지중(阡陌之中): 길 가운데. 진승이 어양으로 행군하던 도중에 반란을 일으킨 것을 가리킨다. '천'은 남북으로 통하는 밭둑길. '맥'은 동서로 통하는 밭둑길

493 피산지졸(疲散之卒): 지칠 대로 지쳐 싸움에서 흩어졌던 병사들

轉而攻秦[494]이라. 전 이 공 진	몸을 돌려 진나라를 공격하였다.
斬木爲兵하고, 참 목 위 병	나무를 베어 무기로 삼고
揭竿[495]爲旗라. 게 간 위 기	장대를 높이 들어 깃발로 삼았다.
天下雲會[496]而響應[497]하고, 천 하 운 회 이 향 응	천하에서 구름같이 모여들어 호응하고
贏粮[498]而景從[499]하니, 영 량 이 경 종	식량을 짊어지고 그림자처럼 따랐으니,
山東[500]豪傑이 산 동 호 걸	산동의 호걸들이
遂幷起而亡秦族矣라. 수 병 기 이 망 진 족 의	마침내 일어나 진나라의 일족을 멸망시켰다.
且天下非小弱也오, 차 천 하 비 소 약 야	천하가 작고 약한 것도 아니었고,
雍州[501]之地와 옹 주 지 지	옹주의 땅과
崤函之固가 효 함 지 고	효산과 함곡관의 견고함은
自若[502]也라. 자 약 야	본래 그대로였다.

494 전이공진(轉而攻秦): 가던 길을 바꾸어 진나라를 공격하다.
495 게간(揭竿): 장대를 높이 들다.
496 운회(雲會): 구름처럼 모여들다.
497 향응(響應): 메아리가 울리듯 다른 사람이 응하다.
498 영량(贏粮): 양식을 등에 지다.
499 경종(景從): 그림자처럼 따르다. 경(景)과 영(影)은 같은 자
500 산동(山東): 함곡관 동쪽에 있는 한·위·조·연·초·제의 여섯 나라
501 옹주(雍州): 본래 진나라가 차지하고 있던 지역
502 자약(自若): 본디 그대로. 변함이 없다.

陳涉之位는
진 섭 지 위

진승의 지위는

不尊於齊楚燕趙韓魏
부 존 어 제 초 연 조 한 위

제·초·연·조·한·위·

宋衛中山之君이오,
송 위 중 산 지 군

송·위·중산의 임금보다
존귀하지 않았고,

鉏耰[503]棘矜[504]은,
서 우 극 긍

호미·괭이·창·창자루는

不敵[505]於鉤戟長鎩[506]요,
부 적 어 구 극 장 쇄

갈고리창이나 긴 창에 대적할 수
없었고,

適戍之衆[507]은,
적 수 지 중

유배되어 수자리하던 무리가

不亢[508]於九國之師[509]요,
불 항 어 구 국 지 사

아홉 나라의 군대에 견줄 수 없었으며,

深謀遠慮와,
심 모 원 려

깊은 모의와 앞을 내다보는 생각과

行軍用兵之道는,
행 군 용 병 지 도

행군과 용병의 방법은

非及曩時之士[510]也라.
비 급 낭 시 지 사 야

지난날의 인사들에 미치지
못하는 것이었다.

---

503 서우(鉏耰): 호미와 곰방메. 곰방메는 흙덩이를 깨거나 씨를 묻는 데에 쓰는 농기구

504 극긍(棘矜): 창과 창자루

505 적(敵): 대적하다, 맞서다.

506 구극장쇄(鉤戟長鎩): '구극'은 끝이 갈고리처럼 굽은 창, '장쇄'는 긴 창

507 적수지중(適戍之衆): 어양에서 변방을 지키던 진승의 무리. '적수'는 죄를 입어 멀리 변방에 가서 수자리하다.

508 항(亢): 당(當)의 뜻

509 구국지사(九國之師): 진나라에 대항하던 한·위·조·연·초·제·위·송·중산의 군대

510 낭시지사(曩時之士): '낭시'는 지난날. 즉 맹상군·소진·진진 등을 가리킨다.

然而成敗[511]異變하고,
연 이 성 패 이 변

그러나 성패에 이변이 일어나고

功業相反은 何也오?
공 업 상 반 하 야

공적이 상반된 것은 어째서인가?

試使[512]山東之國으로,
시 사 산 동 지 국

시험 삼아 함곡관 동쪽의 나라들이

與陳涉度長絜大[513]하고,
여 진 섭 탁 장 혈 대

진승과 영토의 길이와 크기를 헤아려 보고

比權量力이면,
비 권 량 력

권력을 비교하고 병력을 헤아려 보면,

則不可同年而語[514]矣리라.
즉 불 가 동 년 이 어 의

동등하다고 말할 수 없을 것이다.

然秦以區區[515]之地로,
연 진 이 구 구 지 지

그러나 진나라는 작은 땅으로

致萬乘[516]之權하고,
치 만 승 지 권

대국의 권한을 쥐었고,

招八州[517]而朝同列[518]이,
초 팔 주 이 조 동 렬

팔주를 불러들여 같은 서열에게 입조를 받은 지

百有餘年[519]矣라.
백 유 여 년 의

백여 년이라.

---

511 성패(成敗): 진승이 진나라를 멸망시키는 데에 성공한 것과 여섯 나라가 그 일에 실패한 것

512 시사(試使): 시험 삼아 ~한다면. 가정을 나타난다.

513 탁장혈대(度長絜大): 영토의 길이와 크기를 헤아려 보다. '탁'은 모두 잰다는 뜻

514 불가동년이어(不可同年而語): 동년이라 말할 수 없다. 즉 비교할 수 없다는 뜻

515 구구(區區): 작은 모양. 작은 나라임을 뜻한다.

516 만승(萬乘): 전차 일만 대를 갖춘 나라. 즉 천자의 나라

517 초팔주(招八州): 진나라가 여덟 주의 제후들을 불러 복종케 한 것을 가리킨다. 고대 중국은 기(冀)·연(兗)·청(靑)·서(徐)·양(楊)·형(荊)·예(豫)·양(梁)·옹(雍)의 아홉 주로 나뉘어 있었다. 이 가운데 옹은 진나라 땅이고, 나머지 여덟 주는 여섯 나라 제후의 땅이었다.

518 조동렬(朝同列): 진나라가 팔주의 여섯 나라를 진나라 조정에 입조케 한 것을 가리킨다. 주나라가 천하를 다스릴 때는, 진나라도 여섯 나라와 마찬가지로 제후국이었다.

然後에 以六合爲家하고, 연후 이육합위가	그 후 온 세상을 한 집안으로 삼았고,
崤函爲宮이라. 효함위궁	효산과 함곡관을 궁으로 삼았다.
一夫作難[520] 일부작난	한 사나이가 난을 일으키자
而七廟[521]墮하고, 이칠묘 타	일곱 종묘가 무너지고
身死人手[522]하야, 신사인수	황제 자신은 남의 손에 죽어
爲天下笑者는 何也오? 위천하소자 하야	천하의 웃음거리가 된 것은 어찌된 일인가?
仁誼不施[523]하고, 인의불시	인과 의를 시행하지 않고
而攻守之勢[524]異也니라. 이공수지세 이야	공격과 수비의 형세가 달랐기 때문이니라.

519 백유여년(百有餘年): 효공부터 시황까지 백여 년 동안 노력한 결과 천하를 정복할 수 있었다는 뜻. 재위 기간은 효공 24년, 혜문왕 28년, 무왕 4년, 소양왕 56년, 효문왕 3일, 장양왕 4년, 시황 37년, 이세 2년, 자영 46일이다.

520 일부작난(一夫作難): 진승이 봉기한 것을 가리킨다.

521 칠묘(七廟): 효공부터 시황까지의 7대의 사당. 천자의 나라에서는 7대 조상까지의 위패를 종묘에 모시고 제사를 지내는데, 태조의 사당을 중심으로 왼쪽에 있는 이세·사세·육세의 사당을 삼소(三昭)라 하고, 오른쪽에 있는 삼세·오세·칠세의 사당을 삼목(三穆)이라 한다.

522 신사인수(身死人手): 남의 손에 죽임을 당하다. '신'은 시황의 태자인 부소의 아들 자영. 후에 항우에게 살해되었다.

523 인의불시(仁誼不施): 인의의 왕도 정치를 펴지 않다. '의'는 의(義)와 통한다. 진나라는 법가의 사상을 받아들여, 도덕보다는 법률을 중히 여겨 가혹하게 백성을 다스렸다.

524 공수지세(攻守之勢): 천하를 얻는 것과 천하를 지키는 방법. 진나라는 천하를 통일하고도 계속하여 가혹하게 백성을 다스렸기 때문에, 민심을 얻지 못하고 패망하였다.

6. 굴원 선생의 비운을 슬퍼하노라(弔屈原賦)[525]

가의(賈誼)

恭承嘉惠[526]兮여, 공승가혜 혜	황공하옵게도 높으신 은혜를 받아
竢罪長沙라. 사죄장사	장사에서 죄를 기다리던 중,
仄聞[527]屈原兮여, 측문 굴원혜	소문에 들으니 굴원 선생이
自湛汨羅[528]라. 자침멱라	스스로 멱라수에 빠졌다고 하는구나.
造[529]托湘流兮여, 조 탁상류혜	상강에 이르러 흐르는 물결에 내 뜻을 붙여,
敬弔先生이라. 경조선생	경건히 선생을 애도하네.
遭世罔極[530]兮여, 조세망극 혜	세상의 무도함을 만나
迺殞厥身이라. 내운궐신	기어이 그 몸을 마쳤네.
烏虖[531]哀哉兮여, 오호 애재혜	아, 슬프구나!

525 조굴원부(弔屈原賦): 가의가 참소를 당해 장사로 귀양 가던 중, 굴원이 몸을 던졌던 상수에 이르러 굴원을 애도하고 자신의 처지를 슬퍼하며 울분의 뜻을 붙여 지은 글이다.

526 가혜(嘉惠): 가의가 참소를 받고 장사왕의 태부로 좌천되었지만 죽이지는 않았으므로 이를 두고 높으신 은혜라고 한 것이다.

527 측문(仄聞): 소문 또는 풍문에 듣다.

528 멱라(汨羅): 호남성에 있는 강 이름. 굴원이 빠져 죽은 곳으로 유명하다.

529 조(造): 취(就)와 같다.

530 망극(罔極): '극'은 중도의 뜻. '망극'은 무도함을 뜻한다.

531 오호(烏虖): 오호(嗚呼). 슬픔을 나타내는 감탄사

逢時不祥이라. 봉 시 불 상	상서롭지 못한 때를 만남이여.
鸞鳳[532]伏竄兮여, 난 봉 복 찬 혜	난새와 봉황은 엎드려 숨어 있고,
鴟鴞[533]翶翔이라. 치 효 고 상	솔개와 올빼미는 드높이 날개 치네.
闒茸[534]尊顯兮여, 탑 용 존 현 혜	용렬하고 어리석은 것들이 높이 드러나서
讒諛得志로다. 참 유 득 지	참소와 아첨으로 뜻을 얻었도다.
賢聖逆曳[535]兮여, 현 성 역 예 혜	성현은 거꾸로 끌려다니고
方正倒植[536]이라. 방 정 도 식	바른 것이 거꾸로 섰네.
謂隨夷[537]溷兮여, 위 수 이 혼 혜	변수와 백이를 더럽다 하고
謂跖蹻[538]廉라. 위 척 교 렴	도척과 장교를 청렴하다 하며,
莫邪[539]爲鈍兮여, 막 야 위 둔 혜	막야검을 무디다 하고

532 난봉(鸞鳳): 난새와 봉황. 신령스런 새로서 현인을 여기에 비유했다.

533 치효(鴟鴞): 솔개와 올빼미. 악조(惡鳥)로서 간악한 참소꾼을 여기에 비유했다.

534 탑용(闒茸): '탑'은 용렬하다. '용'은 못생기다. 곧 용렬하고 어리석고 못생긴 소인을 이른다.

535 역예(逆曳): 거꾸로 끌리다. 성현은 세상에 높이 드러나고 소인은 발붙일 곳이 없어야 하지만, 오히려 성현은 세상에 발붙일 곳이 없어 숨어 살고 소인들이 득세한다는 말이다.

536 도식(倒植): 거꾸로 서다. 곧 선악이 뒤바뀜을 의미한다.

537 수이(隨夷): 변수(卞隨)와 백이(伯夷). 변수는 은나라 탕왕이 천자의 자리를 물려주려 하였으나 사양하였던 현인. 백이는 주나라 무왕이 은나라를 무너뜨리자 아우 숙제(叔齊)와 함께 정절을 지켜 수양산에 숨어 고사리를 캐 먹다 굶어죽은 성인. 청렴결백한 현인군자를 대표하는 이름이다.

538 척교(跖蹻): 도척(盜跖)과 장교(莊蹻). 도척은 노나라의 도적, 장교는 초나라의 도적. 악인을 대표하는 이름이다.

鉛刀[540]爲銛이라. 연도 위섬	무딘 칼을 날카롭다 하네.
于嗟[541]默默이, 우차 묵묵	아, 묵묵히
生[542]之亡故[543]兮여. 생 지무고 혜	선생이 까닭 없는 화를 당함이여!
斡棄周鼎[544]하고, 알기주정	주나라 금솥을 굴려서 버리고
寶康瓠[545]兮여. 보강호 혜	큰 진흙 표주박을 보배라 하며,
騰駕罷牛[546]하고, 등가피우	지친 소에 멍에 매어 끌게 하고
驂蹇驢[547]兮여. 참건려 혜	절뚝이는 말을 곁마로 알며,
驥垂兩耳[548]하고, 기수량이	천리마가 두 귀를 드리우고,
服[549]鹽車兮로다. 복 염거혜	소금 수레를 끄네.

539 막야(莫邪): 명검의 이름

540 연도(鉛刀): 날이 무딘 칼. 아주 보잘것없는 칼을 말한다.

541 우차(于嗟): 탄식하는 소리

542 생(生): 선생. 곧 굴원을 가리키는 말이다.

543 무고(亡故): 아무 까닭이 없다.

544 알기주정(斡棄周鼎): '알'은 옮기다, 굴리다. '알기'는 굴려서 버린다는 뜻. '주정'은 하나라의 우왕이 각국에서 바쳐 온 금으로 만든 솥으로, 대대로 내려오는 국보이다.

545 강호(康瓠): '강'은 대(大)의 뜻. '호'는 표주박. 곧 진흙으로 구워서 만든 커다란 표주박

546 등가피우(騰駕罷牛): '등가'는 멍에 매어 끌게 하다. '피우'는 지친 소. 여기서 '罷' 자는 '피'로 읽으며 피(疲)와 같음

547 참건려(驂蹇驢): '참'은 참마, 곧 곁마를 뜻한다. '건려'는 절뚝이는 말

548 기수량이(驥垂兩耳): '기'는 천리마. 천리마가 두 귀를 드리운다 함은 천리마가 도리어 짐수레를 끄는 천한 일에 사역당함을 뜻한다.

549 복(服): 가(駕)의 뜻으로 쓰인다. 곧 멍에 매어 끌게 한다는 뜻

章甫薦屨[550]하니, 장 보 천 구	장보관을 신발 밑에 깔아
漸不可久兮여, 점 불 가 구 혜	점점 오래 있을 수 없으리니,
嗟苦[551]先生이여, 차 고 선 생	아, 슬프다! 선생이여.
獨離此咎[552]兮로다. 독 이 차 구 혜	홀로 이 고난을 겪었도다.
誶曰[553], 수 왈	수에 말하기를
已矣[554]라. 이 의	"다 그만두리라!
國其莫吾知兮여, 국 기 막 오 지 혜	나라에 나를 알아주는 이 없구나" 라고 하셨으니,
予獨壹鬱[555]其誰語오? 여 독 일 울 기 수 어	나는 홀로 불평과 울분을 그 누구에게 말하겠소?
鳳縹縹[556]其高逝兮여, 봉 표 표 기 고 서 혜	봉황이 훨훨 높이 날아감이여!

550 장보천구(章甫薦屨): '장보'는 은나라에서 만든 관(冠)의 이름. '천'은 깔다. '구'는 신발. 머리에 써야 할 장보관을 발밑에 깐다는 것은 선악이 전도된 세상을 표현한 말이다.

551 차고(嗟苦): 애달프다. 탄식하는 소리

552 이차구(離此咎): '이'는 걸리다, 만나다. '차구'는 선악이 거꾸로 된 세상에서 굴원이 당한 모진 고난을 뜻한다.

553 수(誶): 초사(楚辭) 형식의 노래에 쓰이는 말로, 시의 끝에 전문(全文)의 대의를 요약할 때, 수왈 또는 난왈(亂曰)이라고 쓴다.

554 이의(已矣): 다 그만두어라, 다 틀렸구나. 절망을 나타내는 말이다.

555 일울(壹鬱): '일'은 불평불만. '울'은 가슴이 답답하다. 마음에 불평불만이 있어 가슴이 끓어오르는 답답함을 뜻한다.

556 봉표표(鳳縹縹): '봉'은 봉황으로, 덕이 있는 군자를 말한다. '표표'는 하늘 높이 나는 모양. 봉황이 하늘 높이 날아간다는 말은, 봉황도 무도한 세상에서는 멀리 숨어 화를 입지 않는다는 말. 곧 굴원이 무도한 초나라를 버리지 못하고 결국 화를 입은 것을 안타까워하는 말이다.

夫固自引而遠去라. 부 고 자 인 이 원 거	그것은 진실로 스스로 끌어서 멀리 가는 것이로다.
襲九淵之神龍[557]兮여, 습 구 연 지 신 룡 혜	깊은 못에 사리고 있는 신룡은
沕[558]淵潛以自珍이라. 물 연 잠 이 자 진	깊이 못 속에 잠김으로써 스스로 보중하려 함이라.
偭蟂獺[559]以隱處兮여, 면 교 달 이 은 처 혜	교달벌레 피해 숨어서 삶이여!
夫豈從蝦與蛭螾고? 부 기 종 하 여 질 인	어찌 두꺼비와 거머리·지렁이를 따르랴?
所貴聖之神德兮여, 소 귀 성 지 신 덕 혜	귀하게 여기는 것은 성인의 신덕이라,
遠濁世而自藏이라. 원 탁 세 이 자 장	흐린 세상을 멀리해 스스로를 감추었도다.
使麒麟可係而羈兮여, 사 기 린 가 계 이 기 혜	기린을 고삐 매어 굴레 씌워 둔다면,
豈云異夫犬羊고? 기 운 이 부 견 양	어찌 저 개나 염소와 다르다고 할 수 있겠는가?

557 습구연지신룡(襲九淵之神龍): '습'은 몸을 사리는 모양, '구연'은 매우 깊은 연못. '신룡'은 뒤에 나오는 기린과 더불어 덕이 있는 군자를 말한다.

558 물(沕) : 아득히 깊은 모양

559 교달(蟂獺): 뱀처럼 생긴 벌레로, 교활한 소인을 말한다. 뒤에 나오는 두꺼비와 거머리, 지렁이, 개와 염소 등도 소인을 말한다.

般[560]紛紛其離此郵[561]兮여, 반 분분기이차우 혜	도리어 분분한 속에서 이런 허물을 만났으니
亦夫子之故[562]也로다. 역부자지고 야	또한 선생의 잘못이로다.
歷九州而相其君[563]兮여, 역구주이상기군 혜	구주를 두루 돌아 그 임금을 도왔어야 할 것을
何必懷此都[564]也오. 하필회차도 야	하필이면 이 도성만을 마음에 두셨소.
鳳凰翔于千仞兮여, 봉황상우천인혜	봉황은 천 길 높이 날면서
覽德輝[565]而下之로다. 남덕휘 이하지	덕의 빛을 보면 내려오고
見細德之險微[566]兮여, 견세덕지험미 혜	덕이 없는 험악한 낌새를 보면
遙增擊而去之로다. 요증격이거지	아득히 멀리 더욱 날개 치며 가 버리오.
彼尋常之汙瀆[567]兮여, 피심상지오독 혜	저 작고 더러운 웅덩이 속이

560 반(般): 오히려, 도리어

561 이차우(離此郵): '이'는 걸리다 또는 만나다. '우'는 허물, 곧 구(咎)와 같다.

562 부자지고(夫子之故): '부자'는 선생, 곧 굴원을 가리키는 말. '고'는 허물. 어지러운 세상에서 초나라에 대한 애착을 버리지 못하고 결국 화를 당하였으니, 이것은 오로지 굴원 자신의 잘못이란 뜻이다.

563 역구주이상기군(歷九州而相其君): '구주'는 중국 전역, '기군'은 명군을 가리킨다. 어리석은 초나라 임금을 버리고 온 중국 땅을 돌아다녀 현명한 임금을 찾아 섬겼어야 하는데, 일편단심 초왕만을 생각한 굴원을 애석히 여긴 말이다.

564 차도(此都): 초나라 임금이 있는 도성

565 덕휘(德輝): 덕광이 있는 곳, 곧 성군이 다스리는 나라

566 세덕지험미(細德之險微): '세덕'은 무덕과 같은 말. '험미'는 험악한 낌새

567 심상지오독(尋常之汙瀆): '심'은 여덟 자, '상'은 열여섯 자이므로, '심상'이란 아주 작고 얕은 것. '오독'은 더러운 웅덩이로, 소인들이 모인 어지러운 조정을 말한다.

豈容呑舟之魚[568]오?
기 용 탄 주 지 어

어찌 배를 삼킬 만한 물고기를 용납할 수 있으리오?

橫江湖之鱣鯨[569]兮여,
횡 강 호 지 전 경 혜

강호에 비껴 놀던 전어와 고래도

固將制於螻蟻[570]로다.
고 장 제 어 루 의

진실로 장차 땅강아지와 개미에 눌리게 되리라.

7. 어진 임금께서 현명한 신하를 얻으신 것을 칭송함 (聖主得賢臣頌)[571]

왕포(王褒)[572]

夫荷旃[573]被毳[574]者는,
부 하 전 피 취 자

무릇 굵은 모포 조각이나 거친 털옷을 걸친 사람과는

---

568 탄주지어(呑舟之魚): 배를 삼킬 만한 큰 물고기. 곧 그릇이 큰 대인군자를 말한다. 이 문장 앞뒤의 뜻은 소인들이 득실거리는 작은 조정이 대인군자를 용납할 리 없다는 것

569 횡강호지전경(橫江湖之鱣鯨): 강호의 큰물에 노는 전어와 고래

570 횡강~루의(橫江~螻蟻): 이 문장은 아무리 큰 물고기도 작은 웅덩이 속에 들면 뜻을 펴지 못하고 도리어 땅강아지나 개미같이 형편없는 것들에게 괴로움을 당한다는 뜻이다.

571 성주득현신송(聖主得賢臣頌): 전한(前漢) 선제(宣帝)가 왕포가 문재가 뛰어나다는 말을 듣고 그를 궁으로 부르니 이 글을 지어 바쳤다. 성주가 현신을 얻으면 나라가 잘 다스려진다는 것을 매우 객관적으로 찬양한 글이지만, 간접적으로는 선제의 치세를 찬미하고 있다. 또한 임금된 자의 가장 중요한 마음가짐을 이야기한 것으로, 선제로 하여금 교훈으로 삼게 하고자 한 것이라 말할 수도 있다. 이 송은 유가적인 경향이 짙지만, 편말에는 무위자연의 노장 철학을 이상으로 하고 있는 것처럼 보인다. 이것은 현신을 얻는 일에 애쓴 결과 군주는 무위자연일 수 있다는 것이지, 장자처럼 정치를 부정하는 사상은 아니다.

572 왕포(王褒: ?~기원전 61): 촉 지방 출신으로 이 글을 선제에게 지어 바쳐, 대조(待詔) 발령을 받았고, 황제의 명령으로 촉 지방의 신에게 제사를 올리러 가는 도중에 병사하였다.

難與道純緜[575]之麗密[576]이오,
난 여 도 순 면 지 여 밀

순면의 곱고 세밀함을 논하기 어렵고,

羹藜[577]含糗[578]者는,
갱 려 함 구 자

명아주국이나 말린 밥을 먹는 사람과는

不足與論太牢[579]之滋味라.
부 족 여 론 태 뢰 지 자 미

진수성찬을 논할 수 없습니다.

今臣僻在西蜀하야,
금 신 벽 재 서 촉

오늘날 신은 서촉에 살고 있으며,

生於窮巷[580]之中하고,
생 어 궁 항 지 중

가난한 사람들이 모여 사는 곳에서 태어나,

長於蓬茨[581]之下라.
장 어 봉 자 지 하

쑥으로 이은 지붕 아래에서 자랐습니다.

無有游觀廣覽[582]之知하고,
무 유 유 관 광 람 지 지

견문과 책을 읽어 얻은 지식도 없고,

---

573 하전(荷旃): 굵은 모포 조각을 걸치다. '하'는 부(負)의 뜻. '전'은 전(氈)과 같으며, 모직물
574 피취(被毳): 털로 짠 옷을 입다. '취'는 모직물 또는 그 의복
575 순면(純緜): 비단과 솜
576 여밀(麗密): 곱고 세밀하다.
577 갱려(羹藜): 명아주국. 거친 음식
578 함구(含糗): 말린 밥을 먹다. '함'은 먹다. '구'는 볶은 쌀 또는 말린 밥
579 태뢰(太牢): 소·양·돼지의 세 가지 희생을 갖춘 제수. 대성찬
580 궁항(窮巷): 가난한 사람들이 모여 사는 좁은 뒷골목
581 봉자(蓬茨): 쑥과 띠. 누추한 집
582 유관광람(游觀廣覽): '유관'은 널리 명산대천을 구경해 견문을 넓히는 것, '광람'은 책을 널리 읽어서 지식을 얻는 것

顧[583]有至愚極陋之累[584]하니,
고 유지우극루지루

단지 지극히 비천한 허물만을 지니고 있으니,

不足以塞厚望[585]應明旨[586]라.
부족이색후망 응명지

두터운 신망에 부응하고 폐하의 밝은 뜻을 받들기에 너무나 부족합니다.

雖然이나
수연

비록 그렇다지만

敢不略陳其愚心
감불략진기우심

지금부터 어리석은 마음을 간략히 진술하여

而抒情素니이다.
이서정소

그 진정을 펴고자 합니다.

記[587]에 曰
기 왈

기(記)에 이르기를

恭惟[588]
공유

삼가 생각해 보건대,

春秋[589]法의 五始[590]之要는,
춘추 법 오시 지요

『춘추』의 서법에서 오시(五始)의 요체는

583 고(顧): 단지. 오히려

584 지우극루지루(至愚極陋之累): 지극히 어리석고 지극히 비천한 허물

585 색후망(塞厚望): 천자의 두터운 신망을 채우다. '색'은 충(充)의 뜻

586 명지(明旨): 천자의 밝은 뜻

587 기(記): 이 글의 본론이 되는 글

588 공유(恭惟): 삼가 생각하다.

589 춘추(春秋): 오경의 하나. 노나라 은공 1년(기원전 722년)부터 애공 14년(기원전 481년)까지의 12대 242년간의 사적을 노나라의 사관이 편년체로 기록한 것을 공자가 윤리적 입장에서 비판 수정하고 정사선악의 가치 판단을 내린 역사책

在乎審己[591]正統[592]而已라.
재호심기 정통 이이

[임금이] 자신을 살피고 통치를 바르게 하는 데 있을 따름입니다.

夫賢者國家之器用[593]也라.
부현자국가지기용 야

어진 사람은 나라의 그릇입니다.

所任賢
소임현

임용된 자가 어질면

則趍舍[594]省[595]而功施普[596]오,
즉추사 생 이공시보

쓰고 물리치는 것이 절약되어 공덕이 널리 퍼지고,

器用利[597]
기용리

연장이 날카로우면

則用力少而就效衆[598]이라.
즉용력소이취효중

힘이 적게 들면서 효과는 많습니다.

故로 工人之用鈍器也에,
고 공인지용둔기야

그러므로 공인이 무딘 연장을 사용하면

---

590 오시(五始): 원(元)·춘(春)·왕(王)·정월(正月)·공즉위(公卽位)의 다섯 가지 사물의 시초. 원은 기(氣)의 시초, 춘은 사시(四時)의 시초, 왕은 수명(受命)의 시초, 정월은 정교(政敎)의 시초, 공즉위는 한 나라의 시초이다. 『춘추』의 경문 첫머리에는 반드시 이 오시가 나온다.

591 심기(審己): 자신을 살피다. 임금이 자신의 몸가짐부터 바르게 하는 것을 뜻한다.

592 정통(正統): 군주가 위를 바르게 하여 천하를 통치하다.

593 기용(器用): 도구, 용구

594 추사(趍舍): 나아감과 머무름, 진퇴. 현능한 사람을 높이 쓰고, 불초한 사람을 물러가게 하는 것을 뜻한다.

595 생(省): 생략하다. 또는 간략히 하다.

596 공시보(功施普): 공이 널리 베풀어지다.

597 이(利): 예리하다.

598 용력소이취효중(用力少而就效衆): 힘을 적게 쓰고도 많은 성과를 얻다.

勞筋苦骨하야,
노근고골

근육을 수고롭게 하고 뼈를 고통스럽게 하여

終日矻矻[599]이나,
종일골골

종일토록 애쓰지만,

及至巧冶[600]鑄干將[601]之樸[602]하야,
급지교야 주간장 지박

그러나 훌륭한 대장장이가 명검 간장의 쇠뭉치를 주조하여

淸水淬[603]其鋒[604]하고,
청수쉬 기봉

맑은 물에 그 칼끝을 식히고

越砥[605]斂其鍔[606]하야,
월지 렴기악

월나라의 숫돌에 그 칼날을 갈아서,

水斷蛟龍[607]하고,
수단교룡

물에서는 교룡을 베고

陸剸[608]犀革[609]에,
육단 서혁

육지에서는 무소 가죽을 베는데,

---

599 골골(矻矻): 부지런히 일하는 모양. 또는 고달픈 모양

600 교야(巧冶): 훌륭한 대장장이. '야'는 쇠붙이를 녹여 주조하는 것, 또는 그러한 일을 하는 곳

601 간장(干將): 오나라의 장인 간장이 그의 아내와 힘을 합해 만든 두 자루의 명검 중 하나. 오왕 합려(闔閭)의 부탁으로 만들었다 하는데, 간장은 그 칼에 자기의 손톱과 아내 막야(莫耶)의 머리카락과 손톱을 넣어 만들어 각각 '간장', '막야'라는 이름을 붙였다.

602 박(樸): 잘라 놓고 아직 다듬지 않은 통나무. 여기서는 아직 세공하지 않은 쇳덩어리를 뜻한다.

603 쉬(淬): 달군 칼을 물에 담가 식혀 단단하게 하다.

604 봉(鋒): 칼의 끝

605 월지(越砥): 월나라에서 나는 좋은 숫돌

606 악(鍔): 칼날

607 교룡(蛟龍): 승천하지 못하고 물속에 잠겨 있는 이무기

608 단(剸): 끊다.

609 서혁(犀革): 무소의 가죽

忽若篲[610]泛塵塗[611]하나니, 홀 약 수 범 진 도	마치 비로 먼지 나는 길을 쓸듯이 합니다.
如此 여 차	이와 같기 때문에
則使離婁[612]督繩[613]하고, 즉 사 이 루 독 승	이루에게 먹줄을 바로잡게 하고,
公輸[614]削墨[615]하야, 공 수 삭 묵	공수반에게 먹을 따라 깎게 하면,
雖崇臺[616]五層 수 숭 대 오 층	비록 오층 누대의
延袤[617]百丈이라도, 연 무 백 장	길이와 너비가 백 장이더라도
而不溷[618]者는, 이 불 혼 자	흐트러짐이 없는 것은
工用[619]相得也라. 공 용 상 득 야	장인과 연장이 서로 잘 맞기 때문입니다.
庸人[620]之御[621]駑馬[622]는, 용 인 지 어 노 마	보통 사람이 둔한 말을 몰면

610 수(篲): 추(箒)와 같은 뜻으로, 비. 특히 대나무로 만든 커다란 비

611 범진도(泛塵塗): '범'은 불(拂)의 뜻으로 쓸다, 털다. 먼지가 잔뜩 쌓인 길을 쓸거나 터는 것을 말한다.

612 이루(離婁): 황제(黃帝) 때의 사람으로, 백 보 밖에서도 털끝을 가려낼 만큼 눈이 밝았다고 한다.

613 독승(督繩): 먹줄을 바로잡다. '독'은 정(正)의 뜻. '승'은 목수들이 직선을 그을 때에 쓰는 먹통에 담긴 먹줄

614 공수(公輸): 노나라의 이름난 장인 공수자(公輸子). 이름은 반(班). 나무로 매를 깎아 만드니, 살아 있는 매처럼 날았다 한다.

615 삭묵(削墨): 먹줄을 따라 그대로 깎고 파다.

616 숭대(崇臺): 높은 누대. 고대

617 연무(延袤): 길이와 너비

618 불혼(不溷): 혼란하지 아니하다.

619 공용(工用): 공장과 도구

亦傷吻[623]敝策[624]이나, 역상문 폐책	주둥이를 상하게 하고 채찍을 해지게 해도
而不進於行[625]이라. 이부진어행	길에서 나아가지 못합니다.
胸喘膚汗[626]하고, 흉천부한	가슴을 헐떡이고 피부에는 땀이 흘러
人極[627]馬倦[628]이라. 인극 마권	사람은 힘이 다하고 말은 지치게 됩니다.
及至駕[629]齧膝[630]하고, 급지가 설슬	설슬을 수레에 메고
參[631]乘旦[632]하며, 참 승단	승단을 곁마로 삼아
王良[633]이 執靶[634]하고, 왕량 집파	왕량이 고삐를 잡고
韓哀[635]附輿[636]하고, 한애 부여	한나라 애후가 수레를 몰아

---

620 용인(庸人): 평범한 사람
621 어(御): 말을 다루다.
622 노마(駑馬): 둔한 말
623 문(吻): 입술
624 폐책(敝策): 채찍을 해지게 하다. 채찍질만 많이 할 뿐 말을 제대로 부리지 못하는 것
625 행(行): 길
626 흉천부한(胸喘膚汗): 가슴은 헐떡거리고, 피부엔 땀이 흐르다.
627 인극(人極): 힘이 다해 사람이 몹시 지치다.
628 마권(馬倦): 말이 지치다.
629 가(駕): 수레에 말을 매다.
630 설슬(齧膝): 명마의 이름
631 참(參): 참(驂)의 뜻으로 곁마로 세우는 것. 사두마차에서 양옆의 말을 '참(곁마)'이라 한다.
632 승단(乘旦): 명마의 이름
633 왕량(王良): 조부(造父)와 함께 주나라 때 말 잘 부리는 사람으로 알려졌다.
634 파(靶): 고삐

縱騁[637]馳騖[638]하니,
종빙 치무
종횡무진 치달아 가니,

忽如景靡[639]요,
홀여경미
해가 지는 것처럼 빠를 것이요,

過都越國하니,
과도월국
도읍을 지나고 국경을 넘으니

蹶如歷塊[640]라.
궐여력괴
흙무더기를 지나가는 듯 빠르지요.

追奔電하고,
추분전
번개를 추격하고

逐遺風[641]하야,
축유풍
질풍을 따라잡으며

周流[642]八極[643]할새,
주류 팔극
팔방을 두루 돌아다니는데,

萬里一息[644]하니,
만리일식
단숨에 만 리를 가니

何其遼哉[645]오?
하기료재
얼마나 멀리 달리는 것입니까?

人馬相得也니이다.
인마상득야
사람과 말이 서로 잘 맞기 때문입니다.

故로 服絺綌[646]之凉者는,
고 복치격 지량자
고로 갈포옷의 시원함을 입은 사람은

---

635 한애(韓哀): 한나라 애후(哀侯)로, 말을 부리는 솜씨가 뛰어났다.
636 부여(附輿): 마차에 동승하다.
637 종빙(縱騁): 마음껏 달리다.
638 치무(馳騖): 말을 빨리 몰다.
639 여경미(如景靡): 해가 지는 것처럼 빠르다. '경'은 햇빛. '미'는 몰(沒)의 뜻
640 궐여력괴(蹶如歷塊): 큰 무덤 정도의 흙덩이를 지나치는 것처럼 빠르다.
641 유풍(遺風): 질풍
642 주류(周流): 두루 돌아다니다.
643 팔극(八極): 팔방의 끝
644 만리일식(萬里一息): 만 리를 단숨에 돌아오다.
645 하기료재(何其遼哉): 어찌하여 그토록 먼 길을 그토록 빨리 달릴 수 있는가?

不苦盛暑之鬱燠[647]하고, 불 고 성 서 지 울 욱	한여름의 무더위에 고통스럽지 않고,
襲狐狢[648]之暖者는, 습 호 학 지 난 자	여우와 담비의 따뜻함을 입은 자는
不憂至寒之凄愴[649]하나니, 불 우 지 한 지 처 창	한겨울의 혹한을 걱정하지 않습니다.
何고 則有其具者는, 하 즉 유 기 구 자	왜냐하면 갖추고 있는 것이
易其備라. 이 기 비	대처하기 쉽기 때문입니다.
賢人君子는, 현 인 군 자	어진 사람과 군자는
亦聖王之所以易海內[650]라. 역 성 왕 지 소 이 이 해 내	성왕이 천하를 쉽게 다스리는 도구입니다.
是以로 嘔喩[651]受之하고, 시 이 구 유 수 지	이 때문에 기꺼이 그들을 받아들이고
開寬裕[652]之路하야, 개 관 유 지 로	관대한 길을 열어
以延天下之英俊[653]이니이다. 이 연 천 하 지 영 준	천하의 영웅호걸을 끌어들여야 합니다.
夫竭智附賢者[654]는, 부 갈 지 부 현 자	지혜를 다해 현자를 가까이하는 이는

646 치격(絺綌): 갈포. 또는 갈포옷

647 울욱(鬱燠): 찌는 듯한 무더위

648 습호학(襲狐狢): '습'은 옷을 두 가지 이상 껴입는 것. '호학'은 여우와 담비. 여우와 담비 가죽으로 만든 갖옷을 껴입는 것을 뜻한다.

649 처창(凄愴): 혹독한 추위

650 이해내(易海內): 동·서·남·북 사해의 안을 쉽게 다스리다. 천하를 쉽게 다스리다.

651 구유(嘔喩): 화평하고 즐거운 모양

652 관유(寬裕): 너그럽고 여유 있다.

653 영준(英俊): 영웅준걸

654 갈지부현자(竭智附賢者): 지혜를 다해 어진 사람을 가까이하려는 사람

必建仁策[655]하고,
필 건 인 책

반드시 인의의 정책을 수립하고,

索遠求士者[656]는,
색 원 구 사 자

멀리에서도 선비를 구하는 이는

必樹伯迹[657]이라.
필 수 패 적

반드시 패자의 공적을 세웁니다.

昔周公은 躬吐握[658]之勞
석 주 공 궁 토 악 지 로

옛날 주공은 뱉어 놓고 움켜쥐는 수고를 몸소 했는데,

故로 有圄空之隆[659]하고,
고 유 어 공 지 륭

그렇기 때문에 감옥이 비는 융성함이 있었고,

齊桓[660]은 設庭燎[661]之禮
제 환 설 정 료 지 예

제나라 환공은 뜰에 횃불을 켜는 예를 베풀었는데,

故로 有匡合[662]之功이라.
고 유 광 합 지 공

그렇기 때문에 [천하를] 바로잡고 규합하는 공이 있었습니다.

---

655 인책(仁策): 인의의 정책. 즉 왕도 정치

656 색원구사자(索遠求士者): 재능 있는 사람을 멀리까지 찾아 구하는 사람

657 패적(伯迹): 패자의 공적. '패'는 패(霸)와 같다.

658 토악(吐握): 토포악발(吐哺握髮)의 뜻. 주공이 식사할 때에나 목욕할 때에 손님이 찾아오면, 먹던 것을 뱉고 감던 머리를 거머쥐고 영접하였다는 고사에서 유래된 말. 위정자가 민심을 살피고 정사를 펼치는 데 잠시도 편안함이 없음을 뜻한다. 여기서는 훌륭한 인물을 잃는 것을 두려워하는 것에 대한 비유로 쓰이고 있다.

659 어공지륭(圄空之隆): 감옥이 텅 비는 융성함. '어'는 감옥. '륭'은 성하다. 인의의 왕도 정치가 잘 행해져, 죄수가 없어 감옥이 텅 빌 만큼 세상이 태평함을 뜻한다.

660 제환(齊桓): 춘추오패의 한 사람인 제나라 환공. 환공은 어진 사람을 좋아하여 아침 일찍부터 뜰에 횃불을 밝혀 놓고 그들을 접견하였다고 한다.

661 정료(庭燎): 옛날 나라에 큰 일이 있을 때 밤중에 대궐의 뜰에 피우던 화롯불. 여기서는 환공이 아침 일찍 입궐하는 신하들을 위해 대궐의 뜰에 밝혀 둔 횃불을 가리킨다.

662 광합(匡合): 환공이 주나라의 왕실을 바로잡고, 여러 제후와 회합한 것을 가리킨다.

由此觀之면, 유 차 관 지	이로써 본다면,
君人者는, 군 인 자	임금 된 사람은
勤於求賢[663]이오, 근 어 구 현	어진 사람을 구하는 데 힘쓰는 것이요,
而逸於得人[664]이니이다. 이 일 어 득 인	사람을 얻고 난 후 편안해지는 것입니다.
人臣亦然하니, 인 신 역 연	신하의 경우 또한 그러하니,
昔賢者之未遭遇[665]也에, 석 현 자 지 미 조 우 야	옛날 현자가 성군을 만나지 못해
圖事揆策[666] 도 사 규 책	일을 도모하고 정책을 펴고자 해도
則君不用其謀하고, 즉 군 불 용 기 모	임금이 그 계책을 써 주지 않고,
陳見悃誠[667] 진 현 곤 성	지극한 정성을 펴 보여도
則上[668]不然其信[669]이라. 즉 상 불 연 기 신	임금은 그 진실을 믿지 않습니다.
進仕에 不得施效하고, 진 사 부 득 시 효	벼슬자리에 나아가도 효과를 볼 수 없고

663 근어구현(勤於求賢): 어진 사람을 구하는 일에 애를 쓰다.
664 일어득인(逸於得人): 어진 사람을 얻은 뒤에는 편안하다.
665 조우(遭遇): 자기를 알아주는 명군을 만나다.
666 규책(揆策): 계책과 같은 뜻. 책략을 지어내는 것
667 진현곤성(陳見悃誠): 지성(至誠)을 말해 보이다. '곤성'은 지성
668 상(上): 군주 또는 천자
669 불연기신(不然其信): 참되고 거짓 없는 것을 믿으려 하지 않다.

斥逐[670]에 又非其愆[671]이라. 척 축 우 비 기 건	쫓겨나는 것도 그의 허물 때문이 아닙니다.
是故로 시 고	이 때문에
伊尹[672]은 勤於鼎俎[673]하고, 이 윤 근 이 정 조	이윤은 솥과 도마에 부지런하였고
太公[674]은 困於鼓刀[675]하며, 태 공 곤 어 고 도	태공은 칼을 휘두르며 고생했으며,
百里自鬻[676]하고, 백 리 자 육	백리해는 자신을 팔았고
甯子飯牛[677]하니, 영 자 반 우	영척은 소를 먹였으니,
離[678]此患[679]也니이다. 이 차 환 야	이러한 환난을 당했기 때문입니다.
及至遇明君遭聖主也에, 급 지 우 명 군 조 성 주 야	현명한 임금을 만나고 성스런 군주를 만나면,
運籌[680]면 合上意하고, 운 주 합 상 의	계책을 올리면 임금의 뜻에 부합하고

670 척축(斥逐): 참소를 당해 쫓겨나다.

671 건(愆): 허물. 과(過)와 같은 뜻

672 이윤(伊尹): 은나라 탕왕의 어진 재상. 탕왕을 도와 하나라의 폭군 걸(桀)을 쳤다.

673 정조(鼎俎): 솥과 도마. 이윤이 탕왕을 만나기 전에 폭군 걸의 요리사로 일했던 것을 가리킨다.

674 태공(太公): 주나라의 명재상 여상(呂尙)을 가리킨다. 속칭 강태공(姜太公)이라 불린다.

675 고도(鼓刀): 식칼을 마음대로 쓴다는 뜻으로, 백정이 고기를 베는 것을 뜻한다. 여기서는, 태공이 문왕을 만나기 전에 세속을 피해 소를 잡으며 살던 일을 가리킨다.

676 백리자육(百里自鬻): 백리해가 자신을 팔다. 백리는 진(秦)나라 목공(穆公)의 어진 재상 백리해(百里奚). '鬻' 자는 판다는 뜻으로 쓰일 때에는 '육'으로 읽는다.

677 영자반우(甯子飯牛): 영척이 소를 먹이다. 영자는 제나라 환공(桓公)의 현신 영척(甯戚). '영'은 녕(寧)과 같다.

678 이(離): 걸리다. 바꾸어서 어떤 일을 당한다는 뜻

679 차환(此患): 이러한 환난. 어진 사람이 밝은 군주를 만나지 못해 고통을 받는 것

諫諍則見聽이라.
간 쟁 즉 견 청

간언을 하면 들어줍니다.

進退得閔[681]其忠하고,
진 퇴 득 민 기 충

나아가고 물러갈 때 그의 충성을 갸륵히 여기고,

任職에 得行其術이라.
임 직 득 행 기 술

직책을 맡아 그 재능을 행할 수 있습니다.

去卑辱[682]奧渫[683]
거 비 욕 오 설

비천하고 욕되며 어둡고 더러운 것을 멀리하여

而升本朝[684]하고,
이 승 본 조

조정에 등용되고,

離蔬[685]釋[686]蹻[687]
이 소 석 갹

거친 음식과 짚신을 버리고

而享膏粱[688]이라.
이 향 고 량

기름진 음식과 좋은 곡식을 누리게 됩니다.

剖符[689]錫壤[690]
부 부 석 양

제후가 되어 땅을 받아

---

680 주(籌): 계책. 꾀

681 민(閔): 가엾게 여기다.

682 비욕(卑辱): 비천하고 욕되다.

683 오설(奧渫): '오'는 어둠에 묻혀 사람들에게 알려지지 않다. '설'은 남에게서 멸시를 받다.

684 본조(本朝): 자기가 섬기는 나라의 조정

685 소(蔬): 푸성귀. 즉 변변치 못한 음식

686 석(釋): 버리다.

687 갹(蹻): 짚신, 초리

688 고량(膏粱): '고'는 기름진 고기. '량'은 조의 일종. 중국에서는 조를 귀하게 여겼으므로, 좋은 곡식, 또는 좋은 쌀의 뜻으로도 쓰인다.

689 부부(剖符): 제후가 되는 것. '부(剖)'는 가르다, '부(符)'는 부절을 뜻한다. 옛날 천자가 제후를 봉할 때 부절을 양분해 반쪽은 천자가 지니고 반쪽은 제후에게 주었다가 후일의 증거로 삼았다.

而光祖考[691]하고,
이 광 조 고

조상을 빛내고

傳之子孫하야,
전 지 자 손

그것을 자손에게 전하여

以資[692]說士[693]니이다.
이 자 세 사

유세하는 선비에 도움이 되게 합니다.

故로 世必有聖知之君
고 세 필 유 성 지 지 군

고로 세상에는 반드시 성덕과 지혜를 갖춘 임금이 있은

而後에 有賢明之臣이라.
이 후 유 현 명 지 신

후에야 현명한 신하가 있는 것입니다.

故로 虎嘯而風冽[694]하고,
고 호 소 이 풍 렬

고로 호랑이가 울부짖어야 바람이 차갑고

龍興而致雲[695]이라.
용 흥 이 치 운

용이 일어야 구름이 모여듭니다.

蟋蟀俟秋吟[696]하고,
실 솔 사 추 음

귀뚜라미는 가을을 기다려 울고

蜉蝣出以陰[697]이라.
부 유 출 이 음

하루살이는 날이 어두워져야 나옵니다.

---

690 석양(錫壤): 땅을 하사하다.

691 조고(祖考): 죽은 할아버지와 죽은 아버지

692 자(資): '~의 참고가 되게 하다' 또는 '~의 조건이 되게 하다'의 뜻

693 세사(說士): 천하를 돌아다니며 유세하여 발탁되기를 바라는 어진 선비

694 호소이풍렬(虎嘯而風冽): 호랑이가 으르렁거려야 바람이 일어난다. 호랑이는 명군, 바람은 현신을 뜻한다.

695 용흥이치운(龍興而致雲): 용이 일어나야 구름이 모인다. 용은 명군, 구름은 현신을 뜻한다.

696 실솔사추음(蟋蟀俟秋吟): 귀뚜라미는 가을을 기다려 운다. '실솔'은 귀뚜라미로 현신을 가리킨다. '사'는 대(待)의 뜻으로 기다리는 것. '추'는 명군을 뜻한다.

697 부유출이음(蜉蝣出以陰): 하루살이는 날이 어두워져야 나타난다. '부유'는 하루살이과에 속하는 잠자리 비슷한 작은 곤충으로, 여기서는 현신을 가리킨다. '음'은 명군을 가리킨다.

易에 曰, 역 왈	『역경』에 이르기를
飛龍在天[698]에, 비룡재천	"비룡이 하늘에 있으니
利見大人[699]이라 하고, 이견대인	대인을 만남이 이롭다" 하고
詩에 曰, 시 왈	『시경』에 이르기를
思皇多士여, 사황다사	"훌륭하고도 많은 선비여!
生此王國[700]이라 하니라. 생차왕국	이 왕국에서 태어났네"라 했습니다.
故로 世平主聖이면, 고 세평주성	고로 세상이 평화롭고 임금이 성스러우면,
俊乂[701]將自至라. 준예 장자지	준걸들이 스스로 찾아드는 것입니다.
若堯舜禹湯文武之君이, 약요순우탕문무지군	요·순·우·탕·문왕·무왕 같은 임금들은
獲[702]稷契皐陶 획 직설고요	후직·설·고요·
伊尹呂望[703]之臣이라. 이윤여망 지신	이윤·여망 같은 신하를 얻었습니다.

698 비룡재천(飛龍在天): 비룡이 하늘에 있다. 『주역』 건괘에 나옴. '비룡'은 강건 중정(中正)한 성인의 덕을 지닌 천자를 가리키며, '재천'은 천자의 자리에 오르는 것을 뜻한다.

699 이견대인(利見大人): 대인을 보니 좋다. 재야의 덕 있는 사람을 찾아낼 수 있다는 뜻

700 사황다사생차왕국(思皇多士生此王國): 빛나는 많은 선비들이 이 왕국에서 나오다. 『시경(詩經)』「대아(大雅)·문왕(文王)」에 나오는 시구. '사(思)'는 조사. '황'은 빛나다. 문왕과 같은 성군이 있어 뛰어난 인물들이 수없이 많았다는 뜻

701 준예(俊乂): 아주 뛰어난 인재. '예'는 어진 사람이라는 뜻

702 획(獲): 얻다.

703 직(稷)·설(契)·고요(皐陶)·이윤(伊尹)·여망(呂望): 모두 명재상들이다. '직'과 '설'과 '고요'는 요순 시대의 명신이다. 직은 본명이 기이며 주나라의 선조이고, 설은 교육을 관장했던 사람으로

明明在朝[704]하니,
명 명 재 조

밝고 밝은 [임금이] 조정에 계시니,

穆穆布列[705]이라.
목 목 포 열

온화하고 위엄 있는 [신하들이]
줄서는 것입니다.

聚精會神[706]하니,
취 정 회 신

정신을 한 곳에 모으니,

相得益章이라.
상 득 익 장

서로가 더욱 밝아지게 되는 것입니다.

雖伯牙[707]操遞鍾[708]하고,
수 백 아 조 체 종

비록 백아가 체종을 타고

逢門子[709]彎[710]烏號[711]라도,
방 문 자 만 오 호

방문자가 오호를 당긴다고 해도

猶未足以喩其意也니이다.
유 미 족 이 유 기 의 야

그 뜻을 비유하기에는 부족합니다.

故로 聖主는 必待賢臣
고 성 주 필 대 현 신

고로 성스런 군주는 반드시
어진 신하를 기다려

而弘功業하고,
이 홍 공 업

공적을 넓히고,

상(은)나라의 선조이며, 고요는 형벌을 관장했던 사람이다. 이윤은 은나라의 탕왕의 현신이고, 여망은 태공망 여상으로 주나라 문왕의 현신이다.

704 명명재조(明明在朝): 성군이 조정에 계셔 밝은 것을 뜻한다.

705 목목포열(穆穆布列): 어진 신하들이 조정에 위의 넘치는 모습으로 죽 늘어선 것을 뜻한다. '목목'은 온화하고 아름다우며 위의가 갖추어진 모양

706 취정회신(聚精會神): 군신의 뛰어난 지혜와 마음을 한데 모으다.

707 백아(伯牙): 춘추 시대의 금의 명인

708 체종(遞鍾): 명금의 이름

709 방문자(逢門子): 고대의 활의 명인 방몽(逢蒙)을 가리킨다.

710 만(彎): 활에 화살을 메겨 당기다.

711 오호(烏號): 명궁의 이름. 황제가 승천할 때 하늘에서 떨어졌다고 한다.

俊士는 亦俟[712]明主 준사 역사 명주	훌륭한 선비 역시 현명한 임금을 기다려
以顯其德이라. 이현기덕	그 덕을 드러냅니다.
上下[713]俱欲[714]하고, 상하 구욕	임금과 신하가 함께 바라고
歡然交欣[715]이라. 환연교흔	기뻐하며 서로 즐거워합니다.
千載一會[716]에 천재일회	천 년에 한 번의 기회에도
論說無疑라. 논설무의	대화에는 의심이 없습니다.
翼乎 익호	나는 것이
如鴻毛遇順風[717]하고, 여홍모우순풍	마치 기러기 털이 순풍을 만난 듯하고
沛乎[718] 패호	성대한 모습이
若巨魚縱[719]大壑[720]이라. 약거어종 대학	큰 물고기가 큰 골짜기를 멋대로 헤엄치듯 합니다.

---

712 사(俟): 기다리다. 대(待)와 같은 뜻

713 상하(上下): 군주와 신하

714 구욕(俱欲): 생각하고 바라는 것을 함께하다.

715 교흔(交欣): 서로 즐거워하다.

716 천재일회(千載一會): 천재일우(千載一遇). 좀처럼 만나기 어려운 기회. '천재'는 천세(千歲)의 뜻

717 익호여홍모우순풍(翼乎如鴻毛遇順風): 나는 것이 마치 큰 기러기 깃이 순풍을 탄 것 같다. 군신의 뜻이 순조롭게 합치되는 것을 뜻한다.

718 패호(沛乎): 성대한 모양

719 종(縱): 자유롭게 노닐다.

720 대학(大壑): 큰 골짜기. '학'은 두 산 사이의 골짜기를 뜻한다.

其得意如此면,
기 득 의 여 차

이와 같이 뜻대로 되니,

則胡[721]禁不止며,
즉 호 금 부 지

어찌 금지하는 일이 그치지 않을 것이며

曷令不行이리오?
갈 령 불 행

어찌 명령이 행해지지 않겠습니까?

化溢四表[722]하고,
화 일 사 표

교화가 사해의 바깥까지 넘쳐

橫被無窮[723]이라.
횡 피 무 궁

끝없이 넓게 미칩니다.

遐夷[724]貢獻[725]하고,
하 이 공 헌

오랑캐들이 조공을 바치고

萬祥必臻[726]이니라.
만 상 필 진

만 가지 상서로움이 반드시 이르는 것입니다.

是以로
시 이

이로써

聖主는 不偏窺望[727]
성 주 불 편 규 망

성스런 임금은 두루 들여다보고 바라보지 않아도

而視已明하고,
이 시 이 명

이미 명백히 볼 수 있고,

---

721 호(胡)·갈(曷): 모두 하(何)의 뜻으로, '어찌 ~하겠는가'

722 화일사표(化溢四表): 덕화가 사해의 밖까지 넘치다. '화'는 인의의 덕으로 감화시키다. '일'은 가득 차 넘치다. '표'는 바깥

723 횡피무궁(橫被無窮): 덕화가 끝없이 넓게 미치는 것을 뜻한다. '피'는 널리 미치다.

724 하이(遐夷): 먼 곳에 있는 이민족. 오랑캐

725 공헌(貢獻): 조공을 바치다.

726 만상필진(萬祥必臻): 만 가지 상서로운 일이 반드시 일어나다. '진'은 오다, 또는 한군데로 모이다.

727 편규망(偏窺望): 두루 빠짐없이 살펴보다.

不殫[728]傾耳[729] 불탄 경이	귀를 기울이지 않고도
而聽已聰이라. 이청이총	이미 똑똑히 들을 수 있습니다.
恩從祥風翶[730]하며, 은종상풍고	성스런 은혜는 상서로운 바람에 날고
德與和氣游[731]라. 덕여화기유	성스런 덕은 조화로운 기운과 노닙니다.
太平之責[732]塞[733]하고, 태평지책 색	천하의 책임을 완수하고
優游[734]之望得이라. 우유 지망득	한가로이 노닐고 싶은 바람을 얻게 됩니다.
遵遊自然之勢[735]하고, 준유자연지세	자연의 추세를 따라서 노닐고
恬淡無爲之場[736]이라. 염담무위지장	무위의 세계에서 편안해집니다.
休徵[737]自至하니, 휴징 자지	좋은 징조가 저절로 이르니,

---

728 탄(殫): 빠짐없이 널리

729 경이(傾耳): 귀를 기울이다.

730 고(翶): 새가 날개를 위아래로 흔들며 나는 것을 '고'라 하고, 날개를 움직이지 않고 하늘 높이 떠 있는 것을 '상'이라 한다.

731 덕여화기유(德與和氣游): 군주의 높은 덕이 화평한 기운과 함께 천하에 떠돌다. '유'는 본디 가라앉지 않고 물 위에 떠 있는 상태를 뜻한다.

732 책(責): 당연히 해야 할 임무. 여기서는 천하를 태평하게 해야 하는 천자의 책임을 뜻한다.

733 색(塞): 이루어 채우다. 충(充)의 뜻. 즉 천자가 천자로서 이루어야 할 태평성대의 책임을 훌륭히 완수하는 것을 뜻한다.

734 우유(優游): 한가로운 모양

735 준유자연지세(遵遊自然之勢): 자연의 이치를 좇아 즐기다. 만물을 지배하는 천도의 자연스러운 추이에 따르는 것을 뜻한다.

736 염담무위지장(恬淡無爲之場): 무위의 경지에서 명리를 탐내지 않고 고요히 있다.

壽考無疆[738]이라. 수 고 무 강	만수무강할 것입니다.
雍容垂拱[739]이 옹 용 수 공	온화한 얼굴에 팔짱을 끼고
永永萬年이니, 영 영 만 년	만년토록 살 것이니,
何必 하 필	어찌 반드시
偃仰屈伸[740]若彭祖[741]하고, 언 앙 굴 신 약 팽 조	팽조와 같이 누웠다 일어났다 굽혔다 폈다 하고
呴噓呼吸[742]如喬松[743]하야, 후 허 호 흡 여 교 송	왕자교·적송자와 같이 숨을 마셨다 뱉었다 하며
眇然絶俗[744]離世[745]哉리오? 묘 연 절 속 이 세 재	아득히 속세를 떠나 세상을 등져야 하리오?
詩曰, 시 왈	『시경』에 이르기를,

737 휴징(休徵): 경사스러운 징조

738 수고무강(壽考無疆): 수명이 길어 한이 없다. '고'는 오래 산다는 뜻

739 옹용수공(雍容垂拱): 온화한 얼굴로 옷자락을 드리우고 팔짱을 끼다. '옹'은 온화하다. '수공'은 수공지화(垂拱之化)의 뜻으로, 임금의 덕으로 백성이 착해져서 정사가 저절로 잘되는 것

740 언앙굴신(偃仰屈伸): '언'은 눕다. '앙'은 일어나다. '굴'은 구부리다. '신'은 펴다. 몸을 건강하게 하여 오래 살고자 하는 양생법을 뜻한다.

741 팽조(彭祖): 오래 산 것으로 유명한 선인. 『열선전(列仙傳)』에 의하면, 전욱(顓頊)의 현손으로 요임금 시대부터 은나라 말까지 7백 년을 살았다고 한다.

742 후허호흡(呴噓呼吸): 도가의 양생법으로 체내의 묵은 기운을 내쉬고 새로운 기운을 들이쉬는 호흡법

743 교송(喬松): 주나라 영왕의 태자 왕자교(王子喬)와 선인 적송자(赤松子). 불로장생의 선법을 터득한 신선들

744 묘연절속(眇然絶俗): '묘연'은 아득히 먼 모양, 초연한 모양. '절속'은 속세와 인연을 끊다.

745 이세(離世): 세상을 멀리하다.

濟濟多士여,
제 제 다 사

"훌륭한 여러 선비들이여!

文王以寧[746]이라 하니,
문 왕 이 녕

문왕은 그들로 인해 안녕하셨네"라 하였으니,

蓋信乎[747]잇가?
합 신 호

어찌 그것을 믿지 않으십니까?

以寧也니이다.
이 녕 야

이로써 [현신을 얻어야 나라가] 평안한 것입니다.

8. 뜻대로 삶을 즐김(樂志論)[748]

중장통(仲長統)[749]

使居有
사 거 유

거처하는 곳에

良田廣宅이,
양 전 광 택

좋은 밭이 딸린 넓은 집이 있고

背山臨流하야,
배 산 임 류

산을 등지고 시내가 곁에 흐르며,

---

746 제제다사, 문왕이녕(濟濟多士文王以寧): 『시경』 「대아·문왕」에 나오는 시구. '제제다사'는 어질고 훌륭한 선비들이 많은 것. '문왕이녕'은 문왕이 어진 선비를 얻어 편안하였다는 뜻

747 합신호(蓋信乎): '합'은 합(盍=何不)과 같은 뜻

748 낙지론(樂志論): 자신의 뜻을 즐기는 기쁨을 이야기하면서 조정에 출사하기를 원하지 않았던 중장통의 사상이 잘 나타나 있다. 문장은 간결하고 수식이 적은 단문으로 고사를 인용한 구가 몇 군데 있지만 화려한 것은 아니다.

749 중장통(仲長統: 179~220): 자는 공리(公理). 후한 때의 문인으로 어려서부터 배우기를 좋아하고 여러 책을 두루 섭렵해 문장을 잘 지었다. 직언을 서슴지 않고 작은 일에 구속되지 않아 사람들이 광생(狂生)이라 불렀다. 주(州)와 군(郡)에서 기용하려 했지만 병을 핑계로 나아가지 않았다. 저서로는 정치서인 『창언(昌言)』 34편이 있다고 하나 일부만 전해진다.

溝池環匝[750]하고,
구 지 환 잡

도랑과 못이 집 주위에 빙 둘러 있고

竹木周布[751]하야,
죽 목 주 포

대나무와 나무들이 죽 벌려 서 있으며,

場圃[752]築前하며,
장 포 축 전

앞에는 타작마당과 채마밭이 있고

果園樹後라.
과 원 수 후

뒤에는 과수원이 있다.

舟車足以代步涉[753]之難하고,
주 거 족 이 대 보 섭 지 난

수레와 배가 걷고 물을 건너는
어려움을 대신하고

使令[754]足以息四體[755]之役이라.
사 령 족 이 식 사 체 지 역

심부름하는 이가 육체의
노역에서 쉬게 해 준다.

養親有兼珍之膳[756]하고,
양 친 유 겸 진 지 선

갖가지 진미로 부모를 봉양하고

妻孥[757]無苦身之勞라.
처 노 무 고 신 지 로

아내와 자식들은 몸을 괴롭히는
일 없이 편안하다.

---

750 환잡(環匝): 고리처럼 빙 둘러 있다. '잡'은 둘레의 뜻

751 주포(周布): 두루 퍼져 있다.

752 장포(場圃): '장'은 농사철에는 밭이 되고 추수 때는 타작마당이 되는 곳. '포'는 채소나 과일을 심는 밭. 채마밭

753 보섭(步涉): 길을 걷고, 물을 건너다.

754 사령(使令): 일을 시키다. 전하여 일꾼, 심부름꾼

755 사체(四體): 사지, 신체

756 겸진지선(兼珍之膳): 진미를 곁들인 음식. '선'은 음식

757 처노(妻孥): 아내와 아이들, 처자

良朋萃[758]止 양 붕 췌 지	좋은 벗들이 모여 머무르면
則陳酒肴[759]以娛之하고, 즉 진 주 효 이 오 지	술과 안주를 벌여 놓고 즐거워하고,
嘉時吉日[760] 가 시 길 일	기쁠 때나 좋은 날에는
則烹[761]羔[762]豚以奉之라. 즉 팽 고 돈 이 봉 지	새끼 양과 돼지를 삶아 제사를 받든다.
躕躇[763]畦苑[764]하고, 주 저 휴 원	밭이랑과 동산을 홀로 거닐기도 하고
遊戲平林[765]하며, 유 희 평 림	숲속에서 놀기도 하며,
濯淸水하고, 탁 청 수	맑은 물에 나아가 씻기도 하고
追凉風하며, 추 량 풍	서늘한 바람을 따라가기도 하며,
釣游鯉하고, 조 유 리	물에 노는 잉어를 낚기도 하고
弋[766]高鴻[767]하며, 익 고 홍	높이 나는 큰기러기에 주살질도 하며,

758 췌(萃): 모이다.

759 효(肴): 안주

760 가시길일(嘉時吉日): 좋은 때와 좋은 날. '가시'는 단오, 칠석 등의 명절이며, '길일'은 보통 매월 초하루로, 제사 지내는 날이다.

761 팽(烹): 삶다. 요리하는 것을 뜻한다.

762 고(羔): 새끼 양

763 주저(躕躇): 나아가지 못하고 머뭇거리다. 여기서는 아무 목적 없이 노니는 것을 말한다.

764 휴원(畦苑): 밭이랑과 동산

765 평림(平林): 평지에 있는 숲

766 익(弋): 주살질. 주살은 오늬에 줄을 매어 쏘는 화살

767 고홍(高鴻): 하늘 높이 나는 큰기러기

風於舞雩之下[768]하고,
풍 어 무 우 지 하

기우제를 지내는 제단 아래에서 바람을 쐬고

詠歸高堂之上이라.
영 귀 고 당 지 상

시를 읊으며 높은 집으로 돌아오기도 한다.

安神[769]閨房[770]하야,
안 신 규 방

깊숙한 방에 앉아 정신을 편안하게 하고

思老氏之玄虛[771]하고,
사 노 씨 지 현 허

노자의 현묘하고 허무한 도를 생각하며,

呼吸精和[772]하야,
호 흡 정 화

천지의 정화를 들이마시고 내뱉어

求至人[773]之彷彿[774]이라.
구 지 인 지 방 불

지인(至人)을 닮고자 애쓴다.

與達者[775]數子로,
여 달 자 수 자

도에 통달한 사람 몇 명과 더불어

---

768 풍어무우지하(風於舞雩之下): 기우제를 지내는 제단 아래에서 바람을 쐬다. 유유자적한 생활을 뜻한다. '무우'는 기우제를 지낼 때 춤을 추는 제단. 『논어(論語)』「선진(先進)」에 다음과 같은 이야기가 있다. 공자가 여러 제자에게 "만약 등용된다면 어떤 일을 하겠느냐?"고 물었다. 이에 증석이 이렇게 대답하였다. "늦은 봄철에 새로 지은 봄옷을 꺼내 입고, 친구 몇이서 젊은이들 몇을 데리고 기수 맑은 물에 가 목욕한 다음, 무우대 언덕에 올라 바람이나 쐬며 한가히 거닐다가, 『시경』의 구절이나 읊조리면서 돌아왔으면 합니다."

769 안신(安神): 정신을 편안하게 하다.

770 규방(閨房): 깊숙한 방. 내실

771 노씨지현허(老氏之玄虛): '노씨'는 노자. '현허'는 노자의 허무와 무위자연의 도

772 호흡정화(呼吸精和): '정화'는 천지만물의 생명의 본질인 음양을 조화한 기운. 뱃속의 더러운 기운을 뱉어내고 천지의 신선한 정기를 들이마시는 것. 도교의 양생법이다.

773 지인(至人): 도가에서 말하는 이상적 인간. 무위자연의 지극한 경지에 이른 사람을 뜻한다.

774 방불(彷彿): 거의 비슷하다.

775 달자(達者): 도에 통달한 사람

論道講書하고, 논 도 강 서	도를 논하고 경서를 강론하고
俯仰二儀[776]하며, 부 앙 이 의	하늘과 땅을 올려 보고 내려 보며
錯綜[777]人物이라. 착 종 인 물	고금의 여러 인물을 한데 모아 평하기도 한다.
彈南風之雅操[778]하고, 탄 남 풍 지 아 조	남풍의 고아한 가락을 타기도 하고,
發淸商[779]之妙曲하야, 발 청 상 지 묘 곡	청상의 미묘한 곡조를 연주하여
逍遙[780]一世之上하고, 소 요 일 세 지 상	어지러운 세상을 초월하여 유유히 노닐고,
睥睨[781]天地之間하야, 비 예 천 지 지 간	하늘과 땅 사이를 곁눈질하여
不受當時之責[782]하고, 불 수 당 시 지 책	당시의 책임을 맡지 않고,
永保性命之期[783]라. 영 보 성 명 지 기	기약된 운명을 길이 보전한다.

776 이의(二儀): 음양, 즉 천지를 가리킨다. '의'는 법칙

777 착종(錯綜): '착'은 뒤섞이다. '종'은 하나로 모으다. 고금의 여러 인물을 한데 모아 평하는 것

778 남풍지아조(南風之雅操): 남풍의 고상한 곡조를 타다. '남풍'은 순임금이 지은 시. '아'는 고상한 것. '조'는 곡. 『공자가어(孔子家語)』에 "순임금이 오현의 금을 타며 남풍을 지었다"고 하였다.

779 청상(淸商): '상'은 궁·상·각·치·우의 오음 가운데 하나인데, 오음 중에서 가장 맑고 가벼운 음을 내므로 청상이라 한 것이다.

780 소요(逍遙): 자유롭게 서성이다.

781 비예(睥睨): 흘겨보다. 속세의 잡다한 일에 관계되지 않고 무심하다는 뜻이다.

782 당시지책(當時之責): 그 시대의 정치나 교육에 대한 책임. 관직에 있는 자가 져야 할 시국에 관한 책임

783 성명지기(性命之期): 하늘로부터 받은 생명의 기한. '성'은 태어나면서부터 가지고 있는 것. '명'은 하늘의 명령

如是 / 이와 같이 하면
여 시

則可以凌[784]霄漢[785]하고, / 은하수를 넘어서
즉 가 이 릉 소 한

出宇宙之外矣리니, / 우주의 밖으로 나아갈 수 있으니,
출 우 주 지 외 의

豈羨[786]夫入帝王之門[787]哉아?
기 선 부 입 제 왕 지 문 재

어찌 제왕의 문에 드는 것을
부러워하리오?

9. 군사를 이끌고 나아가기에 앞서 올린 상소문(前出師表)[788]

제갈량(諸葛亮)[789]

先帝[790]創業[791]未半 / 선제께서 창업하신 지 반도 못 되어
선 제 창 업 미 반

---

784 능(凌): 넘다. 건너다.

785 소한(霄漢): 하늘. '소'는 하늘, '한'은 은하수

786 선(羨): 부러워하다.

787 제왕지문(帝王之門): 조정을 가리킨다.

788 출사표(出師表): 임금에게 출병할 것을 아뢰는 글. '사'는 군사(軍師), 즉 군대. '표'는 신하로서 임금에게 올리는 글의 일종. 이 상소문은 후주(後主) 건흥(建興) 5년(227)에 올린 것인데, 선제 유비에 대한 충성심과 후주에 대한 부탁이 간절하게 나타나고 있다.

789 제갈량(諸葛亮: 181~234): 자는 공명(孔明). 낭야(瑯琊) 사람으로 남양(南陽)에 숨어 살다가, 유비에게 발탁되어 촉한의 재상이 되었다. 문무를 겸비한 문인·정치가·장군으로 『삼국지연의(三國志演義)』의 중심인물로 등장한다. 저서로는 『제갈무후집(諸葛武侯集)』이 있다.

790 선제(先帝): 촉한의 소열제(昭烈帝) 유비(劉備: 160~223)를 가리킨다. 이때 유비는 이미 죽었기 때문에 선제라고 불렀다. 유비의 자는 현덕(玄德)이며, 동한 말 탁군(涿郡) 사람으로, 한나라 경제의 아들 중산정왕 유승의 후손. 뒤에 조비(曹丕)가 한나라를 찬탈하자, 유비는 성도에서 즉위해 3년간 재위한 뒤 죽었다.

而中道崩殂[792]하시고,
이 중 도 붕 조

중도에 돌아가시고,

今天下三分[793]에
금 천 하 삼 분

이제 천하는 셋으로 나뉘어

益州[794]疲弊하니,
익 주 피 폐

익주가 피폐하니,

此誠危急存亡之秋[795]也라.
차 성 위 급 존 망 지 추 야

이는 진실로 위급한 일로
살아남느냐 죽느냐 하는 때입니다.

然이나 侍衛之臣이
연 시 위 지 신

그러나 모시는 신하가

不懈於內하고,
불 해 어 내

안에서 게을리하지 않고

忠志之士忘身於外者는,
충 지 지 사 망 신 어 외 자

충성스러운 무사가 밖에서
몸을 돌보지 않는 것은,

蓋追先帝之殊遇하야,
개 추 선 제 지 수 우

대개 선제의 특별한 대우를 추모하여

欲報之於陛下也니이다.
욕 보 지 어 폐 하 야

이것을 폐하에게 갚고자 하는
것입니다.

誠宜開張[796]聖聽하사
성 의 개 장 성 청

진실로 마땅히 성스런 귀를 크게
여시어,

---

791 창업(創業): 한나라와 왕실을 부흥하다.

792 중도붕조(中道崩殂): '붕조'는 붕어(崩御)와 같다. 유비가 즉위한 지 3년 만에 서거함을 말한다.

793 삼분(三分): 위(魏)·오(吳)·촉한(蜀韓)

794 익주(益州): 촉한의 땅. 지금의 사천성(四川省)

795 추(秋): 시(時)와 같다. 중대한 시기

796 개장(開張): 아주 크게 열다.

以光先帝遺德하며,
이 광 선 제 유 덕

그로써 선제의 유덕을 밝게 하며

恢弘[797]志士之氣오,
회 홍 지 사 지 기

뜻있는 인사들의 기개를 크게
넓히도록 할 것이요,

不宜妄自菲薄[798]하야,
불 의 망 자 비 박

함부로 스스로를 가벼이 하시어,

引喩失義[799]하야,
인 유 실 의

비유를 들어 변명하여 도리를 잃어

以塞忠諫之路也니이다.
이 색 충 간 지 로 야

그로써 충간의 길을 막는 것은
옳지 못합니다.

宮中府中[800]이
궁 중 부 중

궁중과 부중이

俱爲一體니,
구 위 일 체

하나로 한 몸이 되니,

陟罰臧否[801]를
척 벌 장 비

선과 악을 상 주고 벌주는 것에

不宜異同이라.
불 의 이 동

다름이 있어서는 안 됩니다.

若有作奸犯科[802]와
약 유 작 간 범 과

만일 간사한 짓을 하거나
죄를 범한 사람과

---

797 회홍(恢弘): 아주 넓고 크게 하다.

798 망자비박(妄自菲薄): '비박'은 엷고 가볍다. 스스로 덕이 없다고 자신을 가벼이 여기는 것을 말한다.

799 인유실의(引喩失義): 신하의 충간하는 말에 별다른 뛰어난 견해가 없을 때, 비유를 들어 변명함으로써 마침내 도리를 잃는 것

800 궁중부중(宮中府中): '궁중'은 정치를 듣는 조정. '부중'은 군부, 곧 군정을 맡아보는 관아를 가리킨다.

801 척벌장비(陟罰臧否): '척'은 벼슬을 올려 주다. '장'은 선(善). '비'는 악(惡)

802 과(科): 죄과

及爲忠善者어든, 급 위 충 선 자	충성스럽고 착한 사람이 있거든,
宜付有司[803]하야 의 부 유 사	마땅히 담당 관리에 넘겨
論其刑賞하야, 논 기 형 상	그 상벌을 따지고 결정하여
以昭陛下平明之理[804]오. 이 소 폐 하 평 명 지 리	폐하의 공평하고 올바른 다스림을 밝게 할 것이요,
不宜偏私[805]하야 불 의 편 사	사사로움에 치우쳐서
使內外[806]異法也니이다. 사 내 외 이 법 야	안과 밖에서 법을 달리해서는 안 됩니다.
侍中[807]侍郞[808] 시 중 시 랑	시중과 시랑
郭攸之費禕董允[809]等은, 곽 유 지 비 의 동 윤 등	곽유지·비의·동윤 등은
此皆良實하고, 차 개 양 실	모두가 선량하고 신실하며
志慮忠純이라. 지 려 충 순	생각이 충실하고 한결같습니다.
是以로 先帝簡拔[810]하사, 시 이 선 제 간 발	이로써 선제가 가려 뽑아

803 유사(有司): 관원

804 평명지리(平明之理): '평명'은 공평하고 정명하다. '지'는 다스림, 곧 정치를 말한다.

805 편사(偏私): 편파. 사정에 치우쳐 어떤 특정한 사람에게만 혜택을 주는 일

806 내외(內外): '내'는 궁중을, '외'는 부중을 가리킨다.

807 시중(侍中): 임금을 좌우에서 가까이 모시고 정사를 도우며 고문에 응하는 벼슬

808 시랑(侍郞): 궁중의 문호를 지키며 마차를 호위하는 벼슬

809 곽유지·비의·동윤(郭攸之·費禕·董允): 인명으로 곽유지와 비의는 시중(侍中), 동윤은 시랑(侍郞)이다.

以遺陛下하시니,
이 유 폐 하
폐하께 남겨 주셨으니,

愚以爲宮中之事는
우 이 위 궁 중 지 사
제 어리석은 생각으로는 궁중의 일은

事無大小히,
사 무 대 소
일의 크고 작음 할 것 없이

悉以咨之然後에 施行이면,
실 이 자 지 연 후 시 행
다 이들과 함께 의논하신 뒤에
시행하신다면,

必能裨補[811]闕漏[812]하야
필 능 비 보 궐 루
반드시 능히 빠진 것을 돕고 채워

有所廣益이리이다.
유 소 광 익
널리 이익 되는 바가 있을 것입니다.

將軍向寵은,
장 군 상 총
장군 상총은

性行이 淑均[813]하고,
성 행 숙 균
성품과 행위가 선량하고 공평하며

曉暢[814]軍事하야,
효 창 군 사
군사에 밝게 통하여,

試用於昔日에
시 용 어 석 일
지난날에 시험 삼아 써 보시고는

先帝稱之曰能이라 하사,
선 제 칭 지 왈 능
선제께서 유능하다 일컬으시어,

是以로
시 이
이로써

---

810 간발(簡拔): 가려 뽑다.

811 비보(裨補): 도와서 빠진 것을 채우다.

812 궐루(闕漏): 빠진 것. 실수

813 성행숙균(性行淑均): '성행'은 성품과 행위, '숙균'은 선량하고 공평함이다.

814 효창(曉暢): 효달(曉達). 명확하게 통달하다.

衆議擧寵爲督[815]하니,
중의거총위독

두루 의논하여 그를 도독으로 삼았으니,

愚以爲營中[816]之事는,
우이위영중 지사

제 어리석은 생각으로는 진중의 일은

事無大小히
사무대소

일의 크고 작음 할 것 없이

悉之咨之하시면,
실지자지

다 그에게 자문을 구하시면,

必能使行陣[817]和睦하고
필능사행진 화목

반드시 능히 군대를 화목하게 하여

優劣得所也리이다.
우열득소야

뛰어난 이와 모자란 이가 제자리를 찾을 것입니다.

親賢臣遠小人은,
친현신원소인

현신을 가까이하고 소인을 멀리함은

此先漢[818]所以興隆也이요,
차선한 소이흥륭야

이것이 전한이 흥성한 까닭이요,

親小人遠賢臣은
친소인원현신

소인을 가까이하고 현신을 멀리함은

此後漢所以傾頹也라.
차후한소이경퇴야

이것이 후한이 기울어지고 무너진 까닭입니다.

先帝在時에
선제재시

선제께서 계실 때

---

815 독(督): 도독(都督). 궁중의 위병을 맡은 관리

816 영중(營中): 진중(陣中)

817 행진(行陣): 군대

818 선한(先漢): 전한(前漢). 전한의 고조(高祖)·문제(文帝)·무제(武帝) 등의 치세(治世)를 가리킨다.

每與臣으로 論此事에, 매번 신과 더불어 이 일을 의논하여,
매여신 논차사

未嘗不歎息痛恨於桓靈[819]也니다.
미상불탄식통한어환령 야
효환제와 효령제의 일을 한숨 쉬고 탄식하지 않은 적이 없습니다.

侍中尙書[820]長史[821]參軍[822]은
시중상서 장사 참군
시중겸 상서·장사·참군은

此悉貞亮死節之臣이니, 모두 곧고 성실하여 죽음으로 절개를 지키는 신하들이니,
차실정량사절지신

願陛下는 원컨대 폐하께서
원폐하

親之信之하시면, 이들을 가까이하고 믿으시면,
친지신지

則漢室之隆을 곧 한나라 왕실의 부흥을
즉한실지륭

可計日而待也니이다. 넉넉하게 날을 세면서 기다릴 수 있을 것입니다.
가계일이대야

臣本布衣[823]로 신은 본래 삼베옷에
신본포의

819 환령(桓靈): 후한 제10대 효환제(孝桓帝)와 제11대 효령제(孝靈帝). 모두 무덕한 황제로 환관 등 소인에게 정치를 맡겨 한왕실이 기울어졌다.

820 시중상서(侍中尙書): 시중으로서 상서를 겸임하고 있는 사람. 상서는 전중(殿中)에서 조서를 띄우는 일을 맡은 관리. 당시의 시중상서는 진진(陳震)이었다.

821 장사(長史): 왕공실(王公室) 및 각부의 병마를 맡은 관리로 당시의 장예(張裔)를 가리킨다.

822 참군(參軍): 군사를 다스리는 관리로 장완(張琬)을 가리킨다.

823 포의(布衣): 백의(白衣). 관직이 없는 평민을 뜻한다.

躬耕於南陽[824]하야, 궁 경 어 남 양	몸소 남양에서 밭을 갈며,
苟全性命[825]於亂世하고, 구 전 성 명 어 난 세	구차하게 생명을 난세에 보전하고
不求聞達[826]於諸侯러니, 불 구 문 달 어 제 후	명성과 벼슬을 제후들에게 구하지 않았더니,
先帝不以臣卑鄙[827]하시고, 선 제 불 이 신 비 비	선제께서 신을 비천하다 하지 않고
猥自枉屈[828]하사, 외 자 왕 굴	외람되게도 스스로 몸을 굽히시어,
三顧臣於草廬之中[829]하시고, 삼 고 신 어 초 려 지 중	세 번이나 신을 초려 가운데 돌아보시고
咨臣以當世之事하시니, 자 신 이 당 세 지 사	신에게 당시의 일을 자문하시니,
由是感激하야, 유 시 감 격	이로 말미암아 감격하여
遂許先帝以驅馳[830]러니, 수 허 선 제 이 구 치	드디어 선제께 신명을 다하기로 하였던 것이니,

824 남양(南陽): 하남성 남양군 양양성 서쪽 20리에 있는 융도(隆都)를 말한다.

825 성명(性命): 선명(先命) 또는 신명과 같다.

826 문달(聞達): 이름이 남들에게 알려지고 영광스럽게 출세하다. 명문영달(名聞榮達)

827 비비(卑鄙): 신분이 미천함을 뜻한다.

828 왕굴(枉屈): 존귀한 몸을 굽히다.

829 삼고신어초려지중(三顧臣於草廬之中): 제갈공명은 한 말의 어지러움을 만나 숙부 현(玄)을 따라 형주로 피난해 밭을 갈며 숨어 살았다. 유비는 공명이 뛰어난 인물임을 알아보고 세 번이나 초가로 찾아와서 공명을 만났다. '초려'는 초가

830 구치(驅馳): 뛰어다니다. 여기서는 나랏일에 신명을 다해 일할 것을 말한다.

後値傾覆[831]하야, 후 치 경 복	뒤에 나라가 기울고 전복되는 어려움을 만나서
受任於敗軍之際하고, 수 임 어 패 군 지 제	패전한 즈음에 막중한 임무를 받고,
奉命於危難之間[832]이 봉 명 어 위 난 지 간	명령을 위난의 사이에서 받든 것이
爾來二十有一年[833]矣라. 이 래 이 십 유 일 년 의	이십하고도 일 년이 되었습니다.
先帝知臣謹愼이라, 선 제 지 신 근 신	선제께서 신의 근신함을 알고
故로 臨崩에 고 임 붕	돌아가시면서
寄臣以大事也니이다. 기 신 이 대 사 야	신에게 대사를 맡기셨습니다.
受命以來로 수 명 이 래	명을 받은 이래로
夙夜憂嘆하며, 숙 야 우 탄	밤낮으로 근심하고 탄식하며,
恐託付不效하야, 공 탁 부 불 효	부탁하신 것이 효과가 없어
以傷先帝之明이라. 이 상 선 제 지 명	그로써 선제의 밝음을 상할까 두려워하였습니다.
故로 五月渡瀘[834]하야, 고 오 월 도 로	그러므로 오월에 노수를 건너

831 치경복(値傾覆): '치'는 우(遇)와 같다. 유비가 건안(建安) 13년 당양(當陽)의 장판(長阪)에서 조조에게 패했던 일을 말한다.

832 봉명어위난지간(奉命於危難之間): 공명이 오(吳)나라에 사신 가서 구원을 청한 일을 말한다.

833 이십유일년(二十有一年): 건안(建安) 13년에서 건흥(建興) 5년에 이르기까지

834 오월도로(五月渡瀘): 건흥 3년 5월에 공명이 노수(瀘水)를 건너 남만(南蠻)을 토벌하였던 일을 말한다.

深入不毛[835]러니, 심 입 불 모	불모의 땅에 깊이 쳐들어가니,
今南方이 已定하고, 금 남 방 이 정	이제 남방이 이미 평정되었고
兵甲이 已足하니, 병 갑 이 족	병기와 갑옷도 이미 충족하게 되었으니,
當獎率[836]三軍하야, 당 장 솔 삼 군	마땅히 삼군을 장려해 이끌고
北定中原[837]하고, 북 정 중 원	북쪽 중원을 평정해야 할 것이고,
庶竭駑鈍[838]하야, 서 갈 노 둔	나의 아둔함을 다해
攘除姦凶[839]하고, 양 재 간 흉	간사하고 흉악한 사람을 물리쳐 없애고,
興復漢室[840]하야, 흥 복 한 실	한 왕실을 회복시켜
還於舊都니, 환 어 구 도	옛 도읍으로 돌아가게 하리니,
此臣所以報先帝 차 신 소 이 보 선 제	이것은 신이 선제께 보은하고
忠陛下之職分也요, 충 폐 하 지 직 분 야	폐하께 충성을 다하는 직분이요,

835 불모(不毛): 불모의 땅. 초목이 나지 않는 땅을 말한다.

836 장솔(獎率): '장'은 권면하다. '솔'은 인솔하다.

837 중원(中原): 위(魏)를 가리킨다.

838 서갈노둔(庶竭駑鈍): '서'는 서기(庶幾), 곧 거의. '갈'은 진(盡), '노둔'의 '노'는 느린 말, '둔'은 무딘 것, 곧 작자가 스스로를 낮추어 한 말. 아둔한 자신의 재능이나마 최선을 다하겠다는 말이다.

839 간흉(姦凶): 간사하고 흉악하다. 곧 위(魏)의 문제 조비를 가리킨다.

840 흥복한실(興復漢室): 유비가 한나라 경제의 후손이므로, 망한 한나라 왕실을 다시 일으켜 세우리라는 말이다. 여기서 '흥', '복' 두 자는 동사로 사용되었다.

至於斟酌損益[841]하고,
지 어 짐 작 손 익
손해와 이익을 짐작하고

進盡忠言은
진 진 충 언
나아가 충언을 다함은

則攸之褘允之任也니이다.
즉 유 지 의 윤 지 임 야
곽유지·비의·동윤의 책임입니다.

願陛下는
원 폐 하
원컨대 폐하는

託臣以討賊興復之效하사,
탁 신 이 토 적 흥 복 지 효
도적을 토벌하고 나라를 회복시키는 일을 신에게 맡기셔서

不效則治臣之罪하야,
불 효 즉 치 신 지 죄
공훈이 없으면 곧 신의 죄를 다스려

以告先帝之靈하시고,
이 고 선 제 지 령
그로써 선제의 영전에 고하시고,

若無興德之言[842]이어든,
약 무 흥 덕 지 언
만일 덕을 일으키는 말이 없거든

則責攸之褘允等之咎하사,
즉 책 유 지 의 윤 등 지 구
곽유지·비의·동윤 등의 허물을 꾸짖으시어

以彰其慢하시며,
이 창 기 만
그로써 그 태만함을 밝히시며,

陛下도 亦宜自謀하야,
폐 하 역 의 자 모
폐하도 또한 마땅히 스스로 도모해

以諮諏[843]善道하고,
이 자 추 선 도
그로써 올바른 길을 물어 상의하시고,

察納雅言[844]하야,
찰 납 아 언
바른말을 살펴 받아들여

---

841 짐작손익(斟酌損益): 국가의 손해와 이익을 어림잡아 헤아리다.

842 약무흥덕지언(若無興德之言): 이것은 『고문진보』에는 없는 것을 『문선(文選)』에 따라 그 뜻을 보충한 것이다.

843 자추(諮諏): 자문. 윗사람이 아랫사람의 의견을 묻고 상의하는 것

深追先帝遺詔하소서. 깊이 선제의 유언을 좇으소서.
심 추 선 제 유 조

臣不勝受恩感激이라, 신이 은혜를 받은 감격을 이기지 못한지라,
신 불 승 수 은 감 격

今當遠離에 이제 멀리 떠남에
금 당 원 리

臨表涕泣하야, 상소문을 올리려니 눈물이 흐르며 울음이 북받쳐
임 표 체 읍

不知所云이로소이다. 이를 바를 알지 못하겠습니다.
부 지 소 운

10. 뒤에 군사를 이끌고 나갈 때 올린 상소문(後出師表)[845]

제갈량(諸葛亮)

先帝慮漢賊[846]不兩立하고, 선제께서는 한나라와 적국 위나라는 양립할 수 없고,
선 제 려 한 적 불 량 립

王業不偏安[847]이라. 왕업이 한쪽에서만 편안할 수 없음을 염려하셨습니다.
왕 업 불 편 안

844 아언(雅言): '아'는 정(正)이니, 곧 바른말이다.

845 후출사표(後出師表): 「출사표」를 올린 다음 해에 쓴 것. 기껏해야 익주(益州) 한 주(州)를 차지하고 있는 촉한은 각각 12주와 4주를 차지하고 있는 위나라와 오나라 같은 대국을 앉아서 대처할 것이 아니라, 나아가서 허점을 찔러야 한다는 것을 강조하고 있다.

846 한적(漢賊): 촉나라와 위나라를 가리킨다.

847 편안(偏安): 한구석에서 만족하고 편안히 지내다.

故로 託臣以討賊也니이다. 고 탁신이토적야	그러므로 저에게 적을 토벌하라고 분부하신 것입니다.
以先帝之明으로, 이선제지명	선제께서 밝으신 안목으로
量臣之才하시되, 양신지재	저의 재능을 헤아려
固知臣伐賊이, 고지신벌적	제가 적을 토벌하기에는
才弱敵彊也라. 재약적강야	재주가 약하고 적은 강하다는 것을 아셨습니다.
然이나 不伐賊이면, 연 불벌적	그렇지만 적을 토벌하지 않으면
王業亦亡하니, 왕업역망	또 왕업을 이룰 수 없으니,
惟坐而待亡으로, 유좌이대망	가만히 앉아서 망하기를 기다리는 것과
孰與[848]伐之리이까? 숙여 벌지	적을 토벌하는 것 중 어느 것이 낫겠습니까?
是故로 시고	그렇기 때문에
託臣而弗疑也니이다. 탁신이불의야	저에게 분부하면서 의심하지 않았던 것입니다.
臣受命之日에, 신수명지일	저는 분부를 받은 날부터

848 숙여(孰與): ~만 못하다. 어찌 ~만 하겠는가?

寢不安席하고,
침 불 안 석

잠을 자도 잠자리가 편치 않았고

食不甘味라.
식 불 감 미

밥을 먹어도 맛을 몰랐습니다.

思惟[849]北征이면,
사 유 북 정

북방을 정벌하려면

宜先入南일새,
의 선 입 남

먼저 남방을 쳐야 하기에,

故로 五月에 渡瀘[850]하야,
고 오 월 도 로

오월에 노수를 건너

深入不毛[851]하고,
심 입 불 모

불모지로 깊이 쳐들어가서

並日而食[852]이라.
병 일 이 식

하루치 식량을 이틀에 나누어
먹으며 고전했습니다.

臣非不自惜也라,
신 비 불 자 석 야

저도 제 몸을 아끼고 싶지
않은 것은 아니지만

顧[853]王業不得偏全於蜀都니,
고 왕 업 부 득 편 전 어 촉 도

왕업을 돌아보니 촉도에서
안일하게 있을 수 없어,

故로 冒危難해
고 모 위 난

위험을 무릅쓰고

---

849 사유(思惟): 생각하다. '유'는 사(思), 상(想)의 뜻을 가지고 있다.

850 도로(渡瀘): 노수를 건너다. 제갈량이 건흥 3년(225)년에 노수를 건너서 남쪽 오랑캐를 정벌한 것

851 불모(不毛): 땅에 오곡이 나지 않는다. 이것은 오랑캐의 황무지 땅을 가리킨다. '모'는 초목

852 병일이식(並日而食): 하루치 식량을 이틀에 나누어 먹다. 즉 고전한 것을 말한다.

853 고(顧): 그러나

以奉先帝之遺意어늘, 이 봉 선 제 지 유 의	선제의 유지를 받들고 있거늘,
而議者謂爲非計니이다. 이 의 자 위 위 비 계	논자들이 좋은 계책이 아니라고 말하고 있습니다.
今賊適疲於西[854]하고, 금 적 적 피 어 서	지금 적은 서쪽에서 지쳐 있고
又務於東[855]하니, 우 무 어 동	동쪽에서 애쓰고 있어,
兵法에 乘勞라 하니, 병 법 승 로	병법에 "적이 피로한 틈을 타라"고 하였으니,
此進趨[856]之時也니이다. 차 진 추 지 시 야	이때야말로 진격할 시기입니다.
謹陳其事如左하노이다. 근 진 기 사 여 좌	삼가 그 사정을 말씀드리면 다음과 같습니다.
高帝[857]는 明並日月하시고, 고 제 명 병 일 월	고제의 밝으심은 해나 달과 견줄 만하고
謀臣淵深이나, 모 신 연 심	신하들의 지략은 연못처럼 깊었지만,
然涉險被創[858]하고, 연 섭 험 피 창	위험을 겪고 상처를 입어

854 피어서(疲於西): 서쪽에서 피폐해 있다. 건흥 5년 제갈량이 기산(祁山)을 공격하자, 남안(南安)·천수(天水)·안정(安定) 세 군이 모두 위나라를 배반하고 한나라에 항복한 사건을 말한다.

855 무어동(務於東): 동쪽에서 애쓰다. 위나라의 조휴(曹休)가 오나라의 육손(陸孫)과 석정(石亭)에서 싸워 대패한 사건을 말한다.

856 진추(進趨): 나아가서 취하다.

857 고제(高帝): 한나라 고조 유방

858 섭험피창(涉險被創): 한나라 고조가 숱한 위험을 겪고 상처를 입으면서 천하를 통일한 것을 말한다.

危然後에 安하니이다.
위 연 후　안

위기를 넘긴 후에야 안정을 찾을 수 있었습니다.

今陛下未及高帝하시고,
금 폐 하 미 급 고 제

지금 폐하께서는 고제에는 미치지 못하시고

謀臣不如良平[859]이어늘,
모 신 불 여 량 평

신하들의 지략도 장량과 진평만 못하거늘,

而欲以長策取勝하야,
이 욕 이 장 책 취 승

그런데도 좋은 계책으로 승리를 얻어

坐定天下하니,
좌 정 천 하

앉아서 천하를 평정하려고 하니,

此는 臣之未解一也니이다.
차　신 지 미 해 일 야

이것이 신이 이해할 수 없는 첫 번째 일입니다.

劉繇[860]王朗[861]은,
유 요　왕 랑

유요와 왕랑은

各據州郡하야,
각 거 주 군

각각 주와 군을 점거하고

論安言計에,
논 안 언 계

안위를 논하고 계책을 이야기하면서

動引聖人하되,
동 인 성 인

걸핏하면 성인들의 말을 끌어대었지만,

群疑滿腹[862]하고,
군 의 만 복

많은 이들의 뱃속에 의심만 가득하고

---

859 양평(良平): 한나라 고조 때의 공신인 장량과 진평을 말한다.

860 유요(劉繇): 삼국 시대 오(吳)나라 사람. 자는 정례(正禮). 후한 말기에 양주(楊州) 자사였으나 손책에게 쫓겨 단도(丹徒)로 도망갔다가, 팽택에 머무르다 병이 깊어져 죽었다.

861 왕랑(王朗): 자는 경흥(景興)이다. 삼국 시대 위(魏)나라 사람이다. 동한 말년에 회계의 태수가 되었으나 손책에게 공격을 당해 굴복하였다.

衆難塞胸[863]하여,
중난색흉
많은 어려움이 가슴에 차 있어,

今歲不戰하고,
금세부전
올해에는 싸우지 않고

明年不征이니,
명년부정
내년에도 정벌하지 않아,

使孫策[864]坐大하고,
사손책 좌대
손책이 가만히 앉아서 강대해져

遂幷江東하니,
수병강동
결국 강동을 병합하게 되었으니,

此는 臣之未解二也니이다.
차 신지미해이야
이것이 신이 이해할 수 없는
두 번째 일입니다.

曹操智計殊絶於人하고,
조조지계수절어인
조조의 지계와 책략은
보통 사람보다 뛰어나고,

其用兵也가,
기용병야
용병술에 있어서도

髣髴[865]孫吳[866]나,
방불 손오
손무·오기와 비슷하였으나,

然이나 困於南陽[867]하고,
연 곤어남양
남양에서 곤경에 처했고

---

862 군의만복(群疑滿腹): 인재의 등용에 있어서 현자를 질투하고, 능력 있는 자를 시기함을 이르는 말이다. 즉 의심으로 가득하다는 말이다.

863 중난색흉(衆難塞胸): 일을 하는 데 두려워하여 아무것도 하지 못함을 이르는 말이다.

864 손책(孫策): 자는 백부(伯符). 손권(孫權)의 큰형으로 강동 지방을 병합하였으나, 26세에 죽었다.

865 방불(髣髴): 마치 ~와 같다. 비슷하다.

866 손오(孫吳): 춘추 시대 손무(孫武)와 전국 시대 오기(吳起)를 이른다. 둘 다 뛰어난 병법가

867 곤어남양(困於南陽): 건안 2년(197) 조조가 장수(張繡)와 완(宛)에서 싸우다가 난데없이 날아온 화살에 맞은 일이 있다.

險於烏巢[868]하며, 험 어 오 소	오소에서 위험에 처했으며,
危於祁連[869]하고, 위 어 기 련	기련에서 위태로웠고
偪於黎陽[870]하며, 핍 어 여 양	여양에서는 궁지에 몰렸으며,
幾敗北山[871]하고, 기 패 북 산	북산에서는 거의 패망할 지경이었고
殆死潼關[872]然後에 태 사 동 관 연 후	동관에서는 죽을 뻔한 이후에야
僞[873]定一時爾어늘, 위 정 일 시 이	한동안 가짜의 안정을 찾았거늘,
況臣才弱하며, 황 신 재 약	하물며 신의 재능이 모자라면서도
而欲以不危而定之하니, 이 욕 이 불 위 이 정 지	위험을 겪지 않고 천하를 안정시키려 하니,
此는 臣之未解三也니이다. 차 신 지 미 해 삼 야	이것이 신이 이해할 수 없는 세 번째 일입니다.

868 험어오소(險於烏巢): 건안 5년 조조의 군대와 원소의 군대가 서로 관도(官渡)에서 대치하였는데, 조조의 군대가 한동안 식량이 떨어졌다. 조조는 밤에 오소를 기습해 원소의 군대가 저장해 둔 양식을 불태우고, 관도의 원소군을 패배시키고 위기에서 벗어났다.

869 위어기련(危於祁連): 원소의 군대를 오랫동안 에워싸고 있었던 때를 이르는 것인지 확실하지 않다. 기련은 감숙성에 있다.

870 핍어여양(偪於黎陽): 건안 7년, 원소가 죽자 그의 큰아들 원담이 여양에 주둔하며 때로는 배반하고 때로는 복종하였다. '핍'은 핍(逼)과도 통한다.

871 기패북산(幾敗北山): 백랑산(白狼山)에서 오환(烏桓)족과 싸웠을 때를 이른다.

872 태사동관(殆死潼關): 건안 16년 조조가 동관(潼關)에서 마초(馬超)와 한수(韓遂)를 토벌할 때, 초나라 장수가 말을 타고 조조군을 추격하는데 화살이 비 오듯 날아와 조조가 위기를 겪었다.

873 위(僞): 촉나라를 정통으로 여겨서 위나라를 거짓 나라라 한 것

曹操五攻昌覇[874]不下하고,
조 조 오 공 창 패 불 하

조조는 다섯 번 창패를 공격했으나
함락하지 못하였고,

四越巢湖[875]不成하며,
사 월 소 호 불 성

네 번이나 소호를 넘었으나
성공하지 못하였으며,

任用李服[876]
임 용 이 복

이복을 임용했지만

而李服圖之하고,
이 이 복 도 지

이복이 오히려 조조를 죽이려 하였고,

委任夏侯[877]
위 임 하 후

하후에게 위임했지만

而夏侯敗亡하니,
이 하 후 패 망

하후는 패망하였습니다.

先帝每稱操爲能이시되,
선 제 매 칭 조 위 능

선제께서는 항상 조조의
유능함을 칭찬하셨는데

猶有此失이어늘,
유 유 차 실

이처럼 실패했거늘,

况臣駑下하니,
황 신 노 하

하물며 신은 아둔하니

何能必勝이리오?
하 능 필 승

어찌 반드시 승리할 수 있겠습니까?

---

874 오공창패(五攻昌覇): 동해군의 창패를 조조가 여러 차례 공격하였다.

875 소호(巢湖): 지금의 안휘성. 위나라와 오나라의 경계이다. 조조의 군대가 종종 소호에서 오나라를 공격했으나 모두 목적을 달성하지 못하였다.

876 이복(李服): 이 사람은 분명치 않다. 혹은 왕복(王服)이라 이르기도 한다. 건안 4년 동승과 함께 조조를 암살하려 했으나 일이 발설되어 죽는다.

877 하후(夏侯): 하후연(夏侯淵). 조조를 위해 한중을 지키다 건안 24년 정군산(定軍山)에서 촉나라 장군 황충(黃忠)에게 죽었다.

此는 臣之未解四也니이다. 차 신지미해사야	이것이 신이 이해할 수 없는 네 번째 일입니다.
自臣到漢中이, 자신도한중	신이 한중에 도착한 지
中間朞年[878]耳나, 중간기년 이	이제 일 년이 되었으나,
然이나 喪趙雲[879]陽羣[880] 연 상조운 양군	그러나 조운·양군·
馬玉閻芝丁立白壽 마옥염지정립백수	마옥·염지·정립·백수·
劉郃鄧銅[881]等, 유합등동 등	유합·등동 등과
及曲長屯將[882]七十餘人과, 급곡장둔장 칠십여인	부곡의 장 및 주둔 부대의 장 칠십여 명을 잃어
突將[883]無前이니이다. 돌장 무전	앞으로 돌격할 장군이 없습니다.
賨叟[884]青羌[885] 종수 청강	남만과 서이의
散騎武騎一千餘人은, 산기무기일천여인	기병 천여 명은
此皆數十年之內 차개수십년지내	모두가 수십 년에 걸쳐

878 기년(朞年): 만 1년, '기'는 기(期)와 통한다.

879 조운(趙雲): 자는 자룡(子龍). 상산진정(常山眞定) 사람으로 촉한의 이름난 장군

880 양군(陽羣): 촉한의 장군. 일찍이 파서(巴西) 태수를 역임하였다.

881 마옥~등동(馬玉~鄧銅): 모두 인명으로 행적이 분명치 않다.

882 곡장둔장(曲長屯將): 곡(曲), 둔(屯) 모두 군수 편제이다.

883 돌장(突將): 적진에 돌격해 들어갈 장군

884 종수(賨叟): 남만 소수 민족의 우두머리

885 청강(青羌): 푸른 옷의 강족. 서이(西夷)의 일종

所糾合四方之精銳요,
소 규 합 사 방 지 정 예

사방에서 규합한 정예요,

非一州之所有니이다.
비 일 주 지 소 유

한 고을에서 얻어진 것이 아닙니다.

若復數年이면,
약 복 수 년

그러나 이대로 몇 년만 지나면

則損三分之二也러니,
즉 손 삼 분 지 이 야

삼분의 이를 잃을 것이니,

當何以圖敵이리니까?
당 하 이 도 적

무엇으로 대적하겠습니까?

此는 臣之未解五也니이다.
차 신 지 미 해 오 야

이것이 신이 이해할 수 없는
다섯 번째 일입니다.

今民窮兵疲나,
금 민 궁 병 피

지금 백성들은 궁하고 군사는
피로에 지쳐 있지만

而事不可息이니,
이 사 불 가 식

대업을 그만둘 수는 없으니,

事不可息則住與行이면,
사 불 가 식 즉 주 여 행

이미 일을 그만둘 수 없다면 가만히
앉아 있든 일을 도모하든

勞費正等이어늘,
노 비 정 등

그 노력과 비용은 똑같은 것이거늘,

而不及蚤圖之하고,
이 불 급 조 도 지

서둘러 대적하려는 생각은 않고

欲以一州之地로,
욕 이 일 주 지 지

한 주(州)의 땅으로

與賊持久하니,
여 적 지 구

적과 지구전을 벌이니,

此는 臣之未解六也니이다.
차 신 지 미 해 육 야

이것이 신이 이해할 수 없는
여섯 번째 일입니다.

夫難平[886]者는 事也라.
부 난 평 자 사 야

일이란 실로 평가하기 어려운 것입니다.

昔先帝敗軍於楚[887]하시니,
석 선 제 패 군 어 초

지난날 선제께서 초나라에 패하셨을 때,

當此時에 曹操拊手[888]하고,
당 차 시 조 조 부 수

바로 그 당시에 조조는 손뼉을 치고

謂天下以[889]定이러니,
위 천 하 이 정

천하는 이미 안정되었다고 여겼으나,

然後에 先帝東連吳越[890]하야,
연 후 선 제 동 련 오 월

그 뒤에 선제께서 동으로
오·월과 결탁하여

西取巴蜀[891]하고,
서 취 파 촉

서쪽으로는 파촉을 취하고,

擧兵北征에,
거 병 북 정

군대를 일으켜 북방을 정벌하여

夏侯授首[892]하니,
하 후 수 수

하후의 머리를 받으니,

此는 操之失計요
차 조 지 실 계

이는 바로 조조의 실책이며

而漢事將成也니이다.
이 한 사 장 성 야

한나라의 대업이 장차
이루어지는 것이었습니다.

---

886 평(平): 따져 보다, 평가하다.

887 패군어초(敗軍於楚): 건안 12년, 유비가 조조에게 양양(襄陽)에서 패한 것을 말한다. 양양은 옛날의 초나라 땅으로, 지금의 호북성이다.

888 부수(拊手): 박수 치다.

889 이(以): 이(已)와 통한다. 이미, 벌써

890 오월(吳越): 손씨가 차지한 강동 지역을 가리킨다.

891 파촉(巴蜀): 유비가 점거한 익주를 가리킨다.

892 하후수수(夏侯授首): 하후연의 죽음. '수수'란 목을 내어 바친다는 말인데, 여기서는 싸움에 져서 죽었다는 뜻

然後에 吳更違盟[893]하여, 연후 오갱위맹	그 후에 오나라가 맹약을 위반하자
關羽毁敗[894]하고 관우훼패	관우가 패하게 되었고,
秭歸蹉跌[895]하며, 자귀차질	자귀에서는 차질을 빚었으며
曹丕稱帝[896]하니, 조비칭제	조비가 황제를 자칭하니,
凡事如是하여, 범사여시	모든 일이 이와 같아
難可逆見[897]이니이다. 난가역견	예측하기 어렵습니다.
臣鞠躬盡力[898]하야, 신국궁진력	신은 몸을 굽혀 진력하여
死而後已나, 사이후이	죽은 후에 그만둘 것이나,
至於成敗利鈍은, 지어성패이둔	일이 되고 안 됨에 대해서만은
非臣之明所能逆覩[899]也니이다. 비신지명소능역도 야	신의 지혜로 예측할 수 있는 바가 아닙니다.

893 오갱위맹(吳更違盟): 오나라 손권이 건안 24년 형주를 습격해 취한 것을 가리킨다.

894 관우훼패(關羽毁敗): 관우가 여몽에게 패한 것을 가리킨다.

895 자귀차질(秭歸蹉跌): 유비가 오나라 육손에게 패해 자귀까지 도망한 것. 자귀는 지금의 호북성 자귀현. '차질'은 걸려 넘어지다.

896 조비칭제(曹丕稱帝): 건안 25년 조조의 아들 조비가 황제라 일컬었다.

897 역견(逆見): 미리 내다보다. 여기서 '역'은 영(迎)의 뜻

898 국궁진력(鞠躬盡力): 나라를 위해 힘을 다하고, 병들도록 힘쓰다. 나중의 판본에는 '국궁진췌(鞠躬盡瘁: 몸이 파래지도록 마음과 힘이 다함)'로 되어 있기도 하다.

899 역도(逆覩): 예견

11. 술의 덕을 칭송함(酒德頌)[900]

유령(劉伶)[901]

有大人先生[902]하니, 유 대 인 선 생	대인 선생이란 사람이 있었으니,
以天地[903]로 爲一朝하고, 이 천 지 위 일 조	천지개벽 이래의 시간을 하루아침으로 보고
萬期[904]로 爲須臾[905]하며, 만 기 위 수 유	만백 년을 순간으로 삼으며,
日月로 爲扃牖[906]하고, 일 월 위 경 유	해와 달을 문과 창문으로 삼고
八荒[907]으로 爲庭衢[908]라. 팔 황 위 정 구	광활한 천지를 집안 뜰로 생각한다.
行無轍跡[909]하고, 행 무 철 적	길을 가면 수레바퀴 자국이 없고
居無室廬하며, 거 무 실 려	일정한 거처가 없으며,

---

900 주덕송(酒德頌): 술을 좋아하는 작자의 자화상을 그린 글인데 노장 사상이 강하게 나타나 있다.

901 유령(劉伶: 221?~300?): 서진(西晉)의 문인으로 죽림칠현의 한 사람. 건위장군(建威將軍)의 참군(參軍)을 지낸 적도 있으나, 일생을 술로 소일하였다.

902 대인선생(大人先生): '대인'은 노장에서 말하는 천지자연의 대도를 얻은 사람. 유령 자신을 일컫는 말

903 이천지(以天地): 태초에 천지개벽을 하여 만물이 생겨난 이래의 시간

904 만기(萬期): 만세의 긴 세월

905 수유(須臾): 잠시

906 경유(扃牖): '경'은 문 또는 빗장. '유'는 창

907 팔황(八荒): 광활한 천지. 원래는 팔방과 같은 뜻

908 정구(庭衢): 뜰과 네거리. 즉 항상 생활하는 한 울타리 안과 같이 좁은 공간을 뜻한다.

909 행무철적(行無轍跡): 수레바퀴 자국이 없이 돌아다니다. 즉 수레와 말을 이용하지 않고 마음 가는 대로 자유로이 걸어 다님을 뜻한다.

幕天席地[910]하야,
막천석지

하늘을 천막으로 삼고 땅을 자리로 삼아,

縱意所如[911]라.
종의소여

마음대로 내맡긴다.

止則操巵執觚[912]하고,
지즉조치집고

머물러 있을 때는 크고 작은 술잔을 잡고

動則挈榼提壺[913]하야,
동즉설합제호

움직일 때는 술통과 술병을 들고,

唯酒是務니,
유주시무

오직 술에만 힘을 쓰니

焉知其餘[914]리오?
언지기여

어찌 그 나머지를 알겠는가?

有貴介[915]公子[916]와,
유귀개 공자

귀족 공자와

搢紳[917]處士[918]가,
진신 처사

고위 관리와 초야에 묻혀 사는 선비들이,

聞吾風聲[919]하고,
문오풍성

나의 소문을 듣고

910 막천석지(幕天席地): 하늘을 지붕으로 삼고 땅을 자리로 삼다.

911 종의소여(縱意所如): 뜻이 가는 대로 따르다. '여'는 행의 뜻. 즉 꺼릴 것 없이 마음 가는 대로 한다는 뜻이다.

912 조치집고(操巵執觚): 크고 작은 술잔을 잡다. '치'는 큰 술잔이고, '고'는 모가 난 작은 술잔이다.

913 설합제호(挈榼提壺): 술통을 끌어당기고 술 단지를 쳐들다. '합'은 술통, '제'는 '들다'의 뜻.

914 언지기여(焉知其餘): 그 나머지는 어찌 알겠는가?

915 귀개(貴介): 신분이 귀한 사람. '개'는 대(大)의 뜻

916 공자(公子): 귀족의 자제

917 진신(搢紳): 본래 홀을 조복의 대대(大帶)에 꽂는 것. 귀한 사람, 높은 벼슬아치를 뜻한다.

918 처사(處士): 초야에 묻혀 사는 도덕이 높은 선비

919 풍성(風聲): 풍문. 항간에 떠도는 말

議其所以[920]라.
의 기 소 이

그러한 까닭을 따진다.

乃奮袂[921]攘衿[922]하고,
내 분 몌 　 양 금

이내 소매를 떨치며 옷깃을 걷어붙이고

怒目切齒[923]하며,
노 목 절 치

눈을 부라리고 이를 갈면서

陳說禮法하니,
진 설 례 법

예법을 늘어놓으니,

是非鋒起라.
시 비 봉 기

시비가 칼끝처럼 일어난다.

先生이 於是에,
선 생 　 이 시

선생이 이에

方[924]捧甖承槽[925]하고,
방 　 봉 앵 승 조

바로 술 단지와 술통을 들고

銜盃漱醪[926]하며,
함 배 수 료

술잔을 대고 탁주를 마시며,

奮髥[927]踑踞[928]하고,
분 염 　 기 거

수염을 쓰다듬고 두 다리를
쭉 뻗고 앉아서는

枕麴藉糟[929]하니,
침 국 자 조

누룩을 베개 삼고 술 찌꺼기를
자리 삼아 누우니,

---

920 의기소이(議其所以): 그 까닭을 논의하다.

921 분몌(奮袂): 소매를 세게 흔들다. 의논에 열중한 것을 뜻한다.

922 양금(攘衿): 소매를 걷어붙이다. 몹시 흥분한 것을 뜻한다.

923 노목절치(怒目切齒): 옳고 그름을 가리려는 논의가 칼날처럼 날카롭게 일어나다.

924 방(方): 바야흐로

925 봉앵승조(捧甖承槽): 술 단지를 들어 술통의 술을 받다. '앵'은 작은 술 단지. '조'는 술을 저장해 놓는 통

926 수료(漱醪): 탁주로 양치질하다. 즉 탁주를 마신다는 뜻이다.

927 분염(奮髥): 수염을 움직거리다. 일설에는 술이 묻은 수염을 손으로 쓰다듬는다는 뜻이라고도 한다.

928 기거(踑踞): 두 다리를 쭉 뻗고 기대어 앉다.

無思無慮하고, 무 사 무 려	생각도 없고 걱정도 없으며
其樂이 陶陶[930]라. 기 락 도 도	그 즐거움이 도도하다.
兀然[931]而醉하고, 올 연 이 취	멍청히 취해 있는가 하면
恍爾[932]而醒[933]하니, 황 이 이 성	어슴푸레 깨어 있기도 하니,
靜聽不聞雷霆[934]之聲하고, 정 청 불 문 뇌 정 지 성	조용히 들어 봐도 우레 소리가 들리지 않고
熟視不見泰山[935]之形이라. 숙 시 불 견 태 산 지 형	자세히 들여다봐도 태산의 형체가 보이지 않도다.
不覺寒暑之切肌[936]하고, 불 가 한 서 지 절 기	살을 에는 추위와 더위도
嗜慾之感情하고, 기 욕 지 감 정	욕심의 감정도 느끼지 못하고,
俯觀萬物擾擾焉하야, 부 관 만 물 요 요 언	만물을 굽어보니 어지러이
如江漢[937]之浮萍[938]이라. 여 강 한 지 부 평	마치 장강과 한수의 부평초 같도다.

929 침국자조(枕麴藉糟): 누룩을 베개 삼고 지게미를 자리 삼아 눕다. '국'은 누룩, '조'는 술을 거른 지게미

930 도도(陶陶): 화락한 모양

931 올연(兀然): 우뚝 솟아 움직이지 않는 모양

932 황이(恍爾): 황홀한 모양. '이'는 연과 같은 어조사

933 성(醒): 술이 깨다.

934 뇌정(雷霆): 격렬한 천둥

935 태산(泰山): 산동성에 있는 중국 제일의 명산. 태산(太山)이라고도 쓴다.

936 한서지절기(寒暑之切肌): 살가죽을 파고드는 추위와 더위

937 강한(江漢): 양자강과 한수

938 부평(浮萍): 부평초. 개구리밥

二豪[939]侍側焉에, 이호 시측언	따지는 두 호걸이 옆에 서 있어도
如蜾蠃[940]之與螟蛉[941]이라. 여과라 지여명령	마치 나나니벌이나 배추벌레나 같도다.

12. 난정에서 지은 글의 서문(蘭亭記)[942]

왕희지(王羲之)[943]

永和九年[944]歲在癸丑[945] 영화구년 세재계축	영화 구년 계축년
暮春[946]之初[947]에, 모춘 지초	늦은 봄 초에

---

939 이호(二豪): 대인 선생을 성토하던 귀개공자와 진신처사

940 과라(蜾蠃): 나나니벌

941 명령(螟蛉): 나비나 나방류의 유충으로, 푸른빛을 띤 것. 배추벌레

942 난정기(蘭亭記): '난정'은 절강성(浙江省) 소흥(紹興)에 있는 정자. 동진(東晋) 목제(穆帝) 영화 9년 3월 삼짇날, 왕희지를 비롯해 손작(孫綽), 사안(謝安) 등 당시의 명사 41인이 모여 이곳에서 묵은 때를 씻고 행운을 빌며 곡수연(曲水宴)을 베풀었다. 곡수연이란 구부러진 냇물에 여러 사람이 앉아, 물에 떠서 흘러 내려오는 술잔을 차례로 받으며 시를 짓는 놀이로서, 유상(流觴)이라고도 한다. 이 글은 곡수연에서 지은 시를 한데 모으면서 서문으로 쓴 것이다. 따라서 「난정집서」라 하는 것이 옳은데, 후세에 「난정기」로 전해진다.

943 왕희지(王羲之: 307~363): 동진(東晋)의 회계(會稽) 사람으로 자는 일소(逸少)이다. 명문 귀족 출신으로 벼슬은 우군(右軍)장군과 회계의 내사(內史)를 지냈다. 서예의 대가로 이름 높다. 아들인 헌지(獻之)와 더불어 '이왕(二王)'이라 불리며 서체 발전에 큰 기여를 하였다.

944 영화구년(永和九年): 353년. 영화는 동진의 다섯 번째 임금 목제의 연호

945 세재계축(歲在癸丑): 그해의 간지로 보면 계축년이라는 뜻

946 모춘(暮春): 음력 3월

947 초(初): 3일을 말한다.

會于會稽山陰[948]之蘭亭하니,
회 우 회 계 산 음 지 란 정

회계산 북쪽 난정에 모였는데,

修禊事[949]也라.
수 계 사 야

계제사를 지내기 위해서였다.

群賢이 畢至[950]하고,
군 현 필 지

뛰어난 많은 인사들이 모이고

少長이 咸集하니라.
소 장 함 집

젊은이와 어른이 모두
한자리에 앉았다.

此地에 有崇山峻嶺[951]하고,
차 지 유 숭 산 준 령

그곳은 높은 산과 험준한
봉우리들이 있고

茂林修竹[952]하며,
무 림 수 죽

우거진 숲과 길게 자란
대나무가 있으며,

又有淸流激湍[953]이,
우 유 청 류 격 단

또 맑게 흐르는 시냇물과 격한 여울이

映帶[954]左右하니,
영 대 좌 우

좌우로 띠처럼 서로 비추는데,

---

948 회계산음(會稽山陰): 회계산의 북쪽. '음'은 북(北)을 뜻한다. 회계산은 절강성 소흥 남동에 있는 명산

949 수계사(修禊事): '수'는 행하다. '계사'는 계제사(禊祭祀)의 일. 3월 삼짇날, 물가에 가서 흐르는 물에 몸을 씻고 신께 빌어 재앙을 없애고 복을 기원하는 계제사를 행하는 것을 말한다.

950 필지(畢至): 모두 모이다.

951 숭산준령(崇山峻嶺): 높은 산과 험준한 고개

952 무림수죽(茂林修竹): 무성한 숲과 긴 대나무

953 청류격단(淸流激湍): 맑은 시냇물과 소용돌이치며 급격하게 흐르는 여울

954 영대(映帶): 서로 비치고 어울려 있다.

引以爲流觴曲水[955]하고, 인 이 위 유 상 곡 수	그 물을 끌어다가 술잔을 띄울 물줄기를 만들어
列坐其次[956]하니, 열 좌 기 차	차례로 둘러앉으니,
雖無絲竹管絃[957]之盛이나, 수 무 사 죽 관 현 지 성	비록 관현의 음악이 있는 성대한 연회는 아니지만,
一觴一詠[958]에, 일 상 일 영	한 잔 술에 시 한 수를 읊어
亦足以暢敍幽情[959]이라. 역 족 이 창 서 유 정	그윽한 심정을 펴기에 족하도다.
是日也에 天朗氣淸하고, 시 일 야 천 랑 기 청	그날 하늘은 깨끗하고 공기는 맑았으며
惠風[960]和暢이라. 혜 풍 화 창	은혜로운 봄바람은 더없이 따스하고 부드러웠다.
仰觀宇宙之大하고, 앙 관 우 주 지 대	우러러 우주의 한없이 크고 무한함을 보고,
俯察品類之盛[961]하야, 부 찰 품 류 지 성	고개 숙여 지상 만물의 무성함을 보며,

955 유상곡수(流觴曲水): '상'은 술잔, '곡수'는 이리저리 구부러진 시냇물. 음력 3월 삼짇날, 구곡(九曲)의 유수(流水)에 잔을 띄워 보내고, 술을 마시며 시를 짓는 놀이

956 기차(其次): 각자가 앉아야 할 자리. 순서

957 사죽관현(絲竹管絃): '사'는 현악기, '죽'은 관악기. 통칭, 음악을 말한다.

958 일상일영(一觴一詠): 술 한 잔에 시 한 수. 자기 앞에 흘러온 잔을 받아 술을 마신 다음, 그 잔을 물에 띄워 보내고, 다시 잔이 자기에게 돌아오기 전까지 시를 완성하는 것

959 창서유정(暢敍幽情): 그윽한 정을 충분히 나타내다.

960 혜풍(惠風): 봄바람. 만물을 길러 주는 은혜로운 바람이라는 뜻

所以遊目騁懷[962]가, 소 이 유 목 빙 회	눈을 놀리며 마음 가는 대로 생각을 달려,
足以極視聽之娛[963]하니, 족 이 극 시 청 지 오	보고 듣는 즐거움을 마음껏 누리기에 충분하니,
信[964]可樂也라. 신 가 락 야	참으로 즐길 만한 것이었다.
夫人之相與俯仰一世[965]에, 부 인 지 상 여 부 앙 일 세	무릇 사람이 일생을 살아가는데
或取諸懷抱[966]하야, 혹 취 제 회 포	어떤 이는 마음속에 품은 생각을 가지고
悟言[967]一室之內하고, 오 언 일 실 지 내	한 방에 마주앉아 이야기하기도 하고,
或因寄所託[968]하야, 혹 인 기 소 탁	또 어떤 이는 자신에게 맡겨진 바를 들어

961 품류지성(品類之盛): 만물이 한없이 무성하다. '품류'는 금수와 초목을 비롯한 만물을 가리킨다.

962 소이유목빙회(所以遊目騁懷): 눈을 놀리고 생각을 달리다. 어느 것에도 구애받지 않고 자유롭게 생각하는 것

963 시청지오(視聽之娛): 눈으로 보고 귀로 듣는 즐거움. 여기서는 경치를 즐기는 것을 말한다.

964 신(信): 진실로

965 부앙일세(俯仰一世): 내려다보기도 하고 올려다보기도 하면서 살아가는 인간 생활. '일세'는 사람이 생존해 있는 한 세상

966 취제회포(取諸懷抱): 자기 마음속에 품고 있는 생각을 끌어내다.

967 오언(悟言): 오언(晤言)과 같음. '오'는 만나서 이야기하다.

968 인기소탁(因寄所託): 자신이 처해진 상황에 자신을 맡기다. 천지자연의 변화에 자신을 맡겨 구태여 마음 쓰는 일이 없는 것

放浪形骸之外[969]하나니, 방 랑 형 해 지 외	육체의 밖에서 마음대로 노닐기도 하니,
雖趣舍萬殊[970]요, 수 취 사 만 수	비록 취향은 만 가지로 다르고
靜躁不同[971]이나, 정 조 부 동	고요함과 시끄러움이 같지 않지만,
當其欣於所遇[972]하야, 당 기 흔 어 소 우	각기 처한 경우가 기쁘게 느껴져
蹔得於己[973]하야는, 잠 득 어 기	잠시 자기의 뜻을 얻어서는
快然[974]自得하야, 쾌 연 자 득	스스로 득의하여
曾不知老之將至[975]라. 증 부 지 노 지 장 지	장차 늙음이 다가오고 있는 것을 모른다.
及其所之既倦[976]엔, 급 기 소 지 기 권	급기야 그 즐거움에도 권태를 느껴
情隨事遷하야, 정 수 사 천	자신의 감정이 그 일을 따라 옮겨 가서

969 방랑형해지외(放浪形骸之外): 몸 밖에서 방랑하다. 현실의 여러 가지 속박에서 벗어나, 마음을 자유롭게 한다는 뜻. 유유자적함

970 취사만수(趣舍萬殊): 나아가고 물러남이 만 가지로 다르다. 인심의 진퇴가 하나같지 않음을 뜻한다. '취'는 취(取), '사'는 사(捨)와 통한다.

971 정조부동(靜躁不同): 고요함과 시끄러움이 같지 않다. 사람들의 각기 다른 몸가짐을 말한다.

972 소우(所遇): 만나는 바의 일. 경우

973 잠득어기(蹔得於己): 잠시 자신의 기분에 들다.

974 쾌연(快然): 매우 즐거워하다.

975 부지노지장지(不知老之將至): 늙음이 오는 것을 모르다. 『논어』「술이(述而)」에 나오는 말. 섭공(葉公)이 자로(子路)에게 공자에 관해 물었는데, 자로가 대답하지 못하였다. 뒤에 공자가 이렇게 말하였다. "너는 어찌하여 '그는 학문에 열중하면 먹는 것을 잊으며, 도를 즐기면 근심을 잊어 늙음이 닥쳐오는 것조차 모른다'고 말하지 않았느냐."

976 권(倦): 권태로움, 흥이 가심

感慨係之[977]矣라. 감 개 계 지 의	감회가 계속되는 것이다.
向之所欣[978]이, 향 지 소 흔	과거의 즐거웠던 일이
俛仰之間[979]에, 면 앙 지 간	짧은 순간에
以爲陳迹[980]이니, 이 위 진 적	낡은 자취가 되어 버리니,
尤不能不以之興懷[981]로다. 우 불 능 불 이 지 흥 회	더욱 감회가 일어나지 않을 수 없는 것이다.
況修短[982]이隨化하야, 황 수 단 수 화	하물며 수명이 짧든 길든 자연의 조화를 따라,
終期於盡하니, 종 기 어 진	결국에는 다함에 이름에야!
古人이 云 고 인 운	옛사람이 이르기를,
死生亦大矣[983]라 하니, 사 생 역 대 의	"죽고 사는 것은 큰일이로다"라고 하니,
豈不痛哉[984]아? 기 불 통 재	어찌 가슴 아픈 일이 아니랴?

977 감개계지(感慨係之): 마음속 깊이 사무치게 느끼는 정을 불러일으키다.

978 향지소흔(向之所欣): 지난날의 즐거움. '향'은 향(嚮)과 같은 뜻

979 면앙지간(俛仰之間): 머리를 숙였다 다시 드는 사이. 짧은 시간. '면'은 부(俯)와 같다.

980 진적(陳迹): 오랜 옛 자취

981 흥회(興懷): 감회를 일으키다.

982 수단(修短): 명의 길고 짧음

983 사생역대의(死生亦大矣): 삶과 죽음은 인생의 중대사. 『장자(莊子)』 「덕충부(德充符)」에 나오는 말

984 기불통재(豈不痛哉): 어찌 슬퍼하지 않을 수 있겠는가?

每攬昔人興感之由에, 매람석인흥감지유	옛사람이 감흥을 일으켰던 이유를 알게 될 때마다,
若合一契[985]하여, 약합일계	부절을 하나로 맞춘 듯하여
未嘗不臨文[986]嗟悼[987]하니, 미상불임문 차도	옛 문장을 대함에 탄식하지 않을 수 없으니,
不能諭之於懷[988]라. 불능유지어회	마음에 그것을 달랠 수 없도다.
固知一死生[989]爲虛誕[990]하고, 고지일사생 위허탄	죽고 사는 것이 같다는 말은 참으로 허황하고
齊彭殤[991]爲妄作[992]이라. 제팽상 위망작	팽조와 일찍 죽은 이가 같다는 말도 함부로 지어낸 것이라 하겠다.

---

985 약합일계(若合一契): 하나의 부절을 맞춘 것 같다. '계'는 부계 또는 부절. 부절을 맞춘 것 같다는 것은 똑같다는 뜻

986 임문(臨文): 감회를 일으켜 고인의 문장을 읽다. '임'은 글을 읽기 위해 글 앞에 서는 것

987 차도(嗟悼): 탄식하고 슬퍼하다.

988 불능유지어회(不能諭之於懷): 마음을 타일러 달랠 수 없다. 즉 인생의 무상함을 슬퍼해도 소용이 없으므로 슬퍼하지 않으려고 해도 그렇게 되지 않는다는 뜻

989 일사생(一死生): 죽고 삶이 하나이다. 죽음도 삶도 본질적으로는 같다고 보는 것이 노장 사상이다.

990 허탄(虛誕): 허황되고 근거 없다.

991 제팽상(齊彭殤): 장수한 팽조(彭祖)와 일찍 죽은 아이가 같음. '제'는 같다는 뜻. '팽'은 요임금 때부터 은나라 말까지 7백 년을 살았다는 팽조. '상'은 20세가 되기 전에 죽는 것. 『장자』「제물론(齊物論)」에 나오는 이야기. 7백 세를 누린 팽조도 무한한 본체의 세계에서 본다면 지극히 짧은 인생이며, 어려서 죽은 아이도 하루살이와 비교한다면 오래 산 것이니, 대립·차별의 인식은 무가치하다는 것

992 망작(妄作): 망령된 짓

後之視今이, 후 지 시 금	후세 사람들이 지금 사람들을 볼 때에도
亦猶今之視昔[993]이리니, 역 유 금 지 시 석	지금 사람들이 옛사람들을 보는 것과 같을 것이니,
悲夫[994]라. 비 부	슬픈 일이다.
故로 列敍時人[995]하야, 고 열 서 시 인	고로 여기 사람들을 순서대로 열거하여
錄其所述하나니, 녹 기 소 술	그들이 지은 바를 기록한다.
雖世殊事異[996]나, 수 세 수 사 이	비록 세상이 달라지고 세태도 변하였으나
所以興懷는, 소 이 흥 회	감흥을 일으키는 까닭은
其致[997]는 一也니, 기 치 일 야	그 이치가 하나이니,
後之覽者는, 후 지 람 자	나중에 보는 자는
亦將有感於斯文이리라. 역 장 유 감 어 사 문	장차 이 문장에 감회가 있으리라.

993 유금지시석(猶今之視昔): 마치 지금 우리가 옛것을 보는 것과 같을 것임
994 비부(悲夫): 슬프다!
995 열서시인(列敍時人): 난정의 잔치에 모인 42인의 이름을 열거함을 말한다.
996 세수사이(世殊事異): 세상이 달라지고 세태가 변하다.
997 기치(其致): 감흥을 일으키는 이치

13. 관직을 사양하고 올린 상소문(陳情表)[998]

이밀(李密)[999]

臣以險釁[1000]으로, 신 이 험 흔	신은 불행하게도
夙遭愍凶[1001]하여, 숙 조 민 흉	일찍이 부모를 잃어,
生孩六月에, 생 해 육 월	태어난 지 육 개월 만에
慈父見背[1002]하고, 자 부 견 배	자애로운 아버지가 돌아가시고,
行年[1003]四歲에, 행 년 사 세	네 살 때에
舅奪母志[1004]니이다. 구 탈 모 지	외삼촌이 어머니의 [수절의] 뜻을 빼앗았습니다.

---

998 진정표(陳情表): 임금에게 작자가 조모를 받들기 위해 벼슬길에 나갈 수 없음을 밝히는 상소문

999 이밀(李密: 224~?): 촉한 사람으로 자는 영백(令伯)이다. 아버지가 일찍 죽고, 어머니가 재가하였으므로, 조모 유씨의 손에 키워졌다. 효심이 두터워 조모의 병을 간호하며 밤새 띠를 풀지 않았다. 촉한이 망한 이후 진(晉)나라 무제가 조칙을 내려 태자세마(太子洗馬)로 임명하였으나, 조모가 늙고 병약하므로 이 글을 올려 사양하였다. 이에 무제는 깊게 감동을 받아서 노비 두 사람을 하사하고, 또 군현의 관리에게 명령하여 조모가 생활하는 데 필요한 것을 대 주도록 하였으며, 그가 관직을 그만두고 조모를 봉양할 수 있게 하였다. 조모가 죽은 후 이밀은 한중(漢中)의 태수가 되었다.

1000 험흔(險釁): 운명이 아주 나쁘다. '험'은 부모상이 따르다. '흔'은 재앙의 징조

1001 숙조민흉(夙遭愍凶): 일찍 재앙을 당하다. 아버지는 사망하고 어머니는 재가함을 가리킨다. '숙'은 일찍. '민흉'은 근심과 환난

1002 자부견배(慈父見背): 자애로운 아버지가 나를 떠나다. 부친의 사망. '견배'는 사별하다.

1003 행년(行年): 그때의 나이. 나이에 접근하다. 즉 연령, 나이

1004 구탈모지(舅奪母志): 외삼촌이 어머니의 수절 의지를 빼앗다. 외삼촌이 강제로 어머니를 재가시켰다는 뜻이다.

祖母劉愍[1005]臣孤弱하여, 조 모 유 민 신 고 약	조모 유씨는 신이 고아가 되고 몸이 약한 것을 걱정해
躬親撫養이니이다. 궁 친 무 양	몸소 어루만지며 키워 주셨습니다.
臣少多疾病하여, 신 소 다 질 병	신은 어릴 때 질병이 많아서
九歲不行하고, 구 세 불 행	아홉 살이 되도록 걷지 못하였고,
零丁[1006]孤苦하여, 영 정 고 고	외롭고 쓸쓸하게 홀로 고생하며
至于成立이라. 지 우 성 립	성인이 되었습니다.
旣無叔伯하고, 기 무 숙 백	숙부와 백부도 없고
終鮮[1007]兄弟니이다. 종 선 형 제	형제도 거의 없습니다.
門衰祚薄[1008]하여, 문 쇠 조 박	가문이 쇠퇴하고 박복하여
晩有兒息[1009]하니, 만 유 아 식	늦게야 자식을 두었으니,
外無朞功强近之親[1010]이오, 외 무 기 공 강 근 지 친	밖으로는 기·공복을 입을 만한 가까운 친척도 없고,

1005 민(愍): 민(憫)과 같은 자. 동정해 아끼다.

1006 영정(零丁): 외롭고 약하게 되는 모양

1007 선(鮮): 드물다, 또는 적다.

1008 문쇠조박(門衰祚薄): 가정의 도가 쇠퇴하고 타고난 복이 미천하다. '문'은 가정의 문, '조'는 타고난 복

1009 아식(兒息): 아이

1010 기공강근지친(朞功强近之親): 기복(朞服)이나 공복(功服)을 입을 정도의 억지로라도 따질 만한 친척. '기'는 기(期)와 같으며, 옛날에 조부모와 백숙부모를 위해 1년 동안 입는 상복. '공'

內無應門五尺之僮[1011]이라. 내 무 응 문 오 척 지 동	안으로는 손님을 맞이할 어린 시종 하나 없습니다.
煢煢[1012]孑立하여, 경 경 혈 립	홀로 외롭게 살아가면서
形影相弔[1013]어늘, 형 영 상 조	내 몸과 그림자가 서로 위로할 따름이거늘,
以劉夙嬰[1014]疾病하여, 이 유 숙 영 질 병	유씨는 일찍이 병에 걸려
常在牀褥[1015]하니, 상 재 상 욕	항상 침상에 누워 계시니,
臣侍湯藥하여, 신 시 탕 약	저는 탕약을 달여 올리며
未嘗廢離로이다. 미 상 폐 리	지금까지 떠난 적이 없습니다.
逮奉聖朝[1016]에, 체 봉 성 조	지금의 조정을 받들게 되면서부터
沐浴淸化[1017]하여, 목 욕 청 화	맑은 교화를 온몸에 입고 있어,
前太守臣逵[1018]가, 전 태 수 신 규	전에 태수 규는

은 두 종류로 나뉘는데, 하나는 대(大)공복으로 9개월간 입는 상복이고 다른 하나는 소(小)공복으로 5개월간 입는 상복이다. 종형제가 상을 당하면 대공을 입었고, 제종형제와 외조부의 상을 당하면 소공복을 입었다. '강'은 억지로라도, 간신히

1011 오척지동(五尺之僮): 미성년인 노예를 가리킨다.

1012 경경(煢煢): 홀로 의지할 곳이 없는 모양

1013 상조(相弔): 서로 마음이 편하다.

1014 영(嬰): 받다.

1015 상욕(牀褥): 침대에 까는 돗자리. '욕'은 자리

1016 성조(聖朝): 조정의 천자. 이것은 진(晉)나라 조정에 대한 존칭이다.

1017 목욕청화(沐浴淸化): 몸을 씻듯이 맑은 교화를 받다.

1018 태수신규(太守臣逵): 촉한의 태수 규를 가리킨다. 성씨는 분명하지 않다.

察[1019]臣孝廉[1020]하고, 찰 신효렴	신을 효도와 청렴으로 발탁하고,
後刺史臣榮[1021]이, 후자사신영	후에 자사 영은
擧臣秀才[1022]하니이다. 거신수재	신을 수재로 천거해 주었습니다.
臣以供養無主로, 신이공양무주	신은 조모를 공양할 사람이 없기에
辭不赴命[1023]이러니, 사불부명	사퇴하고 부임하지 않았는데,
會詔書特下하사, 회조서특하	조서가 특별히 내려져서
拜臣郎中[1024]하시고, 배신낭중	저를 낭중으로 임명해 주셨고,
尋[1025]蒙國恩하여, 심 몽국은	얼마 안 있어 나라의 은혜를 입어
除臣洗馬[1026]하시니, 제신세마	저에게 세마의 벼슬을 주시니,
猥[1027]以微賤으로, 외 이미천	외람되게도 미천한 몸으로

1019 찰(察): 추천하다.

1020 효렴(孝廉): 효성스럽고 청렴하다고 알려진 사람. 각 지방에서 능력 있고 뛰어난 사람을 조정에 추천하는 과목 중 하나이다.

1021 자사신영(刺史臣榮): 옛날에 자사를 지낸 영을 가리킨다. 성씨는 분명하지 않다.

1022 수재(秀才): 역시 인재 추천 과목 중의 하나

1023 부명(赴命): 명령을 받아 앞으로 나가다.

1024 배신낭중(拜臣郎中): 신하를 낭중에 임명하다. '배'는 임명, '낭중'은 관직명. 궁궐을 호위하고 감찰하는 등의 사무에 참여한다.

1025 심(尋): 이윽고

1026 제신세마(除臣洗馬): 신하를 세마에 임명하다. '제'는 옛날 관직을 제거하고 새로운 관직에 임명하다. '세마'는 동궁의 관리로 태자가 문을 나서면 말을 타고 선도하는 데서 이름이 붙여졌다. 이 때 '洗' 자는 '선'으로 읽기도 한다.

1027 외(猥): 자기를 낮추는 말이다.

當時東宮[1028]이라.
당 시 동 궁

동궁을 모시게 되었습니다.

非臣隕首[1029]所能上報니이다.
비 신 운 수 소 능 상 보

제가 목숨을 바친다 해도, 그 은혜를 보답할 수 없을 것입니다.

臣具以表聞[1030]하여,
신 구 이 표 문

저는 사정을 모두 아뢰는 상소문을 올리고

辭不就職이러니,
사 불 취 직

사퇴해 관직에 나아가지 않았으니,

詔書切峻[1031]하여,
조 서 절 준

조서는 절실하고도 준엄하여

責臣逋慢[1032]하시고,
책 신 포 만

신이 회피하고 게으른 것을 책망하고,

郡縣逼迫하여,
군 현 핍 박

군과 현에서는 핍박하면서

催臣上道하고,
최 신 상 도

신이 길을 떠나기를 재촉하고,

州司[1033]臨門이,
주 사 임 문

주(州)의 관리들도 문에 와서

急於星火[1034]라.
급 어 성 화

성화같이 서두릅니다.

1028 동궁(東宮): 태자를 가리킨다.

1029 운수(隕首): 머리를 자르다. 목숨을 바치다. '운'은 떨어지다.

1030 문(聞): 아뢰다.

1031 절준(切峻): 절실하고 엄중하다.

1032 포만(逋慢): 임명을 회피하고 오만불손하다.

1033 주사(州司): 주의 관리

1034 급어성화(急於星火): 마치 유성과 같이, 불을 끄는 것과 같이 사정이 급박하다.

臣欲奉詔奔馳댄, 신 욕 봉 조 분 치	신이 조서를 받들어 빨리 달려가고 싶지만
則以劉病日篤[1035]이오, 즉 이 유 병 일 독	조모 유씨의 병환이 날로 더욱 심하고,
欲苟順私情인댄, 욕 구 순 사 정	구차하게 개인의 사정을 따르고자 하지만
則告訴[1036]不許하니, 즉 고 소 불 허	하소연해도 허락하지 않아,
臣之進退가, 신 지 진 퇴	신은 나아가야 하는지 물러서야 하는지
實爲狼狽[1037]로소이다. 실 위 낭 패	실로 낭패입니다.
伏惟 복 유	엎드려 생각하옵건대
聖朝以孝治天下하사, 성 조 이 효 치 천 하	지금의 조정은 효로써 천하를 다스려서,
凡在[1038]故老[1039]에, 범 재 고 로	평범한 노인들도
猶蒙矜育[1040]이어든, 유 몽 긍 육	여전히 가엾게 여겨 보살핌을 받는데,

1035 독(篤): 심각하고 위태롭다.
1036 고소(告訴): 상소하다, 아뢰다.
1037 낭패(狼狽): 진퇴양난을 가리킨다.
1038 재(在): 속하다.
1039 고로(故老): 과거 왕조의 늙은 사람
1040 긍육(矜育): 가엾게 여겨 기르다, 또는 봉양하다.

況臣孤苦 황 신 고 고	하물며 신같이 홀로 고생하는 것에게만은
特爲尤甚이니잇가? 특 위 우 심	특별히 더욱 심하게 하십니까?
且臣이 少仕僞朝[1041]하야, 차 신 소 사 위 조	또한 신은 젊었을 때 촉나라를 섬겨
歷職郎署[1042]하니, 역 직 낭 서	낭서에서 근무하였으니,
本圖宦達[1043]이오, 본 도 환 달	본래 출세하기를 바랐을 뿐
不矜[1044]名節이라. 불 긍 명 절	명예나 절개도 중히 여기지 않았습니다.
今臣이 亡國賤俘[1045]로, 금 신 망 국 천 부	지금 저는 망국의 비천한 포로로
至微至陋어늘, 지 미 지 루	지극히 미천하고 지극히 비루하거늘,
過蒙拔擢하고, 과 몽 발 탁	과분하게 발탁되어
寵命優渥[1046]하니, 총 명 우 악	임금님이 두터운 은총을 내리시니,
豈敢盤桓[1047]하야, 기 감 반 환	어찌 감히 주저하며

1041 위조(僞朝): 가짜 나라. 여기서는 촉한을 가리킨다. 위나라와 그것을 이은 진나라를 정통으로 보기 때문이다.

1042 역직낭서(歷職郎署): 일찍이 상서랑의 직책을 역임했다.

1043 환달(宦達): 관직에 나아가서 출세하다.

1044 긍(矜): 소중히 여기다.

1045 망국천부(亡國賤俘): 망국의 비천한 포로

1046 우악(優渥): 후하다. '악'은 두텁다. 다른 판본에는 '총명우악' 네 자가 없다.

1047 반환(盤桓): 배회하면서 관망하다.

有所希冀리잇고? 유소희기	바라는 바가 있겠습니까?
但以劉日薄西山[1048]하야, 단이유일박서산	단지 조모 유씨가 마치 해가 서산에 막 지려 하듯,
氣息이 奄奄[1049]하고, 기식 엄엄	숨이 곧 끊어지려 하고
人命이 危淺[1050]하니, 인명 위천	목숨이 위급하니,
朝不慮夕이라. 조불려석	아침에 저녁 일을 알 수가 없습니다.
臣無祖母면, 신무조모	저는 조모가 없었더라면
無以至今日이요, 무이지금일	오늘에 이를 수 없었을 것이고,
祖母無臣이면, 조모무신	조모께서는 제가 없으면
無以終餘年하니, 무이종여년	여생을 마칠 수 없을 것이니,
母孫二人이, 모손이인	조모와 손자 두 사람이
更相爲命[1051]일새, 갱상위명	서로 목숨을 의지하고 있어,
是以로 시이	이에
區區[1052]不能廢遠[1053]이라. 구구 불능폐원	걱정스러워 남겨 두고 멀리 갈 수가 없습니다.

1048 일박서산(日薄西山): 태양이 이미 서산에 지려 하다. 생명이 장차 다함을 비유한다.
1049 엄엄(奄奄): 숨이 미약한 모양
1050 위천(危淺): 위급하고 촉박하다.
1051 갱상위명(更相爲命): 서로 목숨을 의지하다. '갱상'은 서로라는 뜻

臣密이 今年에 四十有四요, 신은 올해 나이 마흔네 살이고,
신밀 금년 사십유사

祖母劉는 今年에 九十有六이라.
조모유 금년 구십유육
조모 유씨는 올해 아흔여섯 살이니,

是臣이 盡節於陛下之日은 長하고,
시신 진절어폐하지일 장
제가 폐하께 충성을 다할 날은 길고

報養劉之日은 短也라. 조모께 은혜를 갚을 날은 짧습니다.
보양유지일 단야

烏鳥私情[1054]으로, 까마귀가 어미새의 은혜에
오조사정
보답하는 마음으로

願乞終養하노니, 조모가 돌아가시는 날까지
원걸종양
봉양하기를 바라오니,

臣之辛苦를, 신의 심한 괴로움은
신지신고

非獨蜀之人士 촉 지방의 사람들만이 아니라,
비독촉지인사

及二州牧伯[1055]所見明知라. 양주와 익주의 태수도 훤히
급이주목백 소견명지
다 아는 바입니다.

皇天后土[1056]가, 천지신명께서도
황천후토

1052 구구(區區): 마음을 졸이다. 애착을 가지다.

1053 폐원(廢遠): 버리고 멀리 가다.

1054 오조사정(烏鳥私情): 까마귀 새끼가 다 자란 뒤에 늙은 어미 새에게 반대로 먹을 것을 물어다 봉양하는 정이다. 이 이야기에서 '반포지효(反哺之孝)'라는 고사성어가 생겼다.

1055 이주목백(二州牧伯): 양주(梁州)와 익주(益州) 태수를 가리킨다. '목백'은 주나 군의 장관에 대한 존칭이다.

實所共鑒[1057]이니, 실 소 공 감	실로 공감하는 바이니,
願陛下는 원 폐 하	원하옵건대 폐하께서는
矜憫愚誠하시고, 긍 민 우 성	어리석은 저를 불쌍히 여기시고
聽臣微志하야, 청 신 미 지	신의 미미한 뜻을 들어주시어,
庶劉僥倖하고, 서 유 요 행	조모 유씨께서 다행히
卒保餘年이면, 졸 보 여 년	여생을 편안하게 보전하게 된다면,
臣生當隕首요, 신 생 당 운 수	신은 살아서는 목숨을 바쳐 충성하고
死當結草[1058]니이다. 사 당 결 초	죽어서는 결초보은하겠사옵니다.
臣不勝犬馬[1059]怖懼之情하야, 신 불 승 견 마 포 구 지 정	신이 두려운 마음을 견디지 못해
謹拜表[1060]以聞하노이다. 근 배 표 이 문	삼가 절을 올리고 상소문을 올려 아룁니다.

1056 황천후토(皇天后土): 천지신명을 가리킨다.

1057 감(鑒): 밝게 잘 살피다.

1058 결초(結草): 죽은 후에 은혜에 보답하다. 춘추 시대에 진(晉)나라의 위무자(魏武子)에게 애첩이 하나 있었다. 위무자는 병이 들자 큰아들 위과(魏顆)에게 "내가 죽은 후에 그녀를 재가시켜 주어라"라고 말하였다. 그러나 후에 병이 위급해지자 "내가 죽은 후 반드시 그녀를 순장하여라"라고 말하였다. 위과는 위무자가 죽은 이후에 그녀를 순장하지 않고 재가시켜 주었다. 뒤에 위과가 진(秦)나라와의 전쟁에 나갔는데, 위급한 시기에 갑자기 한 노인이 풀을 묶어서 적장 두회(杜回)를 땅에 걸려 넘어지게 하였으므로 적장을 포로로 잡을 수 있었다. 그날 밤에 위과는 꿈속에서 노인을 보았는데, 스스로 그 애첩의 아버지라 밝히면서 특별히 풀을 맺어 은혜에 보답하였다고 하였다. 『좌전(左傳)』「선공(宣公) 15년」에 보인다.

1059 견마(犬馬): 신하나 백성들이 군주를 대할 때 스스로를 낮추는 말

14. 돌아가리(歸去來辭)[1061]

도잠(陶潛)[1062]

歸去來兮[1063]여! 귀 거 래 혜	돌아가자꾸나!
田園將蕪[1064]하니, 전 원 장 무	전원이 거칠어지려 하니
胡[1065]不歸오? 호 　불 귀	어찌 돌아가지 않겠는가?
既自以心爲形役[1066]하니, 기 자 이 심 위 형 역	이미 스스로 마음이 먹고사는 데에만 매였으니
奚惆悵[1067]而獨悲오? 해 추 창 　이 독 비	어찌 근심하며 홀로 슬퍼만 하겠는가?

1060 배표(拜表): 표(表)를 올리다. 옛날 신하가 임금에게 아뢰는 글

1061 귀거래사(歸去來辭): 도연명이 진(晉)나라 팽택(彭澤)의 현령으로 있을 때, 하루는 군에서 보낸 독우(督郵: 감독관)에게 예복을 입고 가서 뵈라는 명을 받았다. 도연명은 이에 탄식하며 "내 닷 말 곡식 때문에 소인 앞에 허리를 꺾을 수 없다" 하고, 그날로 사표를 내고 바로 이 글을 읊으며 고향으로 돌아갔다고 한다.

1062 도잠(陶潛: 365~427): 동진·송대의 시인. 강서성 심양 출신. 자는 연명(淵明) 또는 원량(元亮). 죽은 뒤에 정절(靖節)이란 시호가 내려졌다. 산문가로서도 당시의 수사주의적인 문장을 피하고 질박한 문체로 쓴 몇 편의 걸작이 전한다. 문집으로는 『정절선생문집(靖節先生文集)』 10권이 전한다.

1063 귀거래혜(歸去來兮): '귀거'란 벼슬살이를 그만두고 고향 땅 전원으로 돌아가리라는 뜻. '래혜'는 조사

1064 무(蕪): 전원에 잡초가 무성하다.

1065 호(胡): 어찌. 하(何)와 같다.

1066 이심위형역(以心爲形役): 마음이 육체의 노예가 되다. 마음이 먹고사는 것을 구하는 데만 있는 것

1067 해추창(奚惆悵): '해'는 하(何)의 뜻. '추창'은 슬퍼해 근심하는 모양

悟已往之不諫[1068]하고, 이미 지나간 것은 바로잡지 못함을 깨달았고
오 이 왕 지 불 간

知來者之可追[1069]라. 나중에 오는 것은 고쳐 갈 수 있음을 알았도다.
지 래 자 지 가 추

實迷塗其未遠[1070]하니, 실로 길을 잃었으나 그것이 아직 멀지는 않았으니
실 미 도 기 미 원

覺今是而昨非[1071]로다. 오늘이 옳고 어제가 잘못됨을 깨달았도다.
각 금 시 이 작 비

舟搖搖[1072]以輕颺하고, 배는 흔들흔들 가벼이 떠오르고
주 요 요 이 경 양

風飄飄[1073]而吹衣로다. 바람은 한들한들 옷자락을 날리도다.
풍 표 표 이 취 의

問征夫[1074]以前路하니, 길 가는 나그네에게 앞길을 물으니
문 정 부 이 전 로

恨晨光之熹微[1075]로다. 새벽빛 희미하게 저무는 것이 한스럽도다.
한 신 광 지 희 미

1068 이왕지불간(已往之不諫): 한 번 지나간 일은 다시금 돌이킬 수 없다.

1069 내자지가추(來者之可追): 앞으로 돌아오는 일만은 그 옳고 그름을 가려 바르게 고쳐 나갈 수 있다.

1070 미도기미원(迷塗其未遠): 벼슬길이라는 험한 길에 잘못 들어 한동안 헤매었지만, 다행히 아직은 그다지 깊이 들지는 않았다.

1071 금시이작비(今是而昨非): 벼슬을 그만두고 고향으로 돌아온 지금은 잘한 일이요, 먹을 것을 위해 벼슬길에 올랐던 지난날은 잘못한 것이다.

1072 요요(搖搖): 가벼이 흔들거리는 모양

1073 표표(飄飄): 가볍게 나부끼는 모양

1074 정부(征夫): '정'은 가다. '정부'는 길 가는 사람, 즉 나그네를 말한다.

1075 한신광지희미(恨晨光之熹微): '신광'은 새벽빛. '희미'는 희미한 저녁빛. 이 말은 길이 멀어 하

乃瞻衡宇[1076]하고, 내 첨 형 우	이윽고 누추한 집을 바라보고
載[1077]欣載奔하니, 재 흔 재 분	문득 기뻐 곧 뛰어가니,
僮僕은 歡迎하고, 동 복 환 영	심부름꾼 사내아이는 반갑게 맞이하고
稚子는 候門이라. 치 자 후 문	어린것들은 문에서 기다리네.
三徑[1078]은 就荒이나, 삼 경 취 황	삼경은 거칠어지건만
松菊은 猶存이라. 송 국 유 존	소나무 국화는 아직도 그대로 있네.
携幼入室하니, 휴 유 입 실	[아이들] 손을 잡고 방으로 들어가니
有酒盈樽일새, 유 주 영 준	술이 항아리에 가득하네.
引壺觴以自酌하고, 인 호 상 이 자 작	술병과 잔 끌어다 혼자서 따르고
眄庭柯以怡顏이라. 면 정 가 이 이 안	정원 나뭇가지를 돌아보며 기쁜 얼굴 짓네.
倚南窓以寄傲[1079]하니, 의 남 창 이 기 오	남녘 창에 기대어 기지개를 펴니

루에 도착하지 못하고 도중에서 어둠을 만나는 것이 한스럽다는 뜻이다.

1076 형우(衡宇): '형'은 두 개의 기둥에 한 개의 횡목을 가로질러 만든 허술한 대문. '우'는 집의 처마

1077 재(載): 즉(則)과 같다.

1078 삼경(三徑): 정원 안의 세 갈래 작은 길. 한나라 장후가 정원에 송(松)·죽(竹)·국(菊)경의 세 갈래 작은 길을 내 놓고, 구중(求仲)과 양중(羊仲)이란 친구만 오게 해 놓았다는 고사에서, 뒤에는 은사의 거처를 삼경이라고 하였다.

1079 기오(寄傲): 떳떳하여 거리낌 없는 마음으로 있는 것

審容膝之易安[1080]이라. 심 용 슬 지 이 안	무릎이나 들일 만한 곳의 쉽고 편안함을 알겠네.
園日涉[1081]以成趣하고, 원 일 섭 이 성 취	정원을 날마다 거닐어서 멋을 이루고
門雖設而常關이라. 문 수 설 이 상 관	대문이야 비록 만들어 놓았지만 항상 잠겨 있네.
策扶老以流憩[1082]라가, 책 부 노 이 유 게	지팡이를 짚고 다니며 멋대로 쉬다가
時矯[1083]首[1084]而遐觀하니, 시 교 수 이 하 관	때로 머리를 들어 멀리 바라보니,
雲無心以出岫하고, 운 무 심 이 출 수	구름은 무심히 산봉우리에서 나오고
鳥倦飛[1085]而知還이라. 조 권 비 이 지 환	새는 날기에 지쳐 돌아올 줄을 아는구나.
景翳翳[1086]以將入하니, 경 예 예 이 장 입	햇빛은 어둑어둑 장차 들어가려 하니
撫孤松而盤桓[1087]이로다. 무 고 송 이 반 환	외로운 소나무를 어루만지며 서성거리누나.

1080 심용슬지이안(審容膝之易安): '심'은 알다. '용슬'은 겨우 무릎을 들여 앉을 만한 작은 방. 비록 작고 누추한 곳이지만 나의 자연의 본성에 맞기에, 벼슬살이에 얽매이기보다는 살기 편하다는 것을 잘 알았다는 말이다.

1081 일섭(日涉): 날마다 산책하다.

1082 유게(流憩): 여기저기 다니면서 멋대로 쉬는 일

1083 교(矯): 거(擧)와 같다.

1084 수(首): 얼굴

1085 권비(倦飛): '권'은 피로하다. 곧 날기에 지친 것

1086 경예예(景翳翳): '경'은 햇빛, '예예'는 어둑어둑한 모양

1087 반환(盤桓): 나아가기 어려워 머뭇거리는 모양. 외로운 소나무를 어루만지며 못내 발길이 떨

歸去來兮여! 귀 거 래 혜	돌아가자꾸나!
請息交以絶游라. 청 식 교 이 절 유	부디 사귀기를 그만두고 왕래를 끊어 버리리라!
世與我而相違[1088]하니, 세 여 아 이 상 위	세상과 나는 서로 어긋났으니
復駕言兮焉求[1089]리오? 부 가 언 혜 언 구	다시금 멍에 매어 여기에 무엇을 구하겠는가?
悅親戚之情話하고, 열 친 척 지 정 화	친척들과의 정다운 이야기를 기뻐하고
樂琴書以消憂로다. 낙 금 서 이 소 우	거문고와 책을 즐기면서 시름을 달래노라.
農人이 告余以春及하니, 농 인 고 여 이 춘 급	농부가 내게 고하기를 봄이 이르렀다 하니
將有事于西疇[1090]로다. 장 유 사 우 서 주	장차 서쪽의 밭에 일이 있으리로다.
或命巾車하고, 혹 명 건 거	혹은 헝겊으로 씌운 수레를 몰게 하고
或棹孤舟하여, 혹 도 고 주	혹은 한 척의 배를 노 저어서,
旣窈窕以尋壑[1091]이오, 기 요 조 이 심 학	이미 깊은 골짜기의 시냇물을 찾고

어지지 않는 것은 자신의 절조를 소중하게 생각하기 때문이다.

1088 위(違): 망(忘)과 같다.

1089 가언혜언구(駕言兮焉求): '가'는 수레의 멍에를 매다. '언(言)'은 조사로, 여기에. '언(焉)'은 하(何)와 같다.

1090 서주(西疇): 서쪽에 있는 밭. '사'는 농사일을 뜻한다.

亦崎嶇[1092]而經丘로다. 역 기 구 이 경 구	또 험악한 산길로 언덕을 지나가는도다.
木欣欣[1093]以向榮하고, 목 흔 흔 이 향 영	나무들은 즐거운 듯 무성하고
泉涓涓[1094]而始流라. 천 연 연 이 시 류	샘물은 졸졸졸 흘러내린다.
羨萬物之得時하니, 선 만 물 지 득 시	만물이 때를 얻음을 부러워하면서
感吾生之行休[1095]로다. 감 오 생 지 행 휴	나의 생이 갈수록 끝남을 느끼는도다.
已矣乎[1096]라. 이 의 호	그만두어라!
寓形宇內復幾時리오? 우 형 우 내 부 기 시	형체를 우주 안에 붙여 둠이 다시 얼마나 되리오?
曷不委心任去留[1097]하고, 갈 불 위 심 임 거 류	어찌 마음대로 가고 머무는 대로 맡기지 않겠는가?
胡爲乎遑遑[1098]欲何之오? 호 위 호 황 황 욕 하 지	무엇 때문에 서둘러 어디를 가고자 하겠는가?

1091 요조이심학(窈窕以尋壑): '요조'는 산수(山水)가 구불구불하고 속이 깊은 것. '심학'은 골짜기의 시냇물을 찾는 일. 곧 외로운 배를 띄워 깊은 골짜기의 시냇물을 찾아간다는 뜻이다.

1092 기구(崎嶇): 험악한 산길. 수레를 타고서 험악한 산길을 달려감을 말한다.

1093 흔흔(欣欣): 기뻐하는 모양. 생기가 그득한 모양

1094 연연(涓涓): 샘물이 졸졸 흐르는 모양. 이 글의 뜻은 얼어붙었던 물이 봄기운에 녹아 흐르기 시작한다는 말이다.

1095 행휴(行休): '휴'는 인생의 영원한 휴식, 곧 죽음의 뜻. '행휴'는 시간이 갈수록 죽음에 이른다는 말이다.

1096 이의호(已矣乎): '이'는 그침의 뜻. 따라서 '그만두자' 또는 '그만두어라'라고 해석한다.

1097 임거류(任去留): '거류'는 가고 머무는 것. 즉 삶과 죽음을 뜻한다. '임거류'는 자연의 삶과 죽음에 맡기는 것

富貴는 非吾願이오,
부 귀 비 오 원

부귀는 내가 원하는 것이 아니요,

帝鄕[1099]은 不可期라.
제 향 불 가 기

임금 계신 서울이야 기대할 수 없어라.

懷良辰[1100]以孤往하고,
회 양 신 이 고 왕

좋은 시절이라 생각되면
외로이 가기도 하고

或植杖[1101]而耘耔라.
혹 식 장 이 운 자

혹은 지팡이를 꽂아 두고
김매고 북돋워 주리라.

登東皐以舒嘯[1102]하고,
등 동 고 이 서 소

동녘 언덕에 올라서 조용히 읊조리고,

臨淸流而賦詩라.
임 청 류 이 부 시

맑은 물에 이르러서 시를 짓노라.

聊乘化以歸盡[1103]하니,
요 승 화 이 귀 진

얼마간 변화에 따라 다함으로
돌아가리니

樂夫天命을 復奚疑아!
낙 부 천 명 부 해 의

저 천명을 즐길 뿐 다시 무엇을
의심하랴!

1098 황황(遑遑): 바삐 서두는 모양

1099 제향(帝鄕): 신화에 나오는 하느님(天帝)이 계시는 곳. 『장자』 「천지(天地)」에 "천 년을 살다가 세상이 싫어, 버리고 신선이 되어 올라가서 저 구름을 타고서 하느님이 사는 곳에 이르렀다"는 말이 있다.

1100 양신(良辰): 좋은 시절. 곧 만물이 소생하는 봄

1101 식장(植杖): 지팡이를 밭 가운데 꽂아 둠을 말한다.

1102 서소(舒嘯): 조용히 시를 읊다.

1103 승화이귀진(乘化以歸盡): '화'는 자연의 변화, '진'은 인생의 다함, 곧 죽음을 뜻한다. 자연의 변화에 맡겨 죽음으로 돌아가리라는 뜻이다.

권 2

15. 오류선생 자전(五柳先生傳)[1]

도잠(陶潛)

先生[2]은 不知何許[3]人也이오, 선 생　부 지 하 허 인 야	선생이 어디 사람인지 알지 못하고
亦不詳其姓字나, 역 불 상 기 성 자	또한 그의 성과 자도 확실하지 않으나,
宅邊에 有五柳樹하야, 택 변　유 오 류 수	집 주위에는 다섯 그루의 버드나무가 있어
因以爲號焉이라. 인 이 위 호 언	이를 그의 호로 삼았다.
閑靜少言하야, 한 정 소 언	한가롭고 고요하며 말수가 적어
不慕榮利하고, 불 모 영 리	명예와 실리를 바라지 않았고,
好讀書하되, 호 독 서	독서를 좋아하지만
不求甚解[4]오, 불 구 심 해	깊은 해석을 구하지는 않고,
每有意會[5]면, 매 유 의 회	매번 뜻이 맞는 곳이 있으면
便欣然[6]忘食[7]하고, 변 흔 연 망 식	기꺼이 밥 먹는 것을 잊어버리고,

1 오류선생전(五柳先生傳): 전기 형식을 빌려 작가 자신의 인생관과 생활관을 객관적으로 서술하였으며 해학적인 맛이 두드러진다. 후세 전기 문장의 규범 중 하나가 되었다.

2 선생(先生): 도연명이 자기 스스로를 가공의 인물로 그려 오류선생이라 하였다.

3 하허(何許): 어느 곳

4 불구심해(不求甚解): 책을 읽어 대의를 깨달을 뿐, 과도하게 이해하기 어려운 해석을 구하지 않는다.

5 의회(意會): 마음속에 깨달음이 있다.

性嗜酒[8]하되, 성 기 주	술을 좋아하는 성격이나
家貧不能常得[9]하니, 가 빈 불 능 상 득	집이 가난해 자주 술을 얻을 수가 없었으니,
親舊知其如此하고, 친 구 지 기 여 차	친구들이 그의 이러함을 알고
或置酒[10]招之면, 혹 치 주 초 지	혹시 술자리를 마련해 그를 초대하면,
造飮輒盡[11]하야, 조 음 첩 진	가서는 언제나 다 마셔 버려
期在必醉[12]오, 기 재 필 취	반드시 취하기를 바라고,
旣醉而退[13]하니, 기 취 이 퇴	이미 취하면 물러가니
曾不吝情[14]去留라. 증 불 린 정 거 유	떠나고 머무름에 거리낌이 없었다.
環堵蕭然[15]하야, 환 도 소 연	가난한 집은 적막하고 조용하여
不蔽風日[16]하고, 불 폐 풍 일	바람과 해를 가리지 못하고,

6 흔연(欣然): 매우 즐거워하다.

7 망식(忘食): 밥 먹는 것을 잊다.

8 성기주(性嗜酒): 술을 좋아하는 것이 천성이다.

9 불능상득(不能常得): 늘 얻을 수는 없었다. 즉 술을 마시지 못할 때도 있었다는 뜻이다.

10 치주(置酒): 술자리를 베풀다.

11 조음첩진(造飮輒盡): '조'는 초청한 사람 집에 가다. '첩'은 대수롭지 않게, 툭하면. '진'은 남기지 않고 술을 다 마시다.

12 기재필취(期在必醉): 반드시 취하고자 했다. 즉 취할 때까지 마셨다는 뜻이다. '기'는 기약하다.

13 기취이퇴(旣醉而退): 일단 취하면 망설이지 않고 물러선다.

14 인정(吝情): 마음속에 아쉬움이 있다.

15 환도소연(環堵蕭然): 네 벽이 텅 비어 있다. '환도'는 방의 네 벽. '소연'은 적막하고 공허한 모양

16 불폐풍일(不蔽風日): 집이 실하지 못해, 바람이나 햇빛조차 막을 수 없다는 뜻

短褐穿結[17]하며,
단 갈 천 결

구멍 난 짧은 베옷을 꿰매며

簞瓢屢空[18]하되,
단 표 루 공

대나무 그릇과 표주박이 종종 비어 있지만

晏如[19]也러라.
안 여 야

편안하다.

常著文章自娛하야,
상 저 문 장 자 오

항상 문장을 지어 스스로 즐기면서

頗示己志[20]하고,
파 시 기 지

자신의 뜻을 나타냈고,

忘懷得失[21]하야,
망 회 득 실

마음속에 잃은 것과 얻은 것을 잊어버려

以此自終하니라.
이 차 자 종

이렇게 스스로 한평생을 마쳤다.

贊[22]에 曰
찬 왈

요약하여 말한다.

黔婁[23]有言하되,
검 루 유 언

검루가 말하기를,

---

17 단갈천결(短褐穿結): 광목으로 된 짧은 옷이 찢어지고 낡은 것. '천'은 구멍 나다. '결'은 해진 것을 꿰매다.

18 단표루공(簞瓢屢空): 밥그릇과 물그릇이 자주 비다. '단'은 대나무로 만든 밥그릇. '표'는 표주박. 『논어(論語)』「옹야(雍也)」에 공자의 말이 있다. "현자로다, 안회는! 밥 한 그릇과 한 바가지의 물로 누추한 곳에서 사는 것을 사람들은 견디지 못하는데, 안회는 그 즐거움을 고치지 아니하는구나. 현자로다, 안회는!"

19 안여(晏如): 편안하고 자연스러운 모양

20 파시기지(頗示己志): 오직 자신의 뜻과 정신을 나타내려고 하다. '파'는 한쪽으로 치우치다. 여기서는 '오직'의 뜻으로 쓰였다.

21 망회득실(忘懷得失): 얻고 잃는 것에 대한 생각을 잊다. 세상의 부귀와 빈천에 관심을 두지 않는 것

22 찬(贊): 전기문 뒤에 붙여서 주인공을 칭찬하는 글. 보통 운문이며, 그림이나 글씨 등에도 붙인다. 찬(讚)이라고도 한다.

不戚戚[24]於貧賤하고, 불 척 척 이 빈 천	"가난하고 천함을 두려워하지 말고
不汲汲[25]於富貴라 하니, 불 급 급 어 부 귀	부귀에 급급해하지 말라"고 하였는데,
極其言이면 극 기 언	이 말을 잘 새겨 보면
玆若人之儔[26]乎인저! 자 약 인 지 주 호	바로 이 사람과 같은 무리의 이야기라!
酣觴[27]賦詩하야, 감 상 부 시	술을 마시고 시를 지어
以樂其志하니, 이 락 기 지	그 뜻을 즐기니,
無懷氏之民歟아? 무 회 씨 지 민 여	무회씨의 백성인가?
葛天氏[28]之民歟아? 갈 천 씨 지 민 여	갈천씨의 백성인가?

23 검루(黔婁): 춘추 시대 말기 제(齊)나라의 은사. 청렴결백하여 벼슬을 지내지 않았다. 그가 죽자 시체에는 누더기가 걸쳐져 있었고 시체를 덮은 헝겊이 짧아 발이 드러났다고 한다. 문상을 간 증자가 헝겊을 비스듬히 돌려 손발을 덮으려 하자, 검루의 아내가 "고인께서는 빈천을 겁내지 않으셨고 부귀를 부러워하지 않았습니다"라고 하였다 한다.

24 척척(戚戚): 두려워하고 걱정하다.

25 급급(汲汲): 급히 서두르고자 하는 마음

26 주(儔): 종류

27 감상(酣觴): 술을 마시고 즐거워하다.

28 무회씨, 갈천씨(無懷氏, 葛天氏): 둘 다 중국 고대의 제왕. 무회씨는 도덕으로 세상을 다스려 백성들은 모두 사욕이 없고 편안했으며, 갈천씨 때에는 교화를 펴지 않아도 저절로 교화가 이루어져 천하가 태평하였다고 한다. 무회씨의 백성, 또는 갈천씨의 백성은 욕심 없이 순박한 사람임을 뜻한다.

16. 북산의 산신이 해염 현령에게 보내는 경고의 글 (北山移文)[29]

공치규(孔稚圭)[30]

鍾山[31]之英[32]과, 종 산 지 영	북산의 정령과
草堂[33]之靈[34]이, 초 당 지 령	초당의 신령이 분노하여,
馳煙驛路[35]하야, 치 연 역 로	안개에게 역로를 달리게 하고
勒[36]移[37]山庭이라. 늑 이 산 정	공문을 산마루에 새기도록 하였다.

---

29 북산이문(北山移文): 주옹(周顒)은 육조 송나라 사람으로 지금의 남경 근처 종산(鍾山)에서 은거하다가, 제나라 조정에 출사해 회계군 해염 현령을 지냈다. 해염 현령의 임기를 마치고 도성으로 가는 길에 주옹은 다시 종산에 들르려 하였다. 공치규는 주옹이 뜻을 바꾸어 은자의 생활을 버리고 조정에 출사한 것을 미워하였으므로, 종산의 신령의 말을 빌려 이 글을 써서 주옹이 두 번 다시 종산에 발을 들여놓지 못하게 하였다. 신선한 어구와 기교에 넘친 표현으로 고사가 많이 인용되고 대구를 겹친 구법과 격구 압운이 사용되어, 완벽한 운문적인 아름다움을 보이고 있다. 주로 사륙변려체(四六騈儷體)이지만, 그중에 초사의 구법도 볼 수 있고 부(賦)의 모습도 갖춘 변화가 많은 문장이다.

30 공치규(孔稚圭: 447~501): 산음(山陰) 사람으로 남조 제나라의 문인. 자는 덕장(德璋). 일찍이 학문과 시문에 뛰어나 태자첨사(太子詹事)에 이르렀다. 그의 글은 이 편이 유일하게 전해진다.

31 종산(鍾山): 북산을 말한다. 남경의 북동쪽에 있으므로 북산이라 한다.

32 영(英): 정령. 초목이나 무생물 등 갖가지 물체에 붙어 있다는 혼령. 여기서는 산신령쯤으로 해석하는 것이 좋다.

33 초당(草堂): 촉의 법사가 종산에 와서 지었다는 초당사를 가리킨다. 일설에는 주옹이 은거할 당시에 지었다고 한다.

34 영(靈): 신령

35 치연역로(馳煙驛路): 안개에게 역로를 달리게 하다. '치'는 달리다. '연'은 연기와 안개. 주옹의 접근을 막기 위해 산신령이 안개에게 공문을 돌리게 한다는 뜻이다.

36 늑(勒): 돌이나 쇠에 새기다. 각(刻)과 같은 뜻이다.

37 이(移): 같은 직급의 사람들 사이에 주고받는 공문의 일종. 여기서는 북산의 산신령이 해염 현령에게 보낸 공문이란 뜻

夫以
부 이

무릇

耿介拔俗之標[38]와,
경 개 발 속 지 표

은자는 굳은 지조와 비범한 풍채와

蕭洒出塵之想[39]으로,
소 쇄 출 진 지 상

맑고도 깨끗하며 속세를 벗어난
사상으로,

度白雪以方潔[40]하고,
도 백 설 이 방 결

흰 눈을 능가하는 결백함이
있어야 하고

干青雲[41]而直上은,
간 청 운 이 직 상

청운보다 더 높아 곧장 하늘 위에
올라야 한다.

吾方知之矣[42]라.
오 방 지 지 의

나는 지금까지 은자를 이렇게
알고 있다.

若其
약 기

은자는

亭亭[43]物表[44]하고,
정 정 물 표

세속에 물들지 않고 만물 밖에
우뚝 솟아

---

38 경개발속지표(耿介拔俗之標): 지조가 굳어 범속을 뛰어 넘는 풍채가 있다. '경개'는 지조가 굳어 변하지 않는 모양. '표'는 빛이 나고 남보다 드러나 보이는 사람의 겉모양. 즉 풍채

39 소쇄출진지상(蕭洒出塵之想): 욕심이 없고 조용해 속진을 벗어난 고결한 사상을 지니다. '소쇄'는 명리를 탐하는 마음이 없이 맑고 깨끗하다. '진'은 속세

40 도백설이방결(度白雪以方潔): 흰 눈으로 그 결백함을 비교하다. '방'은 비(比)의 뜻

41 간청운(干青雲): 그 기상은 청운을 능가하다. '간'은 범하다, 능가하다.

42 오방지지의(吾方知之矣): 나는 모름지기 그러해야 한다고 알고 있다. '지(之)'는 여기서 대명사로 쓰여 은사가 지녀야 할 덕목을 가리킨다.

43 정정(亭亭): 우뚝 높이 솟아 있는 모양. 인격이 높은 것을 뜻한다.

44 물표(物表): 만물의 밖. 즉 속세를 초월한 것을 뜻한다.

皎皎[45]霞外[46]하야, 교 교 하 외	그 밝음이 세속을 벗어나 빛나야 하며,
芥[47]千金而不眄하고, 개 천 금 이 불 면	천금도 티끌같이 거들떠보지 않고
屣萬乘其如脫[48]하야, 사 만 승 기 여 탈	만승의 제왕 자리도 짚신 벗어던지듯 하며,
聞鳳吹於洛浦[49]하고, 문 봉 취 어 락 포	[태자 진(晉)이] 이수와 낙수 가에서 봉황의 울음소리를 듣고
值薪歌於延瀨[50]가, 치 신 가 어 연 뢰	[소문(蘇門)선생이] 연뢰에서 나무꾼을 만나 노래를 들었던 것처럼,
固亦有焉이라. 고 역 유 언	본래 [진정한 은자는] 있는 것이다.
豈期 기 기	[주옹의 마음이] 어찌

45 교교(皎皎): 희고 깨끗하다.

46 하외(霞外): 세속을 벗어나는 것을 뜻한다.

47 개(芥): 티끌. 여기서는 동사로 쓰여 하찮게 여겨 거들떠보지 않다.

48 사만승기여탈(屣萬乘其如脫): 만승을 짚신처럼 여겨 가볍게 버리다. '사'는 뒤축이 없어 빨리 벗을 수 있는 짚신. '만승'은 병거 만대를 거느린다는 뜻으로 천자 또는 천자의 자리를 가리킨다.

49 문봉취어락포(聞鳳吹於洛浦): 낙포에서 생을 불며 봉황의 울음소리를 듣다. 주나라 영왕의 태자 진은 생황을 즐겼는데 봉황의 울음소리를 지어 불며 이수와 낙수 가에 노닐다가 신선이 되었다고 한다.

50 치신가어연뢰(值薪歌於延瀨): 연뢰에서 나무꾼을 만나 노래를 듣다. '치'는 만나다. '신'은 나무꾼. 진(晉)나라 손등(孫登)이 소문산(蘇門山)에 은거하여 소문선생이라 칭하였다. 하루는 연뢰에서 노닐다가 한 나무꾼을 만나, "그대는 이곳에서 평생을 마칠 것인가?"라고 물었다. 이에 그 나무꾼은 "나는 '성인은 모든 상념을 끊고 다만 도덕만을 마음의 기둥으로 삼는다'라고 들었다. 무엇을 이상히 여기고 슬퍼한단 말인가?"라고 답하고는 사라졌다. 나무꾼의 말을 빌려 은사의 굳은 지조를 표현한 것이다.

始終參差[51]하고,
시 종 참 치

처음과 끝이 한결같지 않고

蒼黃[52]反覆[53]하야,
창 황 반 복

푸르렀다 누렇다 거듭 변하니,

淚翟子之悲[54]하며,
누 적 자 지 비

묵적의 슬픔에 눈물 흘리고

慟[55]朱公之哭[56]하여,
통 주 공 지 곡

양주의 통곡에 슬퍼하여,

乍廻迹[57]以心染[58]하고,
사 회 적 이 심 염

잠깐 발길을 돌려 마음을 [속세에] 물들였는데,

或先貞而後黷[59]하니,
혹 선 정 이 후 독

먼저는 곧았다가 나중에는 더러워졌으니,

何其謬哉[60]오?
하 기 류 재

어떻게 그리도 그릇되었는가?

---

51 참치(參差): 들쭉날쭉해 가지런하지 못하다. 한결같지 않다는 뜻이다.

52 창황(蒼黃): 창졸(蒼卒)의 뜻으로 쓰이는 경우도 있으나, 여기서는 푸른색과 누런색을 뜻한다.

53 반복(反覆): 이랬다저랬다 마음이 자꾸만 변하다.

54 적자지비(翟子之悲): 묵적(墨翟)의 슬픔. 묵적은 전국 시대 송나라의 사상가로 묵가의 비조. 사람이 물들이는 대로 흰 실이 갖가지 색으로 물들여지는 것을 보고, 사람이 악으로 물드는 것도 그와 같다 하여 울었다고 한다. '묵비사염(墨悲絲染)'이라고도 한다.

55 통(慟): 서러워하다.

56 주공지곡(朱公之哭): 양주(楊朱)의 통곡. 양주는 전국 시대의 사상가로 극단의 이기주의와 개인주의를 제창하였다. 그는 길을 따라 갈림길에 이르자 사람이 그 마음 쓰기에 따라서 갈림길에서 길이 갈리듯 선악으로 갈리는 것을 생각하고 통곡하였다고 한다. '양주읍기(楊朱泣岐)'라고도 한다.

57 사회적(乍廻迹): 잠깐 발걸음을 돌리다. '사'는 잠깐의 뜻. 주옹이 산속에 은거해 잠시 은자인 척한 것을 가리킨다.

58 심염(心染): 마음이 물들다. 세속의 영달에 마음이 어지러워지는 것을 뜻한다.

59 독(黷): 더럽고 추악하다.

60 하기류재(何其謬哉): 어찌 그렇게 속일 수가 있을까? '류'는 그릇되다, 속이다.

嗚呼라! 오 호	아!
尙生[61]不存하고, 상 생 부 존	상생은 세상에 있지 않고
仲氏[62]旣往하니, 중 씨 기 왕	중장통은 이미 가 버렸으니,
山阿[63]寂寥하야, 산 아 적 료	산언덕 고요하고 적막한데
千載誰賞[64]인가? 천 재 수 상	천 년을 두고 누가 즐길 것인가?
世有周子[65]하니, 세 유 주 자	세상에 주옹이라고 하는 자가 있는데
雋俗之士[66]라. 준 속 지 사	세속에서는 뛰어난 선비이다.
旣文[67]旣博이오, 기 문 기 박	지혜롭고 박식하며
亦玄[68]亦史[69]로다. 역 현 역 사	현묘한 도리와 역사에도 밝았다.

61 상생(尙生): 후한의 상장(尙長)을 가리킨다. 자는 자평(子平). 자식들을 모두 시집 장가 보낸 다음 산에 들어가 은거한 채 세상에 나오지 않았다고 한다.

62 중씨(仲氏): 후한의 중장통(仲長統)을 가리킨다. 벼슬에 뜻이 없어 군에서 부를 때마다 병을 핑계 대며 응하지 않았다.

63 산아(山阿): 산비탈

64 천재수상(千載誰賞): 천 년이 지나 누가 이 산림의 아름다움을 즐길 것인가? '천재'는 천세(千歲)의 뜻. '상'은 산림의 아름다움을 감상하다.

65 주자(周子): 가짜 은자 주옹을 가리킨다.

66 준속지사(雋俗之士): 속세에서는 뛰어난 선비. '준'은 준(儁)과 통용되며, 준(俊)의 뜻

67 문(文): 학문과 지혜가 뛰어나다.

68 현(玄): 현묘한 진리로, 노장의 도를 뜻한다.

69 사(史): 화사하다. 장식이 아름답다. 교양미. 『논어』「옹야(雍也)」에, "바탕이 지식을 누르면 야비해지고, 지식이 바탕을 누르면 문약해진다"라고 하였다. 타고난 바탕을 다듬지 않으면 교양이 없고 보잘것없어지고, 바탕을 무시하고 겉치레만 일삼으면 실속은 없이 겉만 화려해진다는 뜻이다.

然而 연 이	그러나
學遁東魯[70]하고, 학 둔 동 로	은둔하는 동로의 안합을 배우고
習隱南郭[71]하야, 습 은 남 곽	은자 남곽자기를 익혔으며,
竊吹草堂[72]하고, 절 취 초 당	몰래 초당에서 [피리를] 불면서
濫巾北岳[73]이라. 남 건 북 악	북악에서 함부로 두건을 쓰고 다녔다.
誘我[74]松桂[75]하며, 유 아 송 계	북산의 소나무 계수나무를 유혹하고
欺[76]我雲壑[77]하야, 기 아 운 학	나의 구름과 골짜기를 속여,

70 학둔동로(學遁東魯): 안합(顔闔)의 은둔의 도를 배우다. '동로'는 동로의 도인 안합을 가리킨다. 『장자』「양왕(讓王)」에 이런 이야기가 있다. 안합이 도인이란 말을 들은 노나라 임금은 사자를 시켜 그에게 예물을 보내 불렀다. 사자가 안합의 집에 당도해 임금이 보내는 예물을 내놓자, 안합은 "잘못 듣고 찾아온 것이 아닌지 확인해 보시기 바랍니다"라 하며 사자를 돌려보냈다. 사자가 예물을 받아야 할 사람을 확인한 뒤 다시 안합의 집을 찾았을 때 안합은 이미 떠나 어디로 갔는지 알 수 없었다고 한다.

71 남곽(南郭): 『장자』에서 세상의 모든 일을 잊고 무아경에 들었던 은자 남곽자기(南郭子綦)

72 절취초당(竊吹草堂): 주옹이 자격도 없으면서 초당에서 은자 노릇을 한 것을 가리킨다. '절취'는 악기 부는 소리를 훔친다는 뜻으로, 피리를 불지도 못하면서 악사로 행세하면서 녹을 받아먹은 남곽선생의 고사에서 나온 말이다. 제나라의 선왕은 우(竽) 부는 소리를 즐겨, 피리 부는 사람을 3백 명이나 두었다. 남곽선생은 피리를 전혀 불 줄 모르면서 3백 명 사이에 끼어 녹을 먹었다. 선왕이 죽고 민왕이 서자 악사를 한 사람씩 불러 피리를 불게 하였다. 이에 남곽선생은 도망치고 말았다. 이로부터 거짓 명성을 훔치는 것을 절취라 하게 되었다.

73 남건북악(濫巾北岳): 북악에서 두건을 함부로 쓰다. '북악'은 북산, 곧 종산. '건'은 은자들이 쓰는 두건. 주옹이 은자가 아니면서도 은자처럼 두건을 쓰고 돌아다녔다는 뜻이다. '남건'은 앞의 절취와 같은 의미

74 아(我): 북산의 정령이 자신을 지칭한 말

75 송계(松桂): 소나무와 계수나무로 지조를 상징한다.

76 기(欺): 속이다. 기만하다.

77 운학(雲壑): 구름과 골짜기

雖假容於江皐[78]나,
수 가 용 어 강 고

비록 강호의 은자 모습을 흉내 냈지만

乃纓[79]情於好爵[80]이라.
내 영 정 어 호 작

좋은 관직에 마음이 얽매여 있었다.

其始至也에,
기 시 지 야

[주옹이] 처음 발을 들여놓았을 때에는

將欲
장 욕

장차

排巢父
배 소 부

소부를 밀어내고

拉許由[81]하고,
납 허 유

허유를 저만큼 물리칠 듯하고,

傲百世
오 백 세

백세에 걸쳐 오만하여

蔑王侯하야,
멸 왕 후

왕과 제후들을 멸시하였다.

風情[82]이 張日이오,
풍 정 장 일

그의 풍류스러운 감정은 햇빛처럼
널리 퍼지고

霜氣[83]가 橫秋하야,
상 기 횡 추

서리 같은 기상은 가을 하늘에
비껴 있기도 하며,

---

78 강고(江皐): 강과 늪

79 영(纓): 얽매여 있다.

80 호작(好爵): 좋은 작록

81 소부(巢父)·허유(許由): 두 사람 모두 요임금 때의 은자. 소부는 요임금이 천하를 물려주려 했으나 받지 않았고, 허유는 요임금으로부터 같은 말을 듣자 몹쓸 소리를 들었다 하여 영천의 물에 귀를 씻었다 한다.

82 풍정(風情): 풍류스러운 마음

83 상기(霜氣): 서릿발 같은 기상

或歎幽人[84]長往[85]하며,
혹 탄 유 인 장 왕

때로는 옛 은자들이 가고 없는 것을 탄식하기도 하고

或怨王孫不游라.
혹 원 왕 손 불 유

때로는 왕손이 노닐지 않은 것을 원망하기도 하였다.

談空空[86]於釋部[87]하고,
담 공 공 어 석 부

불경에서 '일체개공'을 담론하기도 하고

覈[88]玄玄[89]於道流[90]하니,
핵 현 현 어 도 류

도가의 현묘한 학문을 탐구하기도 했으니,

務光[91]이 何足比며,
무 광 하 족 비

무광이 어찌 [주옹에] 견줄 수 있으며

涓子[92]가 不能儔[93]라.
연 자 불 능 주

연자가 어찌 [주옹과] 짝이 될 수 있으랴.

及其
급 기

급기야

84 유인(幽人): 속세를 떠나 숨어 사는 은자
85 장왕(長往): 멀리 가고 없다.
86 공공(空空): 모든 것이 공허하다고 하는 불교의 가르침
87 석부(釋部): 석가의 가르침. 불서
88 핵(覈): 탐구하다.
89 현현(玄玄): 현묘한 진리. 도가의 사상
90 도류(道流): 노자의 설. 도교
91 무광(務光): 하나라 때의 은자. 은나라 탕왕이 하나라의 폭군 걸왕을 치려고 무광에게 자문을 구하자, 무광은 세상일은 자신이 관여할 바가 아니라며 상대하지 않았다. 후에 탕왕이 천하를 그에게 물려주려 했는데, 그는 이를 피해 숨었다.
92 연자(涓子): 제나라 사람으로, 초목을 먹으며 탕산에 숨어 살았다. 신선의 도술을 익혀 바람을 다스릴 줄 알았다고 한다.
93 주(儔): 짝하다.

鳴騶[94]入谷하고, 명추 입곡	[사자의] 말이 울음소리를 내며 골짜기에 들어서고
鶴書[95]赴隴[96]에, 학서 부롱	학두서가 산언덕을 넘어오자,
形馳魄散하고, 형치백산	혼백이 흩어진 듯 기뻐 달려나갔고
志變神[97]動이라. 지변신 동	지조는 변하고 정신은 동요하였다.
爾乃 이내	그래서
眉軒[98]席次하고, 미헌 석차	눈썹을 자리에서 치켜올리고
袂聳筵上[99]하야, 메용연상	옷소매를 대자리에서 펄럭이며,
焚芰製而裂荷衣[100]하고, 분기제이렬하의	마름 옷을 불사르고 연잎 옷을 찢고
抗塵容[101]而走俗狀[102]하니, 항진용 이주속상	세속의 얼굴을 드러내고 속된 모습으로 달려나가니,
風雲悽[103]其帶憤[104]하고, 풍운처 기대분	바람과 구름은 슬퍼하며 분노하였고

94 명추(鳴騶): 사자가 타고 온 잘 우는 말

95 학서(鶴書): 은자를 부를 때에 쓰는 호출장으로, '학두서(鶴頭書)'라고도 한다. 글자의 모양이 고니의 머리 모양과 비슷하다 하여 붙여진 표현

96 농(隴): 언덕. 주옹이 기거하고 있는 초당이 있는 곳을 가리킨다.

97 형, 백, 신(形, 魄, 神): '형'은 몸뚱이. '백'은 혼백. '신'은 정신

98 미헌(眉軒): 눈썹이 높이 올라가다. 기뻐하는 모양을 형용하는 말

99 메용연상(袂聳筵上): 소맷자락이 대자리 위에서 펄럭이다.

100 기제, 하의(芰製, 荷衣): 둘 다 은자가 입는 옷. '기제'는 마름의 잎을 엮어 만든 옷이고, '하의'는 연잎을 엮어 만든 옷이다.

101 항진용(抗塵容): 속세의 얼굴을 드러내다.

102 주속상(走俗狀): 속된 꼴로 마구 줄달음질치다.

石泉[105]咽[106]而下愴[107]이라.
석천 열 이하창

바위 틈 샘물은 오열하며 슬프게 흘러내린다.

望林巒[108]而有失[109]하고,
망임만 이유실

우거진 산봉우리를 바라보니 실망한 듯하고

顧草木而如喪이로다.
고초목이여상

초목을 둘러보니 무엇을 잃은 듯하였다.

至其
지기

마침내

紐[110]金章[111]
유 금장

[주옹은] 금 인장을 걸고

綰[112]黑綬[113]하야,
관 흑수

검은 인끈을 꿰차고서,

跨屬城之雄[114]하고,
과속성지웅

본주에 딸린 웅장한 성에 걸터앉아

冠百里[115]之首하야,
관백리 지수

사방 백 리 한 현의 우두머리가 되어,

---

103 처(悽): 슬퍼하다.
104 대분(帶憤): 분노를 띠다.
105 석천(石泉): 골짜기의 바위틈으로 흐르는 샘
106 열(咽): 목이 메어 소리가 막히다.
107 하창(下愴): 흘러내려 가며 슬퍼하다.
108 임만(林巒): 숲이 우거진 산봉우리
109 유실(有失): 실망한 빛이 역력하다.
110 유(紐): 끈. 끈으로 묶어 걸다.
111 금장(金章): 금으로 만든 인장으로, 현령이 지니는 것
112 관(綰): 꿰어 차는 것을 말한다.
113 흑수(黑綬): 인장을 맨 검은 끈
114 속성지웅(屬城之雄): 본주(本州)에 딸려 있는 성의 웅장함
115 백리(百里): 사방 백 리의 땅으로, 한 현(縣)을 가리킨다.

張英風於海甸[116]하고, — 바다 가까운 해염현에 영웅의 기풍을 펴고
장 영 풍 어 해 전

馳妙譽[117]於浙右[118]하니, — 절강 동쪽에 아름다운 이름을 날리니,
치 묘 예 어 절 우

道帙[119]長擯[120]이오, — 도교의 책들을 멀리하고
도 질 장 빈

法筵[121]久埋[122]라. — 불법을 강론하던 자리를 묻어 두었다.
법 연 구 매

敲扑[123]諠嚻[124]가 犯其慮하고, — 죄인을 매질하는 시끄러운 소리에 생각이 어지러워지고,
고 복 훤 효 범 기 려

牒訴[125]倥傯[126]이 裝其懷[127]하니, — 바쁘고 번잡한 공문서와 소송에 마음이 얽매이게 되니,
첩 소 공 총 장 기 회

琴歌가 旣斷이오, — 금(琴)과 노래가 이미 끊어져 버렸고
금 가 기 단

---

116 해전(海甸): 바다에 가까운 지역. 해염현을 가리킨다.
117 묘예(妙譽): 화려한 명예
118 절우(浙右): 절강(浙江)의 오른쪽 지역. 장강(長江) 하류의 오른쪽에서 회계까지의 땅
119 도질(道帙): 도교의 책
120 장빈(長擯): 오래도록 배척하다.
121 법연(法筵): 불법을 강론하는 자리
122 구매(久埋): 오래도록 묻어 두다.
123 고복(敲扑): 매를 치다. 죄인을 매질하는 것을 가리킨다.
124 훤효(諠嚻): 매우 시끄럽고 떠들썩하다.
125 첩소(牒訴): 공문서와 송사(訟事)
126 공총(倥傯): 몹시 바쁘다.
127 장기회(裝其懷): 마음이 묶이게 되다.

酒賦[128]가 無續하여, (주부 무속)

술 마시고 시 짓는 것도 계속할 수 없어,

常綢繆[129]於結課[130]하고, (상주무 어결과)

항상 관리의 근무 성적에 얽매이고

每紛綸[131]於折獄[132]이라. (매분륜 어절옥)

매번 재판에 바쁘고 어지러웠다.

籠[133]張趙[134]於往圖[135]하고, (농 장조 어왕도)

옛 책에서 장창과 조광한을 가슴에 품었고

架[136]卓[137]魯[138]於前籙[139]하야, (가 탁 노 어전록)

옛 기록에서 탁무와 노공을 가까이하여,

希蹤三輔豪[140]오, (희종삼보호)

자취는 삼보(三輔)의 장관을 따르려 하였고

---

128 금가, 주부(琴歌, 酒賦): '금가'는 거문고 소리와 노랫소리. '주부'는 술 마시는 것과 시를 짓는 것. 모두 은자가 즐기는 일들이다.

129 주무(綢繆): 얽매이다.

130 결과(結課): 관리들의 근무 성적을 조사하는 것

131 분륜(紛綸): 매우 바쁘고 어지럽다.

132 절옥(折獄): 소송을 재판하다. '절'은 옳고 그름을 판단하다.

133 농(籠): 가슴속에 뜻을 품다. 이상적으로 생각함

134 장조(張趙): 한대에 경조(京兆)의 지사로 명망이 높았던 장창(張敞)과 조광한(趙廣漢)

135 왕도(往圖): 옛날의 그림과 책

136 가(架): 능가하다.

137 탁(卓): 후한의 탁무(卓茂). 밀현의 현령이 되어 인(仁)의 정치를 폈기 때문에, 아래 관리들이 속이지 못했다고 한다.

138 노(魯): 후한의 노공(魯恭). 중모(中牟)현의 현령이 되어 공적이 높았다고 한다.

139 전록(前籙): 전대의 기록

140 희종삼보호(希蹤三輔豪): 훌륭한 삼보의 장관의 뒤를 좇고 싶다는 뜻. '삼보'는 경조부(京兆

馳聲九州牧[141]이라.
치 성 구 주 목

명성은 온 지방관 사이에 널리 떨치려 하였다.

使其
사 기

[그는 떠나가서] 저

高霞孤映하고,
고 하 고 영

노을을 높이 떠 외로이 물들이게 하고

明月獨擧하고,
명 월 독 거

밝은 달을 홀로 떠오르게 하였으니,

靑松落陰이나,
청 송 낙 음

푸른 솔이 시원한 그늘을 드리웠으나

白雲誰侶[142]아?
백 운 수 려

저 흰 구름을 누구와 벗하게 할 수 있을까?

磵戶[143]摧[144]絶無與歸오,
간 호 최 절 무 여 귀

산골짜기의 집은 부서져 함께 돌아갈 사람이 없고,

石逕[145]荒凉[146]徒延佇[147]로다.
석 경 황 량 도 연 저

돌밭 사이의 산길만이 황량하게 우두커니 목을 빼고 기다린다.

府)·좌빙익(左馮翊)·우부풍(右扶風)의 세 곳을 말한다. 그 장관을 경조윤(京兆尹)이라 한다. '종'은 업적

141 치성구주목(馳聲九州牧): '구주', 즉 천하의 현령 사이에 평판을 떨친다는 뜻. 다시 말해 현령 중에서 가장 유명한 현령이 되고 싶다는 뜻이다. '목'은 지방장관

142 여(侶): 짝, 벗

143 간호(磵戶): 은자가 살던 산골짜기의 집. '간'은 윤(潤)과 같다.

144 최(摧): 부서지다.

145 석경(石逕): 돌밭 사이로 난 좁은 길. 산길

146 황량(荒凉): 잡초만이 무성하고 쓸쓸하다.

147 연저(延佇): 목을 빼고 우두커니 서서 떠나간 그를 기다리다.

至於 지 어	나아가서
還飇[148]入幕하고, 환 표 입 막	회오리바람은 장막 속으로 기어들고
寫霧[149]出楹[150]하니, 사 무 출 영	솟아오르는 안개가 기둥을 돌아 나오니,
蕙帳[151]空兮夜鶴怨이오, 혜 장 공 혜 야 학 원	향초로 엮은 장막은 텅 비어 밤마다 학이 원망하고
山人[152]去兮曉猿驚이라. 산 인 거 혜 효 원 경	산인이 떠나자 원숭이는 새벽에 놀라 운다.
昔聞投簪逸海岸[153]이러니, 석 문 투 잠 일 해 안	옛날 [한나라 소광은] 벼슬을 버리고 동해군의 고향에 은거하였다고 하는데,
今見解蘭[154]縛塵纓[155]이로다. 금 견 해 란 박 진 영	지금 보니 [주옹은] 난초 허리띠를 풀어 던지고 속세의 갓끈을 매었도다.

148 환표(還飇): 회오리바람. '환'은 선(旋)과 같은 글자
149 사무(寫霧): 토해내는 것처럼 솟아오르는 안개. '사'는 사(瀉)와 같은 뜻으로, 물을 쏟아붓는 것
150 영(楹): 기둥
151 혜장(蕙帳): 향초로 엮은 장막
152 산인(山人): 거짓 은자 주옹을 가리킨다.
153 투잠일해안(投簪逸海岸): 벼슬을 버리고 동해로 숨다. '잠'은 관이 벗겨지지 않게 상투를 고정시키는 비녀로, 여기서는 벼슬을 뜻한다. 한나라 선제 때에 소광이 벼슬을 팽개치고 동해군의 마을로 돌아와 은일의 생활을 한 것을 가리킨다.
154 해란(解蘭): 난초를 풀어 버리다. 주옹이 은자로서의 생활을 청산한 것을 가리킨다. 은자가 난초를 허리에 차는 것은, 자신의 고결한 기상을 나타내고자 함이다.
155 박진영(縛塵纓): 속세의 벼슬에 속박되다. '박'은 속박되다. '영'은 갓끈. 주옹이 세상에 나아가

於是에 어 시	이에,
南嶽이 獻嘲[156]하고, 남 악 헌 조	남쪽 산들이 조롱을 보내고
北隴[157]이 騰笑[158]하며, 북 롱 등 소	북산의 언덕들도 소리 높여 비웃었으며,
列壑[159]이 爭譏[160]하고, 열 학 쟁 기	줄지어 있는 골짜기들이 다투어 놀리고
攢峰[161]이 竦誚[162]하니, 찬 봉 송 초	여러 산봉우리들은 소리 높여 꾸짖으니,
慨遊子[163]之我[164]欺하고, 개 유 자 지 아 기	노닐던 나그네가 나 북산을 속인 것을 분개하고
悲無人以赴弔[165]라. 비 무 인 이 부 조	아무도 나를 위로해 주지 않음을 슬퍼한다.
故其 고 기	그러니

관리가 된 것을 가리킨다.

156 헌조(獻嘲): 비웃음을 바치다.

157 북롱(北:): 북산에 딸린 작은 산들

158 등소(騰笑): 하늘을 찌를 듯이 높은 비웃음 소리

159 열학(列壑): 줄지어 있는 골짜기

160 쟁기(爭譏): 맹렬하게 비난하다.

161 찬봉(攢峰): 옹기종기 모여 있는 여러 산봉우리

162 송초(竦誚): 꾸짖음의 소리를 높이다.

163 유자(遊子): 북산에서 은자인 척하며 노닐던 주옹을 가리킨다.

164 아(我): 북산의 정령을 의인화하여 표현한 것

165 부조(赴弔): 와서 위로하다.

林慙無盡하고, 임 참 무 진	우거진 숲의 치욕은 끝이 없고
澗愧不歇[166]하야, 간 괴 불 헐	시냇물의 부끄러움은 다함이 없으며,
秋桂遣風하고, 추 계 견 풍	가을 계수나무는 바람을 돌려보내고
春蘿擺月[167]하야, 춘 라 파 월	봄의 담쟁이덩굴은 달을 밀쳐 버렸으며,
騁[168]西山之逸議[169]하고, 빙 서 산 지 일 의	서산의 은둔 생활만을 의논할 것을 선언하고
馳東皐之素謁[170]이라. 치 동 고 지 소 알	동고의 소박한 사람하고만 사귈 것을 다짐한다.
今乃 금 내	이제 [주옹은]
促裝[171]下邑[172]하고, 촉 장 하 읍	아래 고을에서 여장을 재촉해

166 헐(歇): 지(止)와 같은 뜻

167 추계견풍, 춘라파월(秋桂遣風, 春蘿擺月): 가을 계수나무는 바람을 버리고, 봄 담쟁이덩굴은 달을 밀쳐내다. '견'은 버리다. '라'는 담쟁이덩굴. '파'는 거부하다. 북산의 계수나무와 담쟁이덩굴이 한때 주옹의 노리갯감이었던 것을 부끄럽게 생각하여, 이제는 자신들의 아름다움을 드러내지 않으려 한다는 뜻이다. 가을바람에 실려 오는 계수나무의 향기와 봄밤에 달빛을 받아 빛나는 담쟁이덩굴의 모습은, 계절의 풍물 중에서도 으뜸으로 친다.

168 빙(騁): 다음에 나오는 치(馳)와 같이, '결의하다', '선포하다'의 뜻

169 서산지일의(西山之逸議): '서산'은 백이와 숙제가 고사리만 캐어 먹다 굶어 죽은 수양산(首陽山). '일의'는 은일의 생활을 할 것을 의논하는 것. 즉 북산 자신이 백이·숙제처럼 은일의 생활을 하여, 더 이상 주옹과 같은 인간을 가까이하지 않겠다는 뜻이다.

170 동고지소알(東皐之素謁): '고'는 늪. '소'는 소박하면서도 맑은 사귐. '알'은 고(告)의 뜻. 즉 옛날 동고의 남쪽에 은거하던 참된 은자 완적(阮籍)처럼 맑고 소박한 사람만 북산에 받아들이겠다는 뜻이다.

171 촉장(促裝): 여장을 꾸려 길을 재촉하다.

浪栧[173]上京하야,
낭예 상경

노를 저어 상경할 것이고,

雖情投於魏闕[174]이나,
수정투어위궐

그의 마음은 비록 조정에
던져져 있을지라도,

或假步於山扃[175]하니,
혹가보어산경

거짓 발걸음으로 북산에 발을
들여놓을지 모르니,

豈可使
기가사

어찌 우리들의

芳杜[176]厚顔하고,
방두 후안

향기로운 두약의 낯가죽을
두껍게 하고

薜荔[177]로 無恥하며,
벽려 무치

줄사철나무로 하여금 수치를
모르게 하며,

碧嶺[178]이 再辱하고,
벽령 재욕

푸른 산마루를 다시 욕되게 하고

丹崖[179]重滓[180]하야,
단애 중재

붉은 벼랑을 거듭 더럽히게 만들어,

---

172 하읍(下邑): 도성을 상(上)이라 하고 지방을 하(下)라 한다. 여기서는 주옹의 임지인 해염현을 가리킨다.

173 낭예(浪栧): 노를 저어 배를 나아가게 하다. '예'는 예(枻)와 같다.

174 위궐(魏闕): 큰 문. 곧 조정을 가리키다.

175 경(扃): 문. 출입구

176 방두(芳杜): 향초인 두약(杜若)

177 벽려(薜荔): 줄사철나무

178 벽령(碧嶺): 초목이 우거진 푸른 산마루

179 단애(丹崖): 붉은 벼랑

180 재(滓): 때가 끼어 더러워지다.

塵遊躅於蕙路[181]하고, 진 유 촉 어 혜 로	혜초 난 산길을 속세에서 노닐던 발걸음으로 더럽히고,
汚淥池以洗耳[182]리오? 오 록 지 이 세 이	귀를 씻어 맑은 연못을 오염시킬 수 있겠는가?
宜扃[183]岫幌[184] 의 경 수 황	마땅히 산의 입구에 장막을 치고,
掩[185]雲關[186]하며, 엄 운 관	구름으로 산의 관문을 굳게 닫으며,
斂輕霧 염 경 무	가벼운 안개를 거두어들이고
藏鳴湍[187]하야, 장 명 단	소리 내어 흐르는 여울물을 숨겨,
截來轅[188]於谷口하고, 절 래 원 어 곡 구	달려오는 수레채를 골짜기 입구에서 끊고
杜妄轡[189]於郊端[190]이라. 두 망 비 어 교 단	망령 든 고삐를 성 밖에서 막아야 한다.

181 진유촉어혜로(塵遊躅於蕙路): 노니는 발걸음이 향초가 나 있는 산길을 더럽히다. '진'은 티끌을 묻게 한다는 뜻으로, 더럽히는 것. '촉'은 발자취, '혜'는 향초의 한 가지

182 오록지이세이(汚淥池以洗耳): 귀를 씻어 맑은 연못물을 더럽히다. '록지'는 매우 맑은 연못. 요임금이 허유에게 천하를 물려주려 하자, 허유는 더러운 소리를 들었다며 영천에 가 귀를 씻었다. 마침 소에게 물을 먹이려고 영천에 왔던 소부(巢父)는 허유가 귀를 씻는 이유를 듣고는 귀를 씻은 물이 더럽다 하여 소를 그대로 끌고 갔다는 고사에서 나온 말

183 경(扃): 여기서는 폐(閉)의 뜻

184 수황(岫幌): 산의 어귀에 장막을 치다.

185 엄(掩): 문을 닫다.

186 운관(雲關): 구름에 가려진 산의 관문

187 명단(鳴湍): 소리를 내며 흐르는 여울

188 절래원(截來轅): 주옹을 태운 수레의 끌채를 끊어 버리다. '원'은 수레의 앞 양쪽에 대는 긴 채

於是에 | 이에
어 시

叢條[191]瞋[192]膽하고, | 떨기를 이룬 나뭇가지들은 눈을 부릅떠 성을 내고
총 조 진 담

疊潁[193]怒魄하야, | 수많은 풀 이삭들은 혼백이 날아갈 듯이 화를 내는데,
첩 영 노 백

或飛柯以折輪[194]하며, | 나뭇가지를 날려 수레바퀴를 부러뜨리려 하며
혹 비 가 이 절 륜

乍[195]低枝而掃迹[196]하니, | 낮게 가지를 펴서 발자국을 쓸어버리려 하니,
사 저 지 이 소 적

請廻俗士駕[197]어다. | 속된 선비의 수레는 돌아갈지어다.
청 회 속 사 가

爲君[198]謝[199]逋客[200]하라. | 북산의 정령을 위해 도망간 나그네의 접근을 사양하노라.
위 군 사 포 객

---

189 두망비(杜妄轡): 함부로 달려오는 말의 고삐를 잡고 주옹이 못 오도록 막다. '두'는 색(塞)의 뜻. '비'는 고삐

190 교단(郊端): 성 밖의 한 끝. 교외

191 총조(叢條): 떨기를 이룬 많은 나뭇가지. '조'는 지(枝)의 뜻

192 진(瞋): 성내어 눈을 크게 뜨다.

193 첩영(疊潁): 첩첩이 포개진 풀 이삭. '영'은 보리나 벼의 이삭

194 절륜(折輪): 수레바퀴를 부러뜨리다.

195 사(乍): 느닷없이

196 소적(掃迹): 발자국을 쓸어버리다.

197 청회속사가(請廻俗士駕): 세속의 선비가 탄 수레를 돌아가게 하다. '속사'는 주옹을 가리킨다.

198 군(君): 북산의 정령

199 사(謝): 사절하다.

200 포객(逋客): 도망간 나그네란 뜻으로, 주옹을 가리킨다.

17. 등왕각 연회에서 지은 시의 서문(滕王閣序)[201]

왕발(王勃)[202]

南昌[203]은 故郡이오,
남창 고군

洪都[204]는 新府라.
홍도 신부

星分翼軫[205]하고,
성분익진

地接衡廬라.
지접형려

옛날 남창군이었던 이곳은

지금은 홍도부가 되었다.

별자리로는 익과 진에 해당하며

지리적으로는 형산과 여산에
접해 있다.

---

201 등왕각서(滕王閣序): 왕발이 27세 때 강서의 남창에 있는 등왕각의 연회에 우연히 참석하였다가 주인의 자만심에 반발하여 즉흥적으로 지었다고 전해진다. 시는 칠언고시, 서문은 변려문인데, 둘 다 대표적인 초당(初唐)의 명문이다.

202 왕발(王勃: 650~676): 당나라 초기의 시인으로 자는 자안(子安)이며, 강주(絳州) 용문(龍門) 출생. 수나라 말의 유학자 왕통(王通)의 손자이다. 6세부터 문장을 짓는 데 뛰어났으며, 9세 때에는 안사고(顏師古)가 주를 단 『한서(漢書)』를 읽고 그 오류를 지적하였다고 한다. 17세 때인 666년 유소거(幽素擧)라는 관리 임용시험에 급제하였다. 젊어서 그 재능을 인정받아 664년에 이미 조산랑(朝散郎)의 벼슬을 받았다. 고종(高宗)의 아들 패왕(沛王)의 부(府)에서 일을 보았으나, 투계(鬪鷄)를 소재로 하여 장난삼아 쓴 격문이 고종의 노여움을 사 면직되어 사천(四川) 지방을 방랑하였다. 그 뒤 괵주(虢州)의 참군(參軍)이 되었으나, 관노를 죽인 일로 관직을 박탈당하였다. 이 사건에 연좌되어 교지(交趾)로 좌천된 아버지 복치(福畤)를 만나러 가던 도중 바다에 빠져 27세의 젊은 나이로 불우한 삶을 마감하였다. 양형(楊炯)·노조린(盧照隣)·낙빈왕(駱賓王)과 함께 초당사걸(初唐四傑)이라고 일컬어진다. 명대에 편집된 『왕자안집(王子安集)』이 전해진다.

203 남창(南昌): 강서성의 수도로 파양호 남쪽에 있다.

204 홍도(洪都): 홍주(洪州)의 병무관청인 도독부(都督府). 당대에 예장군이 홍주로 개명되어 도독이 설립되었다.

205 성분익진(星分翼軫): 고대 중국에서는 별을 28개의 별자리로 구분하고 각 별자리에 해당하는 땅을 이들 별자리가 관장한다고 생각하여 전 국토를 구분하였다. '익'과 '진'은 남부 지방을 관장하는 두 별자리이다.

襟三江而帶五湖[206]하고, 금 삼 강 이 대 오 호	세 강이 옷깃처럼 두르고 있고 다섯 호수는 띠 같으며
控蠻荊而引甌越[207]이라. 공 만 형 이 인 구 월	만형을 억누르는 데다가 구월을 끌어당긴다.
物華는 天寶[208]라, 물 화 천 보	만물의 정화가 하늘이 내려 준 보배이니
龍光이 射牛斗之墟[209]하고, 용 광 사 우 두 지 허	용천검의 검광이 견우성과 북두성 사이를 쏘아서,
人傑은 地靈[210]이니, 인 걸 지 령	인재는 뛰어나고 땅은 신령스러우니
徐孺가 下陳蕃之榻[211]이라. 서 유 하 진 번 지 탑	태수 진번이 서유에게 평상을 내려 접대한 곳이다.

206 금삼강이대오호(襟三江而帶五湖): 형강(荊江)·송강(松江)·절강(浙江)의 삼강으로 옷감을 삼고, 태호(太湖)·파양호(鄱陽湖)·청초호(青草湖)·단양호(丹陽湖)·동정호(洞庭湖)의 오호로 허리띠를 삼는다는 뜻. 삼강이 마치 옷감처럼 구부정하게 오호의 중앙에 위치하고, 오호는 마치 허리띠처럼 서로를 꿰뚫는 것같이 보이기 때문이다.

207 공만형이인구월(控蠻荊而引甌越): 만형을 제압하고, 구월에 연접하다. '만형'은 옛날 초나라 영토, '구월'은 지금의 절강, 복건, 양광 일대

208 물화천보(物華天寶): 만물의 정수는 하늘의 보물이다.

209 용광사우두지허(龍光射牛斗之墟): '용광'은 용천검(龍泉劍)의 광채, '우두'는 북두성과 견우성. 즉 용천검의 광채가 북두성과 견우성 사이를 쏘는 것을 말한다. '허'는 간(間)의 뜻. 진(晉)나라 무제 때 우두의 두 별 사이에 항상 자색의 기운이 있어 장화(張華)가 이를 뇌환(雷煥)에게 물었다. 그는 "이는 보검의 정제됨일 뿐이오"라 답하였다. 후에 뇌환은 지금의 풍성(豊城)에서 두 검을 얻었는데 하나는 용천검, 또 하나는 태아검(太阿劍)이었다. 후에 이 검들은 두 마리의 용이 되었다고 한다.

210 인걸지령(人傑地靈): 이 지방에 걸출한 인물이 많은 것은 땅의 신령스러움에 기인한다는 말.

211 서유하진번지탑(徐孺下陳蕃之榻): 진번이 서유자를 위해 특별히 하나의 평상(枰床)을 준비

雄州霧列[212]하고,
웅 주 무 열

웅장한 고을들이 안개처럼 널려 있고

俊彩星馳[213]라.
준 채 성 치

걸출한 인물들이 별과도 같이
질주한다.

臺隍은 枕夷夏之交[214]하고,
대 황 침 이 하 지 교

누대와 해자는 여러 오랑캐국과
중국 사이에 임해 있고,

賓主는 盡東南之美라.
빈 주 진 동 남 지 미

손님과 주인들은 모두 동방과
남방의 훌륭한 인물들이다.

都督閻公之雅望[215]은,
도 독 염 공 지 아 망

도독인 염공은 고상하기로
이름난 분으로

棨戟이 遙臨[216]하고,
계 극 요 림

의장기를 휘날리며 멀리로부터
부임해 오셨고,

한 것. 서유자의 이름은 치(穉)이다. 한대(漢代)에 예장군 남창현의 고사로, 진번이 예장의 태수로 있을 때 손님들을 접대하지 않았는데, 유일하게 서유자를 위해서는 평상을 만들어 매달아 놓았다가 내려주는 각별한 대접을 했으나, 서유자가 간 뒤에는 그 누가 와도 평상을 내리지 않았다고 한다.

212 웅주무열(雄州霧列): 연접해 있는 큰 군이 많아 안개처럼 빽빽이 늘어서 있다는 말. '웅주'는 커다란 군이다.

213 준채성치(俊彩星馳): 왕래하는 인물들이 많아 마치 별이 질주하는 것과 같다는 말. '준채'는 걸출한 인물

214 대황침이하지교(臺隍枕夷夏之交): '대'는 성 위의 누대. '황'은 성을 보호하는 강. '침'은 머리를 사물에 둔다는 뜻으로, 가까이 있어 의지함. '이'는 오랑캐, '하'는 화하(華夏)로 중원

215 도독염공지아망(都督閻公之雅望): 도독인 염공의 청아한 명망. 당대(唐代)에 도독부가 설치되어 있었는데, 상·중·하의 세 등급으로 나뉘어서, 각 주(州)의 군사 업무를 인솔하였다. 이를 주목(州牧)이라고 한다. '염공'은 부임해 오는 주목으로 그 이름은 전해지지 않는다.

216 계극요림(棨戟遙臨): 먼 곳으로부터 주목이 되어 온다. '계극'은 덮개가 씌어진 창이다. 대개 관료가 행차할 때 이것을 의장용으로 삼아 앞세웠다.

宇文新州之懿範[217]은,
우 문 신 주 지 의 범

새로 부임해 가는 우문공은
귀감으로 삼을 만한 인물로

襜帷暫駐[218]라.
첨 유 잠 주

수레의 휘장을 걷고 잠시 멈추었다.

十旬休暇[219]하니,
십 순 휴 가

십순의 휴가여서

勝友가 如雲이오,
승 우 　 여 운

훌륭한 벗들이 구름처럼 모여들고,

千里逢迎[220]하니,
천 리 봉 영

천리 길의 사람도 맞아들이니

高朋이 滿座라.
고 붕 　 만 좌

고명한 인사들로 좌석이 가득하다.

騰蛟起鳳은,
등 교 기 봉

솟아오르는 교룡 같고 나는 봉황 같은

孟學士之詞宗[221]이오,
맹 학 사 지 사 종

맹학사는 문장의 대가이고,

紫電青霜은,
자 전 청 상

자줏빛 우레 같고 차가운 서릿발 같은

王將軍之武庫[222]라.
왕 장 군 지 무 고

왕장군은 무술의 명장이다.

---

217 우문신주지의범(宇文新州之懿範): 호남 풍주 태수로 새로 부임해 가는 우문균의 풍모와 기개이다.

218 첨유잠주(襜帷暫駐): 수레가 잠시 멈추어 서다. '첨유'는 수레에 치는 휘장. '주'는 수레가 멈추다.

219 십순휴가(十旬休暇): 열흘을 순(旬)이라 하니, 십순은 백일을 말한다. 관리는 열흘에 이틀의 휴가를 얻었다. 십순은 백일 만에 오는 휴가로 20일이 되는 것이다.

220 봉영(逢迎): 영접하고 접대하다.

221 등교기봉, 맹학사지사종(騰蛟起鳳, 孟學士之詞宗): 좌중에 모인 빈객들의 문학적 재질을 말하는데, 맹학사 같은 문장의 대가들도 있었다. '등교기봉'은 마치 교룡이 승천을 하고, 봉황이 춤을 추는 것처럼 재능이 뛰어남을 말한다. 맹학사는 진(晉)나라의 맹가(孟嘉)를 지칭하는지 확실하지 않다. '사종'은 문장의 대가를 말한다.

家君이 作宰[223]하니, 가군 작재	가친께서 현령으로 계셔서
路出名區[224]라, 노출명구	이 명승지를 지나게 되었지만,
童子[225]가 何知오, 동자 하지	어린 내가 어떻게 알았으리오?
躬逢勝餞이라. 궁봉승전	몸소 이 훌륭한 송별 잔치를 만나게 될 줄을.
時維九月이오, 시유구월	때는 9월이요
序屬三秋[226]라. 서속삼추	계절은 한가을이다.
潦水[227]盡而寒潭淸하고, 요수 진이한담청	고인 빗물도 다 마르고 차가운 못의 물은 맑고,
烟光凝而暮山紫라. 연광응이모산자	안개와 햇빛이 엉겨 황혼에 산은 자주색이 되었다.

222 자전청상, 왕장군지무고(紫電青霜, 王將軍之武庫): 좌중의 빈객 중 왕장군처럼 흉금에 군사적 책략을 가진 이가 있었다. '자전'과 '청상'은 모두 보검의 이름이다. 이로써 군사적 책략과 무공을 비유하는 것이다. 왕장군은 남북조 양(梁)나라 때의 왕승변(王僧辯)인지 왕담(王澹)인지 확실하지 않다. '무고'는 옛날 병사들의 무기고이다. 이는 마음속에 군사적 책략을 지니고 있음을 가리키는 것이다.

223 가군작재(家君作宰): 부친이 현령이 되다. '가군'이란 집안의 아버지. '재'는 현령이다. 왕발의 아버지 왕복치는 당시 교지의 현령으로 있었다.

224 명구(名區): 귀처(貴處)와 같다. 남창, 즉 홍주

225 동자(童子): 스스로 겸허하게 칭한 것이다. 왕발이 27세 되던 해로, 젊은 나이여서 그렇게 칭한 것이다.

226 시유구월, 서속삼추(時維九月, 序屬三秋): 지금 때가 구월, 계절은 가을에 속함. '서'는 시서(時序), 즉 계절이다. '삼추'란 가을이다. 가을의 세 번째 달을 말한다.

227 요수(潦水): 비가 온 뒤에 고인 물이다.

儼驂騑於上路하야, (엄참비어상로)	좋은 길에 가지런한 말들이 위엄 있게 달려
訪風景於崇阿[228]라. (방풍경어숭아)	높은 언덕의 아름다운 풍경을 찾아다니다가,
臨帝子[229]之長洲[230]하야, (임제자 지장주)	왕자님이 노시던 긴 삼각주에 이르러 보니
得仙人之舊館[231]이라. (득선인지구관)	신선이 놀던 옛 별관들을 만나게 되었구나.
層巒이 聳翠하니, (층만 용취)	겹겹이 쌓인 산봉우리는 비췻빛을 띠니
上出重霄하고, (상출중소)	높이 솟아 하늘을 찌르고,
飛閣이 流丹[232]하니, (비각 유단)	날아갈 듯한 전각은 단청을 흘리니,
下臨無地[233]라. (하림무지)	아래로는 땅에 닿지 않을 것 같구나

228 엄참비어상로, 방풍경어숭아(儼驂騑於上路, 訪風景於崇阿): 수레가 단정하게 행렬을 지어서 명승고산의 풍경을 두루두루 유람하는 것을 표현. '엄'이란 엄정하게 고개를 흔드는 모습, '참비'는 양옆으로 두 마리의 말을 모는 것, '숭아'는 높은 언덕이다.

229 제자(帝子): 등왕 이원영을 가리킨다. 황제의 아들이므로 '제자'라고 하였다. 이 문장에 의하면 등왕각이 홍주도독으로 부임할 당시 건립된 것으로 보인다.

230 장주(長洲): 남창에 있는 장강의 모래톱을 말하는데 등왕각은 곧 여기에 건립되었다.

231 득선인지구관(得仙人之舊館): 등왕각의 주변에는 오랜 별관들이 있는데, 등왕각에 오르기 전에 사람들은 이 별관에서 쉰다. 이곳에서 쉬는 사람들을 신선이라 표현하였다.

232 비각유단(飛閣流丹): 하늘 높이 솟아 있는 누각의 그림자가 물에 비쳐, 그 붉은색이 물속에서 흐르며 움직이는 것 같다는 것. '단'은 붉은색

233 하림무지(下臨無地): 이 누각이 강 상류에 임하여, 마치 공중으로 솟아올라 땅에 잇닿지 않은

鶴汀鳧渚[234]는,
학 정 부 저

학 언덕과 물오리 모래톱이

窮島嶼之縈迴[235]하고,
궁 도 서 지 영 회

섬을 빙 두름을 다하였고,

桂殿蘭宮[236]은,
계 전 난 궁

계수와 난을 펼쳐 놓은 궁전은

列崗巒之體勢[237]라.
열 강 만 지 체 세

언덕과 산의 형세를 벌려 놓은 것 같구나.

披繡闥[238]하고,
피 수 달

아름다운 작은 문을 열고

俯雕甍[239]하니,
부 조 맹

조각한 용마루들을 내려다보니,

山原曠其盈視[240]하고,
산 원 광 기 영 시

산과 들은 눈에 가득함을 열고

川澤盱其駭矚[241]이라.
천 택 우 기 해 촉

시내와 못은 보는 이의 눈을 놀라게 한다.

閭閻이 撲地[242]하니,
여 염 박 지

여염집들이 지상에 가득한데

것 같음을 말한다.

234 학정부저(鶴汀鳧渚): 백학이 노니는 물 언덕과 들오리가 모이는 모래톱이다. '정'은 물가의 평지, '부'는 들오리이다.

235 궁도서지영회(窮島嶼之縈迴): 섬을 빈틈도 없이 빙 둘러싼 것이다. '궁'이란 극히 다하게 되다. '영회'는 주변을 구부러지게 빙 둘러싸다.

236 계전난궁(桂殿蘭宮): 계수나무와 난으로 만든 궁전, 또는 누각의 화려하고 진귀함을 형용한 것이다.

237 열강만지체세(列崗巒之體勢): 연이은 산이 기복하는 형세와 같이 벌려져 있다. '체세'는 형세

238 피수달(披繡闥): 아름답게 난 작은 문을 열다. '피'는 열다.

239 조맹(雕甍): 조각한 용마루. '맹'은 용마루이다.

240 영시(盈視): 눈에 보이는 것 모두

241 해촉(駭矚): 놀란 사람의 눈.

242 여염박지(閭閻撲地): 민가들이 처처에 맞부딪치고 있다.

鍾鳴鼎食[243]之家오, 종명정식 지가	종을 울리고 솥을 늘어놓고 밥을 해 먹는 집도 있고,
舸艦이 迷津[244]하니, 가함 미진	큰 배들이 나루터를 가로막으니,
靑雀黃龍之舳[245]이라. 청작황룡지축	청작과 황룡을 그린 배 끝들이 보이는구나.
虹銷雨霽[246]하니, 홍소우제	무지개는 사라지고 비가 개니
彩徹雲衢[247]라. 채철운구	햇빛이 구름 떠나니는 길을 뚫는다.
落霞는 與孤鶩齊飛[248]하고, 낙하 여고무제비	저녁노을은 외로운 따오기와 나란히 떠 있고
秋水는 共長天一色[249]이라. 추수 공장천일색	가을 강물은 넓은 하늘과 같은 색이로구나.
漁舟가 唱晩하니, 어주 창만	고깃배에서 저녁 무렵 노래 부르니

243 종명정식(鍾鳴鼎食): 옛날의 부자들이 종을 쳐서 음식을 모은 후, 솥을 늘어놓고 식사를 한 것

244 가함미진(舸艦迷津): 배들이 하구를 가로막다. '가함'이란 일반적으로 배들이 모인 것을 가리킨다. '미진'이란 배가 많아서 나루터를 가로막는 지경까지 이르는 것을 말한다.

245 청작황룡지축(靑雀黃龍之舳): 푸른 익새와 누런 용이 채색되어 있는 큰 배. '축'은 선미(船尾). 한마디로 말해 배의 키이다. 여기서는 배를 빌려 쓴 것을 가리킨다.

246 홍소우제(虹銷雨霽): 무지개의 기운도 이미 없어지고, 비도 이미 그쳤다. '제'는 비가 그치다.

247 채철운구(彩徹雲衢): '채'는 광채로 햇빛. '철'은 통과하다, 투과하다. '운구'는 구름이 다니는 길, 즉 창공 또는 허공을 가리킨다.

248 낙하여고무제비(落霞與孤鶩齊飛): 가을 노을이 하늘에서 내려오고 따오기는 아래에서 올라와 형상이 마치 나란히 나는 것과 같다는 말이다. 따오기는 들오리이다.

249 추수공장천일색(秋水共長天一色): 가을 강물이 푸르러서 하늘과 맞닿았다. 넓은 하늘의 공간이 강물에 비치고 너그럽게 감싸 주어 하늘과 땅을 분리할 수 없다.

響窮彭蠡[250]之濱하고,
향 궁 팽 려 지 빈

그 메아리 팽려의 물가까지 다 들리고,

雁陣이 驚寒하니,
안 진 경 한

기러기 떼 추위에 놀라니

聲斷衡陽之浦[251]라.
성 단 형 양 지 포

그 소리 형양의 포구까지 울린다.

遙吟俯暢하니,
요 음 부 창

멀리 읊조리고 굽혀 통하게 하자

逸興이 遄飛[252]라.
일 흥 천 비

뛰어난 흥이 불쑥 날아오른다.

爽籟[253]發而淸風生하고,
상 뢰 발 이 청 풍 생

상쾌한 퉁소 소리 들리자
맑은 바람이 일고,

纖歌[254]凝而白雲遏[255]이라.
섬 가 응 이 백 운 알

고운 노랫소리 서로 엉겨
흰구름에 머무르네.

睢園綠竹[256]은,
휴 원 녹 죽

휴원의 푸른 대나무는

氣凌彭澤之樽[257]이오,
기 릉 팽 택 지 준

그 기상이 팽택 현령의 술잔을
능가하고,

---

250 팽려(彭蠡): 파양호. 『서경(書經)』 「우공(禹貢)」에서 팽려라고 칭했다. 남창의 동북쪽에 위치한다.

251 성단형양지포(聲斷衡陽之浦): 소리가 형양의 물가에서 사라져 버렸다. '단'은 없어지다, '형양'은 형산의 남쪽이다. 형산은 호남성에 있으며 그 남쪽에는 기러기가 돌아가는 봉우리가 있다.

252 요음부창, 일흥천비(遙吟俯暢, 逸興遄飛): 먼 곳을 바라보면서 시를 읊고 허리를 굽혀 그 소리를 온 땅에 퍼지도록 하니, 빼어난 뜻과 흥취는 빠른 속도로 날아오른다.

253 뇌(籟): 퉁소 소리

254 섬가(纖歌): 가냘프고 고운 노랫소리

255 알(遏): 머무르다.

256 휴원녹죽(睢園綠竹): 한나라 문제의 둘째 아들 양나라 효왕은 휴원의 볕이 좋은 곳에 동원(東苑)을 짓고 궁실을 다스리며 조정의 일을 보았는데, 그 정원에 대나무가 많았다고 한다.

鄴水朱華[258]는, 업 수 주 화	업수가의 붉은 연꽃은
光照臨川[259]之筆이라. 광 조 임 천 지 필	그 빛이 임천 내사 사령운의 붓에 비친다.
四美[260]具하고, 사 미 구	네 가지 아름다움을 모두 갖추었고
二難[261]幷하니, 이 난 병	두 가지 어려운 일도 함께 풀렸으니,
窮睇眄於中天[262]하고, 궁 제 면 어 중 천	저 먼 하늘 눈길 닿는 곳까지 바라보며
極娛遊於暇日이라. 극 오 유 어 가 일	이 한가한 날을 마음껏 즐긴다.
天高地迥[263]하니, 천 고 지 형	하늘은 높고 땅은 아득하니
覺宇宙之無窮이오, 각 우 주 지 무 궁	이 우주가 무궁함을 깨닫고,
興盡悲來하니, 흥 진 비 래	흥이 다하면 슬픔이 오니

257 팽택지준(彭澤之樽): 도연명의 술잔. 도연명이 팽택의 현령을 지냈기 때문에 이렇게 표현하였다.

258 업수주화(鄴水朱華): 업 궁전의 연꽃. 건안(建安) 말년에 조비(曹丕)는 수도 업의 궁전에서 자주 아우 조식(曹植)과 왕찬(王粲), 유정(劉楨) 등의 명사들과 연회를 베풀었다. 조식은 「공자의 연회(公讌)」에서 "붉은 연꽃은 푸른 못에 가득 피었네"라고 노래하고 있는데, 바로 '주화'는 붉은 연꽃으로 등왕각의 꽃을 비유한다.

259 임천(臨川): 지금 강서성 임천현의 서쪽에 위치한다. 여기서는 임천 내사를 역임했던 사령운(謝靈運)을 암시한다.

260 사미(四美): 양신(良辰), 미경(美景), 상심(賞心), 낙사(樂事)를 말한다. 사령운의 「의위태자업중집시서(擬魏太子鄴中集詩序)」에, 천하에 "좋은 날, 아름다운 경치, 이를 감상하는 마음, 즐거운 일. 이러한 네 가지를 모두 가지기는 어렵다"라는 구절이 보인다.

261 이난(二難): 현명한 주인, 훌륭한 손님을 말한다.

262 궁제면어중천(窮睇眄於中天): 눈을 하늘과 땅 사이에 두고 세로로 본다. '궁'은 지극하다. '제'는 좁은 소견. '면'은 곁눈질하다. '제면'은 사방을 살피다. '중천'은 공중

263 형(迥): 멀다.

識盈虛[264]之有數[265]라.
식 영 허 지 유 수

성쇠에는 운수를 알게 된다.

望長安於日下하고,
망 장 안 어 일 하

태양 아래 있는 장안을
바라보기도 하고

指吳會[266]於雲間이라.
지 오 회 어 운 간

구름 사이에 동남 땅을
짚어 보기도 한다.

地勢極[267]而南溟[268]深하고,
지 세 극 이 남 명 심

지세가 다하니 남해는 깊고

天柱[269]高而北辰遠이라.
천 주 고 이 북 신 원

천주는 높으니 북극성은 멀다.

關山을 難越하니,
관 산 난 월

관산은 넘기 어렵다는데

誰悲失路[270]之人고?
수 비 실 로 지 인

그 누가 길 잃은 자를 슬퍼해
주겠는가?

萍水相逢[271]이나,
평 수 상 봉

부평초와 물이 서로 만난 듯하나

盡是他鄉之客이라.
진 시 타 향 지 객

모두가 우연히 만난 타향의
길손들이라네.

---

264 영허(盈虛): 성쇠, 성패, 귀천, 궁통(窮通)을 가리킨다.

265 수(數): 정해진 운명

266 오회(吳會): 오군과 회계군을 말한다.

267 극(極): 멀다.

268 남명(南溟): 남해(南海)

269 천주(天柱): 『신이경(神異經)』에 "곤륜산에 청동으로 된 기둥이 있는데 그것이 하늘을 떠받치고 있어 천주라 한다"고 하였다.

270 실로(失路): 뜻이 없음을 비유하였다.

271 평수상봉(萍水相逢): 부평과 물이 서로 만나는 것처럼 우연히 서로 만나다.

懷帝閽[272]而不見하니, 회 제 혼 이 불 견	제왕의 궁문을 그리워해도 보이지 않으니
奉宣室[273]以何年가? 봉 선 실 이 하 년	궁궐에 불릴 날이 언제일까?
嗚乎라! 오 호	아아!
時運이 不齊하고, 시 운 부 제	시운이 고르지 못하고
命途가 多舛[274]하고, 명 도 다 천	운명은 어긋나는 일이 많아,
馮唐[275]이 易老하고, 풍 당 역 로	풍당은 이미 늙어 버렸고,
李廣[276]은 難封이라. 이 광 난 봉	이광은 봉해지기 어려웠구나.
屈賈誼於長沙는, 굴 가 의 어 장 사	가의는 장사에서 뜻을 잃고 지냈는데,
非無聖主오, 비 무 성 주	이것은 현명한 왕이 없었기 때문이 아니요,
竄梁鴻[277]於海曲[278]은, 찬 양 홍 어 해 곡	양곡이 바닷가에 숨어 산 것이

272 제혼(帝閽): 본래 천문을 지키는 사람이지만 여기에서는 궁문을 가리킨다.

273 선실(宣室): 한나라 미앙궁(未央宮)의 정전(正殿)이다. 가의가 장사왕의 태부로 좌천되었으나 문제가 다시 선실에 중용하였다는 사실을 암시하고 있다.

274 천(舛): 서로 어긋나다.

275 풍당(馮唐): 한나라 문제 때 낭중서장을 지내다가 여론에 의해 장수가 되었다. 뒤에 무제가 널리 인재를 구할 때 천거되었으나 나이가 이미 아흔 살이어서 등용되지 못했다.

276 이광(李廣): 한나라의 장군으로 흉노를 수십 차례 정벌해 공을 세웠지만 제후로 봉해지지 않았다.

277 양홍(梁鴻): 동한 때 조조(曹操)의 총애를 받다가 간신들에게 몰려 북해로 쫓겨났던 양곡(梁鵠)을 말한다. '홍'은 '곡' 자와 비슷해 잘못 쓰인 글자

豈乏明時아? 기 핍 명 시	어찌 태평한 세상이 아니어서 그랬겠는가?
所賴 소 뢰	내가 믿는 바로는
君子는 安貧하고, 군 자 안 빈	군자는 가난을 편안하게 여기고
達人은 知命이라. 달 인 지 명	달인은 자신의 운명을 안다.
老當益壯하니, 노 당 익 장	늙을수록 더욱 강해져야 하나니
寧知白首之心[279]이며, 영 지 백 수 지 심	어찌 노인의 마음을 알 것이며,
窮且益堅하니, 궁 차 익 견	가난할수록 더욱 굳건해져야 하나니
不墜青雲之志[280]라. 불 추 청 운 지 지	청운의 뜻을 저버리지 않을 것이다.
酌貪泉而覺爽[281]하고, 작 탐 천 이 각 상	탐천의 물을 마셔도 상쾌하기만 하고
處涸轍[282]而猶懽이라. 처 학 철 이 유 환	곤궁하게 살아도 오히려 기쁘기만 하리.

278 해곡(海曲): 북해

279 노당익장, 영지백수지심(老當益壯, 寧知白首之心): 나이는 비록 늙었지만 뜻이 더욱 왕성하다면 어찌 흰머리로 변한 노인과 같은 마음을 가지려 하겠는가? '백수'는 노인을 가리킨다.

280 청운지지(青雲之志): 멀고 큰 곳을 지향하다. '청운'은 하늘

281 작탐천이각상(酌貪泉而覺爽): '탐수'를 마시면 마음과 생각이 청명해진다. 진(晉)나라 오은지(吳隱之)가 광주(廣州)자사가 되었는데, 광주에서 20여 리 못 미쳐 석문(石門)에 탐천(貪泉)이라는 샘이 있었다. 한 늙은이가 말하기를 "이 물을 마시는 자는 모두가 끝없는 욕심을 내게 된다"고 하였다. 이에 은지는 샘으로 다가가 물을 떠 마시고 시를 지어 말하기를 "이 물은 천금을 마신 것과 같다"고 하였다.

282 학철(涸轍): 수레바퀴 자국의 웅덩이에 사는 붕어처럼 매우 곤궁하게 살다. '학'은 마르다. '철'은 수레바퀴의 자국

北海雖賒[283]나, 북 해 수 사	북해가 비록 멀리 떨어져 있어도
扶搖[284]를 可接이오, 부 요 가 접	회오리바람을 타고 가면 이를 수 있고,
東隅가 已逝나, 동 우 이 서	젊은 시절은 이미 지나가 버렸지만
桑楡가 非晩[285]이라. 상 유 비 만	노년기는 아직 이르지 않았구나.
孟嘗[286]高潔은, 맹 상 고 결	맹상은 성품이 고결하였으나
空懷報國之心이오, 공 회 보 국 지 심	부질없이 나라에 보답할 마음만 가졌고,
阮籍[287]猖狂하니, 완 적 창 광	완적은 미친 듯이 행동하니
豈效窮途之哭가? 기 효 궁 도 지 곡	어찌 길 끝나자 울던 것을 본받으리오?
勃은 발	나 왕발은
三尺微命[288]이오, 삼 척 미 명	아주 보잘것없는 관리였고

283 사(賒): 멀다.

284 부요(扶搖): 모진 바람이 아래에서 위로 분다. 회오리바람. 『장자』「소요유(逍遙遊)」에 "북해에는 물고기가 있는데 그 이름이 곤(鯤)이며 변하여 붕(鵬)이 된다. 폭풍이 위로 구만 리까지 간다"고 하였다.

285 동우이서, 상유비만(東隅已逝, 桑楡非晩): '동우'는 동쪽의 해 뜨는 곳으로, 젊은 시절을 말하고, '상유'는 해가 지면 여광이 뽕나무와 느릅나무 끝에 남아 있다고 하여 해가 지는 곳을 말하며, 노년을 상징한다.

286 맹상(孟嘗): 자는 백주(伯周). 한나라 순제 때 합포 태수(合浦太守)가 되어 백성을 슬기롭게 다스렸는데, 나중에 그가 병으로 떠나려 하자 백성들이 그의 수레를 잡고 만류하였다고 한다.

287 완적(阮籍): 죽림칠현의 한 사람. 남에게 구속받지 않았고 술을 좋아하고 방탕했으며, 때때로 홀로 수레를 몰고 산으로 들어갔다가 좁은 길을 만나 지나가지 못하자, 이내 슬퍼하며 돌아왔다고 한다.

一介書生이라.
일 개 서 생

일개 서생이라.

無路請纓하니,
무 로 청 영

밧줄을 청할 길 없으니

等終軍之弱冠[289]이오,
등 종 군 지 약 관

약관의 종군과 같은 사람을
기다려 보기도 하고,

有懷投筆하니,
유 회 투 필

붓을 던져 버릴까 하는 생각도 하면서

慕宗愨之長風[290]이라.
모 종 각 지 장 풍

종각이 긴 바람을 타고자 한 일을
부러워하기도 한다.

舍簪笏於百齡하고,
사 잠 홀 어 백 령

백 살이 될 때까지 벼슬할
생각을 포기하고

奉晨昏於萬里[291]라.
봉 신 혼 어 만 리

만 리 밖에 계신 부모님을 아침·
저녁으로 봉양해야겠다.

---

288 삼척미명(三尺微命): 관리의 등급이 낮다. '삼척'은 그 관복의 띠의 길이를 가리킨다. 『예기(禮記)』「옥조(玉藻)」에서는 "띠 제도에서 선비의 띠의 길이는 삼척이다"라고 하였다. 왕발은 일찍이 괵주참군을 지냈는데, 등급이 낮은 관직이다.

289 무로청영, 등종군지약관(無路請纓, 等終軍之弱冠): 종군이 젊었을 때와 같이 밧줄을 청해 나라를 지킬 길이 없었다는 것이다. '청영'은 적을 죽일 임명을 요청하다. '영'은 말의 목을 매는 가죽띠이다. 종군은 한나라 제남 사람이다. 남월과 한나라는 화친하였는데, 종군이 20세 때 긴 밧줄을 달라고 요청하여 남월의 왕을 끌고 궐 아래로 왔다. '약관'은 남자의 20세를 가리킨다. 『예기』「곡례(曲禮)」에 "20세를 약관이라 한다"고 하였다.

290 유회투필, 모종각지장풍(有懷投筆, 慕宗愨之長風): 반초(班超)가 붓을 던져 버리고 종군한 것을 본받을 마음이 있고, 또한 종각이 바람을 타고 물결을 헤친 웅대한 뜻을 부러워한다는 뜻이다. 한나라의 반초는 일찍이 서기의 관직에 있었는데, 그것을 달가워하지 않아 후에 종군하여, 서역을 정벌해 공을 세워 정원후(定遠侯)에 봉해졌다. 종각은 남북조 송나라 남양(南陽) 사람으로, 자는 원간(元幹)이며, 어렸을 때에 숙부가 그의 포부를 묻자 "장풍을 타고 만 리의 물결을 헤치고 싶습니다"라 하였다고 전해진다.

非謝家之寶樹[292]나, 비 사 가 지 보 수	사씨 집의 보배로운 나무는 아니나
接孟氏之芳隣[293]이라. 접 맹 씨 지 방 린	맹씨와 같은 좋은 이웃을 만나고 싶다.
他日에 趨庭하야, 타 일 추 정	뒷날 정원을 종종걸음으로 지나가면서
叨陪鯉對[294]어늘, 도 배 리 대	아버님의 가르침을 받들고자 하는데,
今晨에 捧袂[295]하니, 금 신 봉 메	오늘 아침에 소매를 받쳐들고
喜托龍門[296]이라. 희 탁 용 문	용문에 기탁하니 기쁘구나.
楊意[297]를 不逢하니, 양 의 불 봉	양득의 같은 사람을 만나지 못하니

---

291 사잠홀어백령, 봉신혼어만리(舍簪笏於百齡, 奉晨昏於萬里): 일생의 부귀를 버리고 만 리 먼 곳에 계신 부모를 봉양한다는 뜻이다. '잠홀'은 관(冠)에 꽂은 비녀와 수판이다. 모두 벼슬아치들이 사용한 것으로, 관직을 대신한다. '신혼'은 자녀가 아침·저녁으로 부모에게 문안드리는 것이다. 『예기』「곡례」에는 "무릇 자식 된 자의 도리로는, 겨울에는 따뜻하게 해 드리고, 여름에는 시원하게 해 드리며, 저녁에는 잠자리를 보살펴 드리고, 아침에는 안부를 여쭙는 것이다"라는 말이 있다.

292 사가지보수(謝家之寶樹): 동진(東晉)의 사현(謝玄)을 가리킨다. 사현은 숙부인 사안(謝安)의 신임을 받았는데, 사안이 일찍이 "사람은 모두 가인재자(佳人才子)를 원하느냐"고 묻자, 사현은 "예컨대 영지나 난과 같은 보배로운 나무들을 정원의 계단 아래에 심고 싶다는 말로 비유할 수 있습니다"라고 대답하였다고 한다. 이는 바로 가인재자를 비유한 것이다.

293 접맹씨지방린(接孟氏之芳隣): 맹모삼천(孟母三遷)을 말하는 것으로, 자식을 위해서 이웃을 고른다는 뜻이다.

294 타일추정, 도배리대(他日趨庭, 叨陪鯉對): '추정'은 정원에서 빠른 걸음으로 지나가다. '도배'는 받들어 모시다. '리'는 공자의 아들 공리(孔鯉). 『논어』「계씨(季氏)」에 "공자가 일찍이 홀로 정원에 있는데, 공리가 빨리 지나갔다. 공자는 그에게 시와 예를 배우라고 가르쳤다"는 기록이 보인다.

295 봉메(捧袂): 양 소매를 받쳐 들고 절을 하는 것으로 연장자에 대한 경의를 표시하는 것을 말한다.

296 용문(龍門): 한나라의 이응(李膺)은 명성이 높아, 그의 얼굴을 보는 자는 용문에 오르는 것[登龍門]과 마찬가지라고 하였다. 여기서는 염공(閻公)에 비유한 것이다.

撫凌雲[298]而自惜이오,
무 능 운　이 자 석

구름을 타고 넘는 작품만 어루만지면서 홀로 안타까워하다가,

鍾期[299]를 旣遇하니,
종 기　기 우

종자기 같은 사람은 이미 만났으니

奏流水[300]以何慚가?
주 유 수　이 하 참

흐르는 물 같은 노래를 연주한다고 해서 무엇이 부끄럽겠는가?

嗚呼라!
오 호

아아!

勝地는 不常이오,
승 지　불 상

명승지는 어디에나 있는 것이 아니요,

盛筵은 難再니,
성 연　난 재

성대한 잔치에는 다시 참석하기 어려우니,

蘭亭은 已矣오,
난 정　이 의

난정은 끝났고

梓澤[301]이 邱墟라.
재 택　구 허

재택은 황폐해졌다.

---

297 양의(楊意): 한 무제 때 수렵견을 관리하는 벼슬인 구감(狗監)이었던 양득의(楊得意)를 말함. 무제는 「자허부(子虛賦)」를 읽고 칭찬하였는데, 그가 같은 고향 사람인 사마상여가 「자허부」의 작자라고 하여, 무제가 사마상여를 발탁하게 되었다.

298 능운(凌雲): 사마상여의 「대인부(大人賦)」를 빌려 자신의 처지를 표현한 것. 한 무제는 사마상여의 「대인부」를 읽으며 감탄하길 "표표히 구름을 타고 넘는 기상(凌雲之氣)이 있다"고 하였다.

299 종기(鍾期): 춘추 시대 초나라 사람 종자기(鍾子期)로 소리로 사람의 마음을 알 수 있었다고 한다.

300 유수(流水): 백아(伯牙)가 흐르는 강물을 생각하며 거문고를 타자, 종자기가 말하기를 "양양(洋洋)한 강물과 같구나"라고 하였다. 여기에서 그 곡을 인용한 것은 오늘날 자신이 행운을 얻어, 염공이 자신의 뜻을 알아준다는 것을 말한다.

301 재택(梓澤): 진(晉)나라의 석숭(石崇)이 낙양에 지은 금곡(金谷)의 다른 이름이다. 석숭은 때때로 빈객과 이곳에서 연회를 열었다고 한다.

臨別贈言하니, 임 별 증 언	이별할 때가 되어 이 글을 지어 올리게 된 것은
幸承恩於偉餞[302]이오, 행 승 은 어 위 전	다행히 이 성대한 송별연에 참석하는 은혜를 받았기 때문이요,
登高作賦[303]하니, 등 고 작 부	높이 올라 부(賦)를 짓는 것은
是所望於群公이라, 시 소 망 어 군 공	바로 여러 공들에게 바라는 바이다.
敢竭鄙誠하야, 감 갈 비 성	감히 비천한 정성을 기울여
恭疏短引[304]이라. 공 소 단 인	공손히 짧은 서문을 지었다.
一言均賦[305]하니, 일 언 균 부	똑같은 각운자로 가지런히 시를 지으니
四韻[306]俱成이라. 사 운 구 성	네 개의 운자로 맞추어 완성하노라.
滕王[307]高閣臨江渚하니, 등 왕 고 각 림 강 저	등왕의 높은 누각은 강가에 접해 있는데,

---

302 위전(偉餞): 성대한 송별

303 등고작부(登高作賦): 반고(班固)의 『한서예문지(漢書藝文志)』에 “높은 곳에 올라 부를 지을 줄 알아야 대부라 할 수 있다”는 표현이 보인다.

304 공소단인(恭疏短引): 공손하게 이 한 편의 짧은 서문을 써 내려가다. ‘소’는 사건을 책에 조목별로 진술하다. ‘단인’은 단서(短序)이다.

305 일언균부(一言均賦): 한 글자로 같이 나누어 쓴다. 즉 모든 사람이 똑같은 각운자를 사용한다는 뜻. ‘일언’은 한 차례의 말, 즉 똑같은 각운자. ‘균’은 부사로 ‘고르게’, ‘부’는 동사로 짓는다는 뜻

306 사운(四韻): 여덟 구로 이루어지며, 각 두 구가 1운이 된다.

307 등왕(滕王): 당나라 고조의 아들 원영(元嬰)으로 등왕에 봉해졌는데 그것이 곧 누각 이름이 되었다.

佩玉鳴鸞[308]罷歌舞라.
패옥명란 파가무

패옥과 명란 울리던
가무도 모두 끝났구나!

畵棟朝飛南浦[309]雲이오,
화동조비남포 운

아름다운 누각 용마루 위에
아침에는 남포의 구름 날고,

朱簾暮捲西山[310]雨라.
주렴모권서산 우

붉은 주렴 저녁에 걷어올리자
서산에 비 내리네.

閑雲潭影日悠悠[311]하니,
한운담영일유유

한가한 구름은 연못에 잠기고
해는 유유히 지나가는데,

物換星移度幾秋[312]아.
물환성이도기추

만물이 바뀌고 별자리 옮겨 가니,
몇 해가 지났는가?

閣中帝子今何在오?
각중제자금하재

누각에 있던 왕자는 지금
어디에 있는가?

檻[313]外長江空自流라!
함 외장강공자류

난간 밖의 긴 강물은 덧없이
홀로 흘러가네.

---

308 난(鸞): 수레에 다는 종이다.

309 남포(南浦): 지명으로 지금 강서성 남창현 서남쪽

310 서산(西山): 산 이름으로 지금 강서성 신건현의 서쪽이고 일명 남창산이라고 한다.

311 유유(悠悠): 한가롭고 고요하며 아득한 모양을 표현하는 수식어

312 물환성이도기추(物換星移度幾秋): 사물이 변하고 세월이 흘러가서 이미 몇 해가 지났는지 알지 못한다.

313 함(檻): 난간

18. 봄날 밤 도리원 연회에서 지은 시문의 서 (春夜宴桃李園序)[314]

이백(李白)[315]

夫天地者는,
부 천 지 자
무릇 천지라는 것은

萬物之逆旅[316]요,
만 물 지 역 려
만물을 맞이하는 여관이요,

光陰[317]者는,
광 음 자
시간이라는 것은

百代之過客이라.
백 대 지 과 객
긴 세월을 거쳐 지나가는 나그네이다.

而浮生[318]이 若夢하니,
이 부 생 약 몽
덧없는 인생 꿈과 같으니,

爲歡[319]이 幾何오?
위 환 기 하
즐긴다 하여도 얼마나 되겠는가?

古人秉燭夜遊[320]는,
고 인 병 촉 야 유
옛사람들이 촛불 들고 밤에도 노닌 것은

314 춘야연도리원서(春夜宴桃李園序): 이백이 봄날 화려한 정원에서 여러 형제들과 모여 잔치를 벌이며 서로 시와 부를 지으며 놀았는데, 이때 지은 시들을 모아 책으로 만들면서 그 서문으로 쓴 글이다. 꽃피는 정원에서 화려한 잔치를 벌이면서도 인생무상의 짙은 애수를 느끼고 있는 것이 특색이다.

315 이백(李白: 701~762): 자는 태백(太白)이며, 호는 청련거사(靑蓮居士). 시성(詩聖) 두보(杜甫)와 더불어 성당(盛唐)의 대표적인 시인. 청신하고 화려한 시구에 자유분방한 천재적인 시풍과 도가적인 풍모가 있었으므로 사람들은 그를 시선(詩仙)이라 불렀다. 하지장(賀知章)은 이백을 귀양 온 신선[謫仙]이라 칭하기도 하였다. 저서로는 『이태백집(李太白集)』 30권이 있다.

316 역려(逆旅): 객사와 같으며 여관을 의미한다. '역'은 마중하다, 곧 나그네를 맞이하는 곳

317 광음(光陰): '광'은 일, '음'은 월, 곧 세월을 말한다.

318 부생(浮生): 인생을 가리키는 말인데, 인간 세상이 헛되고 안정됨이 없는 것을 부생이라고 한다.

319 위환(爲歡): 즐겁게 노는 것을 가리킨다.

320 병촉야유(秉燭夜遊): 촛불을 가지고 밤에 노는 것을 말한다. '병'은 잡다, 들다.

良有以[321]也로다. 양유이 야	진실로 까닭이 있었구나.
況陽春이 황양춘	하물며 따뜻한 봄날이
召我以煙景[322]하고, 소아이연경	안개 낀 아름다운 경치로써 나를 부르고,
大塊[323]가 대괴	천지가
假[324]我以文章[325]이라. 가 아이문장	나에게 문장을 빌려 주었음이랴!
會桃李之芳園[326]하야, 회도리지방원	복숭아꽃 오얏꽃 핀 향기로운 뜰에 모여
序天倫之樂事하니, 서천륜지락사	천륜의 즐거운 일을 펼치니,
群季[327]俊秀는, 군계 준수	여러 아우들의 글 솜씨가 빼어나
皆爲惠連[328]이어늘, 개위혜련	모두 혜련이거늘,

321 양유이(良有以): 진실로 매우 까닭이 있다는 것이다. '양'은 진실로, 틀림없이. '이'는 원인, 근거

322 연경(煙景): 아지랑이 낀 봄날의 경관

323 대괴(大塊): 천지, 대자연을 의미한다. 『장자』「제물론(齊物論)」에 "대자연이 트림한다"라 하였다.

324 가(假): 차(借)와 같은 의미로 '빌려 주다'라는 뜻이다.

325 문장(文章): 아름다운 색깔 혹은 무늬인데, 여기에서는 봄날의 아름다운 경치를 가리킨다.

326 방원(芳園): 꽃이 핀 정원

327 군계(群季): 여러 동생이란 뜻이다. 옛사람들은 백(伯)·중(仲)·숙(叔)·계(季)로 형제 간의 장유(長幼)의 순서를 의미하였다.

328 혜련(惠連): 사혜련(謝惠連)을 말한다. 남조 송나라 진군(陳群) 양하(陽夏) 사람으로, 사령운(謝靈運)과 더불어 시를 잘 지었다.

吾人詠歌는 獨慚康樂[329]가. 오 인 영 가 　 독 참 강 락	내가 읊은 시만이 강락에게 부끄러워서야 되겠는가?
幽賞未已에, 유 상 미 이	그윽한 감상이 아직 끝나지 않았는데
高談轉淸이라. 고 담 전 청	고아한 담론은 점점 맑아진다.
開瓊筵[330]以坐花[331]하고, 개 경 연 　 이 좌 화	화려한 잔치를 벌여 꽃 사이에 앉아
飛羽觴[332]而醉月[333]하니, 비 우 상 　 이 취 월	새 모양의 술잔을 주고받으며 달 아래 취하니,
不有佳作이면, 부 유 가 작	아름다운 글이 없으면
何伸[334]雅懷리오? 하 신 　 아 회	어찌 고아한 심정을 드러낼 수 있겠는가?
如詩不成이면, 여 시 불 성	만약 시를 짓지 못하면
罰依金谷酒數[335]하리라. 벌 의 금 곡 주 수	그 벌은 금곡의 벌주 수에 따르리라.

329 강락(康樂): 사령운을 말한다. 강락공(康樂公)에 봉해졌으므로 사강락이라고 한다.

330 경연(瓊筵): 구슬 방석. 화려한 연회 자리를 비유한다.

331 좌화(坐花): 사방이 꽃으로 둘러싸인 곳에 앉다.

332 우상(羽觴): 두 개의 귀가 달린 참새 모양의 술잔이다.

333 취월(醉月): 달 아래에서 술에 취한다는 뜻

334 신(伸): 토로하다.

335 금곡주수(金谷酒數): 진(晉)나라 석숭(石崇)이 금곡원(金谷園)에 손님들을 초대하여 주연을 베풀고 이 자리에서 시를 짓지 못하는 사람에게는 벌로 술 세 말을 마시게 하였다고 한다.

19. 형주 한자사께 올리는 글(與韓荊州書)[336]

이백(李白)

白이 聞天下談士[337]가, 백 문천하담사	제가 듣건대, 시세를 논하는 천하의 선비들이
相聚而言曰, 상취이언왈	모여 서로 말하기를,
生不用封萬戶侯오, 생불용봉만호후	“태어나서 만 호의 제후에 봉해질 필요는 없어도,
但願一識韓荊州[338]라 하니, 단원일식한형주	다만 한자사께서 한 번 알아주시기를 소원한다”고 하니,
何令人之景慕[339]가, 하령인지경모	사람들이 우러러 사모하는 것이 어찌
一至於此오? 일지어차	이 정도에 이르렀습니까?
豈不以周公之風으로, 기불이주공지풍	어찌 이것이 주공의 덕풍을 본받아
躬吐握之事[340]하야, 궁토악지사	몸소 뱉어 내고 감아쥐는 일을 하여,

336 여한형주서(與韓荊州書): 이백은 이 편지를 한조종(韓朝宗)에게 올려, 자신의 문학적인 자질을 시험해 보고 세상에 추천해 주기를 원하였다. 한조종은 예종(睿宗) 때 벼슬살이를 시작하여 좌습유(左拾遺)를 지냈는데, 후에 현종의 즉위가 너무 이름을 간언하였다가 형주자사로 좌천되었다. 형주는 지금의 호북성 형사시(荊沙市) 일대. 그는 명망이 높았으며 많은 인물을 찾아내어 그들을 중앙에 추천하였다. 이백은 조종이 형주자사였을 때 이 편지를 올렸으므로, 「여한형주서」라 한 것이다.

337 담사(談士): 시세를 논하는 사람

338 한형주(韓荊州): 형주자사 한조종

339 경모(景慕): 우러러 사모하다.

使海內豪俊으로, 사 해 내 호 준	천하의 호걸과 준걸들이
奔走而歸之아? 분 주 이 귀 지	바삐 달려와 귀의한 것이 아니겠습니까?
一登龍門[341]이면, 일 등 용 문	한번 용문에 오르면
則聲價十倍니, 즉 성 가 십 배	명성이 종전의 열 배에 이르니,
所以龍蟠鳳逸[342]之士가, 소 이 용 반 봉 일 지 사	그러므로 웅크린 용과 빼어난 봉황 같은 선비들이
皆欲收名定價於君侯라. 개 욕 수 명 정 가 어 군 후	모두 공께 가치를 인정받아 명성을 얻고자 합니다.
君侯不以富貴而驕之하고, 군 후 불 이 부 귀 이 교 지	공께서는 부귀하다 하여 교만하지 않으며
寒賤[343]而忽[344]之면, 한 천 이 홀 지	미천하다 하여 홀대하지 않으면,
則三千之中에, 즉 삼 천 지 중	삼천의 식객 중에
有毛遂[345]하리니, 유 모 수	모수 같은 이가 있으리니,

340 토악지사(吐握之事): 주공이 어진 선비를 우대하여, 밥을 먹거나 머리를 감을 때 그들이 찾아오면, 입 속에 든 음식물을 뱉고 감던 머리를 거머쥐고 바로 나가 맞았던 일을 가리킨다.

341 등용문(登龍門): 용문에 오르다. 한조종을 만나는 것을 잉어가 용문에 오르는 것에 비유하였다.

342 용반봉일(龍蟠鳳逸): '용반'은 땅 위에 서려 있어 아직 승천하지 않은 용. '봉일'은 무리를 떠나 홀로 놀고 있는 봉. 모두 때를 얻지 못한 어진 선비를 가리킨다.

343 한천(寒賤): 가난하고 신분이 낮다.

344 홀(忽): 소홀히 하다.

345 모수(毛遂): 조나라 평원군이 거느리던 삼천 명의 식객 가운데 한 사람. 진나라가 조나라의 수

使白得穎脫[346]而出이면, 사 백 득 영 탈 이 출	제가 재능을 나타내 보이게 해 주신다면
卽其人[347]焉이라. 즉 기 인 언	바로 그 사람 같을 것입니다.
白은 隴西[348]布衣[349]라, 백 농 서 포 의	저는 농서 지방의 평민으로
流落[350]楚漢하야, 유 락 초 한	초·한 지역을 떠돌아다니며,
十五에 好劍術하야, 십 오 호 검 술	열다섯에는 검술을 좋아하여
徧干[351]諸侯하고, 편 간 제 후	두루 제후를 찾아다니며 벼슬을 구했고,
三十에 成文章하야, 삼 십 성 문 장	삼십이 되어서 문장을 지어

도 한단을 포위하자, 조나라에서는 평원군을 초나라에 보내 구원을 청하게 하였다. 평원군은 자신의 식객 가운데 문무가 뛰어난 자 스무 명을 뽑아 수행원으로 삼으려 했는데, 적임자가 열아홉 명밖에 없었다. 그때 모수가 스스로를 추천하며 따라가기를 원하였다. 평원군은 "재능 있는 사람은 주머니 속에 든 송곳과 같아 금방 자신의 능력을 나타내는 법인데, 3년 동안 아무런 재능도 나타내지 못한 사람을 어떻게 데리고 갈 수 있겠느냐?"며 거절하였다. 이에 모수는 "오늘 비로소 주머니 속에 들어갈 기회가 제게 온 것입니다. 일찍 주머니 속에 들어갈 기회가 있었더라면, 지금쯤은 송곳 끝이 아니라 자루까지 주머니 밖으로 나왔을 것입니다. 이번 일에 제가 따라가게 된다면, 송곳 끝만 드러내 보이는 데 그치지 않겠습니다"라고 대답하였다. 모수자천(毛遂自薦)이라는 말이 여기에서 나왔다.

346 영탈(穎脫): 주머니 속에 든 송곳의 끝이 주머니 밖으로 뾰족하게 나오듯, 재능이 남달리 뛰어난 것을 가리킨다.

347 기인(其人): 모수를 가리킨다.

348 농서(隴西): 옛 군의 이름. 지금의 감숙성 농서현 서남쪽에 있었다.

349 포의(布衣): 벼슬이 없는 선비나 평민을 뜻한다.

350 유락(流落): 고향을 떠나 떠돌아다니는 것을 뜻한다.

351 간(干): 구하다. 구(求)의 뜻

歷抵[352]卿相하고, 역 저 경 상	공경과 재상을 두루 찾았고,
雖長不滿七尺이나, 수 장 불 만 칠 척	비록 키는 칠 척이 못되건만
而心雄萬夫[353]라. 이 심 웅 만 부	마음은 만 명의 장부보다 웅대합니다.
皆王公大人이, 개 왕 공 대 인	왕이나 공경대부들이
許與[354]氣義[355]하니, 허 여 기 의	저의 기개와 도의를 인정했으니,
此疇曩[356]心跡[357]이라. 차 주 낭 심 적	이것이 지난날 저의 마음과 행적입니다.
安敢不盡於君侯哉아? 안 감 부 진 어 군 후 재	어찌 공께 감히 다 아뢰지 않겠습니까?
君侯制作[358]이, 군 후 제 작	공의 문장은
侔[359]神明하고, 모 신 명	천지신명의 솜씨와 같고
德行動天地하고, 덕 행 동 천 지	덕행은 천지를 감동시키며,
筆參造化[360]하고, 필 참 조 화	필치는 천지의 조화에 참여하고

---

352 역저(歷抵): 두루 찾아다니다.

353 웅만부(雄萬夫): 일만 명의 장부보다 뛰어나다. '웅'은 걸출하다.

354 허여(許與): 허락하다. 인정하다.

355 기의(氣義): 기절과 의기. 기절은 기개와 절조

356 주낭(疇曩): 석(昔)의 뜻으로, 옛날

357 심적(心跡): 마음가짐과 행동

358 제작(制作): 문장을 짓다.

359 모(侔): 균(均)의 뜻

學究天人[361]하니, 학 구 천 인	학문은 하늘과 인간을 다 연구했으니,
幸願開張心顔[362]하야, 행 원 개 장 심 안	바라옵건대 마음을 여시고 안색을 펴
不以長揖[363]見拒하고, 불 이 장 읍 견 거	오래 읍하고 있는 저를 거절하지 말고,
必若接之以高宴[364]하며, 필 약 접 지 이 고 연	만일 성대한 연회로써 저를 접대하여
縱之以淸談이면, 종 지 이 청 담	제가 마음껏 담론을 하게 한다면,
請日試萬言을, 청 일 시 만 언	매일 만언의 글을 청하여도
倚馬可待[365]리라. 의 마 가 대	말에 기대 기다려도 될 것입니다.
今天下以君侯로, 금 천 하 이 군 후	지금 세상 사람들은 공을
爲文章之司命[366]과, 위 문 장 지 사 명	문장의 사활을 쥔 사람으로 여기고
人物之權衡[367]하야, 인 물 지 권 형	인물을 재어 보는 저울로 알고 있어,

---

360 참조화(參造化): 만물을 생성하고 변화시키는 천지의 위대한 운동에 참여하다.

361 구천인(究天人): 천지자연의 도리와 인간 세상의 도덕 법칙을 남김없이 연구해 모두 밝히다.

362 개장심안(開張心顔): 마음을 활짝 열고 안색을 부드럽게 하다. 대화의 길을 트고 사람과 만나는 것을 뜻한다.

363 장읍(長揖): 길게 읍하다. 두 손을 맞잡고 가슴 언저리까지 올리는 것을 '읍'이라고 한다. 곧 인사로써 표시하는 간단한 경례

364 고연(高宴): 성대한 잔치. 성연

365 의마가대(倚馬可待): 말에 기대어 기다릴 수 있다. 즉 조금도 지체하지 않고 신속하게 글을 지어 올릴 수 있다는 뜻이다.

366 사명(司命): 별 이름. 천제의 거처인 북극성 곁에 있으며, 인간의 수명을 맡는다고 한다. 여기서는 생사의 권한을 쥔 자

367 권형(權衡): 저울추와 저울대. 무게의 경중을 재는 저울

一經品題[368]면,
일 경 품 제

한번 공의 평을 받고 나면

便作佳士어늘,
변 작 가 사

곧 훌륭한 선비가 되거늘,

而今君侯
이 금 군 후

지금 공께서는

何惜階前盈尺之地[369]하야,
하 석 계 전 영 척 지 지

어찌 계단 앞 일척 남짓의 땅을 아끼어,

不使白으로 揚眉吐氣하여,
불 사 백 양 미 토 기

저로 하여금 눈썹을 치켜올리고 기상을 토하여

激昂[370]靑雲[371]耶아?
격 앙 청 운 야

청운의 뜻을 높이 펴내게 하지 않는 것입니까?

昔王子師[372]爲豫州하야,
석 왕 자 사 위 예 주

옛날 왕자사는 예주자사가 되었는데,

未下車에,
미 하 거

수레에서 내리기도 전에

卽辟[373]荀慈明[374]하며,
즉 벽 순 자 명

순자명을 불렀으며,

旣下車에,
기 하 거

수레에서 내려서는

368 품제(品題): 품평. 곧 인물의 가치를 평하는 것

369 계전영척지지(階前盈尺之地): 당의 계단 앞에 있는 한 자 남짓한 좁은 장소. 이백을 불러 면담할 장소를 가리킨다.

370 격앙(激昂): 감격해 떨치고 일어나는 것을 뜻한다.

371 청운(靑雲): 푸른 구름이 있는 높은 하늘. 입신출세의 대망을 뜻한다.

372 왕자사(王子師): 왕윤(王允). 후한 사람으로, 자사는 그의 자. 영제 때 황건적이 일어나자 예주자사가 되었다.

373 벽(辟): 재야에 있는 어진 인재를 부르다.

374 순자명(荀慈明): 순상(荀爽). 후한 사람으로, 자명은 그의 자. 왕윤의 부름을 받았다.

又辟孔文擧[375]하고, 우 벽 공 문 거	공문거를 불렀고,
山濤[376]는 作冀州하야, 산 도 작 기 주	산도는 기주자사를 지냈는데,
甄拔[377]三十餘人하야, 견 발 삼 십 여 인	삼십여 명의 인재를 발탁하여
或爲侍中尙書[378]하니, 혹 위 시 중 상 서	시중과 상서가 되니,
先代所美라. 선 대 소 미	선대의 아름다운 일이었습니다.
而君侯亦 이 군 후 역	그런데 공께서도 또한
一薦嚴協律[379]하니, 일 천 엄 협 률	한번 엄협률을 천거하니
入爲秘書郎[380]하고, 입 위 비 서 랑	조정에 들어서는 비서랑이 되었고,
中間崔宗之[381]房習祖 중 간 최 종 지 방 습 조	그중 최종지·방습조·
黎昕許瑩[382]之徒는 여 흔 허 영 지 도	여흔·허영의 무리는,

375 공문거(孔文擧): 후한의 공융(孔融). 문거는 그의 자. 공자의 20세손으로 문장이 뛰어났지만 조조의 미움을 사 죽음을 당하였다.

376 산도(山濤): 자는 거원(巨源). 진(晉)나라 사람으로, 죽림칠현의 한 사람이다. 무제 때에 이부상서(吏部上書)가 되었으며, 후에 기주자사가 되었다.

377 견발(甄拔): 인물을 발탁해 천거하다. '견'은 주의해 알아보다.

378 시중상서(侍中尙書): 벼슬 이름으로, '시중'은 천자를 좌우에서 모시며 수레와 복장의 일을 맡아보는 관직이고, '상서'는 궁중에서 문서에 관한 일을 맡아보는 관직이다.

379 엄협률(嚴協律): '엄'은 성씨. '협률'은 음악을 담당하는 관직인 협률랑을 가리킨다. 관직과 성만을 알기 때문에 엄협률이라 한 것이다.

380 비서랑(秘書郎): 궁중의 도서를 관장하는 관원

381 최종지(崔宗之): 학문을 좋아하였고, 이백·두보 등과 문장으로 교유하였다. 두보의 「음주팔선가(飮酒八仙歌)」에 등장할 정도로 술을 좋아하였다.

382 방습조, 여흔, 허영(房習祖, 黎昕, 許瑩): 청렴결백한 인격으로 유명했던 사람들이다.

或以才名見知하고,
혹 이 재 명 견 지

어떤 이는 뛰어난 재주로 알려졌고

或以淸白[383]見賞하니,
혹 이 청 백 견 상

어떤 이는 청렴결백으로 상을 받게 되니,

白이 每觀其銜恩[384]撫躬[385]하야,
백 매 관 기 함 은 무 궁

저는 매번 은혜를 잊지 않고 몸을 닦으며

忠義奮發이라.
충 의 분 발

충성과 의리로써 분발하는 것을 보았습니다.

白이 以此感激하고,
백 이 차 감 격

저는 이에 감격하였고

知君侯推赤心[386]於諸賢腹中하니,
지 군 후 추 적 심 어 제 현 복 중

공이 어진 사람의 뱃속에 진심을 심어 주는 것을 알았으니,

所以不歸他人하고,
소 이 불 귀 타 인

다른 사람에게 귀의하지 않고

而願委身[387]國士[388]하야,
이 원 위 신 국 사

국가의 명사에게 몸을 맡기고자 하는 것이며,

---

383 청백(淸白): 청렴결백

384 함은(銜恩): 은혜를 입은 것을 잊지 않고 생각하다. '함'은 마음속에 지니다.

385 무궁(撫躬): 몸을 어루만지며 일어설 때를 기다리는 모양을 말한다.

386 적심(赤心): 성심, 진심. 후한의 광무제가 진영을 순시할 때, 항복한 사람들이, "광무 황제는 적심을 사람의 뱃속에 넣어 주고 사람을 신뢰하는 분이니, 어찌 그분을 위해 목숨을 버리려 하지 않겠는가" 하고 이야기한 것

387 위신(委身): 몸을 맡기다.

388 국사(國士): 국가의 명사. 형주 자사 한조종을 가리킨다.

儻[389]急難有用이면,
당 급난유용

만일 급한 때에 쓰임이 있다면

敢效[390]微軀[391]리라.
감효 미구

미천한 몸이나마 감히 최선을 다하겠습니다.

且人非堯舜이니,
차인비요순

또한 사람은 요순 같은 성인이 아니니,

誰能盡善이리오?
수능진선

누가 완전히 잘할 수 있겠습니까?

白이 謨猷籌畫[392]을
백 모유주획

제가 도모하고 계획하는 것을

安能自矜이리오만,
안능자긍

어찌 자부하리오만,

至於制作하여는,
지어제작

문장 짓는 일에 있어서는

積成卷軸[393]하니,
적성권축

쌓여 권과 축을 이루었으니,

則欲塵穢[394]視聽이나,
즉욕진예 시청

눈과 귀를 더럽혀 드리고자 하오나

恐雕蟲小伎[395]가,
공조충소기

벌레를 조각해 놓은 듯한 작은 재주여서

389 당(儻): 당(倘)과 같은 자. 만일
390 효(效): 몸을 바쳐 힘쓰다.
391 미구(微軀): 미천한 몸. 자신을 낮추어 겸손하게 표현한 것이다.
392 모유주획(謨猷籌畫): 네 글자 모두 도모하고 계획한다는 뜻
393 권축(卷軸): 두루마리. 포장해 말아 놓은 서화
394 진예(塵穢): 더럽히다.
395 조충소기(雕蟲小伎): 벌레 모양이나 전서(篆書)를 조각하듯이, 미사여구로 문장을 꾸미는 기교. 『양자법언(揚子法言)』에 "어떤 사람이 '그대는 어렸을 적에 부 짓기를 좋아했는가?' 하고 물었다. 이에 '그렇다. 어릴 때 벌레 모양이나 전서를 새기는 것처럼 문장을 장식하였다'고 대답하였으나, 잠시 후 다시 '장부는 할 짓이 못 된다'고 말하였다" 하였다.

不合大人[396]이로다.
불 합 대 인

어르신에게 맞지 않을까 두렵습니다.

若賜觀芻蕘[397]인댄,
약 사 관 추 요

만약 보잘것없는 문장이나마
보아 주신다면

請給紙筆하고,
청 급 지 필

청컨대 종이와 붓을 내려 주시고

兼之書人[398]이면,
겸 지 서 인

글씨 쓰는 사람을 함께 보내 주시면,

然後退掃閑軒[399]하야,
연 후 퇴 소 한 헌

그런 연후에 조용한 방으로 물러나
깨끗이 치우고

繕寫[400]呈上[401]하리라.
선 사 정 상

다듬어 베끼도록 해 바치오리다.

庶[402]青萍[403]結綠[404]이,
서 청 평 결 록

바라옵건대 청평·결록이

長價於薛卞[405]之門이오,
장 가 어 설 변 지 문

설촉·변화의 문하에서 좋은 값을
받았듯이,

---

396 대인(大人): 큰 덕을 지닌 사람. 한형주를 가리킨다.

397 추요(芻蕘): '추'는 꼴, 또는 꼴을 베는 사람. '요'는 섶나무, 또는 땔나무를 하는 사람. 곧 자신을 미천한 사람으로 겸손하게 표현한 것이다.

398 서인(書人): 글쓰는 사람

399 한헌(閑軒): 조용한 방

400 선사(繕寫): 잘못을 바로잡고, 다시 고쳐 베끼다.

401 정상(呈上): 윗사람에게 물건 등을 바치다.

402 서(庶): 바라건대

403 청평(青萍): 명검의 이름. 월왕 구천(句踐)이 설촉(薛燭)의 감정을 받고 그것이 명검임을 알았다고 한다.

404 결록(結綠): 송나라에 있던 유명한 옥의 이름

405 설변(薛卞): 설촉과 변화. 설촉은 검을, 변화는 옥을 감정하는 명인이었다.

幸推下流[406]하야,
행 추 하 류

부디 미천한 저를 밀어주셔서

大開奬飾[407]이니,
대 개 장 식

크게 한 번 칭찬하고 장식해 주시기 바라오니,

惟君侯圖[408]之하라.
유 군 후 도 지

오직 공의 헤아림에 달려 있을 뿐입니다.

20. 황제가 지켜야 할 좌우명(大寶箴)[409]

장온고(張蘊古)[410]

今來古往[411]에,
금 래 고 왕

예로부터 지금에 이르기까지

俯察仰觀[412]하니,
부 찰 앙 관

아래와 위로 땅과 하늘의 이치를 살펴보니,

---

406 하류(下流): 하위에 있는 자. 여기서는 이백 자신을 가리킨다.

407 개장식(開奬飾): 칭찬받고 빛날 수 있도록 길을 열어 주다.

408 도(圖): 꾀하다. 헤아리다.

409 대보잠(大寶箴): '대보'란 『역경(易經)』「계사전 하(繫辭傳下)」에 "천지의 위대한 덕을 생(生)이라 하고 성인의 가장 소중한 보물을 위(位)라 한다"고 하였다. 또한 '잠'이란 병을 고치는 침이란 뜻으로 풍자하고 경계하는 글을 말한다. 즉 이 글은 천자가 대보를 유지하기 위해 지키지 않으면 안 되는 교훈을 쓴 것이다.

410 장온고(張蘊古: ?~631): 중서성의 관리로, 즉위한 지 얼마 안 되는 당태종에게 이 「대보잠」을 바쳤다. 태종은 이것을 읽고 좌우명으로 삼을 만하다고 기뻐하며 상으로 비단 3백 필을 하사하고 관작을 대리시(大里寺)의 승(丞)으로 올려 주었다고 한다. 그런데 온고는 승이 된 지 4년째 참소를 입어 죽었다.

411 금래고왕(今來古往): 고금래왕(古今來往)과 같은 뜻이다. 예로부터 지금에 이르기까지

412 부찰앙관(俯察仰觀): 『역경』「계사전 상」에 나오는 말. 하늘을 우러러 천문을 관찰하고, 아래

惟辟作福[413]이라. 유 벽 작 복	오직 임금만이 복을 짓습니다.
爲君實難[414]이로다. 위 군 실 난	임금이 되기란 실로 어려운 것입니다.
主普天之下[415]하고, 주 보 천 지 하	하늘 아래 모든 것의 주인이고
處王公[416]之上하야, 처 왕 공 지 상	제후와 삼공의 위에 머무르시며,
任土[417]貢其所求[418]오, 임 토 공 기 소 구	땅에서 거두는 대로 구하는 것을 공물로 받고
具寮[419]陳其所唱[420]하니, 구 료 진 기 소 창	관료를 갖추어 임금이 뜻한 바를 널리 펴도록 하니,
是故로 시 고	이렇기 때문에
恐懼之心이 日弛하고, 공 구 지 심 일 이	두려워하는 마음이 날로 해이해지고,

를 굽어 지리를 살피다. 삼라만상의 음양 변화의 이치를 생각한다는 뜻

413 유벽작복(惟辟作福): 오직 천자만이 복을 짓는다. 하늘이 만물의 생사를 마음대로 하듯, 천자는 온 백성을 다스려 그들을 행복하게 해 준다는 뜻. 『서경』「홍범(洪範)」에 "오직 벽만이 복을 짓고 벽만이 형벌을 짓는다" 하였다. 여기에서 '벽'은 천자를 말한다.

414 위군실난(爲君實難): 임금 노릇하기가 실로 어렵다. 『논어』「자로(子路)」에 "임금 노릇하기도 어렵고 신하 노릇하기도 쉽지 않다"고 한 공자의 구절이 있다. 정치를 잘못하면 위엄을 잃을 뿐만 아니라 영원히 씻지 못할 오명을 남기게 되니 특히 임금 된 자는 이를 경계하라는 뜻이다.

415 보천지하(普天之下): 한없이 넓은 하늘 밑. 『시경(詩經)』「소아(小雅)·북산(北山)」에 "하늘 밑 그 어느 한 곳 임금의 땅이 아닌 곳이 없다"라는 구절이 있다.

416 왕공(王公): 제후(諸侯)와 삼공(三公)

417 임토(任土): 그 땅에서 산출되는 대로

418 공기소구(貢其所求): 임금이 요구하는 산물을 공물로 바치게 하다.

419 요(寮): 벼슬아치. 관리

420 진기소창(陳其所唱): 임금이 명령을 내려 관리로 하여금 그것을 천하에 시행하도록 하다.

邪僻之情이 轉放이라.
사 벽 지 정 전 방

사악하고 편벽한 감정이 생겨
점차로 방자해집니다.

豈知事起乎所忽하고,
기 지 사 기 호 소 홀

사건은 소홀히 하는 데서 일어나고

禍生乎無妄[421]이리오?
화 생 호 무 망

화는 뜻하지 않은 데서 일어남을
어찌 알겠습니까?

固以聖人受命[422]하야,
고 이 성 인 수 명

참으로 성인은 천명을 받아

拯溺[423]亨屯[424]일새,
증 닉 형 준

물에 빠진 이를 건지고 막힌 것을
통하게 하니,

歸罪於己[425]코,
귀 죄 어 기

죄를 자신에게 돌려야 하고

因心於民[426]이라.
인 심 어 민

마음은 백성을 따라야 합니다.

大明[427]은 無私照오,
대 명 무 사 조

태양은 사사로이 비춤이 없고

至公[428]은 無私親[429]이니,
지 공 무 사 친

지극히 공평함에는 사사로이
친애함이 없으니,

---

421 무망(無妄): 원래는 허망한 것이 없이 진실한 것을 '무망'이라 하였는데, 여기서는 뜻하지 않은 중대한 일이 생기는 것을 말한다.

422 수명(受命): 하늘의 명을 받아 천자의 자리에 오르다.

423 증닉(拯溺): 물에 빠진 것을 건져 내다. 즉 어려움에 처한 백성을 구한다는 뜻이다.

424 형준(亨屯): 막히고 어려운 것을 통하게 하다. '준'은 어려움을 뜻한다.

425 귀죄어기(歸罪於己): 죄를 자신에게 돌리다. 은나라 탕왕이 한 말로 『서경』 「탕고(湯誥)」에 "백성들 가운데에서 죄를 짓는 자가 있으면 그 잘못은 바로 나에게 있다"라는 구절이 있다.

426 인심어민(因心於民): 마음은 백성들을 따르다.

427 대명(大明): 태양. 여기서는 천자의 덕을 상징한다.

故以一人[430]治天下요, 고 이 일 인 치 천 하	그러므로 한 사람이 천하를 다스리고
不以天下奉一人이라. 불 이 천 하 봉 일 인	천하의 사람은 한 사람을 받들어서는 안 됩니다.
禮以禁其奢하고, 예 이 금 기 사	예로써 사치를 금하고
樂以防其佚[431]하며, 악 이 방 기 일	음악으로써 방종을 막아야 하며,
左言而右事[432]하고, 좌 언 이 우 사	좌사는 말을, 우사는 일을 기록하게 하고
出警而入蹕[433]하야, 출 경 이 입 필	출입을 경계하고 길을 비키게 해야,
四時調其慘舒[434]하고, 사 시 조 기 참 서	춘하추동 사시는 음양에 조화되고
三光[435]同其得失이라. 삼 광 동 기 득 실	일·월·성 삼광은 득실과 같이합니다.

---

428 지공(至公): 지극한 공평

429 사친(私親): 사사로운 친분

430 일인(一人): 천자를 가리킨다.

431 일(佚): 도를 지나쳐 방종한 짓을 하며 놀다.

432 좌언이우사(左言而右事): 왼쪽에서는 말을 기록하고 오른쪽에서는 사건을 기록하다. 옛날 제왕의 좌우에는 한 사람씩 사관이 있어 임금의 행동과 말을 일일이 기록해 임금의 그릇된 언행을 바로잡았다.

433 출경이입필(出警而入蹕): 임금의 나들이를 뜻한다. '경필'은 임금이 거동할 때 길을 치우고 길을 통제하는 것. 백성들에게 많은 피해를 주므로 되도록 나들이를 삼가야 한다는 뜻이다.

434 참서(慘舒): 음양(陰陽). 음기는 만물을 상하게 하므로 '참'이라 하고, 양기는 만물을 자라게 하므로 '서'라 한 것이다. 군주의 덕이 바르면 사계절에 음양이 잘 조화되어 만물의 나고 죽음이 질서정연하게 이루어진다고 하였다.

435 삼광(三光): 해와 달과 별의 빛. 임금의 정치가 바르면 일·월·성이 바르게 운행하지만, 정치가 어지러워지면 일식, 월식이 잦고 요사스런 별이 나타난다고 한다.

故로 身爲之度요, 고　신위지도	그러므로 몸은 법도가 되고
而聲爲之律[436]이라. 이 성 위 지 율	말은 율법이 되는 것입니다.
勿謂無知[437]하라. 물 위 무 지	모른다고 말하지 마십시오.
居高聽卑[438]니라. 거 고 청 비	높은 곳에 있으면서 낮은 곳을 듣습니다.
勿謂何害[439]하라. 물 위 하 해	무슨 해가 될 것이냐고 말하지 마십시오.
積小就大[440]니라. 적 소 취 대	작은 것이 쌓여 크게 되는 것입니다.
樂不可極[441]이니, 낙 불 가 극	즐겁다고 다해선 안 되니
樂極生哀[442]요, 낙 극 생 애	즐거움이 다하면 슬픔이 생기는 것이요,

436 신위지도, 이성위지율(身爲之度, 而聲爲之律): 행위는 법도에 어긋남이 없고, 말은 율법에 어긋남이 없다. 『사기(史記)』「하기(夏記)」에 “우왕의 입에서 나오는 소리는 그대로 율(律)이며, 또 그 행동은 그대로 도이다”라고 하였다.

437 물위무지(勿謂無知): 하늘이 아무것도 모를 것이라고 말하지 말라. 하늘은 인간 세상의 모든 선악을 다 알고 있다는 말이다.

438 거고청비(居高聽卑): 높은 곳에 앉아 아래의 일을 다 듣다.

439 물위하해(勿謂何害): 해가 없을 것이라고 말하지 말라. 아무리 작은 악이라도 쌓지 말라는 뜻.

440 적소취대(積小就大): 작은 악이 쌓여 큰 죄를 이룬다. ‘취’는 성(成)의 뜻이다. 『역경』「계사전 하」에 “소인은 아무리 작은 선행이라도 자신에게 이익이 되지 않으면 행하지 않는다. 또 별로 자기 몸에 해가 되지 않는다 하여 사소한 악행을 그만두지 않는다. 그래서 나쁜 행동이 점점 쌓여 숨길 수 없게 되고 죄악이 점점 커져 해소할 수가 없게 되는 것이다”라고 하였다.

441 낙불가극(樂不可極): 즐거움을 다하지 말라. 『예기』「곡례」에 “교만한 마음을 키워서는 안 되며, 욕심을 억제해야 한다. 뜻을 다 채우지 말 것이며, 즐거움을 지나치게 누려서는 안 된다”고 하였다.

欲不可縱이니, 하고 싶다고 멋대로 해선 안 되니
욕불가종

縱欲成災라. 욕망을 따라서 멋대로 하면 재앙이 되는 것입니다.
종욕성재

壯九重[443]於內라도, 으리으리한 궁궐 안에 있어도
장구중 어내

所居不過容膝[444]이어늘, 거처하는 자리는 무릎을 허락하는 정도에 불과하거늘,
소거불과용슬

彼昏[445]不知하야, 저 임금들은 혼미하게도 알지 못하고
피혼 부지

瑤其臺而瓊其室[446]이요, 옥 누대에 옥 장식의 궁궐이요,
요기대이경기실

羅八珍[447]於前이라도, 앞에다 산해진미를 늘어놓더라도
나팔진 어전

所食不過適口어늘, 먹는 것은 입에 맞는 것에 불과하거늘,
소식불과적구

唯狂罔念[448]하야, 오로지 미처 생각하지 못하고
유광망념

丘其糟而池其酒[449]로다. 술 찌꺼기 언덕에 술 연못입니다.
구기조이지기주

---

442 낙극생애(樂極生哀): 즐거움이 극에 이르면 슬픔이 생긴다.

443 구중(九重): 궁궐. 대궐문이 겹겹이 있으므로 구중궁궐이라 한다.

444 용슬(容膝): 겨우 무릎 하나 들여놓을 만하다. 매우 비좁은 공간을 가리킨다.

445 피혼(彼昏): 저 우매한 임금. 하나라의 폭군 걸왕과 은나라의 폭군 주왕을 가리킨다.

446 요기대이경기실(瑤其臺而瓊其室): 옥으로 누대를 짓고, 붉은 옥으로 궁실을 짓다. 걸왕과 주왕은 백성을 돌보지 않고 이런 지나친 호사를 누렸다 한다.

447 팔진(八珍): 여기서는 존귀한 분의 식탁에 오르는 음식을 뜻한다.

448 유광망념(唯狂罔念): 미처 생각하지 못하다. 걸왕과 주왕이 포악하여 인의를 생각하지 않은 것을 가리킨다.

449 구기조이지기주(丘其糟而池其酒): 술 찌꺼기를 언덕과 같이 쌓고 술로 못을 채우다. 걸왕과 주왕이 주지육림을 만들어 놀다가 나라를 잃은 것을 가리킨다. 『사기』「은본기(殷本記)」에 "주

勿內荒於色[450]하고,
물 내 황 어 색

안으로는 여색에 빠지지 말고

勿外荒於禽[451]하며,
물 외 황 어 금

밖으로는 수렵에 빠지지 말며,

勿貴難得貨[452]하고,
물 귀 난 득 화

어렵게 얻은 보물을 귀하게 여기지 말고

勿聽亡國音[453]하라.
물 청 망 국 음

나라를 망치는 음악을 듣지 마소서.

內荒은 伐人性[454]하고,
내 황 벌 인 성

안으로 황폐함은 사람의 본성을 다치게 하고

外荒은 蕩人心[455]하고,
외 황 탕 인 심

밖으로 황폐함은 사람의 마음을 방탕하게 하고,

難得之貨는 侈요,
난 득 지 화 치

얻기 어려운 보물은 사치하게 하고

亡國之音은 淫이니라.
망 국 지 음 음

나라를 망치는 음악은 음탕하게 합니다.

왕은 술로 연못을 만들고 고기로 숲을 만들어 남녀를 발가벗겨 그 사이로 서로 좇게 하면서, 긴 밤이 새도록 술을 마셨다"라고 하였다.

450 물내황어색(勿內荒於色): 안으로는 색에 빠지지 말라. '황'은 미혹되다. 『서경』「오자지가(五子之歌)」에 나오는 "안으로는 여색에 빠지고 밖으로는 사냥에 빠진다"는 말에 근거한 것이다.

451 물외황어금(勿外荒於禽): 밖으로는 사냥에 빠지지 말라.

452 물귀난득화(勿貴難得貨): 얻기 어려운 보화를 귀하게 여기지 말라. 『노자(老子)』「안민(安民)」에 "얻기 어려운 재물을 귀하게 여기지 않는다면 백성들이 도둑질을 않게 된다"라고 하였다.

453 망국음(亡國音): 나라를 망치는 음탕한 음악

454 내황벌인성(內荒伐人性): 여색에 빠지면 인간의 바른 성정을 다치게 된다. '성'은 인간이 살아가는 데 있어서 반드시 필요한 이성과 본성의 적절한 작용

455 탕인심(蕩人心): 마음이 들떠서 흐트러지다.

勿謂我尊 물위아존	내가 존귀하다 하여
而傲賢慢士[456]하며, 이오현만사	선비를 업신여기지 말고,
勿謂我智 물위아지	내가 지혜롭다 하여
而拒諫矜己[457]하라. 이거간긍기	바른말을 거절하고 자기를 자랑하지 마십시오.
聞之夏后[458]가, 문지하후	듣건대 하나라 우임금은
據饋[459]頻起하고, 거궤 민기	수라를 들다가 자주 일어나셨고,
亦有魏帝가 역유위제	위나라 문제는
牽裾不止[460]라. 견거부지	옷자락을 끌어도 멈추지 않았다 합니다.
安彼反側[461]을, 안피반측	저 두 마음을 품은 사람들을 안심시키기를

456 오현만사(傲賢慢士): 현인에게 오만하고 선비를 업신여기다.

457 긍기(矜己): 자신을 과시하여 뽐내다.

458 하후(夏后): 하나라 때의 임금. 우왕을 가리킨다.

459 궤(饋): 임금에게 올리는 수라

460 위제견거부지(魏帝牽裾不止): 위나라의 황제는 옷자락을 잡아당겨도 멈추지 않는다. 위나라의 문제가 간언을 듣지 않았던 고사. 『위지(魏志)』「신비전(辛毘傳)」에 "문제가 기주 십만 호를 하남으로 옮기려고 하였다. 시중 신비가 그것을 그만두도록 간언하였으나, 문제는 대답도 없이 일어나 안으로 들어가 버렸다. 신비가 따라가 옷자락을 잡아당겨 옷을 빼앗아 돌려주지 않았다. 잠시 후 문제가 나와서 말하였다. '경은 어찌하여 그리 심히 반대하는가?' 신비가 말하였다. '지금 옮기면 백성은 모두 굶주리게 됩니다.' 문제가 마침내 그 반을 옮겼다"라고 되어 있다.

461 반측(反側): 불평불만으로 두 마음을 품어 마음이 들떠 있다.

如春陽秋露[462]니, 여 춘 양 추 로	봄볕이나 가을 이슬같이 하여,
巍巍[463]蕩蕩[464]하야, 외 외 탕 탕	높고도 넓게
恢漢高大度[465]하고, 회 한 고 대 도	한나라 고조의 넓은 도량을 갖추고,
撫[466]玆庶事[467]를, 무 자 서 사	이러한 여러 일을 처리하기를
如履薄臨深[468]하고, 여 리 박 임 심	얼음을 밟고 깊은 연못에 있는 듯하고,
戰戰慄慄[469]하야, 전 전 율 율	두려워하고 지극히 삼가하여
用周文小心[470]하라. 용 주 문 소 심	주나라 문왕의 조심스런 마음을 본받으소서.

462 춘양추로(春陽秋露): 봄날의 햇볕과 가을의 이슬. 이 두 가지는 만물을 기르는 큰 덕을 지니고 있다. 군주도 그와 같은 덕을 베풀어야 한다는 것이다.

463 외외(巍巍): 산이 높고 큰 것을 형용한 것

464 탕탕(蕩蕩): 물이 넓고 아득한 것을 형용한 것

465 한고대도(漢高大度): 한나라 고조의 크고 넓은 도량. 한나라 고조 유방은 부하 장수들이 모반을 꾀하려고 하자 장량의 계책에 따라 평소에 미워하던 옹치라는 자에게 영지를 주고 제후로 봉하였다. 반심을 품고 있던 다른 장수들은 미워하는 자까지 후하게 대접하는 고조의 도량에 탄복하고 모반할 생각을 버렸다고 한다.

466 무(撫): 어루만지다.

467 서사(庶事): 모든 정사

468 이박임심(履薄臨深): 살얼음을 밟는 듯, 깊은 연못에 이른 듯. 악에 빠지지 않도록 매우 조심하라는 뜻. 『시경』「소아·소민(小旻)」에 "조심스럽게 여겨 경계하라. 깊은 우물에 임한 듯, 엷은 얼음을 밟는 듯"이란 구절이 있다.

469 전전율율(戰戰慄慄): 두려워서 몸을 벌벌 떨다.

470 주문소심(周文小心): 주나라 문왕의 삼가하고 두려워하는 마음. 『시경』「대아(大雅)·대명(大明)」에 "아, 우리의 문왕께옵선 매사를 공경하고 삼가신다"라고 하였다.

詩之不識不知[471]와, 시 지 불 식 부 지	『시경』에서 "모르고 알지도 못하면서"라 한 것과
書之無偏無黨[472]이, 서 지 무 편 무 당	『서경』에서 "치우침이 없고 공평하다"라 한 것은,
一彼此於胸臆[473]하고, 일 피 차 어 흉 억	가슴속에서 서로 동일한 것으로 하고
損好惡於心想[474]하야, 손 호 오 어 심 상	마음속에서 좋아하고 싫어함을 없애서,
衆棄而後加刑[475]하며, 중 기 이 후 가 형	모든 이가 버리고 난 후 형벌을 가하고
衆悅而後行賞[476]이라. 중 열 이 후 행 상	모든 이가 기뻐한 후에 상을 내려야 한다는 것입니다.

---

471 불식부지(不識不知): 『시경·대아』「황의(皇矣)」에 나오는 구절이다. 천제가 문왕에게 명하는 형식으로 된 노래이다. "나는 밝은 덕을 좋아하니 소리와 낯빛으로 이름을 얻으려 하지 말고 중국의 우두머리로서의 힘이 있어도 왕의 법을 마음대로 개척하지 말며 고금을 비교하여 의식하는 일 없이 오직 하늘의 법칙을 따르도록 한다."

472 무편무당(無偏無黨): 『서경』「홍범」에 나오는 말. "군주 된 자는 개인의 기호를 버리고 바른 왕도를 좇아야 한다. 공평함을 잊지 말고 중도에서 행해지는 왕자의 도는 넓고 평평하다"는 의미이다. '편'은 중심을 잃다. '당'은 공평하지 않다.

473 흉억(胸臆): 가슴속

474 심상(心想): 마음. 마음속

475 중기이후가형(衆棄而後加刑): 모든 사람이 버린 다음에 형벌을 내리다. 『맹자(孟子)』「양혜왕하(梁惠王下)」에 "좌우에서 모두 죽여야 한다고 해도 들어서는 안 됩니다. 여러 대부들이 그렇게 주장하더라도 마찬가지입니다. 온 나라 사람이 모두 그 사람을 죽여야 한다고 하면 그때 비로소 다시 한 번 죄를 살펴보아 죽음을 당할 만한 죄가 있으면 죽여야 합니다. 그래야 사람들은 온 국민이 그를 죽인 것이라고 말하게 됩니다. 이렇게 하셔야 비로소 백성의 부모로서 왕도 정치를 행하는 것입니다"라는 말이 있다.

476 중열이후행상(衆悅而後行賞): 모든 사람이 다 기뻐하고 난 다음에 상을 내리다.

弱其强而治其亂[477]하고, 약 기 강 이 치 기 란	강한 것을 약화시켜 어지러운 것을 다스려야 하고
伸其屈[478]而直其枉[479]이니, 신 기 굴 　 이 직 기 왕	굽은 것을 펴서 삐뚤어진 것을 바로잡아 주니,
故로 曰如衡如石[480]하야, 고 　 왈 여 형 여 석	그러므로 말하기를 저울대나 추와 같이 하여
不定物以限하니, 부 정 물 이 한	사물에 한계를 정하지 않으니,
物之懸者는, 물 지 현 자	매달아 놓은 사물은
輕重自見이요, 경 중 자 현	그 가볍고 무거움이 절로 드러나고,
如水如鏡[481]하여, 여 수 여 경	물과 거울같이 하여
不示物以情하니, 불 시 물 이 정	사물에 자신의 감정을 보이지 않게 하니,
物之鑑[482]者는, 물 지 감 　 자	비추어진 사물들은

477 약기강이치기란(弱其强而治其亂): 강한 것을 누르고 어지러운 것을 바로잡다. '강'은 윗사람을 업신여기고 아랫사람을 괴롭히는 자를 가리킨다.

478 굴(屈): 죄 없이 억울하게 눌려 있는 자

479 직기왕(直其枉): 굽은 것을 바르게 하다.

480 여형여석(如衡如石): 저울대처럼 하고 저울추처럼 하다. 군주가 신하의 역량을 평가할 때 주관적인 입장을 완전히 배제하고 마음을 평정하게 하여 저울에 물건을 매달면 그 무게가 저절로 드러나는 것처럼, 상대의 역량이 저절로 드러나게 해야 한다는 뜻.

481 여수여경(如水如鏡): 마음을 물이나 거울처럼 맑게 가지다. 마음을 고요하게 비운 상태를 말한다.

482 감(鑑): 거울에 비추어 보다.

妍[483]媸自生이라.
연 치자생

아름답고 추함이 절로 생겨나는 것입니다.

勿渾渾[484]而濁하고,
물혼혼 이탁

혼탁하고 흐려서도 안 되고

勿皎皎[485]而淸하며,
물교교 이청

깨끗하고 밝기만 해도 안 되며,

勿汶汶[486]而闇하고,
물문문 이암

흐릿하고 사리에 어두워서도 안 되고

勿察察[487]而明하라.
물찰찰 이명

살피고 살펴 너무 밝아서도 안 됩니다.

雖冕旒蔽目[488]이나,
수면류폐목

비록 면류관이 눈을 가려도

而視於未形이요,
이시어미형

모양이 아닌 것도 보아야 하고,

雖黈纊塞耳[489]나,
수주광색이

비록 솜뭉치가 귀를 막아도

而聽於無聲이니,
이청어무성

소리 없는 것도 들어야 하니,

---

483 연(妍): 아름답다. 곱다.

484 혼혼(渾渾): 흐리다.

485 교교(皎皎): 희고 깨끗하다.

486 문문(汶汶): 더럽다.

487 찰찰(察察): 밝고 자상한 것이 지나쳐 번거롭고 미세한 것까지 놓치지 않고 살피다.

488 면류폐목(冕旒蔽目): 면류관의 옥이 눈을 가리다. '류'는 관 앞뒤에 드리워진 끈에 다섯 빛깔의 주옥을 꿴 것으로, 천자의 관에는 끈이 열두 줄, 제후의 관에는 아홉 줄, 상대부의 관에는 일곱 줄, 하대부의 관에는 다섯 줄인데, 송대부터 신하는 면류관을 쓰지 않게 되었다. 천자의 관에 '류'를 드리우는 까닭은 사악하고 왜곡된 것과 자질구레한 것이 천자의 눈에 뜨이지 않도록 하려는 것이다.

489 주광색이(黈纊塞耳): 귀막이 솜이 귀를 막다. '주광'은 천자가 쓸데없는 말이나 참언을 듣지 않도록 하기 위해 면류관의 양 옆에 매단 누런 솜방울

縱[490]心乎湛然[491]之域하고,
종 심호담연 지역

자유로이 마음은 깊숙한 경지에 놓이고

遊[492]神於至道之精[493]하야,
유 신어지도지정

정신은 지고한 도의 정수에서 놀게 하여,

扣之者는
구지자

치는 자는

應洪纖而效響[494]하고,
응홍섬이효향

큰 것과 작은 것에 따라서 소리를 내 주어야 하고,

酌之者는
작지자

헤아리는 자는

隨淺深而皆盈[495]하니,
수천심이개영

얕고 깊음에 따라서 모두 채워 주어야 하니,

故로 曰
고 왈

그러므로 말하기를

天之經[496]과,
천지경

“하늘에는 불변함이 있고

地之寧[497]과,
지지녕

땅에는 편안함이 있으며

---

490 종(縱): 방(放)과 같은 뜻으로 자유롭게 놓아 두다.

491 담연(湛然): 물이 깊고 고요하다. 여기서는 절대 진리의 세계를 뜻한다.

492 유(遊): 구애받지 않고 자유스럽다.

493 지도지정(至道之精): 지극한 도의 정교한 경지

494 구지자응홍섬이효향(扣之者應洪纖而效響): 종을 치는 데 크고 작은 방망이를 적절히 사용해 소리가 잘 나도록 힘쓰다. 군주가 상황에 따라 적절히 대응함을 뜻한다. ‘구’는 종을 치다. ‘홍섬’은 넓고 큰 것과 가늘고 작은 것. ‘효향’은 소리를 내기 위해 온 힘을 쏟다.

495 작지자수천심이개영(酌之者隨淺深而皆盈): 물을 길을 때에는 물을 담는 그릇의 깊고 얕음에 따라 물을 채워야 한다. 군주가 신하의 역량에 맞춰 일을 맡기는 것을 뜻한다.

496 천지경(天之經): 하늘이 불변하는 것을 뜻한다. ‘경’은 상(常)의 뜻

王之貞[498]이라. 왕 지 정	왕에게는 올바름이 있다"고 합니다.
四時不言而代序[499]하고, 사 시 불 언 이 대 서	사계절은 말없이 순서에 따라 바뀌고
萬物無言而化成[500]이니, 만 물 무 언 이 화 성	만물은 말없이 변화를 이루어 내니,
豈知帝力 기 지 제 력	어찌 제왕의 힘으로
而天下和平[501]이리오? 이 천 하 화 평	천하가 태평해짐을 알겠습니까?
吾王撥亂[502]에, 오 왕 발 란	우리 임금께서는 어지러움을 다스릴 때에
戡[503]以智力하면, 감 이 지 력	지혜와 힘으로 치면,
民懼其威나, 민 구 기 위	백성들은 그 위세를 두려워하나
未懷其德이요, 미 회 기 덕	그 덕을 헤아리지 못하고,

---

497 지지녕(地之寧): 대지가 항상 고요해 편안한 것을 뜻한다.

498 왕지정(王之貞): 제왕의 바르고 변함없는 덕에 의해 천하가 안정되는 것을 뜻한다.

499 사시불언이대서(四時不言而代序): 사계절이 아무 말 없이 때를 어기지 않고 바뀌다. 『논어』 「양화(陽貨)」에 "하늘이 무슨 말을 하더냐. 사시가 때를 어기지 않고 바뀌고 만물이 저절로 생겨날 뿐, 하늘이 무슨 말을 하더냐"라고 한 공자의 말씀이 있다.

500 만물무언이화성(萬物無言而化成): 만물이 말없이 저절로 생성 변화하다. '화성'은 변화하면서 생성·발전하는 것

501 기지제력이천하화평(豈知帝力而天下和平): 천자의 덕화로 천하를 화평하게 했음을 어찌 알겠는가. 『통지(通志)』에 다음과 같은 이야기가 있다. "때는 요임금의 세상, 세상은 밝고 백성들은 태평하였다. 한 노인이 길에서 땅을 두드리며 노래를 불렀다. '해 돋으면 밭 갈고 해 지면 집에 가 쉰다. 우물 파서 물 마시고 밭 갈아 밥 먹으니 임금의 덕이 나와 무슨 상관이랴.'"

502 오왕발란(吾王撥亂): 당나라 태종이 황제가 되기 전, 진왕으로 있으면서 난을 평정한 것을 가리킨다. '발란'은 난을 다스려 세상을 평안하게 하는 것

503 감(戡): 승(勝)과 같은 뜻. 이기다.

我皇撫運[504]하여, 아 황 무 운	우리 황제는 천운을 손에 쥐고서
扇[505]以淳風이면, 선 이 순 풍	순수한 기풍을 널리 떨치면
民懷其始나, 민 회 기 시	백성들은 그 시작은 알지만
未保其終이니, 미 보 기 종	그 끝을 보전하지 못하니,
爰[506]述金鏡[507]하야, 원 술 금 경	이에 황금 거울 같은 글을 지어
窮神盡聖[508]이라. 궁 신 진 성	신성함과 성스러움을 다하게 하고자 합니다.
使人以心하며, 사 인 이 심	사람은 마음으로 부리며
應言以行하야, 응 언 이 행	말은 행동으로 대응하여,
包括治體[509]하고, 포 괄 치 체	다스림의 본체를 포괄하고
抑揚詞令[510]하니, 억 양 사 령	조칙으로 누르고 드높이니,
天下爲公[511]에, 천 하 위 공	천하가 만민의 공유물이 되어

504 무운(撫運): 천운을 손에 쥐다. 천자의 자리에 오르는 것을 뜻한다.

505 선(扇): 널리 떨치다.

506 원(爰): 이에. 이리하여

507 금경(金鏡): 황금 거울. 거울은 사물의 곡직을 비추니 사람의 계본이 된다. '대보잠'을 가리킨다.

508 궁신진성(窮神盡聖): 천자가 신과 같은 위대한 힘과 성인과 같은 지덕을 베풀 수 있도록 하겠다는 뜻. 『맹자』「진심 하(盡心下)」에 "덕이 위대하여 저절로 사람을 감화시키는 것을 성(聖)이라 하고 성스러워 헤아릴 수 없는 것을 신(神)이라 한다"라고 하였다.

509 포괄치체(包括治體): 정치의 본체를 보유하다.

510 억양사령(抑揚詞令): '억양'은 누르기도 하고 올리기도 하는 것. 즉 착한 자에게는 상을 내리고 악한 자에게는 벌을 내리는 것을 뜻한다. '사령'은 조칙과 명령

一人[512]有慶이라. 일인 유경	임금님께 경사가 있을 것입니다.
開羅起祝[513]하고, 개라기축	그물을 열어 기원하고
援琴命詩[514]하야, 원금명시	금(琴)을 당겨 시를 지어 노래하여
一日二日[515]에, 일일이일	하루 이틀에도
念玆在玆[516]하라. 염자재자	이를 생각하고 이를 염두에 두십시오.

---

511 천하위공(天下爲公): 군주가 천하를 공유물로 하다. 『예기』「예운(禮運)」에 "대도가 행해진 오제 시대에는 천자는 천하를 공유물로 하여"라고 하였다. 즉 제위를 세습하지 않고 신하 중에서 덕성 있는 자에게 물려주는 것을 말한다. 예를 들면 순임금이 아들인 주균을 제쳐 놓고 우왕에게 제위를 물려 준 일. 여기선 제위 세습제를 폐지하라는 뜻이 아니라 성군 요순처럼 밝은 덕을 지니라는 뜻이다.

512 일인(一人): 천자

513 개라기축(開羅起祝): 그물을 열고 기원하다. '라'는 짐승이나 새를 잡기 위해 설치한 그물. '축'은 기원. 은나라의 탕왕이 야외에 나갔다가 한 사냥꾼을 보았다. 그 사냥꾼은 사면에 그물을 치고 "하늘에서 나는 놈, 땅에서 뛰는 놈, 사방의 모든 짐승이 모조리 내 그물에 걸리도록 해 주십시오"라고 기원하였다. 짐승들을 몰살시키게 될 그러한 사냥에 대해 탕왕은 무도한 짓이며 폭군 걸이나 할 수 있는 행동이라 하여 사면의 그물 중 삼면의 그물을 치우고 사냥꾼의 기원을 다음과 같이 바꿨다. "왼쪽으로 가고 싶은 놈은 왼쪽으로, 오른쪽으로 가고 싶은 놈은 오른쪽으로 달아나 그물을 피하고, 높이 날고 싶은 놈은 높이, 낮게 날고 싶은 놈은 낮게 날아 그물을 피하라. 나는 명을 어겨 그물에 걸리는 놈만 취하겠다." 탕왕의 인덕이 이처럼 짐승에까지 미치자, 이후 탕왕에게 귀화한 나라가 40여 개국에 이르렀다.

514 원금명시(援琴命詩): 금을 당겨 시를 지어 노래하다. 순임금은 즉위하자 오현금을 뜯으며「남풍(南風)」시를 지었다. "훈훈한 남풍이 부니 우리 백성들의 원한이 풀리고도 남겠네. 남풍이 때를 맞추어 부니 우리 백성들의 먹을 것이 풍족하겠네." 남풍은 여름에 부는 바람인데 여기서는 덕 있는 군주를 가리킨다. 백성들의 원한을 풀어 주고 그들을 따뜻하게 보살펴 주어야 한다는 뜻이다.

515 일일이일(一日二日): 바른 정치를 펴기 위한 군주의 마음가짐을 이야기한 것. 고요가 순임금에게 아뢴 말로『서경』「고요모(皐陶謨)』에 나온다. "안일과 탐욕으로 나라를 다스리지 말고 항상 조심하고 두려워하십시오. 하루 이틀의 짧은 동안에도 여러 가지 일이 일어날 수 있는 만 가지 조짐이 생깁니다. 관리들이 자리를 비우지 말고 자기의 소임을 다하게 하십시오. 하늘이 해야 할 일을 임금이나 관리가 대신하고 있을 뿐입니다."

惟人所召[517]니,
유 인 소 소

오로지 사람들이 [화나 복을] 불러들이는 것이니,

自天祐之[518]리라.
자 천 우 지

하늘이 그를 보우하실 것입니다.

諍臣[519]司直[520]일새,
쟁 신 사 직

간언하는 신하로서 바른 도리를 담당하고 있어

敢告前疑[521]하노라.
감 고 전 의

감히 전의에게 고하나이다.

---

516 염자재자(念玆在玆): 『서경』「대우모(大禹謨)」에 나오는 말. 순임금이 우에게 자리를 물려주려 하자 우는 고요를 천거하며 이렇게 말하였다. "고요는 힘써 덕을 뿌려 그 덕이 아래에까지 미쳤으니 많은 백성들이 그를 따르고 있습니다. 임금께서는 깊이 생각하십시오. 그 사람을 생각하는 것은 그의 공적 때문입니다. 그 사람을 버려도 그의 공적은 남습니다. 그 사람의 이름을 말하는 것도 그의 공적 때문이며, 그 사람에 대한 믿음이 우러나오는 것도 그의 공적 때문입니다. 임금께서도 그의 공적을 굽어살피시기 바랍니다." 여기서 '염자재자'는 군주가 밝은 덕을 지니고 바른 정사를 펼 것을 잊어서는 안 된다는 의미로 사용되었다.

517 유인소소(惟人所召): 오로지 사람이 스스로 불러들이는 것이다. 『좌전(左傳)』「양공 23년」에 기록되어 있는 말이다. 민자마가 공소에게 말하였다. "화와 복은 들어오는 문이 따로 없다. 사람이 스스로 불러들일 뿐이다." 화복은 자신의 행동의 선악에 따라 결정된다는 뜻

518 자천우지(自天祐之): 하늘이 돕다. 『역경』「대유괘(大有卦)」에 "하늘이 이를 돕는다. 길하여 불리함이 없다"라 한 것을 가리킴. 군주가 하늘의 뜻을 따르고 비록 존귀한 몸이나 항상 겸허한 마음으로 현인을 존중하면 길하여 복을 받을 것이라는 뜻이다.

519 쟁신(諍臣): 군주의 잘못에 대해 직언하는 충신. 즉 장온고를 가리킨다.

520 사직(司直): 옳고 그름을 가리는 관리

521 전의(前疑): 옛날에는 군주의 전후좌우에 사람이 있어 군주를 모셨는데, 앞의 사람을 '의', 뒤의 사람을 '승(丞)', 왼쪽 사람을 '보(輔)', 오른쪽 사람을 '필(弼)'이라 하였다. 전의에게 고한다 함은 천자에게 직접 올리는 것은 예가 아니므로 천자를 모시는 전의에게 고해 그로 하여금 천자께 자신의 뜻을 고하게 한다는 뜻이다.

21. 당나라를 중흥시킨 공적을 찬양함(大唐中興頌)[522]

원결(元結)[523]

天寶十四年[524]에, 천 보 십 사 년	천보 십사 년에
安祿山[525]陷落陽하고, 안 녹 산 함 낙 양	안녹산이 낙양을 함락시키고
明年陷長安하니, 명 년 함 장 안	다음 해에는 수도 장안마저 함락되니,
天子[526]幸[527]蜀[528]하시고, 천 자 행 촉	현종 황제께서는 촉으로 옮기시고
太子[529]卽位於靈武[530]라. 태 자 즉 위 어 영 무	태자께서는 군사를 일으켜 영무에서 즉위하셨다.

522 대당중흥송(大唐中興頌): 당나라 현종 천보 14년 11월에 안녹산이 난을 일으켜, 그 이듬해 장안이 함락되었다. 현종은 난을 피해 촉으로 가고, 황태자가 제위에 올라 군사를 일으켜 난을 평정하였다. 당나라를 중흥시킨 숙종의 공적을 찬양한 글로, 구양수의 발(跋)에 의하면 원결이 글을 짓고 안진경이 글씨를 썼다고 한다. 오계의 마애에 새겼으므로 「마애비」라고도 하는데, 지금은 모두 손상되어 본래의 것은 전해지지 않는다.

523 원결(元結: 723~772): 자는 차산(次山)으로 무창(武昌) 사람. 753년에 진사가 되었고, 안녹산의 난 때 의군을 조직해 15군을 방위하는 공을 세웠다. 뒤에 도주자사를 역임했으나 권신의 미움을 사 벼슬을 버리고 은퇴하였다. 두보의 현실주의적인 경향을 계승한 시인으로도 알려졌다. 저서로는 『차산집(次山集)』과 『협중집(篋中集)』이 있다.

524 천보십사년(天寶十四年): 서기 755년. '천보'는 당나라 현종의 연호

525 안녹산(安祿山): 당나라 현종 때의 장군으로 현종의 총애를 받았다. 하동 절도사로 있을 때 군사의 증강과 사유화를 도모하여, 중앙의 실권자였던 양국충과 반목하였다. 천보 14년에 범양(范陽), 곧 지금의 북경에서 출병하여 낙양을 공략한 후 대연(大燕) 황제라 칭하였으나, 둘째 아들 경서에게 살해되었다.

526 천자(天子): 현종을 가리킨다.

527 행(幸): 천자의 행차. 현종이 안녹산의 난을 피해 촉으로 떠난 것을 가리킨다.

528 촉(蜀): 사천성의 성도를 가리킨다.

529 태자(太子): 현종의 아들 형(亨). 당나라 7대 황제 숙종이 되었다.

530 영무(靈武): 감숙성 영무현

明年[531]皇帝 명 년 황 제	숙종 황제께서는 즉위하신 이듬해에
移軍鳳翔[532]하야, 이 군 봉 상	군사를 봉상현으로 옮기시고,
其年復兩京[533]하고, 기 년 복 양 경	그해 낙양과 장안을 수복하고
上皇[534]還京師[535]하시니, 상 황 환 경 사	상황이 수도로 돌아오셨다.
於戱[536]라! 오 호	아!
前代帝王이, 전 대 제 왕	이전의 제왕 중에
有盛德大業[537]者는, 유 성 덕 대 업 자	성덕으로 위대한 업적을 가진 이는
必見於歌頌하나니, 필 현 어 가 송	반드시 찬송의 노래를 지어 드러내었으니,
若今歌頌大業하야, 약 금 가 송 대 업	지금 그 대업을 칭송하여
刻之金石인댄, 각 지 금 석	금석에 새기려 하는데,
非老於文學[538]이면, 비 노 어 문 학	문장과 학문에 노련한 사람이 아니면
其誰宜爲리오? 기 수 의 위	그 누가 적당하리오?

531 명년(明年): 지덕(至德) 2년(757)

532 봉상(鳳翔): 섬서성에 있는 현의 이름

533 양경(兩京): 낙양과 장안

534 상황(上皇): 선위한 황제에게 바치는 존호로 여기서는 현종을 가리킨다.

535 경사(京師): 황제가 기거하는 도성. 장안을 가리킨다.

536 오호(於戱): 오호(嗚呼). 감탄하는 소리

537 성덕대업(盛德大業): 훌륭한 덕과 큰 업적

538 노어문학(老於文學): 문장과 학문에 깊다.

頌曰, 송 왈	찬송하여 이르기를
噫嘻[539]前朝[540]에, 희 희 전 조	아! 전대의 왕조에는
孼臣[541]姦驕[542]하야, 얼 신 간 교	요망한 신하들은 하나같이 간사하고 거만하였고,
爲昏爲妖[543]로다. 위 혼 위 요	자신들의 본분을 잊고 요망한 짓을 일삼았다.
邊將[544]騁兵[545]하야, 변 장 빙 병	변방의 장수가 난을 일으켜
毒亂[546]國經[547]하니, 독 란 국 경	국법을 어지럽혀
群生[548]失寧이로다. 군 생 실 녕	만백성이 안녕을 잃으니, 혼란에 빠지게 되었다.
大駕[549]南巡[550]하시니, 대 가 남 순	천자를 모신 수레가 남쪽으로 떠나자,

539 희희(噫嘻): 감탄사로 찬미하거나 탄식할 때에 내는 소리

540 전조(前朝): 현종의 시대를 가리킨다.

541 얼신(孼臣): 재앙을 불러들이는 신하. 현종 때 실권을 장악했던 양국충·이임보 등의 간신을 가리킨다. 특히 양국충은 양귀비의 사촌 오빠로, 재상이 되어 폭정을 일삼았다.

542 간교(姦驕): 간사하고 거만하다.

543 위혼위요(爲昏爲妖): 자신이 지켜야 할 도리를 알지 못하고 요망한 짓을 하다.

544 변장(邊將): 국경 수비를 맡은 장수. 북경을 중심으로 하여 하북 일대의 군정 장관이었던 안녹산을 가리킨다.

545 빙병(騁兵): 군사를 일으키다.

546 독란(毒亂): 악독하게 어지럽히다.

547 국경(國經): 국법. '경'은 성인의 말씀을 기록한 것. 인간이 마땅히 지켜야 할 바른 도리

548 군생(群生): 많은 백성

549 대가(大駕): 천자의 수레

550 남순(南巡): 남쪽으로 순행하다. '순'은 천자가 제후의 나라를 순회하면서 시찰하는 것. 현종이

百僚[551]竄[552]身하야, 백료 찬 신	많은 신하가 앞을 다투어 몸을 숨겼고,
奉賊稱臣[553]이로다. 봉적칭신	역적을 받들어 모시는 신하들도 있었다.
天將昌唐하사, 천장창당	하늘이 당나라를 창성하게 하고자
繄[554]睨[555]我皇[556]하시니, 예 예 아황	우리의 황제를 돌보아 주시니,
匹馬北方[557]이로다. 필마북방	북방에서 군사를 일으키게 되었다.
獨立一呼에, 독립일호	우뚝 서서 한 번 외치니
千麾萬旟[558]가, 천휘만여	수많은 깃발이
戎卒[559]前驅[560]로다. 융졸 전구	군대의 앞으로 내달렸다.
我師[561]其東하고, 아사 기동	우리의 군사는 동으로 진군하고,

난을 피해 촉으로 피난한 것을 가리키는 말

551 백료(百僚): 많은 관리

552 찬(竄): 달아나 몸을 숨기다.

553 봉적칭신(奉賊稱臣): 역적을 받들고, 그 아래에서 자신을 신하라 일컫다.

554 예(繄): 이것. 여기에

555 예(睨): 본래 곁눈질한다는 뜻인데, 나중에는 돌보아 준다는 뜻으로 쓰였다.

556 아황(我皇): 숙종 황제

557 필마북방(匹馬北方): '필마'는 병마의 뜻으로, 군사를 일으키는 것. '북방'은 영무현을 가리킨다. 즉 숙종 황제가 안녹산의 난을 진압하고자 영무현에서 군사를 일으킨 것을 뜻한다.

558 천휘만여(千麾萬旟): '휘'는 장수가 군대를 지휘하는 데 쓰는 기. '여'는 행군할 때에 세우는 기. 군사가 많은 것을 뜻한다.

559 융졸(戎卒): '융'은 병사, 병기 등을 뜻하고, '졸'은 병졸을 뜻한다.

560 전구(前驅): 앞으로 내달리다.

儲皇[562]撫戎[563]하야,
저황 무융
태자 광평왕께서는 천자를 따라 종군하여

蕩攘[564]群凶이로다.
탕양 군흉
흉악한 무리들을 남김없이 소탕하셨다.

復復[565]指期하야,
부복 지기
언제까지 회복시키리라 기일을 정해

曾不踰時[566]하니,
증불유시
어김없이 그 시기를 넘기지 않으시니,

有國無之로다.
유국무지
이는 나라가 생긴 이래 처음 있는 일이었다.

事有至難이나,
사유지난
일에 지극한 어려움이 있었으나

宗廟再安하고,
종묘재안
종묘사직이 다시 편안케 되니,

二聖[567]重歡이라.
이성 중환
두 성왕께서는 재회의 기쁨을 누리게 되셨다.

地闢天開하야,
지벽천개
천지가 열리고

蠲除[568]妖災하니,
견제 요재
요망한 재앙이 말끔히 제거되니,

---

561 아사(我師): 관군. '사'는 군대

562 저황(儲皇): '저'는 예비로 대비한다는 뜻인데, 비유적으로 동궁을 뜻하기도 한다. 여기서 '저황'이라 함은, 숙종의 태자 광평왕(廣平王) 숙(俶)을 말한다.

563 무융(撫戎): 무군. 고대에 태자가 그의 아버지인 제후를 따라 출정할 때의 칭호. 여기서는 광평왕이 숙종 황제를 따라 종군한 것을 가리킨다.

564 탕양(蕩攘): 소탕해 물리치다.

565 부복(復復): 다시 회복하다.

566 불유시(不踰時): 지정한 시기를 넘기지 않다.

567 이성(二聖): 두 사람의 성왕. 현종과 숙종을 가리킨다.

瑞慶[569]大來로다.
서경 대래

상서로운 경사가 많이 밀려오네.

凶徒逆儔[570]가,
흉도역주

흉악한 무리와 반역의 도당에게도

涵濡[571]天休[572]하니,
함유 천휴

천자의 은덕이 내려졌으니,

死生堪羞[573]로다.
사생감수

죽은 사람이나 산 사람 모두 황공한 것이로다.

功勞[574]位尊하고,
공로 위존

공로가 있는 신하들은 관위가 높아지고

忠烈[575]名存하니,
충렬 명존

충절을 지킨 열사들은 이름을 길이 남겼으니,

澤流子孫[576]이로다.
택류자손

그 영광이 후손에까지 미치게 되었다.

盛德之興이,
성덕지흥

성스런 은혜의 흥성이

山高日昇하니,
산고일승

산처럼 높고 해가 솟듯 높이 일어나니,

---

568 견제(蠲除): 제거하다.

569 서경(瑞慶): 상서롭고 경사스럽다.

570 역주(逆儔): 반역의 무리

571 함유(涵濡): 흠뻑 젖는다는 의미로, 은덕을 입다.

572 천휴(天休): '휴'는 선(善)의 뜻. 천자의 아름다운 덕을 뜻한다.

573 감수(堪羞): 부끄러움을 견디다. 죄를 깊이 뉘우치다.

574 공로(功勞): 안녹산의 난을 진압하는 데 공로가 많았던 신하들. 곽자의, 이광필, 안진경 등의 명장과 충신을 가리킨다.

575 충렬(忠烈): 안녹산의 난 때에 장렬하게 죽은 안고경, 장순, 허원 등을 가리킨다.

576 택류자손(澤流子孫): 은택 또는 영광이 자손에게 미치다.

萬福是膺[577]이라. 만 복 시 응	만 가지 복을 한 몸에 받게 되었다.
能令大君[578]으로, 능 령 대 군	훌륭하신 천자로서
聲容[579]沄沄[580]은, 성 용 운 운	아름다운 덕과 큰 업적이 영원히 전해지게 됨은,
不在斯文가? 부 재 사 문	바로 이 문화 전통 때문이 아니겠는가?
湘江[581]東西에, 상 강 동 서	상강의 동쪽과 서쪽 사이에
中直[582]浯溪[583]하니, 중 치 오 계	합쳐지는 곳이 오계인데,
石崖天齊[584]라. 석 애 천 제	깎아 세운 듯한 돌벼랑이 하늘에 솟아 있다.
可磨可鐫[585]일새, 가 마 가 전	갈고 다듬어 새길 만하여
刊[586]此頌焉하니, 간 차 송 언	이제 이 찬양의 노래를 새기니,
何千萬年고? 하 천 만 년	어찌 천만년만 전하겠는가?

577 응(膺): 받다. 가까이하다.
578 대군(大君): 여기서는 천자를 뜻한다.
579 성용(聲容): 음성과 용모. 여기서는 아름다운 덕과 큰 업적을 말한다.
580 운운(沄沄): 물이 그치지 않고 흐르는 것으로, 명성이 길이 전하는 것을 뜻한다.
581 상강(湘江): 호남성의 동남에 있는 강으로, 동정호로 흘러든다.
582 중치(中直): 가운데는 ~에 해당한다. 여기서 '直' 자는 치(値)와 같은 뜻이며, 발음도 같다.
583 오계(浯溪): 호남성 영주 기양현 남쪽에 있는 작은 강으로, 상강으로 흘러든다.
584 석애천제(石崖天齊): 깎아지른 듯한 돌벼랑이 하늘과 어깨를 나란히 하고 우뚝 솟아 있다.
585 전(鐫): 각(刻)과 같은 뜻으로, 새기다.
586 간(刊): 새기다.

22. 인간의 근본을 논함(原人)[587]

한유(韓愈)[588]

形[589]於上者를, 형 어상자	위에 형상을 이루어 나타나 있는 것을
謂之天이요, 위 지 천	하늘이라 하고,
形於下者를, 형 어 하 자	아래에 형상을 이루어 나타나 있는 것을
謂之地요, 위 지 지	땅이라 하고,
命於其兩間[590]者를, 명 어 기 양 간 자	명을 받아 하늘과 땅 사이에 있는 것을
謂之人이니, 위 지 인	사람이라 하니,
形於上은 日月星辰[591]이, 형 어 상 일 월 성 신	위에 있는 해·달·별 등은

587 원인(原人): '인간이란 어떠해야 하는가' 하는 '인도(人道)', 즉 '인(仁)'의 본질을 더듬어 밝히려 한 것이므로, '원인(原仁)'이라 제목을 붙여도 상관은 없을 것이다.『창려선생집(昌黎先生集)』에 따르면 '인(人)'은 '인(仁)'으로도 쓰인다.

588 한유(韓愈: 768~824): 자는 퇴지(退之). 창려백(昌黎伯)에 봉해졌기 때문에 창려선생이라고도 부른다. 죽은 뒤에 문공(文公)이란 시호가 내려졌다. 하남성 맹현(孟縣) 사람으로 3세에 아버지를 여의고 영남 지방으로 좌천되어 가는 형을 따라갔으나 곧 형이 죽어 형수의 손에 양육되었다. 각고의 노력 끝에 25세에 급제를 하였으나 벼슬길은 순탄하지 못하였다. 육조(六朝) 이래 유행한 변려문(駢麗文)을 반대하고 유종원과 더불어 고문을 제창하고, 불교를 반대하고 유학을 크게 강조하여 신유학을 여는 기반을 조성하였다. 저서로는『한문공집(韓文公集)』등이 전한다.

589 형(形): 형상이 되어 나타나다.

590 양간(兩間): 하늘과 땅 사이

591 성신(星辰): 별을 뜻한다.

皆天也요,
개천야

모두 하늘에 속하는 것이요,

形於下는 草木山川이,
형어하 초목산천

아래에 있는 풀·나무·산·강 등은

皆地也요,
개지야

모두 땅에 속하는 것들이요,

命於其兩間은,
명어기양간

하늘과 땅 사이에 있는

夷狄[592]禽獸
이적 금수

여러 오랑캐와 온갖 짐승은

皆人也니라.
개인야

모두 사람에 속하는 것들이다.

曰[593]然則[594]
왈 연즉

그렇다면

吾謂禽獸曰人이,
오위금수왈인

우리가 짐승을 사람이라 해도

可乎아?
가호

되겠는가?

曰非也니,
왈비야

안 된다고 할 것이다.

指山而問焉曰山乎인댄,
지산이문언왈산호

산을 가리켜 “산인가?” 하고 물으면

曰山可也라.
왈산가야

산이라고 말해도 된다.

山有草木禽獸가
산유초목금수

산에는 풀과 나무, 짐승이 있는데

---

592 이적(夷狄): 오랑캐, 이민족. 원래 ‘이’는 동방의 이민족을, ‘적’은 북방의 이민족을 나타내는데, 여기서는 서방의 이민족인 융(戎)과 남방의 이민족인 만(蠻)의 뜻까지 포함되어 있다.

593 왈(曰): ‘역인왈(亦人曰)’의 뜻으로, 누군가가 이렇게 말하다. 논리를 풀어 나가기 위한 하나의 방편으로 사용한 것이다.

594 연즉(然則): 그렇다면. 앞의 “여러 오랑캐와 온갖 짐승은 모두 사람에 속하는 것들이다”를 가리킨다.

皆擧之[595]矣로되, 개 거 지 의	모두 함께 들어 말한 것이로되,
指山之一草 지 산 지 일 초	산의 풀 한 포기를 가리켜
而問焉曰山乎인댄, 이 문 언 왈 산 호	"산인가?" 하고 물으면
曰山則不可니라. 왈 산 즉 불 가	산이라고 말하면 안 된다.
故로 天道亂而日月星辰이, 고 천 도 난 이 일 월 성 신	그러므로 하늘의 도리가 어지러워지면 해·달·별이
不得其行[596]하며, 부 득 기 행	그 바른 운행을 하지 못하며,
地道[597]亂而草木山川이, 지 도 난 이 초 목 산 천	땅의 도리가 어지러워지면 풀·나무·산·강이
不得其平[598]하며, 부 득 기 평	그 안정을 잃으며,
人道[599]亂而夷狄禽獸가, 인 도 난 이 이 적 금 수	사람의 도가 어지러워지면 오랑캐와 짐승이
不得其情[600]하니라. 부 득 기 정	본성을 잃는다.
天者는 日月星辰之主也요, 천 자 일 월 성 신 지 주 야	하늘은 해·달·별의 주인이고,

595 개거지(皆擧之): 이것들을 모두 포함하여

596 행(行): 운행

597 지도(地道): 하늘의 기를 받아 만물을 생육하는 작용

598 평(平): 평안, 안정

599 인도(人道): 인간으로서 마땅히 지켜야 할 법칙

600 정(情): 만물 각각에게 주어진 참모습

地者는 草木山川之主也요, 지 자 초 목 산 천 지 주 야	땅은 풀·나무·산·강의 주인이요,
人者는 夷狄禽獸之主也라. 인 자 이 적 금 수 지 주 야	사람은 오랑캐와 짐승의 주인이다.
主而暴之면, 주 이 폭 지	주인이면서 난폭하면
不得其爲主之道矣니, 부 득 기 위 주 지 도 의	주인 된 도리를 잃게 되니,
是故로 시 고	그러므로
聖人이 一視而同仁[601]하고, 성 인 일 시 이 동 인	성인은 하나로 보고 똑같이 사랑하고
篤近而擧遠[602]이니라. 독 근 이 거 원	가까운 것을 돈독히 하고 먼 것도 거두어들인다.

23. 도의 근본을 논함(原道)[603]

한유(韓愈)

博愛[604]之謂仁이요, 박 애 지 위 인	널리 사랑하는 것을 인이라 하고,

---

601 일시이동인(一視而同仁): 하나로 보기 때문에 똑같이 사랑한다.

602 독근이거원(篤近而擧遠): 가까운 것을 돈독하게 하여 먼 것까지 거두어들이다. 성인의 인의의 도를 행하는 방법에 관한 설명이다. 가까운 것, 즉 자신을 닦는 평범한 일부터 실천하여 그 덕이 멀리에까지 미치게 하는 것을 가리킨다.

603 원도(原道): 한유는 고문을 제창하고 옛 성현의 도, 즉 유교의 도를 부활시킬 것을 역설하였다. 이 글은 도가와 불교를 이단으로 보고 인의도덕을 강조한다. 이 글에서 요순 임금으로부터 맹자로 이어지는 도의 전수 과정은 이른바 유학의 도통론(道通論)으로 후세 신유학 발전에 크게 영향을 준다.

604 박애(博愛): 널리 사랑하다.

行而宜之[605]之謂義요,
행 이 의 지 지 위 의

행하여 이치에 부합되는 것을
의라 하며,

由是而之焉[606]之謂道요,
유 시 이 지 언 지 위 도

이를 따라가야만 하는 것을 도라 하고,

足乎己[607]無待
족 호 기 무 대

자기에게 충족되어 있어

於外之謂德[608]이라.
어 외 지 위 덕

외부에 기대함이 없는 것을
덕이라 한다.

仁與義는,
인 여 의

인과 의는

爲定名[609]이오,
위 정 명

고정된 이름이요,

道與德은,
도 여 덕

도와 덕은

爲虛位[610]라.
위 허 위

공허한 자리이다.

故로 道有君子하고,
고 도 유 군 자

그러므로 도에는 군자의 도가 있고

有小人하며,
유 소 인

소인의 도가 있으며

---

605 행이의지(行而宜之): 행동이 인(仁)에 부합되다. '의'는 이치에 맞다.

606 유시이지언(由是而之焉): '시'는 앞의 인(仁)과 의(義)를 가리킨다. '지'는 행(行)의 뜻. 즉 인의를 행하는 것

607 족호기(足乎己): 자신에게 만족하다. '기'는 인의의 도를 닦는 것을 말한다.

608 덕(德): 주자는 덕을 득(得)이라 하였다. '덕', 즉 도를 행하면 마음에 얻는 것이 있기 때문이다.

609 정명(定名): 영원불멸의 고정된 이름. 인이나 의는 확정된 개념을 나타내는 말임을 뜻한다.

610 허위(虛位): 무엇이든 앉을 수 있는 빈자리. 도나 덕은 인이나 의와는 달리, 행동이나 존재 방법을 가리키는 말이다. 따라서 무엇을 따르느냐에 따라, 인의 도, 의의 도, 군자의 도, 소인의 도, 악덕, 선덕 등으로 말의 주된 뜻이 바뀐다. 도나 덕을 허위라 한 것은 이 때문이다.

而德有兇有吉이니라.
이 덕 유 흉 유 길

덕에는 길함이 있는가 하면
흉함이 있다.

老子[611]之小仁義[612]는,
노 자 지 소 인 의

노자가 인의를 작게 여긴 것도

非毁[613]之也요,
비 훼 지 야

그것을 흠집 낼 수 없었으니,

其見者小也니라.
기 견 자 소 야

그의 견해가 좁았기 때문이니라.

坐井而觀天
좌 정 이 관 천

우물 안에 앉아 하늘을 보고

曰天小者는,
왈 천 소 자

하늘이 작다고 하는 것은

非天小也라.
비 천 소 야

하늘이 작은 것이 아니다.

彼以煦煦[614]爲仁하며,
피 이 후 후 위 인

그는 자그마한 은혜를 인이라 하며

孑孑[615]爲義하니,
혈 혈 위 의

자그마한 선행을 의라고 하니,

---

611 노자(老子): 성은 이(李), 이름은 이(耳), 자는 백양(伯陽). 주대 초나라 사람으로 도가의 시조이다. 원래 주나라의 서고에서 일하던 벼슬아치였는데, 주나라가 쇠약해지는 것을 보고 함곡관 밖으로 사라져 행방을 감추었다고 한다. 함곡관을 지나다 관문지기 윤희의 청에 따라 5천 언의 저서를 남겼는데, 바로 『노자(老子)』이다. 그의 사상은 만사의 본체를 허무로 보고, 인위적인 도덕을 초월해 무위자연에 모든 것을 맡겨야 한다는 것으로, 유가의 실천 도덕을 철저히 무시하려는 것이 가장 큰 특색이다. 오늘날 『노자』는 고도의 사색을 바탕으로 하지만 시적이며 역설적인 문장으로 평가받고 있다. 여기서 노자라 함은 도가의 설을 주장하는 사람들을 가리킨다.

612 소인의(小仁義): 인의를 작게 보다. 『노자』 18장의 골자이다. "위대한 도가 무너지고 인과 의가 생겨나게 되었다." 즉 인(仁), 의(義), 효(孝), 충(忠) 등 유가에서 존중하는 덕목들은 모두 무위자연의 도가 쇠퇴함에 따라 생겨난 인위적인 것이라는 뜻이다. 따라서 인위적이며 작은 인의를 버리고 무위자연의 대도를 따라야 천하가 태평해진다는 것이 도가의 주장이다.

613 비훼(非毁): 비방하다.

614 후후(煦煦): 조그만 은혜를 베풀다.

其小之也則宜로다.
기 소 지 야 즉 의

그가 작게 본 것도 당연한 것이다.

其所謂道는,
기 소 위 도

그가 말하는 도는

道其所道[616]니,
도 기 소 도

도라고 한 바를 도라 한 것이지,

非吾所謂道也요,
비 오 소 위 도 야

내가 도라고 말하는 것이 아니요,

其所謂德은,
기 소 위 덕

그가 말하는 덕은

德其所德[617]이니,
덕 기 소 덕

그가 덕이라 한 바를 덕이라 한 것이지,

非吾所謂德也라.
비 오 소 위 덕 야

내가 덕이라 말하는 것이 아니다.

凡吾所謂道德云者는,
범 오 소 위 도 덕 운 자

무릇 내가 도 또는 덕이라 말하는 것은

合仁與義言之也니,
합 인 여 의 언 지 야

인과 의를 합해 말한 것이니,

天下之公言也요,
천 하 지 공 언 야

이는 천하의 공공연한 말이요,

老子之所謂道德云者는,
노 자 지 소 위 도 덕 운 자

그런데 노자가 도 또는 덕이라
말하는 것은

去仁與義言之也니,
거 인 여 의 언 지 야

인과 의를 떠나서 말하는 것이니,

---

615 혈혈(孑孑): 자질구레하다.

616 도기소도(道其所道): 도라고 생각하는 것이 도이다. 『노자』 첫머리의 "도라 일러지는 도는 참다운 도가 아니다"를 가리킨다. 즉 도가에서는 유가의 실천 도덕을 도로 삼지 않는다는 뜻이다.

617 덕기소덕(德其所德): 덕이라 생각하는 것이 덕이다. 『노자』 38장의 "뛰어난 덕을 지닌 사람은 덕을 마음에 두지 않기 때문에 덕을 지니게 된다"를 가리킨다. 즉 도가에서는 덕을 덕으로 여기지 않는 무위의 덕을 참된 덕으로 한다는 뜻이다.

一人之私言也니라. 일 인 지 사 언 야	한 사람의 사사로운 말이다.
周道衰하고, 주 도 쇠	주나라의 도가 쇠퇴하고
孔子沒하시니, 공 자 몰	공자가 돌아가시니,
火于秦[618]하며, 화 우 진	진나라 때는 불태워지고
黃老[619]于漢하며, 황 로 우 한	한나라 때는 황로학이,
佛[620]于晉宋齊梁 불 우 진 송 제 양	진·송·제·양·
魏隋之間하야, 위 수 지 간	위·수나라 때는 불교가 성행하여,
其言道德仁義者는, 기 언 도 덕 인 의 자	도덕과 인의를 말하는 자는
不入于楊이면, 불 입 우 양	양주에 들지 않으면
則入于墨[621]하고, 즉 입 우 묵	묵적에 속하였고,

618 화우진(火千秦): 진시황 34년에 일어났던 분서갱유(焚書坑儒)를 가리킨다. 학자들의 정치 비평을 막기 위해 진시황이 이사의 진언을 받아들여, 민간의 의약, 점술, 식목에 관한 책들만 남겨 두고 시(詩), 서(書), 백가(百家)의 책을 모조리 불사르고, 다음 해에는 유생들을 구덩이에 쓸어 넣어 묻어 죽였다.

619 황로(黃老): 황제(黃帝)와 노자의 가르침. 도가의 학문. 유가에서는 도가 요순(堯舜)으로부터 비롯되었다고 하는 데에 대하여, 도가에서는 노자의 도는 황제로부터 비롯되었다고 하여 '황로'라 하였다. 이후에 '노장'이라 하게 되었다.

620 불(佛): 후한 명제 때 처음으로 불교가 들어왔다. 남조의 진(晉)·송(宋)·제(齊)·양(梁)·진(陳)·수(隋) 및 북조(北朝)의 북위(北魏) 때에는 불교가 번성하였다 .

621 불입우양, 즉입우묵(不入千楊, 則入千墨): 양주(楊朱)에 들지 않으면 묵적(墨翟)에 들다. 양주는 전국 시대 학자로, 노자를 따라서 염세적 인생관을 세우고 위아(爲我)와 방종(放縱)의 쾌락주의를 주장하였다. 한때 세상인심을 휩쓸었으나 주나라 말기에 쇠퇴하였다. 묵적은 전국 시대 노나라의 사상가로, 묵가의 시조이다. 형식, 계급, 사욕을 타파하고, 겸애주의를 주장하였다. 『맹자』「등문공 하(滕文公下)」에 "성왕이 나타나지 않아 제후들이 방자하게 굴고, 처사들이

不入于老면, 불 입 우 노	노자에 들지 않으면
則入于佛이라. 즉 입 우 불	불가에 속하였다.
入于彼則出于此[622]하며 입 우 피 즉 출 우 차	저기에 들면 여기에서 나와
入者를 主之[623]하고, 입 자 주 지	들어간 자는 그들을 주인으로 삼고
出者를 奴之[624]하며, 출 자 노 지	나간 자는 그들을 노예로 삼으며,
入者를 附之[625]하고, 입 자 부 지	들어간 자는 그들에 달라붙고
出者를 汙之[626]라. 출 자 오 지	나간 자는 그들을 더럽혔다.
噫라! 희	아!
後之人이, 후 지 인	후세의 사람들이
其欲聞人義道德之說인들, 기 욕 문 인 의 도 덕 지 설	인의와 도덕의 학설을 들으려 해도
孰從而聽之리오? 숙 종 이 청 지	누구를 따라서 듣겠는가?

마구 의논을 내놓아 양주와 묵적에게로 돌아가고 있다. 양씨의 주장은 위아주의니 이는 임금을 무시하는 것이고, 묵씨의 주장은 겸애주의니 이는 부모를 무시하는 것이다. 부모를 무시하고 임금을 무시하는 것은 바로 금수와 같은 짓이다"라 하였다.

622 입우피즉출우차(入于彼則出于此): 한쪽에 들어가는 자는 반드시 다른 쪽에서 나간다. 즉 노·불에 들어가는 사람은 유교로부터 나간다는 뜻

623 입자주지(入者主之): 들어가는 사람은 그 들어간 도를 주인으로 한다.

624 출자노지(出者奴之): 이쪽에서 나가는 사람은 이것을 노예처럼 천한 것으로 본다.

625 입자부지(入者附之): 그 도에 들어간 사람은 그 도를 따른다.

626 출자오지(出者汙之): 그곳에서 나온 사람은 그것을 더럽고 하찮은 것으로 생각한다. '오'는 오(汚)와 같음. 즉 유가의 도를 떠나 노·불 등을 따르는 자는 유가의 도를 더러운 것으로 생각한다는 뜻이다.

老者曰, 노 자 왈	노자의 무리들은 이르기를
孔子吾師之弟子也[627]라 하고, 공 자 오 사 지 제 자 야	"공자는 내 스승의 제자라" 하고
佛者曰, 불 자 왈	부처의 무리들은 이르기를
孔子吾師之弟子也[628]라 하니, 공 자 오 사 지 제 자 야	"공자는 내 스승의 제자라" 하였다.
爲孔子者는, 위 공 자 자	공자의 도를 행하는 사람들은
習聞其說하고, 습 문 기 설	그 말을 익히 듣고
樂其誕[629]而自小也[630]하야, 낙 기 탄 이 자 소 야	그 거짓말을 즐기고 스스로 작게 여겨,
亦曰, 역 왈	또한 이르기를
吾師亦嘗云爾[631]라 하야, 오 사 역 상 운 이	"우리 스승도 일찍이 그렇게 말하였다"고 하여

627 노자왈, 공자오사지제자야(老者曰, 孔子吾師之弟子也): '노자'란 노장의 설을 따르는 사람을 가리킨다. 공자를 노자의 제자라 한 것은 『사기』「공자세가(孔子世家)」에 나오는 공자가 노자에게 예에 관해 물었다는 이야기에 근거한 것이다.

628 불자왈, 공자오사지제자야(佛者曰, 孔子吾師之弟子也): 『청정법행경(淸淨法行經)』의 "나는 삼성을 보내어 저 진단[중국을 가리킴]을 교화시키겠다. 광정(光淨)은 공자가 되고, 유동(儒童)은 안회가 되며, 가섭은 노자가 된다"는 이야기에 근거한 것이다.

629 탄(誕): 허황된 말

630 자소야(自小也): 스스로 작은 것으로 여기다.

631 운이(云爾): ~라고 하다.

不惟[632]擧之於其口라,
불유 거지어기구

단지 입으로만 그것을 거론하는 것이 아니라,

而又筆之於其書[633]하니,
이우필지어기서

그것을 책에 써 놓기도 하니,

噫라!
희

아!

後之人이,
후지인

후세 사람들이

雖欲聞人義道德之說인들,
수욕문인의도덕지설

인의와 도덕의 학설을 들으려 해도

其孰從而求之리오?
기숙종이구지

그 누구를 따라서 구하리오?

甚矣라!
심의

심하구나!

人之好怪[634]也여!
인지호괴 야

사람들이 괴상한 것을 좋아함이여!

不求其端[635]하며,
불구기단

그 실마리를 구하지 않고

不訊[636]其末[637]이오,
불신 기말

그 종말을 묻지도 않고

惟怪之欲聞이온저!
유괴지욕문

오직 괴상한 것만 들으려 하는구나!

---

632 불유(不惟): 오직 이뿐만이 아니라

633 필지어기서(筆之於其書): 글로 써서 남기다. 『공자가어(孔子家語)』「관주(觀周)」에 “공자가 남궁경숙(南宮敬叔)에게 ‘나는 노담(老聃)이 옛 법도에 대해서 많이 알고 있을 뿐만 아니라 오늘날의 법도에 대해서 잘 알며, 예악의 근본에 통하고 도덕에 밝다고 들었다. 나의 스승이라 할 수 있다. 지금 그에게로 가려 한다’고 말하였다. 공자는 경숙과 함께 주나라에 가서 노담에게 예에 대해서 물었다”라고 씌어 있는데, 그러한 유의 글을 가리킨다.

634 괴(怪): 도교, 불교, 양주, 묵적 등을 이단시하여 괴이한 것이라 표현하였다.

635 단(端): 단서, 시초

636 신(訊): 자세히 조사하다.

637 말(末): 결과, 전말

古之[638]爲民者는 四[639]러니, 고지 위민자 사	옛날의 백성들은 네 부류였는데,
今之爲民者는 六[640]이오, 금지위민자 육	지금의 백성들은 여섯 부류요,
古之敎者[641]는, 고지교자	옛날에 가르치는 자는
處其一[642]이러니, 처기일	그중에 하나였는데,
今之敎者는, 금지교자	지금 가르치는 자는
處其三[643]이로다. 처기삼	그중 셋이나 된다.
農之家는 一 농지가 일	농사짓는 집은 하나인데
而食粟[644]之家가 六이오, 이식속 지가 육	곡식을 먹는 집은 여섯이요,
工之家는 一 공지가 일	공인의 집은 하나인데
而用器之家가 六이오, 이용기지가 육	용기를 사용하는 집은 여섯이요,
賈[645]之家는 一 고 지가 일	장사하는 집은 하나인데
而資[646]焉之家가 六이니, 이자 언지가 육	가져다 쓰는 집은 여섯이니,

638 고지(古之): 인의 도덕이 행해지던 옛날
639 사(四): 사·농·공·상의 네 직종에 종사하는 백성을 가리킨다.
640 육(六): 위의 '사'에 노·불을 더한 것. 즉 여섯 부류의 백성
641 교자(敎者): 백성을 가르치는 사람
642 처기일(處其一): 그 가운데의 하나. 사(士), 즉 유자를 가리킨다.
643 처기삼(處其三): 유가, 불가 그리고 도가의 무리를 가리킨다.
644 속(粟): 조, 또는 껍질을 벗기지 않은 쌀. 여기서는 식용의 곡물을 가리킨다.
645 고(賈): 장사 또는 상인. 특히 앉아서 물건을 파는 것을 '고'라 한다. 반면 이곳저곳 다니면서 장사하는 것은 상(商)이라 한다.

奈之何民不窮且盜也리오? 내 지 하 민 불 궁 차 도 야	어찌 백성들이 곤궁하지 않고 도둑질하지 않겠는가?
古之時[647]에, 고 지 시	옛날에는
人之害多矣러니, 인 지 해 다 의	사람들의 피해가 많았는데,
有聖人[648]者立하사, 유 성 인 자 립	성인이 나타나신
然後에 敎之 연 후 교 지	그 이후에
以相生養之道[649]하고, 이 상 생 양 지 도	살아가는 도리를 가르치셨고,
爲之君하며, 위 지 군	임금이 되고
爲之師하야, 위 지 사	스승이 되어
驅其蟲蛇禽獸[650]하고, 구 기 충 사 금 수	벌레·뱀·짐승을 몰아내고

646 자(資): 취해 쓰다.

647 고지시(古之時): 태고 시대. 삼황오제의 때

648 성인(聖人): 수인(燧人)·복희(伏羲)·신농(神農)의 삼황(三皇)과 요임금·순임금을 가리킨다.

649 상생양지도(相生養之道): 서로 돕고 살아가는 방법

650 구기충사금수(驅其蟲蛇禽獸): 인간에게 해악을 끼치는 벌레와 금수를 쫓아내다. 『맹자』「등문공 상(滕文公上)」에 있는 이야기이다. "요임금 시대에는 천하가 아직 안정되지 않았다. 큰물이 천하에 범람했고, 초목이 무성하고 금수가 번성해 오곡이 제대로 여물지 못했으며, 금수가 사람에게 마구 달려들어 짐승의 발자국과 새의 발자국이 나라 복판에까지 뒤얽혀 있었다. 이에 요임금께서 이것을 몹시 걱정하여, 순을 등용해 이를 물리쳐 다스리게 하시니, 순은 익(益)에게 불[火]을 관장하게 하였다. 익이 산과 늪에 불을 놓자 새와 짐승들이 멀리 도망가 숨어 버렸다." "요임금 때에는 물이 거꾸로 흘러 온 나라에 넘치고 뱀과 이무기가 우글거려 거주할 데가 없었다. 요임금이 우(禹)를 시켜 홍수를 다스리게 하자, 우는 땅을 파서 홍수를 바다로 흘러들게 하고, 뱀과 이무기를 몰아 늪으로 쫓아냈다. 홍수의 위험이 멀리 사라지고, 금수가 사람을 해치는 일이 없어진 뒤에야, 사람들은 평평한 땅을 얻어서 살게 되었다."

而處其中土라. 이 처 기 중 토	가운데 땅에 살게 하셨다.
寒然後에 爲之衣[651]하며, 한 연 후 위 지 의	추워지자 옷을 만들게 했고,
飢然後에 爲之食이라. 기 연 후 위 지 식	굶주리자 먹을 것을 만들게 하였다 .
木處而顚하고, 목 처 이 전	나무에서 살다가 떨어지기도 하고
土處而病也일새, 토 처 이 병 야	땅에 살다가 병들기도 하니,
然後에 爲之宮室[652]이라. 연 후 위 지 궁 실	그런 다음에야 집을 짓게 하였다.
爲之工[653]하여, 위 지 공	공구 만드는 법을 가르쳐 주고
以贍其器用[654]하며, 이 섬 기 기 용	기물을 풍족하게 했으며
爲之賈[655]하야, 위 지 고	장사하는 법을 가르쳐서
以通其有無라. 이 통 기 유 무	있고 없는 것을 유통시켰다.
爲之醫藥[656]하여, 위 지 의 약	의약을 만들어서

---

651 위지의(爲之衣): 황제가 사람들에게 양잠하는 일을 가르쳤다고 한다.

652 위지궁실(爲之宮室): '궁실'은 집을 말한다. 『역경』「계사전 하」에 "태고에는 아직 집이 없어 사람들은 동굴에서 생활하였다. 후세에 성인이 나와 집을 짓는 방법을 가르쳤다"고 하였다.

653 위지공(爲之工): 공구를 만드는 법을 가르치다. 복희는 짐승을 잡거나 물고기를 잡는 법을, 신농은 쟁기와 보습 등의 농기구 만드는 법을, 황제·요·순은 나무를 깎아 노와 배를 만드는 법을 가르쳤다고 한다.

654 섬기기용(贍其器用): '섬'은 '넉넉하다'란 의미로, 널리 공구를 사용하게 하는 것을 말한다.

655 위지고(爲之賈): 장사를 하도록 하다. 『역경』「계사전 하」에 "신농이 낮에 시장을 열어 천하의 백성을 그곳에 오게 하고, 천하의 재물을 그곳에 모았다. 그리하여 물건과 물건을 바꾸어 서로 있고 없는 것을 융통하도록 하여, 모두에게 원하는 물건을 얻게 하였다"고 하였다.

656 위지의약(爲之醫藥): 의약품을 만들어 내다. 『사기』「삼황본기(三皇本紀)」에 "신농씨가 백초

以濟其夭死하고, 이 제 기 요 사	일찍 죽는 것을 구제하였고,
爲之葬埋祭祀[657]하여, 위 지 장 매 제 사	장례와 제사를 만들어
以長其恩愛[658]하며, 이 장 기 은 애	은혜와 사랑을 길게 이어지게 했으며,
爲之禮하여, 위 지 예	예법을 만들어
以次其先後하고, 이 차 기 선 후	그 앞과 뒤의 순서를 정했고,
爲之樂하여, 위 지 악	음악을 만들어
以宣其湮鬱[659]이라. 이 선 기 인 울	울적한 마음을 풀어 주었다.
爲之政하여, 위 지 정	사람 다스리는 법을 만들어
以率其怠倦[660]하며, 이 솔 기 태 권	태만함을 다스렸으며,
爲之刑하야, 위 지 형	형벌을 만들어
以鋤其强梗[661]이라. 이 서 기 강 경	강경한 것을 없앴다.

의 맛을 보아 의약을 만들었다"라고 하였다.

657 위지장매제사(爲之葬埋祭祀): 장사 지내는 법과 제사 지내는 법을 가르치다. 『역경』「계사전 하」에 "고대에는 장사 지낼 때 시체 위에 풀이나 잡목을 두텁게 덮어 옷처럼 해서 들판에 묻을 뿐, 흙을 쌓아 봉분을 올린다든가 나무를 심어 묘의 표지로 삼은 일이 없었다. 또 상복을 입는 것도 일정한 기간이 없었다. 후세에 이르러 황제·요·순이 내관과 외관을 사용하도록 하였다"고 하였다.

658 장기은애(長其恩愛): 은혜를 감사히 여기는 마음과 사랑의 정을 길러주다. 또는 오래 간직하도록 하다.

659 인울(湮鬱): 근심 등으로 가슴이 막혀 답답하다.

660 태권(怠倦): 태만하고 게으르다.

661 서기강경(鋤其强梗): 억세고 뻣뻣한 것을 제거하다. '서'는 김매다. 비유적인 의미로 제거하다

相欺[662]也일새, 상 기 야	서로 속이니
爲之符[663]璽[664]斗[665] 위 지 부 새 두	부절과 도장·말·
斛[666]權[667]衡[668]以信之하며, 곡 권 형 이 신 지	곡·저울추·저울대를 만들어 믿게 하였고,
相奪也일새, 상 탈 야	서로 빼앗으니
爲之城郭甲兵[669] 위 지 성 곽 갑 병	성·곽·갑옷·무기를 만들어
以守之하고, 이 수 지	지키게 했고,
害[670]至而爲之備하고, 해 지 이 위 지 비	재해가 오니 대비하게 하였고
患[671]生而爲之防이라. 환 생 이 위 지 방	우환이 생기니 방비하게 하였다.
今其言[672]曰, 금 기 언 왈	지금 그들은 말하기를

의 뜻을 가짐. '경'은 가시나무, 또는 억센 것. 즉 흉악하여 다스리기 힘든 자를 제거하는 것을 뜻한다.

662 상기(相欺): 서로 속이다.

663 부(符): 부절

664 새(璽): 인장, 도장

665 두(斗): 말. 용량의 단위

666 곡(斛): 곡식을 담는 그릇의 하나로, 스무 말 또는 열다섯 말이 들어간다.

667 권(權): 저울추

668 형(衡): 저울대

669 갑병(甲兵): 갑옷과 병기

670 해(害): 재해

671 환(患): 환난

672 기언(其言): 도가의 말

聖人不死면,
성 인 불 사

“성인이 죽지 않으면

大盜不止니,
대 도 부 지

큰 도둑이 그치지 않고

剖斗折衡
부 두 절 형

말을 쪼개고 저울을 부숴야만

而民不爭[673]이라 하니,
이 민 부 쟁

백성이 다투지 않게 된다”고 하니,

嗚呼라!
오 호

아!

其亦不思而已矣로다.
기 역 불 사 이 이 의

그 또한 생각이 없기 때문이로다.

如古之無聖人인들,
여 고 지 무 성 인

만약 옛날에 성인이 없었다면

人之類滅이,
인 지 류 멸

인류가 멸망한 지가

久矣니,
구 의

오래되었을 것이니,

何也오?
하 야

무엇 때문인가?

無羽毛鱗介以居寒熱也며,
무 우 모 린 개 이 거 한 열 야

깃털·털·비늘·껍질이 없이
추위와 더위에 살고

無爪牙[674]以爭食也라.
무 조 아 이 쟁 식 야

손톱이나 이빨이 없이 먹이를
다투어야 하기 때문이라.

---

673 성인불사, 대도부지, 부두절형이민부쟁(聖人不死, 大盜不止, 剖斗折衡而民不爭): 성인이 죽지 않고 큰 도적이 없어지지 않으며, 말을 쪼개고 저울을 꺾어야만 백성들이 다투지 않는다. 『장자』「거협(胠篋)」에 있는 말로, 자연의 본성에 반한 인의는 오히려 악인을 이롭게 할 뿐이며, 국가나 백성을 해치게 된다는 뜻이다.

674 조아(爪牙): 손톱과 이빨

是故로 시 고	그런 까닭에
君者는 出令者也오, 군 자 출 령 자 야	임금은 명령을 내는 자요,
臣者는 行君之令하여, 신 자 행 군 지 령	신하는 임금의 명령을 행하여
而致之民者也오, 이 치 지 민 자 야	백성에게 미치게 하는 자이고,
民者는 出粟米麻絲하며, 민 자 출 속 미 마 사	백성은 곡식과 옷감을 생산하고
作器皿通貨財하야, 작 기 명 통 화 재	기물을 만들고 재화를 유통시켜
以事其上者也니라. 이 사 기 상 자 야	윗사람을 섬기는 자들이다.
君不出令이면, 군 불 출 령	임금이 법을 내리지 않으면
則失其所以爲君이오, 즉 실 기 소 이 위 군	임금 된 이유를 잃는 것이고
臣不行君之令 신 불 행 군 지 령	신하가 임금의 법을 행하여
而致之民이면, 이 치 지 민	백성에 미치지 않으면
則失其所以爲臣이오, 즉 실 기 소 이 위 신	신하 된 이유를 잃는 것이요,
民不出粟米麻絲하고 민 불 출 속 미 마 사	백성이 곡식과 옷감을 생산하고
作器皿通貨財하야, 작 기 명 통 화 재	기물을 만들고 재화를 유통시켜
以事其上이면, 이 사 기 상	그 윗사람을 섬기지 않으면
則誅[675]라. 즉 주	벌을 받게 된다.
今其法[676]曰, 금 기 법 왈	지금 그들의 법은 이르기를

必棄而君臣[677]하며,
필 기 이 군 신
"반드시 임금과 신하를 버리고

去而父子하여,
거 이 부 자
아버지와 아들을 떠나고

禁而相生相養之道하고,
금 이 상 생 상 양 지 도
서로 더불어 사는 도리를 금하라"
하고서,

以求其所謂
이 구 기 소 위
이른바

淸淨[678]寂滅[679]者라 하니,
청 정 적 멸 자
청정적멸을 추구해야 한다고 하니,

嗚呼라!
오 호
아!

其亦幸而出
기 역 행 이 출
그들은 다행스럽게도

於三代[680]之後하야,
어 삼 대 지 후
삼대 이후에 나와서

而不見黜於禹湯文武
이 불 견 출 어 우 탕 문 무
우·탕·문·무·

周公孔子也요,
주 공 공 자 야
주공·공자에게 배척되지 않았고

其亦不幸
기 역 불 행
불행하게도

而不出於三代之前하야,
이 불 출 어 삼 대 지 전
삼대 이전에 나오지 못해서

675 주(誅): 죄를 물어 벌하다.

676 기법(其法): 도가와 불가의 법

677 필기이군신(必棄而君臣): 군신의 관계를 반드시 버리다. '이'는 여(汝: 너희)의 뜻

678 청정(淸淨): 모든 인위적인 것과 속세의 이욕을 버리고 마음을 깨끗하게 갖는 것. 도가의 법을 말한다.

679 적멸(寂滅): 모든 번뇌를 끊고 생사고락에서 초탈하는 것. 불가의 법을 말한다.

680 삼대(三代): 하·은·주의 세 왕조

不見正[681]於禹湯文武 불 견 정 어 우 탕 문 무	우·탕·문·무·
周公孔子也라. 주 공 공 자 야	주공·공자에게 바로잡히지 않았도다.
帝之與王이, 제 지 여 왕	황제와 왕이
其號名殊나, 기 호 명 수	그 호칭은 다르지만
其所以爲聖은 一也오, 기 소 이 위 성 일 야	그들의 성인 되는 이유는 하나이다.
夏葛[682]而冬裘[683]하며, 하 갈 이 동 구	여름에는 칡베옷을 겨울에는 가죽털옷을 입으며
渴飮而飢食이, 갈 음 이 기 식	목이 마르면 마시고 배고프면 먹는 것이
其事雖殊나, 기 사 수 수	그 일은 비록 다르지만,
其所以爲智는 一也라. 기 소 이 위 지 일 야	그 지혜로움은 같은 것이다.
今其言曰, 금 기 언 왈	지금 그들은 말하기를
曷[684]不爲太古之無事[685]오 하니, 갈 불 위 태 고 지 무 사	"어찌 태고의 무사함을 행하지 않는가?"라 하니,

681 정(正): 바로잡다.

682 갈(葛): 갈포로 만든 옷

683 구(裘): 가죽옷. 전하여 겨울옷

684 갈(曷): 어찌하여

685 태고지무사(太古之無事): 태곳적의 편안함. 도가에서는 태곳적의 무위자연적인 소박한 생활

是亦責冬之沮者曰 시 역 책 동 지 구 자 왈	이는 또한 겨울에 가죽털옷을 입는 사람을 나무라며
曷不爲葛之之易也며, 갈 불 위 갈 지 지 이 야	어찌 쉬운 칡베옷을 입지 않느냐고 하고,
責飢之食者曰 책 기 지 식 자 왈	굶주려 먹는 사람을 나무라며
曷不爲飮之之易也로다. 갈 불 위 음 지 지 이 야	어찌 쉽게 마시지 않느냐고 하는 것이다.
傳[686]曰, 전 왈	『대학』에 이르기를
古之欲明明德[687]於天下者는, 고 지 욕 명 명 덕 어 천 하 자	"옛날 천하에 밝은 덕을 밝히려고 하는 사람은
先治其國하고, 선 치 기 국	먼저 그 나라를 다스리고,
欲治其國者는, 욕 치 기 국 자	그 나라를 다스리려는 자는
先齊其家하고, 선 제 기 가	먼저 그 집을 다스리고,
欲齊其家者는, 욕 제 기 가 자	그 집을 다스리려는 자는
先修其身하고, 선 수 기 신	먼저 그 자신을 수양하고,

을 이상으로 삼고 있다.

686 전(傳): 성인이 지은 글을 '경(經)'이라 하고, 현인이 성인의 말씀을 해석하거나 지은 것을 '전'이라 한다. 여기서는 『대학(大學)』을 가리킨다. 『대학』은 원래 『예기』의 한 편이었다.

687 명덕(明德): 인간이 태어날 때 하늘로부터 받은 인의예지(仁義禮智)의 도덕성

欲修其身者는,
욕 수 기 신 자
그 자신을 수양하려는 자는

先正其心하고,
선 정 기 심
먼저 그 마음을 바르게 하고,

欲正其心者는,
욕 정 기 심 자
그 마음을 바르게 하려는 자는

先誠其意라 하니,
선 성 기 의
먼저 그 뜻을 성실히 한다"고 하였다.

然則古之
연 즉 고 지
그러니 옛날의

所謂正心而誠意[688]者는,
소 위 정 심 이 성 의 자
이른바 마음을 바로 하고 뜻을
성실히 하는 자는

將以有爲也라.
장 이 유 위 야
장차 하고자 하는 것이 있었던 것이다.

今也欲治其心
금 야 욕 치 기 심
지금은 그 마음을 다스리고자 하면서

而外天下國家者하고,
이 외 천 하 국 가 자
천하와 국가를 도외시하고

滅其天常[689]하여,
멸 기 천 상
하늘의 도리를 없애서,

子焉而不父其父하고,
자 언 이 불 부 기 부
아들은 아버지를 아버지로
섬기지 않고

臣焉而不君其君하며,
신 언 이 불 군 기 군
신하는 임금을 임금으로
섬기지 않으며

---

688 성의(誠意): 마음을 거짓 없이 참되게 하다.

689 천상(天常): 영원불변의 도리로, 인간으로서 마땅히 지켜야 할 윤리 도덕. '상'은 언제 어디서나 통용되는 것을 말한다.

民焉而不事其事라. 민 언 이 불 사 기 사	백성은 그들의 일을 그들의 일로 생각지 않는다.
孔子之作春秋也에, 공 자 지 작 춘 추 야	공자는 『춘추』를 지을 때
諸侯用夷禮[690]則夷之하고, 제 후 용 이 례 즉 이 지	제후가 오랑캐의 예법을 쓰면 오랑캐로 여기고,
夷而進於中國[691] 이 이 진 어 중 국	오랑캐가 중국의 예를 배우면
則中國之[692]하니라. 즉 중 국 지	중국인으로 여겼다.
經[693]曰, 경 왈	『논어』에 이르기를
夷狄之有君이, 이 적 지 유 군	"오랑캐에 임금이 있어도
不如諸夏之亡[694]라 하고, 불 여 제 하 지 무	중국에 임금이 없는 것만 못하다" 하였고,

690 제후용이례(諸侯用夷禮): 제후가 오랑캐의 예법을 사용하다. 『춘추(春秋)』「희공(僖公) 27년」에 "기자가 와서 천자를 알현하였다"라고 씌어 있다. 『춘추좌씨전(春秋左氏傳)』에 "기의 환공이 와서 천자를 알현하였는데, 이례[夷禮: 오랑캐의 예법]를 사용하였으므로 자(子)라 한다"고 씌어 있다. 제후의 신분이면서 오랑캐의 예법을 사용했으므로, 비난하여 '자'라 한 것이다. 기는 후작이었는데, 자작으로서 오랑캐와 같은 취급을 받았다.

691 진어중국(進於中國): 오랑캐가 진보하여 문화가 발전된 중국의 예를 배우다.

692 중국지(中國之): 『춘추곡량전(春秋穀梁傳)』「문공 9년」에 "초자[초나라의 왕]가 추를 보내 온갖 선물을 가지고 예를 갖추어 천자를 알현하였다. 초나라에는 대부가 없는데, 『춘추』에 추를 기록한 것은 무슨 까닭일까? 예로써 천자를 알현하러 온 것을 가상히 여김이다"라고 씌어 있다. 당시 초나라는 남만(南蠻)이었는데, 스스로 왕이라 칭했다. 따라서 그 대부는 주나라 왕(천자)으로부터 임명된 진짜 대부는 아니었지만, 예로써 내조했으므로 그것을 가상히 여겨 대부 취급을 하고 그 이름을 기록한 것이다.

693 경(經): 『논어』를 가리킨다.

694 이적지유군, 불여제하지무(夷狄之有君, 不如諸夏之亡): 오랑캐에게 임금 있음이 중국에 임

詩[695]曰,
시 왈

『시경』에 이르기를

戎狄是膺하고,
융 적 시 응

"서쪽 오랑캐와 북쪽 오랑캐를 치고

荊舒是懲[696]이라 하니,
형 서 시 징

남쪽의 형과 서를 징벌한다"라 하였다.

今也擧夷狄之法[697]하여,
금 야 거 이 적 지 법

지금은 오랑캐의 예법을 들어

而加之先王之敎[698]之上하니,
이 가 지 선 왕 지 교 지 상

선왕의 가르침 위에 놓고 있으니,

幾何其不胥[699]而爲夷也리오?
기 하 기 불 서 이 위 이 야

얼마 뒤에 아마도 모두 오랑캐가 되지 않겠는가?

夫所謂先王之敎者는
천 소 위 선 왕 지 교 자

무릇 선왕의 가르침이란

何也오?
하 야

무엇인가?

博愛之謂仁이요,
박 애 지 위 인

널리 사랑하는 것이 인이요,

금 없음만 못하다. '제하'는 중화, '亡'은 무(無)의 뜻일 때 '무'로 읽힌다. 예의 중요함을 강조하는 글이다.

695 시(詩): 『시경』을 가리킨다.

696 융적시응, 형서시징(戎狄是膺, 荊舒是懲): 서쪽 오랑캐와 북쪽 오랑캐를 정벌하고 형과 서를 징계하다. 『시경』「송(頌)·비궁(閟宮)」에 나오는 구절이다. '응'은 정벌하다. '형'은 초나라. '서'는 그 이웃나라로 예를 모르는 나라였다.

697 이적지법(夷狄之法): 오랑캐의 법. 도교와 불교를 가리킨다.

698 선왕지교(先王之敎): 인의도덕을 논한 유교. '선왕'은 요·순·우·탕 및 주나라의 문왕과 무왕을 가리킨다.

699 서(胥): 모두

行而宜之之謂義요,
행 이 의 지 지 위 의

행하여 합당한 것이 의요,

由是而之焉之謂道요,
유 시 이 지 언 지 위 도

이를 따라서 가야만 하는 것이 도요,

足乎己
족 호 기

자신에게 충족되어 있어

無待於外之謂德이라.
무 대 어 외 지 위 덕

외부에 기대하지 않는 것을 덕이라 한다.

其文은 詩書易[700]春秋요,
기 문 시 서 역 춘 추

그 글은 『시경』·『서경』·『역경』·『춘추』요,

其法은 禮樂[701]刑[702]政[703]이요,
기 법 예 악 형 정

법도는 예·악·형·정이요,

其民은 士農工賈요,
기 민 사 농 공 고

그 백성은 선비·농부·공인·상인이요,

其位는 君臣父子師友
기 위 군 신 부 자 사 우

그 위계는 임금·신하·아버지·아들·스승·제자·

賓主昆弟[704]夫婦요,
빈 주 곤 제 부 부

손님·주인·형·동생·남편·아내요,

其服은 麻絲요,
기 복 마 사

그 의복은 베와 비단이요,

---

700 시서역(詩書易): 『시경』·『서경』·『역경』을 가리킨다.

701 예악(禮樂): 신분에 의해 정해진 행위의 도덕 형식을 '예'라 하며, 사람의 마음을 순화시키며 인심을 융합, 조화시키는 것을 '악'이라 한다. 이 두 가지는 문화를 의미한다.

702 형(刑): 죄 지은 자를 처벌하는 규칙

703 정(政): 백성을 지도해 바르게 하는 정책

704 곤제(昆弟): 형제. '곤'은 형

其居는 宮室이요,
기거 궁실
그 거처는 집이요,

其食은
기식
그 음식은

粟米蔬果[705]魚肉이라.
속미소과 어육
곡식·채소·과일·물고기·고기이다.

其爲道易明이오,
기위도이명
그들의 도는 쉽고 명백하고

而其爲教易行也니,
이기위교이행야
그들의 가르침은 행하기 쉬우니,

是故로
시고
이런 까닭에

以之爲己[706]
이지위기
그것으로 자신을 다스리면

則順而從하고,
즉순이종
순조롭게 잘되고,

以之爲人[707]
이지위인
그것으로 남을 다스리면

則愛而公하고,
즉애이공
사랑하고 공평하고,

以之爲心
이지위심
그것으로 마음을 다스리면

則和而平하고,
즉화이평
평화롭고,

以之爲天下國家에,
이지위천하국가
그것으로 천하와 국가를 다스리면

無所處而不當이라.
무소처이부당
부당함에 처하지 않는다.

---

705 소과(蔬果): 채소와 과일
706 위기(爲己): 자신의 몸을 다스리다.
707 위인(爲人): 사람을 다스리다.

是故로 시 고	이런 까닭에
生則得其情[708]하고, 생 즉 득 기 정	살면 그 본성을 얻고
死則盡其常[709]하여, 사 즉 진 기 상	죽으면 그 일상적인 예절을 다 갖추는 것이며,
郊[710]焉而天神假[711]하고, 교 언 이 천 신 격	제사를 지내면 하늘의 신이 이르고
廟焉而人鬼[712]饗[713]이라. 묘 언 이 인 귀 향	종묘사를 지내면 조상 귀신이 흠향한다.
曰[714]斯道[715]也는 왈 사 도 야	이 도라는 것은
何道也오? 하 도 야	무슨 도인가?
曰斯吾所謂道也요, 왈 사 오 소 위 도 야	이것은 내가 말하는 도이고
非向所謂老與佛之道也라. 비 향 소 위 노 여 불 지 도 야	노자와 부처가 말하는 도가 아니다.
堯以是傳之舜하고, 요 이 시 전 지 순	요임금은 그것을 순임금에 전했고,
舜以是傳之禹하고, 순 이 시 전 지 우	순임금은 그것을 우임금에게 전했고,

708 득기정(得其情): 그 뜻을 얻다. 즉 만족하게 되는 것을 뜻한다.
709 상(常): 상례(常禮)로서, 장례와 제례
710 교(郊): 동짓날에 남쪽 성 밖에서 하늘에 제사 지내는 예. 천자의 예
711 격(假): 지(至)의 뜻으로, 이르다.
712 인귀(人鬼): 인간의 영혼. 죽은 사람의 영
713 향(饗): 흠향하다. 신명이 제물을 받다.
714 왈(曰): 자문자답의 형식을 취한 것이다.
715 사도(斯道): 앞의 '기위도이명'을 받은 것으로, 유가의 도를 가리킨다.

禹以是傳之湯하고, 우 이 시 전 지 탕	우임금은 그것을 탕임금에게 전했고,
湯以是傳之文武周公하고, 탕 이 시 전 지 문 무 주 공	탕임금은 그것을 문왕·무왕· 주공에게 전했고,
文武周公傳之孔子하고, 문 무 주 공 전 지 공 자	문왕·무왕·주공은 그것을 공자에게 전했고,
孔子傳之孟軻[716]하여, 공 자 전 지 맹 가	공자는 그것을 맹자에게 전했고,
軻之死에, 가 지 사	맹자가 죽자
不得其傳焉이라. 부 득 기 전 언	그것은 전해질 수 없었다.
荀[717]與揚[718]也는, 순 여 양 야	순자와 양웅은
擇焉而不精[719]하고, 택 언 이 부 정	잘 선택하기는 했으나 순수하지 못하고,

716 맹가(孟軻): 공자 이후 유가의 정통을 이은 맹자(孟子)를 가리킨다. 전국 시대의 사상가로 산동성 추현에서 출생하였다. '가'는 그의 이름이며, 공자의 인(仁) 사상을 발전시켜 인의예지 네 가지 덕이 인간의 본성이라 하여 '성선설'을 주장하고, 인의에 바탕을 둔 왕도정치를 주장하였다.

717 순(荀): 전국 시대의 유학자 순자(荀子)를 가리킨다. 이름은 황(況). 공자의 제자 중 예의를 강조한 자하(子夏)의 학파에 속하며, 맹자의 성선설에 대해 '성악설'을 제창하였다.

718 양(揚): 전한의 유학자 양웅(揚雄)을 가리킨다. 대유학자로서 부(賦)에 능하여, 작가 한유가 흠모하던 인물이다. 『법언(法言)』, 『태현(太玄)』 등의 저서를 남겼다.

719 택언이부정(擇焉而不精): 가리기는 하였으나 순수하지 못하다. 순자와 양웅이 이단의 도와 정도인 유교를 가려서 볼 줄은 알았으나 유교의 참된 도리를 계승하지는 못하였다는 뜻이다. 즉 순자는 성악설에 치우쳤고, 양웅은 성선·성악이 혼합된 설을 주장하여, 유가의 정통을 이은 맹자의 뒤를 따르지 않은 것을 뜻한다.

語焉而不詳[720]이니라.
어 언 이 불 상

말을 하였으나 상세하지 못하였다.

由周公而上[721]은,
유 주 공 이 상

주공 이전 사람들은

上而爲君이라,
상 이 위 군

위에서 임금 노릇을 하였기에

故로 其事行하고,
고 기 사 행

고로 그 도가 행해졌고,

由周公而下는,
유 주 공 이 하

주공 이후 사람들은

下而爲臣하니,
하 이 위 신

아래에서 신하 노릇을 하였기에

故로 其說長[722]이니라.
고 기 설 장

고로 그 말이 길어졌다.

然則如之何而可也오?
연 즉 여 지 하 이 가 야

그렇다면 어찌해야 옳은가?

曰不塞이면 不流[723]요,
왈 불 색 불 류

"막지 않으면 흐르지 않고

不止면 不行이라.
부 지 불 행

멈추게 하지 않으면 행해지지 않는다"고 한다.

人其人[724]하고,
인 기 인

그 사람들을 보통 사람으로 만들고

---

720 어언이불상(語焉而不詳): 유교의 도를 설하기는 하였으나, 유교의 참된 뜻을 밝히지는 못했음을 뜻한다.

721 유주공이상(由周公而上): 주공 이전의 분들. '상'은 이전을 뜻함. 주공을 군(君)이라 한 것은, 조카인 성왕(成王)을 섭정하면서 직접 인도를 천하에 폈기 때문이다.

722 고기설장(故其說長): 공자와 맹자는 성현이었으나 신하의 지위에 있었으므로, 직접 성인의 도를 펼 수 없어 글로써 길게 설명하여 후세에 남겼음을 가리킨다.

723 불색, 불류(不塞, 不流): 막지 아니하면 흐르지 않는다. 도교와 불교를 막지 아니하면 유가의 도가 널리 퍼지지 않을 것이라는 뜻이다.

724 인기인(人其人): 도사니 승려니 하는 사람들을 다시 일반 사람이 되게 하다.

火其書[725]하고,
화 기 서

그 책을 불태워 없애며,

廬其居[726]하여,
여 기 거

그 거처를 보통 집으로 만들어

明先生王之道하여
명 선 생 왕 지 도

선왕의 도를 밝혀서

以道[727]之면,
이 도 지

그들을 인도하면,

鰥寡孤獨[728]廢疾[729]者를
환 과 고 독 폐 질 자

홀아비·과부·고아·독거노인·병든 이들을

有養也리라.
유 양 야

봉양할 수 있으리라.

其亦庶[730]乎其可也니라.
기 역 서 호 기 가 야

그래야 그 옳음에 가깝게 된 것이라 하겠다.

24. 장적에게 보내는 두 번째 답장(重答張籍書)[731]

한유(韓愈)

吾子[732]가 不以愈無似[733]하고,
오 자 불 이 유 무 사

그대는 나를 어리석은 자라 하지 않고

---

725 기서(其書): 도교와 불교에 관한 책

726 여기거(廬其居): 도관이나 사원을 일반 주택으로 바꾸다. '여'는 일반 사람들이 주거하는 집. '거'는 도사나 승려들이 기거하는 곳. 즉 도관이나 사찰

727 도(道): 도(導)의 뜻으로, 인도하다.

728 환과고독(鰥寡孤獨): '환'은 홀아비. '과'는 과부. '고'는 부모 없는 고아. '독'은 늙고 자식 없는 사람

729 폐질(廢疾): 불치의 병을 앓는 사람

730 서(庶): 거의 가깝다.

意欲推而納之聖賢之域하야,
의 욕 추 이 납 지 성 현 지 역

오히려 여러 성현의 영역에 밀어 올려,

拂其邪心하고,
불 기 사 심

사악한 마음을 털어 내고

增其所未高하며,
증 기 소 미 고

고상하지 않은 것을 보충하게 하며,

謂愈之質이,
위 유 지 질

나의 바탕이

有可至於道者라 하고,
유 가 지 어 도 자

도에 이를 수 있다 하고,

浚其源하야,
준 기 원

물의 근원을 깊게 하여

道其所歸[734]하며,
도 기 소 귀

귀착할 곳으로 인도하며,

漑其根하야,
개 기 근

뿌리에 물을 대어

將食其實[735]하니,
장 식 기 실

그 열매를 따먹게 하고자 한다.

---

731 중답장적서(重答張籍書): 도교와 불교를 배척하고 유교의 도를 밝히기 위해 좋은 책을 저술하는 것이 시급한 일이라는 장적의 거듭된 독촉에 한유가 두 번째로 답장한 글이다. 장적의 자는 문창(文昌)이고 정원(貞元) 15년(799)에 진사에 급제, 한유의 천거로 국자박사(國子博士)가 되었다. 한유는 그를 뛰어난 인물로 여겼으며 애정을 아끼지 않았다. 장적은 시를 잘 지었는데, 특히 악부시체에 능해 왕건(王建)과 이름을 같이하였다.

732 오자(吾子): 그대, 자네. 친한 사이에 부르는 호칭

733 무사(無似): 불초(不肖)와 같은 뜻. 다른 사람과 달리 변변치 못하다는 뜻으로, 어리석은 사람임을 뜻한다.

734 준기원, 도기소귀(浚其源, 道其所歸): 수원을 깊게 해 주고 그 돌아갈 곳으로 이끌어 주다. 장적이 한유의 학문을 깊게 해 크게 발전하게 하려는 것을 뜻한다.

735 개기근, 장식기실(漑其根, 將食其實): 뿌리에 물을 대어 장차 그 열매를 먹으려 하다. 장적이 한유의 학문을 훌륭하게 열매 맺도록 하려는 것을 나무의 일에 비유해 말한 것이다.

此는 盛德者之所辭讓[736]이온, 차 성덕자지소사양	이는 덕이 많은 사람도 사양해야 할 것인데
況[737]於愈者哉아? 황 어유자재	하물며 나 같은 사람이겠는가?
抑[738]其中[739]에, 억 기중	그러나 그 편지 내용 가운데는
有宜復者[740]일새, 유의복자	마땅히 답할 것이 있어
故不可遂[741]已로라. 고불가수 이	그런 연고로 망설일 수 없도다.
昔者聖人之作春秋也에, 석자성인지작춘추야	옛날 성인께서 『춘추』를 지으실 때에
旣深其文辭矣로되, 기심기문사의	그 글의 뜻을 심오하게 하셨으나,
然猶不敢公[742]傳道[743]之요, 연유불감공 전도 지	감히 공공연히 말하여 전하지 못하고
口授[744]弟子하야, 구수 제자	제자들에게 입으로 전수하여,
至於後世然後에, 지어후세연후	후세에 이르러서야 비로소

736 소사양(所辭讓): 사양하는 일

737 황(況): 하물며

738 억(抑): 또한. 그러나

739 기중(其中): 장적이 보낸 편지의 내용을 가리킨다.

740 복자(復者): 회답해야 할 것을 가리킨다. '복'은 사뢰다.

741 수(遂): 망설이다.

742 공(公): 여러 사람 앞에 드러내다.

743 전도(傳道): 전해 이르다. '도'는 언(言), 위(謂)의 뜻

744 구수(口授): 말로 전해 주다.

其書出焉하니, 기 서 출 언	그 책이 나오게 되니,
其所以慮患之道가 기 소 이 려 환 지 도	환난을 걱정하는 도가
微[745]矣라. 미 의	은밀하였기 때문이다.
今夫二氏[746]之所宗[747] 금 부 이 씨 지 소 종	지금 두 사람[노자와 석가]을 종주로 하여
而事之者가, 이 사 지 자	섬기는 자들이
下及公卿輔相[748]하니, 하 급 공 경 보 상	아래로 공경과 재상에 이르니,
吾豈敢昌言[749]排之哉아? 오 기 감 창 언 배 지 재	내가 어찌 감히 공공연히 그들을 배척하겠는가?
擇其可語者하야, 택 기 가 어 자	말해도 가능한 것을 골라서
誨[750]之라도, 회 지	그것을 깨우칠지라도
猶時與吾悖[751]하여, 유 시 여 오 패	오히려 세상이 나와 어긋나서

745 기소이려환지도미(其所以慮患之道微): 공자가 화를 입을 것을 염려해 뜻을 은미하게 하였다는 뜻이다.

746 이씨(二氏): 노자와 석가. 도교와 불교

747 종(宗): 종주, 본가

748 하급공경보상(下及公卿輔相): 아래로는 공경과 천자를 보필하는 재상에까지 미치다. 문맥상 "위로는 천자로부터"라고 해야 하지만, 천자는 일부러 언급하지 않았다.

749 창언(昌言): 공개해 말하다. 공언(公言)

750 회(誨): 가르치다, 알려주다.

751 패(悖): 어그러지다, 순종하지 않고 거스르다.

其聲이 譊譊[752]하니, 기성 요요	그 소리가 시끄러우니,
若遂成其書[753]면, 약수성기서	만약 책으로 만들어 낸다면
則見而怒之者必多矣라. 즉견이노지자필다의	보고서 화낼 사람이 분명 많을 것이다.
必且以我爲狂爲惑이리니, 필차이아위광위혹	분명 나를 미치고 미혹되었다고 할 것이니,
其身之不能恤[754]인댄, 기신지불능휼	자신의 몸도 돌볼 수 없는데
書於吾에 何有리오? 서어오 하유	나에게 책을 쓴다는 것이 무슨 의미가 있으리오?
夫子[755]는 聖人也로되, 부자 성인야	공자는 성인이지만
且曰自吾得子路 차왈자오득자로	그런데도 말씀하시길 “나는 자로를 얻어서
而惡聲不入於耳라 하시고, 이악성불입어이	나쁜 소리가 귀에 들어오지 않았다”고 하셨고,
其餘[756]輔而相者가 기여 보이상자	그 밖에도 보좌하고 돕는 자가
周天下로되, 주천하	천하에 두루 있었거늘,

752 요요(譊譊): 언성을 높여 싸우는 소리. 성내어 떠드는 소리

753 약수성기서(若遂成其書): 만약 그 글을 완성한다면. '기서'는 노·불을 배척하는 글

754 휼(恤): 근심하다. 돌아보다.

755 부자(夫子): 도덕이 높은 스승을 높여서 부르는 말이다. 여기서는 공자를 가리킨다.

756 기여(其餘): 자로 이외의 많은 제자를 가리킨다. 공자의 문하에는 72명의 어진 제자가 있었다.

猶且絕糧於陳[757]하며, 유 차 절 량 어 진	진나라에서는 식량이 떨어졌고
畏於匡[758]하고, 외 어 광	광에서는 위험에 처했고,
毁於叔孫[759]하여, 훼 어 숙 손	숙손에게 비방을 받아서
奔走於齊魯宋衛之郊[760]하니, 분 주 어 제 노 송 위 지 교	분주히 제·노·송·위나라를 돌아다니셨으니,
其道雖尊이나, 기 도 수 존	그 도는 비록 존귀하였어도
其窮也亦甚矣라. 기 궁 야 역 심 의	그 곤경은 역시 심한 것이었다.
賴[761]其徒[762]相與守之하야, 뇌 기 도 상 여 수 지	그 제자들이 서로 지켜 준 것에 힘입어
卒有立於天下어니와, 졸 유 립 어 천 하	결국 천하에 일어섬이 있게 되었다.

---

757 절량어진(絕糧於陳): 진(陳)나라에서 양식이 끊어지다. '량'은 량(粮)과 같은 자. 공자가 천하를 주유하면서 진나라에서 겪었던 고난을 가리킨다. 공자가 초나라에 기용될 것을 두려워한 진(陳), 채(蔡)의 대부들이 공자 일행을 들판에 가두고 식량의 보급로를 끊어 버렸다. 초나라의 원병이 도착할 때까지, 공자 일행은 극심한 고초를 겪었다.

758 외어광(畏於匡): 광에서 위난을 당하다. '외'는 두려움, 협박당하는 것. 공자 일행이 광을 지나게 되었다. 그런데 전에 노나라 양호가 이곳에 침입해 난동을 부린 일이 있었다. 게다가 공자의 얼굴 모습이 양호와 비슷하여, 광 땅의 사람들이 몽둥이를 들고 공자 일행을 겹겹이 포위한 적이 있는데 이를 광에서의 위난이라 한 것이다.

759 훼어숙손(毁於叔孫): 숙손에게서 비방을 듣다. 『논어』「자장(子張)」에서 노나라 대부 숙손이 자공이 공자보다 현명하다고 이야기한 것을 말한다.

760 분주어제노송위지교(奔走於齊魯宋衛之郊): 공자가 인의 도를 실현하기 위해 13년 동안 천하를 돌아다닌 것을 가리킨다.

761 뇌(賴): 다행히, 힘을 입어

762 기도(其徒): 공자의 여러 제자를 가리킨다.

向[763]使獨言而獨書之런들, 향 사독언이독서지	지난날 혼자 말하고 혼자 글로 쓰셨던들
其存也可冀乎[764]아? 기존야가기호	그것의 존재를 기대할 수 있었겠는가?
今夫二氏之 금부이씨지	지금은 노자와 석가 두 사람이
行乎中土[765]也가, 행호중토 야	중국에서 행세한 지가
蓋六百有餘年[766]矣니, 개육백유여년 의	육백여 년이 되었으니,
其植根固하고, 기식근고	그 뿌리를 단단히 내렸고
其流波漫[767]하야, 기류파만	그 물결이 널리 흐르고 있어
非可以朝令而夕禁也라. 비가이조령이석금야	아침에 명하여 저녁에 금할 수 있는 것이 아니다.
自文王沒에, 자문왕몰	문왕이 죽은 후
武王周公成康이, 무왕주공성강	무왕·주공·성왕·강왕이
相與守之하야, 상여수지	서로 도를 지켜서,

763 향(向): 먼저

764 기존야가기호(其存也可冀乎): 그것이 남아 있기를 바랄 수 있겠는가? '기'는 공자의 말과 그것을 기록한 글

765 중토(中土): 세계의 중앙. 중국을 '중토' 또는 '중화(中華)'라 한다.

766 육백유여년(六百有餘年): 불교는 후한의 명제 때(67)에 들어왔고, 도교는 위진(魏晉) 시대(230년경)에 성하였다. 한유가 이 글을 쓴 것은 그의 나이 33세, 정원 16년(800)이다. 6백여 년이라 한 것은, 대충 계산한 햇수이다.

767 만(漫): 널리 퍼지다. 만연(漫然)과 같다.

禮樂[768]皆在하니, 예 악 개 재	예와 악이 모두 남아 있었으니
至乎夫子未久也요, 지 호 부 자 미 구 야	공자까지 오래지 않았고,
自夫子而 자 부 자 이	공자에서
至乎孟子未久也요, 지 호 맹 자 미 구 야	맹자까지 오래지 않았으며,
自孟子而至乎揚雄이, 자 맹 자 이 지 호 양 웅	맹자에서 양웅에 이름도
亦未久也로되, 역 미 구 야	역시 오래지 않건만,
然猶其勤이 若此하고, 연 유 기 근 약 차	그 애쓰심이 이와 같고
其困이 若此而後에, 기 곤 약 차 이 후	그 곤궁함이 이와 같은 연후에야
能有所立하니, 능 유 소 립	세상에 능히 설 수 있었으니,
吾其可易而爲之哉아? 오 기 가 이 이 위 지 재	내가 어찌 그것을 쉽게 할 수 있겠는가?
其爲也易면 기 위 야 이	그것을 쉽게 할 수 있다면
則其傳也不遠이니, 즉 기 전 야 불 원	그 전해짐이 역시 멀리 가지 않을 것이니,
故로 余所以不敢也로라. 고 여 소 이 불 감 야	고로 내가 감히 하지 않는 것이다.

768 예악(禮樂): '예'는 신분에 따라 정해진 행위의 형식, 법제·습관 등. '악'은 감정을 순화시키며 인심을 화합하게 하는 것, 음악

然이나 觀古人이, 연 관고인	그런데 옛사람을 돌이켜보아
得其時行其道면, 득 기 시 행 기 도	때를 만나서 그의 도를 행할 수 있었으면
則無所爲書라. 즉 무 소 위 서	책을 쓸 것이 없다.
爲書者는, 위 서 자	책을 쓴다는 것은
皆所爲不得行乎今 개 소 위 부 득 행 호 금	모두 지금 행해질 수 없는 바를
而行乎後者也니, 이 행 호 후 자 야	후세에 행하도록 하고자 하는 것이니,
今吾之得吾志失吾志를, 금 오 지 득 오 지 실 오 지	지금 나는 내 뜻을 잃었는지 얻었는지를
未可知인댄, 미 가 지	아직 알 수 없으니,
俟[769]五六十爲之라도, 사 오 륙 십 위 지	오륙십 세가 되기를 기다린다고 해도
未失也라. 미 실 야	늦지 않을 것이다.
天不欲使玆人[770]으로 천 불 욕 사 자 인	하늘이 백성들에게
有知乎인댄, 유 지 호	[도를] 알리고자 하지 않는다면,
則吾之命[771]을, 즉 오 지 명	나의 목숨을

769 사(俟): 기다림

770 자인(玆人): 천하의 백성들을 가리킨다.

771 명(命): 수명

不可期어니와, 불 가 기	기약할 수 없거니와,
如使玆人으로 有知乎인댄, 여 사 자 인 유 지 호	만일 백성들에게 알리고자 한다면
非我其誰哉[772]리오? 비 아 기 수 재	내가 아니면 그 누구리오?
其行道其爲書와, 기 행 도 기 위 서	도를 행하고 책을 쓰는 것과
其化今[773]其傳後가, 기 화 금 기 전 후	지금의 세상을 교화하고 후세에 전하는 것이
必有在矣리니, 필 유 재 의	반드시 있을 것이니,
吾子는 其何 오 자 기 하	그대는 어찌 그리도
遽戚戚[774]於吾所爲哉리오? 거 척 척 어 오 소 위 재	내가 책 쓰는 것에 조급해하는가?
前書[775]에 謂 전 서 위	지난번 편지에 말하기를
吾與人商論[776]에, 오 여 인 상 론	내가 다른 사람과 상의하고 논의함에
不能下氣하야, 불 능 하 기	혈기를 누를 수 없어

772 천불욕사~비아기수재(天不欲使~非我其誰哉): 『맹자』 「공손추 하(公孫丑下)」의 "대저, 하늘이 아직 천하를 태평하게 다스리려 하지 않는 것이다. 하늘이 천하를 바르게 다스리고자 한다면, 오늘날 같은 세상에 있어서 그 일을 맡을 사람이 나 말고 누구이겠는가"와 같은 구법이다.

773 화금(化今): 오늘날의 세상을 교화하는 일

774 거척척(遽戚戚): 조급하게 걱정하다. '척'은 척(慽)과 같다.

775 전서(前書): 장적이 한유에게 보낸 글월

776 상론(商論): 서로 의논하다.

若好己勝者然이라 하니, 약호기승자연	마치 자신이 이기기만을 좋아해서인 것이라 하니,
雖誠有之나, 수성유지	실제로 그런 일이 있을 수 있으나
抑[777]非好己勝也라. 억 비호기승야	그것은 내가 이기기를 좋아해서가 아니라
好己之道勝也니, 호기지도승야	나의 도가 이기기를 좋아해서이니,
己之道는, 기지도	나의 도란
乃夫子孟軻 내부자맹가	바로 공자와 맹자
揚雄所傳之道也라. 양웅소전지도야	양웅이 전하는 바의 도이다.
若不勝이면, 약불승	만약 이기지 못하면
則無以爲道이니, 즉무이위도	도라고 할 수 없게 되니,
吾豈敢避是名[778]哉아? 오기감피시명 재	내가 어찌 감히 그런 평판을 피할 수 있으리오?
夫子之言[779]曰, 부자지언 왈	공자께서 말씀하시기를

777 억(抑): 접속사로 그러나, 또한

778 시명(是名): 의론을 좋아하고 이기기를 좋아한다는 평판

779 부자지언(夫子之言): 『논어』「위정(爲政)」에 나와 있는 공자의 말. 한유가 공자와 안회의 일을 비유로 들어 자신을 변호하려는 것인데, 변호라기보다는 차라리 억지에 가깝다. 이기기 좋아하는 한유의 성품이 여실히 드러나는 대목이며, 한편으로는 한유가 이치에 닿지 않는 변명을 늘어놓을 만큼 장적과 막역하였다는 것을 알 수 있다.

吾與回言에, 오 여 회 언	"내가 안회와 이야기를 하는데
終日不違如愚라 하시니, 종 일 불 위 여 우	종일토록 어기지 않아 어리석은 사람 같았다"라 하니
則其與衆人辯也有矣라. 즉 기 여 중 인 변 야 유 의	공자도 여러 사람들과 논쟁한 일이 있다는 말이다.
駁雜[780]之譏[781]는, 박 잡 지 기	내가 잡스럽다는 비난은
前書[782]盡之하니, 전 서 진 지	지난번 편지에 다 말했으니,
吾子는 其復之하라. 오 자 기 복 지	그대는 그것을 다시 보시오.
昔者에 석 자	옛날에
夫子도 猶有所戱[783]하시니, 부 자 유 유 소 희	공자도 농담을 한 적이 있으니,
詩[784]에 不云乎아? 시 불 운 호	『시경』에도

780 박잡(駁雜): 뒤섞여 순수하지 않다. 한유가 소설 같은 잡서를 탐독함을 말한다.

781 기(譏): 나무람. 비난

782 전서(前書): 전에. 장적의 편지에 대해 한유가 보낸 답장을 가리킨다.

783 부자유유소희(夫子猶有所戱): 공자께서도 농담을 한 적이 있음. 『논어』「양화(陽貨)」에 있는 말을 가리킨다. 공자가 제자인 자유가 다스리는 무성에 갔다가 금과 슬의 노래를 듣고, "닭을 잡는데 어찌 소 잡는 큰 칼을 쓸 것이 있겠느냐?"고 하였다. 이에 자유가, "저는 전에 '군자는 도를 배우면 사람을 사랑하고, 소인은 도를 배우면 다스리기가 쉽다'고 배웠습니다"라고 대답하였다. 공자는 일행을 돌아보며, "얘들아, 언(偃)의 말이 옳다. 내가 한 말은 농담이었다"고 하였다. 여기서 공자가 농담이라고 한 것은, 자유와 같은 큰 인물이 조그만 고을을 다스리는 것을 가슴 아파하며 한 말이니, 장적의 비난에 대한 한유의 변명으로는 적합하지 않다.

784 시(詩): 『시경』「위풍(衛風)·기오(淇澳)」의 시구를 가리킨다. 위(衛)나라 무공의 덕을 칭송한 시로, 그 끝 구절에 "우스갯소리를 잘하지만, 모진 짓은 하지 않네"라고 하였다.

善戲謔兮하니,
선 희 학 혜
"장난과 농담을 잘하나,

不爲虐兮라 하고,
불 위 학 혜
지나치지 않네"라 하지 않았던가?

記에 曰[785],
기 왈
『예기』에도

張而不弛는,
장 이 불 이
"팽팽하게 하고 늦추지 않음은

文武不爲也라 하니,
문 무 불 위 야
문왕·무왕도 하지 않으셨다"고 했으니,

豈害於道哉아?
기 해 어 도 재
그것이 어찌 도에 해가 되겠는가?

吾子는 其未之思乎인저.
오 자 기 미 지 사 호
그대는 그것을 아직 생각해 보지 않았을 것이네.

孟君[786]이 將有所適하야,
맹 군 장 유 소 적
맹군이 장차 길을 떠나려 하여

思與吾子別하니,
사 여 오 자 별
그대와 이별을 하고자 하니

庶[787]幾一來어다.
서 기 일 래
한번 와 주기를 바라네.

---

785 기왈(記曰): 『예기』「잡기 하(雜記下)」에 나오는 말을 가리킨다. 원래는 "張而不弛 文武不能也. 弛而不張 文武不爲也. 日張日弛 文武之道也"라 하여, "활은 현을 당긴 채 늦추지 않으면 그 힘이 약해진다. 백성도 고생을 계속하면 문왕·무왕의 도[즉 중도의 정치를 말한다]에 의해서도 그 힘을 회복시킬 수 없다. 활을 늦춘 채 당기지 않으면 그 체[활의 기능을 다하기 위한 활로서의 모양]를 잃는다. 백성도 즐거움만을 일삼으면 문왕·무왕의 도에 의해서도 다스릴 수가 없다. 활을 때로는 당기고 때로는 늦춰야 하는 것처럼, 백성에게도 고통과 즐거움을 교체시키는 것이 문왕·무왕의 정치의 도이다"라는 의미인데, 한유는 이를 언행에 비유한 것이다. 즉 해학적인 글을 지은 것에 대한 변명이다.

786 맹군(孟君): 맹동야(孟東野)를 가리킨다. 글 번호 37「맹동야를 보내며 지은 서(送孟東野序)」를 참조할 것

787 서(庶): 바라건대

愈는 再拜하노라. 유 재배	유가 재배하노라.

25. 장복야께 올리는 글(上張僕射書)[788]

한유(韓愈)

九月[789]一日에, 구월 일일	9월 1일,
愈再拜하노라. 유 재 배	한유는 재배하고 삼가 이 글을 올립니다.
受牒[790]之明日에, 수 첩 지 명 일	임명장을 받은 다음 날
在使院[791]中이러니, 재 사 원 중	절도사의 관청에 있었더니,
有小吏持院中 유 소 리 지 원 중	하급 관리가 관청 내에서
故事節目[792]十餘事하여, 고 사 절 목 십 여 사	옛 조례 십여 가지를 가지고 와서

788 상장복야서(上張僕射書): 한유가 당시 서주 일대의 절도사로 자신에게 벼슬을 준 장복야에게 관청의 부적합한 규율을 자기에게는 특별히 면제해 줄 것을 요청하는 편지. 장복야는 장건봉(張建封)을 말하는데, 자는 본립(本立)이다. 등주 남양(南陽) 사람으로, 어렸을 때부터 문장을 좋아하고 변론을 잘했으며, 공명으로써 자신을 드러내기를 좋아하였다. 정원 12년(796), 우복야(右僕射)라는 중앙정부의 높은 자리(종2품)를 명예직으로 더 받았으므로 장복야로 불리게 되었다. 장복야는 한유를 형법을 담당하는 절도추관(節度推官)으로 임명하였다.

789 구월(九月): 당나라 제10대 천자 덕종의 정원(貞元) 15년 기묘(己卯)

790 첩(牒): 서찰. 여기서는 관청에서 띄우는 문서를 뜻한다.

791 사원(使院): 절도사가 일하는 관청

792 고사절목(故事節目): '고사'는 예로부터 내려오는 규칙과 관례. '절목'은 세목, 조목

來示愈라, 나에게 보여 주었습니다.
내 시 유

其中不可者는, 그중에 옳지 않은 것은
기 중 불 가 자

有自九月 9월부터
유 자 구 월

至明年二月之終으로, 이듬해 2월 끝날 때까지
지 명 년 이 월 지 종

皆晨入夜歸하되, 모두 새벽에 출근해 밤에 귀가하되,
개 신 입 야 귀

非有疾病事故[793]어든, 질병이나 사고가 생긴 경우가 아니면
비 유 질 병 사 고

輒[794]不許出이라. 나갈 수 없다는 것입니다.
첩 불 허 출

當時以初受命으로, 당시는 처음으로 명을 받은 때라
당 시 이 초 수 명

不敢言이라. 감히 말할 수 없었습니다.
불 감 언

古人有言[795]曰, 옛사람의 말에
고 인 유 언 왈

人各有能有不能이라. 사람은 각기 잘하는 것과 못하는 것이 있다고 합니다.
인 각 유 능 유 불 능

若此者는 非愈之所能也니, 이 같은 일은 저는 잘할 수 있는 것이 아니니,
약 차 자 비 유 지 소 능 야

抑而行之면, 억지로 그것을 행한다면
억 이 행 지

793 사고(事故): 특별한 사정

794 첩(輒): 즉(則)의 뜻

795 고인유언(古人有言): 『춘추좌씨전』 정공 5년에 실려 있으며, 초나라의 왕손 유우(由千)가 한 말이다.

必發狂疾[796]하고, 필 발 광 질	반드시 미쳐 버리고,
上無以承事[797]于公하여, 상 무 이 승 사 우 공	위로는 공에게 받들어 섬길 일이 없게 되어
忘其將所以報德者요, 망 기 장 소 이 보 덕 자	장차 갚아야 할 은덕을 잃게 될 것이요,
下無以自立하여, 하 무 이 자 립	아래로는 자신이 홀로 설 수 없게 되어
喪失其所以爲心이라. 상 실 기 소 이 위 심	마음 써야 할 바를 잃게 될 것입니다.
夫如是면, 부 여 시	이와 같은데
則安得而不言[798]이리오? 즉 안 득 이 불 언	어찌 말씀 올리지 않을 수 있겠습니까?
凡執事[799]之擇於愈者는, 범 집 사 지 택 어 유 자	공께서 저를 택하신 것은
非謂其能晨入夜歸也라, 비 위 기 능 신 입 야 귀 야	새벽에 출근해 밤에 귀가하는 일을 잘해서가 아니라
必將有以取之니, 필 장 유 이 취 지	반드시 어떤 취할 만한 것이 있었기 때문이니,

796 발광질(發狂疾): 발광하다. 정신병이 생기다.
797 승사(承事): 일을 받들어 수행하다.
798 안득이불언(安得而不言): 어찌 말하지 않을 수 있겠는가.
799 집사(執事): 귀인의 좌우에서 일하는 관원. 장복야를 가리킨다. 직접 장복야의 이름을 말하지 않은 것은 존경의 예를 나타내기 위해서이다.

苟有以取之면, 구 유 이 취 지	만일 취할 만한 것이 있다면
雖不晨入夜歸라도, 수 불 신 입 야 귀	비록 새벽에 출근해 밤에 귀가하지 않더라도
其所取者猶在也리라. 기 소 취 자 유 재 야	그 취할 것은 여전히 있는 것입니다.
下之事上이, 하 지 사 상	아랫사람이 윗사람을 섬김에는
不一其事[800]요, 불 일 기 사	그 일이 하나같지 않고,
上之使下도, 상 지 사 하	윗사람이 아랫사람을 부림에도
不一其事라. 불 일 기 사	그 일이 하나같지 않습니다.
量力而任之하며, 양 력 이 임 지	역량을 헤아려 그를 임용하고
度才而處之[801]하여, 탁 재 이 처 지	재능을 헤아려 그에게 자리를 주어야 하며,
其所不能을, 기 소 불 능	할 수 없는 일을
不彊使爲[802]라. 불 강 사 위	억지로 하게 해선 안 됩니다.
是故로 시 고	이런 까닭으로

800 불일기사(不一其事): 그 일이 같지 않다. 아랫사람이 윗사람을 섬기는 일이나 윗사람이 아랫사람을 다스리는 방법은 경우에 따라 달라야 한다는 뜻이다.

801 탁재이처지(度才而處之): 재능을 헤아려 알맞은 자리에 앉히다.

802 불강사위(不彊使爲): 억지로 하게 해서는 안 된다.

爲下者不獲罪於上하고, 위 하 자 불 획 죄 어 상	아랫사람은 위에 죄를 짓지 않게 되고
爲上者不得怨於下矣라. 위 상 자 부 득 원 어 하 의	윗사람은 아래에 원망을 사지 않게 되는 것입니다.
孟子有云,[803] 맹 자 유 운	맹자께서 이르시길,
今之諸侯가 금 지 제 후	"지금의 제후가
無大相過[804]者는, 무 대 상 과 자	크게 뛰어난 자가 없는 것은
以其皆好臣其所敎요, 이 기 개 호 신 기 소 교	그들이 모두 가르칠 만한 신하를 좋아하고,
而不好臣其所受敎라 하니 이 불 호 신 기 소 수 교	그들이 가르침을 받을 만한 신하를 싫어함이라"고 하였습니다.
今之時與孟子之時로, 금 지 시 여 맹 자 지 시	지금에 와서는 맹자의 시대에 비하여
又加遠[805]矣라. 우 가 원 의	더욱 심해졌습니다.

803 맹자유운(孟子有云): 『맹자』「공손추 하」에 나오는 말. "탕임금은 이윤에게서 배운 뒤에 그를 신하로 삼았기 때문에 힘들이지 않고 왕이 되었고, 제나라 환공은 관중에게서 배운 뒤에 그를 신하로 삼았기 때문에 힘들이지 않고 패자가 되었던 것이다. 지금 천하의 제후들을 보면, 서로 차지한 땅이 비슷하고 덕이 비슷해 그들 가운데 특별히 뛰어난 사람이 없는데, 이는 다른 데에 까닭이 있는 것이 아니라, 자기가 가르칠 만한 사람은 신하 삼기를 좋아하고 자기가 가르침을 받을 만한 사람은 신하 삼기를 꺼리기 때문이다."

804 상과(相過): 많은 사람들 가운데 두드러지게 훌륭한 것을 가리킨다. '과'는 승(勝)의 뜻

805 가원(加遠): 매우 멀다. '가'는 익(益)의 뜻

皆好其聞命而奔走[806]者요,
개 호 기 문 명 이 분 주　자

모두들 명을 듣고 분주히
뛰어다니는 자를 좋아하고

不好其直己[807]而行道者라.
불 호 기 직 기　이 행 도 자

자신을 곧게 하고 도를
행하는 자를 싫어합니다.

聞命而奔走者는,
문 명 이 분 주 자

명을 듣고 분주히 뛰는 자는

好利者也요,
호 리 자 야

이익을 좋아하는 사람이요,

直己而行道者는,
직 기 이 행 도 자

자기를 곧게 세우고 도를 행하는 자는

好義者也라.
호 의 자 야

의를 좋아하는 사람이라.

未有好利而愛其君者며,
미 유 호 리 이 애 기 군 자

이익을 좋아하며 그 임금을
사랑한 사람은 없었으며

未有好義而忘其君者라.
미 유 호 의 이 망 기 군 자

의를 좋아하며 그 임금을
잊은 사람은 없었습니다.

今之王公大人[808]이,
금 지 왕 공 대 인

지금 왕족이나 공경대부 중에

惟執事可以聞此言이오,
유 집 사 가 이 문 차 언

오로지 공만이 이 말을
들어주실 수 있고

惟愈於執事也에,
유 유 어 집 사 야

오로지 저만이 공께

806 분주(奔走): 바삐 달리다. 윗사람의 명령이라면 덮어놓고 따르는 것을 가리킨다.
807 직기(直己): 몸을 곧고 바르게 하다. 자기주장이나 소신을 세우는 것을 가리킨다.
808 왕공대인(王公大人): 신분이 고귀한 사람

可以此言進[809]이라. 가 이 차 언 진	이 말을 올릴 수 있습니다.
愈蒙[810]幸[811]於執事하여, 유 몽 행 어 집 사	저는 공께 총애를 입어
其所從舊矣라. 기 소 종 구 의	따르게 된 지 오래입니다.
若寬假[812]之하여, 약 관 가 지	만일 너그러이 용서해 주시어
使不失其性[813]하고, 사 불 실 기 성	저의 천성을 잃지 않도록 해 주시고,
加待之[814]하여, 가 대 지	특별히 대우해 주시어
使足以爲名이면, 사 족 이 위 명	명분으로 삼기에 족하게 해 주신다면,
寅[815]而入이어든, 인 이 입	인시에 출근하거든
盡辰[816]而退하고, 진 진 이 퇴	진시에 퇴근하고,
申[817]而入이어든, 신 이 입	신시에 출근하거든
終酉[818]而退를, 종 유 이 퇴	유시에 퇴근하기를

809 진(進): 윗사람에게 나아가 말하다.
810 몽(蒙): 은혜를 입다.
811 행(幸): 총애
812 관가(寬假): 관대하게 용서해 주다. '가'는 용서하다.
813 사불실기성(使不失其性): '성'은 본성을 뜻한다. 즉 장복야가 한유에게 도를 행하려는 본성을 잃지 않도록 해 주는 것을 뜻한다.
814 가대지(加待之): 특별한 대우를 해 주는 것을 뜻한다.
815 인(寅): 인시. 새벽 세 시부터 다섯 시까지
816 진(辰): 진시. 오전 일곱 시부터 아홉 시까지
817 신(申): 신시. 오후 세 시부터 다섯 시까지
818 유(酉): 유시. 오후 다섯 시부터 일곱 시까지

率以爲常[819]이라도, 솔 이 위 상	상시의 법칙으로 삼는다 하더라도,
亦不廢事[820]리이다. 역 불 폐 사	일을 접지 않을 것입니다.
天下之人이, 천 하 지 인	천하의 사람들이
聞執事之於愈如是也면, 문 집 사 지 어 유 여 시 야	공께서 저에게 이와 같다는 것을 들으면,
必皆曰, 필 개 왈	반드시 모두 말하기를
執事之好士也如此하고, 집 사 지 호 사 야 여 차	공이 선비를 좋아함이 이와 같고,
執事之待士以禮如此하고, 집 사 지 대 사 이 예 여 차	공이 선비를 예로써 대우함이 이와 같고,
執事之使人不枉其性[821] 집 사 지 사 인 불 왕 기 성	공께서 다른 사람을 부림에 본성을 굽히지 않게 하고,
而能有容[822]如此하고, 내 능 유 용 여 차	너그러이 허용할 수 있음이 이와 같고,
執事之欲成人之名 집 사 지 욕 성 인 지 명	공께서 다른 사람의 명성을 이루어 주시고자 함이
如此하고, 여 차	이와 같으며,

819 솔이위상(率以爲常): 항상 그렇게 행하다.

820 불폐사(不廢事): 일에 지장이 없는 것을 말한다.

821 불왕기성(不枉其性): 도를 행하려고 하는 본성을 누르지 않다. '왕'은 구부리다.

822 능유용(能有容): 관용을 베풀어 아랫사람의 뜻을 받아들이다.

執事之厚於故舊[823]
집 사 지 후 어 고 구

공께서 오래전에 알던 이를 후하게 대함이

如此라 하리이다.
여 차

이와 같구나 할 것입니다.

又將曰,
우 장 왈

또한 말하기를

韓愈之識其所依歸[824]也
한 유 지 식 기 소 의 귀 야

한유가 몸을 의탁할 바를 알아봄이

如此하고,
여 차

이와 같고,

韓愈之不諂屈[825]
한 유 지 불 첨 굴

한유가 부유한 사람에게 아첨하지 않음이

於富貴之人如此하야,
어 부 귀 지 인 여 차

이와 같고,

韓愈之賢이,
한 유 지 현

한유의 현명함이

能使其主로 待之以禮
능 사 기 주 대 지 이 예

그의 주인을 예로써 대우하게 함이

如此라 하리니,
여 차

이와 같구나 할 것이니,

則死於執事之門이라도,
즉 사 어 집 사 지 문

그렇다면 공의 문하에서 죽어도

無悔也리이다.
무 회 야

후회함이 없을 것입니다.

若使隨行[826]而入하고,
약 사 수 행 이 입

만약 행렬을 따라 출근하고

823 후어고구(厚於故舊): 예로부터 아는 사람을 후하게 대우해 주다.

824 의귀(依歸): 자신의 몸을 맡기다.

825 첨굴(諂屈): 아첨해 굽실거리다.

826 수행(隨行): 동료 관리들과 함께 이른 새벽에 출근하는 것을 가리킨다. '행'은 행렬

逐隊[827]而趨하여, 축대 이추	대오를 따라 뛰어다니게 하며,
言不敢盡其誠하고, 언불감진기성	말함에 감히 그 진심을 다하게 하지 않고
道有所屈於己면, 도유소굴어기	도에 스스로 굽히는 바가 있으면,
天下之人이, 천하지인	천하의 사람들이
聞執事之於愈如此하고, 문집사지어유여차	공이 저를 이와 같이 대한다는 것을 듣고
皆曰, 개왈	모두 말하기를,
執事之用韓愈가, 집사지용한유	공이 한유를 쓴 것은
哀且窮하여, 애차궁	불쌍하고 궁핍하여
收之而已耳요, 수지이이이	거두어 준 것뿐이요,
韓愈之事執事不以道요, 한유지사집사불이도	한유가 공을 섬기는 것은 도 때문이 아니라
利之而已耳라 하리이다. 이지이이이	이익을 위해서였을 뿐이라고 할 것입니다.
苟如是면, 구여시	만약 이와 같다면
雖日受千金之賜하고, 수일수천금지사	날마다 천금의 보수를 받고

827 축대(逐隊): 동료 관리들과 함께 밤늦게 퇴근하는 것을 뜻한다. '축'은 군(群)의 뜻

一歲[828]九遷[829]其官이라도,
일세 구천 기관
일 년에 아홉 번 관직에 오른다 해도,

感恩則有之矣로되,
감은즉유지의
은혜에 감동하는 것은 있지만

將以稱於天下曰
장이칭어천하왈
장차 서로 잘 아는 사이가 아니라고

知己則未也리이다.
지기즉미야
일컬어질 것입니다.

伏惟[830]
복유
엎드려 바라옵건대,

哀其所不足[831]하고,
애기소부족
덕 없고 모자람을 가엾이 여기시고

矜[832]其愚하며,
긍 기우
어리석음을 불쌍히 여기시며,

不錄其罪[833]하고,
불록기죄
허물을 새겨 두지 마시고

察其辭
찰기사
저의 말을 깊이 살펴,

而垂仁採納[834]焉하소서.
이수인채납 언
어진 자비심을 베풀어
받아 주시기 바랍니다.

愈는 恐懼再拜하노이다.
유 공구재배
유는 두려운 마음으로 재배합니다.

---

828 일세(一歲): 일 년

829 구천(九遷): 아홉 번 옮긴다는 뜻으로 여기서는 승진하는 것을 말한다.

830 복유(伏惟): 엎드려 바라옵건대. 상대방에게 존경을 나타내기 위해 겸손하게 말할 때 쓰는 말이다.

831 소부족(所不足): 덕이 부족하다.

832 긍(矜): 가엾게 여기다.

833 불록기죄(不錄其罪): 허물이나 죄를 마음속에 새겨 두지 않다.

834 수인채납(垂仁採納): '수인'은 인자함을 베풀다. '채납'은 의견을 받아들이다.

26. 사람을 위하여 추천을 구하는 편지(爲人求薦書)[835]

한유(韓愈)

木在山하며, 목 재 산	나무는 산에 있고
馬在肆[836]나, 마 재 사	말은 마구간에 있으나,
過之而不顧者가, 과 지 이 불 고 자	지나면서 그들을 돌아보지 않는 자가
雖日累千萬人이라도, 수 일 루 천 만 인	하루에 수천수만이라도,
未爲不材[837]與下乘[838]也로되, 미 위 부 재 여 하 승 야	재목이 못 되거나 느린 말이 되는 것은 아니로되,
及至匠石[839]이 급 지 장 석	장석이
過之而不睨하며, 과 지 이 불 예	그들을 지나면서 눈여겨보지 않고,
伯樂[840]이 遇之而不顧면, 백 락 우 지 이 불 고	백락이 그들을 대하고도 돌아보지 않으면,

---

835 위인구천서(爲人求薦書): 한유가 어떤 유력자에게 아무개의 추천을 의뢰한 편지이다. 그 유력자가 누구이며, 추천한 사람이 누구인지는 확실히 알려져 있지 않다. 다만 한유가 네 번째 박사가 되었을 때에 후희 등 10인을 사부원 외랑에 천거했는데, 그 당시 권덕여가 과거를 담당하고 있었다는 것을 알 뿐이다. 정원 16년에 육참이라는 사람이 사부원 외랑이 되었으므로, 아마도 이 편지는 육참을 위해 권덕여에게 올린 것일지도 모르겠다.

836 사(肆): 마구간

837 부재(不材): 재목감이 못 된다.

838 하승(下乘): 느린 말

839 장석(匠石): 전국 시대의 이름난 장인 석을 가리킨다. 재목을 잘 감별하기로 이름이 높았다.

然後에
연 후
그런 다음에야

知其非棟梁[841]之材와,
지 기 비 동 량 지 재
동량의 재목이 아니고

超逸[842]之足也니라.
초 일 지 족 야
빠른 발이 아닌 것을 알게 됩니다.

以某[843]在公之宇下가
이 모 재 공 지 우 하
아무개는 공의 문하에 있은 지가

非一日이오,
비 일 일
하루 이틀이 아니요,

而又辱居[844]姻婭[845]之後하니,
이 우 욕 거 인 아 지 후
또한 영광스럽게도 인척 관계를
배경에 두었으니,

是生于匠石之園이오,
시 생 우 장 석 지 원
이는 장석의 뜰에서 태어나

長于伯樂之廐[846]者也라.
장 우 백 락 지 구 자 야
백락의 마구간에서 자라난 것입니다.

於是而不得知면,
어 시 이 부 득 지
이에 알아줌을 얻지 못하면

假[847]有見知者가
가 유 견 지 자
비록 보고 알아주는 자가

---

840 백락(伯樂): 말을 감정하는 데에 천하제일의 명인이었던 손양(孫陽)을 가리킨다. 글 번호 44 한유의 「이런저런 이야기(雜說)」를 참조할 것

841 동량(棟梁): 마룻대와 들보

842 초일(超逸): 매우 빠르다. '일'에는 잃다, 달리다, 즐기다, 편안하다, 뛰어나다, 숨다, 음탕하다 등 많은 뜻이 있다.

843 모(某): 아무개. 한유가 추천하고자 하는 사람을 가리킨다.

844 욕거(辱居): 과분하게도, 영광스럽게도. '욕'은 상대방을 욕되게 하였다는 뜻으로, 대단히 죄송한 동시에 영광스럽다는 겸손의 말

845 인아(姻婭): 인척 관계를 뜻함. '인'은 남편의 아버지. 오늘날에는 남자 쪽, 여자 쪽의 가족을 모두 '인'이라 한다. '아'는 자매의 남편

846 구(廐): 마구간

千萬人[848]이라도,
천 만 인

천만 명일지라도

亦何足云耳리오?
역 하 족 운 이

어찌 족하다 할 수 있으리오?

今幸賴[849]天子가
금 행 뢰 천 자

지금은 다행히 임금께서

每歲詔公卿大夫貢士하야,
매 세 조 공 경 대 부 공 사

매년 공경대부들에게 명을 내리시어,

若某等比[850]라도,
약 모 등 비

아무개와 비슷한 사람들도

咸得以薦聞이라.
함 득 이 천 문

모두 추천되었다고 들었습니다.

是以로 冒進[851]其說하야,
시 이 모 진 기 설

이로써 무례를 무릅쓰고 이
말씀을 올려

以累於執事[852]하니,
이 루 어 집 사

공께 누를 끼치니,

亦不自量[853]已나,
역 부 자 량 이

스스로를 헤아리지 못한 짓이오나

然執事其知某何如哉오?
연 집 사 기 지 모 하 여 재

공께서는 아무개를 어떻게
알고 계신지요?

昔人이
석 인

옛날 어떤 사람이

---

847 가(假): 가령

848 천만인(千萬人): 범용한 사람들을 가리킨다.

849 뇌(賴): 기회가 좋다, 상황이 좋다.

850 약모등비(若某等比): 아무개와 비슷한 사람들. '비'는 동류의 뜻

851 모진(冒進): 실례를 무릅쓰고 뜻을 올리다.

852 집사(執事): 직접 상대에게 말하지 않고, 일을 집행하는 측근에게 말한다는 표현을 쓴 것. 편지에 '시사(侍史)'라고 쓰는 것도 이와 같은 것으로, '측근에서 모시고 있는 서기님께'의 의미이다.

853 부자량(不自量): 자신의 분수를 헤아리지 못하다. 곧 스스로 외람됨을 나타내는 말이다

有鬻[854]馬不售[855]於市者러니, 유육 마불수 어시자	말을 시장에 팔려고 했으나 팔리지 않자,
知伯樂之善相[856]也하고, 지백락지선상 야	백락이 말을 잘 보는 것을 알고
從而求之하니, 종이구지	좇아가 그에게 청하였는데,
伯樂이 一顧에, 백락 일고	백락이 한번 보아주자
價增三倍하니, 가증삼배	값이 세 배가 올랐다 하니,
某與其事가 모여기사	아무개와 그 일이
頗相類[857]라. 파상류	자못 비슷합니다.
是故로 시고	이래서
始終言之耳[858]로다. 시종언지이	처음부터 끝까지 그를 들어서 말한 것입니다.

854 육(鬻): 매(賣)의 뜻으로, 팔다. 죽(粥)과 같은 자로 쓰일 때도 있다.

855 수(售): 팔다, 또는 팔리다.

856 선상(善相): 말 감정을 잘하다.

857 모여기사, 파상류(某與其事, 頗相類): 아무개와 그 일이 자못 비슷하다. '모여'는 한유가 사람을 추천하는 것. '기사'는 말 장수가 백락에게 말을 감정한 것. '파'는 매우, 자못

858 시종언지이(始終言之耳): 처음부터 끝까지 이에 대해 말하다. '언지'는 말이 백락을 만나는 것에 관한 이야기. '이'는 뜻을 강하게 하는 조어

27. 진상에게 답하는 글(答陳商書)[859]

한유(韓愈)

愈는 白[860]하노라. 유 백	유가 말씀드립니다.
辱惠書[861]하니, 욕 혜 서	주신 편지 감사히 받아 보니
語高而旨深[862]하여, 어 고 이 지 심	참으로 표현이 고상하고 뜻이 깊어,
三四讀에, 삼 사 독	서너 번 거듭 읽었지만
尙不能通曉니, 상 불 능 통 효	아직도 뜻을 밝게 이해하지 못하니,
茫然[863]增愧赧[864]이라. 망 연 증 괴 란	멍하니 부끄러운 마음에 얼굴을 더욱 붉혔습니다.
又不以其淺弊[865]하고 우 불 이 기 천 폐	더욱이 학문이 얕고 모자라서

---

859 답진상서(答陳商書): 진상(陳商)은 덕종(德宗) 때 마인산(馬仁山)에 은거하였는데, 양자강 이남 일대에서 그를 좇아 배우는 자가 많았다. 후에 조칙에 응해 시험을 보아 벼슬길에 올라 경(卿)에 이르렀다고 한다. 『한창려집(韓黎昌集)』의 주에 따르면, 진상은 원화 9년(814)에 급제하였고, 회창 5년(845)에 시랑이 되어 과거 시험을 주관하였다. 이 편지는 진상이 아직 급제하기 전, 문장에 대해 한유에게 가르침을 청한 일이 있었는데, 그에 대해 답한 편지이다. 진상이 보낸 편지는 전하지 않는다.

860 백(白): 사뢰다. 고(告)와 같다.

861 욕혜서(辱惠書): '욕'은 상대방에게 고맙다는 뜻을 나타낼 때에 쓰는 말이다. '혜서'는 남의 편지를 높여 일컫는 말

862 어고이지심(語高而旨深): 표현이 고상하고 뜻이 깊다. 진상의 글을 칭찬하는 듯하지만, 사실은 그의 글이 너무 어렵다는 뜻이다.

863 망연(茫然): 멍한 모양

864 괴란(愧赧): 부끄러워 얼굴을 붉히다.

865 천폐(淺弊): 학문이 얕고 덕이 모자라다.

無過人智識이나,
무 과 인 지 식
다른 사람보다 나은 것이 없는 저에게

且喩以所守[866]하니,
차 유 이 소 수
평소에 지킬 바를 일깨워 주시니,

幸甚이로라.
행 심
고마움에 몸 둘 바를 모르겠습니다.

愈敢不吐露情實[867]이리오?
유 감 불 토 로 정 실
제가 감히 진실한 마음을 토로하지 않겠습니까?

然自識其不足
연 자 식 기 부 족
그러나 그대가 바라는 바를

補吾子[868]所須[869]也로다.
보 오 자 소 수 야
보충해 주기에는 부족하다는 것을 알았습니다.

齊王이 好竽[870]러니,
제 왕 호 우
제나라 왕은 우를 좋아하였는데,

有求仕於齊者[871]가,
유 구 사 어 제 자
제나라에서 벼슬살이를 구하는 자가

操瑟[872]而往하야,
조 슬 이 왕
슬을 가지고 가서

立王之門三年에,
입 왕 지 문 삼 년
삼 년이나 왕의 문에 서 있었으나

866 소수(所守): 지키는 바, 신념

867 정실(情實): 성심, 진실한 마음

868 오자(吾子): 동년배나 자제를 부를 때에 친밀하게 일컫는 말. 그대, 자네

869 수(須): 기대하는 것, 또는 원하는 것

870 제왕호우(齊王好竽): 글 번호 16 공치규의 「북산의 산신이 해염 현령에게 보내는 글(北山移文)」의 주석 72번을 참조할 것. '우'는 큰 생황

871 유구사어제자(有求仕於齊者): 제나라에 출사하기를 원하는 자가 있다. 이 이야기는 한유가 지어낸 것이다.

872 슬(瑟): 25현의 금. 금은 7현

不得入이라. 부 득 입	들어갈 수 없었습니다.
叱曰, 질 왈	이에 꾸짖어 말하기를
吾瑟을 鼓之면, 오 슬 고 지	"내가 슬을 타면
能使鬼神으로 上下하며, 능 사 귀 신 상 하	귀신을 오르내리게 할 수 있고,
吾鼓瑟이 오 고 슬	내가 슬을 타는 것은
合軒轅[873]氏之律呂라 하니, 합 헌 원 씨 지 율 려	황제(黃帝)의 가락과 합치한다"고 하니,
客[874]이 罵[875]之曰, 객 매 지 왈	한 나그네가 그를 꾸짖어 말하기를,
王好竽어시늘, 왕 호 우	"왕이 우를 좋아하시는데
而子가 鼓瑟하니, 이 자 고 슬	그대는 슬을 연주하니,
瑟雖工이나, 슬 수 공	슬 연주가 비록 뛰어나지만
如王之不好에 何오? 여 왕 지 불 호 하	왕이 좋아하지 않음을 어찌하겠는가?"라고 했습니다.
是所謂工於瑟 시 소 위 공 어 슬	이것이 이른바 슬에 뛰어났지만,

873 헌원(軒轅): 오제(五帝)의 한 사람인 황제(黃帝)를 가리킨다. 황제 때에 영윤(伶倫)이라는 사람이 황제의 명을 받고 육율육여(六律六呂)를 정하였다. 양의 음을 '율'이라 하고, 음의 음을 '여'라 한다〔『전한서(前漢書)』「율력지(律歷志)」〕. '헌원'은 황제가 살았던 언덕의 이름

874 객(客): 제나라의 빈객

875 매(罵): 꾸짖다, 욕하다.

而不工於求齊也라.
이 불 공 어 구 제 야

그러나 제나라에서 벼슬을 구하는 데는 서툴렀다는 것입니다.

今擧進士於此世하고,
금 거 진 사 어 차 세

지금 선생은 이 세상에서 진사가 되어

求祿利[876]行道於此世나,
구 녹 리 행 도 어 차 세

이 세상에서 벼슬을 구하고 도를 행하나,

而爲文必使一世人으로
이 위 문 필 사 일 세 인

세상 사람들이 좋아하지 않게

不好[877]하니,
불 호

문장을 지으니,

得無與操瑟立齊門者比歟아?
득 무 여 조 슬 립 제 문 자 비 여

슬을 들고 제나라 문에 서 있는 자와 비교하지 않을 수 있겠습니까?

文誠工이나,
문 성 공

문장이 진실로 뛰어나지만

不利於求[878]요,
불 리 어 구

벼슬을 구하는 데에 불리하고,

求不得이면,
구 부 득

구해도 얻지 못하면

則怒且怨[879]하리니,
즉 노 차 원

곧 노하고 원망하리니,

---

876 녹리(祿利): 녹봉

877 위문필사일세인불호(爲文必使一世人不好): 문장을 지어 반드시 세상 사람들이 좋아하지 않게 하다. 진상의 문장이 어려워 사람들이 좋아하지 않음을 지적한 것이다.

878 구(求): 벼슬을 구하는 것을 가리킨다.

879 노차원(怒且怨): 성내고 원망하다. 시험관이나 세상 사람들이 문장을 인정해 주지 않아 진상이 분개하게 되는 것을 가리킨다.

不知君子는 부 지 군 자	군자로서
必爾爲不也[880]라. 필 이 위 불 야	반드시 그렇게 해야 하는지 모르겠습니다.
故[881]로 區區[882]之心이, 고 구 구 지 심	그러므로 구구한 마음으로
每有來訪者면, 매 유 래 방 자	매번 찾아오는 이가 있으면,
皆有意於不肖[883]者也일새, 개 유 의 어 불 초 자 야	모두 불초한 저에게 뜻하는 것이 있어서인지라,
略不辭讓하고, 약 불 사 양	대략 사양치 않고
遂盡言하노니, 수 진 언	마침내 말을 다하게 되니,
惟吾子는 諒察[884]하라. 유 오 자 양 찰	그대는 밝게 살피시기 바랄 뿐입니다.

880 부지군자필이위불야(不知君子必爾爲不也): 군자라면 반드시 그렇게 해야만 되는 것인지, 아니면 그렇게 하지 않아도 되는 것인지를 알 수 없다. 굳이 어려운 문장을 쓸 필요가 있느냐는 말이다.

881 고(故): 참으로

882 구구(區區): 작은 모양. 변변치 못한 것을 가리킨다.

883 불초(不肖): 자신을 겸손하게 표현한 것

884 양찰(諒察): 옳고 그름을 분명하게 살피다.

28. 맹간 상서께 드리는 글(與孟簡尙書書)[885]

한유(韓愈)

蒙惠書[886]云, 몽 혜 서 운	각하의 편지를 받고 보니,
有人이 傳愈[887]가 유 인 전 유	어떤 사람이 전하기를 제가
近少奉釋氏[888]者라 하니 근 소 봉 석 씨 자	근래에 불교를 약간 받들게 되었다고 하는데,
妄也라. 망 야	그릇된 말입니다.
潮州[889]時에 조 주 시	조주 시절에
有一老僧號太顚[890]하니, 유 일 노 승 호 태 전	태전이라 하는 늙은 중이 있었는데,
頗聰明識道理라. 파 총 명 식 도 리	매우 총명하고 도리를 알고 있었습니다.

---

885 여맹간상서서(與孟簡尙書書): 시인 맹간(孟簡)은 독실한 불교 신자로, 공부상서 벼슬을 지냈다. 한유는 맹간에게 보내는 이 편지에서 자신이 불교·도교 등 이단을 배척하고 유학의 정통을 지키는 입장을 단호하게 밝히고 있다.

886 혜서(惠書): 상대방의 편지를 높여 부르는 말

887 유(愈): 이 글의 작가인 한유의 이름

888 석씨(釋氏): 부처, 석가모니

889 조주(潮州): 지금의 광동성 해양현 근처에 있는 고을 이름. 당나라 대종 때 불골(佛骨)을 궁중으로 모셔들이자, 한유는 그 부처의 뼈를 물이나 불에 던져 버려야 한다는 내용의 「불골표(佛骨表)」를 올렸다가 조주자사로 좌천되었다. 뒤에 다시 원주자사로 옮겨졌다.

890 태전(太顚): 한유가 조주에서 친하게 지낸 승려 이름

遠地無所可與語者니, 원 지 무 소 가 여 어 자	먼 객지에 더불어 얘기할 사람도 없었던 터라서
故로 自山召至州郭[891]하야, 고 자 산 소 지 주 곽	산에서 조주 바깥 성으로 초청해
留十數日하니, 유 십 수 일	수십 일을 머물게 하니,
實能外形骸[892]하고, 실 능 외 형 해	실로 육체는 도외시하고
以理自勝하야, 이 리 자 승	이치를 스스로 내세워
不爲事物侵亂[893]이오, 불 위 사 물 침 란	다른 일이나 사물의 침범과 위해를 받지 않았고,
與之語에, 여 지 어	그와 더불어 이야기할 때
雖不盡解나, 수 부 진 해	비록 모든 것을 이해하지는 못하였으나,
要自胸中에, 요 자 흉 중	요컨대 가슴속에
無滯礙[894]일새, 무 체 애	걸리고 막히는 것이 없었으니,
以爲難得이라. 이 위 난 득	얻기 어려운 상대라 여겼습니다.

891 곽(郭): 외성, 밖의 성

892 외형해(外形骸): 육체와 관계되는 일들은 도외시하다.

893 사물침란(事物侵亂): 사물이 마음을 침범하고 어지럽히다. 세상 속사(俗事)가 마음을 침범하고 어지럽히다.

894 무체애(無滯礙): 두 사람의 가슴속에 걸리거나 막히는 일이 없었다. 서로 욕심 없이 깨끗이 잘 뜻이 통하였음을 뜻한다.

因與往來러니, 인 여 왕 래	그래서 서로 왕래를 하게 되었고,
及祭神至海上하여, 급 제 신 지 해 상	바닷가로 가서 신에게 제사 지낼 때에는
遂造其廬[895]하고, 수 조 기 려	마침내는 그의 움막을 방문하기도 하고,
及來袁州[896]에, 급 래 원 주	원주에 오게 되자
留衣服爲別하니, 유 의 복 위 별	의복을 남겨 놓고 작별을 하니,
乃人之情이오, 내 인 지 정	이것은 바로 인정이요,
非崇信其法하여, 비 숭 신 기 법	불법을 존중하고 믿으며
求福田[897]利益也라. 구 복 전 리 익 야	행복과 이익을 추구하려는 것은 아니었습니다.
孔子云,[898] 공 자 운	공자께서 말씀하시기를
丘[899]之禱가 久矣라 하시니, 구 지 도 구 의	"내가 기도해 온 지 오래되었다"고 하였습니다.

895 조기려(造其廬): 그의 움막을 방문하다.

896 원주(袁州): 지금의 강서성 의춘현 근처의 고을

897 복전(福田): 불교 용어로 사람이 공양을 잘해 뒤에 받게 되는 복을 뜻한다. 밭에 씨 뿌리고 농사를 잘 지어 가을에 많은 추수를 한다는 데서 뜻을 취한 것이다.

898 공자운(孔子云): 『논어』「술이(述而)」에 보이는 공자의 말

899 구(丘): 공자의 이름

凡君子의 行己立身이,
범 군 자　행 기 입 신
모든 군자의 행동과 몸가짐에는

自有法度하니,
자 유 법 도
자연히 법도가 있게 마련이니,

聖賢事業이,
성 현 사 업
성인과 현인들이 하신 업적이

具在方冊[900]하야,
구 재 방 책
모두 책에 적혀 있어서

可效可師라.
가 효 가 사
본받을 수도 있고 배울 수도 있습니다.

仰不愧天하며,
앙 불 괴 천
우러러는 하늘에 부끄러워할 일이 없고,

俯不愧人하고,
부 불 괴 인
굽어보아서는 사람들에게 부끄러워할 일이 없으며,

內不愧心이라.
내 불 괴 심
안으로는 마음에 부끄러워할 일이 없습니다.

積善積惡에,
적 선 적 악
선을 쌓거나 악을 쌓음에

殃慶이
앙 경
재앙이나 경사스런 일이

自各以其類至하나니,
자 각 이 기 류 지
자연스럽게 각각 그 종류를 따라 찾아오게 될 것이니,

何有去聖人之道하며,
하 유 거 성 인 지 도
어찌 성인의 도리를 떠나고

900　방책(方冊): 책. 전적(典籍)을 가리킨다.

捨先王之法하고, 사 선 왕 지 법	선왕들의 법도를 버리고서
而從夷狄之教하여, 이 종 이 적 지 교	오랑캐들의 가르침을 좇아
以求福利也리오? 이 구 복 리 야	행복과 이익을 추구할 리가 있겠습니까?
詩[901]不云乎아? 시 불 운 호	『시경』에 말하지 않았습니까?
愷悌[902]君子여, 개 제 군 자	"의젓하신 군자께서는
求福不回[903]라 하고, 구 복 불 회	복을 추구하심에 그릇됨 없네!"라 하고,
傳[904]又曰, 전 우 왈	『전(傳)』에 또 말하기를,
不爲威惕[905]하며, 불 위 위 척	"위협 때문에 두려워하지 않고,
不爲利疚[906]라 하니, 불 위 리 구	이익 때문에 마음고생하지 않는다"고 하니,
假與釋氏가 가 여 석 씨	설사 부처가

901 시(詩): 『시경』「대아·한려(旱麗)」에 보임

902 개제(愷悌): 개제(豈悌)로도 쓰며 의젓한 것을 말한다.

903 회(回): 사(邪)의 뜻으로 그릇된 것. 비뚤어진 것

904 전(傳): 『좌전(左傳)』「애공 16년」에 보이는 글과 비슷하다.

905 위척(威惕): 위협을 두려워하다.

906 이구(利疚): 이익 때문에 마음 고생하다. '구'는 오랜 병의 뜻

能與人爲禍福이라도, 능 여 인 위 화 복	사람에게 재난이나 행복을 줄 수 있다 치더라도,
非守道君子之所懼也온, 비 수 도 군 자 지 소 구 야	도를 지키는 군자가 두려워할 바가 아닌데,
況萬萬無此理아? 황 만 만 무 차 리	하물며 전혀 그러할 리도 없음에랴?
且彼佛者는, 차 피 불 자	또한 그 부처라는 분은
果何人哉아? 과 하 인 재	과연 어떤 사람입니까?
其行事類君子邪아? 기 행 사 류 군 자 사	그분이 한 일이 군자와 비슷합니까?
小人邪아? 소 인 사	소인과 비슷합니까?
若君子也인댄, 약 군 자 야	만약 군자와 비슷하다면
必不妄加禍 필 불 망 가 화	반드시 도를 지키는 사람에게는
於守道之人이오, 어 수 도 지 인	함부로 재난을 내리지 않을 것이요,
如小人也인댄, 여 소 인 야	만약 소인과 비슷하다면
其身이 已死하고, 기 신 이 사	그의 몸은 이미 죽었고
其鬼가 不靈이니라. 기 귀 불 령	그 귀신은 신령스럽지 않을 것입니다.
天地神祇[907]가, 천 지 신 기	하늘의 신과 땅의 신이

907 신기(神祇): 천신(天神)과 지기(地祇)로 하늘의 신과 땅의 신을 말한다.

昭布森列[908]하시니, 소 포 삼 렬	밝게 빈틈없이 살피고 계시니,
非可誣也라. 비 가 무 야	속일 수도 없을 것입니다.
又肯令其鬼로 우 긍 령 기 귀	또 어찌 그 귀신으로 하여금
行胸臆作威福 행 흉 억 작 위 복	자기 생각대로 행동하며 불행과 행복을
於其間哉아? 어 기 간 재	세상에 만들 수가 있겠습니까?
進退無所據어늘, 진 퇴 무 소 거	나아가고 물러남에 의지할 바가 없거늘
而信奉之면, 이 신 봉 지	그를 믿고 받든다면
亦且惑矣로다. 역 차 혹 의	역시 미혹되었다 할 것입니다.
且愈不助釋氏而排之者는, 차 유 부 조 석 씨 이 배 지 자	또한 저는 불교를 돕지 않고 배척한 사람이며
其亦有說하니, 기 역 유 설	그러한 나름대로의 이론이 있으니,
孟子[909]云, 맹 자 운	『맹자』에 이르기를,
今天下가 금 천 하	“지금 천하는

908 소포삼렬(昭布森列): 널리 빈틈없이 밝히고 살피다.

909 맹자(孟子): 『맹자』「등문공 하」에서 맹자가 “양주와 묵적의 이론이 천하에 가득 차서, 천하의 이론이 양주에게로 돌아가지 않으면 묵적에게로 돌아가고 있다”고 한 말을 줄인 것이다.

不之楊則之墨이라. 부 지 양 즉 지 묵	양주에게 가지 않으면 묵적에게 가고 있다"고 하였습니다.
楊墨이 交亂 양 묵 교 란	양주와 묵적이 함께 어지럽혀
而聖賢之道가 不明하니, 이 성 현 지 도 불 명	성현의 도가 분명치 않게 되었으니,
聖賢之道가 不明이면, 성 현 지 도 불 명	성현의 도가 분명치 않으면
則三綱[910]이 淪[911] 즉 삼 강 윤	윤리가 어지러워지고
而九法[912]이 斁[913]하고, 이 구 법 두	법도가 무너지게 될 것이며,
禮樂이 崩 예 악 붕	예악이 무너지면
而夷狄이 横하리니, 이 이 적 횡	오랑캐들이 횡행하게 될 것이니,
幾何其不爲禽獸也리오? 기 하 기 불 위 금 수 야	어떻게 새나 짐승처럼 되지 않을 수 있겠습니까?
故로 曰,[914] 고 왈	그러므로

910 삼강(三綱): 군위신강(君爲臣綱)·부위자강(父爲子綱)·부위부강(夫爲婦綱) 등 유교의 세 가지 기본 윤리

911 윤(淪): 물에 빠지다. 사라지다.

912 구법(九法): 『서경』「홍범」에 나오는 천하를 다스리는 데 필요한 아홉 가지 원리(洪範九疇). 오행(五行)·경용오사(敬用五事)·농용팔정(農用八政)·협용오기(協用五紀)·부용삼덕(夫用三德)·명용계의(明用稽疑)·염용서징(念用庶徵)·향용오복(嚮用五福)·위용육극(威用六極)

913 두(斁): 무너지다, 패하다.

914 고왈(故曰): 『맹자』「등문공 하」에 보이는 맹자의 말

能言距揚墨者는, 능 언 거 양 묵 자	양주와 묵적을 막아야 한다고 말할 수 있는 자는
聖人之徒也라. 성 인 지 도 야	성인의 무리라고 하는 것입니다.
揚子雲[915]曰, 양 자 운 왈	양웅이 말하기를
古者에 揚墨이 塞路[916]어늘, 고 자 양 묵 색 로	"옛날에 양주와 묵적이 길을 막았거늘,
孟子辭 맹 자 사	맹자께서 물리치고
而闢之廓如[917]也라 하니, 이 벽 지 곽 여 야	길을 열어 훤하게 하셨다"고 하니,
夫揚墨行하고, 부 양 묵 행	저 양주와 묵적의 이론이 행해지면서
王道廢하여, 왕 도 폐	왕도를 무너뜨려,
且將數百年에, 차 장 수 백 년	수백 년이 지나
以至於秦하야, 이 지 어 진	진나라에 이르러는
卒滅先王之法하고, 졸 멸 선 왕 지 법	마침내 선왕들의 법도를 망치고,
燒除經書하며, 소 제 경 서	경서들을 태워 없애고,
坑殺學士[918]하니, 갱 살 학 사	유생들을 땅에 묻어 죽이게 되었으니,

915 양자운(揚子雲): 한대의 부(賦) 작가 양웅(揚雄)을 말하며 자운은 그의 자이다. 만년에는 부 짓는 것을 그만두고 『논어』를 본떠서 『법언』을 지었다. 이곳의 말은 『법언』 「오자(吾子)」에 보인다.

916 색로(塞路): 올바른 길을 막다.

917 곽여(廓如): 텅 빈 모습 또는 훤한 모양

天下遂大亂이라. 천 하 수 대 란	천하가 마침내 크게 어지러워졌던 것입니다.
及秦滅漢興에, 급 진 멸 한 흥	진나라가 망하고 한나라가 일어나서도
且百年에 차 백 년	백 년이 지나도록
尙未知修明先王之道러니, 상 미 지 수 명 선 왕 지 도	여전히 선왕의 도를 닦고 밝힐 줄 모르다가,
其後始除挾書之律[919]하고, 기 후 시 제 협 서 지 율	그 뒤에야 비로소 책을 끼지 못하는 법을 해제하고
稍求亡書招學士하야, 초 구 망 서 초 학 사	없어진 책들을 구하고 학자들을 불러들임으로써,
經雖少得이나, 경 수 소 득	경서들을 약간 얻기는 하였으나,
尙皆殘缺[920]하야, 상 개 잔 결	모두가 없어지고 빠진 것들이 있어서
十亡二三이라. 십 망 이 삼	열 가운데 두셋은 없어진 셈이었습니다.

918 소제경서, 갱살학사(燒除經書, 坑殺學士): 경서들을 태워 없애고 선비들을 땅에 묻어 죽이다. 진시황이 학문을 통일하고 자기에 대한 비판을 막기 위해 시황 34년(기원전 213년) 분서를 하고 다음 해 갱유를 했던 일을 가리킨다.

919 협서지율(挾書之律): 진시황이 이사의 제의로 모든 시서백가에 관한 책을 30일 안에 없애라고 했던 금령. 이 법률은 한나라 혜제 때 정식으로 없어졌다.

920 잔결(殘缺): 없어지고 빠지다.

故로 學士가 多老死하고,
고 학사 다노사

그러므로 학자들은 대부분이 늙어 죽었고

新者가 不見全經하야,
신자 불견전경

새로운 사람들은 온전한 경서들을 보지 못하여

不能盡知先王之事요,
불능진지선왕지사

선왕의 일을 완전히 알 수가 없게 되었고,

各以所見으로 爲守하야,
각이소견 위수

그래서 제각기 자기가 본 것만을 지켜

分離乖隔[921]하고,
분리괴격

학문이 서로 멀어지고 어긋나

不合不公하니,
불합불공

합당하지도 않고 공정하지도 않습니다.

二帝三王[922]群聖人之道가,
이제삼왕 군성인지도

요·순과 삼대의 임금 같은 여러 성인들의 도가

於是大壞하고,
어시대괴

이에 크게 무너져,

後之學者는,
후지학자

후세의 학자들로서는

無所尋逐하여,
무소심축

다시 찾아볼 길이 없어

以至于今泯泯[923]也니,
이지우금민민 야

지금에 이르기까지 잘 알 수가 없게 된 것이니,

---

921 분리괴격(分離乖隔): 학문 방법과 내용이 서로 떨어져 멀어지고 서로 어긋나고 달라지다.

922 이제삼왕(二帝三王): '이제'는 요, 순, '삼왕'은 하나라 우왕, 상나라 탕왕, 주나라 문·무왕

其禍出於揚墨이
기 화 출 어 양 묵

그러한 불행은 양주와 묵적의 이론이

肆行[924]而莫之禁故也라.
사 행 이 막 지 금 고 야

멋대로 행해져도 그것을 금지하지
않았던 까닭입니다.

孟子雖聖賢이나,
맹 자 수 성 현

맹자가 비록 성현이라 하더라도

不得位[925]라,
부 득 위

합당한 지위를 얻지 못하였기 때문에,

空言無施니,
공 언 무 시

헛되이 말만 하였지 실천되지 못했으니

雖切何補리오?
수 절 하 보

비록 절실하다 하더라도
무슨 보탬이 있겠습니까?

然이나 賴其言하야,
연 뇌 기 언

그렇지만 그분의 말씀 덕분에

而今學者는
이 금 학 자

지금의 학자들은

尙知宗孔氏하고,
상 지 종 공 씨

여전히 공자를 높이고

崇仁義하며,
숭 인 의

인의를 존중하며

貴王賤霸[926]而已라.
귀 왕 천 패 이 이

왕도를 귀하게 여기고 패도를
천하다 여기게 되었습니다.

---

923 민민(泯泯): 없어지거나 어두운 것, 또는 잘 알아볼 수 없는 상태를 나타낸다.

924 사행(肆行): 멋대로 행해지다.

925 부득위(不得位): 법령으로 사악한 학문을 금할 위치를 얻지 못하다. 왕위에 오르지 못하다.

926 귀왕천패(貴王賤霸): 덕으로 다스리는 왕도를 귀하게 여기고 힘으로 다스리는 패도를 천하게 여기다.

其大經大法[927]은,
기 대 경 대 법
그 큰 강령과 큰 법도는

皆亡滅而不救하고,
개 망 멸 이 불 구
모두 없어져서 찾아볼 수 없게 되고

壞爛而不收하야,
괴 란 이 불 수
부숴지고 썩어서 거둬들일 수 없게 되어,

所謂存十一於千百이라,
소 위 존 십 일 어 천 백
이른바 남은 것이란 백분의 일 정도라 할 것이니,

安在其能廓如也오?
안 재 기 능 곽 여 야
어찌 길을 훤하게 할 수 있었다고 하겠습니까?

然이나 向無孟氏면,
연 향 무 맹 씨
그렇지만 만약에 맹자가 없었다면,

則皆服左衽[928]
즉 개 복 좌 임
모두가 오랑캐처럼 옷깃을 왼편으로 여미고

而言侏離[929]矣라.
이 언 주 리 의
오랑캐 말을 하게 되었을 것입니다.

故로 愈는 常推尊孟氏하여,
고 유 상 추 존 맹 씨
그래서 제가 늘 맹자를 존중하면서

以爲功不在禹下者는,
이 위 공 부 재 우 하 자
우임금 못지않다고 여기는 것은

爲此也라.
위 차 야
이 때문입니다.

漢氏以來로,
한 씨 이 래
한나라 이래로

927 대경대법(大經大法): 세상을 올바르게 이끄는 강령과 위대한 법도

928 복좌임(服左衽): 오랑캐 풍습처럼 옷깃을 왼편으로 여미고 옷을 입다.

929 주리(侏離): 오랑캐의 말소리〔『후한서(後漢書)』「남만전(南蠻傳)」〕

群儒는 區區[930]修補하야, 군유 구구 수보	여러 유학자들은 조금씩 수정하고 보충함으로써
百孔千瘡[931]이, 백공천창	백 군데에 뚫린 구멍과 천 군데의 종기가
隨亂隨失하야, 수란수실	혼란 속에 없어지기도 하였으나,
其危 기위	그 위태로움은
如一髮引千鈞[932]하고, 여일발인천균	한 가닥 머리카락으로 천 근을 끌어당기는 것처럼
緜緜延延[933]하여, 면면연연	연이어지면서
寖[934]以微滅이어늘, 침 이미멸	점점 소멸되어 가고 있거늘,
於是時也에, 어시시야	이러한 시국에
而唱釋老[935]於其間하야, 이창석로 어기간	거기에다 불교와 도교를 제창하면서
鼓天下之衆而從之하니, 고천하지중이종지	천하의 백성들을 충동질해 이에 따르도록 한다면,

930 구구(區區): 작거나 적은 모양

931 백공천창(百孔千瘡): 백 개의 구멍과 천 개의 종기. 결함과 부족이 많은 모양

932 일발인천균(一髮引千鈞): 한 가닥 머리카락으로 천 균의 무게를 끌다. 1균은 30근

933 면면연연(緜緜延延): 끊이지 않고 계속 이어지고 있는 모양

934 침(寖): 점점

935 석로(釋老): 석가모니와 노자. 불교와 도교

嗚呼라! 오 호	아!
其亦不仁甚矣로다. 기 역 불 인 심 의	그것 또한 너무나 어질지 않은 것입니다.
釋老之害가, 석 로 지 해	불교와 도교의 악영향은
過於揚墨하고, 과 어 양 묵	양주와 묵적보다도 더하고,
韓愈之賢이, 한 유 지 현	한유의 현명함은
不及孟子니, 불 급 맹 자	맹자에 미치지를 못하는데,
孟子不能救之於未亡之前이어늘, 맹 자 불 능 구 지 어 미 망 지 전	맹자도 아직 완전히 망하기 전에 그 형세를 구할 수가 없거늘,
而韓愈乃欲全之於已壞之後하니, 이 한 유 내 욕 전 지 어 이 괴 지 후	한유가 이미 무너진 뒤에 그런 형세를 온전히 돌려놓고자 하니,
嗚呼라! 오 호	아!
其亦不量其力이오, 기 역 불 량 기 력	그것은 또한 역량도 헤아리지 못하고
且見其身之危하야, 차 견 기 신 지 위	몸을 위태롭게 하여,
莫之救以死也로다. 막 지 구 이 사 야	죽음으로도 그런 형세를 구할 수 없습니다.
雖然이나 使其道로 수 연 사 기 도	그렇지만 그 도가

由愈而粗傳이면, 유 유 이 조 전	나로 말미암아 거칠게라도 전해진다면,
雖滅死나, 수 멸 사	비록 죽어 없어진다 하더라도
萬萬無恨이라. 만 만 무 한	절대로 한이 되지 않을 것입니다.
天地鬼神이, 천 지 귀 신	하늘과 땅의 귀신이
臨之在上하고, 임 지 재 상	위에서 내려다보고 계시고
質之在傍하니, 질 지 재 방	곁에서 확인하고 계시니,
又安得因一摧折하야, 우 안 득 인 일 최 절	또 어찌 한 번의 실패로 말미암아
自毁其道 자 훼 기 도	스스로 그 올바른 도를 무너뜨리고
而從於邪也리오? 이 종 어 사 야	사악함을 따를 수가 있겠습니까?
籍湜[936]輩는, 적 식 배	장적·황보식의 무리는
雖屢指敎나, 수 루 지 교	비록 여러 번 가르침을 주었으나,
不知果能不叛去否라. 부 지 과 능 불 반 거 부	과연 배신하지 않을 수 있을지 모르겠습니다.

936 적식(籍湜): 장적(張籍)과 황보식(皇甫湜). 장적은 문인·시인으로, 글 번호 24 한유의 「장적에게 보내는 두 번째 답장(重答張籍書)」을 보면 그가 불교와 도교를 배척하는 견해를 폈다는 것을 알 수 있다. 황보식은 장적과 함께 명성을 날린 시인으로 「송손생서(送孫生序)」에 불교를 배척하는 논조가 보인다. 이들은 한유를 만나 여러 번 이에 관한 의견을 나눈 것으로 보인다.

辱吾兄眷厚[937]하되, 욕 오 형 권 후	외람되게도 형께서 두터이 돌보아 주시나
而不獲承命하니, 이 불 획 승 명	명을 받들어 따르지 못하고 보니,
唯增慚懼라. 유 증 참 구	오직 부끄러움과 두려움만이 더해질 따름이옵니다.
死罪死罪로다. 사 죄 사 죄	죽을죄를 지었습니다! 죽을죄를 지었습니다!

29. 문창 스님을 보내며 지은 서(送浮屠文暢師序)[938]

한유(韓愈)

人固有儒名[939] 인 고 유 유 명	사람들 중에는 본시 유가의 명분을 가지고
而墨行[940]者하니, 이 묵 행 자	묵가의 행동을 하는 사람이 있으니,
問其名則是요, 문 기 명 즉 시	그의 명분에 대해 물어보면 옳지만

937 권후(眷厚): 두터이 잘 돌보아 주다.

938 송부도문창사서(送浮屠文暢師序): 한유가 유종원의 부탁을 받고 문학을 좋아하는 문창 스님에게 보낸 글로 한유의 배불관이 잘 나타나 있다. '부도'란 붓다의 음역으로 일반적으로 불제자인 승려들을 말한다. 제목의 '송~서'는 원래는 전별시문집의 서문이라는 뜻이나, 한유에 와서는 그냥 한 편의 전별문과 같이 사용되었다.

939 유명(儒名): 유학자라는 이름을 지니고 있다. 유사라고 불리는 것

940 묵행(墨行): 묵자의 가르침을 따라 행동하다. 여기서 '묵'은 이단의 학문을 총칭한다.

校[941]其行則非라. 교 기행즉비	그의 행동을 따져 보면 틀렸다.
可以與之游乎아? 가이여지유호	그와 더불어 놀 수 있겠는가?
如有墨名 여유묵명	만약 묵가의 명분을 가지고
而儒行者하니, 이유행자	유가의 행동을 하는 이가 있으니,
問其名則非요, 문기명즉비	그의 명분에 대해 물어보면 틀렸지만
校其行則是면, 교기행즉시	그의 행동을 따져 보아 옳다면,
可以與之游乎아? 가이여지유호	그와 더불어 놀 수 있겠는가?
揚子雲이, 양자운	한나라 양웅이 말하기를,
稱在門墻[942]則揮之[943]하고, 칭재문장 즉휘지	"내 집 문이나 담에 있으면 그를 쫓아 버리지만
在夷狄[944]則進之[945]라 하니, 재이적 즉진지	오랑캐 땅에 있다면 그를 끌어들이겠다"고 하니,

941 교(校): 조사하다, 따지다.

942 문장(門墻): 집의 문과 담

943 휘지(揮之): 그를 쫓아 버리다.

944 이적(夷狄): 오랑캐. 동이(東夷)와 북적(北狄)

945 이 구절은 『법언』 「수신(修身)」에 나오는 말이다. 어떤 사람이 "누군가 공자의 집 담에 기대어 음탕한 노래를 하거나 한비자나 장자의 책을 읽고 있다면 문안으로 끌어들이겠는가?"라고 물은 데 대한 대답으로, 이와 비슷한 말을 하고 있다. 공자의 집 곁에서 이단의 글을 읽고 있는 자라면 쫓아 버리지만, 오랑캐 땅에서 이단의 글을 읽는 것은 아예 공부를 하지 않는 것보다는 낫다. 그것은 올바른 길로 인도해 줄 가능성이 있기 때문이다.

吾取以爲法焉하노라.
오 취 이 위 법 언

나는 그 말을 취해 법도로 삼고 있다.

文暢이 喜爲文章하야,
문 창 희 위 문 장

문창은 글짓기를 좋아하여

其周遊天下에,
기 주 유 천 하

천하를 두루 여행하였는데,

凡有行이면,
범 유 행

어디에 가면

必請於搢紳先生[946]하야,
필 청 어 진 신 선 생

반드시 여러 선비에게 요청하여

以求詠歌[947]其所志[948]라.
이 구 영 가 기 소 지

자신의 뜻을 시로 읊어 줄 것을 청하였다.

貞元[949]十九年春에,
정 원 십 구 년 춘

정원 19년(803) 봄

將行東南할새,
장 행 동 남

동남쪽으로 여행을 떠나려 할 적에,

柳君宗元이,
유 군 종 원

유종원이

爲之請하야 作詩하고,
위 지 청 작 시

그를 위해 시를 지어 줄 것을 나에게 청했는데,

解其裝[950]하니,
해 기 장

그의 여장을 풀어 보니

---

946 진신선생(搢紳先生): 옛날 지식인, 벼슬아치. '진신'은 사대부가 관복의 큰 띠에 홀을 꽂고 있는 것을 뜻하는 말

947 영가(詠歌): 읊고 노래하다. 시를 짓는 것을 뜻한다.

948 기소지(其所志): 그가 뜻하고 있는 바. 그의 생각이나 사상들을 가리킨다.

949 정원(貞元): 당나라 덕종의 연호

950 기장(其裝): 그의 여장

得所得敘詩[951]累百餘篇이라.
득소득서시 루백여편

남들이 지어 보내 준 시가
수백 편이나 되었다.

非至篤好면,
비지독호

문학을 지극히 좋아하지 않았다면

其何能致多如是邪아?
기하능치다여시야

어떻게 이처럼 많이 받을 수
있었겠는가?

惜其無以聖人之道로,
석기무이성인지도

애석하게도 그중에는 성인의 도로

告之者요
고지자

일러 준 것은 없고,

而徒擧浮屠之說하야,
이도거부도지설

부질없이 부처의 이론을 써서

贈焉이로다.
증언

준 것들이었다.

夫文暢은 浮屠也라,
부문창 부도야

문창은 불제자라서

如欲聞浮屠之說인댄,
여욕문부도지설

만약 불교의 이론에 대해 듣고
싶었다면

當自就[952]其師而問之니,
당자취 기사이문지

마땅히 그의 스승에게 찾아가서
물으면 되는데,

何故로
하고

무슨 까닭으로

---

951 서시(敘詩): 남들이 지어 보내 준 시

952 취(就): 찾아가다, 나아가다.

謁吾徒而來請也리오? 알 오 도 이 래 청 야	우리 유학자를 찾아와 의견을 요청하겠는가?
彼見吾君臣父子之懿[953]와, 피 견 오 군 신 부 자 지 의	그는 우리의 군신과 부자 사이의 위대한 윤리와
文物禮樂之盛하고, 문 물 예 악 지 성	문물과 예악의 성대함을 보고서,
其心이 必有慕焉이로되, 기 심 필 유 모 언	마음속으로 반드시 흠모하는 바가 있었을 것이나
拘其法而未能入이라. 구 기 법 이 미 능 입	불법에 얽매여 들어올 수 없었던 것이다.
故로 樂聞其說 고 요 문 기 설	그러므로 성인의 이론에 대해 듣기를 좋아하여
而請之니, 이 청 지	요청한 것이리니,
如吾徒者는 여 오 도 자	우리 유자들은
宜當告之以二帝三王之道와, 의 당 고 지 이 이 제 삼 왕 지 도	마땅히 요·순과 삼대의 선왕들의 도와,
日月星辰之所以行과, 일 월 성 신 지 소 이 행	해와 달과 별이 운행하는 원리와,
天地之所以著와, 천 지 지 소 이 저	하늘과 땅이 분명한 까닭과,

953 의(懿): 큰 것, 위대한 윤리

鬼神之所以幽와, 귀 신 지 소 이 유	귀신들이 눈에 보이지 않는 까닭과,
人物之所以蕃[954]과, 인 물 지 소 이 번	만물이 번성하는 이유와,
江河之所以流하야 강 하 지 소 이 류	강물이 흐르고 있는 까닭을
而語之요, 이 어 지	일러주고 말해 주어야지,
不當又爲浮屠之說하야 부 당 우 위 부 도 지 설	더욱이 불교의 이론이나 펴면서
而瀆告[955]之也라. 이 독 고 지 야	귀에 못이 박이도록 더럽혀서는 안 될 것이다.
民之初生에, 민 지 초 생	사람이 처음 생겨났을 적에는
固若禽獸然이러니, 고 약 금 수 연	본시 새나 짐승들과 같았는데,
聖人者立然後에, 성 인 자 립 연 후	성인이 나온 뒤에야
知宮居[956]而粒食[957]하며, 지 궁 거 이 입 식	집을 짓고 살며 곡식을 먹고
親親[958]而尊尊[959]하고, 친 친 이 존 존	어버이를 받들고 윗사람을 모시며,
生者는 養 생 자 양	산 사람을 부양하고

954 번(蕃): 번성하다. 많아지다.

955 독고(瀆告): 이미 여러 번 들어서 귀에 못이 박인 말을 또 아뢰어 더럽힌다는 뜻

956 궁거(宮居): 집을 짓고 살다.

957 입식(粒食): 곡식으로 음식을 만들어 먹다.

958 친친(親親): 어버이(또는 친척들)와 친근히 잘 지내다.

959 존존(尊尊): 윗사람을 잘 받들어 모시다.

而死者는 藏[960]하니, 이 사 자 장	죽은 사람을 장사 지내게 되니,
是故로 시 고	그러므로
道莫大乎仁義요, 도 막 대 호 인 의	도에는 인과 의보다 더 큰 것이 없고
教莫正乎禮樂刑政이라. 교 막 정 호 예 악 형 정	가르침에는 예악·형벌·정치보다 더 바른 것이 없다.
施之於天下 시 지 어 천 하	그것들을 천하에 시행하면
萬物에 得其宜하고, 만 물 득 기 의	만물이 모두 합당함을 얻게 되고,
措[961]之於其躬에, 조 지 어 기 궁	그것들을 자신에게 적용하면
體安而氣平이라. 체 안 이 기 평	몸은 편안하고 기운은 평온하게 되는 것이다.
堯以是傳之舜하시고, 요 이 시 전 지 순	요임금은 이것을 순임금에게 전하였고
舜以是傳之禹하시고, 순 이 시 전 지 우	순임금은 이것을 우왕에게 전하였으며,
禹以是傳之湯하시고, 우 이 시 전 지 탕	우왕은 이것을 탕왕에게 전하였고
湯以是傳之文武하시고, 탕 이 시 전 지 문 무	탕왕은 이것을 문왕과 무왕에게 전하였으며,

960 장(藏): 매장하다, 장사 지내다.

961 조(措): 놓다, 두다, 적용하다.

文武以是傳之周公孔子하사,
문 무 이 시 전 지 주 공 공 자

문왕과 무왕은 이것을 주공과 공자에게 전하여,

書之於冊[962]하야,
서 지 어 책

그것을 책으로 지어 놓아

中國之人이,
중 국 지 인

중국인이

世守之라.
세 수 지

대대로 이를 지키고 있는 것이다.

今浮屠者는,
금 부 도 자

지금의 불교라는 것은

孰爲而孰傳之邪아?
숙 위 이 숙 전 지 사

누가 만들고 누가 전한 것인가?

夫鳥는 俛[963]以啄[964]하고,
부 조 면 이 탁

새들은 몸을 숙여 모이를 쪼다가

仰而四顧하며,
앙 이 사 고

고개를 들어 사방을 둘러보고,

夫獸深居而簡出[965]은,
부 수 심 거 이 간 출

짐승들은 깊은 곳에 있으면서 드물게 나타나는 것은,

懼物之爲己害也니라.
구 물 지 위 기 해 야

다른 사물이 자기를 해칠까 두렵기 때문이다.

猶且[966]不脫[967]焉하야,
유 차 불 탈 언

그런데도 거기에서 벗어나지 못하고

962 책(冊): 대쪽 죽간. 옛날에는 대쪽에 글을 적어 책을 엮었다.
963 면(俛): 몸을 굽히다.
964 탁(啄): 먹이를 부리로 쪼다.
965 간출(簡出): 위험하지 않을 때를 골라 나타나다. '간'은 고르다.
966 유차(猶且): 그러고도 또
967 불탈(不脫): 해에서 벗어나지 못하다.

弱之肉을, 약 지 육	약한 자의 고기를
强之食이니, 강 지 식	강한 자가 먹고 있는 것이다.
今吾與文暢으로, 금 오 여 문 창	지금 내가 문창과 함께
安居而暇食[968]하고, 안 거 이 가 식	편안히 살면서 여유 있게 먹고 지내고,
優游[969]以生死하야, 우 유 이 생 사	유유히 살다가 죽을 수 있어서
與禽獸異者를, 여 금 수 이 자	새나 짐승과 다른 것이니,
寧可不知其所自[970]邪아? 영 가 부 지 기 소 자 사	어찌 근원을 알지 못해서야 되겠는가?
夫不知者는, 부 부 지 자	알지 못하는 것은
非其人之罪也요, 비 기 인 지 죄 야	그 사람의 죄가 아니나,
知而不爲之者는 지 이 불 위 지 자	알면서 따르지 않는 것은
惑也며, 혹 야	미혹된 것이며,
悅乎故하야, 열 호 고	옛것을 좋아하여
不能卽乎新者는 弱也며, 불 능 즉 호 신 자 약 야	새로운 것으로 나아가지 못하는 것은 약한 것이며,

968 가식(暇食): 여유 있게 잘 먹고 지내다.
969 우유(優游): 여유 있게 마음대로 놀다.
970 소자(所自): 그것이 온 바, 근원이 되는 것

知而不以告之者는 지 이 불 이 고 지 자	알면서 그것을 일러 주지 않는 것은
不仁也며, 불 인 야	어질지 못한 것이며,
告而不以實者는 고 이 불 이 실 자	일러 주어도 사실로 받아들이지 않는 것은
不信也이니, 불 신 야	믿음이 없는 것이니,
余既重柳請하고, 여 기 중 류 청	나는 유종원의 요청을 깊이 고려하고
又嘉浮屠能喜文辭하여, 우 가 부 도 능 희 문 사	또 불제자인 그가 문학을 좋아함을 가상히 여겨,
於是乎言하노라. 어 시 호 언	이에 이러한 말을 하노라.

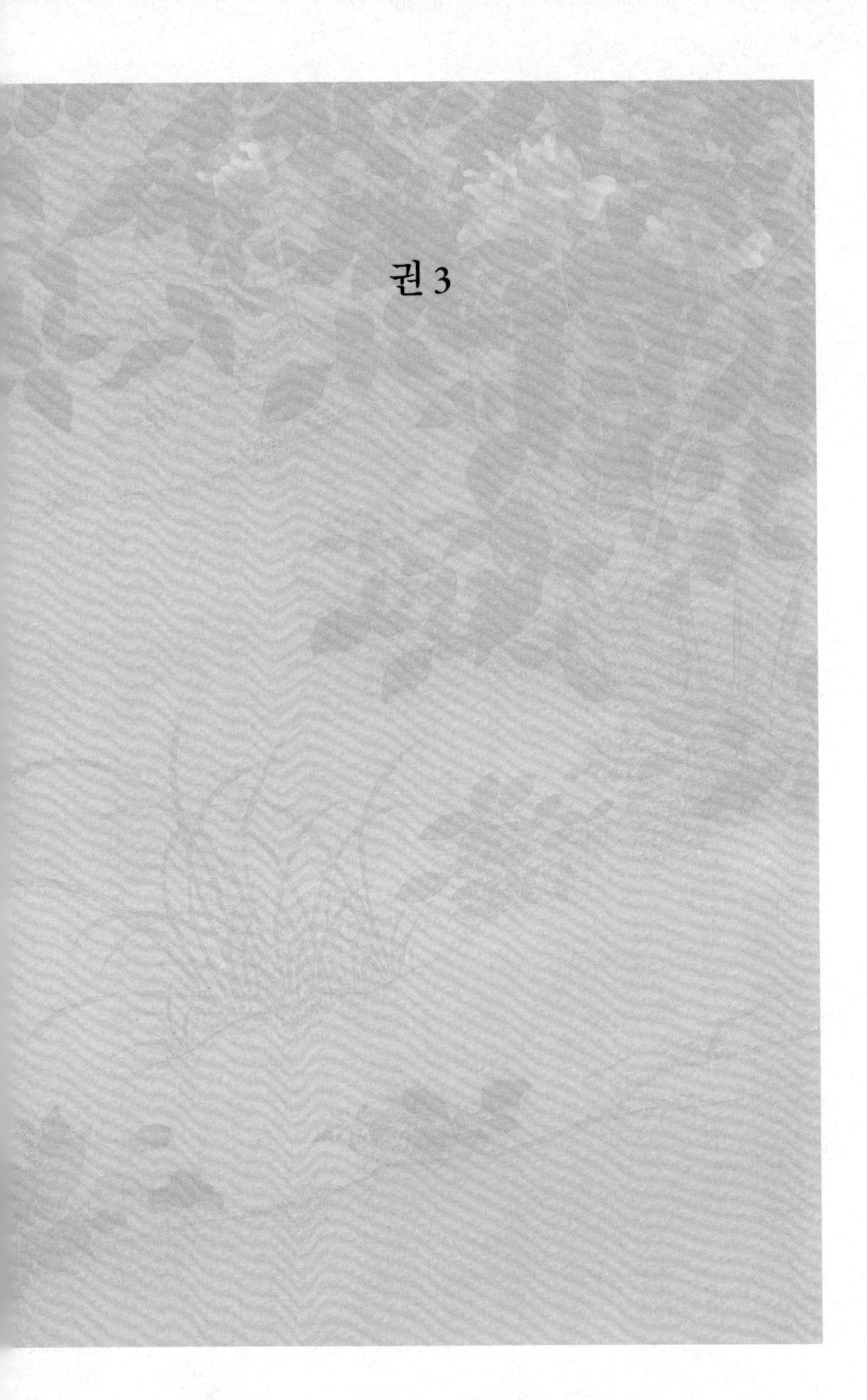

권 3

30. 회서 평정 기념비 비문(平淮西碑)[1]

한유(韓愈)

天以唐克肖其德[2]하사, 천 이 당 극 초 기 덕	하늘은 당나라가 선왕의 덕을 잘 본받았다고 여겼다.
聖子神孫[3]이, 성 자 신 손	성스럽고 신령한 왕손들이
繼繼承承하여, 계 계 승 승	연이어 왕업을 계승하여,
於千萬年에, 어 천 만 년	천만년이 가더라도
敬戒不怠로, 경 계 불 태	공경하고 경계하며 태만하지 않아,
全付所覆[4]하시니, 전 부 소 복	온 천하를 전부 맡겨 다스리게 하시니,
四海九州가, 사 해 구 주	사해와 구주가

1 평회서비(平淮西碑): 회서에서 일어난 오원제의 반란을 평정한 공적을 적은 비문이다. 원화 9년(814), 창의절도사 오소성이 죽자 그의 아들인 오원제가 스스로 채주자사가 되려고 조정에 표를 올려 주청하였지만, 허락하지 않자 마침내 반란을 일으켰다. 회서는 회수의 상류 지방인 하남성 일대이고, 채주는 하남성 여남현을 말한다. 당시 헌종은 여러 신하들의 반대에도 불구하고, 자신의 견해에 동조하는 배도를 승상으로 임명한 뒤 회서 토벌을 감행하였다. 이에 원화 12년(817), 이소가 오원제를 사로잡고 그 난을 평정하였으며, 원화 14년에는 오원제의 도당이던 이사도마저 잡아 죽이게 된다. 원화 12년, 승상 배도가 회서선위처치사(淮西宣慰處置使)로서 토벌군의 총사령관으로 나갔을 때, 한유는 그 부사령관인 행군사마가 되어 배도를 수행하였다. 같은 해 회서를 평정하고 조정으로 돌아오자, 헌종이 한유에게 명해 이 비문을 지었다.

2 극초기덕(克肖其德): 그 덕이 선왕들의 덕과 잘 닮도록 하다.

3 성자신손(聖子神孫): 성스럽고 신령스런 자손들이란 당나라 역대 황제들을 가리킨다.

4 전부소복(全付所覆): 천하를 전부 맡겨 다스리게 하다. '소복'이란 하늘이 덮고 있는 온 천하를 가리킨다.

罔有內外하니, 망 유 내 외	안팎에 상관없이
悉主悉臣[5]이라. 실 주 실 신	모두 다 [당나라 왕조를] 주인으로 섬기고 모두가 신하를 자처하였다.
高祖太宗이, 고 조 태 종	고조와 태종께서
旣除旣治하시고, 기 제 기 치	잘 정리하여 다스리시고,
高宗中睿가, 고 종 중 예	고종·중종·예종께서
休養生息하사, 휴 양 생 식	쉬게 하고 길러 주어 생산이 번성케 되었으며,
至于玄宗하야, 지 우 현 종	현종에 이르러서는
受報收功하시니, 수 보 수 공	그 공과 결과를 거둬들이니
極熾而豊[6]이라. 극 치 이 풍	지극히 왕성하고 풍부해졌다.
物衆地大에, 물 중 지 대	산물이 많아지고 땅이 커지자
蘖牙其間[7]이어늘, 얼 아 기 간	그사이로 혼란의 싹이 움트고 있었는데,
肅宗代宗 숙 종 대 종	숙종과 대종,

5 실주실신(悉主悉臣): 모든 고장의 임금 노릇을 하며 모든 사람을 신하로 삼다.

6 극치이풍(極熾而豊): 극히 성하고 풍부해지다.

7 얼아기간(蘖牙其間): 그사이에 걱정의 싹이 트다. 안녹산의 난이 발생한 것을 가리킨다. '아'는 아(芽)와 서로 통한다.

德祖順考가, 덕 조 순 고	덕종과 순종께서는
以勤以容하사, 이 근 이 용	부지런하고 너그러이 하시어,
大慝[8]을 適去나, 대 특 적 거	가장 사악한 자는 제거하였으나
稂莠[9]를 不薅[10]러니, 낭 유 불 호	논밭의 잡초를 다 뽑아 버리지 못하였으니,
相臣將臣이, 상 신 장 신	재상이나 장수들은
文恬武嬉[11]하야, 문 념 무 희	문무 관료로서 편안히 지내고,
習熟見聞하야, 습 숙 견 문	보고 듣는 일들에 익숙해져
以爲當然이라. 이 위 당 연	당연한 것으로 여기게 되었다.
睿聖文武皇帝[12]는, 예 성 문 무 황 제	문무를 갖추신 헌종 황제께서는
旣受群臣朝하시고, 기 수 군 신 조	여러 신하의 조회를 받으시고,
乃考圖數貢[13]하사, 내 고 도 수 공	지도를 살피며 공물을 따져 보신 다음
曰 왈	말하였다.

8 대특(大慝): 크게 사악한 자. 반란을 일으켰던 각 지방의 절도사들

9 낭유(稂莠): 논에 자생하여 해가 되는 잡초. 즉 성현이나 양민을 해치는 잔적들

10 호(薅): 풀을 뽑거나 베다.

11 문념무희(文恬武嬉): 문인으로 편안히 지내거나 무인이 되어 즐기는 것을 말한다.

12 예성문무황제(睿聖文武皇帝): 당나라 헌종의 존호. '예'는 밝다, 슬기롭다. '예성'은 임금의 성덕. '예성문무'란 지덕과 문무를 겸비한 것. 즉 임금의 재덕을 찬양하는 말

13 고도수공(考圖數貢): 여러 지방의 지도를 상고하고, 각지에서 바치는 공물을 따져 보다. 즉 잔적들이 있는 고을의 지형을 연구하고, 어느 곳에서 공물을 제대로 보내오지 않는가를 따져 보는 것

嗚呼라! 오 호	"아아!
天旣全付予有家하시니, 천 기 전 부 여 유 가	하늘이 이미 온 천하를 주시고 다스리게 하시어,
今傳次[14]在予라. 금 전 차 재 여	지금은 차례에 따라 왕위가 나에게 전해졌다.
予不能事事[15]면, 여 불 능 사 사	내가 맡은 일을 제대로 처리하지 못한다면
其何以見于郊廟리오? 기 하 이 견 우 교 묘	어떻게 하늘과 조상을 뵈올 수가 있겠는가?"
群臣震懾[16]하야, 군 신 진 섭	이에 여러 신하가 떨고 두려워하여
犇走率職[17]일새, 분 주 솔 직	부지런히 뛰어다니며 직무를 수행하니,
明年平夏[18]하고, 명 년 평 하	다음 해에는 하주를 평정하고,
又明年平蜀[19]하고, 우 명 년 평 촉	또 다음 해에는 촉을 평정하고,

14 전차(傳次): 왕위가 전해지는 차례

15 사사(事事): 일을 제대로 처리하는 것을 가리킨다.

16 진섭(震懾): 떨며 두려워하는 것을 말한다.

17 분주솔직(犇走率職): 놀란 소처럼 뛰어다니며 직책을 수행하는 것을 말한다.

18 평하(平夏): '하'는 하주(夏州). 원화 원년(806) 3월에 하수유후(夏綏留後) 양혜림(楊惠琳)이 반란을 일으키자 하주병마사(夏州兵馬使) 장승금(張承金)이 그를 토벌하여 평정하였다.

19 평촉(平蜀): 촉에서 유벽(劉闢)이 일으켰던 반란을 평정한 것을 가리킨다. 검남절도사(劍南節度使) 위고(韋皐)가 죽자 행군사마 유벽이 유후(留後)라 자칭하고 원화 원년에 반란을 일으켰는데, 그해 9월에 동천절도부사(東川節度副使) 고숭문(高崇文)이 그를 토벌하였다.

又明年平江東[20]하고, 우 명 년 평 강 동	또 다음 해에는 강동을 평정하고,
又明年平澤潞[21]하고, 우 명 년 평 택 로	또 다음 해에는 택주와 노주를 평정하고,
遂定易定[22]하고, 수 정 역 정	마침내 역주와 정주를 평정하자,
致魏博貝衛澶相[23]하야, 치 위 박 패 위 전 상	위·박·패·위·전·상주가 항복하여
無不從志라. 무 불 종 지	뜻을 따르지 않는 일이 없게 되었다.
皇帝曰 황 제 왈	황제께서 이르시길
不可究武[24]니, 불 가 구 무	"무력을 끝까지 쓸 수는 없으니
予其少息하리라. 여 기 소 식	나도 좀 쉬어야겠노라" 하시었다.
九年에 蔡將[25]死하니, 구 년 채 장 사	9년(814)에 채주의 장수가 죽자

20 평강동(平江東): 원화 2년(807) 진해절도사(鎭海節度使) 이기(李錡)가 반란을 일으키자, 병마사 장자량(張子良)이 그를 잡아 경사(京師)로 보냈다.

21 평택로(平澤潞): 원화 5년(810) 소의절도사(昭義節度使) 노종사(盧從史)가 반란을 일으킨 것을 평정하였다. 택주는 지금의 산서성 진성현 동북에, 노주는 지금의 산서성 장치현에 있던 고을 이름.

22 정역정(定易定): 원화 5년 의무절도사(義武節度使) 장무소(張茂昭)가 역주와 정주를 바치고 귀순한 일을 가리킴. 두 고을 모두 후의 직례성(直隸省)에 속하게 된 지역이다.

23 치위박패위전상(致魏博貝衛澶相): 원화 7년(812) 10월 위박절도사(魏博節度使) 전홍정(田弘正)이 그가 관할하던 여섯 고을을 모두 바치고 귀순한 일을 가리킴. 여섯 고을 모두 지금의 하남·하북 등의 두 성에 걸쳐 있었다.

24 구무(究武): 무력을 끝까지 쓰다.

25 채장(蔡將): 채주의 장수. 회채절도사(淮蔡節度使) 오소성(吳少誠)을 가리킨다. 채주는 지금의 하남성 여남현

蔡人立其子元濟以請이나, 채 인 립 기 자 원 제 이 청	채주 사람들이 그의 아들 오원제를 내세우려 했으나
不許하니, 불 허	허락하지 않자,
遂燒舞陽[26]하고, 수 소 무 양	마침내 무양을 불태우고
犯葉襄城[27]하야, 범 섭 양 성	섭성과 양성으로 침범하여,
以動東都[28]하고, 이 동 동 도	동도 낙양을 동요시키고
放兵四劫이라. 방 병 사 겁	군사들을 풀어 사방을 약탈하였다.
皇帝歷問于朝하시니, 황 제 력 문 우 조	황제께서 조정에서 대책을 물으시니
一二臣外에, 일 이 신 외	한두 신하 이외에는
皆曰 개 왈	모두가 말하기를,
蔡帥之不庭授가, 채 수 지 부 정 수	“채주의 장수가 조정의 명령을 따르지 않은 것은
于今五十年이라. 우 금 오 십 년	지금까지 오십 년이나 되었습니다.
傳三姓四將[29]하야, 전 삼 성 사 장	그동안 세 성(姓)의 네 장수에게 전해지며

26 무양(舞陽): 지금의 하남성 무양현

27 섭양성(葉襄城): ‘섭’은 지금의 하남성 섭현. ‘양성’은 지금의 하남성 양성현

28 동도(東都): 서도 장안에 대해 낙양을 지칭하는 말

29 삼성사장(三姓四將): 이충신(李忠臣)·진기(陳奇)·오소성(吳少誠)·이희열(李希烈) 등 그곳에

其樹本堅하고,
기 수 본 견
그 심어진 뿌리가 굳게 박혔고,

兵利卒頑하야,
병 리 졸 완
병기는 날카롭고 병졸도 완고하여

不與他等하니,
불 여 타 등
다른 지역과는 같지가 않으니,

因撫而有[30]어야,
인 무 이 유
그러니 잘 어루만져 거느려야만

順且無事리이다.
순 차 무 사
순종하게 되고 무사할 것입니다"라 하였다.

大官臆決唱聲[31]하니,
대 관 억 결 창 성
대관들이 멋대로 결단을 내리고 소리쳐 아뢰니,

萬口和附하고,
만 구 화 부
모든 사람이 이에 부화뇌동하여

幷爲一談하니,
병 위 일 담
다 같이 한 가지 말만 하여,

牢不可破라.
뇌 불 가 파
그 완고한 주장을 깨뜨릴 수가 없을 것 같았다.

皇帝曰
황 제 왈
황제께서 말씀하셨다.

惟天惟祖宗이,
유 천 유 조 종
"하늘과 조상들께서

所以付任予者는,
소 이 부 임 여 자
나에게 임무를 부여한 까닭이

서 절도사를 지낸 세 성의 네 장수를 가리킨다.

30 무이유(撫而有): 어루만지며 거느리다.

31 억결창성(臆決唱聲): 멋대로 그릇된 결단을 내리고 소리를 맞춰 선창하여 아뢰다.

庶其在此이니, 서 기 재 차	아마도 여기에 있을 것이니,
予何敢不力이리오? 여 하 감 불 력	내 어찌 감히 힘쓰지 않으리오?
況一二臣[32]同하니, 황 일 이 신 동	하물며 한두 명의 신하들이 동조하고 있으니,
不爲無助니라. 불 위 무 조	돕는 이가 없다고 할 수는 없다.
曰光顔[33]아 왈 광 안	이광안은 들어라.
汝爲陳許帥니, 여 위 진 허 수	그대를 진주·허주를 다스리는 장수로 삼으니,
維是河東[34]魏博郃陽 유 시 하 동 위 박 합 양	하동의 위주·박주·합양의
三軍之在行者[35]를, 삼 군 지 재 행 자	진영에 있는 세 군대를
汝皆將之하라. 여 개 장 지	그대가 모두 통솔하도록 하라.
曰重胤[36]아 왈 중 윤	오중윤은 들어라.
汝故有河陽懷나, 여 고 유 하 양 회	그대는 하양과 회주를 맡고 있었으나

32 일이신(一二臣): 반란군을 평정하려는 황제의 뜻에 동의한 배도와 무원형을 가리킨다.

33 광안(光顔): 원화 9년(814) 10월 진주자사(陳州刺史) 이광안(李光顔)을 충무절도사(忠武節度使)로 임명하였다. 당시 충무절도사는 진주와 허주를 다스렸다.

34 하동(河東): 산서성의 황하 동쪽 지역을 가리킨다.

35 재행자(在行者): 행영(行營). 즉 진영에 주둔하고 있는 군대를 가리킨다.

36 중윤(重胤): 원화 9년 윤 8월에 하양절도사 오중윤을 여주자사(汝州刺史)로 임명하고 하양회여절도사(河陽懷汝節度使)의 직책도 겸직하도록 하였다. 하양·회주·여주 등은 모두 지금의 하남성에 있던 지명이다.

今益以汝하노니, 금 익 이 여	지금 여주도 그대에게 덧붙여 줄 것이니,
維是朔方義成陝 유 시 삭 방 의 성 섬	북방의 의주·성주·섬주·
益鳳翔延慶 익 봉 상 연 경	익주·봉상·연주·경주
七軍之在行者를, 칠 군 지 재 행 자	진영의 일곱 군대를
汝皆將之하라. 여 개 장 지	그대가 모두 통솔하라.
曰弘[37]아 왈 홍	한홍은 들어라.
汝以卒萬二千으로, 여 이 졸 만 이 천	그대는 일만 이천 명의 군사를 거느리고
屬而子公武하야, 속 이 자 공 무	그대의 아들 공무에 소속되게 하여
往討之하라. 왕 토 지	반적들을 토벌하라.
曰文通[38]아 왈 문 통	이문통은 들어라.
汝守壽니, 여 수 수	그대는 수주를 수비하고 있으니,
維是宣武淮南宣歙 유 시 선 무 회 남 선 섭	선무·회남·선섭·

37 홍(弘): 한홍(韓弘). 원화 10년 9월 선무절도사(宣武節度使)에서 회서제군도통(淮西諸軍都統)이 되었는데, 그의 요청에 의해 아들 한공무가 1만 2천 명의 군대를 이끌고 채하로 와서 군수물자를 보급하였다.

38 문통(文通): 원화 10년 12월에 좌금오대장군이던 이문통을 수주단련사(壽州團練使)로 임명하였다. 수주는 지금의 안휘성 수현을 말한다.

浙西四軍之行于壽者를, 절 서 사 군 지 행 우 수 자	절서에서 순시하며 수주를 지키고 있는 네 군대를
汝皆將之하라. 여 개 장 지	그대가 모두 통솔하라.
曰道古[39]야! 왈 도 고	이도고는 들어라.
汝其觀察鄂岳하라. 여 기 관 찰 악 악	그대는 악주(鄂州)와 악주(岳州)의 관찰사가 되어라.
曰愬[40]야! 왈 소	이소는 들어라.
汝帥唐鄧隨니, 여 수 당 등 수	그대는 당주·등주·수주의 절도사이니,
各以其兵으로, 각 이 기 병	따로 그곳 병사를 거느리고
進戰하라. 진 전	진군하라.
曰度[41]야 왈 도	배도는 들어라.
汝長御史[42]니, 여 장 어 사	그대는 어사대의 장관이니,
其往視師하라. 기 왕 시 사	가서 군사들을 돌보도록 하라.

39 도고(道古): 원화 11년(816) 검주관찰사(黔州觀察使)인 이도고(李道古)를 악악관찰사(鄂岳觀察使)로 임명하였다. 악주(鄂州)는 지금의 호북성 무창현이고, 악주(岳州)는 호남성 파릉현 부근을 말한다.

40 소(愬): 원화 11년 12월에 태자첨사 이소(李愬)를 당등수절도사(唐鄧隨節度使)에 임명했다. 당주·등주는 하남성에, 수주는 호북성에 있다.

41 도(度): 배도(裵度)를 말한다.

42 장어사(長御史): 배도는 검찰청에 해당하는 어사대(御史台)의 차장격인 어사중승(中丞)이었다.

曰度야 왈 도	배도여.
惟汝予同니, 유 여 여 동	그대는 나의 뜻에 동조하니,
汝遂相予[43]하야, 여 수 상 여	나의 승상이 되어
以賞罰用命不用命하라. 이 상 벌 용 명 불 용 명	명을 잘 받드는지 가려 상이나 벌을 내리도록 하라.
曰弘아 왈 홍	한홍은 들어라.
汝其以節度니, 여 기 이 절 도	그대는 절도사이니
都統諸軍하라. 도 통 제 군	모든 군사를 통괄하라.
曰守謙[44]아 왈 수 겸	양수겸은 들어라.
汝出入左右하고, 여 출 입 좌 우	그대는 내 가까이 출입하고
汝惟近臣하니, 여 유 근 신	떠나지 않는 가까운 신하이니
其往撫師하라. 이 왕 무 사	가서 군사들을 위로하도록 하라.
曰度야 왈 도	배도는 들어라.
汝其往하야, 여 기 왕	그대는 가서

43 상여(相予): 원화 12년 배도를 승상[平章事]으로 발탁한 뒤 회서선위처치사로 나가게 하였다. 당시 한유는 그의 행군사마로 따라갔다.

44 수겸(守謙): 내시인 양수겸(梁守謙)을 말한다. 원화 11년 11월, 지추밀(知樞密)이었던 그를 보내 군대를 위무하고 감독케 하였다.

衣服飮食予士하야, 의 복 음 식 여 사	군사들에게 입을 것과 먹을 것을 대어 주어
無寒無飢하야, 무 한 무 기	헐벗고 굶주리지 않도록 하여,
以旣厥事[45]코, 이 기 궐 사	그 일을 완수하고
遂生蔡人하라. 수 생 채 인	채주의 사람들이 잘 살아가도록 하라.
賜汝節斧[46]와, 사 여 절 부	그대에게 절부와
通天御帶[47]와, 통 천 어 대	통천어대와
衛卒三百하노니, 위 졸 삼 백	호위병 삼백 명을 내리니,
凡玆廷臣을, 범 자 정 신	무릇 조정의 모든 신하를
汝擇自從하되, 여 택 자 종	그대가 뽑아서 스스로 따르게 하되,
惟其賢能이오, 유 기 현 능	오직 현명하고 능력 있는 사람을 고를 것이며
無憚大吏하라. 무 탄 대 리	고관이라 하여 꺼리지 말라.
庚申에, 경 신	경신일에
予其臨門送汝하리라. 여 기 임 문 송 여	내가 문 앞에서 그대를 전송하겠노라.

45 기궐사(旣厥事): 그 일을 완성시키다. 반란 평정을 완수하다.

46 절부(節斧): 황제가 출정하는 대장에게 내리는 신표인 부절과 통수권의 상징인 도끼

47 통천어대(通天御帶): 황제의 권한 대행을 상징하는 띠. 원화 12년 8월 배도가 회서로 나아갈 때 황제가 친히 무소뿔로 장식한 서대를 내렸다.

曰御史야 왈 어 사	어사들은 들어라.
予閔士大夫가, 여 민 사 대 부	나는 사대부들이
戰甚苦하노니, 전 심 고	싸움에 심한 고통을 겪는 것을 매우 가엽게 여기니,
自今以往으로, 자 금 이 왕	지금부터는
非郊廟祭祀어든, 비 교 묘 제 사	교묘에 제사 지내는 경우가 아니거든
其無用樂하라. 기 무 용 락	음악을 연주하는 일이 없도록 하라."
顔胤武[48] 안 윤 무	이광안·오중윤·한공무가
合攻其北하야, 합 공 기 북	힘을 합쳐 북쪽을 공격하여,
大戰十六에, 대 전 십 육	열여섯 차례나 큰 전투를 치러
得柵城縣二十三하며, 득 책 성 현 이 십 삼	성책과 고을 스물세 곳을 빼앗고
降人卒四萬하고, 항 인 졸 사 만	사만 명의 백성과 군졸을 항복시켰으며,
道古는 攻其東南하야, 도 고 공 기 동 남	이도고는 동남쪽을 공격해
八戰에 降卒萬三千하고, 팔 전 항 졸 만 삼 천	여덟 차례 싸워 군졸 삼천 명을 항복시키고,

48 안윤무(顔胤武): 이광안·오중윤·한공무 등 세 사람을 가리킨다.

再入申[49]하야, 재 입 신	다시 신주로 들어가
破其外城하고, 파 기 외 성	그 외성을 격파하였으며,
文通은 戰其東하야, 문 통 전 기 동	이문통은 동쪽 방면으로 공격하여
十餘遇에 降萬二千하고, 십 여 우 항 만 이 천	십여 차례 싸워 일만 이천 명을 항복시켰으며,
愬는 入其西하야, 소 입 기 서	이소는 서쪽 방면으로 쳐들어가
得賊將[50]하야, 득 적 장	적장을 사로잡아
輒釋不殺하고, 첩 석 불 살	문득 죽이지 않고 풀어 주고서는,
用其策하야, 용 기 책	그 계책을 써서
戰比有功이라. 전 비 유 공	전쟁에서 여러 번 공을 세웠다.
十二年八月에, 십 이 년 팔 월	12년(817) 8월에
丞相度至師하니, 승 상 도 지 사	승상 배도가 진중에 이르자
都統弘이, 도 통 홍	도통 한홍은
責戰益急이라. 책 전 익 급	더욱 급히 싸움을 독려하였다.

49 입신(入申): 원화 12년 이도고가 신주를 공격하여, 그 외성을 무너뜨렸다. 신주는 지금의 하남성에 있던 고을 이름이다.

50 득적장(得賊將): 이소는 적장 이우(李祐)를 사로잡았으나 죽이지 않고 잘 대우하여, 뒤에 적을 공격하는 데 이용하였다. 이것은 옛날 한신(韓信)이 이좌거(李左車)를 다루던 책략과 비슷하다고 보았다.

顏胤武가, 안 윤 무	이에 이광안·오중윤·한공무가
合戰益用命하니, 합 전 익 용 명	힘을 합쳐 싸우며 더욱 충실히 명령을 수행하자,
元濟가 盡幷其衆하야, 원 제 진 병 기 중	오원제는 자신의 무리들을 모조리 모아
洄曲[51]以備라. 회 곡 이 비	회곡에서 방비하였다.
十月壬申에, 십 월 임 신	10월 임신일에
愬가 用所得賊將하야, 소 용 소 득 적 장	이소는 자신이 잡은 적장을 이용하여,
自文城[52]으로, 자 문 성	문성으로부터
因天大雪하야, 인 천 대 설	큰 눈이 내리는 것을 틈타
疾馳百二十里하야, 질 치 백 이 십 리	백이십 리나 질풍같이 달려가,
用夜半到蔡하야, 용 야 반 도 채	한밤중에 채주에 이르러
破其門하고, 파 기 문	그 성문을 부수고
取元濟以獻하고, 취 원 제 이 헌	오원제를 잡아 바치고
盡得其屬人卒이라. 진 득 기 속 인 졸	그의 부하들도 모조리 다 사로잡아 버렸다.

51 회곡(洄曲): 하남성 상수현 서남쪽에 있는 지명으로, 시곡(時曲)이라고도 한다. 은수가 여기에서 굽이쳐 흐르므로 회곡이라는 이름이 생겼다.

52 문성(文城): 하남성 수평현 서남쪽에 있는 문성책(文城柵)

辛巳에
신 사

신사일에

丞相度가 入蔡하야,
승 상 도 입 채

승상 배도가 채주로 들어가서,

以皇帝命으로,
이 황 제 명

황제의 명으로

赦其人하니,
사 기 인

그곳 사람들을 용서하니

淮西平이라.
회 서 평

회서 지방은 평정되었다.

大饗[53]賚功[54]하고,
대 향 뇌 공

크게 잔치를 벌여 공을 세운
사람들에게 상을 내리고,

師還之日에,
사 환 지 일

군대가 개선하는 날에는

因以其食으로,
인 이 기 식

그 당시 장만했던 음식을

賜蔡人이라.
사 채 인

채주 사람들에게 하사하였다.

凡蔡卒三萬五千에,
범 채 졸 삼 만 오 천

무릇 채주의 군졸
삼만 오천 명 가운데

其不樂爲兵코,
기 불 락 위 병

병사 노릇을 달가워하지 않고

願歸爲農者가
원 귀 위 농 자

돌아가 농부가 되기를 바라는 자들이

十에 九라,
십 구

열에 아홉이나 되었는데,

---

53 대향(大饗): 크게 잔치를 벌이다.

54 뇌공(賚功): 공로가 있는 사람에게 술이나 음식 따위를 하사하는 것을 말한다.

悉縱之[55]하고, 그들은 모두 놓아주고
실 종 지

斬元濟於京師하다. 오원제는 서울에서 목을 베어 버렸다.
참 원 제 어 경 사

冊功[56]하니, 공로를 따져
책 공

弘加侍中하고, 한홍에게는 시중 벼슬이 더해졌고,
홍 가 시 중

愬는 爲左僕射하야, 이소는 좌복야가 되어
소 위 좌 복 야

帥山南東道[57]하고, 산남동도의 군사를 통솔하게 되었으며,
수 산 남 동 도

顔胤은 이광안과 오중윤에게는
안 윤

皆加司空하고, 모두 사공 벼슬이 더해졌고,
개 가 사 공

公武以散騎常侍로, 한공무는 산기상시로
공 무 이 산 기 상 시

帥鄜坊丹延[58]하고, 부방단연의 군대를 통솔하게 되었고,
수 부 방 단 연

道古는 進大夫하고, 이도고는 어사대의 대부로 승진하였고,
도 고 진 대 부

文通은 加散騎常侍하고, 이문통은 산기상시 벼슬이 보태어졌고,
문 통 가 산 기 상 시

55 실종지(悉縱之): 그들을 모두 놓아주다.

56 책공(冊功): 공로를 따져서 상을 내리는 것을 말한다.

57 수산남동도(帥山南東道): 명예직으로는 조정의 좌복야, 실직으로는 산남동도절도사를 겸한 것을 가리킨다. 이렇게 모든 지방 관리가 조정의 관직을 명예직으로 하나씩 더 받는 것을 기록관(奇祿官)이라 한다.

58 수부방단연(帥鄜坊丹延): 부방단연절도사를 겸한 것을 가리킨다.

丞相度가 朝京師하니, 승 상 도 조 경 사	승상 배도는 서울로 돌아와 황제를 알현하니,
進封晉國公하야, 진 봉 진 국 공	진국공의 봉작을 받고
進階金紫光祿大夫하야, 진 계 금 자 광 록 대 부	금자광록대부로 승진된 뒤
以舊官으로 相하고, 이 구 관 상	옛 벼슬인 승상 직책은 그대로 맡게 되었으며,
而以其副摠[59]으로, 이 이 기 부 총	그의 부관이었던 마총을
爲工部尙書하야, 위 공 부 상 서	공부상서란 명예직을 주고
領蔡任[60]하다. 영 채 임	채주자사로 임명하였다.
旣還奏에, 기 환 주	돌아와 [전공을] 상주하고 나자
群臣이 請紀聖功[61]하야, 군 신 청 기 성 공	여러 신하가 훌륭한 공로를
被之金石[62]이라. 피 지 금 석	쇠나 돌에 새겨 남기자고 청하였다.
皇帝가 以命臣愈하시니, 황 제 이 명 신 유	황제께서 그 일을 나에게 명하셨으니
臣愈는 再拜稽首 신 유 재 배 계 수	나 한유는 재배하고 머리를 조아리며

59 부총(副摠): 배도의 부사였던 마총(馬摠)을 가리킨다.

60 영채임(領蔡任): 마총에게 채주자사를 겸직시킨 것을 가리킨다. 명예직으로 중앙 부서의 직책인 공부상서 칭호를 하나 더 받았다.

61 청기성공(請紀聖功): 성스러운 공로를 기록으로 남길 것을 청하다.

62 피지금석(被之金石): 그 글을 쇠나 바위에 새겨 놓은 것을 말한다.

而獻文하여, 曰[63] 이 헌 문 왈	글을 바쳐 말한다.
唐承天命하야, 당 승 천 명	당나라가 하늘의 명을 받들어
遂臣萬方하니, 수 신 만 방	마침내 온 천하를 신하로 삼았는데,
孰居近土하야, 숙 거 근 토	누가 가까운 땅에 살면서
襲盜以狂[64]고? 습 도 이 광	도둑질을 세습하면서 날뛴단 말인고?
往在玄宗에, 왕 재 현 종	지난날 현종 황제 시절에는
崇極[65]而圮[66]라. 숭 극 이 비	극도로 흥성하다 무너졌다네.
河北悍驕[67]하고, 하 북 한 교	하북에는 독하고 교만한 자들 생기고
河南附起[68]어늘, 하 남 부 기	하남에선 덩달아 난을 일으키니,
四聖[69]不宥하야, 사 성 불 유	숙종·대종·덕종·순종께서는 용서하지 않고
屢興師征일제, 누 흥 사 정	누차 군사 일으켜 정벌하셨고,

63 왈(曰): '왈' 이하를 바로 비문이라 하고, 이 이전을 서(序)라 하는데, 비문은 운문, 서는 산문으로 되어 있다.

64 습도이광(襲盜以狂): 도둑질을 세습하면서 미쳐 날뛰며 행동하는 것을 가리킨다.

65 숭극(崇極): 지극히 흥성하는 것을 말한다.

66 비(圮): 안녹산의 난으로 세상의 평화가 무너진 것을 뜻한다.

67 하북한교(河北悍驕): 하북 지방이 악독하고 교만하다. 안녹산의 난에 이어 연·조·위 지방에서 잇달아 반란이 일어났던 것을 가리킨다.

68 하남부기(河南附起): 하남 지방에서도 덩달아 반란이 일어나다. 즉 운주·채주 등지에서 난이 일어났던 것을 가리킨다.

69 사성(四聖): 현종의 뒤를 이은 숙종·대종·덕종·순종 등 네 황제를 가리킨다.

有不能克이면, 유 불 능 극	다 평정하지 못할 경우에는
益戍[70]以兵이라. 익 수 이 병	병졸을 더욱 늘려 수비를 강화하셨네.
夫耕不食하며, 부 경 불 식	지아비는 농사지어도 먹지 않고
婦織不裳하고, 부 직 불 상	지어미는 길쌈해도 입지 않으며,
輸之以車하야, 수 지 이 거	그것들을 수레로 날라다
爲卒賜糧이로다. 위 졸 사 량	병졸들이 먹을 군량으로 대어 주었네.
外多失朝[71]하고, 외 다 실 조	밖으로는 명령에 불복하는 자가 많아지고
曠不嶽狩[72]하니, 광 불 악 수	오랫동안 온 나라를 두루 돌아보지 않게 되었으며,
百隷[73]怠官하야, 백 례 태 관	여러 관리도 업무에 태만하여
事亡其舊[74]러라. 사 무 기 구	나랏일이 옛날과 같지 않게 되었네.
帝[75]時繼位하사, 제 시 계 위	헌종 황제께서는 이때 왕위를 이으시어

70 익수(益戍): 수병(戍兵)을 늘리다. 군사력을 강화하는 것을 뜻한다.

71 실조(失朝): 조정의 명령에 복종하지 않는 자들이 많아진 것을 뜻한다.

72 광불악수(曠不嶽狩): 오랫동안 사악(四嶽)을 돌아보지 못하다. 사악이란 사방의 큰 산으로 전 국토를 뜻하며, 돌아보지 못하였다는 것은 제대로 통솔하지 못했음을 뜻한다.

73 백례(百隷): 모든 관리

74 사무기구(事亡其舊): 일이 옛날 같은 것이 없게 되다. 즉 나랏일이 옛날처럼 잘 다스려지지 않게 된 것을 가리킨다.

75 제(帝): 당시의 헌종 황제

顧瞻咨嗟하시니, 고 첨 자 차	사방을 돌아보고 한탄하시니,
惟汝文武[76]여, 유 여 문 무	그대들 문무백관들이여,
孰恤予家오? 숙 휼 여 가	그 누가 우리 왕실을 구제해 주겠는가?
旣斬吳蜀[77]하고, 기 참 오 촉	그리고 오·촉 지방을 평정하시고
旋取山東[78]하니, 선 취 산 동	곧 산동 지방을 되찾으니,
魏將首義[79]에, 위 장 수 의	위박절도사가 맨 먼저 의로움으로
六州降從이라. 육 주 항 종	여섯 주를 바치고 귀순해 왔네.
淮蔡不順하야, 회 채 불 순	회서의 채주만은 순종하지 않고
自以爲强하야, 자 이 위 강	스스로 강하다 여기고서,
提兵叫讙[80]하야, 제 병 규 환	군사들을 이끌고 시끄러이 굴며
欲事故常이어늘, 욕 사 고 상	옛 버릇대로 버티고 있거늘,
始命討之하시니, 시 명 토 지	처음 토벌하라는 명이 내리자

---

76 유여문무(惟汝文武): 이 구절은 앞머리의 "曰, 嗚呼……" 구절과 같은 내용이다.

77 참오촉(斬吳蜀): 앞머리의 "하주를 평정하고, 촉을 평정하였다"라는 내용과 같은 말이다.

78 취산동(取山東): 앞에서 강동·택주·노주를 평정하고, 역주·정주를 안정시켰다고 한 내용을 가리킨다.

79 위장수의(魏將首義): 위주(魏州)의 장수가 가장 먼저 의로움을 나타내다. 즉 위박절도사 전홍정(田弘正)이 자신이 관장하던 여섯 고을을 바치고 귀순한 일을 가리킨다.

80 제병규환(提兵叫讙): 오원제가 스스로 채주자사가 되어 군사를 일으켜 소란을 피운 것. 즉 앞에서 "무양을 불태우고 섭·양성을 침범하였다"라고 한 일들을 가리킨다.

遂連姦鄰[81]하야, 수 련 간 린	끝내 인근의 간사한 자들과 결탁하고,
陰遣刺客[82]하야, 음 견 자 객	은밀히 자객을 보내
來賊相臣이라. 내 적 상 신	나라의 승상을 해쳤다네.
方戰未利에, 방 전 미 리	바야흐로 전투가 승리하지도 않았는데
內驚京師하니, 내 경 경 사	장안을 놀라게 할 일이 생기니,
群公上言하되, 군 공 상 언	여러 신하는 상주하여
莫若惠來[83]라. 막 약 혜 래	은혜로써 달래는 것이 좋을 거라 하였네.
帝爲不聞하시고, 제 위 불 문	황제께서는 그들의 말을 듣지 않으시고
與神爲謀하사, 여 신 위 모	천지신명과 의논하신 뒤,
乃相同德[84]하야, 내 상 동 덕	뜻이 같은 이를 승상으로 삼으시고
以訖天誅[85]라. 이 흘 천 주	하늘의 주벌을 내리게 하셨네.

81 수련간린(遂連姦鄰): 마침내 간사한 인근과도 연합하다. 즉 오원제가 왕승종·이사도 등과 손을 잡고 반란을 도모했던 일을 가리킨다.

82 음견자객(陰遣刺客): 은밀히 자객을 파견하다. 원화 10년 6월에 승상 무원형이 입조했을 때, 이사도가 자객을 보내 그를 찌르게 했는데, 이때 배도 또한 습격을 받아 머리를 다친 적이 있다.

83 혜래(惠來): 은혜를 베풀어 잘 달래는 것을 말한다.

84 상동덕(相同德): 황제와 뜻을 같이하는 사람을 승상에 임명하는 것을 말한다.

85 흘천주(訖天誅): 하늘의 벌이 이르다. 즉 하늘을 대신해 반역자들에게 벌을 내린다는 뜻

乃勅顔胤과, 내 칙 안 윤	이에 이광안·오중윤과
愬武古通과, 소 무 고 통	이소·한공무·이도고·이문통 등에게,
咸統[86]於弘하야, 함 통 어 홍	모두 한홍의 통솔을 받으며
各奏汝功이라. 각 주 여 공	제각기 자신의 공을 세워 상주하라 하셨네.
三方[87]分攻하니, 삼 방 분 공	이들이 세 방향으로 나뉘어 공격하니
五萬其師요, 오 만 기 사	그 군사 모두 오만 명이었고,
大軍北乘[88]하니, 대 군 북 승	큰 군부대가 또 북쪽을 타고 가세하니
厥數倍之라. 궐 수 배 지	그 병력 수는 두 배가 되었다네.
嘗兵洄曲[89]하니, 상 병 회 곡	일찍이 회곡을 치고 나니
軍士蠢蠢[90]이오, 군 사 준 준	적병들은 두려움에 떨며 어지러워졌고,
旣翦陵雲[91]하니, 기 전 능 운	이미 능운을 빼앗고 나자

86 함통(咸統): 모두가 통솔을 받다.

87 삼방(三方): 이도고는 동남쪽에서, 이문통은 동쪽에서, 이소는 서쪽에서 적을 공격한 것을 뜻한다.

88 북승(北乘): 북쪽에서 기습하는 것. 이광안·오중윤·한공무 등이 함께 북쪽에서 공격한 일을 가리킨다.

89 회곡(洄曲): 오원제는 회곡에서 자신의 무리를 모아 저항하다가 이소에게 잡혔다.

90 준준(蠢蠢): 두려움이나 불안으로 동요하는 모양.

91 전능운(翦陵雲): 능운을 공격해 빼앗다. 능운은 하남성 상수현 서북쪽에 있던 성책 이름이다.

蔡卒大窘이라. 채 졸 대 군	채주의 졸개들은 크게 궁지에 몰렸다네.
勝之邵陵[92]하니, 승 지 소 릉	소릉에서도 싸워 이기니
郾城[93]來降이오, 언 성 래 항	언성의 장령들이 항복해 왔으나,
自夏及秋로, 자 하 급 추	여름에서 가을에 이르기까지는
複屯[94]相望이라. 부 둔 상 망	거듭 군대를 보태며 관망하기만 하였네.
兵頓不勵하야, 병 돈 불 려	싸움을 잠시 멈추고 힘쓰지 않게 되어
告功不時[95]어늘, 고 공 불 시	보고되는 전과들이 불리해지자,
帝哀征夫하사, 제 애 정 부	황제께선 출정한 군대 가엾이 여겨
命相往釐[96]하시니, 명 상 왕 리	승상에게 명해 가서 보살피도록 하셨고,
士飽而歌하고, 사 포 이 가	배불리 먹은 병사들은 노래하고

92 소릉(邵陵): 언성현 동쪽에 있던 성 이름

93 언성(郾城): 하남성 임뢰현 남쪽에 있던 지명. 원화 12년 3월 이광안이 공격하자 그곳의 장령들이 모두 항복하였다.

94 부둔(複屯): 거듭 군대를 주둔시키며 수비만 하도록 하다. '부'는 부(復)와 같다.

95 고공불시(告功不時): 전과가 불리하다는 보고. '시'는 시(是)와 통함. 원화 11년 6월, 당등수절도사(唐鄧隋節度使) 고하우(高霞寓)가 철성에서 패하고, 12년 8월 이광안이 가점(賈店)에서 패하고, 9월에는 적병이 은수진을 공격한 일 등을 가리킨다.

96 명상왕리(命相往釐): 승상 배도에게 명해 가서 군사들을 잘 보살피도록 한 일

馬騰於槽라.
마 등 어 조
말도 말구유 위로 뛰어올랐네.

試之新城[97]하니,
시 지 신 성
그들을 신성에서 싸우게 하니

賊遇敗逃라.
적 우 패 도
적은 만나자마자 패해 달아났네.

盡抽[98]其有하야,
진 추 기 유
그곳의 적들을 모두 무찌르고

聚以防我어늘,
취 이 방 아
모은 것으로서 우리 편을
지키게 하고는,

西師躍入[99]하니,
서 사 약 입
서쪽의 군대로 하여금 뛰어들게 하니

道無留者라.
도 무 유 자
길에는 남아 있는 적병이 없게 되었네.

額額[100]蔡城이,
액 액 채 성
오랫동안 편안할 날이 없던 채주성은

其疆千里요,
기 강 천 리
그 강토가 사방 천 리나 되는데,

旣入而有하니,
기 입 이 유
쳐들어가 점령하자

莫不順俟[101]라.
막 불 순 사
순종하지 않는 자 없게 되었네.

帝有恩言하사,
제 유 은 언
황제 폐하의 은혜로운 말씀을

相度[102]來宣하니,
상 도 래 선
승상 배도에게 선포하게 하였는데,

---

97 신성(新城): 언성 근처에 있던 성채 이름
98 진추(盡抽): 모조리 뽑다. 모든 적을 쳐부수다.
99 서사약입(西師躍入): 서쪽에 있던 군대가 공략해 들어가다.
100 액액(額額): 쉴 새 없이 이어지다. 편안한 날이 없다는 말
101 순사(順俟): 순순히 처분을 기다리다.

誅止其魁[103]하고,
주 지 기 괴
처벌은 우두머리에게만 그치고

釋其下人이라.
석 기 하 인
아랫사람들은 모두 놓아준다 하셨네.

蔡人卒夫는,
채 인 졸 부
채주의 졸개들은

投甲呼舞하고,
투 갑 호 무
갑옷을 벗어던지고 소리치며
춤을 추고,

蔡之婦女는,
채 지 부 녀
채주의 부녀자들은

迎門笑語라.
영 문 소 어
문 앞으로 나와 서로 웃고 이야기하네.

蔡人告飢면,
채 인 고 기
채주 사람들이 굶주림을 호소하자

船粟往哺[104]하고,
선 속 왕 포
배로 곡식을 날라다 먹여 주고,

蔡人告寒이면,
채 인 고 한
채주 사람들이 추위를 호소하자

賜以繒布[105]라.
사 이 증 포
비단과 무명을 나누어 주네.

始時蔡人이,
시 시 채 인
처음엔 채주 사람들이

禁不往來러니,
금 불 왕 래
서로 왕래도 하지 않고 지냈지만,

今相從戲하야,
금 상 종 희
이제는 서로 장난하면서

102 상도(相度): 즉 승상 배도
103 주지기괴(誅止其魁): 적의 우두머리만을 처형하다.
104 선속왕포(船粟往哺): 배로 곡식을 실어 날라다 먹게 해 주다.
105 증포(繒布): 비단과 무명

里門夜開요, 밤에도 마을 문을 열어 놓고 있다네.
이문야개

始時蔡人이, 처음에 채주 사람들은
시시채인

進戰退戮이러니, 싸우러 나갔다가 죽어서야 돌아왔지만,
진전퇴륙

今旰[106]而起하야, 이제는 느지막이 일어나서
금간 이기

左餐右粥[107]이라. 밥이나 죽을 마음대로 먹는다네.
좌찬우죽

爲之擇人하야, 그들을 위로할 사람을 뽑아
위지택인

以收餘憊[108]하고, 남은 피로를 회복시켜 주고,
이수여비

選吏賜牛하야, 관리를 선발하고 소를 내려 주어
선리사우

敎而不稅하니, 교화하며 세금도 면제해 주네.
교이불세

蔡人有言하되, 채주 사람들은 말하기를
채인유언

始迷不知러니, 전에는 미혹에 빠져 알지를 못했으나
시미불지

今乃大覺하야, 지금에 와서야 크게 깨닫고 보니
금내대각

羞前之爲로다. 전날의 행위가 부끄럽다 하네.
수전지위

蔡人有言하되, 채주 사람들이 말하기를
채인유언

---

106 간(旰): 늦다, 저물다.

107 좌찬우죽(左餐右粥): 마음대로 밥도 먹고 죽도 먹다.

108 수여비(收餘憊): 남은 피로를 거두어들이다. 전쟁 뒤 백성들의 고통을 잘 돌보아 주는 것

天子明聖하시니,
천 자 명 성

천자께서 이리도 명철하고
성스러우시니,

不順族誅요,
불 순 족 주

순종하지 않으면 일족이 처단되지만

順保性命이니라.
순 보 성 명

순종하면 생명은 온전하리라 하네.

汝不吾信이면,
여 불 오 신

그대들이여 내 말을 믿지 못하겠거든

視此蔡方하라.
시 차 채 방

이곳 채주 지방을 살펴보라.

孰爲不順고?
숙 위 불 순

그 누가 순종하지 않겠는가?

往斧其吭[109]하리라.
왕 부 기 항

[반항한다면] 그 목을 도끼로 벨 것이다.

凡叛有數하니,
범 반 유 수

반란을 꾀하려는 자 아직도 몇 있어

聲勢相倚나,
성 세 상 의

기세로 서로 기대고 있으나,

吾强不支어든,
오 강 부 지

나의 강함도 지탱치 못하는데

汝弱奚恃리오?
여 약 해 시

너같이 약한 것이 무엇에 의존할 건가?

其告而[110]長과,
기 고 이 장

어서 가서 그대들의 손윗사람과

而父而兄하야,
이 부 이 형

그대들의 부친과 형제들에게 고하여,

奔走偕來하야,
분 주 해 래

한시 바삐 모두 달려와

109 왕부기항(往斧其吭): 가서 그 목구멍을 도끼질하다.

110 이(而): 너, 그대들

同我太平하라. 동 아 태 평	우리와 함께 태평을 누리도록 하라.
淮蔡爲亂이면, 회 채 위 란	회서의 채주에서 난이 일어났으나
天子伐之요, 천 자 벌 지	천자께서 이들을 토벌하셨고
旣伐而飢면, 기 벌 이 기	토벌한 뒤 이들이 배고파하자
天子活之라. 천 자 활 지	천자께선 이들을 먹여 살리셨네.
始議伐蔡에, 시 의 벌 채	처음 채주 토벌을 의논할 때
卿士莫隨러니, 경 사 막 수	대신들 아무도 따르지 않았고,
旣伐四年에, 기 벌 사 년	토벌이 시작된 지 사 년이 지나도
小大幷疑하니, 소 대 병 의	위아래 신하들 모두 의심만 했으니,
不赦不疑는, 불 사 불 의	반란을 용서치 않고 토벌을 의심치 않음은
由天子明이라. 유 천 자 명	천자의 명철하심 때문이라.
凡此蔡功은, 범 차 채 공	무릇 이곳 채주 정벌의 공로는
惟斷乃成이니라. 유 단 내 성	오직 결단으로 이루어진 것일세.
旣定淮蔡하니, 기 정 회 채	회서의 채주를 평정하자
四夷[111]畢來라. 사 이 필 래	사방의 오랑캐들마저 모두 내조하네.

111 사이(四夷): 사방의 오랑캐들

遂開明堂[112]하야, 이에 명당을 열어 놓고
수 개 명 당

坐以治之로다. 앉아서 그들을 다스리게 된 것이라네.
좌 이 치 지

31. 남쪽 바다의 신을 기리는 사당의 비문(南海神廟碑)[113]

한유(韓愈)

海於天地間에, 바다는 하늘과 땅 사이에 존재하는
해 어 천 지 간

爲物最鉅[114]하니, 가장 큰 사물이니,
위 물 최 거

自三代聖王으로, 하·은·주 삼대로부터 시작하여
자 삼 대 성 왕

莫不祀事라. 제사 지내고 섬기지 않은 적이 없었다.
막 불 사 사

考於傳記하니, 전해 오는 기록을 살펴보니
고 어 전 기

而南海神次[115]最貴하야, 남해신은 지위가 가장 높아서
이 남 해 신 차 최 귀

112 명당(明堂): 천자가 정교(政敎)를 펴고 제후들의 내조를 받는 곳

113 남해신묘비(南海神廟碑): 817년 공규(孔戣)가 광주자사(廣州刺史)로 부임하여, 이전에는 소홀히 다루어지던 남해신에 대한 제사를 정중히 정식으로 받들었다는 것과 훌륭한 정치를 하였던 업적을 기린 내용이다. 원화 15년(820)에 이 글이 새겨진 비석이 남해 신묘 앞에 세워졌다.

114 거(鉅): 크다. 거대하다.

115 신차(神次): 신으로서의 서열

在北東西三神河伯[116]之上하니, 재북동서삼신하백 지상	북해·동해·서해의 세 신과 하백 위에 있으니,
號爲祝融[117]이라. 호위축융	축융이라 불렀다 한다.
天寶[118]中에, 천보 중	천보 연간에
天子가 以爲古爵이, 천자 이위고작	현종께서는 옛 작위에
莫貴於公侯라. 막귀어공후	공후보다 존귀한 것이 없다고 여겼다.
故海岳之祀에, 고해악지사	바다와 산에 제사 지내는데,
犧幣之數[119]를, 희폐지수	희생과 폐물 같은 제물의 수를
放而依之[120]하니, 방이의지	[공후의 예에] 따르고 의존하였으니,
所以致崇極於大神이라. 소이치숭극어대신	큰 신에게 극도의 존경을 표하기 위함이라.
今王亦爵也어늘, 금왕역작야	오늘날의 왕 역시 하나의 작위이거늘,
而禮海岳에, 이예해악	바다와 산을 예우하는 데

116 하백(河伯): 황하의 신. 수신인 빙이(馮夷)를 가리킨다.

117 축융(祝融): 불의 신. 여름의 신, 남방의 신이기도 하다.

118 천보(天寶): 당나라 현종 때의 연호(742~755)

119 희폐지수(犧幣之數): 제사 지낼 때 신에게 바칠 제물인 희생과 폐백의 숫자

120 방이의지(放而依之): 공작 후작의 작위에 준하여 제물을 바치다. '방'은 방(倣)과 같다.

尙循公侯之事하고,
상 순 공 후 지 사

아직도 공후의 예를 따르면서

虛王儀而不用하니,
허 왕 의 이 불 용

왕에 해당하는 의례는 비워 두고 쓰지 않으니,

非致崇極之意也라 하여,
비 치 숭 극 지 의 야

지극한 존경을 표하려는 뜻에 어긋나는 것이라 하였다.

由是로,
유 시

그래서

冊尊[121]南海神하야,
책 존 남 해 신

남해신을 책명으로 높여

爲廣利王하니,
위 광 리 왕

광리왕이라 하였으니,

祝號祭式이,
축 호 제 식

호칭과 함께 제사 지내는 방식이

與次俱升이라.
여 차 구 승

지위와 더불어 모두 높아졌다.

因其故廟하야,
인 기 고 묘

그 옛 사당이 오래되었다 하여

易而新之하니,
역 이 신 지

바꾸어 새로 지으니,

在今廣州治之東南
재 금 광 주 치 지 동 남

지금의 광주 치소에서 동남쪽

海道八十里,
해 도 팔 십 리

바닷길로 팔십 리인

扶胥[122]之口,
부 서 지 구

부서 어귀에 있는

121 책존(冊尊): 황제의 책명으로 높이다.

122 부서(扶胥): 지금의 광동성 번우현 동남쪽에 있는 지명. 황목만은 그 곁에 있다.

黃木之灣이라.
황 목 지 만

황목만에 있다.

常以立夏[123]氣至로,
상 이 입 하 기 지

언제나 입하의 절기가 되면

命廣州刺史하야,
명 광 주 자 사

광주자사에게 명하여

行事祠下하고,
행 사 사 하

사당에 제사를 지내고

事訖驛聞[124]이라.
사 흘 역 문

끝나면 곧 역마를 놓아 보고하게 하였다.

而刺史常節度五嶺諸軍[125]하고,
이 자 사 상 절 도 오 령 제 군

그러나 그곳 자사는 언제나 영남 오부의 여러 군사를 거느리면서

仍觀察其郡邑할새,
잉 관 찰 기 군 읍

군읍의 정사도 보살피도록 되어 있었으니,

於南方事에,
어 남 방 사

남쪽 땅의 일들을

無所不統이오,
무 소 불 통

관할하지 않는 것이 없는 데다가,

地大以遠이라,
지 대 이 원

땅은 넓고 멀었기 때문에

故로 常選用重人하니,
고 상 선 용 중 인

그러므로 언제나 중요한 인물을 가려 임용하였다.

---

123 입하(立夏): 5월 6일이나 7일에 해당한다.

124 사흘역문(事訖驛聞): 제사 일이 끝나면 곧 역마를 이용해 황제에게 보고하는 것

125 오령제군(五嶺諸軍): 당대에는 영남(광동·광서 지방)에 오부가 있었는데, 광주자사가 이 오부의 군무를 모두 보살폈다.

旣貴而富요, 기 귀 이 부	지위도 높고 부유한 데다가
且不習海事하고, 차 불 습 해 사	바다 일에는 익숙하지 않았고,
又當祀時에, 우 당 사 시	또 제사 지낼 무렵이면
海常多大風하니, 해 상 다 대 풍	바다에는 언제나 큰바람이 일고 있었으니,
將往皆憂戚[126]하고, 장 왕 개 우 척	가려니 근심과 걱정이 되고
旣進觀顧怖悸[127]라. 기 진 관 고 포 계	가 보면 보이는 것 다만 두렵고 떨리는 일이었다.
故로 常以疾爲辭하고, 고 상 이 질 위 사	그래서 언제나 병을 핑계로 사양하고
而委事於其副하야, 이 위 사 어 기 부	부관에게 맡기는 것이
其來已久러라. 기 래 이 구	이미 오래이다.
故로 明宮齋廬[128]가, 고 명 궁 재 려	그러므로 본당이나 재실이
上雨旁風하야, 상 우 방 풍	위에서는 비가 새고 옆에서는 바람이 새어 들어도
無所蓋障하고, 무 소 개 장	막고 가리지 않고,

126 우척(憂戚): 근심 걱정하다.

127 고포계(顧怖悸): 다만 두려워서 떨다. 여기서 '고'는 부사로 '다만'

128 명궁재려(明宮齋廬): 남해신묘의 본당과 재실

牲酒瘠酸[129]을, 생 주 척 산	형편없는 제물과 시어 빠진 술을
取具臨時[130]하니, 취 구 임 시	임시로 가져다 갖추어만 놓으니,
水陸之品이, 수 륙 지 품	바다와 육지에서 나는 물건으로
狼藉籩豆[131]하고, 낭 자 변 두	만든 제기는 어수선하게 놓이고,
薦祼興俯[132]가, 천 관 흥 부	잔을 따라 올리고 절하는 것들이
不中儀式하니, 불 중 의 식	모두 법식에도 맞지 않았으니,
吏滋不恭이오, 이 자 불 공	관리들은 날이 갈수록 공손치 않게 되었고
神不顧享[133]하야, 신 불 고 향	신은 제사를 거들떠보지도 않아서,
盲風怪雨가, 맹 풍 괴 우	사나운 바람과 괴상한 비가
發作無節하야, 발 작 무 절	절도도 없이 일어나
人蒙其害라. 인 몽 기 해	사람들이 그 해를 입게 되었다.
元和十二年에, 원 화 십 이 년	원화 12년(817)에

---

129 생주척산(牲酒瘠酸): 제물로 바치는 동물은 말랐고 술은 시다. 곧 성의 없이 제물과 제주를 마련하는 것

130 취구임시(取具臨時): 임시로 구색만 갖추다.

131 낭자변두(狼藉籩豆): 여러 가지 제기가 어지러이 놓여 있다. '변'은 대로 만든 마른 제물을 담는 제기, '두'는 굽이 높은 제기의 일종

132 천관흥부(薦祼興俯): '천'은 제물을 바치다. '관'은 올렸던 술잔을 땅에 부으며 강신(降神)의 뜻을 표하다. '흥부'는 제사 지내면서 몸을 굽혀 절하고 일어나고 하는 여러 가지 동작

133 고향(顧享): 신이 제사를 흠향하려고 하다.

始詔用前尙書右丞 시 조 용 전 상 서 우 승	비로소 전 상서우승
國子祭酒魯國孔公[134]하야, 국 자 좨 주 노 국 공 공	국자좨주였던 노나라의 공규를 임용하여,
爲廣州刺史하고, 위 광 주 자 사	광주자사 겸
兼御史大夫하야, 겸 어 사 대 부	어사대부로 삼아
以殿南服[135]이라. 이 전 남 복	남쪽 지방을 다스리게 하였다.
公正直方嚴하고, 공 정 직 방 엄	공은 정직하고 엄격하면서도
中心樂易[136]하야, 중 심 락 이	마음속은 즐겁고 편안해서,
祗愼[137]所職하고, 지 신 소 직	직책을 공경하고도 신중하게 수행하고
治人以明이오, 치 인 이 명	사람들을 분명하게 다스렸으며,
事神以誠하야, 사 신 이 성	신을 정성으로 섬기면서
內外殫盡[138]하야, 내 외 탄 진	안팎으로 최선을 다하고,
不爲表襮[139]이라. 불 위 표 폭	자신을 드러내려 하지도 않았다.

134 공공(孔公): 공규(孔戣)를 가리킴. 이때 받은 두 가지 벼슬 중 두 번째 벼슬인 어사대부는 명예직〔기록관(奇祿官)〕이었다.

135 전남복(殿南服): 남쪽 먼 지방을 다스리게 하다.

136 낙이(樂易): 즐겁고 편하다.

137 지신(祗愼): 공경하고 삼가다.

138 탄진(殫盡): 성의를 다하다.

139 표폭(表襮): 자신의 공로나 능력을 겉으로 드러내다.

至州之明年將夏에,
지 주 지 명 년 장 하

광주에 부임한 다음 해
여름이 되어 갈 때

祝冊[140]이 自京師至하야,
축 책 자 경 사 지

축책이 장안으로부터 도착하여

吏以時告하니,
사 이 시 고

관리들이 즉시 보고하자,

公乃齋祓[141]視冊하고,
공 내 재 불 시 책

곧 재계하여 부정을 물리치고
책문을 보고는

誓[142]群有司曰,
서 군 유 사 왈

여러 관계 관원들에게 훈시하였다.

冊有皇帝名하니,
책 유 황 제 명

“책문에는 황제의 이름이 있으니

乃上所自署라.
내 상 소 자 서

곧 임금께서 직접 서명한 것이라.

其文曰,
기 문 왈

이 글에 이르기를

嗣天子某,
사 천 자 모

‘천자 자리를 계승한 제가

謹遣某官某敬祭라 하니,
근 견 모 관 모 경 제

삼가 모관에 있는 모씨를 보내어
공경히 제사드립니다’라 하니,

其恭且嚴이 如是라,
기 공 차 엄 여 시

그 공경스럽고 엄숙하심이 이와 같아

敢有不承이리오?
감 유 불 승

감히 받들지 않을 수가 있겠소?

---

140 축책(祝冊): 제사 지낼 때 임금이 지어 보내던 글. 제사를 지내면서 축관이 그것을 읽었다.

141 재불(齋祓): 재계하고 부정한 것을 다 물리치다.

142 서(誓): 장수가 부하들에게 하는 훈시. 『서경(書經)』에는 일종의 문체를 이루고 있다.

明日에 吾將宿廟下하야,
명일 오장숙묘하

내일 나는 사당 옆에 묵으면서

以供晨事[143]하리라.
이공신사

아침 제사를 올리려 하오"라 하였다.

明日에
명일

다음 날

吏以風雨로 白이어늘,
이이풍우 백

관리들이 비바람으로 그만둘 것을 아뢰었으나

不聽하니,
불청

듣지 않았다.

於是에
어시

이에

州府文武吏士凡百數가,
주부문무리사범백수

광주부의 문무 관원 백여 명이

交謁更諫[144]이로되,
교알갱간

번갈아 가며 뵙고 다시 간청하였으되

皆揖而退라.
개읍이퇴

모두 간단한 인사만 하고는 물리쳤다.

公遂陞舟하니,
공수승주

공이 마침내 배 위로 오르니

風雨少弛[145]하야,
풍우소이

비바람이 약간 누그러졌다.

棹夫奏功[146]하니,
도부주공

노 젓는 사람들이 공덕을 아뢰니

雲陰解駁[147]하야,
운음해박

흐렸던 구름이 흩어져

---

143 신사(晨事): 아침 제사를 가리킨다.

144 교알갱간(交謁更諫): 번갈아 가며 찾아뵙고 거듭 간하며 만류하는 것을 말한다.

145 이(弛): 늦추어지다, 약해지다.

146 도부주공(棹夫奏功): 뱃사공이 공(公)의 공덕이 나타난다고 아뢰다.

147 해박(解駁): 흩어지다.

日光穿漏[148]하고,
일 광 천 루
햇빛이 구름을 뚫고 비추고

波伏不興이라.
파 복 불 흥
물결도 잠잠하여 일지 않았다.

省牲[149]之夕에,
성 생 지 석
제물을 준비하던 저녁에는

載暘載陰[150]이러니,
재 양 재 음
햇빛이 났다 구름이 끼었다 하더니,

將事之夜에,
장 사 지 야
제사를 지내는 밤이 되자

天地開除하야,
천 지 개 제
하늘과 땅이 훤히 트이고

月星明穊[151]라.
월 성 명 기
달과 별들이 밝고 촘촘하였다.

五鼓既作[152]에,
오 고 기 작
오 경의 북소리가 울리고

牽牛[153]正中[154]하야,
견 우 정 중
견우성이 하늘 한가운데로 오자,

公乃盛服執笏하고,
공 내 성 복 집 홀
공이 곧 관복을 차려입고 홀을 들고

以入卽事하니,
이 입 즉 사
들어가 제사를 지내니,

文武賓屬이,
문 무 빈 속
문무 관속들도

俯首聽位하야,
부 수 청 위
머리를 숙이고 제 할 일을 맡아서

---

148 천루(穿漏): 뚫고 새어 나오다. 햇빛이 구름 사이로 비치는 것
149 성생(省牲): 제물로 쓸 동물을 잘 살펴 준비하다.
150 재양재음(載暘載陰): 햇빛이 났다 구름이 끼었다 하다.
151 명기(明穊): 밝고 촘촘하다.
152 오고기작(五鼓既作): 오 경을 알리는 북소리가 울린 뒤. 곧 새벽이 된 것을 뜻한다.
153 견우(牽牛): 견우성, 별 이름
154 정중(正中): 하늘 한가운데 위치하다.

各執其職[155]이라.
각집기직
각기 자신의 직무를 다하였다.

牲肥酒香하고,
생비주향
제물은 기름지고 술은 향기로우며

樽爵淨潔하며,
준작정결
주전자와 술잔은 정결하며

降登[156]有數[157]하니,
강등 유수
의식에는 법도가 있으니,

神具醉飽라.
신구취포
신도 모두 취하도록 마시고
배불리 먹는다.

海之百靈祕怪가,
해지백령비괴
바다의 온갖 신령과 귀신도

恍惚畢出하야,
황홀필출
황홀히 모두가 나와서

蜿蜿蜒蜒[158]하며,
완완연연
꿈틀꿈틀하며

來享飮食이러라.
내향음식
음식들을 흠향하는 듯하였다.

闔廟旋艫[159]에,
합묘선로
사당문을 닫고 배로 돌아오자

祥飇[160]送颿[161]하니,
상표 송범
상서로운 바람이 불어 배를 밀어 주고,

旗纛[162]旄麾[163]가,
기독 모휘
여러 가지 깃발이

---

155 각집기직(各執其職): 각각 그의 직책을 집행하다.
156 강등(降登): 내려가고 올라오다. 제사 지내는 의식을 가리킨다.
157 유수(有數): 법도가 있는 것을 말한다.
158 완완연연(蜿蜿蜒蜒): 벌레 같은 것이 꿈틀거리며 움직이는 모양
159 합묘선로(闔廟旋艫): (제사를 끝마치고) 묘당 문을 닫고 배 안으로 돌아오다.
160 상표(祥飇): 상서로운 센 바람
161 송범(送颿): 돛에 순풍이 불어 배를 가고자 하는 방향으로 보내다.
162 기독(旗纛): 깃발과 새 깃이나 짐승 털로 장식한 둑(큰 깃발)

飛揚晻藹[164]하고,
비 양 엄 애
펄럭이며 자욱이 해를 가리고,

鐃鼓嘲轟[165]하고,
요 고 조 굉
징 소리 북 소리 요란하고

高管噭譟[166]하야,
고 관 교 조
피리 소리 나팔 소리 신이 났으며,

武夫奮棹[167]하고,
무 부 분 도
무인들은 힘을 내어 노를 젓고

工師唱和하니,
공 사 창 화
악공들은 이에 호응하니,

穹龜[168]長魚가,
궁 귀 장 어
큰 거북과 긴 고기들이

踊躍后先이오,
용 약 후 선
앞뒤로 펄떡이고

乾端坤倪[169]가,
건 단 곤 예
하늘가와 땅끝이

軒豁[170]呈露라.
헌 활 정 로
훤히 드러났다.

祀之之歲에,
사 지 지 세
이 제사를 지낸 해에는

風災熄滅하야,
풍 재 식 멸
폭풍의 재난이 없어서,

人厭魚蟹하고,
인 염 어 해
사람들은 물고기와 게를 실컷 먹었고

---

163 모휘(旄麾): 새 깃으로 장식한 깃발과 대장 깃발
164 엄애(晻藹): 자욱이 햇빛을 가리다.
165 조굉(嘲轟): 큰 소리를 내며 울리다.
166 교조(噭譟): 요란하게 소리 나다.
167 분도(奮棹): 힘을 내어 노를 젓다.
168 궁귀(穹龜): 큰 거북
169 건단곤예(乾端坤倪): 하늘가와 땅끝
170 헌활(軒豁): 밝게 탁 트이다.

五穀胥熟이라. 오 곡 서 숙	오곡이 모두 잘 여물었다.
明年祀歸에, 명 년 사 귀	다음 해 제사를 지내고 돌아와서는
又廣廟宮而大之하야, 우 광 묘 궁 이 대 지	다시 그 사당을 넓혀 크게 짓고,
治其庭壇하고, 치 기 정 단	마당과 제단도 잘 손질하고
改作東西兩序[171]하야, 개 작 동 서 양 서	동서 양편의 방과
齋庖之房[172]과, 재 포 지 방	재실 및 주방을 다시 짓고
百用具修라. 백 용 구 수	모든 용구를 다 갖추었다.
明年其時에, 명 년 기 시	다음 해 그때에도
公又固往하야, 공 우 고 왕	공이 또다시 고집해 가서는
不懈益虔[173]하니, 불 해 익 건	게을리하지 않고 더욱 경건히 제사를 모시니,
歲仍大和하야, 세 잉 대 화	그해의 날씨도 매우 순조로워
耄艾[174]歌詠이러라. 모 애 가 영	나이 많은 어른들이 그 은덕을 노래하며 칭송하였다.
始公之至에, 시 공 지 지	처음 공은 그곳에 오자

171 동서양서(東西兩序): 묘당 동서 양편의 방

172 재포지방(齋庖之房): 묘당의 재실과 부엌

173 불해익건(不懈益虔): 게을리하지 않고 더욱 경건히 제사 지내다.

174 모애(耄艾): 나이 많은 늙은이들

盡除他名之稅하고, 진 제 타 명 지 세	명목에 없는 세금은 모두 없애고,
罷衣食於官之可去者하고, 파 의 식 어 관 지 가 거 자	관에서 입혀 주고 먹여 주었던 자들 가운데서 퇴출시킬 만한 사람들을 파직시켰다.
四方之使를, 사 방 지 사	사방으로 다니는 사신에게
不以資交[175]하야, 불 이 자 교	자금을 대 주지 않았으며,
以身爲帥하고, 이 신 위 수	솔선수범하면서
燕享有時하며, 연 향 유 시	제때에 잔치하고 제사 지내고
賞與以節하니, 상 여 이 절	절도 있게 상을 내리니,
公藏私蓄이, 공 장 사 축	관청의 창고나 개인의 저축이나
上下與足이라. 상 하 여 족	위아래가 모두 풍족하게 되었다.
於是에 어 시	여기에다
免屬州負逋之緡錢[176] 면 속 주 부 포 지 민 전	속주에서 물지 못하고 미루던 돈
二十有四萬과, 이 십 유 사 만	이십사만 전과
米三萬二千斛[177]하고, 미 삼 만 이 천 곡	쌀 삼만 이천 곡을 면제시켜 주고,

175 자교(資交): 돈으로 사귀다.

176 부포지민전(負逋之緡錢): 물지 못해 미루고만 있던 돈

177 곡(斛): 열 말, 양의 단위

賦金之州에 耗金이, 부금지주 모금	이들 주에 부과해 걷히지 않는 금이
一歲八百이라. 일세팔백	일 년에 팔백 금이나 되는데,
困不能償하니, 곤불능상	곤궁해 물지 못하고 있던 것을
皆以丏[178]之하고, 개이면 지	모두 없던 것으로 하여 주었다.
加西南守長之俸하고, 가서남수장지봉	서남쪽 고을 수령들의 봉록을 늘려 주고
誅其尤無良不聽令者니라. 주기우무량불청령자	특히 불량하여 복종하지 않는 자들을 처벌하였으니,
由是로 유시	이로 말미암아
皆自重愼法하고, 개자중신법	모두가 자중하며 법을 신중히 지키게 되었다.
人士之落南不能歸者와, 인사지락남불능귀자	남쪽으로 옮겨 와 돌아가지 못하는 인사들과
與流徙之胄[179] 여유사지주	옮겨 다니며 사는 자들의 후손
百二十八族을, 백이십팔족	백이십팔 족 중에서,

178 면(丏): 없던 것으로 하다, 면제해 주다. 면(免)과 같음

179 유사지주(流徙之胄): 이리저리 옮겨 다니며 살던 종족들의 후손들

用其才良 용 기 재 량	재능 있고 뛰어난 자들은 벼슬에 임용하고
而稟[180]其無告者하고, 이 름 기 무 고 자	의지할 곳 없는 자들은 먹여 주고,
其女子嫁者를, 기 여 자 가 자	결혼할 때가 된 그들의 자녀에게는
與之錢財하야, 여 지 전 재	돈과 재물을 주어
令無失時[181]하고, 영 무 실 시	때를 놓치지 않게 하였고,
刑德이 幷流하야, 형 덕 병 류	형벌과 은덕이 아울러 쓰여
方地數千里가, 방 지 수 천 리	사방 수천 리나 되는 땅이
不識盜賊하야, 불 식 도 적	도둑을 모르게 되어,
山行海宿에, 산 행 해 숙	산이나 바닷가를 여행하다 머무름에
不擇處所하니, 불 택 처 소	장소를 가릴 필요가 없게 되었으니,
事神治人이, 사 신 치 인	신을 섬기고 사람들을 다스리는 일이
可謂備至矣로다. 가 위 비 지 의	모두 지극한 경지에 이르렀다 할 것이다.
咸願刻廟石하야, 함 원 각 묘 석	모든 사람이 사당의 돌에 이런 업적을 새겨

180 늠(稟): 곡식을 대 주다.

181 영무실시(令無失時): 때를 놓치지 않고 결혼하게 해 주다.

以著厥美[182]以繫以詩하니, 이 저 궐 미 이 계 이 시	그 아름다움을 드러내고 시로 이어 주길 바라니,
乃作詩曰 내 작 시 왈	이에 다음과 같은 시를 지었다.
南海陰墟[183]는, 남 해 음 허	남해의 날 흐린 고장은
祝融之宅이라. 축 융 지 택	축융이 다스리는 땅이어서
卽祀于旁하야, 즉 사 우 방	그곳에 제사 지내기로 하고,
帝命南伯[184]이로다. 제 명 남 백	황제께선 남쪽 관장에게 그 일을 명하셨네.
吏惰不躬이러니, 이 타 불 궁	그러나 관리들 게을러 직접 제사 지내지 않았는데,
正自今公이라. 정 자 금 공	바로 지금의 공으로부터 시작되었네.
明用享錫[185]하야, 명 용 향 석	제물과 의식을 밝게 행하여
祐我家邦이로다. 우 아 가 방	우리나라를 복되게 하셨네.
惟明天子가, 유 명 천 자	명철하신 천자께서
惟愼厥使하시니, 유 신 궐 사	신중히 그분을 임용하셨으니,

182 궐미(厥美): 그 아름다움, 그 아름다운 선정

183 음허(陰墟): 날 흐린 고장

184 남백(南伯): 남쪽의 방백(方伯), 남쪽의 궁장(宮長)

185 향석(享錫): 제물을 바치고 제사 지내는 의식

我公在官에, 자 공 재 관	우리 공께서 부임하자
神人致喜로다. 신 인 치 희	신과 사람들 모두 기뻐하게 되었네.
海嶺之陬[186]는, 해 령 지 추	바닷가 영남 땅이
旣足旣濡하니, 기 족 기 유	풍족하고 윤택하게 되었으니,
胡不均弘하야, 호 불 균 홍	어찌 그 일을 고루 넓혀
俾執事樞[187]오? 비 집 사 추	중요한 일을 하도록 해 주지 않겠는가?
公行勿遲나, 공 행 물 지	공이 가시는 일 더뎌도 안 되지만,
公無遽歸어다. 공 무 거 귀	공은 빨리 돌아가시지 마소서.
匪我私公이라, 비 아 사 공	내가 공을 개인적으로 칭송하는 것이 아니라,
神人具依니라. 신 인 구 의	신과 사람들 모두가 그분을 의지하기 때문이네.

186 해령지추(海嶺之陬): 바다가 있는 영남의 외딴 고장

187 비집사추(俾執事樞): 중요한 일을 집행케 하다.

32. 뜻을 굽히지 않고 간언하는 신하에 관해 논함(爭臣論)[188]

한유(韓愈)

或問諫議大夫[189] 혹 문 간 의 대 부	어떤 사람이 간의대부
陽城[190]於愈하되, 양 성 어 유	양성에 관해 나 한유에게 이렇게 질문하였다.
可以爲有道之士乎哉아? 가 이 위 유 도 지 사 호 재	"그분은 올바른 도를 터득한 선비라 할 수 있습니까?
學廣而聞多하고, 학 광 이 문 다	학문이 넓고 아는 것이 많고,
不求聞於人[191]也하야, 불 구 문 어 인 야	남들에게 명성이 알려지기를 추구하지는 않습니다.
行古人之道하고, 행 고 인 지 도	옛사람들의 올바른 도를 행하며

188 쟁신론(爭臣論): '쟁신'이란 천자 앞에서 곧은 말을 하며 자기 뜻을 굽히지 않고 간언하는 신하를 뜻한다. 중국에는 옛날부터 나라에 올바른 말을 하는 사람이 필요하다고 생각하여 간의대부(諫議大夫)를 두었는데, 당시 덕을 쌓았다 하여 이 벼슬에 발탁된 양성(陽城)을 질책하는 문장이다. 이 글은 한유가 과거를 준비하고 있던 스물다섯 살 때에 지은 것이라 젊은 학자로서의 패기가 엿보인다. 뒤에 당나라 조정에 정쟁이 일어나, 배연령(裵延齡)이 정적인 육지(陸贄)를 추방하고 자신이 재상이 되려 할 때, 양성은 입을 열어 배연령의 부정을 규탄하고 육지의 무고함을 주장하는 직언을 천자에게 올리게 된다. 양성이 한유의 이 글을 읽고 분발하여 뒤에는 그런 중요하고 곧은 발언을 하게 된 것이라 주장하는 사람들도 적지 않다.

189 간의대부(諫議大夫): 후한 때부터 있어 온 관직으로, 천자 옆에서 잘못된 정치를 간하거나 올바른 일을 알리는 직책. 당나라 때에는 문하성에 속했으며, 정5품 상의 품계

190 양성(陽城): 자는 항종(亢宗)이며, 정주(定州) 북평(北平) 사람이다.

191 문어인(聞於人): 사람들에게 그에 관한 명성이 알려지다.

居於晉之鄙[192]하니, 거 어 진 지 비	산서의 시골에 살고 있으니,
晉之鄙人이, 진 지 비 인	산서의 시골 사람이
薰其德[193]而善良者가 훈 기 덕 이 선 량 자	그의 덕에 감화되어 선량하게 된 이가
幾千人이라. 기 천 인	수천 명이나 됩니다.
大臣[194]聞以薦之天子하야, 대 신 문 이 천 지 천 자	한 대신이 그런 말을 듣고 천자에게 추천하여
以爲諫議大夫하고, 이 위 간 의 대 부	간의대부가 되었는데,
人皆以爲華[195]나, 인 개 이 위 화	사람들은 모두 영예로운 일로 여겼으나
陽子不喜하고, 양 자 불 희	양 선생은 기뻐하는 기색도 없었고,
居於位五年矣로되, 거 어 위 오 년 의	그 벼슬자리에 오 년이나 있었지만
視其德하니, 시 기 덕	그의 행동을 보면
如在草野라. 여 재 초 야	여전히 초야에 있을 때와 같습니다.
彼豈以富貴로 피 기 이 부 귀	그분이야말로 어찌 부귀 때문에
移易其心[196]哉리오? 이 역 기 심 재	그 마음을 바꿀 사람이라 하겠습니까?”

192 진지비(晉之鄙): 진(晉)나라의 시골. 진(晉)은 지금의 산서성(山西省) 지방이다.

193 훈기덕(薰基德): 그의 덕에 감화되다.

194 대신(大臣): 양성을 추천한 대신은 재상 이필(李泌)이다.

195 화(華): 영화, 영예

愈應之曰, 유 응 지 왈	나는 그 말에 이렇게 대답하였다.
是易[197]所謂 시 역 소 위	"그것은 『역경』에서
恒其德貞이면, 항 기 덕 정	'그의 덕이 일정한 것은 좋은 일이나,
而夫子凶者也라 하니. 이 부 자 흉 자 야	남자로서는 흉할 것이다'고 말한 것이니,
惡得[198]爲有道之士乎哉아? 오 득 위 유 도 지 사 호 재	어찌 올바른 도를 터득한 선비라 할 수가 있겠소?
在易蠱之上九云이, 재 역 고 지 상 구 운	『역경』 고괘(蠱卦)의 상구(上九)에 말하기를,
不事王侯하고, 불 사 왕 후	'임금은 섬기지 않고
高尙其事[199]라 하고, 고 상 기 사	자기의 일만 고상히 지킨다' 하였고,
蹇之六二則曰, 건 지 육 이 즉 왈	건괘(蹇卦)의 육이(六二)에 또 말하기를,
王臣蹇蹇[200]이, 왕 신 건 건	'임금의 신하는 충성을 다하는데

---

196 이역기심(移易基心): 그 마음이 바뀌다.

197 역(易): 『역경(易經)』. 여기에 인용한 말은 항괘(恒卦) 육오(六五)의 글이다. 본시는 "그의 덕이 일정한 것은 좋은 일이나, 부인들에게는 길하되 남자들에게는 흉하다(恒其德貞, 婦人吉, 夫子凶)"라고 되어 있다.

198 오득(惡得): 어찌 ~이라 할 수 있겠는가?

199 고상기사(高尙其事): 은사로서의 자신의 일만을 고상하게 여기다.

200 건건(蹇蹇): 충성을 다해 일하는 모양

匪躬之故[201]라 하니,
비 궁 지 고

자신을 위하기 때문이 아니다'라고도 하였소.

夫不以所居之時[202]不一이면,
부 불 이 소 거 지 시 　 불 일

이것은 그가 처신하는 때가 같지 않으면,

而所蹈之德[203]이 不同也아?
이 소 도 지 덕 　 불 동 야

그가 행하는 덕행도 다르지 않겠소?

若蠱之上九
약 고 지 상 구

만약 고괘의 상구처럼

居無用之地[204]하야,
거 무 용 지 지

나라에 아무런 벼슬하지 않는 자리에 있으면서

而致匪躬之節하고,
이 치 비 궁 지 절

자신도 돌보지 않는 절개를 다한다든지,

蹇之六二在王臣之位하야,
건 지 육 이 재 왕 신 지 위

건괘의 육이처럼 임금의 신하된 지위에 있으면서

而高不事之心이면,
이 고 불 사 지 심

섬기지 않으려는 마음을 높인다면,

則冒進[205]之患生하고,
즉 모 진 　 지 환 생

함부로 나아가는 환난이 생겨나거나

---

201 비궁지고(匪躬之故): 자신만을 위하려는 것이 아니다.

202 소거지시(所居之時): 그가 처신하고 있는 때. 그가 살고 있는 때

203 소도지덕(所蹈之德): 그가 실천하고 있는 덕행

204 거무용지지(居無用之地): 나랏일에 아무 소용도 없는 처지에 있다. 벼슬을 하지 않고 있는 것

205 모진(冒進): 함부로 나아가다.

曠官[206]之刺[207]興하야, 광 관 지 자 흥	관직을 태만히 한다는 비난이 일어,
志不可則이오, 지 불 가 칙	그의 뜻은 법도로 삼을 만한 것이 못 되고
而尤[208]不終無也라. 이 우 불 종 무 야	결국 허물이 없을 수가 없게 될 것이오.
今陽子實一匹夫라. 금 양 자 실 일 필 부	지금 양 선생은 실로 일개 범부에 지나지 않소.
在位不爲不久矣오, 재 위 불 위 불 구 의	벼슬자리에 있은 지 오래되지 않은 것도 아니고,
聞天下之得失[209]을, 문 천 하 지 득 실	천하의 정치에 관한 득실을
不爲不熟矣오, 불 위 불 숙 의	익히 들어 알지 못하는 것도 아니며,
天子待之不爲不加[210]矣나, 천 자 대 지 불 위 불 가 의	그에 대한 천자의 대우도 융숭하지 않은 것이 아니나,
而未嘗一言及於政하고, 이 미 상 일 언 급 어 정	그러나 일찍이 정치에 한 마디 언급도 없고,
視政之得失이, 시 정 지 득 실	정치에 관한 득실을 보는 눈이

206 광관(曠官): 관직을 태만히 하다.

207 자(刺): 풍자, 비난

208 우(尤): 허물, 불행, 재난

209 득실(得失): 정치를 잘하고 못하는 것, 정치의 잘잘못

210 가(加): 대우를 잘해 주다.

若越人이 약 월 인	마치 남쪽 월나라 사람이
視秦人之肥瘠[211]하야, 시 진 인 지 비 척	북쪽 진나라 사람들의 살찌고 여윈 것을 보듯 하여,
忽焉[212] 홀 언	아무렇지 않은 듯
不加喜戚[213]於其心이라. 불 가 희 척 어 기 심	그의 마음에는 기쁨이나 슬픔이 일어나지 않고 있는 것이오.
問其官則曰 문 기 관 즉 왈	그의 벼슬에 대해 물어보면
諫議也오, 간 의 야	간의대부라 하고,
問其祿則曰 문 기 록 즉 왈	그의 녹봉에 대해 물어보면
下大夫[214]之秩[215]也오, 하 대 부 지 질 야	하대부의 녹을 받는다고 하면서,
問其政則曰 문 기 정 즉 왈	정치에 대해 물어보면
我不知也라 하니, 아 불 지 야	곧 '나는 모른다'고 대답하니,
有道之士가, 유 도 지 사	올바른 도리를 가진 선비라면
固[216]如是乎哉아? 고 여 시 호 재	정말 이럴 수가 있겠소?

211 비척(肥瘠): 몸이 살찐 것과 여윈 것

212 홀언(忽焉): 소홀히 하다, 무관심하다.

213 희척(喜戚): 기쁨과 슬픔

214 하대부(下大夫): 당나라 때에 종2품부터 종5품 하까지를 대부로 불렀는데, 그는 정5품 상이다.

215 질(秩): 등급, 등급에 따른 봉록

216 고(固): 정말, 진실로

且吾聞之하니, 차 오 문 지	또한 내가 듣자 하니,
有官守者[217]가, 유 관 수 자	벼슬자리에 있는 사람이
不得其職則去[218]하고, 부 득 기 직 즉 거	그 직책을 다할 수 없을 때는 자리를 떠나야 하고,
有言責者가, 유 언 책 자	간언의 책임을 진 사람이
不得其言則去라 하니, 부 득 기 언 즉 거	그 말을 할 수 없다면 떠나야 한다고 하니,
今陽子以爲得其言乎哉아? 금 양 자 이 위 득 기 언 호 재	지금 양 선생은 그 말을 제대로 하고 있다고 할 수가 있겠소?
得其言而不言과, 득 기 언 이 불 언	그가 말해야 할 것은 알면서도 말하지 않는 것과
與不得其言而不去가, 여 부 득 기 언 이 불 거	그 말을 할 수 없는데도 자리를 떠나지 않는 것은
無一可者[219]也니라. 무 일 가 자 야	모두가 옳지 않은 일이오.
陽子將爲祿仕[220]乎아? 양 자 장 위 록 사 호	양 선생은 봉록을 위해서 장차 벼슬할 것이오?

217 관수자(官守者): 관직을 맡고 있는 사람

218 거(去): 벼슬을 떠나다.

219 무일가자(無一可者): 옳은 것이 하나도 없다.

220 위록사(爲祿仕): 생계를 위해 벼슬하다.

古之人有云
고 지 인 유 운

옛날 사람들이 말하기를,

仕不爲貧
사 불 위 빈

'벼슬은 가난하기 때문에
하는 것은 아니지만

而有時乎爲貧이라 하니,
이 유 시 호 위 빈

가난하기 때문에 하는 경우도
있다'고 하였는데,

謂祿仕者也라.
위 녹 사 자 야

봉록을 위해 벼슬하는 경우를
두고 말한 것이오.

宜乎辭尊而居卑하며,
의 호 사 존 이 거 비

그렇다면 마땅히 '높은 자리는
사양하고 낮은 벼슬을 할 것이며

辭富而居貧이니,
사 부 이 거 빈

부귀는 사양하고 가난한 자리에
처신해야 할 것이니,

若抱關[221]擊柝[222]者가 可也니라 하니라.
약 포 관 격 탁 자 가 야

문지기나 야경꾼 같은 것이
좋을 것이오.'

蓋孔子가
개 공 자

공자께서도

嘗爲委吏[223]矣오,
상 위 위 리 의

일찍이 위리를 지내고

嘗爲乘田[224]矣나,
상 위 승 전 의

승전 노릇도 하셨으나

---

221 포관(抱關): 관문을 지키는 사람
222 격탁(擊柝): 딱따기를 두드리는 사람. 곧 야경꾼
223 위리(委吏): 창고를 지키며 물건의 출납을 관장하는 관리

亦不敢曠其職이오,
역 불 감 광 기 직
감히 그의 직책을
태만히 하지는 않았고,

必曰會計를 當[225]而已矣며,
필 왈 회 계 당 이 이 의
반드시 출납의 회계를
정확히 해야 하고

必曰牛羊을 遂[226]而已矣라.
필 왈 우 양 수 이 이 의
반드시 소와 양을 잘 길러야
한다고 하셨소.

若陽子之秩祿은,
약 양 자 지 질 록
양 선생의 직위와 봉록은

不爲卑且貧이오,
불 위 비 차 빈
낮고 가난하지 않다는 것이

章章[227]明矣이나,
장 장 명 의
이처럼 명백하나,

而如此其可乎哉아?
이 여 차 기 가 호 재
이와 같이 행동하니 그를 옳다고
할 수가 있겠소?"

或曰
혹 왈
어떤 사람이 말하였다.

否, 非若此也라.
부 비 약 차 야
"아닙니다, 그렇지 않습니다.

夫陽子는 惡訕上[228]者요,
부 양 자 오 산 상 자
양 선생은 윗사람을
비방하기 싫어하고,

---

224 승전(乘田): 소와 양을 기르는 관리. 목축관(牧畜官)

225 당(當): 합당하다, 정확하다.

226 수(遂): 잘 기르다. 위의 고인이 한 말이나 공자가 한 말은 모두 『맹자(孟子)』「만장 상(萬章上)」에 나옴

227 장장(章章): 분명한 모양. 밝은 모양

228 오산상(惡訕上): 윗사람을 비방하기 싫어하다.

惡爲人臣하야, 오 위 인 신	신하로서
招[229]其君之過 교 기 군 지 과	임금의 잘못을 들추어내어
而以爲名者라. 이 이 위 명 자	명성이 드러나는 것을 싫어하는 분입니다.
故로 雖諫且議나, 고 수 간 차 의	그러므로 비록 간하기도 하고 주장을 펴기도 하지만,
使人不得而知焉이라. 사 인 부 득 이 지 언	사람들이 알지 못하도록 하고 있는 것입니다.
書[230]曰 서 왈	『서경』에 이르기를,
爾有嘉謀嘉猷[231]면, 이 유 가 모 가 유	'그대에게 좋은 계책이나 좋은 방법이 있다면,
則入告爾后[232]于內하고, 즉 입 고 이 후 우 내	곧 들어가 안에서 그대 임금에게 고하고
爾乃順之于外曰 이 내 순 지 우 외 왈	그대는 곧 밖에서 그것에 따르면서,
斯謀斯猷는, 사 모 사 유	그 계책과 그 방법은

229 교(招): 드러내다.

230 서(書): 『서경』「군진(君陳)」에 보이는 말

231 가모가유(嘉謀嘉猷): 좋은 계책과 좋은 생각

232 후(后): 임금

惟我后之德이라 하니, 유 아 후 지 덕	오직 우리 임금의 덕에서 나온 것이라고 말해야 한다'라 하였으니,
夫陽子之用心이, 부 양 자 지 용 심	양 선생의 마음 쓰임도
亦若此者니라. 역 약 차 자	이와 같은 경우일 것입니다."
愈應之曰 유 응 지 왈	나는 이 말에 이렇게 응답하였다.
若陽子之用心이 如此면, 약 양 자 지 용 심 여 차	"만약 양 선생의 마음 쓰임이 그와 같다면
玆所謂惑者矣라. 자 소 위 혹 자 의	그것이야말로 미혹된 것이라 하겠소.
入則諫其君하고, 입 즉 간 기 군	들어가서는 그의 임금을 간하고
出不使人知者는, 출 불 사 인 지 자	나와서는 남들이 알지 못하도록 하는 것은,
大臣宰相者之事니, 대 신 재 상 자 지 사	대신과 재상들이 할 일이지
非陽子之所宜行也라. 비 양 자 지 소 의 행 야	양 선생 같은 분이 행해야 할 일이 아니오.
夫陽子本以布衣[233]로, 부 양 자 본 이 포 의	양 선생은 본시 평민으로서
隱於蓬蒿[234]之下이나, 은 어 봉 호 지 하	초야에 숨어 지내던 분이나,

233 포의(布衣): 무명이나 삼베옷을 입은 사람. 평민

234 봉호(蓬蒿): 쑥대. 여기서는 초야 또는 깊은 산골을 가리킨다.

主上이 嘉[235]其行誼[236]하야, 주상 가 기행의	임금께서는 그의 행실이 올바름을 가상히 여기시고
擢在此位하시니, 탁재차위	이런 자리에 발탁한 것인데,
官以諫爲名이라. 관이간위명	이 벼슬은 간해야 하는 명분을 지닌 것이오.
誠宜有以奉其職하야, 성의유이봉기직	진실로 올바로 그의 직책을 받들어
使四方後代로, 사사방후대	사방 사람들과 후대 사람들로 하여금
知朝廷에 지조정	조정에
有直言骨鯁[237]之臣이오, 유직언골경 지신	곧은 말을 하는 강직한 신하가 있어,
天子有不僭賞[238] 천자유불참상	천자께서는 상을 잘못 내리는 일이 없으시고,
從諫如流[239]之美하야, 종간여류 지미	간하는 것을 흐르듯 따르시는 미덕을 알게 하여,
庶巖穴之士[240]가, 서암혈지사	모든 동굴에 숨어 사는 선비들도

235 가(嘉): 가상히 여기다.

236 행의(行誼): 행실이 바르다.

237 골경(骨鯁): 짐승 뼈와 생선 뼈. 뼈처럼 굳은 것, 강직한 것

238 참상(僭賞): 상을 잘못 내리다.

239 종간여류(從諫如流): 신하가 간하는 말을 물이 흐르듯 따르다. 모두 『좌전(左傳)』에 보이는 표현

240 암혈지사(巖穴之士): 바위 동굴에서 숨어 사는 선비

聞而慕之하야,
문 이 모 지

그런 말을 듣고 흠모해 띠를 두르고,

束帶結髮[241]하고,
속 대 결 발

머리를 묶고 몸을 단정히 하고

願進於闕下
원 진 어 궐 하

궁궐 아래로 나아가

而伸其辭說하야,
이 신 기 사 설

그의 이론을 폄으로써,

致吾君於堯舜이오,
치 오 군 어 요 순

우리 임금을 요순처럼 되게 하여

熙[242]鴻號[243]於無窮也라.
희 홍 호 어 무 궁 야

위대한 명성이 영원히 빛나게 해야 할 것이오.

若書所謂는,
약 서 소 위

『서경』에 말한 것은

則大臣宰相之事오,
즉 대 신 재 상 지 사

대신과 재상들의 일이지

非陽子之所宜行也니라.
비 양 자 지 소 의 행 야

양 선생 같은 분이 행해야 할 일이 아닌 것이오.

且陽子之心이,
차 양 자 지 심

또한 양 선생의 마음이

將使君人者로,
장 사 군 인 자

임금에게

惡聞其過乎리오?
오 문 기 과 호

자신의 허물을 듣기 싫어하도록 하는 것이리오?

241 속대결발(束帶結髮): 띠를 두르고 머리를 묶다. 자기 몸을 단정히 매만지는 것

242 희(熙): 빛내다.

243 홍호(鴻號): 위대한 명성. 천자의 명성을 가리킨다.

是는 啓之[244]也니라. 시 계지 야	이는 그 쪽으로 계도하는 것이오.”
或曰 혹 왈	그 사람이 말하였다.
陽子之不求聞[245] 양 자 지 불 구 문	“양 선생은 명성이 알려지기를 바라지 않았으되
而人聞之하고, 이 인 문 지	사람들이 그의 명성을 듣게 되었고,
不求用而君用之하야, 불 구 용 이 군 용 지	임용을 바라지 않았으되 임금이 그를 등용하였습니다.
不得已而起하야, 부 득 이 이 기	부득이 벼슬을 하게 되어
守其道而不變하거늘, 수 기 도 이 불 변	그의 도리를 변함없이 지켜 왔거늘
何子過之深[246]也오? 하 자 과 지 심 야	어찌하여 그대는 심하게 비난하는 것입니까?”
愈曰 유 왈	내가 대답하였다.
自古聖人賢士가, 자 고 성 인 현 사	“예로부터 성인이나 현명한 선비들은
皆非有心求於聞用[247]也라. 개 비 유 심 구 어 문 용 야	모두 알려지고 임용되는 것에 마음을 두지 않았소.

244 계지(啓之): 그것을 계도하다. 임금 자신의 잘못을 조장하다.
245 구문(求聞): 자기의 명성이 남에게 들리기를 추구하다, 자기 명성이 드러나기를 바라다.
246 과지심(過之深): 그의 잘못을 심하게 비난하다.
247 문용(聞用): 자기 명성이 드러나는 것과 임금에게 쓰여 벼슬하는 것

閔[248]其時之不平[249]하고, 민　기시지불평	그 시대가 평화롭지 않고
人之不乂[250]하야, 인지불예	사람들이 잘 다스려지지 않음을 민망히 여겨,
得其道일새, 득기도	자신의 도리로써
不敢獨善其身[251]이오, 불감독선기신	감히 그 자신만을 잘 간수하지 않고
而必兼濟天下[252]也하야, 이필겸제천하　야	반드시 온 천하를 아울러 구제하고자,
孜孜矻矻[253]하야, 자자골골	쉬지 않고 열심히 노력하여
死而後已라. 사이후이	죽은 뒤에나 그만두려고 하였소.
故로 禹過家門不入[254]하시고, 고　우과가문불입	그러므로 우임금은 그의 집 문 앞을 지나면서도 들어가지 못하였고,
孔이 席不暇暖[255]하고, 공　석불가난	공자는 자리가 따스해질 겨를도 없이 돌아다녔으며,

---

248 민(閔): 가엾이 여기다.

249 불평(不平): 평탄치 않다.

250 예(乂): 잘 다스려지는 것, 올바른 것

251 독선기신(獨善其身): 자신만을 잘 보전하다.

252 겸제천하(兼濟天下): 온 천하를 위해 일하다.

253 자자골골(孜孜矻矻): '자자'는 열심히 애쓰는 모양. '골골'은 힘써 일하는 모양

254 우과가문불입(禹過家門不入): 우(禹)는 순임금의 명으로 장가든 지 사흘 만에 천하의 물을 다스리러 나가 8년 동안 쉴 새 없이 노력하였는데, 그사이 세 번이나 집 앞을 지나갔으나 한 번도 들어가지 못하였다 한다(『맹자』「등문공 상(滕文公上)」).

255 공석불가난(孔席不暇暖): 공자는 자기 가르침을 세상에 널리 펴기 위해 자신이 앉았던 방석이

而墨이 突付得黔[256]하니, 이 묵 돌부득검	묵자의 집 굴뚝은 검어질 틈이 없었으니,
彼二聖一賢者가, 피이성일현자	그들 두 분의 성인과 한 분의 현인도
豈不知自安逸之爲樂哉아? 기부지자안일지위락재	어찌 자신이 편안히 지내는 것의 즐거움을 알지 못하였겠소?
誠畏天命而悲人窮也라. 성외천명이비인궁야	진실로 하늘의 명을 두려워하고 사람들의 곤궁함을 슬퍼했기 때문에 그랬던 것이지요.
夫天授人이 부천수인	하늘이 사람들에게
賢聖才能에, 현성재능	현명하고 성인다운 재능을 내려 준 것은
豈使自有餘[257]而已리오? 기사자유여 이이	어찌 자신의 여유를 위한 것일 따름이겠소?
誠欲以補其不足者也라. 성욕이보기부족자야	진실로 부족한 사람들에게 보충해 주고자 함이라.
耳目之於身也에, 이목지어신야	몸에서 귀와 눈을 보면

따스해질 겨를도 없이 여러 곳을 돌아다녔다 한다.

256 묵돌부득검(墨突不得黔): 묵자는 자신의 겸애와 비공(非攻) 등의 사상을 실천하기 위해 활동하느라 집에는 붙어 있을 새가 없었고, 또 검약을 실천했으므로 그의 집에서는 밥을 지을 기회도 드물어 집의 굴뚝이 검어질 겨를이 없었다고 한다.

257 자유여(自有餘): 자신만을 위해 여유 있게 지니고 쓰다.

耳司聞而目司見하고, 이 사 문 이 목 사 견	귀는 듣는 일을 맡고 눈은 보는 일을 맡아서,
聽其是非하야, 청 기 시 비	옳고 그른 것을 들어 분별하고
視其險易[258]한 然後에, 시 기 험 이 연 후	험난하고 평이한 것을 보고 안 뒤에야
身得安焉이니, 신 득 안 언	몸이 편안할 수가 있는 것이니,
聖賢者는 성 현 자	성인과 현인이란
時人之耳目也오, 시 인 지 이 목 야	그 시대 사람들의 귀와 눈과 같고,
時人者는 시 인 자	그 시대 사람들이란
賢聖之身也라. 현 성 지 신 야	성인과 현인의 몸과 같은 것이오.
且陽子之不賢이면, 차 양 자 지 불 현	그러니 양 선생이 현명하지 않다면
則將役於身[259]하야, 즉 장 역 어 신	곧 몸에 사역을 받게 되어
以奉其上矣오, 이 봉 기 상 의	그의 윗사람들을 받들어야 할 것이요,
若果賢이면, 약 과 현	만약 정말로 현명하다면
則固畏天命 즉 고 외 천 명	진실하게 천명을 두려워하고

258 험이(險易): 험난한 것과 평이한 것

259 역어신(役於身): 몸에게 부림을 당하다.

而閔人窮也니, 이 민 인 궁 야	사람들의 곤궁함을 가엾이 여겨야만 할 것이오.
惡得以自暇逸[260]乎哉아? 오 득 이 자 가 일 호 재	어찌 스스로 안일하게 지내고 있을 수가 있겠소?”
或曰 혹 왈	그 사람이 말하였다.
吾聞君子가 오 문 군 자	“제가 듣건대, 군자는
不欲加諸人[261] 불 욕 가 저 인	남을 공격하려 하지 않고
而惡訐[262]以爲直者라. 이 오 갈 이 위 직 자	남의 잘못을 들추어 곧다고 여기는 것을 싫어한다고 했습니다.
若吾子之論은 直則直矣나, 약 오 자 지 론 직 즉 직 의	선생님의 이론은 곧기는 곧으나
無乃傷于德 무 내 상 우 덕	덕을 손상시키며
而費於辭[263]乎아? 이 비 어 사 호	말을 허비하는 것이 아니겠습니까?
好盡言[264]以招人過[265]는, 호 진 언 이 교 인 과	말을 다해 남의 허물을 들추어내기 좋아하는 것은

260 가일(暇逸): 한가히 편하게 지내다.

261 가저인(加諸人): 남에게 해 또는 공격을 가하다. 『논어(論語)』「공야장(公冶長)」에 나온다.

262 갈(訐): 남의 단점이나 잘못을 들추어내다. 『논어』「양화(陽貨)」에 나온다.

263 비어사(費於辭): 말을 허비하다.

264 진언(盡言): 말을 하고 싶은 대로 다 하다.

265 교인과(招人過): 남의 허물을 들추어내다. ‘교’는 앞의 주 229를 볼 것

國武子[266]之 국 무 자 지	옛날 국무자가
所以見殺[267]於齊也라. 소 이 견 살 어 제 야	제나라에서 죽음을 당했던 까닭입니다.
吾子其亦聞乎아? 오 자 기 역 문 호	선생께서도 그 일을 들으셨겠지요?”
愈曰 유 왈	내가 대답하였다.
君子居其位 군 자 거 기 위	“군자란 벼슬자리에 있으면
則思死其官[268]하고, 즉 사 사 기 관	그 관직을 죽음으로써 수행하려 하고,
未得位 미 득 위	벼슬을 얻지 못하면
則思修其辭하야, 즉 사 수 기 사	그의 주장을 글로 적어
以明其道하나니, 이 명 기 도	올바른 도리를 밝히려 하는 것이니,
我將以明道也오, 아 장 이 명 도 야	나는 도리를 밝히려는 것이지
非以爲直而加人也라. 비 이 위 직 이 가 인 야	곧은 체하면서 남을 공격하려는 것이 아니오.
且國武子不能得善人이오, 차 국 무 자 불 능 득 선 인	또한 국무자는 착한 사람을 만나지 못했으면서도

266 국무자(國武子): 춘추 시대 제나라의 대부. 그는 거침없이 하고 싶은 말을 다 하고 남의 허물을 꼬집다가, 결국 제나라 사람들의 원한을 사 죽음을 당하였다.

267 견살(見殺): 죽음을 당하다. ‘견’은 피동을 나타낸다.

268 사사기관(思死其官): 그의 관직을 죽음으로 수행할 것을 생각하다.

而好盡言於亂國일새, 이 호 진 언 어 난 국	어지러운 나라에서 할 말을 다하기를 좋아하여
是以見殺이라. 시 이 견 살	그래서 죽음을 당했던 것이오.
傳[269]曰 전 왈	전하는 글에 이르기를
惟善人能受盡言이라 하니, 유 선 인 능 수 진 언	'오직 착한 사람만이 할 말을 다하는 것을 받아 줄 수 있다'고 하니,
謂其聞而能改之也라. 위 기 문 이 능 개 지 야	그것은 듣고서 잘못을 고칠 수 있기 때문이오.
子告我曰 자 고 아 왈	당신은 내게 말하기를
陽子可以爲有道之士也라. 양 자 가 이 위 유 도 지 사 야	'양 선생은 도를 터득한 선비라 할 수 있다' 하였소.
今雖不能及已나, 금 수 불 능 급 이	지금은 비록 부족한 점이 있다 하더라도
陽子將不得爲善人乎아? 양 자 장 부 득 위 선 인 호	양 선생은 훌륭한 분이 될 수 있지 않겠소?"

269 전(傳): 『국어(國語)』「주어(周語)」를 가리킨다.

33. 곤궁하게 하는 귀신을 보내며(送窮文)[270]

한유(韓愈)

元和六年正月乙丑晦[271]에, 원 화 육 년 정 월 을 축 회	원화 6년(811) 정월 을축날 저녁에
主人이 使奴星[272]으로, 주 인 사 노 성	주인이 하인 성에게
結柳作車하며, 결 류 작 거	버드나무를 엮어 수레를 만들고
縛草爲船하야, 박 초 위 선	풀을 묶어 배를 만들게 한 다음,
載糗輿粻[273]하고, 재 구 여 장	미숫가루와 양식을 싣고서
牛繫軛[274]下하며, 우 계 액 하	멍에 밑에 소를 매고
引帆上檣[275]하야, 인 범 상 장	돛대 위에는 돛을 달고
三揖窮鬼而告之曰 삼 읍 궁 귀 이 고 지 왈	궁귀에게 세 번 읍하며 말하였다.

270 송궁문(送窮文): 한유는 지궁(智窮)·학궁(學窮)·문궁(文窮)·명궁(命窮)·교궁(交窮) 등의 다섯 귀신이 늘 자신에게 붙어 다니며 세상에 화합하지 못하게 함으로써 자신을 곤궁하게 만든다고 생각하였다. 그래서 이들에게 수레와 배를 마련해 주어 모두 쫓아 버리려 한다. 그러나 궁귀(窮鬼)는 주인의 뜻을 비웃고, “사람이란 시국과 어긋나야만 하늘과 통하게 되는 것”이라면서 자신의 입장을 밝힌다. 여기에서 작자는 시국과 어긋나는 자신의 사상이나 학문·문장 등의 성격을 밝히며, 은근히 이를 받아들이지 못하는 세상을 비꼬고 있는 것이다. 작자는 결국 궁귀의 말을 듣고는 이들을 쫓아 버릴 명분을 잃고, 다시 이들을 불러들여 그대로 전날처럼 궁하기는 하지만 뜻있는 삶을 추구한다는 매우 해학적이면서도 재미있는 글이다.

271 회(晦): 저녁, 밤

272 노성(奴星): 성은 하인의 이름

273 재구여장(載糗輿粻): 미숫가루와 양식을 수레에 싣다.

274 액(軛): 멍에

275 인범상장(引帆上檣): 돛대를 세우고 돛을 달다.

聞子行有日[276]矣라. 문 자 행 유 일 의	“듣건대 그대에겐 떠나야 할 날이 있다고 합니다.
鄙人[277]이 不敢問所途[278]요, 비 인 불 감 문 소 도	미천한 내가 감히 갈 길은 묻지 못하겠으나,
躬具船與車하야, 궁 구 선 여 거	몸소 배와 수레를 마련하고
備載糗粻하니, 비 재 구 장	미숫가루와 양식도 모두 실어 놓았으니,
日吉辰良하야, 일 길 신 량	날짜 길하고 시절도 좋은 때라서
利行四方이라. 이 행 사 방	사방으로 떠나도 이로울 것이오.
子飯一盂하며, 자 반 일 우	그대는 밥 한 그릇을 먹고
子啜一觴하고, 자 철 일 상	술 한 잔 마신 다음,
携朋挈儔[279]하야, 휴 붕 설 주	친구와 무리들을 이끌고
去故就新하라. 거 고 취 신	옛 고장을 떠나 새로운 고장으로 가시오.
駕塵[280]彍風[281]하야, 가 진 확 풍	먼지 일으키며 수레 달리고 빠른 바람 타고

276 행유일(行有日): 떠나야 할 정해진 날이 있다.
277 비인(鄙人): 비루한 사람. 자신을 낮추어 부르는 말
278 소도(所途): 갈 길
279 휴붕설주(携朋挈儔): 친구를 데리고, 무리를 이끌고
280 가진(駕塵): 수레로 먼지 일으키며 빨리 달리다.

與電爭先이면, 여 전 쟁 선	번개와 앞다투며 간다면,
子無底滯之尤[282]요, 자 무 저 체 지 우	그대에게는 머물러 있다는 허물이 없게 될 것이요.
我有資送[283]之恩이니, 아 유 자 송 지 은	나는 노자를 갖추어 전송한 은혜가 있을 것이니,
子等有意於行乎아? 자 등 유 의 어 행 호	그대는 떠날 뜻이 있소?”
屛息潛聽[284]하니, 병 식 잠 청	숨을 죽이고 조용히 들으니
如聞音聲이, 여 문 음 성	말소리가 들리는 듯하였는데,
若嘯若啼[285]하야, 약 소 약 제	휘파람 소리와도 같고 우는 소리와도 같이
砉欻[286]嚘嚶[287]하니, 획 훌 우 앵	중얼중얼 재잘거리니,
毛髮이 盡竪하고, 모 발 진 수	몸 털과 머리카락이 모두 곤두서고
竦肩縮頸[288]하야, 송 견 축 경	어깨를 들추고 목을 움츠리게 하여,

281 확풍(彍風): 빠른 바람을 타고 배를 몰다.
282 저체지우(底滯之尤): 오래 머물러 있는 죄
283 자송(資送): 노자와 물자를 준비해 주고 전송하다.
284 병식잠청(屛息潛聽): 숨을 죽이고 가만히 듣다.
285 약소약제(若嘯若啼): 휘파람 부는 것과도 같고 우는 소리와도 같다.
286 획훌(砉欻): 후드득후드득 소리가 나다. 중얼거리다.
287 우앵(嚘嚶): 재잘거리는 소리가 나다.
288 송견축경(竦肩縮頸): 두려움에 몸이 오므라드는 모양

疑有而無러니, 의 유 이 무	소리가 있는 듯도 하고 없는 듯도 하다가
久乃可明이라. 구 내 가 명	오랜 뒤에야 분명해졌다.
若有言者曰, 약 유 언 자 왈	다음과 같은 말을 하는 것이었다.
吾與子居가, 오 여 자 거	“나와 선생이 함께 살아온 지는
四十年餘라. 사 십 년 여	사십여 년이나 되었습니다.
子在孩提[289]에, 자 재 해 제	선생이 어렸을 적에는
吾不子愚하고, 오 불 자 우	나는 선생을 어리석게 여기지 않았고,
子學子耕하며, 자 학 자 경	선생이 공부도 하고 밭도 갈면서
求官與名에, 구 관 여 명	벼슬과 명예를 추구하는 동안에도,
惟子是從하야, 유 자 시 종	오직 선생을 따르며
不變于初라. 불 변 우 초	처음처럼 변함이 없었습니다.
門神戶靈[290]이, 문 신 호 령	문의 신령들에게
我叱[291]我呵[292]나, 아 질 아 가	나는 야단맞고 꾸중을 들으면서도,

289 해제(孩提): 어린아이

290 호령(戶靈): 방문의 신령

291 질(叱): 꾸짖다.

292 가(呵): 꾸짖다.

包羞[293]詭隨[294]하니, 포 수 궤 수	부끄러움을 참고 무조건 따르면서
志不在他라. 지 불 재 타	다른 곳에 뜻을 둔 적이 없었습니다.
子遷南荒[295]에, 자 천 남 황	선생께서 남쪽 먼 곳으로 귀양 갔을 적에는
熱爍濕蒸[296]하야, 열 삭 습 증	뜨겁고 덥고 습기 차고 찌는 듯하였으므로,
我非其鄕[297]하니, 아 비 기 향	나는 그 고장에 익숙하지 못해
百鬼欺陵[298]이라. 백 귀 기 릉	여러 귀신이 속이고 능멸하였습니다.
太學四年에, 태 학 사 년	태학에서 사 년 동안
朝齏暮鹽[299]이니, 조 제 모 염	아침에는 부추, 저녁에는 소금으로
惟我保汝요, 유 아 보 여	오직 저만이 당신을 보살펴 주었고,
人皆汝嫌이나, 인 개 여 혐	사람들 모두가 당신을 싫어했으나
自初及終에, 자 초 급 종	처음부터 끝까지

293 포수(包羞): 부끄러움을 견디다.

294 궤수(詭隨): 무조건 따르다.

295 남황(南荒): 남쪽 먼 고장. 한유가 귀양 갔던 광동 땅 양산(陽山)

296 열삭습증(熱爍濕蒸): 덥기가 타는 듯하고 습기는 찌는 듯하다.

297 비기향(非其鄕): 그 고장에 익숙하지 않다.

298 기릉(欺陵): 속이고 업신여기다.

299 조제모염(朝齏暮鹽): 아침엔 부추, 저녁엔 소금. 반찬이 형편없음을 뜻한다.

未始背汝하야, 미 시 배 여	당신을 배반한 일이 없었으며,
心無異謀요, 심 무 이 모	마음속으로 다른 생각을 해 본 일이 없고
口絶行語어늘, 구 절 행 어	입으로는 가겠다는 말을 전혀 한 일이 없거늘,
於何聽聞코, 어 하 청 문	어디에서 무슨 말을 듣고
云我當去오? 운 아 당 거	저에게 가야 한다고 말씀하시는 것입니까?
是必夫子信讒하야, 시 필 부 자 신 참	이것은 필시 선생께서 남이 모함하는 말을 믿고서
有間於予也로다. 유 간 어 여 야	내게 거리를 두게 된 때문일 것입니다.
我鬼非人어늘, 아 귀 비 인	저는 귀신이지 사람이 아니거늘
安用車船이며, 안 용 거 선	수레와 배가 무슨 소용이 있겠으며,
鼻嗅臭香이니, 비 후 취 향	코로 추한 냄새와 향기나 맡고 지내니
糗粻可捐[300]이오, 구 장 가 연	미숫가루와 양식도 버리는 것이 좋습니다.
單獨一身이어늘, 단 독 일 신	홀로 한 몸이거늘

300 연(捐): 버리다.

誰爲朋儔오? 수위붕주	친구와 무리란 어떤 자들입니까?
子苟備知면, 자구비지	선생께서 진실로 모두 알고 계시다면
可數以不[301]이라. 가수이불	그런가 그렇지 않은가를 따질 수 있을 것입니다.
子能盡言이면, 자능진언	선생께서 진실로 모두 말할 수 있다면
可謂聖智라. 가위성지	성인의 지혜라 할 수 있을 것입니다.
情狀旣露니, 정상기로	진실이 이미 드러나 있다면
敢不迴避리오? 감불회피	감히 무엇을 회피하겠습니까?”
主人이 應之曰, 주인 응지왈	주인이 대답하였다.
子以吾로, 자이오	“그대는 내가
爲眞不知也邪아? 위진부지야사	정말로 알지 못하고 있다고 생각하오?
子之朋儔는, 자지붕주	그대의 벗과 무리들은
非六非四라, 비육비사	여섯 명도 아니고 네 명도 아니며,
在十去五요, 재십거오	열에서 다섯을 뺀 수이고
滿七除二라. 만칠제이	일곱 중에서 둘을 덜어낸 수라.

301 가수이불(可數以不): 그런가 그렇지 않은가 헤아릴 수 있다. 옳고 그름을 따질 수 있다. ‘이불’은 이불(已不) 또는 여부(與否)와 같은 말

各有主張하고, 각 유 주 장	제각기 주장하는 일이 있고
私立名字하야, 사 립 명 자	사사로이 이름을 내세우며,
捩手覆羹[302]하며, 열 수 복 갱	남의 손을 비틀어 뜨거운 국을 엎고
轉喉[303]觸諱[304]하니, 전 후 촉 휘	노래를 하며 남이 꺼리는 일을 들추어내니,
凡所以使吾로, 범 소 이 사 오	무릇 내 얼굴을
面目이 可憎하고, 면 목 가 증	가증스럽게 하고,
語言無味者는, 어 언 무 미 자	말을 무미건조하게 하는 것이
皆子之志也라. 개 자 지 지 야	모두 그대들의 뜻이었소.
其一은 名曰, 기 일 명 왈	첫째 이름은
智窮이니, 지 궁	지궁(智窮)이라 하는데,
矯矯[305]亢亢[306]하야, 교 교 항 항	고답적이면서도 뻣뻣하고

302 열수복갱(捩手覆羹): 남의 손을 비틀어 국을 엎다. 남의 생각은 않고 자기 멋대로 억지 짓을 하는 것을 뜻한다.

303 전후(轉喉): 노래를 하다.

304 촉휘(觸諱): 남이 꺼리는 일을 들추어내다. 남이야 싫어하든 말든 자기 멋대로 행동함을 뜻하는 말이다.

305 교교(矯矯): 고답적인 모양

306 항항(亢亢): 높은 모양. 뻣뻣한 모양

惡圓喜方하고,
오 원 희 방

둥근 것은 싫어하고 모난 것을 좋아하며

羞爲姦欺하야,
수 위 간 기

간사하고 속이는 것을 부끄러워하는데,

不忍害傷이라.
불 인 해 상

남을 해치고 상하게 하는 짓은 차마 하지 못하오.

其次는 名曰,
기 차 명 왈

그다음은 이름을

學窮이니,
학 궁

학궁(學窮)이라 하는데,

傲數與名[307]하야,
오 수 여 명

법도와 명성에 대해서는 오만하고

摘抉[308]杳微[309]하고,
적 결 묘 미

심원하고 미묘한 것을 잡아내며

高挹[310]群言[311]하야,
고 읍 군 언

여러 가지 이론을 높이 들추어내어

執神之機[312]라.
집 신 지 기

신의 기밀을 파악하지요.

又其次曰,
우 기 차 왈

또 그다음은

文窮이니,
문 궁

문궁(文窮)이라 하는데,

---

307 오수여명(傲數與名): 법칙이나 명성에 초연한 태도를 지니다.

308 적결(摘抉): 들추어내다.

309 묘미(杳微): 오묘하고 미묘하다.

310 고읍(高挹): 높이 들추어내다.

311 군언(群言): 여러 가지 이론

312 집신지기(執神之機): 신의 빌미를 파악하다. 신묘한 작용들을 파악하는 것

不專一能[313]하야,
부 전 일 능
한 가지 능력만을 오로지 추구하지 않고

怪怪奇奇[314]요,
괴 괴 기 기
괴기한 표현을 일삼아

不可時施[315]코,
불 가 시 시
시국에 응용할 수가 없고

秖[316]以自嬉라.
지 이 자 희
오직 스스로 즐길 따름이오.

又其次曰,
우 기 차 왈
또 그다음은

命窮이니,
명 궁
명궁(命窮)이라 하는데,

影與形[317]殊하야,
영 여 형 수
그림자와 형체가 달라서

面醜心姸하니,
면 추 심 연
얼굴은 추하나 마음은 곱고,

利居衆後하며,
이 거 중 후
이로운 일에는 다른 사람들 뒷전에 서고

責在人先이라.
책 재 인 선
책임질 일은 남들보다 앞장에 서지요.

又其次曰,
우 기 차 왈
또 그다음은

交窮이니,
교 궁
교궁(交窮)이라 하는데,

---

313 부전일능(不專一能): 한 가지 능력만을 전공하다. 문장에서 시나 산문 한 가지만을 추구하는 것

314 괴괴기기(怪怪奇奇): 기이한 표현을 추구하다. 특히 문학사가들은 한유를 대표적인 괴탄파(怪誕派) 시인으로 본다.

315 불가시시(不可時施): 시국에 적응하지 못하다.

316 지(秖): 다만. 지(只)와 통한다.

317 영여형(影與形): 그림자와 형체. 사람의 마음이나 감정과 육체를 가리킨다.

磨肌戞骨[318]하며,
마 기 알 골
살갗을 비비며 남과 가까이 지내고

吐出心肝[319]하야,
토 출 심 간
마음속을 다 토로하고

企足以待[320]라도,
기 족 이 대
발돋움하고 기다리며 남을 대우하고도

寘我讐寃이라.
치 아 수 원
나를 원수 자리에 놓이게 하는 것이오.

凡此五鬼가,
범 차 오 귀
이 다섯 귀신은

爲吾五患하야,
위 오 오 환
나의 다섯 가지 환난을 마련해 주어

飢我寒我코,
기 아 한 아
나를 굶주리게 하고 헐벗게 하며,

興訛造訕[321]하야,
흥 와 조 산
내게 소동을 일으키고
비난을 받게 하여

能使我迷하되,
능 사 아 미
나를 미혹하게 만들고 있지만,

人莫能間이라.
인 막 능 간
사람들은 아무도 이에
간섭하지 못하오.

朝悔其行타가,
조 회 기 행
아침에 그러한 행동을 후회하지만

暮已復然하고,
모 이 복 연
저녁이면 또다시 그러하니,

---

318 마기알골(磨肌戞骨): 살갗이 닿아 닳고 뼈를 부딪치며 비벼대다. 사람들이 아주 가까이 지냄을 형용하는 말

319 심간(心肝): 마음과 간. 자기 마음속

320 기족이대(企足以待): 발돋움을 하고 기다리다. 남을 진심으로 반갑게 대해 주는 것

321 흥와조산(興訛造訕): 소동을 일으키고 비방을 조성하다.

蠅營狗苟[322]하야, 승 영 구 구	파리 떼가 붕붕거리고 개가 구차히 지내듯
驅去復還이로다. 구 거 복 환	쫓아 버려도 반복하여 돌아오지요.”
言未畢에, 언 미 필	말을 채 마치기도 전에
五鬼가 오 귀	다섯 귀신이
相與張眼吐舌[323]하야, 상 여 장 안 토 설	모두 눈을 크게 뜨고 혀를 내밀고
跳踉偃仆[324]하며, 도 량 언 부	펄쩍펄쩍 뛰다가는 이리저리 나자빠지며,
抵掌頓脚하고, 저 장 돈 각	손뼉을 치고 발을 구르며
失笑相顧하며, 실 소 상 고	실소하면서 서로 돌아다보고
徐謂主人曰, 서 위 주 인 왈	천천히 주인에게 말하였다.
子知我名과, 자 지 아 명	“선생께서 우리 이름과
凡我所爲하야, 범 아 소 위	모든 우리 행위를 알고
驅我令去하니, 구 아 령 거	우리를 내쫓아 떠나라고 하는데,

322 승영구구(蠅營狗苟): 파리 떼가 붕붕거리며 쫓아도 다시 덤비듯 치사하게 행동하고, 개가 주인이 쫓아도 다시 눈치 보며 따라오듯 구차히 지내는 것

323 장안토설(張眼吐舌): 눈을 크게 뜨고 혀를 내밀다. 어처구니없는 말을 들었을 때 하는 행동

324 도량언부(跳踉偃仆): 펄쩍펄쩍 뛰고, 이리저리 나자빠지다.

小黠大癡[325]로다. 소 힐 대 치	작게는 약지만 크게는 바보 같은 짓입니다.
人生一世에, 인 생 일 세	사람이 나서 한평생
其久幾何오? 기 구 기 하	얼마나 오래 살 수 있겠습니까?
吾立子名하야, 오 립 자 명	우리는 선생의 명성을 세워서
百世不磨라. 백 세 불 마	백세 뒤에도 지워지지 않게 하려는 것입니다.
小人君子가, 소 인 군 자	소인과 군자는
其心不同하니, 기 심 부 동	그들 마음이 같지 않은 것이니,
惟乖於時라야, 유 괴 어 시	오직 시국에 어긋나야만
乃與天通이라. 내 여 천 통	비로소 하늘과 통하게 되는 것입니다.
携持琬琰[326]하야, 휴 지 완 염	아름다운 옥홀(玉笏)을 가지고
易一羊皮하고, 역 일 양 피	한 장의 양가죽과 바꾸고,
飫[327]於肥甘하야, 어 어 비 감	기름지고 단 것에 배가 불러
慕彼糠糜[328]아? 모 피 강 미	겨와 싸라기를 흠모하는 것인가요?

325 소힐대치(小黠大癡): 작게 보면 약지만 크게 보면 어리석은 짓이다.

326 완염(琬琰): 둘 다 아름다운 옥의 이름

327 어(飫): 배부르다. 먹기 싫어지다.

328 강미(糠糜): 벼와 싸라기

天下知子가, 천하지자	천하에서 선생을 아는 데 있어
誰過於予리오? 수과어여	누가 우리보다 더 낫겠습니까?
雖遭斥逐이나, 수조척축	비록 배척받아 쫓겨나게 되었다 하더라도
不忍子疏하노니, 불인자소	차마 선생을 멀리하지 못하겠사오니,
謂予不信어든, 위여불신	나를 믿지 못하겠다면
請質詩書하라. 청질시서	『시』·『서』를 놓고 따져 보도록 하십시오.”
主人이 於是에, 주인 어시	그러자 주인은
垂頭喪氣하고, 수두상기	머리를 떨어뜨리고 기가 죽어서
上手稱謝하며, 상수칭사	두 손을 들어 사과한 다음,
燒車與船하야, 소거여선	수레와 배를 불사르고
延[329]之上座하니라. 연 지상좌	그들을 마중해 상좌에 앉혔다.

329 연(延): 마중하다. 모시다.

34. 학문으로 나아가는 태도를 비난함에 대한 해명 (進學解)[330]

한유(韓愈)

國子先生[331]이, 국 자 선 생	국자 선생이
晨入太學[332]하야, 신 입 태 학	아침 일찍 태학에 들어가
招諸生하고, 초 제 생	학생들을 불러
立館下하야, 입 관 하	교실 아래 세워 놓고
誨之曰 회 지 왈	이들을 타일렀다.
業은 精于勤하고, 업 정 우 근	"학업은 근면함에서 정진되고
荒于嬉[333]하며, 황 우 희	노는 데서 황폐해진다.
行은 成于思[334]하고, 행 성 우 사	행실은 생각하는 데서 이루어지고

330 진학해(進學解): 한유는 어사가 된 뒤에 세 번이나 국자감과 사문학의 박사가 되었다. 국자감은 귀족의 자제들을 모아 글을 가르치는 최고 학부로서 우리나라의 성균관과 같은 곳이다. 사문학은 당시 국자감 주위에 서민을 위해 세운 학교를 말한다. 또 국자감의 교수를 국자박사, 사문학의 교수를 사문박사라고 하였다. 한유는 원화 8년부터 여러 차례 좌천되는 불운을 겪었다. 그가 사제의 문답 형식을 빌려 간접적으로 자기의 처지를 소상하게 밝히는 것이 이 글의 동기이다. 뒤에 재상이 이 글을 읽고 그 재주를 아깝게 여겨 비부랑중(比部郎中)이라는 벼슬을 내렸다고 한다.

331 국자선생(國子先生): 작자 한유가 자신을 가리키는 말이다. 원화 7년 한유는 국자박사가 되었다. 당대의 국자감에는 박사 두 사람을 두어 학생들의 교육을 맡게 하였다.

332 태학(太學): 옛날 중국의 최고 학부로서의 국립대학. 즉 국자감을 가리킨다.

333 희(嬉): 즐겁게 노는 것을 말한다.

334 사(思): 학문 연구를 뜻한다.

毁于隨[335]라. 훼 우 수	방종함에서 허물어진다.
方今聖賢[336]相逢하야, 방 금 성 현 상 봉	바야흐로 지금 성군과 재상이 서로 만나
治具[337]畢張하며, 치 구 필 장	법령을 고루 펼쳐,
拔去凶邪하야, 발 거 흉 사	흉악하고 사악한 무리들을 제거해 내고
登崇俊良이라. 등 숭 준 량	영특하고 선량한 인재들을 등용해 우대하고 있다.
占[338]小善者는 점 소 선 자	조그마한 장기라도 가진 자는
率以錄하고, 솔 이 록	모두 수록하고
名一藝者는 명 일 예 자	한 가지 재주라도 이름이 난 자는
無不庸[339]하야, 무 불 용	쓰이지 않음이 없다.
爬羅[340]剔抉[341]하고, 파 라 척 결	손톱으로 긁어내고 그물질하기도 하며 도려내고 잘라내어

335 수(隨): 마음에 하고 싶은 대로 하다.

336 성현(聖賢): '성'은 헌종, '현'은 황보박·이봉길 등의 재상을 가리킨다.

337 치구(治具): 나라를 다스리는 도구. 곧 법령이나 제도를 말한다.

338 점(占): 가지다. 지(持)와 같은 뜻이다.

339 용(庸): 사용하다. 용(用)과 같은 뜻이다.

340 파라(爬羅): '파'는 손톱으로 긁어내다. '라'는 그물로 잡다. 곧 숨은 인재를 샅샅이 찾아내어 남김없이 등용한다는 말이다.

341 척결(剔抉): '척'은 뼈를 발라내다. '결'은 살을 긁어내다. 뼈와 살을 도려내고 잘라낸다는 말이니, 이것은 악인을 남김없이 파헤쳐 제거한다는 뜻이다.

刮垢磨光[342]이라. 괄 구 마 광	때를 닦아 문질러 광채를 내듯이 하고 있다.
蓋有幸而獲選이언정, 개 유 행 이 획 선	대개 요행으로 선택된 자도 있겠지만
孰云多而不揚고? 숙 운 다 이 불 양	누가 재주가 많은데도 기용되지 않았다 하는가?
諸生業患不能精이오, 제 생 업 환 불 능 정	학생들은 학업에 정진하지 않는 것을 근심할 일이지
無患有司[343]之不明하며, 무 환 유 사 지 불 명	당국자들이 현명하지 못함을 근심하지 말 것이며,
行患不能成이오, 행 환 불 능 성	행실이 완성되지 못함을 근심할 일이지
無患有司之不公하라. 무 환 유 사 지 불 공	당국자들이 공정하지 못함을 근심하지 말라.”
言未旣[344]에, 언 미 기	말이 아직 끝나기도 전에
有笑于列者曰, 유 소 우 열 자 왈	줄 가운데서 한 학생이 웃으면서 말하였다.
先生이 欺余哉인저! 선 생 기 여 재	“선생께서는 저희들을 속이시는군요!

342 괄구마광(刮垢磨光): 때를 닦아 내고 광채를 내다. 즉 사람의 결점을 고치고 장점을 발휘하게 하는 것을 말한다.

343 유사(有司): 재상 또는 인선을 맡은 관리

344 기(旣): 마치다.

弟子가 事先生 제자 사선생	저희들이 제자로서 선생을 섬긴 지
于玆有時矣라. 우자유시의	여러 해가 되었습니다.
先生이 口不絶吟 선생 구부절음	선생께서는 입으로는 끊임없이
於六藝之文하며, 어육예지문	육예(六藝)의 문장을 외웠고,
手不停披 수부정피	손으로는 쉴 새 없이
於百家之編[345]하야, 어백가지편	제자백가의 책들을 펼치고 계셨습니다.
記事者[346]는, 기사자	사물을 기록하는 것은
必提其要[347]하고, 필제기요	반드시 그 요점을 파악하였고,
纂言者[348]는, 찬언자	말을 모아 편찬하는 것은
必鉤其玄[349]하야, 필구기현	반드시 그 현묘한 이치를 밝혀서,
貪多務得하며, 탐다무득	항상 많은 책읽기를 탐하고 널리 배우기를 힘쓰며
細大不捐이라. 세대불연	적은 것 큰 것 할 것 없이 버리지 않았습니다.

345 백가지편(百家之編): 춘추전국 시대 제자백가가 엮은 책들

346 기사자(記事者): 사실을 기록하다.

347 제기요(提其要): 그 요점을 파악하다.

348 찬언자(纂言者): 말을 모아 편찬하는 일

349 현(玄): 현묘한 이치

焚膏油以繼晷[350]하야, 분 고 유 이 계 귀	기름 등불을 밝히고 밤낮없이 계속하시어
恒兀兀[351]以窮年[352]하니, 항 올 올 이 궁 년	항상 쉬지 않고 애쓰며 평생을 보냈으니,
先生之業이, 선 생 지 업	선생의 학업은
可謂勤矣오, 가 위 근 의	참으로 근면하였다고 할 수 있을 것입니다.
觝排異端[353]하며, 저 배 이 단	이단을 배척하고
攘斥[354]佛老하야, 양 척 불 노	불가와 도가를 물리쳐
補苴罅漏[355]하고, 보 저 하 루	[유학의] 틈과 새는 곳을 찾아 보완하였고,
張皇幽眇[356]라. 장 황 유 묘	오묘한 이치를 확대해 밝혔습니다.
尋墜緖之茫茫[357]하야, 심 추 서 지 망 망	희미하게 쇠퇴한 유가의 도통을 찾아

350 분고유이계귀(焚膏油以繼晷): 등불을 켜 기름을 태우면서 밤을 낮 삼아 계속 앉아 독서에 열중하는 것을 말한다.

351 올올(兀兀): 쉬지 않고 애쓰는 모양

352 궁년(窮年): 한평생을 다 보내다.

353 저배이단(觝排異端): 유가 사상 이외의 이단을 배척하다.

354 양척(攘斥): 물리치다.

355 보저하루(補苴罅漏): 틈과 새는 곳을 보완하다. '보저'는 보완하다. '저'는 임시로 깁다. '하'는 틈. '루'는 새는 곳. 유가의 결손을 보완한다는 뜻이다.

356 장황유묘(張皇幽眇): 깊고 오묘한 것을 벌려서 확대하다. '황'은 대(大)의 뜻이다.

357 심추서지망망(尋墜緖之茫茫): '추서'는 쇠퇴한 서업(緖業). '망망'은 희미한 모양. 땅에 떨어져

獨旁搜而遠紹[358]하고, 독 방 수 이 원 소	홀로 널리 뒤져 멀리 이었고,
障百川而東之[359]하야, 장 백 천 이 동 지	백 갈래의 냇물을 막아 동쪽으로 흐르게 하여
廻狂瀾於旣倒[360]하니, 회 광 란 어 기 도	이미 무너진 유가를 크게 부흥시켰으니,
先生之於儒에, 선 생 지 어 유	선생께서는 유교에 있어
可謂勞矣라. 가 위 노 의	노고를 다했다고 할 만합니다.
沈浸醲郁[361]하고, 침 침 농 욱	그윽하고 아름다운 글에 푹 젖어서
含英咀華[362]하야, 함 영 저 화	그 묘미를 머금고 씹으며
作爲文章하니, 작 위 문 장	문장을 지으니
其書滿家라. 기 서 만 가	그 저서가 집에 가득합니다.

희미해진 유가의 도통을 찾는다는 뜻이다.

358 원소(遠紹): 멀리 잇다. 한유가 맹자의 도통을 이어받은 것을 뜻한다.

359 장백천이동지(障百川而東之): 백 갈래의 냇물을 막아 동쪽으로 흐르게 하다. '백천'은 제자백가를, 동쪽은 유가를 뜻한다. 즉 제자백가의 이단사설(異端邪說)을 격파하고 세상의 가치관을 유가의 것으로 바꾸어 놓았다는 뜻이다.

360 회광란어기도(廻狂瀾於旣倒): 미친 물결에 의해 이미 무너진 세찬 물결을 다시 돌려놓다. 세찬 물결은 유도(儒道)의 부흥을 말한다. 이미 무너진 유도를 크게 흥성시킨다는 뜻. 혹은 세찬 물결을 도불(道佛)로 보고 그 세력을 돌려 버린다고 풀이하기도 한다.

361 침침농욱(沈浸醲郁): '침침'은 깊이 잠기다. '농욱'은 술의 향기가 높고 그윽하다. 그러므로 이는 곧 문장의 그윽한 묘미에 깊이 잠기는 것을 뜻한다.

362 함영저화(含英咀華): 꽃을 머금고 씹다. 즉 문장의 묘미를 잘 음미해서 마음속에 깊이 간직하는 것을 뜻한다.

上規姚姒[363]의
상 규 요 사
위로는 순임금과 우임금 때의

渾渾無涯[364]하고,
혼 혼 무 애
한없이 큰 문장과,

周誥殷盤[365]은,
주 고 은 반
「주서」의 고(誥)와 「상서」의 반경(盤庚)의

佶屈聱牙[366]하고,
길 굴 오 아
읽기 어렵고 이해하기 어려운 글과,

春秋는 謹嚴[367]코,
춘 추 근 엄
『춘추』의 근엄한 문장과,

左氏는 浮誇[368]코,
좌 씨 부 과
『좌전』의 화려하고 과장된 문장과,

---

363 규요사(規姚姒): '규'는 본받다. '요'는 순임금의 성. '사'는 우임금의 성이다. 『서경』의 「요전(堯典)」·「순전(舜典)」·「우공(禹貢)」 등을 가리킨다. 「요전」은 요임금에 관한 기록이고, 「순전」은 순임금에 관한 기록이며, 「우공」은 요임금 때 우가 정한 공법을 기록한 문장이다. 요·순·우로부터 탕왕·문왕·무왕·주공은 유가에서 성왕으로 받드는 가장 이상적 인물이다.

364 혼혼무애(渾渾無涯): 깊고 넓어서 끝이 없음을 뜻한다. '혼혼'은 대(大)의 뜻이다.

365 주고은반(周誥殷盤): '주고'는 『서경』 「주서(周書)」에 있는 '고(誥)'라는 문체의 이름으로, 임금이 신하에게 포고하는 글이다. 그러나 주나라 때에는 신하가 임금에게 고하는 글도 있었다. 대고(大誥)·낙고(洛誥) 등은 윗사람이 아랫사람에게 주는 글이고, 소고(召誥)·중훼지고(仲虺之誥) 등은 아랫사람이 윗사람에게 고하는 글이다. '은반'은 『서경』 「상서(商書)」의 반경(盤庚)을 가리킨다. 은나라의 17대 천자 반경이 도읍을 박(亳)으로 옮길 때, 그 이유를 백성들에게 고한 글이다.

366 길굴오아(佶屈聱牙): '길굴'은 막혀서 답답하다. '오아'는 읽기 힘들다. 곧 알기 어렵고 읽기 힘든 글을 형용한 말이다.

367 춘추근엄(春秋謹嚴): 『춘추(春秋)』의 근엄함. 그 문장의 일언일구에 정사선악(正邪善惡)을 밝히는 추상같은 뜻이 담겨 있기 때문에 근엄하다고 하였다.

368 좌씨부과(左氏浮誇): 『좌씨전(左氏傳)』의 사치스럽고 과장됨. 『좌씨전』은 좌구명(左丘明)이 지은 『춘추』의 해석서로 모두 서른 권이다. 문장이 매우 사치스럽고 과장되어 있다. '부과'란 사치스럽고 과장된 것을 뜻한다.

易奇而法[369]이오, 역 기 이 법	『역경』의 기이하면서도 법식에 맞는 문장과,
詩正而葩[370]라. 시 정 이 파	『시경』의 바르고 아름다운 문장을 본받았습니다.
下逮莊騷[371]와, 하 체 장 소	아래로는 『장자』와 「이소」와,
太史所錄[372]과, 태 사 소 록	사마천의 『사기』와,
子雲相如[373]가, 자 운 상 여	양웅과 사마상여 같은
同工異曲[374]이라. 동 공 이 곡	취향이 다른 문장에까지 미쳤습니다.
先生之於文에, 선 생 지 어 문	그러므로 선생께서는
可謂閎其中[375] 가 위 굉 기 중	문장의 내용을 넓히고

---

369 역기이법(易奇而法): '역'은 『역경』. 기이하면서도 법도에 맞는 『역경』의 글

370 시정이파(詩正而葩): 『시경(詩經)』의 바르고 화려함. '파'는 꽃으로 화려하다는 뜻이다. 『시경』은 공자가 은나라에서 춘추 시대까지의 옛 시 3천 여 편 가운데에서 311편을 골라 편찬한 것이다. 곧 시 311편은 그 사상이 중정(中正)하고 그 시구가 아름답다는 말이다.

371 체장소(逮莊騷): '체'는 급(及)과 같다. '장소'는 『장자(莊子)』와 굴원의 「슬픔을 만나(離騷)」를 가리킨다.

372 태사소록(太史所錄): 한나라의 태사공 사마천이 지은 『사기(史記)』 130권을 말한다. 황제(黃帝)로부터 한나라 무제까지 역대 왕조의 사적을 기전체로 엮은 역사책이다. 전설이나 기록 외에 널리 여행해 사료를 수집해 만든 책으로 사서로서뿐만 아니라 문학적으로도 높이 평가되며 중국 정사와 기전체의 시초라 일컬어진다.

373 자운상여(子雲相如): 자운은 전한의 양웅(揚雄). 상여는 한무제 때의 사마상여(司馬相如). 두 사람 모두 한대의 유명한 문학가로 부를 잘 지었다.

374 동공이곡(同工異曲): '공'은 같으나 '곡'은 다르다. 즉 음악을 연주하는 기량은 같으나 연주하는 곡은 다르다는 말이다. 여기에서 '공'은 시문에 대한 재주의 교묘함을 뜻하고, '곡'은 그 취지를 뜻한다. 곧 시문을 짓는 기량은 같으나 작품의 취향은 다르다는 말이다.

而肆於外[376]矣라. 이사어외 의	표현을 자유롭게 하였다고 할 만합니다.
少始知學하야, 소시지학	어려서는 학문을 알기 시작하여
勇於敢爲[377]하고, 용어감위	과감하게 행동으로 옮겼고,
長通於方[378]하야, 장통어방	자라서는 바른 도리에 통달하여
左右具宜[379]하니, 좌우구의	어디서나 합당하였으니,
先生之於爲人에, 선생지어위인	선생은 인품에 있어서
可謂成矣라. 가위성의	이루었다고 할 수 있습니다.
然而公不見信於人하며, 연이공불견신어인	그러나 공적으로는 남에게 신임을 받지 못하고
私不見助於友하고, 사불견조어우	사적으로는 벗들에게 도움을 받지 못하고 있습니다.
跋前疐後[380]하야, 발전치후	앞으로 가도 넘어지고 뒤로 가도 자빠지며

375 굉기중(閎其中): 시문의 사상·내용이 크고 넓다는 말

376 사어외(肆於外): '사'는 막히지 않고 자유로이 표현하는 것. '외'는 시문의 표현 형식을 말한다. 즉 문장의 사구(辭句)를 자유자재로 구사하는 것을 뜻한다.

377 감위(敢爲): 감행. 즉 배운 것을 용감하게 실행하는 것을 말한다.

378 방(方): 마땅한 도리

379 좌우구의(左右具宜): 좌우 어디서나 마땅하다.

380 발전치후(跋前疐後): 앞으로 나아가기도, 뒤로 물러서기도 힘들다는 뜻. 『시경』「빈풍(豳風)·낭발(狼跋)」에, "늙은 이리 앞으로 나아가려니 제 턱밑의 늘어진 살이 밟히고, 뒤로 물러서려니

動輒得咎[381]라. 동 첩 득 구	움직이면 곧 허물을 얻게 됩니다.
暫爲御史[382]라가, 잠 위 어 사	잠시 어사가 되었다가
遂竄南夷[383]하고, 수 찬 남 이	곧 남쪽 오랑캐 땅으로 유배되었고,
三年博士에, 삼 년 박 사	삼 년 동안 박사로 계셨으나
冗不見治[384]니, 용 불 현 치	아무 치적도 보일 수 없었으니,
命與仇謀[385]하야, 명 여 구 모	운명이 원수와 모의하여
取敗幾時오? 취 패 기 시	실패한 적이 몇 번입니까?
冬暖而兒號寒하고, 동 난 이 아 호 한	겨울이 따뜻해도 아이들은 춥다고 울부짖고
年登[386]而妻啼飢하고, 연 등 이 처 제 기	풍년이 들어도 아내는 배고파 울었으며,
頭童齒豁[387]하니, 두 동 치 활	머리는 벗겨지고 이도 빠졌으니,

제 꼬리에 걸려 넘어지네(狼跋其胡, 載疐其尾)"라는 구절에서 나온 말이다. 즉 진퇴양난의 곤경에 빠진 것을 말한다.

381 동첩득구(動輒得咎): 움직이면 곧 허물을 얻는다. 즉 걸핏하면 남의 비방을 사게 된다.

382 어사(御史): 감찰어사. 관리들의 비위를 다스리는 벼슬

383 찬남이(竄南夷): '찬'은 멀리 귀양 보내다. '남이'는 남방의 오랑캐 땅. 한유는 어사가 된 지 1년도 못 되어 정치를 논하여 아뢴 것이 덕종의 노여움을 사 연주로 귀양 갔다고 한다.

384 용불현치(冗不見治): 요직이 아니라 정치에 참여할 기회도 없었고, 정치적 기량을 펴 볼 수도 없었다는 말. '용'은 중요하지 않은 한직 관리. '현치'는 드러난 치적. '현'은 현(顯)과 같다.

385 명여구모(命與仇謀): 운명이 원수와 함께 모의하다. 즉 운이 나쁘다는 뜻이다.

386 등(登): 숙(熟)의 뜻이다. '연등'은 풍년이 든다는 뜻이다.

387 두동치활(頭童齒豁): 머리가 벗겨지고 이가 빠지다. 노인이 되다. '동'은 산에 나무가 없는 것.

竟死何裨[388]오? 경 사 하 비	죽는 날까지 무슨 보탬이 되겠습니까?
不知慮此코, 부 지 려 차	이것을 생각할 줄 모르고
而反敎人爲아? 이 반 교 인 위	도리어 남들에게 가르침을 일삼습니까?"
先生曰 선 생 왈	선생이 말하였다.
吁[389]라! 子來前하라. 우 자 래 전	"아! 그대는 앞으로 나오라.
夫大木은 爲宋[390]이오, 부 대 목 위 망	무릇 큰 나무는 대들보가 되고
細木은 爲桷[391]이오, 세 목 위 각	가는 나무는 서까래가 되며,
欂櫨侏儒[392]와, 박 로 주 유	박로·주유와
椳闑扂楔[393]이, 외 얼 점 설	문지도리·문지방·빗장·문설주 등
各得其宜하야, 각 득 기 의	각각에 알맞은 재목을 사용하여
以成室屋者는, 이 성 실 옥 자	집을 짓는 것은
匠氏[394]之功也라. 장 씨 지 공 야	목공의 공이라 할 수 있네.

'활'은 비어 공허한 것

388 비(裨): 돕다. 학문을 닦아 세상에 보탬이 된다는 뜻이다.

389 우(吁): 아! 탄식하는 말

390 망(宋): 대들보

391 각(桷): 서까래

392 박로주유(欂櫨侏儒): '박로'는 기둥 위에 세우는 네모진 재목. '주유'는 난쟁이·동자기둥 등의 뜻으로, 여기서는 대들보 위에 세우는 짧은 기둥을 말한다.

393 외얼점설(椳闑扂楔): '외'는 문지도리. '얼'은 문지방. '점'은 빗장. '설'은 문설주

玉札丹砂,[395]
옥 찰 단 사

옥찰·단사·

赤箭靑芝[396]와,
적 전 청 지

적전·청지 등과

牛溲馬勃[397]과,
우 수 마 발

쇠오줌과 말똥과

敗鼓之皮[398]를,
패 고 지 피

찢어진 북의 가죽을

俱收幷蓄하야,
구 수 병 축

모두 거두어 모아 놓고,

待用無遺者[399]는,
대 용 무 유 자

쓰일 때를 기다려 버리는 일이 없는 것은

醫師之良也라.
의 사 지 량 야

의사의 현명함이네.

登明選公하고,
등 명 선 공

등용이 공명하고 선발이 공정하고

雜進巧拙하야,
잡 진 교 졸

잘난 자와 못난 자를 뒤섞어 관직에 나아가게 하고,

紆餘[400]爲姸이오,
우 여 위 연

재능이 풍부해 여유자적한 자를 훌륭하다 하고

394 장씨(匠氏): 목공

395 옥찰단사(玉札丹砂): '옥찰'은 옥가루로, 귀중한 약품 이름. '단사'는 붉은 빛깔의 흙으로, 붉은 물감의 원료로 쓰이며, 주사라고도 한다.

396 적전청지(赤箭靑芝): '적전'은 난초과에 속하는 기생초목. 뿌리는 천마라 하여 약제로 쓰인다. '청지'는 푸른 색깔의 영지. 곧 고목에서 나는 버섯의 하나로 먹으면 장수한다고 한다.

397 우수마발(牛溲馬勃): '우수'는 소의 오줌. '마발'은 말의 똥. 혹은 속칭 마비발(馬屁勃)이라 부르는 담자균류 식물이라고도 한다.

398 패고지피(敗鼓之皮): 찢어진 북의 가죽. 매우 하찮은 것을 뜻한다.

399 대용무유자(待用無遺者): 쓸 때를 대비해 버리지 않다.

卓犖[401]爲傑이나, 탁락 위걸	탁월한 자를 준걸이라 하는데,
較短量長하야, 교단양장	장단점을 비교하고 헤아려서
惟器是適[402]者는, 유기시적 자	오직 능력에 적합하도록 임명하는 것은
宰相之方[403]也라. 재상지방 야	재상의 도리이네.
昔者[404]에 석자	옛날에
孟軻는 好辯[405]하여, 맹가 호변	맹자는 변론을 좋아하여
孔道以明하되, 공도이명	공자의 도를 밝혔으나,
轍環天下[406]라가, 철환천하	수레를 타고 천하를 돌아다니다
卒老于行[407]하고, 졸노우행	마침내 길에서 죽었고,
荀卿[408]이 守正하야, 순경 수정	순자는 바른 도리를 지켜

400 우여(紆餘): 재능이 풍부해 여유로운 모양

401 탁락(卓犖): 역량이 높고 뛰어나다.

402 기시적(器是適): '적기(適器)'를 도치한 글. '시'는 강조, '기'는 역량. 역량에 맞게 한다는 뜻이다.

403 방(方): 도리

404 석자(昔者): 옛날

405 맹가호변(孟軻好辯): '맹가'는 맹자. '호변'은 변론을 좋아하다. 『맹자』「등문공 하(滕文公下)」에 "외부 사람들이 모두 선생님은 변론을 좋아한다고 합니다(外人皆稱夫子好辯)"라는 말이 있다.

406 철환천하(轍環天下): 수레를 타고 온 세상을 돌아다니다. 맹자는 세상을 구하고자 천하를 두루 돌아다니며 인의에 바탕을 둔 왕도 정치를 주장하였다.

407 졸노우행(卒老千行): 마침내 길에서 늙어 버리다. 써 주는 사람이 없었다는 것. 맹자가 뜻을 펴지 못한 채 방황한 것을 뜻한다.

大論是弘이로되, 대 론 시 홍	위대한 언론을 흥성시켰으나,
逃讒于楚[409]하야, 도 참 우 초	참소를 피해 초나라로 달아났다가
廢死蘭陵[410]이라. 폐 사 난 릉	난릉에서 죽었다.
是二儒者는, 시 이 유 자	이 두 학자는
吐詞爲經[411]하고, 토 사 위 경	말을 내뱉으면 경전이 되고
擧足爲法하며, 거 족 위 법	일거일동이 법도가 되었으며,
絶類離倫[412]하야, 절 류 이 륜	범상한 무리와는 달리 아주 뛰어나
優[413]入聖域이로되, 우 입 성 역	넉넉히 성역에 들어섰지만,
其遇於世가 何如[414]也오? 기 우 어 세 하 여 야	세상의 대우는 어떠하였던가?
今先生은, 學雖勤 금 선 생 학 수 근	지금 나는 학업은 부지런히 하지만

---

408 순경(荀卿): 순자. 순자는 맹자와 함께 공자의 도를 떨쳐 일으켰는데, 특히 후세에 경서를 전하는 데 공이 컸다.

409 도참우초(逃讒千楚): 참소를 피해 초나라로 달아나다. 순자는 조나라 사람인데 제나라 임금이 학자를 우대하므로 제나라의 직하에 있었으나 참소를 만나 초나라로 달아났다. 만년에 초나라의 춘신군을 섬겨 난릉의 현령으로 있었으나, 춘신군이 죽자 벼슬을 그만두고 그곳에 숨어서 생을 마쳤다.

410 폐사난릉(廢死蘭陵): 난릉에서 벼슬을 그만두고 죽다.

411 경(經): 현인이 지은 책을 전(傳)이라 하고, 성인이 지은 책을 경(經)이라 한다. '경'은 곧 영원불변의 상도(常道)를 뜻한다.

412 절류이륜(絶類離倫): 보통 사람과 거리가 멀다. 출중하다. '류'와 '륜'은 같은 뜻으로 평범한 인간의 무리를 뜻한다.

413 우(優): 훌륭히, 충분히

414 기우어세하여(其遇於世何如): 세상에서의 만남이 어떠하였던가? '우'는 경력. 불우하였다는 뜻이다.

而不繇其統[415]하고,
이 불 요 기 통

도통을 계승하지 못했고,

言雖多而不要其中하며,
언 수 다 이 불 요 기 중

말은 많지만 중심을 체득하지 못했고,

文雖奇而不濟於用[416]하며,
문 수 기 이 부 제 어 용

문장은 비록 기이하지만
세상에 쓰이지 않고,

行雖修而不顯於衆이어늘,
행 수 수 이 불 현 어 중

행실을 닦았지만 사람들에게
드러나지 않거늘,

猶且月費俸錢코,
유 차 월 비 봉 전

오히려 달마다 봉급만 낭비하고

歲靡廩粟[417]하야,
세 미 름 속

해마다 창고 속의 곡식을 소비하며,

子不知耕하며,
자 부 지 경

아들은 농사지을 줄 모르고

婦不知織이오,
부 부 지 직

부인은 베를 짤 줄 모르며,

乘馬從徒[418]하야,
승 마 종 도

말을 타고 종자를 따르게 하고

安坐而食이라.
안 좌 이 식

편안히 앉아서 밥을 먹고 지낸다.

踵常途[419]之役役[420]하야,
종 상 도 지 역 역

평범한 길을 따라 부지런히 힘쓰고

---

415 불요기통(不繇其統): '요'는 유(由)와 같다. '통'은 유가의 정통인 맹자를 가리킨다. 즉 맹자가 죽은 뒤로 성인의 도통이 끊어진 지 어언 천여 년이라, 한유는 그 누구에게서도 성인의 도통을 받지 못하였다는 말이다.

416 부제어용(不濟於用): '제'는 통(通)의 뜻이다. 세상에 통용되지 않는 것

417 미름속(靡廩粟): 곡식을 축내다. '미'는 문드러져 없어지는 것이니, 곧 소비함을 뜻한다. '름속'은 창고의 식량을 뜻하나 여기서는 관청에서 급여하는 식량을 말한다.

418 도(徒): 종자

419 종상도(踵常途): '종'은 밟는다는 뜻. '상도'는 예나 지금이나 변함없는 평상의 길을 말한다.

窺陳編以盜竊[421]이로되,
규 진 편 이 도 절

옛날 책이나 보고 훔치는 짓을 하고 있지만,

然而聖主는 不加誅하며,
연 이 성 주 　 불 가 주

그러나 밝으신 천자께서는 벌주지 않으시고

宰臣이 不見斥하니,
재 신 　 불 견 척

재상도 배척하지 않으니,

玆非幸歟아?
자 비 행 여

이는 다행이 아닌가?

動而得謗이나,
동 이 득 방

걸핏하면 비방을 듣거나

名亦隨之[422]니,
명 역 수 지

불명예도 따라붙고 있으니,

投閑置散[423]은,
투 한 치 산

한산한 직분에 던져 두는 것이

乃分之宜[424]라.
내 분 지 의

분수에 맞는 일이다.

若夫商財賄之有亡[425]하고,
약 부 상 재 회 지 유 무

만약 재물의 있고 없음을 헤아리고

計班資之崇庳[426]하야,
계 반 자 지 숭 비

지위와 봉록의 높고 낮음이나 계산하면서,

---

420 역역(役役): 부지런히 일하는 모양

421 규진편이도절(窺陳編以盜竊): '규'는 엿보다, 읽다. '진'은 구(舊)와 같다. '편'은 책. '도절'은 남의 좋은 문장을 가져다가 자기의 보배인 양 하는 것. 즉 옛날 책을 읽어서 옛사람의 글을 도둑질하다.

422 명역수지(名亦隨之): 비방을 듣는 동시에 나쁜 평판이 따르다.

423 투한치산(投閑置散): 한가하고 중요하지 않은 관직에 있게 되다.

424 분지의(分之宜): 자신의 분수에 알맞다.

425 상재회지유무(商財賄之有亡): 재산의 유무를 남과 비교하다. '상'은 계(計)와 같다. '재회'는 재화. '유무'는 유무(有無)와 같다.

忘己量之所稱[427]하고, 망 기 량 지 소 칭	자신의 역량에 적합한 자리를 잊고서
指前人之瑕疵[428]면, 지 전 인 지 하 자	상관의 잘못이나 꼬집고 있다면,
是所謂 시 소 위	이것은 이른바
詰匠氏之不以杙爲楹[429]이오, 힐 장 씨 지 불 이 익 위 영	말뚝으로 기둥을 삼지 않는다고 목공을 힐난하고
而訾[430]醫師以昌陽引年[431]코, 이 자 의 사 이 창 양 인 년	의사가 창양으로 수명을 연장시키려 하는 것을 헐뜯어
欲進其狶苓[432]也니라. 욕 진 기 희 령 야	희령을 추천하는 것과 같은 일이라네."

---

426 반자지숭비(班資之崇庳): 지위나 봉록의 고하를 헤아리다. '반자'는 지위와 봉록. '숭비'는 고하

427 칭(稱): 맞다, 적합하다.

428 전인지하자(前人之瑕疵): '전인'은 자신의 상관. '하자'는 흠, 결점

429 이익위영(以杙爲楹): '익'은 말뚝. '영'은 기둥

430 자(訾): 헐뜯다.

431 창양인년(昌陽引年): '창양'은 창포로 장생(長生)의 약초. '인년'은 연년(延年)과 같이 수명을 늘린다는 뜻이다.

432 진기희령(進其狶苓): '진'은 권하다. '희령'은 독초의 이름

35. 악어를 내쫓는 글(鰐魚文)[433]

한유(韓愈)

昔先王이 既有天下하시고, 석 선 왕 　 기 유 천 하	옛날 선왕께서는 천하를 다스림에 있어
列山澤하야, 열 산 택	산과 연못을 벌려 놓고,
罔繩擉刃[434]으로, 망 승 착 인	그물·올가미·작살·칼로
以除蟲蛇惡物하고, 이 제 충 사 악 물	벌레와 뱀 같은 악한 것들을 제거하고,
爲民害者하야, 위 민 해 자	백성들에게 해를 끼치는 것들을
驅而出之四海之外라. 구 이 출 지 사 해 지 외	이 세상 밖으로 몰아내었다.
及後王이 德薄해 급 후 왕 　 덕 박	덕이 후세의 임금에 이르러는 엷어져서
不能遠有니, 불 능 원 유	멀리까지 통치하는 수가 없었으니,
則江漢[435]之間도, 즉 강 한 　 지 간	곧 장강과 한수 사이마저도
尙皆棄之하야, 상 개 기 지	모두 버려두어

---

433 악어문(鰐魚文): 한유가 원화 30년(819) 광동성 조주에 좌천되어 가서 지은 것이다. 작자가 조주자사로 부임해 보니 그곳 사람들이 악계에 악어가 살고 있는데, 수시로 가축과 농산물을 먹어 치워 살 수 없다고 호소하였다. 한유는 곧 아랫사람을 시켜 양 한 마리와 돼지 한 마리를 잡아 악계에 던져 악어에게 주고는 이 글을 지어 물에 던졌다. 그날 저녁 폭풍이 불고 천둥 번개가 악계 가운데서 일어났는데, 며칠이 지나자 물이 모두 말라 서쪽으로 60리나 땅이 생겨나고, 이로부터 악어의 해가 없어졌다 한다.

434 망승착인(罔繩擉刃): 그물과 올가미와 작살과 칼. 모두 동물을 잡는 데 쓰는 도구들

435 강한(江漢): 지금의 장강(長江)과 그 지류인 한수(漢水)

以與蠻夷楚越이어늘, 이 여 만 이 초 월	오랑캐와 초나라 월나라에게 내주었거늘,
況潮[436]는 嶺海[437]之間으로, 황 조 영 해 지 간	하물며 조주는 영남 바다 곁에 있고
去京師萬里哉아? 거 경 사 만 리 재	장안에서 만 리나 떨어져 있는데 어떠하였겠는가?
鰐魚[438]之涵淹[439] 악 어 지 함 엄	악어들이 여기에 잠복하여
卵育於此가, 난 육 어 차	알 낳고 새끼를 기르는 것은
亦固其所어니와, 역 고 기 소	정말로 적당한 장소라 할 것이다.
今天子가 嗣唐位하사, 금 천 자 사 당 위	지금 천자께서는 당나라 제위를 계승하시어
神聖慈武하사, 신 성 자 무	신령스럽고 성인다우며 자애롭고 용맹스러워,
四海之外와, 사 해 지 외	온 세상 밖과
六合[440]之內를, 육 합 지 내	온 천하를

436 조(潮): 조주(潮州). 지금의 광동성에 있던 고을 이름

437 영해(嶺海): 흥안령(興安嶺)과 바다. 조주는 이른바 영남의 바닷가에 있었다.

438 악어(鰐魚): 조주의 악계에 살면서 가축과 농산물을 먹어 치워 백성들을 못살게 하였다는 물속에 사는 동물 이름

439 함엄(涵淹): 잠복해 있다.

440 육합(六合): 동서남북 사방과 하늘과 땅

皆撫而有之하시니, 개 무 이 유 지	모두 달래어 잘 다스리시니,
況禹跡所揜[441] 황 우 적 소 엄	하물며 우의 발자국이 덮였던
揚州[442]之近地로, 양 주 지 근 지	양주에 가까운 고장으로
刺史縣令之所治요, 자 사 현 령 지 소 치	자사와 현령이 다스리는 곳이요,
出貢賦하여 출 공 부	공물과 세금을 바쳐 ·
以供天地宗廟百神之 이 공 천 지 종 묘 백 신 지	하늘과 땅의 신과 종묘와 온갖 신을
祀之壤者哉아? 사 지 양 자 재	제사 지내도록 하는 땅이야 잘 다스리지 않겠는가?
鰐魚其不可與刺史로, 악 어 기 불 가 여 자 사	악어는 자사와 함께
雜處此土也니라. 잡 처 차 토 야	이 땅에 섞여 지낼 수가 없는 것이다.
刺史受天子命하야, 자 사 수 천 자 명	자사는 천자의 명을 받들어
守此土治此民이어늘, 수 차 토 치 차 민	이 땅을 지키고 이곳 백성을 다스리는 사람이다.
而鰐魚睅然[443] 이 악 어 한 연	그런데 악어가 눈을 부릅뜨고
不安溪潭하고, 불 안 계 담	계곡과 호수를 불안하게 하며,

441 엄(揜): 손으로 가리다. 덮다.

442 양주(揚州): 옛 구주(九州)의 하나로 남쪽의 강소·안휘·강서·절강·복건 등의 지방

443 한연(睅然): 눈을 부릅뜬 모양

據食民畜
거 식 민 축

그곳을 근거로 백성들의 가축과

熊豕鹿獐하야,
웅 시 록 장

곰·멧돼지·사슴·노루 등을 잡아먹고,

以肥其身하며,
이 비 기 신

그의 몸을 살찌우고

以種其子孫하야,
이 종 기 자 손

그의 자손들을 불리면서,

與刺史로 亢拒하야,
여 자 사 항 거

자사에게 항거하여

爭爲長雄[444]이라.
쟁 위 장 웅

우두머리 자리를 다투고 있다.

刺史雖駑弱이나,
자 사 수 노 약

자사가 비록 우둔하고
약하다 하더라도

亦安肯爲鰐魚低首下心[445]하야,
역 안 긍 위 악 어 저 수 하 심

또한 어찌 악어에게 머리를 숙이고

伈伈[446]睍睍[447]하며,
심 심 현 현

겁에 질려 가는눈으로
바라보기만 하며,

爲民吏差
위 민 리 차

백성들의 관리가 되어

以偸活於此邪아?
이 투 활 어 차 사

여기에서 구차하게 살아갈 것인가?

且承天子命하야,
차 승 천 자 명

또한 천자의 명을 받들어

---

444 장웅(長雄): 우두머리로서 뛰어난 사람
445 하심(下心): 마음으로 기가 죽다.
446 심심(伈伈): 두려워하는 모양
447 현현(睍睍): 두려워서 눈을 제대로 뜨지 못하는 모양

以來爲吏하니,
이 래 위 리

이곳 관리로 부임해 온 것이니,

固其勢가,
고 기 세

진실로 그 형세가

不得不與鰐魚辨[448]이니,
부 득 불 여 악 어 변

악어에게 분별을 지어 주지 않을 수가 없으니,

鰐魚有知어든,
악 어 유 지

악어도 지각이 있다면

其聽刺史言하라.
기 청 자 사 언

자사의 말을 잘 듣도록 하라!

潮之州는,
조 지 주

조주는

大海在其南하야,
대 해 재 기 남

남쪽에 큰 바다가 있어서,

鯨鵬[449]之大와,
경 붕 지 대

고래나 붕새 같은 큰 것과

蝦蟹之細가,
하 해 지 세

새우나 게 같은 미세한 물건들도

無不容歸[450]하야,
무 불 용 귀

모두 받아들여 의지해 살게 함으로써

以生以養일새,
이 생 이 양

살아가고 새끼를 기르게 하고 있는데,

鰐魚朝發而夕至也러라.
악 어 조 발 이 석 지 야

악어가 아침에 떠나 저녁에는 조주에 도착하였다.

今與鰐魚約으로,
금 여 악 어 약

지금 악어에게 약속한다.

---

448 변(辨): 분별을 지어 주다.

449 경붕(鯨鵬): 고래와 붕새. 『장자(莊子)』 「소요유(逍遙遊)」에 보면, 북극해에 곤(鯤)이라는 큰 물고기가 있는데, 이것이 붕(鵬)으로 변해 남극해까지 날아간다 하였다.

450 용귀(容歸): 받아들여 주고 의지해 살게 하다.

盡三日토록, 진 삼 일	삼 일이 다하기 전에
其率醜類하고, 기 솔 추 류	추악한 너의 무리들을 이끌고
南徙于海하야, 남 사 우 해	남쪽 바다로 옮겨 가서
以避天子之命吏하라. 이 피 천 자 지 명 리	천자의 명을 받은 관리를 피하도록 하라.
三日不能이어든, 삼 일 불 능	삼 일 안에 못하겠다면
至五日이오, 지 오 일	오 일이 되도록 참아 줄 것이며,
五日不能이어든, 오 일 불 능	오 일 안에 못하겠다면
至七日이니, 지 칠 일	칠 일까지는 참아 줄 터이니,
七日不能이면, 칠 일 불 능	그러나 칠 일 안에도 못하겠다면
是는 終不肯徙也요, 시 종 불 긍 사 야	이는 끝내 옮겨 가려 들지 않는 것이며,
是는 不有刺史하야, 시 불 유 자 사	이는 자사를 무시하고
聽從其言也라. 청 종 기 언 야	그의 말을 따르지 않으려는 것이다.
不然이면 불 연	그렇지 않다면
則是鰐魚冥頑[451]不靈하야, 즉 시 악 어 명 완 불 령	곧 악어가 어리석고 완고하며 신령스럽지 못해

451 명완(冥頑): 어둡고 완고하다.

刺史雖有言이나,
자 사 수 유 언

자사가 비록 말한다 하더라도

不聞不知也라.
불 문 부 지 야

듣지도 못하고 알지도 못하는 것이리라.

夫傲天子之命吏하고,
부 오 천 자 지 명 리

어떻든 천자의 명을 받은 관리에게 오만하게 굴며

不聽其言하야,
불 청 기 언

그의 말을 듣지 않고

不徙以避之하며,
불 사 이 피 지

옮겨 피해 가지 않으며,

與冥頑不靈하야,
여 명 완 불 령

우매하고 완고하며 신령스럽지 못해서

而爲民物害者는,
이 위 민 물 해 자

백성들과 사물에 해를 끼치는 것들은

皆可殺이라.
개 가 살

모두 죽일 수 있다.

刺史則選材技吏民하야,
자 사 즉 선 재 기 리 민

자사는 곧 재능이 있는 관리와 백성들을 골라

操强弓毒矢하야,
조 강 궁 독 시

억센 활과 독화살로써

以與鰐魚從事하야,
이 여 악 어 종 사

악어를 공격하여

必盡殺乃止러니,
필 진 살 내 지

반드시 모두 죽여 버리고야 말 것이니,

其無悔하라.
기 무 회

후회하는 일이 없도록 하라!

36. 유주 나지에 있는 유씨 원님 사당의 비문 (柳州羅池廟碑)[452]

한유(韓愈)

羅池[453]廟者는, 나지 묘자	나지묘란
故刺史柳侯[454]廟也라. 고자사유후 묘야	전 자사 유씨 원님의 사당이다.
柳侯爲州에, 유후위주	유씨 원님은 유주자사가 되어
不鄙夷其民하고, 불비이기민	그곳 백성들을 비천하다 여기지 않고
動以禮法하니, 동이예법	예법으로 감동시켰으니,
三年에 民이 삼년 민	삼 년이 되자 백성들은
各自矜奮[455]하야 曰 각자긍분 왈	각자 긍지를 갖고 분발해 말하였다.
玆土雖遠京師나, 자토수원경사	"이 고장은 비록 장안으로부터 멀리 떨어져 있으나

452 유주나지묘비(柳州羅池廟碑): 유종원은 원화 10년(815) 유주자사로 가서 선정을 펼치다가 원화 14년에 세상을 떠났다. 그는 죽기 전에 자신의 죽음을 예언하고 사람들에게 자신의 사당을 나지에 짓고 제사 지내 줄 것을 부탁하였다고 한다. 한유는 그 시대 고문운동의 동지로서 유종원의 업적을 기리는 한편, 죽어서도 신이 되어 영험을 발휘하는 그의 위대함을 칭송하는 비문을 지었다. 이 글은 보통 비문과는 다른 형식을 지녔으며, 특히 초사체(楚辭體)를 활용한 끝머리의 송사(頌辭)에 주목할 만하다.

453 나지(羅池): 유주에 있는 연못 이름

454 유후(柳侯): 유종원을 가리킨다. 유주는 지금의 광서성에 있던 고을 이름

455 긍분(矜奮): 긍지를 갖고 분발하다.

吾等亦天氓이라.
오 등 역 천 맹

우리도 역시 하늘의 백성이다.

今天이 幸惠仁侯하시니,
금 천 　 행 혜 인 후

지금 하늘이 다행스럽게도
어진 원님을 내려 주시니,

若不化服이면,
약 불 화 복

만약 잘 교화받고 복종하지 않는다면

我則非人이라.
아 즉 비 인

우리는 사람이 아니라 할 것이다."

於是에 老少가 相教語하야,
어 시 　 노 소 　 상 교 어

이에 노소가 서로 가르치고 말해 주어

莫違侯令하고,
막 위 후 령

원님의 명령을 어기지 않도록 하였고,

凡有所爲於其鄕閭及於其家면,
범 유 소 위 어 기 향 려 급 어 기 가

그 고장이나 집안에 어떤 행사가
있을 적에

皆曰
개 왈

모두들 말하기를,

吾侯聞之에,
오 후 문 지

"우리 원님께서 들으시고

得無不可於意否아 하야,
득 무 불 가 어 의 부

그분 뜻에 맞지 않는 점은
없겠는가?"라고 하면서,

莫不忖度[456]而後에 從事라.
막 불 촌 탁 　 이 후 　 종 사

모든 일을 잘 헤아린 연후에야
일을 행하였다.

凡令之期를,
범 령 지 기

언제나 명령의 기한이 되면

---

456 촌탁(忖度): 마음속으로 헤아리다.

民勸趨之하야,
민 권 추 지 | 백성들이 서로 기한을 지키도록 권하여,

無有後先이오,
무 유 후 선 | 기일에 뒤지거나 앞서는 일도 없이

必以其時하니,
필 이 기 시 | 반드시 그 시기를 지키니,

於是에 民業有經[457]하고,
어 시 민 업 유 경 | 이에 백성들이 하는 일에는 법도가 있게 되고

公無負租[458]하야,
공 무 부 조 | 관청에는 밀린 조세가 없었으며,

流逋[459]四歸하야,
유 포 사 귀 | 떠돌아다니던 사람들도 사방에서 돌아와

樂生興事라.
낙 생 흥 사 | 생활을 즐기며 생업을 발전시켰다.

宅有新屋하며,
택 유 신 옥 | 가옥은 새로운 집들이 세워지고

步[460]有新船하고,
보 유 신 선 | 나루터에는 새로운 배가 떠 있게 되었으며,

池園潔修하야,
지 원 결 수 | 연못과 정원들이 깨끗이 수리되었다.

猪牛鴨鷄가,
저 우 압 계 | 돼지·소·오리·닭이

457 민업유경(民業有經): 백성들의 업무에 법도가 있다.

458 부조(負租): 밀린 조세

459 유포(流逋): 다른 고장으로 도망쳐 떠돌아다니는 사람들

460 보(步): 나루터

肥大蓄息이오, 비 대 번 식	살찌고 잘 번식하였으며,
子嚴父詔하며, 자 엄 부 조	자식은 아버지의 가르침을 엄격하게 지키고,
婦順夫指하고, 부 순 부 지	부인은 남편의 지시에 순종하며,
嫁娶葬祭가, 가 취 장 제	시집가고 장가들고 장사 지내는 일들에
各有條法하고, 각 유 조 법	모두 법도가 있게 되었으며,
出相弟長[461]하며, 출 상 제 장	나가서는 서로 위해 주고 공경하고
入相慈孝러라. 입 상 자 효	들어와서는 서로 사랑하고 효도를 다하였다.
先時에 民貧하야, 선 시 민 빈	전에는 백성들이 가난하여
以男女相質[462]하고, 이 남 여 상 지	아들과 딸들을 전당포에 저당 잡히고,
久不得贖이면, 구 부 득 속	오래되어도 돈을 물지 못하면
盡沒爲隷[463]라. 진 몰 위 례	모두가 몰수되어 종이 되어 버렸다.
我侯之至에, 아 후 지 지	우리 원님께서 부임하시자

461 제장(弟長): 아랫사람을 잘 돌보아 주고 윗사람을 잘 받들다.

462 지(質): 저당으로 잡히다.

463 몰위례(沒爲隷): 호적에서 빼어 노예로 삼다, 종으로 삼다.

按國之故[464]하야, 안 국 지 고	나라의 옛 법도를 따라
以傭除本[465]하고, 이 용 제 본	일해 준 것으로 본전을 제하도록 하고
悉奪歸之하며, 실 탈 귀 지	모두 빼앗아 돌려보내 주었으며,
大修孔子廟하고, 대 수 공 자 묘	공자 사당을 크게 수리하고
城郭巷道를, 성 곽 항 도	성곽과 도로를
皆治使端正하야, 개 치 사 단 정	모두 잘 다스려 반듯하게 만들고
樹以名木하니, 수 이 명 목	유명한 나무들을 심게 하니,
柳民既皆悅喜라. 유 민 기 개 열 희	유주의 백성들이 모두 즐거워하고 기뻐했다.
嘗與其部將魏忠 상 여 기 부 장 위 충	일찍이 그의 부장 위충·
謝寧歐陽翼으로, 사 영 구 양 익	사영·구양익과 함께
飮酒驛亭[466]할새, 음 주 역 정	역에서 술을 마시다가
謂曰 위 왈	그들에게 말하였다.
吾棄於時而寄於此하야, 오 기 어 시 이 기 어 차	“나는 시국에 버림을 받아 이곳에 머물러

464 고(故): 옛 습관, 옛 법도

465 이용제본(以傭除本): 일해 준 것으로 본전을 제하다.

466 역정(驛亭): 옛날 역마 제도에는 5리마다 단정(短亭), 10리마다 장정(長亭)이 있었다.

與若等[467]으로 好也라,
여 약 등 호 야
그대들과 잘 지내게 되었다.

明年에 吾將死요,
명 년 오 장 사
내년에는 내가 죽을 것인데

死而爲神하리니,
사 이 위 신
죽은 뒤에 신이 될 것이니,

後三年에
후 삼 년
삼 년 뒤에

爲廟祀我하라,
위 묘 사 아
사당을 짓고 나를 제사 지내도록 하라."

及期而死하고,
급 기 이 사
기일이 되자 그는 죽었다.

三年孟秋辛卯에,
삼 년 맹 추 신 묘
삼 년 뒤 첫 가을 신묘일에

侯降于州之後堂하니,
후 강 우 주 지 후 당
원님의 신이 유주의 후당에 내리자

歐陽翼等이 見而拜之러니,
구 양 익 등 견 이 배 지
구양익 등이 보고 그에게 절을 하였는데,

其夕夢翼而告之하야 曰,
기 석 몽 익 이 고 지 왈
그날 저녁 구양익의 꿈에 나타나 말하였다.

館[468]我於羅池하라.
관 아 어 나 지
"나의 사당을 나지에 만들라!"

其月景辰[469]에,
기 월 경 진
그달 병진일에

---

467 약등(若等): 그대들

468 관(館): 집을 짓다. 사당을 짓다.

469 경진(景辰): 병진(丙辰). 당나라 때에는 병(丙)을 휘하여 경(景)으로 썼다.

廟成하야 大祭할새, 묘 성 대 제	사당이 이루어져 큰 제사를 지냈는데,
過客李儀가 醉酒하야, 과 객 이 의 취 주	과객 이의가 술에 취하여
侮慢堂上이라가 得疾하야, 모 만 당 상 득 질	묘당 위에서 함부로 굴다가 병이 나
扶出廟門卽死하니라. 부 출 묘 문 즉 사	묘문 밖으로 들어내자마자 곧 죽어 버렸다.
明年春에 魏忠歐陽翼이, 명 년 춘 위 충 구 양 익	그다음 해 봄에 위충과 구양익이
使謝寧으로 來京師하야, 사 사 영 내 경 사	사영을 시켜 장안으로 가서
請書其事于石이라. 청 서 기 사 우 석	그 일을 돌에 새겨 주기를 청하였다.
余謂柳侯가, 여 위 류 후	내 생각으로는 유종원은
生能澤其民하고, 생 능 택 기 민	살아서 그곳 백성들에게 은택을 미치고
死能驚動禍福之하야, 사 능 경 동 화 복 지	죽어서는 화와 복을 내려 주며 놀라게 하여,
以食其土하니, 이 식 기 토	그 땅에서 제사를 받게 되었으니
可謂靈也已로다. 가 위 령 야 이	신령스럽다 할 수 있다.
作迎享[470]送神詩하고, 작 영 향 송 신 시	신을 마중하고 전송하는 시를 지어

470 영향(迎享): 신을 마중해 제사를 모시다.

遺柳民하야, 유 류 민	유주 백성들에게 주어
俾歌以祀焉하고, 비 가 이 사 언	노래하면서 제사 지내도록 하고,
而幷刻之하노라. 이 병 각 지	아울러 이를 비석에 새기게 하는 바이다.
柳侯는 河東人이니, 유 후 하 동 인	유씨 원님은 하동 사람으로
諱는 宗元이오, 휘 종 원	이름은 종원이고
字는 子厚라. 자 자 후	자는 자후이다.
賢而有文章하고, 현 이 유 문 장	현명하고 글을 잘 지었으며,
嘗位於朝하야, 상 위 어 조	일찍이 조정에 벼슬하여
光顯矣러니, 광 현 의	빛나고 어질었으나,
已而擯[471]不用하니라. 이 이 빈 불 용	뒤에는 버림을 받아 등용되지 않았다.
其辭曰, 기 사 왈	찬송하여 노래하면 다음과 같다.
荔子[472]丹兮蕉[473]黃하니, 여 자 단 혜 초 황	여지는 빨갛고 바나나는 누르니
雜肴蔬[474]兮進侯堂이라. 잡 효 소 혜 진 후 당	안주와 채소 음식 섞어 원님의 사당에 올리네.

471 빈(擯): 버림받다.

472 여자(荔子): 여지(荔枝). 남방에 나는 과일 이름

473 초(蕉): 향초(香蕉). 바나나. 역시 남방에 나는 과일 이름. 모두 제물로 바칠 것

474 효소(肴蔬): 육류로 만든 제물과 채소로 만든 제물

侯之船兮兩旗[475]니, 후 지 선 혜 양 기	원님이 타고 오는 배엔 두 폭 깃발 꽂혀 있는데
度中流兮風泊之라. 도 중 류 혜 풍 박 지	물 한가운데까지 건너와서는 바람 때문에 머무네.
待侯不來兮여, 대 후 불 래 혜	원님을 기다려도 오시지 않으니
不知我悲로다. 부 지 아 비	우리 슬픔을 알지 못하는 듯하네.
侯乘駒兮入廟하니, 후 승 구 혜 입 묘	원님께서 망아지 타고 사당 안으로 들어오니
慰我民兮不嚬[476]以笑라. 위 아 민 혜 불 빈 이 소	우리 백성들 위로받아 찡그리지 않고 모두 웃네.
鵝之山兮柳之水는, 아 지 산 혜 류 지 수	산기슭엔 거위 놀고 물가엔 버드나무 늘어섰으며,
桂樹團團[477]兮여, 계 수 단 단 혜	계수나무엔 이슬 맺혀 있고
白石齒齒[478]라. 백 석 치 치	흰 돌들 늘어서 있네.
侯朝出游兮여, 후 조 출 유 혜	원님께서 아침에 나가 놀다가
暮來歸하니, 모 래 귀	저녁에 돌아오는데,

475 양기(兩旗): 두 개의 깃발. 옛날 남쪽 지방의 풍습이었다 한다.

476 빈(嚬): 상을 찡그리다.

477 단단(團團): 이슬이 방울방울 맺혀 있는 모양

478 치치(齒齒): 돌이 늘어서 있는 모양. 돌이 대글대글한 모양

春與猿吟兮여, 춘 여 원 음 혜	봄에는 원숭이와 더불어 시 읊고,
秋鶴與飛로다. 추 학 여 비	가을에는 학과 더불어 날아다니네.
北方之人[479]兮여, 북 방 지 인 혜	북쪽 조정의 사람들은
爲侯是非하니, 위 후 시 비	원님에 대한 시비가 많으나,
千秋萬歲兮여, 천 추 만 세 혜	천년만년 동안,
侯無我違라. 후 무 아 위	우리를 버리지 않으시기를!
福我兮壽我하니, 복 아 혜 수 아	우리에게 복을 주고 우리를 오래 살게 하며,
驅厲鬼[480]兮山之左라. 구 여 귀 혜 산 지 좌	악한 귀신들을 산 저쪽으로 쫓아내소서.
下無若濕兮여, 하 무 약 습 혜	낮은 곳은 습기로 인한 고통 없고
高無乾하니, 고 무 건	높은 곳은 메마름이 없으며,
秔稌[481]充羨[482]兮여, 갱 도 충 선 혜	메벼와 찰벼가 들에 가득 차고
蛇蛟結蟠이로다. 사 교 결 반	뱀과 교룡은 몸을 사려 숨게 하리.

479 북방지인(北方之人): 북쪽 장안의 조정 사람들
480 여귀(厲鬼): 사람들에게 병을 주거나 해를 끼치는 귀신들
481 갱도(秔稌): 메벼와 찰벼
482 충선(充羨): 넘쳐나다.

我民報事兮無怠하니, 아 민 보 사 혜 무 태	백성들 제사 지내 보답하는 일 게을리하지 않으니,
其始自今兮여, 기 시 자 금 혜	지금 이 일 시작되었지만
欽[483]于世世로다. 흠 우 세 세	대대로 후세들도 계속 공경하리라.

37. 맹동야를 보내며 지은 서(送孟東野序)[484]

한유(韓愈)

大凡物[485]不得其平則鳴이라. 대 범 물 부 득 기 평 즉 명	대개 만물은 평정을 얻지 못하면 소리를 내게 된다.
草木之無聲을, 초 목 지 무 성	초목은 소리가 없지만
風撓之鳴하며, 풍 요 지 명	바람이 흔들어 소리를 내고,

483 흠(欽): 공경하다.

484 송맹동야서(送孟東野序): 한유가 율양현위(溧陽縣尉)라는 작은 벼슬을 얻어 떠나는 맹교(孟郊)를 위로하며 쓴 글이다. 맹교의 자가 동야(東野)이다. 그는 숭산에 은거하다가 50세에 비로소 진사에 급제하여 4년 후에 율양현위에 임명되었다. 그는 예술적인 기교에 주력하면서 신기하고 기이한 내용의 시를 써서 한유의 극찬을 받았다. 한유는 이 글에서 문장이라는 것은 마음의 움직임이 밖으로 표출되는 것이므로, 하늘이 맹교를 곤궁한 처지에 둔 것은 그가 뛰어난 문장을 짓게 하기 위한 것이라는 논리를 제시하며 그를 위로하고 있다. 이 글은 비록 산만하게 시작하고 있지만 명쾌한 논리 전개가 돋보인다. 특히 글에 내재된 망년교(忘年交)에 대한 깊은 우정은 아직도 회자되고 있다.

485 물(物): 만물

水之無聲을, 수 지 무 성	물은 소리가 없지만
風蕩[486]之鳴하며, 풍 탕 지 명	바람이 움직여 소리를 내고,
其躍也를 或激之하며, 기 약 야 혹 격 지	솟구치는 것은 부딪혔기 때문이고,
其趨也를 或梗之[487]하며, 기 추 야 혹 경 지	세차게 흐르는 것은 막았기 때문이고,
其沸也를 或炙[488]之하며, 기 비 야 혹 자 지	끓어오르는 것은 불로 데웠기 때문이고,
金石之無聲을, 금 석 지 무 성	쇠나 돌은 소리가 없지만
或擊之鳴이라. 혹 격 지 명	두드리면 소리를 낸다.
人之於言也에 亦然하야, 인 지 어 언 야 역 연	사람이 말하는 것도 이와 같으니,
有不得已者而後言이라. 유 부 득 이 자 이 후 언	부득이한 일이 있은 뒤에야 말을 하게 된다.
其謌[489]也有思하며, 기 가 야 유 사	노래를 하는 것은 생각이 있기 때문이고,
其哭[490]也有懷[491]하야, 기 곡 야 유 회	우는 것은 회포가 있기 때문이며,

486 탕(蕩): 동(動)과 같다. 움직이다.

487 기추야혹경지(其趨也或梗之): 물이 세차게 흐르는 것은 한 곳을 막아 물의 흐름이 몰리기 때문이다. '추'는 급(急)·질(疾)과 같으며, 빠르다. '경'은 막다.

488 자(炙): 굽다. 여기서는 불로 데운다는 뜻이다.

489 가(謌): 가(歌)와 같다.

490 곡(哭): 슬퍼서 큰소리를 내며 울다.

491 회(懷): 품고 있는 생각. 회포

凡出乎口而爲聲者가,
범 출 호 구 이 위 성 자

무릇 입에서 나와 소리가 되는 것은

其皆有弗平者乎인저!
기 개 유 불 평 자 호

모두 불편한 것이 있기 때문이리라!

樂也者는,
악 야 자

음악이라는 것은

鬱於中[492]
울 어 중

가슴속이 막혀

而泄於外[493]者也어늘,
이 설 어 외 자 야

밖으로 새어 나오는 것이거늘,

擇其善鳴者
택 기 선 명 자

소리를 잘 내는 것을 택하여

而假之鳴하니,
이 가 지 명

이것을 빌려 소리를 내게 되니,

金石絲竹匏
금 석 사 죽 포

쇠·돌·실·대·표주박·

土革木[494]八者는,
토 혁 목 팔 자

흙·가죽·나무 등 여덟 가지는

物之善鳴者也라.
물 지 선 명 자 야

만물 가운데 소리를 잘 내는 것들이다.

維[495]天之於時[496]也에 亦然하야,
유 천 지 어 시 야 역 연

자연의 계절에 있어서도
역시 그러하니,

擇其善鳴者
택 기 선 명 자

소리를 잘 내는 것을 선택하여

---

492 울어중(鬱於中): 가슴속의 답답함

493 설어외(泄於外): 밖으로 새어 나오다.

494 금석사죽포토혁목(金石絲竹匏土革木): 모두 악기를 만드는 재료이다. '금'은 쇠붙이. '석'은 돌. '사'는 현악기를 만드는 실. '죽'은 대. '포'는 표주박. '토'는 흙. '혁'은 가죽. '목'은 나무

495 유(維): 강조의 뜻을 나타내는 조사

496 천지어시(天之於時): 자연이 나타내 보이는 사계절의 변화

而假之鳴이라.
이 가 지 명

그것을 빌려서 소리를 내게 된다.

是故로
시 고

그러므로

以鳥鳴春하며,
이 조 명 춘

새를 빌려 봄의 소리를 내고,

以雷鳴夏하며,
이 뢰 명 하

우레를 빌려 여름의 소리를 내고,

以蟲鳴秋하며,
이 충 명 추

벌레를 빌려 가을의 소리를 내며,

以風鳴冬하나니,
이 풍 명 동

바람을 빌려 겨울의 소리를 내니,

四時之相推奪[497]이,
사 시 지 상 추 탈

사계절이 서로 바뀌어 나타나는 현상은

其必有不得其平者乎인저!
기 필 유 부 득 기 평 자 호

반드시 그 평정을 얻지 못했기 때문이리라!

其於人也에 亦然하니,
기 어 인 야 역 연

이는 사람에게도 마찬가지니,

人聲之精者가 爲言이오,
인 성 지 정 자 위 언

사람의 소리 가운데 정묘한 것이 언어이며,

文辭之於言에,
문 사 지 어 언

문장의 표현은 언어 가운데서도

又其精者也라.
우 기 정 자 야

더욱 정묘한 것이다.

497 사시지상추탈(四時之相推奪): 사계절이 번갈아 나타나는 현상이 마치 서로 앞의 것을 밀어 그 자리를 빼앗는 것과 같음을 말한다.

尤擇其善鳴者 우 택 기 선 명 자	그중에서도 더욱 소리를 잘 내는 것을 선택하여
而假之鳴하나니, 이 가 지 명	이를 빌려서 소리를 내게 하니,
其在於唐虞[498]엔, 기 재 어 당 우	당요·우순 시대에는
咎陶[499]禹[500]가 고 요 우	고요와 우가
其善鳴者也어늘, 기 선 명 자 야	소리를 잘 내는 사람들이어서
而假之以鳴하고, 이 가 지 이 명	그들을 빌려 소리를 냈고,
夔[501]엔 弗能以文辭鳴일새, 기 불 능 이 문 사 명	기는 문장으로 소리를 내지는 못했으나
又自假於韶[502]以鳴하고, 우 자 가 어 소 이 명	스스로 소(韶)를 빌려서 소리를 냈고,
夏之時엔 五子[503]는 하 지 시 오 자	하나라 때에는 오자가
以其歌鳴하고, 이 기 가 명	노래를 불러 소리를 냈으며,

498 당우(唐虞): 당요(唐堯)와 우순(虞舜)

499 고요(咎陶): 고요(皐陶)라고도 쓴다. 순임금 때의 현신. 옥관(獄官)의 장을 지냈다.

500 우(禹): 요순 시대에 홍수를 다스리는 데 큰 공을 세운 인물. 후에 하나라를 세웠다.

501 기(夔): 요순 시대에 음악을 관장하던 현신

502 소(韶): 순임금의 음악 이름

503 오자(五子): 우의 손자인 태강(太康)의 다섯 동생을 말한다. 태강은 방종하여 낙수 밖으로 사냥을 나가 석 달 열흘이 되어도 돌아오지 않았다. 그사이 유궁(有窮)의 군주가 모반을 일으켜 하북을 점령하여 태강은 돌아올 수 없게 되었다. 태강의 다섯 아우가 어머니를 모시고 낙수에서 태강을 기다리면서 탄식하며 우임금이 훈계하신 말씀을 들어 각각 노래를 지어 부르니, 이것이 『서경』의 「오자지가(五子之歌)」이다.

伊尹[504]은 鳴殷하고,
이 윤 명 은

이윤은 은나라에서 소리를 냈고,

周公[505]은 鳴周라.
주 공 명 주

주공은 주나라에서 소리를 냈다.

凡載於詩書六藝가,
범 재 어 시 서 육 예

무릇 『시경』·『서경』 등 육경에
실린 것들은

皆鳴之善者也라.
개 명 지 선 자 야

모두 소리를 잘 낸 것들이다.

周之衰에,
주 지 쇠

주나라가 쇠퇴해지자

孔子之徒鳴之하야,
공 자 지 도 명 지

공자의 무리들이 소리를 냈는데,

其聲大而遠하니,
기 성 대 이 원

그 소리는 크게 멀리 들렸으니,

傳[506]曰,
전 왈

옛 서적에

天將以夫子爲木鐸[507]이라 하니,
천 장 이 부 자 위 목 탁

"하늘이 장차 선생을 목탁으로
삼으려 하는구나!"라 하였는데도

其弗信矣乎아?
기 불 신 의 호

믿지 못하겠는가?

---

504 이윤(伊尹): 은나라 재상으로 탕왕을 도와 하나라를 정벌하였다.

505 주공(周公): 문왕의 아들이자 무왕의 아우로 무왕을 도와 은나라를 치고 주나라를 세웠다. 무왕이 죽은 뒤에 어린 성왕을 도와 주나라의 기초를 공고히 하였다.

506 전(傳): 고서. 여기에서는 『논어』를 말한다.

507 천장이부자위목탁(天將以夫子爲木鐸): 하늘이 장차 선생을 목탁으로 삼으려 한다. 『논어』 「팔일(八佾)」에 나오는 말이다. 목탁은 정부에서 지시 사항을 전달하기 위해 백성들을 모을 때 울리는 도구이다. 여기에서는 공자를 목탁으로 삼아 소리를 내어 천하 사람들을 경각시킨다는 비유로 쓰였다.

其末也에, 기 말 야	주나라 말엽에 이르러서는
莊周[508]가 以其荒唐之辭로, 장 주 이 기 황 당 지 사	장주가 황당한 문사로써
鳴於楚하니, 명 어 초	초나라에서 소리를 내었고,
楚는 大國也라, 초 대 국 야	초나라는 큰 나라였는데
其亡也에, 기 망 야	망할 무렵이 되어
以屈原鳴하고, 이 굴 원 명	굴원이 소리를 내었으며,
臧孫辰[509]孟軻[510]荀卿[511] 장 손 진 맹 가 순 경	장손진·맹가·순경 등은
以道鳴者也요, 이 도 명 자 야	도로써 소리를 낸 자들이고,
楊朱[512]墨翟[513]管夷吾[514] 양 주 묵 적 관 이 오	양주·묵적·관이오·
晏嬰[515]老聃[516]申不害[517] 안 영 노 담 신 불 해	안영·노담·신불해·

508 장주(莊周): 장자. 전국 시대 노자 사상에 바탕을 두고 허무·무위자연 등의 사상을 제창해 도가의 창시자가 되었다.

509 장손진(臧孫辰): 춘추 시대 노나라의 대부 장문중(臧文仲). 『논어』「위령공(衛靈公)」에 공자가 그에게는 삼불인(三不仁)과 삼부지(三不知)가 있다고 한 구절이 있다.

510 맹가(孟軻): 맹자

511 순경(荀卿): 순자

512 양주(楊朱): 전국 시대의 사상가. 철저한 개인주의·위아주의를 주장하였다.

513 묵적(墨翟): 묵가의 시조. 겸애주의를 주장하였다.

514 관이오(管夷吾): 제나라 환공의 명재상인 관중(管仲). 이오는 그의 자이다. 환공을 도와 춘추 오패의 우두머리가 되게 하였다. 인·의·예의 도덕보다 권모술수를 앞세우며 공리를 먼저 하는 패도 정치를 폈다.

515 안영(晏嬰): 제나라의 명신 안평중(晏平仲). 영공·장공·경공 등을 섬겼다. 절검을 내세워 검약의 정치를 주장하였다. 경공이 공자를 쓰려 했을 때 반대하였다.

516 노담(老聃): 노자

韓非[518]愼到[519]田駢[520] 한비·신도·전변·
한비 신도 전변

鄒衍[521]尸佼[522]孫武[523] 추연·시교·손무·
추연 시교 손무

張儀[524]蘇秦[525]之屬은, 장의·소진 등의 무리는
장의 소진 지속

皆以其術鳴하고, 모두 술법으로 소리를 냈으며,
개이기술명

秦之興에, 진나라가 흥성하자
진지흥

李斯[526]鳴之하고, 이사가 소리를 냈고,
이사 명지

---

517 신불해(申不害): 한(韓)나라 소후에게 출사했던 전국 시대의 정치가. 형명(刑名)의 학(學)으로 법가의 시조가 되었다.

518 한비(韓非): 전국 시대 말엽의 법가 한비자(韓非子). 이사와 함께 순자에게서 배웠으며, 법가 사상을 집대성하였다.

519 신도(愼到): 전국 시대 조나라의 학자로 법가의 한 사람. 황제와 노자의 도술을 익혀 『십이론(十二論)』을 지었고 법가 사상을 제창하였다.

520 전변(田駢): 제나라의 학자요 변론가로 선왕이 우대하여 직하에서 살았다. 저서로 『전자(田子)』 25편이 있다.

521 추연(鄒衍): 음양오행가. 굉장한 변설가로 세상에서 그를 담천연(談天衍)이라 불렀다고 한다.

522 시교(尸佼): 초나라 사람. 진나라에 부국강병책을 쓴 법가 상앙(商鞅)의 스승이다. 상앙이 거열(車裂)의 형을 받자 촉으로 달아났다.

523 손무(孫武): 손자(孫子). 제나라 병법가로, 저서로 병서 『손자병법(孫子兵法)』이 전한다.

524 장의(張儀): 전국 시대 위나라 사람으로 소진과 함께 제나라의 귀곡자(鬼谷子)에게 종횡의 술책을 배웠다. 열국(列國)은 진(秦)나라를 섬겨야 한다는 연횡설로 유세해 진나라의 재상이 되었다.

525 소진(蘇秦): 하남 낙양 사람. 제· 초· 한· 위· 연·조의 6국이 동맹해 강대국인 진나라에 대항하자는 합종책을 주장하였다.

526 이사(李斯): 전국 시대 초나라 사람으로 한비자와 함께 순자에게 배웠고, 뒤에 진시황의 폭정을 도와 천하를 통일하고 진나라의 재상이 되었다. 진시황 34년에 있었던 이른바 분서갱유의 강행도 그의 정책이다. 한비자와는 동문이지만 한비자의 뛰어난 재주를 두려워한 나머지 한비자를 무고하고 옥중에 있는 그에게 독약을 보내 자살시켰다.

漢之時에,
한 지 시
한나라 때에는

司馬遷[527]相如[528]揚雄[529]이,
사 마 천 상 여 양 웅
사마천·사마상여·양웅 등이

最其善鳴者也요,
최 기 선 명 자 야
가장 소리를 잘 낸 자들이었으며,

其下魏晉氏는,
기 하 위 진 씨
그 후 위·진 시대에는

鳴者不及於古나,
명 자 불 급 어 고
소리를 내는 자들이 옛날 사람들에 미치지 못했으나

然이나 亦未嘗絶也로다.
연 역 미 상 절 야
여전히 끊이지는 않았다.

就其善鳴者라도,
취 기 선 명 자
그 가운데서 괜찮은 것들이라도

其聲淸以浮[530]하며,
기 성 청 이 부
그 소리는 맑지만 경박하고

其節數以急[531]하며,
기 절 삭 이 급
그 음절은 빠르고 급하며,

其辭淫以哀[532]하며,
기 사 음 이 애
그 문사는 음란하고 슬프고

其志弛以肆[533]하야,
기 지 이 이 사
그 뜻은 느슨하고도 방자하며,

527 사마천(司馬遷): 전한의 역사학자. 『사기』 130권을 저술하였다.

528 상여(相如): 사마상여(司馬相如). 한대의 문인으로 부(賦)의 대가이다. 「자허부(子虛賦)」·「상림부(上林賦)」·「대인부(大人賦)」 등의 명문을 남겼다.

529 양웅(揚雄): 전한 말의 대유학자이며 대문장가. 자는 자운(子雲)

530 청이부(淸以浮): 맑으나 경박하다. '이'는 이(而)와 같다. '부'는 침착하지 않고 경박하다는 뜻. 즉 어구가 맑고도 아름답지만 실제로 담고 있는 내용이 없어서 경박하다는 말이다.

531 삭이급(數以急): 빠르고 급하다. 즉 문장 음운의 절주가 번거롭고 잦으며 급하여 여유가 없다는 말이다.

532 음이애(淫以哀): 문사(文辭)가 음탕하고 애절해서 중정(中正)을 잃고 있다.

533 이이사(弛以肆): 느슨하면서 방자하다. 문장이 나타내고 있는 뜻이 느슨해 체계가 없고 방자

其爲言也가, 기 위 언 야	그 말하는 것이
亂雜而無章[534]하니, 난 잡 이 무 장	난잡하고 문장의 아름다움이 없으니,
將天醜其德하야, 장 천 추 기 덕	하늘이 그 덕을 추하게 여겨
莫之顧邪아? 막 지 고 야	돌보지 않은 탓인가?
何爲乎不鳴其善鳴者也오? 하 위 호 불 명 기 선 명 자 야	어찌 소리를 잘 내는 자들에게 소리를 내게 하지 않았는가?
唐之有天下에, 당 지 유 천 하	당나라가 천하를 장악하고 나서는
陳子昂[535]蘇源明[536]元結[537] 진 자 앙 소 원 명 원 결	진자앙·소원명·원결·
李白[538]杜甫[539]李觀[540]이, 이 백 두 보 이 관	이백·두보·이관 등이

해 질서가 없다.

534 난잡이무장(亂雜而無章): 문장에 사용된 말들이 난잡하면서 문장이 갖추어야 할 아름다움이 없다.

535 진자앙(陳子昂): 초당(初唐)의 시인으로 자는 백옥(白玉). 형식적인 유미주의를 반대하고 한·위의 고체로 돌아가자는 주장을 폈다. 당시의 선구자로 추대되며, 그의 「감우시(感遇詩)」 38수는 높이 평가된다.

536 소원명(蘇源明): 당나라 무공(武功) 사람으로 자는 약부(弱夫). 천보 때 진사에 급제하였고, 안녹산의 난 때에 절개를 지켜 숙종 때에 고공랑중(考功郎中)이 되었다. 문사가 퍽 교묘하였던 것으로 전한다.

537 원결(元結): 당나라 무창 사람으로 자는 차산(次山). 숙종 때 「시의(詩議)」 3편, 「당나라를 중흥시킨 공적을 찬양함(大唐中興頌)」, 「적퇴(賊退)」 등을 지었다.

538 이백(李白): 성당(盛唐) 때의 대시인. 낭만적인 시를 많이 썼으며 시선(詩仙)으로 추앙받는다.

539 두보(杜甫): 성당 때의 대시인. 사실적인 사회시를 많이 썼으며, 시성(詩聖)으로 추앙받는다.

540 이관(李觀): 당나라 조주(趙州) 사람으로 자는 원빈(元賓). 24세에 진사에 올랐고, 독창적인 문장을 지었을 뿐만 아니라 문재 또한 뛰어나 한유에 필적할 만하였는데, 29세에 요절하였다.

皆以其所能鳴하고, 개 이 기 소 능 명	모두 자신이 잘하는 것으로써 소리를 냈고,
其存而在下者 기 존 이 재 하 자	현재 살아 있으면서 아랫자리에 있는 사람으로
孟郊東野[541]가, 맹 교 동 야	맹동야가
始以其詩鳴[542]하니, 시 이 기 시 명	비로소 시로써 소리를 내었으니,
其高[543]出晉魏하야, 기 고 출 진 위	그는 위·진 시대 사람들보다 훨씬 뛰어나
不懈而及於古요, 불 해 이 급 어 고	게을리하지 않으면 옛사람들에 미칠 수 있겠고,
其他는 浸淫[544]乎漢氏矣라. 기 타 침 음 호 한 씨 의	그 밖의 작품들은 한나라에 젖어 있다.
從吾游者는, 종 오 유 자	나에게서 배운 자들로서
李翺[545]張籍[546]이 이 고 장 적	이고와 장적이

541 맹교동야(孟郊東野): 중당(中唐) 때의 시인 맹교(孟郊). 자가 동야(東野). 한유가 극찬하던 시인이다.

542 시이기시명(始以其詩鳴): 맹교가 시로써 처음 이름을 얻었을 때를 말한다.

543 기고(其高): 맹교가 지은 시의 격조가 높은 것을 가리킨다.

544 침음(浸淫): 물이 스며들듯이 점점 가까워지다.

545 이고(李翺): 당나라 조주 사람으로 자는 습지(習之). 한유에게 문장을 배워 당시 이름이 높았다. 성격이 강경해 재상 이봉길(李逢吉)의 허물을 그의 면전에서 꾸짖어 여주(廬州)자사로 좌천되었다. 『복성서(復性書)』 3편이 전한다.

546 장적(張籍): 당나라 화주(和州) 사람으로 한유의 제자이다. 한유의 추천으로 국자박사가 되었고, 사회시로 유명하다.

其尤[547]也니, 기 우 야	가장 뛰어나니,
三子者之鳴이 삼 자 자 지 명	이 세 사람의 소리는
信善鳴矣이나, 신 선 명 의	진실로 훌륭하지만,
抑[548]不知天將和其聲[549]하야, 억 부 지 천 장 화 기 성	하늘이 장차 그들의 소리를 온화하게 하여
而使鳴國家之盛邪아? 이 사 명 국 가 지 성 사	국가의 성대함을 소리 내게 한 것인가?
抑將窮餓其身하며, 억 장 궁 아 기 신	아니면 장차 그들 자신을 가난하고 굶주리게 하고
思愁其心腸하야, 사 수 기 심 장	그들의 마음을 근심스럽게 하여
而使自鳴其不幸耶아? 이 사 자 명 기 불 행 야	그 불행을 스스로 소리 내게 한 것인가?
三子者之命은 삼 자 자 지 명	이 세 사람의 운명은
則懸乎天[550]矣니, 즉 현 호 천 의	하늘에 달려 있으니,
其在上也가 기 재 상 야	윗자리에 있다고 해서

547 우(尤): 더욱 우수하다는 말이다.

548 억(抑): 또한. 내용을 전환시킬 때 쓰는 어사(語辭)

549 화기성(和其聲): 그 소리를 온화하게 하다.

550 명즉현호천(命則懸乎天): 운명은 인간의 힘으로 결정할 수 없고 하늘에 의해 결정된다는 말이다.

奚以喜며,
해 이 희

其在下也가
기 재 하 야

奚以悲리오?
해 이 비

東野之役於江南[551]也에,
동 야 지 역 어 강 남 야

有若不懌然[552]者라,
유 약 불 역 연 자

故로
고

吾道[553]其命於天者하야
오 도 기 명 어 천 자

以解之하노라.
이 해 지

어찌 기뻐하겠으며,

아랫자리에 있다고 해서

어찌 슬퍼하겠는가?

맹동야가 강남에 근무하러 떠나면서

즐거워하지 않는 것 같아서,

그러므로

내가 그의 운명이 하늘에
달려 있다고 말하여

이를 풀어 주려고 하는 것이다.

38. 양거원 소윤을 보내며 지은 서(送楊巨源少尹序)[554]

한유(韓愈)

昔疏廣受[555]二子는
석 소 광 수 이 자

옛날에 소광·소수 두 사람은

551 역어강남(役於江南): 강남에서 근무하다. '역'은 관직 생활을 말한다. 당시 맹교는 율양현위로 임명되었다.

552 역연(懌然): 기뻐하는 모양. 석연(釋然: 맥이 풀린 모양)으로 된 판본도 있다.

553 도(道): 말하다.

554 송양거원소윤서(送楊巨源小尹序): 만년에 국자사업(國子司業)이란 벼슬을 그만두고 고향으로 돌아가 하중부(河中府)의 소윤(少尹) 벼슬의 예우를 받았던 양거원(楊巨源)의 귀향을 전송하는 글. 양거원은 시를 잘 지어 백거이와도 시를 주고받으며 사귀었다. 글 제목은 양거원을

以年老로, 이 연 로	나이가 늙었다 하여
一朝辭位而去하니, 일 조 사 위 이 거	하루아침에 벼슬자리를 버리고 떠나게 되니,
於時公卿이, 어 시 공 경	그때에 공경들이
設供帳[556]하야 설 공 장	장막을 치고 잔치를 벌여
祖道[557]都門[558]外할새, 조 도 도 문 외	도성 문 밖에서 길제사를 지내는데,
車數百兩이오, 거 수 백 량	수레 수백 량이 모여들었고,
道路觀者는, 도 로 관 자	길거리에서 구경하는 사람들은
多歎息泣下하야, 다 탄 식 읍 하	대부분 탄식을 하고 눈물을 흘리면서
共言其賢이라. 공 언 기 현	그들의 현명함을 얘기했다.
漢史[559]既傳其事하고, 한 사 기 전 기 사	한나라 역사에는 그 일을 전하고 있고,

전송하는 글이지만, 내용은 벼슬자리에 연연하지 않고 나이가 많아지자 깨끗이 벼슬을 버리고 고향으로 돌아간 양거원의 인품을 칭송한 것이다. 장경 2·3년(822·823), 한유가 55·56세 때 이부시랑(차관)의 벼슬자리에 있으면서 지은 글이다.

555 소광수(疏廣受): 한나라 선제 때 사람인 소광(疏廣)과 소수(疏受). 소광은 자가 중옹(仲翁)으로 선제 때 태자태부를 지냈고, 소수는 그의 형의 아들로 자가 공자(公子)이며 태자소부 벼슬을 하고 있었다. 그러나 만년에는 함께 하루아침에 벼슬을 버리고 고향으로 돌아갔다(『한서(漢書)』). 명리에 초연했던 현명한 이들로 후세에 칭송되고 있다.

556 공장(供帳): 장막을 치고 여러 가지 잔치 준비물을 갖추어 놓다.

557 조도(祖道): '조'는 본시 여행을 떠나는 사람을 위해 길제사를 지내는 것을 말한다. 그러나 아울러 전송하는 잔치도 베풀었으므로 길제사와 송별연을 통틀어 가리키는 말로 발전하였다.

558 도문(都門): 도성의 문

559 한사(漢史): 반고의 『한서』를 가리킨다.

而後世工畵者는, 이 후 세 공 화 자	또 후세에 그림을 잘 그리는 사람들은
又圖其迹하야, 우 도 기 적	그러한 자취를 그림으로 그려,
至今照人耳目하니, 지 금 조 인 이 목	지금까지도 사람들의 귀와 눈에 비치고 있어
赫赫[560]若前日事러라. 혁 혁 약 전 일 사	어제 일처럼 훤하게 전해지고 있다.
國子司業[561]楊君巨源이, 국 자 사 업 양 군 거 원	국자사업 양거원이라는 분은
方[562]以能詩로, 방 이 능 시	마침 시를 잘 지어
訓後進이라가, 훈 후 진	후진들을 가르치고 있었는데,
一旦에 以年滿七十으로, 일 단 이 년 만 칠 십	하루아침에 일흔 살이 찼다 하여
亦白丞相[563]하야, 역 백 승 상	역시 승상에게 아뢰고
去[564]歸其鄕하니, 거 귀 기 향	벼슬자리를 떠나 그의 고향으로 돌아가니,
世常說 세 상 설	세상에서는 늘 말하기를

560 혁혁(赫赫): 분명한 모양

561 국자사업(國子司業): 교육 기관인 국자감의 차관급에 해당하는 벼슬 이름

562 방(方): 방금, 마침

563 백승상(白丞相): 승상에게 아뢰다.

564 거(去): 벼슬을 떠나는 것을 말한다.

古今人이 不相及[565]이나, 고금인 불상급	"옛사람을 지금 사람들이 따를 수가 없다"고 하나,
今楊與二疏하야, 금양여이소	지금 양후는 소광·소수와
其意豈異也리오? 기의기이야	그 뜻이 무엇이 다르다 하겠는가?
予忝[566]在公卿後[567]하고, 자첨 재공경후	나는 외람되게 공경의 말석을 차지하고 있으면서
遇疾不能出하니, 우질불능출	병이 나서 나가 보지도 못하였으니,
不知楊侯[568]去時에, 부지양후 거시	양후께서 떠날 적에
城門外送者幾人이며, 성문외송자기인	성문 밖에서 전송한 이가 몇 사람이나 되었는지,
車幾兩이며, 거기량	수레는 몇 량이나 모였고
馬幾駟[569]며, 마기사	말은 몇 필이나 모였으며,
道傍觀者가 도방관자	길가에서 구경하던 사람들이
亦有歎息하야 역유탄식	역시 탄식을 하면서

565 고금인불상급(古今人不相及): 옛사람과 지금 사람이 서로 미치지 못한다. 실제로는 옛사람을 지금 사람이 따르지 못한다는 뜻이다.

566 첨(忝): 외람되게

567 공경후(公卿後): 공경 중의 말석. 이때 한유는 이부시랑(吏部侍郎)으로 결코 낮은 벼슬이 아니었으나 겸손하게 이런 표현을 쓴 것이다.

568 양후(楊侯): 양거원을 높여 부른 말. '후' 자를 흔히 지방장관의 성 밑에 붙인다.

569 사(駟): 수레 하나를 끄는 네 마리의 말. 따라서 일사(一駟)는 네 마리의 말을 가리킨다.

知其爲賢與否오,
지 기 위 현 여 부

그의 현명함을 알아주었는지 어쩐지 알지를 못하고,

而太史氏[570]가
이 태 사 씨

그리고 사관들은

又能張大[571]其事하야
우 능 장 대 기 사

또 그에 관한 일을 과장해 전함으로써

爲傳繼二疏蹤跡[572]否아?
위 전 계 이 소 종 적 부

옛 두 소씨의 발자취를 계승하게 한 것인가?

不落莫[573]否아?
불 낙 막 부

그렇지 않으면 쓸쓸하지는 않았는가?

見今世에,
견 금 세

지금 세상을 보면

無工畫者나,
무 공 화 자

그림을 잘 그리는 이가 없으니,

而畫與不畫는,
이 화 여 불 화

그 광경을 그리고 그리지 않은 것은

固不論也라.
고 불 논 야

본시 따지지 않기로 한다.

然이나 吾聞楊侯之去에,
연 오 문 양 후 지 거

그러나 내가 듣건대 양후께서 떠날 적에는

丞相이 有愛而惜之者하야,
승 상 유 애 이 석 지 자

승상께서도 그를 애석히 여긴 나머지,

570 태사씨(太史氏): 나라에서 역사를 기록하는 사관의 우두머리
571 장대(張大): 크게 늘이다, 과장하다.
572 이소종적(二疏蹤跡): 한나라 소광과 소수의 발자취
573 낙막(落莫): 쓸쓸하다, 적막하다.

白[574]以爲其都少尹[575]하야,
백 이위기도소윤

천자께 아뢰어 그 고을의 소윤으로 삼아

不絶其祿하고,
부절기록

그의 봉급이 끊이지 않도록 하고,

又爲歌詩以勸之[576]하니,
우위가시이권지

또 시를 지어 노래하라며 그를 격려하여

京師之長於詩者는,
경사지장어시자

장안의 시를 잘 짓는 사람들은

亦屬而和之[577]라 하니,
역촉이화지

모두 이에 따라 함께 시를 지었다고 하니,

又不知當時二疏之去에,
우부지당시이소지거

그런데 옛날 두 소씨가 떠날 적에도

有是事否아?
유시사부

이런 일이 있었는가?

古今人同不同未可知也라.
고금인동부동미가지야

고금 사람들의 같고 다른 것을 잘 알 수가 없다.

中世[578]士大夫는,
중세 사대부

중세의 사대부들은

以官爲家하야,
이관위가

관청을 집으로 삼고 있어서

---

574 백(白): 천자에게 사건을 아뢰는 것을 말한다.

575 기도소윤(其都少尹): 그 고을의 소윤. 소윤은 부윤 밑의 부관으로 실제 직책은 없고 봉록만을 받도록 예우한 것이다.

576 권지(勸之): 그를 격려하다.

577 촉이화지(屬而和之): 시를 지어 거기에 화하다. '촉'은 글을 짓다.

578 중세(中世): 후한 무렵을 가리킨다.

罷則無所於歸러니, 파 즉 무 소 어 귀	벼슬을 그만두면 돌아갈 곳이 없었는데,
楊侯始冠[579]에, 양 후 시 관	양후는 이십 세가 되자마자
擧於其鄕[580]하야, 거 어 기 향	고향에서 추천을 받아
歌鹿鳴[581]而來也하고, 가 녹 명 이 래 야	녹명을 노래하며 [과거를 보러] 왔었고,
今之歸에, 금 지 귀	이제 돌아가면
指其樹曰, 지 기 수 왈	그곳의 나무를 가리키며
某樹는 吾先人之所種也요, 모 수 오 선 인 지 소 종 야	“저 나무는 나의 선친께서 심으신 것이고,
某水某丘는 모 수 모 구	저 냇물과 저 언덕은
吾童子時所釣遊也라 하야, 오 동 자 시 소 조 유 야	내가 어렸을 적에 낚시하며 놀던 곳이다”라고 말하며,
鄕人莫不加敬[582]하고, 향 인 막 불 가 경	고향 사람들 모두가 더욱 존경하면서

579 시관(始冠): 옛날에는 스무 살에 관례를 치르고 어른 행세를 시작하였으므로, 스무 살이 막 되었다는 뜻이다.

580 거어기향(擧於其鄕): 그의 고향에서 과거를 볼 향공(鄕貢)으로 추천되는 것을 말한다. 당대에는 국학의 학생과 향공이 된 사람만이 중앙에서 시행하는 과거 시험을 볼 자격이 있었다.

581 녹명(鹿鳴): 『시경(詩經)』「소아(小雅)」의 첫 시. 조정에서 잔치를 벌이며 손님을 대접할 때 부르던 노래이다. 지방장관이 그 고장의 향공이 과거를 보러 장안으로 갈 때 전송하는 연회에서도 불렀다 한다.

582 가경(加敬): 더욱 존경하다.

誡子孫以楊侯 그들 자손들에게 양씨가
계 자 손 이 양 후

不去其鄕으로 爲法하리니, 고향을 버리지 않은 것을 본받으라고 훈계할 것이다.
불 거 기 향 위 법

古之所謂 옛날부터 말하던
고 지 소 위

鄕先生[583]沒 "고향 선배로 죽은 다음
향 선 생 몰

而可祭於社[584]者는, 사(社)에 제사를 모실 수 있는 사람"이란,
이 가 제 어 사 자

其在斯人歟아? 바로 이런 분이 아니겠는가?
기 재 사 인 여

其在斯人歟아? 바로 이런 분이 아니겠는가?
기 재 사 인 여

39. 석홍 처사를 전송하며 지은 서(送石洪處士序)[585]

한유(韓愈)

河陽軍節度使烏公[586]이, 하양군절도사 오공이
하 양 군 절 도 사 오 공

583 향선생(鄕先生): 존경받을 만한 고향의 선배

584 사(社): 토지의 신을 모시는 사당. 크게는 나라에서부터 작게는 마을 단위에 이르기까지 여러 등급의 사가 온 나라에 있었다. 그 고장에 큰 공적이 있는 사람은 그 고장의 토지신과 합사되었다.

585 송석홍처사서(送石洪處士序): 원화 5년(810), 한유가 43세 되던 해에 지었다. 하양군절도사 오중윤이 현명한 참모를 구한 끝에, 벼슬을 버리고 고향 낙양으로 돌아와 숨어 살던 석홍(石洪)이란 깨끗한 인물을 등용하였다. 작자는 여러 사람의 부탁을 받고 석홍을 낙양에서 전송하는 마음을 담아 이 글을 지은 것이다. 제목에서 석홍을 처사라 부르고 있는데, 그것은 벼슬을 않고 지내는 선비에게 붙여 주던 존칭이다. 오중윤은 뒤에 석홍을 참모로 삼아 항주로 가서 반란

爲節度之三月에,
위 절 도 지 삼 월

절도사에 임명된 지 삼 개월 만에

求士於從事[587]之賢者하니,
구 사 어 종 사 지 현 자

부하 중 현명한 사람들에게 선비를
구해 달라 하였다.

有薦石先生[588]者어늘,
유 천 석 선 생 자

어떤 이가 석 선생이라는 분을
추천하자

公曰,
공 왈

오공이 물었다.

先生이 何如오?
선 생 하 여

“석 선생은 어떤 분이오?”

曰,
왈

그가 대답하였다.

先生居嵩邙瀍穀[589]之間하야,
선 생 거 숭 망 전 곡 지 간

“그는 숭산과 망산 및 전수와
곡수 사이에 살면서,

冬一裘[590]夏一葛[591]하며,
동 일 구 하 일 갈

겨울엔 갖옷 한 벌과 여름엔 칡베옷
한 벌로 지내고,

을 일으킨 왕승종(王承宗)을 토벌해 큰 공을 세우게 된다. 그러나 석홍은 그 뒤로 다시 은퇴한 듯, 다시는 다른 곳에 그의 이름이 전하지 않는다.

586 오공(烏公): 글 번호 30 한유의 「회서 평정 기념비 비문(平淮西碑)」에 나왔던 오중윤이다.

587 종사(從事): 그를 따라 일하는 사람. 부하

588 석선생(石先生): 석홍(石洪). 자는 준천(濬川)이며 낙양 사람이다. 호북성 황주의 녹사참군(錄事參軍)으로 있다가 벼슬을 그만두고 고향으로 돌아와 숨어 살고 있었다.

589 숭망전곡(嵩邙瀍穀): 숭산과 망산 및 전수와 곡수. 모두 낙양의 변두리에 있다.

590 구(裘): 갖옷. 짐승의 털가죽옷

591 갈(葛): 칡. 칡베옷

朝夕飯一盂[592]蔬一盤[593]이라.
조석반일우 소일반

아침저녁으로 밥 한 그릇과
나물 한 접시로 삽니다.

人與之錢이면 則辭하고,
인여지전 즉사

사람들이 그분에게
돈을 주면 거절하고,

請與出遊면,
청여출유

그에게 함께 나가 놀기를 요청하면

未嘗以事免[594]하고,
미상이사면

일찍이 일이 있다고
거절한 일이 없으며,

勸之仕則不應이라.
권지사즉불응

그분에게 벼슬살이를 권하면
대답도 하지 않습니다.

坐一室에,
좌일실

앉아 있는 방에는

左右圖書하야,
좌우도서

좌우로 책이 꽉 차 있어,

與之語道理하며,
여지어도리

그것을 가지고서 도리를 얘기하고

辨古今事當否하며,
변고금사당부

고금의 일들의 합당하고
합당치 않음을 분별하며,

論人高下하고,
논인고하

인품의 위아래를 논하고

592 우(盂): 밥그릇

593 반(盤): 쟁반, 접시

594 이사면(以事免): 일을 핑계로 하지 않다.

事後當成敗[595]에, 사 후 당 성 패	사후에 일의 성패를 논하니,
若河決下流 약 하 결 하 류	마치 황하 물이 터져 내려
而東注也며, 이 동 주 야	동쪽으로 흘러가는 듯하고,
若駟馬[596]駕輕車就熟路 약 사 마 가 경 거 취 숙 로	또 네 마리의 말이 끄는 가벼운 수레를
而王良造父[597]爲之先後也며, 이 왕 량 조 보 위 지 선 후 야	왕량과 조보 등이 몰면서 잘 아는 길을 헤아리는 듯하며,
若燭照數計[598] 약 촉 조 수 계	촛불을 밝혀 놓고 운수를 헤아리고
而龜卜[599]也니라. 이 귀 복 야	또 거북점도 치는 것 같습니다.”
大夫[600]曰, 대 부 왈	오대부가 말하였다.
先生이 有以自老[601]요, 선 생 유 이 자 로	“석 선생은 자기 혼자 깨끗이 늙도록 살면서
無求於人하니, 무 구 어 인	남에게 바라는 것이 없는 분인데,

595 사후당성패(事後當成敗): 어떤 일이 뒤에 성공할까 실패할까를 얘기하다.
596 사마(駟馬): 수레 하나를 끄는 네 마리의 말
597 왕량조보(王良造父): 모두 옛날 유명했던 수레몰이꾼. 왕량은 조간자를, 조보는 주나라 목왕을 섬겼다 한다.
598 촉조수계(燭照數計): 촛불을 켜 놓고 『주역』으로 사건의 운수(성패)를 헤아리는 것을 말한다.
599 귀복(龜卜): 큰 거북껍질을 말려 두었다가 불로 지져 그 균열 모양을 보고 길흉을 점치는 것
600 대부(大夫): 오대부. 오중윤을 가리킨다.
601 자로(自老): 스스로 늙어 은퇴하여 여생을 편히 살아가다.

其肯爲某來邪아? 기 긍 위 모 래 사	나를 위해 와서 일하려 들겠소?”
從事曰, 종 사 왈	부하가 대답하였다.
大夫가 文武忠孝하야, 대 부 문 무 충 효	“대부께서는 문무와 충효를 겸하셨고
求士爲國이오, 구 사 위 국	나라를 위해 선비를 구하는 것이지
不私於家[602]라. 불 사 어 가	집에서 개인적으로 쓰려는 것이 아닙니다.
方今寇聚於恒[603]하고, 방 금 구 취 어 항	현재 적군은 항주에 모여 있고
師環其疆[604]하야, 사 환 기 강	관군이 그 고장을 포위하고 있어서,
農不耕收하고, 농 불 경 수	농사짓는 사람들은 밭을 갈지도 거두지도 못하고
財粟殫亡[605]이라. 재 속 탄 망	재물과 식량은 다 바닥이 났습니다.
吾所處地는, 오 소 처 지	저희가 지금 있는 곳은
歸輸[606]之塗[607]라, 귀 수 지 도	거기에 보급품을 수송할 길이 있으니,

602 사어가(私於家): 집안에서 개인적으로 부리고 쓰다.

603 구취어항(寇聚於恒): 적군이 항주에 모이다. 항주는 지금의 하북성 정정현. 원화 4년(809) 성덕군절도사 왕사진이 죽자 그 아들 왕승종이 항주를 근거로 반란을 일으켰다.

604 사환기강(師環其疆): 군사들이 그 땅(항주)을 포위하다.

605 탄망(殫亡): 다하고 없어지다.

606 귀수(歸輸): 군수물자를 수송하다.

607 도(塗): 길. 도(道)와 통한다.

治法征謀가,
치 법 정 모
다스리는 방법과 정벌의 계략에

宜有所出이라.
의 유 소 출
마땅히 내놓을 바가 있을 것입니다.

先生仁且勇하니,
선 생 인 차 용
석 선생은 어질고도 용감하니

若以義請[608]하야
약 이 의 청
만약 의리를 내세워 초청하여

而强委重[609]焉이면,
이 강 위 중 언
억지로 중대한 일을 맡긴다면,

其何說之辭리오?
기 하 설 지 사
그가 무슨 말로 사양하겠습니까?”

於是에
어 시
이에

譔[610]書詞하고,
찬 서 사
글을 짓고

具馬幣[611]하야,
구 마 폐
말과 폐백을 갖춘 다음,

卜日[612]以授使者하야,
복 일 이 수 사 자
날을 받아 사자에게 주어

求先生之廬而請焉이라.
구 선 생 지 려 이 청 언
석 선생의 움막을 찾아가
초청토록 하였다.

先生不告於妻子하고,
선 생 불 고 어 처 자
석 선생은 처자들에게 말하지도 않고

---

608 이의청(以義請): 의리로써 초청하다.

609 강위중(强委重): 억지로 중요한 직책을 위임하다.

610 찬(譔): 글을 짓다.

611 마폐(馬幣): 말과 폐백. 말은 초청받은 사람이 타고 올 것이고, 폐백은 초견례(初見禮)로 보내는 예물

612 복일(卜日): 좋은 날을 점쳐서 가리다.

不謀於朋友하고,
불 모 어 붕 우

친구들과 의논하지도 않고,

冠帶[613]出見客하야,
관 대 출 견 객

의관을 차려입고 나와 손님을 만나

拜受書禮於門內라.
배 수 서 례 어 문 내

글과 예물을 문안에서 절하고 받았다.

宵則沐浴하고,
소 즉 목 욕

밤이 되자 목욕을 하고

戒行李[614]載書冊하야,
계 행 리 재 서 책

짐을 꾸려 책과 함께 수레에 싣고는

問道所由[615]하고,
문 도 소 유

가야 할 길을 묻고 나서야

告行於常所來往이라.
고 행 어 상 소 래 왕

늘 내왕하던 사람들에게
길 떠난다는 것을 알렸다.

晨則畢至하야,
신 즉 필 지

아침이 되자 여러 사람이 와서

張筵[616]於上東門[617]外라.
장 연 어 상 동 문 외

상동문 밖에서 송별연을 벌였다.

酒三行[618]且起에,
주 삼 행 차 기

술이 세 바퀴 돌아간 뒤
막 떠나려고 일어서자,

有執爵[619]而言者曰,
유 집 작 이 언 자 왈

술잔을 들고 있던 한 사람이 말하였다.

---

613 관대(冠帶): 관을 쓰고 큰 띠를 매다. 곧 정장을 차려 입는 것
614 계행리(戒行李): 여행할 짐을 꾸리다.
615 소유(所由): 지나갈 길
616 장연(張筵): 송별연을 베풀다.
617 상동문(上東門): 낙양의 동쪽 성문 이름
618 삼행(三行): 술이 세 순배 돌아가다.
619 작(爵): 술잔

大夫가 眞能以義取人하고,
대부 진능이의취인

"대부께서는 진실로 의리로 사람을 잘 선택하셨고,

先生이 眞能以道自任하야,
선생 진능이도자임

선생께서는 진실로 도리로 자신의 임무를 정해

決去就[620]하니,
결거취

행동을 결정하였으니,

爲先生別하노라.
위선생별

선생을 위해 작별을 하고자 합니다."

又酌而祝[621]曰,
우작이축 왈

그러고는 또 술잔을 따른 다음 축원하였다.

凡去就出處[622]가
범거취출처

"모든 행동의 나아가고 물러섬이

何常이리오?
하상

어찌 일정할 수 있겠습니까?

惟義之歸하니,
유의지귀

오직 의에 귀의하는 것이니,

遂以爲先生壽[623]하노라.
수이위선생수

끝으로 선생의 건강을 빌고자 합니다."

又酌而祝曰,
우작이축왈

또 술잔을 따르고는 이렇게 축원하였다.

使大夫로
사대부

"오대부께서는

---

620 거취(去就): 벼슬자리에 나아가고 물러나는 행동

621 축(祝): 축원하다.

622 출처(出處): 나아가고 머물고 하는 처신

623 수(壽): 장수를 빌다.

恒無變其初하야, 늘 변함없이 초지를 지켜
항 무 변 기 초

無務富其家 그의 집안을 부유하게 하느라
무 무 부 기 가

而飢其師하며, 군사들을 굶주리게 하는 일이 없고,
이 기 기 사

無甘受[624]佞人[625] 간사한 사람들을 달갑게 받아들이면서
무 감 수 영 인

而外敬[626]正士하며, 올바른 선비들을 겉으로만 존경하는 일이 없으며,
이 외 경 정 사

無昧於諂言하고, 아첨하는 말에 맛들이지 않고
무 미 어 첨 언

惟先生是聽[627]하야, 오직 석 선생의 의견을 따라
유 선 생 시 청

以能有成功하야, 능히 성공을 거두어
이 능 유 성 공

保天子之寵命이어다. 천자의 총애와 명령을 잘 보전하게 하소서!"
보 천 자 지 총 명

又祝曰, 그러고는 또 축원하였다.
우 축 왈

使先生無圖利於大夫하야 "석 선생께서는 오대부에게서 이익을 추구하여
사 선 생 무 도 리 어 대 부

---

624 감수(甘受): 달갑게 받다. 좋아하며 받아들이다.

625 영인(佞人): 간사한 사람

626 외경(外敬): 겉으로만 공경하는 체하다.

627 청(聽): 말을 듣고 따르다.

而私便[628]其身이어다. 이 사 편 　 기 신	그 자신만을 홀로 위하려 들지 않게 하소서!”
先生이 起拜祝辭曰, 선 생 　 기 배 축 사 왈	석 선생은 축사에 일어나 절하며 말하였다.
敢不敬하야 蚤夜[629]에 감 불 경 　 　 조 야	“감히 아침 일찍부터 밤늦게까지
以求從祝規하리오? 이 구 종 축 규	축원하는 훈계를 따르려 애쓰지 않을 수 있으리오?”
於是에 東都之人이, 어 시 　 동 도 지 인	이에 낙양 사람들은
咸知大夫與先生이, 함 지 대 부 여 선 생	모두가 오대부와 석 선생이
果能相與以有成也라. 과 능 상 여 이 유 성 야	과연 서로 협력해 성공할 것을 알게 되었다.
遂各爲歌詩六韻[630]하고, 수 각 위 가 시 육 운	마침내 각자가 여섯 개의 운을 가진 시를 짓고
遣愈爲之序云[631]이라. 견 유 위 지 서 운	내게 보내어 이 서(序)를 짓게 하였던 것이다.

---

628 사편(私便): 개인적인 이익을 추구하다.

629 조야(蚤夜): 이른 새벽부터 밤늦게까지. 부지런히 쉬지 않고

630 육운(六韻): 여섯 구에 운자를 사용한 시. 보통 짝수 구절에 운자를 쓰므로, 곧 12구의 배율시(排律詩)를 뜻한다.

631 운(云): 문장 끝머리에 붙이는 조사. 보통 ‘~이라 한다’라고 해석되나, 여기서는 허사로 쓰이고 있다.

40. 온조 처사를 전송하며 지은 서(送溫造處士序)[632]

한유(韓愈)

伯樂[633]一過冀北[634]之野에, 백락 일과기북 지야	백락이 기북의 들판을 한 번 지나가면
而馬群遂空이라 하니, 이마군수공	말의 무리가 없어지고 말았다고 하니,
夫冀北은 馬多於天下니, 부기북 마다어천하	기북 땅은 천하에서 말이 가장 많은 곳인데,
伯樂이 雖善知馬나, 백락 수선지마	백락이 비록 말을 잘 알아본다 하더라도
安[635]能空其群邪아? 안 능공기군사	어찌 그 무리를 없어지게 할 수야 있겠는가?
解之者曰, 해지자왈	이를 풀이하는 사람이 이렇게 말하였다.
吾所謂空은, 오소위공	“내가 말한 없어졌다는 것은

632 송온조처사서(送溫造處士序): 글 번호 39「석홍 처사를 전송하며 지은 서(送石洪處士序)」와 마찬가지로 하양군절도사 오중윤의 참모로 뽑혀 떠나가는 온조를 전송하는 글이다. 한유가 직접 이들을 전송하며 지은 것은 아니나, 떠나는 사람의 깨끗한 인품과 뛰어난 재능을 아쉬워하는 작자의 마음이 잘 드러나 있다. 두 편 모두 한유 고문의 특징을 잘 드러내 보이는 글로서, 빈틈없는 짜임새를 갖추고 이론을 전개하면서도 그 속에 넘치는 감정이 물결치고 있다.

633 백락(伯樂): 본시 별 이름으로 천마를 관장하였다고 한다. 춘추 시대 손양(孫陽)이 말을 잘 알아보았으므로, 뒤에 그를 백락이라 부르게 되었다.

634 기북(冀北): 기주의 북쪽. 기주는 황하 이북 요하 이서의 땅으로 말의 산지로 유명했다.

635 안(安): 어찌

非無馬也요,
비 무 마 야
말이 없게 되었다는 것이 아니고

無良馬也라.
무 양 마 야
좋은 말이 없게 되었다는 뜻이다.

伯樂知馬니,
백 락 지 마
백락은 말을 잘 알아보니,

遇其良輒取之하야,
우 기 양 첩 취 지
좋은 말을 만나기만 하면 가져가서

群無留良焉이라.
군 무 유 양 언
무리 중에 좋은 말이 남지 않게 된다.

苟無留其良이면,
구 무 유 기 양
진실로 좋은 말이 없다면

雖謂無馬라도,
수 위 무 마
비록 말이 없다고 말한다 해도

不爲虛語[636]矣라.
불 위 허 어 의
거짓말이 되지 않을 것이다."

東都[637]固士大夫之冀北也라.
동 도 고 사 대 부 지 기 북 야
동도 낙양은 본시
사대부들의 기북이라.

恃才能하고,
시 재 능
자기의 재능에 의지하면서

深藏而不市[638]者는,
심 장 이 불 시 자
깊이 숨어 자신을 드러내지 않는
사람으로는,

洛[639]之北涯曰石生[640]이오,
낙 지 북 애 왈 석 생
낙수의 북쪽 기슭에 석홍이 있고

---

636 허어(虛語): 거짓말

637 동도(東都): 서도 장안에 대해 낙양을 가리킨다.

638 심장이불시(深藏而不市): 깊이 숨어 자신을 드러내지 않다.

639 낙(洛): 낙수. 낙양 남쪽에 흐르는 강물 이름

其南涯曰溫生[641]이라. 　　그 남쪽 기슭에 온조가 있었다.
기 남 애 왈 온 생

大夫烏公이, 　　대부 오공이
대 부 오 공

以鈇鉞[642]로, 　　왕명을 받들어
이 부 월

鎭[643]河陽之三月에, 　　하양을 지킨 지 석 달 만에,
진 　하 양 지 삼 월

以石生爲才하고, 　　석홍의 재능을 인정하고
이 석 생 위 재

以禮爲羅[644]하야, 　　예로 그물을 쳐서
이 예 위 라

羅而致之幕下하고, 　　잡아 그의 휘하로 끌어갔고,
나 이 치 지 막 하

未數月也에, 　　또 몇 달 되지 않아
미 수 월 야

以溫生爲才하고, 　　온조의 재능을 인정하고
이 온 생 위 재

於是에 以石生爲媒[645]하야, 　　이번에는 석홍을 중개자로 삼아
어 시 　이 석 생 위 매

以禮爲羅하야, 　　예로 그물을 쳐서
이 예 위 라

又羅而致之幕下라. 　　또 잡아 그의 휘하로 끌어갔다.
우 라 이 치 지 막 하

---

640 석생(石生): 앞의 시에 보인 석홍을 가리킨다.

641 온생(溫生): 온조(溫造). 자는 간여(簡輿). 이 글에 드러나는 것처럼 그는 낙양에 숨어 살다가 석홍에 이어 하양군절도사 오중윤의 참모로 불려 갔다.

642 부월(鈇鉞): 도끼. 무기의 일종으로 군중에서 처형할 때 주로 썼고, 장군의 지휘권을 상징하기도 하였다. 여기서는 장군의 권력 상징으로 도끼를 천자에게서 받은 것. 절도사에 임명된 것을 뜻한다.

643 진(鎭): 수비하다.

644 나(羅): 그물. 그물로 새나 물고기를 잡는 것. 여기서는 예를 갖추어 초청하는 것

645 매(媒): 중개자

東都에 雖信多才士나, 동 도 수 신 다 재 사	동도에 비록 재능 있는 선비가 진실로 많다 하더라도,
朝取一人焉하야, 조 취 일 인 언	아침에 한 사람을 데려가서
拔其尤[646]하고, 발 기 우	가장 뛰어난 인물을 뽑아 가고,
暮取一人焉하야, 모 취 일 인 언	저녁에 한 사람을 데려가서
拔其尤라. 발 기 우	가장 뛰어난 인물을 뽑아 간 것이다.
自居守[647]河南尹[648]과, 자 거 수 하 남 윤	동도유수·하남윤을 비롯하여
以及百司之執事[649]와, 이 급 백 사 지 집 사	여러 관청의 관리들과
與吾輩[650]二縣之大夫[651]는, 여 오 배 이 현 지 대 부	우리 같은 낙양령과 하남령은
政有所不通이니, 정 유 소 불 통	행정을 할 때 잘되지 않는 바가 있으니,
事有所可疑면, 사 유 소 가 의	일을 할 때 의심스러운 점이 있다면
奚所[652]諮[653]而處[654]焉하며, 해 소 자 이 처 언	어디로 가서 물어보고 처리를 할 것이며,

646 우(尤): 빼어난 사람

647 거수(居守): 낙양의 동도유수를 가리킨다. 낙양의 가장 높은 관리이다.

648 하남윤(河南尹): 하남부의 장관. 낙양은 하남부에 속해 있어, 하남윤도 낙양에 있다.

649 백사지집사(百司之執事): 여러 관청의 일을 맡은 관리들

650 오배(吾輩): 우리

651 이현지대부(二縣之大夫): 낙양현과 하남현의 두 현령. 한유는 이때 하남현령이었다.

652 해소(奚所): 어느 곳

653 자(諮): 의논하다.

士大夫之去位 사 대 부 지 거 위	사대부로서 벼슬자리를 떠나
而巷處[655]者는 이 항 처 자	민간에 살고 있던 사람들은
誰與嬉遊[656]며, 수 여 희 유	누구와 즐기며 놀아야 할 것이며,
小子後生이, 소 자 후 생	젊은 후배들은
於何考德而問業[657]焉이며, 어 하 고 덕 이 문 업 언	어디서 도덕을 연마하고 학업을 질문해야 할 것이며,
搢紳[658]之東西行에 진 신 지 동 서 행	점잖은 사람들이 동서로 여행을 하다가
過是都者라도, 과 시 도 자	동도를 지나게 된다 하더라도
無所禮[659]於其廬라. 무 소 예 어 기 려	그들 움막에 예를 드릴 바가 없게 된 것이다.
若是而稱曰, 약 시 이 칭 왈	이렇게 되었으니 말하기를
大夫烏公이, 대 부 오 공	“대부 오공이
一鎭河陽 일 진 하 양	하양을 지키게 되자

654 처(處): 일을 처리하다.

655 항처(巷處): 골목 안에 살다. 민간에 살다.

656 희유(嬉遊): 즐기며 놀다.

657 문업(問業): 학업에 대해 질문하다.

658 진신(搢紳): 큰 띠에 홀을 꽂은 사람. 곧 높은 벼슬자리에 있거나 귀족인 점잖은 사람들을 가리킨다.

659 예(禮): 찾아 인사드리다.

而東都處士之廬에,
이 동 도 처 사 지 려
동도 처사들의 움막에는

無人焉이라도,
무 인 언
사람이 없게 되었다" 할지라도

豈不可也오?
기 불 가 야
어찌 말이 되지 않겠는가?

夫南面而聽天下하야,
부 남 면 이 청 천 하
천자가 조정에서 천하를
다스림에 있어서

其所託重而恃力[660]者는,
기 소 탁 중 이 시 력 자
중대한 직책을 맡기고
힘을 의지하는 사람들로는

惟相與將[661]耳라.
유 상 여 장 이
단지 재상과 장군이 있다.

相은 爲天子하야
상 위 천 자
재상이 천자를 위해

得人於朝廷하고,
득 인 어 조 정
조정에 인재를 등용하고,

將은 爲天子하야
장 위 천 자
장군은 천자를 위하여

得文武士於幕下면,
득 문 무 사 어 막 하
막하에 문사와 무사를 등용하면,

求內外無治나,
구 내 외 무 치
안팎이 다스려지지 않기를
바란다 해도

不可得也라.
불 가 득 야
그렇게 될 수가 없을 것이다.

愈縻於玆[662]하야,
유 미 어 자
내가 이곳 벼슬에 얽매여

---

660 탁중이시력(託重而恃力): 중대한 임무를 맡기고, 그의 힘에 의지하다.

661 상여장(相與將): 재상과 장군

不能引去하고, 물러나 떠나가지 못하는 것은,
불능인거

資[663]二生以待老[664]러니, 앞 두 분에 의지해 노년을 보내려고 했기 때문인데,
자 이생이대로

今皆爲有力者奪之하니, 지금 두 분 모두를 유력한 사람에게 빼앗겼으니,
금개위유력자탈지

其何能無介然[665]於懷[666]邪아? 어찌 마음에 불안한 느낌이 없을 수가 있겠는가?
기하능무개연 어회 사

生旣至하야 온생은 이에 이르러
생기지

拜公於軍門[667]이어든, 군문에 가서 오공을 뵙게 되거든,
배공어군문

其爲吾하야 以前所稱으로, 나를 위해 앞에서 얘기한 말로써
기위오 이전소칭

爲天下賀하고, 천하를 위해 축하를 드리고,
위천하하

以後所稱으로, 뒤에서 얘기한 말로써
이후소칭

---

662 미어자(縻於茲): 여기에 얽매여 있다. 이곳 현령의 벼슬에 얽매여 있다.

663 자(資): 근거로 하다. 의지하다.

664 대로(待老): 늙기를 기다리다. 늙도록 살아가다.

665 개연(介然): 불안한 모양

666 회(懷): 마음속, 가슴속

667 군문(軍門): 절도사는 장군이므로 그가 있는 곳을 군문이라 하였다. 군영의 문

爲吾致私怨[668]於盡取[669]也하라.
위 오 치 사 원 어 진 취 야

나를 위해 인재를 모두 빼앗아 간
개인적인 원한이 있음을 전해 주구려!

留守相公[670]이,
유 수 상 공

유수 대감께서

首爲四韻詩[671]하야,
수 위 사 운 시

먼저 네 개의 운을 가진 시를 지어

歌其事하니,
가 기 사

그런 일들을 노래하시기에

愈因推其意而序焉하노라.
유 인 추 기 의 이 서 언

나는 그분의 뜻을 헤아려
이 서를 짓노라.

---

668 치사원(致私怨): 개인적인 원망을 전하다.

669 진취(盡取): 두 사람을 모두 데려간 것

670 유수상공(留守相公): 유수 대감. '상공'은 재상 지위에 있는 분에 대한 존칭. 당나라 때 낙양을 동도(동쪽 수도)라고 하여 중시하였기 때문에, 이곳의 지방장관인 유수는 실제로 직급이 재상과 같이 높았다. 이때 유수는 정여경이었다.

671 사운시(四韻詩): 둘째 구절 끝마다 각운자를 한 번씩 넣어 8구로 완성하는 시. 곧 율시(律詩)를 가리킨다.

권 4

41. 이원을 반곡으로 돌려보내며 지은 서(送李愿歸盤谷序)[1]

한유(韓愈)

太行[2]之陽[3]에, 태 항 지 양	태항산의 남쪽에
有盤谷[4]한데, 유 반 곡	반곡이라는 곳이 있는데,
盤谷之間에, 반 곡 지 간	이 골짜기 안에는
泉甘而土肥하야, 천 감 이 토 비	샘물이 달고 토지가 비옥하여,
草木叢茂나, 초 목 총 무	초목이 무성하나
居民이 鮮少[5]라. 거 민 선 소	사는 사람은 드물다.
或曰謂其環兩山之間, 혹 왈 위 기 환 량 산 지 간	어떤 사람은 이곳이 두 산 사이에 둘러싸여 있어서
故로 曰盤이라 하고, 고 왈 반	'반(盤)'이라 한다고 하고,

1 송이원귀반곡서(送李愿歸盤谷序): 이원(李愿)은 당나라 덕종 때의 충신 이성(李晟)의 아들로서 원화 초에 절도사가 되었다가 목종 때에 수주자사로 쫓겨나서 불우하게 죽은 사람이다. 이 글은 이원이 반곡에 가서 은거하고자 하여 한유가 그를 송별하는 뜻으로 지은 것이다. 이 글에서는 대장부로서 출세한 자의 화려한 생활과 때를 만나지 못한 사람의 은거 생활을 대비하면서 운명에 따라 은자로서의 즐거움을 누리겠다는 의도를 밝히고 있다. 송나라의 소식은 이 문장을 극구 칭찬하여, "당나라에는 문장다운 문장이 없다. 오직 한퇴지의 「송이원귀반곡서」가 있을 뿐이다"라 하였다.

2 태항(太行): 산 이름. 하남성·하북성·산서성에 걸쳐 있다.

3 양(陽): 산의 남쪽을 가리킨다.

4 반곡(盤谷): 지명. 태항산 남쪽 하남성 제원현에 있다.

5 선소(鮮少): 매우 드물다.

或曰是谷也, 혹 왈 시 곡 야	어떤 사람은 이 골짜기가
宅幽[6]而勢阻[7]하야, 택 유 이 세 조	깊숙한 곳에 위치하고 있고 산세가 험해서
隱者之所盤旋[8]이라. 은 자 지 소 반 선	은자들이 배회하는 곳이므로 이런 이름을 붙였다고 한다.
友人李愿居之한데, 우 인 이 원 거 지	친구 이원이 바로 이곳에 살았는데
愿之言에 曰, 원 지 언 왈	이원이 말하기를,
人之稱大丈夫者를, 인 지 칭 대 장 부 자	“사람들이 대장부라고 말하는 사람을
我知之矣라. 아 지 지 의	나는 알고 있소.
利澤施于人하고, 이 택 시 우 인	남에게 이익과 혜택을 베풀고
名聲昭于時하며, 명 성 소 우 시	당대에 명성을 빛내며,
坐于廟朝[9]하여, 좌 우 묘 조	조정에 앉아
進退百官[10] 진 퇴 백 관	백관을 임용하고 해임하며
而佐天子出令하고, 이 좌 천 자 출 령	천자를 보좌해 명령을 내리고,

6 택유(宅幽): 깊숙한 곳에 위치하다. ‘택’은 위치하다, 자리 잡다.

7 세조(勢阻): 산세가 험준하다.

8 반선(盤旋): 배회하다. 이리저리 거닐며 왔다 갔다 하다.

9 묘조(廟朝): 조정. 정부를 가리킨다.

10 진퇴백관(進退百官): 모든 관리를 임명하고 해직하다.

其在外 기 재 외	밖으로 행차할 때는
則樹旗旄[11]羅弓矢하고, 즉 수 기 모 라 궁 시	깃발을 세우고 활과 화살을 든 [병사들을] 늘어세우고
武夫前呵[12]하며, 무 부 전 가	무사들이 앞에서 잡인의 통행을 막으며,
從者塞塗[13]하고, 종 자 색 도	수행원들이 길을 가득 채우고
供給之人[14]이, 공 급 지 인	시종들이
各執其物하고, 각 집 기 물	각자 맡은 물품을 들고
夾道而疾馳하며, 협 도 이 질 치	길을 끼고 급히 따르며,
喜有賞하고, 희 유 상	기쁘게 하면 상을 주고
怒有刑하며, 노 유 형	노엽게 하면 벌을 내리며,
才畯[15]滿前하야, 재 준 만 전	빼어난 인재들이 앞에 가득 모여
道古今而譽盛德하니, 도 고 금 이 예 성 덕	고금을 이야기하면서 성덕을 칭송하니,
入耳而不煩이라. 입 이 이 불 번	귀로 들어 거슬리는 소리가 없소.

11 수기모(樹旗旄): 깃발을 세우다. '기'는 곰과 범을 그린 기. 일반적으로 기의 총칭으로 쓰임. '모'는 검은 소의 꼬리로 장식한 기

12 전가(前呵): 벽제(辟除)하다. 귀인이 외출할 때 길 가던 사람들의 통행을 금지하는 것

13 색도(塞塗): 길을 가득 채우다. 사람들이 대단히 많은 모양

14 공급지인(供給之人): 귀인의 측근에서 심부름하는 사람. 시종

15 재준(才畯): 재주가 뛰어난 사람

曲眉豐頰이,
곡 미 풍 협
또 초승달 같은 눈썹, 도톰한 뺨에

淸聲而便體[16]하며,
청 성 이 편 체
맑은 목소리에 사뿐한 몸가짐하며,

秀外而惠中[17]하야,
수 외 이 혜 중
외모는 수려하고 마음씨 유순하며

飄輕裾[18]翳長袖[19]하며,
표 경 거 예 장 수
하늘거리는 옷자락 나부끼고
긴 소맷자락 끌며,

粉白黛綠者가,
분 백 대 록 자
흰 분 바르고 푸른 눈썹 그린 미녀들이

列屋而閑居하며,
열 옥 이 한 거
집안에 늘어서서 한가로이 살면서,

妬寵而負恃[20]하며,
투 총 이 부 시
총애를 시샘하고 뽐내면서

爭姸而取憐[21]이라.
쟁 연 이 취 련
아름다움을 다투고 사랑을 구한다오.

大丈夫之遇知於天子하야,
대 장 부 지 우 지 어 천 자 야
대장부로서 천자에게 인정을 받고

用力於當世者之爲也라.
용 력 어 당 세 자 지 위
당시에 재능을 발휘하는 자들이
하는 일이라오.

吾非惡此而逃之라,
오 비 오 차 이 도 지
나는 이러한 일이 싫어서
도망한 것이 아니고,

16 편체(便體): 몸가짐이 사뿐하고 날래다.
17 수외이혜중(秀外而惠中): 외모는 수려하고 속 마음씨는 유순하다.
18 표경거(飄輕裾): 하늘거리는 옷자락이 걸을 때마다 바람에 나부끼는 모양
19 예장수(翳長袖): 긴 소맷자락을 질질 끌고 다니는 모양. '예'는 폐(蔽)의 뜻이다. 소맷자락이 길어 바닥을 덮어 가리는 모양
20 부시(負恃): 믿고 의지하다. 곧 자신의 아름다움을 믿고 뽐냄
21 취련(取憐): 총애를 구하다.

是有命焉하니, 시 유 명 언	이것은 운명이라서
不可幸而致也라. 불 가 행 이 치 야	요행으로 얻을 수 있는 일이 아니라오.
窮居而野處[22]하며, 궁 거 이 야 처	가난하게 생활하며 산야에 묻혀 살면서
升高而望遠하고, 승 고 이 망 원	높은 곳에 올라가 멀리 바라보기도 하고,
坐茂樹以終日하며, 좌 무 수 이 종 일	무성한 나무숲에 앉아 하루를 보내기도 하며,
濯淸泉以自潔하고, 탁 청 천 이 자 결	맑은 샘물에 몸을 씻어 스스로 깨끗하게 하기도 하고,
採於山美可茹[23]하고, 채 어 산 미 가 여	산에서 나물을 캐면 맛이 좋아 먹음직하고
釣於水鮮可食이라. 조 어 수 선 가 식	물가에서 낚시질하면 신선해 먹음직하오.
起居無時[24]하니, 기 거 무 시	행동하는 데 정해진 일과가 없으니
惟適之安이오, 유 적 지 안	오직 편한 대로 따를 뿐이고,

---

22 야처(野處): 산야에 살다.

23 미가여(美可茹): 맛이 좋아야 먹음직하다. '미'는 맛이 좋다. '여'는 식(食)의 뜻이다.

24 기거무시(起居無時): 행동거지에 정해진 일과가 없다. '기거'는 행동거지. '무시'는 일정한 때가 없다는 뜻

與其譽於前이, 여 기 예 어 전	앞에서 칭찬을 듣는 것이
孰若無毁於其後며, 숙 약 무 훼 어 기 후	어찌 뒤에서 비방을 듣지 않는 것만 하겠으며,
與其樂於身이, 여 기 락 어 신	일신을 편하게 하는 것이
孰若無憂於其心이리오? 숙 약 무 우 어 기 심	어찌 마음에 근심이 없는 것만 하겠소?
車服不維[25]하고, 거 복 불 유	수레나 의복에 얽매이지 않고
刀鋸[26]不加하고, 도 거 불 가	칼이나 톱에 잘리는 형벌도 받지 않고,
理亂[27]不知하며, 이 란 부 지	[나라가] 잘 다스려지는지 어지러운지도 모르며
黜陟[28]不聞이니, 출 척 불 문	해임이나 승진의 소식도 들리는 바 없으니,
大丈夫不遇於時者之所爲也니, 대 장 부 불 우 어 시 자 지 소 위 야	대장부로서 때를 만나지 못한 자가 할 일들이니,
我則行之라. 아 즉 행 지	내가 바로 그렇게 하고 있소.

25 거복불유(車服不維): 수레와 의복에 얽매이지 않다. '유'는 얽매이다, 구속받다.

26 도거(刀鋸): 칼과 톱. 옛날에 칼은 궁형(宮刑: 성기를 자름)에 쓰고, 톱은 월형(刖刑: 발꿈치를 벰)에 썼다. 곧 형벌을 말한다.

27 이란(理亂): 나라가 다스려짐과 어지러움

28 출척(黜陟): 면직과 승진

伺候[29]於公卿[30]之門하고, 사 후 어 공 경 지 문	고관의 집을 방문하고
奔走於形勢之途[31]나, 분 주 어 형 세 지 도	벼슬길을 분주히 뛰어다니지만,
足將進而趑趄[32]하고, 족 장 진 이 자 저	발은 나아가려고 해도 머뭇거리고
口將言而囁嚅[33]하며, 구 장 언 이 섭 유	입은 말을 하려고 해도 어물거리게 되며,
處穢汚[34]而不羞하고, 처 예 오 이 불 수	더러운 곳에 있어도 부끄럽게 여기지 않고
觸刑辟[35]而誅戮[36]이라. 촉 형 벽 이 주 륙	형벌을 받아 사형도 당하오.
僥倖於萬一[37]하야, 요 행 어 만 일	만에 하나인 요행을 바라며
老死而後止者는, 노 사 이 후 지 자	늙어 죽게 된 뒤에야 그만두는 사람은
其於爲人에, 기 어 위 인	그 사람됨이
賢不肖[38]何如也오? 현 불 초 하 여 야	현명한 것이겠소, 아니면 미련한 것이겠소?”

---

29 사후(伺候): 윗사람을 방문하다. 윗사람을 찾아가 안부를 묻다.

30 공경(公卿): 삼공(三公)과 구경(九卿). 즉 고위 관리를 말한다.

31 형세지도(形勢之途): 권세 있는 사람이 있는 곳. 벼슬길. ‘형세’는 권문세가를 말한다.

32 자저(趑趄): 머뭇거리는 모양

33 섭유(囁嚅): 말을 하려다 겁이 나서 어물거리는 모양

34 예오(穢汚): 더럽다.

35 형벽(刑辟): 형벌

36 주륙(誅戮): 죄인을 죽이다.

37 요행어만일(僥倖於萬一): 만에 하나도 있기 어려운 요행을 바라다.

昌黎[39]韓愈가 창 려 한 유	창려 한유가
聞其言而壯之하여, 문 기 언 이 장 지	그 말을 듣고 그의 뜻을 장하게 여겨
與之酒而爲之歌하니, 曰 여 지 주 이 위 지 가 왈	함께 술을 마시면서 그를 위해 노래를 불렀다.
盤之中이여, 반 지 중	반곡 안은
維子[40]之宮이요, 유 자 지 궁	그대의 집이요,
盤之土여, 반 지 토	반곡 땅은
維子之稼[41]로다. 유 자 지 고	그대의 농토로다.
盤之泉이여, 반 지 천	반곡의 맑은 샘물은
可濯可沿[42]이로다. 가 탁 가 연	몸 씻고 물가를 따라 거닐기 좋구나.
盤之阻여, 반 지 조	반곡은 험한 곳,
誰爭子所오? 수 쟁 자 소	누가 그대 거처 차지하려 다투겠는가?
窈而深하니, 요 이 심	그윽하고 깊숙하면서도

38 현불초(賢不肖): 현명함과 어리석음

39 창려(昌黎): 지명. 하북성에 있는 현 이름. 이곳의 한씨 가문이 유명하였기 때문에 한유가 이곳 태생인 척하고 자신을 창려선생이라고도 자칭하였다. 실제로는 하남성 맹현 사람이다.

40 자(子): 그대. 상대방을 부르는 호칭

41 고(稼): 농사를 짓다. 위의 토(土)와 함께 압운한 것이므로 '고'로 읽어야 함

42 연(沿): 물을 따라 거닐다.

廓[43]其有容이오,
확 기유용
넓어서 사람 살기에 좋고,

繚而曲[44]하니,
요 이 곡
길은 구불구불 굽어

如往而復이로다.
여 왕 이 복
가는 것 같다가 제자리에 되돌아오네.

嗟盤之樂兮여,
차 반 지 락 혜
아! 반곡의 즐거움이여!

樂且無央[45]이로다.
낙 차 무 앙
그 즐거움 다함이 없네.

虎豹遠跡兮여,
호 표 원 적 혜
범과 표범도 발길 멀리하고

蛟龍遁藏이로다,
교 룡 둔 장
교룡도 달아나 숨어 버리며,

鬼神守護兮여,
귀 신 수 호 혜
귀신이 수호해

呵禁[46]不祥이로다.
가 금 불 상
상서롭지 못한 것들을 꾸짖어 막네.

飮且食兮여,
음 차 식 혜
먹고 마시며

壽而康이로다.
수 이 강
건강하고 장수하네.

無不足兮여,
무 불 족 혜
부족한 것 없으니

奚所望고?
해 소 망
무엇을 바라리요?

---

43 확(廓): 텅 비고 넓다.

44 요이곡(繚而曲): 반곡의 길이 산을 굽이돌아 들어가는 것이 마치 되돌아 나오는 것 같다는 뜻이다.

45 무앙(無央): 다함이 없다. '앙'은 진(盡)·이(已)의 뜻이다.

46 가금(呵禁): 꾸짖어 못 오게 하다.

膏吾車[47]兮여, 고 오 거 혜	내 수레에 기름 치고
秣[48]吾馬로다. 말 오 마	내 말에 먹이 먹이리로다.
從子于盤兮여, 종 자 우 반 혜	반곡에 가서 그대를 따라
終吾生以徜徉[49]하리라. 종 오 생 이 상 양	노닐면서 나의 생을 마치리로다.

42. 섭주자사로 부임하는 육참을 전송하는 시의 서문 (送陸歙州修詩序)[50]

한유(韓愈)

貞元十八年二月十八日에, 정 원 십 팔 년 이 월 십 팔 일	정원 18년(802) 2월 18일에
祠部員外郎陸君[51]이, 사 부 원 외 랑 육 군	사부원외랑 육군이
出刺歙州[52]한데, 출 자 섭 주	섭주자사로 나가게 되었는데,

47 고오거(膏吾車): 수레에 기름을 치다. 수레를 손질한다는 뜻이다.

48 말(秣): 말에게 먹이를 먹이다.

49 상양(徜徉): 배회하다, 노닐다.

50 송육섭주참시서(送陸歙州修詩序): 국가의 제례 담당 부서 과장급인 사부원외랑(祠部員外郎)을 지내던 육참이 섭주자사가 되어 떠나는 것을 송별하는 글이다. 낭관에서 지방의 수령인 자사가 된다는 것은 영전이나, 그가 장안을 떠나는 것을 아쉬워함으로써 육참의 인격을 손에 잡힐 듯 부각시키고 있다. 이러한 글의 구성은 작가 한유의 특기였던 것 같다. 그러나 육참은 부임 도중에 죽고 말았다.

51 육군(陸君): 육참을 가리킨다.

52 섭주(歙州): 지금의 강서성 무원현과 안휘성 섭현 근처에 있었던 고을 이름

朝廷夙夜[53]之賢과,
조 정 숙 야 지 현

조정에서 밤낮으로 일하는
현명한 사람들과

都邑游居之良이,
도 읍 유 거 지 량

장안으로 떠나와 사는
훌륭한 인물들이,

齎咨[54]涕洟[55]하며,
재 자 체 이

탄식을 하고 눈물을 흘리면서

咸[56]以爲不當去라.
함 이 위 부 당 거

모두 그를 떠나보내지 말아야
한다고 여겼다.

歙大州也오,
섭 대 주 야

섭주는 큰 고을이고

刺史는 尊官也이라,
자 사 존 관 야

자사는 높은 벼슬이어서

由郎官而往者가,
유 랑 관 이 왕 자

낭관으로부터 부임한다는 것은

前後相望也라.
전 후 상 망 야

앞뒤가 서로 잘 이어지는 일이다.

當今賦出於天下에,
당 금 부 출 어 천 하

지금 천하에서 내는 세금을 보면

江南居十九[57]하고,
강 남 거 십 구

강남에서 십분의 구가 나오고,

宣使[58]之所察에,
선 사 지 소 찰

선위사가 살핀 바에 따르면

53 숙야(夙夜): 새벽부터 밤까지. 곧 쉬지 않고 부지런히 일하는 것을 뜻한다.
54 재자(齎咨): 탄식하다, 한숨짓다.
55 체이(涕洟): 눈물 콧물을 흘리며 울다.
56 함(咸): 모두, 다
57 거십구(居十九): 10분의 9를 차지하다.
58 선사(宣使): 선위사(宣慰使). 왕명으로 특정한 지방의 백성들과 군대에 관한 일을 살피고 돌아와서 보고한다.

歙爲富州라,
섭 위 부 주

섭주는 부유한 고을이어서,

宰臣之所薦聞이요,
재 신 지 소 천 문

재상급 신하들이 추천하는 곳이요,

天子之所選用이라,
천 자 지 소 선 용

천자가 직접 임명하는 것이라,

其不輕而重也도,
기 불 경 이 중 야

그 벼슬이 가볍지 않고 무겁다는 것도

較然[59]矣이라.
교 연 의

분명한 일이다.

如是而齎咨涕洟하며,
여 시 이 재 자 체 이

그런데도 한탄을 하고
눈물을 흘리면서

以爲不當去者는,
이 위 부 당 거 자

그가 떠나가서는 안 된다고
여기는 것은,

陸君之道가,
육 군 지 도

육군의 도가

行乎朝廷이면,
행 호 조 정

조정에서 행해진다면

則天下望其賜[60]나,
즉 천 하 망 기 사

곧 천하가 그 은덕을 바랄 수 있지만,

刺一州면,
자 일 주

한 주의 자사가 되면

則專而不能咸[61]이라.
즉 전 이 불 능 함

국한되어 [은덕이] 모두에게
미칠 수 없음이라.

---

59 교연(較然): 분명한 모양

60 망기사(望其賜): 그가 정치를 잘해 그의 은덕이 내려지기를 바라는 것

61 전이불능함(專而不能咸): 그의 선정의 은덕이 한 고을에만 미치고 모든 사람에게 베풀어질 수가 없게 되는 것

先一州而後天下가, 선 일 주 이 후 천 하	한 주를 앞세우고 천하를 뒤로 미루는 일이
豈吾君與吾相之心哉아? 기 오 군 여 오 상 지 심 재	어찌 우리 임금과 우리 재상들의 마음이겠는가?
於是에 昌黎韓愈가, 어 시 창 려 한 유	이에 한유가
道願留者之心 도 원 류 자 지 심	그가 머물기를 바라는 이들의 마음을 적어
而泄其思[62]하고, 이 설 기 사	그들의 생각을 펴내어
作詩曰, 작 시 왈	다음과 같은 시를 지었다.
我衣之華兮여, 아 의 지 화 혜	나의 옷 화려하고
我佩之光이로다. 아 패 지 광	나의 패물 빛나네.
陸君之去兮여, 육 군 지 거 혜	육군 떠나게 되었으니
誰與翱翔[63]고? 수 여 고 상	누구와 더불어 노니나?
斂此大惠兮여, 염 차 대 혜 혜	그의 큰 은혜를 거두어
施于一州로다. 시 우 일 주	한 고을에만 베풀게 하려 하네.
今其去矣여, 금 기 거 의	지금 그는 가려 하는데

62 설기사(泄其思): 그들의 생각을 펴내다.

63 고상(翱翔): 새가 펄펄 날아다니다. 여기저기 노니는 것

胡不爲留오? 호 불 위 류	어찌 머물게 하지 않는가?
我作此詩하여, 아 작 차 시	내 이 시 지어
歌于逵道[64]로다. 가 우 규 도	한길에서 노래하려네.
無疾其驅어다, 무 질 기 구	빨리 달려가지 말 것이니
天子有詔시리니. 천 자 유 조	천자께서 취소하는 조서 내리시리라.

43. 스승을 좇아 도를 배워야 하는 이유를 논함(師說)[65]

한유(韓愈)

古之學者는, 고 지 학 자	옛날의 학자는
必有師하니, 필 유 사	반드시 스승이 있었으니,
師者는, 사 자	스승이란
所以傳道[66] 소 이 전 도	도를 전하고

64 규도(逵道): 큰 길

65 사설(師說): 스승을 좇아 도를 배워야 하는 까닭을 해설한 내용으로, 스승의 필요성과 가치, 자격 등을 극명하게 말하면서, 은연중에 고문 부흥과 유가적 도통관을 제시하고 있다. 유종원은 이 글에 대해 다음과 같이 적고 있다. "위(魏)·진(晉) 이래로 사람들은 스승을 섬기지 않았다. 오늘날에는 스승이 있다는 것을 듣지 못하였다. 있다면 비웃거나 미친 사람으로 여겼다. 다만 한유만이 세속의 비웃음이나 모욕을 돌아보지 않고 학생을 불러 모으고 「사설」을 지었으며, 얼굴을 치켜들고 스승이 되었다." 이 글은 이러한 세태를 개탄하고 스승의 필요성을 역설한 글이다.

授業[67]解惑[68]也라.
수업 해혹 야

학업을 가르쳐 주며 의혹을 풀어 주는 것이다.

人非生而知之者[69]인데,
인비생이지지자

사람은 나면서부터 아는 것이 아닌데

孰能無惑이리오?
숙능무혹

누가 의혹이 없을 수 있겠는가?

惑而不從師면,
혹이부종사

의혹이 있으면서도 스승을 따르지 않는다면

其爲惑也는,
기위혹야

그의 의혹은

終不解矣라.
종불해의

끝내 풀리지 않을 것이다.

生乎吾前하여,
생호오전

나보다 앞에 태어나고

其聞道也는,
기문도야

그가 도를 들음도

固[70]先乎吾면,
고 선호오

물론 나보다 앞섰다면

吾從而師之오,
오종이사지

나는 그를 따라 스승으로 삼는다.

生乎吾後하여,
생호오후

나보다 뒤에 태어났더라도

---

66 도(道): 인간이 행해야 할 올바른 도리

67 수업(授業): 학업을 가르쳐 주다. '업'은 『시경(詩經)』·『서경(書經)』·『예기(禮記)』·『역경(易經)』·『춘추(春秋)』·『악경(樂經)』 등 육경의 학술을 가리킨다.

68 혹(惑): 마음속의 의문

69 생이지지자(生而知之者): 나면서부터 아는 자. 『논어(論語)』「술이(述而)」에 "나는 나면서부터 아는 사람이 아니다. 옛것을 좋아해 부지런히 알아내기에 힘쓰는 사람이다(我非生而知之者, 好古敏以求之者也)"라는 구절이 있다.

70 고(固): 원래, 물론

其聞道[71]也는, 기 문 도 야	그가 도를 들음이
亦先乎吾라도, 역 선 호 오	역시 나보다 앞섰다면
吾從而師之라. 오 종 이 사 지	나는 그를 따라 스승으로 삼는다.
吾師道也니, 오 사 도 야	나는 도를 스승으로 삼으니
夫庸知[72] 부 용 지	어찌
其年之先後生[73]於吾乎아? 기 년 지 선 후 생 어 오 호	나이가 나보다 먼저 나고 늦게 남을 따지겠는가?
是故로, 시 고	이런 까닭에
無貴無賤하고, 무 귀 무 천	귀하거나 천하거나
無長無少하며, 무 장 무 소	나이가 많거나 적거나 할 것 없이
道之所存은, 도 지 소 존	도가 있는 곳이
師之所存也라. 사 지 소 존 야	스승이 있는 곳이다.
嗟乎[74] 차 호	아!

---

71 문도(聞道): 도를 듣다. 『논어』「이인(里仁)」에 "아침에 도를 깨달으면, 저녁에 죽어도 좋다(朝聞道夕死可矣)"는 구절이 있다.

72 용지(庸知): '용'은 기(豈)와 같이 '어찌'라는 뜻이다. '지'는 어떤 일에 대해 신경을 쓰는 것

73 선후생(先後生): 먼저 나고 뒤에 남. 선생후생(先生後生)의 뜻이다.

74 차호(嗟乎): 탄식의 뜻을 담은 감탄사

師道[75]之不傳也久矣라.
사도 지부전야구의

스승의 도가 전해지지 않은 지 오래되었구나!

欲人之無惑也
욕인지무혹야

사람들로 하여금 의문이 없게 하려 해도

難矣로다.
난의

어려운 일이구나!

古之聖人은,
고지성인

옛날의 성인은

其出人[76]也遠矣나,
기출인 야원의

보통 사람들보다 훨씬 뛰어났지만

猶且[77]從師而問焉이나,
유차 종사이문언

오히려 스승을 따라 물었는데,

今之衆人은,
금지중인

오늘날의 많은 이는

其下聖人也亦遠矣로되,
기하성인야역원의

성인보다 훨씬 뒤떨어지지만

而恥學於師라.
이치학어사

스승에게 배우기를 부끄러워한다.

是故로,
시고

이런 까닭에

聖益聖하고,
성익성

성인은 더욱 지혜로워지고

愚益愚하니,
우익우

어리석은 이는 더욱 어리석어지니,

聖人之所以爲聖과,
성인지소이위성

성인이 지혜로워지고

---

75 사도(師道): 스승 되는 사람이 지켜야 할 바른 도. 앞에 나온 전도(傳道)·수업(授業)·해혹(解惑)을 말한다.

76 출인(出人): 출중(出衆)의 뜻이다. 남보다 뛰어남

77 유차(猶且): 오히려

愚人之所以爲愚는, 우 인 지 소 이 위 우	어리석은 이가 어리석어지는 까닭은
其皆出於此乎인저! 기 개 출 어 차 호	모두가 이런 데서 나온 것이리라!
愛其子하야, 애 기 자	자식을 사랑하여
擇師而敎之하고, 택 사 이 교 지	스승을 골라서 가르쳐 주면서도
於其身也엔, 어 기 신 야	그 자신은
則恥師焉[78]하니, 즉 치 사 언	스승 섬기기를 부끄러워하니,
惑矣라. 혹 의	잘못된 일이다.
彼童子之師는, 피 동 자 지 사	저 어린아이의 스승은
授之書而習其句讀[79]者也니, 수 지 서 이 습 기 구 두 자 야	책을 가르치고 읽는 법을 가르치는 자이지,
非吾所謂傳其道하고, 비 오 소 위 전 기 도	내가 말하는 도를 전하고
解其惑者也라. 해 기 혹 자 야	의혹을 풀어 주는 자는 아니다.
句讀之不知[80]와, 구 두 지 부 지	책 읽는 법을 모르거나
惑之不解에, 혹 지 불 해	의혹이 풀리지 않음에,

78 언(焉): 어조사

79 구두(句讀): 책 읽기 편하게 하기 위해 어조에 따라 숨을 쉬거나 말을 끊는 것

80 구두지부지(句讀之不知): 이 구절은 "句讀之不知, 惑師焉, 惑之不解, 惑不焉"으로 해석해야 한다. 읽을 줄을 모르면 스승을 찾아가 배우나, 미혹이 풀리지 않는데도 스승을 찾지 않는다는 뜻.

或師焉하고,
혹 사 언
혹은 스승을 삼기도 하고

或不焉하야,
혹 불 언
혹은 그렇게 하지 않고 있어,

小學而大遺하니,
소 학 이 대 유
작은 것은 배우고 큰 것은 버리고 있으니

吾未見其明也라.
오 미 견 기 명 야
나는 그들을 현명하다고 할 수가 없다.

巫醫樂師百工[81]之人은,
무 의 락 사 백 공 지 인
무당이나 의원·악사와 각종 공인들은

不恥相師어늘,
불 치 상 사
서로를 스승으로 삼기를 부끄러워하지 않거늘,

士大夫之族은,
사 대 부 지 족
사대부의 족속들은

曰師曰弟子云者면,
왈 사 왈 제 자 운 자
스승이니 제자니 하는 자가 있으면

則群聚而笑之라.
즉 군 취 이 소 지
무리 지어 모여서 그들을 비웃는다.

問之則曰,
문 지 즉 왈
그 까닭을 물으면

彼與彼年相若也하고,
피 여 피 년 상 약 야
"저 사람과 저 사람은 나이가 서로 같고

道相似也라 하니,
도 상 사 야
도가 서로 비슷하다"라고 하니,

81 백공(百工): 백관(百官)이라는 뜻도 있고, 각종 공인들을 뜻하는 말로도 쓰인다. 여기서는 후자의 뜻으로 쓰였다.

位卑則足羞오, 위 비 즉 족 수	스승의 지위가 낮으면 부끄러운 일이라 여기고
官盛則近諛라. 관 성 즉 근 유	스승의 벼슬이 높으면 아첨에 가깝다고 한다.
嗚呼라! 오 호	아!
師道之不復[82]을, 사 도 지 부 복	스승의 도가 회복되지 않았음을
可知矣로다. 가 지 의	알 만하구나!
巫醫百工之人을, 무 의 백 공 지 인	무당이나 의원과 각종 직공들을
君子不齒나, 군 자 불 치	군자들은 업신여기지만,
今其智乃反不能及하니, 금 기 지 내 반 불 능 급	지금 그들의 슬기는 도리어 미칠 수 없으니,
可怪也歟로다! 가 괴 야 여	정말 이상하구나!
聖人은 無常師라. 성 인 무 상 사	성인에게는 일정한 스승이 없었다.
孔子는 師郯子[83]萇弘[84] 공 자 사 담 자 장 홍	공자는 담자·장홍·

82 복(復): 회복되다.

83 담자(郯子): 담(郯)나라의 자작(子爵). 『좌전(左傳)』에서 공자가 담자에게 관직에 대해 배웠다 하였다.

84 장홍(萇弘): 주나라 경왕(敬王)의 대부. 『예기』와 『공자가어(孔子家語)』에서 공자가 장홍에게 악(樂)에 대해 배웠다고 하였다.

師襄[85]老聃[86]이나, 사양 노담	사양·노담 등에게 배웠으나,
郯子之徒는, 담자지도	담자의 무리는
其賢不及孔子라. 기현불급공자	현명함이 공자에 미치지 못하였다.
孔子曰, 공자왈	공자가 말하기를
三人行이면, 삼인행	“세 사람이 함께 길을 가면,
則必有我師라. 즉필유아사	반드시 나의 스승이 있다”고 하였다.
是故로, 시고	그러므로
弟子不必不如師오, 제자불필불여사	제자가 반드시 스승만 못하지도 않고,
師不必賢於弟子라. 사불필현어제자	스승이 반드시 제자보다 낫지도 않다.
聞道有先後하고, 문도유선후	도를 들음에 있어서 선후가 있고
術業에 有專攻이니, 술업 유전공	학술과 직업에 전공이 있어서
如是而已라. 여시이이	이와 같이 되었을 따름이다.
李氏子蟠[87]은, 이씨자반	이씨의 아들 반은
年十七에, 연십칠	나이 열일곱으로

85 사양(師襄): 악관(樂官). 『공자세가(孔子世家)』에서 공자가 사양에게 금(琴)에 대해 배웠다고 하였다.

86 노담(老聃): 노자(老子). 『공자가어』에서 공자가 노자에게 예(禮)에 대해 배웠다고 하였다.

87 이씨자반(李氏子蟠): 이반(李蟠). 당나라 정원(貞元) 19년에 진사가 되었다.

好古文[88]하야,
호 고 문

고문을 좋아해

六藝經傳을,
육 예 경 전

육경의 경전을

皆通習之나,
개 통 습 지

모두 익혀 통달하였다.

不拘於時하고,
불 구 어 시

시속에 구애되지 않고

請學於余할세,
청 학 어 여

내게 배우기를 청하니,

余嘉其能行古道하야,
여 가 기 능 행 고 도

나는 그가 옛 도를 행할 수 있음을 갸륵하게 여겨

作師說以貽[89]之하노라.
작 사 설 이 이 지

「사설(師說)」을 지어 그에게 주는 바이다.

44. 이런저런 이야기(雜說)[90]

한유(韓愈)

世有伯樂[91]한,
세 유 백 락

세상에 백락이 있은

---

88 고문(古文): 주(周)·진(秦)의 경전이나 제자백가·한대 사전(史傳)의 문체처럼 질박하고 힘찬 문장. 한유는 고문운동을 제창하였다.

89 이(貽): 주다. 여기서는 한유가 이반에게 글을 준 것을 말한다.

90 잡설(雜說): 천리마의 이야기를 빌려 재능 있는 사람이 대우받지 못하고 초야에 묻혀 뜻을 펴지 못함을 탄식한 내용이다. 『한문공집(韓文公集)』에는 「잡설(雜說)」이라 하여 네 편의 글로 되어 있다. 첫 편은 용(龍)에 대해, 둘째 편은 의(醫)에 대해, 셋째 편은 학(鶴)에 대해, 넷째 편은 말[馬]에 대해 이야기하고 있다. 본문에 실린 글은 넷째 편이다. 네 편의 내용이 다르기 때문에 '잡설'이라고 한 듯하다.

然後에 有千里馬라. 연후 유천리마	후에야 천리마가 있게 된다.
千里馬는 常有나, 천리마 상유	천리마는 항상 있지만
而伯樂은 不常有라. 이백락 불상유	백락은 늘 있지 않다.
故로 雖有名馬나, 고 수유명마	그래서 비록 명마가 있을지라도
祇辱於奴隷人之手하야, 지욕어노예인지수	다만 노예의 손에서 욕이나 당하며
駢死[92]於槽櫪[93]之間하고, 변사 어조력 지간	마구간에서 범마들과 나란히 죽게 되어
不以千里稱也라. 불이천리칭야	천리마로 불리지 못한다.
馬之千里者는, 마지천리자	천리마는
一食或盡粟一石[94]이어늘, 일식혹진속일석	한 끼에 간혹 곡식 한 섬을 먹어 치우거늘,
食馬[95]者 사마 자	말을 먹이는 자는
不知其能千里而食也니, 부지기능천리이사야	그 말이 천 리를 달릴 수 있는지도 모르고 먹이니,

91 백락(伯樂): 성은 손(孫)이며 이름은 양(陽). 주나라 때에 말을 잘 고르기로 유명했던 사람.

92 변사(駢死): 나란히 함께 죽다. 천리마가 명마로서 재능을 펴지 못하고 보통 말 틈에 섞여 죽는 것을 말한다. 즉 영재가 뜻을 펴지 못하고 범인들 속에서 묻혀 죽는 것을 개탄한 것이다.

93 조력(槽櫪): '조'는 말구유, '력'은 마판(馬板)을 가리킨다.

94 속일석(粟一石): 곡식 한 섬

95 사마(食馬): 말을 먹이다. 말을 먹여 기르다.

是馬雖有千里之能이나, 시 마 수 유 천 리 지 능	이 말은 비록 천 리를 달릴 능력이 있다 하더라도
食不飽하고, 식 불 포	먹는 것이 배부르지 않아,
力不足하며, 역 부 족	힘이 부족하여
才美不外見[96]하고, 재 미 불 외 견	재능의 훌륭함이 밖으로 드러나지 않고,
且欲與常馬等이나, 차 욕 여 상 마 등	또한 보통 말과 같아지려 해도
不可得하니, 불 가 득	될 수 없으니,
安[97]求其能千里也리오? 안 구 기 능 천 리 야	어찌 그 말이 천 리를 달릴 수 있기를 바라겠는가?
策之不以其道하고, 책 지 불 이 기 도	채찍질하는 데 도리로써 하지 않고
食之不能盡其材하며, 사 지 불 능 진 기 재	먹여 주지만 재능을 다 발휘하게 하지 못하고,
鳴之不能通其意하고, 명 지 불 능 통 기 의	울어도 그 뜻을 알아주지도 못하면서,
執策而臨之曰, 집 책 이 림 지 왈	채찍을 쥐고 다가서서 말하기를,
天下無良馬라 하니, 천 하 무 량 마	“천하에 좋은 말이 없다”라고 하니,

96 외견(外見): 밖으로 드러나다.

97 안(安): 어찌

嗚呼라! 아!
오호

其眞無馬耶아, 정말로 말이 없는가?
기진무마야

其眞不識馬耶아? 정말로 말을 알아보지 못하는 것인가?
기진불식마야

45. 기린을 잡은 일을 해명한 글(獲麟解)[98]

한유(韓愈)

麟[99]之爲靈은 昭昭[100]也라. 기린의 신령함은 잘 알려져 있다.
인 지위령 소소 야

詠於詩[101]하고, 『시경』에서 읊고 있고
영어시

書於春秋[102]하며, 『춘추』에 쓰여 있으며
서어춘추

雜出[103]於傳記百家[104]之書라.
잡출 어전기백가 지서

전기와 백가의 책에 여기저기 나온다.

98 획린해(獲麟解): 한유는 당대에 고문운동을 제창하고 유가의 도통을 회복시킬 것을 주장하면서 자신은 공자와 맹자의 뒤를 이어 도통을 계승하였다고 자부하였다. 이 글에서 함축적으로 기린이 나와도 알아보지 못하는 어지러운 세상을 개탄하며 자신을 성인이 제위에 있지 않을 때 나온 기린에 비유하고 있는 것이다.

99 인(麟): 기린. 기(麒)는 수컷 기린. '인'은 암컷 기린

100 소소(昭昭): 밝은 모양

101 영어시(詠於詩): 『시경』에서 읊고 있다. 『시경·주남(周南)』에 「인지지(麟之趾)」라는 시가 있다.

102 서어춘추(書於春秋): 『춘추』에 적혀 있다. 『춘추』에 "애공 14년 봄, 서쪽으로 사냥을 나갔다가 기린을 잡았다(十有四年春, 西狩獲麟)"라고 되어 있다.

103 잡출(雜出): 여기저기서 나온다.

104 전기백가(傳記百家): '전기'는 옛날의 일을 기술한 책. '백가'는 제자백가를 말한다.

雖婦人小子라도, 수 부 인 소 자	비록 부녀자나 어린아이라 할지라도,
皆知其爲祥也라. 개 지 기 위 상 야	모두가 상서로운 것임을 안다.
然이나 麟之爲物은, 연 인 지 위 물	그러나 기린이라는 동물은
不畜於家하고, 불 휵 어 가	집에서 기르지 않고
不恒有於天下라. 불 항 유 어 천 하	항상 세상에 있는 것이 아니다.
其爲形也不類하야, 기 위 형 야 불 류	그 모습은 유별나서
非若牛馬犬豕 비 약 우 마 견 시	말·소·개·돼지·
豺狼麋鹿然이라. 시 랑 미 록 연	승냥이·이리·고라니·사슴 등과 같지도 않다.
然則雖有麟이나, 연 즉 수 유 린	그래서 기린이 있다 할지라도
不可知其爲麟也라. 불 가 지 기 위 린 야	그것이 기린인 줄 모른다.
角者는 吾知其爲牛요, 각 자 오 지 기 위 우	뿔이 있는 것은 우리는 그것이 소인 줄 안다.
鬣[105]者는 吾知其爲馬요, 엽 자 오 지 기 위 마	갈기가 있는 것은 우리는 그것이 말인 줄 알고
犬豕豺狼麋鹿은, 견 시 시 랑 미 록	개·돼지·승냥이·이리·고라니·사슴 등은

105 엽(鬣): 말갈기

吾之其
오 지 기
우리는 그것이

爲犬豕豺狼麋鹿이나,
위 견 시 시 랑 미 록
개·돼지·승냥이·이리·
고라니·사슴인 줄 알지만

惟麟也는 不可知라.
유 린 야 불 가 지
오직 기린만은 알 수 없다.

不可知則
불 가 지 즉
알 수 없으니

其謂之不祥也亦宜라.
기 위 지 불 상 야 역 의
그것을 상서롭지 못하다고 해도
마땅하다.

雖然이나,
수 연
그렇더라도

麟之出에,
인 지 출
기린이 나오면

必有聖人在乎位[106]하니,
필 유 성 인 재 호 위
반드시 성인이 제위에 있으니,

麟은 爲聖人出也라.
인 위 성 인 출 야
기린은 성인을 위해 나오는 것이다.

聖人者는 必知麟[107]하니,
성 인 자 필 지 린
성인은 반드시 기린을 알아보니,

麟之果不爲不祥也라.
인 지 과 불 위 불 상 야
그러니 기린은 과연 상서롭지
못한 것이 아니다.

又曰, 麟之所以爲麟者는,
우 왈 인 지 소 이 위 린 자
또 말하건대 기린이 기린인 까닭은

---

106 인지출, 필유성인재호위(麟之出, 必有聖人在乎位): 기린은 반드시 성인이 제위에 있었던, 복희·신농·황제·요·순 등 오제 때와 우·탕·문왕의 삼왕 때에 나타났다고 한다.

107 성인자필지린(聖人者必知麟): 성인은 반드시 기린을 알아본다. 춘추 시대에 기린이 나타나자 노나라 사람들은 알아보지 못하고 불길하다고 했는데 공자만이 알아보았다고 한다.

以德이오 不以形이니,
이덕 불이형

덕 때문이지 생김새 때문이 아니니,

若麟之出에,
약린지출

만약 기린의 출현에

不待聖人이면,
부대성인

성인을 기다리지 않는다면,

則其謂之不祥也라도,
즉기위지불상야

그것을 상서롭지 못하다고 해도

亦宜哉로다!
역의재

역시 마땅할 것이다.

46. 기피할 글자에 대하여(諱辯)[108]

한유(韓愈)

愈與[109]進士李賀[110]書하야,
유여 진사이하 서

내가 진사과 준비생 이하에게
편지를 보내

---

108 휘변(諱辯): 중국에서는 군주나 부모의 사후에 예를 지키고자 생전의 이름자를 피해 쓰지 않는 휘법이 지켜졌다. 이러한 습관은 주대로부터 시작되었다 하는데, 진한 이후로는 살아 있는 사람의 이름도 피해 쓰지 않게 되었고[生諱], 당대에 와서는 더욱 까다로워지고 엄격해져서 본래의 취지를 상실하게 되었다. 한유가 이 글을 지은 것은 물론 자신이 천거했던 이하(李賀)가 휘법과 관련되어 비난받는 것을 변호하고 시비를 가리고자 한 것이지만, 아울러 근거도 없는 휘법에 맹종하는 세태에 일침을 가하려는 의도도 곁들여져 있었다. 먼저 휘에 관한 규칙이 적혀 있는 『예기』, 권위 있는 경서 및 성인들의 휘례(諱例), 그리고 한유가 살았던 당시 시행되던 휘법에 비추어 따져 볼 때 이하의 경우 아무런 저촉됨이 없음을 조리 있게 밝혔다. 그런 다음, 휘자와 발음이 비슷한 글자를 쓰지 않는 경우는 환관이나 궁녀들뿐이니 성인의 휘법을 따르지 않고 그것을 따르려는 것이냐는 물음으로 끝을 맺고 있다. 실로 반론의 여지를 남기지 않은 통쾌한 논변문이다.

109 여(與): 주다, 보내다.

110 이하(李賀): 자(字)는 장길(長吉)이며, 시와 문장에 뛰어났다. 어려서부터 귀재로 불렸고, 한유에게서 글을 배운 적이 있다. 헌종(憲宗) 때 협률랑(協律郎)을 지냈으나 27세로 요절하였다.

勸賀擧[111]進士[112]하니, 권 하 거 진 사	이하에게 진사 시험에 응시하도록 권하니,
賀擧進士有名이라. 하 거 진 사 유 명	이하가 진사에 합격해 이름이 나게 되었다.
與賀爭名者가 여 하 쟁 명 자	이하와 명성을 다투는 자가
毁之曰, 훼 지 왈	그를 모함하여 말하였다.
賀父名晉肅[113]이니, 하 부 명 진 숙	“이하의 부친 이름이 진숙(晉肅: jìnsù)이니,
賀不擧進士爲是오, 하 불 거 진 사 위 시	이하는 진사(進士: jìnshì)에 뽑히지 말았어야 옳고,
勸之擧者爲非라. 권 지 거 자 위 비	그를 응시하도록 권한 자도 옳지 못하다.”
聽者不察하고, 청 자 불 찰	이 말을 들은 사람들은 자세히 살피지도 않고
和而唱之[114]하야, 화 이 창 지	덩달아 그렇게 떠들어대며

작품집으로『창곡집(昌谷集)』이 있다.

111 거(擧): 응시하다.

112 진사(進士): 본래는 과거의 과목명이었으나 후에는 그 응시자나(이 글 첫째 줄의 예와 같이) 합격자를 뜻하는 말로 쓰였다.

113 진숙(晉肅): 이하의 부친 이진숙(李晉肅)으로 종사관을 지냈다.

114 화이창지(和而唱之): 한 사람의 말에 동조하여 그것을 떠들어대다.

同然一辭[115]하니,
동 연 일 사

한결같이 말하니,

皇甫湜[116]이 曰,
황 보 식 왈

황보식이 말하였다.

子[117]與賀且[118]得罪하리라.
자 여 하 차 득 죄

“선생과 이하는 장차 죄를 얻게 될 것입니다.”

愈曰,
유 왈

내가 대답하였다.

然하다.
연

“그렇다.”

律[119]에 曰,
율 왈

율법에 이르기를

二名不偏諱[120]라 하니,
이 명 불 편 휘

“두 글자로 된 이름은 모두 휘하지 않는다” 하니,

釋之者[121]曰,
석 지 자 왈

그것을 해석한 사람이 말하기를

---

115 일사(一辭): 같은 말

116 황보식(皇甫湜): 자는 지정(持正). 공부낭중(工部郎中)을 지냈다. 한유의 문인으로 이하를 위해 힘을 많이 썼다고 한다.

117 자(子): 선생. 한유를 가리킨 말

118 차(且): 장차

119 율(律): 율법. 고대의 율법이 실려 있는 『예기』를 가리킨다.

120 이명불편휘(二名不偏諱): 두 자로 된 이름은 그중 한 자를 쓸 때에는 휘하지 않는다. ‘편’은 두 자 가운데 한 자를 쓰는 것을 말한다. ‘휘’는 왕이나 조상의 이름자를 피해 쓰지 않는 것을 말한다. 『예기』「곡례(曲禮)」에, “곡이 끝나면 곧 휘한다. 예에 따르면 음이 비슷한 글자는 휘하지 않으며, 두 글자로 된 이름을 한 자 한 자로 쓸 때는 휘하지 않는다(卒哭乃諱, 禮不諱嫌名, 二名不偏諱)”라고 씌어 있다. 정현(鄭玄)의 주에 따르면, ‘혐명(嫌名)’과 ‘이명(二名)’의 경우 휘하기가 어렵기 때문이라고 되어 있다. 그러므로 두 글자로 된 이름의 경우는 그 하나하나를 휘할 필요는 없고 두 글자를 모두 쓰는 경우만 피하면 된다는 뜻이다.

121 석지자(釋之者): 그것을 해석한 사람. 주를 단 정현을 가리킨다.

謂若言徵不稱在[122]하며, 위 약 언 징 불 칭 재	“‘징(徵)’을 말할 때 ‘재(在)’를 말하지 않으며
言在不稱徵이, 언 재 불 칭 징	‘재’라 하면서 ‘징’을 말하지 않는다는 것을 말한다”는
是也라. 시 야	바로 이것이다.
律에 曰, 율 왈	율법에 이르기를,
不諱嫌名[123]이라 하니, 불 휘 혐 명	“음이 비슷한 경우는 휘하지 않는다” 하였으니,
釋之者曰, 석 지 자 왈	그것을 해석한 사람이 말하기를
謂若禹與雨[124]와, 위 약 우 여 우	“‘우(禹: yǔ)’와 ‘우(雨: yǔ)’,
丘與蓲[125]之類가, 구 여 구 지 류	‘구(丘: qiū)’와 ‘구(蓲: qiū)’ 같은 것을 말한다”는
是也라. 시 야	바로 이것이다.
今賀父名晉肅이어늘, 금 하 부 명 진 숙	지금 이하의 부친 이름이 진숙이거늘,

---

122 언징불칭재(言徵不稱在): ‘징’ 자를 말할 때는 ‘재’ 자를 부르지 않는다. 이는 정현이 이명(二名)의 경우를 해석한 것으로, 공자의 어머니 이름인 ‘징재(徵在)’의 경우 ‘징’과 ‘재’를 따로 쓰는 것은 괜찮다고 말한 것이다.

123 불휘혐명(不諱嫌名): 음이 비슷한 글자는 휘하지 않는다. ‘혐명’은 휘하여야 할 글자와 음이 같거나 비슷한 글자를 말한다. 즉 음이 같더라도 뜻이 다르면 써도 괜찮다는 뜻이다.

124 우여우(禹與雨): 우왕의 ‘우(禹)’와 ‘비 우(雨)’는 중국어로 발음이 같으나 뜻이 다르다.

125 구여구(丘與蓲): 공자의 이름 ‘구(丘)’와 풀의 한 종류인 ‘구(蓲)’는 발음이 같으나 뜻이 다르다.

賀擧進士는, 하 거 진 사	이하가 진사로 뽑힌 것이
爲犯二名律[126]乎아? 위 범 이 명 률 호	이명(二名)의 율법을 범한 것이란 말인가?
爲犯嫌名律[127]乎아? 위 범 혐 명 률 호	혐명(嫌名)의 율법을 범한 것이란 말인가?
父名晉肅이어늘, 부 명 진 숙	아버지의 이름이 진숙이거늘
子不得擧進士하니, 자 부 득 거 진 사	아들이 진사에 천거될 수 없다니,
若父名仁이면, 약 부 명 인	만일 아버지의 이름이 '인(仁: rén)'인 경우에는
子不得爲人[128]乎아? 자 부 득 위 인 호	아들은 '사람[人: rén]'이 될 수도 없단 말인가?
夫諱는 始於何時오? 부 휘 시 어 하 시	대체 휘법이 언제 시작된 것인가?
作法制하야, 작 법 제	법제를 만들어
以敎天下者는, 이 교 천 하 자	천하를 가르친 사람은

126 이명률(二名律): 두 자로 된 이름의 휘법. 즉 두 이름자와 같은 두 글자를 쓰는 것을 피하는 법칙

127 혐명률(嫌名律): 휘하여야 할 글자와 음이 같거나 비슷하더라도 뜻이 다르면 휘하지 않아도 되는 법칙. 즉 휘자와 음과 뜻이 같은 글자만을 피하는 법칙. 결국 이하의 부친 이름인 진숙은 진사와 두 글자가 다 같은 것도 아니며, 음은 비슷해도 뜻이 다르니 휘법상 아무런 저촉됨이 없다는 뜻이다.

128 부득위인(不得爲人): 사람이 되지 못하다. 곧 음이 비슷하다고 해서 휘하여야 한다면 아버지 이름이 '인(仁)'인 사람은 그와 이름이 비슷한 '사람[人]'이 될 수 없다는 소리이다.

非周公孔子歟아? 비 주 공 공 자 여	주공과 공자가 아니었던가?
周公은 作詩不諱[129]하고, 주 공　작 시 불 휘	주공은 시를 지으면서 휘하지 않았고
孔子는 不偏諱二名[130]하고, 공 자　불 편 휘 이 명	공자는 이명에 휘하지 않았으며,
春秋는 춘 추	『춘추』에서는
不譏不諱嫌名[131]하니, 불 기 불 휘 혐 명	혐명을 휘하지 않음을 나무라지 않았으니,
康王[132]釗之孫이, 강 왕　소 지 손	주나라 강왕 '소(釗: zhāo)'의 자손이
實爲昭王[133]이요, 실 위 소 왕	실제로 '소(昭: zhāo)'왕이었고,
曾參[134]之父名晳[135]이나, 증 삼　지 부 명 석	증삼의 아버지 이름은 '석(晳: xī)'이지만
曾子[136]不諱昔[137]이라. 증 자　불 휘 석	증자는 '석(昔: xī)' 자를 피하지 않았다.

---

129 주공작시불휘(周公作詩不諱): 주공은 시를 지음에 있어 휘하지 않았다. 주공의 부친 문왕의 이름은 '창(昌)'이고 형인 무왕의 이름은 '발(發)'이었는데, 주공이 그 두 사람을 제사 지내는 시를 지을 때 그 두 글자를 휘하지 않았던 것을 가리킨다(『시경·주송(周頌)』「희희(噫嘻)」와 「옹(雝)」에 '발' 자와 '창' 자가 보인다).

130 공자불편휘이명(孔子不偏諱二名): 공자는 두 글자로 된 이름을 한 자 한 자씩 쓸 때는 휘하지 않았다. 앞에 나왔듯이 공자가 어머니 이름인 '징재(徵在)'를 한 자씩 쓰는 것은 피하지 않았던 것을 가리킨다(『논어』「팔일(八佾)」에 '징' 자가 홀로 쓰인 예가 보인다).

131 불기불휘혐명(不譏不諱嫌名): 음이 비슷한 글자를 휘하지 않은 것을 탓하지 않다.

132 강왕(康王): 주나라 성왕의 아들이며 이름이 소(釗)였다.

133 소왕(昭王): 강왕의 아들로 이름은 하(瑕)이다.

134 증삼(曾參): 공자의 제자로 자는 자여(子輿)이며, 효행으로 이름이 높았다.

135 석(晳): 증삼의 아버지 증점(曾點)의 자. 한유가 잘못 알고 이름을 '석'이라 한 듯하다.

136 증자(曾子): 증삼을 가리킨다.

周之時에,
주 지 시
주나라 때에는

有騏期하고,
유 기 기
'기기(騏期: qíqī)'라는 사람이 있었고,

漢之時에,
한 지 시
한나라 때에는

有杜度[138]하니,
유 두 도
'두도(杜度: dùdù)'라는
사람이 있었으니,

此其子는,
차 기 자
그 자손들은

宜如何諱오?
의 여 하 휘
어떻게 휘했어야 하겠는가?

將諱其嫌이면,
장 휘 기 혐
만일 그 비슷한 음의 글자를 휘한다면

遂諱其姓乎아?
수 휘 기 성 호
결국 그 성을 휘해야 하지 않겠는가?

將不諱其嫌者乎아?
장 불 휘 기 혐 자 호
아니면 음이 비슷한 글자를
휘하지 말아야 하는가?

漢諱武帝名하야,
한 휘 무 제 명
한대에는 무제의 이름인

徹爲通이나,
철 위 통
'철(徹)' 자를 휘하여
'통(通)'으로 썼으나,

137 불휘석(不諱昔): '석' 자를 피하지 않다. 『논어』「태백(泰伯)」에 '석(晳)'과 음이 같은 '석(昔)' 자가 쓰였다(昔字吾友).

138 두도(杜度): 한대 사람. 자가 백도(伯度)이며, 한대에 유명했던 초서체인 장초(章草)에 뛰어났다. 기기와 두도는 성과 이름의 음이 같으므로, 만일 음이 같다고 해서 휘해야 한다면 그 자손들은 성을 바꾸어야 한다는 의미

不聞又諱車轍[139]之轍하야, 불 문 우 휘 거 철 지 철	'거철(車轍)'의 '철' 자를 휘하여
爲某字也며, 위 모 자 야	다른 자로 바꾸어 썼다는 말은 듣지 못했으며,
諱呂后[140]名雉하야, 휘 여 후 명 치	여후의 이름 '치(雉)' 자를 휘하여
爲野鷄나, 위 야 계	'야계(野鷄)'로 썼으나,
不聞又諱治天下之治하야, 불 문 우 휘 치 천 하 지 치	또 '치천하(治天下)'의 '치(治)' 자를
爲某字也라. 위 모 자 야	다른 자로 바꾸어 썼다는 말은 듣지 못하였다.
今上章[141]及詔[142]에, 금 상 장 급 조	오늘날 [천자에게] 올리는 장(章)이나 [천자가] 내리는 조(詔)에
不聞諱滸勢秉饑[143]也오, 불 문 휘 호 세 병 기 야	'호(滸)'·'세'(勢)·'병(秉)'· '기(饑)' 등을 휘하였다는 말은 듣지 못하였다.

139 거철(車轍): 수레바퀴 자국

140 여후(呂后): 한나라 고조의 황후

141 장(章): 신하가 천자에게 올리는 글. 유협의 『문심조룡(文心雕龍)』「장표(章表)」에 따르면 은혜에 감사드리는 글

142 조(詔): 천자가 내리는 글. 조칙

143 호세병기(滸勢秉饑): '호'는 당태조의 이름인 '호(虎: hǔ)'와 음이 같고, '세'는 태종의 이름인 세민(世民)의 '세(shi)'와 음이 같고, '병'은 세조의 이름인 '병(炳: bǐng)'과 음이 같으며, '기'는 현종의 이름 융기(隆基)의 '기(jī)'와 음이 같다. 즉 당나라 황제들의 이름과 음이 같은 혐명의 글자들

惟宦官宮妾은, 유 환 관 궁 첩	다만 환관이나 궁녀들은
乃不敢言諭及機[144]하며, 내 불 감 언 유 급 기	'유(諭)'와 '기(機)'를 감히 말하지 않고 있으며,
以爲觸犯[145]이라. 이 위 촉 범	휘법에 저촉되는 것으로 여기고 있다.
士君子立言行事에, 사 군 자 입 언 행 사	선비나 군자로서 말하고 일을 행함에 있어서
宜何所法守也오? 의 하 소 법 수 야	어느 것을 본받아 지킴이 마땅하겠는가?
今考之於經[146]하고, 금 고 지 어 경	지금 그것을 경서에 비추어 생각해 보고
質之於律[147]하며, 질 지 어 율	율법에 물어 따져 보고
稽之以國家之典[148]한데, 계 지 이 국 가 지 전	국가의 법전에 의거해 헤아려 보건대,
賀擧進士爲可耶아, 하 거 진 사 위 가 야	이하가 진사에 오른 것이 옳은 일인가?
爲不可耶아? 위 불 가 야	옳지 못한 일인가?

144 유급기(諭及機): 유와 기. '유'는 대종의 이름 '예(豫: yù)'와 음이 같고, '기'는 현종의 이름 융기(隆基)의 '기(jī)'와 음이 같다.

145 이위촉범(以爲觸犯): 휘법에 저촉되는 것으로 여기다.

146 고지어경(考之於經): 올바른 휘법이 어떤 것인가를 경서를 통해 고찰하다.

147 질지어율(質之於律): 율법에 그것을 따져 보다. '질'은 의심스러운 것을 물어 확실히 하는 것

148 계지이국가지전(稽之以國家之典): 나라의 법전을 통해 그것을 생각해 보다. 여기에서의 법전은 법조문이라기보다 현재 나라에서 시행되고 있는 법규를 뜻한다.

凡事父母에, 범 사 부 모	무릇 부모를 섬김에 있어
得如[149]曾參이면, 득 여 증 삼	증삼만큼 해낼 수 있다면
可以無譏[150]矣이오, 가 이 무 기 의	나무랄 바가 없다고 할 것이요,
作人得如周公孔子면, 작 인 득 여 주 공 공 자	또 사람됨이 주공이나 공자만큼 될 수 있다면
亦可以止矣[151]리라. 역 가 이 지 의	역시 더 바랄 것이 없다고 할 것이다.
今世之士는, 금 세 지 사	오늘날의 선비들은
不務行曾參周公孔子之行이오, 불 무 행 증 삼 주 공 공 자 지 행	증삼·주공·공자의 행실을 행하고자 힘쓰지는 않으면서,
而諱親之名은, 이 휘 친 지 명	어버이의 이름을 휘하는 것에 있어서는
則務勝於曾參周公孔子하니, 즉 무 승 어 증 삼 주 공 공 자	증삼·주공·공자보다 낫고자 힘쓰고 있으니,
亦見其惑[152]也니라. 역 견 기 혹 야	역시 그 미혹되어 있음을 알 수 있다.
夫周公孔子曾參을, 부 주 공 공 자 증 삼	주공·공자·증삼과 같은 사람은

149 득여(得如): ~만큼 해내다.
150 무기(無譏): 나무랄 것이 없다.
151 가의지의(可以止矣): 그칠 만하다. 더 이상 바랄 것이 없다는 뜻
152 기혹(其惑): 그 미혹됨

卒不可勝[153]이나,
졸불가승

결국 이길 수 없으나,

勝周公孔子曾參하고,
승주공공자증삼

주공·공자·증삼보다 더 앞질러서

乃比於宦官宮妾이면,
내비어환관궁첩

환관·궁녀들과 나란히 휘하고 있으면,

則是宦官宮妾之孝於其親이,
즉시환관궁첩지효어기친

이는 곧 환관이나 궁녀들이
어버이에 효도하는 것이

賢於周公孔子曾參者耶아?
현어주공공자증삼자야

주공·공자·증삼보다 현명하다는
말인가?

47. 남전현 현승의 사무실 벽에 기록한 글(藍田縣丞廳壁記)[154]

한유(韓愈)

丞之職은
승지직

현승의 직책은

所以貳令[155]이니,
소이이령

현령의 다음 자리이니,

於一邑에 無所不當問이라.
어일읍 무소부당문

한 고을 일에 관여하지 않는 것이 없다.

---

153 졸불가승(卒不可勝): 끝내 이길 수 없다. 즉 아무리 해도 더 나아질 수 없다는 뜻

154 남전현승청벽기(藍田縣丞廳壁記): 남전현(藍田縣)은 지금의 섬서성 장안현 동남쪽에 있던 고을 이름이다. 최사립(崔斯立)은 지위는 있지만 할 일은 없는 그곳 현승이라는 직위에 부임해 유유자적하는 생활을 하였다. 작자 한유는 그러한 최사립의 고고한 모습과 깨끗한 사람됨을 드러내기 위해 이 글을 지었다.

155 이령(貳令): 현령의 다음 벼슬

其下는 主簿尉니, 기하 주부위	그 아래 벼슬은 주부와 위이니,
主簿尉는 乃有分職이라. 주부위 내유분직	주부와 위에게는 분담하는 직책이 있다.
丞位高而偪[156]이나, 승위고이핍	현승은 지위가 높고 권좌에 가깝지만,
例以嫌으로 예이혐	보통 혐의 때문에
不可否事니라. 불가부사	일의 옳고 그름을 결정할 수 없었다.
文書行에 吏抱成案[157]하고, 문서행 이포성안	문서를 돌리는 관리가 초안을 만들어
詣丞하야, 예승	현승을 찾아뵙는데,
卷其前하야 鉗[158]以左手하고, 권기전 겸 이좌수	그 앞쪽은 말아서 왼손으로 쥐고
右手로 摘紙尾하고, 우수 적지미	오른손으로 종이 끝을 접은 다음,
鴈鶩行[159]以進하야, 안목행 이진	기러기나 오리처럼 뒤뚱거리며 걸어가
平立睨[160]丞曰, 평립예 승왈	꼿꼿이 서서 현승을 흘겨보며 말하기를,

156 핍(偪): 핍근하다. 권좌에 가까운 자리임을 뜻한다.
157 이포성안(吏抱成案): 담당 관리가 혼자 초안을 만들다.
158 겸(鉗): 움켜쥐다.
159 안목행(鴈鶩行): 기러기와 오리가 걸어가듯 뒤뚱거리며 걸어 나가다.
160 예(睨): 흘겨보다.

當署라 하면, 당 서	"서명하시오"라 하면,
丞涉筆[161]占位署[162]하야, 승 섭 필 점 위 서	현승은 붓을 움직여 제자리를 찾아 서명하는데,
惟謹目吏하고, 유 근 목 리	조심조심하면서 관리를 쳐다보고
問可不可라. 문 가 불 가	"되었소, 안 되었소" 하고 묻기만 한다.
吏曰得이라 하면, 이 왈 득	관리가 "되었소" 하면,
則退라. 즉 퇴	곧 물러앉는다.
不敢略省하야, 불 감 략 성	감히 대강 살펴볼 생각을 하지 못했고,
漫[163]不知何事라. 만 부 지 하 사	무슨 일인지는 전혀 알지도 못했다.
官雖尊이나, 관 수 존	벼슬은 비록 높았지만
力勢反在主簿尉下라. 역 세 반 재 주 부 위 하	힘과 권세는 도리어 주부와 위의 아래에 있었다.
諺에 언	속담에
數慢[164]이면 수 만	법도가 허술하면
必曰丞이라 하니, 필 왈 승	틀림없이 현승이라고 하면서,

161 섭필(涉筆): 붓을 종이 위에 움직이다.
162 점위서(占位署): 제자리를 찾아 거기에 서명하다.
163 만(漫): 아득한 모양
164 수만(數慢): 법도나 법식이 허술하다.

至以相訾謷[165]라. 지 이 상 자 오	서로 흉보며 중얼거리는 지경에까지 이르렀다.
丞之設이, 승 지 설	현승을 마련한 것이
豈端使然哉아? 기 단 사 연 재	어찌 부질없이 그렇게 하라는 것이었겠는가?
博陵[166]崔斯立은, 박 릉 최 사 립	박릉의 최사립은
種學績文[167]하야, 종 학 적 문	학문을 닦고 글공부를 하면서
以蓄其有하니, 이 축 기 유	그의 실력을 쌓아 가니,
泓涵[168]演迤[169]하야, 홍 함 연 이	큰물이 넘쳐 흘러가듯
日大以肆[170]라. 일 대 이 사	날로 커지고 막히는 곳이 없게 되었다.
貞元初에, 정 원 초	정원 초(788년경)에
挾其能하고, 협 기 능	그의 재능을 가지고
戰藝[171]於京師하야, 전 예 어 경 사	장안으로 와 과거를 보았는데,

165 자오(訾謷): 흉보고 중얼거리다.
166 박릉(博陵): 지금의 하북성에 있던 현 이름
167 종학적문(種學績文): 학문을 닦고 글공부를 하다.
168 홍함(泓涵): 큰물이 넘쳐흐르는 모양
169 연이(演迤): 물이 넓게 흘러가다.
170 일대이사(日大以肆): 날로 커지고 거리낌 없게 되다.
171 전예(戰藝): 학술로써 싸우다. 곧 과거를 보는 것

再進再屈於人[172]이라.
재 진 재 굴 어 인

두 번 나아가서 두 번 모두 사람들을 굴복시켰다.

元和初에,
원 화 초

원화 초(806년경)에는

以前大理評事[173]로,
이 전 대 리 평 사

전직이었던 대리평사로서

言得失타가,
언 득 실

정치의 잘잘못을 논하다가

黜官하고,
출 관

벼슬자리에서 쫓겨났고,

再轉而爲丞玆邑이라.
재 전 이 위 승 자 읍

다시 바뀌어 이 고을의 현승이 되었던 것이다.

始至에 喟然曰,
시 지 위 연 왈

처음 부임하여 탄식하며 말하기를,

官無卑나,
관 무 비

“벼슬에 낮은 것이 어디 있겠는가?

顧材不足塞職[174]이라 하더니,
고 재 부 족 색 직

다만 재능이 직책을 감당하기에 부족할까 걱정이다”라 하더니,

旣噤不得施用이라.
기 금 부 득 시 용

입을 다물고 있어 일에 쓰임이 없게 되었다.

---

172 굴어인(屈於人): 사람들에게 굴복당하다. 그는 과거에 합격하였으므로 “사람들을 굴복시켰다”고 보아야 한다. ‘어’가 잘못 사용된 듯하며, 판본에 따라 이 구절에 차이가 있고 학자들의 의견도 각각 다르다.

173 대리평사(大理評事): 형옥을 관장하던 대리시(大理寺)의 낮은 속관 명칭이다.

174 색직(塞職): 직책을 담당하다.

又喟然曰, 우 위 연 왈	또 탄식하여 말하였다.
丞哉丞哉여! 승 재 승 재	“현승이여, 현승이여!
余不負丞이나, 여 불 부 승	나는 현승 벼슬을 어기지 않았지만,
而丞負余라 하고, 이 승 부 여	현승 벼슬이 나를 어기는구나!”
則盡枿去[175]牙角[176]하고, 즉 진 얼 거 아 각	뻣뻣하고 모나게 행동하지 않고
一躡故跡하며, 일 섭 고 적	일체 옛 현승들의 발자취만을 밟으며
破崖岸而爲之라. 파 애 안 이 위 지	남과의 거리를 깨뜨리고 그 자리를 지켰다.
丞廳에, 승 청	현승의 청사에는
故有記나, 고 유 기	옛날부터 기록이 있었으나,
壞漏하야, 괴 루	무너지고 비가 새어
汚不可讀이라. 오 불 가 독	더러워져 읽을 수 없었다.
斯立易桷與瓦[177]하고, 사 립 역 각 여 와	최사립은 서까래와 기와를 바꾸고
墁[178]治壁하고, 만 치 벽	흙손질로 벽을 수리한 다음,

175 얼거(枿去): 없애 버리다.
176 아각(牙角): 모나서 남과 부딪치다.
177 각여와(桷與瓦): 네모진 서까래와 기와
178 만(墁): 흙손으로 벽에 흙을 바르다.

悉書前任人名氏라. 실 서 전 임 인 명 씨	전임자들의 성명을 모두 적어 놓았다.
庭有老槐[179]四行하고, 정 유 노 괴 사 행	정원에는 늙은 느티나무 네 그루가 있고,
南墻鉅竹千挺[180]이, 남 장 거 죽 천 정	남쪽 담 밑에는 굵은 대나무 천여 그루가
儼立若相持하고, 엄 립 약 상 지	서로 의지하듯 엄연히 서 있고,
水㶅㶅[181]循除[182]鳴이라. 수 괵 괵 순 제 명	물은 졸졸 섬돌을 따라 소리 내며 흐른다.
斯立이 痛掃漑하며, 사 립 통 소 개	최사립은 이곳을 깨끗이 쓸고 닦은 뒤,
對樹二松하고, 대 수 이 송	맞은편에 소나무 두 그루를 심어 놓고
日哦[183]其間이라. 일 아 기 간	매일 그 사이에서 읊조리고 있었다.
有問者면, 유 문 자	혹시 묻는 사람이 있으면
輒對曰, 첩 대 왈	언제나 대답하기를,
余方有公事니, 여 방 유 공 사	“나는 지금 공무에 바쁘니

179 괴(槐): 느티나무
180 거죽천정(鉅竹千挺): 큰 대나무 천 줄기
181 괵괵(㶅㶅): 물이 졸졸 소리 내며 흐르는 모양
182 제(除): 섬돌
183 아(哦): 읊조리다, 시를 읊다.

子姑去하라 하더라. 자 고 거	당신은 정말 돌아가야겠소"라 하였다.
考功郎中[184]知制誥[185] 고 공 랑 중 지 제 고	고공랑중 지제고
韓愈는 記하노라. 한 유 기	한유가 적노라.

48. 재상에게 올리는 세 번째 글(上宰相第三書)[186]

한유(韓愈)

愈는 聞 유 문	제가 듣건대
周公之爲輔相[187]에, 주 공 지 위 보 상	주공께서는 제왕을 보좌하는 재상이 되어

184 고공랑중(考功郎中): 관리들의 인사와 관련된 고과(考課)를 조사하는 부서의 국장. 이부에 속함

185 지제고(知制誥): 황제 명의로 발표되는 공문을 초안하는 벼슬. 정부의 관리 중에서 글에 뛰어난 사람을 뽑아서 겸직시키는데, 아주 명예로운 직책으로 여겼다.

186 상재상제삼서(上宰相第三書): 한유가 스물여덟 살 때인 정원 11년(795)에 세 번째로 자천(自薦)의 뜻을 관철하기 위해 당시의 재상에게 올린 글이다. 인재를 구하는 데 적극적이었던 주공의 일을 상기시키면서 자신을 천거해 줄 것을 바라는 글이다. 그때의 재상은 평판이 나빴던 가탐(賈耽)과 노매(盧邁)였다. 그는 정원 원년(785)에 진사가 된 뒤 뜻대로 벼슬을 하지 못하자, 재상을 직접 뵙고 자기의 포부를 밝히려고 이런 글을 올렸던 것이다. 그는 이처럼 세 번이나 당시의 재상에게 글을 올렸지만 끝내 아무런 반응도 얻지 못했다 한다. 나중에 주희는 한유의 지위와 녹을 구하는 이러한 행동을 나무라고 있다. 하지만 20대의 혈기왕성한 청년이 자신이 배운 능력을 한번 세상에 펴 보려고 발버둥치는 모습이 왕성하게 느껴진다. 자기의 능력을 높은 사람에게 인정받아서 벼슬을 하려는 이러한 종류의 편지를 '간알서(干謁書)'라고 하는데 다른 사람의 문집에도 종종 보인다. 그의 문집 『한창려문집(韓昌黎文集)』 권 3에는 이에 앞서 올린 두 편의 글도 실려 있다.

187 보상(輔相): 임금을 보좌하는 재상

急於見賢也하야, 급 어 견 현 야	현명한 사람을 만나보기에 다급한 나머지,
方一食에, 방 일 식	밥 한 끼 먹는 동안에
三吐其哺[188]하고, 삼 토 기 포	씹던 것을 세 번이나 뱉어 놓기도 하였고,
方一沐[189]에, 방 일 목	머리 한 번 감는 동안에
三握其髮[190]하니, 삼 악 기 발	세 번이나 머리카락을 움켜쥐고 나왔다 합니다.
當是時에, 당 시 시	그때로 말하면
天下之賢才는, 천 하 지 현 재	천하의 현명한 인재들이
皆已擧用하고, 개 이 거 용	이미 모두 등용되었고,
姦邪讒佞欺負[191]之徒는, 간 사 참 녕 기 부 지 도	간사하고 남을 모함하고 속이는 무리는
皆已除去하며, 개 이 제 거	이미 모두 제거되었으며,
四海皆已無虞[192]하고, 사 해 개 이 무 우	온 천하가 모두 아무런 걱정이 없고,

188 삼토기포(三吐其哺): 주공은 재상 자리에 있으면서 찾아오는 사람들을 만나기 위해 밥 먹는 사이에 "세 번이나 먹던 밥을 뱉어 놓고" 달려 나갔다 한다.

189 목(沐): 머리를 감다.

190 삼악기발(三握其髮): "세 번이나 젖은 머리를 움켜쥐고" 달려 나가 사람을 만나다.

191 간사참녕기부(姦邪讒佞欺負): 간사하고 사악하고 남을 모함하고 교활하고 남을 속이고 배신하는 것.

192 무우(無虞): 걱정이 없다.

九夷八蠻[193]在荒服[194]之外者도,
구이팔만 재황복 지외자

국경 밖 먼 곳에 있는
여러 오랑캐까지도

皆已賓貢[195]하고,
개이빈공

모두 내조해 공물을
바치고 있었습니다.

天災時變昆蟲草木之妖도,
천재시변곤충초목지요

천재나 계절에 따른 이변과
곤충이나 초목의 요괴도

皆已銷息[196]하고,
개이소식

이미 모두 다스려져 없어졌고,

天下之所謂
천하지소위

천하의 이른바

禮樂刑政敎化之具가,
예악형정교화지구

예악과 형정(刑政)과 교화의 제도가

皆已修理하고,
개이수리

이미 모두 잘 갖추어져 있었으며,

風俗皆已敦厚하고,
풍속개이돈후

풍속이 이미 모두 두터워졌고,

動植之物
동식지물

동물과 식물을 비롯하여

風雨霜露之所霑被者도,
풍우상로지소점피자

비바람과 서리와 이슬에 젖는 것들도

皆已得宜하고,
개이득의

모두 이미 알맞게 지내고 있었으며,

---

193 구이팔만(九夷八蠻): 여러 오랑캐를 가리킨다.

194 황복(荒服): 먼 국경 밖의 지역. 옛 오복(五服)의 하나로 국경 밖 오백 리 지역이었다.

195 빈공(賓貢): 내조해 공물을 바치다.

196 소식(銷息): 없어지다.

休徵嘉瑞[197]
휴 징 가 서
아름다운 징조와 상서로운 일과

麟鳳龜龍之屬이,
인 봉 구 용 지 속
기린과 봉황과 큰 거북과 용 같은 동물들도

皆已備至라.
개 이 비 지
모두 이미 고루 나타나고 있었습니다.

而周公은,
이 주 공
그런데 주공은

以聖人之才로,
이 성 인 지 재
성인의 재능을 가지고

憑叔父之親하야,
빙 숙 부 지 친
임금의 숙부라는 친분이 있는 데다가,

其所輔理承化[198]之功이,
기 소 보 리 승 화 지 공
그가 보좌해 다스리고 교화한 공로가

又盡章章[199]如是하니,
우 진 장 장 여 시
모두 그처럼 분명하였으니,

其所求進見之士가,
기 소 구 진 현 지 사
찾아와 뵙고자 하는 선비들이

豈復有賢於周公者哉리오?
기 부 유 현 어 주 공 자 재
어찌 또 주공보다 현명한 사람이 있었겠습니까?

不惟不賢於周公而已라.
불 유 불 현 어 주 공 이 이
주공보다 현명하지 않았을 뿐만이 아닙니다.

197 휴징가서(休徵嘉瑞): 아름다운 징후와 상서로운 조짐

198 보리승화(輔理承化): 임금을 보좌해 나라를 다스리고 선왕의 뜻을 받들어 백성을 교화하는 것

199 장장(章章): 밝은 모양, 분명한 모양

豈復有賢於時百執事者[200]哉리오?
기 부 유 현 어 시 백 집 사 자 재

어찌 또 그때의 여러 관청 일을 보던 사람들보다 현명한 사람이 있었겠습니까?

豈復有所計議가,
기 부 유 소 계 의

어찌 또 계획하고 논의함이

能補於周公之化者哉리오?
능 보 어 주 공 지 화 자 재

주공의 교화에 보탬이 될 만한 사람이 있었겠습니까?

然而周公이 求之를,
연 이 주 공 구 지

그런데도 주공은 현명한 이를 구하는 일을

如此其急하야,
여 차 기 급

그와 같이 다급히 하시어,

惟恐耳目有所不聞見하고,
유 공 이 목 유 소 불 문 견

오직 눈과 귀로 보고 듣지 못하는 일이 있고

思慮有所未及하야,
사 려 유 소 미 급

생각하는 것에 미흡한 점이 있어서,

以負成王託周公之意하고,
이 부 성 왕 탁 주 공 지 의

성왕께서 주공에게 의탁하였던 뜻을 어기고

不得於天下之心이라.
부 득 어 천 하 지 심

사람들의 마음을 얻지 못할까 두려웠던 것입니다.

設使其時에,
설 사 기 시

만약 그때에

---

200 시백집사자(時百執事者): 당시의 여러 관직에 있던 사람들

輔理承化之功이,
보 리 승 화 지 공

임금을 보좌해 다스리고 교화하는 공로가

未盡章章如是오,
미 진 장 장 여 시

모두 그처럼 분명히 드러나지 않았고,

而非聖人之才오,
이 비 성 인 지 재

또 성인의 재능도 지니지 못하고

而無叔父之親이면,
이 무 숙 부 지 친

임금의 숙부라는 친분도 없었다면,

則將不暇食與沐矣리니,
즉 장 불 가 식 여 목 의

곧 먹고 머리 감을 겨를조차도 없었을 것이니,

豈特吐哺握髮
기 특 토 포 악 발

어찌 다만 먹던 것을 뱉어 놓고 머리카락을 움켜쥔 채

爲勤而止哉리오?
위 근 이 지 재

부지런히 만나는 정도에 그쳤겠습니까?

惟其如是,
유 기 여 시

그분이 그러하셨기 때문에

故로 于今에 頌成王之德
고 우금 송 성 왕 지 덕

지금까지도 성왕의 덕을 칭송하면서

而稱周公之功을
이 칭 주 공 지 공

주공의 공로를 찬양하는 말이

不衰하노이다.
불 쇠

없어지지 않고 있는 것입니다.

今閤下爲輔相이,
금 합 하 위 보 상

지금 각하께서 제왕을 보좌하는 재상이 된 것은

亦近耳라.
역 근 이

주공과 비슷합니다.

天下之賢才를, 천하지현재	그러나 천하의 현명한 인재들을
豈盡擧用이며, 기진거용	어찌 모두 등용하였다 하겠으며,
姦邪讒佞欺負之徒가, 간사참녕기부지도	간사하고 남을 모함하고 남을 속이는 무리들이
豈盡除去며, 기진제거	어찌 모두 제거되었다 하겠으며,
四海豈盡無虞며, 사해기진무우	온 천하가 어찌 모두 걱정이 없다 하겠으며,
九夷八蠻之在荒服之外者가, 구이팔만지재황복지외자	국경 밖 먼 곳에 있는 여러 오랑캐들이
豈盡賓貢하며, 기진빈공	어찌 모두 내조해 공물을 바치고 있다 하겠으며,
天災時變昆蟲草木之妖가, 천재시변곤충초목지요	천재나 계절에 따른 이변과 곤충이나 초목의 요괴가
豈盡銷息하며, 기진소식	어찌 모두 없어졌다 하겠으며,
天下之所謂 천하지소위	천하의 이른바
禮樂刑政敎化之具가, 예악형정교화지구	예악과 형정과 교화의 제도가
豈盡修理며, 기진수리	어찌 모두 잘 갖추어졌다 하겠으며,
風俗이 豈盡敦厚며, 풍속 기진돈후	풍속은 어찌 모두 두터워졌다 하겠으며,

動植之物
동식지물

동물과 식물을 비롯하여

風雨霜露之所霑被者가,
풍우상로지소점피자

비바람과 서리와 이슬에
적셔지는 것들이

豈盡得宜며,
기진득의

어찌 모두 알맞게
지내고 있다 하겠으며,

休徵嘉瑞
휴징가서

아름다운 징조와 상서로운 일과

麟鳳龜龍之屬이,
인봉구용지속

기린과 봉황과 큰 거북과 용 같은
동물들이

豈盡備至리오?
기진비지

어찌 모두 고루
나타났다 하겠습니까?

其所求進見之士가,
기소구진현지사

지금 나와 만나 뵙기를
바라는 선비들은

雖不足以希望盛德이나,
수부족이희망성덕

비록 덕망 있는 사람이기를
바라기는 부족하나,

至比於百執事면,
지비어백집사

여러 관청의 관원들에 견주어 본다면,

豈盡出其下哉리오?
기진출기하재

어찌 모두가 그들만 못한
자들이겠습니까?

其所稱說이,
기소칭설

그들이 내놓는 이론이

豈盡無所補哉리오?
기 진 무 소 보 재

어찌 모두 아무 보탬도
되지 않겠습니까?

今雖
금 수

지금 비록

不能如周公吐哺握髮이나,
불 능 여 주 공 토 포 악 발

먹던 음식을 뱉고 머리카락을
움켜쥐었던 주공처럼
할 수 없을지라도,

亦宜引而進之하야,
역 의 인 이 진 지

또한 그들을 끌어들여

察其所以而去就之요,
찰 기 소 이 이 거 취 지

그들의 행동을 살펴 그들을
선택해야 할 것이요,

不宜默默而已也니이다.
불 의 묵 묵 이 이 야

묵묵히 계시기만 하면 안 됩니다.

愈之待命이,
유 지 대 명

제가 명을 기다린 지

四十餘日矣라.
사 십 여 일 의

사십여 일이 됩니다.

書再上而志不得通하고,
서 재 상 이 지 부 득 통

글월을 두 번이나 올렸지만
전해지지 않았고,

足三及門
족 삼 급 문

발은 세 번이나 문 앞까지 이르렀으나

而閽人[201]辭焉이라.
이 혼 인 사 언

문지기에게 거절당했습니다.

惟其昏愚에,
유 기 혼 우

그러면서도 어둡고 어리석음에

201 혼인(閽人): 문지기

不知逃遁일새, 부 지 도 둔	도망갈 줄은 모르기 때문에
故復有周公之說焉이라. 고 부 유 주 공 지 설 언	다시 주공에 관한 말씀을 드리는 바입니다.
古之士三月不仕 고 지 사 삼 월 불 사	옛날 선비는 석 달 벼슬을 하지 못하면
則相弔[202]라. 즉 상 조	서로 위문을 하였습니다.
故로 出疆[203] 고 출 강	그러므로 자기 고장을 떠날 때는
必載質[204]라. 필 재 지	반드시 폐백을 수레에 실었습니다.
然所以重於自進者는, 연 소 이 중 어 자 진 자	그러나 스스로 나아가는 것을 중시하는 사람은
以其於周不可면, 이 기 어 주 불 가	그가 주나라에서 받아들여지지 않는다면
則去之魯하고, 즉 거 지 노	곧 그곳을 떠나 노나라로 갔고,
於魯不可면, 어 노 불 가	노나라에서도 받아들여지지 않으면
則去之齊하고, 즉 거 지 제	곧 그곳을 떠나 제나라로 갔고,

202 조(弔): 조상하다, 위문하다.

203 출강(出疆): 자기 고장을 떠나다.

204 지(質): 처음 만나 뵙게 될 때 올리는 예물, 즉 폐백. 지(贄)와 통용. 『맹자(孟子)』「등문공 하(滕文公下)」에 "전하는 말에 이르기를 공자께서는 3개월 동안 임금을 모시지 않으면 당황하여, 자기 고향을 떠날 때에는 반드시 폐백을 실었다(傳曰, 孔子三月無君, 則皇皇如也, 出疆必載質)"고 하였다.

於齊不可면, 어제불가	제나라에서도 받아들여지지 않는다면
則去之宋 즉거지송	곧 그곳을 떠나 송나라에도 가고
之鄭之秦之楚也라. 지정지진지초야	정나라·진나라·초나라로 갔던 것입니다.
今天下一君하고, 금천하일군	지금 천하에는 한 분의 임금뿐이고
四海一國이라. 사해일국	온 천하는 한 나라입니다.
舍乎此則夷狄矣오, 사호차즉이적의	이곳을 버린다면 곧 오랑캐 땅이 되고
去父母之邦矣라. 거부모지방의	부모의 나라를 떠나는 게 됩니다.
故로 士之行道者가, 고 사지행도자	그러므로 선비의 도를 행하려는 사람이
不得於朝면, 부득어조	조정에서 뜻을 얻지 못한다면
則山林而已矣라. 즉산림이이의	곧 깊은 산속에 숨을 따름입니다.
山林者는, 산림자	산속이란
士之所獨善自養하여, 사지소독선자양	선비가 홀로 잘 지내며 자신이나 보양하는 곳이지,
而不憂天下者之 이불우천하자지	온 천하를 걱정하는 사람이
所能安也니, 소능안야	편안히 지낼 곳은 아니니,

如有憂天下之心이면, 여 유 우 천 하 지 심	만약 천하를 생각하는 마음이 있다면
則不能矣라. 즉 불 능 의	할 수가 없는 것입니다.
故로 愈每自進 고 유 매 자 진	그러므로 저는 늘 스스로 나아가면서도
而不知愧焉하고, 이 부 지 괴 언	부끄러운 줄을 모르고,
書亟[205]上하고, 서 기 상	글월을 여러 번 올리고
足數[206]及門 족 삭 급 문	발은 자주 문 앞에 미쳐
而不知止焉이라. 이 부 지 지 언	그칠 줄 모르고 있는 것입니다.
寧獨如此而已리오? 영 독 여 차 이 이	어찌 다만 그러할 따름이겠습니까?
惴惴焉[207] 췌 췌 언	걱정하면서
惟不得出大賢之門下를, 유 부 득 출 대 현 지 문 하	오직 현명한 이의 문하에 출입하지 못하는 것만을
是懼하노니, 시 구	두려워하고 있사오니,
亦惟少垂察焉하소서. 역 유 소 수 찰 언	얼마간 굽어살펴 주시기 바랍니다.

205 기(亟): 빨리, 자주

206 삭(數): 여러 번, 자주

207 췌췌언(惴惴焉): 근심하고 두려워하는 모양

49. 전중소감 마군의 묘지(殿中少監馬君墓誌)[208]

한유(韓愈)

君의 諱[209]는 繼祖니, 군 휘 계 조	마군의 이름은 계조인데,
司徒贈太師 사 도 증 태 사	사도로서 태사와
北平莊武王之孫이요, 북 평 장 무 왕 지 손	북평장무왕에 추증되었던 마수(馬燧)의 손자이고,
少府監贈太子少傅 소 부 감 증 태 자 소 부	소부감으로서 태자소부에 추증되었던
諱暢之子라. 휘 창 지 자	마창의 아들이다.
生四歲에, 생 사 세	출생 후 네 살 때에
以門功[210]으로, 이 문 공	집안의 공로로
拜太子舍人하고, 배 태 자 사 인	태자사인 벼슬이 내려졌고,
積三十四年에, 적 삼 십 사 년	삼십사 년 동안
五轉而至殿中少監[211]이라. 오 전 이 지 전 중 소 감	다섯 번 벼슬이 승진되어 전중소감에 이르렀다.

208 전중소감마군묘지(殿中少監馬君墓誌): 한유가 친분이 있던 명문가의 아들 마계조(馬繼祖)가 죽자, 그의 할아버지와 아버지까지 삼대를 떠올리며 애도하는 글이다. 한유가 쓴 많은 묘지명 가운데 가장 고아하고 법도가 있다는 평을 듣는 문장이다. 말은 지극히 간결하지만 전달되는 의미는 심오하고 아름답다.

209 휘(諱): 죽은 사람의 이름

210 문공(門功): 집안의 공로

年三十七以卒하니, 연 삼 십 칠 이 졸	나이 서른일곱 살로 죽으니,
有男八人이오, 유 남 팔 인	아들 여덟 명과
女二人이라. 여 이 인	딸 두 명을 두었다.
始余初冠[212]에, 시 여 초 관	처음 내가 스무 살이 되어
應進士貢[213]하여 在京師나, 응 진 사 공 재 경 사	장안으로 과거를 보러 왔었으나,
窮不能自存이라. 궁 불 능 자 존	가난하여 스스로 살아갈 수 없었다.
以故人稚弟[214]로, 이 고 인 치 제	작고한 형의 어린 동생이라 하고
拜北平王於馬前하니, 배 북 평 왕 어 마 전	북평왕 전하를 말머리에서 뵈었는데,
王이 問而憐之라, 왕 문 이 련 지	북평왕은 물어보고는 나를 동정하셨다.
因得見於安邑里第라. 인 득 현 어 안 읍 리 제	그래서 안읍리의 댁으로 가서 뵙게 되었다.
王이 軫[215]其寒飢하야, 왕 진 기 한 기	북평왕은 내가 헐벗고 굶주리는 것을 가슴 아파하여

211 전중소감(殿中少監): 궁 안의 물자 보급을 관장하는 전중성의 전중감 바로 밑의 자리

212 초관(初冠): 스무 살이 되자마자. 옛날에는 이십에 보통 관례를 치렀다.

213 진사공(進士貢): 중앙의 과거 시험. '공'은 거(擧)로도 씀

214 이고인치제(以故人稚弟): 죽은 이의 어린 동생이라는 이유로. 여기서 '죽은 이'는 한유의 형 한엄(韓弇)을 가리킨다. 한엄은 정원 3년(787) 평량에서 토번이 난을 일으켰을 때, 전중시어사(殿中侍御史)로 마수 장군의 막료로 선발되어 나갔다가 죽었다.

215 진(軫): 가슴 아파하다.

賜食與衣하고, 사 식 여 의	음식과 옷을 내려 주셨고,
召二子하야, 소 이 자	두 아들을 불러
使爲之主한데, 사 위 지 주	주인 노릇을 하게 하셨다.
其季[216]遇我特厚하니, 기 계 우 아 특 후	그중 작은아들이 특히 후하게 대접해 주었는데,
少府監贈太子少傅者也라. 소 부 감 증 태 자 소 부 자 야	그가 바로 소부감으로 태자소부에 추증되신 분이다.
姆[217]抱幼子立側한데, 모 포 유 자 립 측	그때 유모가 어린 아들을 안고 옆에서 있었는데,
眉眼如畵하고, 미 안 여 화	눈썹과 눈이 그림 같고
髮漆黑하고, 발 칠 흑	머리카락은 칠흑처럼 검으며
肌肉玉雪可念하니, 기 육 옥 설 가 념	살갗은 옥이나 눈 같았던 생각이 나는데,
殿中君也라. 전 중 군 야	그가 바로 전중소감 마군이었다.
當是時에, 당 시 시	그때에
見王於北亭하니, 현 왕 어 북 정	북쪽 정자에서 북평왕을 뵈니,

216 계(季): 형제 중 막내. 작은아들

217 모(姆): 유모

猶高山深林에, 유 고 산 심 림	마치 높은 산이나 깊은 숲속의
龍虎變化不測하니, 용 호 변 화 불 측	용이나 호랑이같이 변화를 헤아릴 수 없이
傑魁[218]人也오, 걸 괴 인 야	큰 인물 같았고,
退見少傅하니, 퇴 현 소 부	물러나와 태자소부를 뵈니
翠竹碧梧에, 취 죽 벽 오	푸른 대나 벽오동에
鸞鵠停峙[219]하니, 난 곡 정 치	난새와 고니가 산마루에 머물러 있는 것과도 같아
能守其業者也라. 능 수 기 업 자 야	그의 가업을 잘 지키실 분 같았다.
幼子는 娟好[220]靜秀하니, 유 자 연 호 정 수	어린 아들은 예쁘고 얌전하고 빼어나니
瑤環瑜珥[221]며, 요 환 유 이	좋은 옥과도 같았으며,
蘭茁其芽하니, 난 줄 기 아	난초 싹이 솟아난 것과도 같아서
稱其家兒也라. 칭 기 가 아 야	그 집안 아들다웠다.
後四五年에, 후 사 오 년	그 뒤 사오 년 만에

---

218 걸괴(傑魁): 인물이 뛰어다.

219 난곡정치(鸞鵠停峙): 봉황 종류인 난새와 고니가 산마루에 머물러 있다.

220 연호(娟好): 예쁘고 잘생기다.

221 요환유이(瑤環瑜珥): 모두 좋은 옥 이름

吾成進士하고, 오 성 진 사	나는 진사가 되어
去而東游하야, 거 이 동 유	장안을 떠나 동쪽으로 여행 중이었는데
哭北平王於客舍하고, 곡 북 평 왕 어 객 사	북평왕의 죽음을 객사에서 듣고 곡하였고,
後十五六年에, 후 십 오 륙 년	다시 그 뒤 십오륙 년 되는 해에
吾爲尙書都官郞하야, 오 위 상 서 도 관 랑	나는 상서도관원외랑이 되어
分司東都[222]러니, 분 사 동 도	동도 일을 나누어 맡고 있었는데
而少傅卒하야 哭之하고, 이 소 부 졸 곡 지	태자소부께서 돌아가시어 곡하였고,
又十餘年에, 우 십 여 년	다시 십여 년 지나
至今哭少監焉이라. 지 금 곡 소 감 언	지금은 전중소감 마군의 죽음을 곡하게 된 것이다.
嗚呼라! 오 호	아아!
吾未老耄[223]하고, 오 미 노 모	나는 아직 그리 늙지 않았고,
自始至今이, 자 시 지 금	처음부터 지금까지

---

222 동도(東都): 낙양을 가리킴. 여기서 '분사'라는 말은 '도관랑'이라는 벼슬을 받고, 낙양에 있는 동도의 정부에 근무한다는 뜻

223 모(耄): 팔구십 노인

未四十年이어늘,
미 사 십 년

사십 년도 못 되었는데,

而哭其祖子孫三世하니,
이 곡 기 조 자 손 삼 세

할아버지·아들·손자 삼대를 곡하였으니,

于人世에
우 인 세

인간 세상에서

何如也오?
하 여 야

어떤 경험이라 하겠는가?

人欲久不死
인 욕 구 불 사

사람들이 오래도록 죽지 않고

而觀居此世[224]者는,
이 관 거 차 세 자

이 세상을 구경하며 살려고 하는 것은

何也오?
하 야

무엇 때문일까?

50. 붓끝 이야기(毛穎傳)[225]

한유(韓愈)

毛穎[226]者는,
모 영 자

모영이라는 이는

中山[227]人也라.
중 산 인 야

중산 사람이었다.

---

224 관거차세(觀居此世): 이 세상을 구경하며 살아가다.

225 모영전(毛穎傳): 붓을 의인화한 전기로서, 장자의 우언(寓言)을 본뜬 것이라고도 하고, 특히 뒷부분의 찬(贊)은 『사기(史記)』를 모방한 문장이라 할 수 있다. 소설 같은 글이면서도 붓의 유래와 기능이 잘 표현되어 있고 문장의 구성이 재미있다. 무에서 유를 만든 다분히 허구적인 창작이다.

226 모영(毛穎): 붓털을 가리킨다. '영'은 곡식의 이삭, 송곳 끝. 여기서는 붓을 의인화하여 '모영'이라는 이름을 붙였다.

其先은 明眎[228]니,
기선 명시
그의 조상은 명시라는 토끼였는데,

佐禹治東方土[229]하고,
좌우치동방토
우임금을 도와 동쪽 땅을 다스리고

養[230]萬物有功하야,
양 만물유공
만물을 양육하는 데 공을 세워

因封於卯[231]地하고,
인봉어묘 지
묘 땅에 봉해졌고,

死爲十二神이라.
사위십이신
죽어서는 십이 신의 하나가 되었다.

嘗曰,
상왈
일찍이 말하기를,

吾子孫은,
오자손
"내 자손은

神明之後라,
신명지후
신명의 후손이어서

不可與物同이니,
불가여물동
다른 동물과 같아서는 안 되니,

當吐而生[232]이라 하더니,
당토이생
마땅히 자식을 입으로 토해 낳을 것이다"라 하더니,

已而果然이더라.
이이과연
그 뒤로 과연 그렇게 되었다.

---

227 중산(中山): 지금의 안휘성 선성현 북쪽에 있으며, 독산(獨山)이라고도 부른다. 좋은 토끼털이나 예로부터 붓의 명산지로 알려졌다.

228 명시(明眎): 토끼의 별명(『예기』)

229 치동방토(治東方土): 동쪽 땅을 다스린다는 것은 토끼를 상징하는 묘(卯)가 음양오행에서 정동쪽을 상징하기 때문이다.

230 양(養): 묘(卯)는 방향으로는 동쪽, 계절로는 봄에 해당하므로 만물을 기른다는 표현이 나온 것이다.

231 묘(卯): 12지(支)에서 토끼에 해당한다.

232 토이생(吐而生): 옛날 중국 사람들은 "토끼는 털을 핥아 새끼를 배고 입으로 토해 새끼를 낳는다"고도 생각했다〔왕윤(王允)의 『논형(論衡)』〕.

明眎八世孫은 䨲[233]니 명 시 팔 세 손 누	명시의 팔대손이 누이다.
世傳當殷時에, 세 전 당 은 시	세상에 전해지는 말로는 은나라 때에
居中山이라가, 거 중 산	중산에 살다가
得神仙之術하여, 득 신 선 지 술	신선술을 터득하여
能匿光使物[234]하여, 능 익 광 사 물	빛을 숨기고 물건을 부릴 줄 알게 되어,
竊姮娥[235] 절 항 아	항아를 훔쳐 가지고
騎蟾蜍[236]入月하니, 기 섬 여 입 월	두꺼비를 타고 달로 들어가서,
其後代에, 기 후 대	그의 후대에는
遂隱不仕云이라. 수 은 불 사 운	끝내 거기에 숨어 살며 벼슬하지 않게 되었다 한다.
居東郭者曰㕙[237]이니, 거 동 곽 자 왈 준	동곽에 사는 자는 준이라 하는데,
狡而善走라, 교 이 선 주	날래고 달리기를 잘해
與韓盧[238]로 爭能하니, 여 한 로 쟁 능	한로와 능력을 겨루었다.

233 누(䨲): 토끼의 속명

234 익광사물(匿光使物): 빛을 숨기고 물건을 부리다. 곧 남모르게 물건을 옮기고 움직이는 것

235 항아(姮娥): 예(羿)의 처. 서왕모(西王母)에게서 얻은 불사약을 훔쳐 달나라로 도망쳐 산다는 선녀. 상아(嫦娥)라고도 한다.

236 섬여(蟾蜍): 두꺼비. 달에 살고 있다는 전설적인 동물. 항아가 섬여로 변하였다고도 한다.

237 준(㕙): 날랜 토끼의 이름

238 한로(韓盧): 뒤의 송작(宋鵲)과 함께 모두 좋은 개 이름

盧不及이라,
노 불 급

한로가 준을 따르지 못하자

盧怒하야,
노 노

한로는 화가 나서

與宋鵲으로 謀而殺之하고,
여 송 작 모 이 살 지

송작과 모의하여 준을 죽이고,

醢[239]其家하니라.
해 기 가

그 집안을 소금에 절였다 한다.

秦始皇時에,
진 시 황 시

진시황 때에

蒙將軍恬[240]이,
몽 장 군 염

몽염 장군이

南伐楚라가,
남 벌 초

남쪽 초나라를 정벌하다가

次[241]中山하야,
차 중 산

중산에 묵게 되었는데,

將大獵以懼楚라.
장 대 렵 이 구 초

큰 사냥을 하여 초나라가
두려워하도록 만들려 하였다.

召左右庶長[242]與軍尉[243]하고,
소 좌 우 서 장 여 군 위

먼저 좌우의 부대장과
장교들을 불러 놓고

以連山[244]筮[245]之한데,
이 연 산 서 지

연산으로 점을 쳤는데,

---

239 해(醢): 죽여서 시체를 소금에 절이다.

240 몽장군염(蒙將軍恬): 몽염 장군. 진시황 때 장군으로 오랑캐를 치고 장성을 쌓아 큰 공을 세웠다. 그가 처음으로 대나무에 토끼털을 박아 만든 붓을 발명해 썼다고 한다.

241 차(次): 여행하다 머물다.

242 서장(庶長): 여러 단위의 부대장

243 군위(軍尉): 장교들

244 연산(連山): 옛날 '삼역(三易)' 중의 하나이다. 『역경』은 본시 옛날의 점술서였다.

得天與人文之兆라.
득 천 여 인 문 지 조

하늘과 인문을 뜻하는 점괘가 나왔다.

筮者賀曰,
서 자 하 왈

점쟁이가 축하하여 말하였다.

今日之獲은,
금 일 지 획

"오늘 잡을 짐승은

不角不牙요,
불 각 불 아

뿔도 없고 이빨도 없고

衣褐[246]之徒니,
의 갈 지 도

갈옷을 입은 무리입니다.

缺口而長鬚하며,
결 구 이 장 수

입은 언청이고 긴 수염이 났으며,

八竅[247]而趺居[248]라.
팔 규 이 부 거

구멍이 여덟이고 쪼그리고
앉아 있습니다.

獨取其髦하여,
독 취 기 모

오직 그 놈의 털을 취하여

簡牘是資[249]면,
간 독 시 자

그것을 종이와 함께 쓰면

天下其同書[250]하며,
천 하 기 동 서

천하의 글씨가 통일될 것이며,

---

245 서(筮): 시초(蓍草)대로 만든 점가치를 이용해 점을 치다.

246 갈(褐): 조잡한 섬유로 짠 허술한 옷

247 팔규(八竅): 사람의 몸에는 눈·코·귀·입·항문·생식기 등 아홉 구멍이 있으나, 토끼에게는 생식기가 없어 팔규이다.

248 부거(趺居): 무릎을 굽히고 도사리고 앉다.

249 간독시자(簡牘是資): '간독'은 대쪽과 나무쪽으로, 오늘날의 종이에 해당한다. 자간독(資簡牘)의 도문(倒文)으로, 종이와 함께 쓰는 것을 뜻한다.

250 동서(同書): 쓰는 글씨체가 같다. 진시황의 승상 이사가 한자의 자체를 소전(小篆)으로 통일했던 일을 가리킨다.

秦其遂兼諸侯[251]乎리라!
진 기 수 겸 제 후 호

진나라는 마침내 제후들을 합병하게 될 것입니다."

遂獵圍毛氏之族하야,
수 렵 위 모 씨 지 족

마침내 사냥하여 털짐승 무리들을 포위하여

拔其豪[252]하야,
발 기 호

그중 긴 털을 골라잡아,

載穎而歸하고,
재 영 이 귀

모영을 수레에 싣고 돌아와

獻俘于章臺宮[253]하고,
헌 부 우 장 대 궁

장대궁에서 포획물로 바쳤고,

聚其族而加束縛焉하니라.
취 기 족 이 가 속 박 언

그의 족속들도 모아서 그와 함께 묶어 두었다.

秦皇帝使恬으로,
진 황 제 사 염

진나라 황제는 몽염을 시켜

賜之湯沐
사 지 탕 목

그를 목욕시킨 다음

而封諸管城[254]하고,
이 봉 저 관 성

관성에 봉하여

號曰管城子라 하고,
호 왈 관 성 자

관성자라 부르게 하였는데,

日見親寵任事러라.
일 견 친 총 임 사

날로 총애가 두터워져 일들을 맡아 처리하게 되었다.

251 겸제후(兼諸侯): 제후들을 겸병하다. 곧 천하를 통일함을 뜻한다.
252 호(豪): 호걸. 또는 긴 털
253 장대궁(章臺宮): 전국 시대 진나라에 있던 궁전 이름
254 봉저관성(封諸管城): 관성에 봉하다. 토끼털을 모아 대 끝에 끼워 붓을 만든 것을 상징한다.

穎은 爲人이,
영 위인
모영의 사람됨은

強記[255]而便敏하야,
강기 이편민
기억력이 좋고 약삭빨라서,

自結繩之代[256]以及秦事를,
자결승지대 이급진사
태고 시대로부터 진나라에
이르기까지의 일들을

無不纂錄하고,
무불찬록
모두 글로 적었고,

陰陽卜筮占相
음양복서점상
음양과 복서와 점치고
관상 보는 것과

醫方族氏山經[257]地志
의방족씨산경 지지
의약과 씨족과 산림과 지리와

字書圖畵九流[258]百家
자서도화구류 백가
자서와 회화와 제자백가와

天人之書와,
천인지서
천인에 관한 글과

及至浮圖老子外國之說이,
급지부도노자외국지설
부처와 노자와 외국의
학설에 이르기까지

皆所詳悉이러라.
계소상실
모두 자세히 기록하였다.

又通於當代之務하여,
우통어당대지무
또 그 시대의 업무에도 통달하여

---

255 강기(強記): 기억력이 좋아 많이 기억하다.

256 결승지대(結繩之代): 결승을 하던 시대. 결승이란 새끼줄에 매듭을 지어 기억 보조 수단으로 쓰는 것을 가리키며 태곳적을 뜻한다.

257 산경(山經): 산에 관한 기록이 되어 있는 책

258 구류(九流): 『한서(漢書)』「예문지(藝文志)·제자략(諸子略)」에 실려 있는 소설가를 제외한 유가·도가·음양가·법가 등 구가(九家). 곧 제자(諸子)를 의미한다.

官府簿書 관 부 부 서	공문과 장부와 사회의 문서와
市井貨錢注記를, 시 정 화 전 주 기	돈 거래 기록과 여러 가지 기록을
惟上所使하니, 유 상 소 사	오직 황제가 시키는 대로 적으니,
自秦皇帝及太子 자 진 황 제 급 태 자	진시황제와 태자인
扶蘇[259]胡亥[260] 부 소 호 해	부소와 호해,
丞相斯[261]中車府令高[262]로, 승 상 사 중 거 부 령 고	승상 이사와 중거부령 조고로부터
下及國人에, 하 급 국 인	아래로는 나라 사람들에 이르기까지
無不愛重이러라. 무 불 애 중	그를 사랑하고 중히 여기지 않는 이가 없게 되었다.
又善隨人意하야, 우 선 수 인 의	또 사람들의 뜻을 잘 따라서,
正直邪曲巧拙을, 정 직 사 곡 교 졸	바르고 곧고 비뚤어지고 굽고 교묘하고 졸렬한 것을
一隨其人이라. 일 수 기 인	모두 그 사람에 따랐다.
雖見廢棄나, 수 견 폐 기	비록 버려지더라도

259 부소(扶蘇): 진시황의 맏아들

260 호해(胡亥): 진시황의 둘째 아들. 뒤에 진이세(秦二世)가 되었다.

261 승상사(丞相斯): 진시황 때의 승상 이사

262 중거부령고(中車府令高): 진시황 때의 중거령 조고. 뒤에 진나라 정권을 멋대로 주물렀다.

終默不洩이라.
종 묵 불 설

끝내 입을 다물고 아는 일을 누설치 않았다.

惟不喜武士나,
유 불 희 무 사

다만 무인들은 좋아하지 않았으나

然見請亦時往하더라.
연 견 청 역 시 왕

요청이 있으면 역시 곧 갔다.

累拜中書令[263]하야,
누 배 중 서 령

벼슬은 중서령에 올라

與上益狎[264]하니,
여 상 익 압

황제와 더욱 허물없이 지내게 되었으니,

上嘗呼爲中書君이라.
상 상 호 위 중 서 군

황제가 일찍이 그를 중서군이라 불렀다.

上親決事하야,
상 친 결 사

황제가 친히 어떤 일을 결정할 때에는

以衡石自程[265]하니,
이 형 석 자 정

한 섬의 무게를 달아 가며 스스로 헤아려 결정했으므로,

雖宮人不得立左右라도,
수 궁 인 부 득 립 좌 우

비록 궁인이라도 황제 좌우에 설 수가 없었으나,

---

263 중서령(中書令): 천자 측근에서 천자의 중요한 일들을 돕는 벼슬 이름

264 압(狎): 친하게 지내다. 친해 허물없이 지내다.

265 형석자정(衡石自程): 진시황은 매일 일석(一石: 120근)의 무게를 달아 가며 공무를 처리하였다는 말이 『사기』「진시황본기」에 보인다.

獨穎與執燭者로 常侍하니, 독영여집촉자 상시	오직 모영과 촛불을 든 사람만을 늘 시종으로 삼으니,
上休方罷[266]러라. 상휴방파	황제가 쉬어야 비로소 쉴 수가 있었다.
穎이 與絳人陳玄[267]과, 영 여강인진현	모영은 강주 사람 진현과
弘農陶泓[268]과, 홍농도홍	홍농 사람 도홍과
及會稽楮先生[269]과, 급회계저선생	회계 사람 저 선생과
友善하야, 우선	친하게 벗하여,
相推致[270]하며, 상추치	서로 밀어 주고 이끌어 주며
其出處必偕러라. 기출처필해	그들이 외출할 때 반드시 함께하였다.
上召穎이면, 상소영	황제가 모영을 부르면
三人者不待詔하고, 삼인자부대조	이들 세 명은 조명을 기다리지 않고
輒俱往하나, 첩구왕	언제나 함께 갔으나,
上未嘗怪焉이러라. 상미상괴언	황제도 이상하게 여긴 적이 없었다.

---

266 상휴방파(上休方罷): 임금이 쉬어야 비로소 그만두었다.

267 강인진현(絳人陳玄): 강주 사람 진현. 강주는 산서성에 있던 고을 이름으로 먹의 명산지. '진현'은 먹을 의인화해 이름 붙인 것이다.

268 홍농도홍(弘農陶泓): '홍농'은 하남성에 있던 고을 이름으로 와연(瓦硯)의 명산지. 따라서 '도홍'은 벼루를 의인화한 이름이다.

269 회계저선생(會稽楮先生): '회계'는 강소·절강 두 성에 걸쳐 있던 고을 이름으로 종이의 명산지. '저'는 종이를 만드는 재료로 쓰이던 닥나무로 종이를 의인화한 것이다.

270 추치(推致): 밀어 주고 이끌어 주다.

後因進見하니, 후 인 진 현	뒤에 그가 황제를 뵐 때
上將有任使하야, 상 장 유 임 사	황제께서 그를 부리실 일이 있어서
拂拭之한데, 불 식 지	그를 뽑아 쓰려 하는데
因免冠謝라. 인 면 관 사	관을 벗고 사양하였다.
上見其髮禿[271]하고, 상 견 기 발 독	황제가 보니 그의 머리가 다 벗겨지고,
又所摹畵가, 우 소 모 화	또 그가 베끼고 그리는 것이
不能稱上意라. 불 능 칭 상 의	황제의 뜻에 걸맞지 않았다.
上嘻笑曰, 상 희 소 왈	황제가 놀라 웃으면서 말하였다.
中書君老而禿하야, 중 서 군 노 이 독	"중서군이 늙어서 머리가 벗겨지니,
不任吾用이라. 불 임 오 용	나의 쓰임을 감당할 수 없게 되었다.
吾嘗謂君中書[272]나, 오 상 위 군 중 서	나는 일찍이 그대가 글쓰기에 알맞다고 했는데,
君今不中書邪아? 군 금 불 중 서 사	그대는 이제 글쓰기에 알맞지 못한가?"
對曰, 대 왈	그가 대답하였다.

271 발독(髮禿): 머리가 다 빠지다.

272 중서(中書): 글쓰기에 적합하다. 중서령이라는 벼슬과 합치된다.

臣所謂盡心者니이다. 신소위진심자	"저는 이른바 마음을 다한 사람입니다."
因不復召하고, 인불부소	그래서 다시는 불리지 않고
歸封邑하야, 귀봉읍	봉읍으로 돌아가
終于管城이나, 종우관성	관성에서 일생을 마쳤으나,
其子孫이 甚多하야, 기자손 심다	그의 자손이 매우 많아져
散處中國夷狄한데, 산처중국이적	중국과 오랑캐 땅에 흩어져 살게 되었는데,
皆冒管城이나, 개모관성	모두 관성 사람이라 내세웠으나
惟居中山者가, 유거중산자	오직 중산에 사는 사람들만이
能繼父祖業이라. 능계부조업	능히 조상의 가업을 잘 계승하였다.
太史公[273]曰, 태사공 왈	태사공은 이렇게 말한다.
毛氏有兩族이라. 모씨유량족	모씨에는 두 족속이 있다.
其一은 姬姓이니, 기일 희성	그중 하나는 희씨인데
文王之子며, 문왕지자	문왕의 아들이며

273 태사공(太史公): 나라의 역사를 기록하는 사관의 우두머리. 이 이하 부분은 이른바 '사찬(史贊: 역사책 각 권의 결말)' 형식을 취하고 있다.

封於毛하니,
봉 어 모

모 땅에 봉해진 사람들로

所謂魯衛毛聃[274]者也라.
소 위 노 위 모 담 자 야

이른바 노나라와 위나라의 모담의 후손들이며,

戰國時에,
전 국 시

전국 시대에는

有毛公毛遂[275]라.
유 모 공 모 수

모공과 모수가 있었다.

獨中山之族은,
독 중 산 지 족

다만 중산에 사는 족속들은

不知其本所出이나,
부 지 기 본 소 출

그 근본이 어디에서 나왔는지 알 수 없으나,

子孫이 最爲蕃昌이라.
자 손 최 위 번 창

자손들이 가장 번창해 있다.

春秋之成[276]에,
춘 추 지 성

『춘추』를 완성함에 있어서

見絶於孔子나,
견 절 어 공 자

공자에 의해 절필을 당하기도 하였으나,

而非其罪오,
이 비 기 죄

그들의 죄는 아니었다.

及蒙將軍이,
급 몽 장 군

몽염 장군이

拔中山之豪하고,
발 중 산 지 호

중산의 빼어난 털을 뽑아

274 모담(毛聃): 『좌전』「희공(僖公) 24년」에 보이는 실제 인물. 중국 모씨의 조상이다.

275 모수(毛遂): 조나라 사람으로 평원군의 식객이었다.

276 춘추지성(春秋之成): 『춘추』의 완성. 공자는 『춘추』를 기록하면서 노나라 은공(隱公) 원년에서 시작하여 노나라 애공(哀公) 14년 "임금이 서쪽으로 사냥을 나갔다가 기린을 잡았다(西狩獲麟)"라는 데서 끝내고 있다. 이를 보통 "획린(獲麟)에서 절필하였다"고 한다.

始皇이 封諸管城하니,
시황 봉저관성

진시황이 그들을 관성에 봉하니,

世遂有名
세수유명

마침내 세상에 그 이름이 알려졌으나

而姬姓之毛無聞이라.
유희성지모무문

도리어 희성의 모씨는 보기
힘들게 되었다.

穎始以俘見하야,
영시이부현

모영은 처음에 포로로 잡혀
황제를 뵈었지만

卒見任使하여,
졸견임사

마침내는 벼슬에 임용되어,

秦之滅諸侯에,
진지멸제후

진나라가 다른 제후들을 멸망시키는 데

穎與有功이나,
영여유공

모영도 공을 세웠으나,

賞不酬勞하고,
상불수노

그 공로에 대한 상은 주어지지 않고

以老見疏하니,
이노견소

늙었다 하여 버림받았으니,

秦直少恩哉로다!
진직소은재

진나라는 정말 은총을 베푸는 데
인색하였도다.

51. 백이를 찬양하는 글(伯夷頌)[277]

한유(韓愈)

士之特立獨行[278]하야,
사지특립독행

선비로서 빼어난 뜻을 지니고
탁월한 행동을 하여

適於義而已오,
적 어 의 이 이
오직 의로움에 맞게 할 따름이요,

不顧人之是非는,
불 고 인 지 시 비
사람들의 비평은 거들떠보지도 않는다는 것은,

皆豪傑之士가,
개 호 걸 지 사
대개 위대하고 뛰어난 선비가

信道篤
신 도 독
독실하게 도를 믿으며

而自知明者也라.
이 자 지 명 자 야
그 자신의 지혜가 밝은 사람인 것이다.

一家非之라도,
일 가 비 지
온 집안이 그를 비난하더라도

力行而不惑者寡矣요.
역 행 이 불 혹 자 과 의
힘써 할 일을 행하며 미혹되지 않는 사람은 드물고,

至於一國一州非之라도,
지 어 일 국 일 주 비 지
심지어 온 나라와 온 고을이 그를 비난할지라도

力行而不惑者는,
역 행 이 불 혹 자
힘써 할 일을 행하며 미혹되지 않는 사람은

蓋天下一人而已矣니,
개 천 하 일 인 이 이 의
아마도 온 천하에 한 사람 있을 것이니,

277 백이송(伯夷頌): 백이와 숙제를 칭송하는 글이다. 자신들의 부귀영화를 헌신짝처럼 버렸으니 세속적인 눈으로 보면 가장 어리석은 사람들이 될 것이다. 그러나 고금을 통해 그 누구도 할 수 없는 가장 올바르고 깨끗하며 신념에 찬 행동을 한 사람들이었기에 두고두고 세인들의 칭송을 받고 있는 것이다.

278 특립독행(特立獨行): 빼어난 뜻을 지니고서 홀로 뛰어난 행동을 하다.

若至於擧世非之라도, 약 지 어 거 세 비 지	더욱이 온 세상이 그를 비난하더라도
力行而不惑者는, 역 행 이 불 혹 자	힘써 할 일을 행하며 미혹되지 않을 사람이라면,
則千百年에 즉 천 백 년	곧 백 년이나 천 년에
乃一人而已耳라. 내 일 인 이 이 이	한 사람 나올 수 있을 따름이다.
若伯夷[279]者는, 약 백 이 자	백이 같은 사람은
窮天地亘萬世 궁 천 지 긍 만 세	하늘과 땅의 끝에 이르기까지 만고에 걸쳐서
而不顧者也라. 이 불 고 자 야	아무것도 돌보지 않았던 사람이다.
昭乎日月이, 소 호 일 월	환한 해와 달도
不足爲明이오, 부 족 위 명	밝다고 할 수가 없었고,
崒乎[280]秦山이, 줄 호 진 산	우뚝 솟은 태산도
不足爲高며, 부 족 위 고	높다고 할 수 없었으며,
巍乎[281]天地도, 외 호 천 지	웅장한 하늘과 땅도

279 백이(伯夷): 은나라 때 고죽군의 아들. 그의 아버지가 아우 숙제에게 자리를 물려주려 하자, 아버지가 죽은 다음 아우에게 양보하기 위해 나라 밖으로 도망쳤고, 숙제도 형이 있는데 자기가 왕위에 오를 수 없다 하고 도망쳤다. 은나라가 망한 뒤에 백이와 숙제는 주나라의 녹을 먹지 않겠다며 수양산으로 들어가 고비를 뜯어 먹고 살다가 굶어 죽었다 한다.

280 줄호(崒乎): 산이 높은 모양

281 외호(巍乎): 높고 큰 모양. 웅장한 모양

不足爲容也라. 부 족 위 용 야	넓다고 할 수 없었다.
當殷之亡하고, 당 은 지 망	은나라가 망하고
周之興하야, 주 지 흥	주나라가 일어날 때,
微子[282]는 賢也라, 미 자 현 야	미자는 현명한 사람이라서
抱祭器而去之하고, 포 제 기 이 거 지	제기들을 안고 나라를 떠났고,
武王周公은 聖也라, 무 왕 주 공 성 야	무왕과 주공은 성인이라서
率天下之賢者 솔 천 하 지 현 자	천하의 현명한 사람들을 이끌고
與天下之諸侯 여 천 하 지 제 후	천하의 제후들과 함께
而往攻之나, 이 왕 공 지	가서 [은나라를] 공격하였는데,
未嘗聞有非之者也라. 미 상 문 유 비 지 자 야	그들을 비난한 사람이 있었다는 말은 듣지 못하였다.
彼伯夷叔齊者는, 피 백 이 숙 제 자	저 백이와 숙제는
乃獨以爲不可라. 내 독 이 위 불 가	옳지 않은 일이라 여겼다.
殷旣滅矣에, 은 기 멸 의	은나라가 이미 멸망하여
天下宗周어늘, 천 하 종 주	온 천하가 주나라를 떠받들었지만,

282 미자(微子): 은나라 주왕(紂王)의 형. 주왕의 음란함을 여러 번 간하여도 듣지 않자 제기를 가지고 은나라를 떠났다.

彼二子乃獨恥食其粟하야, 피 이 자 내 독 치 식 기 속	그 두 사람은 주나라의 녹 먹는 것을 부끄럽게 여기고
餓死而不顧하니, 아 사 이 불 고	굶어 죽어도 거들떠보지 않았으니,
繇是[283]而言이면, 요 시 이 언	이로써 말할 것 같으면
夫豈有求而爲哉아? 부 기 유 구 이 위 재	어찌 구하는 것이 있어서 그리 했다고 하겠는가?
信道篤而自知明也니라. 신 도 독 이 자 지 명 야	도를 굳게 믿고 스스로 지혜가 밝았기 때문이다.
今世之所謂士者는, 금 세 지 소 위 사 자	지금 세상의 이른바 선비라는 사람들은,
一凡人譽之 일 범 인 예 지	보통 사람 하나가 그를 칭찬하면
則自以爲有餘하고, 즉 자 이 위 유 여	곧 스스로 여유 있다고 여기고,
一凡人沮[284]之 일 범 인 저 지	보통 사람 하나가 그를 비판하면
則自以爲不足이라. 즉 자 이 위 부 족	곧 스스로 부족하다고 여기고 있다.
彼獨非聖人 피 독 비 성 인	백이와 숙제만이 성인들을 비난하며
而自是如此라. 이 자 시 여 차	스스로 이와 같았다.

283 요시(繇是): 유시(由是)와 같은 말. 이를 통하여, 이로써

284 저(沮): 막다, 비판하다.

夫聖人乃萬世之標準也라.
부 성 인 내 만 세 지 표 준 야

성인이란 바로 만세의 표준이 되는 분이다.

余故曰,
여 고 왈

나는 그래서 말하기를,

若伯夷者는,
약 백 이 자

"백이 같은 사람은

特立獨行하야,
특 립 독 행

빼어난 뜻을 지니고 홀로 탁월한 행동을 하여,

窮天地亘萬世
궁 천 지 긍 만 세

하늘과 땅의 끝에 이르기까지 만고에 걸쳐서

而不顧者也라 하노라.
이 불 고 자 야

아무것도 돌보지 않았던 사람이다" 라고 한 것이다.

雖然이나 微[285]二子면,
수 연 미 이 자

비록 그러하더라도 백이 숙제가 없었다면

亂臣賊子와,
난 신 적 자

[나라를] 어지럽히는 신하와 나쁜 자식들이

接跡[286]於後世矣리라.
접 적 어 후 세 의

후세에 연이어 나왔을 것이다.

---

285 미(微): 비(非)와 통하여 '아니라면, 없었다면'

286 접적(接跡): 발자취를 뒤잇다.

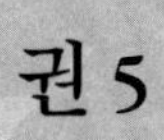
권 5

52. 창려문집서(昌黎文集序)[1]

이한(李漢)[2]

文者는 貫道之器[3]也라, 문자 관도지기 야	문장이라는 것은 도를 꿰는 도구라
不深於斯道오, 불심어기도	여기에 깊지 않고서
有至者不也[4]라. 유지자불야	도에 도달하는 사람은 없다.
易繇爻象[5]하고, 역주효상	『주역』은 효상에 의하고,
春秋書事하고, 춘추서사	『춘추』는 사실을 쓰고,
詩[6]詠歌하고, 시영가	『시경』은 노래를 읊고,

1 창려문집서(昌黎文集序): 이한이 스승 창려선생의 유문을 한데 모아 책으로 엮고 서문으로 쓴 글이다. 창려선생이란 한유를 말하는데, 한유가 죽은 뒤 창려백(昌黎伯)에 봉해졌기 때문에 그렇게 부른다.

2 이한(李漢: ?~825?): 자는 남기(南紀). 한유의 제자로 한유가 그의 글재주를 사랑하여 사위로 삼았다고 한다. 사관수찬(史館修撰)을 지냈다.

3 문자관도지기(文者貫道之器): '문'은 문장. '관'은 꿰다, 밝히다. '도'는 당연한 도리, 곧 도덕. '기'는 도구. 문장은 문자를 통해 이루어지는 유형한 것으로 곧 무형한 도덕을 밝히기 위한 것이기 때문에 도덕을 밝히는 도구가 되는 것이요, 그러므로 문장은 도덕을 떠날 수는 없는 것이다.

4 불야(不也): 없다. 무유(無有)와 같다.

5 효상(爻象): '효'는 각 효에 달린 말, 즉 효사(爻辭). 『주역(周易)』에 64괘 384효(괘마다 6효가 있다)가 있는데 주공이 효마다 그 뜻을 설명해 놓은 문장을 말한다. '상'은 상전(象傳)으로, 공자가 주공이 쓴 효사의 뜻을 거듭 설명해 덧붙인 10익(翼), 즉 단전(彖傳)(상·하), 상전(상·하), 계사전(繫辭傳)(상·하), 설괘(說掛)(상·하), 문언(文言), 서괘(筮掛), 잡괘(雜掛) 가운데 하나이다.

6 시(詩): 『시경(詩經)』. 중국 최초의 시집. 각국의 민풍민정(民風民情)을 살피기 위해 채시관(采詩官)을 두어 모으게 한 것으로, 본래는 3천여 편이었으나 공자가 산정해 311편으로 하였다. 은나라 말부터 주나라 초까지의 각국의 민요, 향연을 노래한 악가, 송축하는 노래, 풍자시, 종묘제례를 위한 악가 등을 싣고 있다.

書禮[7]剔其僞하니,
서 례 척 기 위

『서경』과 『예기』는 거짓을 발라내었으니,

皆深矣乎인저.
개 심 의 호

모두가 뜻이 깊은 것이다.

秦漢已前[8]은,
진 한 이 전

진한 이전에는

其氣渾然[9]하고,
기 기 혼 연

그 기상이 완전한 것이었고,

迨[10]乎司馬遷相如[11]董生[12]
태 호 사 마 천 상 여 동 생

사마천·사마상여·동중서·

揚雄劉向[13]之徒하야,
양 웅 유 향 지 도

양웅·유향의 무리는

尤所謂傑然[14]者也라.
우 소 위 걸 연 자 야

이른바 더욱 걸출한 작가들이었다.

至後漢[15]曹魏[16]하야,
지 후 한 조 위

후한·조위에 이르러서는

氣象이 萎苶[17]하고,
기 상 위 날

[문장의] 기상이 쇠약해지고,

---

7 서례(書禮): 『서경(書經)』과 『예기(禮記)』. 『서경』은 요·순 때로부터 하·은·주 삼대까지의 정사에 관한 일을 기록한 것을 공자가 수집 편찬한 것이다. 『예기』는 주대에 예에 관한 글을 실은 경서로, 공자와 그 뒤의 유자들에 의해 편찬된 것이라 한다. 이상에 나온 『역』·『춘추』·『시』·『서』·『예』를 아울러 오경(五經)이라 한다.

8 진한이전(秦漢已前): 요임금·순임금·우왕·탕왕·문왕·무왕·주공·공자 등의 성인이 계시던 때.

9 혼연(渾然): 완전무결하여 티 한 점 없는 것을 뜻한다.

10 태(迨): 급(及)과 같다.

11 상여(相如): 한무제 때의 문인 사마상여(司馬相如). 부문학(賦文學)에 뛰어났다.

12 동생(董生): 한무제 때의 대유학자 동중서(董仲舒). 저서에 『춘추번로(春秋繁露)』가 있다.

13 유향(劉向): 전한 말기의 유학자. 자는 자정(子政). 저서에 『열녀전(烈女傳)』·『신서(新書)』·『설원(說苑)』 등이 있다.

14 걸연(傑然): 걸출과 같은 뜻

15 후한(後漢): 광무제에서 효헌제까지의 12대 195년간을 말한다.

16 조위(曹魏): 삼국의 위나라가 조씨 성이므로 조위라 한 것이다.

司馬氏[18]以來는,
사 마 씨 이 래

사마씨 이래로는

規範[19]이 蕩悉이라.
규 범 탕 실

법도가 사라져 버렸다.

謂易以下[20]를 爲古文하여,
위 역 이 하 위 고 문

모두『주역』이하의 글을
고문이라 하여

剽掠潛竊[21]爲工耳라,
표 략 잠 절 위 공 이

그것을 빼앗고 훔치는 것을
교묘하다 하니,

文與道蓁塞[22]하야,
문 여 도 진 색

문장과 도가 막히고

固然[23]莫知也러라.
고 연 막 지 야

굳어져 깨닫지를 못하였다.

先生이 生大曆戊申[24]하니,
선 생 생 대 력 무 신

선생이 대력 무신년에 태어나시니,

幼孤[25]隨兄하야,
유 고 수 형

어려서 고아가 되어

播遷韶嶺[26]이라.
파 천 소 령

형님을 따라 영남 땅의
소주로 옮겨 갔다.

---

17 위날(萎苶): '위'는 고(苦)와 같고, '날'은 피(疲)와 같다. 당시의 문장이 사륙문(四六文)과 같은 형식적인 것에 매여 그 사상 내용이 거의 시들어 피폐해짐을 말한다.

18 사마씨(司馬氏): 서진(西晉)·동진(東晉)을 가리킨다. 서진·동진이 사마씨였다.

19 규범(規範): 문장의 법도

20 역이하(易以下):『주역』으로부터『춘추』·『시경』·『서경』·『예기』등

21 표략잠절(剽掠潛竊): '표략'은 빼앗다. '잠절'은 몰래 훔치다. 여기서는 남의 글을 몰래 따다 자기의 것으로 엮어 발표함을 말한다.

22 진색(蓁塞): '진'은 풀이 더부룩한 모양. 곧 가리고 막혀 통하지 못함을 뜻한다.

23 고연(固然): 굳어져서 아주 막히다.

24 무신(戊申): 당나라 대종 대력 3년

25 고(孤): 어려서 아버지를 잃다. 한유는 3세에 아버지 중경(中卿)을 잃었다고 한다.

兄卒에,
형 졸
형님이 돌아가시니

鞠[27]於嫂氏라가,
국 어 수 씨
형수에게 양육되다가

辛勤來歸[28]라.
신 근 래 귀
고생스럽게 [고향으로] 돌아오셨다.

自知讀書爲文하야,
자 기 독 서 위 문
책을 읽고 문장을 지을 줄 알면서부터

日記數千百言하고,
일 기 수 천 백 언
날마다 수천 수백 자를 기록하였고,

比壯[29]經書를
비 장 경 서
장년 무렵에는 경서를

通念曉析[30]하고,
통 념 효 석
생각을 통해 환히 깨달아 알았고,

酷排釋氏[31]하며,
혹 배 석 씨
불교를 심하게 배척하였으며,

諸史百子[32]를,
제 사 백 자
여러 역사책과 제자백가를

搜抉無隱[33]이라.
수 결 무 은
더듬어 끌어내어
숨은 것이라고는 없었다.

---

26 파천소령(播遷韶嶺): '파천'은 먼 곳으로 좌천되다. 한유가 11세 때 형 한회(韓會)는 죄를 입어 영남의 소주(韶州)자사로 파천되어 갔다.

27 국(鞠): 양(養)과 같다.

28 신근래귀(辛勤來歸): 형이 세상을 떠난 후 그 유족들은 갖은 고생 끝에 고향인 하양으로 돌아왔다.

29 비장(比壯): '비'는 경(頃)과 같고, '장'은 장년, 곧 20세를 가리킨다. 곧 장년이 되었을 무렵

30 통념효석(通念曉析): 깊은 생각을 통해 어려운 경서의 그 깊은 뜻을 환히 깨달아 알다.

31 혹배석씨(酷排釋氏): 한유가 불교를 배척하여 석가의 유골을 존숭하는 당나라 헌종에게 불골을 논하는 표문을 올렸다가 조주로 유배되었던 일을 말한다.

32 제사백자(諸史百子): '제사'는 『사기(史記)』·『전후한서』·『삼국지(三國志)』·『진서(晉書)』·『남사(南史)』·『북사(北史)』·『수서(隋書)』 등 역대의 사관이 쓴 역사서. '백자'는 제자백가, 곧 노자·장자·열자·묵자·한비자·회남자 등 춘추전국 시대가 낳은 유교 이외의 학자들을 가리킨다.

汗瀾卓踔[34]하고,
한 란 탁 탁

문장은 아름답고 기묘하며

奫泫澄深[35]하야,
윤 현 징 심

내용은 속속들이 맑고 깊어,

詭然[36]而蛟龍翔하고,
궤 연 이 교 룡 상

기이하기로는 교룡이 나는 듯하고

蔚然[37]而虎鳳躍하며,
울 연 이 호 봉 약

무성하기로는 호랑이와 봉황이
뛰는 듯하며,

鏘然[38]而韶鈞[39]發하고,
장 연 이 소 균 발

아름다운 소리는 소와 균이
나오는 듯하고

日光玉潔[40]이요,
일 광 옥 결

태양처럼 빛나고 옥처럼 깨끗하며,

周情孔思[41]가,
주 정 공 사

주공의 참뜻과 공자의 사상이

---

33 수결무은(搜抉無隱): 한유가 역사서, 백가서 할 것 없이 샅샅이 찾아내어 한 권도 빼놓지 않고 다 읽었다는 말이다.

34 한란탁탁(汗瀾卓踔): '한란'은 맑고 푸른 물결에 문채 가득한 모양. '탁탁'은 고원과 같다. 이것은 문장이 썩 아름답고 기묘함을 표현한 말이다.

35 윤현징심(奫泫澄深): '윤'은 샘물 깊은 모양. '현'은 물이 유유히 흐르는 모양. 한없이 솟구쳐 흐르는 물처럼 문장은 윤이 흐르고 사상은 한없이 넓다. '징심'은 곧 맑고 깊은 물처럼 속속들이 맑고 깊다는 말이다.

36 궤연(詭然): '궤'는 '기괴'와 같다. 곧 한유 문장의 기괴함을 뜻한다.

37 울연(蔚然): 무성한 모양. 곧 한유 문장의 장대함을 뜻한다.

38 장연(鏘然): 금석이 울리는 소리. 여기서는 아름다운 음악 소리를 뜻한다.

39 소균(韶鈞): '소'는 순임금이 노래한 음악. '균'은 균천광악(鈞天廣樂)이라고 하여 천제가 부르는 음악이다. 곧 한유의 문장에 흐르는 격조 높은 가락을 가장 훌륭한 음악인 소와 균천광악에 비유한 것이다.

40 일광옥결(日光玉潔): '일광'은 빛나는 햇빛으로 한유의 문장이 명백함을 나타낸 말. '옥결'은 주옥의 맑고 깨끗한 것으로 한유 문장의 아름다움을 나타낸 말

41 주정공사(周情孔思): '주정'은 성인 주공의 참뜻을, '공사'는 성인 공자의 사상을 뜻한다.

千態萬狀으로, 천 태 만 상	천태만상으로
卒澤[42]於道德仁義 졸 택 어 도 덕 인 의	마침내는 도덕과 인의에 은택을 입어
炳如也[43]러라. 병 여 야	빛을 비춘 듯하다.
洞視[44]萬古[45]하고, 통 시 만 고	만고를 통찰해 보고
愍惻[46]當世하야, 민 측 당 세	당시의 문장을 슬퍼하여,
遂大拯頹風[47]하야, 수 대 증 퇴 풍	드디어는 크게 무너진 문장을 바로잡고
敎人自爲[48]러라. 교 인 자 위	스스로 사람들에게 가르쳤다.
時人이 始而驚하고, 시 인 시 이 경	그때 사람들은 처음에는 놀라고
中而笑且排나, 중 이 소 차 배	다음에는 웃으며 배척했으나,
先生이 益堅하니, 선 생 익 견	선생은 더욱 굳건하였으니,
終而翕然隨以定이라. 종 이 흡 연 수 이 정	마침내는 한마음으로 그를 따라서 정해졌다.

42 택(澤): 은택. 이 문장의 뜻은 한유가 도덕과 인의를 내세우는 성인의 도를 세상에 두루 펴서 천하 사람들에게 그 은택을 고루 미치게 하였다는 것이다.

43 병여야(炳如也): 빛을 비친 듯 명백하다는 뜻으로 한유의 은택을 받는 것을 두고 하는 말이다.

44 통시(洞視): 환히 속까지 꿰뚫어보다. 통찰 또는 통견이라고도 한다.

45 만고(萬古): 태고로부터 현재와 먼 미래를 아울러 의미한다.

46 민측(愍惻): 슬퍼하고 가슴 아파하다.

47 증퇴풍(拯頹風): '증'은 구(救)와 같다. 당시의 퇴폐한 풍조에서 문장을 구해 성인의 정도에 들게 하였다는 말

48 교인자위(敎人自爲): 세상 사람들에게 도덕이 결핍된 그릇된 문장 풍조를 바로잡아 주고, 제 스스로 문장과 도덕이 하나인 옛 성인의 문장, 곧 고문에 복귀하도록 하였다는 말이다.

嗚呼라! (오 호)	아!
先生於文에, (선 생 어 문)	선생의 문장이
摧陷廓淸之功을, (최 함 확 청 지 공)	과거의 병폐를 타파하고 깨끗이 한 공을
比於武事에, (비 어 무 사)	무사에 비유한다면,
可謂雄偉不常者矣라. (가 위 웅 위 불 상 자 의)	웅장하고 위대하며 비상한 분이라 할 수 있겠다.
長慶四年冬에, (장 경 사 년 동)	장경 4년 겨울에
先生이 歿하시니, (선 생 몰)	선생이 돌아가시니,
門人隴西李漢이, (문 인 농 서 이 한)	문인 농서 이한이
辱知最厚且親이라, (욕 지 최 후 차 친)	외람되게도 가장 두텁고 친하게 알아주신 터라,
遂收拾遺文하야, (수 수 습 유 문)	드디어 그분이 남긴 글을 모아
無所失墜하고, (무 소 실 추)	빠트리는 바 없이 하고,
合若干卷하야, (합 약 간 권)	합하여 몇 권으로 엮어
目爲昌黎先生集이라. (목 위 창 려 선 생 집)	『창려선생집』이라 하였다.

53. 재인전(梓人傳)[49]

유종원(柳宗元)[50]

裵封叔[51]之第[52]는, (배 봉 숙 지 제)	배봉숙의 집은
在光德里[53]한데, (재 광 덕 리)	광덕리에 있었는데,
有梓人[54]이 款[55]其門하고, (유 재 인 관 기 문)	어느 날 목수 한 사람이 그 집에 찾아와
願傭[56]隙宇而處焉이라. (원 용 극 우 이 처 언)	품삯으로 빈방을 빌려 머물기를 청하였다.

---

49 재인전(梓人傳): 지금으로 말하면 건축 기사라고 할 수 있는 사람을 빗대어 정치에 대해 설명하고 있다. 작자가 중앙의 정치 무대에서 밀려나가기 전에 쓴 글인 듯, 곳곳에 천자를 보좌해 이상적인 정치를 하려는 포부가 보인다.

50 유종원(柳宗元: 773~819): 당나라의 시인. 자는 자후(子厚). 유하동(柳河東)·유유주(柳柳州)라고도 한다. 벼슬은 집현전정자(集賢殿正字)에 이르렀다. 순종이 즉위하자 실권자인 왕숙문(王叔文) 일파에 가담해 정치 개혁을 하려 했으나, 헌종이 즉위하자 실각하여 영주사마(永州司馬)로 좌천되어 유주에서 죽었다. 한유와 함께 고문운동 선도자의 한 사람이며, 합리주의에 기초한 천박하지 않은 논설과 산수를 묘사한 유기(遊記), 그리고 자연을 묘사한 시로 문명이 높다. 저서로는『유하동전집(柳河東全集)』이 있다.

51 배봉숙(裵封叔): 유종원의 매부로 이름은 근(瑾)이다.

52 제(第): 주택

53 광덕리(光德里): 당나라의 수도인 장안의 동리 이름

54 재인(梓人):『주례(周禮)』「고공기(考工記)」에 보면 "나무를 다스리는 공인은 대개 일곱 종류로 나뉘는데, 그 가운데 하나가 재인으로 주로 가래나무를 가지고 악기나 식기 또는 화살 따위를 만든다"고 했다. 본문에서 말하는 '재인'은 오늘의 건축 기사 정도로 볼 수 있겠으나 여기서는 편의상 목수로 풀이하였다.

55 관(款): 여기서는 문을 두드리는 것

56 용(傭): 남에게 고용되어 품삯을 받다.

所職은 尋引[57] 소 직 심 인	그의 일은 길이를 재고
規矩[58]繩墨[59]이요, 규 구 승 묵	원과 정방형을 그리고 먹줄로 줄을 긋는 것이나,
家不居[60]礱斲[61]之器라. 가 불 거 농 착 지 기	그에게는 갈고 쪼개는 공구가 없었다.
問其能曰, 문 기 능 왈	무엇을 잘하느냐고 묻자 그는 말하였다.
吾善度材하야, 오 선 탁 재	"저는 목재를 잘 헤아립니다.
視棟宇[62]之制면, 시 동 우 지 제	집의 규격만 보면
高深圓方短長之宜를, 고 심 원 방 단 장 지 의	높고 낮음과 둥글고 네모남과 길고 짧은 적당함을
吾指使而群工役[63]焉하니, 오 지 사 이 군 공 역 언	가르쳐 주어 공인들을 일하게 하니,

57 심인(尋引): 각각 여덟 자와 열 발을 잴 수 있는 짧은 자와 긴 자를 말하는데, 여기서는 이 두 글자가 길이를 잰다는 동사로 사용되었다.

58 규구(規矩): '규'는 원을 그리는 데 쓰이는 자. '구'는 정방형을 그리는 데 쓰이는 곡척(曲尺)인데 여기서는 원과 정방형을 그린다는 동사로 사용되었다.

59 승묵(繩墨): '승'은 먹줄, '묵'은 먹통을 말한다. 여기서는 먹줄로 줄을 긋는다는 뜻으로 사용되었다.

60 거(居): 존(存)과 같은 뜻

61 농착(礱斲): 갈고 쪼개다. '농착지기(礱斲之器)'란 목공들이 흔히 사용하는 도끼나 톱 등의 공구를 말한다.

62 동우(棟宇): 집의 마룻대와 추녀 끝. 즉 가옥을 말한다.

63 역(役): 작업을 하다.

捨我衆莫能就一宇라. 사 아 중 막 능 취 일 우	제가 없으면 공인들은 한 채의 집도 짓지 못합니다.
故食官府[64]에, 고 사 관 부	그러므로 관가에서 일하면
吾受祿[65]三倍하고, 오 수 록 삼 배	나는 세 배 되는 공임을 받고,
作於私家에, 작 어 사 가	사가에서 일하면
吾收其直[66]이 大半焉이라. 오 수 기 직 대 반 언	품삯의 반을 더 받습니다.”
他日에 入其室하니, 타 일 입 기 실	며칠 후 그 목수의 방에 가 보았더니
其牀은 闕[67]足이나, 기 상 궐 족	침대의 다리가 망가져 있었으나,
而不能理하고, 이 불 능 리	그는 수리하지 못하고
曰將求他工이라 하니, 왈 장 구 타 공	“다른 목수를 불러다 고치려 한다”고 하였다.
余甚笑之하야, 여 심 소 지	나는 그를 심히 비웃으며
謂其無能而 위 기 무 능 이	무능하고
貪祿嗜貨者러라. 탐 녹 기 화 자	품삯과 돈만 밝히는 사람이라고 생각하였다.

64 사관부(食官府): ‘사’ 뒤에 ‘어(於)’가 있는 판본도 있다. 관청에 고용되어 품삯을 받다.

65 녹(祿): 품삯

66 직(直): 치(値)와 통한다. 품삯

67 궐(闕): 결(缺)과 통한다.

其後에 京兆尹[68]이,
기 후 경 조 윤

그 후 경조윤이

將飾[69]官署한데,
장 식 관 서

관청을 수리하게 되었는데,

余往過焉이라.
여 왕 과 언

마침 그곳을 지나게 되었다.

委[70]群材하고,
위 군 재

수많은 목재가 쌓여 있고

會衆工한데,
회 중 공

공인들이 여럿 모였는데,

或執斧斤하고,
혹 집 부 근

어떤 이는 도끼를 잡고

或執刀鋸하고,
혹 집 도 거

어떤 이는 톱을 쥐고

皆環立嚮之라.
개 환 입 향 지

모두 목수 쪽으로 빙 둘러서 있었다.

梓人이 左執引하고,
재 인 좌 집 인

목수는 왼손엔 긴 자를,

右執杖而中處焉하야,
우 집 장 이 중 처 언

오른손에는 막대기를 쥐고서
가운데 있었는데,

量棟宇之任[71]하고,
양 동 우 지 임

집을 짓는 데 쓰일 목재들을 헤아리고

視木之能하야,
시 목 지 능

나무들의 용도를 살펴,

擧揮其杖曰斧彼라 하면,
거 휘 기 장 왈 부 피

막대기를 휘두르며 “저기엔 도끼!”
하고 말하면

---

68 경조윤(京兆尹): 당나라 때 수도인 장안을 다스리던 관직. 서울시장에 해당한다.

69 식(飾): 수리하다.

70 위(委): 쌓다. 여러 목재를 한데 모아 놓았다는 뜻

71 양동우지임(量棟宇之任): 가옥의 각 부분에 쓰일 목재를 적절히 판단해 선별하는 일을 말한다.

執斧者奔而右하고, 집 부 자 분 이 우	도끼를 잡고 있던 공인이 오른쪽으로 달려갔고,
顧而指曰鋸彼라 하면, 고 이 지 왈 거 피	고개를 돌려 가리키며 "저기엔 톱!" 하고 말하면
執鋸者趨而左라. 집 거 자 추 이 좌	톱을 쥔 공인이 왼쪽으로 달려갔다.
俄而斤者斲하고, 아 이 근 자 착	잠시 뒤 도끼로 깎고
刀者削한데, 도 자 삭	톱으로 자르고 하는데,
皆視其色하고, 개 시 기 색	모두들 목수의 얼굴색을 살피고
俟其言하며, 사 기 언	지시를 기다리면서
莫敢自斷者라. 막 감 자 단 자	감히 자기 멋대로 하지 못하였다.
其不勝任者를 기 불 승 임 자	제대로 일을 해내지 못하는 사람을
怒而退之이나, 노 이 퇴 지	노하여 물러가게 해도
亦莫敢慍焉이라. 역 막 감 온 언	감히 화를 내지 못하였다.
畫宮於堵[72]하고, 화 궁 어 도	건물의 그림을 담 위에 그려 놓았는데
盈尺而曲盡其制[73]하며, 영 척 이 곡 진 기 제	한 척에 불과했으나 규격은 상세하고 정확하였으며,

72 화궁어도(畫宮於堵): 지으려고 하는 집의 설계도를 담벼락에 그려 놓다.

73 영척이곡진기제(盈尺而曲盡其制): '영'은 만(滿)과 통한다. 담에 그린 집의 설계도가 비록 한

計其毫釐而構大廈하야,
계 기 호 리 이 구 대 하

치밀하게 계산하여 커다란 건물을 지으면서

無進退[74]焉이러라.
무 진 퇴 언

조금의 오차도 없었다.

旣成에,
기 성

완성되자

書于上棟[75]曰,
서 우 상 동 왈

들보에 쓰기를

某年某月某建이라 하니,
모 년 모 월 모 건

"몇 년 몇 월 아무개가 세움"이라 하니,

則其姓字也오,
즉 기 성 자 야

자신의 성명을 쓸 뿐

凡執用之工은,
범 집 용 지 공

작업한 공인들은

不在列이라.
부 재 열

열거하지 않았다.

余圜視[76]大駭하고,
여 환 시 대 해

나는 이곳저곳을 두루 살펴본 뒤 크게 놀라고

然後에
연 후

나서야

知其術之工이 大矣라.
지 기 술 지 공 대 의

목수의 기술이 교묘하면서도 대단하다는 것을 알았다.

繼而歎曰,
계 이 탄 왈

이어서 나는 탄식하며 말하였다.

척 정도에 불과하지만 집안 구석구석의 규격을 정확하고 상세하게 표시하고 있다는 뜻

74 진퇴(進退): 오차(誤差)

75 상동(上棟): 대들보

76 환시(圜視): 사방을 두루 살펴보다.

彼將捨其手藝하고, 피 장 사 기 수 예	“저 사람은 손기술을 버리고
專其心智하여, 전 기 심 지	오로지 마음의 지혜만을 사용하여
而能知體要[77]者歟로다. 이 능 지 체 요 자 여	작업의 핵심을 알고 있도다.
吾聞 오 문	내가 듣건대
勞心者는 役人하고, 노 심 자 역 인	정신을 쓰는 사람은 다른 사람을 부리고
勞力者는 役於人[78]이라더니, 노 력 자 역 어 인	육체의 힘을 쓰는 사람은 부림을 당한다고 하더니
彼其[79]勞心者歟로다. 피 기 노 심 자 여	저 사람은 바로 정신을 쓰는 사람이다.
能者用[80] 능 자 용	능력이 있는 사람은 실행하고
而智者謀라 하니, 이 지 자 모	지혜로운 사람은 일을 계획한다고 하였는데,
彼其智者歟아? 피 기 지 자 여	저 사람은 바로 지혜로운 사람이 아닌가?

77 체요(體要): 대강과 요체

78 노심자역인, 노력자역어인(勞心者役人, 勞力者役於人): 『맹자(孟子)』「등문공 상(滕文公上)」에는 “정신노동을 하는 사람은 다른 사람을 다스리고 육체노동을 하는 사람은 다른 사람에게 다스림당한다(勞心者治人, 勞力者治於人)”로 되어 있다.

79 기(其): 기(豈)와 통한다.

80 용(用): 실행하다.

是足爲佐天子하여, 시 족 위 좌 천 자	이는 천자를 보좌하여
相天下法矣니, 상 천 하 법 의	천하를 재상으로 다스리는 법도라고 할 만하니,
物莫近乎此也라. 물 막 근 호 차 야	어떤 일도 이처럼 근사한 것은 없다.
彼爲天下者는 피 위 천 하 자	천하를 다스리는 사람은
本於人하니, 본 어 인	다른 사람에게 근본을 두게 마련이다.
其執役者는, 기 집 역 자	그 하급의 일은
爲徒隸[81]爲鄕師里胥[82]요, 위 도 예 위 향 사 이 서	하급 관리 향사나 이서가 처리하고,
其上은 爲下士며, 기 상 위 하 사	그 위는 하사이며,
又其上은 우 기 상	또 그 위는
爲中士爲上士며, 위 중 사 위 상 사	중사·상사가 있고,
又其上은 우 기 상	또 위로는
爲大夫爲卿爲公[83]이요, 위 대 부 위 경 위 공	대부·경·공의 직책이 있으며,

81 도예(徒隸): 감옥을 지키는 간수나 죄인을 잡기 위해 파견되는 하급 관리

82 향사이서(鄕師里胥): '향사'와 '이서' 모두 지방의 말단 관직으로 면장과 이장을 말한다.

83 기상위하사(其上爲下士)~위공(爲公): 주나라 때에는 관직을 공경·대부·사(士)의 3등급으로 나누었으며 사는 다시 상중하로 세분하였다.

離[84]而爲六職[85]하고,
이 이위육직

중앙의 직분을 나누면 육관(六官)이 있고,

判[86]而爲百役[87]이라.
판 이위백역

다시 세분하면 백관(百官)이 된다.

外薄[88]四海하야,
외박 사해

밖으로는 사방의 변경에

有方伯[89]連帥[90]하며,
유방백 연수

방백·태수가 있고

郡有守[91]하고,
군유수

군에는 수령,

邑有宰[92]한데,
읍유재

읍에는 현령이 있는데

皆有佐政[93]하며,
개유좌정

모두 보좌역을 데리고 있으며,

其下에 有胥史[94]하고,
기하 유서사

밑으로 다시 서리가 있고,

又其下에 有嗇夫[95]版尹[96]하야,
우기하 유색부 판윤

다시 그 밑으로는 색부·판윤 등이

---

84 이(離): 나누다.

85 육직(六職): 중앙에 있는 여섯 개의 관직. 『주례』「천관소재(天官小宰)」에 의하면 치직(治職)·교직(敎職)·예직(禮職)·형직(刑職)·사직(事職) 등이다.

86 판(判): 나누다.

87 백역(百役): 백관(百官)

88 박(薄): 지(至)와 통한다.

89 방백(方伯): 은·주 시대에 한 지역의 제후들을 총괄하던 대제후. 『예기』「왕제(王制)」에서는 "천리 밖에 방백을 둔다"고 하였다.

90 연수(連帥): 연솔(連率)이라고도 하며 고을의 행정직인 태수나 감찰직인 안찰사를 가리킨다.

91 수(守): 태수

92 재(宰): 현령

93 좌정(佐政): 보좌관

94 서사(胥史): '사'는 리(吏)의 오자

以就役焉이라.
이 취 역 언
잡일을 처리한다.

猶衆工之各有執伎하야,
유 중 공 지 각 유 집 기
이는 마치 수많은 공인들이
자신의 능력에 따라

以食力[97]也라.
이 식 력 야
생계를 유지하는 것과 같은 것이다.

彼佐天子相天下者는,
피 좌 천 자 상 천 하 자
천자를 도와 천하를 다스리는 재상은

擧[98]而加[99]焉하고,
거 이 가 언
[인재를] 천거해 [임무를] 부여하고

指而使焉하며,
지 이 사 언
지휘하고 부리며,

條[100]其紀綱而盈縮焉하며,
조 기 기 강 이 영 축 언
정치의 기강을 바로잡아 신축성
있게 운용하면서

齊其法度而整頓焉하니,
제 기 법 도 이 정 돈 언
법령과 제도를 통일해 정돈하니,

猶梓人之有規矩繩墨하야,
유 재 인 지 유 규 거 승 묵
이는 목수가 그림쇠와 둥근 자,
먹줄과 먹통을 가지고

以定制也라.
이 정 제 야
규격을 정하는 것과 마찬가지다.

擇天下之士하야,
택 천 하 지 사
천하의 인재를 골라

---

95 색부(嗇夫): 옛날 지방 관청에서 소송이나 직세(職稅)를 관장하던 하급직
96 판윤(版尹): 향(鄕)에서 호적 등을 관리하던 하급직
97 식력(食力): 자신의 능력으로 생계를 이끌어 가다.
98 거(擧): 많은 부하 관리를 천거하다.
99 가(加): 직책에 합당한 임무를 부여하다.
100 조(條): 일관되게 정리하다.

使稱其職하고, 사 칭 기 직	[능력에 맞는] 직분을 부여하고,
居天下之人하야, 거 천 하 지 인	천하의 사람들이
使安其業하며, 사 안 기 업	편안히 생업에 종사할 수 있게 함으로써,
視都[101]知野[102]하고, 시 도 지 야	도성을 보면 민간 생활을 알 수 있고,
視野知國하며, 시 야 지 국	민간 생활을 보면 그 나라를 알 수 있으며,
視國知天下하니, 시 국 지 천 하	그 나라를 봄으로써 온 천하를 알 수 있게 되니,
其遠邇細大를, 기 원 이 세 대	멀거나 가깝고 사소하거나 중대한 모든 일을
可手據其圖而究焉이, 가 수 거 기 도 이 구 언	계획에 따라 추구할 수 있는 것은,
猶梓人畫宮於堵而 유 재 인 화 궁 어 도 이	목수가 담에 그림을 그려 놓고
績[103]于成也라. 적 우 성 야	거기에 따라 집을 완성하는 것과 같다.
能者를 進而由之나, 능 자 진 이 유 지	능력 있는 사람을 천거하여 직무를 부여해도

101 도(都): 도성. 임금이 거처하는 곳
102 야(野): 교외, 민간
103 적(績): 공적(功績). 일의 완수

使無所德[104]하고,
사 무 소 덕

그가 덕을 입었다고 생각하지 않고,

不能者를 退而休[105]之나,
불 능 자 퇴 이 휴 지

무능한 사람은 일을 그만두고
물러나게 해도

亦莫敢慍하며,
역 막 감 온

감히 화를 내지 못하는 것이며,

不衒能하고,
불 현 능

자신의 재능을 뽐내지 않고

不矜名하며,
불 긍 명

명예를 자랑하지 않으며,

不親小勞[106]하고,
불 친 소 로

사소한 일에 직접 관여하지 않고

不侵衆官[107]하야,
불 침 중 관

다른 여러 관직에도 간섭하지 않으며,

日與天下之英才로,
일 여 천 하 지 영 재

날마다 천하의 영재와

討論其大經[108]하니,
토 론 기 대 경

국가의 법도를 논의할 뿐이니,

猶梓人之善運衆工而
유 재 인 지 선 운 중 공 이

이는 목수가 많은 공인을 적절히
움직이면서도

不伐藝[109]也라.
불 벌 예 야

자신의 기예를 뽐내지 않는 것과 같다.

---

104 덕(德): 사사로운 은혜. 또는 그것으로 여기다.

105 휴(休): 파면시키다.

106 불친소로(不親小勞): 세세한 일에는 직접 관여하지 않다.

107 불침중관(不侵衆官): 다른 직책에 대해서 월권행위를 하지 않다. 이는 모두 재상의 치국지도(治國之道)를 설명하는 것이다.

108 대경(大經): 나라의 큰 법도. 국도(國道), 상도(常道)

109 벌예(伐藝): 자신의 기술을 지나치게 뽐내다.

夫然後에 부 연 후	이런 뒤에야
相道[110]得而萬國理矣리라. 상 도 득 이 만 국 리 의	재상의 법도를 얻고 천하가 다스려지는 것이다.
相道旣得하고, 상 도 기 득	재상의 법도를 이미 얻고
萬國旣理에, 만 국 기 리	천하가 이미 다스려진 후,
天下擧首而望曰, 천 하 거 수 이 망 왈	세상의 모든 사람이 재상을 우러러보며
吾相之功也라 하고, 오 상 지 공 야	"이는 우리 재상의 공적이다"라 말하고,
後之人이 循跡而慕曰, 후 지 인 순 적 이 모 왈	후대 사람이 발자취를 따르며
彼는 相之才也라 하리라. 피 상 지 재 야	"그는 재상의 재목이었다"라 말할 것이다.
士或談殷周之理者曰, 사 혹 담 은 주 지 리 자 왈	사대부들은 혹 은·주나라의 잘 다스렸던 사람을 얘기할 때
伊傅周召[111]라 하고, 이 부 주 소	이윤·부열·주공·소공을 거론하고,
其百執事之勤勞는, 기 백 집 사 지 근 로	무수한 관리들의 공로는

110 상도(相道): 재상으로서 나라를 다스리는 도리

111 이부주소(伊傅周召): 은나라의 현신인 이윤·부열과 주나라의 현인인 주공·소공을 지칭한다.

而不得紀焉하니, 이 부 득 기 언	기록하지 않았으니,
猶梓人이 自名其功而 유 재 인 자 명 기 공 이	마치 목수가 자신의 이름은 기록하면서
執用者不列也라. 집 용 자 불 열 야	작업에 참가한 공인을 열거하지 않은 것과 같다.
大哉라. 대 재	위대하도다.
相乎여! 상 호	재상이여!
通是道者를, 통 시 도 자	이러한 도리에 통달한 사람을
所謂相而已矣니라. 소 위 상 이 이 이	이른바 재상이라고 하는 것이다.
其不知體要者는 反此하야, 기 부 지 체 요 자 반 차	그 요체를 모르는 사람은 이와 정반대이다.
以恪勤[112]爲公[113]하며, 이 각 근 위 공	삼가며 애쓰는 것을 국가에 봉사하는 것으로 여기고,
簿書[114]로 爲尊하야, 부 서 위 존	관청의 장부를 지나치게 존중하고,
衒能矜名하며, 현 능 긍 명	자신의 능력을 뽐내고 명성을 자랑하고,

112 각근(恪勤): 삼가며 정성껏 일하다.

113 공(公): '공'은 공(功)으로 된 판본도 있다. 나라에서 내린 일을 맡아 봉직하다.

114 부서(簿書): 관청에서 쓰이는 서(書)나 표보(表報) 또는 출납 따위의 문서

親小勞하며, 친 소 로	사소한 일에 관여하고,
侵衆官하야, 침 중 관	잡다한 직무에 간섭하고,
竊取六職百役之事하야, 절 취 육 직 백 역 지 사	여섯 개 부서의 여러 관리의 일을 몰래 빼앗으며,
听听[115]於府庭하고, 은 은 어 부 정	조정에서 끊임없이 논쟁하면서도,
而遺其大者遠者焉하나니, 이 유 기 대 자 원 자 언	도리어 중요하고 원대한 계획은 빠뜨리는 것이니,
所謂不通是道也라. 소 위 불 통 시 도 야	이른바 도를 전혀 모르는 것이다.
猶梓人而不知繩墨之曲直하며, 유 재 인 이 부 지 승 묵 지 곡 직	목수가 먹줄의 곧음을 모르고,
規矩之方圓하며, 규 거 지 방 원	그림쇠와 둥근 자가 둥글게 하고 모나게 하는 것과,
尋引之短長이나, 심 인 지 단 장	긴 자와 짧은 자의 장단을 구별하지 못한 채,
姑奪衆工之斧斤刀鉅하야, 고 탈 중 공 지 부 근 도 거	공인들의 도끼와 칼과 톱을 빼앗아
以佐其藝나, 이 좌 기 예	자신의 기예를 보충하고자 하나,
又不能備其工하고, 우 불 능 비 기 공	작업을 완전하게 해내지 못하고

115 은은(听听): 논쟁하는 모양

以至敗績하야
이 지 패 적
심지어 일을 망쳐

用而無所成也니,
용 이 무 소 성 야
이룬 것이 없게 되는 것과 같으니,

不亦謬歟아?
불 역 류 여
이 얼마나 잘못인가?”

或曰,
혹 왈
어떤 사람이 말하였다.

彼主爲室者가,
피 주 위 실 자
“만약 그 집의 주인이

儻或發其私智[116]하여,
당 혹 발 기 사 지
자신의 개인적인 지혜를 발휘하여

牽制梓人之慮하여,
견 제 재 인 지 려
목수의 계획을 견제함으로써,

奪有世守[117]하고,
탈 유 세 수
목수가 대대로 이어 온
경험을 빼앗긴 채

而道謀是用[118]이면,
이 도 모 시 용
길 가던 사람과 도모해 사용하였다면,

雖不能成功이나,
수 불 능 성 공
비록 집이 완성되지 못하더라도

豈其罪耶아?
기 기 죄 야
어찌 그의 죄이겠는가?

亦在任之而已라.
역 재 임 지 이 이
[목수를] 신임하는 여부에
달렸을 따름이다.”

余曰,
여 왈
나는 말하였다.

---

116 사지(私智): 집주인의 개인적인 지혜

117 세수(世守): 목수의 집안 대대로 전해 오는 경험적 기술

118 도모시용(道謀是用): 전혀 문외한인 사람의 견해를 받아들여 사용한다는 뜻

不然이라.
불 연

"그렇지 않다.

夫繩墨誠陳[119]하고,
부 승 묵 성 진

먹줄과 먹통이 놓여 있고,

規矩誠設이면,
규 거 성 설

그림쇠와 둥근 자가 펼쳐져 있다면

高者不可抑而下也오,
고 자 불 가 억 이 하 야

높은 것을 아래로 누를 수는 없고

狹者不可張而廣也라.
협 자 불 가 장 이 광 야

좁은 것을 펴 넓힐 수는 없다.

由我則固오,
유 아 즉 고

내 방법을 쓰면 견고하고

不由我則圮[120]니,
불 유 아 즉 비

내 방법을 버리면 무너지는데,

彼將樂去固而
피 장 락 거 고 이

목수가 기꺼이 견고한 방법을 버리고

就圮也인댄,
취 비 야

무너지는 편을 택한다면,

則卷[121]其術하고,
즉 권 기 술

자신의 기술을 감추고

默其智하며,
묵 기 지

지혜를 말하지 않고

悠爾[122]而去라.
유 이 이 거

유유히 떠난다.

不屈吾道라야,
불 굴 오 도

자기의 법도를 굽히지 말아야

是誠良梓人耳니라.
시 성 량 재 인 이

진실로 뛰어난 목수인 것이다.

---

119 진(陳): 진열되어 있다.
120 비(圮): 무너지다.
121 권(卷): 권(捲)과 통한다. 숨기다.
122 유이(悠爾): 유유히, 기꺼이

其或嗜其貨利하야,
기 혹 기 기 화 리

간혹 재물을 탐낸 나머지

忍而不能捨也하며,
인 이 불 능 사 야

차마 그만두지 못하고,

喪其制量하야,
상 기 제 량

집을 짓는 법칙도 고려하지 않은 채

屈而不能守也하며,
굴 이 불 능 수 야

자신의 주장을 굽혀 지키지 못하여

棟撓[123]屋壞라도,
동 요 옥 괴

대들보가 휘고 집이 무너졌는데,

則曰非我罪也라 하면,
즉 왈 비 아 죄 야

이는 내 잘못이 아니라고 말한다면

可乎哉[124]아?
가 호 재

이것이야말로 말이 되겠는가?”

余謂梓人之道類於相하니,
여 위 재 인 지 도 류 어 상

내 생각으로는 목수의 도는 재상의 그것과 비슷하니,

故書而藏之라.
고 서 이 장 지

그러므로 여기에 적어 보존하고자 한다.

梓人은 蓋古之
재 인 개 고 지

목수는 대개 옛날에는

審曲面勢[125]者나,
심 곡 면 세 자

목재의 굽음과 곧음, 겉모양을 살펴내는 사람이었으나

123 동요(棟撓): 대들보가 휘다.

124 가호재(可乎哉): 이다음에 같은 구절이 되풀이되는 판본도 있다.

125 심곡면세(審曲面勢): 『주례』「고공기」에는 “혹은 곡직(曲直)이나 면세(面勢)를 잘 관찰함으로써 오재(五材: 金木水火土)를 갖추고 백성들이 사용할 농기구 등을 만드는 사람을 일컬어 백공(百工)이라고 한다”라고 했는데, 여기서는 목수의 경우에만 한정해 말한 것이다.

今謂之都料匠[126]云이라. 금 위 지 도 료 장 운	지금은 도료장이라고 부른다.
余所遇者는 여 소 우 자	내가 만난 사람은
楊氏潛其名이라. 양 씨 잠 기 명	성은 양씨이며 이름은 잠(潛)이다.

54. 한유와 더불어 사관에 대해 논한 편지(與韓愈論史書)[127]

유종원(柳宗元)

正月二十一日[128]에, 정 월 이 십 일 일	정월 21일,

126 도료장(都料匠): 건축 기사 혹은 목공의 우두머리

127 여한유론사서(與韓愈論史書): 한유에게 주는 역사를 논한 글로서 『유하동전집』에는 「여한유론사관서」라는 제목으로 되어 있다. 유종원이 영주사마(永州司馬)로 좌천되어 있을 때, 한유의 「답유수재론사서(答劉秀才論史書)」를 본 뒤 그에 대해 조목조목 예를 들면서 비판한 글이다. 「답유수재론사서」의 대체적인 내용은 다음과 같다. 첫째, 사관의 대법(大法)은 포폄(褒貶)인데 그것은 이미 『춘추』에서 갖추어졌으며, 후세의 사가들은 역사적 사실대로 기록할 뿐이지만 나같이 재주가 없는 사람은 사실의 기록마저도 못하겠다. 둘째, 사관에는 인화나 천형이 미치니 공자를 비롯해 좌구명·사마천 등 여러 가지 예를 보아도 이는 분명하다. 셋째, 당나라의 건국 이래 무수한 성군·현상·문무지사가 있었으니, 나 혼자서는 역사를 기록하기가 벅차다. 넷째, 재상은 내가 아무런 재주를 가지고 있지 않은데도, 늙은 이 몸이 세상에 어울리지 못해 근심스럽게 일생을 마치지 않도록, 영광스럽게도 사관이라는 직책을 주셨다. 급하게 독촉하는 것은 아니지만 나는 각하의 뜻을 거역할 수 없으니 조금 해 보다가 물러나려고 한다. 다섯째, 전해 내려오는 이야기는 다르고 선악은 사람마다 차이가 나니 역사를 포폄하는 데 과거의 기준에 맞추어 할 수는 없다. 여섯째, 만약 내가 계속 사관의 직무를 수행한다면 설령 귀신이 없다고 해도 스스로 부끄러운 일이며, 귀신이 있다고 해도 다른 사람에게 도움이 되지는 못할 것이다. 일곱째, 당나라의 성스러운 사적은 결코 사라지지 않을 것이니 사관에 적임자가 없을지라도 반드시 후배 중에서 사가가 나와 엄숙하게 역사를 편찬할 것이다. 이상의 내용에서 알 수 있는 바와 같이 한유는 애당초 사관수찬(史館修撰)이라는 직책에 열의를 갖지 않은 것으로 보인다.

128 정월이십일일(正月二十一日): 원화 9년(814)의 정월을 가리킨다.

某[129]는 頓首[130] 모 돈수	유종원은 머리 숙여
十八丈[131]退之侍者[132]하노이다. 십팔장 퇴지시자	십팔장 한유 선생의 시종을 통해 말씀드립니다.
前獲書[133]하니, 전획서	일전에 받은 편지에
言史事하야 云, 언사사 운	역사에 관해서 말하면서,
具與劉秀才[134]書라 하더니, 구여유수재 서	"유수재에게 보낸 편지에 상세히 밝혔다"고 하였는데,
及今見書稾[135]에, 급금견서고	이제 그 글을 읽어 보니
私心甚不喜라. 사심심불희	제 마음이 심히 언짢습니다.
與退之往年言史事로, 여퇴지왕년언사사	지난날 선생께서 역사에 대해 말한 것과

129 모(某): 종원이라는 본명 대신에 '모'로 겸칭하였다.

130 돈수(頓首): 머리 숙이다. 편지 앞부분에 사용하는 경어

131 십팔장(十八丈): 한유가 속한 집안 형제의 항렬 번호로 그는 같은 항렬 중에서 열여덟 번째에 속하였다. '장'은 연장자에게 붙이는 경어

132 시자(侍者): 따르며 섬기는 사람. 시종

133 획서(獲書): 편지를 받다.

134 유수재(劉秀才): 이름은 가(軻). '수재'는 본래 과거의 한 과목이었으나 뒤에는 향공(鄕貢)에 급제한 사람을 부르는 호칭으로 변하였다. 「여유수재서(與劉秀才書)」는 현재 『한창려문집(韓昌黎文集)』에는 전하지 않고 『한문외집(韓文外集)』 권2에 실려 있는데 원제는 「답유수재론사서(答劉秀才論史書)」이다.

135 서고(書稾): 편지의 원고. '고'는 고(稿)와 같은 자

甚大謬[136]라. 심 대 류	크게 어긋나기 때문입니다.
若書中言이면, 약 서 중 언	만약 그 글의 내용대로라면
退之不宜一日在舘下[137]라. 퇴 지 불 의 일 일 재 관 하	선생께서는 하루라도 사관에 있어서는 안 됩니다.
安有探宰相意하야, 안 유 탐 재 상 의	어찌 재상의 뜻을 살펴
以爲苟以史筆[138]로, 이 위 구 이 사 필	구차히 역사를 기술하는 글로써
榮一韓退之邪아? 영 일 한 퇴 지 야	한유라는 한 사람을 영예롭게 할 수 있겠습니까?
若果爾면, 약 과 이	만약에 그렇다고 하더라도
退之豈宜虛受[139]宰相榮己하야, 퇴 지 기 의 허 수 재 상 영 기	선생께서는 어찌하여 재상이 주는 영예를 거짓되게도 받아들이고,
而冒[140]居舘下近密地[141]하야, 이 모 거 관 하 근 밀 지	함부로 사관이라는 요직에 가까이 있으면서

136 대류(大謬): 크게 어긋나다.

137 관하(舘下): 사관. '하'는 의미 없는 조사

138 사필(史筆): 역사를 기술하는 글

139 허수(虛受): 거짓되게 받아들이다. 여기서는 자격이 되지 않으면서도 재상이 자신에게 내려 준 사관이라는 영예스러운 직책을 받는다는 뜻

140 모(冒): 함부로

141 근밀지(近密地): 사관은 천자나 정치가 이루어지는 중심권에 가까이 있음을 뜻한다.

食奉養[142]하고, 식 봉 양	녹봉을 받고
役使掌故[143]하며, 역 사 장 고	아랫사람들을 부리며,
利[144]紙筆爲私書하며, 이 지 필 위 사 서	종이와 붓을 사용하여 사사로운 글을 쓰면서
取以供[145]子弟費오? 취 이 공 자 제 비	자식들의 양육비를 얻어 낸단 말입니까?
古之志於道者는, 고 지 지 어 도 자	옛날의 도에 뜻을 둔 자들은
不宜若是니라. 불 의 약 시	그렇게 행동하지 않았습니다.
且退之以爲紀錄者 차 퇴 지 이 위 기 록 자	또 선생께서는 역사를 기록하는 사람에게
有刑禍[146]라 하며, 유 형 화	천형이나 인화가 내린다고 하여
避不肯就하니, 피 불 긍 취	회피하고 직책을 맡지 않으려 하였는데,
尤非也라. 우 비 야	더욱 잘못된 것입니다.

142 봉양(奉養): 녹봉으로 살아가다.
143 장고(掌故): 원래 한대에 설치되어 예악의 고실(故實) 등을 관장하던 속관이었으나 여기서는 하급의 사관을 지칭한다.
144 이(利): 사사로이 이용하다.
145 공(供): 갖추다, 취하다.
146 형화(刑禍): 천형(天刑)과 인화(人禍). 한유는 「답유수재론사서」에서 사관에겐 천형이 내려지지 않으면 인화가 생긴다고 하였다.

史以名爲褒貶이나, 사 이 명 위 포 폄	역사는 옳고 그름을 따지는 것을 명분으로 하지만
猶且恐懼不敢爲면, 유 차 공 구 불 감 위	그렇다고 두려워하여 감히 기록하지 못한다면,
設使退之 설 사 퇴 지	선생께서 가령
爲御史中丞大夫[147]면, 위 어 사 중 승 대 부	어사중승·어사대부가 되었을 때는,
其褒貶成敗人[148]이 기 포 폄 성 패 인	다른 사람들의 옳고 그름을 따지며 이루고 그르치는 일이
愈益顯이리니, 유 익 현	더욱 잦아질 것이니,
其宜恐懼尤大也라, 기 의 공 구 우 대 야	그 일을 두려워하는 정도도 더욱 클 것이라,
則又將揚揚[149] 즉 우 장 양 양	그러니 바야흐로 의기양양하게
入臺府[150]하야, 입 대 부	대부에 들어가,
美食安坐하며, 미 식 안 좌	좋은 음식과 편안한 자리를 즐기면서

147 어사중승대부(御史中丞大夫): 백관의 비위나 행실을 감찰하는 것이 어사대의 임무이며, 그곳의 장관은 어사대부, 부장관은 어사중승이다. 한유가 사실을 기록하는 사관에게 형화가 미칠 것이라고 한 말에 대해, 유종원은 다른 사람의 손익에 결정적인 역할을 행사하는 어사대의 경우를 들어 비교 반박한 것이다.

148 성패인(成敗人): 다른 사람의 잘잘못을 들추어내다. 또는 그렇게 함으로써 다른 사람이 잘되고 못되고 하는 것을 결정하다.

149 양양(揚揚): 득의한 모습

150 대부(臺府): 어사대의 관청

行呼唱[151]於朝廷而已邪아?
행호창 어조정이이야

조정에 호령하는 것으로 그치고 말겠습니까?

在御史猶爾하니,
재어사유이

어사의 경우에도 이러하니,

設使退之로
설사퇴지

가령 선생께서

爲宰相하야,
위재상

재상이 되어

生殺出入升黜[152]天下士하면,
생살출입승출 천하사

천하의 선비들을 죽이고 살리고 불러들이고 내쫓고 승진시키고 좌천시키면,

其敵益衆하리니,
기적익중

더욱 많은 정적이 생길 것이니,

則又將揚揚
즉우장양양

그러니 또 바야흐로 의기양양하게

入政事堂[153]하야,
입정사당

정사당에 들어가,

美食安坐하며,
미식안좌

좋은 음식과 편안한 자리를 즐기며

行呼唱於內庭外衢已邪아?
행호창어내정외구이야

조정 안팎으로 호령하는 것에서 그치고 말겠습니까?

何以異不爲史而
하이이불위사이

그러니 역사를 기술하지 않으면서

---

151 행호창(行呼唱): 호창을 행하다. '호창'은 백관이 조정에 모여 조회할 때 어사대부·중승이 열을 정렬하고 지휘하는 것을 뜻한다.

152 승출(升黜): 승진시키거나 좌천시키다.

153 정사당(政事堂): 정사를 보는 곳. 곧 재상의 집무실

榮其號利其祿者也아? 영기호리기록자야	영예를 얻고 녹을 받는 이와 무엇이 다르겠습니까?
又言不有人禍면, 우언불유인화	또 선생께서는 인화가 있지 않으면
必有天刑이라 하야, 필유천형	반드시 천형이 미칠 것이라고 하였는데,
若以罪夫前古之爲史者然하니, 약이죄부전고지위사자연	이는 마치 과거의 사가를 비난하는 것 같으니,
亦甚惑이라. 역심혹	역시 대단히 미혹된 판단입니다.
凡居其位면, 범거기위	대체로 사람들은 어떤 지위에 오르면
思直其道니, 사직기도	[거기에 걸맞은] 도를 행하고자 하니,
道苟直이면, 도구직	그 도가 진실로 바르다면
雖死라도 不可回[154]也요, 수사 불가회 야	죽어도 굽힘이 없어야 할 것이요,
如回之면, 여회지	만약 굽히게 되었으면
莫若亟[155]去其位니이다. 막약극 거기위	곧바로 그 자리에서 떠나야 할 것입니다.

154 회(回): 굽히다. 곡(曲)과 같은 뜻

155 극(亟): 빨리, 서둘러

孔子之困于魯衛陳宋蔡齊
공 자 지 곤 우 노 위 진 송 채 제
공자가 노·위·진·송·채·제·

楚者是也[156]니,
초 자 시 야
초 등에서 겪은 곤경이
바로 이런 것이니,

其時暗하야,
기 시 암
그 당시는 암울한 시대여서

諸侯不能以[157]也니,
제 후 불 능 이 야
제후들이 따르지 못했던 것이지,

其不遇而死는,
기 불 우 이 사
공자가 때를 만나지 못하고 죽은 것은

不以作春秋故也니라.
불 이 작 춘 추 고 야
『춘추』를 지었기 때문이 아닙니다.

當是時에,
당 시 시
만약 당시에

雖不作春秋라도,
수 부 작 춘 추
공자가 『춘추』를 짓지 않았더라도

孔子猶不遇而死也리라.
공 자 유 불 우 이 사 야
마찬가지로 공자는 때를 만나지
못하고 죽었을 것입니다.

若周公史佚[158]은,
약 주 공 사 일
주공이나 윤일은

雖紀言書事나,
수 기 언 서 사
언행이나 사실을 기록했지만

猶遇且顯也니,
유 우 차 현 야
도리어 이름을 드날렸으니,

又不得以春秋로,
우 부 득 이 춘 추
『춘추』로

---

156 시야(是也): 『유하동전집』에는 이 구절이 없다.

157 이(以): 용(用)과 같은 뜻

158 사일(史佚): 주나라 성왕 때의 사관 윤일(尹佚)

爲孔子累니라.
위 공 자 누

공자에게 누가 미쳐서는
안 될 것입니다.

范曄[159]은 悖亂[160]하니,
범 엽　　패 란

범엽은 성격이 도리에 어긋났기 때문에

雖不爲史라도,
수 불 위 사

비록 역사를 쓰지 않았더라도

其宗族이 亦誅요,
기 종 족　역 주

일족이 모두 주살당했을 것이요,

司馬遷[161]은
사 마 천

사마천은

觸天子喜怒[162]하고,
촉 천 자 희 노

천자의 노여움을 건드렸고,

班固[163]는 不檢下[164]하고,
반 고　　불 검 하

반고는 아랫사람을 단속하지 못하였고,

崔浩[165]는 沽[166]其直하여,
최 호　　고　기 직

최호는 강직함을 드러내

---

159 범엽(范曄): 남조 사람. 자는 종(宗). 『후한서(後漢書)』 90권을 지은 사관이자 문인

160 패란(悖亂): 도리에 어긋나는 행동을 해 일을 어지럽게 하다.

161 사마천(司馬遷): 흉노와의 싸움에서 항복한 한나라 장군 이릉(李陵)을 변호하다가 한무제의 노여움을 받아 궁형을 당하였다. 그 후 오로지 역사를 기술하는 일에 열중해 『사기(史記)』를 완성하였다.

162 희노(喜怒): '노'의 뜻이 강조되는 복합사이다.

163 반고(班固): 후한 사람으로, 자는 맹견(孟堅). 『한서(漢書)』의 저자

164 불검하(不檢下): 아랫사람을 단속하지 못하다. 반고의 종이 만취하여 낙양령 충긍에게 무례한 행동을 보인 일이 있었는데, 이 일로 충긍의 미움을 사 이후 두헌의 역모 사건에 연루되어 옥사하였다.

165 최호(崔浩): 북조 북위 사람. 신가 2년(429) 태무제가 소령(詔令)을 내려 국사를 편찬하게 하였는데, 최호는 이 작업에 참여하면서 평소 자신에게 쏟아졌던 모함이나 북조 조정의 부정까지도 기술하였다. 이에 격분한 북조 사람들이 계략을 꾸며 최호가 천제를 꿈꾸고 있다고 모함하자, 태무제는 노하여 죄를 다스린 뒤 최호를 비롯한 일족을 죽였다.

166 고(沽): 팔다. 여기서는 자랑삼아 드러낸다는 뜻

以鬪暴虜[167]하니,
이 투 포 로

포악한 적들과 싸웠기 때문이니,

皆非中道오,
개 비 중 도

이 모두는 중용의 도에서
벗어난 예들입니다.

左丘明[168]은 以疾盲하니,
좌 구 명 　 이 질 맹

좌구명은 눈병 때문에
장님이 되었으니

出於不幸이요,
출 어 불 행

원래 스스로 불행한 데서 나온 것이요,

子夏는 不爲史亦盲하니,
자 하 　 불 위 사 역 맹

자하는 역사를 서술하지 않아도
장님이 되었으니

不可以是爲戒며,
불 가 이 시 위 계

이러한 예로써 경계하도록 할 수는
없을 것이며,

其餘[169]도 皆不出此라.
기 여 　 개 불 출 차

그 나머지도 이들을 벗어나지
않은 것입니다.

是退之宜守中道로되,
시 퇴 지 의 수 중 도

그러므로 선생께서는 중용의 도를
지키되

不忘其直하며,
불 망 기 직

강직함을 잊어서는 안 되며,

---

167 포로(暴虜): 포악한 적. 태무제를 위시한 이민족의 북조 왕조를 지칭한다.

168 좌구명(左丘明): 『춘추』의 경문에 전(傳)을 붙인 『춘추좌씨전(春秋左氏傳)』을 지었다는 노나라의 사관

169 기여(其餘): 그 나머지. 한유의 「답유수재론사서」에는 이상의 사관 외에도 『삼국지』의 진수(陳壽), 『진서(晉書)』의 왕은(王隱), 『한진춘추(漢晉春秋)』의 습의치(習鑿齒), 『위서(魏書)』의 위수(魏收) 등 여러 사람이 등장하나 유종원은 동류로 간주해 생략하였다.

無以他事로 自恐이니라. 무 이 타 사 자 공	다른 일로 스스로 두려움을 느낄 필요도 없습니다.
退之之恐은, 퇴 지 지 공	선생의 걱정은
惟在不直不得中道요, 유 재 부 직 부 득 중 도	오직 강직하지 못함과 중용의 도를 얻지 못함에 있지,
刑禍非所恐也니라. 형 화 비 소 공 야	형벌과 재앙을 두려워하실 바가 아닙니다.
凡言二百年[170] 범 언 이 백 년	[선생께서는] 본조 이백 년간
文武士多有라 하니, 문 무 사 다 유	문무의 선비가 많다고 하였는데,
誠如此者라. 성 여 차 자	정말로 이와 같습니다.
今退之曰, 금 퇴 지 왈	그러나 선생께서 지금
我一人也何能明고 하니, 아 일 인 야 하 능 명	"나 혼자서 어떻게 밝히겠는가?" 라고 하시니,
則同職者又所云이 若是면, 즉 동 직 자 우 소 운 약 시	동료들도 말하는 바가 이와 같다면
後來繼今者又所云若是요, 후 래 계 금 자 우 소 운 약 시	후대들도 또한 이와 같이 말할 것이요,
人人이 皆曰, 인 인 개 왈	사람들마다 모두
我一人이라 하면, 아 일 인	'나 혼자'라고 한다면,

170 이백년(二百年): 한유의 시대는 당나라가 건국된 지 약 2백 년 정도가 흐른 때이다.

則卒誰能紀傳之邪아? 즉 졸 수 능 기 전 지 야	도대체 그 누가 역사를 쓸 수 있겠습니까?
如退之但以所聞知로, 여 퇴 지 단 이 소 문 지	다만 선생께서 듣고 아는 바로써
孜孜[171]不敢怠면, 자 자 불 감 태	감히 태만하지 않고 부지런하면,
同職者와, 동 직 자	같은 직책의 사람들과
後來繼今者도, 후 래 계 금 자	후대의 역사가들도
亦各以所聞知로, 역 각 이 소 문 지	각각 그들이 듣고 아는 것을
孜孜不敢怠니, 자 자 불 감 태	부지런히 힘쓸 것이니,
則庶幾不墜[172]하고, 즉 서 기 불 추	사관의 본분이 실추되지 않고
使卒有明也라. 사 졸 유 명 야	결국은 밝혀질 수 있을 것입니다.
不然하야, 불 연	그렇지 않고
徒信人口語[173]하고, 도 신 인 구 어	쓸데없이 다른 사람들의 말을 믿고,
每每異辭하야, 매 매 이 사	늘 말을 달리하면서
日以滋久면, 일 이 자 구	계속해서 오래도록 간다면,

171 자자(孜孜): 부지런히 힘쓰는 모양

172 추(墜): 실추하다. 여기서는 사관의 임무를 잃어버린다는 뜻

173 구어(口語): 사람의 입에서 나오는 말. 여기서는 사서의 기본이 되는 사료가 아닌 일반인들의 이야기 따위를 지칭한다.

則所云 즉 소 운	선생께서 말씀하신
磊磊[174]軒天地[175]者하야, 뇌 뢰 헌 천 지 자	‘천지간에 장쾌하게 우뚝 솟아 있는 것’은
決必不沈沒하고, 결 필 불 침 몰	반드시 침몰하지도 않고
且亂雜無可考리니, 차 란 잡 무 가 고	난잡해져서 고증조차 못할 것이니,
非有志者 비 유 지 자	역사에 뜻을 지닌 사람이라면
所忍恣[176]也라. 소 인 자 야	이런 상태를 차마 방치할 수 없을 것입니다.
果有志면, 과 유 지	정말로 그런 뜻을 지녔다면
豈當待人督責[177]迫蹙[178] 기 당 대 인 독 책 박 축	어찌하여 다른 사람의 독촉을 받은
然後에 爲官守[179]邪아? 연 후 위 관 수 야	뒤에야 관직의 임무를 수행한단 말입니까?
又凡鬼神事는, 우 범 귀 신 사	또 귀신의 일들은
眇茫[180]荒惑[181]하니, 묘 망 황 혹	알 수 없고 허황되어

174 뇌뢰(磊磊): 돌이 무더기로 쌓인 것처럼 장엄하고 쾌활하다.
175 헌천지(軒天地): 천지간에 높이 솟다.
176 자(恣): 그대로 방치하다.
177 독책(督責): 독촉하고 추궁하다.
178 박축(迫蹙): 급박하다, 여유가 없다.
179 관수(官守): 관직의 임무를 수행하다.
180 묘망(眇茫): 아득해 망망하다.

無可準이라, 무 가 준	믿을 수 없는 것입니다.
明者所不道어늘, 명 자 소 부 도	도리에 밝은 사람은 입에 담지 않을 것이거늘
退之之智로도, 퇴 지 지 지	선생의 지혜로도
而猶懼於此[182]하니, 이 유 구 어 차	그처럼 두려워하시니,
今學如退之하고, 금 학 여 퇴 지	지금 선생처럼 학식이 깊고
辭如退之하고, 사 여 퇴 지	선생처럼 문장이 뛰어나고
好言論이 如退之하며, 호 언 론 　 여 퇴 지	선생처럼 바른 토론을 좋아하며,
慷慨自謂 강 개 자 위	선생처럼 의기 있게 스스로
正直行行[183]焉이 如退之호되, 정 직 항 항 　 언 　 여 퇴 지	정직한 행실을 행한다고 하는 분이
猶所云, 유 소 운	그와 같이 말씀하시면,
若是則唐之史述은, 약 시 즉 당 지 사 술	당나라 역사의 기술은
其卒無可託乎아? 기 졸 무 가 탁 호	결국 맡길 데가 없는 것 아니겠습니까?
明天子賢宰相이, 명 천 자 현 재 상	밝으신 천자와 어진 재상이

181 황혹(荒惑): 황당무계하고 미혹스럽다.

182 유구어차(猶懼於此): 이에 대해 두려워하다. 곧 귀신을 두려워하는 것

183 항항(行行): 강직한 모양

得史才如此로되, 득 사 재 여 차	한유 같은 뛰어난 역사가를 만나고서도
而又不果면, 이 우 불 과	일을 하지 못한다면,
甚可痛哉인저! 심 가 통 재	매우 통탄할 일입니다.
退之宜更思하야, 퇴 지 의 갱 사	선생께서는 마땅히 고쳐 생각하시어
可爲速爲오. 가 위 속 위	할 수 있는 일이니 즉시 실행하십시오.
果卒以爲恐懼不敢인댄, 과 졸 이 위 공 구 불 감	끝내 두려워서 감히 할 수 없다고 생각되면
則一日可引去[184]요, 즉 일 일 가 인 거	곧바로 손을 털고 물러나면 그뿐이지
又何以云行且謀[185]也오? 우 하 이 운 행 차 모 야	“해 보고 물러날 참이다”라고 말할 필요가 있겠습니까?
今當爲而不爲하고, 금 당 위 이 불 위	지금 마땅히 해야 할 일을 하지도 않으면서
又誘館中他人及後生者면, 우 유 관 중 타 인 급 후 생 자	사관의 동료나 후진들을 끌어들이려 한다면
此大惑已라. 차 대 혹 이	이는 매우 잘못된 것입니다.

---

184 인거(引去): 관직을 떠나다.

185 행차모(行且謀): 조금 해 보다가 떠날 것을 도모하다. 「답유수재론사서」에 “재상의 성지를 감히 거역할 수 없어 조금 해 보다가 떠나려고 한다”라고 하여 한유는 애당초 사관이라는 직책에 자신감이나 관심이 없었음을 암시하였다.

不勉己而欲勉人이면, 불 면 기 이 욕 면 인	자신은 노력하지 않고 타인에게 하도록 하면
難矣哉라. 난 의 재	어려운 일이 아니겠습니까?

55. 위중립에 회답하는 편지(答韋中立書)[186]

유종원(柳宗元)

二十一日에, 이 십 일 일	21일에
宗元은 白하노라. 종 원 백	유종원이 아룁니다.
辱書[187]에 云, 욕 서 운	보내 주신 글에서
欲相師라 하니, 욕 상 사	저를 스승으로 삼겠다고 하셨으나,
僕은 道不篤하고, 복 도 부 독	저는 도도 두텁게 닦지 못하고
業甚淺近하여, 업 심 천 근	학업도 매우 천박하여
環顧其中에, 환 고 기 중	그 중심을 둘러보아도

186 답위중립서(答韋中立書): 담주자사였던 위표(韋彪)의 손자 위중립이 유종원에게 스승이 되어 달라는 편지를 보냈는데, 여기에 답하면서 스승이 되는 일의 어려움과 학문을 하고 글을 짓는 방법에 대해서 논한 글이다. 좌천되어 있는 상황에서도 굽히지 않는 지식인의 지조와 겸손함이 함께 서려 있으며, 후반부에서는 당시에 제창되었던 고문운동의 정신이 글을 짓는 방법을 통해 서술되었다. 『유하동전집』에는 「위중립에게 스승의 길에 대해 논하며 회답한 편지(答韋中立論師道書)」라 되어 있다.

187 욕서(辱書): 외람스럽게 편지를 보내 주다.

未見可師者라.
미 견 가 사 자

스승으로 삼을 만한 점이 없습니다.

雖嘗好言論하고,
수 상 호 언 론

비록 토론하기를 좋아하고

爲文章이나,
위 문 장

문장을 짓는다고 해도

甚不自是也라.
심 부 자 시 야

스스로 매우 부족하게 여겨집니다.

不意吾子自京都로,
불 의 오 자 자 경 도

그런데 뜻하지 않게도 그대가 서울에서

來蠻夷間[188]하사,
내 만 이 간

이 오랑캐 고장으로 와서

乃幸見取라.
내 행 견 취

다행히도 제가 선택되었습니다.

僕自卜[189]固無取요,
복 자 복 고 무 취

저는 스스로 그럴 자질이
없다고 생각하고,

假令有取나,
가 령 유 취

설령 취할 것이 있다 해도

亦不敢爲人師요.
역 불 감 위 인 사

다른 사람의 스승은 감히
되지 못합니다.

爲衆人師도,
위 중 인 사

보통 사람의 스승도

且不敢이온,
차 불 감

감히 될 수 없거늘

188 만이간(蠻夷間): 옛날에는 장강 이남은 남쪽의 오랑캐가 산다고 해 남만(南蠻)이라고 불렸는데, 여기서는 유종원이 유배당한 영주(永州)를 가리킨다.

189 자복(自卜): 스스로 헤아리다.

況敢爲吾子師乎아?
황감위오자사호
어찌 감히 그대의 스승이
될 수 있겠습니까?

孟子稱人之患이,
맹자칭인지환
맹자는 “사람들의 폐단은

在好爲人師[190]라.
재호위인사
스승이 되기를 좋아하는 데
있다”라고 말했습니다.

由魏晉氏以下론,
유위진씨이하
위진 시대 이후로는

人益不事師하야,
인익불사사
사람들이 더욱 스승을
모시지 않게 되어,

今之世에,
금지세
요즈음에는

不聞有師오,
불문유사
스승이 있다는 소리는
들어 보지도 못했고,

有輒譁笑之하야,
유첩화소지
또 있다고 해도 모두가 비웃고

以爲狂人이나,
이위광인
미친 사람이라고 여기고 있으나,

獨韓愈奮不顧流俗하고,
독한유분불고류속
한유만은 분연히 세태를 돌보지 않고

犯笑侮하며,
범소모
비웃음과 모욕을 무릅쓰면서,

收召後學하고,
수소후학
후진을 불러 모으고

作師說[191]하야,
작사설
「사설(師說)」을 지어

---

190 인지환재호위인사(人之患在好爲人師): 『맹자』「이루 상(離婁上)」에 나오는 말

因抗顔[192]而爲師하니,
인 항 안 이 위 사

엄숙한 얼굴을 하고 스승이 되었으니,

世果群怪聚罵하며,
세 과 군 괴 취 매

사람들은 과연 무리 지어 이상하게
여기며 욕하고

指目[193]牽引[194]하며,
지 목 견 인

손가락질하고 곁눈질하며

而增與爲言詞라.
이 증 여 위 언 사

쓸데없는 말만 만들어
부풀려 놓았습니다.

嘗[195]以是得狂名하야,
상 이 시 득 광 명

한유는 이 때문에 미쳤다는
소리를 듣게 되었고,

居長安에,
거 장 안

장안에 있다가

炊不暇熟[196]에,
취 불 가 숙

밥도 되기 전에

又挈挈而東[197]하니,
우 설 설 이 동

황급히 동쪽으로 떠났으니,

如是者數矣라.
여 시 자 수 의

이렇게 하기를 몇 차례나 한 것
같습니다.

---

191 사설(師說): 한유가 스승을 따라 배워야 하는 도리를 논한 글

192 항안(抗顔): 바른 얼굴을 하다. 엄숙한 표정을 짓다.

193 지목(指目): 손가락질하고 흘겨보다.

194 견인(牽引): 사람들을 끌어모으다. 또는 견제하다.

195 상(嘗): 『유하동전집』에는 유(愈)로 되어 있다.

196 취불가숙(炊不暇熟): 밥을 지으려고 불을 때어 놓았으나 밥이 익을 겨를이 없다. 곧 황망한 상태를 일컫는다.

197 설설이동(挈挈而東): '설설'은 황급한 모양. 원화 초년에 한유가 국자박사로 있다가 동도로 옮겨 근무하게 된 일을 지칭한다.

屈子[198]賦에 曰, 굴자 부 왈	굴원의 부(賦)에서는
邑犬群吠는, 읍견군폐	“마을의 개들이 떼를 지어 짖는 것은
吠所怪也[199]라 하니, 폐소괴야	이상한 것에 짖는다”라고 했으니,
僕往聞庸[200]蜀之南엔, 복왕문용 촉지남	이전에 저는 “용·촉 지방의 남쪽에는
恒雨少日하여, 항우소일	항상 비가 오고 햇빛 나는 날이 드물어
日出則犬吠라. 일출즉견폐	해가 뜨면 개들이 짖는다”고 들었습니다.
予以爲過言이러니, 여이위과언	저는 과장된 말로 여겼었는데
前六七年에, 전육칠년	육칠 년 전,
僕이 來南이러니, 복 내남	제가 남쪽 지방으로 온 지
二年冬에, 이년동	두 번째 해 겨울에
幸大雪이, 행대설	큰 눈이 내려
踰嶺[201]하야, 유령	오령 너머

198 굴자(屈子): 굴원

199 읍견군폐, 폐소괴야(邑犬群吠, 吠所怪也): 굴원의 작품 「회사(懷沙)」에 나오는 말

200 용(庸): 옛날의 나라 이름. 지금의 호북성 지방

201 영(嶺): 오령(五嶺), 즉 대유령(大庾嶺)·기전령(騎田嶺)·도방령(都龐嶺)·맹저령(萌渚嶺)·월성령(越城嶺) 등으로, 서쪽으로는 귀주성에서 동쪽으로는 복건성까지 이른다.

被南越[202]中數州러니,
피 남 월 중 수 주

남월의 몇 주까지 덮은 일이 있었습니다.

數州之犬이,
수 주 지 견

그때 여러 주의 개들이

皆蒼黃[203]吠噬[204]
개 창 황 폐 서

모두 놀라 짖고 물고 하면서

狂走者累日하야,
광 주 자 누 일

며칠 동안 미쳐 돌아다니다가

至無雪에 乃已하니,
지 무 설 내 이

눈이 그친 뒤에야 잠잠해졌으니,

然後에 始信前所聞者라.
연 후 시 신 전 소 문 자

그제야 저는 전에 들었던 얘기를 믿게 되었습니다.

今韓愈
금 한 유

지금 한유는

旣自以爲蜀之日이어늘,
기 자 이 위 촉 지 일

스스로를 촉 땅의 해로 여기고 있거늘,

而吾子又欲使吾爲越之雪하니,
이 오 자 우 욕 사 오 위 월 지 설

그대는 또한 나를 남월의 눈으로 만들려 하니,

不以病乎아?
불 이 병 호

이 어찌 병이 되지 않겠습니까?

非獨見病이라,
비 독 견 병

나만 병들게 하는 것이 아니라

---

202 남월(南越): 옛날의 나라 이름으로 남오(南奧)라고도 한다. 한나라 고조가 조타를 남월왕으로 세운 이후, 광동·광서성으로 이어졌다.

203 창황(蒼黃): 허둥지둥 당황하다. 놀라다.

204 서(噬): 씹다, 물다.

亦以病吾子라. 역 이 병 오 자	그대 또한 병들게 됩니다.
然이나 雪與日이, 연 설 여 일	하지만 해와 눈이
豈有過哉오? 기 유 과 재	무슨 잘못이 있겠습니까?
顧吠者犬耳라, 고 폐 자 견 이	본시 짖는 것은 개들이었지만,
度今天下에, 탁 금 천 하	생각건대 요즈음 세상에
不吠者幾人고? 불 폐 자 기 인	짖지 않는 사람이 몇이나 되겠습니까?
而誰敢衒怪於群目하고, 이 수 감 현 괴 어 군 목	누가 감히 사람들의 눈을 어지럽히고 이상하게 만들어
以召鬧取怒乎아? 이 소 뇨 취 노 호	소란을 불러들이고 분노를 자초하려 하겠습니까?
僕自謫過以來로, 복 자 적 과 이 래	저는 먼 곳으로 좌천된 이후
益少志慮하고, 익 소 지 려	뜻이 더욱 적어지고,
居南中九年[205]에, 거 남 중 구 년	남쪽에서 거처한 구 년 동안
增脚氣病하야, 증 각 기 병	각기병이 심해져서

205 거남중구년(居南中九年): 유종원은 영정 원년(805)에 왕숙문(王叔文) 당 사건에 연루되어 예부원외랑에서 영주사마로 좌천되었다. 이 글이 원화 8년(813)에 지어졌으니 유종원이 좌천된 지 9년째가 되는 셈이다.

漸不喜鬧하니, 점 불 희 뇨	점점 시끄러운 일은 좋아하지 않게 되었으니,
豈可使呶呶[206]者로, 기 가 사 노 노 자	어찌 떠들썩하게 함으로써
早暮에 조 모	밤낮으로
咈[207]吾耳騷吾心가? 불 오 이 소 오 심	귀를 귀찮게 하고 마음을 어지럽히겠습니까?
則固僵仆[208]煩憒[209]하야, 즉 고 강 부 번 궤	그렇게 된다면 저는 정말 번잡함에 쓰러져
愈不可過矣리라. 유 불 가 과 의	더더욱 잘 지내지 못할 것입니다.
平居望外 평 거 망 외	평소에도 뜻하지 않게
遭齒舌[210]不少호되, 조 치 설 불 소	구설수에 오르는 일이 적지 않은데,
獨欠爲人師耳라. 독 흠 위 인 사 이	남의 스승이 되기에는 결함이 있습니다.
抑又聞之하니, 억 우 문 지	또 듣자 하니,
古者重冠禮[211]하야, 고 자 중 관 례	옛날에 관례를 중시하여

206 노노(呶呶): 떠들썩해 시끄러운 모양
207 불(咈): 어기다, 거스르다.
208 강부(僵仆): 엎어져 넘어지다.
209 번궤(煩憒): 심란하고 번잡하다. 또는 그러한 일
210 치설(齒舌): 상찬 또는 비방. 여기서는 후자의 뜻

將以責成人之道니, 장 이 책 성 인 지 도	이로써 성인의 도를 추구하려고 했는데,
是聖人所尤用心也나, 시 성 인 소 우 용 심 야	이것은 성인들이 특히 마음을 썼던 일이지만
數百年來에, 수 백 년 래	수백 년간
人不復行이라. 인 불 부 행	사람들은 다시 행하지 않았습니다.
近者에 孫昌胤者가, 근 자 손 창 윤 자	그러다가 요즈음 손창윤이란 사람이
獨發憤行之라. 독 발 분 행 지	분연히 관례를 행하려고 했습니다.
旣成禮에, 기 성 례	그는 예를 치른 뒤
明日造朝하여, 명 일 조 조	다음 날 조정에 나가,
至外廷[212]하여, 지 외 정	임금이 청정하는 곳에 이르러
薦笏[213]하고, 천 홀	홀을 손으로 들어 올리고서는,
言於卿士曰, 언 어 경 사 왈	벼슬아치들에게
某子冠畢이라 하니, 모 자 관 필	"내 자식이 관례를 행하였소" 라고 말하니,

211 관례(冠禮): 남자 스무 살에 관을 쓰고 성인이 되는 예식

212 외정(外廷): 임금이 청정하는 곳

213 홀(笏): 조정의 관리들이 손에 드는 판으로 조견 시에 휴대하며, 유사시에는 여기에다 글을 적어 두기도 하였다 함. '천홀'은 조정의 관리들이 접견 시 홀을 손으로 올리고 예를 표하는 동작

應之者咸憮然[214]하고, 응 지 자 함 무 연	응대하던 사람들은 모두 멍하니 있었고,
京兆尹鄭叔則이, 경 조 윤 정 숙 칙	경조윤 정숙칙이
怫然[215]曳笏却立曰, 불 연 예 홀 각 립 왈	성을 내면서 홀을 당기고 뒤로 물러서서
何預[216]我邪아 하니 하 예 아 야	“그것이 나와 무슨 상관인가?” 라고 하자,
廷中이 皆大笑러라. 정 중 개 대 소	조정의 사람들은 모두 크게 웃기까지 하였습니다.
天下不以非鄭尹 천 하 불 이 비 정 윤	세상에서는 정숙칙을 비난하지 않고
而怪孫子何哉오? 이 괴 손 자 하 재	손창윤을 이상하게 여겼는데 왜 그랬겠습니까?
獨爲所不爲也니라. 독 위 소 불 위 야	그가 홀로 하지 않는 일을 했기 때문입니다.
今之命師者도 금 지 명 사 자	지금 [다른 사람의] 스승이 되려 하는 것도
大類此니라. 대 류 차	이와 비슷할 것입니다.

214 무연(憮然): 멍청히 있는 모양

215 불연(怫然): 불끈하며 성을 내는 모양

216 예(預): 미치다, 상관하다, 참여하다.

吾子는 行厚而辭深하야, 오자 행후이사심	그대의 덕행은 두텁고 언사는 깊어
凡所作이 범소작	지은 문장이
皆恢然[217]有古人形貌하니, 개회연 유고인형모	고인의 모습을 갖춘 듯 넓으니,
雖僕敢爲師라도, 수복감위사	설사 제가 스승이 된다 해도
亦何所增加也오? 역하소증가야	어찌 보탤 것이 있겠습니까?
假而以僕이, 가이이복	가령 내가
年先吾子요, 연선오자	그대보다 나이가 많고
聞道著書之日이, 문도저서지일	도에 관해 듣고 문장을 쓰기 시작한 날이
不後하여, 불후	조금 이르다 하여,
誠欲往來하야 言所聞인댄, 성욕왕래 언소문	정말로 왕래하여 서로의 들은 바를 말하고 싶다면
則僕固願悉陳中所得者[218]니, 즉복고원실진중소득자	저는 기꺼이 얻은 전부를 펼쳐 보이겠으니,
吾子苟自擇之하여, 오자구자택지	그대께서 스스로 선택해

217 개회연(皆恢然): 넓게 큰 모양. 여유가 많은 모양

218 중소득자(中所得者): 마음속으로 체득한 바

取某事去某事則可矣오. 취 모 사 거 모 사 즉 가 의	취할 것은 취하고 버릴 것은 버리기 바랍니다.
若定是非하야, 약 정 시 비	만약 시비를 정하여
以敎吾子는, 이 교 오 자	그대를 가르치는 일은,
僕才不足而 복 재 부 족 이	저의 재주도 부족하고
又畏前所陳者니, 우 외 전 소 진 자	앞서 말한 것도 두려워,
其爲不敢也決矣라. 기 위 불 감 야 결 의	그것은 결코 감히 하지 못하겠습니다.
吾子前所欲見吾文은, 오 자 전 소 욕 견 오 문	전에 그대가 보고자 했던 제 글은
旣悉以陳之나, 기 실 이 진 지	이미 모두 보여 드렸지만
非以耀明于子오, 비 이 요 명 우 자	결코 그대에게 자랑하기 위함이 아니요,
聊欲以觀子氣色하야, 요 욕 이 관 자 기 색	단지 그대의 의중을 살펴
誠好惡何如也니라. 성 호 오 하 여 야	진실로 좋고 나쁨이 어떠한가를 알기 위함입니다.
今書來言者皆太過하니, 금 서 래 언 자 개 태 과	오늘 보내신 글은 모두 너무 과분하오니,
吾子誠非佞譽[219] 오 자 성 비 영 예	그대는 분명 허황하게 칭찬하거나

219 영예(佞譽): 아첨하고 칭찬하다.

誣諛[220]之徒라, 무 유 지 도	거짓 아부하는 사람이 아니라,
直見愛甚, 직 견 애 심	그저 제 글을 매우 좋아하기
故로 然耳라. 고 연 이	때문에 그러셨을 것입니다.
始吾幼且少에, 시 오 유 차 소	과거 내가 젊었을 적에는
爲文章호되, 위 문 장	글을 지음에
以辭爲工이나, 이 사 위 공	문장의 수식과 기교를 다하였으나,
及長에, 급 장	나이가 들어서는
乃知文者는, 내 지 문 자	문장이란
以明道[221]라. 이 명 도	도를 밝히는 것임을 알게 되었습니다.
固不苟爲炳炳烺烺[222]하고, 고 불 구 위 병 병 랑 랑	진실로 겉만 아름답고 화려하게 짓고
務采色[223]夸聲音[224]하야, 무 채 색 과 성 음	문장의 수식에 힘쓰고 성률로 과장하는 것을
而以爲能也라. 이 이 위 능 야	능사로 삼아서는 안 되는 것입니다.

---

220 무유(誣諛): 간사하게 아첨하다.

221 명도(明道): 도를 밝히다. 이는 한유와 유종원이 함께 제창했던 고문운동의 문이재도(文以載道) 사상과 통한다.

222 병병랑랑(炳炳烺烺): 불이 활활 타는 것처럼 밝은 모양. 여기서는 문장의 화려함을 일컫는다.

223 채색(采色): 문장의 수식(修飾)

224 성음(聲音): 문장의 음성의 조화를 통한 수식. 성률(聲律)

凡吾所陳은 범 오 소 진	대체로 제가 말한 바는
皆自謂近道어니와, 개 자 위 근 도	모두 제 스스로 도에 가깝다고 여기고 있으나,
而不知道之果近乎아? 이 부 지 도 지 과 근 호	과연 정말로 도에 가까운지
遠乎아? 원 호	멀리 떨어진 것인지 알 수가 없습니다.
吾子는 好道 오 자 호 도	그대는 [성인의] 도를 좋아하여
而可吾文하니, 이 가 오 문	제 글을 좋게 보셨으니,
或者其於道에, 혹 자 기 어 도	혹시 그 도에서
不遠矣리라. 불 원 의	멀리 떨어져 있지 않은지도 모르겠습니다.
故로 吾每爲文章에, 고 오 매 위 문 장	그러므로 저는 매번 문장을 지을 때마다
未嘗敢以輕心[225]掉[226]之하니, 미 상 감 이 경 심 도 지	감히 가벼운 마음으로 짓지 않았으니,
懼其剽[227]而不留也며, 구 기 표 이 불 유 야	경박하여 남지 않는 것을 두려워한 것이며,

225 경심(輕心): 마음을 가볍게 하다. 경솔한 마음가짐

226 도(掉): 흔들다, 떨치다. 여기서는 글을 짓기 위해 붓을 휘두르는 행위를 말한다.

227 표(剽): 가볍다. 여기서는 글의 경박함을 일컫는다.

未嘗敢以怠心易[228]之니,
미 상 감 이 태 심 이 지

감히 태만한 마음으로 쉽게 여기지 않았으니,

懼其弛[229]而不嚴也며,
구 기 이 이 불 엄 야

허술하여 엄숙하지 않음을 두려워한 것이며,

未嘗敢以昏氣出之니,
미 상 감 이 혼 기 출 지

감히 혼미한 정신으로 짓지 않았으니,

懼其昧沒而雜也며,
구 기 매 몰 이 잡 야

애매모호하여 번잡해지는 것을 두려워한 것이며,

未嘗敢以矜氣로 作之니,
미 상 감 이 긍 기 작 지

감히 오만한 자세로 짓지 않았으니,

懼其偃蹇[230]而驕也라.
구 기 언 건 이 교 야

교만하여 제멋대로인 것을 두려워한 것입니다.

抑之는 欲其[231]奧요,
억 지 욕 기 오

또 억누르는 것은 보다 심오하게 하려 함이고,

揚之는 欲其明이요,
양 지 욕 기 명

부각시키는 것은 명백하게 하려 함이며,

疏之는 欲其通이요,
소 지 욕 기 통

성글게 하는 것은 통하게 하려 함이고,

---

228 이(易): 쉽게 여기다. 글을 쉽게 짓다.

229 이(弛): 글의 체제가 느슨하다.

230 언건(偃蹇): 교만한 모양

231 지(之), 기(其): 여기서는 문장을 지칭하는 대명사

廉[232]之는 欲其節이요,
염 지 욕기절

살펴서 짓는 것은 절제 있게 하려 함이며,

激而發之는 欲其淸이요,
격이발지 욕기청

자극해 분발시키는 것은 맑게 하려 함이고,

固而存之는 欲其重이니,
고이존지 욕기중

단단하게 지키는 것은 무겁게 하려는 것이니,

此吾所以羽翼[233]夫道也니라.
차오소이우익 부도야

이는 제가 성인의 도를 보좌하는 방법입니다.

本之書하야,
본지서

그리고 『서경』에 근본을 두어

以求其質하고,
이구기질

질박함을 구하며,

本之詩하야,
본지시

『시경』에 근본을 두어

以求其恒[234]하고,
이구기항

영구함을 구하며,

本之禮하야,
본지례

『예기』에 근본을 두어

以求其宜[235]하고,
이구기의

적절함을 구하며,

本之春秋하야,
본지춘추

『춘추』에 근본을 두어

---

232 염(廉): 잘 살피다.

233 우익(羽翼): 좌우에서 보좌하다.

234 항(恒): 『시경』의 작품들처럼 오래도록 읊어지는 장구성

235 의(宜): 합당하다, 옳다.

以求其斷[236]하고, 이 구 기 단	결단력을 구하며,
本之易하야, 본 지 역	『역경』에 근본을 두어
以求其動[237]하니, 이 구 기 동	움직임의 이치를 구하니,
此吾所以取道之原也니라. 차 오 소 이 취 도 지 원 야	이는 제가 도의 근원을 찾는 방법입니다.
參之穀梁氏하야, 참 지 곡 량 씨	또 『곡량전』을 참고하여
以厲其氣하고, 이 려 기 기	글의 기세를 단련시키며,
參之孟荀하야, 참 지 맹 순	『맹자』와 『순자』를 참고하여
以暢其支[238]하고, 이 창 기 지	글의 가지를 뻗어 가게 하며,
參之莊老하야, 참 지 장 노	『장자』와 『노자』를 참고하여
以肆其端하고, 이 사 기 단	글의 단서를 개척하며,
參之國語하야, 참 지 국 어	『국어』를 참고하여
以博其趣하고, 이 박 기 취	글의 정취를 넓히며,
參之離騷하야, 참 지 이 소	「이소」를 참고하여
以致其幽하고, 이 치 기 유	글의 깊이를 다하며,

236 단(斷): 춘추필법과 같은 과감한 결단력과 포폄성

237 동(動): 움직임, 변화

238 창기지(暢其支): 문장의 가지. 곧 문장의 줄거리가 사방으로 통하게 하는 것

參之太史公하야, 참 지 태 사 공	『사기』를 참고하여
以著其潔하니, 이 저 기 결	글의 간결함을 밝혔으니,
此吾所以旁推交通[239] 차 오 소 이 방 추 교 통	이는 제가 널리 참작하고 두루 통찰함으로써
而以爲文也라. 이 이 위 문 야	글을 짓는 방법입니다.
凡若此者는, 범 약 차 자	이와 같은 방법들이
果是邪아? 과 시 야	과연 옳은 것입니까?
非邪아? 비 야	틀린 것입니까?
有取乎아? 유 취 호	아니면 취할 것이 있습니까?
抑其無取乎아? 억 기 무 취 호	취할 것이 없습니까?
吾子幸觀焉擇焉하시고, 오 자 행 관 언 택 언	그대가 보신 뒤 선택하여
有餘면, 유 여	틈이 있으면
以告焉하소서. 이 고 언	제게 알려 주시기 바랍니다.
苟亟[240]來以廣是道면, 구 기 래 이 광 시 도	만약 급히 와서 성인의 도를 넓히고자 한다면

239 방추교통(旁推交通): 널리 참작하고 두루 통찰하다.

240 기(亟): 급히, 자주

子不有得焉이나, 자 불 유 득 언	그대는 소득이 없다 하더라도
則我得矣니, 즉 아 득 의	나는 얻는 바가 있을 것이니,
又何以師云爾哉아? 우 하 이 사 운 이 재	어찌 스승 운운할 필요가 있겠습니까?
取其實而去其名하야, 취 기 실 이 거 기 명	알맹이는 취하고 껍데기는 버려
無招越蜀吠怪 무 초 월 촉 폐 괴	남월과 촉 땅의 개들이 괴상하게 짖고
而爲外廷所笑면, 이 위 외 정 소 소	조정의 비웃음을 사지 않는다면
則幸矣니라. 즉 행 의	그저 다행이겠습니다.

56. 뱀 잡는 사람 이야기(捕蛇者說)[241]

유종원(柳宗元)

永州[242]之野에, 영 주 지 야	영주의 들녘에
產異蛇한데, 산 이 사	기이한 뱀이 나는데,
黑質白章[243]이라. 흑 질 백 장	검은색 바탕에 흰색 무늬가 있었다.

241 포사자설(捕蛇者說): 뱀을 잡아 살아가는 한 인물을 통해 그릇된 정치가 백성들에게 끼치는 피해를 고발한 글이다. 유종원이 영주로 좌천되었을 때 지은 글로, 적절한 비유를 사용하고 있다.

242 영주(永州): 지명. 지금의 호남성 영릉현에 해당한다.

243 장(章): 무늬

觸草木하면,
촉 초 목

그 뱀이 초목에 닿기만 하면

盡死하고,
진 사

모조리 죽었고,

以嚙[244]人이면,
이 요 인

사람이 물리면

無禦之者라.
무 어 지 자

치료할 방법이 없었다.

然이나 得而腊[245]之하야,
연 득 이 석 지

하지만 그 뱀을 잡아 포로 만든 뒤

以爲餌[246]면,
이 위 이

약용으로 먹으면,

可以已大風[247]
가 이 이 대 풍

심한 중풍이나

攣踠[248]瘻癘[249]하고,
연 원 누 려

팔다리가 굽는 병과 악성 종양 등을 치료할 수 있고,

去死肌[250]하고
거 사 기

썩은 피부나

殺三蟲[251]이라.
살 삼 충

삼시충도 없앨 수 있다고 한다.

---

244 요(嚙): 물다. 설(齧)로 된 판본도 있다.
245 석(腊): 건육(乾肉). 말린 고기
246 이(餌): 몸을 튼튼하게 할 목적으로 먹다.
247 대풍(大風): 대마풍(大痲風). 심한 통증
248 연원(攣踠): 팔다리가 굽어져 펴지지 않는 병
249 누려(瘻癘): 목에 난 종기와 나병
250 사기(死肌): 혈액 순환이 안 되어 죽은 피부
251 삼충(三蟲): 삼시충(三尸蟲). 『포박자(抱朴子)』「징지(徵旨)」에 "몸에는 삼시가 있다. 삼시는 비록 형체는 없으나 실은 혼령이나 귀신의 종류여서 사람을 일찍 죽이려 할 때에는 이 삼시가 귀신이 되어 제멋대로 돌아다닌다"라고 하였다. 도가에서는 신체 중에서 뇌와 위장, 경혈(經穴)에 각각 삼시가 있다고 하여 극히 경계한다.

其始에 太醫[252]以王命으로 기시 태의 이왕명	애당초 어의가 왕명으로
聚之하야, 취지	그 뱀들을 모아
歲賦其二호되, 세부기이	일 년에 두 마리를 부세로 내게 하였는데,
募有能捕之者면, 모유능포지자	뱀을 잘 잡는 사람을 모집하면서
當其租入이라 하니, 당기조입	잡은 뱀으로 조세를 대신하도록 하니,
永之人이, 영지인	영주 사람들이
爭犇走焉이라. 쟁분주언	다투어 나서게 되었다.
有蔣氏者하니, 유장씨자	장씨라는 이가 있었는데
專其利三世矣라. 전기리삼세의	삼대에 걸쳐 그 일에 종사해 왔다.
問之則曰, 문지즉왈	그에게 물으니 대답하기를,
吾祖死於是하고, 오조사어시	“제 조부도 이렇게 죽었고
吾父死於是라. 오부사어시	부친도 그러하였습니다.
今吾嗣爲之하야, 금오사위지	제가 이 일을 이어 맡은 지
十二年에, 십이년	십이 년이 되었는데,
幾死者數矣라 하고, 기사자삭의	자주 죽을 뻔했지요”라고

252 태의(太醫): 어의

言之에, 貌若甚慼者라.
언지 모약심척자

말하는 모습이 꽤 슬퍼 보였다.

余悲之하야,
여비지

나는 측은한 생각이 들어

且曰, 若[253]毒[254]之乎아?
차왈 약 독 지호

또 "그대는 그 일을 싫어하는가?

余將告于莅事者[255]하야,
여장고우이사자

그렇다면 내가 담당관에게 이야기하여

更若役하고,
경약역

그대의 일을 바꾸고

復若賦[256]면,
복약부

세금을 회복시켜 주면

則何如오?
즉하여

어떻겠는가?"라고 말하였다.

蔣氏大慼하며,
장씨대척

장씨는 몹시 슬퍼하면서

汪然[257]出涕曰
왕연 출체왈

눈물을 흘리며 다음과 같이 말을 이었다.

君將哀而生之乎아?
군장애이생지호

"선생께서는 저를 불쌍히 여겨 살려 주려는 것입니까?

則吾斯役之不幸이,
즉오사역지불행

제가 이 일에 종사하여 생기는 불행은

---

253 약(若): 너. 여(汝)와 통한다.

254 독(毒): 증오하다, 원망하다.

255 이사자(莅事者): 일을 맡은 사람. 담당 관리

256 부(賦): 세금, 전세(田稅)

257 왕연(汪然): 눈물을 뚝뚝 흘리는 모양

未若復吾賦不幸之甚也라. 미 약 복 오 부 불 행 지 심 야	저에게 세금이 다시 부과되는 불행만 못합니다.
嚮吾不爲斯役, 향 오 불 위 사 역	이전부터 제가 이 일에 종사하지 않았다면
則久已疾[258]矣리라. 즉 구 이 질 의	저는 이미 오래전에 살기 어려워졌을 것입니다.
自吾氏三世居是鄉하야, 자 오 씨 삼 세 거 시 향	우리 가문이 삼대에 걸쳐 이곳에서 살아
積於今六十歲矣라. 적 어 금 육 십 세 의	지금껏 육십 년이 되었지만,
而鄉隣之生이, 이 향 린 지 생	이웃의 생활은
日蹙[259]하며, 일 축	날로 궁핍해졌으며,
殫[260]其地之出하고, 탄 기 지 지 출	땅에서 나오는 것이 다하고
竭其廬之入하야, 갈 기 려 지 입	집안의 수입이 전부 고갈되어,
號呼而轉徙하며, 호 호 이 전 사	도와 달라고 외치면서 이리저리 떠돌다가
飢渴而頓踣[261]하고, 기 갈 이 돈 부	목마름과 굶주림에 쓰러지기도 하였고,

258 질(疾): 가난으로 살기 어렵게 되다. 병(病)으로 된 판본도 있다.
259 축(蹙): 찌그러지다, 궁핍해지다.
260 탄(殫): 다하다, 없어지다.
261 돈부(頓踣): 쓰러지다. 처지가 몹시 곤궁해짐을 비유한다.

觸風雨犯寒暑하며,
촉 풍 우 범 한 서

비바람을 맞고 추위와 더위를 겪으면서

呼噓[262]毒癘[263]하여,
호 허 독 려

전염병에 걸려

往往而死者相藉[264]也라.
왕 왕 이 사 자 상 자 야

때때로 죽은 자가 서로 겹칠 만큼 많기도 하였습니다.

與吾祖居者는,
여 오 조 거 자

예전에 저의 조부와 함께 살았던 사람들은

今其室이 十無一焉이요,
금 기 실 십 무 일 언

지금은 그 집안이 열에 하나도 남아 있지 않고,

與吾父居者는,
여 오 부 거 자

저의 부친과 함께 살았던 사람들은

今其室이 十無二三焉하고,
금 기 실 십 무 이 삼 언

지금은 그 집안이 열에 두셋도 남아 있지 않고,

與吾居十二年者는,
여 오 거 십 이 년 자

저와 함께 십이 년 동안 살았던 사람들은

今其室이 十無四五焉이니,
금 기 실 십 무 사 오 언

지금은 집안이 열에 네다섯도 남아 있지 않으니,

非死則徙耳나,
비 사 즉 사 이

죽거나 아니면 떠나 버렸기 때문인데

262 호허(呼噓): 숨을 들이 마시고 내쉬다. 호흡

263 독려(毒癘): 역병, 전염병

264 상자(相藉): 서로가 서로를 베고 자듯 겹쳐지다. 죽은 사람이 많음을 가리킨다.

而吾以捕蛇로 獨存이라. 이 오 이 포 사 독 존	오로지 저만은 뱀을 잡아 살고 있습니다.
悍吏之來吾隣에, 한 리 지 래 오 린	또 혹독한 관리가 마을에 와서
叫囂[265]乎東西하고, 규 효 호 동 서	사방으로 소란을 피우고
隳突[266]乎南北하니, 휴 돌 호 남 북	남북으로 헤집고 다니며
譁然[267]而駭者면, 화 연 이 해 자	시끄럽게 굴면,
雖鷄狗라도, 수 계 구	닭이나 개라도
不得寧焉이어늘, 부 득 녕 언	편안하지 못하거늘,
吾恂恂[268]而起하야, 오 순 순 이 기	나는 천천히 일어나
視其缶而吾蛇尙存이면, 시 기 부 이 오 사 상 존	항아리를 살펴보고 뱀이 남아 있으면
則弛然[269]而臥라. 즉 이 연 이 와	안심하고 다시 눕지요.
謹食之하야, 근 사 지	조심하면서 뱀에게 먹이를 주어
時而獻焉하고, 시 이 헌 언	때가 되면 진상하고,

265 규효(叫囂): 큰 소리로 떠들다.

266 휴돌(隳突): 들이받아 무너뜨리다. 소란 피우다.

267 화연(譁然): 왁자하게 떠드는 모양

268 순순(恂恂): 진실성 있는 모양. 또는 느릿느릿한 모양

269 이연(弛然): 늦추는 모양. 또는 편안한 모양. 안심하는 모양

退而甘食其土之有하야,
퇴 이 감 식 기 토 지 유

돌아와서는 그 땅에서 나는 것으로 편안히 먹고살면서

以盡吾齒[270]하니,
이 진 오 치

제 생애를 마칠 것이니,

蓋一歲之犯死者二焉이나,
개 일 세 지 범 사 자 이 언

대체로 일 년에 죽음을 무릅쓰는 때는 두 번이고

其餘則熙熙[271]而樂하니,
기 여 즉 희 희 이 락

그 나머지는 희희낙락할 수 있으니,

豈若吾鄕隣之
기 약 오 향 린 지

어찌 이웃 사람들이

旦旦有是哉리오?
단 단 유 시 재

매일같이 이와 같을 수 있겠습니까?

今雖死乎此나,
금 수 사 호 차

지금 비록 이 일을 하다가 죽더라도

比吾鄕隣之死면,
비 오 향 린 지 사

이웃 사람들에 비하면

則已後矣니,
즉 이 후 의

늦게 죽는 셈이니

又安敢毒耶아?
우 안 감 독 야

어찌 감히 이 일을 원망하겠습니까?"

余聞而愈悲라.
여 문 이 유 비

이야기를 듣고 나니 나는 더욱 슬퍼졌다.

孔子曰,
공 자 왈

공자가 말하기를,

270 치(齒): 나이, 수명, 천년

271 희희(熙熙): 화목한 모양. 즐거운 모양

苛政은 猛於虎[272]也라.
가정 맹어호 야
"가혹한 정치가 호랑이보다 더 무섭다"라고 하였다.

吾嘗疑乎是러니,
오상의호시
나는 일찍이 이 말을 의심했는데,

今以蔣氏觀之하니,
금이장씨관지
지금 장씨의 경우를 보고

尤信이라.
우신
믿게 되었다.

嗚呼라!
오호
아!

孰知賦斂之毒이,
숙지부렴지독
세금을 거둬들이는 혹독함이

有甚於是蛇者乎아?
유심어시사자호
그 뱀보다 더욱 심할 줄이야 누가 알았겠는가?

故로 爲之說하야,
고 위지설
그런 까닭에 이 글을 지어

以俟夫觀人風者[273]得焉하노라.
이사부관인풍자 득언
백성의 풍속을 살피는 사람들에게 도움이 되게 하노라.

---

272 가정맹어호(苛政猛於虎): 『예기』「단궁 하(檀弓下)」에 나오는 "공자가 태산 기슭을 지나가는데 한 부인이 묘 앞에서 몹시 슬프게 울고 있었다. 공자가 허리를 굽혀 인사하고 이야기를 들어 보기 위해 자로를 통해 물었다. '그대의 울음소리를 듣고 보니 슬픈 일이 겹친 것 같습니다.' 그러자 부인이 말하였다. '그렇습니다. 전에 제 시아버지가 호랑이 때문에 돌아가셨고 제 남편도 호랑이에 죽음을 당했는데, 이제는 제 자식마저 호랑이에 물려 죽었습니다.' 공자가 '다른 곳으로 떠나면 되지 않습니까?'라고 묻자 부인이 '이곳에는 가혹한 정치가 없기 때문입니다'라고 말하였다. 이에 공자가 '그대들은 가혹한 정치가 호랑이보다 더 무섭다는 것을 잘 알아 두어라'라고 말하였다"로부터 인용한 구절이다.

273 관인풍자(觀人風者): 민간 풍속이나 정세를 관찰하는 사람

57. 정원사 곽탁타 이야기(種樹郭橐駝傳)[274]

유종원(柳宗元)

郭橐駝[275]는 곽 탁 타	곽탁타는
不知始何名이나, 부 지 시 하 명	처음 이름이 무엇이었는지 알려지지 않았지만,
疾僂[276]하야, 질 루	곱사등이여서
隆然[277]伏行[278]하니, 융 연 복 행	[혹이] 솟아나 허리를 구부리고 다니니,
有類橐駝者라. 유 류 탁 타 자	낙타와 비슷하였다.
故로 鄕人이 고 향 인	따라서 마을 사람들이
號之曰駝라 하니, 호 지 왈 타	그를 탁타라 불렀는데,
駝聞之曰, 타 문 지 왈	그는 그 소리를 듣고,
甚善하다. 심 선	“참 좋다,

274 종수곽탁타전(種樹郭橐駝傳): 무슨 일을 하든지 자연을 좇아서 하면 힘들이지 않고 성공하는데, 무리하여 잘하려고 하면 고생할 뿐만 아니라 결과가 매우 나빠진다. 이 글은 나무 심는 비법을 구체적으로 서술하여, 단지 나무를 심는 일뿐만 아니라 백성을 다스리는 경우에도 그 비법은 같다고 이야기한다.

275 탁타(橐駝): ‘탁’은 주머니의 일종인 전대. ‘타’는 낙타. 낙타의 등에 자루처럼 불룩 솟은 혹이 있어, 탁타라 하기도 한다.

276 누(僂): 등이 굽은 것, 또는 곱사등이

277 융연(隆然): 높이 솟은 모양을 뜻하는데, 여기서는 곽탁타의 등에 큰 혹이 솟아 있는 것을 가리킨다.

278 복행(伏行): 등을 구부리고 다니다.

名我固當이라 하고,
명 아 고 당

나에게 꼭 알맞은 이름이구나!" 하며

因捨其名하고,
인 사 기 명

자신의 이름을 버리고,

亦自謂橐駝云이라.
역 자 위 탁 타 운

스스로 탁타라 불렀다.

其鄕曰豊樂鄕이니,
기 향 왈 풍 악 향

탁타가 사는 마을 이름은 풍악이니,

在長安西라.
재 장 안 서

그곳은 장안의 서쪽이다.

駝業種樹하니,
타 업 종 수

탁타는 나무 심는 것이 본업이니,

凡長安豪家[279]富人으로,
범 장 안 호 가 부 인

장안의 권세 높은 양반들과
부자들 중에

爲觀遊[280]及賣果者[281]는,
위 관 유 급 매 과 자

나무를 완상하거나 과일을
사려는 사람은

皆爭迎取養[282]이라.
개 쟁 영 취 양

모두 앞다투어 그를 맞아들여
돌보게 하였다.

視駝所種樹면,
시 타 소 종 수

탁타가 나무를 가꾸거나

或移徙나,
혹 이 사

혹은 옮겨 심으면,

無不活이요,
무 불 활

죽는 일이 없으며

---

279 호가(豪家): 호족, 그 지방의 돈 많고 권세 높은 집안
280 관유(觀遊): 나무를 완상하는 것을 가리킨다.
281 매과자(賣果者): 과일 장수
282 쟁영취양(爭迎取養): 서로 다투어 탁타를 집에 맞아들여 돌보아 주다.

且碩茂[283]하며, 차 석 무	언제나 잎이 무성하고,
蚤實[284]以蕃[285]하니, 조 실 이 번	다른 나무보다 일찍 열매를 맺고 또 많았다.
他植者는 타 식 자	다른 사람이
雖窺伺[286]傚慕[287]나, 수 규 사 효 모	가만히 엿보아 배워서 그대로 해 보곤 했지만,
莫能如也러라. 막 능 여 야	[탁타가 가꾸는 것과는] 같지 않았다.
有問之하니, 유 문 지	어떤 사람이 그 이유를 물으니,
對曰, 대 왈	[탁타는] 이렇게 대답하였다.
橐駝 탁 타	“내가
非能使木壽且孳[288]也오, 비 능 사 목 수 차 자 야	나무를 오래 살게 하고 잘 자라게 하는 것이 아닙니다.
以能順木之天[289]하야, 이 능 순 목 지 천	나무가 지닌 본성을 거스르지 않고,

283 석무(碩茂): 대단히 무성하다. ‘석’은 ‘크다’의 뜻. 자손의 번성을 뜻하는 말로 많이 쓰인다.

284 조실(蚤實): 일찍 열매를 맺다. ‘조’에는 벼룩이라는 뜻도 있지만, 일찍[早]이라는 뜻도 있다.

285 번(蕃): 열매의 수가 많다. 여기서 이(以)는 이(而)와 같이 사용되어 같은 사실이 나열됨을 표시한다.

286 규사(窺伺): 가만히 엿보다. ‘규’와 ‘사’ 모두 엿본다는 뜻

287 효모(傚慕): 배워 본받다. 여기서는 모방하고 본뜬다는 것을 뜻한다.

288 자(孳): 자라다, 번식하다.

289 천(天): 천성. 본디의 성품

以致其性[290]焉爾라. 이 치 기 성 언 이	그의 본성을 다하도록 돌보아 줄 뿐입니다.
凡植木之性은, 범 식 목 지 성	나무의 본성이란
其本[291]은 欲舒[292]하고, 기 본 욕 서	뿌리는 바르게 뻗으려 하고,
其培[293]는 欲平하고, 기 배 욕 평	북돋움은 고르길 바라고,
其土는 欲故[294]하고, 기 토 욕 고	그 흙은 옛것이고 싶어 하고,
其築[295]은 欲密이라. 기 축 욕 밀	뿌리 사이를 꼭꼭 다져 주기를 바랍니다.
旣然已[296]에, 기 연 이	이런 다음에는,
勿動勿慮하고, 물 동 물 려	건드리지 않고 걱정하지 말며
去不復顧하며, 거 불 부 고	더 이상 돌아보지 않고 내버려 두어,
其蒔[297]也若子나, 기 시 야 약 자	처음 심을 때는 자식과 같으나

290 성(性): 앞의 천(天)과 그 뜻이 같다.
291 본(本): 뿌리를 가리킨다.
292 서(舒): 펴다.
293 배(培): 북돋다. 나무의 뿌리를 흙으로 덮어 주는 것
294 고(故): 나무가 맨 처음 뿌리내렸던 흙. 고토(故土)
295 축(築): 나무의 뿌리가 묻힌 데를 잘 다지다.
296 기연이(旣然已): 이미 그런 일을 끝낸 다음에는
297 시(蒔): 심다, 이식하다.

其置也若棄면, 기 치 야 약 기	심은 다음에는 아주 내버린 것처럼 하면,
則其天者全而 즉 기 천 자 전 이	나무의 본성이 온전히 보존되어
其性得[298]矣리라. 기 성 득 의	그 본성에 따라 잘 자라는 것입니다.
故吾不害其長而已요, 고 오 불 해 기 장 이 이	그러므로 나는 나무의 성장을 해치지 않을 뿐이지,
非有能碩而茂之也며, 비 유 능 석 이 무 지 야	나무를 크고 무성하게 하는 재능이 있는 것이 아니며,
不抑耗[299]其實而已오, 불 억 모 기 실 이 이	열매를 맺는 것을 억눌러 손상시키지 않을 뿐이지,
非有能蚤非而蕃之也라. 비 유 능 조 비 이 번 지 야	일찍 맺게 하고 많이 맺게 하는 것은 아닙니다.
他植者則不然하야, 타 식 자 즉 불 연	다른 사람들은 그렇게 하지를 않는데,
根拳[300]而土易[301]하며, 근 권 이 토 역	뿌리를 한데 모아 심고 흙을 새것으로 바꾸며,

298 성득(性得): 나무로서의 천성을 잃지 않고 그대로 성장하는 것을 뜻한다.

299 억모(抑耗): 억눌러 손상시키다.

300 근권(根拳): 나무뿌리를 주먹을 쥔 것처럼 구부리다. '권'은 주먹

301 토역(土易): 흙을 바꾸다.

其培之也若不過焉이면, 기 배 지 야 약 불 과 언	뿌리에 흙을 북돋우는 것도 지나치지 않으면
則不及焉이요, 즉 불 급 언	모자라게 합니다.
苟[302]有能反是者[303]인댄, 구 유 능 반 시 자	본성을 위반하여 나무를 가꾸는 자는,
則又愛之太[304]恩하고, 즉 우 애 지 태 은	나무를 지나치게 사랑하고
憂之太勤하야, 우 지 태 근	너무 걱정하여,
旦視而暮撫하고, 단 시 이 모 무	아침에 돌보아 주고 저녁에 어루만져 주고
已去而復顧하며, 이 거 이 부 고	이미 떠나서도 다시 생각하며,
甚者는 爪其膚[305]하야, 심 자 조 기 부	심한 경우에는 껍질을 손톱으로 쪼아
以驗其生枯하고, 이 험 기 생 고	나무가 살았는지 죽었는지 시험해 보기도 하고,
搖其本하야, 요 기 본	나무의 뿌리를 흔들어서
以觀其疏密[306]하니, 이 관 기 소 밀	흙이 제대로 채워져 있는지를 알아보기도 하니,

302 구(苟): 참으로, 진실로

303 반시자(反是者): 이것을 위반하는 자. '시'는 나무의 본성대로 나무를 가꾸는 것. 즉 나무의 본성을 생각하지 않고 나무를 가꾸는 사람을 가리킨다.

304 태(太): 심(深)과 같은 뜻. 너무

305 조기부(爪其膚): 손톱으로 나무껍질을 긁거나 할퀴다.

而木之性이, 이 목 지 성	나무의 본성은
日以離矣라. 일 이 리 의	날이 갈수록 멀어지고 맙니다.
雖曰, 愛之나, 수 왈 애 지	나무를 사랑하기 때문이라 하지만
其實害之며, 기 실 해 지	실은 해치는 것이며,
雖曰, 憂之나, 수 왈 우 지	걱정되어 그런다고 하지만
其實讐之라. 기 실 수 지	실은 원수가 되는 것입니다.
故로 不我若也니, 고 불 아 약 야	따라서 나는 그같이 하지 않을 뿐이니,
吾又何能爲矣哉아? 오 우 하 능 위 의 재	내게 무슨 능력이 있겠습니까?”
問者曰, 문 자 왈	물었던 사람이 말하였다.
以子之道[307]로, 이 자 지 도	“그대의 나무 가꾸는 법을
移之官理[308]可乎아? 이 지 관 리 가 호	[백성을] 다스리는 데 이용하면 좋지 않을까요?”
駝曰, 타 왈	탁타가 대답하였다.

306 소밀(疏密): ‘소’는 나무뿌리와 흙 사이에 빈틈이 많은 것. ‘밀’은 나무뿌리 사이에 빈틈없이 흙이 다져져 있는 것

307 자지도(子之道): 자(子)는 그대, 탁타를 가리킨다. 도(道)는 탁타의 나무 가꾸는 방법

308 관리(官理): 관치(官治)의 뜻. 관에서 백성을 다스리는 것. 당나라 고종의 이름이 이치(李治)였으므로, 휘자(諱字: 돌아가신 높은 어른의 이름자)인 치(治)를 피해 리(理)라 한 것이다.

我知種樹而已요, 아 지 종 수 이 이	“나는 나무 가꾸는 법만 알 뿐이요,
理는 非吾業也라. 이 비 오 업 야	다스리는 일은 제 일이 아닙니다.
然이나 吾居鄕에, 연 오 거 향	그런데 제가 고향에 있으면서
見長人者[309]好煩其令하야, 견 장 인 자 호 번 기 령	번거롭게 명을 내리기를 좋아하는 수령을 보았습니다.
若甚憐焉이나, 약 심 련 언	그는 백성들을 가엾게 여겼으나
而卒以禍라. 이 졸 이 화	결과적으로는 화가 되었습니다.
旦暮吏來而呼曰, 단 모 리 래 이 호 왈	아침저녁으로 관리들이 나와 고함칩니다.
官命促[310]爾[311]耕하고, 관 명 촉 이 경	나라의 명령이라며, ‘빨리 밭을 갈아라,
勖[312]爾植[313]하고, 욱 이 식	부지런히 심어라,
督[314]爾穫[315]하고, 독 이 확	힘써 수확하라,
蚤[316]繅而緖[317]하고, 조 소 이 서	빨리 누에고치에서 실을 뽑아라,

309 장인자(長人者): 백성을 다스리는 사람
310 촉(促): 재촉하다.
311 이(爾): 여(汝)와 같은 뜻. 너
312 욱(勖): 힘써 일하도록 권장하다.
313 식(植): 뽕나무나 삼 등을 심는 일
314 독(督): 독려하다.
315 확(穫): 곡식을 거두어들이다.
316 조(蚤): 일찍, 빨리

蚤織[318]而縷[319]하고, 조 직 이 루	빨리 옷감을 짜라,
字[320]而幼孩[321]하고, 자 이 유 해	어린아이들을 잘 키워라,
遂[322]而鷄豚하라 하고, 수 이 계 돈	닭이나 돼지를 길러라' 하고,
鳴鼓而聚之하고, 명 고 이 취 지	북을 울려 사람들을 모이게 하고
擊木而召之하니, 격 목 이 소 지	딱따기를 쳐 사람들을 불러냈습니다.
吾小人[323]은 오 소 인	우리 백성들은
具饔飧[324]以勞[325]吏者라도, 구 옹 손 이 로 리 자	아침저녁으로 관리들을 위로하기에도
且不得暇하니, 차 부 득 가	한가한 틈이 없었으니,
又何以蕃吾生[326]而 우 하 이 번 오 생 이	어떻게 우리가 생활을 풍성하게 했겠으며,
安吾性[327]邪아? 안 오 성 야	우리의 본성을 편안하게 했겠습니까?

317 소이서(繅而緖): '소'는 소(繅)와 같은 자로 누에고치에서 실을 뽑는 것. '이'는 여(汝)와 같은 뜻으로, 너. 이하 이계돈(而鷄豚)까지 네 개의 이(而)가 모두 '너'의 뜻으로 쓰였다. '서'는 실

318 직(織): 실로 옷감을 짜다.

319 누(縷): 실. 실의 가닥

320 자(字): 양육의 뜻

321 해(孩): 두세 살쯤 된 어린아이

322 수(遂): 가축을 기르다.

323 소인(小人): 일반 백성을 가리킨다.

324 옹손(饔飧): 저녁밥과 아침밥. 조석의 식사

325 노(勞): 위로하다.

326 번오생(蕃吾生): 우리의 생활을 번성하게 하다.

327 안오성(安吾性): 우리의 마음을 편안하게 하다. '성'은 성정

故病且怠라.
고 병 차 태
결국 병들고 태만해지고 말았습니다.

若是則與吾業者로,
약 시 즉 여 오 업 자
이와 같으니 나의 일과

其亦有類乎아?
기 역 유 류 호
비슷한 점이 있지 않겠습니까?”

問者喜曰,
문 자 희 왈
물었던 사람이 기뻐하며 말하였다.

不亦善夫[328]아!
불 역 선 부
“정말 좋지 않습니까?

吾問養樹라가,
오 문 양 수
나무 가꾸는 법을 물었다가

得養人術[329]이라.
득 양 인 술
사람을 돌보는 법을
터득하게 되었습니다.

傳其事하야,
전 기 사
이 일을 후세에 전하여,

以爲官戒[330]也하노라.
이 위 관 계 야
관리들이 지켜야 할 계칙으로
삼고자 합니다.”

58. 우계시의 서(愚溪詩序)[331]

유종원(柳宗元)

灌水[332]之陽[333]에,
관 수 지 양
관수의 북쪽에

328 불역선부(不亦善夫): 또한 좋지 아니한가
329 양인술(養人術): 백성을 다스리는 도
330 관계(官戒): 관리가 지켜야 할 계칙

有溪焉하니, 유 계 언	시냇물이 있는데,
東流入于瀟水[334]라. 동 류 입 우 소 수	동쪽으로 흘러 소수로 들어간다.
或曰, 혹 왈	어떤 이는 말하기를,
冉氏嘗居也라, 염 씨 상 거 야	염씨들이 여기에서 산 일이 있었기 때문에
故로 姓是溪하야, 고 성 시 계	이 시냇물에 그 성을 붙여
爲冉溪라 하고, 위 염 계	염계(冉溪)라 불렀다 하고,
或曰, 혹 왈	어떤 이는 말하기를,
可染也라, 가 염 야	이 시냇물로 물들일 수가 있어서
名之以其能[335]이라. 명 지 이 기 능	그 효능으로 이름을 붙여
故로 謂之染溪라 하리라. 고 위 지 염 계	염계(染溪)라 불렀다 하기도 한다.
余以愚觸罪[336]하야, 여 이 우 촉 죄	나는 어리석어 죄를 짓고

331 우계시서(愚溪詩序): 유종원이 「팔우시(八愚詩)」를 지으면서 쓴 서문체(序文體)의 글이다. 자신이 유배되어 있는 곳의 지형지물을 우(愚) 자로 포괄하면서 자신의 처지를 묘사하였다. '어리석을 우'로 표현되는 농담조의 글 속에 유배 생활의 비참함이 나타나지만, 후반부는 문인으로서의 자부심과 풍유를 교묘하게 숨기고 있어 앞의 부분과 묘한 대조를 이룬다. 「팔우시」는 현존하지 않는 일시(逸詩)이다.

332 관수(灌水): 소수(瀟水)의 지류

333 양(陽): 산의 남쪽이나 강의 북쪽(山南水北)

334 소수(瀟水): 영주 지방의 강물로 호남성의 구의산(九疑山)에서 시작해 상수(湘水)로 흘러간다.

335 명지이기능(名之以其能): 그 기능을 취해 이름을 짓다.

336 여이우촉죄(余以愚觸罪): 어리석음으로 인해 죄를 범해 영주사마로 좌천된 일을 가리킨다.

謫瀟水上한데, 적 소 수 상	소수 가로 귀양을 왔는데,
愛是溪하야, 애 시 계	이 시냇물을 사랑하게 되어
入二三里하야, 입 이 삼 리	이삼 리 들어간 곳에
得其尤絶者하고, 득 기 우 절 자	더욱 절경을 발견하고는
家焉하니라. 가 언	집을 짓고 살게 된 것이다.
古有愚公谷[337]이나, 고 유 우 공 곡	옛날에 우공곡이 있었는데,
今予家是溪 금 여 가 시 계	이제 내가 이 시냇물 가에 집을 짓고 살면서
而名莫能定하고, 이 명 막 능 정	그 이름을 정하지 못했더니,
土之居者가, 토 지 거 자	이 고장에 사는 사람들이
尤齗齗焉[338]하야, 우 은 은 언	여러 가지 말이 많아
不可以不更也라, 불 가 이 불 경 야	바꾸지 않을 수가 없으므로,
故로 更之爲愚溪라. 고 경 지 위 우 계	우계로 바꾸게 되었다.
愚溪之上에, 우 계 지 상	우계 가의
買小丘하니, 매 소 구	작은 언덕을 사서

337 우공곡(愚公谷): 현재 산동성의 임치현 서쪽에 있는 골짜기 이름

338 우은은언(尤齗齗焉): 더욱 말이 많은 것

爲愚丘요, 위 우 구	우구라 하고,
自愚丘로, 자 우 구	우구로부터
東北行六十步하야, 동 북 행 육 십 보	동북쪽으로 육십 보 정도 가서
得泉焉하야, 득 천 언	샘물을 발견하고는
又買居之하니, 우 매 거 지	또 그것을 사서 차지하여
爲愚泉이라. 위 우 천	우천이라 하였다.
愚泉은 凡六穴로, 우 천 범 육 혈	우천은 모두 여섯 구멍인데
皆出山下平地하니, 개 출 산 하 평 지	모두 산 밑의 평지로 흘러가니,
蓋上出也라. 개 상 출 야	모두 위에서 흘러나오는 것이다.
合流屈曲而南하니, 합 류 굴 곡 이 남	흐름이 합하여 굽이쳐 남으로 흘러
爲愚溝요, 위 우 구	우구를 이루고,
遂負土累石하야, 수 부 토 누 석	뒤에 흙을 지고 돌을 갖다 쌓아
塞其隘하니, 색 기 애	그 좁은 곳을 막아
爲愚池라. 위 우 지	우지가 되었다.
愚池之東은, 우 지 지 동	우지의 동쪽은
爲愚堂이요, 위 우 당	우당이요,
其南은 爲愚亭이요, 기 남 위 우 정	그 남쪽은 우정이요,

池之中은, 지 지 중	못 한가운데는
爲愚島라. 위 우 도	우도를 만들었다.
嘉木異石이 錯置하니, 가 목 이 석 착 치	아름다운 나무와 기이한 돌들이 엇섞여 있어
皆山水之奇者나, 개 산 수 지 기 자	모두가 산수의 특이한 것들이지만,
以余故로, 이 여 고	나 때문에
咸以愚辱焉이라. 함 이 우 욕 언	모두가 '우(愚)'로 욕을 보고 있는 것이다.
夫水는 智者樂也[339]나, 부 수 지 자 요 야	물이란 지혜 있는 사람이 즐기는 것인데,
今是溪獨見辱於愚는 금 시 계 독 견 욕 어 우	지금 이 냇물이 유독 '우'로 욕을 보고 있는 것은
何哉오? 하 재	어째서인가?
蓋其流甚下하야, 개 기 류 심 하	대체로 그 흐름이 매우 낮아
不可以灌漑요, 불 가 이 관 개	물을 관개할 수가 없고,
又峻急多砥[340]石하야, 우 준 급 다 지 석	또 심한 급류인 데다가 큰 돌들이 많아서

339 부수지자요야(夫水知者樂也): 『논어(論語)』「옹야(雍也)」에 나오는 말

大舟不可入也며, 대 주 불 가 입 야	큰 배는 들어갈 수가 없고,
幽邃淺狹하야, 유 수 천 협	그윽하고 깊으면서도 얕고 좁아서
蛟龍不屑[341]하며, 교 룡 불 설	용들도 좋아하지 않으며,
不能興雲雨하니, 불 능 흥 운 우	구름과 비조차도 일으키지 못하니,
無以利世요, 무 이 리 세	세상에 이로움이 되지 못하는 것이
而適類於余하니라. 이 적 류 어 여	꼭 나를 닮고 있다.
然則雖辱而 연 즉 수 욕 이	그러니 비록 그를 욕보이고
愚之可也니라. 우 지 가 야	어리석다 해도 괜찮을 것이다.
甯武子[342]는 영 무 자	옛날 영무자는
邦無道則愚하니, 방 무 도 즉 우	“나라가 무도하면 어리석다”고 하였으니,
智而爲愚者也오, 지 이 위 우 자 야	지혜로우면서도 어리석은 체했던 사람이요,

340 지(砥): 『유하동전집』에는 지(坻)로 되어 있다. 물속에 솟아오른 곳

341 불설(不屑): 경시하다, 좋아하지 않다.

342 영무자(甯武子): ‘영’은 영(寧)과 같은 자. 『논어』「공야장(公冶長)」에 “영무자는 나라가 안정되어 있을 때면 지혜를 발휘하였고, 나라가 어지러울 때는 어리석게 [몸과 마음을 바쳐 어렵고 힘든 일도 마다하지 않는] 행동을 하였다. 그가 지혜를 발휘하는 것은 다른 사람이 미칠 수 있지만 어리석게 행동하는 데는 미치지 못한다”라 하였다. 이 구절에 대한 주희의 주석에 의하면 영무자가 정치가 올바르게 될 때는 특별히 할 일이 없었기에 나서지를 않았으나, 나라의 정치가 잘되지 못하자 우직하게 나서서 어려운 일을 처리하였음을 이른다.

顔子[343]는 안 자	안회는
終日不違如愚하니, 종 일 불 위 여 우	“하루 종일 어리석게도 어기지 않는다” 하니
睿[344]而爲愚者也로, 예 이 위 우 자 야	총명하면서도 어리석은 체했던 사람이다.
皆不得爲眞愚라. 개 부 득 위 진 우	모두 진짜로 어리석은 것이라 할 수는 없다.
今余遭有道하여, 금 여 조 유 도	지금 나는 도가 있는 세상을 만났으나
而違於理悖於事니, 이 위 어 리 패 어 사	이치에 어긋나고 사리에 거스르니,
故로 凡爲愚者 고 범 위 우 자	그러므로 모든 어리석은 자 중에
莫我若也라. 막 아 약 야	나 같은 자도 없는 것이다.
夫然則天下 부 연 즉 천 하	그래서 천하 사람 중에는
莫能爭是溪라, 막 능 쟁 시 계	아무도 이 시냇물을 가지려고 다투는 사람이 없어
余得專而名焉하노라. 여 득 전 이 명 언	내가 독점을 하고 이름을 붙인 것이다.

343 안자(顔子): 안회(顔回). 『논어』「위정(爲政)」에 “나[공자]와 안회가 하루 종일 이야기할 때 그는 바보처럼 아무 말 없이 듣기만 한다. 하지만 그가 물러나 다른 사람과 개인적인 대화를 나누는 것을 살펴보면 나에 대해서도 계발하는 바가 있으니 그는 결코 바보가 아니다”라 하였다. 유종원은 영무자와 안회의 예를 통해 자신의 ‘진우(眞愚)’를 설명하고자 한 것이다.

344 예(睿): 슬기롭다, 통달하다.

溪雖莫利於世나, 계 수 막 리 어 세	시냇물이 비록 세상에 아무런 이익도 주지 못하나
而善鑑[345]萬類[346]하고, 이 선 감 만 류	만물을 잘 비추어 주고,
淸瑩秀徹[347]하고, 청 형 수 철	맑게 빛나며 빼어나게 통달하고,
鏘[348]鳴金石[349]하야, 장 오 금 석	금석을 곱게 울려,
能使愚者로, 능 사 우 자	어리석은 자로 하여금
喜笑眷慕[350]하고, 희 소 권 모	기뻐 웃으며 돌아보고 흠모해서
樂而不能去也라. 낙 이 불 능 거 야	즐거움으로 떠나지 못하게 할 수가 있는 것이다.
余雖不合於俗이나, 여 수 불 합 어 속	나는 비록 세속에 들어맞지 않으나
亦頗以文墨自慰하야, 역 파 이 문 묵 자 위	또한 자못 글 쓰는 것으로 스스로 위로하면서
漱滌[351]萬物하고, 수 척 만 물	만물을 씻어내기도 하고,
牢籠百態[352]하여, 뇌 롱 백 태	온갖 모습을 다 아울러

345 감(鑑): 밝게 비치다.
346 만류(萬類): 만물
347 철(徹): 『유하동전집』에는 철(澈)로 되어 있다. 바닥이 보일 정도로 물이 맑고 투명함
348 장(鏘): 물 흐르는 소리가 옥소리 같다.
349 금석(金石): 악기의 통칭. 물소리가 악기 소리처럼 나다.
350 권모(眷慕): 잊지 못해 돌아보고 그리워하다.
351 수척(漱滌): 양치질하고 씻다.

而無所避之하니, 이 무 소 피 지	이를 피하는 일 없으니,
以愚辭로, 이 우 사	어리석은 표현으로
歌愚溪하면, 가 우 계	우계를 노래하면,
則茫然而不違하고, 즉 망 연 이 불 위	멍청하면서도 도리를 어기는 일이 없고,
昏然而同歸하야, 혼 연 이 동 귀	잘 모르면서도 만물과 함께 돌아가
超鴻蒙[353]하고, 초 홍 몽	자연의 기운을 초월하고,
混希夷[354]하야, 혼 희 이	보이지 않는 것 들리지 않는 것들과 엇섞여,
寂寥而莫我知也라. 적 요 이 막 아 지 야	고요히 나 자신도 알지 못하게 될 것이다.
於是作八愚詩하야, 어 시 작 팔 우 시	이에 「팔우시(八愚詩)」를 지어
紀[355]于溪石上하노라. 기 우 계 석 상	시냇가 바위 위에 새기는 바이다.

352 뇌롱백태(牢籠百態): 온갖 양상을 모두 포괄하다.

353 홍몽(鴻蒙): 천지자연. 천지가 아직 나누어지지 않은 혼돈한 상태

354 희이(希夷): 『노자(老子)』 제14장에 "보아도 보이지 않는 것을 이(夷)라고 하고, 들어도 들리지 않는 것을 희(希)라 한다"라고 한 데서 유래한 말이다.

355 기(紀): 기(記)와 통한다.

59. 오동잎으로 아우를 제후에 봉하였다는 것을 따짐 (桐葉封弟辯)[356]

유종원(柳宗元)

古之傳子[357]有言, 고 지 전 자 　유 언	옛일을 전하는 사람의 말에 이런 이야기가 있다.
成王[358]이 以桐葉으로, 성 왕 　이 동 엽	주나라 성왕이 오동잎을
與小弱弟[359]戲曰, 여 소 약 제 　희 왈	어린 아우에게 주며 장난으로 말하였다.
以封汝라. 이 봉 여	"이로써 너를 봉하노라."
周公이 入賀[360]하니, 주 공 　입 하	주공이 입궐해 축하하니,

356 동엽봉제변(桐葉封弟辯): 유향(劉向)의 『설원(說苑)』「군도(君道篇)」와 『사기』「진세가(晋世家)」에 있는 설화를 논변한 글이다. 「진세가」에 의하면, 성왕과 아우 숙우(叔虞)가 함께 놀던 중, 성왕이 오동잎을 규(珪: 제후를 봉하는 옥으로 만든 인)의 모양으로 깎아 아우에게 주며 "이것으로써 너를 봉한다"고 말하였다. 태사 윤일이 그 말을 듣고 좋은 날을 택해 숙우를 봉하는 식을 거행하기를 왕에게 청하였다. 성왕은 "그 말은 농담이었다"고 말하였다. 그러나 태사 윤일은 "천자에게는 농담이라는 것이 있을 수 없습니다. 천자께서 말씀하시면 사관이 그것을 기록하고, 예로써 그것을 행하며, 음악으로써 그 행사를 노래하는 것입니다"라고 말하였다. 그래서 숙우를 당의 제후로 봉하였다는 것이다. 그런데 『설원』에는, 태사 윤일이 아니라 주공이 성왕의 농담을 실현시킨 것으로 되어 있다. 이 글의 내용은 주공은 성인이라 일컬어지는 인물인데, 그와 같은 일을 했을 리가 없다는 의론이다.

357 고지전자(古之傳子): 옛일을 전하는 사람. 『설원』의 작자 유향을 가리킨다.

358 성왕(成王): 주나라 무왕의 아들로, 어린 나이에 천자가 되었다. 무왕의 아우인 주공 단(旦)이 섭정하여, 왕실의 기초를 튼튼히 하였다.

359 소약제(小弱弟): 어린 아우. 성왕의 아우 숙우를 가리킨다.

360 하(賀): 축하하다.

王曰, 왕 왈	왕이 말하였다.
戱也라 하니, 희 야	"장난이었다."
周公曰, 주 공 왈	이에 주공이 말하였다.
天子는 不可戱[361]라 하여, 천 자 불 가 희	"천자는 농담을 할 수 없습니다."
乃封小弱弟於唐[362]이라. 내 봉 소 약 제 어 당	마침내 어린 아우는 당나라에 봉해졌다.
吾意不然이라. 오 의 불 연	나는 그 이야기가 그릇 전해진 것이라 생각한다.
王之弟當封邪인댄, 왕 지 제 당 봉 야	성왕의 아우를 제후로 봉해야 하였다면,
周公이 宜以時言於王이요, 주 공 의 이 시 언 어 왕	주공은 적당한 때에 왕께 말씀드렸을 것이다.
不待其戱而 부 대 기 희 이	그런 농담을 기다렸다가
賀以成[363]之也오, 하 이 성 지 야	축하하며 그 말을 이루게 하지는 않았을 것이다.

---

361 천자불가희(天子不可戱): 천자는 농담을 할 수 없다. '희'는 희(戲)의 속자. 『예기』「치의(緇衣)」에, "임금의 말은 할 때에는 실처럼 가늘지만, 입 밖으로 나와 행해질 때에는 윤[綸: 실을 여러 가닥 꼰 것]처럼 굵어진다. 임금의 말이 윤과 같다면 입 밖으로 나와 행해질 때에는 불[紱: 관을 끄는 동아줄]처럼 굵어진다. 그러한 까닭에 대인은 농담을 하지 않는다"라 하였다.

362 당(唐): 지금 하북성의 당현(唐縣)으로 요임금이 다스렸던 곳

363 성(成): 성취하다.

不當封邪인댄,
부 당 봉 야
봉해서는 안 되는 경우였다면,

周公이 乃成其不中之戲[364]하야,
주 공 내 성 기 부 중 지 희
주공이 도리에 맞지 않는 장난의 말을 이루어

以地以人으로,
이 지 이 인
땅과 백성을

與小弱者爲之主하니,
여 소 약 자 위 지 주
어린 사람에게 주어 주인이 되게 하였으니,

其得爲聖乎아?
기 득 위 성 호
성인이라 불릴 수 있었겠는가?

且周公以[365]王之言이
차 주 공 이 왕 지 언
또 주공은 왕의 말이

不可苟焉而已라 하야,
불 가 구 언 이 이
구차해서는 안 된다고 생각하여,

必從而成之邪아?
필 종 이 성 지 야
반드시 그 말을 따라서 이루어야만 하였겠는가?

設[366]有不幸하야,
설 유 불 행
가령 불행하게도

王以桐葉戲婦寺[367]라도,
왕 이 동 엽 희 부 시
성왕께서 여자나 환관에게 오동잎으로 농담을 하였다면,

---

364 부중지희(不中之戲): 도리에 맞지 않는 농담

365 이(以): 생각하다.

366 설(設): 가정하는 말로, 설령, 만일

367 부시(婦寺): 부인과 환관. 부인은 궁중에서 일하는 여자

亦將擧而從之乎아? 역 장 거 이 종 지 호	그래도 들추어내어 그것을 따르게 하였겠는가?
凡[368]王者[369]之德은, 범 왕자 지덕	무릇 왕자의 덕은
在行之何若이니, 재 행 지 하 약	일을 어떻게 행하느냐에 있으니,
設未得其當이면, 설 미 득 기 당	도리에 맞지 않는 일이라면
雖十易之라도, 수 십 역 지	열 번을 고치더라도
不爲病이라. 불 위 병	허물 될 것이 없다.
要於其當이면, 요 어 기 당	도리에 맞는다면
不可使易也니, 불 가 사 역 야	고쳐서는 안 될 것이니,
而況以其戲乎아? 이 황 이 기 희 호	하물며 장난삼아 한 이야기에 있어서랴?
若戲而必行之면, 약 희 이 필 행 지	장난이었는데도 그 말을 실행하도록 한다면,
是周公教王遂過也라. 시 주 공 교 왕 수 과 야	주공이 왕에게 잘못을 하도록 가르친 것이다.
吾意周公輔成王에, 오 의 주 공 보 성 왕	나는 주공이 성왕을 보필함에

368 범(凡): 무릇, 대저
369 왕자(王者): 천하의 왕이 될 만한 덕이 있는 자

宜以道로 의 이 도	오직 올바른 도로써 하며,
從容[370]優樂[371]하야, 종 용 우 락	조용하고 침착하며 여유 있고 즐겁게 함으로써
要歸之大中[372]而已요, 요 귀 지 대 중 이 이	지극한 중정으로 이끌려 했을 것이라 생각한다.
必不逢[373]其失[374] 필 불 봉 기 실	반드시 왕의 과실을 만나
而爲之辭[375]하고, 이 위 지 사	그것을 구실로 삼지 않았을 것이고,
又不當束縛[376]之하고, 우 부 당 속 박 지	또 왕을 속박하고
馳驟[377]之하야, 치 취 지	몰아붙여
使若牛馬然이니, 사 약 우 마 연	소나 말처럼 했을 리 없으니,
急[378]則敗矣라. 급 즉 패 의	급하면 실패하기 때문이다.
且家人[379]父子도, 차 가 인 부 자	그러나 집안의 부자 사이라도

370 종용(從容): 말이나 행동이 조급하지 않고 침착한 것을 뜻한다. 평소와 다름없이 유유한 태도

371 우락(優樂): 여유가 있고 즐겁다.

372 대중(大中): 과불급(過不及)이 없는 지극히 중정한 도

373 봉(逢): 영(迎)의 뜻으로, 어떤 일을 맞다. 또는 기다리다.

374 기실(其失): 성왕의 잘못된 농담

375 위지사(爲之辭): 도리에 맞지 않는 말을 억지로 꾸며대다.

376 속박(束縛): 마음대로 하지 못하도록 자유를 구속하다.

377 치취(馳驟): 매우 빠르게 말을 몰아 달리다.

378 급(急): 촉박해 여유가 없다. 우락(優樂)의 반대

379 가인(家人): 일반 가정의 사람

尙不能以此自克[380]이온, 상 부 능 이 차 자 극	이로써는 극복해 나갈 수 없는 것인데,
況號爲君臣[381]者邪아? 황 호 위 군 신 자 야	하물며 군신 관계에 있어서랴?
是直小丈夫[382]로 시 직 소 장 부	이는 실로 소인들로서
缺缺者[383]之事요, 결 결 자 지 사	잔재주를 부리는 자의 일이요,
非周公所宜用이라. 비 주 공 소 의 용	주공이 썼을 바가 아니다.
故로 不可信이라. 고 불 가 신	그러므로 믿을 수 없다.
或曰, 혹 왈	어떤 사람은 이렇게 말한다.
封唐叔은 봉 당 숙	"당나라에 숙우를 봉하게 된 것은,
史佚[384]이 成之라 하니라. 사 일 성 지	태사 윤일(尹佚)이 한 일이다."

380 자극(自克): 자기 자신에게 이기다. 인내하다.

381 군신(君臣): 성왕과 주공을 가리킨다. 주공은 성왕의 숙부이자 신하였다.

382 소장부(小丈夫): 변변치 못한 남자. 소인배

383 결결자(缺缺者): 잔재주에 능하고 약삭빠른 자

384 사일(史佚): 태사 윤일을 가리킨다.

60. 진문공이 원 지방의 태수를 환관에게 물었다는 사실에 대한 나의 견해(晉文公問守原議)[385]

유종원(柳宗元)

晉文公[386]이 진 문 공	진(晉)나라 문공이
旣受原於王이나, 기 수 원 어 왕	주나라 왕으로부터 원 땅을 받은 뒤,
難[387]其守하야, 난 기 수	그곳을 지키는 일이 어려워
問於寺人[388]勃鞮하야, 문 어 시 인 발 제	환관 발제에게 물어
以畀[389]趙衰하니, 이 비 조 최	조최를 그곳에 임명하였다 하니,

---

385 진문공문수원의(晉文公問守原議): 진(晉)나라 문공이 원(原) 지방의 태수 임명을 자문한 데 대한 의논체의 글이다. 이 글에 나타난 사실은 『좌전(左傳)』「희공(僖公) 25년」에 보인다. 진나라 문공은 원 지방의 태수에 어떤 인물이 적당한가에 대해 내시인 발제(勃鞮)에게 자문하였다. 발제가 대답하기를 "옛날에 조최(趙衰)는 호리병에 음식물을 담아 전하를 시종하다가 홀로 좁은 길을 가게 되었어도 배고픔을 참고 먹지 않았습니다"고 하면서 조최를 추천해 원의 태수로 삼게 하였다 한다. 진나라 문공이 그처럼 현명한 인물을 등용하였다 하더라도, 정책 결정상 조정의 의논을 거치지 않고 측근인 환관과 상의한 것에 대해 비판적인 주장을 편 글이다.

386 진문공(晉文公): 춘추 시대 진나라 헌공(獻公)의 둘째 아들로 이름은 중이(重耳)이다. 헌공은 후처인 여희(驪姬)를 총애해 해제(奚齊)를 낳았는데, 뒤에 헌공이 여희의 계략에 휘말려 첫째 아들인 신생(申生)을 죽이자 중이는 적(狄)으로 망명하였다. 중이는 자신을 따르는 개지추(介之推)·조최(趙衰) 등과 함께 힘든 망명 생활을 하다가 헌공이 죽은 뒤 진목공(秦穆公)의 도움을 받아 정권을 회복하였다. 진문공은 호언(狐偃)·선진(先軫) 등의 현신을 기용해 나라를 튼튼히 하였으며 제환공(齊桓公)의 뒤를 이어 제후의 맹주가 되었다. 그는 주(周)나라의 양왕(襄王)을 배알하는 자리에서 패자의 공로로 원(原) 등의 주나라 직할지를 얻게 되었는데, 원나라가 반대하자 무력으로 항복시킨 뒤 조최를 원 지방의 대부로 삼았다.

387 난(難): 어려움. 여기서는 원의 태수라는 직책상의 어려움을 말한다.

388 시인(寺人): 왕의 곁에서 시종하는 소신(小臣), 환관

389 비(畀): 여(與)와 뜻이 같음. 주다, 임명하다.

余謂守原[390]은 여 위 수 원	생각건대 원의 태수를 정하는 것은
政之大者也라. 정 지 대 자 야	정치상의 중대한 일이다.
所以承天子樹覇功하여, 소 이 승 천 자 수 패 공	천자를 받들어 패자의 공적을 세우며
致命諸侯니, 지 명 제 후	제후에게 명령을 이루게 하는 수단이므로
不宜謀及媟近[391]하야, 불 의 모 급 설 근	측근과 상의하여
以忝[392]王命이어늘, 이 첨 왕 명	왕명을 욕되게 해서는 안 되거늘,
而晉君이 擇大任하되, 이 진 군 택 대 임	진나라 임금은 임무를 맡기는 데
不公議於朝하고, 불 공 의 어 조	조정에서 공식적으로 의논하지 않고
而私議於宮하며, 이 사 의 어 궁	궁중에서 사사로이 의논했으며,
不博謀於卿相하고, 불 박 모 어 경 상	공경재상들에게 널리 뜻을 구하지 않고
而獨謀於寺人하니, 이 독 모 어 시 인	홀로 환관과 상의하였으니,
雖或衰之賢이, 수 혹 최 지 현	비록 조최가 현명하여
足以守요, 족 이 수	태수의 직책에 적합하고

390 수원(守原): 원을 지키다. 원의 태수를 임명하다.

391 설근(媟近): 친하고 가까이하는 사람. 측근

392 첨(忝): 욕되게 하다.

國之政不爲敗라도,
국 지 정 불 위 패

나라의 정치가 실패하지 않았다 하더라도,

而賊賢失政之端이,
이 적 현 실 정 지 단

어진 신하를 해치고 정사를 그르치는 발단이

由是滋矣라.
유 시 자 의

여기서부터 시작되어 커지는 것이다.

況當其時하야,
황 당 기 시

하물며 당시처럼

不乏言議之臣乎아?
불 핍 언 의 지 신 호

의논할 관리가 부족하지 않았던 때에 있어서랴?

狐偃[393]이 爲謀臣하고,
호 언 위 모 신

호언이 자문하는 신하로 있고

先軫[394]이 將中軍이나,
선 진 장 중 군

선진이 중군(中軍)의 장수로 있었는데,

晉君이 疏而不咨하고,
진 군 소 이 부 자

진나라 임금은 멀리하고 자문을 구하지 않으며

外[395]而不求라가,
외 이 불 구

밖으로 내치고 [의견을] 구하지 않더니,

乃卒定於內豎[396]하니,
내 졸 정 어 내 수

결국 환관에 의해 결정되고 말았으니,

其可以爲法乎아?
기 가 이 위 법 호

이 어찌 본받을 만한 일이겠는가?

---

393 호언(狐偃): 진나라의 명신으로 자는 자범(子犯)이다. 문공의 외삼촌으로 19년의 망명 생활을 함께하였으며 문공이 정권을 잡은 뒤에는 대부로서 패업의 달성을 보좌하였다.

394 선진(先軫): 원진(原軫)이라고도 하며 진나라의 중장군(中將軍)으로 활약한 명장

395 외(外): 동사로 사용되어 '밖으로 내치다'라는 의미

396 내수(內豎): 환자(宦者). 궁중의 대수롭지 않은 벼슬아치

且晉君이 차 진 군	진나라 문공이
將襲齊桓之業하야, 장 습 제 환 지 업	제나라 환공의 업적을 계승하여
以翼天子는, 이 익 천 자	천자를 보좌하려 한 것은
乃大志也라. 내 대 지 야	큰 뜻이라 할 수 있다.
然而齊桓이, 연 이 제 환	그러나 제나라 환공은
任管仲以興하고, 임 관 중 이 흥	관중을 임명하여 성공하고
進豎刁[397]以敗하니, 진 수 조 이 패	수조를 기용하여 실패하였으니,
則獲原启[398]疆[399]은, 즉 획 원 계 강	원 땅을 획득함으로써 국토를 넓힌 것은
適其始政이라, 적 기 시 정	때마침 정사를 시작하는 것이라,
所以觀視諸侯也어늘, 소 이 관 시 제 후 야	제후들에게 과시할 수 있는 계기가 되었거늘,
而乃背其所以興하고, 이 내 배 기 소 이 흥	그가 흥성해질 수 있는 길을 거스르고
迹其所以敗라. 적 기 소 이 패	실패의 원인을 답습하였다.
然而能伯[400]諸侯者는, 연 이 능 패 제 후 자	그러나 제후들의 우두머리가 되는 데는

397 수조(豎刁): 환공의 신임을 받던 환관으로 요리를 잘하였다고 한다. 말년에 환공이 병들자 역아(易牙)와 음모를 꾸며 궁문을 폐쇄하고 제환공을 고립시켰으며, 환공이 죽은 뒤에는 역아와 함께 난을 일으켜 제나라를 혼란에 빠뜨렸다.

398 계(启): 열다, 넓히다.

399 강(疆): 강(疆)의 오자. 국토, 영토

以土則大요, 이 토 즉 대	영토는 넓고
以力則强하며, 이 력 즉 강	힘은 강하며
以義[401]則天子之冊[402]也니, 이 의 즉 천 자 지 책 야	대의명분을 천자로부터 받아야 하니,
誠畏之矣나, 성 외 지 의	정말로 [문공을] 두려워한다고 해도
烏能得其心服[403]哉아? 오 능 득 기 심 복 재	어찌 제후들이 마음으로 복종할 수 있겠는가?
其後에 景監이, 기 후 경 감	그 후 [진(秦)나라 환관] 경감이
得以相衛鞅[404]하고, 득 이 상 위 앙	위(衛)나라의 상앙을 재상으로 삼게 하고,
弘石이 홍 석	[환관] 홍공·석현이
得以殺望之[405]하니, 득 이 살 망 지	소망지를 죽였으니

---

400 패(伯): 제후의 우두머리. 『유하동전집』에는 패(霸)로 되어 있다.

401 의(義): 대의명분

402 책(冊): 제후가 봉해질 때 천자로부터 내려지는 사령(辭令)을 적은 문서. 이것을 받으면 제후는 해당 국가를 다스릴 수 있는 대의명분을 천자로부터 승인받는 셈이다.

403 심복(心服): 마음으로부터 진정으로 복종하다. 『맹자』「공손추 상(公孫丑上)」의 "힘으로 다른 사람을 굴복시킨다면 그것은 남의 마음으로부터 자기에게 복종시키는 것은 아니고 대항할 힘이 모자라기에 굴복하는 데 불과하다"라는 말에서 나왔다.

404 경감득이상위앙(景監得以相衛鞅): 경감이 상앙(商鞅)을 재상으로 삼게 하다. 경감은 춘추전국 시대 진효공(秦孝公)의 환관이었는데, 위나라의 상앙이 진효공이 인재를 구한다는 소식을 듣고 경감을 통해 여러 차례 진효공을 알현한 끝에 능력을 인정받아 재상으로 기용되었다. 상앙·이사 등의 정책은 법치에 의해 부강한 진(秦)나라를 건설하려는 것이었다. 그러나 유종원은 진나라가 단명한 까닭이 상앙·이사 등의 반유교적 법치에 있었다고 믿기 때문에 결과적으로 상앙의 등용은 중국 역사상의 오류로 볼 수 있다는 의도가 내포되어 있다.

誤之者는 오 지 자	잘못한 자는
晉文公也라. 진 문 공 야	문공이라.
嗚呼라! 오 호	아아!
得賢臣하야, 득 현 신	현명한 신하를 찾아
以守大邑하니, 이 수 대 읍	큰 고을의 태수직을 맡겼으니,
則問雖失問이나, 즉 문 수 실 문	의논은 비록 잘못되었다 하더라도
擧非失擧也[406]로되, 거 비 실 거 야	천거는 잘못된 천거가 아닌데,
然猶羞當時 연 유 수 당 시	당시에는 부끄러운 일이었고
陷[407]後代若此하니, 함 후 대 약 차	후대에는 그처럼 그르쳤으니,
況於問與擧 황 어 문 여 거	하물며 의논과 천거
又兩失者는, 우 량 실 자	둘 다 잘못되어서는
其何以救之哉오? 기 하 이 구 지 재	그것을 어떻게 구제하겠는가?

405 홍석득이살망지(弘石得以殺望之): 홍공(弘恭)·석현(石顯)이 소망지(蕭望之)를 죽이다. 홍공·석현은 전한 선제·원제 때의 환관이었는데, 원제가 즉위한 후 병으로 친정을 못하게 되자 당시 측근이었던 석현 등이 임정(臨政)하게 되었다. 석현 일파는 정권을 잡고 온갖 부정을 저질렀는데 소망지·주감(周堪)·유갱생(劉更生) 등이 상소해 환관의 정치를 비판하였으나, 도리어 석현의 음모에 말려 소망지는 자결하고 주감·유갱생은 감옥에 갇혔다.

406 문수실문, 거비실거야(問雖失問, 擧非失擧也): 이 구절은 『유하동전집』에는 “문비실거야, 개실문야(問非失擧也, 蓋失問也)”라고 되어 있고, “문비문, 거비거(問非問, 擧非擧)” 혹은 “문비실문, 거비실거야(問非失問, 擧非失擧也)”로 된 판본도 있다. 여기서는 본문을 따랐다.

407 함(陷): 함정에 빠지다. 허물어뜨리다. 그르치게 하다.

余故로 여 고	나는 그러므로
著晉君之罪하야, 저 진 군 지 죄	문공의 죄를 밝혀
以附春秋許世子止[408] 이 부 춘 추 허 세 자 지	『춘추』에서 허나라 세자 지(止)와
晉趙盾[409]之義하노라. 진 조 돈 지 의	진나라 조돈의 잘못을 기록한 뜻에 부치는 바이다.

61. 연주군에 석종유가 다시 나옴을 적다(連州郡復乳穴記)[410]

유종원(柳宗元)

石鍾乳[411] 석 종 유	석종유는

408 허세자지(許世子止): '허'는 춘추 시대의 나라 이름. '지'는 허나라 태자의 이름. 본래 허나라의 태자인 지는 효자로 아버지인 도공(悼公)이 학질에 걸리자 성심껏 간호했으나 도공은 태자가 권한 약을 먹은 직후 죽었다. 이에 태자 지는 화를 두려워해 진(晉)나라로 도망갔는데, 『춘추』에는 태자가 국군(國君)을 살해한 것으로 기록하였다.

409 진조돈(晉趙盾): 조돈은 진나라 대부로 당시 왕이던 영공(靈公)이 무도한 정치를 하자 수차례 간하였으나 도리어 미움을 받아 살해당할 위기에 처해 국외로 망명하려 하였다. 그가 국경을 넘기 전 일족인 조천(趙穿)이란 자가 영공을 살해함으로써 조돈은 망명을 포기하였다. 그러나 사관들은 "조돈이 왕을 살해하였다"라고 기록하였다. 조돈이 정정을 요청했지만, 사관이 "그대는 정경(正卿)으로 망명하다 국경을 넘지 않고 돌아와서는 적을 토벌하지도 않았으니 그대가 잘못하지 않았으면 그 누구의 잘못이겠소?"라고 말하자 자신의 죄를 인정하였다(『좌전』「선공(宣公) 2년」). 허나라의 태자 지나 진나라 조돈은 효자·충신으로 선한 인물의 전형이라고 볼 수 있으나 결과적으로 작은 실수 때문에 자신의 왕을 살해한 책임을 맡게 되었다. 유종원은 『춘추』에서 펼쳐지는 위의 두 사건에 대한 엄격한 필법을 예로 들면서 진나라 문공에 대해서도 동일한 비판적 태도를 유지하였던 것이다.

410 연주군부유혈기(連州郡復乳穴記): 서두에서 석종유에 얽힌 객관적인 상황을 서술한 뒤 제삼자의 입을 통해 자신의 정치론을 간결하게 피력하고 있다. 문장이 단정하면서도 뜻은 잘 표현되

餌[412]之最良者也라. 이 지최양자야	약용으로 쓰이는 것 중 가장 좋은 것이다.
楚越[413]之山에, 초월 지산	남쪽 초나라와 월나라 지방의 산에서
多産焉이나, 다산언	많이 나지만,
于連[414]于韶[415]者 우련 우소 자	연주·소주에서 생산되는 것이
獨名於世호되, 독명어세	특히 유명한데,
連之人이 연지인	연주군 사람들이
告盡焉者五載矣라. 고진언자오재의	석종유가 나오지 않는다고 보고한 지 오 년이 지났다.
以貢則買諸他部[416]러니, 이공즉매저타부	공물로 정하니 다른 곳에서 사서 바쳐 오다가,
今刺史崔公[417]이, 금자사최공	최근에 연주자사 최공이

고 있다.

411 석종유(石鍾乳): 석유(石乳)라고도 한다. 『본초강목(本草綱目)』에 의하면 천식으로 피가 머리에 몰리는 증상을 없애고 눈을 밝게 하며 정력을 보충하고 내장을 안정시키는 효력을 지닌 약수의 일종이다.

412 이(餌): 약용(藥用)

413 초월(楚越): 초나라와 월나라. 모두 남쪽 지방의 나라다.

414 연(連): 연주(連州)의 연산군(連山郡)

415 소(韶): 소주(韶州). 이상 모두 현재 광동성(廣東省)의 곡강현(曲江縣)·악창현(樂昌縣) 등과 그 부근 지역에 해당된다.

416 타부(他部): 타주(他州). 다른 지방. 저(諸)는 지어(之於)의 준말

417 최공(崔公): 원화(元和) 4년(809)에 연주자사(連州刺史)로 부임한 최민(崔敏)을 가리킨다.

至逾月[418]에,
지 유 월

[부임한 후] 한 달이 지난 무렵에

穴人[419]來하야,
혈 인 래

굴을 지키던 사람이 와서

以乳復告하니라.
이 유 복 고

석종유가 다시 나온다고 아뢰었다.

邦人이 悅是祥也하야,
방 인 열 시 상 야

사람들은 이를 상서로운 징조라고 기뻐하면서

雜然[420]謠曰,
잡 연 요 왈

왁자지껄하게 노래 불렀다.

甿[421]之熙熙[422]여,
맹 지 희 희

“백성들이 기뻐함은

崔公之來로다.
최 공 지 래

최공이 오셨기 때문이네.

公化所徹[423]에,
공 화 소 철

공의 교화가 두루 미쳐

土石蒙烈[424]이로다.
토 석 몽 렬

흙과 돌까지도 빛나는 공덕 입었네.

以爲不信이면,
이 위 불 신

못 믿겠다면

起視乳穴하라.
기 시 유 혈

일어나 석종유 굴을 보게나.”

---

418 유월(逾月): 달을 넘기다. 최공이 자사로 부임한 뒤 만 한 달의 시간이 흐르다.

419 혈인(穴人): 종유의 석굴을 지키는 사람

420 잡연(雜然): 사람들이 뒤섞여 왁자지껄한 모양

421 맹(甿): 백성. 맹(氓)과 통한다.

422 희희(熙熙): 몹시 기뻐하는 모양

423 철(徹): 두루 미치다.

424 열(烈): 공업

穴人이 笑之曰, 혈인 소지왈	굴을 지키는 사람이 이를 비웃으며 말하였다.
是惡知所謂祥邪아? 시오지소위상야	“이것이 어찌 소위 상서로운 일이 되겠는가?
嚮吾以刺史之 향오이자사지	이전의 자사들은
貪戾[425]嗜利하야, 탐려 기리	욕심이 많고 이득을 좋아하여,
徒吾役而不吾貨也라, 도오역이불오화야	나를 노역에 부리면서도 돈을 주지 않아
吾是以病[426]而紿[427]焉이러니, 오시이병 이태 언	이를 괴로워하다가 거짓말을 하였던 것인데,
今吾刺史는 금오자사	새로 부임한 자사는
令明而志潔하고, 영명이지결	명령이 바르고 뜻이 결백하여
先賴[428]而後力[429]하니, 선뢰 이후력	먼저 돈을 준 뒤 나중에 일을 시키니,
欺誣屛息[430]하고, 기무병식	속임수와 불신감은 사라지고

425 탐려(貪戾): 욕심이 많아 정도에서 벗어나다.

426 병(病): 괴로움을 느끼다. 곤란하다.

427 태(紿): 거짓말하다.

428 뇌(賴): 덕을 입게 하다. 여기서는 돈을 먼저 내어 준다는 뜻으로 이익을 보게 함. 어떤 판본에는 뇌(賚: 주다)로 되어 있다.

429 역(力): 노력 동원을 시키다.

信順[431]休洽[432]이라, 신순 휴흡	믿음과 순종이 아름답게 퍼져
吾以是誠告焉이라. 오이시성고언	이에 나는 진실을 보고하게 된 것이다.
且夫乳穴은, 차부유혈	한편 석종유 굴은
必在深山窮林하니, 필재심산궁림	항상 깊은 산 깊은 숲속에 있어
氷雪之所儲요, 빙설지소저	얼음과 눈이 덮이고
豺[433]虎之所廬[434]라. 시 호지소려	승냥이나 호랑이가 사는 곳이다.
由而入者는 유이입자	굴로 들어가는 사람은
觸昏霧하고, 촉혼무	짙은 안개를 만나고
扞[435]龍蛇하며, 한 룡사	용과 뱀의 위험을 무릅쓰며,
束火以知其物하고, 속화이지기물	횃불로 물건의 위치를 확인하고
縻繩[436]以志其返[437]이라. 미승 이지기반	줄을 이어 돌아갈 길을 표시해 두어야 한다.
其勤이 若是나, 기근 약시	그 어려움이 이와 같은데도

430 병식(屛息): 사라지다.
431 신순(信順): 피지배자는 지배자에 순종하고 지배자는 피지배자에게 믿음을 보이다.
432 휴흡(休洽): 아름답게 퍼지다.
433 시(豺): 승냥이
434 여(廬): 집, 사는 곳
435 한(扞): 닥치다, 맞닥뜨리다.
436 미승(縻繩): 줄을 얽어매다.
437 지기반(志其返): 돌아갈 길에 표시를 하다.

出又不得吾直[438]하니,
출 우 부 득 오 치

나와서는 적절한 보수도 받지 못하므로,

吾用是라.
오 용 시

나는 그렇게 하였다.

安得不以盡告리오?
안 득 불 이 진 고

어찌 다하였다고 보고하지 않을 수 있겠는가?

今令人而乃誠하니,
금 령 인 이 내 성

지금은 사람을 진심으로 부리니,

吾告故也오,
오 고 고 야

그런 까닭에 내가 보고하게 된 것이다.

何祥之爲[439]리오?
하 상 지 위

무엇을 상서롭게 여긴다는 말인가?"

士聞之曰,
사 문 지 왈

한 선비가 이를 듣고 말하였다.

謠者之祥也는,
요 자 지 상 야

"노래를 부르는 사람들의 상서로움이란

乃其所謂怪者也오,
내 기 소 위 괴 자 야

바로 이른바 기이함이고,

笑者之非祥也는,
소 자 지 비 상 야

비웃는 사람의 상서롭지 않음은

乃其所謂眞祥者也라.
내 기 소 위 진 상 자 야

바로 진정한 상서로움이라고 할 만하다.

君子之祥也는
군 자 지 상 야

군자의 상서로움은

---

438 오치(吾直): 자신의 노동력에 대한 값어치. 노력에 상응하는 보수. 치(値)와 같다.

439 하상지위(何祥之爲): 여기서 '위'는 의문을 나타내는 호(乎)와 비슷한 뜻

以政이요, 이 정	올바른 정치로써 이루어야지,
不以怪하나니, 불 이 괴	기이함에 의존해서는 안 되는 것이니,
誠乎物而信乎道하야, 성 호 물 이 신 호 도	사물에 진심으로 임하고 도에 믿음을 두어야
人樂用[440]命하야, 인 락 용 명	백성들은 그의 명령을 기꺼이 받아들이며,
熙熙然以效[441]其有하니, 희 희 연 이 효 기 유	즐겁게 가진 바를 헌납하게 되는 것이니,
斯其爲政也이라. 사 기 위 정 야	바로 이것이 정치라는 것이다.
而獨非祥也歟아? 이 독 비 상 야 여	그러니 어찌 홀로 상서롭지 않을 수 있겠는가?”

62. 설존의를 송별하며 지은 서(送薛存義序)[442]

유종원(柳宗元)

河東薛存義將行에, 하 동 설 존 의 장 행	하동의 설존의가 떠나려 하니

440 용(用): 이(以)와 통한다.

441 효(效): 힘쓰다, 헌납하다.

442 송설존의서(送薛存義序): 설존의가 영주 영릉(零陵)의 현령으로 있은 지 2년, 그 임기가 차서 다른 곳으로 전임되어 갈 때, 같은 영주에 있던 유종원이 그를 보내며 지은 전별문이다.

柳子載肉于俎[443]하고, 유 자 재 육 우 조	내가 고기를 쟁반에 담고
崇[444]酒于觴하야, 숭 주 우 상	술을 잔에 채우고서,
追而送之江之滸[445]하며, 추 이 송 지 강 지 호	따라가 강가에서 보내며,
飮食之하고, 음 사 지	이를 먹고 마시게 하고,
且告曰, 차 고 왈	또 고하여 말하였다.
凡吏于土[446]者, 범 리 우 토 자	"무릇 지방에 관리된 자로서
若[447]知其職乎아? 약 지 기 직 호	그대는 그 직분을 아는가?
蓋民之役이요, 개 민 지 역	대개 백성의 심부름꾼이요,
非以役民而已也니라. 비 이 역 민 이 이 야	그로써 백성을 부리는 것만이 아니다.
凡民之食于土者[448]는, 범 민 지 식 우 토 자	무릇 백성들 중 토지를 갈아먹는 이가
出其十一[449]하야, 출 기 십 일	그 십분의 일을 내서
傭乎吏하야, 용 호 리	관리를 고용하여

443 조(俎): 제사 때 또는 주연을 베풀 때, 고기를 괴어 놓는 기구

444 숭(崇): 채우다. 곧 충(充)과 같다.

445 호(滸): 물가

446 토(土): 군·현·향·읍 등 지방을 뜻한다.

447 약(若): 너. 여(汝)와 같다.

448 식우토자(食千土者): 농사를 지어 생활하는 사람

449 출기십일(出其十一): 수확의 10분의 1을 나라에 바치는 세법

使司平於我[450]也나, 사 사 평 어 아 야	자기들을 공평하게 다스려 줄 것을 맡기는데,
今受其直怠其事者가, 금 수 기 치 태 기 사 자	이제 그 값을 받고도 그 일을 게을리하는 일이
天下皆然이라. 천 하 개 연	천하에 다 그러하구나.
豈惟怠之오? 기 유 태 지	어찌 태만하다 뿐이겠는가?
又從而盜之니라. 우 종 이 도 지	더 나아가서는 훔치는 것이기도 하다.
向使[451]傭一夫於家하야, 향 사 용 일 부 어 가	가령 일꾼 하나를 집에 고용하였는데
受若直[452]하고, 수 약 치	대가를 받고도
怠若事하며, 태 약 사	일을 게을리하며,
又盜若貨器면, 우 도 약 화 기	게다가 재화와 기물을 도둑질하였다면,
則必甚怒而 즉 필 심 노 이	곧 반드시 심히 노하여
黜罰之矣라. 출 벌 지 의	이를 내쫓고 벌줄 것이다.
以今天下가 이 금 천 하	지금 세상이

450 사평어아(司平於我): '사평'은 관리를 고용해 백성들을 편안하게 다스리는 일을 맡기는 것, '아'는 일반 백성을 가리킨다.

451 향사(向使): 가정, 가령

452 약치(若直): '약'은 여(汝)와 같다. '치'는 값, 곧 봉록을 뜻한다.

多類此로되, 거의 이와 비슷한데,
다 류 차

而民莫敢肆其怒與黜罰[453]은
이 민 막 감 사 기 노 여 출 벌

백성들이 감히 마음대로 화내고
내쫓고 벌주지 못하는 것은

何哉오? 왜 그런가?
하 재

勢[454]不同也니라. 형세가 같지 않은 탓이다.
세 부 동 야

勢不同而理同하니, 형세는 같지 않으나
세 부 동 이 리 동
이치는 한 가지이니,

如吾民에 何오? 우리 백성을 어찌해야 하겠는가?
여 오 민 하

有達于理者면, 이치에 통달한 사람이라면
유 달 우 리 자

得不恐而畏乎아? 두려워하고 겁내지
득 불 공 이 외 호
않을 수 있겠는가?

存義假[455]零陵二年矣라, 존의가 서리로 영릉의 현령이 된 지
존 의 가 영 릉 이 년 의
이 년이라,

蚤作[456]而夜思하며, 일찍 일어나고 밤에 생각하며
조 작 이 야 사

---

453 출벌(黜罰): 내쫓고 벌을 주다.

454 세(勢): 상하 귀천의 형세

455 가(假): 정식 관리가 아닌 것. 곧 서리직

456 작(作): 기(起)와 같다.

勤力而勞心하야, 근 력 이 노 심	부지런히 힘쓰고 마음을 수고롭게 하여,
訟者平하고, 송 자 평	소송하는 일은 공평하게 하고
賦者均하고, 부 자 균	과세하는 일은 균등하게 하여,
老弱無懷詐暴憎[457]하고, 노 약 무 회 사 폭 증	노약자들도 속이고 난폭하거나 미워하는 일이 없었고
其爲不虛取直也的[458]矣니, 기 위 불 허 취 치 야 적 의	그가 헛되이 값을 취하지 않았다는 것이 확실하니,
其知恐而畏也審矣라. 기 지 공 이 외 야 심 의	그가 무섭고 두려운 줄을 알았음이 분명하다.
吾賤且辱[459]하야, 오 천 차 욕	내 비천하고 또 욕되어
不得與考績幽明[460]之說이나, 부 득 여 고 적 유 명 지 설	관리들의 공적을 함께 논할 수 없는지라,
於其往也에, 어 기 왕 야	그가 떠남에 이르러

457 폭증(暴憎): 난폭한 짓을 하거나 윗사람을 증오하거나 하는 일

458 적(的): 확실하다.

459 천차욕(賤且辱): '천'은 관위가 낮은 것을 의미하고 '욕'은 죄를 얻어 영주에 유배되었던 일을 말한다.

460 고적유명(考績幽明): 관리들의 공적을 상고해 악한 사람을 물러나게 하고, 착한 사람을 올려 쓰는 일. 이것은 『서경』 「순전(舜傳)」에 나오는 말이다.

故賞以酒肉 고 상 이 주 육	일부러 술과 안주로써 상 주고
而重之以辭하노라. 이 중 지 이 사	이에 다시 글로 나타내노라.”

63. 대나무를 기르는 이야기(養竹記)[461]

백거이(白居易)[462]

竹似賢은 죽 사 현	대나무는 현명한 사람과 비슷하다.
何哉오? 하 재	왜 그런가?
竹本은 固하니, 죽 본 고	대나무 뿌리는 단단하여,
固以樹德이라. 고 이 수 덕	단단함으로써 덕을 세우고 있다.
君子는 見其本이면, 군 자 견 기 본	군자는 그 근본을 보면
則思善建不拔[463]者라. 즉 사 선 건 불 발 자	곧 잘 서서 뽑히지 않음을 생각한다.

461 양죽기(養竹記): 사군자 중 하나인 대나무에 대한 중국 문인들의 의식을 보여 주는 짧은 글. ‘군자’라는 말이 내포하는 정치적 함축성과 글의 후반에 나오는 ‘용현자(用賢者)’의 의미를 되새긴다면, 단순히 대나무라는 식물에 대한 의식 표현에 그치지 않는, 간결하면서도 깊은 뜻이 담긴 글임을 파악할 수 있을 것이다.

462 백거이(白居易: 772~846): 자는 낙천(樂天), 호는 향산거사(香山居士), 태원(太原) 사람. 정원 16년(800)에 진사가 되었고 한림학사를 거쳐 형부상서를 지냈다. 어릴 때부터 문재로 이름이 높았으며 문장과 시로 유명하다. 특히 시를 읽기 쉽게 지어 당시 일반 서민들에게도 널리 알려졌다. 저서로는 『백씨장경집(白氏長慶集)』 등이 있다.

463 선건불발(善建不拔): 『노자 도덕경(老子道德經)』 54장에 “덕을 잘 세우면 뽑히지 않는다” 하였다. 군자의 확고한 덕행을 대나무의 튼튼한 뿌리에 비유한 표현이다.

竹性은 直하니, 죽 성 직	대나무의 성질은 곧아서
直以立身이라. 직 이 입 신	곧음으로써 자신의 몸을 서게 한다.
君子는 見其性이면, 군 자 견 기 성	군자는 그 성질을 보면
則思中立不倚者라. 즉 사 중 립 불 의 자	곧 의지하지 않고 중립을 생각한다.
竹心은 空하니, 죽 심 공	대나무 속은 비어서,
空以體道라. 공 이 체 도	비어 있음으로써 도를 체득하고 있다.
君子는 見其心이면, 군 자 견 기 심	군자는 그 속을 보면
則思應用虛受[464]者라. 즉 사 응 용 허 수 자	곧 마음을 비우고 남을 받아들이는 방법을 생각한다.
竹節은 貞하니, 죽 절 정	대나무 마디는 곧아서,
貞以立志라. 정 이 입 지	곧음으로써 뜻을 세우고 있다.
君子는 見其節이면, 군 자 견 기 절	군자는 그 절개를 보면
則思砥礪[465]名行하고, 즉 사 지 려 명 행	곧 행실을 부지런히 갈고 닦아서
夷險[466]一致者라. 이 험 일 치 자	고락에서 한결같다.

464 허수(虛受): 자신의 마음을 비운 채 다른 사람의 의견을 받아들이다.

465 지려(砥礪): 부지런히 갈고 닦다.

466 이험(夷險): 땅의 평탄함과 험함. 다시 말하면 인생에서의 역경과 순경을 비유한다. 또는 군자의 빈궁과 영달

夫如是故로, 부 여 시 고	이러하기 때문에
君子人이, 군 자 인	군자들이
多樹之하야, 다 수 지	이것을 많이 심어
爲庭實[467]焉이라. 위 정 실 언	정원수로 삼고 있는 것이다.
貞元十九年[468]春에, 정 원 십 구 년 춘	정원 19년 봄에
居易以拔萃[469]選及第하야, 거 역 이 발 췌 선 급 제	발췌과에 급제하여
授校書郎[470]이라. 수 교 서 랑	교서랑 벼슬에 제수되었다.
始於長安에, 시 어 장 안	처음 장안에 와서
求假居處하야, 구 가 거 처	빌려 살 곳을 구하다가
得常樂里故關相國[471] 득 상 락 리 고 관 상 국	상락리의 옛날 관상국의
私第之東亭而處之라. 사 제 지 동 정 이 처 지	사저 동쪽 정자에 거처하게 되었다.

467 정실(庭實): 마당에 진열된 공물. 여기서는 정원수의 뜻

468 정원십구년(貞元十九年): 서기 803년으로 백거이가 32세가 되던 해. 그는 정원 14년, 27세에 예부에서 실시하는 진사과에 합격하고, 정원 18년에 이부(吏部)에서 실시한 시서판발췌과(試書判拔萃科)라는 시험에 급제하여, 이듬해에 교서랑에 임명되었다.

469 발췌(拔萃): 여럿 가운데에서 특별히 뛰어나다. 여기서는 '시서판발췌과'를 지칭한다. 이것은 고급 관료를 임용하기 위해 신언서판(身言書判)이라고 하여, 용모와 말씨, 글씨와 판단력이 뛰어난지를 검증하는 시험이다.

470 교서랑(校書郎): 당나라 때 국립도서관인 비서성(秘書省)에 근무하면서 서적의 교열을 담당하는 정9품 관리. 장래가 촉망되는 젊은 과거 합격자를 선발하여 이 자리에 근무하게 하면서 많은 책을 읽게 하였기 때문에 매우 명예로운 자리로 알려져 있다.

471 관상국(關相國): 이름은 파(播). 전기 미상

明日에, 명 일	다음 날
屨及于亭之東南隅하고, 구 급 우 정 지 동 남 우	정자의 동남쪽 모퉁이로 산책을 나갔다가
見叢竹於斯하니, 견 총 죽 어 사	거기에 대나무 숲이 있는 것을 발견하였는데,
枝葉이 殄瘁[472]하야, 지 엽 진 췌	가지와 잎사귀가 말라 죽어
無聲無色[473]이라. 무 성 무 색	볼품이라고는 전혀 없었다.
詢乎關氏之老하니, 순 호 관 씨 지 로	관씨의 늙은 하인에게 물어보니
則曰, 즉 왈	대답하였다.
此相國之手植者라. 차 상 국 지 수 식 자	“이것들은 관상국께서 손수 심었던 것입니다.
自相國捐館으로, 자 상 국 손 관	관상국께서 돌아가신 뒤에
他人이 假居하니, 타 인 가 거	다른 사람이 빌려 살게 되었는데,
繇是로, 요 시	이때부터
筐篚[474]者斬焉하고, 광 비 자 참 언	광주리를 만드는 자들이 베어 가기도 하고

472 진췌(殄瘁): 병들어 없어지다.

473 무성무색(無聲無色): 소리와 색이 전혀 없다. 볼품이 형편없다.

474 광비(筐篚): 대나무로 만든 광주리

篲箒[475]者刈焉하니, 수 추 자 예 언	빗자루를 만드는 자들이 잘라 가기도 하여,
刑餘之材[476]가, 형 여 지 재	잘리고 난 나머지 대나무들이
長無尋[477]焉이요, 장 무 심 언	길게 자란 것도 없고
數無百焉이라. 수 무 백 언	그 수도 백이 되지 않게 되었습니다.
又有凡草木이, 우 유 범 초 목	또 뭇 풀과 나무들이
雜生其中하야, 잡 생 기 중	그 속에 섞여 생겨나
笨蓴薈蔚[478]하야, 분 순 회 울	무성해졌으므로
有無竹之心焉이라 하니라. 유 무 죽 지 심 언	대나무를 없애려는 마음이 생깁니다."
居易惜其嘗經長者之手요, 거 이 석 기 상 경 장 자 지 수	나는 이것들이 일찍이 훌륭한 분의 손을 거쳤지만,
而見賤俗人之目하야, 이 견 천 속 인 지 목	천하고 속된 사람들의 눈에 띄어
翦棄若是나, 전 기 약 시	이처럼 잘리고 버려지게 되었으나,

---

475 수추(篲箒): 대나무로 만든 비

476 형여지재(刑餘之材): 형벌을 받고 남은 재목. 여기서는 잘리고 베이고 난 다음의 나머지 대나무

477 심(尋): 팔 척. 한 발의 길이

478 분순회울(笨蓴薈蔚): 초목이 무성히 자라서 우거진 모양. 『백거이집(白居易集)』에는 봉용회울(菶茸薈蔚)로 되어 있는데 같은 뜻이다.

本性이 猶存이라. 본성 유존	그 본성만은 그대로 보존되고 있음이 애석하였다.
乃刪翳薈[479]하고, 내산예회	이에 무성한 초목은 잘라 내고
除糞壤하고, 제분양	더러운 흙은 긁어내고
疏[480]其間하며, 소 기간	대나무 사이를 솎아 내고
封其下[481]하니, 봉기하	그 아래 흙을 북돋아 주니,
不終日而畢이라. 부종일이필	하루가 다 가기 전에 일을 마쳤다.
於是日出하면 어시일출	이렇게 하여 해가 뜨면
有淸陰하고, 유청음	맑은 그늘이 생기고
風來하면 有淸聲이라. 풍래 유청성	바람이 불어오면 맑은 소리가 들린다.
依依然欣欣然하야, 의의연흔흔연	날로 자라고 날로 즐거워하여,
若有情於感遇[482]也라. 약유정어감우 야	마치 감정이 있어 은덕에 감사하고 있는 듯하였다.
嗟乎라! 차호	아아!
竹은 植物也나, 죽 식물야	대나무는 식물이니

479 예회(翳薈): 무성하게 가려진 초목. 『백거이집』에는 예회(蘙薈)로 되어 있다.

480 소(疏): 대나무 사이를 틔워 주다.

481 봉기하(封其下): 아래 흙을 북돋아 주다.

482 감우(感遇): 은혜에 감사하다.

於人에 何有哉리오마는 어인 하유재	사람과 무슨 상관이 있으리오만,
以其有似於賢일새, 이기유사어현	대나무가 현명한 사람과 비슷하다고 해서
而人猶愛惜之하고, 이인유애석지	사람들은 그것을 사랑하고 아끼면서
封植之하니, 봉식지	심고 북돋아 주고 있으니,
況其眞賢者乎아? 황기진현자호	하물며 진짜 현명한 사람에 있어서랴?
然則竹之於草木에, 연즉죽지어초목	그러니 초목에 있어 대나무는
猶賢之於衆庶라. 유현지어중서	마치 보통 사람에 있어 현명한 사람과 같은 것이다.
嗚呼라! 오호	아아!
竹不能自異나, 죽불능자이	대나무는 스스로 기이함을 나타낼 수가 없으나
惟人이 異之하고, 유인 이지	오직 사람들이 그것을 기이하게 대해 주는 것이고,
賢不能自異나, 현불능자이	현명한 사람도 스스로 기이함을 나타낼 수 없으나
惟用賢者異之라. 유용현자이지	오직 현자를 쓰는 사람이 기이하게 대해 주어야 한다.
故로 作養竹記하야, 고 작양죽기	그러므로 「양죽기」를 지어

書于亭之壁하고,
서 우 정 지 벽

정자의 벽에 써 놓아

以貽其後之居斯者하며,
이 이 기 후 지 거 사 자

뒤에 여기에 살게 될
사람에게 남겨 주고,

亦欲以聞於今之用賢者云이니라.
역 욕 이 문 어 금 지 용 현 자 운

또 그럼으로써 지금의 현명한
사람을 등용해야 할 사람들에게도
이 뜻이 전해지도록 하려는 것이다.

64. 아방궁을 읊음(阿房宮賦)[483]

두목(杜牧)[484]

六王이 畢하니,
육 왕 필

여섯 왕이 망하니

483 아방궁부(阿房宮賦): 아방궁은 진시황 35년에 지은 궁전으로, '아방'이라는 산모퉁이에 자리하였으므로 아방궁이라 하였다. 궁전이 완성되면 여기에 어울리는 좀 더 훌륭한 이름을 붙이려 하였으나, 미처 이름도 짓기 전에 항우가 쳐들어와서 불태워 버렸으므로 그대로 아방궁으로 불렸다. 아방궁에 관해『사기』「진시황본기」에 기록된 내용을 간략히 소개한다. "시황제 즉위 35년 도읍인 함양에 사람이 많아서 선왕의 궁정으로는 정사를 보기에 협소하므로, 이에 위수 남쪽에 있는 천자의 공원인 상림원 가운데에 궁전을 짓기 시작하였다. 먼저 크고 넓은 아방궁을 지으니, 동서는 백 보요, 남북은 50장이며 위층은 만 명이나 앉을 수 있고 아래층은 다섯 발의 긴 기를 세울 수 있을 만큼 높다. 궁전 가운데를 빙 둘러 사방을 통할 수 있는 회랑이 있고, 거기에 긴 누각을 세워 전하께서 남산으로 직행할 수 있도록 하였다. 남산 마루에 궁문을 세우고 아방궁에서 위수를 건너 함양성으로 들어갈 수 있도록 위수 위를 가로지른 긴 복도가 놓여 있다."

484 두목(杜牧: 803~853): 당나라 경종 때 사람으로 당 말기[晩唐]의 대표적인 문인 중 한 사람. 자는 목지(牧之). 그의 시정은 더없이 호탕하고 영매하였다. 사람들이 그를 두보와 비교하여 소두(小杜)라고 하였다. 벼슬은 중서사인(中書舍人)을 지냈다.

四海一[485]하고, 사 해 일	사해는 하나가 되고,
蜀山이 兀[486]하니, 촉 산 올	촉산이 우뚝하니
阿房이 出이라. 아 방 출	아방이 나왔다.
覆壓三百餘里하야, 복 압 삼 백 여 리	삼백여 리를 덮어 눌러서
隔離天日[487]하니, 격 리 천 일	하늘과 태양이 막혀 서로 떨어졌으니,
驪山[488]은 北搆[489]而西折하여, 여 산 북 구 이 서 절	여산 북쪽에서 얽어 서쪽으로 꺾여서
直走咸陽[490]하고, 직 주 함 양	곧바로 함양으로 달리고,
二川은 溶溶[491]하야, 이 천 용 용	두 냇물이 유유히 흘러서
流入宮墻이라. 유 입 궁 장	궁전 둘레의 담으로 흘러든다.
五步에 一樓하고, 오 보 일 루	다섯 걸음에 하나의 다락집이요,
十步에 一閣이라. 십 보 일 각	열 걸음에 하나의 전각이라.

485 육왕필사해일(六王畢四海一): '육왕'은 전국 시대의 한·위·조·연·제·초 여섯 나라의 왕, '필'은 망(亡)과 같고, '사해'는 천하를 가리킨다. 이것은 진시황이 여섯 나라를 통일해 천하를 하나로 함을 말한다.

486 촉산올(蜀山兀): '촉산'은 사천성에 있는 산. '올'은 민둥산의 높고도 번번한 모양. 여기에서는 궁전을 세우려고 이미 수목을 베어 버린 뒤의 민둥산을 의미한다.

487 격리천일(隔離天日): 궁전이 하도 웅장해 그 지붕이 하늘을 덮어 태양을 볼 수 없음을 말한다.

488 여산(驪山): 섬서성 서안부에 있는 산

489 구(搆): 구조. 곧 궁전을 만들어 세우는 것을 뜻한다.

490 함양(咸陽): 진나라 도읍

491 이천용용(二川溶溶): '이천'이란 위수와 경수, '용용'은 큰물이 유유히 흐르는 모양을 뜻한다.

廊腰는 縵迴[492]하고,
낭요 만회

복도는 넓고 길게 이어져 있고

簷牙는 高啄[493]이라.
첨아 고탁

처마 끝은 불쑥 내밀어 있다.

各抱地勢[494]하고,
각포지세

각각 지세를 안고 있고

鉤心鬪角[495]이라.
구심투각

갈고리 같은 지붕 추녀 끝이 한데 모여 있다.

盤盤[496]焉하고,
반반 언

[건물들은] 빙빙 돌아 있으며

囷囷[497]焉이라.
균균 언

구불구불하다.

蜂房水渦[498]하며,
봉방수와

빗물이 흘러 소용돌이치며

矗[499]不知其幾千萬落[500]이라.
촉 부지기기천만락

우뚝한 것이 몇 천만 곳인지 모르겠다.

---

492 낭요만회(廊腰縵迴): '낭요'는 낭하, 곧 복도. '만회'는 넓고 긴 복도가 끝없이 이어지는 모양.

493 첨아고탁(簷牙高啄): '첨아'는 처마 끝. '고탁'은 높이 솟은 모양. 곧 어금니 같은 처마 끝이 불쑥 내밀어 마치 새가 뾰족한 부리로 먹이를 쪼는 것과 같은 형상임을 말한다.

494 각포지세(各抱地勢): 각각 지세를 안고 있다 함은 모든 누각이 각각 지세의 높낮이에 따라 세워져 있으므로, 혹은 높고 혹은 낮은 모양을 말한다.

495 구심투각(鉤心鬪角): '구심'은 갈고리 모양으로 구부러진 지붕의 중심, '투각'은 지붕 추녀 끝이 한데 모인 것을 말한다. 한데 모인 추녀 끝이 마치 짐승의 뿔이 일제히 모여 싸움을 하려는 것과 같다 하여 투각이라 한 것이다.

496 반반(盤盤): 반환. 지세의 높낮이에 따라 세워진 많은 누각이 빙 둘려 있는 모양

497 균균(囷囷): 갈고리 모양의 지붕 중심과 한데 모인 추녀 끝이 위아래 좌우로 꺾이고 굽은 모양

498 봉방수와(蜂房水渦): '봉방'은 벌집. '수와'는 낙숫물이 떨어져 소용돌이치는 모양. 처마 끝에 낙숫물을 받는 기와가 마치 벌집 모양과 같다 하여 '봉방'이라 한 것이다.

499 촉(矗): 똑바로 아래로 떨어지는 모양

500 기천만락(幾千萬落): 몇 천만 골. '낙'은 물이 흘러내리는 기왓골

長橋臥波[501]하니,
장 교 와 파

긴 다리가 물결에 누웠으니

未雲何龍[502]이며,
미 운 하 룡

아직 구름도 없는데 어인 용이며,

複道行空[503]하니,
복 도 행 공

복도가 공중을 가로지르니

不霽何虹[504]가?
부 제 하 홍

비 개인 뒤도 아닌데 어인 무지개인가?

高低冥迷[505]하니,
고 저 명 미

높고 낮은 곳 혼미하여

不知西東이라.
부 지 서 동

서와 동을 가릴 수 없구나.

歌臺暖響은,
가 대 난 향

노래하는 무대의 따뜻한 울림은

春光融融[506]하고,
춘 광 융 융

봄빛이 화락하고,

舞殿冷袖는,
무 전 영 수

춤추는 궁전의 차가운 소매는

風雨凄凄[507]라.
풍 우 처 처

비바람같이 쌀쌀하다.

---

501 장교와파(長橋臥波): 아방에서 위수를 건너 함양의 도성에 이르기까지 대하 위에 걸쳐진 긴 교량

502 미운하룡(未雲何龍): 구름이 없는데 웬 용인가 함은, 용은 반드시 구름이 일어야 나타날 수 있기 때문이다. 이것은 위의 다리가 마치 거대한 용이 물결 위에 누워 있는 것같이 보였기에 한 말이다.

503 복도행공(複道行空): '복도'는 아방에서 남산 마루까지 이어진 위아래 2층 낭하를 말한다. 복도가 공중을 간다 함은 길게 이어진 복도가 공중을 높이 가로지르고 있음을 뜻한다.

504 부제하홍(不霽何虹): 무지개는 비 개인 뒤에 나타나기 때문이다. 이 말은 공중을 높이 가로지르는 복도가 마치 하늘의 무지개인 듯하다는 의미이다.

505 명미(冥迷): 정신이 어지러워 갈피를 잡지 못하는 모양

506 융융(融融): 부드럽고 화평한 모양

507 처처(凄凄): 쌀쌀한 모양

一日之內와, 일 일 지 내	단 하루 동안
一宮之間에, 일 궁 지 간	한 궁전 사이에
而氣候不齊라. 이 기 후 부 제	기후가 같지 않구나.
妃嬪媵嬙[508]과, 비 빈 잉 장	여러 후궁과 궁녀들과
王子皇孫이, 왕 자 황 손	왕자와 왕손들이,
辭樓下殿하고, 사 루 하 전	[그들의] 누대와 궁전을 떠나
輦[509]來于秦하야, 연 래 우 진	수레를 타고 진나라로 와서,
朝歌夜絃하야, 조 가 야 현	아침저녁으로 현악을 연주하며
爲秦宮人이라. 위 진 궁 인	진나라 궁녀들이 되었다.
明星熒熒[510]은, 명 성 경 경	샛별이 번쩍번쩍함은
開粧鏡[511]也오, 개 장 경 야	경대를 여는 것이요,
綠雲擾擾[512]는, 녹 운 요 요	검푸른 구름이 뒤얽힌 것은
梳曉鬟[513]也라. 소 효 환 야	아침에 머리를 빗질하는 것이라.

508 비빈잉장(妃嬪媵嬙): '비'는 제왕의 후궁. '빈'은 비 다음가는 후궁. '잉장'은 빈 다음가는 궁녀

509 연(輦): 임금이 타는 가마의 한 가지

510 명성경경(明星熒熒): '명성'은 샛별. '경경'은 번쩍번쩍 빛나는 모양

511 장경(粧鏡): 경대

512 녹운요요(綠雲擾擾): '녹운'은 여자의 아름답고 탐스러운 머리카락을 형용한 말. '요요'는 많은 것이 뒤얽혀 있는 모양

513 효환(曉鬟): 빗질하기 전의 아침 머리

渭流漲膩[514]는, 위 류 창 니	위수에 미끄러운 것이 흘러넘치는 것은
棄脂水[515]也오, 기 지 수 야	연지와 분을 씻어낸 물이요,
煙斜霧橫은, 연 서 무 횡	연기가 오르고 안개가 자욱한 것은
焚椒蘭[516]也라. 분 초 란 야	향초를 태우는 것이라.
雷霆乍驚은, 뇌 정 사 경	천둥소리에 별안간 놀라는 것은
宮車過也오, 궁 거 과 야	궁전의 수레가 지나가는 소리요,
轆轆[517]遠聽하야, 녹 록 원 청	덜커덕덜커덕 멀리 들리며
杳不知其所之也라. 묘 부 지 기 소 지 야	아득히 그 가는 바를 모르겠구나.
一肌一容[518]은, 일 기 일 용	살결과 얼굴 하나하나에
盡態極姸하야, 진 태 극 연	모양 극진히 내어 그지없이 고운데,
縵立[519]遠視 만 립 원 시	한없이 서서 멀리 보며
而望幸[520]焉하되, 이 망 행 언	행차를 기다렸으나

514 이(膩): 미끄러운 것, 곧 피부에서 나온 기름기
515 지수(脂水): 화장한 뒤 연지와 분을 씻어낸 물
516 초란(椒蘭): 향초. 태워서 향기를 내는 향료
517 녹록(轆轆): 수레 달리는 소리. 곧 덜커덕덜커덕하는 소리
518 일기일용(一肌一容): 혹은 살결, 혹은 얼굴이라고 풀이한다.
519 만립(縵立): 한없이 서서 기다리는 모양
520 행(幸): 행행(幸行). 임금의 거동을 행행이라고 한다. 이 문장의 뜻은 삼천 궁녀 가운데는 시황제 재위 36년 동안 단 한 번도 은총을 받지 못한 이가 있다는 말이다.

有不得見者가, 유 부 득 견 자	뵙지 못한 이가
三十六年이라. 삼 십 육 년	삼십육 년이로다.
燕趙之收藏과, 연 조 지 수 장	연·조에서 간직한 것과
韓魏之經營[521]과, 한 위 지 경 영	한·위에서 경영한 것과
齊楚之精英[522]을, 제 초 지 정 영	제·초의 귀중한 것들을,
幾世幾年에, 기 세 기 년	몇 세대 몇 해 동안을 두고
摽掠其人[523]하니, 표 략 기 인	그들에게서 치고 빼앗으니
倚疊[524]如山이라. 의 첩 여 산	첩첩이 쌓은 것이 산 같구나.
一旦에 不能有하고 일 단 불 능 유	하루아침에 다 가질 수 없어
輸來其間[525]이라. 수 래 기 간	아방궁으로 다 실어 왔다.
鼎鐺[526]玉石하고, 정 당 옥 석	귀중한 솥은 가마솥처럼 여기고, 보옥은 돌로,
金塊珠礫하야, 금 괴 주 력	금은 흙덩이로, 진주는 조약돌로 여겨,

521 경영(經營): 여기서는 계획을 세워 애써 긁어모은 진귀한 물품을 의미한다.
522 정영(精英): 아주 정교하고 아름다운 물품
523 기인(其人): 한·위·조·연·제·초 등 여섯 나라 사람
524 의첩(倚疊): 첩첩이 쌓이다.
525 기간(其間): 아방궁 안
526 정당(鼎鐺): '정'은 보정, '당'은 두 귀와 세 발이 달린 냄비 비슷한 솥

棄擲邐迆[527]하니,
기 척 이 이
길에 끝없이 내버려져 있으니,

秦人視之에,
진 인 시 지
진나라 사람들이 이것을 보고

亦不甚惜이라.
역 불 심 석
또한 심히 아깝게 여기지 않는구나.

嗟乎[528]라!
차 호
슬프도다!

一人[529]之心은,
일 인 지 심
한 사람의 마음은

千萬人之心也라.
천 만 인 지 심 야
천만인의 마음이다.

秦愛紛奢[530]면,
진 애 분 사
진시황이 호사스런 사치를 좋아하면

人亦念其家어늘,
인 역 념 기 가
사람들도 자기 집의 행복을 생각할 것이거늘,

奈何取之盡錙銖[531]하고,
내 하 취 지 진 치 수
어찌하여 작은 것까지도 죄다 거두어들이고,

用之如泥沙오?
용 지 여 니 사
그것을 흙과 모래와 같이 쓰는가?

使負棟之柱가,
사 부 동 지 주
마룻대를 지고 있는 기둥이

多於南畝[532]之農夫하고,
다 어 남 무 지 농 부
남녘 밭의 농부보다도 많고,

---

527 이이(邐迆): 즐비하게 끝없이 널려 있는 모양
528 차호(嗟乎): 슬프다 탄식하는 소리
529 일인(一人): 진시황
530 분사(紛奢): 호사스런 사치
531 치수(錙銖): 아주 미세한 것
532 남무(南畝): 남쪽 밭이랑

架梁之椽이, 가 량 지 연	들보에 걸린 서까래는
多於機上之工女하며, 다 어 기 상 지 공 녀	베틀 위의 베 짜는 여자보다도 많으며,
釘頭磷磷[533]이, 정 두 린 린	못대가리가 번쩍번쩍 비치는 것이
多於在庾之粟粒하고, 다 어 재 유 지 속 립	곳간의 곡식알보다도 많으며,
瓦縫參差[534]가, 와 봉 참 치	기와 이음매의 들쑥날쑥함이
多於周身之帛縷하며, 다 어 주 신 지 백 루	몸에 두른 의복의 실 자국보다도 많으며,
直欄橫檻은, 직 란 횡 함	세로로 이어진 난간과 가로로 이어진 난간은
多於九土[535]之城郭하고, 다 어 구 토 지 성 곽	온 중국의 성곽보다도 많으며,
管絃嘔啞[536]는, 관 현 구 아	피리와 거문고 소리의 시끄러움은
多於市人之言語하니, 다 어 시 인 지 언 어	저잣거리 사람들의 말소리보다 많으니,
使天下之人으로, 사 천 하 지 인	천하 사람으로 하여금
不敢言而敢怒하고, 불 감 언 이 감 노	감히 말도 못하고 화만 나게 하고,
獨夫[537]之心이, 독 부 지 심	저 한 사람의 마음은

533 인린(磷磷): 번쩍번쩍 빛나는 모양

534 참치(參差): 들쑥날쑥해 가지런하지 못한 모양

535 구토(九土): 구주. 중국 전토를 가리킨다.

536 구아(嘔啞): 음악의 시끄러운 소리

日益驕固라. 일 익 교 고	날이 갈수록 더욱 교만하고 완고하다.
戍卒[538]이 叫하니, 수 졸 규	국경을 지키는 군사가 부르짖으니
函谷이 擧[539]하고, 함 곡 거	함곡관이 함락되고,
楚人이 一炬[540]에, 초 인 일 거	초나라 사람이 한 번 든 횃불에
可憐焦土라. 가 련 초 토	가련하게도 불바다가 되었도다.
嗚呼라! 오 호	슬프다!
滅六國者는, 멸 육 국 자	육국을 멸한 이는
六國也오, 육 국 야	육국이요
非秦也며, 비 진 야	진나라가 아니며,
族[541]秦者는 秦也오, 족 진 자 진 야	진나라를 멸망시킨 자는 진나라 자신이요
非天下也라. 비 천 하 야	천하가 아니었다.
嗟夫라! 차 부	슬프다!

537 독부(獨夫): 민심을 잃은 폭군. 여기서는 진시황을 가리킨다.

538 수졸(戍卒) : 국경을 지키는 수비병

539 함곡거(函谷擧): '함곡'은 진나라 제일의 요해지, '거'는 둘러 빼앗는다는 뜻이다. 이 말은 곧 한나라 고조가 의병을 일으켜 진나라의 함곡관을 빼앗은 사실을 말한다.

540 초인일거(楚人一炬): '초인'이란 항우를 말한다. 한나라 고조가 함곡관을 둘러 빼앗고 함양에 들어온 뒤를 이어 항우가 횃불을 들고 함양의 궁전에 불을 지르니 그 불이 석 달 동안이나 탔다고 한다.

541 족(族): 여기서는 동사로, '일족을 다 쓸어 죽이다'의 뜻

使六國으로 各愛其人이면,
사육국 각애기인
육국으로 하여금 각각 그 사람들을 사랑하게 하였다면

則足以拒秦이오,
즉족이거진
곧 족히 진나라를 막을 수 있었을 것이요,

秦復愛六國之人이면,
진부애육국지인
진나라 또한 육국의 백성을 사랑하였다면

則遞[542]二世해
즉체 이세
곧 이세(二世) 이후 대대로

可至萬世而爲君이리니,
가지만세이위군
만세에 이르도록 임금이 될 수 있었으리니,

誰得而族滅也오?
수득이족멸야
누가 능히 멸할 수 있겠는가?

秦人이 不暇自哀
진인 불가자애
진나라 사람이 스스로 슬퍼할 겨를조차 없이

而後人이 哀之하고,
이후인 애지
후인이 이를 슬퍼하였고,

後人이 哀之而不鑑之하야,
후인 애지이불감지
후인이 이것을 슬퍼해 이를 거울삼지 않으면

亦使後人而
역사후인이
또한 후인으로 하여금

復哀後人也니라.
부애후인야
다시 후인을 슬퍼하게 하리라.

542 체(遞): 갈마들이다. 곧 대대로 왕위를 전승함을 뜻한다.

65. 옛날 전쟁터에서 죽은 원혼을 애도하는 글(弔古戰場文)[543]

이화(李華)[544]

浩浩[545]乎平沙無垠[546]하야,
호호 평평사무은

아득히 넓고 평평한 사막은 끝없이 펼쳐져 있어,

敻[547]不見人이라.
형 불견인

멀리 둘러보아도 사람은 보이지 않는다.

河水는 縈帶[548]하고,
하수 영대

황하는 굽이돌아 흘러가고

群山은 糾紛[549]하니,
군산 규분

숱한 산들은 얽혀 흩어져 있어

黯[550]兮慘悴[551]한데,
암 혜참췌

어둡고 참담한데,

風悲日曛[552]하고,
풍비일훈

바람은 슬프고 날은 저물어

蓬斷草枯하니,
봉단초고

다북쑥은 꺾이고 풀들은 말랐으니

---

543 조고전장문(弔古戰場文): 옛 전장에서 지난날의 비참한 전쟁을 회상하며 쓴 글. 전쟁이 백성의 생활을 파괴하는 것임을 강조해 위정자를 반성하게 하고 전사자의 영혼을 위로하는 조문이다. 이것은 『초사(楚詞)』「구가(九歌)」의 '국상(國殤)'의 계통에 속한다.

544 이화(李華: ?~766): 당나라의 문인. 자는 하숙(遐叔). 안녹산의 난을 전후해 몇 가지 벼슬을 하였다. 문집 4권이 전한다.

545 호호(浩浩): 광대한 모양

546 은(垠): 경계. 한(限)과 같다.

547 형(敻): 원(遠)의 뜻. 아득히, 멀리

548 영대(縈帶): 빙빙 돌다.

549 규분(糾紛): 어지럽게 뒤섞여 있다.

550 암(黯): 깊고 어두운 모양

551 참췌(慘悴): 시름에 잠겨 슬퍼하는 모양

552 훈(曛): 날이 저물어 어둡다.

凜[553]若霜晨[554]하고, 늠 약상신	오싹함이 마치 서리 내린 새벽인 듯하고,
鳥飛不下하고, 조비불하	새들은 높이 날며 내려오지 않고
獸挺[555]亡群[556]이라. 수정 망군	짐승들은 무리에서 흩어져 제각기 내닫는다.
亭長[557]이 告余曰, 정장 고여왈	숙소의 역장이 내게 말하였다 .
此古戰場也라. 차고전장야	"이곳은 옛 싸움터입니다.
常[558]覆[559]三軍[560]하야, 상 복 삼군	일찍이 삼군의 대군이 전멸당한 곳이지요.
往往[561]鬼哭하야, 왕왕 귀곡	왕왕 귀신들이 울어
天陰[562]則聞이라 하니라. 천음 즉문	하늘이 흐려지기만 하면 들을 수 있다고 합니다."

553 늠(凜): 몹시 춥다.

554 상신(霜晨): 서리가 내린 새벽

555 정(挺): 질주하다.

556 망군(亡群): 무리를 잃다.

557 정장(亭長): 행객이 유숙하는 숙소의 책임자. 역장. '정'은 정류한다는 뜻으로, 여객이 유숙하는 장소를 뜻한다.

558 상(常): 상(嘗)의 뜻으로, 일찍이

559 복(覆): 전멸하다.

560 삼군(三軍): 대군. 큰 제후의 군에는 상·중·하의 삼군이 있다. 일군은 1만 2,500명으로 이루어진다.

561 왕왕(往往): 가는 곳마다 모두. 즉 흔히 있는 일이라는 뜻

562 천음(天陰): 하늘이 흐려지다.

傷心哉라. 상 심 재	마음이 아프구나!
秦歟아? 진 여	진나라 때인가?
漢歟아? 한 여	한나라 때인가?
將近代[563]歟아? 장 근 대 여	아니면 근대였을까?
吾聞 오 문	내가 들은 바로는
夫齊魏徭戍[564]하며, 부 제 위 요 수	제·위나라는 군역에 백성들을 끌어내고,
荊韓召募[565]하니, 형 한 소 모	초·한나라는 의병들을 불러 모았다 한다.
萬里奔走하고, 만 리 분 주	만 리 [험한 전쟁터로] 달려 나가
連年暴露[566]하니, 연 년 폭 로	여러 해 동안 들판에서 지내니,
沙草晨牧[567]하고, 사 초 신 목	이른 아침에 사막의 풀로 말을 먹이고
河氷夜渡하니, 하 빙 야 도	밤에는 황하의 얼음판을 건넜으니,

563 근대(近代): 남북조·수·당초를 가리킨다.

564 요수(徭戍): 국경을 지키는 일. 또는 그 병사. '요'는 역(役)의 뜻. '수'는 변방을 지키다.

565 소모(召募): 널리 의병 등을 불러 모으다.

566 폭로(暴露): 햇빛과 이슬에 노출되다. 행군과 노역에 시달리는 것을 뜻한다.

567 목(牧): 말을 먹이다.

地闊天長하야,
지 활 천 장

황량한 땅은 끝없이 넓고
하늘은 아득하여

不知歸路라.
부 지 귀 로

돌아갈 길조차 알 수 없었다.

寄身鋒刃하니,
기 신 봉 인

의지할 것이라곤 오직
칼 한 자루뿐이니

腷臆[568]誰訴오?
픽 억 수 소

답답하고 처량함을 누구에게
호소할 수 있었겠는가?

秦漢而還에,
진 한 이 환

중국은 진·한 이래로

多事四夷하야,
다 사 사 이

사방의 오랑캐들과 싸운 일이
하도 많아서,

中州[569]耗斁[570]가,
중 주 모 두

중원의 힘이 소모되고 파괴되는 것이

無世無之라.
무 세 무 지

없을 때가 없었다.

古稱戎夏[571]하고
고 칭 융 하

옛날에는 오랑캐와 중국이라 하여

不抗王師나,
불 항 왕 사

천자의 군대에는 대항하지 않았으나,

---

568 픽억(腷臆): 가슴이 막혀 답답하다.

569 중주(中州): 중국

570 모두(耗斁): 국력이 소모되다.

571 융하(戎夏): 오랑캐와 중국. '융'은 서쪽 오랑캐를 뜻한다. 예로부터 중국에서는 중국을 세계의 중앙이라 생각하여 중화, 또는 문물이 풍성하다 하여 화하(華夏)라 하고, 이민족들은 모두 오랑캐라 하였다. 동이·서융·남만·북적(東夷·西戎·南蠻·北狄)이 그것이다.

文敎失宣하야, 문 교 실 선	지금은 교화를 널리 펴지 못해
武臣用奇[572]하니, 무 신 용 기	무신들은 계략을 사용하게 되었으니,
奇兵은 有異於仁義하고, 기 병 유 이 어 인 의	기이한 병술은 인의와는 다른 것이고
王道[573]迂闊[574]而莫爲라. 왕 도 우 활 이 막 위	왕도는 우회한다 하여 행하지 않았다.
嗚呼噫嘻[575]라! 오 호 희 희	아아!
吾想夫北風振漠하고, 오 상 부 북 풍 진 막	나는 생각하노니, 북풍이 사막을 휘몰아치고
胡兵伺便[576]하니, 호 병 사 편	오랑캐 병사들이 기회를 엿보니,
主將은 驕敵하고, 주 장 교 적	장군들은 적을 얕잡아 보고
期門[577]은 受戰이라. 기 문 수 적	성문의 병사들이 바로 싸움을 하였다.
野豎[578]旌旗[579]하고, 야 수 정 기	들판에 군기를 세워 진을 치고

---

572 기(奇): 모략 따위로 남을 감쪽같이 속이다.

573 왕도(王道): 하늘의 명과 백성의 뜻을 살펴 나라를 바르게 다스리는 길

574 우활(迂闊): 지름길로 가지 않고 멀리 돌아서 가다. 즉 실용에 적합하지 않음

575 오호희희(嗚呼噫嘻): 모두 탄식을 나타내는 감탄사이다.

576 사편(伺便): 기회를 엿보다.

577 기문(期門): 중국 후한 때의 천자의 호위병. 성문에서 근무하면서 비상 사태에 대비하였다.

578 수(竪): 입(立)과 같은 뜻

579 정기(旌旗): 군기

川回組練[580]하니, 천 회 조 련	강 언덕에 무장한 병사들을 배치하니,
法重心駭하고, 법 중 심 해	엄한 군법에 병사들은 겁에 질리고,
威尊命賤이라. 위 존 명 천	[장수의] 위엄은 존귀하고 [병사의] 명은 비천하다.
利鏃[581]은 穿骨하고, 이 촉 천 골	오랑캐의 날카로운 살촉은 뼈를 뚫고,
驚沙[582]는 入面이라. 경 사 입 면	놀란 듯 불어닥치는 모래는 얼굴을 때린다.
主客[583]이 相搏[584]하고, 주 객 상 박	적군과 아군이 서로 엉켜 싸우니
山川이 震眩[585]하고, 산 천 진 현	산천이 진동하며 정신이 아찔하고,
聲析江河하고, 성 탁 강 하	싸우는 소리 장강과 황하를 찢고
勢崩[586]雷電이라. 세 붕 뇌 전	성난 기세는 우레와 번개도 무너뜨린다.
至若[587]窮陰凝閉[588]하고, 지 약 궁 음 응 폐	한겨울 모두 얼어붙는 때에 이르러서

580 조련(組練): 갑옷과 투구로 무장한 병사들
581 이촉(利鏃): 예리한 살촉
582 경사(驚沙): 갑자기 몰아치는 모래 섞인 먼지
583 주객(主客): 아군과 적군
584 상박(相搏): 서로 다투다.
585 현(眩): 정신이 아찔하다.
586 붕(崩): 무너뜨리다.
587 지약(至若): 같음에 이르러서는

凜冽[589]海隅[590]하야, 늠렬 해우	바닷가는 살을 에는 듯 추우니,
積雪이 沒脛하고, 적설 몰경	눈은 쌓여 정강이까지 빠지고
堅氷이 在鬚라. 견빙 재수	단단한 고드름이 수염에 남아 있다.
鷙鳥[591]는 休巢하고, 지조 휴소	사나운 새도 떨며 둥지를 떠나지 못하고
征馬[592]는 踟躕[593]하며, 정마 지주	말도 머뭇거리며 나아가지 못하며,
繒纊[594]無溫하고, 증광 무온	명주와 솜으로 짠 군복도 따뜻하지 않고
墮指裂膚라. 타지열부	손가락은 얼어 떨어지고 살갗은 찢긴다.
當此苦寒[595]에, 당차고한	이렇게 혹독한 추위에
天假强胡[596]하야, 천가강호	하늘이 강한 오랑캐에게 힘을 빌려 주어서,

---

588 궁음응폐(窮陰凝閉): 음기가 극에 이르러 모든 것이 얼어붙고 막히다. '궁음'은 음기가 극에 이르는 늦겨울, 곧 12월을 가리킨다. '응폐'는 늦겨울의 혹독한 추위에 모든 것이 얼어붙는 것

589 늠렬(凜冽): 살을 에는 듯한 추위

590 해우(海隅): 해안의 한 모퉁이. 북방의 오랑캐 땅을 가리킨다.

591 지조(鷙鳥): 사나운 새

592 정마(征馬): 군마

593 지주(踟躕): 머뭇거리며 나아가지 못하는 모양

594 증광(繒纊): 명주와 솜. 명주와 솜으로 짠 두꺼운 군복을 가리킨다.

595 고한(苦寒): 혹독한 추위

596 천가강호(天假强胡): 하늘이 강한 오랑캐에게 힘을 빌려 주다.

憑陵殺氣[597]하고, 빙 릉 살 기	그 살벌한 기운을 타고서
以相翦屠[598]하니, 이 상 전 도	마구 베어 죽이니,
徑截[599]輜重[600]하고, 경 절 치 중	지름길로 가 보급 부대를 끊어 버리고
橫攻士卒하야, 횡 공 사 졸	옆으로 병사들을 단숨에 공격하여,
都尉[601]는 新降하고, 도 위 신 강	장수는 항복하고
將軍은 復沒이라. 장 군 부 몰	장군은 또 전사한다.
屍塡[602]巨港之岸하고, 시 전 거 항 지 안	시체는 큰 항구의 언덕을 메우고
血滿長城之窟하니, 혈 만 장 성 지 굴	그들이 흘린 피는 만리장성의 굴에 가득 차,
無貴無賤하고, 무 귀 무 천	귀하고 천한 사람 구분 없이
同爲枯骨하니, 동 위 고 골	같은 해골이 되고 마니,

597 빙릉살기(憑陵殺氣): 살벌한 기운을 타고 맹렬하게 침공해 오다. ‘빙릉’은 세력을 믿고 침범하다.

598 전도(翦屠): 베어 죽이다.

599 경절(徑截): 재빨리 끊다. ‘경’은 재빨리

600 치중(輜重): 짐수레. ‘치’는 의복 따위를 싣는 수레이며, ‘중’은 병기 등의 무거운 것을 싣는 수레이다.

601 도위(都尉): 한대에 정벌의 일을 맡은 무장에게 내려지던 벼슬 이름. 여기서는 무제 때의 기도위(騎都尉)로서, 적에게 투항한 이릉(李陵)을 암시한다. 또 다음에 나오는 장군은 이광(李廣)을 암시한다.

602 전(塡): 메우다.

可勝言哉[603]아?
가 승 언 재

그 참상을 어찌 이루 다
형용할 수 있겠는가?

鼓衰兮力盡하고,
고 쇠 혜 력 진

북소리는 약해지고 병사들의
힘은 다해 가고,

矢竭兮弦絶이라.
시 갈 혜 현 절

화살은 바닥나고 시위는 끊어졌다.

白刃交兮寶刀折하고,
백 인 교 혜 보 도 절

칼날을 맞대며 싸우다가
보검이 부러지고,

兩軍蹙[604]兮生死決이라.
양 군 축 혜 생 사 결

양쪽 병사들은 바싹 들러붙어
생사의 결전을 벌인다.

降矣哉아?
강 의 재

항복할 것인가?

終身夷狄[605]이오,
종 신 이 적

죽을 때까지 오랑캐일 것이요,

戰矣哉아?
전 의 재

싸울 것인가?

骨暴[606]沙礫[607]이라.
골 폭 사 력

해골을 모래와 자갈 위에
드러내 놓을 것이다.

鳥無聲兮山寂寂하고,
조 무 성 혜 산 적 적

새는 소리 없고 산은 적적한데,

---

603 가승언재(可勝言哉): 말로 다할 수 있겠는가. 말로 다할 수 없을 만큼 참혹하였다는 뜻이다.

604 축(蹙): 가까이 접근하다.

605 이적(夷狄): 오랑캐

606 폭(暴): 드러내다.

607 사력(沙礫): 모래와 자갈

夜正長兮風淅淅[608]이라. 야 정 장 혜 풍 석 석	밤은 참으로 길어 바람만 쓸쓸하다.
魂魄結[609]兮天沈沈[610]하고, 혼 백 결 혜 천 침 침	혼백이 서로 엉켜 하늘은 자욱하고
鬼神聚兮雲冪冪[611]이라. 귀 신 취 혜 운 멱 멱	귀신이 모여들어 구름이 뒤덮인다.
日光寒兮草短하고, 일 광 한 혜 초 단	햇볕이 차가워 풀조차 자라지 않고,
月色苦[612]兮霜白이라. 월 색 고 혜 상 백	달빛만 맑은 채 서리가 하얗게 내린다.
傷心慘目[613]이, 상 심 참 목	이토록 마음을 아프게 하고 눈을 슬프게 하는 곳이
有如是耶[614]아? 유 여 시 야	세상에 또 어디 있겠는가?
始聞之하니, 시 문 지	일찍이 들으니
牧用趙卒하야, 목 용 조 졸	이목은 조나라의 병사를 써서
大破林胡[615]하니, 대 파 임 호	임호를 대파하여,

608 석석(淅淅): 원래는 빗소리를 형용하는 말인데, 여기서는 쓸쓸한 바람 소리를 뜻한다.

609 혼백결(魂魄結): 혼과 백이 흩어지지 않고 하나로 응어리지다. 사람이 죽으면 혼은 하늘로 올라가고 백은 땅으로 돌아간다고 한다. 그러나 비상한 죽음을 맞이한 사람의 혼백은 분리되지 않고 맺혀서 사람들에게 재화를 준다고 한다.

610 침침(沈沈): 그윽하고 음울한 모양

611 멱멱(冪冪): 뒤덮여 있다.

612 월색고(月色苦): 달빛이 맑다.

613 상심참목(傷心慘目): 마음을 아프게 하고 눈을 슬프게 하다.

614 유여시야(有如是耶): 이와 같은 것이 또 있겠는가

615 목용조졸대파임호(牧用趙卒大破林胡): 이목(李牧)이 조나라의 병졸을 부려 오랑캐를 크게 쳐부수다. '목'은 조나라의 명장 이목. '임호'는 북방의 이민족으로, 흉노의 일족. 『사기』「염파 인상여열전(廉頗藺相如列傳)」에, "이목은 많은 기습의 진을 만들어 좌우익으로 벌여 놓았다가,

開地千里하고,
개 지 천 리

천 리를 개척했고

遁逃匈奴라.
순 도 흉 노

흉노를 멀리 도망하게 하였다.

漢傾天下[616]하야,
한 경 천 하

한나라는 천하를 기울여

財殫力痡[617]하니,
재 탄 력 부

재화를 탕진하고 국력을 잃었으니,

任人[618]而已라,
임 인 이 이

[문제는] 사람을 잘 쓰는 것이지

其在多[619]乎아?
기 재 다 호

병력이 많음에 있겠는가?

周逐獫狁[620]하야,
주 축 험 윤

주나라 때는 험윤을 쫓아내

北至太原[621]하야,
북 지 태 원

북으로 태원에 이르고,

旣城朔方하고
기 성 삭 방

그 후 북방에 성을 쌓고

全師而還하야,
전 사 이 환

군사가 모두 돌아와,

飮至策勳하니,
음 지 책 훈

종묘에 이르러 술을 마시고
공훈을 따지니,

침입한 흉노의 군대를 쳐 크게 깨뜨렸다. 흉노의 십여만 기(騎)를 죽이고, 동호를 깨뜨리고, 임호에게서 항복을 받았다. 선우(單于)는 멀리 달아났다. 그 뒤 십여 년 동안 흉노는 감히 조나라의 변성에 접근하지 못하였다"라고 기록되어 있다.

616 경천하(傾天下): 천하의 재력과 인력을 다 기울이다.

617 재탄력부(財殫力痡): 재화가 탕진되고 국력이 쇠약해지다.

618 임인(任人): 사람을 임용하다.

619 다(多): 병사가 많고 무력이 강한 것을 가리킨다.

620 험윤(獫狁): 중국 북방의 만족. 하나라 때에는 훈육(獯鬻), 한나라 때에는 흉노(匈奴)라 하였다.

621 태원(太原): 감숙성 고원 일대

和樂且閑[622]하고, 화락차한	모두가 즐겁고
穆穆棣棣[623]하니, 목목태태	평온하고 질서정연하여
君臣之間이라. 군신지간	임금과 신하의 관계로다.
秦起長城[624]하야 진기장성	진시황은 장성을 쌓아
竟海[625]爲關[626]하니, 경해 위관	북해 끝에 관문을 세우니
荼毒[627]生靈[628]하야, 도독 생령	많은 백성이 고통스러워
萬里朱殷[629]이라. 만리주안	만 리를 피로 물들였다.
漢擊匈奴하야, 한격흉노	한나라 때는 흉노를 쳐서
雖得陰山[630]이나, 수득음산	음산을 얻었으나,
枕骸[631]遍野하고 침해 편야	누워 있는 시체들이 널렸고
功不補患이라 공불보환	공적은 피해를 메울 수 없었다.

622 화락차한(和樂且閑): 상하가 화목해 즐겁고, 또 한가로이 여유가 있다.
623 목목태태(穆穆棣棣): 임금은 위엄이 있고 조용하며, 신하는 위의가 단정하고 침착하다.
624 장성(長城): 진시황의 만리장성
625 경해(竟海): 북해의 끝까지
626 관(關): 관문
627 도독(荼毒): 씀바귀와 독충. 모진 고통을 뜻한다.
628 생령(生靈): 많은 백성
629 주안(朱殷): '주'는 붉은색. '안'은 검붉은 색
630 음산(陰山): 몽고에 있는 산 이름
631 침해(枕骸): 베개를 같이한 듯이 줄지어 있는 시체

蒼蒼[632]烝民[633]이 창 창　증 민	머리 검은 수많은 백성이
誰無父母오? 수 무 부 모	그 누구인들 부모가 없으리오?
提携捧負[634]하니, 제 휴 봉 부	[부모는] 손을 잡아 이끌어 주고 안아 주고 업어 주니
畏其不壽[635]라 외 기 불 수	행여나 오래 살지 못할까 걱정한다.
誰無兄弟오? 수 무 형 제	누구인들 형제가 없겠는가?
如足如手라. 여 족 여 수	[형제는] 손과 같고 발과 같은 것이다.
誰無夫婦오? 수 무 부 부	누구인들 부부가 아니리오?
如賓如友라 여 빈 여 우	[부부는] 서로 손님 같고 친구 같은 것이다.
生也何恩이며 생 야 하 은	산 사람은 무슨 은총이며
殺之何咎[636]리오 살 지 하 구	죽은 사람은 무슨 죄인가?
其存其沒을 기 존 기 몰	죽었는지 살았는지

632 창창(蒼蒼): 백성들의 머리가 검푸른 것을 형용한 것이다. 또는 백성을 초목이 울창한 데에 비유해 창생(蒼生)이라고 하기도 한다.

633 증민(烝民): 많은 백성. '증'은 중(衆)의 뜻

634 제휴봉부(提携捧負): 손을 잡아 이끌고, 안아 주고 업어 주다.

635 외기불수(畏其不壽): 오래 살지 못할까 걱정하다.

636 생야하은, 살지하구(生也何恩, 殺之何咎): 살아 있을 적에 어떤 은혜를 베풀었으며, 무슨 허물이 있기에 죽게 하는가. 즉 임금이 백성들에게 무슨 은혜를 베풀었기에 그들을 전쟁터로 보내며, 또 그들이 무슨 죄를 졌기에 전쟁터에서 죽게 하느냐는 뜻이다.

家莫聞知라. 가 막 문 지	집에서는 알 수가 없다.
人或有言이나, 인 혹 유 언	인편에 소식이 있어도
將信將疑[637]라 장 신 장 의	믿을 것인가 말 것인가?
悁悁[638]心目에, 연 연 심 목	걱정스런 마음과 눈에
寢寐見之[639]라. 침 매 견 지	밤마다 꿈속에 아른거린다.
布奠傾觴[640]하고, 포 전 경 상	제수를 차려 술잔을 기울이고
哭望天涯[641]하니, 곡 망 천 애	통곡하며 하늘 끝을 바라보니,
天地爲愁요, 천 지 위 수	하늘과 땅도 슬퍼하고
草木凄悲[642]라 초 목 처 비	풀과 나무도 처량하고 애처롭다.
弔祭不至면, 조 제 부 지	제사가 지극하지 않으면
精魂無依[643]라 정 혼 무 의	혼령도 의지할 곳이 없는 것이다.
必有凶年[644]하야 필 유 흉 년	반드시 흉년이 들어서

637 장신장의(將信將疑): 반신반의하다. 매우 불안해하는 마음을 가리킨다.

638 연연(悁悁): 매우 근심하는 모양

639 침매견지(寢寐見之): 잠을 자면서 보게 되다. 즉 꿈마다 본다는 뜻이다.

640 포전경상(布奠傾觴): 제사상을 펴고 술잔을 기울이다. 정벌 나간 사람이 꿈마다 나타나니, 죽은 것으로 생각하고 제사를 지낸다는 뜻이다.

641 천애(天涯): 아득히 먼 하늘 끝

642 처비(凄悲): 몹시 슬퍼하다.

643 조제부지, 정혼무의(弔祭不至, 精魂無依): 제사 지내는 것이 지극하지 않으면, 죽은 사람들의 영혼이 의지할 곳이 없을 것이다.

人其流離[645]하니, 인 기 유 리	백성들은 유랑하며 떠나니,
嗚呼噫嘻라! 오 호 희 희	아아!
時耶아? 시 야	시국 때문인가?
命耶아? 명 야	운명 때문인가?
從古如斯[646]하니 종 고 여 사	예로부터 이와 같았다고 하니
爲之奈何오, 위 지 내 하	그것을 어찌하랴?
守在四夷[647]라. 수 재 사 이	[국가의] 방어는 사방 오랑캐에 달려 있다.

644 필유흉년(必有凶年): 반드시 흉년이 듦. 『노자』 제30장에, "군대가 머물던 곳에는 가시나무가 생겨나고, 큰 전쟁 뒤에는 반드시 흉년이 들게 마련이다(師之所處, 荊棘生焉. 大軍之後, 必有凶年)"라고 하였다.

645 유리(流離): 먹을 것이 없어 고향을 떠나 유랑하다.

646 종고여사(從古如斯): 예로부터 이와 같았다. '여사'는 전쟁이 그칠 날이 없고, 전쟁 뒤엔 흉년이 들어 백성들이 유랑하는 것

647 수재사이(守在四夷): 『좌전』「소공(昭公) 23년」에 실려 있는 글이다. '수'는 왕도정치를 지키는 것. 무력과 권모로써 천하를 다스리려는 패도정치를 버리고, 인의의 왕도정치로써 사방의 오랑캐를 귀복시키는 것만이 천하를 태평하게 하는 길이라는 뜻이다.

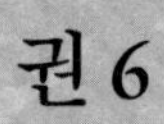

권 6

66. 대루원에 대한 기문(待漏院記)[1]

왕우칭(王禹偁)[2]

天道不言而品物亨[3]하고, 천 도 불 언 이 품 물 형	천도는 말이 없지만 만물이 순리를 따라 생장하고
歲功[4]成者는, 세 공 성 자	한 해 동안의 수확이 이루어지는 것은
何謂也오? 하 위 이	무엇 때문인가?
四時之吏[5]와, 사 시 지 리	그것은 사계절을 관리하는 신하와
五行[6]之佐가, 오 행 지 좌	오행의 보좌가

---

1 대루원기(待漏院記): 이른 아침에 대궐로 등청한 재상과 조정 대신들이 대궐 문이 열릴 때까지 대기하는 관사를 대루원(待漏院)이라 한다. 왕우칭이 그 원의 벽에 고관들이 당연히 힘써야 할 일을 써서 붙인 것이 이 「대루원기」이다. '대루'란 시각을 기다린다는 의미로 '루(漏)'에 물시계란 뜻이 있다. 예로부터 중국에는 밑에 구멍이 뚫린 항아리로부터 조금씩 물이 새어 나오도록 장치를 하고, 그 속에 누전(漏箭)이라는 눈금을 새긴 화살을 세워 새어 나오는 물의 양으로 시각을 측정하는 물시계가 있었다.

2 왕우칭(王禹偁: 954~1001): 자는 원지(元之)이며 북송 제주(濟州) 거야현(鉅野縣: 현 산동현) 사람이다. 아홉 살에 이미 글을 지었고 진사가 되어 여러 관직을 거쳐 대리평사(大理評事)가 되었다. 태종이 직접 현사를 시험할 때 왕우칭을 불러 시를 짓게 했는데 금방 지었다. 황제가 크게 기뻐하여 그를 좌사간(左司諫)·지제고(知制誥)에 제수하였다. 진종(眞宗) 함평(咸平) 초에는 태종실록(太宗實錄) 편찬에 참여하기도 하였다. 재상들과 의견이 맞지 않아 지황주(知黃州)로 좌천되어 「삼출부(三黜賦)」를 지어 뜻을 나타내었는데, 후에 기주로 옮겨 한 달을 넘기지 못하고 죽었다. 저서로 『소축집(小畜集)』이 있다.

3 품물형(品物亨): 만물이 순리에 따라 생장한다. '품물'은 만물. '형'은 통달하다.

4 세공(歲功): 일 년의 수확

5 사시지리(四時之吏): 사계절을 관장하는 신. 봄의 구망[春勾芒]·여름의 축융[夏祝融]·가을의 욕수[秋蓐收]·겨울의 현명[冬玄冥]을 말한다.

6 오행(五行): 금(金)·목(木)·수(水)·화(火)·토(土)

宣其氣[7]矣라.
선기기 의

그 기운을 펴기 때문이다.

聖人[8]不言而百姓親하고,
성인 불언이백성친

성인은 말을 하지 않아도
백성들이 친하고

萬邦寧者는,
만방영자

만국이 평안한 것은

何謂也오?
하위이

무엇 때문인가?

三公[9]이 論道하고,
삼공 논도

삼공(三公)이 도를 논하고

六卿[10]이 分職하야,
육경 분직

육경이 일을 나누어

張[11]其教矣니,
장 기교의

교화를 펴기 때문이니,

是知君逸[12]於上하고,
시지군일 어상

이것으로 알 수 있듯이 임금은
위에서 편안히 하고

臣勞於下는,
신노여하

신하가 밑에서 수고하는 것은

法乎天也니라.
법호천야

하늘의 섭리를 본뜬 것이다.

---

7 선기기(宣基氣): '기'는 하늘이 만물을 생육하는 활동. '선'은 그 활동을 수행하는 것. 사시와 오행이 만물을 생육화성시키는 하늘의 뜻을 성실하게 수행하는 것을 뜻한다.

8 성인(聖人): 황제

9 삼공(三公): 『상서(尙書)』「주관(周官)」에는 태사(太師)·태부(太傅)·태보(太保)를 삼공으로 한다. 여기에서는 재상을 가리킨다. 당에서는 태위(太尉), 사도(司徒), 사공(司空)을 삼공이라 하였다.

10 육경(六卿): 『상서』「주관」에는 총재(冢宰)·사도(司徒)·종백(宗伯)·사마(司馬)·사구(司寇)·사공(司空)을 육경이라 하였다. 여기서는 육부의 장관을 가리킨다. 당에서는 이·호·예·병·형·공 육부를 설치하였는데 청나라까지 이어져 내려온다.

11 장(張): 선양하다.

12 일(逸): 편안하다.

古之善相[13]天下者는,
고 지 선 상 천 하 자
예부터 천하를 잘 보좌한 이로는

自咎夔[14]
자 고 기
고요(咎繇)와 기(夔)에서

至房魏[15]니,
지 방 위
방현령(房玄齡)·위징(魏徵)에 이르니,

可數也라,
가 수 야
셀 수 있을 정도이다.

是不獨有其德이오,
시 불 독 유 기 덕
덕을 지녔을 뿐 아니라,

亦皆務于勤爾니,
역 개 무 우 근 이
또한 모두 맡은 일에
힘썼을 따름이었다.

況夙興夜寐[16]하야,
황 숙 흥 야 매
하물며 늦게 자고 일찍 일어나

以事一人은,
이 사 일 인
한 사람을 섬김에는

卿大夫猶然이온,
경 대 부 유 연
경과 대부가 이와 같은데

況宰相乎아?
황 재 상 호
하물며 재상이랴!

朝廷이 自國初[17]로
조 정 자 국 초
송나라의 조정에서는 국초부터

因舊制하야,
인 구 제
옛 제도를 따라서

---

13 상(相): 다스리는 것을 보조한다는 동사로 사용되었다.

14 고·기(咎·夔): 요임금의 신하이다. '고'는 고요로 형벌을 담당하였고 '기'는 음악을 담당하였다.

15 방위(房魏): 방현령(房玄齡)과 위징(魏徵)을 말하는데, 모두 당태종의 현명한 재상이었다.

16 숙흥야매(夙興夜寐): 일찍 일어나서 늦게 잔다. 근면함을 형용한다. 『시경(詩經)』「소아(小雅)·조그마한 산비둘기(小宛)」에 "일찍 일어나고 늦게 자며, 그대 낳아 주신 분 욕되게 말라(夙興夜寐, 無忝爾所生)"라고 하였다.

17 국초(國初): 송나라가 건국된 처음

設宰臣待漏院[18] 설 재 신 대 루 원	재상이 기다리는 대루원을
于丹鳳門[19]之右하니, 우 단 봉 문 지 우	단봉문 오른쪽에 설치했으니
示勤政也라. 시 근 정 야	그것으로 정사에 힘쓴다는 것을 나타내었다.
至若北闕[20]向曙[21]나, 지 약 북 궐 향 서	궁성 북쪽 높은 문에 겨우 새벽의 먼동이 트려 하나,
東方未明에, 동 방 미 명	동녘은 아직 밝지도 않았는데,
相君[22]啓行[23]하니, 상 군 계 행	재상이 길을 나서니,
煌煌[24]火城[25]이라. 황 황 화 성	주위의 밝기가 횃불처럼 타오른다.
相君至止하니, 상 군 지 지	재상이 도착하니,
噦噦[26]鸞聲이라. 홰 홰 란 성	딸랑딸랑 수레방울 소리가 들려온다.
金門[27]은 未闢하고, 금 문 미 벽	금문은 아직 열리지 않았고

18 대루원(待漏院): 재상이 조회에 참석하기를 기다리며 휴식하는 곳이다. 당나라 헌종(憲宗) 원화(元和) 초년에 대루원을 처음 설치하였다.

19 단봉문(丹鳳門): 송나라 궁궐의 남문이다.

20 북궐(北闕): 궁전 북문 위의 망루

21 향서(向曙): 하늘이 막 밝아지려 할 때

22 상군(相君): 재상의 존칭

23 계행(啓行): 길을 열다. 행도(行道)의 의미

24 황황(煌煌): 밝은 모양

25 화성(火城): 재상이 조회할 때 등불을 켜는 의장(儀仗). 횃불과 같다.

26 홰홰(噦噦): 리드미컬하고 또렷한 수레방울 소리

27 금문(金門): 황금 장식의 문. 궁전의 문

玉漏[28]猶滴[29]하니, 옥루 유적	옥으로 장식된 시계에는 아직까지 물이 방울져 떨어지니,
撤蓋[30]下車하야, 철개 하거	수레의 덮개를 벗기고 재상은 마차에서 내려
于焉以息하니, 우언이식	그곳에서 잠시 쉬게 되니,
待漏之際에, 대루지제	대루원에서 기다릴 때에
相君이 其有思乎인저! 상군 기유사호	재상은 아마도 무엇을 생각함이 있을 것이다!
其或兆民[31]未安이면, 기혹조민 미안	혹 모든 백성이 평안하지 못하다면
思所泰之오, 사소태지	그들을 편안하게 할 방법을 생각하고,
四夷[32]未附[33]면, 사이 미부	사방의 오랑캐가 복종하지 않고 있다면
思所來之오, 사소래지	그들을 돌아오게 할 방법을 생각하며,
兵革[34]未息[35]이면, 병혁 미식	전쟁이 끝나지 않았다면

28 옥루(玉漏): 보옥 장식이 있는 물시계

29 유적(猶滴): 물시계의 물이 아직도 방울져 떨어지다. 즉 금문이 열릴 시각이 아직 안 되었음을 말한다.

30 철개(撤蓋): 덮개를 벗기다. '철'은 제거하다. '개'는 수레의 덮개

31 조민(兆民): 백성. '조'는 많음을 극단적으로 말한 것이다.

32 사이(四夷): 동이(東夷)·서융(西戎)·남만(南蠻)·북적(北狄)의 네 이민족

33 미부(未附): 잘 따르지 않다.

34 병혁(兵革): 병란. '병'은 무기. '혁'은 갑주

何以弭[36]之며, 하 이 미 지	어떻게 그것을 평정할 것인가 생각하고,
田疇[37]多蕪면, 전 주 다 무	논밭이 많이 황폐해졌다면
何以闢[38]之며, 하 이 벽 지	어떻게 그것을 개간할 것인가 생각하며,
賢人在野면, 현 인 재 야	현명한 사람이 초야에 있다면
我將進之며, 아 장 진 지	장차 그를 등용하려 할 것이고,
佞臣[39]立朝면, 영 신 입 조	아첨하는 신하가 조정에 있다면
我將斥[40]之며, 아 장 척 지	장차 그를 내치려 할 것이며,
六氣[41]不和하야, 육 기 불 화	육기(六氣)가 조화되지 않아
災眚[42]薦[43]至면, 재 생 천 지	재화가 연이어 일어난다면
願避位以禳[44]之며, 원 피 위 이 양 지	물러남으로써 재앙이 사라지기를 간청할 것이며,

35 미식(未息): 끊이지 않다.

36 미(弭): 그치게 하다. '미'는 지(止) 또는 식(息)의 의미

37 전주(田疇): 논밭. '주'는 이미 경작한 밭이다.

38 벽(闢): 개간하다.

39 영신(佞臣): 아첨하는 신하

40 척(斥): 파면하다.

41 육기(六氣): 음(陰)·양(陽)·풍(風)·우(雨)·회(晦)·명(明)을 가리킨다.

42 재생(災眚): 재화

43 천(薦): 천(荐: 거듭)과 통한다.

五刑[45]未措[46]하야, 오형 미조	형벌이 제대로 쓰이지 못하여
欺詐日生이면, 사사일생	사기와 범죄가 나날이 생긴다면
請修德以釐[47]之라. 청수덕이리 지	자신이 덕을 닦아 그것을 다스리기를 바랄 것이다.
憂心忡忡[48]이라가, 우심충충	총총히 근심하며 마음을 졸이다
待旦而入이라. 대단이입	아침까지 기다려 궁중으로 들어간다.
九門[49]旣啓하니, 구문 기계	궁성의 구중문이 이미 열리니
四聽[50]甚邇라. 사총 기이	천자는 사방의 소식을 가까이 듣는다.
相君言焉에, 상군언언	재상이 말함에
時君[51]納焉하니, 시군 납언	군주는 즉시 받아들이니,

---

44 양(禳): 재앙이 없어지기를 기구하는 제사

45 오형(五刑): 다섯 종류의 형벌. 당나라에서는 태(笞: 대나무 가지로 볼기 치는 것)·장(杖: 곤장으로 볼기 치는 것)·도(徒: 강제 노동)·유(流: 귀양 보내는 것)·사(死: 사형)를 다섯 가지 형벌로 삼아서 청나라까지 계속 사용하였다.

46 조(措): 방치하고 사용하지 않다.

47 이(釐): 치(治: 다스림)와 같은 뜻

48 충충(忡忡): 근심하여 불안한 모양

49 구문(九門): 고대 천자의 구문. 노문(路門)·응문(應門)·치문(雉門)·고문(庫門)·고문(皐門)·성문(城門)·근교문(近郊門)·원교문(遠郊門)·관문(關門). 여기서는 궁궐문의 범칭이다. 아홉은 그 많음을 말한다.

50 사총(四聽): 사방에서 듣다. 천자는 사방에서 반영된 것을 넓게 듣고 정책을 결정하고 영을 발하여야 한다. 여기서는 천자의 말을 가리킨다.

51 시군(時君): 당시의 천자를 가리킨다.

皇風[52]이 於是乎淸夷[53]오, 황풍 어시호청이	천자의 품격이 맑고 고르기에
蒼生[54]이 以之而富庶[55]라. 창생 이지이부서	온 백성이 이로써 부자가 되고 수가 많아진다.
若然則總百官食[56]萬錢이, 약연즉총백관식 만전	이러하다면 백관의 우두머리로 만 냥의 봉록을 받더라도
非幸也오, 비행야	그것은 요행이 아니라,
宜也니라. 의야	당연한 것이다.
其或私讎[57]未復[58]에, 기혹사수 미복	혹 사사로운 원한을 갚지 못하여
思所逐之하고, 사소축지	그를 쫓아낼 것을 생각하고,
舊恩未報에, 구은미복	옛 은혜를 보답하지 못하여
思所榮之[59]하며, 사소영지	그를 영화롭게 할 것을 생각하고,
子女[60]玉帛[61]을, 자녀 옥백	노비와 시첩·옥과 비단을

52 황풍(皇風): 천황의 풍화
53 청이(淸夷): 세상이 깨끗하게 다스려지다. '이'는 평(平)과 같은 뜻
54 창생(蒼生): 백성
55 부서(富庶): 부유해지고 많아지다. '서'는 풍성하다는 뜻
56 식(食): 봉록
57 사수(私讎): 개인적인 원한 관계
58 미복(未復): 아직 보복하지 못하다.
59 영지(榮之): 부귀영화를 누리게 해 주다.
60 자녀(子女): 남자와 여자로, 노비와 시첩(侍妾) 등을 가리킨다.
61 옥백(玉帛): 주옥과 비단

何以致之며, 하 이 치 지	어찌 얻을까 생각하고,
車馬器玩[62]을, 차 마 기 완	마차와 말 장식물을
何以取之며, 하 이 취 지	어찌 가질까 생각하고,
姦人附勢[63]를, 간 인 부 세	권세에 달라붙는 간사한 사람을
我將陟[64]之며, 아 장 척 지	장차 진급시킬 것이고,
直士抗言[65]을, 직 사 항 언	직언하는 곧은 신하를
我將黜[66]之며, 아 장 출 지	장차 파면시킬 것이고,
三時[67]告災하야, 삼 시 고 재	농사철 바쁜 시기에 재난이 보고되어
上[68]有憂色[69]에, 상 유 우 색	황제께서 근심의 빛을 보이심에
構巧詞[70]以悅之하며, 구 교 사 이 열 지	교묘한 말로 그를 기쁘게 하고,
群吏弄法[71]하야, 군 리 농 법	관리들이 법을 우롱하여

---

62 기완(器玩): 완상용 기구

63 간인부세(姦人附勢): 권세에 따르는 간사한 무리

64 척(陟): 등(登)과 같은 뜻. 관직을 높이 올려주다.

65 직사항언(直士抗言): 바른 소리를 잘하는 강직한 사람

66 출(黜): 쫓아내다.

67 삼시(三時): 봄, 여름, 가을의 농사가 바쁜 시기

68 상(上): 천자를 가리킨다.

69 우색(憂色): 슬픈 빛을 띠다.

70 교사(巧詞): 교묘하게 거짓으로 꾸며 하는 말

71 농법(弄法): 법을 멋대로 주무르다.

君聞怨言에,
군 문 원 언
왕께서 원망하는 말을 들으시면

進諂容[72]以媚[73]之라.
진 첨 용 이 미 지
나아가 아첨하는 얼굴로 아양을 떤다.

私心慆慆[74]하야,
사 심 도 도
사사로운 마음이 방종하여

假寐[75]而坐라.
가 매 이 좌
의관을 벗지 않고 앉아서 존다.

九門旣開에,
구 문 기 개
궁중의 문이 열리고

重瞳[76]屢迴[77]라.
중 동 누 회
황제의 눈이 자주 뒤돌아본다.

相君言焉에,
상 군 언 언
재상이 말하면

時君惑焉하니,
시 군 혹 언
임금은 미혹되어

政柄[78]이 於是乎隳[79]哉며,
정 병 우 시 호 휴 재
정권은 능력을 잃고

帝位以之而危矣니,
제 위 이 지 이 위 의
제왕의 위치는 위태로워지리니,

若然則死下獄[80]하고,
약 연 즉 사 하 옥
만일 이러하다면 감옥에서 죽거나

投遠方이라도,
투 원 방
먼 지방에 던져지더라도

---

72 첨용(諂容): 아첨하는 얼굴
73 미(媚): 아양을 떨다.
74 도도(慆慆): 오래라는 뜻도 있고 어지럽다는 뜻도 있음. 도도(滔滔)로도 쓴다.
75 가매(假寐): 의관을 벗지 않고 잠을 자다.
76 중동(重瞳): 황제의 눈을 가리킨다. 전하기를 요임금의 눈에는 두 쌍의 눈동자가 있다고 한다.
77 누회(屢迴): 자꾸 돌리다. 천자가 눈알을 굴리는 것을 뜻한다.
78 정병(政柄): 정권
79 휴(隳): 능력을 잃다.
80 하옥(下獄): 옥에 가두다.

非不幸也라, 비 불 행 야	불행이 아니라
亦宜也라. 역 의 야	당연한 것이다.
是知一國之政과, 시 지 일 국 지 정	이것으로 한 나라의 정치와
萬人之命이, 만 인 지 명	만백성의 목숨이
懸[81]於宰相이니, 현 우 재 상	재상에게 달려 있음을 알 수 있으니,
可不愼歟아? 가 불 신 여	신중하지 않을 수 있겠는가?
復有無毁[82]無譽하며, 부 유 무 훼 무 예	또 비방도 없고 명예도 없이
旅進旅退[83]하야, 여 진 여 퇴	여러 사람을 따라 나아가고 물러가며,
竊位[84]而苟祿[85]하며, 절 위 이 구 록	자리를 훔치고 구차히 녹을 먹으며,
備員[86]而全身者는, 비 원 이 전 신 자	쓸데없이 숫자만 채우고 자신의 몸을 보전하는 사람은
亦無所取焉이니라. 역 무 소 취 언	또한 취할 바가 못 된다.
棘寺[87]小吏[88] 극 시 소 리	대리시의 미천한 관리인

81 현(懸): 매이다. 계(繫)와 같은 뜻

82 훼(毁): 비방

83 여진여퇴(旅進旅退): 무리가 나아가면 나아가고 물러나면 물러난다. 즉 뭇사람들과 함께 나아가고 물러난다.

84 절위(竊位): 하는 일 없이 벼슬자리에 눌러 앉아 있다.

85 구록(苟祿): 구차하게 녹만 받아먹다.

86 비원(備員): 사람 수만 채우다.

87 극시(棘寺): 대리시(大理寺)를 가리킨다. 형벌을 관장하는 관청이다. 옛날에는 가시나무 아래서

王禹偁은 爲文하야, — 나 왕우칭이 이 글을 지어
왕우칭 위문

請誌院壁하노니, — 대루원의 벽에 기록하기를 청하니
청지원벽

用規于執政者[89]니라. — 이는 집정자에게 권고하려 함이다.
용규우집정자

67. 황주의 죽루에 관한 기문(黃州竹樓記)[90]

왕우칭(王禹偁)

黃岡[91]之地에 多竹하니, — 황강 지방은 대나무가 많이 나는 곳으로
황강 지지 다죽

大者는 如椽[92]이라. — 큰 것은 서까래만 하다.
대자 여연

竹工破之하야, — 죽공들은 대나무를 쪼개
죽공파지

刳去其節[93]하고, — 그 마디를 긁어내고
고거기절

안건을 심사하였기에 그렇게 칭한다고 전해진다. 왕우칭은 일찍이 대리평사를 지내고 후에 또 좌사간, 지제고로 있으면서 대리시의 일을 겸직하였다.

88 소리(小吏): 작자가 자기 자신을 겸손하게 표현하여 작은 관리라고 한 것이다.

89 집정자(執政者): 재상

90 황주죽루기(黃州竹樓記): 작자가 호북성(湖北省)의 황주(黃州)로 좌천되어 그곳 태수로 있을 때, 황주의 명산품인 큰 대나무를 베어다가 기와 대신 그것으로 지붕을 덮은 누각을 만들고 쓴 것이다.

91 황강(黃岡): 지금의 호북성(湖北省) 황강현(黃岡縣)이다. 송나라 때에는 황주제안군(黃州齊安郡)의 군청 소재지가 되었다.

92 연(椽): 기와를 잇고 받치는 통나무를 말한다.

93 고거기절(刳去其節): 마디를 긁어내다.

用代陶瓦[94]라. 용 대 도 와	기와 대신으로 쓴다.
比屋[95]皆然하니, 비 옥 개 연	집집마다 모두 그러하니
以其價廉[96]而工省[97]也라. 이 기 가 렴 이 공 성 야	이는 값이 싸고 공력을 줄일 수 있기 때문이다.
子城[98]西北隅[99]에, 자 성 서 북 우	자성(子城)의 서북쪽 모퉁이에는
雉堞[100]이 圮毁[101]하야, 치 첩 비 훼	담장이 허물어지고
蓁莽荒穢[102]라. 진 망 황 예	잡초가 우거져 황폐해졌다.
因作小樓二間하야, 인 작 소 루 이 간	그래서 나는 두 칸짜리 작은 누각을 짓고
與月波樓[103]通하니, 여 월 파 루 통	월파루와 서로 통하게 하니,
遠呑山光[104]하고, 원 탄 산 광	멀리 산 빛을 삼키고 있는 듯하고

---

94 도와(陶瓦): 진흙으로 구워 만든 기와

95 비옥(比屋): 집집마다. '비'는 연이어지다.

96 가렴(價廉): 비용이 적게 들다.

97 공성(工省): 공력이 적게 들다.

98 자성(子城): 큰 성에 딸려 있는 소성(小城)

99 우(隅): 모퉁이

100 치첩(雉堞): 성 위의 요철이 서로 이어져 마치 이빨 모양을 한 낮은 담을 말한다.

101 비훼(圮毁): 허물어져 훼손되다.

102 진망황예(蓁莽荒穢): 잡초가 무더기로 나서 황폐해져 감당할 수가 없게 된다는 뜻. '진'은 풀이 무성한 모양. '망'은 풀. '황예'는 무잡하고 어지러운 모양

103 월파루(月波樓): 성루의 이름. 왕우칭이 세웠으며 황강성(黃岡城)의 위쪽에 있다.

104 산광(山光): 산의 경치

平挹江瀨[105]하야, 평 읍 강 뢰	평평한 강 물결을 손으로 퍼 올릴 수 있을 듯하여,
幽闃遼敻[106]을, 유 격 요 형	고요하고도 아득한 경치를
不可具狀[107]이라. 불 가 구 상	모두 헤아릴 수 없다.
夏宜急雨[108]하니, 하 의 급 우	여름에는 소나기가 일품이어서
有瀑布聲하고, 유 폭 포 성	마치 폭포수 떨어지는 소리 같고,
冬宜密雪[109]하니, 동 의 밀 설	겨울에는 함박눈이 일품이어서
有碎玉聲하며, 유 쇄 옥 성	마치 옥을 부수는 소리 같으며,
宜鼓琴하니, 의 고 금	거문고 타기에도 더없이 좋으니
琴調和暢하고, 금 조 화 창	그 곡조가 맑고 부드러우며,
宜詠詩하니, 의 영 시	시를 읊기에도 좋으니
詩韻淸絶하며, 시 운 청 절	시의 운치가 맑아 비할 바가 없다.
宜圍棋[110]하니, 의 위 기	바둑을 두기에도 좋으니

105 평읍강뢰(平挹江瀨): 평화로이 바라보니 강여울이 죽루(竹樓) 쪽으로 끌려오는 것 같다. '읍'은 끌어당기다. '뢰'는 급류

106 유격요형(幽闃遼敻): 그윽하고 고요하여 멀고 아득하다. '격'은 고요하다. '형'은 아득히 멀다.

107 구상(具狀): 일일이 형용하다.

108 급우(急雨): 쾌청한 날씨에 갑자기 쏟아지는 소나기

109 밀설(密雪): 가루눈

110 위기(圍棋): 바둑을 두다.

子聲[111]이 丁丁[112]然하며, 자성 정정 연	바둑 두는 소리가 땅땅 울리며,
宜投壺[113]하니, 의투호	투호 놀이를 하기에도 좋아서
矢[114]聲錚錚[115]然하니, 시 성쟁쟁 연	화살이 들어가는 소리가 쨍쨍하니,
皆竹樓之所助也라. 개죽루지소조야	이러한 상황 모두 죽루의 도움 때문이다.
公退之暇[116]에, 공퇴지가	업무를 끝내고 한가할 때는
披[117]鶴氅[118]衣하고, 피 학창 의	몸에 학창의를 걸치고,
戴華陽巾[119]하고, 대화양건	머리에는 화양건을 쓰고,
手執周易一卷하고, 수집주역일권	손에는 『주역』 한 권을 들고,
焚香默坐면, 분향묵좌	향을 피우고 고요히 앉아 있으면
消遣[120]世慮라. 소견 세려	세상의 근심이 사라진다.

---

111 자성(子聲): 바둑돌을 바둑판에 놓는 소리

112 정정(丁丁): 바둑을 둘 때의 소리를 형용한 말

113 투호(投壺): 고대 연회 때에 하던 놀이. 목이 긴 병의 입구에 화살 모양의 살을 던져 들어간 수가 많고 적음으로 승부를 가리는데, 지는 자는 벌로 술을 마신다. 『예기(禮記)』「투호(投壺)」에 전한다.

114 시(矢): 투호를 할 때 사용하는 화살 모양의 살을 가리킨다.

115 쟁쟁(錚錚): 금속이 서로 부딪힐 때 나는 소리를 형용한 말

116 공퇴지가(公退之暇): 하루의 업무를 끝내고 퇴청한 뒤의 여가

117 피(披): 피(被)와 같은 뜻

118 학창(鶴氅): 학의 깃털로 짜서 만든 외투. '창'은 새의 깃털로 만든 외투

119 화양건(華陽巾): 도사나 은사가 쓰는 두건의 일종

120 소견(消遣): 떨쳐버리다.

江山之外에,
강 산 지 외

강산의 저편엔

第[121]見風帆沙鳥와,
제 견 풍 범 사 조

바람 타는 돛단배와 모래톱에
날아드는 물새들과,

煙雲竹樹而已라.
연 운 죽 수 이 이

연기처럼 피어나는 구름과
대나무 숲만이 보일 뿐이다.

待其酒力[122]醒하고,
대 기 주 력 성

술기운이 가시고

茶煙歇하야,
다 연 헐

차 끓이는 연기가 사라지는 것을
기다리며,

送夕陽하고,
송 석 양

서산으로 지는 해를 보내고

迎素月[123]하니,
영 소 월

떠오르는 맑은 달을 맞으니,

亦謫[124]居之勝槪[125]也라.
역 적 거 지 승 개 야

모두 귀양살이하는 내게 더없는
흥취가 된다.

彼齊雲[126]落星[127]은,
피 제 운 낙 성

저 제운루나 낙성루는

---

121 제(第): 단지, 다만

122 주력(酒力): 술기운

123 소월(素月): 희게 빛나는 달

124 적(謫): 폄직되거나 방출되어 외지로 가다.

125 승개(勝槪): 좋은 흥취

126 제운(齊雲): 누각의 이름. 당나라의 조공왕(曹恭王)이 세운 것으로 오현〔吳縣: 지금의 강소성(江蘇省) 오현(吳縣)〕 자성(子城)의 위쪽에 있다.

127 낙성(落星): 누각의 이름. 삼국 시대 손권(孫權)이 세운 것으로 금릉〔金陵: 지금의 남경시(南京市)〕의 동북쪽 낙성산(落星山) 위쪽에 있다.

高則高矣나, 고 즉 고 의	높이로는 가장 높았고,
井幹[128]麗譙[129]는, 정 간 여 초	정간루와 여초루는
華則華矣나, 화 즉 화 의	화려함으로는 가장 화려하였으나,
止於貯妓女藏歌舞하니, 지 어 저 기 녀 장 가 무	다만 기녀를 모아 노래하고 춤추게 하였을 뿐이니,
非騷人[130]之事라, 비 소 인 지 사	이것은 시인이 할 일이 못 되는지라
吾所不取니라. 오 소 불 취	나는 이를 취하지 않겠다.
吾聞竹工云, 오 문 죽 공 운	내가 죽공(竹工)에게 듣기를
竹之爲瓦는, 죽 지 위 와	대나무로 만든 기와는
僅十稔[131]이오, 근 십 임	십 년쯤 가고
若重覆[132]之면, 약 중 부 지	만약 기와를 이중으로 이으면

128 정간(井幹): 누각의 이름. 한나라 무제(武帝)가 세운 것으로 건장궁(建章宮) 북쪽에 있다. 높이는 50장이고 나무로 만들었으며 시렁이 교차하는 모양이 우물의 난간 모양과 같아서 붙여진 이름이다. '간'은 한(韓)과 통한다.

129 여초(麗譙): 누각의 이름. 조조(曹操)가 세운 것이다. '초'는 초(嶕)와 통하고 매우 높은 모양을 형용한 말이다.

130 소인(騷人): 시인. 굴원(屈原)이 「슬픔을 만나(離騷)」를 지어서 후세에는 시인을 뜻하는 말이 되었다.

131 임(稔): 연(年)의 뜻. 고대에는 곡식이 잘 익는 것을 임(稔)이라고 하였기 때문에 일 년(一年)을 가리킨다.

132 중부(重覆): 거듭 덮다. 대나무 기와를 두 벌로 덮는 것. '覆' 자는 '엎어지다'의 뜻일 때는 '복'으로, '덮다'의 뜻일 때는 '부'로 읽는다.

得二十稔이라 하니라. 득 이 십 임	이십 년쯤 간다고 한다.
噫라! 희	아!
吾以至道乙未歲[133]에, 오 이 지 도 을 미 세	나는 지도(至道) 을미년에
自翰林出滁上[134]하고, 자 한 림 출 저 상	한림원에서 폄직되어 저주로 가게 되었고,
丙申[135]에, 병 신	이듬해 병신년에는
移廣陵[136]하고, 이 광 릉	광릉으로 옮겼고,
丁酉[137]에, 정 유	그 이듬해 정유년에는
又入西掖[138]이라. 우 입 서 액	다시 중서성으로 들어갔다.
戊戌[139]歲除日[140]에, 무 술 세 제 일	[이듬해] 무술년 섣달 그믐날에는
有齊安[141]之命하여, 유 제 안 지 명	제안군으로 가라는 명령을 받고,

133 지도을미세(至道乙未歲): 송 태종(太宗) 지도(至道) 원년(서기 995년)을 가리키는 것으로, 간지로는 을미(乙未)년이다.

134 자한림출저상(自翰林出滁上): 한림학사(翰林學士)로부터 파면되어 공부랑중(工部郎中)이 되어 저주(滁州)로 가게 되었다. 저상(滁上)은 저주(滁州)를 말하며, 주재지는 지금의 안휘성(安徽省) 저현(滁縣)이다.

135 병신(丙申): 송 태종 지도(至道) 2년

136 광릉(廣陵): 주의 이름. 주재지는 지금의 강소성(江蘇省) 양주시(揚州市)

137 정유(丁酉): 송 태종 지도 3년

138 서액(西掖): 중서성(中書省)을 가리킨다. 궁중의 서쪽에 위치하여 서액이라 한다.

139 무술(戊戌): 송 진종(眞宗) 함평(咸平) 원년(998)

140 제일(除日): 섣달 그믐날 밤

141 제안(齊安): 군의 이름. 송나라 때는 황주(黃州)에 속하여 황주제안군이라고 하였다.

己亥[142]閏三月에 기해 윤삼월	[그 이듬해] 기해년 윤 삼월에
到郡하니, 도군	제안군에 도착하니,
四年之間에, 사년지간	이 사 년 동안에
奔走不暇하고, 분주불가	분주하여 여가가 없었고,
未知明年에 미지명년	또 다음 해에는
又在何處하니, 우재하처	어느 곳으로 옮겨 갈지 알지 못하니,
豈懼竹樓之易朽乎아? 기구죽루지이후호	어찌 죽루가 쉽게 썩는 것을 걱정하겠는가?
後之人이 후지인	후임으로 오는 사람이
與我同志면, 여아동지	나와 뜻이 같다면,
嗣而葺[143]之하야, 사이즙 지	지붕을 수리하여
庶[144]斯樓之不朽也리라. 서 사루지불후야	이 죽루가 썩지 않기를 바란다.
咸平二年八月十五日記. 함평이년팔월십오일기	함평(咸平) 2년 8월 보름날 이 기(記)를 쓰다.

142 기해(己亥): 송 진종 함평 2년
143 즙(葺): 수리하다, 보수하다.
144 서(庶): 바라건대

68. 엄선생 사당에 대한 기문(嚴先生祠堂記)[145]

범중엄(范仲淹)[146]

先生漢光武之故人[147]也라. 선 생 한 광 무 지 고 인 야	선생은 광무황제의 옛 벗이었다.
相尙[148]以道러니, 상 상 이 도	두 분은 서로를 존중하셨으니,
及帝握赤符[149]하고, 급 제 악 적 부	황제의 적부(赤符)를 장악하고,

---

145 엄선생사당기(嚴先生祠堂記): 범중엄(范仲淹)이 절강(浙江)의 엄주 태수였을 때, 엄광(嚴光)의 사당을 짓고, 그 후손을 불러 제사를 지내도록 하면서 이 글을 지었다. 엄광은 절강성 여항현(餘抗縣)의 사람으로 자는 자릉(子陵)이다. 후한(後漢)의 광무황제(光武皇帝) 유수(劉秀)와 동문 수학한 사이이다. 유수가 제위에 오르자, 엄광은 이름을 바꾸고 몸을 숨겼다. 광무황제는 엄광이 현인임을 생각하여, 그를 찾아내도록 명령했다. 엄광은 제(齊) 지방에서 낚시질을 하고 있다가 황제 앞으로 불려 갔다. 황제는 엄광을 궁중에 머무르게 하고, 함께 자면서 벼슬을 받도록 간곡히 부탁했으나, 엄광은 끝내 받아들이지 않았다. 그날 밤 바로 "객성이 천자의 별을 범"하는 사건이 일어났다. 엄광이 잠자다가 황제의 배 위에 발을 올려놓았던 것이다. 다음 날 아침, 천문을 관장하는 태사(太史)가 "간밤에 천상을 보았사온데, 하나의 객성이 북극성을 범했습니다. 별일 없으셨습니까?" 하고 황제에게 물었다. 북극성은 천자의 별이다. 황제는 웃으며 "나의 친구 엄자릉과 함께 잤을 뿐이다" 하고 말했다. 엄자릉은 끝내 황제의 간곡한 권유를 마다하고 절강의 부춘산(富春山)으로 돌아가, 밭 갈고 낚시질하며 살았다. 지금도 그 낚싯대와 사당이 남아 있다고 한다. 엄자릉의 본래의 성은 장(莊)이었는데, 후한 명제의 이름인 '장'을 피하여 '엄'이라 하였다.

146 범중엄(范仲淹: 989~1052): 자는 희문(希文), 시호(諡號)는 문정(文正). 강소성 소주(蘇州) 사람. 북송의 정치가이자 시인. 27세에 급제하여 중앙 정부의 관리로 참지정사(參知政事)까지 올랐으나, 정치 개혁에 실패하여 유능한 지방관으로 전전하였다.

147 고인(故人): 옛 친구. '고'는 구(舊)와 같은 뜻이다.

148 상상(相尙): 서로 존경하다.

149 적부(赤符): 적복부(赤伏符)를 말한다. 적복은 부(符)의 이름. '적'은 불의 빛깔. '부'는 미래의 일을 예언하는 말을 적은 글. 목·수·금·토·화의 오행설에 의해 왕조는 이 순서로 나타난다고 생각하였다. 그런데 한나라는 불[火]의 기운을 타고난 왕조이기 때문에 붉은 빛깔[赤]을 존중한 것이다. '복'은 장(藏)과 같은 뜻. 강화(彊華)라는 유생이 관중 땅으로부터 심부름꾼을 보내어 유수(劉秀)에게 적복부를 바쳤다. 유수가 한(漢)의 제위에 오르리라는 예언으로 "유수는 병을 일으켜 무도한 자를 사로잡는다. 사방의 이민족이 구름처럼 모이고 용은 들판에서 싸운다. 사

乘六龍[150]하야, 승 육 룡	여섯 마리의 용을 타고
得聖人之時[151]하야, 득 성 인 지 시	성인의 때를 얻어,
臣妾[152]億兆하니, 신 첩 억 조	신하와 시첩이 억조를 헤아렸으니,
天下孰加焉[153]이리오마는, 천 하 숙 가 언	천하에 누가 그보다 더 존귀할 수 있었으랴만,
惟先生以節高之라. 유 선 생 이 절 고 지	오직 선생만은 절개로써 그보다 높이셨다.
旣而動星象하고, 기 이 동 성 상	천문을 움직이고서
歸江湖[154]하야, 귀 강 호	강호로 돌아와
得聖人之淸[155]하고, 득 성 인 지 청	성인의 맑음을 얻고는

칠(四七)의 때, 불의 덕을 타고난 군주가 된다(劉秀發兵捕不道, 四夷雲集龍鬪野, 四七之際火爲主)"는 글이었다. 사칠이란 유수의 나이 28세를 의미하기도 하고, 전한의 건국부터 228년이 되는 해를 의미하기도 한다.

150 승육룡(乘六龍): 여섯 용을 타다. 천자가 되어 천하를 다스리는 것을 뜻한다. 『역경(易經)』「건괘(乾卦)·단전(彖傳)」에 "때가 되어 여섯 마리의 용이 끄는 수레에 타고 천지 만물을 제어하면서 하늘의 도를 행한다(時乘六龍以御天)"고 되어 있다.

151 득성인지시(得聖人之時): 광무황제가 된 유수가 미천한 데에서 일어나 천자가 된 것을 뜻한다. 『맹자(孟子)』「만장 하(萬章下)」에 "공자께서는 성인으로서 때를 알아 행한 분이다(孔子, 聖之時者也)"라고 한 말을 빌려 황제가 된다는 비유로 사용하였다.

152 신첩(臣妾): 신하와 시첩(侍妾)

153 숙가언(孰加焉): 누가 이보다 더할 수 있겠는가

154 동성상귀강호(動星象歸江湖): 별자리를 움직이고 강호로 돌아가다. 엄광이 광무황제와 자면서, 황제의 배 위에 발을 올려 객성(客星)이 제좌(帝座)를 침범하게 한 사건을 가리킨다. 여기서 강호는 부춘산(富春山)을 가리킨다.

泥塗[156]軒冕[157]하니, 이도 헌면	수레나 면류관을 흙처럼 여기니,
天下孰加焉이리오마는, 천하숙가언	천하에 이보다 더 깨끗할 수 있으리오만
惟光武以禮下之[158]라. 유광무이례하지	오직 광무제만이 예로써 자신을 낮추었다.
在蠱之上九[159]에, 재고지상구	『역경』의 고괘 상구(蠱卦上九)에
衆方有爲[160] 중방유위	여러 사람이 일하고 있으나,
而獨不事王侯하야, 이독불사왕후	유난히 임금을 섬기지 않고
高尙其事라 하니, 고상기사	자기의 일을 고귀하게 한다고 하니
先生以之[161]하고, 선생이지	선생은 그렇게 하였고,
在屯之初九[162]에, 재둔지초구	『역경』의 둔괘 초구(屯卦初九)에

---

155 득성인지청(得聖人之淸): 성인의 맑음을 얻다. 『맹자』「만장 하」에 나오는 "백이는 성인으로서의 맑음을 지닌 사람이다(伯夷, 聖之淸者)"라는 말을 빌려, 엄광의 청렴을 찬미한 것이다.

156 이도(泥塗): 진흙. 가볍게 여긴다는 뜻.

157 헌면(軒冕): '헌'은 대부가 타는 수레. '면'은 대부 이상의 존귀한 사람이 쓰는 관

158 이례하지(以禮下之): 엄광이 끝내 광무황제의 신하가 되기를 사양한 것에 대해, 광무가 천자이면서도 자신을 낮추고 엄광의 뜻을 받아들여 그를 보내 준 것을 가리킨다.

159 고지상구(蠱之上九): 『역경·산풍(山風)』 고괘(蠱卦) 상구(맨 위의 양효)의 효사(爻辭)를 가리킨다. "왕후를 섬기지 않고, 그 도를 높이 숭상한다(不事王侯, 高尙其事)"라고 되어 있다. 세상 사람이 모두 부귀영화를 찾아 급급한데, 엄광만이 홀로 행동하였다는 뜻이다.

160 중방유위(衆方有爲): 모든 사람이 조정에 나아가 일하려는 뜻을 가지고 있다.

161 이지(以之): 이것을 쓰다. 엄광이 고괘 상구의 효사처럼 행동한 것을 가리킨다.

162 둔지초구(屯之初九): 『역경·수뢰(水雷)』 둔괘(屯卦) 초구(맨 아래의 양효)의 효사를 설명한 소상전(小象傳)에 나오는 말로, "비록 나아감에 주저하더라도 뜻과 행동은 바르게 해야 한다. 귀

陽德方亨[163] 양 덕 방 형	밝은 덕이 마침 형통하여,
而能以貴下賤하니, 이 능 이 귀 하 천	귀하면서 천하게 낮출 수 있어
大得民[164]也라 하니, 대 득 민 야	민심을 크게 얻는다고 하니
光武以之라. 광 무 이 지	광무제는 그를 행하셨다.
蓋先生之心은, 개 선 생 지 심	대저 선생의 마음은
出乎日月之上하고, 출 호 일 월 지 상	하늘의 해와 달보다도 높고,
光武之量[165]은, 광 무 지 량	광무황제의 도량은
包乎天地之外하니, 포 호 천 지 지 외	천지의 바깥까지도 싸고 남을 만하니,
微先生이면, 미 선 생	선생이 없었더라면
不能成光武之大하고, 불 능 성 광 무 지 대	광무황제의 커다람이 이루어질 수 없었고,
微光武면, 미 광 무	광무황제가 없었던들
豈能遂先生之高哉아? 기 능 수 선 생 지 고 재	어찌 선생의 높은 뜻이 이룩될 수 있었겠는가?

(貴)로써 천(賤)에 겸양하니, 민심을 크게 얻을 수 있다(以貴下賤, 大得民也)"고 되어 있다. 존귀한 광무황제가 미천한 엄광에게 예를 지키고 겸손한 마음으로 덕을 베푼 것을 말한다. '屯' 자의 원음은 '둔'이며 주역의 괘 이름을 칭할 때는 '준'이라 발음하기도 한다.

163 양덕방형(陽德方亨): 밝은 덕이 통하다. '형'은 통(通)과 같은 뜻

164 득민(得民): 인심을 얻다.

165 양(量): 도량

而使貪夫[166]廉하고, 이 사 탐 부 렴	이제 탐욕스러운 자를 겸손하게 하고
懦夫[167]立하니, 나 부 립	나약한 자를 바로 설 수 있게 하니,
是大有功於名敎[168]也라. 시 대 유 공 어 명 교 야	인륜 도덕에 끼친 선생의 공이 크도다.
仲淹이 來守是邦하야, 중 엄 내 수 시 방	나 중엄(仲淹) 이곳 엄주(嚴州)의 태수로 와,
始構堂而奠[169]焉하고, 시 구 당 이 전 언	비로소 사당을 짓고 영전에 제물을 올린다.
乃復[170]其爲後者[171]四家하야, 내 복 기 위 후 자 사 가	후손인 네 집의 조세를 면해 주고
以奉祠事[172]하고, 이 봉 사 사	제사를 받들게 하였으며
又從而歌曰, 우 종 이 가 왈	또한 다음과 같은 노래를 지었다.
雲山蒼蒼[173]하고, 운 산 창 창	구름 걸린 저 산은 짙푸르고,
江水泱泱[174]이로다. 강 수 앙 앙	강물은 깊고도 넓어라.

---

166 탐부(貪夫): 욕심이 많은 사람

167 나부(懦夫): 나약하고 의지가 굳지 못한 사람

168 명교(名敎): 명분을 밝히는 가르침. 유교의 인륜도덕

169 전(奠): 죽은 사람의 영전에 제물을 바치고 제사 지내는 일

170 복(復): 조세를 면제해 주다.

171 후자(後者): 엄광(嚴光)의 후손

172 봉사사(奉祠事): 제사를 받들게 하다.

173 창창(蒼蒼): 짙게 푸르다.

先生之風[175]은,
선 생 지 풍

선생의 영향은

山高水長이로다.
산 고 수 장

산보다 높고 물보다 깊어라.

69. 악양루에 대한 기문(岳陽樓記)[176]

범중엄(范仲淹)

慶曆[177]四年春에,
경 력 사 년 춘

송나라 인종(仁宗) 황제 경력 4년 봄에

滕子京[178]이
등 자 경

등자경이

---

174 앙앙(泱泱): 물이 깊고 넓은 모양

175 선생지풍(先生之風): 선생의 덕풍. 원래 이 문구는 '先生之德'이었는데, 작자가 덕(德) 자 대신 풍(風) 자로 하는 게 좋다는 친구의 의견을 쾌히 받아들여 '先生之風'으로 했다고 한다. '덕'보다는 '풍'으로 하는 것이 뜻도 깊으며 글맛도 한층 돋운다.

176 악양루기(岳陽樓記): 악양루는 호남성(湖南省) 악양현(岳陽縣)에 있는데, 중국의 가장 큰 호수 가운데 하나인 동정호(洞庭湖)가 한눈에 내려다보이는 절승지에 위치하고 있다. 이 누를 세운 사람이 누구인지는 확실하지 않지만, 당(唐) 개원(開元) 4년에 중서령(中書令) 장열(張說)이 이곳 태수로 부임해 오자, 날마다 제자들과 이 누에 올라 시를 읊었다고 한다. 등자경(滕子京)이 경력(慶曆) 4년에 이것을 수리하고, 범중엄이 이 기(記)를 지었으며, 소순흠(蘇舜欽)이 그 글씨를 쓰고, 소소(邵竦)가 전액(篆額)을 썼다. 당시 이들을 사절(四絶)이라 했다. 이 기는 누상에서 바라다 보이는 풍경을 기술하고, 그것을 보는 사람의 마음이 쓸쓸하고 즐거운 것은 그 사람이 처해진 상황에 의한 것이라 서술한 다음, "외물에 따라 기뻐하지도 않고, 일신상의 슬픔 때문에 근심하지도 않으며, 천하의 근심은 누구보다도 먼저 근심하고, 천하의 즐거움은 맨 나중에 즐기리"라 하여, 군자 된 자의 마음가짐을 밝히고 있다.

177 경력(慶曆): 송(宋)나라 인종(仁宗)의 연호. 그 4년은 서기 1044년

178 등자경(滕子京): 하남(河南)사람으로, 이름은 종량(宗諒), 자는 자경(子京)이다. 범중엄과 같은 해 진사가 되었다. 공전을 낭비한 혐의로 탄핵을 받았는데, 범중엄의 적극적인 변호로 큰 화는 면하고 멀리 괵주(虢州)의 지사로 좌천되어 갔다가, 후에 악주(岳州) 파릉군(巴陵郡)의 태수가 되었다.

謫[179]守巴陵郡[180]하니, 적　수파릉군	좌천되어 이곳 파릉군의 태수로 오니,
越[181]明年에, 월　명년	그다음 다음 해부터
政通人和[182]하고, 정통인화	바른 정치가 잘 행해지고 인심이 화합하고,
百廢具興[183]이라. 백폐구흥	[그동안] 피폐된 많은 일이 다시 일어서게 되었다.
乃重修岳陽樓하야, 내중수악양루	그리하여 악양루가 수리되어
增其舊制하고, 증기구제	예로부터 내려오던 제도들이 정리되었으며,
刻唐賢[184]今人 각당현　금인	당나라의 현명한 문인들과 오늘날 송나라 사람들의
詩賦于其上하고, 시부우기상	시와 부가 새겨지게 되었고,
屬予作文以記之하니라. 촉여작문이기지	나에게는 그 일을 기록해 달라는 부탁이 왔다.

179 적(謫): 죄를 입어 귀양을 가다.

180 파릉군(巴陵郡): 호남성(湖南省)의 악주(岳州)를 가리킨다.

181 월(越): 해를 넘기다. 한 해를 넘겨 뒨 해로서 여기서 '월명년'은 경력 6년을 말한다.

182 정통인화(政通人和): 정치가 올바르게 행해지고 인심이 화합되다.

183 백폐구흥(百廢具興): 피폐해졌던 많은 일이 다시 일어나다.

184 당현(唐賢): 당대의 현인. 두보(杜甫)의 「등악양루(登岳陽樓)」·맹호연(孟浩然)의 「임동정(臨洞庭)」 등의 시를 가리킨다.

予觀夫巴陵勝狀[185]이, 여 관 부 파 릉 승 상	내가 보건대, 파릉의 빼어난 경치는
在洞庭一湖라. 재 동 정 일 호	동정호에 있다.
銜遠山[186]하고, 함 원 산	[동정호는] 먼 산을 머금고,
呑長江[187]하야, 탄 장 강	장강을 삼켜
浩浩湯湯[188]하야, 호 호 상 상	넘실넘실거리고,
橫[189]無際涯[190]하며, 횡 무 제 애	남과 북으로 끝이 없으며
朝暉夕陰[191]이, 조 휘 석 음	아침 햇살과 저녁 그림자가
氣象萬千[192]하니, 기 상 만 천	기상에 따라 천태만상으로 변하니,
此則岳陽樓之大觀[193]也니, 차 즉 악 양 루 지 대 관 야	이것이 바로 악양루의 장관으로,
前人之述備矣[194]라. 전 인 지 술 비 의	옛사람들이 상세하게 서술하였다.

---

185 승상(勝狀): 훌륭한 경치

186 함원산(銜遠山): 멀리 있는 산을 입에 물다. 멀리 산을 끼고 호수가 펼쳐져 있는 모양이 마치 호수가 입을 벌리고 산을 물고 있는 것같이 보이기 때문에 이렇게 표현한 것이다.

187 탄장강(呑長江): 양자강을 삼키다. 장강(長江)은 양자강의 본명. 양자강의 강물이 동정호(洞庭湖)로 흘러드는 것을 묘사한 것

188 호호상상(浩浩湯湯): 한없이 넓고도 큰 물이 성하게 넘실거리다. '호호'는 물이 넓고 큰 모양. '상상'은 탕탕(蕩蕩)과 같은 뜻으로, 물이 한창 성하게 넘실거리며 흐르는 모양

189 횡(橫): 악양루에서 보아 남북쪽. 동서를 종(縱)이라 하고, 남북을 횡(橫)이라 한다.

190 제애(際涯): 끝

191 조휘석음(朝暉夕陰): 아침 햇살과 저녁 어스름

192 기상만천(氣象萬千): 천만 가지로 달라지는 구름과 바람의 변화. 시시각각으로 달라지는 동정호의 풍경과 청담(晴曇) 한서(寒暑)의 변화는 악양루에서만 볼 수 있는 성대한 경치를 이룬다고 한다.

193 대관(大觀): 성대한 경치

然則北通巫峽[195]하고, 연 즉 북 통 무 협	과연 북은 무협으로 통하고
南極瀟湘[196]하니, 남 극 소 상	남은 소수와 상수에 이르니,
遷客[197]騷人[198]이, 천 객 소 인	유배된 사람들이나 시인들이
多會于此나, 다 회 우 차	이곳에 많이 모여들었으나,
覽物之情에, 남 물 지 정	그들이 경물을 보는 감정에
得無異乎아? 득 무 이 호	어찌 다름이 없겠는가?
若夫[199]霪雨[200]霏霏[201]하야, 약 부 음 우 비 비	만약 장맛비가 쏟아져
連月[202]不開[203]하며, 연 월 불 개	몇 달을 두고 개지 않으며,
陰風[204]怒號하고, 음 풍 노 호	음산한 바람이 불어닥쳐

---

194 전인지술비의(前人之述備矣): 악양루의 경치에 대하여 전대의 사람들이 남김없이 시문에 담아 표현하였음. '비'는 진(盡)의 뜻

195 무협(巫峽): 호북성(湖北省)과 사천성의 경계에 있는 협곡. 삼협(三峽) 중에서도 가장 절경을 이루고 있다.

196 소상(瀟湘): 동정호의 남쪽에 있는 소수(瀟水)와 상수(湘水). 그 부근에는 소상팔경(瀟湘八景)이 있어 절경을 이룬다.

197 천객(遷客): 죄를 입어 유배된 사람

198 소인(騷人): 우수에 젖은 사람. 굴원(屈原)이 추방되어 「슬픔을 만나(離騷)」를 지은 다음부터는 시인이나 풍류객을 가리키게 되었다.

199 약부(若夫): 만약 ~하다면

200 음우(霪雨): 장맛비. 10일 이상 계속 내리는 비

201 비비(霏霏): 비나 눈이 부슬부슬 오는 모양. 그런데 여기서는 비가 몹시 쏟아지는 것을 뜻한다.

202 연월(連月): 몇 달

203 불개(不開): 개지 않다.

204 음풍(陰風): 음산한 바람. 보통 겨울바람을 뜻하는 경우가 많다.

濁浪排[205]空하며, 탁랑배 공	탁한 물결이 허공으로 치솟고,
日星隱曜[206]하고, 일성은요	해와 별이 빛을 숨기고
山岳潛形[207]이면, 산악잠형	산이 모습을 감추면,
商旅[208]不行하고, 상려 불행	장사꾼과 나그네의 발길이 끊어지고
檣傾楫摧[209]하며, 장경즙최	돛이 기울고 노가 부러지며,
薄暮[210]冥冥[211]에, 박모 명명	저녁이 되어 날이 어두워져
虎嘯猿啼[212]하니, 호소원제	호랑이 울부짖고 원숭이 애처롭게 울어댈 것이니,
登斯樓也면, 등사루야	이 누에 오르게 된다면,
則有去國懷鄕[213]과, 즉유거국회향	나라를 떠나 고향을 생각하는 마음과
憂讒畏譏[214]하야, 우참외기	무고와 모략을 걱정하고 두려워하는 마음이 생겨,

205 배(排): 밀어붙이다.
206 은요(隱曜): 빛을 감추다.
207 잠형(潛形): 모습을 감추다.
208 상려(商旅): 상인과 나그네
209 장경즙최(檣傾楫摧): 돛대는 기울고 노는 부러지다.
210 박모(薄暮): 땅거미 질 무렵
211 명명(冥冥): 어둑어둑한 모양
212 호소원제(虎嘯猿啼): 호랑이가 울부짖고 원숭이가 울어대다.
213 거국회향(去國懷鄕): 나라를 떠나 고향을 생각하다.
214 우참외기(憂讒畏譏): 참소당함을 걱정하고 비난받는 것을 두려워하다. '참'은 있지도 않은 일을 꾸며내어 헐뜯는 것. '기'는 나무라는 것

滿目蕭然[215]하고, 만 목 소 연	눈에 보이는 사방의 모든 것이 쓸쓸하게만 보이고
感極而悲者[216]矣리라. 감 극 이 비 자 의	감정이 격동하여 슬퍼질 것이다.
至若[217]春和景明[218]하야, 지 약 춘 화 경 명	만일 봄이 화창하고 경치가 청명하여
波瀾不驚하며, 파 란 불 경	물결이 잔잔하면,
上下天光[219]이, 상 하 천 광	위아래 모두 하늘빛으로
一碧萬頃[220]하며, 일 벽 만 경	온통 푸른빛이라,
沙鷗[221]는 翔集하고, 사 구 상 집	물가의 갈매기들 날며 모여들고
錦鱗은 游泳하며, 금 린 유 영	비단 물고기는 헤엄치며,
岸芷[222]汀蘭[223]이, 안 지 정 란	언덕의 구릿대와 물가의 난초가
郁郁青青이오, 욱 욱 청 청	푸르게 돋아 향기롭고,

215 만목소연(滿目蕭然): 눈에 보이는 것마다 모두가 쓸쓸하게 여겨지다. '소연'은 쓸쓸한 모양

216 감극이비자(感極而悲者): 감정이 극에 달하여 슬퍼지다.

217 지약(至若): ~와 같은 때에 이르러서는

218 춘화경명(春和景明): 봄이 되어 날씨가 화창하고 풍경이 아름답다.

219 상하천광(上下天光): 위도 아래도 하늘빛. 위의 하늘빛과 아래의 호수에 비친 하늘빛이 서로 빛나는 것을 뜻한다.

220 일벽만경(一碧萬頃): 만 경은 오직 푸른빛 일색이다. '만 경'은 백만 이랑. 넓은 호수가 오직 푸른빛 하나로 펼쳐져 있다는 뜻

221 사구(沙鷗): 물가의 모래벌판에 사는 갈매기

222 지(芷): 구릿대. 뿌리는 백지라 하여 약용함

223 정란(汀蘭): 물가에 있는 조그마한 섬에 난 난초

而或 이 혹	때때로
長煙一空하며, 장 연 일 공	안개가 길게 하늘에 걸려 있고
皓月千里[224]라. 호 월 천 리	밝은 달은 천리에 비춘다.
浮光이 躍金[225]하고, 부 광 약 금	달빛은 금빛으로 일렁이고
靜影이 沈璧[226]이라. 정 영 침 벽	고요한 달그림자는 마치 구슬이 잠긴 듯하다.
漁歌互答하면, 어 가 호 답	어부들의 노랫소리 오가니
此樂이 何極고? 차 락 하 극	이 즐거움이 어찌 다하리오!
登斯樓也면, 등 사 루 야	이 누각에 오르면
則有心曠神怡[227]하야, 즉 유 심 광 신 이	마음이 넓어지고 정신이 편안해져,
寵辱[228]을 俱忘하고, 총 욕 구 망	영광과 욕된 것 모두 잊고
把酒臨風하니, 파 주 임 풍	술잔을 들고 바람을 마주하니,
其喜洋洋[229]者矣리라. 기 희 양 양 자 의	그 기쁨은 크고도 클 것이다.

224 호월천리(皓月千里): 밝은 달이 천리에 비추다.

225 부광약금(浮光躍金): 흐르는 물에 달빛이 비쳐 마치 금빛 물결이 출렁이는 것 같음. '부광'은 흐르는 물에 비친 달빛

226 침벽(沈璧): 물속에 잠긴 옥. 물에 비친 달의 아름다움을 형용하는 말

227 심광신이(心曠神怡): 마음이 넓어지고 정신이 편안해지다.

228 총욕(寵辱): 임금에게서 받은 총애와 치욕

229 양양(洋洋): 한없이 크고 넓다.

嗟夫[230]라! 차 부	아!
予嘗求古仁人之心이나, 여 상 구 고 인 인 지 심	내가 일찍이 옛 어진 사람의 마음을 살펴본바,
或異二者[231]之爲何哉오? 혹 이 이 자 지 위 하 재	이 두 경우와는 전혀 달랐으니 그 무슨 까닭인가?
不以物喜하고, 불 이 물 희	외물에 따라 기뻐하지도 않고
不以己悲[232]하며, 불 이 기 비	일신상의 슬픔 때문에 근심하지도 않으며,
居廟堂[233]之高면, 거 묘 당 지 고	조정에 높이 앉아 있을 때에는
則憂其民하고, 즉 우 기 민	백성들을 걱정하고
處江湖[234]之遠이면, 처 강 호 지 원	물러나 강호에 살면
則憂其君하니, 즉 우 기 군	그 임금을 걱정하니,
是進亦憂하고, 시 진 역 우	[조정에] 나아가서도 걱정하고
退亦憂라. 퇴 역 우	나와서도 걱정이라.

230 차부(嗟夫): 아아! 감탄사

231 이자(二者): 앞에서 든 두 가지 마음. 슬픈 마음과 즐거운 마음

232 불이기비(不以己悲): 자기 한 몸의 문제로는 슬퍼하지 않는다.

233 묘당(廟堂): 조정. 옛날에는 정치를 논의할 때에 먼저 선조의 영 앞에 고한 다음 명당(明堂)에 여러 신하를 모아 상의하였다.

234 강호(江湖): 은자(隱者)가 거처하는 곳. 민간, 세간(世間)

然則何時而樂耶아? 연즉하시이락야	그러한즉 언제 즐거울 수 있었겠는가?
其必曰, 기필왈	틀림없이 하는 말은
先天下之憂而憂하고, 선천하지우이우	"천하의 근심은 누구보다도 먼저 근심하고,
後天下之樂而樂[235]歟저! 후천하지락이락 여	천하의 즐거움은 맨 나중에 즐기리"라고.
噫라! 희	아!
微斯人[236]이면, 미사인	이와 같은 옛 어진 사람이 없었다면
吾誰與歸[237]오? 오수여귀	내 누구의 가르침을 좇을 것인가?

70. 뱀을 쳐 죽인 홀의 덕을 기리는 명문(擊蛇笏銘)[238]

석개(石介)[239]

天地至大한대, 천지지대	천지란 지극히 큰데

235 선천하지우이우, 후천하지락이락(先天下之憂而憂 後天下之樂而樂): 천하의 근심할 일은 제일 먼저 근심하고, 천하의 즐거운 일은 가장 나중에 즐거워함. 작자가 평소 가지고 있는 뜻을 옛 현인의 말이라 한 것이다.

236 사인(斯人): 옛 어진 사람을 가리킨다.

237 오수여귀(吾誰與歸): 내 누구와 더불어 돌아가리. 내 누구의 가르침을 본받을 것인가?

238 격사홀명(擊蛇笏銘): 이 글은 송(宋)나라 초기의 공도보(孔道輔)가 영주자사의 막료(幕僚)로 있을 적에 자신의 홀(笏)로 요사스런 뱀을 쳐 죽임으로써 미신과 이단을 깨치고 올바른 도를 밝혔던 일을 기린 글이다. 명(銘)이란 돌 같은 곳에 새기는 운문이니, 공도보가 홀로 뱀을 쳐 죽

有邪氣干[240]於其間하야,
유 사 기 간 어 기 간

그 사이에 사악한 기운이 끼어 가지고

爲凶暴하고,
위 흉 포

흉악하고 포악한 짓을 하고

爲殘賊하야,
위 잔 적

남을 상하게 하고 해치는 짓을 하는데도

聽其肆行[241]하니,
청 기 사 행

멋대로 행하도록 내버려 두니,

如天地卵育之
여 천 지 란 육 지

마치 천지가 이들을 양육하며

而莫禦也하며,
이 막 어 야

전혀 막지 않고 있는 것만 같다.

人生이 最靈하니,
인 생 최 영

사람이란 가장 영특하니,

或異類出於其表하야,
혹 이 류 출 어 기 표

간혹 특이한 물건들이 겉으로 나타나서

爲妖怪하고,
위 요 괴

이상스럽고 괴이한 짓을 하고

爲淫惑[242]하야,
위 음 혹

음란하고 미혹된 짓을 하여

信其異端[243]하야,
신 기 이 단

그 기이한 꼬투리를 내버려 두어서,

인 덕을 기려 많은 사람들의 교훈이 되게 하려는 것이다.

239 석개(石介: 1003~1043): 자는 수도(守道), 호는 조래(徂徠). 산동성 연주(兗州) 사람으로 벼슬을 하다가 부모의 상을 당하자 조래산 아래서 『주역(周易)』을 가르치며 몸소 농사를 지었기 때문에 세상 사람들이 '조래선생'이라고 불렀다.

240 간(干): 범하다. 끼다.

241 청기사행(聽其肆行): 멋대로 행하는 것을 내버려 두다.

242 위음혹(爲淫惑): 음란하고 미혹된 짓을 하다. 여기에 나오는 모든 '위' 자는 동사이다.

243 신기이단(信其異端): 그 기이한 꼬투리를 내버려 두다.

如人蔽覆之 여 인 폐 부 지	마치 사람들이 그것들을 덮어 주어
而莫露也라. 이 막 로 야	드러나지 않도록 해 주는 것만 같다.
祥符[244]年에, 상 부 년	상부 연간(1008~1016)에
寧州[245]天慶觀[246]에, 영 주 천 경 관	영주의 천경관에
有蛇妖하니, 유 사 요	요상한 뱀이 있었으니,
極怪異라. 극 괴 이	매우 괴이하였다.
郡刺史日兩至於其庭하야, 군 자 사 일 양 지 어 기 정	고을의 자사는 하루 두 번이나 그 마당으로
朝焉하니, 조 언	찾아가서 뵈었고,
人以爲龍이라 하야, 인 이 위 용	사람들은 그것을 용이라 생각하여
擧州人內外遠近이, 거 주 인 내 외 원 근	고을 사람들이 안팎과 멀고 가까움을 가릴 것 없이
罔不駿奔於門以覲하고, 망 부 준 분 어 문 이 근	모두 그 문 앞으로 달려가 뵙고,
恭莊肅祗[247]하야, 공 장 숙 지	공경스럽고 엄숙히 절하며
無敢怠者러라. 무 감 태 자	아무도 감히 게을리하지 않았다.

244 상부(祥符): 송(宋)나라 진종(眞宗)의 연호

245 영주(寧州): 지금의 운남성(雲南省)에 있던 고을 이름

246 천경관(天慶觀): 도교의 절 이름

247 공장숙지(恭莊肅祗): 공경스럽고 엄숙하게 절하고 모시다.

今龍圖待制[248]孔公이, 금 용 도 대 제 　 공 공	지금 용도각대제 공공이
時佐幕[249]在是邦이라, 시 좌 막 　 재 시 방	그때 이 고장 자사의 막료로 일하고 있어서
亦隨郡刺史於其庭이러니, 역 수 군 자 사 어 기 정	그곳 자사를 따라 천경관 마당에까지 따라갔다.
公曰, 공 왈	공공이 말하기를,
明則有禮樂이요, 명 즉 유 예 악	"밝으면 예악(禮樂)이 있게 되고
幽則有鬼神하니, 유 즉 유 귀 신	어두우면 귀신이 있게 된다니,
是蛇不以誣乎아? 시 사 불 이 무 호	이 뱀은 속임수가 아니겠는가?
惑吾民하고, 혹 오 민	우리 백성들을 미혹시키고
亂吾俗하니, 난 오 속	우리 풍속을 어지럽히고 있으니
殺無赦라 하고, 살 무 사	용서 않고 죽여야만 하겠다"고 하면서
以手板[250]으로, 이 수 판	손에 들었던 홀(笏)로
擊其首하니, 격 기 수	뱀의 머리를 쳐서

248 용도대제(龍圖待制): 용도각(龍圖閣)의 직학사(直學士) 바로 아래의 벼슬자리. 용도각은 임금의 글과 문서 따위를 다루는 곳으로 송나라 진종 때 세워졌다.

249 좌막(佐幕): 그곳 자사의 막료로 일하다.

250 수판(手板): 손에 든 판. 곧 홀(笏)을 뜻한다. 홀은 옛날 천자로부터 사(士)에 이르기까지 예복을 갖추었을 때 손에 들던 작은 패. 옥·상아·대쪽 등으로 만들어 신분을 나타내고, 또 임금의 명을 적기도 하였다.

遂斃於前이나,
수 폐 어 전
그 앞에서 죽이고 말았으나,

則蛇無異焉이라.
즉 사 무 이 언
뱀은 아무런 이변도 드러내지 않았다.

郡刺史暨[251]內外
군 자 사 기 내 외
고을의 자사와 안팎의

遠近庶民이,
원 근 서 민
멀고 가까운 백성들이

昭然[252]若發蒙[253]하야,
소 연 약 발 몽
몽매함으로부터 환하게 깨어나

見靑天覩白日이라.
견 청 천 도 백 일
푸른 하늘을 보고 밝은 해를 보듯
깨달았다.

故不能肆其凶殘
고 불 능 사 기 흉 잔
그래서 뱀은 흉악한 짓을 멋대로
하지 못하고

而成其妖惑하니,
이 성 기 요 혹
요상하게 미혹시키지 못하였으니,

易[254]曰,
역 왈
『역경(易經)』에

是故로
시 고
“이런 까닭에

知鬼神之情狀이라 하니,
지 귀 신 지 정 상
귀신의 실상을 알게 된다” 하였는데,

公之謂乎아?
공 지 위 호
공공을 두고 한 말인가?

夫天地間에,
부 천 지 간
하늘과 땅 사이에는

251 기(暨): ~과. 여(與)의 뜻이다.
252 소연(昭然): 밝아지는 모양
253 발몽(發蒙): 몽매함으로부터 깨어나다.
254 역(易): 『역경』 「계사전 상(繫辭傳上)」에 보이는 말

有純剛至正[255]之氣가, 유 순 강 지 정 　 지 기	순수하며 강직하고 지극하고 바른 기운이 있어서,
或鍾[256]於物하고, 혹 종 　 어 물	혹은 물건에 뭉쳐져 있기도 하고
或鍾於人하야, 혹 종 어 인	혹은 사람에게 뭉쳐져 있기도 하여,
人有死하며, 인 유 사	사람에겐 죽음이 있고
物有盡하되, 물 유 진	물건에는 다하는 때가 있으나,
此氣는 不滅烈烈하야, 차 기 　 불 멸 렬 렬	이 기운만은 타오르듯 멸망하지 않고
彌亘[257]億萬世而長在라. 미 긍 　 억 만 세 이 장 재	억만년에 걸쳐 언제나 존재하는 것이다.
在堯時엔 재 요 시	요임금 때에는
爲指佞草[258]하고, 위 지 녕 초	간사한 자를 가리키는 풀이 되었고,
在魯엔 재 노	노나라에서는
爲孔子誅少正卯[259]刃하고, 위 공 자 주 소 정 묘 　 인	공자가 소정묘를 베는 칼날이 되었고,

255 순강지정(純剛至正): 순수하고 강직하고 지극하고 바르다.

256 종(鍾): 동사로 쓰여서 '모이다' 또는 '뭉치다'.

257 미긍(彌亘): 오래도록 이어지다.

258 지녕초(指佞草): 간사한 자를 지적해 내는 풀. 굴질(屈軼)이라고도 부름. 요임금 때 있었다고 하나(『박물지(博物志)』) 황제(皇帝) 때에 있던 풀이라고도 한다(『송서(宋書)』「부서지(符瑞志)」).

259 공자주소정묘(孔子誅少正卯): 공자는 쉰다섯 살 때(기원전 497년) 노(魯)나라의 대사구(大司寇)가 되었는데, 칠일 만에 노나라의 대부 소정묘를 나라를 어지럽힌다는 죄목으로 죽여 시

在晉在齊엔 재 진 재 제	진나라와 제나라에서는
爲董史筆[260]하고, 위 동 사 필	동호(董狐)와 남사씨(南史氏)의 붓이 되었고,
在漢武帝朝엔 재 한 무 제 조	한나라 무제 때에는
爲東方朔戟[261]하고, 위 동 방 삭 극	동방삭의 창이 되었고,
在成帝朝엔 재 성 제 조	성제 때에는
爲朱雲劍[262]하고, 위 주 운 검	주운의 칼이 되었고,
在東漢엔 재 동 한	동한에서는
爲張綱輪[263]하고, 위 장 강 륜	장강의 수레바퀴가 되었으며,

체를 사흘 동안 저자에 내걸었다(『사기(史記)』「공자세가(孔子世家)」).

260 동사필(董史筆): 진(晉)나라 동호(董狐)와 제(齊)나라 남사씨(南史氏)의 사필(史筆). 진나라 영공(靈公) 때, 영공이 조돈(趙盾)을 죽이려 하니 그는 국외로 도망갔는데, 뒤에 조천(趙穿)이 영공을 죽이자 조돈은 귀국하여 조천을 처벌하지 않았다. 이때 사관(史官)인 동호가 "조돈이 그의 임금을 죽였다"고 썼다 한다(『좌전(左傳)』「선공(宣公) 2년」). 또 제나라의 권신인 최저(崔杼)가 그의 임금을 죽이고 사관에게 그 사실을 기록하지 못하도록 위협하였으나 제나라 사관이었던 남사씨(南史氏)는 목숨을 걸고 그 사실을 기록하였다(『좌전』「양공(襄公) 25년」). 모두 훌륭한 사관의 본보기로 후세에까지 칭송되고 있다.

261 동방삭극(東方朔戟): 동방삭의 창. 한(漢)나라 무제(武帝) 때 동언(董偃)이 잘생긴 용모와 재주로 무제의 총애를 받고 있었다. 무제가 궁전에서 잔치를 벌이고 놀며 동언을 부르자, 동방삭은 섬돌 아래 창을 들고 서 있다가 나와서 동언이 나라의 정치를 어지럽히는 죄목을 하나하나 들어 간하였다. 그 후 동언은 황제의 총애를 차츰 잃어 서른 살에 죽었다 한다.

262 주운검(朱雲劍): 주운의 칼. 주운은 한나라 성제(成帝) 때 재상 장우(張禹)가 간사한 짓을 하자 성제에게 칼을 빌려 장우의 목을 치겠다고 나섰던 사람.

263 장강륜(張綱輪): 장강의 수레바퀴. 후한(後漢) 순제(順帝) 때에는 환관들이 나라의 정치를 멋대로 주무르고 있었는데, 장강이 이미 여러 번 환관들의 횡포에 대하여 간했지만 효과가 없었다. 그는 어사로서 민정을 살펴보라는 명을 받고, 자기의 수레바퀴를 땅에 묻고 "승냥이와 이리

在唐엔
재 당
당나라에서는

爲韓愈[264]論佛骨表와,
위 한 유 논 불 골 표
한유의 「논불골표」와

逐鰐魚文하고,
축 악 어 문
「축악어문」이 되었고,

爲段太尉[265]擊朱泚笏하며,
위 단 태 위 격 주 자 홀
단수실이 모반한 주자를 쳤던 홀이 되었는데,

今爲公擊蛇笏이라.
금 위 공 격 사 홀
지금 와서는 공공의 격사홀이 된 것이다.

故로 佞人이 去하니,
고 영 인 거
그래서 간사한 자들이 떠나가니

堯德이 聰하고,
요 덕 총
요임금의 덕이 밝아졌고,

少正卯戮하니,
소 정 묘 륙
소정묘를 죽이니

孔法이 擧하며,
공 법 거
공자의 법도가 드러났으며,

罪趙盾하니,
죄 조 돈
조돈의 죄를 밝히니

晉人이 懼하고,
진 인 구
진나라 사람들을 두려워하게 하고

가 조정에 있는데 여우와 너구리는 따져 무엇 하랴"라고 하면서 대장군(大將軍) 양기(梁冀)를 탄핵하였다. 양기의 세도는 너무 강하여 임금도 그를 어쩔 수가 없었다.

264 한유(韓愈): 그의 「논불골표(論佛骨表)」는 이단 불교를 배척한 대표적인 글이며, 「축악어문(逐鰐魚文)」은 앞 권 3에 실려 있는 글 번호 35 「악어를 내쫓는 글」을 가리킨다.

265 단태위(段太尉): 단수실(段秀實). 당나라 덕종(德宗) 때에 사농경(司農卿)이 되었다. 주자가 모반하려 하자 단수실은 그의 얼굴에 침을 뱉고 욕을 하면서 들고 있던 홀(笏)로 그를 쳐서 부상을 입혀 반란을 막았다고 한다.

辟崔子하니, 벽 최 자	제나라 최저(崔杼)를 내치니
齊刑이 明하며, 제 형 명	제나라의 형법이 밝아졌으며,
距董偃하고, 거 동 언	동언의 방자함을 막고
折張禹하고, 절 장 우	장우의 간사함을 꺾었으며,
劾梁冀하니, 핵 양 기	양기의 부정을 탄핵하니
漢室乂[266]하고, 한 실 예	한나라가 잘 다스려졌고,
佛老微하니, 불 로 미	불교와 도교가 쇠약해지니
聖道行하고, 성 도 행	성인의 도리가 행해지게 되었고,
鰐魚徙하니, 악 어 사	악어가 도망가니
潮患이 息하고, 조 환 식	조주의 환난이 없어졌으며,
朱泚傷하니, 주 자 상	주자가 부상함으로써
唐朝振하고, 당 조 진	당나라는 세력이 떨쳐졌으며,
怪蛇死하니, 괴 사 사	괴이한 뱀이 죽으니
妖氣散이라. 요 기 산	요상한 기운이 흩어졌다.
噫라! 희	아아!

266 예(乂): 잘 다스려지다.

天地鍾純剛 천 지 종 순 강	하늘과 땅의 순수하고 강직하고
至正之氣가 지 정 지 기	지극하고 바른 기운을 모은 것이
在公之笏하니, 재 공 지 홀	공공의 홀에 있으니,
豈徒斃一蛇而已리오? 기 도 폐 일 사 이 이	어찌 한 마리 뱀만을 죽이는 데 그치고 말겠는가?
軒陛[267]之下에, 헌 폐 지 하	궁전 섬돌 아래에
有罔上欺民하고, 유 망 상 기 민	임금을 속이고 백성들을 기만하고,
先意順旨[268]者를, 선 의 순 지 자	부모의 뜻을 받들어 효도하는 자를
公以此笏로 指之하고, 공 이 차 홀 지 지	공공은 이 홀로 지적할 것이고,
廟堂之上에, 묘 당 지 상	묘당 위에
有蔽賢蒙惡하며, 유 폐 현 몽 악	현명함을 가리고 악한 행위를 덮어 주며
違法亂紀者를, 위 법 란 기 자	법을 어기고 기강을 어지럽히는 자를
公以此笏로 麾[269]之하며, 공 이 차 홀 휘 지	공공은 이 홀로 물리칠 것이며,
朝廷之內에, 조 정 지 내	조정 안에

267 헌폐(軒陛): 궁전의 섬돌

268 선의순지(先意順旨): 부모의 뜻을 미리 알아차리고 효도를 지극히 하는 것. '선의승지(先意承旨)'라고도 한다.

269 휘(麾): 휘두르다.

有諛容佞色[270]하고, 유 유 용 녕 색	아첨하는 얼굴에 간사한 빛을 띄우고
附邪背正者를, 부 사 배 정 자	사악한 자들에 붙어 올바름을 배반하는 자를
公以此笏로 擊之라. 공 이 차 홀 격 지	공공은 이 홀로 칠 것이다.
夫如是則軒陛之下에, 부 여 시 즉 헌 폐 지 하	그렇게 하면 궁전 섬돌 아래에
不仁者는 去하고, 불 인 자 거	어질지 못한 자들이 떠나게 될 것이고,
廟堂之上에, 묘 당 지 상	묘당 위에는
無奸臣하며, 무 간 신	간신이 없게 될 것이고,
朝廷之內에, 조 정 지 내	조정 안에는
無佞人 무 녕 인	간사한 위인이 없게 될 것이니,
則笏之功也라. 즉 홀 지 공 야	그것은 홀의 공로라 할 것이다.
豈止在一蛇리오? 기 지 재 일 사	어찌 한 마리 뱀을 없애는 데 그치겠는가?
公은 以笏로 爲任하고, 공 이 홀 위 임	공공은 이 홀로써 책임을 수행하고,
笏은 得公而用하야, 홀 득 공 이 용	홀은 공공을 만나 제대로 쓰이게 된 것이며,

270 유용녕색(諛容佞色): 아첨하는 얼굴과 간사한 얼굴빛

公은 方爲朝廷正人하고, 공 방위조정정인	공공은 지금 조정의 올바른 사람이 되어 있고,
笏은 方爲公之良器라. 홀 방위공지양기	홀은 지금 공공의 훌륭한 연모가 되어 있다.
敢稱德于公하야, 감청덕우공	감히 공공과 덕을 대칭시키며
作笏銘曰,[271] 작홀명왈	홀명(笏銘)을 짓는 바이다.
至正之氣가, 지정지기	지극히 올바른 기운이
天地則有라. 천지즉유	하늘과 땅 사이에 있도다.
笏爲靈物이라, 홀위영물	홀은 신령스런 물건이라
笏乃能受라. 홀내능수	홀이 바로 그것을 받았네.
笏之爲物이, 홀지위물	홀이란 물건의 성질은
純剛正直하고, 순강정직	순수하고 강직하며 바르고 곧고,
公惟正人이라, 공유정인	공공은 올바른 사람이라
公乃能得이라. 공내능득	공이 바로 그것을 얻게 되었네.
笏之在公에, 홀지재공	홀은 공소(公所)에 있어서
能破淫妖하고 능파음요	음란함과 요사스러움 깨치고,

271 홀명왈(笏銘曰): 여기까지가 이 명(銘)의 서문이고, 이하는 명의 원문이다.

公之在朝에, 공 지 재 조	공공은 조정에 있어서
讒人乃消라. 참 인 내 소	남을 모함하는 자를 없애시네.
靈氣未竭이면, 영 기 미 갈	신령스런 기운 다하지 않는다면
斯笏不折이라, 사 홀 부 절	이 홀 부러지는 일 없을 것이고,
正道未亡이면, 정 도 미 망	올바른 도리 없어지지 않는다면
斯笏不藏이라. 사 홀 부 장	이 홀 숨어지지 않으리라.
惟公寶之하야, 유 공 보 지	오직 공공이 이를 보배로 간직하여
烈烈[272]其光이라. 열 렬 기 광	훨훨 그 빛 발하게 하리라.

71. 간원의 제명에 관한 기문(諫院題名記)[273]

사마광(司馬光)[274]

古者에 諫無官하고, 고 자 간 무 관	옛날에는 따로 간하는 관직이 없었고,

272 열렬(烈烈): 불꽃이 타오르는 모양

273 간원제명기(諫院題名記): 당송 시대에는 대관(臺官)과 간관(諫官)을 두었다. 대관은 시어사(侍御史), 전중시어사(殿中侍御史), 감찰어사(監察御史)로서 관리들의 잘못을 규찰하고 탄핵하는 일을 맡았다. 간관은 간의대부(諫議大夫), 습유(拾遺), 보궐(補闕), 사간(司諫), 정언(正言)들로서 임금의 잘못을 간하는 책임을 진다. 간관이 공무를 처리하는 장소를 간원(諫院)이라고 부른다. 송나라 가우(嘉祐) 연간에 사마광이 간관의 경계심과 두려움을 일으키고 또한 그들을 기리기 위하여 간원 안에 한 개의 돌비석을 세우고 윗면에 모든 간관의 성명을 열거하고 이 제명기(題名記)를 썼다. 본문의 주지는 간관들이 오직 국가를 이롭게 해야지 자신을 위

自公卿大夫로, 자 공 경 대 부	공경대부로부터
至於工商에, 지 어 공 상	공인과 상인에 이르기까지
無不得諫者나, 무 부 득 간 자	누구든지 간할 수 있었으나,
漢興以來로, 한 흥 이 래	한(漢)나라가 흥한 이래로
始置官이라. 시 치 관	처음으로 간관을 두었다.
夫以天下之政과, 부 이 천 하 지 정	대개 천하의 정사와
四海之衆으로, 사 해 지 중	온 세상 많은 백성으로
得失利病을, 득 실 리 병	득실, 이익과 손해에 관한 것을
萃[275]于一官하여, 췌 우 일 관	한 사람의 관리에게 모아서
使言之하니, 사 언 지	천자에게 말하게 하니,
其爲任이 亦重矣라. 기 위 임 역 중 의	그가 맡은 임무가 또한 막중하다.

하여 명리를 도모해서는 안 된다고 경계하는 데 있다.

274 사마광(司馬光: 1019~1086): 자는 군실(君實)이며 북송(北宋) 섬주 하현(陝州 夏縣: 지금의 산서성 夏縣) 속수향(涑水鄕) 사람이다. 신종(神宗) 때 신법(新法)에 대한 의견이 왕안석(王安石)과 맞지 않아 낙양(洛陽)으로 15년 동안 물러나 있으며 시사를 논하지 않았다. 철종이 즉위하자 재상이 되어 신법 가운데 백성들에게 해를 끼치는 것은 모두 없앴다. 죽은 뒤에 온국공(溫國公)에 추증되었고 시호는 문정(文正)이다. 그는 효우충신(孝友忠信)하고 공검정직(恭儉正直)하였으며, 젊어서부터 노년에 이르기까지 말이 도리에 맞지 않음이 없었다. 저서로 『자치통감(資治通鑑)』 294권, 『사마문정공집(司馬文正公集)』 80권, 『속수기문(涑水紀聞)』 16권 등이 있다.

275 췌(萃): 모이다.

居是官者는,
거 시 관 자

[그러므로] 간관의 자리에 있는 자는

當志[276]其大하고,
당 지 기 대

마땅히 그 중대한 일을 기억하고

捨其細하며,
사 기 세

작은 일은 버려야 하며,

先其急하고,
선 기 급

급박한 일은 먼저 하고

後其緩하며,
후 기 완

급하지 않은 일은 뒤로 하여

專利國家요,
전 리 국 가

오로지 국가를 이롭게 해야 하며,

而不爲身謀라.
이 불 위 신 모

자신을 위한 일을 도모해서는 안 된다.

彼汲汲[277]於名者는,
피 급 급 어 명 자

공명에 절박한 간관은

猶汲汲於利也니,
유 급 급 어 리 야

이익에 절박한 간관과 같으니

其間相去何遠哉오!
기 간 상 거 하 원 재

그 둘의 사이가 어찌 멀다고 할 수 있으리오.

天禧[278]初에,
천 희 초

천희(天禧) 초에

眞宗[279]이
진 종

진종 황제께서는

詔置諫官六員하야,
소 치 간 관 육 원

조칙을 내려 간관 여섯 사람을 두고

---

276 지(志): 지(誌)와 같다.

277 급급(汲汲): 급하고 절박한 모양

278 천희(天禧): 송(宋) 진종(眞宗)의 연호

279 진종(眞宗): 태종의 아들, 이름은 항(恒)이다.

責其職事러니, 책 기 직 사	그들에게 간하는 일을 맡게 하였으니,
慶曆[280]中에, 경 력 중	경력(慶曆) 중에
錢君[281]이 전 군	전군이
始書其名於版이라. 시 서 기 명 어 판	처음으로 [간관들의] 이름을 목판에 썼다.
光이 恐久而漫滅[282]하야, 광 공 구 이 만 멸	나 사마광은 오래 지나면 닳아 없어질 것이 두려워
嘉祐[283]八年에, 가 우 팔 년	가우(嘉祐) 8년에
刻著于石하니, 각 저 우 석	돌에 새겨 적으니,
後之人이 후 지 인	후세에 사람들은
將歷指其名 장 력 지 기 명	그 이름들을 하나하나 가리키며
而議之曰, 이 의 지 왈	말하여,
某也는 忠하고, 모 야 충	"아무개는 충성스러웠고
某也는 詐하고, 모 야 사	아무개는 간사했으며
某也는 直하고, 모 야 직	아무개는 정직했고

280 경력(慶曆): 송 인종의 연호
281 전군(錢君): 이름이 곤(昆)이라는 주석도 있으나, 구체적인 것은 알려지지 않았다.
282 만멸(漫滅): 닳아서 없어지다.
283 가우(嘉祐): 송 인종의 연호

某也는 曲이라 하리니, 모 야 곡	아무개는 아첨했다"라 하리니
嗚呼라! 오 호	아!
可不懼哉아! 가 불 구 재	두려워할 만하지 않은가!

72. 독락원에 대한 기문(獨樂園記)[284]

사마광(司馬光)

迂叟[285]平日讀書에, 우 수 평 일 독 서	나 우수(迂叟)는 평소에 책을 읽으며,
上師聖人[286]하고, 상 사 성 인	위로는 여러 성인을 스승으로 삼고
下友群賢[287]하며, 하 우 군 현	아래로는 여러 어진 분을 벗으로 삼으며,
窺仁義之原하고, 규 인 의 지 원	인과 의의 근원을 살피고

284 독락원기(獨樂園記): 저자가 낙양으로 물러나서 한직에 근무할 때에 퇴근한 후에는 동산에서 홀로 소요하며 책을 읽었다. 그리고 참된 즐거움이란 이와 같은 것이라 하여 그곳을 '독락원(獨樂園)'이라 이름 지었다. 이 글은 「독락원기(獨樂園記)」 가운데 앞뒤 글을 끊어내고, '독락(獨樂)'이란 이름을 짓게 된 유래를 밝힌 대목만 실은 것이다. 짧고 간결한 글 속에, 작자의 맑고 격조 있는 심경이 잘 나타나 있다.

285 우수(迂叟): 작자의 호

286 상사성인(上師聖人): 위로는 요(堯)·순(舜)·우(禹)·탕(湯)·문무(文武)·주공(周公)·공자(孔子)와 같은 성인을 스승으로 삼다.

287 하우군현(下友群賢): 아래로는 안자(晏子)·증자(曾子) 같은 수제자와 자사·맹자 등 여러 어진 이를 책을 통하여 벗으로 하다.

探禮樂[288]之緖[289]라.
탐 예 악 지 서
예와 악의 실마리를 탐구한다.

自未始有形之前[290]과,
자 미 시 유 형 지 전
형체가 생기기 이전부터

暨[291]四達無窮之外[292]에,
기 사 달 무 궁 지 외
사방에 끝없는 외부에 이르기까지

事物之理를,
사 물 지 리
사물의 이치를

擧集目前하야,
거 집 목 전
눈앞에 모아 놓고

可者[293]를 學之하니,
가 자 학 지
가능한 것을 공부하니,

未至夫可를,
미 지 부 가
가능한 것에 미치지 않는 것을

何求於人이며,
하 구 어 인
어찌 남에게 배우기를 구하겠으며

何待於外哉아?
하 대 어 외 재
어찌 밖에서 배우기를 기대하겠는가?

志倦體疲면,
지 권 체 피
마음이 권태로워지고 몸이 나른해지면,

則投竿[294]取魚하고,
즉 투 간 취 어
물가에 나아가 낚싯대 드리워
물고기를 잡기도 하고,

288 예악(禮樂): '예'는 인간 행위의 도덕적 법칙으로, 사회생활을 유지시키기 위한 제도·풍속·습관 등을 말한다. '악'은 음악. 사람과 사람의 감정 융화를 이루기 위한 예술

289 서(緖): 실마리

290 자미시유형지전(自未始有形之前): 아직 형태가 이루어지기 전의 때로부터. '자'는 '~로부터'. '미시유형'은 아직 천지가 나뉘지 않고 만물이 한 덩어리인 때. 물형이 이루어지지 않은 상태를 말한다.

291 기(暨): 급(及)과 같은 뜻으로, 미치다.

292 사달무궁지외(四達無窮之外): 무한한 공간의 저편

293 가자(可者): 좋은 것

294 투간(投竿): 낚싯대를 던지다. '간'은 본디 대나무 장대

執袵采藥[295]하며, 집 임 채 약	옷자락을 거머쥐고 약초를 캐기도 하며,
決渠灌花[296]하고, 결 거 관 화	도랑을 터 꽃나무에 물을 주기도 하고,
操斧剖竹[297]하며, 조 부 부 죽	도끼를 휘둘러 대나무를 쪼개기도 하며,
濯熱盥水[298]하고, 탁 열 관 수	한 대야의 물로 더위를 씻어 내고,
臨高縱目[299]하며, 임 고 종 목	높은 데에 올라 눈길 가는 대로 바라보기도 하며,
逍遙徜徉[300]하야, 소 요 상 양	한가로이 이리저리 거닐며,
惟意所適[301]이라. 유 의 소 적	오직 마음 가는 대로 따라 할 뿐이다.
明月이 時至하고, 명 월 시 지	밝은 달은 때맞추어 떠오르고
淸風이 自來하니, 청 풍 자 래	맑은 바람이 절로 찾아오니
行無所牽이요, 행 무 소 견	가도 잡는 것이 없고,

295 집임채약(執袵采藥): 옷자락을 거머쥐고 약초를 캐다.

296 결거관화(決渠灌花): 도랑을 터 꽃나무에 물을 주다.

297 조부부죽(操斧剖竹): 도끼를 잡고 대를 쪼개다.

298 탁열관수(濯熱盥水): 더위를 식히기 위하여 물을 끼얹다. 즉 더우면 냇가에 나가 손발을 담가 시원하게 하는 것을 뜻한다.

299 임고종목(臨高縱目): 높은 데 올라가 눈길 가는 대로 바라보다.

300 소요상양(逍遙徜徉): '소요'는 목적 없이 거닐다. '상양'도 같은 뜻으로, 일없이 배회하다.

301 유의소적(惟意所適): 오직 마음 가는 대로 하다.

止無所据[302]라. 지 무 소 니	멈추어도 막는 것이 없다.
耳目肺腸이, 이 목 폐 장	눈·귀·폐·장도
卷爲己有[303]라, 권 위 기 유	모두 내가 마음대로 할 수 있는 나의 소유라,
踽踽[304]焉하고, 우 우 언	홀로 멋대로 걷고
洋洋[305]焉하야, 양 양 언	내 마음은 항상 넓고도 넓어져,
不知天壤[306]之間에, 부 지 천 양 지 간	하늘과 땅 사이
復有何樂이, 부 유 하 락	또한 어떤 즐거움이
可以代此也오. 가 이 대 차 야	이를 대신할 수 있겠는가?
因合 인 합	이를 모두 합하여
而命之曰獨樂이라 하노라. 이 명 지 왈 독 락	'독락'이라 이름하노라.

302 이(据): 지(止)와 같은 뜻으로, 멈추다.

303 권위기유(卷爲己有): 거두어들여 모두 자기 소유로 하다. '권'은 수(收)의 뜻

304 우우(踽踽): 홀로 걷는 모양을 형용하는 말. 독립독보

305 양양(洋洋): 마음이 끝없이 넓어 거리낄 것이 없다. 원래는 물이 세차게 흐르거나 물이 한없이 넓은 것을 형용하는 말

306 천양(天壤): 천지와 같음

73. 맹상군전을 읽고(讀孟嘗君傳)[307]

왕안석(王安石)[308]

世皆稱[309]孟嘗君은, 세 개 칭 맹 상 군	세상 사람들은 모두 맹상군은
能得士라. 능 득 사	"선비를 잘 얻는다"고 칭찬한다.

---

307 독맹상군전(讀孟嘗君傳): 『사기』의 「맹상군전(孟嘗君傳)」을 읽은 감상을 서술한 것이다. 그 요지는 다음과 같다.

맹상군의 이름은 문(文), 성은 전(田)으로 아버지는 정곽군(靖郭君) 전영(田嬰)이다. 전영은 제(齊)나라 위왕(威王)의 아들로, 선왕(宣王)의 동생이었다. 맹상군은 설(薛) 땅에 있으면서 제후의 빈객을 초치했는데, 죄를 범하고 도망친 자들까지도 맹상군에게 귀속했다. 맹상군이 그들을 후대했으므로, 천하의 인사가 많이 모여들어 식객이 수천에 이르렀다. 진(秦)나라 소왕(昭王)이 맹상군이 현명하다는 말을 듣고 만나기를 요청해 왔다. 맹상군은 진나라에 가려고 했다. 그때 소대(蘇代)가 "지금 진나라는 호랑이나 이리 같은 나라입니다. 그런 곳에 군께서는 가시려 하는 것입니다. 돌아오실 수 없을 것입니다" 하고 말했으므로 맹상군은 진나라에 가는 것을 그만두었다. 제나라 민왕 25년, 다시 이야기가 있어서 맹상군은 진나라에 갔다. 소왕은 즉시 맹상군을 진나라의 재상으로 임명하려 했다. 그런데 어떤 사람이 "맹상군은 현명한 사람이며, 제나라의 왕족입니다. 지금 그를 진나라의 재상으로 삼으신다면, 그는 반드시 제나라를 먼저 생각하고 진나라를 뒤에 생각할 것입니다. 진나라가 위험합니다" 하고 말했다. 진나라의 소왕은 맹상군을 재상으로 삼으려던 생각을 버리고, 맹상군을 가두어 놓고 죽이려 했다. 맹상군은 소왕의 총희에게 사람을 보내어, 자신이 석방되도록 힘써 주기를 부탁했다. 소왕의 총희가 말했다. "나는 맹상군이 가지고 계시다는 호백구[여우의 겨드랑이 밑의 가죽을 모아 만든 가죽옷]가 가지고 싶습니다." 맹상군이 가지고 있다는 호백구는 그 값이 천금으로, 천하에 두 장도 없는 것이었다. 그러나 진나라에 들어오자 바로 소왕에게 그것을 헌상했으므로, 호백구가 또 있을 리 없었다. 맹상군은 매우 곤란해져서, 같이 온 여러 사람들에게 어찌하면 좋을까를 물었지만 아무도 대답하는 자가 없었다. 그때 가장 말석에 '개처럼 흉내를 내며 도둑질을 하는 자[狗吠]'가 있어서 "제가 호백구를 손에 넣을 수 있습니다" 하고 말했다. 그날 밤 그는, 개의 흉내를 내면서 진나라 궁중의 창고 속에 숨어 들어가, 앞서 맹상군이 헌상한 호백구를 훔쳐 왔다. 맹상군은 그것을 소왕의 총희에게 헌상했다. 맹상군은 석방되었다. 맹상군은 석방되자마자 통행권을 위조하고 성명을 바꾸어 함곡관을 나가려 하였다. 맹상군 일행은 한밤중에 함곡관에 도착했다. 한편 진나라의 소왕은 맹상군을 석방한 것을 후회하고 다시 체포하려 했으나, 맹상군은 이미 떠난 후였다. 급히 발빠른 말로 맹상군 일행을 뒤쫓게 하였다. 맹상군은 함곡관에 도착했지만, 닭이 울기 전에는 문을 열지 않는 것이 관의 규칙이었다. 맹상군은 소왕이 추격해 올

士以故[310]로 歸之하고,
사 이 고 귀 지
그래서 선비들은 그에게 모여들어서

而卒[311]賴[312]其力하야,
이 졸 뢰 기 력
마침내 그들의 힘을 빌려

以脫於虎豹之秦[313]이라.
이 탈 어 호 표 지 진
사납고 무시무시한 진나라에서 도망칠 수 있었다.

嗟乎[314]라!
차 호
아, 슬프도다!

孟嘗君은 特[315]
맹 상 군 특
맹상군은 단지

鷄鳴狗吠[316]之雄[317]耳라.
계 명 구 폐 지 웅 이
닭 울음과 개 짖음의 우두머리일 뿐이요,

것을 두려워했다. 마침 식객 중에 '닭의 울음소리를 흉내 낼 수 있는 사람[鷄鳴]'이 있어 그가 닭 울음소리를 흉내 내니, 그 소리에 끌려 닭들이 일제히 울었다. 맹상군은 위조한 통행권을 보이고 함곡관을 빠져나갔다. 잠시 후 소왕이 보낸 추격대가 함곡관에 도착했지만, 맹상군은 이미 탈출한 후였다. 처음에 맹상군이 이 구폐와 계명의 두 사람을 빈객으로 대우했을 때, 다른 빈객들은 모두 부끄럽게 생각했다. 그러나 맹상군이 진나라의 난을 만났을 때 두 사람이 그를 구했으므로, 그로부터는 모든 빈객이 맹상군에게 복종했다.

이 설화의 재미에 감추어져, 맹상군의 식객 수천 명 가운데 위대한 인물이 없었던 사실을 놓치기 십상이다. 이 점을 예리하게 파헤쳐 준열하게 평론하여, 맹상군을 계명구폐의 우두머리로 단정한 것이 이 글이다.

308 왕안석(王安石: 1021~1086): 자는 개보(介甫), 호는 반산(半山), 강서성 임천(臨川) 사람. 북송의 유명한 정치가로 신법(新法)을 주장하였으며, 문인으로서도 당송 팔대가의 한 사람으로 친다. 저서로 『임천선생문집(臨川先生文集)』 등이 있다.

309 칭(稱): 칭찬하다.

310 이고(以故): 그 때문에

311 졸(卒): 마침내

312 뇌(賴): 힘입다.

313 호표지진(虎豹之秦): 범이나 표범처럼 사납고 무시무시한 진나라

314 차호(嗟乎): 아, 슬프다. 탄식하는 말

315 특(特): 단(但)과 같은 뜻, 단지

316 계명구폐(鷄鳴狗吠): 해설에서 알 수 있는 것처럼, '계명'은 닭 울음소리를 잘 내는 사람이고, '구

豈足以言得士리오? 기 족 이 언 득 사	어찌 좋은 선비를 얻은 것이라 말할 수 있단 말인가?
不然[318]이면, 불 연	그렇지 않았더라면,
擅[319]齊之强[320]하고, 천 제 지 강	제나라의 부강을 마음대로 했을 것이고
得一士焉이라도, 득 일 사 언	[어진] 선비 하나라도 얻었더라면,
宜可以南面[321] 의 가 이 남 면	쉽게 임금이 되어
而制秦이리니, 이 제 진	진나라를 제압하였을 것이니,
尙取鷄鳴狗吠之力哉아! 상 취 계 명 구 폐 지 력 재	계명구폐와 같은 무리의 힘을 빌릴 필요가 있었겠는가?
鷄鳴狗吠之出其門하니, 계 명 구 폐 지 출 기 문	계명구폐의 무리들이 그의 문하에서 나왔으니,
此士之所以不至也라. 차 사 지 소 이 부 지 야	이는 어진 선비들이 찾아가지 않았던 까닭이다.

폐'는 개의 흉내를 내면서 도둑질을 잘하는 사람을 가리킨다. 보잘것없는 무리를 가리키는 말

317 웅(雄): 우두머리, 곧 두목

318 불연(不然): 그렇지 않다면, 즉 '맹상군이 계명구폐(鷄鳴狗吠)와 같은 무리를 얻지 아니하였더라면'의 뜻

319 천(擅): 마음대로 하다.

320 강(强): 부강

321 남면(南面): 고대에는 임금은 북쪽에 앉아 남쪽을 바라보았다. 여기서는 임금이나 재상이 되는 것

74. 범사간께 올리는 편지(上范司諫書)[322]

구양수(歐陽脩)[323]

前月中에, 전 월 중	지난달에
得進奏吏報[324]하니, 득 진 주 리 보	진주원의 관보를 보니
云自陳州[325]召至闕하야, 운 자 진 주 소 지 궐	진주로부터 대궐로 불려 들어가서
拜司諫이라 하니, 배 사 간	사간에 임명되셨다 하니,
卽欲爲一書以賀나, 즉 욕 위 일 서 이 하	곧 편지라도 써서 축하드리고자 하였으나
多事匆卒[326]하야, 다 사 총 졸	일도 많고 바빠서

---

322 상범사간서(上范司諫書): 구양수가 당시의 명신 중의 한 사람인 범중엄(范仲淹)이 사간(司諫)의 벼슬자리를 맡았을 때 보낸 편지. 편지의 내용은 글 번호 32 한유(韓愈)의 「뜻을 굽히지 않고 간언하는 신하에 관해 논함(爭臣論)」처럼 나라의 올바른 정치를 위해서는 특히 벼슬에 있는 사람들이 공정한 의견을 숨김없이 임금에게 아뢰어야 함을 강조한 것이다. 뒤에는 구양수 자신도 간관(諫官)이 되어 자기의 이러한 의견을 실천하였다. 후인들은 올바른 말을 잘했던 간관인 채양(蔡襄)·여정(余靖)과 범중엄·구양수의 네 사람을 '경력사간관(慶曆四諫官)'이라 부르며 칭송하였다. 경력은 송나라 인종(仁宗)의 연호(1041~1048)이다.

323 구양수(歐陽脩: 1007~1072): 자는 영숙(永叔), 호는 취옹(醉翁), 또는 육일거사(六一居士). 강서성의 여릉(廬陵, 지금의 길안) 사람. 당송 팔대가의 한 사람으로 북송의 문풍(文風)을 일변시켰다. 사학자이자 고고학자이고, 또 정치가로서도 온건한 개혁을 주장하여 명성을 누렸다. 저서로 『구양문충공집(歐陽文忠公集)』 등이 전한다.

324 진주리보(進奏吏報): 진주원(進奏院)의 관보(官報). 진주원은 옛날 지방관[州·鎭]들이 서울에 두었던 관청으로, 임금의 명령을 받아 지방에 하달하고 각 지방에서 올리는 글과 공문을 위에 올리는 연락사무소 같은 관청이었다.

325 진주(陳州): 하남성(河南省)에 있던 고을 이름

326 총졸(匆卒): 바쁘고 틈이 없다.

未能也로라. 미 능 야	그렇게 할 수 없었습니다.
司諫은 七品官爾니, 사 간 칠 품 관 이	사간은 칠품(七品)의 벼슬이니
於執事[327]에 得之不爲喜나, 어 집 사 득 지 불 위 희	선생으로서는 기뻐할 것이 못 될 것이나
而獨區區[328]欲一賀者는, 이 독 구 구 욕 일 하 자	오직 곰상스럽게도 축하를 드리려고 하는 것은,
誠以諫官者는, 성 이 간 관 자	진실로 간관(諫官)에게는
天下之得失[329]과, 천 하 지 득 실	천하 정치의 잘잘못과
一時之公議繫[330]焉이라. 일 시 지 공 의 계 언	한때의 공론(公論)이 매여 있기 때문입니다.
今世之官에, 금 세 지 관	지금 세상의 벼슬로는
自九卿[331]百執事[332]로, 자 구 경 백 집 사	구경(九卿)과 여러 관리들로부터 시작하여
外至一郡縣吏에, 외 지 일 군 현 리	밖으로 한 군이나 현의 관리들에 이르기까지,

327 집사(執事): 일을 하는 사람. 편지에서 상대방을 부르는 말로 흔히 쓰인다.
328 구구(區區): 작은 모양. 곰상스러운 것
329 득실(得失): 정치를 제대로 하고 잘못하고 하는 것
330 계(繫): 매여 있다. 관계되어 있다.
331 구경(九卿): 중앙 정부 외청(外廳)의 아홉 장관급 벼슬아치
332 백집사(百執事): 여러 조정의 관리들

非無貴官大職 비 무 귀 관 대 직	귀한 벼슬이나 큰 관직이 없지 않아
可以行其道也나, 가 이 행 기 도 야	그의 도리를 행할 수 있으나,
然이나 縣越其封[333]하고, 연 현 월 기 봉	그러나 현이라면 그 현의 경계를 넘고
郡踰其境이면, 군 유 기 경	군이라면 그 군의 경계를 넘어서는,
雖賢守長이라도, 수 현 수 장	비록 현명한 수령이라 할지라도
不得行以其有守也라. 부 득 행 이 기 유 수 야	행할 수가 없는 것은 지키는 바가 있기 때문입니다.
吏部[334]之官은, 이 부 지 관	이부의 관리는
不得理兵部하고, 부 득 리 병 부	병부의 일을 다스릴 수가 없고,
鴻臚之卿[335]은, 홍 로 지 경	홍로경은
不得理光祿[336]하니, 부 득 리 광 록	광록에 관한 일을 볼 수가 없으니,
以其有司[337]也라. 이 기 유 사 야	그들의 직책이 있기 때문입니다.
若天下之得失과, 약 천 하 지 득 실	천하 정치의 잘잘못과
生民之利害와, 생 민 지 이 해	백성들의 이해관계와

333 봉(封): 봉계(封界). 현(縣)의 경계

334 이부(吏部): 옛 조정의 육부(六部)의 하나로 문관들의 인사 업무를 맡았다.

335 홍로지경(鴻臚之卿): '홍로'는 조정의 전례(典禮)를 주관하던 관청으로, 그곳의 장관이 '경'이다.

336 광록(光祿): 궁정의 건물과 음식을 관장하던 관청 이름

337 유사(有司): 직책을 맡은 사람

社稷之大計에, 사직지대계	조정의 큰 계획에 있어,
惟所見聞 유소견문	오직 보고 듣고서
而不係職司者는, 이불계직사자	맡은 직책에 얽매이지 않는 사람으로는,
獨宰相이 可行之오, 독재상 가행지	오직 재상이 그것에 관한 것을 실천할 수가 있고
諫官이 可言之爾라. 간관 가언지이	간관이 그것에 관하여 말할 수 있을 뿐입니다.
故로 士學古懷道者가, 고 사학고회도자	그러므로 선비로서 옛것을 배워 도리를 알게 된 자가
仕於朝에, 사어조	조정에 벼슬할 적에는,
不得爲宰相이면, 부득위재상	재상이 되지 못한다면
必爲諫官이니, 필위간관	반드시 간관이 되려 하였던 것입니다.
諫官이 雖卑나, 간관 수비	간관은 지위가 낮기는 하지만
與宰相等이라. 여재상등	재상과 비등합니다.
天子曰不可나, 천자왈불가	천자가 안 된다 하더라도
宰相曰可오, 재상왈가	재상은 된다고 하고,
天子曰然이나, 천자왈연	천자가 그렇다 하더라도

宰相曰不然이라. 재 상 왈 불 연	재상은 그렇지 않다고 말합니다.
坐乎廟堂[338]之上하야, 좌 호 묘 당 지 상	조정에 앉아서
與天子相可否者는, 여 천 자 상 가 부 자	천자와 서로 된다 안 된다 하는 사람이
宰相也라. 재 상 야	재상입니다.
天子曰是라도, 천 자 왈 시	천자가 옳다고 하더라도
諫官曰非라 하며, 간 관 왈 비	간관은 그르다 하고,
天子曰必行이라도, 천 자 왈 필 행	천자가 반드시 행해야겠다 하더라도
諫官曰必不可行이라 하며, 간 관 왈 필 불 가 행	간관은 반드시 행하지 않아야 한다고 하며,
立乎殿陛之前하야, 입 호 전 폐 지 전	궁전의 섬돌 앞에 서서
與天子로 爭是非者는, 여 천 자 쟁 시 비 자	천자와 옳고 그름을 다투는 사람이
諫官也라. 간 관 야	간관입니다.
宰相은 尊行其道하고, 재 상 존 행 기 도	재상은 존귀한 자리로서 그의 도리를 실행하고,
諫官은 卑行其言이나, 간 관 비 행 기 언	간관은 낮은 자리로서 말하는 일을 행하는데,

338 묘당(廟堂): 원래는 돌아가신 임금들을 제사 지내는 종묘와 같은 뜻이나, 나라의 정치를 처리하는 조정이라는 뜻으로 사용되기도 한다.

言行이면, 언 행	말이 실행되면
道亦行也라. 도 역 행 야	그의 도리도 실행되는 것입니다.
九卿百司郡縣之吏는, 구 경 백 사 군 현 지 리	구경과 여러 관리와 군현의 관리들은
守一職者라, 수 일 직 자	한 가지 직책만을 지키는 사람들이라
任一職之責이나, 임 일 직 지 책	한 가지 직책에 대한 책임만 지지만,
宰相諫官은, 재 상 간 관	재상과 간관은
繫天下之事하야, 계 천 하 지 사	천하의 모든 일에 연관되어
亦任天下之責이라. 역 임 천 하 지 책	온 천하에 대하여 책임을 지게 됩니다.
然이나 宰相九卿 연 재 상 구 경	그런데 재상과 구경 이하 관리로서
而下失職者는, 이 하 실 직 자	직책을 수행하지 못하는 자들은
受責於有司나, 수 책 어 유 사	담당 관리들로부터 책임 추궁을 당하지만,
諫官之失職也는, 간 관 지 실 직 야	간관이 직책을 수행하지 못했을 적에는
取譏於君子니, 취 기 어 군 자	군자들로부터 비판을 받게 되니,
有司之法은, 유 사 지 법	해당 관리의 법은
行乎一時나, 행 호 일 시	한때 집행될 뿐이나,

君子之譏[339]는, 군 자 지 기	군자들의 비평은
著之簡冊而昭明하고, 저 지 간 책 이 소 명	그것이 책에 기록됨으로써 분명히 밝혀져,
垂之百世而不泯[340]이니, 수 지 백 세 이 불 민	수천 년이 지나도 없어지지 않을 것이니,
甚可懼也니라. 심 가 구 야	매우 두려워할 만한 것입니다.
夫七品之官이, 부 칠 품 지 관	칠품의 관리가
任天下之責하고, 임 천 하 지 책	천하에 대하여 책임을 지고
懼百世之譏하니, 구 백 세 지 기	수천 년의 비평을 두려워해야 하니
豈不重耶아? 기 부 중 야	어찌 중대한 일이 아니겠습니까?
非材且賢者면, 비 재 차 현 자	재능이 있고 현명하지 않은 사람이라면
不能爲也니라. 불 능 위 야	해낼 수가 없는 일입니다.
近執事始被召於陳州하니, 근 집 사 시 피 소 어 진 주	근래 선생께서 처음 진주에서 명을 받으니

339 기(譏): 꾸짖다. 비판하다.

340 민(泯): 지워지다. 없어지다.

洛[341]之士大夫相與語曰,
낙 지사대부상여어왈

낙양의 사대부들이 서로 이렇게 말했습니다.

我識范君하니,
아식범군

"나는 범군을 알고 있으니

知其材也라.
지기재야

그의 재능도 잘 압니다.

其來에 不爲御史[342]면,
기래 불위어사

그분이 온다면 어사 아니면

必爲諫官이라 하고,
필위간관

반드시 간관에 임명될 것입니다"라 하고,

及命下에 果然,
급명하 과연

임명이 되고 보니 과연 그러했는데,

則又相與語曰,
즉우상여어왈

또 그들은 서로 다음과 같이 말했습니다.

我識范君하고,
아식범군

"나는 범군을 알고 있으니

知其賢也라.
지기현야

그의 어짊도 잘 압니다.

他日聞有立天子陛下하야,
타일문유입천자폐하

다음 날부터 천자의 섬돌 아래 서서

直辭正色으로,
직사정색

곧은 말과 단정한 얼굴빛으로

面爭[343]廷論[344]者면,
면쟁 정론 자

면전에서 다투며 조정 일을 토론하면,

---

341 낙(洛): 낙양(洛陽). 하남성(河南省)에 있던 이른바 동도(東都). 북송(北宋)의 수도인 변경(汴京, 지금의 개봉현(開封縣))도 같은 하남성에 있었다.

342 어사(御史): 임금의 명령을 집행하고 관리들을 탄핵하는 등의 임무를 지닌 어사대(御史臺)의 관리

非央人이라, 비 타 인	다른 사람이 아니라
必范君也라 하더니, 필 범 군 야	반드시 범군을 통해서일 것입니다"라 하더니,
拜官以來로, 배 관 이 래	벼슬에 임명된 이후로
翹首企足[345]하고, 교 수 기 족	목을 빼고 발돋움하고
竚[346]乎有聞而卒未也하니, 저 호 유 문 이 졸 미 야	우두커니 서서 들어 보려 했으나 끝내 허사였으니,
竊惑之라, 절 혹 지	속으로 당혹하였습니다.
豈洛之士大夫能料於前, 기 낙 지 사 대 부 능 료 어 전	어찌 낙양의 사대부들은 앞일은 제대로 헤아렸는데
而不能料於後也아? 이 불 능 료 어 후 야	뒷일은 제대로 헤아리지 못했다는 말입니까?
將執事有待而爲[347]也아? 장 집 사 유 대 이 위 야	선생께서 기다리는 바가 있어서 그리하는 것입니까?
昔韓退之作爭臣論[348]하야, 석 한 퇴 지 작 쟁 신 론	옛날에 한유는 「쟁신론」을 지어

343 면쟁(面爭): 천자의 면전에서 논쟁하다.

344 정론(廷論): 조정의 일을 토론하다

345 교수기족(翹首企足): 목을 길게 뽑고 발돋움을 하다. 곧 어떤 일을 고대하는 모양

346 저(竚): 오래 서 있다.

347 유대이위(有待而爲): 기다리는 일이 있어서 그렇게 하는 것

348 쟁신론(爭臣論): 한유(韓愈)가 지은 글로, 이 책의 글 번호 32를 가리킨다.

以譏陽城不能極諫이러니, 이 기 양 성 불 능 극 간	양성이 적극적으로 간하지 못하는 것을 비판했는데,
卒以諫顯[349]하니, 졸 이 간 현	끝에 가서는 간하는 것으로써 유명해졌으니,
人皆謂城之不諫이, 인 개 위 성 지 불 간	사람들은 모두 말하기를 양성이 간하지 않았던 것은
蓋有待而然이요, 개 유 대 이 연	대체로 기다리는 바가 있어서 그랬던 것이고,
退之不識其意 퇴 지 불 식 기 의	한유는 그의 뜻을 알지 못하고
而妄譏라 하나, 이 망 기	함부로 비평한 것이라 하나,
修獨以謂[350]不然이라. 수 독 이 위 불 연	저는 홀로 그렇지 않다고 여기고 있습니다.
當退之作論時에, 당 퇴 지 작 론 시	한유가 「쟁신론」을 쓸 적에
城爲諫議大夫已五年이요, 성 위 간 의 대 부 이 오 년	양성은 간의대부가 된 지 이미 오 년이나 되었고,
後又二年에, 후 우 이 년	그 뒤 또 이 년이 지나서야

349 이간현(以諫顯): 간함으로써 유명해지다.

350 이위(以謂): 여기다. 생각하다.

始廷論陸贄[351]하며,
시 정 론 육 지

비로소 육지를 옹호하는 의론을 조정에서 펴고,

及沮[352]裴延齡[353]作相하야,
급 저 배 연 령 작 상

배연령이 재상이 되는 것을 막으며

欲裂其麻[354]하니,
욕 열 기 마

그의 예복을 찢으려 하였으니,

纔兩事耳라.
재 양 사 이

겨우 이 두 가지 일밖에 한 것이 없습니다.

當德宗時에,
당 덕 종 시

당나라 덕종 때는

可謂多事矣라.
가 위 다 사 의

사건이 많은 시대였다고 할 수 있습니다.

授受[355]失宜하야,
수 수 실 의

[벼슬을] 주고받는 일이 바르게 행해지지 않아

叛將强臣이,
판 장 강 신

반란을 일으킨 장수와 강권을 휘두르는 신하들이

羅列天下하고,
나 열 천 하

천하에 줄지어 있고,

又多猜忌하야,
우 다 시 기

또 시기심이 많아

---

351 육지(陸贄): 당(唐)나라 덕종(德宗) 때 한림학사(翰林學士)로서 자주 정책을 바르게 건의하여 임금의 신임이 매우 두터웠으나 끝내 재상이 되지는 못하였다.

352 저(沮): 막다.

353 배연령(裴延齡): 덕종의 신임을 받아 뒤에 육지(陸贄)를 밀어냈다.

354 마(麻): 마의(麻衣). 옛날 삼베로 만들었던 예복

355 수수(授受): 주고받다. 주로 벼슬을 내리는 것을 뜻한다.

進任[356]小人이라.
진임 소인

소인들을 임용하고 있었습니다.

於此之時에,
어차지시

이러한 시대에

豈無一事可言
기무일사가언

어찌 말할 만한 일이
한 가지도 없어서

而須[357]七年耶아?
이수 칠년야

칠 년을 기다렸다는 말입니까?

當時之事가,
당시지사

그때의 일에

豈無急於沮延齡論陸贄
기무급어저연령론육지

어찌 배연령을 막고 육지를 옹호하는

兩事耶아?
양사야

두 가지 일보다 급한 것이
없었단 말입니까?

謂宜朝拜官
위의조배관

생각건대 마땅히 아침에 벼슬자리에
임명되었으면

而夕奏疏也라.
이석주소야

저녁에는 상주(上奏)하고 항소하고
해야 할 것입니다.

幸而城爲諫官七年에,
행이성위간관칠년

요행히도 양성은 간관이 된 지
칠 년 만에

適遇延齡陸贄事하야,
적우연령육지사

마침 배연령과 육지의 일을 만나서

---

356 진임(進任): 임용하다.

357 수(須): 기다리다.

一諫而罷하고, 일 간 이 파	한 번 간하고 그만둠으로써
以塞其責[358]하니, 이 색 기 책	그의 책임을 면하였던 것이니,
向使[359]止五年六年 향 사 지 오 년 육 년	만약에 오 년이나 육 년으로 직책을 끝내고,
而遂遷司業[360]이면, 이 수 천 사 업	사업(司業)으로 바뀌어졌더라면,
是終無一言而去也니, 시 종 무 일 언 이 거 야	그는 끝내 한마디 말도 없이 떠났을 것이니,
何所取[361]哉리오? 하 소 취 재	취할 바가 무엇입니까?
今之居官者는, 금 지 거 관 자	지금의 벼슬살이는
率三歲而一遷하고, 솔 삼 세 이 일 천	대략 삼 년 만에 한 번씩 옮겨지고,
或一二歲하며, 혹 일 이 세	혹은 일이 년 만에 옮겨지기도 하며
甚者半歲而遷也니, 심 자 반 세 이 천 야	심지어는 반 년 만에 옮겨지기도 하니,
此又非可以待乎七年也니라. 차 우 비 가 이 대 호 칠 년 야	이래서는 더욱이 칠 년을 기다릴 수가 없는 것입니다.

---

358 색기책(塞其責): 그의 책임을 면하다.

359 향사(向使): 만약에

360 사업(司業): 당나라 때 국립대학인 국자감(國子監)의 교수직

361 하소취(何所取): 취할 바가 무엇인가? 그를 평가해 줄 일이 무엇인가?

今天子躬親庶政하사, 금 천 자 궁 친 서 정	지금 천자께서는 민정을 친히 처리하시어
化理[362]淸明하시니, 화 리 청 명	교화와 다스림을 맑고 밝게 하시니,
雖爲無事나, 수 위 무 사	비록 무사하다고는 하지만
然이나 自千里로, 연 자 천 리	천리 떨어진 곳으로부터
詔執事而拜是官者는, 소 집 사 이 배 시 관 자	선생에게 명을 내려 이 벼슬에 임명하신 것은,
豈不欲聞正議 기 불 욕 문 정 의	어찌 올바른 이론을 듣고
而樂讜言[363]乎아? 이 락 당 언 호	훌륭한 말을 즐기고자 하신 때문이 아니겠습니까?
然今未聞有所言說하야, 연 금 미 문 유 소 언 설	그러나 지금껏 올바른 이론을 통하여
使天下知朝廷有正士요, 사 천 하 지 조 정 유 정 사	천하로 하여금 조정에 올바른 선비가 있고
而彰吾君納諫之明也라. 이 창 오 군 납 간 지 명 야	임금님이 간언을 받아들이는 총명하심을 밝혀 주고 있다는 얘기는 들어 본 일이 없습니다.

362 화리(化理): 백성을 교화하고 나라를 다스리다.

363 당언(讜言): 곧고 훌륭한 말

夫布衣韋帶[364]之士가, 부 포 의 위 대　　지 사	무명옷에 가죽띠를 두르고 있는 선비가
窮居草茅[365]하며, 궁 거 초 모	초가에 궁색하게 살면서
坐誦書史하고, 좌 송 서 사	글과 역사책이나 앉아서 읽으며
常恨不見用이나, 상 한 불 견 용	늘 임용되지 못함을 한탄하고 있다가,
及用也에, 급 용 야	임용이 되면
又曰彼非我職이라, 우 왈 파 비 아 직	또 말하기를 “이것은 내게 맞는 직책이 아니라
不敢言이라 하며, 불 감 언	감히 말하지 않겠다”고 하며,
或曰我位猶卑라, 혹 왈 아 위 유 비	혹은 말하기를 “내 지위가 아직도 낮아서
不得言이라 하며, 부 득 언	말하지 못하겠다”고 하며,
得言矣에, 득 언 의	말할 수 있게 되면
又曰我有待라 하면, 우 왈 아 유 대	또 말하기를 “나는 기다리는 것이 있다”고 한다면,

364 포의위대(布衣韋帶): 무명옷에 가죽띠. 서민들의 복장

365 초모(草茅): 풀과 띠풀. 여기서는 초가를 가리킨다.

是는 終無一人言也니, 시　종무일인언야	이는 끝내 한 사람도 말하지 않게 될 것이니
可不惜哉아? 가불석재	애석하지 않다 할 수 있겠습니까?
伏惟執事는, 복유집사	엎드려 바라옵건대, 선생께서는
思天子所以見用之意하고, 사천자소이견용지의	천자에게 쓰이게 된 뜻을 생각하고
懼君子百世之譏하사, 구군자백세지기	또 수천 년에 걸친 군자들의 비평을 두려워하여,
一陳昌言[366]하야, 일진창언	훌륭한 말씀을 한 번 펴시어
以塞重望[367]하고, 이색중망	많은 사람의 소망에 부응하고,
且解洛之士大夫之惑 차해낙지사대부지혹	또 낙양 사대부들의 의혹을 풀어 주신다면
則幸甚이로다. 즉행심	그러면 매우 다행이겠습니다.

366 일진창언(一陳昌言): 훌륭한 말을 한 번 펴내다.

367 중망(重望): 여러 사람의 중대한 소망

75. 상주의 주금당에 대한 기문(相州晝錦堂記)[368]

구양수(歐陽脩)

仕宦[369]而至將相하고, 사 환 이 지 장 상	벼슬길에 나아가 장군이 되고 재상이 되어
富貴而歸故鄕은, 당 귀 이 귀 고 향	부귀를 한 몸에 안고 고향으로 돌아오는 것을,
此人情[370]之所榮[371]이요, 차 인 정 지 소 영	세상 사람들 모두가 영예로 생각하는 것은,
而今昔之所同也라. 이 금 석 지 소 동 야	예나 지금이나 다름이 없다.
蓋士方窮時에, 개 사 방 궁 시	대체로 선비가 궁한 때에
困阨閭里[372]하여는, 곤 액 여 리	시골 마을에서 곤궁하게 지내게 되면,
庸人孺子[373] 용 인 유 자	범용한 사람과 철부지에게까지도

368 상주주금당기(相州晝錦堂記): 한기(韓琦)는 상주(相州) 사람으로, 20세의 약관에 진사에 급제하고 뒤에 재상을 지냈다. 범중엄(范仲淹)과 함께 명재상으로 손꼽힌다. 고향 상주의 태수가 되어 돌아와, 후원에 당을 짓고 '주금당(晝錦堂)'이라 이름 지었다. 이는 출세하여 금의환향한 것을 대낮에 비단옷을 입고 걷는 것에 비유한 옛말과 자신의 상황이 비슷하게 여겨졌기 때문인데, 한기는 오히려 명예욕을 경계하는 것을 요지로 하여 한 편의 글을 지었다. 이 글은 일찍이 한기의 높은 덕에 탄복하여 지은 것이다.

369 사환(仕宦): 벼슬하다. 사도(仕途) 환도(宦途) 모두 벼슬살이하는 것

370 인정(人情): 세상의 일반적인 인심

371 영(榮): 명예

372 여리(閭里): 마을. 향리의 작은 촌락. 25가구가 모여 사는 곳을 '여', 50가구가 모여 사는 것을 '리'라 한다.

皆得易而侮之[374]하나니,
개 득 이 이 모 지

비웃음과 멸시를 당하기 일쑤이니,

若季子는 不禮於其嫂[375]하고,
약 계 자 불 례 어 기 수

예를 들어 소진이 그 형수에게 푸대접을 받고,

買臣은 見棄於其妻[376]라.
매 신 견 기 어 기 처

주매신이 그 처에게 버림받은 것이다.

一旦高車駟馬[377]하야,
일 단 고 거 사 마

일단 두 사람이 네 필이 끄는 높은 마차에 올라

---

373 용인유자(庸人孺子): 보통 사람과 어린아이. '유자'는 젊은 사람. 또는 미숙한 사람을 천하게 부르는 말. 흔히 쓰이는 말로 풋내기

374 이이모지(易而侮之): 가벼이 여겨 업신여기다. '이(易)'는 경(輕)의 뜻

375 계자불례어기수(季子不禮於其嫂): 소진(蘇秦)이 형수에게서 푸대접을 받음. 계자는 전국 시대 6국 합종책을 주장하였던 소진의 자(字). 낙양(洛陽) 사람으로, 귀곡(鬼谷) 선생을 쫓아 배웠으나, 성공하지 못하고 초라한 모습으로 고향에 돌아왔다. 모두들 소진을 업신여겨, 아내는 베틀에서 내려오지도 않았고, 형수는 밥조차 주지 않았다. 소진은 이에 크게 자극받아 각고의 노력 끝에 뒤에 6국의 재상이 되어 다시 집으로 돌아왔다. 이번엔 아내도 형수도 모두 눈을 아래로 뜬 채, 소진을 바로 쳐다보지 못했다. 소진이 웃으며 "먼저는 그리도 거만하더니, 이번에는 어찌 이리도 공손하신가?" 하고 묻자, 형수는 "지금의 계자께서는 지위가 높고 돈이 많기 때문입니다"라고 대답하였다.

376 매신견기어기처(買臣見棄於其妻): 매신이 그의 아내로부터 버림을 받음. 한(漢)의 주매신(朱買臣)은 오(吳)의 회계(會稽) 사람으로 자는 옹자(翁子)이다. 가난하였지만 책읽기를 무척 좋아하였다. 주로 땔나무를 해다 팔아서 연명하였는데, 나무를 지고 가는 동안에도 손에는 항상 책이 들려 있었다. 하루는 가난을 부끄럽게 여긴 그의 아내가 인연을 끊자고 했다. 매신이 달래어 "나는 50세쯤 되면 부귀할 것이요. 이제 내 나이 40여 세, 그동안 고생이 많았소. 부귀하게 되면 그때에는 꼭 당신의 은공을 갚으리다"라고 하였다. 이 말에 그의 아내는 "그 꼴에 무슨 부귀요, 필경 도랑 옆에서 물만 마시다 굶어 죽게 될 것이오" 하며 크게 화를 내었다. 이에 매신은 아내를 더 이상 붙잡을 수 없음을 알고 가게 하였다. 뒤에 매신은 한무제(漢武帝)에게 크게 쓰이게 되었는데, 무제는 부귀하여 고향에 돌아가지 않는 매신을 그의 고향 회계의 태수로 보내 주었다. 고향에 돌아오니, 그를 버리고 갔던 옛 아내와 그녀의 새 남편이 몹시 부끄러워하였다. 매신은 전에 자신에게 은혜를 베풀었던 사람들에게 보답하고, 옛 아내와 그녀의 남편에게도 녹을 주어 편히 먹고 살도록 하였다. 그러나 그의 옛 아내는 부끄러워 목매어 죽고 말았다.

旗旄[378]導前 기 모 도 전	의장용 기를 든 부하들이 앞에서 인도하고
而騎卒擁後[379]면, 이 기 졸 옹 후	기마병들이 뒤에서 호위하게 되자,
夾道之人이, 협 도 지 인	길 양편에 늘어선 사람들이
相與駢肩累跡[380]하고, 상 여 병 견 누 적	어깨를 나란히 하고 발꿈치를 맞댄 채,
瞻望咨嗟[381]하고, 첨 망 자 차	우러러보며 부러워하였고
而所謂庸夫愚婦者는, 이 소 위 용 부 우 부 자	업신여기던 범용한 사람들과 부녀자들은
奔走駭汗[382]하고, 분 주 해 한	분주히 달려 나와 놀라 식은땀을 흘리면서,
羞愧俯伏[383]하야, 수 괴 부 복	부끄러워 땅에 엎드린 채,

377 고거사마(高車駟馬): 네 마리 말을 단 덮개가 높은 마차

378 기모(旗旄): 의장용 깃발

379 옹후(擁後): 뒤에서 호위하다.

380 병견누적(駢肩累跡): 어깨를 나란히 하고 발꿈치를 맞대다. 구경하는 사람들이 많이 모여든 것을 형용한다.

381 첨망자차(瞻望咨嗟): 우러러보며 탄식하다.

382 해한(駭汗): 놀라 식은땀을 흘리다.

383 수괴부복(羞愧俯伏): 부끄럽게 여겨 고개 숙이고 땅에 엎드리다. 전에 멸시했던 사람들이 전날에 지은 자신들의 죄를 뉘우치는 것을 말한다.

以自悔罪於車塵[384]馬足之間하나니,
이 자 회 죄 어 거 진 마 족 지 간

수레 먼지와 말발굽 사이에서
자신들의 잘못을 뉘우쳤다.

此一介之士는,
차 일 개 지 사

이같이 한 선비가

得志當時而意氣之盛을,
득 지 당 시 이 의 기 지 성

그 시대의 뜻을 이루어 의기가
양양해지는 것을,

昔人比之衣錦之榮[385]也라.
석 인 비 지 의 금 지 영 야

옛사람은 이를 일러 '의금지영
(衣錦之榮)'이라 했다.

惟大丞相[386]魏國公[387]則不然이라.
유 대 승 상 위 국 공 즉 불 연

오직 대재상 위국공만은
그렇지 않았다.

公은 相人[388]也라.
공 상 인 야

공은 상주(相州) 안양(安陽) 사람이다.

世有令德[389]하고,
세 유 령 덕

공의 집안은 대를 이어 덕을 쌓아

爲時名卿[390]이라.
위 시 명 경

당시 유명한 벼슬아치들이었다.

384 거진(車塵): 수레가 지나간 뒤에 일어나는 먼지
385 의금지영(衣錦之榮): 출세하여 고향으로 돌아오는 영광
386 대승상(大丞相): 재상. '대'는 높임의 뜻
387 위국공(魏國公): 한기(韓琦)를 가리킴. 한기는 위국공(衛國公) 및 위국공(魏國公)에 봉해졌다.
388 상인(相人): 상주(相州) 안양(安陽) 사람
389 세유령덕(世有令德): 대대로 덕망이 있음. '령덕'은 선덕(善德)의 뜻. 한기의 부친 한국화(韓國華)는 태평흥국(太平興國: 송의 2대 천자 태종 때의 연호) 초에 진사가 되어 좌사간이 되었으며, 한기의 형제들도 진사에 급제하였으므로, 대대로 덕망이 있다 한 것이다.

自公少時로, 자 공 소 시
공은 이미 어린 나이에

已擢高科[391]하야, 이 탁 고 과
뛰어난 성적으로 과거에 급제하여

登顯仕[392]하니, 등 현 사
높은 벼슬에 오르셨으니,

海內之士가, 해 내 지 사
세상 선비들이

聞下風[393]而望餘光者, 문 하 풍 이 망 여 광 자
모두 공의 덕을 들으려 하고 명망을 흠모하여 온 지

蓋亦有年[394]矣라. 개 역 유 년 의
여러 해 되었다.

所謂將相而富貴는, 소 위 장 상 이 부 귀
이른바 장군과 재상을 겸하여 부귀하게 됨은

皆公所宜素有[395]니, 개 공 소 의 소 유
모두 공이 본래부터 가지고 있던 것이지,

非如窮阨之人[396]이, 비 여 궁 액 지 인
결코 곤궁했던 사람들이

僥倖得志於一時하야, 요 재 득 지 어 일 시
요행으로 한때 뜻을 얻어,

---

390 명경(名卿): 이름 있는 고관

391 탁고과(擢高科): 높은 성적으로 과거에 급제하다. '탁'은 선(選)과 같은 뜻

392 현사(顯仕): 높은 지위의 관직

393 하풍(下風): 본디는 바람이 불어 간다는 뜻인데, 여기서는 덕 있는 사람의 인격이 멀리까지 미쳐 남을 감화시킨다는 뜻

394 유년(有年): 여러 해. 오래라는 뜻

395 소유(素有): 본디부터 가지고 있다. '소'는 본(本)과 같은 뜻

396 궁액지인(窮阨之人): 곤궁한 사람. 앞에 예를 든 소진이나 주매신과 같은 사람

出於庸夫愚婦之不意하야,
출 어 용 부 우 부 지 불 의

평범한 남자와 우매한 부녀자들에게 뜻밖의 일이 되어서,

以驚駭而誇耀[397]之也니라.
이 경 해 이 과 요 지 야

깜짝 놀라게 하고 뽐내려는 것과는 다른 것이다.

然則[398]高牙[399]大纛[400]도,
연 즉 고 아 대 독

고아와 대독도

不足爲公榮이요,
부 족 위 공 영

공의 영예가 되기에는 부족하고

桓圭[401]袞裳[402]도,
환 규 곤 상

환규와 곤룡포도

不足爲公貴며,
부 족 위 공 귀

공의 귀함엔 부족하며

惟德被生民하고,
유 덕 피 생 민

오직 은덕이 백성들에게 미치고

而功施社稷[403]하야,
이 공 시 사 직

그의 공훈이 국가와 사직을 위해 세워져서,

---

397 과요(誇耀): 크게 자랑하고 떠들다. '요'는 빛을 발하다.

398 연즉(然則): 그러한즉

399 고아(高牙): 깃대 위를 상아로 장식한 기로, 임금이나 장군이 행차할 때 세운다. 대아(大牙)라고도 한다.

400 대독(大纛): 털이 긴 쇠꼬리를 단 기로 수레 앞에 세운다. '고아·대독'은 모두 고관의 위엄을 뜻한다.

401 환규(桓圭): '규'는 고대에 제후가 조회·회동할 때 손에 드는 길쭉한 옥으로, 위가 둥글고 아래가 모나게 생겼다. 임금은 진규(鎭圭), 공(公)은 환규(桓圭), 후(侯)는 신규(信圭), 백(伯)은 궁규(躬圭)를 드는데, 환규는 길이가 아홉 치이고 신규와 궁규는 길이가 일곱 치이다.

402 곤상(袞裳): 곤룡(袞龍)의 관복. 천자의 것에는 용의 머리가 위를 향하도록 하고, 삼공이 입는 것에는 용의 머리가 아래를 향하도록 한다. 환규(桓圭)나 곤(袞)은 모두 지위가 높은 것을 뜻한다.

勒之金石[404]하고, 늑 지 금 석	그의 공적이 쇠와 돌에 새겨지고
播之聲詩[405]하야, 파 지 성 시	시와 음악으로 전해져
以耀後世[406]而垂無窮이, 이 요 후 세 이 수 무 궁	후세에까지 빛나고 무궁하게 하는 것이
此公之志하며, 차 공 지 지	이것이 공의 뜻이며
而士亦以此望於公也니, 이 사 역 이 차 망 어 공 야	선비들도 역시 이렇게 되기를 공에게 바라고 있으니,
豈止夸一時와, 기 지 과 일 시	어찌 한때의 자랑과
而榮一鄕哉아? 이 영 일 향 재	한 고을의 영광만이겠는가?
公在至和[407]中에, 공 재 지 화 중	공은 인종 지화 원년에
嘗以武康之節[408]로, 상 이 무 강 지 절	무강군의 절도사가 되어
來治於相[409]이라. 내 치 어 상	고향인 상주를 다스리게 되었다.

403 사직(社稷): '사'는 토지 신이고, '직'은 곡물의 신. 군주가 나라를 세우면 반드시 단을 세우고 이 두 신께 제사를 지낸다. 나라가 망하면 사직이 헐린다. 때문에 나라와 조정을 상징하는 말로 자주 쓰인다.

404 늑지금석(勒之金石): 공적을 금석에 새기다. '늑'은 각(刻)과 같은 뜻

405 파지성시(播之聲詩): 시를 지어 그것을 음악으로 옮겨 널리 펴다. '파'는 포(布)와 같은 뜻

406 요후세(耀後世): 후세에까지 빛내다.

407 지화(至和): 인종(仁宗) 때의 연호

408 무강지절(武康之節): 무강군(武康郡)의 절도사(節度使). '절'은 천자의 사자(使者)가 지니는 부절. 천자는 이를 하사하여 명령을 내리고 무력을 행사하는 전권을 위임한다는 증거로 삼게 하였다.

409 내치어상(來治於相): 와서 상주(相州)를 다스리다.

乃作晝錦之堂于後圃[410]하고,
내 작 주 금 지 당 우 후 포

그때 후원에 주금당을 짓고,

旣又刻詩於石하야,
기 우 각 시 어 석

시를 지어 돌에 새겨

以遺相人하니,
이 유 상 인

상주 사람들에게 남겨 주니,

其言이 以快恩讐[411]
기 언 이 쾌 은 수

그 시에 "은혜와 원한을 마음대로 갚고

矜名譽爲可薄[412]하니,
긍 명 예 위 가 박

명예를 자랑하는 것은 [덕을]
깎는 것이다"라 하니,

蓋不以昔人
개 불 이 석 인

옛사람들이 자랑으로 여기던 일을

所夸者爲榮하고,
소 과 자 위 영

조금도 영광스럽게 생각하지 않고

而以爲戒하니라.
이 이 위 계

오히려 그런 것을 경계하였다.

於此에
어 차

여기에서

見公之視富貴爲如何니,
견 공 지 시 부 귀 위 여 하

공이 부귀를 어떻게 하였는지를
잘 알 수 있으니

而其志豈易量哉아?
이 기 지 기 이 량 재

어찌 공의 뜻을 헤아려
알 수 있겠는가?

---

410 포(圃): 원래는 밭의 뜻이나, 여기서는 원(苑)의 뜻

411 쾌은수(快恩讐): 과거에 은덕을 입었던 사람들에게는 보상하고, 원한이 있는 사람들에게는 마음대로 원수를 갚다.

412 긍명예위가박(矜名譽爲可薄): 명예를 자랑하는 것은 자신의 덕을 깎는 것이 된다.

故로 能出入將相[413]하야, 고 능출입장상	고로 공은 안팎으로 장군과 재상이 되어
勤勞王家[414]하고, 근로왕가	국가를 위해 애썼고,
而夷險[415]一節[416]하니, 이이험 일절	태평하거나 어지럽거나 절조를 굳게 지키니,
至於臨大事決大議에, 지어임대사결대의	국가의 대사를 놓고 큰일을 논의할 때에는,
垂紳[417]正笏[418]하야, 수신 정홀	큰 띠를 길게 드리우고 홀을 바로잡아,
不動聲色[419]하고, 부동성색	말소리와 얼굴에 요동이 없이 하고
而措天下於泰山之安[420]하니, 이조천하어태산지안	천하를 태산같이 평안하게 하니,

413 출입장상(出入將相): 조정 밖에 나가서는 나라를 지키는 장군이며, 조정에서는 재상이다.

414 근로왕가(勤勞王家): 국가를 위하여 힘쓰다. '왕가'는 국가

415 이험(夷險): '이'는 평이(平夷). 즉 태평한 때. '험'은 나라가 어지러운 때

416 일절(一節): 지조가 변함이 없다.

417 수신(垂紳): 신(紳)을 늘어뜨리다.

418 정홀(正笏): 홀을 바르게 하다. 홀은 조회(朝會)할 때에 조복(朝服)을 입고 손에 잡는 물건으로, 신분에 따라 옥, 상아, 대 등으로 만든다. 보통, 길이가 한 자가량, 너비가 두 치 정도로, 얇고 갸름하게 생겼다.

419 부동성색(不動聲色): 목소리와 얼굴빛이 변하지 않다.

420 태산지안(泰山之安): 태산과 같은 안정. 태산은 오악(五嶽)의 하나로 제일 신성시하여 숭배하였던 산이다. 오악이란 산동성에 있는 태산, 섬서성에 있는 화산, 호남성에 있는 형산, 산서성에 있는 항산, 직례성에 있는 숭산 등 동서남북 중앙에 위치한 다섯 산을 말한다.

可謂社稷之臣[421]矣라. 가 위 사 직 지 신 의	가히 사직을 짊어진 신하라 할 수 있다.
其豐功盛烈[422]이, 기 풍 공 성 렬	공이 남긴 많은 공훈과 성대한 업적이
所以銘彝鼎[423] 소 이 명 이 정	종과 솥에 새겨지고,
而被絃歌[424]者는, 이 피 현 가 자	노래로 불리는 것은
乃邦家[425]之光이요, 내 방 가 지 광	바로 국가의 영광이요,
非閭里[426]之榮也니라. 비 여 리 지 영 야	마을의 영광뿐이 아닌 것이다.
余雖不獲登公之堂이나, 여 수 불 획 등 공 지 당	나는 아직 공의 주금당에 올라가 보지는 못했지만,
幸嘗竊誦[427]公之詩하고, 행 상 절 송 공 지 시	다행히 새겨진 공의 시만은 남몰래 외우고 있고,
樂公之志有成이요, 낙 공 지 지 유 성	공의 뜻이 성취됨을 기뻐하고

---

421 사직지신(社稷之臣): 국가와 안위를 함께하는 대신

422 풍공성렬(豊功盛烈): 많은 공훈과 성대한 공업

423 명이정(銘彝鼎): 종과 솥에 이름이 새겨지다. '명'은 쇠나 돌에 공적을 새기는 것. '이정'은 항상 종묘에 갖추어 두는 제기. 국가 공신의 공적은 종묘의 종이나 솥 등에 새겨 그 공훈이 후세에 전해지도록 했다.

424 피현가(被絃歌): 국가 공신의 공적을 시가로 지어서 이를 음악으로 연주하다. '현'은 거문고 따위의 현악기.

425 방가(邦家): 국가

426 여리(閭里): 마을

427 절송(竊誦): 남몰래 외우다.

而喜爲天下道也[428]하야, 이 희 위 천 하 도 야	기꺼이 천하에 공의 높은 덕을 알리려고
於是乎書하노라. 어 시 호 서	이 글을 쓰노라.

76. 취옹정에 대한 기문(醉翁亭記)[429]

구양수(歐陽脩)

環[430]滁[431]皆山也라. 환 저 개 산 야	저주를 빙 둘러 온통 산이다.
其西南諸峰은, 기 서 남 제 봉	서남쪽에 있는 여러 산봉우리는
林壑[432]尤美한데, 임 학 우 미	숲과 골짜기가 더욱 아름다운데,
望之蔚然[433] 망 지 울 연	그곳을 바라볼 때 초목이 무성하게 우거져
而深秀者는, 이 심 수 자	깊고 높게 솟은 산은

428 도야(道也): 널리 알림과 같은 뜻

429 취옹정기(醉翁亭記): 구양수는 인종(仁宗)의 경력(慶曆) 5년(1045) 39세 때에, 저주(滁州)의 지사로 좌천되었다. 그때 그는 낭야의 계곡에 성심(醒心)·취옹(醉翁) 두 정자를 세웠다고 한다. 이 글은 그가 낭야산의 아름다움과 산수를 즐기는 즐거움을, 자신의 호를 정자 이름으로 삼은 취옹정에 부쳐 지은 글이다. 그의 문장은 간결하며 객관적인 묘사를 주로 한다. 이 글 역시 미사여구나 화려한 기교를 부리지 않고 평이한 표현을 썼다.

430 환(環): 옥고리처럼 빙 둘러 있다.

431 저(滁): 안휘성(安徽省)의 저주(滁州)를 가리킨다.

432 학(壑): 골짜기

433 울연(蔚然): 초목이 무성하게 우거져 있는 모양

瑯琊[434]也라. 낭 야 야	바로 낭야산이다
山行六七里[435]면, 산 행 육 칠 리	산으로 육칠 리쯤 걸어 들어가면,
漸聞水聲潺潺[436]하야, 점 문 수 성 잔 잔	차츰 물소리가 졸졸 들리며
而瀉出于兩峰之間者는, 이 사 출 우 양 봉 지 간 자	양쪽 봉우리 사이에서 흘러나오는 것은
釀泉[437]也라. 양 천 야	양천(釀泉)이다.
峰回路轉[438]하면, 봉 회 로 전	산봉우리를 돌아 구불구불 산길을 따라 올라가면,
有亭翼然[439]하야, 유 정 익 연	정자 하나가 마치 새가 날개를 펼친 것처럼
臨于泉上者는, 임 우 천 상 자	양천 가에 서 있는 것은
醉翁亭也라. 취 옹 정 야	바로 취옹정이다.
作亭者는 誰오? 작 정 자 수	이 정자를 세운 이가 누구인가?

---

434 낭야(瑯琊): 산 이름

435 리(里): 옛날에 중국에서는 길이의 단위로 분을 썼는데, 수수 한 톨의 지름을 1분이라 한다. 10분이 1촌, 10촌이 1척, 6척이 1보이며, 3백 보가 1리이다.

436 잔잔(潺潺): 물이 졸졸 흐르는 것

437 양천(釀泉): 샘 이름. '양'은 술을 빚는다는 뜻. 이 샘물로 술을 빚으면 술맛이 좋다 하여 양천이라 했다.

438 전(轉): 길이 구불구불하다.

439 익연(翼然): 새가 날개를 활짝 펼친 듯한 모양

山之僧智仙[440]也라.
산 지 승 지 선 야
이 산에 사는 중 지선(智仙)이다.

名之者는 誰오?
명 지 자 수
취옹정이라 이름 지은 이는 누구인가?

太守自謂[441]也라.
태 수 자 위 야
이곳 태수로, 자기의 호를 딴 것이다.

太守與客으로,
태 수 여 객
태수는 여러 손님들과 더불어

來飮于此할세,
내 음 우 차
이곳에 술 마시러 오곤 하는데,

飮少輒[442]醉하고,
음 소 첩 취
조금만 마셔도 금방 취하고,

而年又最高라,
이 년 우 최 고
또 손님 중에는 가장 나이가 많아,

故로 自號曰醉翁[443]也라.
고 자 호 왈 취 옹 야
고로 자신의 호를 취옹이라 한 것이다.

醉翁之意는,
취 옹 지 의
취옹의 뜻은

不在酒하고,
부 재 주
술에 있지 않고

在乎山水之間也라.
재 호 산 수 지 간 야
산수에 있는 것이다.

山水之樂은,
산 수 지 락
산수의 즐거움은

得之心而寓之酒[444]也라.
득 지 심 이 우 지 주 야
마음으로 얻어지는 것이며 술을 구실 삼는 것이다.

---

440 지선(智仙): 낭야산에 사는 중의 이름
441 자위(自謂): 자기 자신을 뜻한다.
442 첩(輒): 문득
443 취옹(醉翁): 술에 취한 늙은이. 구양수의 호
444 우지주(寓之酒): 술을 구실 삼다.

若夫
약 부

대개

日出而林霏[445]開하고,
일 출 이 임 비 개

해 돋으면 숲속의 자욱한
아침 안개 걷히고,

雲歸而巖穴暝하야,
운 귀 이 암 혈 명

저녁 구름이 돌아오면 바위동굴에
어둠이 내려,

晦明變化者는,
회 명 변 화 자

밝음과 어둠이 번갈아 드는 것은

山間之朝暮也오,
산 간 지 조 모 야

산간의 아침과 저녁이요,

野芳[446]發而幽香하고,
야 방 발 이 유 향

들에는 꽃이 아름답게 피어
진한 향기를 내고,

嘉木秀而繁陰하야,
가 목 수 이 번 음

아름다운 나무들이 높이 뻗어
녹음을 드리우며,

風霜高潔[447]하고,
풍 상 고 결

바람은 높게 일고 서리는
맑고 깨끗하고

水落而石出[448]者는,
수 락 이 석 출 자

시냇물이 말라 돌들이 드러나는 것은

---

445 임비(林霏): 숲에 엉긴 안개 같은 작은 물방울

446 야방(野芳): 들에 핀 이름 모를 꽃과 풀

447 풍상고결(風霜高潔): 바람이 높이 불고 서리는 맑고 깨끗하다. 높고 푸른 하늘, 시원한 바람, 희고 맑은 이슬, 모두 가을 풍경을 묘사하는 전형적인 풍물이다.

448 수락이석출(水落而石出): 물이 줄어드니 돌이 드러난다. 물이 줄어 시내 바닥의 돌이 드러나게 되는 겨울 풍경을 나타냄. 뒤에 나오는 글 번호 93 소동파의 「적벽대전 유적지에서, 두 번째 지음(後赤壁賦)」에도 '수락석출(水落石出)'이란 표현이 나온다.

山間之四時[449]也라. 산 간 지 사 시 야	산속의 사계절이다.
朝而往이라가, 조 이 왕	아침이면 나가 다녔다가
暮而歸[450]에, 모 이 귀	저녁이면 돌아옴에
四時之景[451]不同하고, 사 시 지 경 부 동	사계절의 경치가 다르고
而樂亦無窮也라. 이 낙 역 무 궁 야	즐거움 또한 끝이 없다.
至於負者[452]는 歌于塗[453]하고, 지 어 부 자 가 우 도	짐을 진 자는 길을 가며 노래 부르고
行者[454]는 休于樹하며, 행 자 휴 우 수	지나가는 사람은 나무 그늘에서 쉬며,
前者는 呼하고, 전 자 호	앞에 가는 사람이 부르면
後者는 應하며, 후 자 응	뒤에 가는 사람이 대답하고,
傴僂[455]提携[456]하야, 구 루 제 휴	서로의 몸을 굽혀 손을 잡고 끌고 당기며,

449 산간지사시(山間之四時): 사계절에 따라 달라지는 산의 풍경
450 조이왕모이귀(朝而往暮而歸): 아침에 가서 아침 경치를 보고, 저녁에 돌아오면서 저녁 경치를 구경하다.
451 사시지경(四時之景): 사계절에 따라 변화하는 경치
452 부자(負者): 짐을 진 사람
453 가우도(歌千塗): 길에서 노래를 부르다. '도'는 도(道)와 같은 의미
454 행자(行者): 걸어가는 사람
455 구루(傴僂): 몸을 굽히다.
456 제휴(提携): 손을 잡다.

往來而不絕者는, 왕 래 이 부 절 자	산을 오르내리는 행렬이 끊어지지 않는 것은
滁人[457]遊也라. 저 인 유 야	저주 사람들이 놀러 오는 것이라.
臨溪而漁[458]하니, 임 계 이 어	시내에서 물고기를 낚으니,
溪深而魚肥하고, 계 심 이 어 비	물은 깊고 고기는 살이 쪘고,
釀泉爲酒하니, 양 천 위 주	양천 샘물로 술을 빚으니
泉冽[459]而酒香이라. 천 렬 이 주 향	샘물이 맑고 차서 술이 향기롭다.
山肴[460]野蔌[461]을, 산 효 야 속	산나물 안주에 푸성귀를
雜然而前陳者는, 잡 연 이 전 진 자	잡다히 벌여 놓은 것은
太守宴也라. 태 수 연 야	바로 태수가 여는 잔치이다.
宴酣之樂[462]은, 연 감 지 락	연회의 즐거움은
非絲非竹[463]이라. 비 사 비 죽	현악기와 관악기가 필요없을 정도이다.

457 저인(滁人): 저주 사람들

458 어(漁): 물고기를 잡다.

459 천렬(泉冽): 샘물이 차고 맑다.

460 산효(山肴): 산나물로 만든 안주

461 야속(野蔌): 야채, 푸성귀

462 연감지락(宴酣之樂): 잔치가 무르익어 즐겁다.

463 비사비죽(非絲非竹): '사'는 현악. '죽'은 관악. 즉 술자리의 흥을 돋우는 음악이 없이도 충분히 흥겹다는 뜻

射者[464]는 中하고,
사자 중

활쏘기 하는 자들은 과녁을 맞히려 하고

奕者[465]는 勝하며,
혁자 승

바둑 두는 자들은 이기려 하며

觥籌交錯[466]하고,
굉주교착

큰 쇠뿔 잔과 세는 산가지가 어지럽고

起坐而諠譁[467]者는,
기좌이훤화 자

일어났다 앉았다 왁자지껄하게 떠드는 것은

衆賓歡也오,
중빈환야

모인 손님들이 다 같이 즐거워하는 것이요,

蒼顔白髮[468]이,
창안백발

창백한 얼굴에 흰머리를 한 늙은이 하나가

頹[469]乎其間者는,
퇴 호기간자

그 가운데 쓰러져 있는 것은

太守醉也라.
태수취야

태수가 취한 것이다.

已而[470]
이이

어느새

---

464 사자(射者): 활을 쏘는 사람

465 혁자(奕者): 바둑 두는 사람. '奕'은 혁(弈)의 속자

466 굉주교착(觥籌交錯): 벌주잔과 산가지가 뒤섞여 있다. '굉'은 쇠뿔로 만든 5홉들이 큰 잔으로 벌주를 내릴 때에 쓰는 잔. '주'는 벌주의 수를 세기 위해 준비한 산가지. 잔치가 한창 무르익은 장면을 묘사한 것이다.

467 훤화(諠譁): 왁자지껄하게 떠들다.

468 창안백발(蒼顔白髮): 푸른색을 띤 얼굴과 흰머리. 노인의 용모를 형용한 것. 이때 구양수의 나이 40세쯤이니, 취옹이라는 자신의 호에 걸맞게 재미있게 표현한 것이다.

469 퇴(頹): 무너지다. 진(陳)의 혜강(嵇康)은 술에 취하면 옥산(玉山)이 무너져 내린 듯 쓰러졌다고 했다.

夕陽은 在山하고, 석양 재산	저녁 해가 산에 걸리고
人影은 散亂하니, 인영 산란	사람들의 그림자 하나둘 어지러이 흩어지니
太守歸而賓客從也라. 태수귀이빈객종야	태수가 돌아가고 손님들이 따른다.
樹林陰翳[471]하고, 수림음예	숲에 저녁 그림자 드리워지고
鳴聲上下하니, 명성상하	[새들은] 오르내리며 지저귀니,
遊人去而禽鳥樂也라. 유인거이금조락야	사람들이 가 버리자 새들이 즐기는 것이다.
然而禽鳥는, 연이금조	그러나 새들은
知山林之樂이나, 지산림지락	산림의 즐거움을 알아도
而不知人之樂이요, 이부지인지락	사람들의 즐거움은 모를 것이며,
人知從太守遊而樂이나, 인지종태수유이락	사람들은 태수를 따라 놀고 즐길 줄 알아도
而不知太守之樂其樂也[472]라. 이부지태수지락기락야	태수가 그 즐거움을 즐기는 줄은 모르리라.

---

470 이이(已而): 얼마 아니하여

471 음예(陰翳): 그늘져 어두워지다.

472 태수지락기락야(太守之樂其樂也): 태수는 사람들이 즐거워하는 것을 즐거워한다. '기락'은 사람들이 즐거워하는 것. '락기락'은 다음에 나오는 '同其樂'과 맥락을 같이하는 정신으로, 유

醉能同其樂[473]이나, 취 능 동 기 락	술에 취해서는 그 즐거움을 같이할 수 있으나
醒能述以文者는, 성 능 술 이 문 자	깨어나 문장으로 서술하는 자는
太守也라. 태 수 야	태수이다.
太守는 謂誰오? 태 수 위 수	태수란 누구를 이름인가?
廬陵[474]歐陽脩也니라. 여 릉 구 양 수 야	바로 여릉의 구양수로다.

77. 가을 소리에 대하여(秋聲賦)[475]

구양수(歐陽脩)

歐陽子[476]方夜讀書러니, 구 양 자 방 야 독 서	구양자가 바야흐로 밤에 책을 읽는데,
聞有聲이 自西南來者하고, 문 유 성 자 서 남 래 자	서남쪽으로부터 어떤 소리가 들려와

가에서 주장하는 위정자가 지녀야 할 정신이다. 『맹자』「양혜왕 상(梁惠王上)」에 "옛 현인들은 이렇게 백성들과 즐거움을 함께했기 때문에 즐거워할 수 있었다"고 하였다.

473 동기락(同其樂): 같이 즐거워하다. 『맹자』「양혜왕 하」의 "백성들과 함께 즐긴다"와 같은 뜻

474 여릉(廬陵): 구양수의 고향으로, 강서성(江西省) 길주(吉州)에 있다.

475 추성부(秋聲賦): 가을이 되어 고요히 서재에 앉아서 독서를 하다가 바깥에서 들려오는 바람소리를 듣고서 감흥이 일어 쓴 부(賦)체의 글이다. 일반적인 부체의 글과 같이 문답체로 썼으나, 옛날 부체가 지닌 대구(對句)·압운(押韻)·전고(典故) 등의 수사에서 벗어나서, 비교적 산문 투에 가까운 형식으로 썼다. 이러한 부를 문부(文賦)라 하는데, 구양수에서 시작되어 유행한 것으로 보고 있다.

476 구양자(歐陽子): 구양수가 자신을 가리켜 한 말이다. '자'는 공자, 맹자에서 보는 바와 같이 남자에게 붙이는 속칭이다.

悚然[477]而聽之曰,
송연 이청지왈

섬뜩 놀라 그 소리에 귀를 기울여 보고 말하였다.

異哉라.
이재

"이상도 하구나!"

初淅瀝[478]以蕭颯[479]이러니,
초석력 이소삽

처음에는 빗소리 같더니 소슬한 바람 소리 같다가,

忽奔騰而澎湃[480]하니,
홀분등이팽배

문득 기운차게 뛰어올라 물결 부딪치는 소리 같으니,

如波濤夜驚하고,
여파도야경

마치 파도가 밤중에 놀라고

風雨驟至[481]하야,
풍우취지

느닷없이 비바람이 들이닥치는 듯하여,

其觸於物也에,
기촉어물야

그것이 물건에 부딪힘에

鏦鏦錚錚[482]하야,
총총쟁쟁

쨍그랑쨍그랑하며

金鐵皆鳴하고,
금철개명

쇠붙이가 모두 우는 듯하고,

---

477 송연(悚然): 두려운 듯 놀라는 모양

478 석력(淅瀝): 비 오는 소리

479 소삽(蕭颯): 차고 음산한 바람 소리

480 분등이팽배(奔騰而澎湃): '분등'은 기운차게 뛰어오르는 모양, '팽배'는 물결이 바위에 부딪치는 소리

481 취지(驟至): 느닷없이 몰아닥치다.

482 총총쟁쟁(鏦鏦錚錚): '총총'은 칼과 같은 날카로운 쇠가 부딪치는 소리, '쟁쟁'은 일반 쇠붙이가 울리는 소리이다. 오행(五行) 가운데 수(水)는 겨울, 화(火)는 여름, 목(木)은 봄, 금(金)은 가을에 해당된다. '추풍'은 금풍(金風)이라 함도 이 때문이다. 여기서 가을을 금과 철이 울리는 소리로 표현한 것도 마찬가지이다.

又如赴敵之兵이, 우 여 부 적 지 병	또 마치 적을 향하는 병사들이
銜枚[483]疾走하야, 함 매 질 주	재갈을 물고 질주하는 것과 같아서,
不聞號令하고, 불 문 호 령	호령도 들리지 아니하고
但聞人馬之行聲[484]이라. 단 문 인 마 지 행 성	다만 사람과 말이 가는 소리만 들린다.
予謂童子하되, 여 위 동 자	내 동자에게 말하기를
此何聲也오? 차 하 성 야	"이것이 무슨 소리인가?
汝出視之하라 하니 여 출 시 지	너 나가서 이를 보고 오너라"라고 하니,
童子曰, 동 자 왈	동자가 대답했다.
星月皎潔[485]하고, 성 월 교 결	"별과 달은 희고 맑고
明河[486]在天한데, 명 하 재 천	은하수는 하늘에 있는데,
四無人聲하고, 사 무 인 성	사방에 사람 소리는 없고,
聲在樹間이더이다. 성 재 수 간	소리는 나뭇가지 사이에 있습니다."
予曰, 여 왈	나는 말하였다.

---

483 매(枚): 젓가락같이 생긴 것으로, 말을 못 하도록 병사의 입에 둘러 그 양끝을 머리에 매는 것이다.

484 인마지행성(人馬之行聲): 대장의 호령 소리는 들리지 아니하고 사람과 말이 달리는 소리만 들리니, 이는 곧 가을 소리의 쓸쓸하고 냉정한 모양을 표현한 말이다.

485 교결(皎潔): '교'는 눈부시게 흰 모양. '결'은 맑고 깨끗한 것

486 명하(明河): 은하수

噫嘻[487]悲哉라!
희희 비재

"아! 슬프도다!

此는 秋聲也라.
차 추성야

이것이 가을 소리로다.

胡爲乎來哉[488]오?
호위호래재

어찌하여 왔는가?"

蓋夫秋之爲狀也는,
개부추지위상야

대개 저 가을의 모습은,

其色은 慘淡[489]하야,
기색 참담

그 색깔은 참담하여

煙[490]霏雲斂하고,
연 비운렴

안개 흩어지고 구름 걷히고,

其容은 淸明하야,
기용 청명

그 모양은 청명하여

天高日晶[491]하고,
천고일정

하늘은 높고 햇빛은 찬란하고,

其氣는 慄冽[492]하야,
기기 율렬

그 기운은 살을 에듯 차가워서

砭[493]人肌骨하고,
폄 인기골

사람의 살과 뼈를 찌르고,

其意는 蕭條[494]하야,
기의 소조

그 뜻은 몹시 쓸쓸하여

---

487 희희(噫嘻): 탄식하는 소리

488 호위호래재(胡爲乎來哉): 어찌하여 왔는가? 가을은 만물을 죽이는지라 오기를 바라지도 않았는데 왜 왔는가?

489 참담(慘淡): 암담(暗澹)과 같은 뜻으로 몹시 아프고 슬픈 모양. 만물을 말려 죽이는 살벌한 가을의 빛을 나타낸 말이다.

490 연(煙): 안개

491 정(晶): 속속들이 맑고 밝은 모양

492 율렬(慄冽): 무섭도록 차갑다. 곧 살 속을 파고드는 가을날 찬 기운의 매서움을 나타낸 말이다.

493 폄(砭): 돌 침. 여기에서는 살 속을 찌르는 것을 뜻한다.

494 소조(蕭條): 몹시 쓸쓸한 모양

山川이 寂寥라.
산 천 적 요

산천이 적적하고 고요하다.

故其爲聲也는,
고 기 위 성 야

그러므로 그 소리는

凄凄切切[495]하며,
처 처 절 절

몹시 처절하며

呼號憤發[496]하야,
호 호 분 발

울부짖듯 세차게 일어나

豊草綠縟[497]而爭茂하며,
풍 초 녹 욕 이 쟁 무

무성한 풀은 우거져 녹음을 다투며,

佳木葱蘢而可悅[498]타가,
가 목 총 롱 이 가 열

아름다운 나무 파랗게 우거져
볼 만하더니,

草拂之而色變하고,
초 불 지 이 색 변

풀은 가을의 스침에 색이 변하고

木遭之而葉脫하나니,
목 조 지 이 엽 탈

나무는 가을을 만나 잎이 떨어지니,

其所以摧敗零落[499]者는,
기 소 이 최 패 영 락 자

꺾여 시들고 영락하는 까닭은

乃一氣[500]之餘烈이라.
내 일 기 지 여 렬

가을 기운이 너무 매운 때문인 것이다.

夫秋는 刑官[501]也라.
부 추 형 관 야

대저 가을은 형관(刑官)이라.

---

495 절절(切切): 매우 절박하게 스며드는 모양

496 호호분발(呼號憤發): ‘호호’는 가을 소리가 크게 부르짖다. ‘분발’은 세차게 일어나다.

497 녹욕(綠縟): ‘녹’은 짙은 녹색. ‘욕’은 화문을 놓다. 곧 풍성한 풀이 푸르고 아름다운 모양을 말한다.

498 총롱이가열(葱蘢而可悅) : ‘총롱’은 나무가 시퍼렇게 무성한 모양. ‘가열’이란 사람의 눈을 충분히 즐겁게 할 만하다는 말

499 최패영락(摧敗零落): ‘최패’는 꺾여 시들다. ‘영락’은 초목의 잎이 말라 떨어지다.

500 일기(一氣) : 가을 기운

501 형관(刑官): 형벌을 맡은 사구 벼슬로 『주례(周禮)』에 나오는 육관(六官) 가운데 하나이다. 육관이란 천관(天官)·지관(地官)·춘관(春官)·하관(夏官)·추관(秋官)·동관(冬官)을 말한다. 여

於時爲陰[502]이요, 어 시 위 음	시절에 있어서는 음기(陰氣)요,
又兵象[503]也라. 우 병 상 야	또한 무기의 형상이다.
於行에 爲金[504]하니, 어 행 위 금	오행(五行)으로는 금(金)이니,
是謂天地之義氣[505]라, 시 위 천 지 지 의 기	이것을 천지의 기운이라 하니,
常以肅殺而爲心이라. 상 이 숙 살 이 위 심	항상 쌀쌀하게 말려 죽이는 것이 본심이다.
天之於物에, 천 지 어 물	하늘이 만물에 있어서,
春生秋實이라. 춘 생 추 실	봄에는 생장하고 가을에는 열매 맺는다.
故로 其在樂也에, 고 기 재 악 야	그러므로 그것이 음악에 있어서는
商聲[506]主西方之音하고, 상 성 주 서 방 지 음	상성(商聲)이 서쪽의 음악을 주관하고,

기에 가을을 일러 형관이라 함은 가을이 만물을 말려 죽이기 때문이다.

502 어시위음(於時爲陰): 사시절로 보면, 봄과 여름은 양에 속하고 가을과 겨울은 음에 속한다.

503 병상(兵象): 무기의 형상. 무기가 물건을 살상하고 가을 또한 초목을 말려 죽이는 살기가 있으므로 가을을 무기의 형상이라 한 것이다.

504 어행위금(於行爲金): 행(行)은 수(水)·화(火)·목(木)·금(金)·토(土) 오행이요, 이 가운데 '금'은 가을에 해당되기 때문이다.

505 의기(義氣): 의(義)는 가을 서리와 같이 엄격하고 인(仁)은 봄날과 같이 따뜻하다 하여, 봄날을 인(仁)의 덕(德)으로 보고, 가을을 숙살(肅殺)의 덕으로 본 것이다.

506 상성(商聲): 궁(宮)·상(商)·각(角)·치(徵)·우(羽) 오성(五聲)의 하나로서 서방의 금상(金商)에 해당된다. 그러므로 '상성'은 곧 추성(秋聲)을 뜻한다.

夷則爲七月之律[507]하니라. 이 칙 위 칠 월 지 율	이칙(夷則)은 칠월의 음률이 되는 것이다.
商은 傷也[508]라, 상 상 야	상(商)은 상하게 하는 것이다.
物旣老而悲傷하고, 물 기 로 이 비 상	만물이 이미 늙어서 슬퍼하고 상심하는 것이고,
夷는 戮也[509]니, 이 륙 야	이(夷)는 살육(殺戮)이라,
物過盛而當殺이라. 물 과 성 이 당 살	만물이 성할 때를 지나면 마땅히 죽게 되는 것이다.
嗟乎[510]라! 차 호	슬프다!
草木이 無情하되, 초 목 무 정	초목은 감정이 없지만
有時飄零[511]이라 하나니, 유 시 표 령	때가 되면 나부껴 떨어진다 하니,

507 이칙위칠월지율(夷則爲七月之律): '이칙'은 음악에 있어서의 12율의 하나로, 절후(節侯)로는 음력 7월, 곧 맹추(孟秋)에 해당된다. '이'의 뜻은 상(傷)과 같고 '칙'은 법(法)을 뜻한다. 곧 만물이 맹추 7월에 들어 비로소 상하여 형법을 받는다는 것을 의미한다. 12율을 12월에 배치하면 다음과 같다. 정월은 태주(太簇), 2월은 협종(夾鐘), 3월은 고선(枯洗), 4월은 중려(仲呂), 5월은 유빈(蕤賓), 6월은 임종(林鐘), 7월은 이칙(夷則), 8월은 남려(南呂), 9월은 무역(無射), 10월은 응종(應鐘), 11월은 황종(黃鐘), 12월은 대려(大呂) 등이다.

508 상상야(商傷也): 상성(商聲)은 곧 추성(秋聲)이요, 추성은 만물을 시들어 죽게 하는 것이므로 상(傷)이라고 한 것이다.

509 이륙야(夷戮也): '이'는 만물을 시들어 죽게 하는 7월의 율(律)이므로 살육(殺戮)이라 한 것이다.

510 차호(嗟乎): 슬프다 탄식하는 소리

511 표령(飄零): 나뭇잎이 바람에 나부껴 떨어지다.

人爲動物이니,
인 위 동 물
사람은 동물이니

惟物之靈이라,
유 물 지 영
오직 만물의 영장이다.

百憂感其心하고,
백 우 감 기 심
온 근심이 그 마음에 느껴지며,

萬事勞其形하야,
만 사 로 기 형
모든 일이 그 몸을 수고롭게 하여

有動于中이면,
유 동 우 중
마음속에 움직이는 것이 있으면

必搖其精하나니,
필 요 기 정
반드시 그 정신이 움직이게 되니,

而況思其力之所不及하고,
이 황 사 기 력 지 소 불 급
그런데 하물며 그 힘이 미치지 못하는 바를 생각하고,

憂其智之所不能하니,
우 기 지 지 소 불 능
그 지혜로 할 수 없는 바를 근심하니,

宜其渥然[512]丹者爲槁木[513]하고,
의 기 악 연 단 자 위 고 목
반질반질한 붉은 것이 고목이 되고,

黟然[514]黑者爲星星[515]이라.
이 연 흑 자 위 성 성
새까맣게 검은 것이 허옇게 되는 것은 당연한 일이다.

奈何非金石之質로,
내 하 비 금 석 지 질
어찌하여 금석의 재질도 아닌 것으로

512 악연(渥然): 얼굴빛이 혈색이 좋고 윤택한 모양

513 고목(槁木): 고목(枯木: 메마른 나무)과 같다.

514 이연(黟然): 칠흑같이 검은 모양

515 성성(星星): 백발이 성성한 모양

欲與草木而爭榮가?
욕 여 초 목 이 쟁 영

초목과 더불어 번영함을
다투고자 하는가?

念誰爲之戕賊[516]이나,
염 수 위 지 장 적

생각건대 누가 이것을 손상케 하든

亦何恨乎秋聲이리오?
역 하 한 호 추 성

또한 어찌 가을의 소리를 두고
한스럽다 하겠는가?

童子莫對하고,
동 자 막 대

동자는 대답도 안 하고

垂頭而睡하니,
수 두 이 수

머리를 떨어뜨린 채 잠을 자니,

但聞四壁에,
단 문 사 벽

다만 사방 벽에서

蟲聲喞喞[517]하야,
충 성 즉 즉

벌레 소리만이 직직거리며

如助予之歎息이러라.
여 조 여 지 탄 식

나의 탄식하는 소리를
더해 주는 듯하여라.

78. 쉬파리를 미워함(憎蒼蠅賦)[518]

구양수(歐陽脩)

蒼蠅蒼蠅아,
창 승 창 승

쉬파리야! 쉬파리야!

---

516 장적(戕賊): 상해하다.

517 즉즉(喞喞): 끊임없이 우는 벌레 소리

518 증창승부(憎蒼蠅賦): 조그만 쉬파리가 사람을 괴롭힘은 말할 것도 없고, 사람에게 해악을 끼치는 것이 또한 이만저만이 아니다. 마치 참소꾼 소인이 군자를 헐뜯어 못살게 굴듯 가증스럽

吾嗟爾之爲生하노라. 오 차 이 지 위 생	나는 네가 생물이 됨을 슬퍼하노라.
旣無蜂蠆[519]之毒尾하고, 기 무 봉 채 지 독 미	이미 벌이나 전갈의 독한 꼬리도 없고
又無蚊蝱[520]之利觜라. 우 무 문 맹 지 리 자	또 모기와 등에의 날카로운 부리도 없다.
幸不爲人之畏나, 행 불 위 인 지 외	다행히 사람의 두려움이 못 되거니,
胡不爲人之喜오? 호 불 위 인 지 희	어찌 사람에게 즐거움을 주지 못하는가?
爾形이 至眇[521]하고, 이 형 지 묘	네 몸이 지극히 작고
爾欲은 易盈하니, 이 욕 이 영	네 욕심은 채우기 쉬운 것,
盃盂殘瀝[522]과, 배 우 잔 력	잔이나 주발에 남은 물기와
砧几餘腥[523]에, 침 궤 여 성	생선 그릇에 남은 비린내에
所希秒忽[524]이라, 소 희 초 홀	바라는 바는 아주 미미한 것이라,
過則難勝이나, 과 즉 난 승	과하면 견디기 어렵거늘

기 이를 데가 없다. 이에 쉬파리를 미워하는 부를 지은 것이다. 이 부에는 두 구절 끝마다 각운자가 붙어 있다.

519 봉채(蜂蠆): 벌과 전갈

520 문맹(蚊蝱): 모기와 등에

521 묘(眇): 작다. 미(微)와 같다.

522 배우잔력(盃盂殘瀝): '배'는 곧 잔이요, '우'는 밥그릇. '력'은 질척한 물기

523 침궤여성(砧几餘腥): '침궤'는 생선회 그릇. '성'은 비린내 나다.

524 초홀(秒忽): 지극히 미세한 것

苦何求而不足하야,
고 하 구 이 부 족
무엇을 찾아 부족하다고 하며

乃終日而營營[525]고?
내 종 일 이 영 영
종일토록 왔다 갔다 하는가?

逐氣[526]尋香하야,
축 기 심 향
음식의 기미를 좇고 냄새를 찾아

無處不到하며,
무 처 부 도
가지 않는 곳이 없으며

頃刻而集하니,
경 각 이 집
삽시간에 모여드니

誰相告報오?
수 상 고 보
누가 서로 알려 주는 것인가?

其在物也雖微나,
기 재 물 야 수 미
그것이 비록 덩치는 작지만

其爲害也至要라.
이 위 해 야 지 요
그것이 끼치는 해독은 지극히 무겁다.

若乃
약 내
만일 곧

華榱[527]廣厦[528]와,
화 최 광 하
서까래 화려한 넓고 큰 집의

珍簟[529]方牀[530]에,
진 점 방 상
값진 대자리의 모난 침상에서

炎風之燠[531]이요,
염 풍 지 욱
더운 바람은 답답하고

夏日之長이라,
하 일 지 장
여름날은 지루하여

525 영영(營營): 앵앵거리며 왔다 갔다 하는 모양
526 기(氣): 음식의 기미
527 화최(華榱): 화려하게 꾸민 서까래
528 하(厦): 크고 넓은 집
529 점(簟): 죽석(竹席) 대나무 자리
530 방상(方牀): 모난 침상
531 욱(燠): 속이 답답하다.

神昏氣蹙[532]하며, 신 혼 기 축	정신이 혼미하고 기운이 줄어들며,
流汗成漿[533]이라. 유 한 성 장	흐르는 땀이 국물을 이루는지라,
委四肢而莫擧하고, 위 사 지 이 막 거	사지가 늘어져 들 수가 없고
眊[534]兩目其茫洋[535]하니, 모 양 목 기 망 양	두 눈은 흐릿하고 어슴푸레하니,
惟高枕之一覺[536]요, 유 고 침 지 일 교	단지 베개를 높이 하여 한잠 자고 깨어나
冀煩歊[537]之暫忘이라. 기 번 효 지 잠 망	더위를 잠시나마 잊어 보기를 바랐더니,
念於爾而何負하야, 염 어 이 이 하 부	생각건대 너에게 무엇을 등졌기에
乃於吾而見殃고? 내 어 오 이 견 앙	곧 나에게 해를 입히는가?
尋頭撲面[538]하고, 심 두 박 면	머리를 더듬거리고 얼굴을 치며
入袖穿裳이라. 입 수 천 상	소매 속으로 바지를 뚫고 들어온다.

---

532 기축(氣蹙): 기운이 줄어들다.

533 장(漿): 묽은 국물

534 모(眊): 눈이 흐리고 어둡다.

535 망양(茫洋): 본래의 뜻은 바다의 한없이 넓은 모양을 말하나, 여기서는 아득하여 어슴푸레한 모양

536 일교(一覺): 한잠 자고 깨다. '覺' 자는 '깨닫는다'는 뜻으로는 '각', '잠을 깬다'는 뜻으로는 '교'로 읽는다.

537 번효(煩歊): 찌는 듯한 더위. '효'는 김이 오른다는 뜻으로 열기를 말한다.

538 심두박면(尋頭撲面): 파리가 사람의 머리에 모여들고, 얼굴에 날아드는 것

或集眉端하고, 혹 집 미 단	혹은 눈썹 끝에 모이며
或沿眼眶[539]이라. 혹 연 안 광	혹은 눈두덩이를 따라 내려가서,
目欲瞑[540]而復警하고, 목 욕 명 이 부 경	눈을 감고자 하나 다시 깨고
臂已痺而猶攘하니, 비 이 비 이 유 양	팔이 저려오는데도 흔들어야 하니,
於此之時에, 어 차 지 시	이러한 때에
孔子何由[541] 공 자 하 유	공자가 어찌
見周公於髣髴[542]하고, 견 주 공 어 방 불	주공을 그럴듯하게 보고,
莊生[543]安得 장 생 안 득	장자가 어찌
與蝴蝶[544]而飛揚고? 여 호 접 이 비 양	나비와 더불어 날 수 있겠는가?
徒使蒼頭丫髻[545]로, 도 사 창 두 아 계	그저 하인과 동자에게

539 광(眶): 눈두덩이

540 명(瞑): 눈을 감다.

541 공자하유(孔子何由): 공자가 평생 꿈에도 잊지 못한 분이 바로 주나라의 성인 주공(周公)이다. 그러므로 공자가 말년에 탄식한 말이 있다. "심하도다! 나의 노쇠함이여! 오래되었도다! 내 다시금 주공을 꿈에 뵙지 못한 지가!"(『논어(論語)』「술이(述而)」). 여기에서는 작자가 쉬파리의 방해로 잠을 이루지 못하는 것을 공자가 주공을 꿈에 뵙지 못한 일에 빗대어 표현하고 있다.

542 방불(髣髴): 방불하다. 그럴듯하게 비슷하다.

543 장생(莊生): 장자(莊子). 여기에서 '생'은 선생과 같음. 『장자(莊子)』「제물론(齊物論)」에 장자가 꿈에 나비가 되어 거침없이 훨훨 날아다녔다는 이야기가 있다.

544 호접(蝴蝶): 나비

545 창두아계(蒼頭丫髻): '창두'는 노비로, 노비가 머리에 푸른 수건을 쓰는 데에서 나온 말. '아계'는 'Y' 모양으로 머리를 땋아 내린 동자를 말한다.

巨扇揮颺이나, 거 선 휘 양	커다란 부채를 흔들게 하지만,
或頭垂而腕脫하고, 혹 두 수 이 완 탈	혹은 머리를 떨어뜨리고 팔은 벗어나기도 하며,
或立寐而顚僵하니, 혹 립 매 이 전 강	혹은 선 채 졸다가 엎어지니
此其爲害者一也니라. 차 기 위 해 자 일 야	이것이 해가 되는 첫 번째이다.
又如峻宇[546]高堂에, 우 여 준 우 고 당	또 높은 지붕, 멋진 집에서
嘉賓上客[547]이, 가 빈 상 객	반갑고 존귀한 손님이,
沽酒市脯[548]하고, 고 주 시 포	술과 마른 고기 안주를 사고
鋪筵[549]設席하야, 포 연 설 석	대자리를 펴 연회석을 마련하여
聊娛一日之餘閑이나, 요 오 일 일 지 여 한	오로지 하루의 여가를 즐기려고 하나,
奈爾衆多之莫敵이라. 내 이 중 다 지 막 적	너의 많은 무리를 대적해 낼 수 없구나.
或集器皿하고, 혹 집 기 명	혹은 그릇과 접시에 모여들며
或屯几格[550]하며, 혹 둔 궤 격	혹은 술상에 진을 치며,

546 준우(峻宇): 높은 지붕

547 가빈상객(嘉賓上客): '가빈'은 반가운 손님상. '상객'은 존귀한 손님

548 고주시포(沽酒市脯): 술과 마른 고기 안주를 사다.

549 포연(鋪筵) : 대자리를 펴다.

550 둔궤격(屯几格): '둔'은 병사가 진을 치는 것. 여기서는 많은 것이 모여드는 것. '궤'는 궤(饋)와 같고, '격'은 시렁, '궤격'은 음식상을 말한다.

或醉醇酎[551]하야, 혹 취 순 주	혹은 좋은 전국주에 취하여
因之沒溺하고, 인 지 몰 닉	이로 인해 빠져 죽으며,
或投熱羹[552]하야, 혹 투 열 갱	혹은 뜨거운 국에 빠져
遂喪其魄[553]하니, 수 상 기 백	드디어 그 목숨을 잃으니,
諒雖死而不悔[554]나, 양 수 사 이 불 회	참말로 죽어도 후회야 없겠지만
亦可戒夫貪得이라. 역 가 계 부 탐 득	또한 탐하는 것에 경계가 될 만하다.
尤忌赤頭[555]니, 우 기 적 두	특히 붉은 머리를 피해야 하니
號爲景迹[556]이라. 호 위 경 적	부르기를 '대단한 놈'이라 한다.
一有霑汚[557]면, 일 유 점 오	한 번 적셔 더럽혀지면
人皆不食이어늘, 인 개 불 식	사람이 다 먹지를 않거늘
奈何 내 하	어찌하리오.

551 순주(醇酎) : 전국으로 된 좋은 술

552 열갱(熱羹): 뜨거운 국

553 백(魄): 생명

554 수사이불회(雖死而不悔): 쉬파리가 먹을 것을 탐내어 죽음을 눈앞에 보면서 뛰어들었으니 다시 후회할 일이 없겠으나, 사람도 탐욕에 눈이 멀게 되면 염치가 없어져 쉬파리와 같이 죽음을 눈앞에 보면서 나쁜 짓을 하게 되니 참으로 경계해야 할 일이라는 뜻

555 적두(赤頭): 머리가 붉은 파리. 쉬파리 중에 큰 놈은 머리가 붉다고 한다.

556 경적(景迹): '경'은 대(大)와 같다. 곧 커다란 자취, 즉 자취를 남기는 대단한 놈이라는 뜻. 당나라 단성식(段成式)의 「유양잡조(酉陽雜俎)」에 "파리 중에 머리가 붉은 놈을 경적이라 부른다(蠅赤頭者, 號爲景迹)"고 하였다.

557 점오(霑汚): 적시어 더럽히다.

引類呼朋하고, 인 류 호 붕	무리를 이끌고 벗들을 불러
搖頭鼓翼하며, 요 두 고 익	머리를 흔들고 날개를 치며
聚散倏忽[558]하고, 취 산 숙 홀	모이고 흩어짐을 잠깐 사이에 하고
往來絡繹[559]을? 왕 래 낙 역	오고 가는 것이 끊이지 않음을.
方其賓主獻酬[560]하고, 방 기 빈 주 헌 수	바야흐로 정말 손님과 주인이 술잔을 돌리고
衣冠儼飾에, 의 관 엄 식	의관을 단정하게 함에 있어,
使吾로 揮手頓足[561]하고, 사 오 휘 수 돈 족	나로 하여금 손을 휘두르고 발을 구르게 하고
改容失色이라. 개 용 실 색	몸가짐을 고치고 얼굴빛을 잃게 한다.
於此之時에, 어 차 지 시	이러한 때에 있어서
王衍[562]이 何暇於淸談이며, 왕 연 하 가 어 청 담	왕연이 언제 청담을 할 겨를이 있겠으며,
賈誼[563]堪爲之太息이니, 가 의 감 위 지 태 식	가의는 오히려 큰 한숨을 지을 만하니,

558 숙홀(倏忽): 잠깐. 홀연(忽然)과 같다.

559 낙역(絡繹): 왕래가 잇달아 끊어지지 않는 모양

560 헌수(獻酬): '헌'은 주인이 객에게 잔을 주는 것. '수'는 객이 주인에게 잔을 되돌려 주는 것. 곧 잔을 주고받는 일

561 돈족(頓足): 발을 구르다.

562 왕연(王衍): 진(晋)나라 사람. 풍채 좋은 미남으로 종일 청담(淸談)으로 세월을 보냈다고 한다. 청담이란 세속의 모든 이욕을 떠난 청아한 담론이다.

此其爲害者二也라. 차 기 위 해 자 이 야	이것이 그 두 번째 해가 되는 것이다.
又如醯醢之品과, 우 여 혜 해 지 품	또 초와 젓갈 같은 물품과,
醬臡[564]之制[565]는, 장 니 지 제	장과 뼈 섞인 젓갈을 만드는 것과 같은 것은,
及時月[566]而收藏하고, 급 시 월 이 수 장	기약한 달에 이르기까지 담가 놓고
謹缾罌[567]之固濟[568]나, 근 병 앵 지 고 제	조심스럽게 독에 뚜껑을 단단히 해 두지만,
乃衆力以攻鑽[569]하고, 내 중 력 이 공 찬	이들은 여럿의 힘으로써 구멍을 뚫고
極百端[570]而窺覬[571]라. 극 백 단 이 규 기	백 가지 방법을 동원하여 틈을 엿본다.
至於大胾[572]肥牲[573]과, 지 어 대 자 비 생	큰 고기 점, 살찐 고기며

---

563 가의(賈誼): 전한(前漢) 사람으로 본서 글 번호 6 「굴원 선생의 비운을 슬퍼하노라(弔屈原賦)」의 작자이다. 가의는 「상문제서(上文帝書)」에서 문제(文帝)의 실정에 대하여 상서하기를, 지금의 정치에 통곡할 만한 일이 한 가지, 눈물을 흘려야 할 일이 두 가지, 그리고 크게 한숨지어야 할 일이 여섯 가지 있다고 하였다. 즉 가의도 이런 경우에는 크게 한숨지을 것이라는 말이다.

564 혜해, 장니(醯醢, 醬臡): 모두 젓갈의 일종. 일정한 기간을 두고 담가 두었다가 익은 뒤에 이용하는 점에서는 한 가지이므로, 글자 하나하나의 뜻을 살려, 초와 고기 젓갈, 장과 뼈가 섞인 젓갈로 풀이함이 좋을 듯하다.

565 제(制): 제조

566 시월(時月): 기약한 달. 곧 일정한 기간

567 병앵(缾罌): 장군. 곧 독이나 항아리 등을 말한다.

568 고제(固濟): 단단히 뚜껑을 닫아 두다.

569 공찬(攻鑽) : 치고 뚫다. 곧 쉬파리가 단단히 봉해 둔 종이에 뛰어들어 이를 찢고 뚫는 것을 말한다.

570 백단(百端): 여러 가지 방법

571 규기(窺覬): 틈을 엿보다.

嘉殽[574]美味하야,
가효 미미
좋은 생선, 맛좋은 것에 이르기까지

蓋藏稍露而罅隙[575]하고,
개장초로이하극
뚜껑을 해서 간직한 것이 조금씩 틈이 드러나고,

守者或時而假寐[576]하야,
수자혹시이가매
지키는 이가 간혹 어렴풋이 졸기라도 하여

纔少怠於防嚴이면,
재소태어방엄
겨우 조금만 방비를 엄히 하는 데 게으르면,

已輒遺其種類[577]하야,
이첩유기종류
이미 잠깐 그들의 씨를 무더기로 남겨

莫不養息蕃滋하며,
막불양식번자
크게 번식하지 않는 것이 없으며,

淋漓[578]敗壞하야,
임리 패양
썩어 문드러지게 하여

使親朋卒至에,
사친붕졸지
친한 벗이 갑자기 이를 때에

索爾[579]以無歡하고,
색이 이무환
돌연 기쁨이 없게 하고,

臧獲[580]懷憂하야,
장획 회우
하인들은 근심을 품어

---

572 대자(大胾): 큼직하게 토막 낸 고기 점
573 비생(肥牲): 희생된 살찐 고기
574 가효(嘉殽): 맛 좋은 생선
575 하극(罅隙): 틈
576 가매(假寐): 어렴풋이 졸다.
577 종류(種類): 쉬파리의 무더기
578 임리(淋漓): 물이 뚝뚝 흘러내리는 모양. 여기서는 고기 같은 것이 썩어서 나오는 액체를 말한다.
579 색이(索爾): 기분이 갑자기 나빠지는 모양. 여기에서 '이'는 연(然)과 같은 부사이다.

因之而得罪하니, 인 지 이 득 죄	이로 인하여 허물을 입게 되니,
此其爲害者三也라. 차 기 위 해 자 삼 야	이것이 그 해가 되는 세 번째이다.
是皆大者니, 시 개 대 자	이것은 모두 큰 것이요,
餘悉難名이라. 여 실 난 명	나머지는 다 이름하기 어려운 것이다.
嗚呼라! 명 호	아!
止棘之詩[581]를, 지 극 지 시	지극(止棘)의 시,
垂之六經[582]하니, 수 지 육 경	이를 육경(六經)에 다루었으니,
於此에 어 차	이에 있어
見詩人之博物하고, 견 시 인 지 박 물	시인의 넓은 지식과
比興[583]之爲精이니, 비 흥 지 위 정	비와 흥의 정교함을 보겠다.
宜乎 의 호	당연한 일이로다!
以爾로 刺讒人之亂國이라. 이 이 자 참 인 지 난 국	너로써 참소꾼의 나라를 어지럽히는 것을 풍자하였으니

580 장획(臧獲): 장(臧)은 남종, 획(獲)은 여종이다.

581 지극지시(止棘之詩): 『시경』「소아(小雅) ·청승(靑蠅)」이란 시를 말한다. 이 시의 내용은 참소꾼 소인을 쉬파리에 비유하여 지금 쉬파리가 임금님 가까이[棘]에 앉았으니[止], 제발 그 윙윙거리는 소리를 듣지 말고 조심하라는 뜻을 편 것이다.

582 육경(六經): 『시경』·『서경(書經)』·『역경(易經)』·『춘추(春秋)』·『예기(禮記)』·『악기(樂記)』

583 비흥(比興): 『시경』「육의(六義)」 중에 '비'와 '흥'의 수사법. 곧 '비'는 비슷한 것을 예를 들어 비유하는 것, '흥'은 자기의 본뜻을 말하기 전에 다른 사물을 끌어다가 먼저 펴는 것이다.

誠可嫉而可憎이로다. 성 가 질 이 가 증	참말로 미워하고 미워할 만한 일이로다.

79. 매미의 울음소리를 듣고(鳴蟬賦)[584]

구양수(歐陽脩)

嘉祐[585]元年夏에, 가 우 원 년 하	가우 원년 여름에
大雨水하야, 대 우 수	큰비가 내려
奉詔祈晴於醴泉宮[586]한데, 봉 소 기 청 어 예 천 궁	왕명으로 예천궁에서 날씨가 개기를 빌었는데,
聞鳴蟬하고, 문 명 선	매미 울음소리를 듣고
有感而賦云이니라. 유 감 이 부 운	느낀 바 있어서 부를 지었다.
肅祠庭[587]以祗事[588]兮여, 숙 사 정 이 저 사 혜	엄숙한 사당에서 공경히 제사 지내며,

584 명선부(鳴蟬賦): 매미의 울음소리에 빗대어 만물의 울음을 논하며, 특히 사람들의 울음이라 할 수 있는 문장론도 언급하고 있다. 글 번호 77 「가을 소리에 대하여(秋聲賦)」와 함께 작자의 대표적인 문부(文賦)의 하나이다.

585 가우(嘉祐): 송나라 인종(仁宗)의 연호. 그 원년은 1056년

586 예천궁(醴泉宮): 섬서성(陝西省) 인유현(麟遊縣)에 있던 구성궁(九成宮). 당(唐) 태종(太宗)이 그곳으로 피서를 갔다가 물맛이 단 샘물[醴泉]을 발견했다 한다.

587 숙사정(肅祠庭): 엄숙한 묘정(廟庭)

588 저사(祗事): 공경히 제사를 지내다.

瞻玉宇[589]之崢嶸[590]이라. 첨 옥 우 지 쟁 영	사당의 높이 솟은 모습 바라보네.
收視聽以淸慮兮여, 수 시 청 이 청 려 혜	보고 들음을 거두어들이고 맑게 해서,
齋[591]予心以薦誠[592]이라. 재 여 심 이 천 성	내 마음을 깨끗이 하고 정성 들이네.
因以靜而求動兮여, 인 이 정 이 구 동 혜	정으로 동을 구하니
見乎萬物之情이라. 견 호 만 물 지 정	만물의 실정이 보이네.
於是에 어 시	이에
朝雨驟止[593]하고, 조 우 취 지	아침 비 갑자기 멎고
微風不興하니, 미 풍 불 흥	미풍도 일지 아니하니,
四無雲而靑天하고, 사 무 운 이 청 천	사방엔 구름 한 점 없는 푸른 하늘 드러나고,
雷曳曳[594]其餘聲이라. 뇌 예 예 기 여 성	우레 소리 우르릉 여향만이 들리네.
乃席芳葯[595]하고, 내 석 방 약	곧 향기로운 자리 깔고 앉아
臨華軒[596]하니, 임 화 헌	화려한 집 앞뜰을 내려다보니,

589 옥우(玉宇): 크고 화려한 집. 여기서는 예천궁의 건물을 가리킨다.

590 쟁영(崢嶸): 우람하게 높이 솟은 모양

591 재(齋): 생각을 깨끗이 재계하다.

592 천성(薦誠): 정성을 다 바치다.

593 취지(驟止): 갑자기 멎다.

594 예예(曳曳): 우레 소리가 은근히 울리는 모양

595 석방약(席芳葯): '약'은 백지(白芷)라는 일종의 향초. 따라서 백지를 섞어 짠 향기로운 자리를 깔고 앉은 것인 듯하다.

古木數株가, 고목수주	고목 몇 그루가
空庭草間이라. 공정초간	빈 뜰 풀밭 사이에 있네.
爰有一物하야, 원유일물	여기에 한 물건 있어
鳴于樹顚하니, 명우수전	나무 끝에서 우는데,
引淸風以長嘯하고, 인청풍이장소	맑은 바람 끌어들이며 긴 휘파람 불기도 하고,
抱纖柯[597]而永歎이라. 포섬가 이영탄	가는 가지 끌어안고 긴 한숨 짓기도 하네.
嘒嘒[598]非管이요, 혜혜 비관	맴맴 우는 소리 피리와는 다르고,
泠泠[599]若絃이라. 영령 약현	맑은 소리 현악기와 같네.
裂方號[600]而復咽[601]하고, 열방호 이부열	찢어지는 소리로 부르짖다가는 다시 흐느끼고,
凄欲斷而還連이라. 처욕단이환연	처량하게 끊어질 듯하다가도 다시 이어지네.

596 임화헌(臨華軒): 화려한 집 앞뜰을 바라보다.

597 섬가(纖柯): 가는 나뭇가지

598 혜혜(嘒嘒): 맴맴 매미가 우는 소리

599 영령(泠泠): 맑고 시원하다.

600 열방호(裂方號): 천을 찢는 소리로 막 부르짖다.

601 열(咽): 흐느끼다.

吐孤韻[602]以難律[603]이나, 토 고 운 이 난 률	외로운 운율을 토하고 있어 음률 가늠하긴 어렵지만,
含五音[604]之自然이라. 함 오 음 지 자 연	오음(五音)의 자연스러움 품고 있네.
吾不知其何物이러니, 오 부 지 기 하 물	나는 그것이 어떤 물건인지 알지 못하거니,
其名曰蟬이라. 기 명 왈 선	그 이름이 매미라네.
豈非因物造形하야, 기 비 인 물 조 형	어찌 물건에 따라 몸을 만들어
能變化者耶아? 능 변 화 자 야	변화할 수 있는 놈이 아닌가?
出自糞壤[605]하니, 출 자 분 양	더러운 땅에서 나왔으니
慕淸虛者耶아? 모 청 허 자 야	맑은 공허함을 흠모하는 놈인가?
凌風高飛하니, 능 풍 고 비	바람을 타고 높이 날아다니니
知所止者耶아? 지 소 지 자 야	머물 곳을 아는 놈인가?
嘉木茂盛하니, 가 목 무 성	좋은 나무 무성하니
喜淸陰者耶아? 희 청 음 자 야	그 맑은 그늘을 좋아하는 놈인가?
呼吸風露하니, 호 흡 풍 로	바람과 이슬을 들이마시니

602 고운(孤韻): 외로운 소리. 자기만의 독특한 노래

603 난률(難律): 음률을 가늠하기 어렵다.

604 오음(五音): 옛날의 궁(宮)·상(商)·각(角)·치(徵)·우(羽)의 다섯 음계

605 분양(糞壤): 더러운 흙. 매미는 흙 속에서 굼벵이로 있다 밖으로 나와 허물을 벗고 매미가 된다.

能尸解[606]者耶야? 능 시 해 자 야	형체를 버리고 해탈하는 놈인가?
綽約[607]雙鬢[608]하니, 작 약 쌍 빈	예쁘게 두 갈래 머리를 하고 있으니
修[609]嬋娟[610]者耶아? 수 선 연 자 야	길고 아름다운 놈인가?
其爲聲也不樂不哀하고, 기 위 성 야 불 락 불 애	그 소리는 즐겁지도 슬프지도 않으며,
非宮[611]非徵라. 비 궁 비 치	궁 음도 치 음도 아니네.
胡然[612]而鳴하고, 호 연 이 명	어찌하여 그렇게 울고
亦胡然而止오? 역 호 연 이 지	또 어찌 그렇게 멈추는가?
吾嘗悲夫萬物이, 오 상 비 부 만 물	나는 일찍이 만물이
莫不好鳴이라. 막 불 호 명	모두가 울기 좋아함을 슬퍼했었네.
若乃四時代謝[613]엔, 약 내 사 시 대 사	이에 사계절이 갈마들 때에는
百鳥嚶[614]兮요, 백 조 앵 혜	여러 새들이 울고,
一氣候至엔, 일 기 후 지	한 절기가 올 때엔

606 시해(尸解): 자기의 형체는 버리고 신선이 되어 날아가다.
607 작약(綽約): 아리따운 모양.
608 쌍빈(雙鬢): 두 갈래 머리
609 수(修): 길다.
610 선연(嬋娟): 아름답다.
611 궁(宮): 치(徵)와 함께 오음(五音)의 하나
612 호연(胡然): 어찌 그렇게. 하연(何然)
613 대사(代謝): 엇바뀌다.
614 앵(嚶): 새가 울다.

百蟲驚兮라. 백 충 경 혜	여러 가지 벌레들이 놀라네.
嬌兒姹女[615]는, 교 아 차 녀	귀여운 아이나 예쁜 소녀들은
語鸝庚[616]兮요, 어 이 경 혜	꾀꼬리처럼 지저귀고,
鳴機[617]絡緯[618]는, 명 기 낙 위	베 짜는 소리와 베짱이는
響蟋蟀[619]兮라. 향 실 솔 혜	귀뚜라미처럼 소리 내어 울도다.
轉喉弄舌[620]이, 전 후 농 설	[새가] 목을 돌리고 혀를 놀리는 소리
誠可愛兮라. 성 가 애 혜	진실로 사랑스럽도다.
引腹動股[621]는, 인 복 동 고	[벌레가] 배를 잡아 늘이고 다리를 움직이는 것은
豈勉强而爲之兮오? 기 면 강 이 위 지 혜	어찌 억지로 그렇게 하고 있는 것이겠는가?
至於汚池濁水에, 지 어 오 지 탁 수	심지어 더러운 연못 흐린 물에서도
得雨而聒[622]兮요, 득 우 이 괄 혜	비가 오면 시끄럽고[맹꽁이],

---

615 교아차녀(嬌兒姹女): 귀여운 아이와 예쁜 소녀. 소년 소녀

616 이경(鸝庚): 꾀꼬리

617 명기(鳴機): 베틀에서 베 짜는 소리를 내다.

618 낙위(絡緯): 베짱이. 곤충 이름

619 실솔(蟋蟀): 귀뚜라미

620 전후농설(轉喉弄舌): 목을 굴리고 혀를 희롱하다. 새가 여러 가지 소리로 우는 것

621 인복동고(引腹動股): 배를 잡아 늘이고 다리를 움직이다. 벌레들이 울 때의 모양

622 괄(聒): 요란하다, 시끄럽다.

飮泉食土하야,
음 천 식 토
물 마시고 흙 먹으며

長夜而歌兮라.
장 야 이 가 혜
밤새도록 노래하네[지렁이].

彼蝦蟆[623]는,
피 하 마
저 맹꽁이는

固若有欲이나,
고 약 유 욕
본시 바라는 바가 있는 듯하지만,

而蚯蚓[624]은,
이 구 인
지렁이는

亦何求兮오?
역 하 구 혜
또 무엇을 구하는 것인가?

其餘大小萬狀은,
기 여 대 소 만 상
그 나머지 크고 작은 여러 가지 모습

不可悉名[625]이나,
불 가 실 명
일일이 다 들 수는 없지만,

各有氣類하야,
각 유 기 류
각각 절기에 따른 종류들이 있어

隨其物形하고,
수 기 물 형
그 형상이 생긴 대로 따라가고,

不知自止하고,
부 지 자 지
스스로 그칠 줄 모르고

有若爭能이라가,
유 약 쟁 능
마치 재능을 다투듯 하니,

忽時變以物改면,
홀 시 변 이 물 개
갑자기 시절이 변하여 만물도 바뀌면

咸漠然而無聲이라.
함 막 연 이 무 성
모두 잠잠히 소리 내지 않게 되네.

---

623 하마(蝦蟆): 두꺼비. 맹꽁이

624 구인(蚯蚓): 지렁이

625 실명(悉名): 자세히 이름을 대다. 일일이 설명하다.

嗚呼라!
오 호

아아!

達士[626]所齊[627]는,
달 사 소 제

통달한 선비가 똑같다고 보는 것은

萬物一類라.
만 물 일 류

만물이 모두 한 가지이기 때문이라네.

人於其間에,
인 어 기 간

사람이 그 사이에

所以爲貴는,
소 이 위 귀

가장 귀중한 까닭은,

蓋以巧其語言하고,
개 이 교 기 어 언

대개 그 말을 교묘히 하고

又能傳於文字라.
우 능 전 어 문 자

또 그것을 글로 전하기 때문이네.

是以로 窮彼思慮하고,
시 이 궁 피 사 려

그래서 그의 사려를 다하고

耗其血氣하며,
모 기 혈 기

그의 혈기를 소모하며,

或吟哦[628]其窮愁하고,
혹 음 아 기 궁 수

혹은 그의 곤궁한 시름을 읊기도 하고,

或發揚其志意하나니,
혹 발 양 기 지 의

혹은 그의 의지를 드러내기도 하나니

雖共盡於萬物이나,
수 공 진 어 만 물

비록 만물과 함께 죽는다 하나,

乃長鳴於百世라.
내 장 명 어 백 세

백 세대에 걸쳐 장구히 운다네.

予亦安知其然哉아?
여 역 안 지 기 연 재

나 또한 어찌 그러함을 알겠는가?

---

626 달사(達士): 모든 이치에 통달한 선비. 여기서는 장자를 말한다.

627 소제(所齊): 사물의 높고 낮음, 크고 작음, 길고 짧음 같은 상대적인 가치를 인정하지 않고, 모두 그 가치가 똑같다고 여기는 것[齊一](『장자』「제물론」)

628 음아(吟哦): 시를 읊다.

聊爲樂以自喜라. 요 위 락 이 자 희	잠시 즐기며 스스로 좋아할 따름이네.
方將考得失하고, 방 장 고 득 실	바야흐로 득실을 생각하고
較同異라가, 교 동 이	같고 다름을 따지고 있는데,
俄而雲陰復興하니, 아 이 운 음 부 흥	갑자기 음산한 구름이 다시 일어나
雷電俱擊하고, 뇌 전 구 격	천둥 번개 함께 치고
大雨旣作하니, 대 우 기 작	큰비 쏟아지니
蟬聲遂息이라. 선 성 수 식	매미 소리 드디어 멎고 마는구나.

권 7

80. 고향으로 돌아가는 서무당에게 주는 글(送徐無黨南歸序)[1]

구양수(歐陽脩)

草木鳥獸之爲物과, 초 목 조 수 지 위 물	풀, 나무, 짐승 등의 동식물과
衆人之爲人은, 중 인 지 위 인	여러 사람의 사람됨은,
其爲生이 雖異나, 기 위 생 수 이	그가 살아가는 것이 비록 서로 다르나
而爲死則同이니, 이 위 사 즉 동	죽는 데 있어서는 서로 같아서,
一[2]歸於腐壞[3] 일 귀 어 부 괴	한결같이 썩어 문드러져
澌盡泯滅[4]而已나, 시 진 민 멸 이 이	소멸됨으로 귀결된다.
而[5]衆人之中에, 이 중 인 지 중	그런데 사람들 중에
有聖賢者도, 유 성 현 자	성현이란 사람이 있는데,
固亦生且死於其間이나, 고 역 생 차 사 어 기 간	본디 그들도 세상에 살고 있다가 죽어 버리지만

1 송서무당남귀서(送徐無黨南歸序): 이 글은 제자인 서무당이 고향으로 돌아갈 때 지어 준 증서체(贈序體)의 문장이다. 증서체란 앞에 나온 한유의 37~42번의 글에서 보듯이, 작별하는 사람에게 지어 주는 송별문이다. 같은 형식의 다른 글들이 대부분 그러한 것처럼 여기에도 떠나는 사람을 전송할 때 흔히 느끼는 아쉬움이나 서글픔은 극도로 절제되어 있는 반면, 사제 사이에서 흔히 있음 직한 권면(勸勉)으로 일관된다. 너무 글 짓는 일에 자만하며 정력을 낭비하지 말라는 교훈이 담겨 있다.

2 일(一): 모두. 일체

3 부괴(腐壞): 썩어 문드러지다.

4 시진민멸(澌盡泯滅): 형체며 기운이 모조리 없어지다.

5 이(而): 그러나

而獨異於草木鳥獸衆人者는, 이 독 이 어 초 목 조 수 중 인 자	그러나 풀, 나무, 새, 짐승 및 여러 사람들과 유독 다른 점은
雖死而不朽하고, 수 사 이 불 후	비록 몸은 죽어도 [그 이름은] 사라지지 않고
愈遠而彌存[6]也라. 유 원 이 미 존 야	오래 갈수록 더욱 존재가 두드러지는 것이다.
其所以爲聖賢者는, 기 소 이 위 성 현 자	그들이 성현이라 불리는 까닭은,
修之於身[7]하고, 수 지 어 신	몸을 갈고 닦아 덕행을 쌓고
施之於事[8]하며, 시 지 어 사	중요한 일에 종사하여
見之於言[9]이니, 현 지 어 언	그것을 말로 표현하여 드러내니,
是三者는, 시 삼 자	이 세 가지는
所以能不朽而存也라. 소 이 능 불 후 이 존 야	사라지지 않고 존재를 두드러지게 하는 까닭이다.
修於身者는, 수 어 신 자	몸을 갈고 닦은 자는
無所不獲[10]이나, 무 소 불 획	얻지 못하는 것이 없게 되나,

6 미존(彌存): 존재가 더욱 드러나다. 존재가 더욱 뚜렷해지다.

7 수지어신(修之於身): 수신(修身)하다. 즉 덕행을 쌓음으로써 심신을 수양하다.

8 시지어사(施之於事): 자신의 덕행을 바탕으로 하되 주로 정치에 종사함으로써 공적을 이룩하다.

9 현지어언(見之於言): 말로 표현하다. 즉 언어를 통하여 문장으로 나타내다.

施於事者는, 시 어 사 자	일에 종사하는 사람은
有得有不得焉하여, 유 득 유 부 득 언	성공하는 사람이 있고 못 하는 사람이 있으며,
其見於言者는, 기 현 어 언 자	그것들을 말로 표현하여 쓰는 사람은
則又有能하고, 즉 우 유 능	또 잘 쓸 수도 있고
有不能焉이라. 유 불 능 언	잘 쓰지 못할 수도 있다.
施於事矣면, 시 어 사 의	일에 종사한다면
不見於言可也니, 불 현 어 언 가 야	말로 표현하여 쓰지 않아도 괜찮을 것이니,
自詩書史記所傳에, 자 시 서 사 기 소 전	『시경』·『서경』·『사기』에 전해지는 이들은
其人豈必皆能言之士哉아? 기 인 기 필 개 능 언 지 사 재	어찌 반드시 모두가 글을 잘 쓰는 사람이었겠는가?
修於身矣면, 수 어 신 의	몸을 잘 닦는다면
而不施於事하고, 이 불 시 어 사	일에 종사하지 않고
不見於言이라도, 불 현 어 언	말로 표현하여 글로 쓰지 않아도
亦可也니, 역 가 야	괜찮은 것이니,

10 무소불획(無所不獲): '무소부득(無所不得)'과 마찬가지의 뜻

孔門[11]弟子에,
공문 제자

공자의 제자들 중에

有能政事者矣요,
유능정사자의

정사(政事)에 유능했던 사람도 있고

有能言語者矣나,
유능언어자의

언어에 유능했던 사람도 있었으나,

若顏回[12]者는,
약안회 자

안회 같은 사람은

在陋巷[13]하야,
재누항

누추한 골목에 살면서

曲肱[14]飢臥[15]而已요,
곡굉 기와 이이

팔베개를 하고 굶주리며 누워 잤을 뿐이고,

其羣居則默然終日하야,
기군거즉묵연종일

여러 사람과 함께 있으며 종일토록 침묵을 지켜

如愚人[16]이나,
여우인

어리석은 사람 같았으나,

然이나 自當時羣弟子는,
연 자당시군제자

그러나 당시의 여러 제자는

---

11 공문(孔門): 『구양수전집(歐陽脩全集)』에는 공자(孔子)로 되어 있다.

12 안회(顏回): 공자의 수제자. 특히 덕행에 있어서 공자의 신임을 가장 많이 받던 인물

13 누항(陋巷): 누추한 골목. 즉 안회가 거처하던 누추한 집이 있던 마을. 『논어(論語)』「옹야(雍也)」에 "공자가 말하기를, 어질도다! 회여! 한 그릇의 밥과 한 바가지 물에 누추한 집. 이런 고통을 다른 사람들은 감당하지 못하는데 회는 그 즐거움을 고치려 하지 않는구나. 어질도다! 회여!"라고 말한 것에서 유래하였다.

14 곡굉(曲肱): 팔을 굽혀 베개로 삼다. 『논어』「술이(述而)」에 "공자가 말하기를, 거친 밥을 먹고 맹물을 마시며 팔베개로 눕는 가운데에서도 즐거움은 얼마든지 있다"라고 한 것에서 유래하였다.

15 기와(飢臥): 배고픔을 참고 누워 있다. 이는 『논어』「선진(先進)」에 "공자가 말하기를 회는 거의 도를 터득하였으나 쌀통은 자주 비었다"라고 한 것에서 그 유래를 찾을 수 있다.

16 묵연종일여우인(默然終日如愚人): 『논어』「위정(爲政)」에 "공자가 말하기를 안회는 나와 하루 종일 이야기할 때에 마치 바보처럼 조용히 듣기만 할 뿐 질문이나 반론이 없다"라고 한 것에서 유래하였다.

皆推尊之하야,
개 추 존 지

모두 그를 존경하여

以爲不敢望而及[17]하고,
이 위 불 감 망 이 급

감히 원해도 미치지 못할 것으로 여겼고,

而後世更[18]千百歲나,
이 후 세 경 천 백 세

후세에 수백 수천 년이 지났으나

亦未有能及之者니,
역 미 유 능 급 지 자

역시 그에게 미칠 수 있을 만한 사람이 없었으니,

其不朽而存者는,
기 불 후 이 존 자

그가 영원히 지워지지 않고 존재하는 것은

固不待施於事니,
고 부 대 시 어 사

본디 일에 종사한 때문이 아니니,

況於言乎아?
황 어 언 호

하물며 말 때문이었겠는가?

予讀班固藝文志[19]와,
여 독 반 고 예 문 지

내가 반고(班固)의 [『한서(漢書)』] 「예문지」와

---

17 불감망이급(不敢望而及): 『논어』 「공야장(公冶長)」에 "공자가 자공(子貢)에게 물었다. 너와 안회 두 사람 중에 누가 뛰어난가? 자공이 대답하였다. (…) 제가 어찌 감히 안회와 비교될 수 있겠습니까? 회는 하나를 듣고 열을 깨닫지만 저는 하나를 듣고 둘을 깨달을 따름입니다"라고 한 것에서 유래하였다.

18 경(更): 지나다, 흘러가다.

19 반고예문지(班固藝文志): 후한의 반고(班固)가 지은 전한의 역사책인 『한서(漢書)』의 일부분인 「예문지(藝文志)」로, 도서 분류 체계와 목록을 담은 내용. 여기서는 도서를 크게 경서[六藝], 제자[諸子], 문학[詩賦], 병법[兵書], 점술[術數], 의학[方技]의 여섯 종류[六略]로 나누고 그 분류의 총론을 집략(輯略)이라고 하였기 때문에 이러한 분류법을 칠략(七略)이라고 한다. 원래 이 칠략은 전한 말기의 학자 유흠(劉歆)이 시작한 것인데, 반고가 그대로 채용한 것이다.

唐四庫書目[20]하고,
당 사 고 서 목

『당서(唐書)』[「경적지(經籍志)」]를 읽어보건대,

見其所列하니,
견 기 소 열

거기에 열거된 바를 보니,

自三代[21]秦漢以來로,
자 삼 대 진 한 이 래

삼대(三代)로부터 시작하여 진한(秦漢) 이래로

著書之士가,
저 서 지 사

책을 저술한 사람들이,

多者는 至百餘篇하고,
다 자 지 백 여 편

많은 사람은 백여 편에 이르고

少者도 猶三四十篇하야,
소 자 유 삼 사 십 편

적은 사람도 삼사십 편이나 되며,

其人을 不可勝數로되,
기 인 불 가 승 수

그들의 수를 이루 다 헤아릴 수가 없는 정도인데,

而散亡磨滅하야,
이 산 망 마 멸

[그들의 저술은] 흩어져 없어지고 닳아 없어져서

百不一二存焉이라
백 불 일 이 존 언

백분의 일이도 남아 있지 않은 실정이다.

---

20 당사고서목(唐四庫書目): 송기(宋祁)와 구양수가 함께 편찬한 당나라 역사서인 『신당서(新唐書)』「예문지(藝文志)」 서(序)에서 "(…) 한(漢) 이래 사관들은 작가의 이름이나 작품의 편제를 분류함에 있어 육예·칠략(六藝·七略) 등으로 하였으나 당(唐)에 이르러 비로소 경·사·자·집(經·史·子·集)의 사류(四類)로 나누게 되었다"라고 하였다. 즉 전통적인 칠략의 도서 목록 분류법이 당대에는 경사자집의 사문(四門)으로 변경, 정착된 것이다. '사고'는 당대에 경사자집 각 부문을 네 장소의 서로 다른 서고에 보관시키던 방법으로, '경'은 대개 경서, '사'는 역사와 지리, '자'는 제자백가, '집'은 문학 작품집을 뜻하며, 사부(四部)라고도 한다.

21 삼대(三代): 하·상·주의 세 나라

予竊悲其人[22]의 여 절 비 기 인	나는 속으로 슬퍼하였으니,
文章麗矣요, 문 장 려 의	그들의 문장이 아름답고
言語工矣나 無異라. 언 어 공 의 무 이	말 표현은 훌륭하나,
草木榮華之飄風[23]하고, 초 목 영 화 지 표 풍	초목의 화려한 꽃이 바람에 날아가 버리고
鳥獸好音之過耳[24]也라. 조 수 호 음 지 과 이 야	새나 짐승의 아름다운 울음소리가 귀에 스치는 것과 다를 바가 없었다.
方其用心與力之勞가, 방 기 용 심 여 력 지 로	그 마음과 힘을 쓴 수고로움이
亦何異衆人之汲汲[25]營營[26]이리오? 역 하 이 중 인 지 급 급 영 영	사람들이 살아가기에 급급했던 것과 무엇이 다르겠는가?
而忽然以死者는, 이 홀 연 이 사 자	그리고 갑자기 죽어 버리는 것은
雖有遲有速이나, 수 유 지 유 속	늦기도 하고 빠르기도 하나,
而卒與三者[27]로, 이 졸 여 삼 자	결국 초목과 조수와 사람들과

22 비기인(悲其人): 그 사람들을 안타깝게 생각하다. 즉 자신들이 지은 글 가운데 단지 백분의 일이 정도만이 후세에 전하는 작가들을 불쌍하게 여긴다는 뜻

23 표풍(飄風): 바람에 날리다.

24 과이(過耳): 귀를 스쳐 지나가다. '표풍'이나 '과이'는 울창한 나무와 만발한 꽃, 동물의 아름다운 노랫소리가 순식간에 사라져 감을 비유한 말

25 급급(汲汲): 부지런한 모양. 서두르는 모양

26 영영(營營): 이익을 추구하기에 급급한 모양

27 삼자(三者): 서두에서 언급한 초목, 조수, 중인의 세 종류

同歸於泯滅하나니, 동 귀 어 민 멸	같이 소실됨으로 귀결되고 있는 것이니,
夫言之不可恃도, 부 언 지 불 가 시	말의 표현을 믿을 수 없는 것도
蓋如此라. 개 여 차	대체로 이와 같은 것이다.
今之學者는, 금 지 학 자	지금 학자들이
莫不慕古聖賢之不朽 막 불 모 고 성 현 지 불 후	모두가 옛 성현의 불후함을 흠모하여,
而勤一世하야, 이 근 일 세	일생을 부지런히 힘쓰며
以盡心於文字間者는, 이 진 심 어 문 자 간 자	글을 쓰는 일에 마음을 다하고 있는 것은,
皆可悲也라. 개 가 비 야	모두 슬퍼할 만한 일인 것이다.
東陽[28]徐生[29]이, 동 양 서 생	동양(東陽)의 서군(徐君)이
少從予學하야, 소 종 여 학	젊어서부터 나에게 배워
爲文章에 위 문 장	글을 짓는 일로
稍稍見稱於人이러니, 초 초 견 칭 어 인	약간 사람들의 칭송을 받고 있는데,

28 동양(東陽): 지금의 절강성(浙江省) 영강현(永康縣)

29 서생(徐生): 서무당(徐無黨). 구양수에게 고문(古文)을 배웠고, 황우(皇祐) 연간(1049~1053)에 예부시(禮部試)에 급제하여 군교수(郡敎授) 벼슬을 지냈다.

既去에 乃與群士로, 기거 내여군사	이미 나를 떠나가서는 여러 선비들과 함께
試於禮部하야, 시어예부	예부(禮部)의 시험을 보아
得高第[30]하니, 득고제	높은 등급으로 급제하였다.
由是知名하고, 유시지명	이로써 이름이 알려지고
其文辭도 日進하야, 기문사 일진	그의 문장은 날로 발전하여
如水涌而山出하니, 여수용이산출	물이 솟아오르고 산이 우뚝 솟은 듯이 되었으니,
予欲摧其盛氣[31] 여욕최기성기	내가 성한 기운을 꺾고
而勉其思[32]也라. 이면기사 야	사색에 힘쓰도록 해 주려는 것이다.
故로 於其歸에, 고 어기귀	그래서 그가 돌아감에 있어
告以是言이라. 고이시언	이런 말들을 일러 주게 된 것이다.
然이나 연	그러나
予固亦喜爲文辭者니, 여고역희위문사자	나도 본시 글을 짓기를 좋아하는 사람이므로,

30 고제(高第): 높은 점수로 합격하다.

31 최기성기(摧其盛氣): 왕성한 기운을 억제하다. 재능만 믿다가 일을 그르치는 경우를 사전에 예방하고자 하는 뜻

32 면기사(勉其思): 사색을 북돋우다. 곧 학문과 문장에 신중하도록 함을 뜻한다.

亦因以自警焉하노라. 역 인 이 자 경 언	또한 이로써 스스로 경계하고자 하노라.

81. 사형수의 가석방에 대해 논함(縱囚論)[33]

구양수(歐陽脩)

信義는 行於君子하고, 신 의 행 어 군 자	신의는 군자에게 행해지고,
而刑戮은 施於小人하나니, 이 형 육 시 어 소 인	형벌은 소인에게 전해지나니,
刑入於死者는, 형 입 어 사 자	사형의 판결을 받은 사람은
乃罪大惡極하니, 내 죄 대 악 극	그 죄가 아주 크고 극악하니,
此又小人之尤甚者也라. 차 우 소 인 지 우 심 자 야	이는 소인들 중에서도 특히 심한 자이다.
寧以義死언정, 영 이 의 사	차라리 의롭게 죽을지언정,
不苟幸生하며, 불 구 행 생	구차하게 요행으로 살지 않으며,

33 종수론(縱囚論): 당(唐) 정관(貞觀) 6년(632), 태종(太宗)은 사형수 390명을 석방하여 귀가시켜, 그다음 해 가을에 돌아와 사형에 임할 것을 지시하는 것으로 은덕을 나타내었다. 이 사형수들은 전부 때맞춰 돌아왔고, 태종은 그 의로움을 칭찬하며 사면시켜 주었는데 세상 사람들 모두 이를 '시은덕(施恩德)'과 '지신의(知信義)'의 본보기라 하여 칭찬했다. 본문에서 구양수는 이 일에 대해 비난을 가했고, "윗사람과 아랫사람이 서로의 마음을 엿볼 수 있었기에 이런 명예를 이룬 것(上下交相賊, 以成此名)"이라고 하며 꾸며낸 마음 상태를 공격했다.

而視死如歸는,
이 시 사 여 귀
죽는 것을 돌아가는 것으로 보는 것은,

此又君子之尤難者也라.
차 우 군 자 지 우 난 자 야
이 또한 군자의 가장 어려운 일이다.

方唐太宗之六年[34]에,
방 당 태 종 지 육 년
당태종 6년에,

錄[35]大辟[36]囚三百餘人하야,
여 대벽 수 삼 백 여 인
사형수 삼백여 명의 정상을 참작하여

縱[37]使還家하고,
종 사 환 가
석방하여 귀가시키고,

約其自歸以就[38]死라.
약 기 자 귀 이 취 사
기한 내에 스스로 돌아와 죽음에
응할 것을 약속하였다.

是는 以君子之難能으로,
시 이 군 자 지 난 능
이는 군자도 하기 어려운 일로서,

期小人之尤者
기 소 인 지 우 자
극히 악한 소인들이

以必能也라.
이 필 능 야
반드시 할 수 있을 것으로 생각했다.

其囚及期
기 수 급 기
그 사형수들은 때가 되어,

而卒自歸無後[39]者하니,
이 졸 자 귀 무 후 자
모두 스스로 기한을 넘긴 자가 없이
돌아왔다.

---

34 당태종지육년(唐太宗之六年): 당태종이 즉위한 육 년째이다. 즉 정관 6년(632). 당태종의 이름은 세민(世民)이며 고조(高祖)의 아들로 23년간 왕위에 있었다(627~649).

35 여(錄): 정보 또는 사정을 살피다.

36 대벽(大辟): 죽을죄. 사형을 말한다. '벽'은 죄, 형벌이다.

37 종(縱): 석방

38 취(就): 받아들이다.

39 후(後): 오래 끌어 시기를 놓치다. 기한을 넘기다.

是는 君子之所難이나,
시 군자지소난
이는 군자도 하기 어려운 일이거늘

而小人之所易也니,
이 소 인 지 소 이 야
소인이 쉽게 행한 것이니,

此豈近於人情이리오?
차 기 근 어 인 정
어찌 인정에 가깝다고 볼 수 있겠는가?

或曰,
혹 왈
혹자는 말하였다.

罪大惡極은,
죄 대 악 극
"죄가 크고 극악한 것은

誠小人矣나,
성 소 인 의
분명히 소인들이나,

及施恩德以臨之면,
급 시 은 덕 이 임 지
은덕을 베풀며 다가서면

可使變而爲君子니,
가 사 변 이 위 군 자
군자로 변화시킬 수 있는 것이니,

蓋恩德入人之深
개 은 덕 입 인 지 심
무릇 은덕이 사람에게 깊이 들면

而移人之速이,
이 이 인 지 속
사람이 변하는 것이 빠른 것이

有如是者矣라.
유 여 시 자 의
그와 같은 일이다."

曰
왈
나는 다음과 같이 말하였다.

太宗之爲此는,
태 종 지 위 차
"태종이 이렇게 행한 것은,

所以求此名也라.
소 이 구 차 명 야
이러한 명예를 구하기 위한 까닭이다.

然이나 安知
연 안 지
그러나 어찌 알 수 있겠는가?

夫縱之去也에,
부 종 지 거 야
무릇 그들을 방면할 때

不意[40]其必來以冀[41]免하야,
불의 기필래이기 면

그들이 반드시 돌아와 사면을 바랄 것이라고 예상하지 못하여

所以縱之乎아?
소이종지호

놓아 준 것인지를.

又安知
우안지

또 어찌 알 수 있겠는가?

夫被縱而去也에,
부피종이거야

그들이 석방되어 갈 때

不意其自歸而必獲免하야,
불의기자귀이필획면

스스로 돌아오면 반드시 사면될 것이라 생각하지 않고서

所以復來乎아?
소이복래호

돌아온 것인지를.

夫意其必來而縱之면,
부의기필래이종지

무릇 반드시 돌아올 것을 예상하여 석방했다면,

是는 上賊下之情[42]也오,
시 상적하지정 야

이는 윗사람이 아랫사람의 생각을 엿본 것이고,

意其必免而復來면,
의기필면이복래

반드시 사면될 것이라 예상하여 돌아온 것이라면,

是는 下賊上之心也라.
시 하적상지심야

이는 아랫사람이 윗사람의 생각을 엿본 것이다.

---

40 의(意): 예상하다.

41 기(冀): 바라다.

42 상적하지정(上賊下之情): 윗사람이 아랫사람의 생각을 엿보다.

吾見上下交相賊
오 견 상 하 교 상 적

내가 보기에는 위아래 사람이 서로 엿볼 수 있었기에

以成此名也니,
이 성 차 명 야

이런 명성을 이룬 것이니,

烏[43]有所謂施恩德
오 유 소 위 시 은 덕

어찌 은덕을 베풀고

與夫知信義者哉아?
여 부 지 신 의 자 재

신의를 아는 일 때문이었겠는가?

不然이면,
불 연

만약 그렇지 않다고 한다면,

太宗이 施德於天下,
태 종 시 덕 어 천 하

태종이 천하에 덕을 베풀어,

於玆六年矣니,
어 자 육 년 의

이 육 년 동안에

不能使小人으로
불 능 사 소 인

소인들로 하여금

不爲極惡大罪하고,
불 위 극 악 대 죄

극악한 큰 죄를 짓지 못하게 할 수 없다가,

而一日之恩이,
이 일 일 지 은

하루의 은덕이

能使視死如歸
능 사 시 사 여 귀

죽음을 마치 집에 돌아가는 것처럼 보이게 하여

而存信義는,
이 존 신 의

신의가 있도록 한 것은,

此又不通之論也라.
차 우 불 통 지 논 야

이는 이치와 통하지 않는 것이다."

---

43 오(烏): 어찌

然則何爲而可오? 연 즉 하 위 이 가	그러면 어찌해야 하는가?
曰, 왈	말하건대,
縱而來歸면, 종 이 래 귀	석방에서 돌아오면,
殺之無赦하고, 살 지 무 사	사면함 없이 사형해 보라.
而又縱之하야, 이 우 종 지	그러고도 또 석방하여
而又來면, 이 우 래	다시 돌아오면
則可知爲恩德之致爾라. 즉 가 지 위 은 덕 지 치 이	그것은 은덕의 극진함을 안 것이라 할 수 있다.
然이나 此必無之事也라. 연 차 필 무 지 사 야	그러나 이는 결코 있을 수 없는 일이다.
若夫縱而來歸而赦之는, 약 부 종 이 래 귀 이 사 지	사형수들을 석방시켰다 다시 돌아와 사면시키는 일은
可偶一爲之爾나, 가 우 일 위 지 이	어쩌다 한 번으로 그쳐야 하는 것이나,
若屢爲之면, 약 루 위 지	만약 여러 번 행한다면
則殺人者皆不死니, 즉 살 인 자 개 불 사	살인자는 모두 죽지 않을 것이니,
是可爲天下之常法乎아? 시 가 위 천 하 지 상 법 호	이를 천하의 상법(常法)이라 할 수 있겠는가?
不可爲常者면, 불 가 위 상 자	상법으로 삼을 수 없다면
其聖人之法乎아? 기 성 인 지 법 호	어찌 성인의 법이라 할 수 있겠는가?

是以로 堯舜三王[44]之治는, 시이 요순삼왕 지치	그렇기 때문에 요·순·삼왕의 정치는
必本於人情이니, 필본어인정	반드시 인정에 근본을 둔 것이니,
不立異以爲高요, 불입이이위고	기이한 것을 세워 높이지 않았고,
不逆情以干[45]譽니라. 불역정이간 예	정(情)을 거역하여 명예를 구하지 않았다.

82. 붕당에 대해 논함(朋黨論)[46]

구양수(歐陽脩)

臣聞朋黨之說은, 신문붕당지설	신이 듣기로 붕당의 설은
自古有之니, 자고유지	예로부터 있었으니,
惟幸[47]人君은 유행 인군	오직 임금께서는

44 삼왕(三王): 삼대(三代)의 왕. 하우(夏禹), 상탕(商湯), 주문왕(周文王)을 가리킨다.

45 간(干): 도모하다.

46 붕당론(朋黨論): 송(宋) 인종(仁宗) 천성(天聖) 말년에 범중엄(范仲淹)이 당시의 정치를 비판하는 상소를 올렸다. 이 때문에 재상에게 미움을 사서 구양수 등 그의 여러 친구들과 함께 좌천되었다. 그 뒤에 범중엄 등이 다시 조정에 들어와서 집정하자, 구양수는 간관의 영수로 발탁되어 여러 번 범중엄 등을 옹호하는 건의를 하였다. 이들은 붕당이라 하여 남선진(藍先振)이 「붕당론」을 올려 그들을 모함하려 했다. 구양수가 이 때문에 두언·부필·한기·범중엄 등을 변호하기 위해 상소하였으며, 아울러 이 문장을 지어 올렸다. 인종이 그 직언을 가상하게 여겨 지제고에 발탁하자 당론이 비로소 잠시 멈추었다. 본문의 주요 논점은 두 가지다. 하나는 군자의 붕당과 소인의 붕당이 구별된다는 것이고, 다른 하나는 임금은 군자의 붕당을 중용하고 소인의 붕당을 배척해야 한다는 것이다.

辨其君子小人而已라.
변 기 군 자 소 인 이 이

그들이 군자인지 소인인지 분별하실 수 있기를 바랍니다.

大凡君子與君子는,
대 범 군 자 여 군 자

대체로 군자와 군자는

以同道[48]爲朋이요,
이 동 도 위 붕

도의가 같아서 붕당을 이루며,

小人與小人은,
소 인 여 소 인

소인과 소인은

以同利爲朋이라.
이 동 리 위 붕

이익이 같아서 붕당을 결성합니다.

此自然之理也라.
차 자 연 지 이 야

이는 자연스러운 도리입니다.

然臣謂小人은 無朋하고,
연 신 위 소 인 무 붕

그러나 신은 소인에게는 붕당이 없고,

惟君子則有之니,
유 군 자 즉 유 지

오직 군자에게만 있다고 생각하오니

其故何哉오?
기 고 하 재

이는 무슨 까닭입니까?

小人所好者는 利祿也오,
소 인 소 호 자 이 록 야

소인은 이익과 관록을 좋아하고,

所貪者財貨也라.
소 탐 자 재 화 야

재화를 탐하기 때문입니다.

當其同利之時에,
당 기 동 리 지 시

그들은 이익이 일치할 때엔

暫相黨引[49]以爲朋者는
잠 상 당 인 이 위 붕 자

잠시 서로 붕당에 끌어들여 벗으로 삼지만,

47 행(幸): 희망하다.

48 동도(同道): 도의(道義)가 서로 같다.

僞也라.
위 야

거짓된 것입니다.

及其見利而爭先이라가,
급 기 견 리 이 쟁 선

이익을 보면 서로 먼저
쟁취하고자 하며

或利盡而交疎하야는,
혹 이 진 이 교 소

혹은 이익이 다하면 서로 교류가
소원해져서는

甚者反相賊害[50]하니,
심 자 반 상 적 해

오히려 서로 해치려 하니,

雖其兄弟親戚이라도,
수 기 형 제 친 척

비록 그 형제 친척이라도

不能相保라.
불 능 상 보

서로 보호하려 하지 않습니다.

故臣謂小人은 無朋이니,
고 신 위 소 인 무 붕

그래서 신은 소인에게는
붕당이 없으니,

其暫爲朋者는,
기 잠 위 붕 자

그들이 잠시 붕당을 만드는 것은

僞也라.
위 야

거짓된 것이라고 생각합니다.

君子則不然하야,
군 자 즉 불 연

군자는 그렇지 않아서

所守者는 道義요,
소 수 자 도 의

그들이 지키는 것은 도의이며,

所行者는 忠信이며,
소 행 자 충 신

받들어 행하는 것은 충성과 신의이며,

所惜者는 名節[51]이라.
소 석 자 명 절

아끼는 것은 명예와 절조입니다.

---

49 당인(黨引): 서로 붕당을 결성하고 끌어들이다.

50 적해(賊害): 해치다.

以之修身, 이 지 수 신	이로써 수신(修身)하면
則同道而相益하고, 즉 동 도 이 상 익	도가 일치되어 서로 이익을 줄 수 있고,
以之事國, 이 지 사 국	이로써 국가에 일하면
則同心而共濟[52]하야, 즉 동 심 이 공 제	한마음이 되어 서로 도와,
終始如一하나니, 종 시 여 일	처음부터 끝까지 한결같으니,
此는 君子之朋也라. 차 군 자 지 붕 야	이것이 군자의 붕당입니다.
故爲人君者는, 고 위 인 군 자	그래서 임금이 된 사람은
但當退小人之僞朋하고, 단 당 퇴 소 인 지 위 붕	마땅히 소인의 거짓된 붕당을 없애야 하고,
用君子之眞朋, 용 군 자 지 진 붕	군자의 참된 붕당을 중용해야만 하니,
則天下治矣리이다. 즉 천 하 치 의	그렇게 해야만 천하가 다스려지는 것입니다.
堯之時에, 요 지 시	요임금 시절에
小人共工[53]驩兜[54]等四人[55]이 소 인 공 공 환 두 등 사 인	소인인 공공과 환두 등 네 사람이

51 명절(名節): 명예와 절조

52 공제(共濟): 돕다, 보살피다.

53 공공(共工): 물을 관장하는 관리. 그의 이름은 알 수 없다.

54 환두(驩兜): 사람 이름

爲一朋하고,
위 일 붕

하나의 붕당을 만들었고,

君子八元[56]八愷[57]十六人이
군 자 팔 원 팔 개 십 육 인

군자인 팔원과 팔개 등 열여섯 사람이

爲一朋이라.
위 일 붕

하나의 붕당을 만들었습니다.

舜佐堯하야,
순 좌 요

순이 요임금을 보좌하여

退四凶小人之朋하고,
퇴 사 흉 소 인 지 붕

네 명의 흉악한 소인의 붕당을 없애 버리고

而進元愷君子之朋하니,
이 진 원 개 군 자 지 붕

팔원과 팔개 같은 군자의 붕당을 중용했으니,

堯之天下大治라.
요 지 천 하 대 치

요의 천하가 잘 다스려진 것입니다.

及舜自爲天子,
급 순 자 위 천 자

순 자신이 천자가 되자,

而皐夔稷契[58]等
이 고 기 직 설 등

고요와 기·후직·설 등

二十二人이
이 십 이 인

스물두 명이

---

55 사인(四人): 공공(共工)·환두(驩兜)·삼묘(三苗)·곤(鯀)을 가리킨다. 즉 다음 문장의 사흉(四凶)이다.

56 팔원(八元): 전하는 바로는 고신씨(高辛氏)의 여덟 재주 있는 사람을 말한다. 즉 백탈(伯奪)·중감(仲堪)·숙헌(叔獻)·계중(季仲)·백호(伯虎)·중웅(仲熊)·숙표(叔豹)·계리(季貍)이다. '원'은 선량하다는 뜻이다.

57 팔개(八愷): 전하는 바로는 고양씨(高陽氏)의 여덟 참모를 말한다. 즉 창서(蒼舒)·퇴애(隤敳)·도인(檮戭)·대림(大臨)·방강(尨降)·정견(庭堅)·중용(仲容)·숙달(叔達)이다. '개'는 화목하고 즐겁다는 뜻이다.

58 고기직설(皐夔稷契): 모두 순임금의 신하이다. '고'는 고요를 말하며 사법을 관장했고, '기'는 음악을 관장했으며, '직'은 농업을 관장했고, '설'은 교육을 관장했다.

竝列于朝하야, 병렬우조	나란히 조정에 늘어서서,
更相[59]稱美하고, 경상 칭미	서로 칭찬하고
更相推讓하야, 경상추양	서로 양보하여
凡二十二人爲一朋하니, 범이십이인위일붕	모두 스물두 명이 하나의 붕당을 만드니,
而舜皆用之하야, 이순개용지	순임금이 그들을 모두 등용하여,
天下亦大治라. 천하역대치	천하가 역시 잘 다스려졌습니다.
書[60]에 曰, 서 왈	『상서』에서
紂有臣億萬하고, 주유신억만	“주(紂)임금에게는 억만의 신하가 있어,
惟億萬心이나, 유억만심	억만 가지의 마음이 있었으나,
周有臣三千하고, 주유신삼천	주(周)나라에는 삼천 명의 신하가 있었지만,
惟一心이라. 유일심	마음은 오직 하나였다”고 합니다.
紂之時엔, 주지시	주임금 시절에는

59 경상(更相): 번갈아 가며, 서로

60 서(書): 『상서(尙書)』를 가리킨다. 이하의 인용문은 『상서』「태서 상(泰誓上)」에 보인다. 원문에 ‘紂’는 ‘受’로, ‘周’는 ‘予’로 적었다. 여기에서 억(億)이라는 숫자는 만의 열 배인데, ‘억만’이란 한없이 많다는 뜻

億萬人이 各異心하니, 억 만 인 　 각 이 심	억만 사람의 마음이 모두 달라
可謂不爲朋矣이나, 가 위 불 위 붕 의	결코 붕당을 지을 수 없었다고 할 수 있지만,
然紂以此亡國이라. 연 주 이 차 망 국	오히려 주임금은 이 때문에 망했습니다.
周武王之臣은, 주 무 왕 지 신	주나라 무왕의 신하들은
三千人爲一大朋하니, 삼 천 인 위 일 대 붕	삼천 명이 하나의 큰 붕당을 이루니,
而周用以興이라. 이 주 용 이 흥	주나라는 오히려 이 때문에 흥성하였습니다.
後漢獻帝[61]時에, 후 한 헌 제 　 시	후한의 헌제 때,
盡取天下名士[62]囚禁之하고, 진 취 천 하 명 사 　 수 금 지	천하의 이름난 선비들을 모두 잡아들여 감금시키고
目爲黨人이라. 목 위 당 인	그들을 모두 같은 당인으로 보았습니다.

61 후한헌제(後漢獻帝): 이름은 협(協)이다. 영제(靈帝)의 아들로, 31년 동안 재위(190~220)하다가 조조의 아들 조비(曹丕)에 의해 왕위를 찬탈당하여 한나라가 망했다.

62 진취천하명사(盡取天下名士): 이 구절은 동한 말년의 당고(黨錮)의 화를 가리킨다. 환제(桓帝) 연희(延熹) 9년(166)에 사례교위(司隷校尉) 이응(李膺) 등 2백여 명을 당인(黨人)이라 하여 체포·하옥하였다. 영제(靈帝) 건녕(建寧) 2년(169)에 다시 두밀(杜密)·이응 등 백여 명을 죽이고, 또 각 주군(州郡)에 명을 내려 당인을 대거 체포하였다. 『후한서(後漢書)』「환제기(桓帝紀)」와 『후한서』「영제기(靈帝紀)」에 나온다. 여기서 이 일이 헌제 때 일어난 것으로 적은 것은 착오이다.

及黃巾賊起[63]하야, 급 황 건 적 기	황건적이 난을 일으켜
漢室이 大亂할새, 한 실 대 란	한나라 왕실이 크게 혼란해지자,
後方悔悟하야, 후 방 회 오	비로소 뉘우치고
盡解黨人而釋之[64]나, 진 해 당 인 이 석 지	모든 당인을 석방했지만,
然已無救矣라. 연 이 무 구 의	이미 구제할 수가 없었습니다.
唐之晚年[65]에, 당 지 만 년	당나라 말년에,
漸起朋黨之論하야, 점 기 붕 당 지 론	점차 붕당의 의론이 일어나,
及昭宗[66]時에, 급 소 종 시	소종 때에 이르러
盡殺朝之名士하야, 진 살 조 지 명 사	조정의 명사들을 모두 죽이거나,
或投之黃河曰, 혹 투 지 황 하 왈	혹은 그들을 황하에 던져 버리면서
此輩는 淸流니, 차 배 청 류	"이 무리들은 스스로 맑은 물이라고 하였으니,

63 황건적기(黃巾賊起): 동한 영제 중평 원년(184) 2월, 거록(鉅鹿: 지금의 하남성 거록현) 사람 장각(張角)이 자칭 황천(黃天)이라 하며, 36만 명을 모아서 반란을 일으켰다. 모두 황건을 머리에 둘렀기 때문에, 황건적이라 불렀다.

64 진해당인이석지(盡解黨人而釋之): 동한 영제 중평 원년 3월, 영제가 황보숭(皇甫嵩)의 의견을 받아들여, 천하의 당인들을 대사면하도록 명령하여, 사람들의 원한을 풀었다.

65 당지만년(唐之晚年): 당나라 말기 목종(穆宗)·경종(敬宗)·문종(文宗)·무종(武宗) 때 우승유(牛僧孺)·이종민(李宗閔)을 우두머리로 한 우당(牛黨)과 이덕유(李德裕) 부자를 우두머리로 한 이당(李黨) 간의 알력이 40여 년 동안이나 계속되었다.

66 소종(昭宗): 당나라 왕. 16년간 재위(889~904)하다가, 주전충(朱全忠)에 의해 시해되었다.

可投濁流[67]라 하더니,
가 투 탁 류

그들을 탁한 물에 던질 만하다"고 말하더니,

而唐遂亡矣라.
이 당 수 망 의

그러나 당나라도 곧 멸망하였습니다.

夫前世之主로,
부 전 세 지 주

무릇 이러한 전대의 군주 중에서

能使人人異心不爲朋은,
능 사 인 인 이 심 불 위 붕

사람들마다 각기 다른 마음을 품게 하여 붕당을 짓지 못하게 한 것은

莫如紂요,
막 여 주

주(紂)임금만 한 이가 없을 것이요,

能禁絶善人爲朋은,
능 금 절 선 인 위 붕

선인들이 붕당을 짓기를 금하고 단절시킨 것은

莫如漢獻帝요,
막 여 한 헌 제

한나라 헌제만 한 이가 없을 것이며,

能誅戮淸流之朋은,
능 주 륙 청 류 지 붕

청류의 붕당을 죽인 것은

莫如唐昭宗之世라.
막 여 당 소 종 지 세

당나라 소종 시대만 한 것이 없지만,

然이나 皆亂亡其國이라.
연 개 란 망 기 국

그러나 모두 혼란해져 멸망하였습니다.

---

67 차배청류, 가투탁류(此輩淸流, 可投濁流): 당나라 소선제(昭宣帝) 천우(天佑) 2년(905) 6월, 주전충은 배추(裴樞) 등 30여 명의 사람을 백마역(白馬驛)에서 죽였다. 그때 이진(李振)이 여러 차례 진사 시험에 천거되었으나 급제되지 못하자, 벼슬하는 선비들을 크게 증오하여 주전충에게 "이 사람들은 스스로 청류라고 말했으니, 마땅히 황하에 던져 탁류가 되도록 할 것이다"고 말하고는 마침내 30여 명의 사람들을 강에 던져 버렸다. 『자치통감(資治通鑑)』「당기팔일(唐紀八一)」에 보인다. 소선제의 이름은 축(祝)으로, 소종의 아들이기 때문에, 본문에서 소종 때 일이라고 한 것은 잘못된 것이다.

更相稱美推讓而不自疑는,
갱 상 칭 미 추 양 이 불 자 의

서로 칭찬하고 양보하여 스스로 의심하지 않은 것은,

莫如舜之二十二人이나,
막 여 순 지 이 십 이 인

순임금의 스물두 명과 비교할 이가 없었고,

舜亦不疑而皆用之라.
순 역 불 의 이 개 용 지

순임금도 그들을 의심하지 않고 모두 등용하였습니다.

然而나 後世
연 이 후 세

그러나 후세 사람들은

不誚[68]舜爲二十二人朋黨所欺오,
불 초 순 위 이 십 이 인 붕 당 소 기

순임금이 스물두 명의 붕당에 속았다고 결코 비웃지 않았고,

而稱舜爲聰明之聖者오,
이 칭 순 위 총 명 지 성 자

오히려 순임금이 총명한 성군이라고 칭찬하였는데,

以其能辨君子與小人也니라.
이 기 능 변 군 자 여 소 인 야

이것은 그가 군자와 소인을 분별할 수 있었기 때문입니다.

周武之世에,
주 무 지 세

주나라 무왕 때,

擧其國之臣三千人하야
거 기 국 지 신 삼 천 인

그 나라의 신하 삼천 명이

共爲一朋하니,
공 위 일 붕

하나의 붕당을 만들었으니,

自古로 爲朋之多且大라.
자 고 위 붕 지 다 차 대

자고이래로 붕당을 만듦이 많고 큼은

---

68 초(誚): 비꼬다, 조소하다.

莫如周나,
막 여 주
주나라만 한 것은 없었지만,

然이나 周用此以興者는,
연 주 용 차 이 흥 자
그러나 주나라가 오히려 이 때문에 흥기했으니,

善人은 雖多而不厭[69]也니라.
선 인 수 다 이 불 염 야
선인이 비록 많았지만 만족하지 못했던 것입니다.

夫興亡治亂之迹을,
부 흥 망 치 란 지 적
이러한 흥하고 망하고 다스림과 혼란의 자취를

爲人君者는 可以鑑矣니라.
위 인 군 자 가 이 감 의
임금 된 사람은 마땅히 거울로 삼아야 할 것입니다.

83. 족보의 서문(族譜引)[70]

소순(蘇洵)[71]

蘇氏族譜는,
소 씨 족 보
소씨족보는

---

69 염(厭): 염(饜)과 통하여, 만족하다.

70 족보인(族譜引): 소순이 미주(眉州)에 사는 소씨 집안의 족보를 처음으로 만들고 쓴 서문으로, 족보를 만드는 이유가 간결하게 설명되어 있다. 중국의 일반 사람들 집안 족보는, 이 소씨 집안의 족보에서 비롯되어, 후세로 가면서 성행하게 된 것이다. 우리나라 각 성씨의 족보도 이들 중국 족보의 목적과 편찬 방법을 배워 만들게 되었던 것이다. 소순은 이 글 이외에 「족보정기(族譜亭記)」도 남겼는데, 이에 따르면 그 세대의 소씨 문중에서 상복을 입는 관계에 있는 사람들이 백 명을 넘지 않는 형편이어서 「소씨족보」를 만든 다음, 그의 고조의 묘 서남쪽에 족보정(族譜亭)을 세우고, 그곳 비석에 이름들을 새겨 놓았다고 한다. 여기서 인(引) 자는 서(序) 자와 같은 뜻.

71 소순(蘇洵: 1009~1066): 이름난 산문작가로 당송 팔대가의 한 사람. 역시 팔대가의 한 사람인

譜蘇氏之族也라. 보 소 씨 지 족 야	소씨 일족을 기록한 것이다.
蘇氏는 出於高陽[72]하야, 소 씨 출 어 고 양	소씨는 전욱(顓頊)에게서 나와
而蔓延於天下라. 이 만 연 어 천 하	온 천하로 뻗어 나갔다.
唐神堯[73]初에, 당 신 요 초	당나라 고조 초기에
長史[74]味道[75]刺眉州[76]라가, 장 사 미 도 자 미 주	장사 소미도(蘇味道)가 미주자사로 있다가
卒于官이라. 졸 우 관	벼슬자리에 있으면서 죽었다.
一子留于眉하니, 일 자 유 우 미	한 아들이 미주에 남아 있었으니
眉之有蘇氏는, 미 지 유 소 씨	미주에 소씨가 있게 된 것은
自此始而譜不及者는, 자 차 시 이 보 불 급 자	이로부터 시작된 것이고 족보로서도 미치지 못하는 사람은
親盡[77]也라. 친 진 야	가까운 친족 관계가 없어졌음이라.

소식과 소철의 아버지. 사천성의 미주 미산(眉山) 사람으로 당시 문단의 영수였던 구양수의 추천으로 삼부자가 동시에 문단에 진출하여 큰 명성을 얻었다. 문집으로는 『가우집(嘉祐集)』이 있다.

72 고양(高陽): 황제(黃帝)의 손자이며, 삼황오제(三皇五帝) 중의 한 사람인 전욱(顓頊). 고양에 도읍을 정하였다 하여 흔히 고양씨(高揚氏)라 부른다.

73 신요(神堯): 당나라 고조 이연(李淵)을 가리킨다.

74 장사(長史): 승상 아래에서 나라 일을 관장하던 벼슬. 후세에는 자사(刺史)를 그렇게 부르기도 하였다.

75 미도(味道): 소미도(蘇味道). 스무 살에 과거에 급제하여 진사가 된 뒤 봉각시랑(鳳閣侍郎)의 벼슬에 올랐다가 미주로 좌천되었다. 문장을 잘 지어 이교(李嶠)와 함께 이름을 날렸다.

76 미주(眉州): 지금의 사천성(四川省) 미산현(眉山縣) 근처 땅 이름

親盡則曷爲不及고? 친 진 즉 갈 위 불 급	친족 관계가 다하면 어째서 미치지 못하게 되는가?
譜는 爲親作也니라. 보 위 친 작 야	족보는 친족을 위하여 만들어지는 것이다.
凡子得書[78]而孫不得書者는, 범 자 득 서 이 손 부 득 서 자	모든 자식을 기록하고 손자에 대하여 쓰지 않는 것은
何也오? 하 야	어째서인가?
著代也니라. 저 대 야	한 세대를 드러내기 위해서이다.
自吾之父, 자 오 지 부	나의 아버지로부터
以至吾之高祖하야, 이 지 오 지 고 조	나의 고조(高祖)에 이르기까지는,
仕不仕와, 사 불 사	벼슬했는지 안 했는지와
娶某氏와, 취 모 씨	어느 집안에 장가든 것과,
享年幾와, 향 년 기	몇 살까지 사신 것과,
某日卒을 皆書나, 모 일 졸 개 서	어느 날 돌아가신 것을 모두 쓰지만,
而它[79]不書者는, 이 타 불 서 자	다른 분들에 대하여 쓰지 않는 것은

---

77 친진(親盡): 친함이 다하다. 곧 친가의 8촌 이내에 속하여 상복을 입을 정도로 가까운 친족 관계가 없어지는 것

78 자득서(子得書): 족보에 자식에 관하여 쓰다. 외손인 경우에는 딸의 아들만 적고 손자에 관하여는 쓰지 않는다.

何也오? 하 야	어째서인가?
詳吾之所自出也니라. 상 오 지 소 자 출 야	내가 나온 계보를 자세히 하기 위해서이다.
自吾之父로, 자 오 지 부	나의 아버지로부터
以至吾之高祖하야, 이 지 오 지 고 조	나의 고조에 이르기까지는
皆曰諱某[80]나, 개 왈 휘 모	모두 휘(諱)가 무엇이었다고 말하면서,
而它則遂名之는, 이 타 즉 수 명 지	다른 분들은 [휘 자를 넣지 않고] 이름을 따르는 것은
何也오? 하 야	어째서인가?
尊吾之所自出也니라. 존 오 지 소 자 출 야	내가 나온 계보를 존중하기 위해서이다.
譜는 爲蘇氏作이나, 보 위 소 씨 작	족보는 소씨를 위하여 짓는 것이지만
而獨吾之所自出을, 이 독 오 지 소 자 출	오직 내가 나온 바를
得詳與尊은, 득 상 여 존	자세히 상술하고 존중하는 것은
何也오? 하 야	어째서인가?

79 타(它): 아버지에서 고조에 이르는 분들 이외의 분들

80 휘모(諱某): 죽은 조상의 이름을 그대로 적는 것은 불경하다고 생각하여 반드시 이름 앞에는 '휘' 한 자를 넣어 적는다. '휘' 자의 의미에 관해서는 글 번호 46 한유의 「기피할 글자에 대하여(諱辯)」를 참고하라.

譜는 吾作也니라. 보 오작야	족보는 내가 만드는 것이기 때문이다.
嗚呼라! 오호	아아!
觀吾之譜者는, 관오지보자	나의 족보를 보는 사람들은,
孝悌[81]之心이, 효제 지심	효도와 우애의 마음이
可以油然[82]而生矣리라. 가이유연 이생의	구름이 피어나듯 생겨나게 될 것이다.
情見于親하고, 정현우친	정이 친족 관계에 드러나고
親見于服하며, 친현우복	친족 관계는 상복(喪服)에 드러나는 것인데,
服始于衰[83]하야, 복시우최	상복은 최복(衰服)에서 시작하여
而至于緦麻[84]하고, 이지우시마	시마(緦麻)에 이르고,
而至于無服하니, 이지우무복	또 상복을 입지 않는 [관계에] 이르고 있으니
無服則親盡이요, 무복즉친진	상복을 입지 않는다면 가까운 친족 관계는 다한 것이며,

81 효제(孝悌): 효도와 우애

82 유연(油然): 구름 같은 것이 솟아오르는 모양

83 최(衰): 삼년상에 입는 참최(斬衰). 옛날의 상복은 오복(五服)이라 하여, 참최·재최(齋衰)·대공(大功)·소공(小功)·시마(緦麻)의 다섯 등급으로 나뉘었다.

84 시마(緦麻): 상복 중 가장 가벼운 것. 석 달의 상을 지키는 경우에 입었다.

親盡則情盡이라. 친 진 즉 정 진	가까운 친족 관계가 다하면 정도 없어지게 된다.
情盡 정 진	정이 다하면
則喜不慶憂不弔하고, 즉 희 부 경 우 부 조	기뻐도 함께 경하하지 않고 슬퍼도 같이 슬퍼하지 않고,
喜不慶憂不弔하면, 희 부 경 우 부 조	기뻐도 함께 경하하지 않고 슬퍼도 같이 슬퍼하지 않으면,
則塗人也라. 즉 도 인 야	곧 길거리의 남인 것이다.
吾所與相視如塗人[85]者도, 오 소 여 상 시 여 도 인 자	내가 길거리의 남처럼 서로 보고 있는 사람이라 하더라도
其初엔 兄弟也오, 기 초 형 제 야	처음에는 모두 형제였고,
兄弟도 其初엔, 형 제 기 초	형제도 처음에는
一人之身也라. 일 인 지 신 야	한 사람의 몸이었던 것이다.
悲夫라! 비 부	슬프도다!
一人之身이, 일 인 지 신	한 사람의 몸이
分而至於塗人하니, 분 이 지 어 도 인	갈라져 길거리의 타인이 되고 있으니,
吾譜之所以作也니라. 오 보 지 소 이 작 야	내가 족보를 만들게 된 까닭인 것이다.

85 도인(塗人): 길거리에서 만나는 남과 같은 사람

其意曰, 기 의 왈	족보를 만든 뜻은,
分而至於塗人者는 勢也오, 분 이 지 어 도 인 자 세 야	나뉘어 길거리의 남이 되는 것이 추세요,
勢는 吾無如之何也니, 세 오 무 여 지 하 야	이 추세는 내 어찌할 수가 없는 것이니,
幸其未至於塗人也에, 행 기 미 지 어 도 인 야	다행히도 길거리의 남이 되지 않은 사람에게,
使其無致於忽忘[86]焉이 可也라. 사 기 무 치 어 홀 망 언 가 야	소홀해지는 일이 없도록 해야만 되겠다는 것이다.
嗚呼라! 오 호	아아!
觀吾之譜者는, 관 오 지 보 자	나의 족보를 보는 사람들은,
孝悌之心이, 효 제 지 심	효도와 우애의 마음이
可以油然而生矣리라. 가 이 유 연 이 생 의	구름이 피어나듯 생겨나게 될 것이다.
系之以詩曰, 계 지 이 시 왈	여기에 다음과 같은 시를 붙인다.
吾父之子는, 오 부 지 자	내 아버지의 아들은
今爲吾兄이라, 금 위 오 형	지금은 나의 형이라,
吾疾在身엔, 오 질 재 신	내 몸에 병이 생기면

86 무치어홀망(無致於忽忘): 소홀히 하여 잊는 지경에 이르지 않게 하다.

兄呻不寧이라. 형 신 불 령	형도 신음하며 편치 않게 된다네.
數世之後엔, 수 세 지 후	몇 세대 뒤에는
不知何人이라. 부 지 하 인	누가 누구인지 모르게 되리라.
彼死而生엔, 피 사 이 생	그들이 죽고 태어남에
不爲戚欣[87]이라. 불 위 척 흔	슬퍼하거나 기뻐하지도 않게 된다네.
兄弟之情은, 형 제 지 정	형제의 정은
如足如手이나, 여 족 여 수	자기 손발 같다고 하나,
其能幾何오? 기 능 기 하	그렇게 할 수 있는 사람이 얼마나 되는가?
彼不相能은, 피 불 상 능	저들이 서로 그렇게 할 수 없는 것은,
彼獨何心고? 피 독 하 심	저들이 유독 어떤 마음을 지녔기 때문인가?

84. 익주자사 장방평공 화상에 대한 기문(張益州畫像記)[88]

소순(蘇洵)

至和[89]元年秋에, 지 화 원 년 추	지화(至和) 원년 가을,

87 척흔(戚欣): 슬퍼하고 기뻐하다.

蜀人傳言하되, 촉 인 전 언	촉 지방 사람들이 전하기를,
有寇至邊하니, 유 구 지 변	도둑의 무리가 변방으로 몰려오니
邊軍이 夜呼하야, 변 군 야 호	지키는 병사들이 밤에 소리를 지르고
野無居人하며, 야 무 거 인	들판에는 아무도 살지 않게 되었으며
妖言[90]流聞하니, 요 언 류 문	요사스런 소문이 떠돈다고 하였다.
京師震驚[91]이라. 경 사 진 경	서울에서는 크게 놀라
方命擇帥[92]할새, 방 명 택 수	장수를 뽑아 출병을 명하려 하니,
天子曰, 천 자 왈	천자께서 말씀하셨다.
毋養亂하고, 무 양 란	“난을 키워서도 안 되고
毋助變하라. 무 조 변	변고를 조장해서도 안 된다.
衆言[93]朋興[94]이나, 중 언 붕 흥	여러 의견이 분분하지만

88 장익주화상기(張益州畫像記): 도둑들로 말미암아 민심이 흉흉하던 작자 소순의 고향에 왕명으로 장방평이 자사로 부임해 와 민생을 안정시키는 선정을 베푼 공적을 기린 글이다. 장방평은 특히 무력보다도 법과 질서를 존중토록 하여 민생을 안정시켰기 때문에 더욱 큰 칭송을 받았다. 뒤에 장방평이 그곳을 떠나 조정으로 돌아가게 되자, 촉 사람들은 그의 화상을 사당에 모셔 놓고 그의 큰 공적을 기리고자 하였다. 그때 소순이 쓴 글이다.

89 지화(至和): 송 인종(仁宗)의 연호. 그 원년은 1054년.

90 요언(妖言): 요사스런 말. 요상한 소문

91 진경(震驚): 매우 놀라다.

92 택수(擇帥): (도둑들을 물리칠) 장수를 뽑다.

93 중언(衆言): 여러 사람의 말. 앞의 ‘요언’과 함께 여러 신하의 분분한 의견까지 포함된 것

94 붕흥(朋興): 한꺼번에 일어나다.

朕志自定이라. 짐 지 자 정	짐의 뜻은 결정되어 있다.
外亂不作이나, 외 란 부 작	외란이 일어나지 않았는데도
變且中起니, 변 차 중 기	변고가 안에서 일어나려고 하니,
旣不可以文令[95]이요, 기 불 가 이 문 령	글로 명령하여 처리할 수 없거니와
又不可以武競[96]이라. 우 불 가 이 무 경	또 무력으로 억누를 수도 없는 형편이다.
惟朕一二大吏에, 유 짐 일 이 대 리	짐의 몇 안 되는 대관 중에
孰能爲處玆文武之間[97]고? 숙 능 위 처 자 문 무 지 간	이 문·무 사이의 일을 누가 처리할 수 있을꼬?
其命往撫朕師[98]하리라. 기 명 왕 무 짐 사	그에게 짐의 군사들을 격려하도록 하겠노라."
乃惟曰, 내 유 왈	이에 누군가가 말씀드렸다.
張公方平[99]이 其人이니이다. 장 공 방 평 기 인	"장방평 공이 적당한 인물인 듯하옵니다."

---

95 문령(文令): 글로 명령하다. 문화적인 교화 정책을 펴는 것

96 무경(武競): 무력으로 싸우다. 무력으로 억누르는 정책을 펴는 것

97 처자문무지간(處玆文武之間): 이 문령(文令)의 해결 방법과 무경(武競)의 해결 방법 사이에서 일을 적절히 처리하는 것

98 무짐사(撫朕師): 나의 군대를 어루만져 잘 다스리다.

99 장공방평(張公方平): 장방평. 자는 안도(安道), 호는 낙전거사(樂全居士). 익주〔益州, 지금의 사천성(四川省)〕 자사를 지냈기 때문에 장익주(張益州)라 불렸다. 당시 재상인 참지정사(參知政事) 벼슬이 내려졌으나 그 자리에 나아가지 않은 일도 있다.

天子曰然하다. 천 자 왈 연	천자께서도 “그렇다”고 하셨다.
公以親辭[100]나, 공 이 친 사	장공은 부모를 핑계로 사양하였으나,
不可하시니라. 불 가	천자께서 허락하지 않았다.
遂行하여, 수 행	[장공은] 마침내 출발하여,
冬十一月에 至蜀하고, 동 십 일 월 지 촉	그해 겨울 십일월에 촉에 도착하여
至之日에 歸屯軍[101]하고, 지 지 일 귀 둔 군	그날로 주둔군을 돌려보내고
撤守備[102]하며, 철 수 비	수비병을 철수시켰으며,
使謂郡縣[103]하되, 사 위 군 현	사자를 파견하여 군수 현령에게 일렀다.
寇來在吾니, 구 래 재 오	“도둑 떼가 온다고 하여도 내가 있으니
無以勞苦하라. 무 이 노 고	너희들이 애쓸 필요가 없다.”
明年正月朔旦[104]에, 명 년 정 월 삭 단	이듬해 정월 초하루 아침에
蜀人相慶如它日하야, 촉 인 상 경 여 타 일	촉 지방 사람들은 평소와 다름없이 서로 새해를 경축하며,

---

100 이친사(以親辭): 부모를 핑계로 사양하다.

101 귀둔군(歸屯軍): 도둑 때문에 그곳에 와서 주둔하던 군대를 제자리로 되돌려 보내다.

102 철수비(撤守備): 사방의 도둑에 대한 수비를 철수시키다.

103 사위군현(使謂郡縣): 사자를 촉의 군수와 현령들에게 보내어 말하게 하다.

104 삭단(朔旦): 초하룻날 아침

遂以無事라.
수 이 무 사
끝내 아무 일도 없었다.

又明年正月에,
우 명 년 정 월
다시 그다음 해 정월에,

相告留公像于淨衆寺하니,
상 고 류 공 상 우 정 중 사
서로 상의하여 [장공의] 초상을
정중사에 모시기로 하니,

公不能禁이라.
공 불 능 금
장공은 이를 막을 수가 없었다.

眉陽[105]蘇洵이,
미 양 소 순
미양의 소순이

言于衆曰,
언 우 중 왈
여러 사람에게 이렇게 말하였다.

未亂도 易治也며,
미 란 이 치 야
“난이 일어나기 전에도 다스리기 쉽고,

既亂도 易治也나,
기 란 이 치 야
난이 일어난 뒤에도 다스리기 쉬우나,

有亂之萌이나,
유 란 지 맹
난리의 싹은 있으나

無亂之形을,
무 란 지 형
난리의 형국이 아닌 것을

是謂將亂이니,
시 위 장 란
난이 일어나려 하는 것이라 말하는데,

將亂은 難治니,
장 란 난 치
난이 일어나려 하는 것은
다스리기가 어려운 것이니,

不可以有亂急이요,
불 가 이 유 란 급
난이 일어난 것처럼 다급하게
굴 수도 없고,

105 미양(眉陽): 미주의 미산 남쪽

亦不可以無亂弛라. 역 불 가 이 무 란 이	난이 없는 것처럼 느슨한 상태로 있어서도 안 된다.
惟是元年之秋에, 유 시 원 년 지 추	지화(至和) 원년 가을에
如器之攲未墜[106]於地에, 여 기 지 의 미 추 어 지	마치 그릇이 기울어지기만 하고 아직 땅에 떨어지지는 않은 상태에서,
惟爾張公이, 유 이 장 공	오직 그대들의 장공께서
安坐於旁하야, 안 좌 어 방	곁에 편안히 앉아
其顔色이 不變하고, 기 안 색 불 변	얼굴빛조차 변하지 않았으며,
徐起而正之하며, 서 기 이 정 지	서서히 일어나서는 [그 기울어진 것을] 바로잡았고,
旣正에, 기 정	바로잡고 난 뒤에는
油然[107]而退나, 유 연 이 퇴	의젓이 물러났으나,
無矜容이러라. 무 긍 용	뽐내는 얼굴이 아니었다.
爲天子牧小民不倦이, 위 천 자 목 소 민 불 권	천자를 위하고 백성을 돌보는 일에 게을리하지 않는 이가
惟爾張公이라. 유 이 장 공	바로 그대들의 장공이시다.

106 의미추(攲未墜): 기울어지기만 하고 아직 떨어지지는 않은 것

107 유연(油然): 멋지게 새로 솟아나는 모양. 의젓한 모양

爾緊以[108]生하니, 이 예 이 생	그대들은 그분으로 말미암아 잘 살게 되었으니
惟爾父母라. 유 이 부 모	그대들의 부모와 같은 분이시다.
且公嘗爲我言하되, 차 공 상 위 아 언	또한 장공께서 언젠가 나에게 말씀하기를,
民無常性[109]하고, 민 무 상 성	'백성들이란 꾸준한 마음이 없이
惟上所待[110]라. 유 상 소 대	오로지 윗사람에게 기대만 걸고 있다.
人皆曰, 인 개 왈	사람들은 모두
蜀人多變이라 하여, 촉 인 다 변	촉 사람들에게는 변고가 많다고 하면서,
於是에 어 시	이에
待之以待盜賊之意하고, 대 지 이 대 도 적 지 의	도둑을 대하는 뜻으로 그들을 대하고
而繩[111]之以繩盜賊之法하야, 이 승 지 이 승 도 적 지 법	도둑을 단속하는 법으로 그들을 단속하여,

108 예이(緊以): 시이(是以)와 같은 뜻으로, 그로 말미암아

109 상성(常性): 일정하게 변하지 않는 성품

110 유상소대(惟上所待): 오직 윗사람들에게 기대를 걸고 있는 것[惟有所待於上]

111 승(繩): 목수들이 쓰는 먹줄. 먹줄에서 어떤 기준이나 법도의 뜻이 나오고, 다시 기준을 정하여 놓고 단속한다는 뜻으로도 쓰였다.

重足[112]屏息[113]之民을, 중 족 병 식 지 민	발이 걸리고 숨도 제대로 못 쉬는 백성들을
而以碪斧[114]令이라. 이 이 침 부 령	모탕과 도끼 같은 명령으로 다스렸다.
於是에 어 시	이 때문에
民始忍以其父母妻子之所 민 시 인 이 기 부 모 처 자 지 소	백성들이 처음에는 그의 부모처자들이
仰賴之身을, 앙 뢰 지 신	우러르며 의지하는 몸을,
而棄之於盜賊이라. 이 기 지 어 도 적	도둑들에게 버렸던 것이다.
故로 每每大亂에, 고 매 매 대 란	그러므로 언제나 크게 난리가 일어날 때
夫約之以禮하고, 부 약 지 이 례	예로써 단속하고
驅之以法이면, 구 지 이 법	법으로써 몰면,
惟蜀人이라도 爲易나, 유 촉 인 위 이	촉 사람들도 다스리기가 쉬울 것이요,
至於急之而生變은, 지 어 급 지 이 생 변	급한 변고가 생기는 것은
雖齊魯[115]라도 수 제 노	비록 제·노 사람들이라 하더라도

112 중족(重足): 두려워서 발이 떨려 포개져서 앞으로 나아가지 못하다.

113 병식(屏息): 두려워서 숨을 죽이고 있다.

114 침부(碪斧): '침'은 침(椹)과 통하여, 장작을 팰 때 밑에 받치는 모탕과 도끼. 엄한 법령이나 위압적인 명령을 가리킨다.

115 제노(齊魯): 제나라와 노나라. 지금의 산동성(山東省) 지방으로 공자와 맹자의 고향이 그곳에 있기 때문에, 유학(儒學)과 중국 문화의 중심지를 뜻한다.

亦然이라. 역 연	역시 그러한 것이다.
吾以齊魯로 待蜀人이면, 오 이 제 노 대 촉 인	내가 제·노 사람들처럼 촉 사람들을 대우하면,
而蜀人亦自以齊魯之人으로 이 촉 인 역 자 이 제 노 지 인	촉 사람들도 저절로 제·노 사람들처럼
待其身이리니, 대 기 신	그 자신을 대하게 되는 것이니,
若夫肆志[116]於法律之外하야, 약 부 사 지 어 법 률 지 외	법률 밖의 방법을 멋대로 써서
以威劫齊民[117]을, 이 위 겁 제 민	제나라 사람들을 위압하는 것을
吾不忍爲也라 하시니다. 오 불 인 위 야	나는 차마 할 수 없다'고 하셨다.
嗚呼라! 오 호	아아!
愛蜀人之深과, 애 촉 인 지 심	촉 사람들을 사랑함이 깊은 것과,
待蜀人之厚를, 대 촉 인 지 후	촉 사람들을 이처럼 후하게 대접하는 일을,
自公而前엔, 자 공 이 전	장공 이전에는
吾未始見也라 하니, 오 미 시 견 야	나는 본 일이 없었다."

116 사지(肆志): 뜻을 멋대로 하다. 법 이외의 위압적인 수단도 마음대로 쓰는 것

117 이위겁제민(以威劫齊民): 위압으로 제나라 백성들(문화적인 사람들)을 위협하다.

皆再拜稽首曰然이라.
개 재 배 계 수 왈 연

모두 재배하며 머리를 조아리고 “그렇습니다”라고 말하였다.

蘇洵이 又曰,
소 순 우 왈

이에 소순이 다시 말하였다.

公之恩은 在爾心하니,
공 지 은 재 이 심

“장공의 은혜는 당신들 마음속에 있으니,

爾死엔 在爾子孫이요,
이 사 재 이 자 손

당신들이 죽는다 하더라도 자손들에게 전해질 것이고,

其功業은 在史官하니,
기 공 업 재 사 관

그 공로와 업적은 사관들에 의하여 기록될 것이니,

無以像爲也라.
무 이 상 위 야

화상은 상관이 없는 일이다.

且公意不欲하니,
차 공 의 불 욕

또한 장공의 뜻이 그것을 바라지 않고 있으니

如何오?
여 하

어찌하면 되겠는가?”

皆曰,
개 왈

모두가 이렇게 말하였다.

公則何事於斯[118]리오?
공 즉 하 사 어 사

“장공께서야 어찌 이 일에 관심을 두겠습니까?

雖然이나 於我心에,
수 연 어 아 심

그러나 우리들 마음에

118 하사어사(何事於斯): 이것(화상을 모시는 것)에 어찌 관심을 갖겠는가?

有不釋[119]焉이라.
유 불 석 언

석연치 않은 점이 있는 것입니다.

今夫平居에
금 부 평 거

지금 평소에

聞一善이라도,
문 일 선

한 가지 착한 얘기를 듣기만 하여도

必問其人之姓名과,
필 문 기 인 지 성 명

반드시 그 선을 행한 사람의 성명과,

與其鄉里之所在하며,
여 기 향 리 지 소 재

그가 사는 마을이 있는 곳이며,

以至於其長短大小
이 지 어 기 장 단 대 소

그의 키가 크고 작고 몸집이 크고 작고

美惡之狀하고,
미 악 지 장

잘생기고 못생긴 모습에
이르기까지도 묻게 되고,

甚者는
심 자

심지어 어떤 사람은

或詰其平生所嗜好하야,
혹 힐 기 평 생 소 기 호

그가 평생에 좋아하던 일에
대하여도 물으면서,

以想見其爲人이오,
이 상 견 기 위 인

그의 사람됨을 생각해 보려
하는 것이요,

而史官亦書之於其傳하야,
이 사 관 역 서 지 어 기 전

사관도 그러한 것들을 그의 전기에 써,

意使天下之人으로,
의 사 천 하 지 인

천하 사람들이 그분을 마음속으로

思之於心이면,
사 지 어 심

생각하기만 하면,

119 불석(不釋): 풀리지 않다. 석연치 않다.

則存之於目하고,
즉 존 지 어 목

곧 그분 모습이 이 눈에도 선하게 떠오르고

存之於目이라.
존 지 어 목

저 눈에도 선하게 떠오르게 하고자 합니다.

故其思之於心也固니,
고 기 사 지 어 심 야 고

그래서 그들이 마음속에 생각하는 것이 확실해지니,

由此觀之면,
유 차 관 지

이로써 본다면

像亦不爲無助라 하니,
상 역 불 위 무 조

화상도 도움이 되지 않는 것이 아닙니다"라고 하였다.

蘇洵이 無以詰하야,
소 순 무 이 힐

소순은 더 따질 것이 없어서,

遂爲之記하노라.
수 위 지 기

마침내 이렇게 화상기(畫像記)를 쓰게 되었다.

公은 南京人이니,
공 남 경 인

장공은 남경(南京) 사람이니,

爲人이 慷慨[120]有大節하고,
위 인 강 개 유 대 절

사람됨이 의기가 강하고 큰 절조가 있어서,

以度量으로 雄[121]天下니,
이 도 량 웅 천 하

도량에 있어서는 천하에서도 뛰어나니,

天下有大事에,
천 하 유 대 사

천하에 큰 일이 생길 때,

---

120 강개(慷慨): 의기(意氣)가 높다.

121 웅(雄): 뛰어나다.

公可屬[122]이니라.
공 가 촉

장공에게 해결을 부탁하면 될 것이다.

系之以詩曰,
계 지 이 시 왈

다음과 같은 시를 덧붙여 놓는 바이다.

天子在祚[123]하니,
천 자 재 조

천자께서 즉위하시니,

歲在甲午[124]라.
세 재 갑 오

갑오년이었다.

西人傳言에,
서 인 전 언

서쪽 사람들이 전하는 말에,

有寇在垣[125]이라.
유 구 재 원

도둑들이 담장 밖에 와 있다 하였네.

庭有武臣하고,
정 유 무 신

조정에는 무신도 있고

謀夫如雲이라.
모 부 여 운

계책에 뛰어난 인물 구름 같았네.

天子曰嘻[126]하고,
천 자 왈 희

천자께선 "그렇지!" 하시고

命我張公하시니라.
명 아 장 공

우리 장공에게 하명하셨네.

公來自東에,
공 래 자 동

장공이 동쪽으로부터 오시는데,

旗纛[127]舒舒[128]라.
기 독 서 서

깃발과 새 깃 장식 너풀거렸네.

西人聚觀하니,
서 인 취 관

서쪽 사람들 모여 구경하니,

---

122 촉(屬): 맡기다, 부탁하다. 촉의 목적어가 공(公)이나 앞으로 나가 도치되었다.

123 재조(在祚): 왕위에 오르다.

124 갑오(甲午): 인종의 지화(至和) 원년(1054)

125 재원(在垣): 담에 있다. 담 가까이에 와 있는 것

126 희(嘻): 놀라는 뜻을 나타내는 감탄사

127 기독(旗纛): 새깃 또는 소꼬리 등으로 장식한 큰 깃발 같은 것. 모두 군대에서 쓰던 것이다.

128 서서(舒舒): 너풀거리는 모양

于巷于塗라.
우 항 우 도
골목이고 길거리고 가득 찼네.

謂公曁曁[129]러니,
위 공 기 기
장공은 위엄 있고 무서울 줄 알았는데,

公來于于[130]라.
공 래 우 우
장공 오시는 것 보니 의젓하고 부드러우셨네.

公謂西人하되,
공 위 서 인
장공께서 서쪽 사람들에게 이르기를,

安爾室家하야,
안 이 실 가
그대들 집안 안정시키고,

無或敢訛하라.
무 혹 감 와
조금도 거짓말하지 말라!

訛言不祥하니,
와 언 불 상
거짓말은 상서롭지 않은 것이니,

往卽爾常하라.
왕 즉 이 상
가서 그대들 일상적인 일을 하라.

春爾條桑[131]하고,
춘 이 조 상
봄에는 뽕나무 가지의 뽕 따고,

秋爾滌場[132]하라.
추 이 척 장
가을에는 타작마당 손질하라!

西人稽首하고,
서 인 계 수
서쪽 사람들은 머리 조아리고,

公我父兄이로다.
공 아 부 형
장공은 우리의 부형이라 하였네.

公在西囿에,
공 재 서 유
장공이 서쪽 정원에 계시게 되자,

---

129 기기(曁曁): 엄하고 무서운 모양

130 우우(千千): 아무것도 개의치 않는 듯한 모양. 의젓하고 부드러운 모양

131 조상(條桑): 뽕나무 가지를 잘라 내려놓고 뽕 잎을 따다.

132 척장(滌場): 추수한 곡식을 타작할 마당을 손질하고 치우다.

草木駢駢[133]하고, 초 목 변 변	초목이 무성해졌고,
公宴其僚하니, 공 연 기 료	장공이 그의 막료들과 잔치 벌이니,
伐鼓[134]淵淵[135]이라. 벌 고 연 연	북소리 둥둥 울렸네.
西人來觀하고, 서 인 래 관	서쪽 사람들 와서 구경하고,
祝公萬年이라. 축 공 만 년	장공이 수만 년을 누리도록 빌었네.
有女娟娟[136]하야, 유 여 연 연	우리 딸이 있어 어여쁜데,
閨闥[137]閑閑[138]이요, 규 달 한 한	규방 안에서 얌전하고,
有童哇哇[139]하니, 유 동 와 와	우리 아들 있어 앙앙 우니,
亦旣能言이라. 역 기 능 언	이미 말할 줄 알았네.
昔公未來엔, 석 공 미 래	옛날 장공이 오시기 전에는
期汝棄損이러라. 기 여 기 손	너희들을 내다 버릴 뻔하였지!
禾麻芃芃[140]하고, 화 마 봉 봉	밭에는 벼와 삼대 무성하고,

133 변변(駢駢): 무성한 모양
134 벌고(伐鼓): 북을 치다.
135 연연(淵淵): 북소리가 둥둥 울리는 모양
136 연연(娟娟): 예쁜 모양. 아름다운 모양
137 규달(閨闥): 규방의 문
138 한한(閑閑): 얌전하다, 의젓하다.
139 와와(哇哇): 어린아이가 우는 모양
140 봉봉(芃芃): 초목이 무성한 모양

倉庾[141]崇崇[142]이라. 창유 숭숭	창고엔 물건 높이 쌓였네.
嗟我婦子여, 차아부자	아아! 우리 부녀자와 아이들까지도,
樂此歲豊하라. 낙차세풍	이해는 풍년 즐길지어다.
公在朝廷엔, 공재조정	장공 조정에서는,
天子股肱[143]이라. 천자고굉	천자의 팔다리라네.
天子曰歸하라 하니, 천자왈귀	천자께서 “돌아오라!” 하시니,
公敢不承고? 공감불승	장공이 감히 명 받들지 않겠는가?
作堂[144]嚴嚴[145]하고, 작당 엄엄	사당은 엄숙하고,
有廡[146]有庭이라. 유무 유정	행랑채도 있고 정원도 있네.
公像在中에, 공상재중	장공의 화상이 그 가운데 있는데,
朝服冠纓[147]이라. 조복관영	조복에 관을 쓰고 계시네.
西人相告하되, 서인상고	서쪽 사람들 서로 이르기를,
無敢逸荒[148]이라. 무감일황	감히 함부로 행동하지 말라!

141 창유(倉庾): 창고

142 숭숭(崇崇): 물건이 높이 쌓여 있는 모양

143 고굉(股肱): 다리와 팔. 훌륭한 보좌관, 뛰어난 자문역이라는 뜻

144 당(堂): 화상을 모신 사당

145 엄엄(嚴嚴): 엄숙한 모양. 위엄이 있는 것

146 무(廡): 행랑채

147 관영(冠纓): 예관에 끈을 매어 쓰다.

公歸京師나, 공 귀 경 사	장공은 서울로 돌아가시지만,
公像在堂이라. 공 상 재 당	공의 화상 이 사당에 계시네!

85. 관중론(管仲論)[149]

소순(蘇洵)

管仲[150]이 相威公[151]하야, 관 중 상 위 공	관중은 제나라 환공의 재상이 되어
霸[152]諸侯攘[153]夷狄하야, 패 제 후 양 이 적	제후들 가운데 패자가 되게 하고 오랑캐들을 물리쳐서,

---

148 일황(逸荒): 안이하게 빗나간 행동을 하다.

149 관중론(管仲論): 작자 소순의 역사적인 인물론 중의 하나. 관중을 평가하는 작자의 독특한 견해가 날카롭다. 관중은 살아서 제나라 환공의 재상으로 많은 공을 세웠던 사람인데, 실은 그 공은 관중 자신보다도 그를 환공에게 천거하였던 포숙(鮑叔)의 공로로 보아야 한다는 게 그의 입장이다. 관중이 앓아누워 죽음을 눈앞에 두고 있을 때 환공이 문병을 가서 그의 뒤를 이을 재상감에 대하여 물었다. 그러나 관중은 수조(豎刁) 같은 간사한 자들을 멀리할 것을 진언하는 한편, 몇몇 대신들의 단점만 얘기하고 후임자를 추천하지 않았다. 제나라는 관중이 죽은 뒤 크게 혼란에 빠졌는데, 그것은 곧 현명한 사람을 추천하지 않았던 관중에게 원인이 있다는 것이다. 제나라의 큰 공신으로 보는 일반적인 평가를 뒤엎는 그의 관중론은 후세 사람들에게도 많은 교훈을 안겨 주고 있다.

150 관중(管仲): 춘추 시대 제(齊)나라 대부. 이름은 이오(夷吾), 자가 중이다. 시호를 경(敬)이라 하여 경중(敬仲)이라고도 부른다. 포숙의 추천으로 제 환공(桓公)의 재상이 되어 나라를 부강하게 하고 제후들을 규합하여 주(周) 왕실을 받들며 오랑캐들을 물리쳤다. 환공도 그를 높여 중부(仲父)라 불렀다.

151 위공(威公): 제나라 환공. 송(宋)나라 흠종(欽宗)의 이름이 환(桓)이어서, 송나라 사람들은 '환'을 '위'로 바꾸어 불렀다.

152 패(霸): 패자가 되다.

153 양(攘): 물리치다.

終其身토록 齊國富强하고, 종 기 신 제 국 부 강	그의 평생 동안 제나라가 부강하고,
諸侯不敢叛이라. 제 후 불 감 반	제후들이 감히 배반하지 못하게 했다.
管仲死에, 관 중 사	관중이 죽자
豎刁[154]易牙開方이 用하니, 수 조 역 아 개 방 용	수조·역아·개방이 임용되니,
威公은 薨於亂[155]하고, 위 공 홍 어 란	환공은 혼란 중에 죽었고,
五公子[156]爭立하야, 오 공 자 쟁 립	다섯 명의 공자가 왕위를 서로 다투어
其禍蔓延하야, 기 화 만 연	그 화가 뻗쳐서,
訖[157]簡公[158]에, 흘 간 공	간공에 이르기까지
齊無寧歲하니라. 제 무 령 세	제나라는 편안했던 해라고는 없었다.
夫功之成은, 부 공 지 성	모든 공로가 이루어지는 것은
非成於成之日이요, 비 성 어 성 지 일	그것을 이룬 날에 모두 이룩된 것이 아니요,

154 수조(豎刁): 제나라 환공의 내시. 환공의 총애를 받았으나, 환공이 죽은 뒤, 역아(易牙)·개방(開方)과 함께 많은 신하들을 죽여 제나라를 크게 어지럽혔다. 역아는 뛰어난 요리사로 적아(狄牙)라고도 부르며, 환공의 비위를 맞추기 위하여 자기 아들을 삶아 요리하여 올렸다고도 한다.

155 홍어란(薨於亂): 수조 등의 난 중에 죽다.

156 오공자(五公子): 다섯 명의 왕자. 춘추 시대 제후들의 아들을 공자라고 한다. 환공의 아들은 여섯 명이었으나 그중 공자 소(昭)는 뒤에 효공(孝公)이 되었고, 나머지 다섯 공자들, 곧 공자 무맹(武孟)·공자 원(元)·공자 번(潘)·공자 상인(商人)·공자 옹(雍)을 말한다.

157 흘(訖): ~에 이르기까지

158 간공(簡公): 이름은 임(壬). 도공(悼公)의 아들. 환공으로부터 11대 임금. 춘추 시대 제나라는 간공에 이르러 혼란이 극심하였다.

蓋必有所由起[159]하며,
개 필 유 소 유 기

반드시 이룩하게 된 연유가 있는 것이다.

禍之作은,
화 지 작

화가 일어나는 것은

不作於作之日이라,
불 작 어 작 지 일

화가 일어난 날에 모두 일어난 것이 아니라,

亦必有所由兆[160]하니,
역 필 유 소 유 조

역시 반드시 그것이 시작된 근원이 있는 것이니,

則齊之治也를,
즉 제 지 치 야

그래서 제나라가 잘 다스려졌던 것을

吾不曰管仲
오 불 왈 관 중

나는 관중 때문이 아니고

而曰鮑叔[161]이라 하며,
이 왈 포 숙

포숙아 덕분이라고 주장하고,

及其亂也를,
급 기 란 야

제나라가 혼란케 된 것을

吾不曰豎刁易牙開方
오 불 왈 수 조 역 아 개 방

나는 수조와 역아와 개방 때문이 아니라,

而曰管仲이라.
이 왈 관 중

관중 때문이었다고 말하는 것이다.

何則고?
하 즉

왜 그런고?

---

159 소유기(所由起): 생겨난 바. 생겨나게 된 연유

160 소유조(所由兆): 시작된 바. 시작이 된 근원

161 포숙(鮑叔): 포숙아(鮑叔牙). 제나라 대부. 젊어서부터 관중의 친구로 관중을 이해해 주고 도와주었다. 뒤에는 관중이 환공과 왕위를 다투던 공자 규(糾)를 섬기다가 잡혔는데, 포숙이 그를 환공에게 추천하여 재상이 되도록 했다.

豎刁易牙開方三子는,
수 조 역 아 개 방 삼 자
수조·역아·개방 세 사람은

彼固亂人國者로되,
피 고 란 인 국 자
본시 나라를 어지럽힐 인물들이로되

顧[162]其用之者는,
고 기 용 지 자
바로 그들을 임용한 자는

威公也니라.
위 공 야
환공이기 때문이다.

夫有舜而後에,
부 유 순 이 후
순임금이 있었기 때문에

知放四凶[163]하고,
지 방 사 흉
사흉을 내칠 줄 알았던 것이고,

有仲尼而後에,
유 중 니 이 후
공자가 있었기 때문에

知去少正卯[164]하나니,
지 거 소 정 묘
소정묘를 제거할 줄 알았던 것이니,

彼威公何人也오?
피 위 공 하 인 야
저 환공은 어떤 사람이었는가?

顧其使威公으로,
고 기 사 위 공
그런데 환공으로 하여금

得用三子者는,
득 용 삼 자 자
그 세 사람을 임용할 수 있도록 한 것은

管仲也니라.
관 중 야
관중이었다.

仲之疾也에,
중 지 질 야
관중이 병이 났을 때에

162 고(顧): 생각건대. 바로

163 사흉(四凶): 순(舜)에 의하여 추방되었던 네 악인으로, 환두(驩兜)·공공(共工)·곤(鯀)·삼묘(三苗)(『서경(書經)』「순전(舜典)」)

164 소정묘(少正卯): 춘추 시대 노(魯)나라의 대부. 공자가 노나라의 대사구(大司寇)가 된 뒤, 그가 정치를 어지럽힌다 하여 처형했다.

公問之相[165]하니,
공 문 지 상
환공이 그에게 재상에 관하여 물으니,

當是時也하야,
당 시 시 야
바로 그때

吾以仲且擧天下之賢者以對나,
오 이 중 차 거 천 하 지 현 자 이 대
나는 관중이 천하의 어진 사람을
천거할 줄 알았으나,

而其言이 乃不過曰,
이 기 언 내 불 과 왈
그의 말은 단지 이러하였다.

豎刁易牙開方三子는,
수 조 역 아 개 방 삼 자
"수조·역아·개방 세 사람은

非人情[166]이니,
비 인 정
인정이 없으니

不可近而已라 하니,
불 가 근 이 이
가까이해서는 안 됩니다."

嗚呼라!
오 호
아아!

仲以爲威公이
중 이 위 위 공
관중은 환공이

果能不用三子矣乎아?
과 능 불 용 삼 자 의 호
과연 그 세 사람을 쓰지 않으리라고
생각했던 것일까?

仲與威公이 處幾年矣니,
중 여 위 공 처 기 년 의
관중은 환공과 함께 몇 년을 지냈으니

亦知威公之爲人矣乎저!
역 지 위 공 지 위 인 의 호
환공의 사람됨을 잘 알았을
것이 아닌가?

---

165 문지상(問之相): 그에게 재상에 관해서 묻다. 재상으로 임용할 사람에 대하여 묻다.

166 비인정(非人情): 인정을 갖고 있지 않다. 사람답지 않은 정의 소유자다.

威公은 聲不絶乎耳하고, 위공 성부절호이	환공은 귀에 음악이 끊이지 않도록 하고
色不絶於目이나, 색부절어목	눈에는 미색이 다하지 않도록 하였던 사람이나,
而非三子者, 이비삼자자	그들 세 사람이 아니면
則無以遂其欲하나니, 즉무이수기욕	그러한 욕망을 채울 수가 없는 처지였으니,
彼其初之所以不用者는, 피기초지소이불용자	그가 처음에 그들을 쓰지 않았던 까닭은
徒[167]以有仲焉耳라. 도 이유중언이	다만 관중이 있었기 때문이다.
一日無仲이면, 일일무중	하루아침에 관중이 없게 된다면
則三子者가, 즉삼자자	그들 세 사람은
可以彈冠[168]而相慶矣리니, 가이탄관 이상경의	벼슬을 하려고 관 털고 서로 축하했을 것이다.
仲以爲將死之言이, 중이위장사지언	관중은 죽으려 할 때 그의 말이
可以縶[169]威公之手足耶아? 가이집 위공지수족야	환공의 팔다리를 매어 둘 수 있다고 생각한 것일까?

167 도(徒): 다만. 부질없이

168 탄관(彈冠): 관의 먼지를 털다. 관을 쓰고 벼슬자리에 나아가려는 것을 말한다.

夫齊國은 不患有三子요, 부제국 불환유삼자	제나라로서는 세 사람이 있는 것을 걱정할 것이 아니요,
而患無仲하나니, 이환무중	관중이 없는 것을 걱정할 것이니,
有仲則三子者가, 유중즉삼자자	관중이 있으면 곧 세 사람은
三匹夫耳라. 삼필부이	세 명의 필부일 따름이다.
不然이면 불연	그렇지 않다면
天下豈少三子之徒오? 천하기소삼자지도	천하에 어찌 세 사람과 같은 무리들이 적겠는가?
雖威公이 幸而聽仲하야, 수위공 행이청중	비록 환공이 다행히도 관중의 말을 듣고
誅此三人이라도, 주차삼인	이 세 사람을 처형하였다 하더라도,
而其餘者를, 이기여자	그 나머지 사람들을
仲能悉數而去[170]之耶아? 중능실수이거 지야	관중이 모두 헤아려 제거시킬 수가 있었겠는가?
嗚呼라! 오호	아아!

169 집(縶): 말을 매다. 잡아매다.

170 실수이거(悉數而去): 모두 헤아려서 제거하다. 모두 수대로 제거하다.

仲可謂不知本者矣니라.
중 가 위 부 지 본 자 의

관중은 근본을 모르는 사람이었다고 할 수 있다.

因威公之問하야,
인 위 공 지 문

환공의 질문에

擧天下之賢者以自代면,
거 천 하 지 현 자 이 자 대

천하의 현명한 사람을 대신 추천하였다면,

則仲雖死나,
즉 중 수 사

곧 관중이 죽는다 하더라도

而齊國未爲無仲也리니,
이 제 국 미 위 무 중 야

제나라에는 관중이 없는 형편이 되지 않았을 것이니,

夫何患三子者리오?
부 하 환 삼 자 자

어찌 세 사람을 걱정했겠는가?

不言可也니라.
불 언 가 야

말하지 않았어도 되는 것이다.

五覇[171]莫盛於威文[172]이나,
오 패 막 성 어 위 문

오패 중에 환공과 문공보다 강성한 사람들이 없었으나,

文公之才가,
문 공 지 재

문공의 재능은

不過威公이요,
불 과 위 공

환공보다 뛰어나지 않았고,

其臣이 又皆不及仲하며,
기 신 우 개 불 급 중

그의 신하도 모두 관중에 미칠 수가 없었으며,

---

171 오패(五覇): 춘추 시대의 다섯 명의 패자(覇者). 제(齊) 환공(桓公)·진(晉) 문공(文公)·진(秦) 목공(穆公)·송(宋) 양공(襄公)·초(楚) 장왕(莊王). 진 목공과 송 양공 대신 오(吳) 합려(闔閭)와 월(越) 구천(句踐)을 넣기도 한다.

172 위문(威文): 제나라 환공과 진나라 문공

靈公[173]之虐은,
영공 지학

진나라 영공의 포악함은

不如孝公[174]之寬厚나,
불여효공 지관후

제나라 효공의 관후함에 견줄 바가 못 되었으나,

文公死에,
문공사

문공이 죽은 후에도

諸侯不敢叛晉은,
제후불감반진

제후들이 감히 진나라를 배반하지 못하고,

晉襲文公之餘威하야,
진습문공지여위

문공의 남은 위세를 이어받아 진나라는

猶得爲諸侯之盟主百餘年[175]하니라.
유득위제후지맹주백여년

그대로 제후들의 맹주 노릇을 백여 년이나 할 수 있었다.

何者오?
하자

어째서인가?

其君이 雖不肖나,
기군 수불초

그 나라 임금은 비록 못났지만

而尚有老成人[176]焉이러라.
이상유노성인 언

그 나라에 노련하고 훌륭한 사람들이 있었기 때문이다.

威公之死也에,
위공지사야

환공이 죽자

---

173 영공(靈公): 문공의 손자. 무도한 임금으로 유명하다.

174 효공(孝公): 제나라 환공의 아들. 후덕한 임금으로 알려졌다.

175 백여년(百餘年): 진(晉)나라는 문공 이후 도공(悼公)에 이르기까지 패업이 계승되었다.

176 노성인(老成人): 나이도 많고 경험도 많은 훌륭한 사람

一亂塗地[177]는, 일 란 도 지	단번에 형편없이 혼란해질 것은
無惑[178]也니, 무 혹 야	의심할 바 없는 일이었으니,
彼獨恃一管仲이나, 피 독 시 일 관 중	그는 오직 한 사람 관중을 의지하고 있었으나
而仲則死矣니라. 이 중 즉 사 의	관중이 죽어 버렸기 때문이다.
夫天下에 未嘗無賢者요, 부 천 하 미 상 무 현 자	천하에는 현명한 사람이 없었던 때란 없고,
蓋有有臣而無君者矣니, 개 유 유 신 이 무 군 자 의	대개 유능한 신하는 있으되 훌륭한 임금이 없는 경우는 있었으니,
威公在焉而曰, 위 공 재 언 이 왈	환공이 있는데도
天下에 不復有管仲者를, 천 하 불 부 유 관 중 자	“천하에 다시는 관중 같은 사람이 없다”고 말하는 것을
吾不信也라. 오 불 신 야	나는 믿지 못하겠다.
仲之書[179]有記하되 중 지 서 유 기	관중의 글에 쓰여 있기를,
其將死에, 기 장 사	그는 죽음에 임박하여

177 일란도지(一亂塗地): 단번에 형편없이 혼란에 빠지다.

178 무혹(無惑): 의심할 바 없다.

179 중지서(仲之書): 관중이 지었다는 『관자(管子)』를 가리킴. 지금 24권이 전하나 후인의 손질이 많이 가해진 것으로 여겨지고 있다.

論鮑叔賓胥無[180]之爲人하고,
논 포 숙 빈 서 무 지 위 인

포숙과 빈서무의 사람됨을 논하고

且各疏其短[181]하니,
차 각 소 기 단

각각 그들의 단점을 아뢰니,

是其心은 以爲是數子者로,
시 기 심 이 위 시 수 자 자

이것은 그는 마음속으로 이들 몇 사람은

皆不足以托國이나,
개 부 족 이 탁 국

나라를 맡기기에 부족한 인물이라 생각하였던 듯하나,

而又逆知[182]其將死면,
이 우 역 지 기 장 사

또 그가 곧 죽을 것임을 미리 알고 있었다면

則其書誕謾[183]不足信也라.
즉 기 서 탄 만 부 족 신 야

그 글은 거짓말을 쓴 것이어서 믿을 수가 없을 것만 같다.

吾觀史鰌[184]
오 관 사 추

내가 보건대 위나라의 사추는

以不能進蘧伯玉
이 불 능 진 거 백 옥

거백옥을 벼슬자리에 나아가게 하고

---

180 빈서무(賓胥無): 제나라 대부의 이름

181 소기단(疏其短): 그들의 단점을 아뢰다. 중병이 든 관중에게 환공이 위문을 가서 묻자 관중은 "포숙(鮑叔)의 사람됨은 매우 정직하기는 하지만 나라를 부강케 할 수는 없고, 빈서무의 사람됨은 매우 착하기는 하지만 다른 나라들을 굴복케 하지는 못할 것입니다"라고 대답하였다.

182 역지(逆知): 여기서 '역' 자는 '영(迎)' 자와 같은 뜻

183 탄만(誕謾): 함부로 거짓말을 하다.

184 사추(史鰌): 사어(史魚)라고도 부르며, 위(衛)나라 대부. 위 영공(靈公) 때 거백옥(蘧伯玉)을 벼슬자리에 천거하고 간사한 미자하(彌子瑕)를 내치려고 여러 번 간하였으나 뜻대로 되지 않았다. 그는 죽게 되자 아들에게 나라를 위하여 뜻을 이루지 못하였으니 자신을 예를 갖추어 장사 지내지 말도록 유언하였다. 영공이 조문을 와서 예대로 다루어지지 않은 시신을 보고 그 연유를 물어보고 나서야 크게 깨닫고, 다시 거백옥을 등용하고 미자하를 내쳤다 한다.

而退彌子瑕로 이 퇴 미 자 하	미자하를 물러나게 하지 못하자,
故有身後之諫하고, 고 유 신 후 지 간	죽은 뒤에도 시신으로 간하게 하였고,
蕭何[185]且死에, 소 하 차 사	한나라 소하는 죽음을 맞게 되자
擧曹參以自代는, 거 조 참 이 자 대	조참으로 자신을 대신하도록 하였는데,
大臣之用心이, 대 신 지 용 심	대신의 마음 씀이
固宜如此也니라. 고 의 여 차 야	본래 마땅히 이와 같아야 하는 것이다.
一國은 以一人興하고, 일 국 이 일 인 흥	한 나라는 한 사람으로 말미암아 흥성하기도 하고
以一人亡하나니, 이 일 인 망	한 사람으로 말미암아 망하기도 하나니,
賢者는 不悲其身之死요, 현 자 불 비 기 신 지 사	현명한 사람은 그 자신의 죽음을 슬퍼하지 않고
而憂其國之衰라. 이 우 기 국 지 쇠	그의 나라가 쇠멸하는 것을 걱정하는 법이다.
故로 必復有賢者而後에, 고 필 부 유 현 자 이 후	그러므로 반드시 다시 현명한 사람이 있도록 한 뒤에야

185 소하(蕭何): 한(漢) 고조(高祖)의 재상으로 천하를 통일하는 데 큰 공을 세운 사람. 소하는 죽음을 앞두고 동료인 조참(曹參)을 추천하여, 조참이 그를 이어 재상이 되었다.

有以死하나니,　　자신의 죽음을 맞이했던 것이니,
유 이 사

彼管仲은 何以死哉오?　　저 관중은 어떻게 죽음을 맞이했는가?
피 관 중　하 이 사 재

86. 산처럼 생긴 나무둥치를 보고서(木假山記)[186]

소순(蘇洵)

木之生이 或蘗[187]而殤[188]하고,
목 지 생　혹 얼　이 상

나무의 삶은 혹은 움이 나서
자라다가 죽기도 하고,

或拱[189]而夭[190]하며,　　혹은 한 줌도 못 되어 일찍
혹 공　이 요　　죽기도 하며,

幸而至於任爲棟樑[191]則伐하고,
행 이 지 어 임 위 동 량　즉 벌

다행히 기둥이나 들보가 될 만하게
자라면 벌목되고,

---

186 목가산기(木假山記): 큰 나무토막이 물과 모래 사이를 흘러내려오는 중에 몇백 년을 지나 큰 산 모양으로 되어 버린 것을 '목가산(木假山)'이라 한 것이다. 이 글은 소순이 자기 집에 있는 세 봉우리로 이루어진 목가산을 두고 지은 것으로, 목가산이 이루어지기까지의 험난한 과정과 행운을 논하면서, 은근히 자기 삼부자에 비유하고 있는 듯도 하다.

187 얼(蘗): 나무의 움이 돋다. 여기서는 싹이 솟는 것도 아울러 뜻하는 것이다.

188 상(殤): 죽다.

189 공(拱): 두 팔로 끌어안다. 그러나 여기에서는 '공파(拱把)'에서 '공(拱)'을 생략한 '한 줌 굵기'로 보아야 할 것이다.

190 요(夭): 일찍 죽다.

191 임위동량(任爲棟樑): 기둥이나 들보가 될 만한 것

不幸而爲風之所拔하고,
불 행 이 위 풍 지 소 발

불리한 경우에는 바람에 뽑히고

水之所漂하야,
수 지 소 표

물에 떠내려가다가

或破折或腐하며,
혹 파 절 혹 부

혹은 부서지고 꺾이고 혹은 썩게 되며,

幸而得不破折不腐면,
행 이 득 불 파 절 불 부

다행히도 부서지고 꺾이거나
썩지 않게 된다면

則爲人之所材나,
즉 위 인 지 소 재

곧 사람들이 재목으로 삼으나

而有斧斤之患[192]이라.
이 유 부 근 지 환

도끼에 찍히는 환난을 당하게
되는 것이다.

其最幸者는,
기 최 행 자

그중에서도 가장 다행한 놈은

漂沈[193]汨沒[194]於湍沙[195]之間하야,
표 침 골 몰 어 단 사 지 간

여울물 모래 사이를 떠올랐다
가라앉았다 하다가

不知其幾百年이나,
부 지 기 기 백 년

몇백 년이나 지났는지 알지 못하지만,

而其激射[196]齧食[197]之餘에,
이 기 격 사 설 식 지 여

물에 씻기고 모래에 부딪혀 침식된
나머지

---

192 부근지환(斧斤之患): 도끼에 찍혀 베이는 환난
193 표침(漂沈): 떠올랐다 가라앉았다 하는 것
194 골몰(汨沒): 물위로 솟았다 물속으로 들어갔다 하는 것
195 단사(湍沙): 여울물과 모래
196 격사(激射): 물에 부딪히고 물건에 부딪히고 하는 것
197 설식(齧食): 씹히고 먹히다. 뜯기고 부식되고 하는 것

或髣髴[198]於山者면, 혹 방 불 어 산 자	간혹 산과 비슷하게 된 놈이 있으면,
則爲好事者取去하야, 즉 위 호 사 자 취 거	호사가들이 그것을 가져다가
强之以爲山이라. 강 지 이 위 산	억지로 산처럼 만들어 놓은 것이다.
然後에 연 후	그렇게 된 뒤에는
可以脫泥沙而遠斧斤이나, 가 이 탈 니 사 이 원 부 근	진흙과 모래에서 벗어나고 도끼로부터 멀어지게 되나,
而荒江之濱에, 이 황 강 지 빈	거친 강가에
如此者幾何며, 여 차 자 기 하	그렇게 되는 것이 몇이나 될 것이며,
不爲好事者所見이나, 불 위 호 사 자 소 견	또 호사가들 눈에 발견되지 않았으나
而爲樵夫野人所薪者[199]도, 이 위 초 부 야 인 소 신 자	나무꾼이나 들판 사람들의 땔감이 되어 버리고 마는 것도
何可勝數라오? 하 가 승 수	어찌 그 수를 다 헤아릴 수가 있겠는가?
則其最幸者之中에, 즉 기 최 행 자 지 중	그러니 그 가장 다행스런 것들 중에도
又有不幸者焉이라. 우 유 불 행 자 언	또 불행한 것들이 있는 것이다.

198 방불(髣髴): 비슷한 것

199 소신자(所薪者): 땔나무가 되는 것들

予家에 有三峰[200]하니, 여가 유삼봉	우리 집에는 세 봉우리의 나무 산이 있는데,
予每思之 여매사지	내가 이에 대해 생각해 볼 때
則疑其有數[201]存乎其間이라. 즉의기유수 존호기간	거기에는 운수가 있는 것이 아닌가 여겨진다.
且其蘖而不殤하며, 차기얼이불상	그놈이 움이 나서 자라다가 죽지 아니하고,
拱而不夭하고, 공이불요	한 줌이 되어도 일찍 죽지도 아니하고,
任爲棟樑而不伐하며, 임위동량이불벌	기둥이나 들보감이 되어서도
風拔水漂 풍발수표	바람에 뽑혀 물에 떠내려 오면서도
而不破折不腐하고, 이불파절불부	부서지거나 꺾이지 아니하고 썩지도 아니하고,
不破折不腐 불파절불부	부서지거나 꺾이지 아니하고 썩지도 아니하면서도

200 삼봉(三峰): 세 봉우리의 산 모양을 이룬 나무토막

201 수(數): 운수

而不爲人所材以及於斧斤하며,
이 불 위 인 소 재 이 급 어 부 근

사람들에게 재목으로 도끼질을 당하는 일이 없었고,

出於湍沙之間이나
출 어 단 사 지 간

여울물과 모래 사이를 뚫고 나와서도

而不爲樵夫野人之所薪而後에,
이 부 위 초 부 야 인 지 소 신 이 후

나무꾼이나 들판 사람들의 땔감이 되지 아니하고,

得至乎此하니,
득 지 호 차

그러고 나서야 이곳으로 오게 되었으니

則其理似不偶然也라.
즉 기 리 사 불 우 연 야

그 이치가 우연하지만은 않은 듯하다.

然予之愛之는,
연 여 지 애 지

그러니 내가 이것을 사랑하는 것은

則非徒愛其似山이요,
즉 비 도 애 기 사 산

곧 다만 그것이 산을 닮았대서가 아니라,

而又有所感[202]焉이나,
이 우 유 소 감 언

여기에 감회가 있기 때문이며,

非徒感之요,
비 도 감 지

다만 이에 대하여 감회만이 있을 뿐 아니라

而又有所敬焉하니라.
이 우 유 소 경 언

또한 존경하는 바가 있기 때문이다.

予見中峰은,
여 견 중 봉

내가 보건대 가운데 봉우리는

202 소감(所感): 느끼는 바. 감회

魁岸[203]踞肆[204]하야, 괴안 거사	장대한 모양으로 떡 웅크리고서
意氣端重[205]하야, 의기단중	의기도 장중하게 보여
若有以服其旁之二峰하니라. 약유이복기방지이봉	마치 그 곁의 두 봉우리를 거느리고 있는 듯하다.
二峰者는 莊栗[206]刻削[207]하야, 이봉자 장률 각삭	두 봉우리는 장엄하면서도 빼어나서
凜乎[208]不可犯하니, 늠호 불가범	엄연히 범접할 수가 없는 형세이니,
雖其勢服於中峰이나, 수기세복어중봉	비록 그 형세가 가운데 봉우리에 복종하고는 있으면서도
而岌然[209]決無阿附意라. 이급연 결무아부의	우뚝하여 전혀 아부하는 뜻이 없다.
吁其可敬也夫저! 우기가경야부	아아! 존경할 만한 모양이 아닌가!
其可以有所感也夫저! 기가이유소감야부	그러니 감회가 있을 만하지 않은가!

203 괴안(魁岸): 장대한 모양
204 거사(踞肆): 멋대로 편안히 앉아 있는 모양
205 단중(端重): 단아하고 장중하다.
206 장률(莊栗): 장엄한 모양
207 각삭(刻削): 높이 솟은 모양
208 늠호(凜乎): 위엄이 있는 모양
209 급연(岌然): 산이 높이 솟은 모양

87. 한 고조를 논함(高祖論)[210]

소순(蘇洵)

漢高祖[211]는 挾數[212]用術하야,
한고조 협수 용술

한나라 고조는 술수를 가지고 술법을 써서

以制一時之利害는,
이제일시지이해

한때의 이해(利害)를 제어하는 데 있어서는

不如陳平[213]하고,
불여진평

진평만 못하였고,

揣摩[214]天下之勢하고,
췌마 천하지세

천하의 형세를 헤아려

---

210 고조론(高祖論): 독특한 방향에서 한나라 고조의 인물을 논한 글이다. 곧 고조는 전쟁의 계략이나 작은 일의 처리에 있어서는 신하인 진평(陳平)이나 장량(張良)만 못하였지만, 한나라의 장래를 계획하고 위하는 면에서는 다른 어떤 사람보다도 뛰어났다는 것이다. 고조는 여씨들의 환란을 미리 예견하고 주발(周勃)을 태위에 임명하였고, 여씨들의 환란을 미리 예견하면서도 뒤를 이을 혜제(惠帝)를 무사히 장성케 하기 위하여 여후를 제거하지 않았다는 것이다. 다만 여후의 세력을 약화시키기 위하여 진평과 주발에게 번쾌(樊噲)를 죽이도록 하였는데, 이들이 그때 죽이지 않음으로써 결국 여씨의 환란이 일어나게 되었고, 다행히 번쾌가 오래 살지 못하였기 때문에, 뒤에 여씨 일족이 주발에 의하여 모두 잡혀 죽게 되었다는 것이다. 결국 진평과 주발은 번쾌를 죽이지 않음으로써 '고조의 걱정을 후세까지 남겨 놓았던 사람들'이라 말하고 있다. 앞뒤 논리의 연결에는 약간 문제가 있는 듯도 하나 매우 재미있고 독특한 인물론이라 할 것이다. 소순의 재기(才氣)가 번뜩이는 글이다.

211 한고조(漢高祖): 유방(劉邦). 진(秦)나라를 멸망시키고 항우(項羽)와 천하를 다투어 한나라를 세웠다.

212 협수(挾數): 술수를 지니고 있다. '수'는 술(術)과 같다.

213 진평(陳平): 고조(高祖)를 도와 천하를 차지하게 한 공신 중의 한 사람. 특히 책사(策士)로 알려졌다.

214 췌마(揣摩): 미루어 헤아리다.

擧指搖目[215]하야,
거 지 요 목

손가락을 들어올리고
눈을 움직임으로써

以劫制[216]項羽[217]는,
이 겁 제 항 우

항우를 위협하고 통제하는 데
있어서는

不如張良[218]하니,
불 여 장 량

장량만 못하였으니,

微[219]此二人이면,
미 차 이 인

이들 두 사람이 아니었다면

則天下不歸漢이요,
즉 천 하 불 귀 한

천하는 한나라로 돌아가지
않았을 것이고,

而高帝乃木彊之人[220]而止耳리라.
이 고 제 내 목 강 지 인 이 지 이

고조는 나무처럼 뻣뻣한 사람에
지나지 않았을 것이다.

然天下已定에,
연 천 하 이 정

그러나 천하가 평정된 뒤에

後世子孫之計는,
후 세 자 손 지 계

후세 자손들을 위하는
계획에 있어서는,

---

215 거지요목(擧指搖目): 손가락을 들고 눈을 움직이다. 간단한 행동을 뜻한다.

216 겁제(劫制): 위협하고 통제하다.

217 항우(項羽): 이름은 적(籍). 초(楚) 땅의 귀족 출신으로 힘이 센 장사였으나, 뒤에 한나라 고조와 천하를 다투다가 패하여 죽었다.

218 장량(張良): 고조를 섬겼던 공신 중의 한 사람. 군사 고문[軍師]으로 유명했다.

219 미(微): 비(非)와 같음. ~이 아니라면

220 목강지인(木彊之人): 나무처럼 뻣뻣한 사람. 여기서는 강직하기만 하고 한 일이 아무것도 없는 사람을 가리킨다.

陳平張良智之所不及을, 진평과 장량의 지혜가 미치지 못하는 점을
진 평 장 량 지 지 소 불 급

則高帝常先爲之規畫[221]處置[222]하야, 고조는 언제나 먼저 계획을 세워서 조치를 취하여,
즉 고 제 상 선 위 지 규 획 처 치

使夫後世之所爲[223]를, 후세에 할 일들을
사 부 후 세 지 소 위

曉然[224]如目見其事[225]而爲之者라. 분명히 눈으로 그 일을 직접 보는 것처럼 처리하였다.
효 연 여 목 견 기 사 이 위 지 자

蓋高帝之智는, 대체로 고조의 지혜는
개 고 제 지 지

明於大而暗於小가, 큰일에는 밝지만 작은 일에는 어두웠음이
명 어 대 이 암 어 소

至於此而後見[226]也니라. 여기에 이르러서야 비로소 드러났던 것이다.
지 어 차 이 후 현 야

帝常語呂后[227]曰, 고조가 일찍이 여후에게 말했다.
제 상 어 여 후 왈

---

221 선위지규획(先爲之規畫): 먼저 그들(후세 사람들)을 위하여 계획을 세우다.

222 처치(處置): 일을 처리하다.

223 후세지소위(後世之所爲): 후세에 하는 일

224 효연(曉然): 분명한 모양

225 목견기사(目見其事): 눈으로 그 일들을 직접 보다.

226 현(見): 드러나다. 현(現)과 같다.

227 여후(呂后): 한 고조의 정실부인. 고조가 죽은 뒤에는 스스로 권력을 잡았다.

周勃[228]은 重厚少文[229]이나, 주발 중후소문	"주발은 중후하고 겉치레는 적으나,
然安劉氏[230]者는, 연안유씨 자	유씨를 안정케 해 줄 사람은
必勃也니, 필발야	반드시 주발일 것이니,
可令爲太尉[231]라 하리라. 가령위태위	그를 태위에 임명하는 것이 좋을 것이오."
方是時에, 방시시	바로 그때는
劉氏旣安矣니, 유씨기안의	유씨들이 이미 안정되어 있던 때였으니,
勃又將誰安耶아? 발우장수안야	주발이 또 그 누구를 안정케 해 준다는 것이었을까?
故吾之意曰, 고오지의왈	그러므로 나의 생각으로는,
高帝之以太尉屬[232]勃也는, 고제지이태위촉 발야	고조가 태위의 벼슬을 주발에게 주라고 부탁한 것은
知有呂氏之禍[233]也니라. 지유여씨지화 야	여씨에 의한 재화가 있을 것을 알았기 때문일 것이다.

228 주발(周勃): 고조의 공신 중의 한 사람. 성품이 매우 질박하였다.

229 소문(少文): 겉치레가 적다. 주발의 성품이 질박함을 뜻한다.

230 유씨(劉氏): 한나라 왕실을 가리킨다.

231 태위(太尉): 한나라 때 군사의 최고 책임자

232 촉(屬): 부탁하다.

233 여씨지화(呂氏之禍): 고조가 죽자 여후는 권력을 잡고 자신이 낳지 않은 고조의 자식들을 모

雖然이나 其不去呂后는,
수연 기불거여후
그렇다면 고조가 여후를 제거하지 않은 것은

何也오?
하야
어째서였을까?

勢不可也니라.
세불가야
형세가 그래서는 안 되었기 때문이다.

昔者武王沒에,
석자무왕몰
옛날 주나라 무왕이 죽었을 때

成王幼而三監[234]叛하니,
성왕유이삼감 반
성왕이 어려서 삼감이 반란을 일으켰으니,

帝意百歲後에,
제의백세후
고조의 생각으로는 백 년 뒤에

將相大臣及諸侯王이,
장상대신급제후왕
장군이나 재상, 대신들과 제후들이

有如武庚祿父
유여무경녹보
무경과 녹보 같은 자가 있는데도

而無有以制之[235]也니라.
이무유이제지 야
제어할 방법이 없게 될지도 모른다고 여겼을 것이다.

獨計[236]以爲家有主母[237]면,
독계 이위가유주모
[고조는] 혼자 생각해 보니, 집안에 주부가 있으면,

두 죽이고, 여씨 집안 사람들에게 높은 벼슬을 주었다. 특히 고조가 사랑했던 척부인(戚夫人)은 팔다리를 자르고 눈과 귀를 멀게 하여 '사람 돼지'를 만들어 놓았다 한다.

234 삼감(三監): 주(周)나라 무왕(武王)은 은(殷)나라를 멸망시키고 주왕(紂王)의 아들 무경(武庚)과 녹보(祿父)를 옛 땅에 봉해 주었다. 그리고 자신의 형제인 관숙(管叔), 채숙(蔡叔), 곽숙(霍叔)을 시켜 이들을 감시하였으나, 무왕이 죽고 주공(周公)이 섭정을 하자 이들은 오히려 주왕의 아들과 공모하여 난을 일으켰다. 이를 삼감지란(三監之亂)이라 한다. 주공이 동정하여 이들을 평정하였다.

235 제지(制之): 그들을 제어하다.

而豪奴[238]悍婢[239]가, 이 호 노 　 한 비	기운 있는 노복이나 사나운 노비가
不敢與弱子抗하고, 불 감 여 약 자 항	감히 약한 자식에 대하여 항거하지 못하고,
呂氏佐帝定天下하야, 여 씨 좌 제 정 천 하	여씨는 나를 도와서 천하를 평정하여
爲諸侯大臣素[240]所畏服하니, 위 제 후 대 신 소 　 소 외 복	제후나 대신들이 평소에도 두려워하고 복종하니,
獨此可以鎭壓其邪心하야, 독 차 가 이 진 압 기 사 심	오직 그만이 그들의 사악한 마음을 진압하여
以待嗣子[241]之壯이라. 이 대 사 자 　 지 장	뒤를 이을 자식이 장성하도록 기다릴 수 있게 할 것이었다.
故로 不去呂后者는, 고 　 불 거 여 후 자	그러므로 여후를 제거하지 아니하였던 것은
爲惠帝計也라. 위 혜 제 계 야	혜제를 위한 계책이었던 것이다.
呂后旣不可去라. 여 후 기 불 가 거	여후는 이미 제거할 수가 없었으므로,

236 독계(獨計): 홀로 계획하다.

237 주모(主母): 주부(主婦). 한 집안의 본실 부인

238 호노(豪奴): 기운 센 노복

239 한비(悍婢): 사나운 노비

240 소(素): 평소

241 사자(嗣子): 뒤를 이을 아들. 혜제를 가리킨다.

故削其黨[242]하야, 고 삭 기 당	그래서 그의 무리들을 삭감하여
以損其權하고, 이 손 기 권	그들 권력을 줄임으로써,
使雖有變이나, 사 수 유 변	만약 변고가 생긴다 하더라도
而天下不搖라. 이 천 하 불 요	천하가 요동치 않도록 해야만 했던 것이다.
是故로 以樊噲[243]之功으로, 시 고 이 번 쾌 지 공	그러므로 번쾌와 같이 공이 큰 사람도
一旦[244]遂欲斬之而無疑라. 일 단 수 욕 참 지 이 무 의	하루아침에 의심도 없이 [그를] 죽이려 했던 것이다.
嗚呼라! 오 호	아아!
彼獨於噲不仁耶아? 피 독 어 쾌 불 인 야	그가 번쾌에게만 인자하지 않았던 것이겠는가?
且噲與帝偕起[245]하야, 차 쾌 여 제 해 기	또한 번쾌는 고조와 함께 군사를 일으켜

242 삭기당(削其黨): 그들 무리의 수를 삭감하다.

243 번쾌(樊噲): 고조의 공신 중의 한 사람. 유명한 홍문연(鴻門宴)에서 항장(項莊)이 칼춤을 추며 고조를 죽이려 했을 때, 용감히 홍문 안으로 뛰어들어 고조를 구해 냈다. 그는 여후의 동생과 결혼하여 여씨 집안과 가장 가까운 관계였다. 고조가 여후와 너무 가까운 것을 걱정하여 재위 기간 중에 제거하려 하였으나 성공하지 못하고 뒤에 혜제 6년에 죽었다.

244 일단(一旦): 하루아침. 어떤 사람이 고조에게 번쾌가 고조가 죽으면 여후와 힘을 합쳐 척부인을 없애려 한다고 모함을 하였다. 바로 그때를 뜻한다.

245 해기(偕起): 함께 군사를 일으키다.

拔城陷陣하며,
발 성 함 진

적의 성을 함락시키고
적진을 쳐부수어

功不爲少요,
공 불 위 소

적지 않은 공을 세웠고,

方亞父[246]嗾[247]項莊時에,
방 아 보 주 항 장 시

홍문에서 범증이 항장을 시켜
고조를 죽이려 했을 때에

微噲譙羽[248]면,
미 쾌 초 우

번쾌가 항우를 꾸짖지 않았더라면,

則漢之爲漢을,
즉 한 지 위 한

곧 한나라가 한나라를
세울 수 있었을지

未可知也라.
미 가 지 야

알 수 없는 일이다.

一旦人有惡[249]噲하야,
일 단 인 유 오 쾌

어느 날 아침 어떤 사람이
번쾌를 미워하여

欲滅戚氏者라 하니,
욕 멸 척 씨 자

척씨를 멸하려 한다고 나쁘게 말하자,

時噲出伐燕[250]하야,
시 쾌 출 벌 연

그때 번쾌는 연나라를
정벌하러 나가 있어

---

246 아보(亞父): 항우의 군사고문[軍師]인 범증(范增). 홍문(鴻門)에서 항우가 유방을 불러 잔치를 벌였을 때, 범증은 항장을 시켜, 술자리에서 칼춤을 추다가 기회를 엿보아 유방을 찔러 죽이라고 하였다. 그러나 뒤에 번쾌가 이를 알고 뛰어들어와 유방은 죽음을 면할 수 있었다.

247 주(嗾): 사주하다. 유방을 죽이라고 지시하다.

248 초우(譙羽): 항우를 꾸짖다.

249 오(惡): 증오하다.

250 연(燕): 지금의 하북성(河北省) 지방. 고조의 공신 노관(盧綰)이 반란을 일으키려 하자 번쾌는 대장으로 정벌에 나섰다. 고조는 진평과 주발에게 군중으로 가서 번쾌를 죽이라고 명하였으나,

立命平勃하야, 입 명 평 발	즉시 진평과 주발에게 명하여
卽軍中斬之하나, 즉 군 중 참 지	진영으로 가서 번쾌를 죽이도록 하였으나,
夫噲之罪未形[251]也요. 부 쾌 지 죄 미 형 　 야	그때 번쾌의 죄는 이루어진 것도 아니요,
惡之者誠僞[252]를, 오 지 자 성 위	그를 미워하는 자의 말의 진위를
未必也하야, 미 필 야	확인할 수 없었으며,
且帝之不以一女子로, 차 제 지 불 이 일 녀 자	또한 고조가 한 여자 때문에
斬天下功臣은, 참 천 하 공 신	천하의 공신을 죽이지 않는다는 것은
亦明矣라. 역 명 의	명백한 일이었다.
彼[253]其娶於呂氏니, 피 　 기 취 어 여 씨	그러나 번쾌는 여씨 집안에 장가들어 있었으니,
呂氏之族에, 여 씨 지 족	여씨 족속 중의
若産祿[254]輩는, 약 산 록 　 배	여산이나 여록 같은 무리들은,

진평은 여후의 보복이 두려워 번쾌를 죽이지 않고 장안으로 호송하였다. 그가 장안에 도착하자 고조가 이미 죽었으므로 번쾌는 바로 석방되었고, 진평도 무사할 수 있었다.

251 미형(未形): 겉으로 형성되지 않다.

252 성위(誠僞): 진위(眞僞)

253 피(彼): 그. 번쾌를 말한다.

254 산록(産祿): 여산(呂産)과 여록(呂祿). 각각 여후의 오빠와 아들. 이들 두 사람을 필두로 하여 여씨 집안 사람들은 모두 왕후(王侯)에 봉해지고 높은 벼슬자리에 올랐다.

皆庸才[255]하야,
개 용 재
모두 용렬한 인물이어서

不足恤[256]이요,
부 족 휼
걱정할 것이 못 되었다.

獨噲豪健하야,
독 쾌 호 건
오직 번쾌만은 호걸이어서

諸將所不能制니,
제 장 소 불 능 제
여러 장수도 제어할 수가 없는
인물이었으니,

後世之患이,
후 세 지 환
후세의 환난이

無大於此矣라.
무 대 어 차 의
이보다 더 큰 것이 없었다.

夫高帝之視呂后는,
부 고 제 지 시 여 후
고조가 여후를 보는 태도는

猶醫者之視堇[257]也니,
유 의 자 지 시 근 야
마치 의사가 독초를 보는 것과 같으니,

使其毒으로,
사 기 독
그 풀의 독으로

可使治病하야,
가 사 치 병
사람들의 병을 치료하게만 해야지

而無至於殺人而已라.
이 무 지 어 살 인 이 이
사람을 죽이게 되어서는 안 된다는
생각일 따름이었다.

噲死則呂氏之毒이,
쾌 사 즉 여 씨 지 독
번쾌가 죽는다면 여씨의 독은

將不至於殺人이니,
장 부 지 어 살 인
사람들을 죽이게 되지는 않을 것이니,

---

255 용재(庸才): 평범한 인재. 용렬한 사람

256 휼(恤): 걱정하다.

257 근(堇): 독초(毒草)의 일종. 잘 쓰면 병을 고치지만 잘못 쓰면 사람을 죽게도 한다.

高帝以爲是足以死
고 제 이 위 시 족 이 사

고조는 그래야만 죽은 뒤에도

而無憂矣어늘,
이 무 우 의

걱정이 없게 될 거라고 여겼거늘,

彼平勃者는,
피 평 발 자

저 진평과 주발은

遺其憂[258]者也라.
유 기 우 자 야

[고조의] 걱정을 남겨 주었던
사람들이다.

噲之死於惠帝之六年[259]은,
쾌 지 사 어 혜 제 지 육 년

번쾌가 혜제 6년에 죽은 것은

天也니,
천 야

천명(天命)이었으니,

使之尙在면,
사 지 상 재

만약 그가 그대로 살아 있었더라면,

則呂祿不可紿[260]요,
즉 여 록 불 가 태

곧 여산과 여록을 속여 넘길 수가
없었을 것이고,

太尉不得入北軍矣리라.
태 위 부 득 입 북 군 의

태위인 주발이 북군(北軍)으로
들어가지 못했으리라.

---

258 유기우(遺其憂): 고조의 걱정을 후세에 남기다. 곧 번쾌를 죽이지 않았던 일

259 혜제지육년(惠帝之六年): 번쾌는 혜제 6년에 병으로 죽었다. 여후가 죽고 여씨 일가가 멸망된 것은 그로부터 9년 뒤의 일이다.

260 태(紿): 속이다. 여후가 죽은 뒤 장안의 군대는 남북 양군으로 나뉘어 있었으나, 여산과 여록 두 사람이 지휘를 맡아 태위(太尉)인 주발도 군중으로 들어갈 수가 없었다. 마침 여러 제후들이 여씨 토벌의 군사를 일으키자, 주발은 진평과 의논한 끝에 여록에게 첩자를 보내어 여록으로 하여금 영지인 조(趙)로 돌아가도록 하였다. 그러면 여씨가 제위를 탐내지 않는다는 것이 밝혀져 여러 제후들의 군대도 저절로 수그러진다는 것이었다. 여록은 그 말을 믿고 북군의 지휘권을 내놓았다. 그러자 주발은 곧장 북군으로 들어가 군사들을 동원하여 여씨 일족을 모두 잡아 죽여 버렸다. 만약 번쾌가 살아 있었더라면 여씨 일족이 그토록 당하지는 않았을 것이라는 뜻이다.

或謂噲於帝最親하니,
혹 위 쾌 어 제 최 친

어떤 이는 번쾌는 고조와 가장 친하였으니,

使之尙在라도,
사 지 상 재

그가 그대로 살아 있었다 하더라도

未必與産祿叛이라.
미 필 여 산 록 반

반드시 여산·여록과 함께 반란을 일으키지는 않았을 것이라고 말한다.

夫韓信[261]黥布[262]盧綰[263]은,
부 한 신 경 포 노 관

그러나 한신, 경포, 노관은

皆南面稱孤[264]요,
개 남 면 칭 고

모두 왕으로 행세하고 있었고,

而竟又最爲親幸이나,
이 관 우 최 위 친 행

노관은 또 가장 임금의 총애를 받았으나,

然及高帝之未崩也에,
연 급 고 제 지 미 붕 야

고조가 죽기도 전에

皆相繼以逆誅하니,
개 상 계 이 역 주

모두 연이어 반역죄로 처형을 당하였으니,

誰謂百歲之後에,
수 위 백 세 지 후

누가 백 년이 지난 뒤에

---

261 한신(韓信): 고조의 장군으로, 항우와의 싸움에서 가장 큰 공을 세웠다. 그러나 뒤에 반란을 꾀하다가 죽음을 당하였다.

262 경포(黥布): 본명은 영포(英布). 묵형(墨刑)을 받아 경포라고도 부른다. 처음에는 항우를 섬겼으나 고조에게로 와서 많은 공을 세웠다. 한신이 죽음을 당하자 반란을 꾀하다가 역시 죽음을 당하였다.

263 노관(盧綰): 고조와 동향으로 어릴 때부터 친구였다. 건국 공신 중 고조와 가장 친하였으나, 연왕(燕王)에 봉해진 뒤 모반을 했다는 혐의로 정토(征討)되었다.

264 남면칭고(南面稱孤): 임금 노릇을 하다. 왕은 남쪽을 향해 앉아 신하들을 맞아 조회를 하고 자신을 '고(孤)'라 부른다.

椎埋[265]屠狗[266]之人이, 추매 도구 지인	때려죽여 땅에 묻고 개백정 노릇이나 하던 사람이,
見其親戚得爲帝王하고, 견기친척득위제왕	그 친척이 제왕이 되는 것을 보고서
而不欣然從之耶아? 이불흔연종지야	기뻐하며 그를 따르지 않았을 것이라고 말할 수 있겠는가?
吾故曰, 오고왈	나는 그 때문에
彼平勃者는, 피평발자	“저 진평과 주발은
遺其憂者也라 하노라. 유기우자야	고조의 걱정을 후세에까지 남겨 놓았던 사람들이다”라고 말하는 것이다.

88. 구양내한께 올리는 편지(上歐陽內翰書)[267]

소순(蘇洵)

洵이 布衣[268]窮居하여, 순 포의 궁거	저는 평민으로 궁하게 살면서

---

265 추매(椎埋): 사람을 쳐 죽여 땅에 묻어 버리는 무법자

266 도구(屠狗): 개백정. 번쾌를 말한다.

267 상구양내한서(上歐陽內翰書): 구양수에게 올린 글. ‘내한(內翰)’은 한림(翰林)의 별칭으로, 이때 구양수는 한림원(翰林院)의 시독학사(侍讀學士)로 있었다. 구양수뿐만이 아니라 범중엄(范仲淹) 등 당시 조정에서 활약하던 강직한 여섯 군자를 흠모하는 정을 나타낸 뒤에, 구양수의 문장을 극구 칭송하면서 만나 뵙게 되기를 요청하고, 자신의 학문과 문장 능력에 대하여 스스로 선전하는 일도 잊지 않고 있다. 이러한 글은 앞에 이백이나 한유의 글에서 보이는 것과

常竊[269]自歎하고,
상절 자탄

늘 속으로 스스로 탄식하고,

以爲天下之人이,
이위천하지인

천하의 사람들은

不能皆賢이요,
불능개현

모두가 현명할 수가 없고

不能皆不肖라.
불능개불초

모두가 못날 수도 없다고 생각하였습니다.

是以로 賢人君子之處於世에,
시이 현인군자지처어세

이 때문에 현명한 사람과 군자들은 처신함에

合必離하고,
합필리

합쳐졌다가는 반드시 떨어지게 되고,

離必合이라.
이필합

떨어졌다가는 반드시 합쳐지게 되는 것이라 여겨 왔습니다.

往者天子[270]方有意於治할새,
왕자천자 방유의어치

전날 천자께서 막 정치에 뜻을 두고 계실 때에는,

而范公[271]이 在相府[272]하고,
이범공 재상부

범중엄 공이 참지정사로 계셨고,

같은 간알문(干謁文: 자기를 추천하는 글)의 일종이다. 상대방에 대한 칭송과 자신에 대한 자찬이 아첨으로 보이기 쉽다는 점은 소순 자신도 의식하고 있는 일이다. 그러나 이러한 칭송과 자찬은 사실이고 진정한 것이기에 아첨이 될 수 없다는 신념을 갖고 이 글을 쓰고 있다. 소순의 문집에는 「구양수에게 올리는 편지」가 모두 다섯 편 있는데, 이 글은 첫 번째 편지이다.

268 포의(布衣): 무명옷. 평민이 입는 옷으로, 평민 또는 서민을 뜻한다.

269 절(竊): 몰래

270 천자(天子): 송(宋)나라 인종(仁宗)을 가리킴. 이때는 인종의 경력(慶曆) 3년(1042)

富公[273]在樞密[274]하고,
부 공 재 추 밀

부필 공이 추밀부사로 계셨으며,

執事[275]與余公[276]蔡公[277]이
집 사 여 여 공 채 공

선생님과 여정 공과 채양 공이

爲諫官하고,
위 간 관

간관이 되셨으며,

尹公[278]은 馳騁上下하며,
윤 공 치 빙 상 하

윤수 공은 아래위로 뛰어다니면서

用力於兵革[279]之地하시니,
용 력 어 병 혁 지 지

전쟁이 있는 고장에서 힘을 다하시니,

方是之時엔,
방 시 지 시

이러한 때에는

---

271 범공(范公): 범중엄(范仲淹). 자는 희문(希文). 진사(進士)가 된 뒤 서하(西夏)의 침입을 막은 공으로 인종 때 추밀부사(樞密副使)를 거쳐 참지정사(參知政事)가 되었다. 사람됨이 후하고도 뜻이 높아 많은 사람들의 존경을 받았다.

272 상부(相府): 재상 자리. 송나라 때에는 동평장사(同平章事)가 재상, 참지정사가 부상(副相)의 지위였다.

273 부공(富公): 부필(富弼). 자는 언국(彥國). 인종 때 거란(契丹)을 제어하는 데 큰 공을 세워 추밀부사(樞密副使)가 되었다. 영종(英宗) 때는 추밀사(樞密使)가 되었고, 왕안석(王安石)의 신법(新法)에 반대하여 치사(致仕)했는데, 사공(司空)이라는 최고의 명예직 벼슬이 가해지고 한국공(韓國公)에 봉해졌다.

274 추밀(樞密): 추밀원(樞密院). 송대에는 중서성(中書省)과 함께 양부(兩府)라 일컬었고, 추밀사와 추밀부사가 그곳의 우두머리로 나라의 군사를 장악하였다.

275 집사(執事): 일을 집행하는 비서와 같은 뜻이나, 여기서는 그러한 비서를 거느리는 상대방을 높여 부르는 말

276 여공(余公): 여정(余靖). 자는 안도(安道). 인종 초에 과거에 급제한 뒤 정언(正言)이 되어 구양수(歐陽脩)·왕소(王素)·채양(蔡襄)과 함께 '사간(四諫)'이라 불렸다. 뒤에 벼슬은 공부상서(工部尙書)까지 지냈다.

277 채공(蔡公): 채양(蔡襄). 자는 군모(君謨). 인종 때 진사가 된 뒤 간원(諫院)에서 활약하였고, 뒤엔 복주(福州)·천주(泉州)·항주(杭州) 등의 지사를 역임했다. 성품이 충성스럽고 곧았으며, 시문과 서법에도 뛰어났다.

278 윤공(尹公): 윤수(尹洙). 자는 사로(師魯). 박학하였고 고문(古文)에도 뛰어났다. 인종 초에 과거에 급제하여 이때엔 섬서경략(陝西經略)으로 활약하고 있었다. 뒤에는 벼슬이 기거사인(起居舍人)에 이르렀다.

279 병혁(兵革): 본시는 무기와 갑옷의 뜻이나, 여기서는 전쟁을 가리킨다.

天下之人이,
천 하 지 인

천하 사람들이

毛髮絲粟之才도,
모 발 사 속 지 재

머리털이나 실과 좁쌀 같은 재능을 가지고도

紛紛而起하야,
분 분 이 기

분분히 일어나서

合而爲一[280]이나,
합 이 위 일

하나로 합쳐졌으나,

而洵也自度[281]其愚魯[282]
이 순 야 자 탁 기 우 로

스스로 생각하기를 아둔하여

無用之身하니,
무 용 지 신

쓸데가 없는 몸이니

不足以自奮於其間이라.
부 족 이 자 분 어 기 간

그사이에 스스로 분발하여 나서기에는 부족하다 여겼습니다.

退而養其心하야,
퇴 이 양 기 심

물러나 마음을 보양하여

幸[283]其道[284]之將成하야,
행 기 도 지 장 성

다행히도 올바른 도가 이룩되어

而可以復見於當世之賢人君子러라.
이 가 이 부 견 어 당 세 지 현 인 군 자

다시 이 세상에서 현명한 사람과 군자들을 만날 수 있을 것이라고 생각했습니다.

---

280 합이위일(合而爲一): 군자들이 올바른 도리를 따라서 합쳐져서 하나가 되는 것

281 자탁(自度): 스스로 헤아리다.

282 우로(愚魯): 어리석고 우둔하다.

283 행(幸): 다행히

284 기도(其道): 올바른 도. 여기서는 수신(修身)과 학문을 총칭하는 말이다.

不幸道未成에, 불 행 도 미 성	불행히도 올바른 도를 이룩하기도 전에,
而范公西[285]하고, 이 범 공 서	범중엄 공은 서쪽으로 나가셨고,
富公北[286]하며, 부 공 북	부필 공은 북쪽으로 나갔으며,
執事與余公蔡公은, 집 사 여 여 공 채 공	선생님과 여정 공·채양 공은
分散四出[287]하고, 분 산 사 출	흩어져 사방으로 나갔고,
而尹公亦失勢 이 윤 공 역 실 세	윤수 공도 세력을 잃고
奔走於小官[288]이라. 분 주 어 소 관	작은 벼슬로 바삐 뛰어다니는 형편이 되었습니다.
洵時在京師하야, 순 시 재 경 사	저는 그때 서울에 있으면서
親見其事하고, 친 견 기 사	친히 그러한 일들을 보고서
忽忽[289]仰天歎息하며, 홀 홀 앙 천 탄 식	맥없이 하늘을 우러러 탄식하며,
以爲斯人之去에, 이 위 사 인 지 거	이런 분들이 떠나간 즈음에

285 서(西): 서쪽으로 가다. 이때 범중엄은 섬서선무(陜西宣撫)로 나갔다.

286 북(北): 북쪽으로 가다. 이때 부필은 하북선무(河北宣撫)로 나갔다.

287 분산사출(分散四出): 흩어져 사방으로 나가다. 구양수는 하북도전운사(河北都轉運使), 여정은 길주(吉州), 채양은 복주(福州)의 지사로 나갔다.

288 소관(小官): 윤수는 호주(濠州)의 통판(通判)이라는 작은 벼슬로 밀려나 있었다.

289 홀홀(忽忽): 맥이 빠져 있는 모양

而道雖成이나,
이 도 수 성

올바른 도가 비록 이룩되었다 하더라도,

不復足以爲榮也라.
불 부 족 이 위 영 야

다시는 영화롭다 할 수 없는 것이라 생각되었습니다.

旣復自思念하니,
기 부 자 사 념

그 뒤 다시 스스로 생각해 보니,

往者衆君子之進於朝엔,
왕 자 중 군 자 지 진 어 조

지난날 여러 군자들이 조정에 나아갔던 것은

其始也에,
기 시 야

처음에는

必有善人焉推[290]之나,
필 유 선 인 언 추 지

반드시 착한 사람이 그들을 추천했기 때문일 것이나,

今也亦必有小人焉間[291]之라.
금 야 역 필 유 소 인 언 간 지

지금은 또한 반드시 소인이 그들을 이간질하고 있다고 여기고 있습니다.

今世無復有善人也면,
금 세 무 부 유 선 인 야

지금 세상에 다시는 착한 사람이 없게 되었다면

則已矣나,
즉 이 의

그만이겠지만,

如其不然[292]也면,
여 기 불 연 야

만약 그렇지 않다면

290 추(推): 추천하다.

291 간(間): 이간질을 하다.

292 여기불연(如其不然): 만약 그렇지 않다면

吾何憂焉이리오? 오 하 우 언	제가 무엇을 걱정해야겠습니까?
姑養其心하야, 고 양 기 심	잠시 마음을 보양하면서
使其道大有成而待之면, 사 기 도 대 유 성 이 대 지	올바른 도가 크게 이룩되기를 기다린다면,
何傷이리오? 하 상	무슨 손실이 되겠습니까?
退而處十年에, 퇴 이 처 십 년	물러나 십 년을 지나면서,
雖未敢自謂其道有成矣나, 수 미 감 자 위 기 도 유 성 의	비록 감히 스스로 도를 이루었다고 말할 수는 없다지만,
然이나 浩浩乎[293]其胸中하야, 연 호 호 호 기 흉 중	가슴속이 탁 트여서
若與曩者[294]異요, 약 여 낭 자 이	옛날과는 다르게 된 것 같고,
而余公은 이 여 공	그리고 여정 공께서는
適亦有成功於南方[295]하고, 적 역 유 성 공 어 남 방	마침 남방에서 공을 이룩하셨고,
執事與蔡公은, 집 사 여 채 공	선생님과 채양 공이

293 호호호(浩浩乎): 탁 트인 모양

294 낭자(曩者): 전날

295 성공어남방(成功於南方): 남쪽에서 공을 이룩하다. 여정은 계주(桂州)지사로 있으면서 반란을 일으킨 농지고(儂智高)를 평정하는 데 큰 공을 세워, 뒤에 공부시랑(工部侍郞)이 되었다. 이 대목은 인종 지화(至和) 3년(1056)의 일이다.

復相繼登於朝하며,
복 상 계 등 어 조

다시 연이어 조정으로 올라오시고,

富公은 復自外入爲宰相하니,
부 공 부 자 외 입 위 재 상

부필 공이 다시 밖으로부터 들어와 재상이 되셨으니,

其勢將復合于一이라.
기 세 장 부 합 우 일

그때의 형세는 다시 하나로 합쳐졌습니다.

喜且自賀하며,
희 차 자 하

기뻐하고 또 스스로 축하도 하면서,

以爲道旣已粗成[296]하고,
이 위 도 기 이 조 성

올바른 도도 이미 대강은 이룩되었고

而果將有以發之[297]也라.
이 과 장 유 이 발 지 야

이제는 그것을 발휘해야만 하겠다고 여기게 되었습니다.

旣又反而思하니
기 우 반 이 사

그다음 또 돌이켜 생각해 보니,

其向之[298]所慕望愛悅[299]之
기 향 지 소 모 망 애 열 지

그전에 흠모하고 우러러보며 사랑하고 좋아하면서도

而不得見之者는,
이 부 득 견 지 자

뵈올 수가 없었던 분들이

蓋有六人焉이라.
개 유 육 인 언

모두 여섯 분이었습니다.

---

296 조성(粗成): 대강 이루어지다.

297 발지(發之): 이룩된 올바른 도를 발휘하라는 것

298 향지(向之): 그전에

299 모망애열(慕望愛悅): 흠모하고 우러러보며 사랑하고 좋아하다. 앞에 든 여섯 사람에 대한 작자의 감정을 표현한 말

今將往見之矣로되,
금 장 왕 견 지 의

지금 와서 그분들을 찾아가 뵈려니,

而六人者에,
이 육 인 자

여섯 분 가운데

已有范公尹公二人이 亡焉이니,
이 유 범 공 윤 공 이 인 망 언

범중엄 공과 윤수 공 두 분은 이미 돌아가셨으니,

則又爲之潸焉[300]出涕以悲라.
즉 우 위 지 산 언 출 체 이 비

줄줄 눈물을 흘리며 슬퍼하게 되었습니다.

嗚呼라!
오 호

아아!

二人者를 不可復見矣어니와,
이 인 자 불 가 부 견 의

그 두 분은 다시 뵈올 수가 없게 되었지만,

而所恃以慰此心者는,
이 소 시 이 위 차 심 자

그분들에게 의지하여 이 마음을 위로받을 수 있는 분들이

猶有四人也하니,
유 유 사 인 야

아직도 네 분이 계시니,

則又以自解하고,
즉 우 이 자 해

또 이렇게 스스로의 마음을 풀고

思其止於四人也하니,
사 기 지 어 사 인 야

생각이 그 네 분께로 향하고 보니,

---

300 산언(潸焉): 눈물을 줄줄 흘리는 모양

則又汲汲[301]欲一識其面하야,
즉 우 급 급 욕 일 식 기 면

또 서둘러 그분들의 얼굴을
한 번 뵙고서

以發其心之所欲言이나,
이 발 기 심 지 소 욕 언

마음속으로 말하고자 하던 것을
펴 보고 싶었습니다.

而富公은
이 부 공

그러나 부필 공은

又爲天子之宰相하니,
우 위 천 자 지 재 상

다시 천자의 재상이 되셨으니,

遠方寒士가,
원 방 한 사

먼 곳의 빈한한 선비로서는

未可遽[302]以言通於其前이요,
미 가 거 이 언 통 어 기 전

갑자기 말로써 그분 앞에
나아갈 수가 없을 것이고,

而余公蔡公은,
이 여 공 채 공

또 여정 공과 채양 공은

遠者又在萬里外[303]요,
원 자 우 재 만 리 외

먼 만 리 밖에 계십니다.

獨執事在朝廷間이나,
독 집 사 재 조 정 간

오직 선생님만이 조정 안에 계시나

而其位差不甚貴하니,
이 기 위 차 불 심 귀

그 지위의 차등도 대단히
존귀하지는 않으시니,

---

301 급급(汲汲): 서두르는 모양

302 거(遽): 갑자기

303 만리외(萬里外): 만 리 밖에. 여정은 청주(青州), 채양은 복주(福州)의 지사로 나가 있었다.

可以叫呼[304]攀援[305]
가 이 규 호 반 원

소리쳐 부여잡고 올라가

而聞之以言이나,
이 문 지 이 언

말로써 아뢸 수가 있으나,

而飢寒衰老之病이,
이 기 한 쇠 노 지 병

굶주리고 헐벗고 쇠약해지고
늙은 병이

又痼[306]而留之하야,
우 고 이 유 지

또한 고질이 되어 남아 있어,

使不克自至於執事之庭이라.
사 불 극 자 지 어 집 사 지 정

스스로 선생님의 집 마당으로
갈 수가 없게 하고 있습니다.

夫以慕望愛悅其人之心으로,
부 이 모 망 애 열 기 인 지 심

흠모하고 우러러보며 사랑하고
좋아하는 마음으로

十年而不得見하고,
십 년 이 부 득 견

십 년 동안이나 뵙지를 못하고,

而其人已死하니,
이 기 인 이 사

이미 작고한 이들도 있으니,

如范公尹公二人者하야,
여 범 공 윤 공 이 인 자

범중엄 공과 윤수 공 두 분처럼

則四人者之中에,
즉 사 인 자 지 중

나머지 네 분 중에

---

304 규호(叫呼): 소리치다.

305 반원(攀援): 부여잡고 올라가다.

306 고(痼): 고질. 병이 깊이 들어 오래되다.

非其勢不可遽以言通者면,
비 기 세 불 가 거 이 언 통 자

그 형세가 황급히 말로써 뜻을 통할 수 있는 이가 있다면

何可以不能自往而遽已[307]也리오?
하 가 이 불 능 자 왕 이 거 이 야

어찌 스스로 가지 않고 그만둘 수가 있겠습니까?

執事之文章은,
집 사 지 문 장

선생님의 문장은

天下之人이,
천 하 지 인

천하 사람들이

莫不知之나,
막 부 지 지

알지 못하는 이가 없으나,

然竊以爲洵之知之也特深하야,
연 절 이 위 순 지 지 지 야 특 심

속으로 제가 거기에 대하여 아는 것은 특히 깊어서

愈於天下之人이라.
유 어 천 하 지 인

천하 사람들보다 더 낫다고 여기고 있습니다.

何者오?
하 자

어째서이겠습니까?

孟子之文은,
맹 자 지 문

맹자의 글은

語約而意深하고,
어 약 이 의 심

말은 간략하면서도 뜻이 깊어

不爲巉刻[308]斬截[309]之言이라도,
불 위 참 각 참 절 지 언

새기고 베고 자른 말이 아니지만,

---

307 거이(遽已): 갑자기 그만두다.

而其鋒不可犯이요, 이 기 봉 불 가 범	그 뾰족함을 범할 수가 없고,
韓子之文은, 한 자 지 문	한유 공의 글은
如長江大河가, 여 장 강 대 하	마치 양자강과 황하가
渾浩流轉[310]하여, 혼 호 유 전	질펀히 흐르며 돌아
魚黿[311]蛟[312]龍과, 어 원 교 룡	물고기와 큰 자라와 교룡과 용과
萬怪[313]惶惑[314]이나, 만 괴 황 혹	만 가지 괴물들이 정신 못 차리도록 있으되,
而抑遏蔽掩[315]하야, 이 억 알 폐 엄	그것들을 억누르고 막고 가리고 덮어서,
不使自露나, 불 사 자 로	스스로 드러나지 않게 하고 있으나,
而人望見其淵然[316]之光과, 이 인 망 견 기 연 연 지 광	그러나 사람들이 그 깊숙한 빛과
蒼然[317]之色하고, 창 연 지 색	푸른 색깔을 바라보고는,

---

308 참각(巉刻): 깎고 새기다.
309 참절(斬截): 베고 자르다. 모두 문장을 심하게 다듬는 일에 비유한 말
310 혼호유전(渾浩流轉): 큰물이 질펀히 흐르며 감도는 것
311 원(黿): 큰 자라
312 교(蛟): 교룡
313 만괴(萬怪): 만 가지 괴이한 것
314 황혹(惶惑): 당혹하고 미혹케 하다. 정신을 못 차리게 하는 것
315 억알폐엄(抑遏蔽掩): 억누르고 막고 가리고 덮다.
316 연연(淵然): 깊숙한 모양. 심오한 모양
317 창연(蒼然): 파란 모양

亦自畏避하야, 역 자 외 피	또한 스스로 두려워하고 피하면서
不敢迫視[318]이라. 불 감 박 시	감히 가까이 가 보지도 못하는 것 같습니다.
執事之文은, 집 사 지 문	선생님의 글은
紆餘[319]委備[320]하여, 우 여 위 비	이리저리 구부러지며 모든 것을 다 갖추어
往復[321]百折[322]이나, 왕 복 백 절	왔다 갔다 하며 무수히 꺾이되,
而條達[323]疏暢[324]하야, 이 조 달 소 창	조리가 통하여 거침이 없고
無所間斷하며, 무 소 간 단	중간에 끊기는 일이 없으며,
氣盡語極하여, 기 진 어 극	기운을 다하고 말을 다하여,
急言[325]竭論[326]이로되, 급 언 갈 론	다급히 표현하며 이론을 다 펴되,
而容與[327]閑易[328]하야, 이 용 여 한 이	여유가 있고 한가한 듯하여

318 박시(迫視): 가까이 가서 보다.
319 우여(紆餘): 이리저리 굽은 모양
320 위비(委備): 모든 것을 두루 갖추다.
321 왕복(往復): 왔다 갔다 하다.
322 백절(百折): 무수히 꺾이다.
323 조달(條達): 글의 조리가 잘 통하다.
324 소창(疏暢): 글 뜻이 거침없이 잘 소통되다.
325 급언(急言): 다급히 말하다.
326 갈론(竭論): 이론을 다 펴다.
327 용여(容與): 여유가 있다.
328 한이(閑易): 한가하고 안락하다.

無艱難辛苦之態하니,
무 간 난 신 고 지 태

힘들고 애쓴 것 같은 모양이 없으니,

此三者는
차 삼 자

이 세 분은

皆斷然自爲一家之文也라.
개 단 연 자 위 일 가 지 문 야

모두가 틀림없이 스스로 일가를 이룬 문장입니다.

惟李翶[329]之文은,
유 이 고 지 문

다만 이고의 글은

其味黯然[330]而長하고,
기 미 암 연 이 장

맛이 맥없는 듯하지만 길고,

其光油然[331]而幽하며,
기 광 유 연 이 유

그 빛은 빛나는 듯하면서도 그윽하며,

俯仰[332]揖遜[333]에,
부 앙 읍 손

그 점잖은 움직임에

有執事之態하고,
유 집 사 지 태

선생님의 자태가 있고,

陸贄[334]之文은,
육 지 지 문

육지의 글은

遣言[335]措意[336]가,
견 언 조 의

말의 사용과 뜻의 표현이

---

329 이고(李翶): 당(唐)대의 문인. 자는 습지(習之). 한유(韓愈)에게 고문(古文)을 배웠다. 진사가 된 뒤에도 성질이 강직하여 벼슬길은 여의치 못하였다. 산남동도절도사(山南東道節度使)를 지냈다. 한유의 뒤를 이어 유학을 옹호하고 불교를 배척한 학자로 유명하다.

330 암연(黯然): 맥이 빠지고 기운이 없는 모양

331 유연(油然): 새로 솟아나는 모양

332 부앙(俯仰): 몸을 숙이고 젖히고 하는 것. 곧 몸 움직임

333 읍손(揖遜): 겸손하다, 점잖다.

334 육지(陸贄): 당나라 때의 학자. 자는 경여(敬輿). 성격이 충실하고 곧았으며, 진사가 된 뒤 덕종(德宗) 때 한림학사(翰林學士)가 되었다. 많은 좋은 계책을 내고 곧은 말을 많이 하여, 나라의 중요한 일들이 그에 의하여 결정되었으므로 사람들이 '내상(內相)'이라 불렀다 한다. 그가 황제에게 올린 여러 가지 건의문[奏議]으로 특히 유명하다.

335 견언(遣言): 말의 사용

切近[337]的當[338]하여, 절근 적당	정확하고 확실하여
有執事之實이나, 유집사지실	선생님의 내용이 있으나,
而執事之才는, 이집사지재	선생님의 재능은
又自有過人者라. 우자유과인자	또한 스스로 남보다 뛰어나는 점이 있습니다.
蓋執事之文은, 개집사지문	대체로 선생님의 글은
非孟子韓子之文이요, 비맹자한자지문	맹자나 한유 공의 글도 아니고
而歐陽子之文也라. 이구양자지문야	구양 공 자신의 글인 것입니다.
夫樂道人之善 부락도인지선	남의 훌륭함을 얘기하기 좋아하지만
而不爲諂[339]者는, 이불위첨 자	그것이 아첨이 되지 않는 것은
以其人誠足以當之[340]也라. 이기인성족이당지 야	그 사람이 진실로 충분하기 때문입니다.
彼不知者는, 피부지자	그것을 알지 못하는 사람들은

336 조의(措意): 뜻의 표현
337 절근(切近): 아주 사실에 가깝게 표현하다.
338 적당(的當): 확실하고 정확하게 표현하다.
339 불위첨(不爲諂): 아첨이 되지 않다.
340 당지(當之): 그 칭송하는 말을 듣기에 합당하다.

則以爲譽人以求其悅己[341]也나,
즉 이 위 예 인 이 구 기 열 기 야

남을 칭찬하여 자신을 좋아하도록 하는 것이라 여기나,

夫譽人以求其悅己를,
부 예 인 이 구 기 열 기

남을 칭찬함으로써 그가 자기를 좋아하기를 바라는 일은

洵亦不爲也라.
순 역 불 위 야

저도 역시 하지 않습니다.

而其所以道執事光明盛大之德
이 기 소 이 도 집 사 광 명 성 대 지 덕

그러나 선생님의 밝게 빛나는 성대한 덕을 얘기함에 있어서

而不自知止者는,
이 부 자 지 지 자

스스로 멈출 줄도 모르고 있는 것은,

亦欲執事之知其知我也라.
역 욕 집 사 지 지 기 지 아 야

또한 제가 선생님을 알아준다는 것을 아시기 바라는 것입니다.

雖然이나 執事之名은,
수 연 집 사 지 명

그러나 선생님의 이름은

滿於天下하야,
만 어 천 하

천하에 가득 차서

雖不見其文이나,
수 불 견 기 문

비록 선생님의 글을 보지 않았다 하더라도,

而固已知有歐陽子矣라.
이 고 이 지 유 구 양 자 의

구양수란 분이 계시다는 것은 본디 알고 있었습니다.

341 예인이구기열기(譽人以求其悅己): 남을 칭송함으로써 그 사람이 자기를 좋아하게 하려는 것

而洵也不幸하야,
이 순 야 불 행
그러나 저는 불행하여

墮在草野泥塗[342]之中이라가,
타 재 초 야 니 도 지 중
초야의 진흙 속에 떨어져 지내 오다가

而其知道之心이,
이 기 지 도 지 심
올바른 도를 알려는 마음이

又近而粗成하야,
우 근 이 조 성
근래에야 대략 이루어져서,

欲徒手[343]奉咫尺之書[344]하야,
욕 도 수 봉 지 척 지 서
맨손으로 짧은 글을 받쳐 들고

自托[345]於執事하노니,
자 탁 어 집 사
스스로 선생님께
의탁하려는 것이오니,

將使執事로,
장 사 집 사
선생님으로 하여금

何從而知之며,
하 종 이 지 지
어찌하면 그런 뜻을 알게 하고

何從而信之哉아?
하 종 이 신 지 재
어찌해야 이를 믿게 할 수 있겠습니까?

洵은 少年不學하고,
순 소 년 불 학
저는 젊어서는 공부를 못하고

生二十五歲에,
생 이 십 오 세
스물다섯 살이 되어서야

始知讀書나,
시 지 독 서
비로소 글을 읽을 줄 알게 되었으나,

---

342 초야니도(草野泥塗): 초야의 진흙. 시골에서 형편없는 처지로 지내는 것을 뜻한다.

343 도수(徒手): 맨손

344 지척지서(咫尺之書): 짧은 글. 길지 않은 편지

345 자탁(自托): 스스로 위탁하다.

從士君子游가, 종 사 군 자 유	선비들을 따라 노닐다가
年旣已晩이요, 연 기 이 만	나이가 이미 들게 되었고,
而又不遂刻意[346]厲行[347]하야, 이 우 불 수 각 의 여 행	끝내 뜻을 세워 행실을 닦아
以古人自期하고, 이 고 인 자 기	옛사람들과 같이 되려고 스스로 노력한 것이 아니라,
而視與己同列者가, 이 시 여 기 동 열 자	자기와 같은 대열에 있는 사람들이
皆不勝己면, 개 불 승 기	모두 자기보다 더 낫지 않음을 보게 되기만 하면
則遂以爲可矣나, 즉 수 이 위 가 의	마침내 되는 것이라 여겼사오나,
其後困益甚하야, 기 후 곤 익 심	그 뒤로 곤경이 더욱 심해져서
復取古人之文而讀之하고, 부 취 고 인 지 문 이 독 지	다시 옛사람들의 글을 가져다 읽어 보고는
始覺其出言用意 시 각 기 출 언 용 의	비로소 그분들이 말씀하신 뜻이
與己大異라. 여 기 대 이	저와는 크게 다르다는 것을 깨닫게 되었습니다.

346 각의(刻意): 뜻을 세우다.

347 여행(厲行): 힘써 행하다.

時復內顧[348]하고, 　그때 다시 안을 돌아보고
시 부 내 고

自思其才하니, 　스스로의 재능을 생각해 보니
자 사 기 재

則又似夫不遂止於是而已者라.
즉 우 사 부 불 수 지 어 시 이 이 자

또한 여기서 그치고 말 것이
아닌 듯이 여겨졌습니다.

由是盡燒其曩時所爲文數百篇하고,
유 시 진 소 기 낭 시 소 위 문 수 백 편

그래서 옛날에 지었던 글
수백 편을 모두 태워 버리고,

取論語孟子韓子 　『논어』·『맹자』·『한유문집』과
취 논 어 맹 자 한 자

及其它聖人賢人之文하야, 　그 밖의 성인과 현인들의
급 기 타 성 인 현 인 지 문

글을 갖다 놓고,

而兀然[349]端坐[350]하고, 　꿋꿋이 단정하게 앉아서
이 올 연 　단 좌

終日以讀之者가, 　하루 종일 그것들을 읽기를
종 일 이 독 지 자

七八年矣라. 　칠팔 년이나 하였습니다.
칠 팔 년 의

方其始也엔, 　막 그렇게 시작할 때에는
방 기 시 야

348 내고(內顧): 안으로 돌아보다. 반성하는 것

349 올연(兀然): 우뚝한 모양. 꿋꿋한 모양

350 단좌(端坐): 똑바로 앉다.

入其中而惶然[351]以惑하고,
입 기 중 이 황 연 이 혹

그 속에 들어가 당황하여 어쩔 줄 몰랐고,

博觀於其外而駭然[352]以驚하고,
박 관 어 기 외 이 해 연 이 경

그 밖을 널리 보고서는 깜짝 놀랐고,

及其久也엔,
급 기 구 야

그렇게 하기 오래되어

讀之益精하니,
독 지 익 정

그것들을 더욱 꼼꼼히 읽자

而其胸中이,
이 기 흉 중

가슴속이

豁然[353]以明하야,
활 연 이 명

탁 트이며 밝아져서,

若人之言이,
약 인 지 언

이러한 분들의 말씀들은

固當然者라.
고 당 연 자

진실로 당연한 것같이 느끼게 되었습니다.

然猶未敢自出其言[354]也러라.
연 유 미 감 자 출 기 언 야

그러나 감히 스스로 자기의 말을 펴내지는 못했습니다.

時旣久에,
시 기 구

시일이 더 오래 지나자,

胸中之言이,
흉 중 지 언

가슴속에 하고자 하는 말이

---

351 황연(惶然): 당황하는 모양

352 해연(駭然): 놀라는 모양

353 활연(豁然): 탁 트이는 모양

354 자출기언(自出其言): 스스로 그러한 말을 내다. 자신이 그러한 글을 짓는 것을 뜻한다.

日益多하야, 날로 더욱 많아져서,
일 익 다

不能自制라. 자제할 수가 없게 되었습니다.
불 능 자 제

試出而書之하고, 시험 삼아 이를 밖으로 써 내고,
시 출 이 서 지

已而再三讀之하니, 그러고 나서 재삼 그것들을 읽어 보니,
이 이 재 삼 독 지

渾渾乎[355]覺其來之易也라. 깊고 커 글 짓는 일이 쉬워졌음을 느끼게 되었습니다.
혼 혼 호 각 기 래 지 이 야

然猶未敢自以爲是也라. 그러나 아직도 감히 자신이 옳다고 여기지는 않습니다.
연 유 미 감 자 이 위 시 야

近所爲洪範論[356]史論凡七篇을,
근 소 위 홍 범 론 사 론 범 칠 편

근래 지은 「홍범론」·「사론」 등 일곱 편은

執事觀其如何오? 선생님께서 보시기에 어떻습니까?
집 사 관 기 여 하

噫嘻라! 아아!
희 희

區區[357]而自言을, 구구하게 스스로를 말하는 것을
구 구 이 자 언

不知者는, 알지 못하는 사람들은,
부 지 자

355 혼혼호(渾渾乎): 깊고 큰 모양. 심대해지는 것

356 홍범론(洪範論): 『서경』「홍범(洪範)」의 취지를 설명한다는 뜻인데, 세상을 다스리는 커다란 경륜에 관하여 논한다.

357 구구(區區): 잡다한 모양

又將以爲自譽以 우 장 이 위 자 예 이	또한 스스로를 칭찬함으로써
求人之知己[358]也라 하리라. 구 인 지 지 기 야	남이 자기를 알아주기를 바라는 것이라 할 것입니다.
惟執事는, 유 집 사	오직 선생님께서는
思其十年之心이, 사 기 십 년 지 심	십 년을 두고 생각하던 마음이
如是之不偶然也而察之하소서. 여 시 지 불 우 연 야 이 찰 지	그와 같이 만드는 것이지 우연한 일이 아님을 살펴 주소서.
不宣[359]하노이다. 불 선	이만 줄입니다.
洵再拜하노이다. 순 재 배	소순이 두 번 절하는 바입니다.

89. 전추밀께 올리는 편지(上田樞密書)[360]

소순(蘇洵)

天之所以與我[361]者가, 천 지 소 이 여 아 자	하늘이 나에게 자질을 부여해 준 까닭이

358 구인지지기(求人之知己): 남이 자기를 알아주기를 바라다.

359 불선(不宣): 하고 싶은 말이 많으나 다 하지 못하고 이만 그친다는 뜻

360 상전추밀서(上田樞密書): 전추밀은 전황(田況)으로, 이때 추밀원부사(樞密院副使)를 지내고 있었다. 앞의 「구양내한께 올리는 편지(上歐陽內翰書)」와 마찬가지로 자기의 포부와 학문

夫豈偶然哉아?
부 기 우 연 재

어찌 우연한 일이겠습니까?

堯不得以與丹朱[362]하고,
요 부 득 이 여 단 주

요임금도 자질을 단주에게
부여할 수가 없었고,

舜不得以與商均[363]하며,
순 부 득 이 여 상 균

순임금도 자질을 상균에게
부여할 수가 없었으며,

而瞽瞍[364]不得奪諸舜하니,
이 고 수 부 득 탈 저 순

고수는 또한 그것을 순으로부터
뺏을 수도 없었으니,

發於其心하고,
발 어 기 심

그것은 그의 마음을 통하여 발휘되고

出於其言하며,
출 어 기 언

그의 말을 통하여 표현되고

見[365]於其事하야,
현 어 기 사

그의 일을 통하여 드러나는 것이어서,

確乎其不可易也니라.
확 호 기 불 가 역 야

확고하여 바뀔 수가 없는 것입니다.

聖人도 不得以與人하고,
성 인 부 득 이 여 인

성인도 남에게 물려줄 수가 없고,

父不得奪諸其子하나,
부 부 득 탈 저 기 자

아버지도 그의 아들로부터
빼앗을 수가 없는 것이나,

및 문장 수양을 구구히 설명한 간알문(干謁文)이다. 소순은 고향인 사천(四川)으로부터 서울로 멀리 떠나와 이러한 글들을 요로에 보내며 발탁되기를 원했던 것이다.

361 소이여아(所以與我): 내게 자질을 부여해 준 까닭. 여기서의 자질은 특히 학문과 글의 재주를 가리킨다.

362 단주(丹朱): 요임금의 아들. 아둔하여 임금 자리를 순(舜)에게 물려주었다.

363 상균(商均): 순임금의 아들. 역시 어리석어 임금 자리를 우(禹)에게 물려주었다.

364 고수(瞽瞍): 순임금의 아버지. 순임금이 어렸을 적에 계모와 함께 학대하여 유명하다.

365 현(見): 드러나다.

於此見天之所以與我者는,
어 차 견 천 지 소 이 여 아 자

이것으로써 하늘이 나에게 자질을 부여해 준 까닭은

不偶然也라.
불 우 연 야

우연한 일이 아님을 알 수 있습니다.

夫其所以與我者는,
부 기 소 이 여 아 자

자질을 나에게 부여해 주신 까닭은

必有以用我也니,
필 유 이 용 아 야

반드시 나를 쓸 곳이 있기 때문이니,

我知之로되,
아 지 지

내가 그것을 알고서도

不得行之하고,
부 득 행 지

그것을 행하지 못하고

不以告人[366]이면,
불 이 고 인

그것으로 사람들에게 일러 주지 못한다면,

天固用之어늘,
천 고 용 지

하늘은 진실로 쓰시려 하는데도

我實置之[367]라.
아 실 치 지

내가 실은 그것을 방치하는 것입니다.

其名曰棄天이라.
기 명 왈 기 천

이것을 '하늘을 버리는 것'이라 부릅니다.

自卑以求幸其言[368]하며,
자 비 이 구 행 기 언

스스로 비하하면서 그 말이 수용되기를 바라며,

---

366 불이고인(不以告人): 하늘에게서 부여받은 자질을 근거로 사람들에게 얘기해 주지 않다. 곧 조정에 나가 정치에 참여하거나, 물러나 젊은이들을 가르치지 않음을 뜻한다.

367 치지(置之): 방치하다.

368 행기언(幸其言): 자기 말이 남에게 받아들여지다.

自小以求用其道면,
자 소 이 구 용 기 도

스스로 낮추면서 그 도가 쓰이기를 바라면,

天之所以與我者何如인댄,
천 지 소 이 여 아 자 하 여

하늘이 나에게 자질을 부여해 준 까닭이 무엇이기에

而我如此也오?
이 아 여 차 야

우리가 그처럼 행동한다는 것입니까?

其名曰褻[369]天이라.
기 명 왈 설 천

그것을 '하늘을 모독하는 것'이라 부릅니다.

棄天은 我之罪也오,
기 천 아 지 죄 야

'하늘을 버리는 것'은 우리의 죄이고

褻天도 亦我之罪也니,
설 천 역 아 지 죄 야

'하늘을 모독하는 것'도 우리의 죄입니다.

不棄不褻
불 기 불 설

'버리지도' 않고 '모독하지도' 않는데도

而人不我用은,
이 인 불 아 용

사람들이 나를 쓰지 않는다면,

不我用之罪也니,
불 아 용 지 죄 야

그것은 나를 쓰지 않는 사람들의 죄이니,

其名曰逆天이라.
기 명 왈 역 천

이것을 '하늘을 거역하는 것'이라 부릅니다.

然則棄天褻天者는,
연 즉 기 천 설 천 자

그러니 '하늘을 버리는 것'과 '하늘을 모욕하는 것'은

---

369 설(褻): 함부로 하다. 모독하다.

其責在我나,
기 책 재 아

그 책임이 나에게 있고,

逆天者는,
역 천 자

'하늘을 거역하는 것'은

其責在人이니,
기 책 재 인

그 책임이 남에게 있는 것이오니,

在我者는,
재 아 자

[책임이] 내게 있는 것은,

吾將盡吾力之所能爲者하야,
오 장 진 오 력 지 소 능 위 자

내가 나의 힘으로 할 수 있는 바를 다함으로써

以塞[370]夫天之所以與我之意하고,
이 색 부 천 지 소 이 여 아 지 의

하늘이 나에게 자질을 부여하신 뜻에 보답하고

而求免夫天下後世之譏[371]나,
이 구 면 부 천 하 후 세 지 기

온 천하와 후세 사람들의 비평을 면하면 되나,

在人者는 吾何知焉이리오?
재 인 자 오 하 지 언

남에게 있는 일은 내가 어찌 알 수가 있겠습니까?

吾求免夫一身之責之不暇[372]어니,
오 구 면 부 일 신 지 책 지 불 가

저는 일신의 책임을 면하려 하는 데에도 겨를이 없거늘

370 색(塞): 막다. 보답하다.

371 기(譏): 욕하다. 비평하다.

而暇爲人憂乎哉아?
이 가 위 인 우 호 재

남을 위하여 걱정할 여유가 있겠습니까?

孔子孟軻之不遇에,
공 자 맹 가 지 불 우

공자와 맹자께서 불우하실 때에는

老於道途[373]하되,
노 어 도 도

길거리에서 늙어 가고 있는 형편이었지만,

而不倦[374]不慍[375]
이 불 권 불 온

게을리하거나 성내거나

不怍[376]不沮[377]者는,
부 작 부 저 자

부끄러워하거나 기운을 잃지 않으셨던 것은

夫固知夫責之所在也니라.
부 고 지 부 책 지 소 재 야

진실로 그 책임이 있는 곳을 알고 계셨기 때문입니다.

衛靈[378]魯哀齊宣[379]梁惠之徒가,
위 령 노 애 제 선 양 혜 지 도

위 영공·노 애공·제 선왕·양 혜왕의 무리들은

372 불가(不暇): 겨를이 없다. 틈이 없다.

373 노어도도(老於道塗): 길거리에서 늙다. 자기의 이상을 추구하며 돌아다니는 사이에 나이가 먹어 늙음을 뜻한다.

374 권(倦): 게을리하다.

375 온(慍): 성내다.

376 작(怍): 부끄러워하다.

377 저(沮): 기운을 잃다.

378 위령(衛靈): 위나라 영공. 노(魯)나라 애공(哀公)과 함께 공자가 활약하던 때의 제후로, 모두 공자를 만났으나 공자의 가르침을 받아들이지 못하였다.

379 제선(齊宣): 제나라 선왕. 양(梁)나라 혜왕(惠王)과 함께 맹자 시대의 제후들로, 『맹자(孟子)』 속에는 이들과 맹자의 대화가 많이 들어 있다.

不足相與以有爲[380]也를, 부 족 상 여 이 유 위 야	서로 일을 하기에는 부족한 사람들이라는 것을
我亦知之矣나, 아 역 지 지 의	우리 모두가 알고 있는 일이지만,
抑[381]將盡吾心焉耳라. 억 장 진 오 심 언 이	그러나 나의 마음을 다할 따름이었던 것입니다.
吾心之不盡이면, 오 심 지 부 진	나의 마음을 다하지 않는다면,
吾恐天下後世 오 공 천 하 후 세	저는 천하와 후세 사람들이
無以責夫衛靈魯哀齊宣梁惠之徒요, 무 이 책 부 위 령 노 애 제 선 양 혜 지 도	위 영공, 노 애공, 제 선왕, 양 혜왕 등을 책망하지 않고,
而彼亦將有以辭[382]其責也라, 이 피 역 장 유 이 사 기 책 야	그들도 그 책임을 변명하게 될지도 모를까 봐 두렵습니다.
然則孔子孟軻之目을, 연 즉 공 자 맹 가 지 목	그렇게 된다면 공자와 맹자께서도 눈을
將不瞑[383]於地下矣리라. 장 불 명 어 지 하 의	지하에서도 제대로 감지 못하였을 것입니다.

380 유위(有爲): 뜻있는 일을 하다.

381 억(抑): 그러나. 또한

382 사(辭): 변명을 하다.

383 불명(不瞑): 눈을 제대로 감지 못하다.

夫聖人賢人之用心也가,
부 성 인 현 인 지 용 심 야
성인과 현인의 마음 씀씀이는

固如此하니,
고 여 차
진실로 이와 같으니,

如此而生하고,
여 차 이 생
이와 같이 하면서 살아가고,

如此而死하고,
여 차 이 사
이와 같이 하면서 죽어 가고,

如此而貧賤하고,
여 차 이 빈 천
이와 같이 하면서 빈천히
지내기도 하고,

如此而富貴하며,
여 차 이 부 귀
이와 같이 하면서 부귀를
누리기도 하며,

升而爲天하고,
승 이 위 천
올라가서는 하늘처럼 되고,

沈而爲淵하고,
심 이 위 연
가라앉으면 심연(深淵)처럼 되고,

流而爲川하고,
유 이 위 천
흐르면 냇물처럼 되고,

止而爲山이나,
지 이 위 산
멈춰지면 산처럼 되오나,

彼不預[384]吾事면,
피 불 예 오 사
그들이 나의 일에 간섭하지 않으면,

吾事畢[385]矣라.
오 사 필 의
나의 일은 그것으로 끝나게 됩니다.

竊怪夫後之賢者가,
절 괴 부 후 지 현 자
제가 이해할 수 없는 것은 후세의
현명한 사람들이

384 예(預): 간섭하다. 상관하다.
385 필(畢): 끝나다. 그만이다.

不能自處其身也하야, 불 능 자 처 기 신 야	그 자신을 스스로 처신하지 못하고
飢寒窮困之不勝 기 한 궁 곤 지 불 승	굶주림과 헐벗음과 궁핍과 곤경을 이겨내지 못하여
而號於人[386]이라. 이 호 어 인	남에게 소리쳐 구원을 요청하는 것입니다.
嗚呼라! 오 호	아아!
使吾誠死於飢寒困窮耶인댄, 사 오 성 사 어 기 한 곤 궁 야	내가 진실로 굶주림과 헐벗음과 곤궁함으로 죽게 된다면
則天下後世之責이, 즉 천 하 후 세 지 책	천하와 후세 사람들의 책망이
將必有在[387]러니, 장 필 유 재	반드시 있게 될 것이니,
彼[388]其身之責을, 피 기 신 지 책	저편에서 그들 자신들의 책임을
不自任以爲憂하고, 부 자 임 이 위 우	스스로 질 걱정을 하도록 하지 아니하고,
而我取而加之吾身이면, 이 아 취 이 가 지 오 신	내가 그 책임을 취하여 내 자신에게 가한다면

386 호어인(號於人): 남에게 소리쳐서 구원을 요청하다.

387 필유재(必有在): 반드시 있는 곳이 있다. 반드시 자기가 가난하게 살다 죽은 책임을 추궁할 상대가 있다는 뜻

388 피(彼): 책임을 질 사람. 자기를 임용치 않은 사람을 가리킨다.

不亦過乎아? 불 역 과 호	또한 잘못된 일이 아니겠습니까?
今洵之不肖가, 금 순 지 불 초	지금 저와 같은 못난 사람이
何敢亦自列於聖賢이리오? 하 감 역 자 열 어 성 현	어찌 감히 멋대로 성현들의 대열에 들겠습니까?
然其心에, 연 기 심	그러나 저의 마음에는
有所甚不自輕者하니, 유 소 심 부 자 경 자	매우 스스로를 가벼이 하지 않으려는 바가 있사오니,
何則고? 하 즉	왜 그런가 하면,
天下之學者가, 천 하 지 학 자	천하의 학자들이
孰不欲一蹴[389] 숙 불 욕 일 축	어느 누가 한꺼번에
而造[390]聖人之域이리오? 이 조 성 인 지 역	성인의 영역에 이르려고 하지 않겠습니까?
然及其不成也하야는, 연 급 기 불 성 야	그러나 그가 성공하지 못했을 때에는
求一言之幾乎道[391]나, 구 일 언 지 기 호 도	도에 가까운 한마디 말을 구하려 해도
而不可得也오. 이 불 가 득 야	얻을 수가 없기 때문입니다.

389 일축(一蹴): 단번에. 바로

390 조(造): 이르다.

391 기호도(幾乎道): 올바른 도에 가까운 것

千金之子[392]는, 천 금 지 자	천금의 부잣집 아들은
可以貧人하고, 가 이 빈 인	남을 가난하게 할 수도 있고
可以富人이나, 가 이 부 인	남을 부유하게 할 수도 있지만,
非天之所與면, 비 천 지 소 여	하늘이 부여하지 않는다면
雖以貧人富人之權이라도, 수 이 빈 인 부 인 지 권	비록 남을 가난하게 하거나 부유하게 하는 권세를 가졌다 할지라도,
求一言之幾乎道나, 구 일 언 지 기 호 도	도에 가까운 한마디 말을 구하려 해도,
不可得也니이다. 불 가 득 야	구할 수가 없습니다.
天子之宰相은, 천 자 지 재 상	천자의 재상은
可以生人하고, 가 이 생 인	사람을 살릴 수도 있고
可以殺人이나, 가 이 살 인	사람을 죽일 수도 있지만,
非天之所與[393]면, 비 천 지 소 여	하늘이 부여하지 않는다면,
雖以生人殺人之權이라도, 수 이 생 인 살 인 지 권	비록 사람을 살리고 죽일 수 있는 권세를 가졌다 할지라도,
求一言之幾乎道나, 구 일 언 지 기 호 도	도에 가까운 한마디 말을 구하려 해도

392 천금지자(千金之子): 천금을 지닌 부잣집 자식

393 천지소여(天之所與): 하늘이 부여한 자질. 역시 학문과 문장의 재능을 주로 뜻한다.

不可得也니이다. 불 가 득 야	구할 수가 없는 것입니다.
今洵用力於聖人賢人之術이, 금 순 용 력 어 성 인 현 인 지 술	지금 저는 성인과 현인의 술법에 힘을 써 온 지가
亦已久矣라. 역 이 구 의	이미 오래되었습니다.
其言語其文章을, 기 언 어 기 문 장	저의 이론과 저의 문장이
雖不識其果可以有用於今 수 불 식 기 과 가 이 유 용 어 금	비록 지금 세상에 유용할 수 있을는지,
而傳於後與否나, 이 전 어 후 여 부	그리고 후세에 전해질 수 있을지 없을지 모르지만,
獨怪[394] 독 괴	홀로 괴이하게 여기는 것은
夫得之[395]之不勞오, 부 득 지 지 불 노	그것들을 터득하는 데 수고를 하지 않아도 되고,
方其致思[396]於心也에, 방 기 치 사 어 심 야	마음속으로 사색을 하게 되면,
若或起之[397]하고, 약 혹 기 지	마치 누가 끌어 일으켜 주는 듯하며,
得之心而書之紙也에, 득 지 심 이 서 지 지 야	마음속에 그것을 터득하여 그것을 종이에 쓰면

394 독괴(獨怪): 홀로 괴이하게 여기다.

395 득지(得之): 성현의 학문과 이상을 터득하다. 학문과 문장을 이해하는 것

396 치사(致思): 사색을 하다.

397 약혹기지(若或起之): 어떤 이가 자기 생각을 끌어 일으켜 주는 듯하다는 뜻

若或相之[398]하니, 마치 누가 도와주는 듯이 되니,
약 혹 상 지

夫豈無一言之幾於道者乎아?
부 기 무 일 언 지 기 어 도 자 호

그러니 어찌 도에 가까운 것이 한마디도 없겠습니까?

千金之子와, 천금의 부잣집 자식과
천 금 지 자

天子之宰相이, 천자의 재상이
천 자 지 재 상

求而不得者가, 구하여도 얻지 못하는 것이
구 이 부 득 자

一旦[399]在己라. 하루아침에 제게 있습니다.
일 단 재 기

故其心得以自負하며, 그러므로 제 마음에 그것을 지녔음을 자부하며,
고 기 심 득 이 자 부

或者天其亦有以與我也라. 하늘이 아마도 그것을 저에게 부여해 주신 까닭이 있을 것입니다.
혹 자 천 기 역 유 이 여 아 야

曩者見執事於益州[400]나, 옛날에 선생님을 익주에서 뵈었사오나,
낭 자 견 집 사 어 익 주

當時之文은, 그때의 글은
당 시 지 문

淺狹可笑라. 얕고 좁아서 가소로웠습니다.
천 협 가 소

飢寒窮困이, 굶주림과 헐벗음과 궁함과 곤경이
기 한 궁 곤

398 약혹상지(若或相之): 어떤 존재가 자기 글 쓰는 것을 도와주듯 술술 잘 쓰인다는 뜻

399 일단(一旦): 하루아침에. 돌연히 또는 뜻하지 않게 갑자기 이루어진 것을 뜻한다.

400 익주(益州): 지금 사천성(四川省)의 고을 이름. 소순은 그 고장 사람이었다.

亂其心하고,
난 기 심

마음을 어지럽히고,

而聲律[401]記問[402]이,
이 성 률 기 문

글의 성률과 잡된 지식이

又從而破壞其體[403]하니,
우 종 이 파 괴 기 체

그 위에 그 몸을 파괴하고 있어서

不足觀也已라.
부 족 관 야 이

볼 것이 없었습니다.

數年來에,
수 년 래

이미 몇 년 이래로

退居山野하야,
퇴 거 산 야

산야에 물러나 살면서

自分永棄[404]하고,
자 분 영 기

영영 버려지는 것을 자신의 분수로 여기며

與世俗日踈闊[405]이라.
여 세 속 일 소 활

세속과 날로 멀리 떨어져 갔습니다.

得以大肆[406]其力於文章하니,
득 이 대 사 기 력 어 문 장

그리하여 온 정력을 문장에 크게 발휘할 수 있게 되었으니,

詩人[407]之優游[408]와,
시 인 지 우 유

『시경』 작자들의 여유와 자유스러움과,

401 성률(聲律): 문장을 짓는 데 있어서의 글자들의 성조(聲調)와 음률에 관한 규범. 문장을 아름답게 표현하는 방법을 뜻한다.

402 기문(記問): 여러 가지 기록과 물음을 통해서 얻어진 잡다한 지식들을 가리킨다.

403 기체(其體): 문장의 체. 따라서 위의 '기심(其心)'은 문장의 내용을 뜻한다.

404 자분영기(自分永棄): 세상으로부터 영원히 버려진 것을 스스로의 분수라 여기다.

405 소활(踈闊): '소'는 소(疏)의 오자임. 관계가 멀어지는 것

406 대사(大肆): 크게 멋대로 발휘하다.

407 시인(詩人): 『시경(詩經)』의 작자를 가리킨다.

408 우유(優游): 여유 있고 자유스럽다. 한가하고 자득(自得)한 모양

騷人[409]之淸深과, 소 인 지 청 심	『초사』 작자들의 맑음과 깊음과,
孟韓之溫醇[410]과, 맹 한 지 온 순	맹자·한유의 온화함과 진실함,
遷固[411]之雄剛과, 천 고 지 웅 강	사마천·반고의 웅대함과 강인함,
孫吳[412]之簡切[413]에, 손 오 지 간 절	손자·오자의 간결함과 절실함 등에
投[414]之所向하니, 투 지 소 향	향하려 하기만 하면
無不如意라. 무 불 여 의	뜻대로 이루어지지 않는 것이 없게 된 것입니다.
嘗試以爲董生[415]은, 상 시 이 위 동 생	일찍부터 생각하기에 한나라 동중서는
得聖人之經이나, 득 성 인 지 경	성인의 경전을 터득했지만,
其失也流而爲迂[416]요, 기 실 야 류 이 위 우	그의 잘못은 사실과 멀게 흘러간 것이요,

409 소인(騷人): 『초사(楚辭)』의 작자. 서정적인 부(賦)의 작자

410 온순(溫醇): 온화하고 진실되다.

411 천고(遷固): 전한(前漢) 『사기(史記)』의 작자인 사마천(司馬遷)과 후한(後漢) 『한서(漢書)』의 작자인 반고(班固)

412 손오(孫吳): 전국 시대 병가(兵家)인 손빈(孫臏)과 오기(吳起). 각각 병서(兵書)로 『손자(孫子)』와 『오자(吳子)』를 남기고 있다.

413 간절(簡切): 간결하고도 절실하다.

414 투(投): 몸을 던지다. 일정한 방향으로 행동을 하는 것

415 동생(董生): 한나라 무제(武帝) 때의 유학자 동중서(董仲舒). 『춘추번로(春秋繁露)』의 작자

416 우(迂): 우활(迂闊)하다. 사실과 거리가 먼 것

鼂錯[417]는 得聖人之權[418]이나,
조조 득성인지권

조조는 성인의 임기응변을 터득하였지만,

其失也流而爲詐[419]라.
기실야류이위사

그의 잘못은 삐뚤어진 길로 흘러간 것입니다.

有二子之才而不流者는,
유이자지재이불류자

이 두 사람의 재능을 가지고 잘못 흐르지 않은 이는

其惟賈生[420]乎저!
기유가생 호

가의라 할 것입니다.

惜乎라!
석호

애석하도다!

今之世에,
금지세

지금 세상에서는

愚未見其人也라.
우미견기인야

저는 그러한 사람을 보지 못하였습니다.

作策[421]二道[422]曰,
작책 이도 왈

이에 두 편의 책론(策論)을 지어

---

417 조조(鼂錯): 한나라 문제(文帝) 때의 학자. 냉혹한 정치가로 유명하다.

418 권(權): 권도(權道). 임기응변하는 도리

419 사(詐): 사도(詐道). 남을 속이는 술책을 쓰다.

420 가생(賈生): 한나라 초기의 가의(賈誼). 문제(文帝) 때의 박사이며, 부(賦) 작가로 유명하다.

421 책(策): 대책(對策)·책론(策論). 임금이 정책에 관하여 질문한 책문(策問)에 대한 응답 형식으로 쓰인 글이다.

422 이도(二道): 두 편. '도'는 책론을 세는 단위. 「심세」·「심적」의 두 편은 가의가 지은 책 이름을 모범으로 하여 지은 것이다.

審勢審敵이요, 심 세 심 적	「심세(審勢)」·「심적(審敵)」이라 제목을 붙였고,
作書十篇[423]曰, 작 서 십 편 왈	글 열 편을 지어
權書[424]라. 권 서	「권서(權書)」라 하였습니다.
洵有山田一頃[425]하니, 순 유 산 전 일 경	제게는 산속의 밭 일 경(頃)이 있으니,
非凶歲면, 비 흉 세	흉년만 아니라면
可以無飢요, 가 이 무 기	굶주림이 없을 수 있고,
力耕而節用이면, 역 경 이 절 용	힘써 농사지으며 쓰는 것을 절약하면,
亦足以自老[426]라. 역 족 이 자 로	스스로 늙기까지 살기에도 족할 것입니다.
不肖之身은, 불 초 지 신	이 못난 자신은
不足惜이나, 부 족 석	아까울 것이 없으나,
而天之所與者를, 이 천 지 소 여 자	하늘이 부여해 주신 것을

423 서십편(書十篇): 글 열 편. 심술(心術)·법술(法術)·공수(攻守)·강약(强弱)·용간(用間)의 다섯 편과 고조론(高祖論)·항적론(項籍論)·자공론(子貢論)·손무론(孫武論)·육국론(六國論)의 다섯 편

424 권서(權書): 임기응변에 관한 글이란 뜻인데 병법에 관련된 내용임. 여기서 '권'은 원래 저울의 추라는 뜻인데, 저울의 눈금에 맞추기 위해서는 적당한 추를 골라서 맞추어 끼워야 하므로, 임기응변이라는 뜻으로 바뀌어 쓰인다.

425 경(頃): 넓이의 단위. 대략 1경은 8헥타르

426 자로(自老): 스스로의 힘으로 늙도록 잘 살아가다.

不忍棄하고,
불 인 기
차마 버릴 수도 없고

且不敢褻也라.
차 부 감 설 야
또한 감히 더럽힐 수도 없습니다.

執事之名은,
집 사 지 명
선생님의 명성은

滿天下하니,
만 천 하
천하에 가득 찼사오니,

天下之士를,
천 하 지 사
천하 선비들을

用與不用이,
용 여 불 용
쓰고 쓰지 않고 하는 것이

在執事라.
재 집 사
선생님께 달려 있습니다.

故敢以所謂策二道와,
고 감 이 소 위 책 이 도
그러므로 감히 이른바 책론 두 편과

權書十篇을 爲獻하노이다.
권 서 십 편 위 헌
권서 열 편을 바치는 바입니다.

平生之文은,
평 생 지 문
평생에 지은 글은

遠不可多致나,
원 불 가 다 치
멀어서 많이 보내드릴 수가 없으나,

有洪範論[427]史論十篇은,
유 홍 범 론 사 론 십 편
「홍범론」과 「사론」 열 편은

近以獻內翰歐陽公하니,
근 이 헌 내 한 구 양 공
근래 내한 구양수 공에게 바쳤사오니,

427 홍범론(洪範論): 「사론(史論)」과 함께 앞의 「구양내한께 올리는 편지」에서 작자가 구양수에게 보냈다고 한 글

度[428]執事與之朝夕相從하야,
탁 집사여지조석상종

생각건대 선생님께서는 그분과
함께 조석으로 어울리시어

議天下之事하니,
의천하지사

천하의 일을 의논하고 계실 것이니,

則斯文也其亦
즉사문야기역

그 글들도 역시

庶乎得陳於前[429]矣니이다.
서호득진어전 의

선생님 앞에 펼쳐지게 될 것이라
믿습니다.

若夫言之可用과,
약부언지가용

그 말들이 쓸 만한 것인가와

與其身之可貴與否者는,
여기신지가귀여부자

또 그 사람을 귀하게 해 줄 만한가
어떤가는,

執事事也오,
집사사야

선생님께서 결정하실 일이며

執事責也니,
집사책야

선생님의 책임이기도 하니,

於洵에 何有哉오?
어순 하유재

제가 어찌 관여할 일이겠습니까?

---

428 탁(度): 헤아리다. 생각하다.

429 득진어전(得陳於前): 선생님 앞에 벌려지게 될 것이다. 곧 선생님 앞에 펼쳐져서 읽어 볼 수 있게 될 것이라는 뜻

90. 두 아들의 이름을 설명하다(名二子說)[430]

소순(蘇洵)

輪輻蓋軫[431]은, 윤 복 개 진	수레바퀴, 바큇살, 수레덮개, 수레 뒤턱나무는
皆有職乎車나, 개 유 직 호 거	다 수레에 제각기 맡은 것이 있으나,
而軾[432]獨若無所爲者라. 이 식 독 약 무 소 위 자	수레 앞 가로막이 나무[軾]만은 별로 하는 일이 없는 것 같다.
雖然이나 去軾 수 연 거 식	비록 그렇기는 하나 가로막이 나무를 버린다면,
則吾未見其爲完車也라. 즉 오 미 견 기 위 완 차 야	곧 나는 아직 완전한 수레가 되는 것을 보지 못했다.
軾乎여! 식 호	식아!
吾懼汝之不外飾[433]也하노라. 오 구 여 지 불 외 식 야	나는 네가 겉을 꾸미지 않을까 두려워한다.

430 명이자설(名二子說): 소순의 큰아들은 식(軾), 작은아들은 철(轍)이다. 이 두 아들의 이름을 설명한 것이다.

431 윤복개진(輪輻蓋軫): '윤'은 수레바퀴, '복'은 바큇살, '개'는 수레덮개, 그리고 '진'은 수레 뒤턱나무이다.

432 식(軾): 수레 앞 가로막이 나무로, 수레에 오른 뒤 사람에게 예를 할 때 손으로 잡는 나무이다. 이것은 사실상 수레가 구르는 데는 없어도 관계없는 것이지만, 이것이 없으면 완전한 수레가 될 수 없다.

天下之車는, 천 하 지 거	천하의 수레가
莫不由轍[434]이나, 막 불 유 철	바퀴자국[轍]을 말미암지 않는 것이 없다만,
而言車之功에, 이 언 거 지 공	수레의 공을 말함에는
轍不與[435]焉이라. 철 불 여 언	바퀴자국이 관여하지 않는다.
雖然이나 車仆馬斃에, 수 연 거 부 마 폐	비록 수레가 엎어지고 말이 죽더라도
而患不及轍하니, 이 환 불 급 철	근심이 바퀴자국에 미치지는 않는다 하니,
是轍者는 禍福之間[436]이라. 시 철 자 화 복 지 간	이 철이라는 것은 화와 복의 중간이다.
轍乎여! 철 호	철아!
吾知免[437]矣로라. 오 지 면 의	내 모면하게 될 것을 헤아림이라.

433 불외식(不外飾): 이 대문의 뜻은 '식', 곧 수레 앞 가로막이 나무가 수레의 쓰임에 한몫 들지 못하는 것처럼 보이듯, 장자 식이 당시 외식에만 급급한 세태에 행여 세속과의 마찰로 화를 입지 아니할까 두렵다는 말이다. 과연 식은 뒤에 왕안석의 신법을 비방하다가 마침내 참소를 입어 유배되었다.

434 철(轍): 바퀴자국. 수레가 지나간 뒤 흙 위에 남는 자취

435 불여(不與): '여'는 관여의 뜻이다.

436 화복지간(禍福之間): 철(轍)은 수레의 공훈을 논하는 데 전혀 들지 못하니, 복이라고 할 만한 공도 없고, 수레가 엎어져도 손해가 미치지 않으니 화라고 할 만한 것도 없다. 그러므로 철은 화와 복의 중간이라고 한 것이다.

437 오지면(吾知免): 내가 둘째를 철이라고 이름 지은 것은, 그 이름처럼 일생 화를 면하기를 바라는 마음에서요, 또 설령 화를 만났다 하더라도 반드시 가벼워질 것을 헤아렸기 때문이라는 뜻이다. 과연 소순의 말과 같이 철은 형 소식의 죄로 연유하여 한때 유랑 생활을 하였으나 곧 관직에 되돌아갔다.

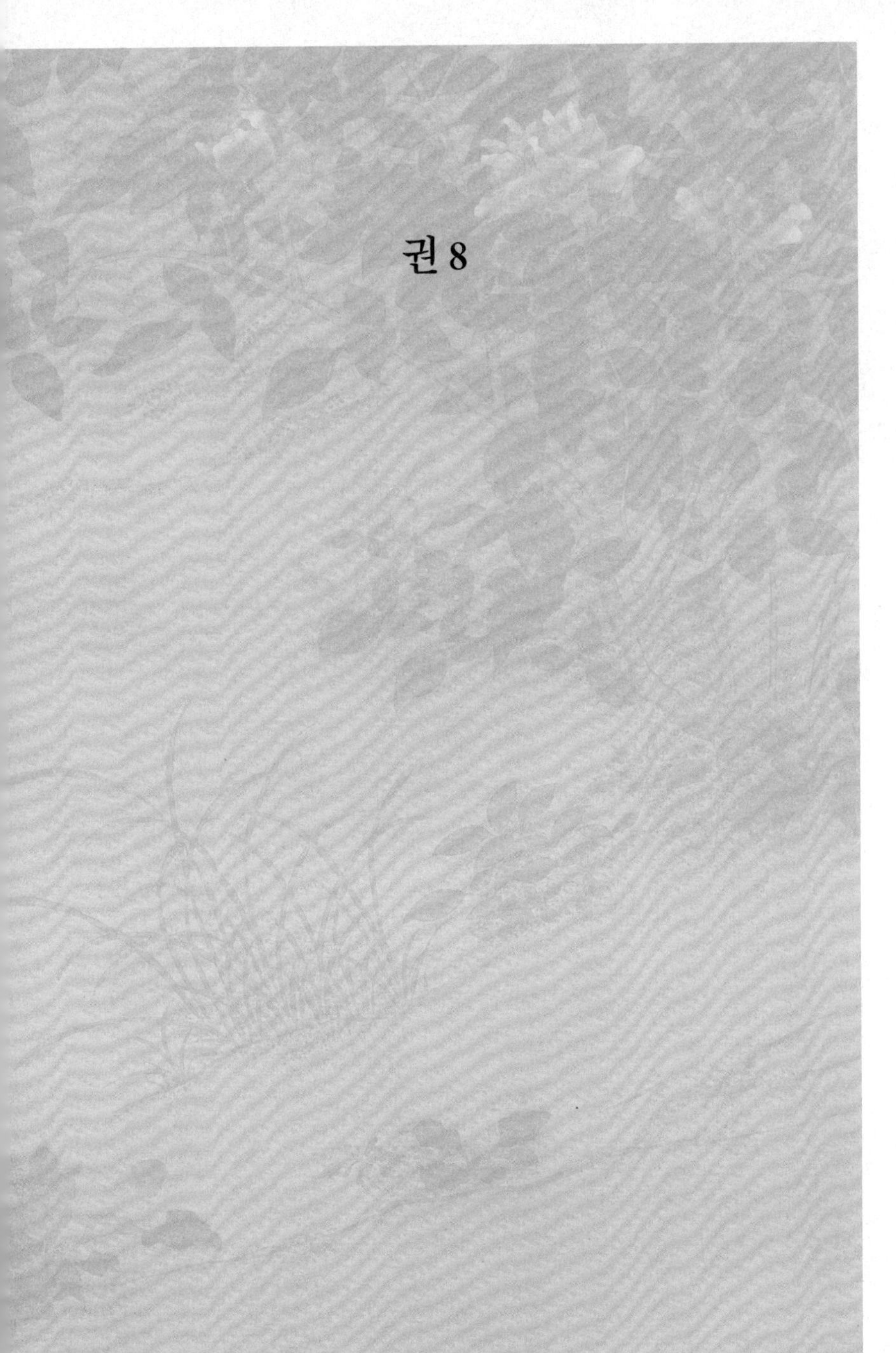

권 8

91. 조주의 한문공의 사당에 세운 비문(潮州韓文公廟碑)[1]

소식(蘇軾)[2]

匹夫[3]而爲百世師[4]하고, 필부 이위백세사	한낱 범부로 백세의 스승이 되고,
一言而爲天下法하니, 일언이위천하법	한마디 말로 천하의 법이 되니,
是皆有以參天地之化[5]하고, 시개유이참천지지화	천지의 조화에 참여하고,
關盛衰之運[6]하야, 관성쇠지운	만물의 성쇠에까지 깊이 관여하여

1 조주한문공묘비(潮州韓文公廟碑): 한유는 원화(元和) 14년(807)에, 헌종이 궁중에 부처님 손가락뼈를 들여놓은 것에 반대하여 「논불골표(論佛骨表)」를 올렸다가, 헌종의 노여움을 사서 광동의 조주자사로 좌천되었다. 한유는 그곳 백성들로부터 많은 추앙을 받았는데, 그가 죽은 후에도 조주의 백성들은 사당을 세우고 그를 제사 지냈다. 송나라 철종(哲宗) 때 조주 사람들은 태수의 허가를 얻어, 조주성에서 조금 떨어진 남쪽 땅에 한유의 사당을 개축했다. 그 후 원우 7년에, 소식이 조주 백성들의 청을 받아들여 이 글을 썼다. 이 비에서는 마지막에 시를 지어 그로써 명(銘)을 대신하고 있다. 서사를 위주로 해야 할 비문에 의론을 섞고 있는 것이 특징이다.

2 소식(蘇軾: 1036~1101): 자는 자첨(子瞻), 호는 동파(東坡), 시호는 문충. 당송 팔대가의 한 사람. 바로 앞에 나온 소순의 아들. 왕안석의 신법(新法)에 반대하여 지방관으로 좌천되어 여러 관직을 두루 돌아다녔다. 시뿐만 아니라 그림과 음악에도 정통하여 중국 최고의 예술가 또는 대문호라는 평을 받기도 한다. 문집으로는 『소동파전집』 등이 전한다.

3 필부(匹夫): 평범한 남자

4 백세사(百世師): 백세의 스승. 『맹자(孟子)』 「진심 하(盡心下)」에 "성인은 백세의 스승이니, 백이(伯夷)와 유하혜(柳下惠)가 바로 그러하다. 그러므로 백이의 풍도를 들으면 완악한 사람이 청렴해지고 비겁한 사람이 지조를 세우게 되며, 유하혜의 풍도를 들으면 각박한 사람이 후해지고 비루한 사나이가 관대해진다. 백세 이전에 분발한 것인데도 백세 뒤에 듣는 사람이 감동되어 분발하지 않는 이가 없으니, 성인이 아니고서야 누가 이처럼 할 수 있겠는가"라고 하였다.

5 참천지지화(參天地之化): 만물을 생성 화육하는 천지의 위대한 활동에 참여하다. '참'은 참여하여 돕는다는 뜻. 『중용(中庸)』 22장에, "오직 천하의 지극한 진실[성인을 가리킨다]이라야 능히 그 본성을 다할 수 있는 것이니, 그 본성을 다할 수 있으면 사람의 본성을 다할 수 있고, 사람의 본성을 다할 수 있으면 만물의 본성을 다할 수 있고, 만물의 본성을 다할 수 있으면 하늘과 땅의 화육(化育)을 도울 수 있고, 하늘과 땅의 화육을 도울 수 있으면 천지와 더불어 만물을 화육하는 운동에 참여할 수 있다"고 하였다.

其生也有自來하고, 기 생 야 유 자 래	그 태어남에는 반드시 온 곳이 있고,
其逝也有所爲라. 기 서 야 유 소 위	그 돌아감에는 반드시 행한 바가 있다.
故로 申呂自嶽降[7]하고, 고 신 려 자 악 강	그러므로 신백과 여후는 산으로 내려온 것이고,
傅說爲列星[8]하니, 부 열 위 열 성	부열은 죽어 별이 되었다고 한다.
古今所傳이, 고 금 소 전	이는 예부터 전해 내려오는 말이니,
不可誣[9]也라. 불 가 무 야	거짓이라 할 수 없다.
孟子曰, 맹 자 왈	맹자가 말하기를
我善養吾浩然之氣[10]라 하니, 아 선 양 오 호 연 지 기	"나는 호연지기를 잘 기른다"고 하니,
是氣也가, 시 기 야	이 호연지기는
寓於尋常[11]之中하고, 우 어 심 상 지 중	어떤 평범한 데에도 깃들일 수가 있고,

---

6 관성쇠지운(關盛衰之運): 국운의 흥망성쇠에 관계하다.

7 신려자악강(申呂自嶽降): 신백(申伯)과 여후(呂侯)가 숭산(崧山)에서 내려오다. 신백과 여후는 주나라 선왕(宣王)의 어진 신하들로, 숭산의 정기를 받아서 인간 세상에 내려온 것이라 한다.

8 부열위열성(傅說爲列星): 부열이 줄지어 선 별자리 사이에 있다. 부열은 은나라 고종(高宗)의 재상으로, 고종을 보필하여 천하를 편안하게 했다고 한다. 즉 생전에 위대했던 부열이 죽어서는 부열성이라는 별이 되어 여러 별들과 함께 빛나고 있다는 뜻이다.

9 무(誣): 속이다. 기만하다.

10 아선양오호연지기(我善養吾浩然之氣): 나는 나의 호연지기를 잘 기른다. 『맹자』 「공손추 상(公孫丑上)」에 나오는 말이다. "호연지기란 몹시 크고 굳센 기운으로, 곧은 마음으로 잘 키워서 아무것에도 방해받지 않게 하면, 하늘과 땅 사이에 가득 차게 된다." 즉 호연지기란, 천도와 정의에 뿌리박은 공명정대한 기운을 말한다.

11 심상(尋常): 8척을 '심'이라 하고, 16척을 '상'이라 한다. 즉 얼마 안 되는 작은 물건이라는 뜻으로,

而塞乎天地之間한대, 이 색 호 천 지 지 간	하늘과 땅 사이에도 가득 차 있는데,
卒然[12]遇之면, 졸 연 우 지	갑자기 그것을 만나게 되면
王公[13]은 失其貴하고, 왕 공 실 기 귀	왕과 대신들도 지존함을 잃게 되고,
晉楚[14]는 失其富하고, 진 초 실 기 부	진나라, 초나라도 부강함을 잃게 되고,
良平[15]은 失其智하고, 양 평 실 기 지	장량과 진평도 지혜를 잃게 되고,
賁育[16]은 失其勇하고, 분 육 실 기 용	맹분과 하육도 용기가 사라지게 되고,
儀秦[17]은 失其辯하니, 의 진 실 기 변	장의와 소진도 변설이 없어지게 되니,
是孰使之然哉오? 시 숙 사 지 연 재	이는 누가 그렇게 만드는 것인가?
其必有不依形而立하고, 기 필 유 불 의 형 이 립	그것은 반드시 형상에 의지하여 서는 것도 아니고,
不恃[18]力而行하고, 불 시 력 이 행	힘에 의해서 행해지는 것도 아니고,

여기서는 사람을 가리킨다.

12 졸연(卒然): 갑자기

13 왕공(王公): 임금과 공경

14 진초(晉楚): 춘추전국 시대의 가장 부강했던 두 나라. 진나라는 북쪽에, 초나라는 남쪽에 있었다. 『맹자』「공손추 하」에 증자가 이렇게 말하였다. "나로서는 진이나 초의 부에는 미칠 수 없지만, 그들이 부를 내세우면 나는 인을 내세울 것이며, 그들이 벼슬을 내세우면 나는 의를 내세우겠다. 내가 어찌 그들보다 모자라겠는가?"

15 양평(良平): 한고조의 신하로서 지략이 뛰어났던 장량(張良)과 진평(陳平)

16 분육(賁育): 용맹하기로 이름이 높았던 제나라의 맹분(孟賁)과 위나라의 하육(夏育)

17 의진(儀秦): 전국 시대의 외교가였던 장의(張儀)와 소진(蘇秦). 두 사람 모두 대단한 웅변가로서, 장의는 연횡(連橫)의 법을, 소진은 합종(合縱)의 법을 주장했다.

18 시(恃): 믿어 의뢰하다.

不待生而存하고, 부 대 생 이 존	생명에 의존하여 존재하는 것도 아니고,
不隨死而亡者矣라. 불 수 사 이 망 자 의	죽음에 따라 없어지는 것도 아니다.
故로 在天爲星辰[19]하고, 고 재 천 위 성 신	그러므로 하늘에서는 별이 되기도 하고,
在地爲河嶽[20]하며, 재 지 위 하 악	땅에서는 강과 산이 되기도 하며,
幽[21]則爲鬼神[22]하고, 유 즉 위 귀 신	어두운 곳에서는 귀신이 되기도 하고,
而明[23]則復爲人하니, 이 명 즉 부 위 인	밝은 곳에서는 다시 사람이 되기도 하는 것이니,
此理之常은, 차 리 지 상	이러한 이치가 항상임은
無足怪者라. 무 족 괴 자	이상하다 여길 것이 없다.

19 성신(星辰): 별

20 하악(河嶽): 하천과 산악

21 유(幽): 눈에 보이지 않는 어두운 세계. 저세상

22 귀신(鬼神): 죽은 사람의 영혼. 성인은 죽어서도 귀신이 되어 나라와 민족을 돌보아 준다고 한다. 귀신을 흔히 악귀라 생각하는데, 이는 그릇된 생각이다. 『역경(易經)』「계사전(繫辭傳)」에서는, 음양 두 기운의 굴신 작용을 귀신이라 하여, 정기가 모여 물을 이루는 것을 '신이 신장하는 것'이라 했고, 유혼(遊魂)이 흩어져서 변화를 이루는 것을 '귀가 돌아가는 것'이라 했다. 『중용』 제16장에 "귀신의 덕이란 얼마나 큰 것인가. 보려 해도 보이지 않고, 들으려 해도 들리지 않지만, 널리 만물을 생겨나게 함이 어느 물에도 미치지 않는 것이 없다. 귀신은 천하의 사람들로 하여금 재계하여 몸을 깨끗이 한 다음 옷을 갖추어 입고 제사를 지내도록 하니, 분명히 사람의 머리 위에 있는 것도 같고, 사람의 좌우에 있는 것도 같다"고 했다.

23 명(明): 밝은 곳. 현세

自東漢[24]以來로,
자 동 한 이 래

동한 이래로

道喪文弊하야,
도 상 문 폐

도(道)는 사라지고 문장은 피폐해지고,

異端[25]이 竝起하야,
이 단 병 기

이단의 잡설들이 함께 일어나

歷唐貞觀[26]開元[27]之盛에,
역 당 정 관 개 원 지 성

당나라 정관과 개원의 성세에는

輔以房杜姚宋[28]이라도,
보 이 방 두 요 송

방현령·두여회·요숭·송경 등이 보필했지만,

而不能救라.
이 불 능 구

도덕과 문장을 구제할 수는 없었다.

獨韓文公[29]起布衣[30]하야,
독 한 문 공 기 포 의

오직 한문공께서 서민으로 입신하여,

談笑[31]而麾[32]之하니,
담 소 이 휘 지

담소하며 이를 지도하시니,

天下靡[33]然從公하야,
천 하 미 연 종 공

천하가 한곳으로 몰리듯 공을 따라

復歸于正[34]하니,
복 귀 우 정

바르게 돌아와,

---

24 동한(東漢): 후한(後漢)이라고도 한다. 낙양에 도읍하였으므로, 동한이라 한다.

25 이단(異端): 유교 이외의 불교, 도교 등의 여러 설을 가리킨다.

26 정관(貞觀): 당나라 태종 때의 연호

27 개원(開元): 당나라 현종 때의 연호. 앞의 정관과 함께 나라가 잘 다스려진 시대였다.

28 방두요송(房杜姚宋): 방현령, 두여회, 요숭, 송경 등의 네 사람의 어진 재상을 가리킨다. 방현령과 두여회는 당태종을 보필했고, 요숭과 송경은 당 현종을 보좌했다.

29 한문공(韓文公): 한유를 가리킨다.

30 포의(布衣): 무명옷. 곧 벼슬이 없는 사람, 또는 서민

31 담소(談笑): 웃으면서 이야기하다.

32 휘(麾): 깃발을 흔들어 지휘하다.

33 미(靡): 한쪽으로 쓰러지거나 쏠리다. 전하여 '따름', '복종함'

34 복귀우정(復歸千正): 다시 바른 상태로 돌아오다.

蓋三百年於此[35]矣라.
개 삼 백 년 어 차 의

지금까지 삼백 년이 되었다.

文起八代之衰[36]요,
문 기 팔 대 지 쇠

문장으로는 여덟 세대의 쇠락함을 일으키셨고,

而道濟天下之溺[37]하며,
이 도 제 천 하 지 닉

도로는 천하의 가라앉음을 구하셨으며,

忠犯人主之怒[38]요,
충 범 인 주 지 노

충성심은 임금의 진노를 두려워하지 않았고,

而勇奪三軍之帥[39]하니,
이 용 탈 삼 군 지 수

용맹으로는 삼군의 장수를 뺏을 수 있었으니,

---

35 삼백년어차(三百年於此): 당의 헌종 때로부터 소동파가 이 글을 쓰던 때까지 약 3백 년간. 정확히는 280년간

36 문기팔대지쇠(文起八代之衰): '팔대'는 동한(東漢)·위(魏)·진(晉)·송(宋)·제(齊)·양(梁)·진(陳)·수(隋)를 가리킨다. 이 시대의 문장은 형식미를 존중하고 미문 위주여서, 그 내용이 빈약하고 유약한 글이 많았다. 한유가 고문으로의 복귀를 주장하여 쇠약해진 문장을 다시 일으켜 세운 것을 뜻한다.

37 도제천하지닉(道濟天下之溺): 도덕에 있어서는, 천하의 백성들이 이단잡설에 현혹되어 있던 것을 건짐. 한유가 글 번호 23「도의 근본을 논함(原道)」과 같은 문장을 지어, 노장·불교·묵적·양주 등의 여러 설을 배격한 것을 가리킨다.

38 범인주지노(犯人主之怒): 임금의 분노를 촉발하다. 헌종이 불교에 빠져 불골을 궁중에 들여오려 하자, 한유가「논불골표」를 올려 반대했다. 결국 한유는 이 일로 인해 헌종의 노여움을 사, 조주로 귀양가게 되었다.

39 탈삼군지수(奪三軍之帥): 삼군은 상군·중군·하군. 일군은 1만 2,500명으로 이루어진다. 삼군은 대제후의 군대로, 후세에는 대군의 뜻으로 쓰이게 되었다. 목종(穆宗) 때, 진주(鎭州)에서 병사들이 난을 일으켰다. 조정에서는 한유를 불러 병부시랑(국방차관)에 명하고, 난을 진압하도록 하였다. 주위에서는 위험한 일이라며 만류했지만, 한유는 목숨을 걸고 진중으로 들어가 반군들을 설복시켰다. 삼군의 장수를 탈취했다 함은, 이 일을 가리키는 것이다.

此豈非參天地關盛衰하야, 차 기 비 참 천 지 관 성 쇠	이는 어찌 천지의 성쇠에 간여하는 것이 아니겠으며
浩然而獨存[40]者乎아? 호 연 이 독 존 자 호	호연지기를 마음껏 펴며 독존하는 것이 아니리오.
蓋嘗論天人之辨[41]컨대, 개 상 론 천 인 지 변	일찍이 하늘과 사람의 변별을 논하여 생각해 보았는데,
以謂人無所不至[42]나, 이 위 인 무 소 부 지	사람은 하지 못하는 일이 없다고 말할 수 있으나,
惟天不容僞[43]라. 유 천 불 용 위	오로지 하늘만은 거짓을 용납하지 않는다.
智可以欺王公이나, 지 가 이 기 왕 공	지모로 왕과 공경은 속일 수 있지만
不可以欺豚魚[44]요, 불 가 이 기 돈 어	돼지나 물고기를 속일 순 없고,
力可以得天下나, 역 가 이 득 천 하	힘으로 천하를 얻을 수는 있지만

40 호연이독존(浩然而獨存): 한유는 호연지기로 가득 찬 사람의 표상으로서, 천지간에 우뚝 서 무엇에도 좌우되지 않는 존재였다.

41 천인지변(天人之辨): 천지자연과 사람의 힘과의 구별

42 인무소부지(人無所不至): 사람은 이르지 못하는 바가 없다. 사람은 무한한 지혜를 가지고 있어 어떤 일이든 할 수 있다는 뜻이다.

43 천불용위(天不容僞): 하늘은 거짓을 용납하지 아니한다.

44 돈어(豚魚): 돼지나 물고기. 『역경』에 나오는 말. 돼지나 물고기도 길하다는 것은, 제사 지내는 사람의 지극한 마음이 하찮은 제물에까지 미쳐 신을 감동시킨다는 뜻이다. 즉 하찮은 물건이라도 사람의 지극한 정성이 들어 있으면 하늘이 감동한다는 뜻

不可以得匹夫匹婦[45]之心이라.
불 가 이 득 필 부 필 부 지 심

평범한 서민 남녀의 마음을 얻을 수는 없다.

故로 公之精誠은,
고 공 지 정 성

그러므로 한유의 정성은

能開衡山之雲[46]이나,
능 개 형 산 지 운

형산의 구름을 열 수 있으나

而不能回憲宗之惑[47]이요,
이 불 능 회 헌 종 지 혹

헌종의 미혹됨을 돌이킬 수 없고,

能馴鰐魚之暴[48]나,
능 순 악 어 지 포

악어의 난폭함을 길들일 수는 있으나

而不能弭[49]皇甫鎛李逢吉[50]之謗이요,
이 불 능 미 황 보 박 이 봉 길 지 방

황보박과 이봉길의 비방을 멈추게 할 수 없고,

---

45 필부필부(匹夫匹婦): 평범한 남자와 평범한 여자

46 개형산지운(開衡山之雲): 형산의 구름을 걷히게 하다. 형산은 오악(五嶽)의 하나로, 남악이라고도 한다. 한유가 형산에 올랐을 때의 일로, 하늘에 구름이 가득하여 금방이라도 비가 쏟아질 것 같았다. 이에 한유가 지성을 다하여 형산의 사당에 아뢰는 시를 지어 기도하니, 구름이 말끔히 걷혔다고 한다.

47 헌종지혹(憲宗之惑): 헌종이 불교를 신봉하여 불골을 맞아들인 일을 가리킨다.

48 순악어지포(馴鰐魚之暴): 악어의 포악함을 길들이다. 한유가 조주에 이르러 백성들에게 괴로움이 무엇이냐고 물었다. 입을 모아 악계(惡溪)에서 악어가 나와 가축을 축내는 것이라 했다. 이에 한유가 글을 지어 물 가운데에 던지고 기도를 드렸다. 그날 저녁, 물 가운데에 폭풍이 치고 번개가 일었다. 며칠 있다가 물이 마르고 악어는 서쪽으로 60리나 이동하여, 그때부터는 악어가 나타나지 않았다. 한유가 이때 악어를 퇴치하기 위해 지은 글이 바로 글 번호 35「악어를 내쫓는 글(鰐魚文)」이다.

49 미(弭): 멈추게 하다. 그치게 하다.

50 황보박, 이봉길(皇甫鎛, 李逢吉): 헌종이 한유를 조주로 보낸 뒤, 그 일을 후회하여 한유를 다시 중앙정부 요직에 등용코자 했다. 이때 황보박 같은 실권자는 한유의 강직함을 싫어하여, 한유를

能信於南海之民[51]하야, 능 신 어 남 해 지 민	남해의 백성에게 신망을 얻어
廟食[52]百世나, 묘 식 백 세	백 세대에 걸쳐 제수를 받을 수 있으나
而不能使其身一日 이 불 능 사 기 신 일 일	그 몸을 조정에서는 하루도
安於朝廷之上[53]이라. 안 어 조 정 지 상	편히 할 수 없었다.
蓋公之所能者는 天也요, 개 공 지 소 능 자 천 야	공이 잘할 수 있었던 것은 하늘의 일이요,
其所不能者人也라. 기 소 불 능 자 인 야	할 수 없었던 것은 사람의 일이었다.
始潮人이 未知學할새, 시 조 인 미 지 학	처음 조주의 사람들은 배움을 알지 못하여
公이 命進士趙德하야, 공 명 진 사 조 덕	공이 진사 조덕에게 명하여
爲之師하니, 위 지 사	그에게 스승이 되게 하니,
自是潮之士가, 자 시 조 지 사	이로부터 조주의 선비들은

원주(袁州)자사로 보내도록 해서 앞길을 막았다. 또 재상 이봉길은 한유와 자기의 정적인 이신(李紳)을 직책상 서로 다투게 하여 입장을 난처하게 만들었다.

51 신어남해지민(信於南海之民): 조주의 백성들로부터 신망을 얻다. '남해지민'은 조주의 백성들. 한유가 죄를 입어 조주자사로 부임한 뒤, 많은 공적을 남겨 백성들에게서 두터운 신망을 받았다. 그가 죽은 뒤에는 조주 백성들이 그의 덕을 추모하여 사당을 지어 제사 지내게 되었다.

52 묘식(廟食): 사당에 모셔져 제사를 받다.

53 불능~조정지상(不能~朝廷之上): 그 몸을 하루라도 조정에서 편안하게 할 수가 없었다. 한유의 강직한 성품을 꺼린 중앙의 고관들은 한유에게 주로 지방관 벼슬을 주었다. 따라서 한유가 조정에서 천자를 모시고 일한 기간은 얼마 되지 않는다.

皆篤於文行[54]하야,
개 독 어 문 행

모두 문장과 행동에 돈독해져

延及齊民[55]하며,
연 급 제 민

모든 백성에게 미치게 되었으며,

至于今號稱易治라.
지 우 금 호 칭 이 치

지금에 이르기까지 다스리기 쉽다고 한다.

信乎라!
신 호

사실이도다!

孔子之言에 曰,
공 자 지 언 왈

공자의 말씀에,

君子는 學道則愛人하고,
군 자 학 도 즉 애 인

군자는 도를 배우면 사람을 사랑하고,

小人은 學道則易使也[56]라.
소 인 학 도 즉 이 사 야

소인은 도를 배우면 부리기가 쉬워진다고 하였다.

潮人之事公[57]也에,
조 인 지 사 공 야

조주 사람들은 공을 모심에

飮食必祭[58]하고,
음 식 필 제

음식이 있으면 반드시 제사를 지내고,

水旱疾疫[59]凡有求엔,
수 한 질 역 범 유 구

홍수나 가뭄 그리고 질병이 일어나면

必禱焉이나,
필 도 언

반드시 공에게 기도하였다.

---

54 독어문행(篤於文行): 학문과 덕행이 돈독해지다.

55 제민(齊民): 일반 백성

56 군자~, 소인~ (君子~, 小人~): 군자가 도를 배우면 사람을 사랑하게 되고, 소인이 도를 배우면 다스리기가 쉬움. 『논어(論語)』「양화(陽貨)」에 나오는 말이다.

57 조인지사공(潮人之事公): 조주 백성들이 한문공을 섬기는 일

58 음식필제(飮食必祭): 조주 백성들이 공의 은덕을 생각하여, 음식을 먹을 때에는 먼저 공의 사당에 올린 다음 먹는다는 뜻이다.

59 수한질역(水旱疾疫): 수재, 한발, 전염병

而廟在刺史公堂[60]之後하야, 이 묘 재 자 사 공 당 지 후	사당이 자사의 관청 뒤에 있어
民以出入爲艱[61]이라. 민 이 출 입 위 간	백성들의 출입이 어려웠다.
太守[62]欲請諸朝하야, 태 수 욕 청 저 조	[이전의] 태수가 조정에 청하여
作新廟不果[63]러니, 작 신 묘 불 과	새로운 사당을 짓고자 하였으나 이루지 못하였다.
元祐五年[64]에, 원 우 오 년	원우 5년에
朝散郎[65]王君滌[66]이, 조 산 랑 왕 군 척	조산랑 왕척이
來守是邦하야, 내 수 시 방	태수로 이 고을에 와서
凡所以養士治民者를, 범 소 이 양 사 치 민 자	선비를 양성하고 백성을 다스리는 일을
一以公爲師하니, 일 이 공 위 사	한결같이 공을 본받아 하니,
民既悅服[67]이라. 민 기 열 복	백성들은 기꺼이 복종하였다.
則出令曰, 즉 출 령 왈	그런즉 왕이 명령을 내려

60 자사공당(刺史公堂): 자사의 관저

61 간(艱): 어렵다.

62 태수(太守): 주군의 장관으로, 자사와 같다.

63 불과(不果): 열매를 맺지 못하다. 이루지 못한 것을 뜻한다.

64 원우오년(元祐五年): 송나라 철종 때로, 서기 1090년

65 조산랑(朝散郎): 문관으로 종 7품 상(上)

66 왕군척(王君滌): 왕척. 군은 존칭이다.

67 열복(悅服): 기꺼이 따르다.

願新公廟者면 聽하리라 하니,
원 신 공 묘 자 　 청

공의 사당을 새로 짓기를 원한다면
들어주리라 하였다.

民讙趨[68]之하야,
민 환 추 　 지

백성들은 기뻐하며 그 일에 달려들어

卜地[69]於州城之南七里하니,
복 지 　 어 주 성 지 남 칠 리

조주성의 남쪽 일곱 리 되는 곳에
터를 잡으니,

朞年[70]而廟成이라.
기 년 　 이 묘 성

일 년 만에 사당을 완성하였다.

或曰,
혹 왈

어떤 사람은 말하였다.

公이 去國萬里而謫于潮[71]라가,
공 　 거 국 만 리 이 적 우 조

"공은 서울에서 만 리나 떨어진
조주에 귀양 왔다가

不能一歲而歸[72]하니,
불 능 일 세 이 귀

일 년도 못 되어 돌아갔으니,

沒而有知나,
몰 이 유 지

공이 죽은 후 앎이 있다 할지라도,

其不眷戀[73]于潮也審[74]矣라.
기 불 권 련 　 우 조 야 심 　 의

조주를 그리워하지 않았음은
틀림없다."

---

68 환추(讙趨): 기뻐하여 달리다.

69 복지(卜地): 점을 쳐서 터를 잡다.

70 기년(朞年): 만 1년 만에

71 적우조(謫于潮): 조주자사로 좌천되어 오다.

72 불능일세이귀(不能一歲而歸): 1년도 못 되어 돌아가다. 한유는 헌종 원화 14년 1월 14일에 유배되어 3월 26일에 조주에 당도했고, 그해 12월 24일에 원주자사로 옮겼으니, 조주에는 1년도 채 못 있었던 것이다.

軾[75]曰,
식 왈

내가 말하였다.

不然이라.
불 연

“그렇지 않다.

公之神在天下者는,
공 지 신 재 천 하 자

공의 신령이 천하에 있다는 것은

如水之在地中이니,
여 수 지 재 지 중

물이 땅속에 있는 것과 같으니,

無所往而不在也라.
무 소 왕 이 부 재 야

가는 곳이면 존재하지 않는 곳이 없다.

而潮人은
이 조 인

그런데 조주 사람들은

獨信之深思之至에,
독 신 지 심 사 지 지

오로지 그를 믿는 것이 깊고
그리움이 지극하여

焄蒿悽愴[76]하야,
훈 호 처 창

향을 피우고 감동에 젖어

若或見之하니,
약 혹 견 지

마치 곁에서 보는 듯하니,

譬如[77]
비 여

비유컨대

鑿井[78]得泉而曰,
착 정 득 천 이 왈

우물을 파서 샘물을 얻고

水專在是라 하면,
수 전 재 시

물은 오직 여기에만 있다고 하면

---

73 권련(眷戀): 마음에 두고 그리워하다.

74 심(審): ‘분명하다’ 또는 ‘틀림없다’의 뜻

75 식(軾): 작자 소동파의 이름

76 훈호처창(焄蒿悽愴): 신비로운 기운에 휘말려 마음이 감동하다.

77 비여(譬如): 비유하자면

78 착정(鑿井): 우물을 파다.

豈理也哉아?
기 리 야 재

어찌 이치에 닿겠는가?"

元豐[79]元年에,
원 풍 원 년

원풍 원년에

詔封公昌黎伯[80]이라.
조 봉 공 창 려 백

천자께서는 조칙으로 공을 창려백으로 봉하였다.

故로 榜[81]曰,
고 방 왈

그러므로 사당의 현판에 이르길

昌黎伯韓文公之廟라.
창 려 백 한 문 공 지 묘

'창려백 한문공의 사당'이라고 한다.

潮人請書其事于石하니,
조 인 청 서 기 사 우 석

조주 사람들이 그 일을 돌에 써 주기를 청하니,

因爲作詩以遺之하고,
인 위 작 시 이 유 지

이에 그들에게 시를 지어 주고,

使歌以祀公이라.
사 가 이 사 공

노래를 불러 공에게 제사 지내게 했다.

其辭에 曰,
기 사 왈

그 가사는 다음과 같다.

公昔騎龍白雲鄉[82]하야,
공 석 기 룡 백 운 향

공께서는 옛날 용을 타고 백운향에 노닐며

手抉雲漢[83]分天章[84]이라.
수 결 운 한 분 천 장

손으로 은하수를 어루만져 하늘의 문장을 쓰셨네.

---

79 원풍(元豐): 송나라 신종의 연호. 원풍 원년이란 1078년

80 조봉공창려백(詔封公昌黎伯): 천자께서 조칙을 내려 공을 창려백에 봉하다. '창려'는 당나라 때 한씨 명문이 살던 군의 이름. '백'은 오등 작위 중의 세 번째 백작

81 방(榜): 현판. 액(額)과 같다.

82 백운향(白雲鄉): 천제가 계신 하늘나라

天孫[85]爲織雲錦裳[86]하야, 천손 위직운금상	직녀가 [공을 위해] 구름 수놓은 하의를 짜자
飄然乘風來帝旁[87]이라. 표연승풍래제방	바람을 타고 천제의 곁에서 홀연히 내려오셨네.
下與濁世掃粃糠[88]하고, 하여탁세소비강	혼탁한 세상의 쭉정이와 겨를 말끔히 쓸어버리시고,
西游咸池略扶桑[89]이라. 서유함지략부상	서쪽 함지에서 노니시고 동쪽 부상까지 미치셨네.
草木衣被[90]昭回光[91]하고, 초목의피 소회광	초목까지도 은덕을 입어 밝게 빛났고,
追逐[92]李杜[93]參翱翔[94]이라. 추축 이두 참고상	이백과 두보를 좇아 함께 높이 나셨네.

83 수결운한(手抉雲漢): 손으로 은하수를 더듬다. '운한'은 은하수

84 분천장(分天章): 하늘의 문장을 나누어 가지다.

85 천손(天孫): 직녀

86 운금상(雲錦裳): 구름의 모양을 수놓은 비단으로 만든 하의(下衣)로 밤에는 일곱 가지 색으로 빛을 낸다고 한다.

87 제방(帝旁): 천제의 곁

88 소비강(掃粃糠): 쭉정이와 겨를 쓸어버리다. 한유가 불교, 노장 등을 배척한 것을 가리킨다.

89 서유함지략부상(西游咸池略扶桑): 서쪽 함지에서 놀고, 동쪽 부상을 건드리다. 함지는 해가 멱을 감는다고 하는 천상의 못으로, 서쪽 끝 해가 지는 곳에 있다고 한다. 부상은 동해 끝의 바다 가운데에 있다는 신목. 아침마다 해가 그 나뭇가지를 스칠 듯 지난다고 한다. 이 문장은, 한문공의 큰 덕광이 태양처럼 빛난다는 뜻이다.

90 의피(衣被): 널리 은덕을 입다.

91 소회광(昭回光): 밝게 두루 비치는 빛. 한문공의 큰 덕의 광채를 가리킨다.

92 추축(追逐): 뒤쫓아 다니다.

93 이두(李杜): 이백과 두보. 한유는 평소 이 두 사람을 흠모하였다. 그의 시 「취하여 맹교를 붙잡으며(醉留東野)」에는 "옛날 이백과 두보의 시를 읽으며, 나는 두 분과 함께 행동하지 못했음을 크게 한탄하였다"라는 구절이 있다.

汗流籍湜[95]走且僵[96]이나,
한 류 적 식 주 차 강

장적, 황보식은 땀 흘려 내달리고 엎어져도,

滅沒倒景[97]不得望이라.
멸 몰 도 영 부 득 망

지는 해 그림자와 같이 바라볼 수 없었네.

作書詆佛譏君王[98]하고,
작 서 저 불 기 군 왕

글을 지어 부처를 꾸짖고 임금을 나무라셨으며,

要觀南海[99]窺衡湘[100]이라.
요 관 남 해 규 형 상

남해를 둘러보고 형산과 상수를 엿보셨네.

歷舜九疑[101]弔英皇[102]하니,
역 순 구 의 조 영 황

순임금의 구의산을 지나 아황·여영을 조상하시니,

---

94 참고상(參翺翔): 나는 데 함께 참여하다. 즉 이백·두보와 함께 문명이 훌륭했음을 가리킨다.

95 적식(籍湜): 장적과 황보식. 문장으로 이름이 알려진 사람들인데, 둘 다 한유의 문인이다.

96 주차강(走且僵): 달리고 또 넘어지다.

97 도영(倒景): 그림자가 거꾸로 비치는 곳. 해나 달보다 높은 곳에 있어서, 빛이 아래에서 비쳐 그림자가 거꾸로 비치는 것이니, 지극히 높은 곳임을 뜻한다. 즉 한공의 높은 덕을 따를 수 없다는 뜻이다.

98 작서저불기군왕(作書詆佛譏君王): 글을 지어 부처를 꾸짖고 임금을 나무라다. 한유가 불교에 빠진 헌종에게 「논불골표」를 올려 극력 반대한 사실을 말한다.

99 관남해(觀南海): 남해를 구경하다. 한유가 조주로 좌천된 사실을 가리킨다.

100 규형상(窺衡湘): 형산과 상수를 엿보다. 형산과 상수는 한유가 조주에서 원주로 임지를 옮기면서 지나갔던 곳

101 구의(九疑): 순임금이 묻힌 산 이름. 구억산(九嶷山)이라고도 하며, 호남성 영원현(寧遠縣)에 있다.

102 영황(英皇): 요임금의 두 딸인 여영(女英)과 아황(娥皇)으로, 순임금의 두 왕비. 순임금이 남쪽 땅을 순시하다가 창오의 들에서 죽자, 두 사람은 상수에 빠져 순사했다고 한다.

祝融[103]先驅海若藏[104]이라.
축융 선구해약장

축융은 공의 앞길을 열었고 해약은 몸을 감추었네.

約束[105]鮫鰐[106]如驅羊하니,
약속 교악 여구양

악어를 양떼 붙들어 매어 양을 몰듯 몰아내셨으니,

鈞天[107]無人帝悲傷이라.
균천 무인제비상

하늘에 사람이 없어 천제는 슬퍼하셨네.

謳吟下招遺巫陽[108]하니,
구음하초유무양

신무 양을 보내어 노래 부르며 공을 다시 불러 가셨으니,

犦牲[109]鷄卜[110]羞[111]我[112]觴[113]이라.
박생 계복 수 아 상

들소를 제물로 바치고 닭 뼈로 점을 쳐 잔을 올립니다.

於[114]粲荔丹與蕉黃[115]하고,
오 찬여단여초황

아아! 붉은 여지와 누런 파초 옆에 열매 모두 빛나고,

---

103 축융(祝融): 남해의 신

104 해약장(海若藏): 북해의 신 해약이 자취를 감추다.

105 약속(約束): 검속과 같은 뜻. 얽매어 자유를 빼앗다.

106 교악(鮫鰐): 상어와 악어

107 균천(鈞天): 하늘에 구천이 있는데, 그 중앙을 균천이라 한다. 곧 천제의 도읍

108 하초유무양(下招遺巫陽): 한문공을 부르고자 무양을 보내다. '무'는 신의 뜻을 전하는 무당. '양'은 무당의 이름

109 박생(犦牲): 들소를 제물로 바치다. '박'은 들소. '생'은 제사에 쓰이는 짐승

110 계복(鷄卜): 닭의 뼈를 태워 점을 쳐 제일을 정하다. 박생과 계복은 모두 남방의 습속이다.

111 수(羞): 음식이나 술 등을 올리다.

112 아(我): 조주 백성을 가리킨다.

113 상(觴): 먹다. 또는 밥. 여기서는 '흠향하소서'의 뜻

公不少留我涕滂[116]하니, 공 불 소 류 아 체 방	좀 더 계시지 않는다고 우리의 눈물이 비 오듯 하니,
翩然被髮下大荒[117]하소서. 편 연 피 발 하 대 황	머리 풀어 헤치고 대공에서 훌쩍 내려오소서.

92. 적벽대전 유적지에서, 처음 지음(前赤壁賦)[118]

소식(蘇軾)

壬戌[119]之秋七月旣望[120]에, 임 술 지 추 칠 월 기 망	임술년 가을 칠월 십육일에

---

114 오(於): 여기서는 감탄사로 쓰여 '오!' 또는 '아!'와 같다.

115 여단여초황(荔丹與蕉黃): 여지의 붉게 익은 열매와 파초의 누런 열매. 한유가 지은 「나지묘비명(羅池廟碑銘)」에, "여지는 붉게 익었으며, 파초 잎은 누렇네(荔枝丹兮蕉葉黃)"라는 구절이 있는데, 소동파가 이것을 인용한 것이다.

116 아체방(我涕滂): '아'는 제사를 받드는 조주 사람들. '체방'은 눈물이 비오듯 쏟아지는 것

117 편연피발하대황(翩然被髮下大荒): 한유의 「잡시(雜詩)」에 나오는 "몸을 훌쩍 날려 허공에서 내려와, 머리카락을 풀어 헤치고 기린을 탄다(翩然下大荒被髮騎騏驎)"라는 문장을 인용한 것이다. '피발'은 머리카락을 풀어 헤치는 것. '대황'은 대공(大空), 대허(大虛)

118 전적벽부(前赤壁賦): 이 글은 소동파의 나이 47세 때 달 밝은 밤 적벽강에 배 띄워 노닐면서 지은 글이다. 먼저 지은 것을 「전적벽부」, 뒤에 지은 것을 「후적벽부」라 한다. 두 편 다 천고의 명문으로 세상에 길이 애독되어 왔다. 적벽은 둘이 있으니, 하나는 호북성 황주(黃州)에 있는 명승지로, 바로 동파가 배 띄워 노닐며 「적벽부」를 짓던 곳이다. 이곳은 붉은 암벽이 강가에 깎아지른 듯 높이 솟아 있다고 한다. 또 하나의 적벽은 삼국 시대 오나라 손권의 장군 주유가 위나라 조조의 백만 대군을 파하던, 이른바 적벽전이 있었던 곳을 말한다. 동파가 적벽에 노닐며 옛 영웅·호걸들이 싸우던 고사를 회고하게 됨은 오로지 같은 적벽이라는 이름에서 연유한 것이다. 소동파가 황주에서 귀양살이를 하던 중에 지은 글이라고 한다.

119 임술(壬戌): 송의 신종(神宗) 원풍(元豊) 5년(1082)

120 기망(旣望): '망'은 음력 15일, '기망'이란 이미 지나간 망이니 음력 16일을 말한다.

蘇子與客으로, 소 자 여 객	소씨가 손님과 더불어
泛舟遊於赤壁之下러니, 범 주 유 어 적 벽 지 하	배를 띄워 적벽 아래에서 노니는데,
淸風은 徐來하고, 청 풍 서 래	청풍은 서서히 불어오고
水波는 不興이라, 수 파 불 흥	물결은 일지 않는지라,
擧酒屬客[121]하야, 거 주 촉 객	술을 들어 손님에게 권하고
誦明月之詩하고, 송 명 월 지 시	명월 시를 읊으며
歌窈窕之章[122]이러니, 가 요 조 지 장	요조 구절을 노래하노라니,
少焉에 소 언	얼마 지나지 않아
月出於東山之上하야, 월 출 어 동 산 지 상	달이 동산 위로 나와서
徘徊於斗牛[123]之間하니, 배 회 어 두 우 지 간	남두성과 견우성 사이에서 배회하니,
白露는 橫江하고, 백 로 횡 강	백로는 강물에 비껴 있고
水光은 接天이라. 수 광 접 천	물빛은 하늘에 닿아 있다.
縱一葦[124]之所如하야, 종 일 위 지 소 여	한 조각 작은 배를 가는 대로 맡겨서

121 촉객(屬客): '촉'은 붙인다는 뜻이니, 곧 손에게 술잔을 권하는 것을 말한다.

122 명월지시, 요조지장(明月之詩, 窈窕之章): '명월지시'는 『시경(詩經)』「진풍(陳風)·월출(月出)」이라는 시편을 가리키는 말이요, '요조지장'은 「월출」 가운데에 들어 있는 '요조(아름답다는 의미)'라는 구절을 말한다.

123 두우(斗牛): '두'는 남두성, '우'는 견우성

124 일위(一葦): 작은 배를 가리킨다. 이것은 한 다발의 갈대 묶음을 물에 띄워 배를 대신한 데서 나온 말이다. '일위지소여'의 '여'는 거(去)와 같다.

凌萬頃之茫然[125]이러니,
능 만 경 지 망 연

한없이 드넓은 강물 아득한 데를 넘어가노라니,

浩浩乎[126]如憑虛御風[127]
호 호 호 여 빙 허 어 풍

하도 넓고 커서 허공에 의지하고 바람을 탄 듯,

而不知其所止하고,
이 부 지 기 소 지

그 머무를 바를 모르는 듯하며,

飄飄乎[128]如遺世獨立[129]하야,
표 표 호 여 유 세 독 립

두둥실 가벼이 떠올라 마치 세상을 잊고 홀로 선 채

羽化而登仙[130]이러라.
우 화 이 등 선

날개가 돋아 신선이 되어 오르는 듯하다.

於是에 飮酒樂甚하야,
어 시 음 주 락 심

이에 술을 마시고 즐거움이 극하여

扣舷[131]而歌之하니,
구 현 이 가 지

뱃전을 두드리며 노래를 부르니,

歌에 曰,
가 왈

노래에 이르기를

---

125 능만경지망연(凌萬頃之茫然): '능'은 넘어가다 또는 건너다, '만경'은 한없이 넓은 바다, '망연'은 하도 넓고 멀어서 아득한 모양을 뜻한다.

126 호호호(浩浩乎): 광대한 모양

127 빙허어풍(憑虛御風): '빙'은 의지하다. '허'는 허공을 가리키며, '어'는 승(乘)과 같다. 허공에 의지하여 바람을 타고 간다는 말은 마음이 이미 신선의 경지에 들어가고 있음을 뜻한다.

128 표표호(飄飄乎): 가벼이 나부끼는 모양. 여기서는 몸이 두둥실 가벼이 떠오르는 모양을 말한다.

129 유세독립(遺世獨立): 속세를 떠나 그 어떠한 사물에도 속박되지 않는 대자유의 경지를 말한다.

130 우화이등선(羽化而登仙): 몸에 날개가 돋아 하늘로 올라 신선이 되다.

131 구현(扣舷): 뱃전을 두드리는 일

桂棹[132]兮蘭槳[133]으로,
계도 혜난장

“계수나무 노와 목란 삿대로

擊空明[134]兮泝流光[135]이로다.
격공명 혜소유광

맑은 달그림자를 치며 흐르는
달빛을 거슬러 올라가도다.

渺渺[136]兮余懷여,
묘묘 혜여회

아득하고도 아득하구나!
나의 생각이여!

望美人[137]兮天一方[138]이로다.
망미인 혜천일방

아름다운 사람을 바라다보니 하늘
저쪽에 있도다”라고 하였다.

客有吹洞簫[139]者하야,
객유취통소 자

객 가운데 통소를 부는 사람이 있어

倚歌而和之하니,
의가이화지

노래에 의하여 여기에 화답하니,

其聲이 嗚嗚然[140]하여,
기성 오오연

그 소리가 구슬퍼

如怨如慕하며,
여원여모

원망하는 듯하고 사모하는 듯하며,

---

132 계도(桂棹): 향목인 계수나무로 만든 노
133 난장(蘭槳): 향목인 목란 삿대
134 공명(空明): 맑은 물속에 비친 달그림자
135 유광(流光): 흐르는 물에 번쩍이는 달빛
136 묘묘(渺渺): 아득히 먼 모양
137 미인(美人): 평소 사모하여 잊지 못하는 사람
138 천일방(天一方): 하늘 저 한쪽. 작자 소동파가 유배 중이었기 때문에, 위의 미인은 조정에 있는 현인군자요, 하늘 저쪽이란 곧 조정을 가리키는 말이라고 하는 설도 있다. 어느 의미에서건 마음에 사모하여 잊지 못하는 사람임에는 틀림없다.
139 통소(洞簫): 통소
140 오오연(嗚嗚然): 구슬픈 소리의 형용

如泣如訴하고, 여 읍 여 소	흐느껴 우는 듯하고 하소연하는 듯하였고,
餘音이 嫋嫋[141]하야, 여 음 요 요	여음이 가냘프고 길게 이어져
不絕如縷하니, 부 절 여 루	끊이지 않는 것이 실과 같으니,
舞幽壑之潛蛟[142]하고, 무 유 학 지 잠 교	깊은 골짜기에 숨어 있는 뿔 없는 용을 춤추게 하고,
泣孤舟之嫠婦[143]라. 읍 고 주 지 이 부	외로운 배의 과부를 흐느끼게 할 만한 것이었다.
蘇子愀然[144]하야, 소 자 초 연	소씨는 애처로운 듯
正襟危坐[145]而問客曰, 정 금 위 좌 이 문 객 왈	옷깃을 바로잡고 정좌하여 객에게 물었다.
何爲其然也오? 하 위 기 연 야	"어찌하여 그것이 그토록 그러한가?"
客曰, 객 왈	객이 대답하였다.
月明星稀하고, 월 명 성 희	"달이 밝으매 별이 드물고

141 요요(嫋嫋): 가냘프고 길게 이어지다.

142 유학지잠교(幽壑之潛蛟): 깊은 골짜기에 숨어 있는 교룡, 곧 뿔 없는 용

143 고주지이부(孤舟之嫠婦): '고주'는 외로운 작은 배요, '이부'는 과부이니, 의지할 곳 없어 작은 배로 집을 삼고 외로이 지내는 과부를 말한다.

144 초연(愀然): 애처로운 얼굴빛

145 위좌(危坐): 단좌 또는 정좌와 같다.

烏鵲이 南飛라 하니,
오 작 남 비
까막까치가 남쪽으로 날아간다 하니,

此非曹孟德之詩[146]乎아?
차 비 조 맹 덕 지 시 호
이것은 조맹덕의 시가 아닌가?

西望夏口하고,
서 망 하 구
서쪽으로는 하구를 바라보고,

東望武昌[147]하니,
동 망 무 창
동쪽으로는 무창을 바라보매,

山川相繆하야,
산 천 상 무
산천이 서로 얽혀

鬱乎[148]蒼蒼이라.
울 호 창 창
나무들은 빽빽하여 푸르고 싱싱하다.

此非孟德之困於周郎[149]者乎아?
차 비 맹 덕 지 곤 어 주 랑 자 호
이곳은 맹덕이 주유에게 곤욕을
본 곳이 아닌가?

方其破荊州하고,
방 기 파 형 주
바야흐로 형주를 파하고

下江陵[150]하야,
하 강 릉
강릉을 점령해

---

146 조맹덕지시(曹孟德之詩): 조맹덕은 곧 조조이니 맹덕은 그의 자이다. 그의 「단가행(短歌行)」이라는 시 가운데, “월명성희, 오작남비, 요수삼잡, 무지가의(月明星稀, 烏鵲南飛. 繞樹三匝, 無枝可依)”라는 구절이 있다. “달이 밝으매 별들이 드물다” 하니, 월명은 조조 자신에 비유한 말이라, 곧 자신의 위세에 군웅이 자취를 감춘다는 뜻이요, “까치가 남쪽으로 날아간다” 함은 유비가 패하여 달아남을 뜻한다. 그리고 “나무를 세 번 돌아도 의지할 만한 나뭇가지가 없다” 함은 유비가 발붙일 곳이 없음을 의미한다. 작가가 놀던 적벽이 삼국 시대 주유와 조조가 싸우던 바로 그 적벽은 아니지만 이름이 같은 적벽이라 이러한 고사를 생각하기에 이른 것이다.

147 하구, 무창(夏口, 武昌): 호북성에 있는 지명

148 울호(鬱乎): 초목이 빽빽하게 들어서서 무성한 모양

149 주랑(周郎): 오나라 청년 장군 주유(周瑜). 여기서 ‘랑’이란 말은 청년이라는 의미. 이 대문은, 조조가 손권과 유비의 연합군에게 대패하여 곤욕을 당한 사실을 말한다.

150 형주, 강릉(荊州, 江陵): 지명

順流而東也에, 순 류 이 동 야	흐름을 따라 동으로 나아가니,
舳艫千里[151]하고, 축 로 천 리	배와 배는 천 리를 이었고,
旌旗[152]蔽空이라. 정 기 폐 공	군사들의 깃발은 하늘을 뒤덮었다.
釃酒[153]臨江하고, 시 주 임 강	술잔을 들고 강물을 내려다보고
橫槊[154]賦詩하니, 횡 삭 부 시	창을 눕히고 시를 지으니,
固一世之雄也러니, 고 일 세 지 웅 야	참말로 일세의 영웅이러니
而今에 安在哉오? 이 금 안 재 재	지금은 어디에 있는가?
況吾與子로, 황 오 여 자	하물며 내 그대와 함께
漁樵[155]於江渚[156]之上하고, 어 초 어 강 저 지 상	강가에서 고기 잡고 나무하며
侶魚鰕[157] 여 어 하	물고기와 새우와 짝을 하고
而友麋[158]鹿하며, 이 우 미 록	고라니와 사슴을 벗함에랴.
駕一葉之扁舟하야, 가 일 엽 지 편 주	한 조각의 작은 조각배를 타고

151 축로천리(舳艫千里): '축'은 선미. '로'는 선수. '축로천리'는 배가 천 리를 잇닿아 있다.
152 정기(旌旗): 군에서 쓰는 여러 가지 기
153 시주(釃酒): 술을 거르다. 여기서는 잔질함을 뜻한다.
154 횡삭(橫槊): '삭'은 1장 8척 되는 창을 말한다.
155 어초(漁樵): 고기 잡고 나무하는 일
156 강저(江渚): 강가
157 하(鰕): 새우
158 미(麋): 고라니

擧匏樽[159]以相屬[160]하니,
거 포 준 이 상 촉

술 뒤웅박을 들어서 서로 잔질하니,

寄蜉蝣[161]於天地에,
기 부 유 어 천 지

하루살이 목숨을 천지에 붙임 같고,

渺滄海之一粟이라.
묘 창 해 지 일 속

아득히 푸른 바다에 한 알의 좁쌀이라.

哀吾生之須臾[162]하고,
애 오 생 지 수 유

나의 목숨이 잠깐임을 슬퍼하고

羨長江之無窮이라.
선 장 강 지 무 궁

장강의 무궁함을 부러워하노라.

挾飛仙以遨遊[163]하고,
협 비 선 이 오 유

날아다니는 신선을 끌어안고
마음껏 노닐고

抱明月而長終이나,
포 명 월 이 장 종

밝은 달을 안고서 오래 살다
죽으려 하나,

知不可乎驟[164]得일세,
지 불 가 호 취 득

쉽게 얻을 수 없음을 깨닫고

託遺響[165]於悲風[166]하노라.
탁 유 향 어 비 풍

새 여운을 슬픈 가을바람에
부쳐 보노라."

蘇子曰,
소 자 왈

소씨는 말하였다.

---

159 포준(匏樽): 술을 담는 뒤웅박
160 상촉(相屬): 주객이 서로 술을 권하는 일
161 부유(蜉蝣): 하루살이. 인생이 덧없고 짧은 것을 비유한 말이다.
162 수유(須臾): 잠깐 동안. 눈 깜짝할 사이
163 오유(遨遊): 밖에 나와 자유로이 노닐다.
164 취(驟): 갑자기
165 유향(遺響): 여운. 여기서는 퉁소 소리의 여운
166 비풍(悲風): 가을바람

客亦知夫水與月乎아? 객 역 지 부 수 여 월 호	"객도 또한 저 물과 달을 아는가?
逝者如斯[167]로되, 서 자 여 사	가는 것은 이와 같지만
而未嘗往也며, 이 미 상 왕 야	아직 일찍 가 버린 적이 없으며,
盈虛[168]者如彼로되, 영 허 자 여 피	차고 비는 것이 저와 같지만
而卒莫消長[169]也니, 이 졸 막 소 장 야	마침내 사라지거나 커지는 일이 없으니,
蓋將自其變者而觀之[170]면, 개 장 자 기 변 자 이 관 지	대개 장차 그 변하는 것으로부터 이것을 본다면
則天地도 曾不能以一瞬이요, 즉 천 지 증 불 능 이 일 순	곧 천지도 일찍이 한순간도 그대로일 수 없고,
自其不變者而觀之면, 자 기 불 변 자 이 관 지	그 변하지 않는 것으로부터 이것을 본다면
則物與我皆無盡也어늘, 즉 물 여 아 개 무 진 야	곧 물과 내가 모두 다함이 없는 것이거늘

---

167 서자여사(逝者如斯): 『논어』에서 공자가 한 말. "흐르는 것은 이와 같구나! 밤낮을 가리지 않는구나!"

168 영허(盈虛): 달이 차고 이지러지다.

169 소장(消長): 사라져 없어지거나 커지다.

170 자기변자이관지(自其變者而觀之): 우주 만상을 동적인 개념으로 본다면 어느 것 하나 그대로 가만히 있는 것이 없고, 불변의 개념으로 본다면 천지만물은 오직 하나의 근원이라, 나고 죽음이 따로 없으니, 그 생명 또한 무한하며 다함이 없다.

而又何羨乎아? 이 우 하 선 호	또 무엇을 부러워할까 보냐?
且夫天地之間에, 차 부 천 지 지 간	또한 저 천지 사이에
物各有主라, 물 각 유 주	만물은 각각 주인이 있는 것이라,
苟非吾之所有인댄, 구 비 오 지 소 유	진실로 나의 소유가 아닐진대
雖一毫而莫取어니와, 수 일 호 이 막 취	비록 한 털끝만 한 것이라도 취하지 말 것이며,
惟江上之淸風과, 유 강 상 지 청 풍	오직 강 위의 맑은 바람과
與山間之明月은, 여 산 간 지 명 월	산 사이의 밝은 달만은
耳得之而爲聲하고, 이 득 지 이 위 성	귀에 들면 소리를 삼고,
目寓之而成色하나니, 목 우 지 이 성 색	눈에 담기면 색깔을 이루니,
取之[171]無禁이요, 취 지 무 금	취해도 금함이 없을 것이요,
用之不竭이라. 용 지 불 갈	써도 다함이 없을 것이다.
是造物者[172]之無盡藏[173]也요, 이 조 물 자 지 무 진 장 야	이는 조물자의 무진장한 것이요,
而吾與子之所共樂이니라. 이 오 여 자 지 소 공 락	나와 그대가 함께 즐기는 것이다.”

171 취지(取之): 맑은 바람을 쏘이고 밝은 달을 보다.

172 조물자(造物者): 조물주. 천지만물의 창조자

173 무진장(無盡藏): 써도 다함이 없는 한없이 많은 것

客喜而笑하고,
객희이소
객이 기뻐서 웃으며

洗盞更酌하니,
세잔갱작
잔을 씻어 다시금 잔질하니,

肴核[174]旣盡하고,
효핵 기진
안주가 이미 다하고

盃盤[175]이 狼藉[176]라.
배반 낭자
잔과 접시가 어지러이 흩어져 있네.

相與枕藉[177]乎舟中하니,
상여침자 호주중
서로 더불어 배 가운데 베개 베고 있으니,

不知東方之旣白[178]이러라.
부지동방지기백
동방이 이미 하얗게 샌 줄을 알지 못하더라.

93. 적벽대전 유적지에서, 두 번째 지음(後赤壁賦)

소식(蘇軾)

是歲十月之望에,
시세십월지망
이해 시월 보름에

步自雪堂[179]으로,
보자설당
설당에서부터 걸어서

---

174 효핵(肴核): '효'는 어육 안주, '핵'은 과일 안주이다.

175 배반(盃盤): 잔과 접시

176 낭자(狼藉): 여기저기 어지러이 흩어져 있는 모양. '자'는 여기서 각운자로 사용하였으므로 '적'으로 읽기도 한다.

177 침자(枕藉): 이리저리 마구 누워 서로를 베개 삼아 잠자다.

178 백(白): 하얗게 날이 새다.

179 설당(雪堂): 소동파가 황주에 있을 때 지은 초당. 네 벽에 눈 그림을 붙이고 설당이라 하였다.

將歸于臨皐[180]할새, 장 귀 우 임 고	장차 임고로 돌아가려 할새,
二客[181]이 從予하야, 이 객 종 여	두 손님이 나를 따라와
過黃泥之坂[182]하니, 과 황 니 지 판	함께 황니재를 지나가게 되니,
霜露旣降하고, 상 로 기 강	서리와 이슬이 이미 내려
木葉盡脫이라, 목 엽 진 탈	나뭇잎이 다 떨어져 버린지라,
人影은 在地어늘, 인 영 재 지	사람의 그림자가 땅에 있거늘,
仰見明月이라. 앙 견 명 월	우러러 밝은 달을 쳐다보았다.
顧而樂之하고, 고 이 락 지	둘러보며 이를 즐기고
行歌相答이라가, 행 가 상 답	걸으면서 노래 불러 서로 화답하다가,
已而歎曰, 이 이 탄 왈	이윽고 탄식하며 말하였다.
有客이면 無酒요, 유 객 무 주	"손이 있으면 술이 없고,
有酒면 無肴라, 유 주 무 효	술이 있으면 안주가 없으니
月白風淸한데, 월 백 풍 청	달은 밝고 바람은 맑은데
如此良夜에 何오? 여 차 량 야 하	이같이 좋은 밤을 어찌할꼬!"

180 임고(臨皐): 임고정. 동파가 황주에 있을 때 역시 머물렀던 정자. 양자강을 내려다볼 수 있는 언덕에 있었다고 한다.

181 이객(二客): 한 사람은 양세창(楊世昌)이라는 도사나, 또 한 사람은 알 수 없다.

182 황니지판(黃泥之坂): 누런 진흙으로 된 산비탈

客曰,
객 왈

손님이 말하였다.

今者薄暮에,
금 자 박 모

"오늘 땅거미 질 무렵,

擧網得魚한데,
거 망 득 어

그물을 들어 물고기를 얻었는데,

巨口細鱗이,
거 구 세 린

큰 입에 조그마한 비늘 모양이

狀如松江之鱸[183]라.
상 여 송 강 지 로

마치 송강의 농어 같네.

顧安所得酒乎아?
고 안 소 득 주 호

생각건대 어디서 술을
얻을 곳이 있을까?"

歸而謀諸婦[184]하니,
귀 이 모 저 부

돌아가서 이것을 아내와 상의하니

婦曰,
부 왈

아내가 말하였다.

我有斗酒하야,
아 유 두 주

"제게 술 한 말이 있는데,

藏之久矣라.
장 지 구 의

이것을 간직해 온 지가 오래요.

以待子不時之需러니라.
이 대 자 불 시 지 수

당신이 불시에 찾을 것을 기다렸던
것이라오."

於是에 携酒與魚하야,
어 시 휴 주 여 어

이에 술과 고기 안주를 가지고

復遊於赤壁之下하니,
부 유 어 적 벽 지 하

다시금 적벽 아래에 노니,

183 송강지로(松江之鱸): 강소성에 있는 송강에서 나는 농어. 길이가 5~6촌이나 되며 동지 전후에 가장 살이 찌고 맛이 좋다고 한다.

184 모저부(謀諸婦): 아내에게 상의하다. 여기서 '저'는 지어(之於)의 축약. 아내는 왕(王)씨로 소동파의 후취 부인이었다.

江流는 有聲하고,
강류 유성

강물 흐름에 소리가 있고,

斷岸은 千尺이라.
단안 천척

깎아 세운 듯한 언덕이 천 척이라.

山高月小하고,
산고월소

산은 높고 달은 작고

水落石出하니,
수락석출

물은 떨어져 돌이 드러나니,

曾日月之幾何오?
증일월지기하

그때로부터 일월이 얼마나 되었던가?

而江山不可復識矣로다.
이강산불가부식의

강산을 다시금 알아볼 수가 없구나!

予乃攝衣[185]而上하야,
여내섭의 이상

나는 이에 옷자락을 걷어잡고 올라

履巉巖[186]하고,
이참암

높고 위태로운 바위를 밟고

披蒙茸[187]하야,
피몽용

어지러이 무성한 풀들을 헤치고서,

踞虎豹[188]하고,
거호표

호랑이 표범 형상을 한 바위에
걸터앉거나

登虯龍[189]하야,
등규룡

용 모양을 한 나무에 올라가기도 하고,

攀棲鶻之危巢[190]하고,
반서골지위소

매가 사는 위태로운 둥우리에
기어올라

185 섭의(攝衣): 옷을 걷어잡다.

186 참암(巉巖): 높고 위태로운 바위

187 몽용(蒙茸): 풀이 어지러이 난 모양

188 거호표(踞虎豹): 호랑이나 표범 형상을 한 바위에 걸터앉는 일

189 규룡(虯龍): 뿔 없는 용. 여기서는 용 모양을 한 구부정한 고목을 뜻한다.

190 서골지위소(棲鶻之危巢): 매가 깃들이는 높은 곳에 있는 둥우리

俯馮夷[191]之幽宮하니, 부풍이 지유궁	풍이의 깊숙한 수궁(水宮)을 굽어보기도 하니,
蓋二客之不能從焉이라. 개이객지불능종언	거의 두 손님은 따르지 못하였다.
劃然長嘯[192]하니, 획연장소	갑자기 찢어지는 듯 큰 소리를 질렀더니,
草木이 震動하고, 초목 진동	초목이 진동하고
山鳴谷應하며, 산명곡응	산이 울고 골짜기가 응하며
風起水涌이라, 풍기수용	바람이 일고 물이 솟구쳐 오르는지라,
予亦悄然[193]而悲하고, 여역초연 이비	내 다시 조용하다가 슬퍼지고
肅然[194]而恐하야, 숙연 이공	숙연해졌다가 두려워져서
凜乎[195]其不可留也러라. 늠호 기불가유야	오싹 얼어붙는 듯하여 거기에 머무를 수가 없을 것 같았다.
反而登舟하야, 반이등주	돌아와 배에 올라
放乎中流하고, 방호중류	흐름 가운데 던져 놓고서

191 풍이(馮夷): 수신(水神)의 이름

192 획연장소(劃然長嘯): '획연'은 갑자기 무엇을 찢어내는 듯한 높은 소리의 형용, '장소'는 답답한 가슴속을 풀어내려는 듯 큰 소리를 내는 것

193 초연(悄然): 조용하면서도 근심스러운 모양

194 숙연(肅然): 냉엄해지는 모양

195 늠호(凜乎): 마음이 오싹 얼어붙는 듯하다.

聽[196]其所止而休焉하니,
청 기소지이휴언
그것이 가든 말든 내버려 두고 쉬니,

時夜將半이요,
시야장반
그때에 밤이 곧 깊어지는지라,

四顧寂寥한데,
사고적요
사방을 둘러보아도 적적하고 고요한데,

適有孤鶴이,
적유고학
마침 외로운 학 한 마리가

橫江東來하니,
횡강동래
강을 가로질러 동쪽으로 오니,

翅如車輪[197]하고,
시여거륜
날개는 마치 수레바퀴와 같고

玄裳縞衣[198]로,
현상호의
검은 치마와 흰 옷을 하고,

戛然[199]長鳴하며,
알연 장명
끼륵끼륵 소리 내어 길게 울며

掠[200]予舟而西也라.
약 여주이서야
내 배를 살짝 스치고서 서쪽으로 날아간다.

須臾에 客去하고,
수유 객거
잠시 뒤 손님은 가고

予亦就睡하니,
여역취수
나 또한 잠이 들었더니

夢一道士가
몽일도사
꿈에 한 도사가

196 청(聽): 될 대로 되게 내버려 둔다는 뜻. 종(從) 또는 임(任)과 같다.

197 시여거륜(翅如車輪): 강을 가로지를 때 펼쳐진 학의 두 깃을 수레바퀴와 같이 크게 본 것이다.

198 현상호의(玄裳縞衣): 대개 아래옷을 '상'이라 하고 윗옷을 '의'라고 한다. '현상호의'란 학의 외모를 형용한 말로서, 날개 끝과 꼬리 끝이 검고 온몸은 비단결같이 희고 깨끗하므로 그렇게 말한 것이다.

199 알연(戛然): 금석이 서로 부딪쳐 나는 소리로, 학의 울음소리를 형용한 말이다.

200 약(掠): 살짝 스치다.

羽衣翩躚[201]하고,
우 의 편 선
새 깃옷을 펄럭이며

過臨皐之下라가,
과 임 고 지 하
임고정 아래를 지나다가 들러

揖予而言曰,
읍 여 이 언 왈
나에게 읍하고 말한다.

赤壁之遊樂乎아?
적 벽 지 유 락 호
“적벽의 놀이가 즐거웠던가?”

問其姓名하니,
문 기 성 명
그 성과 이름을 물으니,

俛而不答이라.
면 이 부 답
구부리고서 대답을 안 하는구나.

嗚呼噫嘻[202]라!
오 호 희 희
오오! 아아!

我知之矣로다.
아 지 지 의
내 이를 알겠구나!

疇昔[203]之夜에,
주 석 지 야
“어젯밤에

飛鳴而過我者가,
비 명 이 과 아 자
날아서 울면서 나를 스쳐 지나간 이가

非子也耶아? 하니,
비 자 야 야
그대가 아닌가” 하고 물으니,

道士[204]顧[205]笑어늘,
도 사 고 소
도사 다만 웃기만 하거늘

予亦驚悟하야,
여 역 경 오
나도 또한 놀라 깨어서

201 우의편선(羽衣翩躚): ‘우의’는 새 깃을 엮어 만든 옷으로, 선인이 입고 날아다닌다는 옷. ‘편선’은 펄럭펄럭 날리는 모양을 말한다.

202 오호희희(嗚呼噫嘻): 놀라며 이상히 여기는 탄사

203 주석(疇昔): 지난번. 지난날

204 도사(道士): 도를 닦아 장생불사의 술에 도달한 사람. 선인 또는 도인이라고 한다.

205 고(顧): 돌아본다는 뜻이 있지만, 여기서는 ‘다만’의 뜻.

開戶視之하니, 개 호 시 지	문을 열고 이를 보니,
不見其處러라. 불 견 기 처	그 지나간 자취를 찾지 못하겠도다.

94. 구양 문충공께 올리는 제문(祭歐陽文忠公文)[206]

소식(蘇軾)

嗚呼哀哉라! 오 호 애 재	아아, 슬프도다!
公之生於世, 공 지 생 어 세	공이 세상에 살아 계신 지
六十有六年[207]이라. 육 십 유 육 년	육십육 년이 되었습니다.
民有父母하고, 민 유 부 모	백성들에게는 부모가 있었고
國有蓍龜[208]하며, 국 유 시 귀	나라는 자문할 곳이 있었고,

206 제구양문충공문(祭歐陽文忠公文): 소식이 항주통판(抗州通判)으로 있으면서 스승 구양수의 부음을 듣고 지어 보낸 제문이다. 구양수는 죽은 뒤 문충(文忠)이라는 시호를 얻었다. 소식의 아버지 소순(蘇洵)은 인종(仁宗) 만년에 고향 사천성(四川省)을 떠나 소식과 소철 두 아들을 데리고 당시의 수도인 변경(汴京: 지금의 개봉)으로 왔다. 그는 구양수에게 문장 실력을 인정받아 구양수의 추천으로 비서성(秘書省) 교서랑(校書郞) 벼슬을 시작했으며, 소식도 가우(嘉祐) 2년(1057) 구양수가 예부(禮部)의 과거 시험을 주관했을 때 진사에 급제한 이후 스스로 구양수의 문하생으로 자처하였다. 이 제문에는 스승 구양수를 존경하는 소식의 마음이 잘 드러나 있다.

207 육십유육년(六十有六年): 구양수는 송(宋) 진종(眞宗) 경덕(景德) 4년(1007)에 나서 신종(神宗) 희령(熙寧) 5년(1072)에 죽었다.

208 시귀(蓍龜): 시초(蓍草)와 거북이. 옛날 중국에서는 시초로 만든 점가치를 이용하여 점을 치는 역점(易占)과 큰 거북 껍질을 말려 두었다가 그것을 불로 지져 그 균열을 보고 길흉을 판단하는 거북점의 두 가지가 있었다. 이 두 가지 점은 사람들의 이성으로 판단하기 어려운 여러 가

斯文[209]有傳하고,
사문 유전

이 글은 전해지는 바가 있었고

學者有師하니,
학자유사

학자들에게는 스승이 있었으니,

君子는 有所恃而不恐하고,
군자 유소시이불공

군자는 의지할 바가 있어 두려워하지 않았고

小人은 有所畏而不爲라.
소인 유소외이불위

소인은 겁나는 곳이 있어 나쁜 짓을 하지 못하였습니다.

譬如大川喬嶽[210]이,
비여대천교악

마치 큰 강물과 높은 산이

雖不見其運動이나,
수불견기운동

비록 그 움직임은 드러내지 않으면서도

而功利之及於物者를,
이공리지급어물자

만물에 공과 이익을 미치게 해 주는 것을

蓋不可數計而周知[211]라.
개불가수계이주지

숫자로 헤아려 정확히 알려 줄 수 없는 것과 같습니다.

今公之沒[212]也에,
금공지몰 야

지금 공께서 돌아가심에

지 일을 결정하는 수단으로 크게 존중되었다. 따라서 '시귀'는 중요한 나랏일을 자문하는 곳을 뜻한다.

209 사문(斯文): 성인의 도리가 적혀 있는 글(『논어』「자한(子罕)」), 또는 이러한 글을 연구하는 사람들.

210 교악(喬嶽): 크고 높은 산

211 주지(周知): 두루 알리다, 정확히 알다.

212 몰(沒): 죽다.

赤子[213]는 無所仰庇[214]하고,
적자 무소앙비

백성들은 우러르고 보호받을 곳이 없게 되었고,

朝廷은 無所稽疑[215]하고,
조정 무소계의

조정은 어려운 일을 자문할 곳이 없게 되었고,

斯文은 化爲異端[216]하고,
사문 화위이단

문장들은 이단으로 변하여 가고 있고,

學者는 至於用夷[217]하며,
학자 지어용이

학자들은 심지어 오랑캐 법도를 쓰며,

君子以爲無與爲善이요,
군자이위무여위선

군자들은 선행을 이끌어 주는 이가 없다고 여기게 되었고,

而小人沛然[218]
이소인패연

소인들은 신이 나서

自以爲得時라.
자이위득시

스스로 때를 만났다고 생각합니다.

臂如深山大澤에,
비여심산대택

마치 깊은 산과 큰 호수에서

龍亡而虎逝하니,
용망이호서

용이 없어지고 호랑이가 떠나 버리자

則變怪百出[219]하여,
즉변괴백출

곧 괴이한 일이 갖가지로 생겨나고,

舞鰌鱔[220]
무추선

미꾸라지와 우렁이가 춤추고

---

213 적자(赤子): 갓난아기, 백성을 가리킨다.

214 앙비(仰庇): 우러르고 보호받다.

215 계의(稽疑): 의심스런 점을 묻다. 어려운 일에 대한 자문을 구하는 것

216 이단(異端): 올바른 학설에 위배되는 이론(『논어』「위정(爲政)」)

217 용이(用夷): 오랑캐의 방법[文化]을 사용하는 것

218 패연(沛然): 성하여 남음이 있는 모양. 신이 나는 모양

219 변괴백출(變怪百出): 괴이한 일이 여러 가지 생겨나다.

而號狐狸라. 이 호 호 리	여우와 너구리가 고함치는 것과 같습니다.
公之未用也엔, 공 지 미 용 야	공께서 벼슬에 임용되기 전에는
天下以爲病[221]하고, 천 하 이 위 병	천하 사람들은 잘못된 일이라 생각했고,
而其旣用也엔, 이 기 기 용 야	공께서 벼슬에 임용된 다음에는
則又以爲遲하고, 즉 우 이 위 지	또 좀 늦은 일이라 생각했고,
及其釋位而去也엔, 급 기 석 위 이 거 야	급기야 벼슬을 버리고 떠나게 되자,
莫不冀[222]其復用하고, 막 불 기 기 부 용	다시 등용되시기를 바라지 않는 사람이 없었고,
至於請老而歸也엔, 지 어 청 노 이 귀 야	늙어 고향으로 돌아가게 되자
莫不悵然[223]失望이나, 막 불 창 연 실 망	슬퍼하며 실망하지 않는 사람 없었으나,
而猶庶幾[224]於萬一[225]者는, 이 유 서 기 어 만 일 자	그래도 만의 하나 희망을 지녔던 것은

220 추선(鰌鱔): 미꾸라지와 우렁이(뱀장어 종류)
221 병(病): 병폐, 잘못
222 기(冀): 바라다, 희망하다.
223 창연(悵然): 슬퍼하는 모양
224 서기(庶幾): 바라다, 희망을 지니다.
225 만일(萬一): 만의 하나, 만의 하나의 요행

幸公之未衰러니,
행 공 지 미 쇠

다행히도 공께서 쇠약하시지 않으셨더니,

孰謂公無復有意於斯世也하야,
숙 위 공 무 부 유 의 어 사 세 야

공께서 더 이상 세상에 뜻을 두지 아니하시고 떠나시어

奄[226]一去而莫予追리오?
엄 일 거 이 막 여 추

쫓아갈 수도 없게 될 줄이야 그 누가 알았겠습니까?

豈厭世之溷濁[227]하야,
기 염 세 지 혼 탁

어찌 세상의 혼탁함이 싫으셔서

潔身而逝乎아?
결 신 이 서 호

자신을 깨끗이 하려고 떠나셨습니까?

將[228]民之無祿[229]하야,
장 민 지 무 록

또는 백성들에게 복이 없어서

而天莫之遺[230]아?
이 천 막 지 유

하늘이 공을 여기에 남겨 두시지 않은 것입니까?

昔我先君이,
석 아 선 군

옛날 저의 선친이

懷寶遯世[231]에,
회 보 둔 세

재능을 품고서도 숨어 살고 계셨을 때,

226 엄(奄): 갑자기
227 혼탁(溷濁): 어지럽고 더러운 것, 혼탁한 것
228 장(將): 또한, 그렇지 않으면
229 녹(祿): 복(福)
230 유(遺): 남겨 두다.
231 회보둔세(懷寶遯世): 재능을 품고서도 세상에서 숨어 살다.

非公則莫能致[232]하고, 비 공 즉 막 능 치	공이 아니셨다면 다시 불러낼 수가 없었을 것이고,
而不肖[233]無狀[234]이, 이 불 초 무 상	그리고 못나고 보잘것없는 제가
夤緣[235]出入하야, 인 연 출 입	인연이 있어 출입하며
受敎門下者가, 수 교 문 하 자	공의 문하에서 가르침을 받은 것이
十有六年於斯라. 십 유 육 년 어 사	이제까지 십육 년이나 됩니다.
聞公之喪하고, 문 공 지 상	공께서 돌아가셨다는 소식을 듣고
義當匍匐[236]往弔[237]어늘, 의 당 포 복 왕 조	의당히 기어서라도 조상해야만 할 것이거늘,
而懷祿[238]不去하니, 이 회 록 불 거	벼슬에 매여 가지를 못하고 있으니,
愧古人以恧怩[239]라. 괴 고 인 이 뉵 니	옛 분들에게 부끄럽고 송구스러울 따름입니다.
緘辭[240]千里하야, 함 사 천 리	천 리 먼 곳에서 이 제문을 부쳐

232 치(致): 불러 내오다.
233 불초(不肖): 못나다. 자신을 가리키는 겸칭
234 무상(無狀): 보잘것없다. 훌륭한 행실이 없는 것
235 인연(夤緣): 인연이 있다, 기회가 닿다. 인록(因緣)으로도 쓴다.
236 포복(匍匐): 온 힘을 다하여 기어가다.
237 왕조(往弔): 가서 조상하다.
238 회록(懷祿): 녹을 생각하다, 벼슬자리에 끌리다.
239 뉵니(恧怩): 부끄럽다, 송구스럽다.
240 함사(緘辭): 글, 곧 제문을 지어 봉하여 보내다.

以寓一哀[241]而已라.
이 우 일 애 이 이
슬픔을 실어 보낼 따름입니다.

蓋上以爲天下慟이오,
개 상 이 위 천 하 통
위로는 천하를 위하여 애통하고

而下以哭吾私하노이다.
이 하 이 곡 오 사
아래로는 제 개인적인 정으로 통곡하는 바입니다.

95. 육일거사 문집 서문(六一居士集序)[242]

소식(蘇軾)

夫言有大而非誇면,
부 언 유 대 이 비 과
말에 크기는 하면서도 과장되지 않은 것이 있다면

達者[243]는 信之나,
달 자 신 지
사리에 통달한 사람은 그것을 믿으나,

衆人은 疑焉이라.
중 인 의 언
보통 사람들은 의심한다.

---

241 우일애(寓一哀): 한 슬픔을 기탁하다, 곧 슬픔을 싣다.

242 육일거사집서(六一居士集序): 소식이 스승 구양수의 문집을 편찬하고 그 앞에 써 놓은 서문이다. 앞의 제문과 마찬가지로 스승에 대한 존숭이 잘 드러나 있다. 소식은 유학의 도통론(道統論)을 바탕으로 하여, 공자와 맹자의 학문은 당나라에 이르러 한유(韓愈)에 의하여 다시 계승 발전되었는데, 송나라에 와서는 구양수에 이르러 그것이 계승되었다고 보았다. 당대 한유, 유종원을 중심으로 전개되었던 고문운동(古文運動)은 사상적인 면에서는 유학의 새로운 전통을 확립하려는 데 그 특징이 있었다. 고문운동은 송대에 이르러 구양수가 다시 계승 발전시킴으로써 성공을 거두게 되었으므로 사상적인 면에서 구양수를 크게 평가한 것이다. 우리는 지금 송대의 문인이란 점에서만 구양수를 보기 쉬우나 실제로는 새로운 송대 학문을 발전시킨 학자요, 사상가이며, 그 시대 정계를 이끈 정치가이기도 하다.

243 달자(達者): 모든 사리에 통달한 사람

孔子曰,[244]
공 자 왈
공자께서 말씀하시기를,

天之將喪[245]斯文[246]也인데,
천 지 장 상 사 문 야
"하늘이 옛 문장을 없애 버리려 하셨다면,

後死者[247]不得與[248]於斯文也라 하시고,
후 사 자 부 득 여 어 사 문 야
후세의 사람은 그 문장을 접할 수가 없다"고 하였다.

孟子曰,[249]
맹 자 왈
맹자께서 말씀하시기를,

禹[250]는 抑洪水하고,
우 억 홍 수
"우임금은 홍수를 다스리시고,

孔子는 作春秋하고,
공 자 작 춘 추
공자께서는 『춘추(春秋)』를 지으셨고,

而余距楊墨[251]이라 하니,
이 여 거 양 묵
나는 양주(楊朱)와 묵적(墨翟)의 학설을 막았다"고 하니,

蓋以是配禹也라.
개 이 시 배 우 야
이 때문에 우임금과 나란한 것이다.

文章之得喪이,
문 장 지 득 상
문장을 얻고 잃음이

---

244 공자왈(孔子曰): 『논어』「자한(子罕)」에 보이는 말

245 상(喪): 없애다.

246 사문(斯文): 성인의 도리가 적혀 있는 글. 전통적인 유교 문화를 가리키는 말로도 볼 수 있다.

247 후사자(後死者): 뒤에 죽을 사람. 공자 자신도 포함된다.

248 여(與): 함께하다. 접하다.

249 맹자왈(孟子曰): 『맹자』「등문공 하(滕文公下)」에 이 세 구절이 각각 따로 떨어져 실려 있다.

250 우(禹): 순(舜)임금의 신하로서 천하의 홍수를 다스려 그 공로로 하(夏)나라의 첫 임금이 되었던 사람

251 양묵(楊墨): 전국 시대 사상가 양주(楊朱)와 묵적(墨翟). 양주는 극단적 위아주의(爲我主義)를, 묵적은 겸애주의(兼愛主義)를 내세웠다.

何與[252]於天이며, 하여 어천	하늘과 무슨 상관이 있으며,
而禹之功은, 이우지공	그리고 우임금의 공로는
與天之竝이나, 여천지병	하늘과 나란히 놓일 만하지만,
孔子孟子는 공자맹자	공자와 맹자는
以空言配之하니, 이공언배지	공연한 말로써 여기에 짝짓고 있으니,
不已誇乎아? 불이과호	과장된 것이 아니겠는가?
自春秋作[253] 자춘추작	『춘추』가 지어진 이래로
而亂臣賊子懼하고, 이란신적자구	나라를 어지럽히는 불순한 무리들이 두려워하게 되었고,
孟子之言行에, 맹자지언행	맹자의 말씀이 행해지면서
而楊墨之道廢나, 이양묵지도폐	양자와 묵자의 학설이 소멸되었으나,
天下以爲是固然하고, 천하이위시고연	사람들은 이것을 원래 그러했던 것으로 여기고
而不知大其功이라. 이부지대기공	그분들의 공로가 큼을 알지 못하고 있는 것이다.

252 하여(何與): 무슨 상관이 있는가?

253 자춘추작(自春秋作): 이 구절은 『맹자』 「등문공 하」의 글이다.

孟子旣沒에,
맹 자 기 몰
맹자께서 돌아가신 뒤로

有申商韓非[254]之學하니,
유 신 상 한 비 지 학
신불해·상앙·한비의 학문이 있었으니,

違道而趨利하고,
위 도 이 추 리
도리를 어기고 이익만을 좇게 하고

殘民以厚生하니,
잔 민 이 후 생
백성들이 잘 사는 것을 해치게 되었다.

其說이 至陋也나,
기 설 지 루 야
그들의 학설은 지극히
비루한 것이었으나,

而士以是하야,
이 사 이 시
선비들은 이로써

罔[255]其上하고,
망 기 상
그들의 임금을 속였고,

上之人이
상 지 인
윗사람들은

僥倖[256]一切之功하야,
요 행 일 절 지 공
모든 공로를 분수 넘치게 바라면서

靡然[257]從之나,
미 연 종 지
모두가 그것을 따랐으나,

而世無大人先生
이 세 무 대 인 선 생
세상에 위대한 선생으로

如孔子孟子者하야,
여 공 자 맹 자 자
공자나 맹자와 같이

---

254 신상한비(申商韓非): 법가 사상가인 신불해(申不害), 상앙(商鞅), 한비. 신불해는 전국 시대 한(韓)나라 사람으로 법가의 선구자이며, 상앙은 전국 시대 위(衛)나라 사람으로 진(秦)나라 재상이 되어 많은 공로를 세웠다. 한비는 전국 시대 말엽 한(韓)나라 사람으로 법가를 대표하는 저술『한비자(韓非子)』20권을 지었다.

255 망(罔): 함부로 속이다.

256 요행(僥倖): 분에 넘치는 일의 결과를 바라다.

257 미연(靡然): 모두가 좇고 따르는 모양

推其本末하고, 추기본말	그 근본과 말단을 미루어 밝히고,
權[258]其禍福之輕重하야, 권 기화복지경중	그 화복의 가볍고 무거움을 잘 따져서
以救其惑이러라. 이구기혹	그들을 미혹으로부터 구해 줄 이가 없었다.
故로 其學이 遂行하니, 고 기학 수행	그러므로 그 학문이 마침내 행해지자
秦이 以是로 喪天下하고, 진 이시 상천하	진나라는 이로 말미암아 멸망을 당하였고,
陵夷[259]至於勝廣劉項[260]之禍하야, 능이 지어승광유항 지화	천하는 진승·오광·유방·항우 등의 혼란에 빠져
死者十八九[261]라. 사자십팔구	죽은 자들이 열 명 가운데 여덟아홉 명이었다.
天下蕭然[262]하니, 천하소연	온 천하가 어수선하니,
洪水之患도, 홍수지환	홍수의 환란도
蓋不之此也라. 개부지차야	이 정도에 이르지는 않았을 것이다.

---

258 권(權): 저울질하다.

259 능이(陵夷): 정의가 쇠퇴하다. 혼란해지다.

260 승광유항(勝廣劉項): 진(秦)나라 말기에 각지에서 일어나 천하를 다투었던 진승(陳勝)·오광(吳廣)·유방(劉邦)·항우(項羽)

261 십팔구(十八九): 열 명 중에서 여덟아홉 명

262 소연(蕭然): 어수선한 모양

方秦之未得志也에,
방 진 지 미 득 지 야

진나라가 뜻을 이루지 못했을 즈음에

使復有一孟子면,
사 부 유 일 맹 자

만약 다시 한 분의 맹자가 계셨더라면,

則申韓이 爲空言이니,
즉 신 한 위 공 언

신불해와 한비의 학설은 헛소리가 되고 말았을 것이니,

作於其心하야,
작 어 기 심

사람들 마음에 작용하여

害於其事하며,
해 어 기 사

그들의 일을 해치고

作[263]於其事하야,
작 어 기 사

그들이 하는 일에 작용하여,

害於其政者가,
해 어 기 정 자

그 나라 정치를 해치게 되었던 일이

必不至若是烈也리라.
필 부 지 약 시 렬 야

반드시 그처럼 심하게 되지 않았을 것이다.

使楊墨得志於天下라도,
사 양 묵 득 지 어 천 하

만약 양주나 묵적이 세상에서 뜻을 얻었다 하더라도,

其禍豈減於申韓哉아?
기 화 기 감 어 신 한 재

그 화가 어찌 신불해와 한비보다 적었겠는가?

由此言之면,
유 차 언 지

이렇게 논하고 보면,

雖以孟子로 配禹라도,
수 이 맹 자 배 우

비록 맹자를 우에게 짝짓는다고 하더라도

263 작(作): 작용하다. 작동하다.

可也니라. 가 야	괜찮은 일일 것이다.
太史公[264]曰, 태 사 공 왈	사마천(司馬遷)이 말하기를,
蓋公[265]은 言黃老[266]하고, 합 공 언 황 로	“합공은 황제와 노자의 학문을 이야기하고,
賈誼[267]晁錯[268]는, 가 의 조 조	가의와 조조는
明申韓[269]이라 하니, 명 신 한	신불해와 한비의 학문을 밝혔다”고 한다.
錯는 不足道也요, 조 부 족 도 야	조조야 언급할 것도 없지만,
而誼亦爲之하니, 이 의 역 위 지	가의조차도 역시 법가의 학문을 하였으니,
余以是로, 여 이 시	나는 이로써

---

264 태사공(太史公): 『사기(史記)』의 저자 사마천(司馬遷). 이 글은 『사기』의 서문 격인 「태사공자서(太史公自序)」에 보인다.

265 합공(蓋公): 한(漢)나라 초기 사람. 조참(曹參)이 제후국인 제나라의 재상이 된 뒤 여러 가지 일을 그와 의논함으로써 제나라를 잘 다스렸다.

266 황로(黃老): 황로지학(黃老之學). 도가(道家) 사상에 신선술(神仙術)이 가미되면서 노자 외에 황제(黃帝)까지 끌어들여 뒤에는 도교(道敎)로 발전케 된다.

267 가의(賈誼): 한나라 초기의 정책 이론가이자 문인. 문제(文帝) 때 20세의 청년으로 박사(博士)가 되어 여러 가지 정책을 건의하였으나 실행되지 못하고 실의에 빠져 33세에 죽었다. 부(賦) 작가로 유명하다.

268 조조(晁錯): 역시 한나라 초기의 정책 이론가. 문제와 경제 때 황제의 신임을 얻어 귀족 제후들을 견제하려다 실패하여 죽음을 당했다.

269 신한(申韓): 전국 시대 사상가 신불해(申不害)와 한비(韓非)

知邪說之移人[270]은,
지 사 설 지 이 인

그릇된 학설이 사람들에게 미치는 영향은,

雖豪傑之士라도,
수 호 걸 지 사

비록 뛰어난 선비라 할지라도

有不免者라 하노니,
유 불 면 자

벗어나지 못하는 경우가 있음을 알겠나니,

況衆人乎아?
황 중 인 호

하물며 보통 사람들이야 어떠하겠는가?

自漢以來로,
자 한 이 래

한(漢)나라 이후로도

道術[271]이 不出於孔氏요,
도 술 불 출 어 공 씨

도리와 술법이 공자에서 나오지 않았고,

而亂天下者多矣라.
이 란 천 하 자 다 의

천하를 어지럽힌 경우가 많았다.

晉以老莊亡하고,
진 이 노 장 망

진(晉)나라는 노자와 장자의 학문 때문에 망하였고,

梁以佛亡나,
양 이 불 망

양나라는 불교 때문에 망하였으나,

莫或正之러니,
막 혹 정 지

아무도 전혀 이를 바로잡지 못하고 있더니,

五百餘年而後에,
오 백 여 년 이 후

오백여 년 뒤에야

270 이인(移人): 사람에게 영향을 끼쳐 변화시키다.

271 도술(道術): 나라의 도리와 정치의 술법

得韓愈하니,
득 한 유

한유가 나와서

學者以愈配孟子하나,
학 자 이 유 배 맹 자

학자들은 한유를 맹자에게 짝짓고 있으나,

或庶幾[272]焉이로다.
혹 서 기 언

아마도 맞다고 할 것이다.

愈之後三百有餘年而後에,
유 지 후 삼 백 유 여 년 이 후

한유 이후 삼백여 년 만에

得歐陽子[273]하니,
득 구 양 자

구양자가 나오니,

其學은 推韓愈孟子하야,
기 학 추 한 유 맹 자

그의 학문은 한유와 맹자를 밀고 나가서

以達於孔氏하며,
이 달 어 공 씨

공자에게까지 이른 것이며,

著禮樂仁義之實하야,
저 예 악 인 의 지 실

예악과 인의의 내용을 드러내어

以合於大道하고,
이 합 어 대 도

위대한 도리에 합치시켰고,

其言은 簡而明하고,
기 언 간 이 명

그의 말은 간단하고도 분명하고

信而通[274]하며,
신 이 통

진실되고도 통달되고 있으며,

引物連類[275]하야,
인 물 련 류

만물을 끌어들여 이를 서로 연결시켜

---

272 서기(庶幾): 거의 옳다. 아마도 올바를 것이다.

273 구양자(歐陽子): 구양수(歐陽脩)를 가리킨다. 여기서 '자'는 유명한 학자, 사상가에 대한 존칭.

274 신이통(信而通): 진실되고 모든 것에 통달하다.

275 인물련류(引物連類): 만물을 끌어들여 연결시키다. 곧 만물의 진리와 모든 존재의 상호관계를 규명하고 있음을 뜻한다. 글 번호 23 한유의 「도의 근본을 논함(原道)」 같은 유의 내용을 말한다.

折之於至理하야,
절 지 어 지 리

지극한 이치에 절충시킴으로써

以服人心이라.
이 복 인 심

사람들의 마음을 감복시키고 있다.

故로 天下翕然[276]師尊之라.
고 천 하 흡 연 사 존 지

그런 연고로 사람들 모두 그분을 스승으로 존경하게 되었다.

自歐陽子之存에,
자 구 양 자 지 존

구양자께서 생존하신 이래로

世之不悅者는,
세 지 불 열 자

세상에서 그를 좋아하지 않는 자들은,

譁[277]而攻之하야,
화 이 공 지

시끄럽게 그분을 공격하여

能折困[278]其身이나,
능 절 곤 기 신

그의 몸을 곤경에 빠뜨릴 수는 있었으나

而不能屈其言이라.
이 불 능 굴 기 언

그의 이론을 굽힐 수는 없었다.

士無賢不肖하고,
사 무 현 불 초

선비들은 현명한 이 못난 이 할 것 없이

不謀而同曰,
불 모 이 동 왈

모의하지 않고도 모두 똑같이 이렇게 말하게 되었다.

歐陽子는 今之韓愈也라 하니라.
구 양 자 금 지 한 유 야

"구양자는 지금의 한유이시다."

---

276 흡연(翕然): 많은 것이 모여드는 모양

277 화(譁): 시끄럽다.

278 절곤(折困): 곤경에 빠트리다.

宋興七十餘年에,
송 흥 칠 십 여 년

송나라가 일어난 지 칠십여 년이 되는 동안에

民不知兵하고,
민 부 지 병

백성들은 전쟁을 몰랐고

富而敎之하야,
부 이 교 지

부유해지고 교화를 받아서

至天聖景祐[279]에 極矣나,
지 천 성 경 우 극 의

천성과 경우 연간에는 극치를 이루었으나,

而斯文이 終有愧於古하고,
이 사 문 종 유 괴 어 고

문장이 결국 옛날에 비하여 부끄러운 점이 있었고,

士亦因陋守舊하야,
사 역 인 루 수 구

선비들도 고루함을 따르고 옛것만을 지켜

論卑而氣弱이러니,
논 비 이 기 약

이론은 비루하고 기상은 허약했더니,

自歐陽子出로,
자 구 양 자 출

구양자가 나온 뒤로

天下爭自濯磨[280]하야,
천 하 쟁 자 탁 마

사람들이 다투어 스스로를 씻고 갈아

以通經學古爲高하고,
이 통 경 학 고 위 고

경전에 통달하고 옛것을 공부하는 것을 고상하게 여기고,

以救時行道爲賢하며,
이 구 시 행 도 위 현

시국을 구하고 도리를 행하는 것을 현명하다 여기며,

279 천성경우(天聖景祐): 송나라 인종(仁宗)의 연호(1023~1037)

280 탁마(濯磨): 씻고 갈다.

以犯顔敢諫[281]爲忠하야, 이범안감간 위충	임금 앞에서도 과감히 간하는 것을 충성이라 여겨,
長育成就[282]나, 장육성취	학문이 육성되고 성취되었으나,
至嘉祐[283]末하야, 지가우 말	가우 말기에 이르러서야
號稱多士하니, 호칭다사	훌륭한 선비가 많다고 일컬어지고 있으니,
歐陽子之功이 爲多라. 구양자지공 위다	구양자의 공로가 아주 컸도다.
嗚呼라! 오호	아아!
此豈人力也哉아? 차기인력야재	이 어찌 사람의 힘이겠는가?
非天其孰能使之리오? 비천기숙능사지	하늘이 아니고 그 누가 그렇게 만들 수가 있겠는가?
歐陽子歿十有餘年에, 구양자몰십유여년	구양자께서 돌아가신 지 십여 년에,
士始爲新學[284]하야, 사시위신학	선비들은 새로운 학문을 시작하여
以佛老之似로, 이불로지사	불교나 도교와 비슷하게

281 범안감간(犯顔敢諫): 임금의 면전에서 과감히 올바른 건의를 하다.

282 장육성취(長育成就): 올바른 학문이 육성되고 발전하여 성과를 이룩하다.

283 가우(嘉祐): 송 인종의 연호(1056~1063)

284 신학(新學): 왕안석의 신법을 가리킨다.

亂周孔之實[285]하니,
난 주 공 지 실

주공과 공자의 학문 내용을 어지럽히니,

識者憂之나,
식 자 우 지

식자들은 이를 걱정하고 있었으나,

賴天子明聖하야,
뢰 천 자 명 성

천자의 명철하심에 힘입어,

詔修取士法하고,
조 수 취 사 법

선비를 뽑는 법을 칙령으로 고치고

風厲[286]學者하야,
풍 려 학 자

학자들을 독려하여,

專治孔氏하고,
전 치 공 씨

오로지 공자의 학문만을 공부하게 하고

黜異端이라.
출 이 단

이단을 내쳤다.

然後에 風俗이 一變하야,
연 후 풍 속 일 변

그런 뒤에야 세상 풍속이 일변해져서

考論師友淵源所自하고,
고 론 사 우 연 원 소 자

스승과 학우들의 연원이 생겨난 바를 찾아내고

復知誦習歐陽子之書하니라.
부 지 송 습 구 양 자 지 서

다시 구양자의 글을 외우고 익힐 줄을 알게 되었다.

予得其詩文
여 득 기 시 문

나는 그분의 아들 비에게서

---

285 주공지실(周孔之實): 주(周)나라 주공과 공자의 학문 내용

286 풍려(風厲): 격려하다.

七百六十六篇於其子棐[287]하야,
칠 백 륙 십 륙 편 어 기 자 비

그분의 시와 산문 766편을 얻어

乃次而論之曰,
내 차 이 론 지 왈

차례대로 책으로 엮고 이렇게 논하는 바이다.

歐陽子는
구 양 자

"구양자는

論大道는 似韓愈하고,
논 대 도 　 사 한 유

위대한 도를 논함에 있어서는 한유와 같고,

論事는 似陸贄[288]하며,
논 사 　 사 육 지

일을 논하는 점에서는 육지와 같고,

記事는 似司馬遷하고,
기 사 　 사 사 마 천

일을 기록하는 점에서는 사마천과 같고,

詩賦는 似李白하라 하노니,
시 부 　 사 이 백

시부(詩賦)는 이백(李白)과 비슷하다"고 하노니,

此非予言也라,
차 비 여 언 야

이는 나의 말이 아니라,

天下之言也라.
천 하 지 언 야

온 천하의 말인 것이다.

歐陽子諱는 脩요,
구 양 자 휘 　 수

구양자는 이름이 수(脩)이고,

字는 永叔이요,
자 　 영 숙

자는 영숙(永叔)이며,

---

287 기자비(其子棐): 그의 아들 비, 구양수의 셋째 아들

288 육지(陸贄): 당(唐)나라 덕종(德宗) 때의 학자. 한림학사(翰林學士)로서 올바른 건의를 많이 하였다.

既老自謂六一居士云이라.
기 로 자 위 육 일 거 사 운

늙은 뒤에는 스스로 육일거사라 부르셨다.

96. 삼괴당 명문(三槐堂銘)[289]

소식(蘇軾)

天可必[290]乎아?
천 가 필 호

하늘의 뜻이 반드시 실현된다고 하겠는가?

賢者不必貴오,
현 자 불 필 귀

현명한 사람이 반드시 귀해지지는 않고,

仁者不必壽라.
인 자 불 필 수

어진 사람이 반드시 오래 살지는 않는다.

---

289 삼괴당명(三槐堂銘): 생전에 은덕을 쌓았던 송(宋)나라 초기의 왕호(王祜)라는 사람을 칭송하는 글이다. 임금이 그를 재상으로 삼으려 하였으나 임금 앞에서도 늘 너무나 강직하게 행동하여 재상이 못 되고 말았다. 그러나 집 앞에 삼공(三公)을 상징하는 세 느티나무를 심어 놓고 자손 중 재상이 나오기를 바랐다. 그 결과 아들 왕단(王旦)이 진종(眞宗) 밑에서 18년간 명재상 노릇을 하였고, 또 그의 손자 왕소(王素), 증손자 왕공(王鞏)도 모두 훌륭한 인물들이니, 왕씨 집안은 앞으로 더욱 발전할 것이라는 것이다. 소식은 이처럼 음덕이 후세에까지 끼치는 큰 영향을 강조하고 있다. '삼괴당(三槐堂)'은 바로 왕호 집의 당명(堂名)이며, '명(銘)'은 일종의 운문 문체로서 원래는 옛날 좌우의 늘 보는 기물(器物)에 훈계가 될 만한 말을 새겨 놓던 글이다. 그러나 경우에는 상대방의 덕을 칭송하는 시로 사용하고 있다. 이 글에는 운문 앞에 산문으로 된 설명문이 있는데, 이 부분을 서(序)라고 하며, '명'을 적게 된 동기를 설명하고 있다.

290 천가필(天可必): 하늘은 반드시 ~한다고 할 수 있다. 하늘의 뜻은 반드시 실현된다고 할 수 있다.

天不可必乎아?
천불가필호

하늘의 뜻은 절대로 실현되지 않는 것인가?

仁者必有後니라.
인자필유후

어진 사람은 반드시 후에 복을 받게 된다.

二者[291]를 將安[292]取衷[293]哉오?
이자 장안 취충 재

이 두 가지를 어떻게 절충해야 되겠는가?

吾聞之하니 申包胥[294]曰,
오문지 신포서 왈

내가 듣건대 신포서는 말하기를,

人衆者는 勝天하고,
인중자 승천

"사람이 많으면 하늘을 이길 수가 있고,

天定[295]에 亦能勝人이라 하나,
천정 역능승인

하늘이 정해지면 또한 사람들을 이기게 된다" 하나,

世之論天者는,
세지론천자

세상에 하늘을 논하는 사람들은

---

291 이자(二者): 천가필(天可必)과 천불가필(天不可必)의 두 가지

292 안(安): 어떻게. 어찌. 이 일단이 소동파 문집에는 "하늘의 뜻이 반드시 실현된다고 하겠는가? 현명한 사람이라고 반드시 오래 사는 것은 아니다. 하늘의 뜻이 반드시 실현되지 않는다고 하겠는가? 어진 사람은 반드시 후에 복을 받게 되는 것이다(天可必乎? 賢者不必壽, 天不可必乎? 仁者必有後)"로 되어 있다. 이렇게 되어야 말이 대구(代句)로 잘 들어맞는다.

293 취충(取衷): 절충하다. 올바름을 판단하는 것

294 신포서(申包胥): 춘추 시대 초(楚)나라의 대부. 성은 공손(公孫). 이름이 포서. 뒤에 신(申) 땅에 봉해져 신포서라 흔히 부른다. 초나라에 큰 공을 세웠던 사람. 여기에 인용된 말은 『국어(國語)』「초어(楚語)」에 보인다.

295 천정(天定): 하늘이 정하는 것. 하늘의 뜻이 결정되는 것

皆不待其定而求之라.
개 부 대 기 정 이 구 지

모두 하늘의 결정을 기다리지 않고 추구하고 있다.

故以天爲茫茫[296]하야,
고 이 천 위 망 망

그러므로 하늘은 아득하기만 한 것이라 여겨,

善者以怠하고,
선 자 이 태

착한 사람은 태만히 하고

惡者以肆[297]하니,
악 자 이 사

악한 자들은 멋대로 행동하게 되는 것인데,

盜跖[298]之壽와,
도 척 지 수

도척의 장수함과

孔顔[299]之厄[300]은,
공 안 지 액

공자와 안회의 재난은

此皆天之未定者也라.
차 개 천 지 미 정 자 야

모두가 하늘이 결정하지 않은 상태이다.

松栢生於山林에,
송 백 생 어 산 림

소나무와 잣나무가 산 숲속에 나서

其始也엔,
기 시 야

처음에는

困於蓬蒿[301]하고,
곤 어 봉 호

쑥대 같은 잡풀에게 곤경에 처하고

---

296 망망(茫茫): 넓고 아득하다.

297 사(肆): 멋대로 행동하다. 방자하다.

298 도척(盜跖): 공자와 동시대의 유명한 강도 이름으로, 70세가 넘게 살았다.

299 공안(孔顔): 공자와 그의 수제자 안회(顔回)

300 액(厄): 불운. 재난. 공자는 광(匡) 지방을 지나다가 양호(陽虎)라는 사람으로 오인되어 죽을 뻔하였고, 안회는 가난하게 살다가 32세에 요절하였다.

301 봉호(蓬蒿): 쑥대 같은 잡초

厄於牛羊이나, 액 어 우 양	소와 양에게 재난을 당하기도 하나,
而其終也엔, 이 기 종 야	마지막에는
貫四時[302]閱千歲[303] 관 사 시 열 천 세	사계절을 관통하며 천 년을 지나면서도
而不改者는, 이 불 개 자	바뀌지 않는 것은
其天定也라. 기 천 정 야	아마도 하늘의 결정일 것이다.
善惡之報가, 선 악 지 보	선악의 응보가
至於子孫, 지 어 자 손	자손들에게까지 미치게 되면,
則其定也久矣라. 즉 기 정 야 구 의	하늘의 결정이 오래된 일이다.
吾以所見所聞而考之면, 오 이 소 견 소 문 이 고 지	내가 듣고 본 바를 통하여 상고하여 보건대
其可必也審[304]矣라. 기 가 필 야 심 의	그것이 반드시 정해진다는 것은 확실한 일이다.
國之將興에, 국 지 장 흥	나라가 흥성해지려 할 적에는
必有世德之臣[305]이, 필 유 세 덕 지 신	반드시 대대로 덕을 쌓은 신하가,

302 관사시(貫四時): 일 년 사철을 똑같이 관통하다.

303 열천세(閱千歲): 천 년이 지나다.

304 심(審): 분명하다.

305 세덕지신(世德之臣): 몇 대를 두고 덕을 쌓아 온 신하

厚施[306]而不食其報[307]하나니,
후시 이불식기보

후하게 베풀고도 그 응보를 다 받아 누리지 않아서

然後其子孫이,
연후기자손

뒤에 그의 자손이

能與守文太平[308]之主하야,
능여수문태평 지주

문화를 지키며 태평을 유지하는 임금과 함께

共天下之福하나니라.
공천하지복

천하의 복을 누리는 이가 있는 것이다.

故로 兵部侍郎晉國王公[309]은,
고 병부시랑진국왕공

그러므로 옛날 병부시랑을 지낸 진국공 왕호는

顯[310]於漢周之餘[311]하고,
현 어한주지여

후한·후주에서도 이름을 드러냈고,

歷事太祖太宗하야,
역사태조태종

송 태조와 태종을 연이어 섬겼으며,

文武忠孝하니,
문무충효

학문과 무예에 뛰어나고, 충성스럽고 효성스러우니,

---

306 후시(厚施): 후덕을 베풀다.

307 불식기보(不食其報): 그 응보를 먹지 아니하다. 그 응보를 누리지 않다.

308 수문태평(守文太平): 문화를 잘 지키며 나라를 태평하게 잘 다스리다.

309 병부시랑진국왕공(兵部侍郎晉國王公): 왕호(王祜). 송 태조(太祖) 때 재상을 삼으려 했으나, 부언경(符彦卿)의 무죄를 황제 앞에 밝히려고 끝까지 버티는 바람에 재상이 되지 못했다. 태종(太宗) 때 병부시랑(국방차관) 벼슬을 하고, 뒤에 진국공(晉國公)에 봉해졌다.

310 현(顯): 명성이 드러나다.

311 한주지여(漢周之餘): 송나라 바로 앞 오대(五代)의 후한(後漢)과 후주(後周) 말기에. '여' 자가 제(際) 자로 된 판본도 있다.

天下望以爲相이나,
천 하 망 이 위 상

천하 사람들은 그가 재상이 되기를 바랐으나,

而公卒以直道하야,
이 공 졸 이 직 도

왕공은 끝내 강직한 바른 도를 지켜

不容於時라.
불 용 어 시

세상에 섞이지 않았다.

蓋嘗手植三槐於庭曰,
개 상 수 식 삼 괴 어 정 왈

일찍이 마당에 손수 세 느티나무를 심고 말하기를,

吾子孫에,
오 자 손

"내 자손 중에

必有爲三公[312]者리라 하더니,
필 유 위 삼 공 자

반드시 삼공이 되는 자가 있을 것이다"라고 하더니,

已而[313]오,
이 이

이윽고

其子魏國文正公[314]이,
기 자 위 국 문 정 공

그의 아들 위국 문정공이

相眞宗皇帝於景德祥符之間하니,
상 진 종 황 제 어 경 덕 상 부 지 간

진종의 경덕·상부 연간에 재상이 되니,

朝廷이 淸明하고,
조 정 청 명

조정은 맑고 밝았고,

---

312 삼공(三公): 주(周)나라 때는 태사(太師)·태부(太傅)·태보(太保). 후세엔 이름이 바뀌었으나 나라에서 가장 명예로운 세 벼슬자리를 가리킨다.

313 이이(已而): 이윽고, 뒷날

314 위국문정공(魏國文正公): 왕호의 아들 왕단(王旦). 진종 때 태보(太保)가 되었고, 죽은 뒤 위국공(魏國公)에 봉해졌으며, 시(諡)를 문정(文正)이라 하였다.

天下無事之時라, 천 하 무 사 지 시	세상이 무사한 때라,
享其福祿榮名者를, 향 기 복 록 영 명 자	그의 복록(福祿)과 영예로운 명성을 누리기를
十有八年이러라. 십 유 팔 년	십팔 년이나 하였다.
今夫寓物於人[315]하야, 금 부 우 물 어 인	지금 물건을 다른 사람에게 맡겼다가,
明日而取之에, 명 일 이 취 지	다음 날 그것을 찾는 것은
有得有否[316]나, 유 득 유 부	소득이 있을 수도 있고 없을 수도 있으나,
而晉公은 修德於身하고, 이 진 공　수 덕 어 신	진국공은 자신의 덕을 닦고서
責報[317]於天하며, 책 보　어 천	하늘에 그 응보의 책임을 맡기면서
取必於數十年之後를, 취 필 어 수 십 년 지 후	반드시 수십 년 뒤에 그것을 받는다는 것이,
如持左契[318]하야, 여 지 좌 계	계약을 한 것처럼
交手相付[319]하니, 교 수 상 부	뒤에 그대로 들어맞았으니,

---

315 우물어인(寓物於人): 남에게 물건을 맡기다.

316 유득유부(有得有否): 소득이 있기도 하고, 없기도 한 것

317 책보(責報): 응보를 책임 지우다. 보답을 책임지게 하다.

318 좌계(左契): 옛날 계약을 할 적에는 대쪽에 글을 써서 좌우 두 쪽으로 나누어 양편이 각기 하나씩 지녔다. 뒤에 이 대쪽[契]을 갖고 와서 맞춰 보고 그 계약을 확인했다. 따라서 '좌계'를 지니고 있다는 말은 계약을 맺고 그 증서를 지니고 있다는 것과 같은 뜻이다.

319 교수상부(交手相付): 계약을 했던 대쪽을 두 사람이 꺼내어 서로 맞추어 보다. 계약대로 실행

吾以是로,
오 이 시

나는 이것으로써

知天之果可必也라.
지 천 지 과 가 필 야

하늘의 뜻은 결국 반드시
실현된다는 것을 알았다.

吾不及見魏公이오,
오 불 급 견 위 공

나는 위국공은 뵙지 못하고

而見其子懿敏公[320]하니,
이 견 기 자 의 민 공

그분의 아드님 의민공을 뵈었는데,

以直諫으로 事仁宗皇帝하며,
이 직 간 사 인 종 황 제

올바른 간언으로 인종황제를 섬기고,

出入侍從將帥三十餘年이나,
출 입 시 종 장 수 삼 십 여 년

조정에 출입하며 시종과 장수
노릇을 한 지 삼십여 년이나,

位不滿其德하니,
위 불 만 기 덕

직위가 그 덕에는 차지
못하는 것이었으니,

天將復興王氏也歟아?
천 장 부 흥 왕 씨 야 여

하늘은 장차 왕씨 집안을
부흥시키려는 것일까?

何其子孫之多賢也오?
하 기 자 손 지 다 현 야

그분 자손 중에는 얼마나
현명한 분들이 많은가?

世有以晉公을,
세 유 이 진 공

세상에서는 진국공을

되었음을 뜻한다.

320 의민공(懿敏公): 왕소(王素). 인종을 섬겨 벼슬이 공부상서(工部尙書)에 이르렀다. 시(諡)가 의민이다.

比李棲筠[321]者하니,
비 이 서 균 자

당나라 이서균에게 비유하기도 하니,

其雄才直氣가,
기 웅 재 직 기

그들의 뛰어난 재주와 강직한 기운이

眞不相上下나,
진 불 상 상 하

진실로 엇비슷하나,

而棲筠之子吉甫[322]와,
이 서 균 지 자 길 보

그런데 이서균의 아들 길보와

其孫德裕[323]는,
기 손 덕 유

손자 덕유는

功明富貴가,
공 명 부 귀

공로와 명성과 부귀함은

略與王氏等이나,
약 여 왕 씨 등

대략 왕씨 집안과 같았으나,

而忠信仁厚는,
이 충 신 인 후

충성스럽고 신의가 있고
어질고 후덕함은

不及魏公父子라.
불 급 위 공 부 자

그들이 위국공 부자를 따르지
못할 것이다.

由此觀之면,
유 차 관 지

이로써 본다면

王氏之福이,
왕 씨 지 복

왕씨 집안의 복은

蓋未艾[324]也라.
개 미 애 야

아직 끊이지 않은 듯하다.

---

321 이서균(李棲筠): 당(唐)나라 대종(代宗) 때, 어사대부를 지냈던 사람

322 길보(吉甫): 이서균의 아들로 덕종(德宗) 때 재상을 지냈다. 시는 충의(忠懿)

323 덕유(德裕): 이길보의 아들. 문종(文宗) 때 재상으로 기용하려 했으나 반대파의 반발로 뜻을 이루지 못하다가 무종(武宗) 때 재상이 되었다.

324 애(艾): 늙다. 끊이다.

懿敏公之子鞏[325]은, 의 민 공 지 자 공	의민공의 아들 공은
與吾遊라. 여 오 유	나와 함께 교유하고 있다.
好德而文으로, 호 덕 이 문	덕을 좋아함과 글로써
以世其家하니, 이 세 기 가	그의 집안을 계승하고 있으니,
吾是以錄之라. 오 시 이 록 지	나는 이런 연유로 기록하는 바이다.
銘曰, 명 왈	명은 다음과 같다.
嗚呼休[326]哉라! 오 호 휴 재	아아, 아름답도다!
魏公之業은, 위 공 지 업	위국공의 유업이,
與槐俱萌[327]이라. 여 괴 구 맹	느티나무와 함께 싹이 텄구나.
封植[328]之功이, 봉 식 지 공	나무를 심고 북돋은 공은
必世乃成이라. 필 세 내 성	기필코 다음 세대에 이룩되었네.
旣相眞宗하니, 기 상 진 종	진종의 재상이 되니,
四方砥平[329]이라. 사 방 지 평	사방이 편안하다.

325 공(鞏): 왕소의 아들. 소식과 친하였고 시를 잘 지었다. 다만 벼슬로는 출세하지 못하였다.
326 휴(休): 아름답다. 훌륭하다.
327 맹(萌): 싹이 트다.
328 봉식(封植): 북돋고 심다.
329 지평(砥平): 태평스럽다. '지'는 숫돌로, 평평한 것을 가리킨다.

歸視其家하니,
귀 시 기 가

돌아와 그의 집 둘러보니,

槐陰滿庭이라.
괴 음 만 정

느티나무 그늘 뜰 안을 채웠구나.

吾儕[330]小人은,
오 제 소 인

우리 보잘것없는 사람들은,

朝不謀夕이라.
조 불 모 석

아침에 저녁 일도 올바로
계획하지 못하네.

相時射利[331]하니,
상 시 석 리

때를 엿보아 이익이나 뒤쫓으니,

皇衃厥德[332]가?
황 홀 궐 덕

덕을 쌓을 겨를이 있겠는가?

庶幾[333]僥倖하야,
서 기 요 행

요행이나 바라고,

不種而穫이라.
불 종 이 확

씨 뿌리지 않고 거두려 한다.

不有君子면,
불 유 군 자

군자가 아니라면,

其何能國고?
기 하 능 국

그 어찌 나라 다스리겠는가?

王城之東은,
왕 성 지 동

왕성 동쪽에,

廬晉公所[334]라.
여 진 공 소

진국공 저택 지으셨도다.

---

330 오제(吾儕): 우리. 나와 같은 무리

331 상시석리(相時射利): 때를 엿보아 이익을 추구하다. 여기서 '상'과 '석'은 동사로 쓰였다.

332 황홀궐덕(皇衃厥德): 그 덕과 같은 것을 걱정할 겨를이 있겠는가? '황'은 황(遑: 황급하여). '홀'은 휼(恤: 걱정하다)과도 통한다.

333 서기(庶幾): 바라다.

334 소려(所廬): 집 짓고 사는 곳. 집이 있는 곳. 여기서 '려'가 앞으로 나가서 '집 짓는다'는 동사로 사용되었다.

鬱鬱[335]三槐가, 울 울 삼 괴	울창한 세 그루 느티나무가
惟德之符[336]로다. 유 덕 지 부	그분 덕망의 증거로다.
嗚呼休哉인저! 오 호 휴 재	아아, 정말 아름답도다!

97. 표충관 비문(表忠觀碑)[337]

소식(蘇軾)

熙寧[338]十年十月戊子에, 희 령 십 년 십 월 무 자	희령 10년(1077) 시월 무자(戊子)날에
資政殿大學士 자 정 전 대 학 사	자정전 대학사이며,
右諫議大夫 우 간 의 대 부	우간의대부로

---

335 울울(鬱鬱): 울창한 모양. 잘 자란 모양

336 부(符): 부험(符驗)·부신(符信). 증거가 되는 것

337 표충관비(表忠觀碑): 오대(五代) 때 절강(浙江) 지방을 잘 다스리다가 송나라 초기에는 자기 나라를 들어 송나라에 귀의하여 남방을 안정시키는 데 큰 공을 세웠던 오월국왕(吳越國王) 전유(錢鏐) 집안의 묘지를 관리하기 위해 도교의 사당으로 세운 표충관(表忠觀) 앞에 세운 비문으로 쓴 글. 오월국왕 전유와 그의 아들 손자로 이어지는 삼대사왕(三代四王)의 공덕(功德)이 잘 드러난 글이며, 사람들에게 나라에 대한 충성의 뜻을 잘 일깨워 준다. 특히 앞머리의 산문으로 이루어진 서문(序文)은 처음부터 끝까지 강직하고 올바른 말을 임금께 잘하기로 유명했던 송나라 초기의 조변(趙抃)의 주언(奏言)으로 채우고 있는 것이 가장 두드러진 특징이다. 이는 당(唐)나라 유종원(柳宗元)이 「수주안풍현효문명(壽州安豊縣孝門銘)」에서 그 앞의 서문을 모두 수주자사(壽州刺史)의 주언으로 채웠던 수법을 응용한 것이다. 뒷부분은 역시 운문인 명(銘)이 붙어 있다.

338 희령(熙寧): 송나라 신종(神宗)의 연호(1068~1077)

知杭州軍事臣抃[339]言하노이다.
지 항 주 군 사 신 변 언

항주 지방 정부의 지사인 신하
조변이 아뢰었다.

故吳越國王錢氏[340]墳墓와,
고 오 월 국 왕 전 씨 분 묘

"옛 오월국왕 전씨의 무덤과

及其父祖妃夫人子孫之墳이,
급 기 부 조 비 부 인 자 손 지 분

그의 아버지, 할아버지 및 부인과
자손들의 묘가,

在錢塘[341]者二十有六이요,
재 전 당 자 이 십 유 륙

전당에 스물여섯이 있고

在臨安[342]者十有一이나,
재 임 안 자 십 유 일

임안에 열하나가 있으나,

皆蕪廢[343]不治하니,
개 무 폐 불 치

모두 황폐해진 채로
손질하지 않았으니,

父老過之하며,
부 로 과 지

늙은이들이 그곳을 지나며

有流涕者니이다.
유 류 체 자

눈물을 흘리는 이들이 있습니다.

---

339 변(抃): 조변(趙抃). 자는 열도(閱道). 진사가 된 뒤로 성격이 강직하여 올바른 말을 잘하기로 유명하였다. 신종 때엔 재상인 참지정사(參知政事)가 되었고, 왕안석(王安石)과 뜻이 맞지 않아 벼슬을 그만두었다. 여기서 세 가지 벼슬을 나열하고 있는데 앞의 두 가지는 중앙 정부의 관직이며, 끝의 하나는 항주 고을을 다스리는 지방 관직이다. 항주군(軍)이라고 하였는데, 당시에 군(軍)은 주(州)와 현(縣)의 중간에 위치하는 행정구역이다.

340 전씨(錢氏): 뒤에 다시 보이는 전유(錢鏐). 오대(五代) 때 후량(後梁) 태조(太祖)로부터 오월왕(吳越王)에 봉해졌다. 시호가 무숙(武肅)이다.

341 전당(錢塘): 지금의 절강성(浙江省) 항현(杭縣)에 있던 땅 이름

342 임안(臨安): 지금의 절강성 항주시(杭州市)

343 무폐(蕪廢): 황폐해지다.

謹按故武肅王鏐는,
근 안 고 무 숙 왕 류
삼가 살펴보건대, 옛날 무숙왕 전유가

始以鄕兵으로,
시 이 향 병
처음 지방의 군사로써

破走黃巢[344]하야,
파 주 황 소
황소의 난을 격파하여

名聞江淮[345]하고,
명 문 강 회
이름이 강회 지방에 알려졌고,

復以八郡兵으로,
부 이 팔 군 병
다시 팔군의 군사로써

討劉漢宏[346]하야,
토 유 한 굉
유한굉을 치고,

幷越州[347]하고,
병 월 주
월주를 아울러 합하고,

以奉董昌[348]
이 봉 동 창
동창을 받들면서

而自居於杭[349]이라가,
이 자 거 어 항
자신은 항주에 머물고 있다가,

---

344 황소(黃巢): 당(唐)나라 때 소금 장사로 돈을 번 집안 출신으로, 희종(僖宗) 때 왕선지(王仙芝)가 난을 일으키자(874), 그에 호응하여 난을 일으켜 한때는 장안(長安)까지 함락시키고 제제(齊帝)를 자칭했다. 그러나 몇 년 뒤 관군에게 패망하였다. 신라의 최치원(崔致遠)이 중국에서 벼슬할 때, 그의 반란을 단죄하는 글인 「토황소격(討黃巢檄)」이라는 명문을 지었다.

345 강회(江淮): 장강(長江)과 회수(淮水) 지방. 지금의 강소(江蘇)·안휘(安徽) 지방

346 유한굉(劉漢宏): 연주(兗州)의 낮은 관리로 대장을 따라 왕선지를 토벌하다가 오히려 군사를 가로채 반란을 일으켰다. 그러나 항복하여 다시 황제를 따르다가 의승군절도사(義勝軍節度使)에 임명된 뒤 다시 그의 아우와 모반하다가 전유에게 잡혀 죽었다.

347 월주(越州): 지금의 절강성(浙江省) 소흥현(紹興縣) 지방

348 동창(董昌): 당나라 임안(臨安) 사람. 희종(僖宗) 때 의승군절도사(義勝軍節度使)가 된 이래 임금의 신임을 받아 농서군왕(隴西郡王)이 되었다. 그러나 소종(昭宗) 때에 스스로 국호를 대월나평(大越羅平)이라 하고 제왕이 되었으나 전유에게 패하여, 잡혀 죽었다. 전유는 그전에는 동창의 장수로 활약했다.

349 항(杭): 항주(杭州). 지금의 절강성에 있다.

及昌以越叛, 급 창 이 월 반	동창이 월주를 근거로 반란을 일으키자,
則誅昌而幷越하야, 즉 주 창 이 병 월	곧 동창을 쳐 죽이고 월주와 함께
盡有浙[350]東西之地하고, 진 유 절 동 서 지 지	절강 동서쪽 지방을 모두 차지하였고,
傳其子文穆王元瓘[351]하야, 전 기 자 문 목 왕 원 관	그것을 그의 아들 문목왕 전원관에게 전해 주어
至其孫忠獻王仁佐[352]하고, 지 기 손 충 헌 왕 인 좌	그의 손자 충헌왕 전인좌에게 이르렀고,
遂破李景[353]兵하야, 수 파 이 경 병	마침내 이경의 군사를 쳐부수어
取福州[354]하며, 취 복 주	복주를 빼앗았고,
而仁佐之弟忠懿王俶[355]이, 이 인 좌 지 제 충 의 왕 숙	전인좌의 동생 충의왕 전숙이

---

350 절(浙): 절강(浙江). 절강성 안으로 흘러 바다로 들어가는데, 점수(漸水)·곡강(曲江)·전당강(錢塘江) 등 여러 가지 이름으로도 불린다. 흔히 절강성의 절강 서북부를 절서(浙西), 그 동남부 지방을 절동(浙東)이라 부른다.

351 원관(元瓘): 전유의 일곱 번째 아들. 학문과 시를 좋아했고, 전유가 죽은 뒤 오월국왕(吳越國王)을 습봉(襲封)하였다. 시호가 문목(文穆)이다.

352 인좌(仁佐): 전유의 손자. 시호가 충헌(忠獻)이다.

353 이경(李景): 오대(五代) 때 남당(南唐)의 임금. 시호는 원종(元宗)이나 흔히 전주(前主)라고 부르며, 서기 943년에서 961년까지 통치하였다. 아들인 후주(後主) 이욱(李煜) 때에 송나라에게 멸망당하였다.

354 복주(福州): 지금의 복건성(福建省)에 있던 고을 이름

355 숙(俶): 전원관(錢元瓘)의 아홉 번째 아들. 뒤에 오월국왕 자리를 계승했다. 송나라 태종(太宗) 때(978) 입조(入朝)했으며, 강남 땅을 평정하는 데 큰 공을 세웠었다. 시호가 충의(忠懿)이다.

又大出兵攻景하야,
우 대 출 병 공 경

또 크게 군사를 동원하여
이경을 공격하고

以迎周世宗[356]之師라가,
이 영 주 세 종 지 사

주세종의 군사들을 마중해 들였다가,

其後卒以國入覲[357]하니,
기 후 졸 이 국 입 근

그 후 마침내 나라를 들어 천자를
알현하였으니,

三世四王[358]이,
삼 세 사 왕

삼대에 걸친 네 왕은

與五代[359]相終始니이다.
여 오 대 상 종 시

오대와 더불어 활동을 개시하고
끝맺었던 것입니다.

天下大亂하니,
천 하 대 란

천하가 크게 혼란하자,

豪傑蜂起라.
호 걸 봉 기

호걸들이 벌떼처럼 일어났습니다.

方是時에,
방 시 시

그러한 때에

以數州之地로,
이 수 주 지 지

몇 고을의 땅으로써

盜名字者는,
도 명 자 자

왕이라는 이름을 훔치려던 자들이

---

356 주세종(周世宗): 후주(後周)의 임금. 이름은 영(榮). 후주 태조(太祖)의 양자. 문무를 아울러 잘하였고, 훌륭한 정치를 한 것으로 이름이 알려지고 있다. 후주는 주세종이 죽은 직후 공제(恭帝) 때에 송나라에게 멸망당했다.

357 이국입근(以國入覲): 나라를 들고 송(宋)나라 태종(太宗)을 찾아뵙다. 송나라 천자에게 충성을 맹세하는 것이다.

358 삼세사왕(三世四王): 전유와 그의 아들 전원관, 그의 손자 전인좌와 전숙의 네 오월국왕

359 오대(五代): 당(唐)나라와 송(宋)나라 사이의 약 50년 사이에 생겨났다 망한 다섯 나라. 곧 후량(後梁)·후당(後唐)·후진(後晉)·후한(後漢)·후주(後周)를 가리킴. 이때 각 지방에 세워졌던 오월·남당·전촉(前蜀) 등 열 나라가 더 있었는데, 합하여 오대십국(五代十國) 시대라고 한다.

不可勝數요, 불 가 승 수	이루 헤아릴 수 없을 정도로 많았고,
旣覆其族하고, 기 복 기 족	결국엔 그의 족속을 망치고
延及[360]于無辜之民하야, 연 급 우 무 고 지 민	무고한 백성들에게까지도 그 피해를 끼쳐
罔有孑遺[361]라. 망 유 혈 유	남겨진 자손이 하나도 없게 되었습니다.
而吳越은 地方千里요, 이 오 월 지 방 천 리	그러나 오월은 땅이 사방 천 리나 되고
帶甲[362]十萬하며, 대 갑 십 만	무장한 군사가 십만이요,
鑄山煮海[363]하고, 주 산 자 해	산에서 광석을 채굴하고 바닷물을 끓여 소금을 만들었으며,
象犀[364]珠玉之富가, 상 서 주 옥 지 부	상아와 외뿔소의 뿔과 진주와 보옥의 풍부함은
甲[365]于天下라. 갑 우 천 하	천하의 으뜸이 되었습니다.

360 연급(延及): 멸망의 화가 연이어져 미치다.
361 혈유(孑遺): 살아남은 자손들
362 대갑(帶甲): 갑옷 입은 군사. 무장한 군사
363 주산자해(鑄山煮海): 산에서 광석을 채굴하여 녹여 동(銅)을 생산하고, 바닷물을 끓여 소금을 생산하는 것
364 상서(象犀): 상아와 외뿔소의 뿔
365 갑(甲): 으뜸가다.

然終不失臣節하고, 연 종 불 실 신 절	그러나 끝내 신하로서의 절조를 잃지 않고
貢獻相望於道라. 공 헌 상 망 어 도	그 공헌이 어디에나 허다하게 눈에 뜨일 정도입니다.
是以로 其民이, 시 이 기 민	그래서 그 고장 백성들은
至於老死에, 지 어 로 사	늙어 죽을 때까지
不識兵革[366]하고, 불 식 병 혁	전쟁을 모르고
四時가 嬉遊하야, 사 시 희 유	사시사철 즐겁게 놀아,
歌鼓之聲이 相聞하며, 가 고 지 성 상 문	노래와 악기 소리가 어디에나 들려
至于今不廢하니, 지 우 금 불 폐	지금에 이르기까지도 없어지지 않고 있으니,
其有德於斯民甚厚니이다. 기 유 덕 어 사 민 심 후	그가 이 백성들에게 끼친 은덕은 매우 두터운 것입니다.
皇宋受命하니, 황 송 수 명	송나라가 천명을 받으니,
四方僭亂[367]이, 사 방 참 란	사방의 반란이
以次削平하되, 이 차 삭 평	차례로 평정되어 갔으나,

366 병혁(兵革): 무기와 갑옷. 뜻이 확대되어 전쟁을 가리킨다.

367 참란(僭亂): 참람한 짓을 하고 혼란을 일삼다.

西蜀[368]江南[369]은, 서 촉 강 남	서촉과 강남 지방은
負其險遠하고, 부 기 험 원	그곳 지형이 험난하고 거리가 먼 것을 믿고 있어서,
兵至城下라가, 병 지 성 하	관군이 그들 성 밑에까지 육박하여
力屈勢窮한 然後에 방 굴 세 궁 연 후	힘이 모자라고 세가 불리하게 된 뒤에야
束手[370]하고, 속 수	손을 들었지만,
而河東劉氏[371]는, 이 하 동 유 씨	하동의 유씨는
百戰守死하고, 백 전 수 사	백 번 싸울 때마다 죽음으로써 수비하고
以抗王師하니, 이 항 왕 사	관군에 대항하니,
積骸爲城이요, 적 해 위 성	시체가 성처럼 쌓이고
釃血[372]爲池하여, 시 혈 위 지	흘린 피가 연못을 이루어,
竭天下之力하여, 갈 천 하 지 력	온 천하의 힘을 다 쏟아부은 뒤에야

---

368 서촉(西蜀): 지금의 사천성(四川省) 지방. 이때 후촉(後蜀)이란 나라가 있었다.

369 강남(江南): 장강(長江) 양자강 이남 지방. 이때 남당(南唐), 남한(南漢) 같은 나라가 있었다.

370 속수(束手): 손을 묶다. 손을 드는 것

371 하동유씨(河東劉氏): 하동은 황하(黃河) 동쪽 지방. 지금의 산서성(山西省) 지경 안의 황하 동쪽 지방. 유씨는 오대 후한(後漢)의 고조(高祖) 유지원(劉知遠)을 가리킨다.

372 시혈(釃血): 피를 흘리다.

僅乃克之[373]라. 근 내 극 지	겨우 그를 정복할 수가 있었습니다.
獨吳越은 不待告命하고, 독 오 월 부 대 고 명	유독 오월만은 명령을 기다리지 않고
封府庫[374]籍郡縣[375]하고, 봉 부 고 적 군 현	스스로 창고들을 봉해 놓고 군현의 장부들을 정리하고
請吏于朝하니, 청 리 우 조	조정 관리들의 처분을 요청하여,
視去其國을, 시 거 기 국	자기의 나라를 버리는 것을
如去傳舍[376]하니, 여 거 전 사	여관을 떠나듯 하였으니,
其有功於朝廷이 甚大라. 기 유 공 어 조 정 심 대	그들이 조정에 끼친 공로는 매우 컸습니다.
昔竇融[377]이, 석 두 융	옛날 두융이
以河西[378]歸漢하니, 이 하 서 귀 한	하서 땅을 가지고 한나라에 돌아오니,
光武詔右扶風[379]하야, 광 무 조 우 부 풍	광무제는 우부풍에게 명령을 내려

373 극지(克之): 그들을 이기다. 그들을 쳐부수다.

374 봉부고(封府庫): 나라 창고의 문을 봉해 놓고 손대지 않다.

375 적군현(籍郡縣): 지방 여러 고을의 문서들까지 잘 정리해 놓고 처분을 기다리다.

376 전사(傳舍): 여관. 객주집

377 두융(竇融): 동한(東漢) 때 사람. 왕망(王莽) 밑에서 파수장군(波水將軍)을 지냈고, 왕망이 죽은 뒤엔 회양왕(淮陽王)에게 붙어 거록태수(鉅鹿太守) 등을 지냈다. 뒤에 여러 사람의 지지를 받아 하서(河西) 오군(五郡)의 대장군을 맡았다. 광무제(光武帝)가 즉위하자 곧 한(漢)나라로 귀부(歸附)하여, 뒤에 대사마(大司馬)에 오르고 안풍후(安豊侯)에 봉해졌다.

378 하서(河西): 황하 서쪽 지방으로, 지금의 섬서(陝西)·감숙(甘肅) 두 성과 수원(綏遠)·영하(寧夏) 두 성의 일부가 이에 해당한다.

379 우부풍(右扶風): 경조윤(京兆尹)·좌풍익(左馮翊)과 함께 삼보(三輔)라 부르던, 나라의 중심

修理其祖父墳塋하고, 수 리 기 조 부 분 영	그의 부모와 조상들의 묘를 수리하고,
祠以大牢[380]라. 사 이 태 뢰	태뢰의 제물로서 제사 지내도록 했습니다.
今錢氏功德이, 금 전 씨 공 덕	지금 전씨들의 공덕은
殆過於融이나, 태 과 어 융	아마 두융보다도 더할 듯하나,
而未及百年에, 이 미 급 백 년	백 년도 못 되어
墳墓不治하야, 분 묘 불 치	그들의 분묘를 손질하지도 못하여
行道傷嗟[381]하니, 행 도 상 차	길 가는 사람들이 슬프게 탄식하게 되었으니,
甚非所以勸奬功臣하고, 심 비 소 이 권 장 공 신	공신들을 권장하고
慰答[382]民心之義也니이다. 위 답 민 심 지 의 야	민심을 위로하는 뜻에서 매우 어긋나는 일입니다.
臣願 신 원	신은 바라옵건대,

지역을 관장하던 벼슬 이름. 지금의 섬서성 중부의 장안현(長安縣) 서편에 있던 군(郡) 이름이 되기도 했다.

380 태뢰(大牢): 천자와 제후와 경대부들이 제사 지낼 때 쓰던 제물 이름으로, 소·양·돼지의 세 가지 제물이 갖추어진 것을 말함(『예기(禮記)』「왕제(王制)」). 여기에서 소가 빠지면 소뢰(少牢)라 불렀다. '뢰' 자는 '로'라고 읽기도 한다.

381 상차(傷嗟): 가슴 아파하면서 탄식하다.

382 위답(慰答): 위로해 주고 보답하다.

以龍山[383]廢佛寺曰妙因院者를
이 용 산 폐 불 사 왈 묘 인 원 자

용산의 고찰 묘인원을

爲觀[384]하야,
위 관

도관으로 개조하여

使錢氏之孫爲道士曰自然者로
사 전 씨 지 손 위 도 사 왈 자 연 자

전씨네 자손인 도사 자연을

居之하야,
거 지

거기에 살게 하여

凡墳墓之在錢塘者를,
범 분 묘 지 재 전 당 자

모든 전당에 있는 그들의 묘를

以付自然하고,
이 부 자 연

모두 자연에게 맡기고,

其在臨安者는,
기 재 임 안 자

임안에 있는 묘는

以付其縣之淨土寺僧曰道微하고,
이 부 기 현 지 정 토 사 승 왈 도 미

그 고을 정토사의 승려 도미에게 맡기고,

歲各度[385]其徒一人하야,
세 각 도 기 도 일 인

매년 그 무리 중에서 한 사람을 세속을 벗어나게 하여

使世掌之하고,
사 세 장 지

대대로 그 묘들을 관장케 하고,

籍[386]其地之所入하야,
적 기 지 지 소 입

그 땅의 수입을 정리하여

---

383 용산(龍山): 절강성 항주(杭州) 근처에 있는 산 이름. 그 아래 용정(龍井)이 더욱 유명하다.

384 관(觀): 도관(道觀). 도교(道敎)의 절

385 도(度): 세속을 떠나 중이나 도사가 되다.

386 적(籍): 물건을 받아서 장부에 기록 정리하다.

以時修其祠宇하고,
이 시 수 기 사 우

제때에 그 사당을 수리하고,

封植其草木하며,
봉 식 기 초 목

화초와 나무들을 심고 북돋아 주도록 하되,

有不治者는,
유 불 치 자

잘 관리하지 못하는 자는

縣令丞이 察之하고,
현 령 승 　 찰 지

고을의 관리들로 하여금 그것을 살피게 하고,

甚者는 易其人이면,
심 자 　 역 기 인

심한 자는 바꾸도록 하면,

庶幾[387]永終[388]不墜[389]하야,
서 기 　 영 종 　 불 추

아마도 영원히 태만해지지 않고

以稱朝廷待錢氏之意리니이다.
이 칭 조 정 대 전 씨 지 의

조정에서 전씨를 후대하려는 뜻에 합치할 것입니다.

臣抃은 昧死[390]以聞[391]하노이다.
신 변 　 매 사 　 이 문

신하 변은 죽음을 무릅쓰고 아뢰는 바이옵니다.”

制[392]曰可라 하고,
제 　 왈 가

황제가 좋다고 결제하시고,

---

387 서기(庶幾): 아마도 ~할 것이다.

388 영종(永終): 영원히. 끝내

389 불추(不墜): 일을 빠뜨리지 않다. 일에 태만하지 않는 것

390 매사(昧死): 죽음을 무릅쓰다.

391 문(聞): 여기서는 ‘아뢰다’ 또는 ‘보고하다’의 뜻. 이 한 구절은 상소문을 끝맺을 때 보통 사용하는 상투어이다.

392 제(制): 임금의 명령

其妙因院을,
기 묘 인 원

그 묘인원을

改賜名曰表忠觀이라 하니라.
개 사 명 왈 표 충 관

고쳐 표충관이라는 이름으로
하사하셨다고 하는구나.

銘曰,
명 왈

여기에 다음과 같은 비명을 짓는다.

天目之山[393]은,
천 목 지 산

천목산에서,

苕水出焉이라.
초 수 출 언

초수 흘러내렸네.

龍飛鳳舞[394]하야,
용 비 봉 무

용이 날고 봉이 춤추듯

萃[395]于臨安이라.
췌 우 임 안

뛰어난 인물들 임안(臨安)으로
모여들었네.

篤生異人하니,
독 생 이 인

이인(異人)은 일부러 내시었으니,

絶類離群이라.
절 류 리 군

보통 사람들과 달리 빼어났다네.

奮挺[396]大呼하니,
분 정 대 호

떨치고 나와 크게 소리치니,

從者如雲이라.
종 자 여 운

따르는 사람들 구름 같았네.

393 천목산(天目山): 초수(苕水)와 함께 모두 항주(杭州)에 있는 산과 강물

394 용비봉무(龍飛鳳舞): 용과 봉은 모두 빼어난 인물을 비유할 때 쓰는 말. 빼어난 인물들이 재능을 발휘하는 것을 뜻한다.

395 췌(萃): 모으다.

396 분정(奮挺): 떨치고 나서다.

仰天誓江하니, 앙 천 서 강	하늘 우러러보고 강물 두고 맹세하니,
月星晦蒙[397]이라. 월 성 회 몽	달과 별도 기운에 가려 어두워졌구나!
强弩射潮[398]하니, 강 노 사 조	강한 쇠뇌로 물결을 쏘니,
江海爲東이라. 강 해 위 동	강물 바닷물 동쪽으로 쏠렸구나!
殺宏誅昌하야, 살 굉 주 창	유한굉을 죽이고 동창을 쳐 없애서,
奄有吳越이라. 엄 유 오 월	오월땅 차지하였도다.
金券玉冊[399]이오, 금 권 옥 책	금권과 옥책을 받고,
虎符龍節[400]이라. 호 부 용 절	호랑이 같은 부와 용 같은 절을 받았도다.
大城其居하고, 대 성 기 거	큰 성은 영지요,

397 회몽(晦蒙): 가려져 어두워지다.

398 강노사조(强弩射潮): 강한 쇠뇌로 조수(潮水)를 쏘다. 해마다 항주(杭州)에는 조수가 절강(浙江)의 나찰석(羅刹石)이란 바위를 치며 밀려오는데, 오월왕 전유가 강한 쇠뇌를 들고 있다 조수가 밀려올 때 이에 맞서서 화살을 쏘아대자 조수가 물러갔다는 전설이 있다(『북몽쇄언(北夢瑣言)』).

399 금권옥책(金券玉冊): '금권'은 금서철권(金書鐵券)이라고도 하며, 공신에게 내려 대대로 그것을 갖고 있게 하여 죄를 면하게 해 주던 보증서. '옥책'은 옛날 임금이 신하들에게 작위를 내릴 때 주던 작위 수여 증서

400 호부용절(虎符龍節): 호랑이 같고 용같이 위엄 있는 군대 통솔권을 상징하는 증거물. '부'는 대나무 쪽이나 옥판 같은 데 군사 대권을 장군에게 위임한다는 약속을 적어, 임금과 장군이 절반씩 갖는 것이고, '절'은 깃발 같은 것을 외교사절로 나가는 사람에게 주어 권한을 위임한다는 증거로 삼도록 하는 것인데, 이 두 글자를 합하여 대권을 위임받은 증거물이란 뜻으로 사용하기도 한다.

包絡[401]山川이라. 포락 산천	산천을 아울러 포괄하였다네.
左江右湖[402]요, 좌강우호	왼편엔 강 오른편엔 호수 있고,
控引[403]島蠻[404]이라. 공인 도만	남쪽의 오랑캐들도 이끌었네.
歲時歸休하야, 세시귀휴	해마다 철 되면 돌아와 쉬면서,
以燕父老[405]라. 이연부로	어른들 모시고 잔치 벌였다네.
曄[406]如神人하고, 엽 여신인	빛남이 신인(神人) 같고,
玉帶[407]毬馬[408]라. 옥대 구마	옥대 두르고 큰 말 탔다네.
四十一年[409]을, 사십일년	사십일 년 동안을
寅畏[410]小心이라. 인외 소심	공경하고 두려워하며 조심하였구나.
厥篚[411]相望하니, 궐비 상망	바구니 갖고 오는 것을 바라보니,

401 포락(包絡): 포라(包羅). 곧 함께 아울러 다스리는 것

402 좌강우호(左江右湖): 절강성 항주(杭州) 동남쪽에 절강(浙江)이 흐르고 있고 서쪽에는 유명한 서호〔西湖, 일명 전당호(錢塘湖)〕가 있다.

403 공인(控引): 이끌다.

404 도만(島蠻): 남쪽 섬에 사는 오랑캐들. 실제로는 남쪽 오랑캐들을 가리킨다.

405 연부로(燕父老): 나이 많은 노인들에게 잔치를 베풀다.

406 엽(曄): 빛나다.

407 옥대(玉帶): 옥으로 장식한 관복의 띠를 두르다.

408 구마(毬馬): 큰 말. '구'는 국(鞠)과 통하여 높다란 것을 뜻한다.

409 사십일년(四十一年): 전숙(錢俶)이 오월왕이 된 지 41년 되던 해

410 인외(寅畏): 공경하고 두려워하다.

411 궐비(厥篚): 그들의 바구니. 공물(貢物)을 담은 바구니를 뜻한다.

大貝南金[412]이라. 대 패 남 금	값비싼 비단과 남쪽의 금덩어리로구나.
五朝昏亂하야, 오 조 혼 란	오대(五代)는 혼란해서,
罔堪託國이라. 망 감 탁 국	나라를 기탁할 만한 곳이 없었도다!
三王相承하야, 삼 왕 상 승	세 번이나 왕위를 계승하면서,
以待有德이라. 이 대 유 덕	덕 있는 분 기다렸도다!
旣獲所歸하야, 기 획 소 귀	귀의할 곳 얻고 나자,
弗謀弗咨[413]라. 불 모 불 자	누구와 상의하거나 묻지도 않았네.
先王之志를, 선 왕 지 지	옛날 어진 임금의 뜻을
我維行之라. 아 유 행 지	내가 오직 실행하였네.
天祚[414]忠厚하야, 천 조 충 후	하늘의 복 충실하고 두터워,
世有爵邑이라. 세 유 작 읍	자손 대대로 벼슬하며 귀족에 봉해졌구나.
允[415]文允武요, 윤 문 윤 무	진실로 글도 잘하고 무예도 잘하며,
子孫千億이라. 자 손 천 억	자손은 천억 명으로 불었구나.

412 대패남금(大貝南金): 좋은 비단과 남쪽에서 나는 금. 모두 중국 남쪽의 값비싼 특산물임

413 불모불자(弗謀弗咨): 누구에게 상의하거나 물어보지도 않다.

414 천조(天祚): 하늘의 복. 타고난 복

415 윤(允): 진실로

帝謂守臣하야, 제 위 수 신	황제께선 고을 수령에게 말씀하시어,
治其祠墳[416]이라. 치 기 사 분	그들 사당과 묘 손질하게 하셨네.
毋俾樵牧[417]하야, 무 비 초 목	거기서 땔나무하고 가축 풀을 먹여,
愧其後昆[418]하라. 괴 기 후 곤	그의 후손들 부끄러워지는 일 없도록 하셨네.
龍山之陽[419]에, 용 산 지 양	용산 남쪽 기슭에,
巋然新宮이라. 규 연 신 궁	다시 새로운 사당 우뚝 섰구나.
匪私于錢이요, 비 사 우 전	전씨네를 사사로이 하는 것이 아니라,
惟以勸忠이라. 유 이 권 충	오직 충성 드러내기 위함이로구나.
非忠無君이요, 비 충 무 군	충성이 아니라면 임금도 없을 것이고,
非孝無親이라. 비 효 무 친	효도가 아니라면 어버이도 없을 것이라.
凡百有位는, 범 백 유 위	무릇 자리를 지키고 있는 여러분들은
視此刻文하라. 시 차 각 문	모두 여기 새겨진 글 잘 보도록 하시오!

416 사분(祠墳): 사당(祠堂)과 무덤

417 무비초목(毋俾樵牧): 그의 무덤 근처에서 땔나무를 하거나 가축에게 풀을 먹이지 않게 하는 것. 곧 그의 사당과 무덤이 거칠어지지 않도록 조치해 줌을 뜻한다.

418 후곤(後昆): 후손들

419 양(陽): 산의 남쪽 기슭

98. 능허대 기문(凌虛臺記)[420]

소식(蘇軾)

臺於南山[421]之下하니, 대 어 남 산 지 하	대가 남산 아래에 있으니,
宜若起居飮食[422]이, 의 약 기 거 음 식	마땅히 자고 먹는 것이
與山接也라. 여 산 접 야	산과 접하여 있게 될 것이다.
四方之山은, 사 방 지 산	사방의 산들은
莫高於終南이요, 막 고 어 종 남	남산보다 더 높은 것이 없고,
而都邑之最麗者는, 이 도 읍 지 최 려 자	도읍에서 가장 붙어 있는 곳으로는
莫近於扶風[423]이라. 막 근 어 부 풍	부풍보다 가까운 곳이 없다.
以至近으로, 이 지 근	지극히 가까운 곳에서
求最高면, 구 최 고	가장 높은 것을 찾는다면,

---

420 능허대기(凌虛臺記): 봉상부(鳳翔府) 태수였던 진희량(陳希亮)이 지은 능허대에 관한 글이다. 이때(嘉祐年, 1063) 소식은 스물여덟 살의 젊은 나이로 진희량의 밑에서 첨서판관사(簽書判官事)란 벼슬을 하고 있었다. 그는 태수의 명으로 이 글을 지었는데, 능허대의 승경(勝景)에 관하여는 간략히 기술하고, 사람이 만든 물건이란 영원할 수 없는 것임을 주로 강조하고 있다. 옛날 제왕들이 건설했던 장대한 궁전들도 모두 흔적조차 남지 않고 사라져 버렸으니 소식의 견해는 옳다. 이런 물건이나 사람들의 일보다는 영원한 것이 있다고 하였는데, 그것은 학문이나 윤리 같은 것임을 암시한다.

421 남산(南山): 종남산(終南山)이라고도 하며 주봉(主峯)이 섬서성(陝西省) 장안시(長安市) 남쪽에 있다.

422 기거음식(起居飮食): 사람의 생활을 뜻한다.

423 부풍(扶風): 지금의 섬서성 함양현(咸陽縣) 동쪽에 있던 곳으로, 봉상부의 별명

其勢必得[424]이나, 기 세 필 득	그 형세로 보아 남산을 발견하게 될 것이나,
而太守之居에, 이 태 수 지 거	태수는 이곳에 살면서도
未嘗知有山焉하니, 미 상 지 유 산 언	일찍이 산이 있다는 것도 모르고 있었으니,
雖非事之所以損益이나, 수 비 사 지 소 이 손 익	비록 손해나 이익이 되는 일은 아니나,
而物理有不當然者하니, 이 물 리 유 부 당 연 자	사물의 이치에 있어서는 당연하지 않은 일이었으니,
此凌虛之所爲築也라. 차 릉 허 지 소 위 축 야	이것이 능허대를 쌓는 까닭이다.
方其未築也에, 방 기 미 축 야	능허대를 쌓기 전에
太守陳公[425]이, 태 수 진 공	태수 진공이
杖屨[426]逍遙[427]於其下러니, 장 구 소 요 어 기 하	지팡이 짚고 짚신 신고 그 아래를 거닐다가
見山之出於林木之上者로, 견 산 지 출 어 림 목 지 상 자	나무 숲 위로 산이 솟아난 것이
纍纍然[428] 누 루 연	올망졸망하여

424 필득(必得): 반드시 얻게 된다. 반드시 종남산을 발견하게 됨을 뜻한다.

425 진공(陳公): 진희량(陳希亮). 자는 공필(公弼). 강직하고 올바른 사람이었으며, 이때 봉상부 태수로 있었다.

426 장구(杖屨): 지팡이 짚고 뒤축이 없는 짚신을 신다. 노인이 가볍게 외출할 때의 모습

427 소요(逍遙): 왔다 갔다 거닐다.

如人之旅行於墻外 여 인 지 려 행 어 장 외	마치 담 밖으로 길을 가는 사람들의 상투가
而見其髻[429]也하고, 이 견 기 계 야	보이는 듯함을 발견하고,
曰是必有異[430]라 하고, 왈 시 필 유 이	이것은 반드시 특이한 점이 있을 것이라 하고,
使工鑿[431]其前하야, 사 공 착 기 전	일꾼들을 시켜 그 앞에
爲方池하고, 위 방 지	네모난 연못을 파게 하고
以其土로 築臺하야, 이 기 토 축 대	그 흙으로 대를 쌓아,
出於屋之簷[432]而止라. 출 어 옥 지 첨 이 지	지붕 추녀 위로 솟아난 높이에서 멈추었다.
然後에 人之至於其上者면, 연 후 인 지 지 어 기 상 자	그러한 뒤에는 사람들이 그 위에 올라와 보고는
怳然[433]不知臺之高 황 연 부 지 대 지 고	황홀한 듯 대가 높은 것은 모르고

428 누루연(纍纍然): 올망졸망한 모양. 여러 개의 물건이 불쑥 크고 작게 솟아 있는 모양

429 계(髻): 상투

430 유이(有異): 특이함이 있다. 특별한 풍경을 가리킨다.

431 착(鑿): 파다.

432 옥지첨(屋之簷): 집의 처마. 지붕 추녀

433 황연(怳然): 황홀한 모양. 정신이 아득해지는 모양

而以爲山之踴躍奮迅[434]而出也라.
이 이 위 산 지 용 약 분 신 이 출 야

산이 뛰어 솟아나온 것이라
여기게 되었다.

公曰是宜名凌虛라 하시고,
공 왈 시 의 명 능 허

진공께서 이곳은 의당히 능허라
이름 지어야겠다 하고는

以告其從事[435]蘇軾하야,
이 고 기 종 사 소 식

밑에서 일하는 소식에게 고하여

而俾[436]爲之記하니라.
이 비 위 지 기

그에 관한 글을 짓도록 하였다.

軾復[437]於公曰,
식 복 어 공 왈

나 소식은 진공에게 이렇게 아뢰었다.

物之廢興成毁는,
물 지 폐 흥 성 훼

"만물이 멸하고 흥하는 것과
이루어지고 무너지는 것은

不可得而知也라.
불 가 득 이 지 야

알 수가 없는 일입니다.

昔者에 荒草野田이,
석 자 황 초 야 전

옛날에는 거친 풀 우거진 들과 밭이

霜露之所蒙翳[438]요,
상 로 지 소 몽 예

서리와 이슬이 자욱이 덮이고

狐虺[439]之所竄伏[440]이러니,
호 훼 지 소 찬 복

여우와 독사가 숨어 엎드려 있던
곳이었으니,

434 용약분신(踴躍奮迅): 뛰어서 떨치고 달려 나오다.
435 종사(從事): 밑에서 일하는 사람
436 비(俾): 시키다. 사(使)와 같다.
437 복(復): 복명(復命)하다. 대답하여 아뢰는 것
438 몽예(蒙翳): 자욱이 가리다. 덮고 가리는 것
439 호훼(狐虺): 여우와 독사

方是時에, 방 시 시	그러한 때에
豈知有凌虛臺耶아? 기 지 유 능 허 대 야	어찌 이 능허대가 있게 될 줄 알았겠습니까?
廢興成毁가, 폐 흥 성 훼	멸하고 흥하는 것과 이루어지고 무너지는 것은
相尋[441]於無窮하니, 상 심 어 무 궁	끝없이 서로 이어져 찾아오는 것이니,
則臺之復爲荒草野田을, 즉 대 지 부 위 황 초 야 전	이 대가 다시 거친 풀 우거진 들과 밭이 될지는
皆不可知也라. 개 불 가 지 야	모두 알 수 없는 일입니다.
嘗試與公으로, 상 시 여 공	시험 삼아 공을 모시고
登臺而望하니, 등 대 이 망	대에 올라가 바라보니,
其東則秦[442]穆公之祈年橐泉也요, 기 동 즉 진 목 공 지 기 년 탁 천 야	그 동쪽은 진 목공의 기년궁과 탁천궁이 있던 곳이고
其南則漢武之長楊五柞이요, 기 남 즉 한 무 지 장 양 오 작	그 남쪽은 한 무제의 장양과 오조궁이 있던 자리이며,

440 찬복(竄伏): 숨어 엎드려 있다. 도망 다니고 숨는 것

441 상심(相尋): 서로 찾아오다. 번갈아 이어지다.

442 진(秦): 뒤의 한(漢)·수(隋)·당(唐) 모두 장안(長安)을 중심으로 근처에 궁성이 있었다.

而其北則隋之仁壽와,
이 기 북 즉 수 지 인 수
그 북쪽은 수나라의 인수궁과

唐之九成也라.
당 지 구 성 야
당나라의 구성궁이 있던 곳입니다.

計其一時之盛하니,
계 기 일 시 지 성
그 한때의 성함을 헤아려 보니,

宏傑[443]詭麗[444]하고,
굉 걸 궤 려
장대하고 화려하며

堅固而不可動者가,
견 고 이 불 가 동 자
견고해서 움직일 수 없는 정도가

豈特百倍於臺而已哉아?
기 특 백 배 어 대 이 이 재
어찌 이 능허대의 백 배에 그칠 따름이겠습니까?

然而數世之後에,
연 이 수 세 지 후
그러나 몇 세대 뒤에

欲求其彷彿[445]이나,
욕 구 기 방 불
그 비슷한 모습이라도 찾아보려 해도

而破瓦頹垣[446]이,
이 파 와 퇴 원
깨어진 기와나 무너진 담장조차도

無復存者하고,
무 부 존 자
남아 있는 것이라고는 없고,

既已化爲禾黍荊棘[447]과,
기 이 화 위 화 서 형 극
이미 벼와 기장이 자라고 가시덩굴이 우거진 언덕과

丘墟[448]隴畝[449]矣라.
구 허 농 묘 의
둔덕 및 밭이랑으로 변하여 있습니다.

---

443 굉걸(宏傑): 광대하고 빼어나다. 장대한 것
444 궤려(詭麗): 특이하게 화려하다. 장려한 것
445 방불(彷彿): 비슷하다.
446 퇴원(頹垣): 무너진 담
447 화서형극(禾黍荊棘): 벼와 기장과 가시덩굴과 가시나무
448 구허(丘墟): 언덕과 둔덕

而況於此臺歟아? 이 황 어 차 대 여	그런데 하물며 이 대야 어찌되겠습니까?
夫臺猶不足恃以長久니, 부 대 유 부 족 시 이 장 구	이러한 대도 오래가리라고 믿을 수가 없는 것이니,
而況於人事之得喪[450]이, 이 황 어 인 사 지 득 상	하물며 사람들 일의 득실이,
忽往而忽來者歟아? 홀 왕 이 홀 래 자 여	갑자기 갔다가 갑자기 오기도 함에랴?
而或者欲以夸世[451] 이 혹 자 욕 이 과 세	그런데도 어떤 사람이 세상에 뽐내면서
而自足則過矣라. 이 자 족 즉 과 의	자기 스스로 만족한다면 잘못일 것입니다.
蓋世有足恃者나, 개 세 유 족 시 자	세상에는 의지할 만한 것이 있기는 하지만,
而不在乎臺之存亡也니이다. 이 부 재 호 대 지 존 망 야	그것은 이 대의 존망에 관계되는 것은 아닙니다."
旣已言於公하고, 기 이 언 어 공	진공에게 다 말씀드리고
退而爲之記하노라. 퇴 이 위 지 기	물러나와 그것을 글로 적는 바이다.

---

449 농묘(隴畝): 밭두둑과 밭이랑

450 득상(得喪): 득실. 이익과 손실. 잘되는 것과 못되는 것

451 과세(夸世): 세상에 뽐내다.

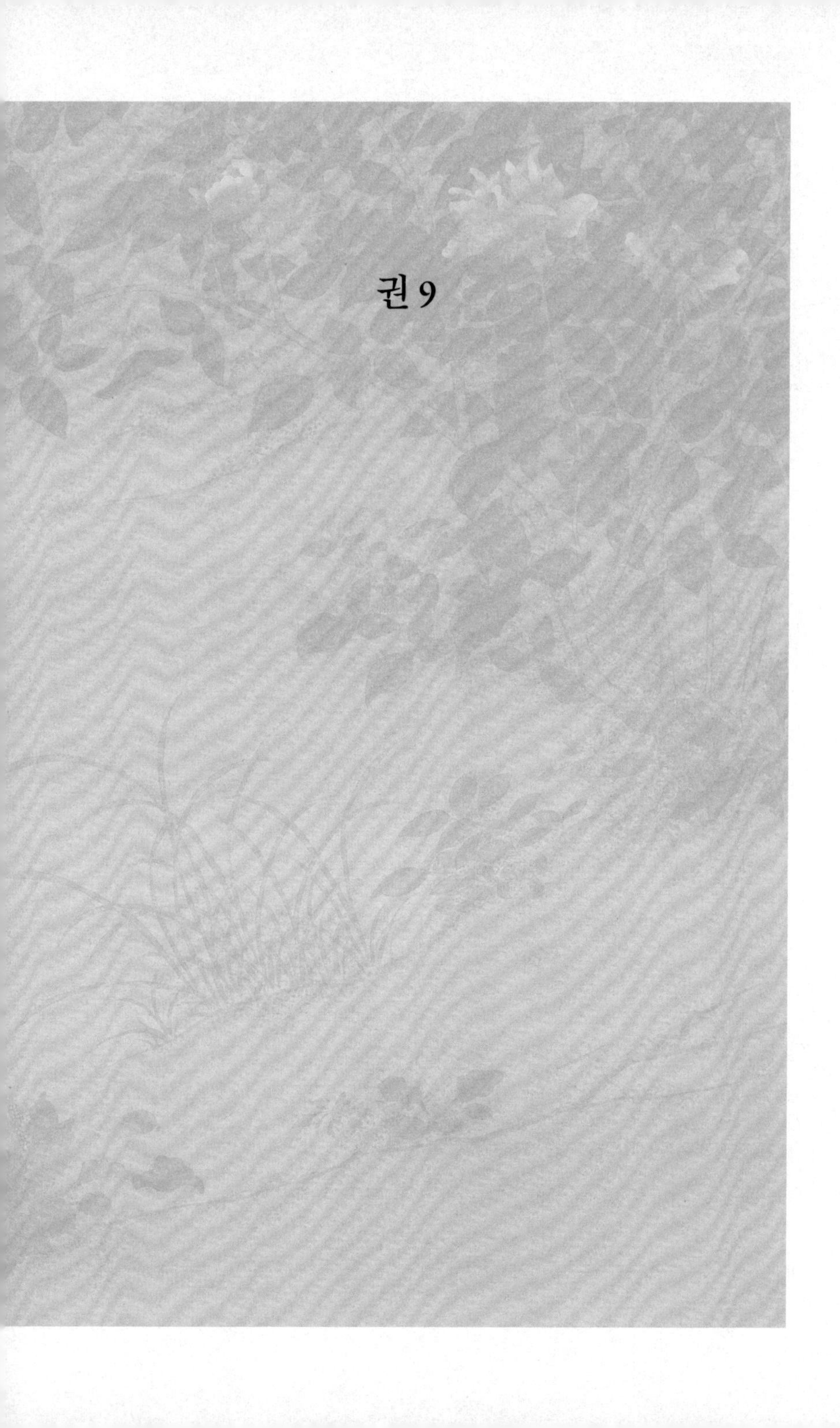

권 9

99. 이군산방 기문(李君山房記)[1]

소식(蘇軾)

象犀[2]珠玉珍怪之物은,
상 서 주 옥 진 괴 지 물

상아·물소뿔·진주·옥 같은 진귀하고 괴이한 물건은

有悅於人之耳目이나,
유 열 어 인 지 이 목

사람들의 귀와 눈을 즐겁게 해 주기는 하지만

而不適於用하고,
이 부 적 어 용

쓰임에는 적합하지 않고,

金石草木絲麻五穀[3]六材[4]는,
금 석 초 목 사 마 오 곡 육 재

쇠·돌·초목·명주·삼베·오곡과 여섯 가지 물건은

有適於用이나,
유 적 어 용

쓰임에는 적합하지만,

而用之則弊하고,
이 용 지 즉 폐

그것을 쓰면 해어지고

---

1 이군산방기(李君山房記): 이상(李常)이 공부하던 여산(廬山) 아래 백석암(白石菴)에 자기 장서를 남겨 놓아 이룩된 '이군산방(李君山房)'이라는 일종의 도서관에 관한 글이다. 그는 책의 효용을 이야기하고 옛날보다 지금은 책이 많아졌는데도 지금 사람들이 공부를 게을리함을 한탄한 뒤에, 이러한 막대한 장서를 여러 사람을 위해 내놓은 이상의 뜻을 기리고 있다. 이 글을 쓴 소식 스스로도 앞으로 여산으로 은퇴하여 그곳의 책을 읽겠다는 뜻을 밝히면서, 아울러 여러 사람에게 책을 읽고 공부할 것을 권하고 있다.

2 상서(象犀): 상아와 물소뿔

3 오곡(五穀): 벼·메기장·차기장·보리·콩

4 육재(六材): 흙·쇠·돌·나무·짐승·풀 등 자연의 여섯 가지 기본 물자

取之則竭이나, 취 지 즉 갈	그것들을 취하면 그 물건이 없어지게 되나,
悅於人之耳目而適於用하며, 열 어 인 지 이 목 이 적 어 용	사람들의 귀와 눈에 즐겁고도 쓰임에도 적합하며,
用之而不弊하고, 용 지 이 불 폐	그것을 써도 해어지지 아니하고
取之而不竭하며, 취 지 이 불 갈	그것들을 취해도 없어지지 아니하며,
賢不肖之所得이, 현 불 초 지 소 득	현명한 사람과 못난 사람들이 아는 것은
各因其才[5]하고, 각 인 기 재	제각기 그들의 재능에 따르고,
仁智之所見이, 인 지 지 소 견	어진 사람과 지혜 있는 사람이 보는 것이
各隨其分[6]하야, 각 수 기 분	제각기 그들의 분수를 따라 결정되는데,
才分不同, 재 분 부 동	재능과 분수가 서로 같지 않다 하더라도
而求無不獲者는, 이 구 무 불 획 자	구하여 얻지 못하는 사람이 없는 것은
惟書乎저! 유 서 호	바로 책일 것이다.

5 각인기재(各因其才): 각각 그들의 재능에 따르다.

6 각수기분(各隨其分): 각각 그들의 분수에 따르다.

自孔子聖人으로도,
자 공 자 성 인
공자와 같은 성인도

其學이 必始於觀書라.
기 학 필 시 어 관 서
그의 학문은 반드시 책을 보는 데서 시작되었다.

當是時하야,
당 시 시
그때에는

惟周之柱下史老聃[7]이,
유 주 지 주 하 사 노 담
오직 주나라 주하사인 노담이

爲多書라.
위 다 서
책이 많았다.

韓宣子[8]는 適魯然後에,
한 선 자 적 노 연 후
진나라 한선자는 노나라를 방문한 뒤에야

見易象與魯春秋하고,
견 이 상 여 노 춘 추
『역상』과 『노춘추』를 볼 수가 있었고,

季札[9]은 聘於上國然後에,
계 찰 빙 어 상 국 연 후
오나라 계찰도 선진국인 노나라에 방문한 후에

得聞詩之風雅頌하며,
득 문 시 지 풍 아 송
『시경』의 풍·아·송을 들을 수 있었으며,

---

7 노담(老聃): 노자(老子). 주하사(柱下史)는 후세의 어사와 같은 벼슬. 노자의 성명은 이이(李耳). 자는 백양(伯陽). 시호가 담(聃). 주나라 수장실(守藏室: 국립도서관)의 사(史: 관장)였다. 공자가 주나라로 그를 찾아가 예(禮)에 관하여 배웠다 한다.

8 한선자(韓宣子): 춘추 시대 진(晉)나라 사람. 성명은 한기(韓起). 선(宣)은 시호이며, 노(魯)나라에 사신으로 가서 태사씨(太史氏)에게서 『역상(易象)』과 『노춘추(魯春秋)』를 보고 "주례(周禮)는 모두 노나라에 있구나!" 하고 감탄했다 한다. 『역상』과 『노춘추』는 후세에 전하지 않는 옛 책 이름

9 계찰(季札): 춘추 시대 오(吳)나라의 왕자. 노나라에 사신으로 와서 『시경(詩經)』의 국풍(國風)·소아(小雅)·대아(大雅)·송(頌)을 노래로 읊는 것을 차례로 감상하고 평하는 기록이 『좌전(左傳)』 「양공(襄公) 28년」에 보인다.

而楚獨有左史倚相[10]이, 이 초 독 유 좌 사 의 상	초나라에서는 오직 좌사 의상만이
能讀三墳五典八索九丘하니, 능 독 삼 분 오 전 팔 색 구 구	『삼분』·『오전』·『팔색』·『구구』를 읽을 수가 있었다.
士之生於是時에, 사 지 생 어 시 시	이때에 살았던 선비들 중에는
得見六經者蓋無幾[11]니, 득 견 육 경 자 개 무 기	육경을 볼 수 있었던 사람이 거의 없었으니,
其學이 可謂難矣나, 기 학 가 위 난 의	공부하기가 어려웠다고 말할 수가 있을 것이나,
而皆習於禮樂하고, 이 개 습 어 예 악	모두 예악을 잘 습득하였고,
深於道德하니, 심 어 도 덕	도덕에 깊이 심취하니,
非後世君子所及이라. 비 후 세 군 자 소 급	후세의 군자들이 따를 수가 있는 바가 아니었다.
自秦漢以來로, 자 진 한 이 래	진·한 이래로
作者益衆하고, 작 자 익 중	저자들이 더욱 많아지고,
紙與字畫[12]이 지 여 자 획	종이와 글자 획이

10 의상(倚相): 춘추 시대 초(楚)나라의 좌사(左史)로서 『삼분(三墳)』·『오전(五典)』 등의 옛 책을 잘 읽었다 한다(『좌전』「소공(昭公) 12년」). 『삼분』·『오전』·『팔색(八索)』·『구구(九丘)』는 모두 옛 책 이름

11 무기(無幾): 얼마 되지 않다. 거의 없다.

12 자획(字畫): 글씨 획. 진(秦)나라 이후로 한자 자체가 통일되고 날로 간소화된 것을 뜻한다.

日趨於簡便하고, 일 추 어 간 편	날로 더욱 간편해지고,
而書益多하야, 이 서 익 다	책이 더욱 많아져
世莫不有라. 세 막 불 유	세상 어느 곳에도 없는 곳이 없게 되었다.
然學者益以苟簡[13]은, 연 학 자 익 이 구 간	그러나 학자들이 더욱 구차히 간략함을 찾게 된 것은
何哉오? 하 재	어째서인가?
余猶及見老儒先生하니, 여 유 급 견 노 유 선 생	나는 전에 늙은 선비 한 분을 본 일이 있는데,
自言其少時에, 자 언 기 소 시	스스로 말하기를 그분이 젊었을 때는
欲求史記漢書而不可得하고, 욕 구 사 기 한 서 이 불 가 득	『사기』나 『한서』를 구하려 해도 어려웠고,
幸而得之면, 행 이 득 지	다행히 그것을 구하게 되면,
皆手自書하야, 개 수 자 서	모두 손수 스스로 베껴
日夜誦讀하며, 일 야 송 독	밤낮으로 읽고 외우면서

13 구간(苟簡): 구차히 간략함을 좇다.

惟恐不及이라 하시니라. 유 공 불 급	오직 제대로 공부하지 못할까 두려워하기만 했었다고 하였다.
近世市人이, 근 세 시 인	근세에는 시장 사람들이
轉相模刻[14]하니, 전 상 모 각	서로 돌려 가며 옛 책을 그대로 각인하니,
諸子百家之書가, 제 자 백 가 지 서	제자백가의 책들도
日傳萬紙[15]라. 일 전 만 지	하루 만 권씩 전해지게 되었다.
學者之於書에, 학 자 지 어 서	학자들에게 책은
多且易致如此오, 다 차 이 치 여 차	많아지고 구하기 쉽기에 이처럼 된 것이다.
其文辭學術[16]이, 기 문 사 학 술	그들의 문장과 학문은
當倍蓰[17]於昔人이나, 당 배 사 어 석 인	마땅히 옛사람들에 비하여 열 배 이상 되어야 할 터인데,
而後生科擧之士가, 이 후 생 과 거 지 사	후세의 선비나 과거 공부하는 사람들은
皆束書不觀하고, 개 속 서 불 관	모두 책을 묶어 둔 채 보지 않고

14 모각(模刻): 옛 책의 원형을 놓고 그것과 똑같은 모양으로 다시 파서 인쇄해 내다.

15 일전만지(日傳萬紙): 하루에 만 장의 종이가 전해지다. 하루에 만 가지 책이 전해지다.

16 문사학술(文辭學術): 문학과 학문

17 배사(倍蓰): '배'는 두 배. '사'는 다섯 배

遊談無根하니,
유 담 무 근

근거 없이 함부로 얘기하고만 있으니

此又何也오?
차 우 하 야

그것은 또 어째서인가?

余友李公擇[18]이,
여 우 이 공 택

내 친구 이상(李常)은

少時에
소 시

젊었을 때에

讀書於廬山[19]五老峰下
독 서 어 여 산 오 노 봉 하

여산 오로봉 밑

白石菴之僧舍라.
백 석 암 지 승 사

백석암이라는 절에서 공부를 했다.

公擇旣去
공 택 기 거

이상은 이미 떠났으나

而山中之人思之하고,
이 산 중 지 인 사 지

산속에 있는 사람들이 그를 생각하고,

指其所居하여,
지 기 소 거

그가 거처하던 집을 가리켜

爲李氏山房하고,
위 이 씨 산 방

'이씨산방'이라 불렀는데,

藏書凡九千餘劵이라.
장 서 범 구 천 여 권

장서가 구천여 권이나 되었다.

公擇이 旣已涉其流[20]하고,
공 택 기 이 섭 기 류

이상은 이미 여러 학파의 책을
공부하고

探其源[21]하며,
탐 기 원

그 근원을 탐구하며,

---

18 이공택(李公擇): 이름은 상(常). 자가 공택(公擇). 송나라 사람으로 왕안석(王安石)과 친했으나 그의 신법(新法)을 반대했다. 벼슬은 철종(哲宗) 때 어사중승(御史中丞)에 이르렀다.

19 여산(廬山): 강서성(江西省) 구강현(九江縣)에 있는 유명한 산 이름

20 섭기류(涉其流): 장서 중 여러 학파의 책을 섭렵하다. 그곳 여러 학파의 책을 공부하다.

21 탐기원(探其源): 여러 학파 학문의 근원을 탐구하다.

採剝其華實[22]하고, 채 박 기 화 실	그들의 꽃과 열매를 채취하고
而咀嚼其膏味[23]하야, 이 저 작 기 고 미	그 기름진 맛을 씹음으로써
以爲己有하고, 이 위 기 유	자기 것으로 삼고,
發於文辭하며, 발 어 문 사	문장으로 표현해 내기도 하며
見於行事하야, 견 어 행 사	일을 하는 데 드러내기도 하여
以聞名於當世矣라. 이 문 명 어 당 세 의	지금 세상에 이름이 알려져 있다.
而書顧[24]自如也하야, 이 서 고 자 여 야	그러나 책들은 오히려 전과 같아서
未嘗少損하며, 미 상 소 손	조금도 손상되지 않았으며,
將以遺來者하야, 장 이 유 래 자	뒷사람들에게 남겨 주어
供其無窮之求하야, 공 기 무 궁 지 구	끝없는 요구에 호응케 하여
而各足其才分之所當得이라. 이 각 족 기 재 분 지 소 당 득	각기 재능과 분수로써 알아야 할 바를 충족시켜 주었다.
是以로 不藏於家하고, 시 이 부 장 어 가	그래서 책을 자기 집에 두지 않고
而藏於故所居之僧舍하니, 이 장 어 고 소 거 지 승 사	옛날 거처하던 절에 두었으니,

22 채박기화실(採剝其華實): 여러 학파 학문의 꽃과 열매에 해당하는 중심 사상을 채취하다.

23 저작기고미(咀嚼其膏味): 학문의 기름진 맛을 씹어 먹다.

24 고(顧): 도리어. 그러나

此仁者之心也라. 차 인 자 지 심 야	이것은 어진 사람의 마음씨인 것이다.
余旣衰且病하야, 여 기 쇠 차 병	나는 노쇠하고 또 병마저 나서
無所用於世하니, 무 소 용 어 세	세상에 쓰일 곳이 없게 되었으므로,
惟得數年之閑[25]하야, 유 득 수 년 지 한	몇 년 사이의 여가가 생겨
盡讀其所未見之書오, 진 독 기 소 미 견 지 서	아직 보지 못했던 그곳의 책들을 모두 읽으려 한다.
而廬山은, 이 여 산	그리고 여산은
固所願遊而不得者니, 고 소 원 유 이 부 득 자	본시 한번 가서 놀고 싶었으나 가 보지 못한 곳이니,
蓋將老[26]焉하야, 개 장 노 언	그곳에 가서 노년을 보내며
盡發公擇之藏하야, 진 발 공 택 지 장	이상의 장서를 모두 들춰내어
拾其遺棄以自補면, 습 기 유 기 이 자 보	그곳에 버려진 것들을 주워서 자신을 보충한다면,
庶有益乎아? 서 유 익 호	아마도 유익한 일이 아니겠는가?
而公擇求余文以爲記할세, 이 공 택 구 여 문 이 위 기	그런데 이상이 나에게 기문을 지어 줄 것을 요구하기에

25 득수년지한(得數年之閑): 몇 년의 여유를 얻다.

26 노(老): 동사로 쓰여, 노년을 보내다.

乃爲一言하야, 내 위 일 언	한마디 하여,
使來者로, 사 래 자	뒷사람들로 하여금
知昔之君子見書之難하고, 지 석 지 군 자 견 서 지 난	옛날 군자들은 책을 보기조차도 어려웠는데,
而今之學者有書而不讀이, 이 금 지 학 자 유 서 이 부 독	지금의 학자들은 책이 있는데도 읽지 않는 것이
爲可惜也하노라. 위 가 석 야	애석한 일임을 알도록 하려는 것이다.

100. 희우정 기문(喜雨亭記)[27]

소식(蘇軾)

亭以雨名은, 정 이 우 명	정자 이름을 '우(雨)'로 한 것은,

27 희우정기(喜雨亭記): 송나라 인종 가우 7년(1062) 동파 27세 때, 오랜 가뭄으로 관민이 시름에 잠겨 있던 차에 비가 내려 온 백성이 크게 기뻐했다. 바로 그때 동파가 짓고 있던 정자가 완성되었으므로, 가뭄 끝에 내린 단비의 기쁨을 잊지 아니하고자, 동파는 정자의 이름을 '희우정'이라 지었다. 『춘추공양전(春秋公羊傳)』「희공(僖公) 3년」에 "비를 이야기하는 것은 비를 기뻐하기 때문이다. 비를 기뻐하는 것은 백성을 근심하기 때문이다"라고 했다. 비와 농업은 밀접한 관계를 가지며, 따라서 비는 백성의 생활에 큰 영향을 미친다. 동파가 정자의 이름을 '희우'라 한 것도 백성을 잊지 않기 위해서였을 것이다. 백성을 근심하는 것이 또한 고문의 정신이기도 하다. 이 글은 자유자재한 문장과 유머러스한 표현을 사용하고 있지만, 그러한 가운데 정치의 요의를 서술하고 있다. 말미의 노래 속에 이 은혜로운 비를 내리게 한 공을 백성은 태수에게, 태수는 천자에게, 천자는 조물주에게 사양하고, 조물주는 만물을 만들어 내는 신에게 사양하였는데, 이 절대자 또한 그 공을 자신의 것이라 하지 않았다는 노장적인 본체관에 입각하여 '조물부자이위공(造物不自以爲功)'이라 하고 있다. 그리하여 조물주는 비를 내리게 한 공을 '태공(太空)'에게 돌린다.

志喜[28]也라. 지 희 야	기쁨을 길이 기억하기 위함이다.
古者에 有喜면, 고 자 유 희	옛사람들은 기쁜 일이 있으면
卽以名物하니, 즉 이 명 물	그 일을 들어 이름을 지었으니,
示不忘也라. 시 불 망 야	잊지 않고 길이 기억하고자 함이었다.
周公은 得禾하야, 주 공 득 화	성인 주공께서 벼를 얻자
以名其書[29]하고, 이 명 기 서	「가화편」을 지으셨고,
漢武는 得鼎하야, 한 무 득 정	한무제는 보배로운 솥을 얻자,
以名其年[30]하고, 이 명 기 년	그 이름으로 연호를 삼았고,

'태공'은 대허공이다. 대허공은 무극의 것이어서 그 정체를 파악할 수 없다. 너무나 큰 것은 알 수가 없으므로 말로 표현하여 이름 지을 수가 없는 것이다. 그러고 보니 이름이 돌아갈 곳이 없다. 여기까지는 매우 철학적, 논리적이다. 그런데 여기에서 일전하여, 이름을 붙일 곳이 없으므로 이 정자에 붙일 수밖에 없다는 구절은 매우 유머러스하다. 그러나 유머러스하게 보이는 이 한 구절은, 실은 이 글의 처음에 서술한 기쁜 일이 있으면 그 기쁜 일을 들어 이름을 짓는 예로부터의 풍습에 일치하는 것이다.

28 지희(志喜): 기쁨을 기념하다. 비가 내린 기쁨을 기념한다는 뜻

29 주공득화이명기서(周公得禾以名其書): 주공이 벼를 얻고 그로써 글을 짓다. 주공은 무왕의 아우로, 무왕을 도와 은나라의 폭군 주를 멸하였다. 무왕이 죽은 뒤에는 어린 조카 성왕의 섭정으로 뛰어난 정치적 수완을 발휘하였다. 당숙(唐叔)의 영지에서 진기한 곡물이 나와 이를 성왕에게 바쳤다. 성왕은 그 곡물의 이삭 끝에 열매가 더부룩하게 나 한곳에 모여 있는 것을 보고, 천하가 화동할 조짐이라며 크게 기뻐하여 주공에게 글을 지으라 했다. 이에 주공이 글을 지으니, 「가화편(嘉禾篇)」이다. 이 글은 본래 『서경(書經)』에 들어 있었는데, 오늘날에는 전하지 않는다.

30 한무득정이명기년(漢武得鼎以名其年): 한무제는 솥을 얻어 그로써 연호를 삼다. 한무제는 원수(元狩) 6년(기원전 116년) 여름에 분수 곁에서 보정(寶鼎)을 얻었는데, 그것을 기념하고자 연호를 원정(元鼎)으로 바꿨다. 옛날 솥[鼎]은 흔히 세 발이 달린 것인데, 우임금이 천하를 아홉 주(州)로 나누고 그 주를 상징하는 징표로 솥을 아홉 개를 만들었다는 전설이 나온 뒤부터 나라의 권위를 상징하는 보물로 간주되고 있다.

叔孫은 勝敵하야, 숙손 승적	숙손은 적과 싸워 이겨
以名其子[31]하니, 이명기자	아들의 이름을 지었으니,
其喜之大小不齊나, 기희지대소부제	그 기쁨에는 크고 작은 차이가 있겠지만,
其示不忘一也라. 기시불망일야	기억하고자 하는 그 마음에는 차이가 없는 것이다.
予至扶風[32]之明年[33]에, 여지부풍 지명년	내가 부풍현에 온 이듬해,
始治[34]官舍하야, 시치 관사	관사를 수리하고
爲亭於堂之北하고, 위정어당지북	마루의 북쪽에 정자를 지었다.
而鑿[35]池其南하야, 이착 지기남	그리고 그 남쪽에 못을 파
引流種樹하야, 인류종수	흐르는 물을 끌어들이고 나무를 둘러 심어
以爲休息之所하니라. 이위휴식지소	휴게소로 삼았다.
是歲之春에, 시세지춘	바로 그해 봄,

31 숙손승적이명기자(叔孫勝敵以名其子): 숙손은 승리를 기념하기 위해, 적장의 이름을 아들 이름으로 하다. 노나라 숙손이 북쪽 오랑캐의 일족인 장적(長狄)과 싸워 대장 교여(僑如)를 잡자 그 공을 길이 기념하기 위하여 아들의 이름을 교여라 하였다.

32 부풍(扶風): 장안의 서쪽에 있는 현의 이름

33 명년(明年): 이듬해

34 치(治): 손질하다. 수리

35 착(鑿): 우물이나 못 따위를 파다.

雨麥[36]於岐山之陽[37]하니,
우 맥 어 기 산 지 양

기산의 남쪽에 보리비가 내려 점을 쳤더니,

其占爲有年[38]이라.
기 점 위 유 년

풍년이 들겠다고 했다.

旣而彌月[39]不雨하니,
기 이 미 월 불 우

그런데 그 후 한 달이 지나도록 비가 내리지 않아,

民方以爲憂러라.
민 방 이 위 우

백성들이 근심하였다.

越[40]三月乙卯乃雨하고,
월 삼 월 을 묘 내 우

다음 달 삼 월 을묘일에 비가 조금 오고,

甲子에 又雨나,
갑 자 우 우

갑자일에 또 약간의 비가 내렸지만,

民以爲未足이러니,
민 이 위 미 족

백성들이 물이 부족하다 하니,

丁卯에 大雨하야,
정 묘 대 우

정묘일에 큰비가 내려

三日乃止라.
삼 일 내 지

삼 일이 지나서 그쳤다.

官吏相與慶於庭하고,
관 리 상 여 경 어 정

관리들은 관청의 뜰에 모여 모두 기뻐하고,

36 우맥(雨麥): 하늘에서 보리비가 내렸다. 강한 회오리바람이 보리알을 공중에 휘날렸다가 다시 땅에 떨어뜨림. 여기서 '우'는 동사로 사용되었다.

37 기산지양(岐山之陽): 기산의 남쪽. '양'은 남쪽. '음'은 북쪽을 가리킨다.

38 기점위유년(其占爲有年): 점에 풍년이라고 하다. '유년'은 풍년의 뜻

39 미월(彌月): 한 달

40 월(越): 그다음

商賈[41]相與歌於市하며, 상 고 상 여 가 어 시	장사꾼들은 저자에서 노래를 부르며 기뻐하고,
農夫相與抃[42]於野하니, 농 부 상 여 변 어 야	농부들은 들에서 손뼉을 치며 기뻐하니,
憂者以樂하고, 우 자 이 락	근심하던 자 즐거워하였고,
病者以喜러니, 병 자 이 희	병이 났던 자 기뻐하니,
而吾亭適成이라. 이 오 정 적 성	내 정자는 바로 그 무렵에 완성되었다.
於是에 擧酒[43]於亭上하야, 어 시 거 주 어 정 상	이에 나는 정자에서 술잔치를 벌여
以屬客[44]而告之曰, 이 촉 객 이 고 지 왈	손님들을 초대하여 술을 권하며,
五日不雨可乎아? 오 일 불 우 가 호	"비가 닷새 동안 더 내리지 않아도 되었을까요?"라고 물으니,
曰五日不雨 왈 오 일 불 우	"닷새 동안 더 비가 내리지 않았다면,
則無麥이라. 즉 무 맥	보리가 없었을 것입니다"라고 말한다.
十日不雨可乎아? 십 일 불 우 가 호	"그렇다면 비가 열흘 동안 더 내리지 않아도 되었을까요?"라고 물으니,

41 상고(商賈): 장사치. '상'은 행상하는 것을 가리키고, '고'는 같은 자리에 앉아 장사하는 것을 말한다.

42 변(抃): 손뼉을 치다.

43 거주(擧酒): 술잔을 들어 술을 마시다.

44 촉객(屬客): 술을 따라 손님에게 권하다.

曰十日不雨
왈 십 일 불 우
"열흘 동안 더 비가 내리지 않았다면,

則無禾리라.
즉 무 화
쌀이 없었을 것입니다"라고 말한다.

無麥無禾면,
무 맥 무 화
보리도 쌀도 없다면,

歲且荐饑[45]하고,
세 차 천 기
흉년이 거듭되어 기근이 닥칠 것이고,

獄訟[46]이 繁興하며,
옥 송 번 흥
소송이 빈번해지며,

而盜賊滋熾[47]면,
이 도 적 자 치
도적들이 많아질 것이니,

則吾與二三子가,
즉 오 여 이 삼 자
내가 몇몇 술벗들과 더불어

雖欲優游以樂於此亭이나,
수 욕 우 유 이 락 어 차 정
이 정자에서 즐겁게 놀고자 해도

其可得耶아?
기 가 득 야
어찌 그럴 수 있겠는가?

今天不遺[48]斯民하야,
금 천 불 유 사 민
이제 하늘이 이 백성들을 버리지 않아서

始旱[49]而賜之以雨하야,
시 한 이 사 지 이 우
처음에는 가물었지만 비를 내려 주시어,

使吾與二三子로,
사 오 여 이 삼 자
내가 몇몇 술벗들과 더불어

---

45 세차천기(歲且荐饑): 해마다 기근이 거듭되다. '천'은 매년

46 옥송(獄訟): 소송

47 자치(滋熾): 더욱 성해지다. '자'는 더욱, 한층 더. '치'는 불기운이 왕성하다.

48 유(遺): 버리다.

49 한(旱): 가뭄

得相與優游[50]以樂於此亭者는,
득 상 여 우 유 이 락 어 차 정 자

이 정자에서 한가로이 서로 즐길 수 있게 해 주는 것은,

皆雨之賜也니,
개 우 지 사 야

이는 모두 비의 덕택이니,

其又可忘耶아?
기 우 가 망 야

어찌 잊을 수 있겠는가?

既以名亭하고,
기 이 명 정

정자에 이름을 짓고,

又從而歌之曰,
우 종 이 가 지 왈

또 노래를 지어 부른다.

使天而雨珠[51]나,
사 천 이 우 주

하늘로 하여금 구슬을 뿌리게 한들,

寒者不得以爲襦[52]오.
한 자 부 득 이 위 유

추운 사람에게 옷이 될 수 있겠는가?

使天而雨玉이나,
사 천 이 우 옥

하늘로 하여금 옥을 뿌리게 한들,

飢者不得以爲粟이라.
기 자 부 득 이 위 속

배고픈 사람에게 한 톨 좁쌀도 될 수 없다.

一雨三日은,
일 우 삼 일

한 번에 삼 일 동안 내리는 것은

伊誰之力고?
이 수 지 력

대체 누구의 힘인가?

---

50 우유(優游): 한가롭게 노닐다.

51 사천이우주(使天而雨珠): 하늘로 하여금 구슬을 비처럼 내리게 하다. 『한서』 「경제본기(景帝本紀)」에 이런 말이 나온다. “농사는 천하의 기본이다. 황금 주옥이 많다고, 주릴 때 먹을 수가 있는가? 추울 때 걸칠 수가 있는가?”

52 유(襦): 짧은 속옷

民曰太守나,
민 왈 태 수
백성들은 태수라고 하나,

太守[53]不有하고,
태 수 불 유
태수는 그렇지 않다 하고

歸之天子라.
귀 지 천 자
천자께로 돌린다.

天子曰不然이라 하고,
천 자 왈 불 연
천자께서는 그렇지 않다 하고

歸之造物[54]이라.
귀 지 조 물
조물주에게 돌린다.

造物不自以爲功하고,
조 물 부 자 이 위 공
조물주는 자신의 공이 아니라 하고

歸之太空[55]이라.
귀 지 태 공
하늘에 돌린다.

太空은 冥冥[56]하야,
태 공 명 명
하늘은 아득하여

不可得而名이라,
불 가 득 이 명
이름 붙일 수 없는지라,

吾以名吾亭하노라.
오 이 명 오 정
내 정자를 내가 '희우정'이라
이름 짓는 것이다.

53 태수(太守): 진희량(陳希亮)을 가리킨다. 당시 부풍의 태수로 소동파의 상관이었다.
54 조물(造物): 조물주. 천지만물을 생성시킨다는 신
55 태공(太空): 대공. 즉 하늘
56 명명(冥冥): 아득히 높고 그윽한 채 드러나지 않다.

101. 사보살각 기문(四菩薩閣記)[57]

소식(蘇軾)

始吾先君[58]이, 시 오 선 군	본시 나의 선친께서는
於物에 無所好하고, 어 물 무 소 호	사물에 좋아하는 것이 없었고,
燕居如齋[59]하며, 연 거 여 재	생활도 근엄하게 하셔서
言笑有時[60]나, 언 소 유 시	말씀하시고 웃고 하시는 것도 일정한 때뿐이었으나,
顧[61]嘗嗜畫하니, 고 상 기 화	다만 일찍부터 그림은 좋아하셨다.
弟子門人이, 제 자 문 인	제자와 문하생들은
無以悅之니, 무 이 열 지	기쁘게 해드릴 것이 없었으므로,
則爭致其所嗜하야, 즉 쟁 치 기 소 기	다투어 좋아하실 것을 가져와
庶幾[62]一解其顏[63]이라. 서 기 일 해 기 안	한 번이라도 얼굴을 펴시기를 바랐다.

---

57 사보살각기(四菩薩閣記): 소순이 죽은 뒤에 소식은 친한 승려 유간(惟簡)의 권유로 소순이 가장 좋아하던, 당나라 때 화가 오도자(吳道子)가 그린 네 보살상을 아버지를 위하여 절에 시주하고, 이 그림의 보관을 각별히 부탁하였다. 유간은 특별히 사보살각(四菩薩閣)을 지어 이 그림과 함께 소순의 화상을 모셨다. 소식이 사보살각이 지어진 유래를 쓴 것이 이 글이다.

58 선군(先君): 선친. 소식의 아버지 소순을 가리킨다.

59 연거여재(燕居如齋): 평소 생활을 재계하듯 하는 것. 평소 생활을 근엄하게 하는 것

60 언소유시(言笑有時): 말하고 웃고 하는 것이 일정한 때가 있는 것. 아무 때나 말하고 웃고 하지 않는 것

61 고(顧): 도리어. 그러나

62 서기(庶幾): 바라다.

故雖爲布衣나,
고 수 위 포 의

그러므로 비록 평민의 신분이었으나

而致畵는 與公卿等이라.
이 치 화 　 여 공 경 등

모아진 그림은 공경(公卿)들과
같을 정도였다.

長安에 有故藏經龕[64]하니,
장 안 　 유 고 장 경 감

장안에는 오래된 장경감이 있었는데

唐明皇帝[65]所建이라.
당 명 황 제 　 소 건

당나라 현종이 세운 것이다.

其門이 四達八板[66]에,
기 문 　 사 달 팔 판

그곳의 문은 사방 여덟 쪽이었는데

皆吳道子[67]畵라.
개 오 도 자 　 화

모두 오도자의 그림이 붙어 있었다.

陽[68]爲菩薩[69]하고,
양 　 위 보 살

겉은 보살 그림이고

陰[70]爲天王[71]하니,
음 　 위 천 왕

안은 천왕 그림이어서

凡十有六軀[72]라.
범 십 유 육 구

모두 열여섯 화상이었다.

廣明之亂[73]에,
광 명 지 란

광명 연간(880) 황소(黃巢)의 난 때

---

63 일해기안(一解其顔): 그의 얼굴을 한 번 펴게 하다. 그를 한 번 즐겁게 해 주다.

64 장경감(藏經龕): 불경을 넣어 두는 조그마한 집

65 명황제(明皇帝): 당나라 현종(玄宗)

66 사달팔판(四達八板): 사방의 문이 여덟 쪽으로 이루어져 있다.

67 오도자(吳道子): 당나라 때의 유명한 화가. 이름은 도현(道玄). '도자'는 그의 자이다. 불상(佛像)과 산수(山水)에 뛰어났다.

68 양(陽): 겉

69 보살(菩薩): 범어(梵語)로 정사(正士)의 뜻이며, 부처님 다음으로 도가 높은 사람들

70 음(陰): 뒤쪽, 안

71 천왕(天王): 곧 사천왕(四天王). 불경에 의하면 수미산(須彌山) 중턱의 유건다라(由犍陀羅)산의 네 봉우리에 각각 있으면서 세상의 여러 가지를 지키는 역할을 맡고 있다.

72 구(軀): 몸. 화상(畵像)의 수를 세는 단위

爲賊所焚할세, 위 적 소 분	난적들이 불을 질렀는데,
有僧忘其名이, 유 승 망 기 명	이름 모를 한 승려가
於兵火中에, 어 병 화 중	병화(兵火) 가운데서도
拔其四板以逃라. 발 기 사 판 이 도	그중의 네 쪽을 떼어 가지고 도망을 쳤다.
旣重不可負요, 기 중 불 가 부	무거워서 짊어질 수도 없고
又迫於賊이라, 우 박 어 적	또 난적들에게 쫓기는지라,
恐不能皆全하야, 공 불 능 개 전	전부를 보전할 수 없게 될까 두려워
遂竅[74]其兩板以受荷[75]하고, 수 규 기 양 판 이 수 하	마침내 그 두 쪽에 구멍을 뚫어서 짊어지고
西奔於岐[76]하야, 서 분 어 기	서쪽 기산(岐山)으로 도망하여
而託死[77]於烏牙[78]之僧舍하니, 이 탁 사 어 오 아 지 승 사	오아의 절간에 죽을 때까지 몸을 의탁하니,

73 광명지란(廣明之亂): '광명'은 당나라 희종(僖宗)의 연호(880). 이해에 황소의 난이 일어났으므로 '광명지란'은 황소의 난을 가리킨다.

74 규(竅): 구멍. 구멍을 뚫다.

75 수하(受荷): 글자 그대로는 메는 것을 받게 하다, 짐을 받게 하다의 뜻이니, 곧 짊어질 수 있도록 만들었다는 말

76 기(岐): 기산(岐山). 섬서성(陝西省) 기산현(岐山縣) 동북쪽에 있다.

77 탁사(託死): 죽음을 기탁하다. 죽도록 자기 몸을 의탁하고 사는 것

78 오아(烏牙): 기산의 절 이름

板留於是가,
판 류 어 시
문짝들이 여기에 남아 있은 지

百八十年矣라.
백 팔 십 년 의
백팔십 년이 지났다.

客有以錢十萬으로,
객 유 이 전 십 만
어떤 나그네가 십만 전을 주고

得之以示軾者어늘,
득 지 이 시 식 자
그것을 사 가지고 와서 내게 보이기에,

軾이 歸其直[79]而取之하야,
식 귀 기 치 이 취 지
내가 그 값을 물어 주고 얻어

以獻諸先君하니,
이 헌 저 선 군
선친께 갖다 드리니,

先君之所嗜가,
선 군 지 소 기
선친께서 좋아하시는 것들이

百有餘品이나,
백 유 여 품
백여 점이나 있었으나,

一旦以是四板爲甲[80]이라.
일 단 이 시 사 판 위 갑
하루아침에 이 네 쪽이 으뜸이 되었다.

治平[81]四年에,
치 평 사 년
치평 4년(1067)에

先君이 沒于京師하시니,
선 군 몰 우 경 사
선친께서 서울에서 돌아가셨으니,

軾이 自汴[82]入淮[83]하여,
식 자 변 입 회
내가 변경(汴京)으로부터
회수(淮水)로 들어와

79 귀기치(歸其直): 그 값을 돌려주다. '直' 자는 치(値)와 통하므로 '치'로 읽는다.

80 위갑(爲甲): 첫째가는 것이 되다. 최고의 것이 되다.

81 치평(治平): 송나라 영종(英宗) 때의 연호. 그 4년은 1067년. 실제로 소순은 치평 3년 4월에 죽어, 소식이 호상귀장(護喪歸葬)하였다. 여기에서 4년이라 한 것은 착각인 듯하다.

82 변(汴): 변경(汴京). 지금의 하남성(河南省) 개봉(開封). 북송 때의 서울이다.

83 회(淮): 회수(淮水). 하남성(河南省)에서 시작하여 안휘(安徽)·강소(江蘇) 두 성의 북부를 거쳐 바다로 흘러든다. 소식은 귀장(歸葬)하려고 먼저 배로 회수를 따라 바다로 나와 다시 장강(長江)을 거슬러 올라가 사천성(四川省)으로 갔던 것이다.

泝[84]于江[85]하여,
소 우 강
다시 강수(江水)를 거슬러 올라가서

載是四板以歸라.
재 시 사 판 이 귀
이 네 쪽의 그림을 싣고 돌아왔다.

旣免喪에,
기 면 상
탈상을 하고 난 뒤

所嘗與往來浮屠[86]人惟簡[87]이,
소 상 여 왕 래 부 도 인 유 간
일찍부터 서로 내왕이 있던
스님 유간이

誦其師之言하며,
송 기 사 지 언
자기 스승의 말을 전하면서,

敎軾爲先君捨施[88]하되,
교 식 위 선 군 사 시
나에게 선친을 위하여 시주를 하되,

必所甚愛와,
필 소 심 애
반드시 매우 아끼던 물건과

與所不忍捨者라.
여 소 불 인 사 자
차마 버리기 싫어하는 것으로
하라고 한다.

軾이 用其說하야,
식 용 기 설
내가 그 말을 따라

思先君之所甚愛와,
사 선 군 지 소 심 애
선친께서 매우 아끼시던 물건과

軾之所不忍捨者하니,
식 지 소 불 인 사 자
내가 차마 버리기 싫어하는 물건을
생각해 보니

84 소(泝): 물길을 거슬러 올라가다.
85 강(江): 장강(長江)이니, 곧 양자강(揚子江)
86 부도(浮屠): 범어로 붓다[佛陀]의 이역(異譯). 불교를 뜻한다.
87 유간(惟簡): 중의 이름
88 사시(捨施): 부처님께 시주를 하다.

莫若是板이라. 막 약 시 판	이 그림 쪽보다 더한 것이 없었다.
故로 遂以與之하니라. 고 수 이 여 지	그러므로 마침내 그것들을 주게 되었던 것이다.
且告之曰, 차 고 지 왈	그때 그에게 말하였다.
此는 明皇帝之所不能守 차 명 황 제 지 소 불 능 수	“이것은 당나라 현종으로서도 지키지 못하여
而焚於賊者也니, 이 분 어 적 자 야	난적들 손에 불탔던 것이니,
而況於余乎아? 이 황 어 여 호	하물며 나야 어찌 지키겠습니까?
余視天下之蓄此者多矣나, 여 시 천 하 지 축 차 자 다 의	천하에는 이런 것을 지닌 자들이 많아 보이나,
有能及三世者乎아? 유 능 급 삼 세 자 호	삼대를 보전할 수 있던 사람이 있습니까?
其始求之엔, 기 시 구 지	처음에는 그것을 구하면서
若不及[89]하고, 약 불 급	구하지 못할까 하고
既得엔 惟恐失之나, 기 득 유 공 실 지	얻고 나서는 오직 그것을 잃을까 걱정하나,
而其子孫이, 이 기 자 손	그들 자손들이

89 약불급(若不及): 미치지 못하는 듯이 하다. 손에 놓지 못할까 걱정하면서 구하는 것

不以易衣食者鮮矣라.
불 이 역 의 식 자 선 의

옷과 음식으로 바꾸지 않는 자가 드뭅니다.

余自度不能長守此也리라.
여 자 탁 불 능 장 수 차 야

내가 이것을 오래도록 지킬 수는 없을 것 같습니다.

是以予子나,
시 이 여 자

그래서 이것을 그대에게 드리는데,

子將何以守之오?
자 장 하 이 수 지

스님께서는 장차 어떻게 지킬 것입니까?”

簡曰,
간 왈

유간이 대답하였다.

吾以身守之리니,
오 이 신 수 지

“저는 제 몸으로 지킬 것이오니,

吾眼은 可矐[90]이며,
오 안 가 확

내 눈이 멀게 되고

吾足은 可斮[91]이라도,
오 족 가 착

제 다리가 잘릴지언정

吾畵不可奪이니,
오 화 불 가 탈

이 그림은 뺏기지 않도록 할 것이니,

若是足以守之歟아?
약 시 족 이 수 지 여

그렇게 하면 충분히 지킬 수 있겠지요?”

軾曰,
식 왈

내가 말하였다.

未也라.
미 야

“안 됩니다.

90 확(矐): 눈이 멀다.

91 착(斮): 베다. 자르다.

足以終子之世[92]而已라. 족 이 종 자 지 세 이 이	스님의 평생 동안만 충분할 따름입니다.”
簡曰, 간 왈	유간이 말하였다.
吾又盟於佛 오 우 맹 어 불	“내 또 부처님께 맹세하고
而以鬼守之하야, 이 이 귀 수 지	귀신으로 하여금 그것을 지키도록 하여,
凡取是者와, 범 취 시 자	누구든 이것을 가져가는 자와
與凡以是予人者는, 여 범 이 시 여 인 자	이것을 남에게 주는 자는,
其罪如律[93]하리라. 기 죄 여 율	그 죄를 정해진 율법에 따라 할 것이니,
若是足以守之歟아? 약 시 족 이 수 지 여	그렇게 하면 충분히 지킬 수 있겠지요?”
軾曰, 식 왈	내가 말하였다.
未也라. 미 야	“안 됩니다.
世有無佛 세 유 무 불	세상에는 부처님을 무시하고
而蔑鬼者하니라. 이 멸 귀 자	귀신을 업신여기는 자들이 있습니다.”

92 종자지세(終子之世): 그대의 평생이 끝나도록. 그대의 평생 동안

93 여율(如律): 율법대로 하다. 율법을 따라 엄벌함을 뜻한다.

然則何以守之오?
연 즉 하 이 수 지

"그러면 어떻게 지켜야 된다는 것입니까?"

曰軾之以是予子者는,
왈 식 지 이 시 여 자 자

"제가 이것을 스님께 드리는 것은

凡以爲先君捨也라.
범 이 위 선 군 사 야

선친을 위하여 희사하는 것입니다.

天下豈有無父之人歟아?
천 하 기 유 무 부 지 인 여

천하에 어찌 아비 없는 사람이 있겠습니까?

其誰忍取之리오?
기 수 인 취 지

차마 누가 그것을 가져가겠습니까?

若其聞是而不悛[94]하야,
약 기 문 시 이 부 전

만약 이런 사정을 듣고서도 그만두지 않고,

不惟一觀而已오,
불 유 일 관 이 이

한 번 보는 데 그치지 않고

將必取之然後에 爲快면,
장 필 취 지 연 후 위 쾌

꼭 이것을 가져간 뒤에야 마음이 시원해지겠다면,

則其人之賢愚가,
즉 기 인 지 현 우

곧 그 사람의 현명하고 어리석은 정도가

與廣明之焚此者로 一也라.
여 광 명 지 분 차 자 일 야

광명 연간에 이것을 불태웠던 자들이나 같을 것입니다.

全其子孫이 難矣니,
전 기 자 손 난 의

그의 자손을 온전히 하기 어려울 것이니,

---

94 전(悛): 고치다. 그치다.

而況能久有此乎아? 이 황 능 구 유 자 호	하물며 이것을 오래 지닐 수가 있겠습니까?
且夫不可取者는, 차 부 불 가 취 자	그런데 가져가서는 안 된다는 것은
存乎子[95]하고, 존 호 자	스님에게 간직되어 있고,
取不取者는, 취 불 취 자	가져가고 가져가지 않고 하는 것은
存乎人하니, 존 호 인	남에게 있는 것이니,
子勉之矣어다. 자 면 지 의	스님께서는 힘쓰셔야 할 것입니다.
爲子之不可取者而已니, 위 자 지 불 가 취 자 이 이	스님은 취할 수 없게 함을 할 뿐이니,
又何知焉고? 우 하 지 언	다른 것을 어찌 알겠습니까?”
旣以予簡하니, 기 이 여 간	그러고는 유간에게 주자,
簡이 以錢百萬으로, 간 이 전 백 만	유간은 백만 전으로
度爲閣以藏之하고, 도 위 각 이 장 지	설계하여 누각을 짓고 그것을 넣어 두고,
且畵先君像其上할세, 차 화 선 군 상 기 상	또 선친의 화상을 그 위에 모시기로 하였는데,
軾助錢二十之一하야, 식 조 전 이 십 지 일	나는 그 돈의 이십분의 일을 도와주고,

95 존호자(存乎子): 그대에게 존재하다. 그대에게 간직되어 있다.

期以明年에 冬閣成하니라.
기 이 명 년 동 각 성

내년 겨울에 누각을 낙성시키기로 하였다.

熙寧[96]元年十月日에 記하노라.
희 령 원 년 십 월 일 기

희령 원년 시월 모일에 쓰노라.

102. 전표성의 주의 서문(田表聖奏議序)[97]

소식(蘇軾)

故諫議大夫贈司徒[98]
고 간 의 대 부 증 사 도

고 간의대부로 사도에 추증된

田公表聖[99]의,
전 공 표 성

전석(田錫)의

奏議[100]十篇이라.
주 의 십 편

주의(奏議) 십 편이다.

嗚呼라!
오 호

아!

---

96 희령(熙寧): 송나라 신종(神宗)의 연호. 그 원년은 1068년

97 전표성주의서(田表聖奏議序): 송나라 태종(太宗)·진종(眞宗) 때의 언관(言官: 간관)으로 활약하며 올바른 말을 많이 한 전석(田錫)이 임금에게 올린 글을 모은『전표성주의(田表聖奏議)』 앞에 쓴 서문이다. 소식은 정치가 잘되고 명철한 임금이 다스리는 세상에도 올바른 건의가 얼마나 중요한가를 시종 강조하고 있다. 이런 기풍 때문에 송대에는 어느 시대보다도 임금 앞에서 바른말을 한 신하들이 많이 나왔다.

98 증사도(贈司徒): 죽은 뒤에 명예직으로 사도 벼슬이 주어진 것. 사도는 사공(司空), 사마(司馬)와 함께 삼공(三公)이라고 하며 국가의 최고 명예직의 하나

99 전공표성(田公表聖): 전석(田錫). 자가 표성(表聖). 송 태종과 진종 때 간의대부(諫議大夫)·사관수찬(史館修撰) 등을 지냈다. 임금에게 바른말을 많이 하여 유명하다.

100 주의(奏議): 임금에게 자기 의견을 밝히는 글

田公은 古之遺直[101]也라. 전공 고지유직 야	전공은 옛날의 유풍을 따라 곧은 도리를 지킨 분이다.
其盡言不諱[102]는, 기진언불휘	그가 말을 거리낌 없이 다 하는 것은,
蓋自敵以下도, 개자적이하	그의 적이 아니라도
受之[103]有不能堪者어늘, 수지 유불능감자	참고 있기 어려울 것이거늘,
而況於人主乎아? 이황어인주호	하물며 임금은 어떠했겠는가?
吾以是로 오이시	나는 이로써
知二宗[104]之聖也니라. 지이종 지성야	송나라 태종과 진종이 성인이었음을 알게 된다.
自太平興國[105]以來로, 자태평흥국 이래	태종의 태평흥국 이래로
至于咸平[106]은, 지우함평	진종의 함평 연간에 이르기까지는
可謂天下大治요, 가위천하대치	천하가 크게 다스려져
千載一時[107]矣나, 천재일시 의	천 년에 한 번 있을까 말까 하였으나,

101 유직(遺直): 옛사람의 유풍(遺風)을 따라 바르고 곧은 도리를 지키는 사람
102 진언불휘(盡言不諱): 거리낌 없이 하고 싶은 말을 다 하다.
103 적이하수지(敵以下受之): 원수 이하의 사람들이 그가 하는 말을 듣는다 해도
104 이종(二宗): 송 태종(太宗)과 진종(眞宗). 전석이 활약했던 시대의 두 임금
105 태평흥국(太平興國): 송 태종의 연호(976~983)
106 함평(咸平): 송 진종의 연호(998~1003)
107 천재일시(千載一時): 기회가 극히 적은 것을 뜻한다.

而田公之言은, 이 전 공 지 언	그런데도 전공의 말은
常若有不測之憂[108]가, 상 약 유 불 측 지 우	늘 예측할 수 없는 걱정이
近在朝夕者는, 근 재 조 석 자	아침저녁으로 가까이에 있는 듯하였으니
何哉오? 하 재	어째서인가?
古之君子는, 고 지 군 자	옛날의 군자들은
必憂治世而危明主하고, 필 우 치 세 이 위 명 주	반드시 치세를 걱정하고 명철한 임금을 위태롭게 여겼다.
明主는 有絶人之資요, 명 주 유 절 인 지 자	명철한 임금은 남보다 뛰어난 자질을 지녔고,
而治世無可畏之防[109]이라. 이 치 세 무 가 외 지 방	치세에는 두려워할 만한 방비가 없어도 된다.
夫有絶人之資면, 부 유 절 인 지 자	그런데 남보다 뛰어난 자질을 지니고 있으면
必輕其臣하고, 필 경 기 신	반드시 신하를 가벼이 여기게 되고,
無可畏之防이면, 무 가 외 지 방	두려워할 만한 방비가 없어도 되면,

108 불측지우(不測之憂): 헤아릴 수 없는 걱정

109 가외지방(可畏之防): 두려워할 만한 방비. 실제로는 반드시 방비를 잘해야만 할 두려운 일을 뜻한다.

必易其民[110]하나니, 필 이 기 민	반드시 그의 백성들을 쉽게 여기게 되는 것이니,
此君子之所甚懼者也라. 차 군 자 지 소 심 구 자 야	이것은 군자가 매우 두려워해야 할 바이다.
方漢文[111]時는, 방 한 문 시	한나라 문제 때에는
刑措不用[112]하고, 형 조 불 용	형벌은 그대로 두고 쓰지 않았고
兵革不試[113]나, 병 혁 불 시	무기와 갑옷은 시험해 보지도 않았으나,
而賈誼[114]之言曰, 이 가 의 지 언 왈	가의는 말했다.
天下에 有可長太息者하고, 천 하 유 가 장 태 식 자	"천하에는 길게 한숨 쉴 일들이 있고,
有可流涕者하고, 유 가 류 체 자	눈물을 흘리게 할 일들이 있으며,
有可痛哭者라. 유 가 통 곡 자	통곡하게 할 일들이 있다."
後世不以是少漢文하며, 후 세 불 이 시 소 한 문	후세 사람들은 이 때문에 한나라 문제를 작게 보지 않고
亦不以是甚賈誼라. 역 불 이 시 심 가 의	또한 가의가 너무 심했다 하지도 않았다.

110 이기민(易其民): 그 백성들을 가벼이 여기다.

111 한문(漢文): 한나라 문제(文帝)

112 형조불용(形措不用): 형벌은 버려두고 쓰지 않다.

113 병혁불시(兵革不試): 무기와 갑옷을 시험하지 않다.

114 가의(賈誼): 한나라 초기의 정책 이론가이자 부(賦) 작가

由此觀之면, 유 차 관 지	이로써 본다면
君子之遇治世 군 자 지 우 치 세	군자로서 치세를 만나
而事明主가, 이 사 명 주	명철한 임금을 섬기는 것은,
法當如是[115]也니라. 법 당 여 시 야	그 방법이 이와 같아야만 하는 것이다.
誼雖不遇나, 의 수 불 우	가의는 비록 불우하였지만,
而其所言이, 이 기 소 언	그가 말한 것들이
略已施行[116]이나, 약 이 시 행	대략은 실행되었으나,
不幸早世하야, 불 행 조 세	불행하게도 일찍 죽어서
功業不著於時라. 공 업 불 저 어 시	그의 공로가 그 시대에 드러나지 않았던 것이다.
然誼嘗建言하야, 연 의 상 건 언	그러나 가의는 일찍이 건의하여
使諸侯王子孫으로, 사 제 후 왕 자 손	제후들의 자손으로 하여금
各以次受分地[117]나, 각 이 차 수 분 지	각각 차례대로 땅을 나누어 받게 하고자 하였으나,

115 법당여시(法當如是): 법이 마땅히 이와 같아야 한다.

116 약이시행(略已施行): 이미 시행되다.

117 이차수분지(以次受分地): 차례대로 땅을 나누어 받다. 본시 옛 봉건제도는 종법제(宗法制)로, 제후나 대부 모두 맏아들만이 아버지의 국(國)과 가(家)를 계승하였다. 그러나 가의는 제후와 대부들의 세력을 약화시키는 방법으로, 아버지가 죽으면 그 땅과 재산을 모든 아들에게 나누어 줄 것을 건의했다. 뒤에 이 방법이 채택되어 황권이 강화되었다.

文帝未及用이라가, 문 제 미 급 용	문제는 채용하지 못하고 있다가,
歷孝景至武帝하야, 역 효 경 지 무 제	효경제를 지나 무제에 이르러서야
而主父偃[118]이 擧行之하니, 이 주 보 언 거 행 지	주보언이 그 제의를 실천하니,
漢受以安[119]이러라. 한 수 이 안	한나라는 안정되었던 것이다.
今公之言이, 금 공 지 언	지금 전공의 말은
十未用五六也나, 십 미 용 오 륙 야	열 가지 중에서 대여섯 가지는 쓰이지 못하고 있으나,
安知來世에, 안 지 래 세	후세에 어찌 알겠는가?
不有若偃者하야, 불 유 약 언 자	주보언 같은 사람이 있어서
擧而行之歟아? 거 이 행 지 여	그것을 실천할 수도 있음을.
願廣其書於世하야, 원 광 기 서 어 세	바라건대 그의 책이 세상에 널리 퍼져
必有與公合者면, 필 유 여 공 합 자	반드시 전공과 뜻이 맞는 사람이 나오면,

118 주보언(主父偃: 기원전 ?~기원전 127): 한(漢)무제 때 정책 이론가. 종횡술(從橫術)을 배우고, 『역(易)』·『춘추(春秋)』와 제자서도 공부하였다. 가의의 뒤를 이어 제후들과 귀족들의 권력을 억압하는 정책을 건의하여 받아들여졌다. 여러 벼슬을 거쳐 제왕(齊王)의 승상이 되었으나 그 누이와 왕이 간통한 사건이 탄로나 죽임을 당하였다.

119 수이안(受以安): 그 덕분으로 편안해지다.

此亦忠臣孝子之志也리라. 차 역 충 신 효 자 지 지 야	이들 역시 충신과 효자의 뜻을 지닌 사람들인 것이다.

103. 전당의 혜근스님의 시집 서문(錢塘勤上人詩集序)[120]

소식(蘇軾)

昔翟公[121]罷廷尉[122]에, 석 적 공 파 정 위	옛날 한나라의 적공이 정위 자리를 사직하자
賓客無一人至者러니, 빈 객 무 일 인 지 자	찾아오는 손님이 하나도 없더니,
其後復用에, 기 후 부 용	그 뒤에 다시 기용되자
賓客欲往이라. 빈 객 욕 왕	손님들이 다시 찾아오려 하였다.
翟公이 大書其門曰, 적 공 대 서 기 문 왈	적공은 그의 집 대문에 이렇게 크게 써 붙였다.
一死一生에, 일 사 일 생	"한 번 죽고 한 번 삶에

120 전당근상인시집서(錢塘勤上人詩集序): 이 글은 『전당의 혜근스님의 시집』에 서문으로 써 준 글이다. 소식은 스승 구양수(歐陽脩)를 통하여 혜근을 알게 되었고, 그 뒤로 상당히 두터운 교분을 쌓았다. 전반적으로 혜근보다도, 혜근을 이끌어 준 스승 구양수의 인덕이 더 크게 드러나고 있다.

121 적공(翟公): 한(漢) 문제(文帝) 때 사람. 이 글에 나오는 정도의 사적이 알려져 있다. 뒤에 그의 집에 아무도 찾아오지 않아 "문에 참새 그물을 칠 만하게 되었다(門可羅雀)"는 말이 생겨났다.

122 정위(廷尉): 법과 형벌을 관장하던 대신

乃知交情하고, 내지교정 — 사귀던 정을 알 수가 있고,

一貧一富에, 일빈일부 — 한 번 가난해졌다 한 번 부자가 됨에

乃知交態하고, 내지교태 — 사귀던 실태를 알 수가 있고,

一貴一賤에, 일귀일천 — 한 번 귀했다가 한 번 천함에

交情乃見이라 하니, 교정내현 — 사귀던 정이 드러나게 된다."

世以爲口實[123]이라. 세이위구실 — 세상에서는 이것을 얘깃거리로 삼았다.

然이나 余嘗薄[124]其爲人하야, 연 여상박 기위인 — 그러나 나는 일찍이 그의 사람됨을 천박하게 보아,

以爲客則陋矣어니와, 이위객즉루의 — 손님들도 비루하기는 하나

而公之所以待客者도, 이공지소이대객자 — 적공이 손님을 대하는 것도

獨不爲小哉아? 독불위소재 — 매우 졸렬한 것이 아닌가 하고 생각했다.

故太子太師[125]歐陽公[126]은 고태자태사 구양공 — 옛날 태자태사였던 구양수 공은

---

123 구실(口實): 얘깃거리

124 박(薄): 천박하게 여기다.

125 태자태사(太子太師): 태자를 가르치는 스승 중 가장 높은 벼슬인데, 관례상 고관을 지내다가 죽은 문인학자들에게 최고의 명예직으로 추증된다.

126 구양공(歐陽公): 구양수(歐陽脩)

好士하야,
호 사
선비를 좋아하여

爲天下第一이라.
위 천 하 제 일
천하에서 제일이었다.

士有一言中於道면,
사 유 일 언 중 어 도
선비의 한마디 말이 도리에 맞는 것이라면

不遠千里而求之하니,
불 원 천 리 이 구 지
천리를 멀다 아니하고 그를 찾아가니,

甚於士之求公이라.
심 어 사 지 구 공
선비들이 구양수 공을 찾아가는 것보다 더욱 열심이었다.

以故로 盡致天下豪傑하야,
이 고 진 치 천 하 호 걸
그 때문에 천하의 호걸들이 모두 모여들어

自庸衆人[127]으로,
자 용 중 인
용렬한 보통 사람으로도

以顯於世者固多矣라.
이 현 어 세 자 고 다 의
세상에 유명해진 사람이 진실로 많았다.

然이나 士之負公[128]者亦時有之라.
연 사 지 부 공 자 역 시 유 지
그러나 선비들 중에는 배신하는 자도 가끔 있었다.

蓋嘗慨然[129]太息하야,
개 상 개 연 태 식
그래서 일찍이 한숨을 쉬면서

127 용중인(庸衆人): 용렬한 보통 사람

128 부공(負公): 공을 어기다. 공의 뜻을 배반하다.

129 개연(慨然): 크게 탄식하는 모양

以人之難知로,
이 인 지 난 지

사람을 알아보기 어렵다는 것으로써

爲好士者之戒라.
위 호 사 자 지 계

선비를 좋아하는 사람들의 훈계가 되도록 하셨다.

意[130]公之於士에,
의 공 지 어 사

속으로 선비들에 대하여

自是少倦이라.
자 시 소 권

이로부터 약간 싫증이 났을 것이다.

而其退老[131]於潁水[132]之上에,
이 기 퇴 로 어 영 수 지 상

그러나 그가 영수로 물러나 노년을 보내고 있을 때에

余往見之하니,
여 왕 견 지

내가 찾아가 뵈오니,

則猶論士之賢者하되,
즉 유 논 사 지 현 자

여전히 선비 중의 현명한 사람에 대하여 논하되

惟恐其不聞於世也하고,
유 공 기 불 문 어 세 야

오직 세상에 그 이름이 알려지지 않을까 두려워하셨고,

至於負者하얀,
지 어 부 자

자신을 배신한 사람들에 있어서는

則曰是罪在我요,
즉 왈 시 죄 재 아

"곧 그것은 나에게 죄가 있는 것이지

非其過라 하시니라.
비 기 과

그의 잘못이 아니다"라고 말씀하셨다.

---

130 의(意): 생각하다.

131 퇴로(退老): 벼슬에서 물러나 노년을 보내다.

132 영수(潁水): 하남성(河南省)에서 시작하여 안휘성(安徽省)의 태화(太和) 부양(阜陽) 영상(潁上) 등의 현(縣)을 거쳐 회수(淮水)에 합쳐지는 강물의 이름

翟公之客은, 적 공 지 객	적공의 손님들은
負公於死生貴賤之間이나, 부 공 어 사 생 귀 천 지 간	죽고 살고 또 귀하고 천한 사이에 적공을 배신했으나,
而公之士는, 이 공 지 사	구양 공의 선비는
判公於瞬息[133]俄頃[134]之際하니, 판 공 어 순 식 아 경 지 제	눈 깜짝하는 잠깐 사이에 배반했던 것이다.
翟公은 罪客이나, 적 공 죄 객	적공은 손님들에게 그 죄를 돌렸으나
而公은 罪己하니, 이 공 죄 기	구양 공은 그 죄를 자기에게 돌리니,
與士益厚하고, 여 사 익 후	선비들과 더욱 두터워졌고,
賢於古人이 遠矣라. 현 어 고 인 원 의	옛사람보다도 훨씬 현명했던 것이다.
公은 不喜佛老나, 공 불 희 불 노	구양 공은 불교와 도교를 좋아하지 않았으나
其徒에 有治詩書 기 도 유 치 시 서	그 무리 중에 『시경』·『서경』이나
學仁義之說者면, 학 인 의 지 설 자	인의(仁義)의 이론을 공부한 사람이 있으면,

133 순식(瞬息): 눈 깜박거리고 숨 한 번 쉬는 짧은 동안

134 아경(俄頃): 짧은 동안. 갑작스런 동안

必引而進之[135]라. 필 인 이 진 지	반드시 그를 끌어들여 밀어주었다.
佛者惠勤[136]은, 불 자 혜 근	불자 혜근은
從公遊三十餘年하니, 종 공 유 삼 십 여 년	구양 공을 따라 삼십여 년이나 노닐었으니,
公이 嘗稱之爲聰明 공 상 칭 지 위 총 명	공이 일찍이 그를 총명하고
才智有學問者요, 재 지 유 학 문 자	재주와 지혜가 있고 학문을 갖춘 사람이며
尤長於詩라 하시니라. 우 장 어 시	더욱이 시를 잘 짓는다고 칭찬한 일이 있다.
公薨[137]於汝陰[138]이어늘, 공 훙 어 여 음	구양 공이 여음(汝陰)에서 돌아가시자
余哭[139]之於其室[140]이라. 여 곡 지 어 기 실	나는 그의 집에서 곡(哭)을 하였다.
其後見之에, 기 후 견 지	그 뒤에 혜근을 만났을 때
語及於公이면, 어 급 어 공	얘기가 구양 공에 미치기만 하면,

135 인이진지(引而進之): 그를 끌어들여 밀어주다.

136 혜근(惠勤): 항주(杭州) 서호(西湖)에 있던 승려. 구양수가 「산중악(山中樂)」 3장(章)을 지어 준 일이 있다.

137 훙(薨): 돌아가다. 죽다. 제후 임금과 동등한 높은 지위에 있는 사람의 죽음을 표현하는 말. 구양수가 재상의 지위에서 죽었기 때문에 이렇게 표현하였다.

138 여음(汝陰): 지금의 안휘성(安徽省) 부양현(阜陽縣). 영상현(潁上縣)과 접해 있다.

139 곡(哭): 곡하다. 문상을 하는 것

140 기실(其室): 혜근의 집을 가리킨다. 소식이 항주(杭州)의 통판(通判)으로 있을 때 구양수가 죽었는데, 소식은 혜근의 집에서 7년 동안 스승을 위하여 곡을 하였다 한다.

未嘗不涕泣也러라. 미 상 불 체 읍 야	눈물을 흘리며 울지 않은 적이 없었다.
勤은 固無求於世하고, 근 고 무 구 어 세	혜근은 본시 세상에서 추구하는 바가 없었고,
而公은 又非有德於勤者니, 이 공 우 비 유 덕 어 근 자	또 구양 공은 혜근에게 은덕이 있었던 것도 아닌데,
其所以涕泣不忘은, 기 소 이 체 읍 불 망	그가 눈물 흘리며 울면서 잊지 못하는 까닭이
豈爲利哉아? 기 위 이 재	어찌 이익 때문이겠는가?
余然後에 여 연 후	나는 그런 일이 있은 뒤에야
益知勤之賢하니, 익 지 근 지 현	더욱 혜근이 현명함을 알게 되었으니,
使其得列於士大夫之間 사 기 득 열 어 사 대 부 시 간	만약 그가 사대부들 사이에 끼어서
而從事於功名이라도, 이 종 사 어 공 명	공명(功名)을 다투는 일에 종사하였더라도,
其不負公也審[141]矣라. 기 불 부 공 야 심 의	그가 구양 공을 배신하지 않았을 것이 확실하다.
熙寧[142]七年에, 희 령 칠 년	희령 7년에

141 심(審): 잘 안다. 확실하다.

142 희령(熙寧): 송 신종(神宗)의 연호. 그 7년은 1074년

予自錢塘[143]으로, 여 자 전 당	내가 전당으로부터
將赴高密[144]할세, 장 부 고 밀	고밀로 떠나가려 할 때에,
勤이 出其詩若干篇하야, 근 출 기 시 약 간 편	혜근이 그의 시 몇 편을 내놓고
求予文以傳於世라. 구 여 문 이 전 어 세	내게 글을 써 주기 바라면서 세상에 전하려 한다.
余以爲詩는, 여 이 위 시	내가 생각하건대 그의 시는
非待文而傳者也나, 비 대 문 이 전 자 야	나의 이 보잘것없는 글을 통해서 전해지는 것이 아니지만,
若其爲人之大略[145]은, 약 기 위 인 지 대 략	그의 사람됨의 대략은
則非斯文이면, 즉 비 사 문	이 글이 아니라면
莫之傳也라. 막 지 전 야	전해질 수가 없을 것이라 여겨진다.

143 전당(錢塘): 항주(杭州)의 별명. 소식은 그곳 통판(通判)으로 있었다.

144 고밀(高密): 지금의 산동성(山東省) 교현(膠縣) 서북쪽의 고을 이름. 그때 소식은 그곳을 관할하는 밀주(密州)의 지사로 옮겨 갔다.

145 위인지대략(爲人之大略): 혜근의 사람됨에 관한 대략

104. 농사 이야기, 동기생 장호를 떠나보내며 (稼說送同年張琥)[146]

소식(蘇軾)

蓋嘗觀於富人之稼乎[147]아? 개 상 관 어 부 인 지 가 호	어찌하여 일찍이 부자의 농사를 보지 않았는가?
其田은 美而多요, 기 전 미 이 다	그 밭이 좋고도 많으며
其食은 足而有餘라. 기 식 족 이 유 여	그 먹을 것이 넉넉하여 남음이 있다.
其田美而多면, 기 전 미 이 다	그 밭이 좋고도 많으면
則可以更休[148] 즉 가 이 경 휴	곧 바꾸어 쉼으로써
而地力得完이요, 이 지 력 득 완	땅의 힘을 완전하게 할 수가 있는 것이요,
其食足而有餘면, 기 식 족 이 유 여	그 먹는 것이 넉넉하여 남음이 있으면

146 가설송동년장호(稼說送同年張琥): 이 글은 동파가 같은 해에 진사에 급제했던 벗 장호를 고향으로 떠나보내면서 지은 것이다. 먼저 부잣집의 농사짓는 법과 가난한 집의 농사짓는 법을 말하여, 부잣집 농작물이 쭉정이 하나 없이 알알이 잘 영근 것을 학문의 완성에 비유하고, 가난한 집 농작물이 제대로 영글지 못한 것을 학문의 미완성에 비유하였다. 그리하여 장호가 고향으로 돌아가는 것이 학문 완성의 다시없는 기회가 될 것을 일깨우고, 아울러 돌아가는 길에 아우 자유에게도 들러 이 같은 말을 전해 줄 것을 당부한다.

147 개상관어부인지가호(蓋嘗觀於富人之稼乎): '개'는 합(盍: 何不의 축약)과 같아 '어찌 ~않느냐?'의 뜻. '상'은 상시(嘗試)와 같아 시험해 본다는 말, '가'는 농작물을 심는 일이니 농사일이다. 곧 시험 삼아 부자들의 농사짓는 일을 살펴보자는 말이다.

148 경휴(更休): 부농은 비옥한 땅을 만들어 소출을 많이 내기 위하여 격년 또는 3년에 한 번씩 번갈아 가며 땅을 묵혀 둔다는 것을 말한다.

則種之常不後時요,
즉 종 지 상 불 후 시

곧 이것을 심기를 항상 때에 뒤늦지 않고,

而斂之常及其熟이라.
이 렴 지 상 급 기 숙

이를 거둠에 항상 익을 때에 미치게 된다.

故로 富人之稼는 常美하며,
고 부 인 지 가 상 미

그러므로 부자의 농사는 항상 잘되어서

少秕[149]而多實하고,
소 비 이 다 실

쭉정이는 적고 알맹이는 많으며

久藏而不腐니라.
구 장 이 불 부

오래도록 저장해도 썩지 않는다.

今吾十口之家
금 오 십 구 지 가

지금 내가 열 식구 가장으로서

而共百畝[150]之田하야,
이 공 백 묘 지 전

백 묘의 밭을 함께 해서

寸寸而取之[151]하고,
촌 촌 이 취 지

조금이라도 이를 취하고

日夜而望之하며,
일 야 이 망 지

낮이나 밤이나 이것을 바라보며,

鋤耰銍刈[152]를,
서 우 질 예

호미질, 고무래질, 낫질, 풀베기를

---

149 비(秕): 쭉정이

150 백묘(百畝): 백묘지전. 중국 상고 시대의 정전제(井田制)로, 사방 10리의 농지를 '우물 정(井)' 자로 9등분하여, 가운데 백 묘는 공전, 주위의 8백 묘는 사전으로 하여 여덟 집에 나누어 주는 것이다.

151 촌촌이취지(寸寸而取之): '촌촌'은 아주 작은 것을 뜻하고, '취지'의 '지'는 토지를 가리킨다. 빈농은 식구는 많고 땅은 적기 때문에 다만 한 마디 정도의 땅도 남겨 두지 않고 씨를 뿌린다는 말이다.

152 서우질예(鋤耰銍刈): '서'는 호미, '우'는 밭의 흙을 고르거나 씨를 뿌린 뒤 흙을 덮는 데 쓰는 고무래, '질'은 벼 베는 짧은 낫, '예'는 풀 베는 일이다.

相尋於其上[153]者를,
상 심 어 기 상 자

그 위에 서로 차례로 하기를

如魚鱗[154]하니,
여 어 린

마치 고기비늘과 같이 하니,

而地力竭矣[155]요.
이 지 력 갈 의

땅의 힘이 다해 버리는 것이다.

種之常不及時하고,
종 지 상 불 급 시

심는 것이 늘 때에 미치지 못하고,

而斂之常不待其熟하니,
이 렴 지 상 불 대 기 숙

거두는 것이 늘 익기를 기다리지 못할 것이니,

此豈能復有美稼哉아?
차 기 능 부 유 미 가 재

이 어찌 다시 좋은 농작물이 있을 수 있겠는가?

古之人이,
고 지 인

옛날 사람이

其才非有大過今之人也라.
기 재 비 유 대 과 금 지 인 야

그 재주가 지금 사람보다 훨씬 낫다는 것이 아니다.

其平居[156]에,
기 평 거

그 평소 거처함에 있어

---

153 상심어기상(相尋於其上): '심'은 차(次)와 같고, '상'은 토지를 가리킨다. 1년 중 밭을 번갈아 가며 호미질하고 씨 뿌려 고무래로 흙을 덮고, 낫질하고, 풀 베어 주는 등 잠시도 밭을 놀려 두지 않음을 뜻한다.

154 어린(魚鱗): 물고기 비늘은 촘촘히 붙어 빈틈이 없다. 이것은 밭을 잠시도 묵혀 두지 않고 쉴 새 없이 갈아먹으므로 그렇게 말한 것이다.

155 지력갈의(地力竭矣): 농토는 격년 또는 3년에 한 번씩 묵혀 두어야 비옥한 땅이 되는데, 그렇지 못하고 물고기 비늘처럼 빈틈없이 계속 경작하므로 땅이 점점 메말라 곡물을 생산할 힘이 없어진다는 것을 뜻한다.

156 평거(平居): 평소, 평생의 뜻과 같다.

所以自養而不敢輕用[157]하야,
소 이 자 양 이 불 감 경 용

스스로를 길러 감히 가벼이 쓰지 아니하고,

以待其成者는,
이 대 기 성 자

그것으로써 이루어지기를 기다리는 것이

閔閔焉[158]如嬰兒之望長也라.
민 민 언 여 영 아 지 망 장 야

아기가 크는 것을 걱정하며 보는 것처럼 한 것이다.

弱者를 養之하야,
약 자 양 지

약한 이는 이를 길러서

以至於剛하고,
이 지 어 강

굳세게 하는 데 이르고,

虛者를 養之하야,
허 자 양 지

텅 빈 이는 이를 길러서

以至於充하며,
이 지 어 충

꽉 차도록 하며,

三十而後仕하고,
삼 십 이 후 사

삼십이 된 뒤에 벼슬하고

五十而後爵이라.
오 십 이 후 작

오십이 된 뒤에 작위를 받았다.

伸於久屈之中[159]하야,
신 어 구 굴 지 중

오래 굽히는 가운데 펴서

---

157 자양이불감경용(自養而不敢輕用): 평소에 학문을 닦고 자기 수양을 하여 천하 국가의 대용에 이바지하기 위하여 도중에 함부로 벼슬길에 나가 재능을 써 버리지 않는다는 말이다.

158 민민언(閔閔焉): 근심하는 모양

159 신어구굴지중(伸於久屈之中): '신'은 펴진다는 뜻. 학문이 성취되고 재능이 충족되기까지 오랜 세월을 노력하며 참고 기다렸다가 그것을 발휘하는 것을 말한다.

而用於至足之後하며, 이 용 어 지 족 지 후	이미 만족한 뒤에야 쓰고,
流於旣溢之餘[160]하고, 유 어 기 일 지 여	이미 넘치는 나머지 것을 흘리고
而發於持滿之末[161]하니, 이 발 어 지 만 지 말	가득한 것을 가진 끝에야 놓는다 하니,
此古人之所以大過人, 차 고 인 지 소 이 대 과 인	이것이 옛날 군자가 크게 뛰어난 까닭이요,
而今之君子所以不及也라. 이 금 지 군 자 소 이 불 급 야	지금의 군자가 옛날 사람들에 미치지 못하는 까닭이다.
吾少也에, 오 소 야	내 젊어서
有志於學이나, 유 지 어 학	학문에 뜻을 두었으나
不幸而早得[162]하니, 불 행 이 조 득	불행하게도 일찍이 얻으니
與吾子[163]同年이라. 여 오 자 동 년	그대와 같은 해였네.
吾子之得이, 오 자 지 득	그대의 얻음이

160 유어기일지여(流於旣溢之餘): 학문과 재능이 이미 자기의 안에 꽉 찬 나머지 밖으로 넘칠 때, 말하자면 학문과 재능이 만족할 만하다고 생각되었을 때 비로소 그것을 쓴다는 말이다.

161 발어지만지말(發於持滿之末): 살을 놓을 때 활을 힘껏 잡아당겨 가득 찬 끝에 놓는 것을 말한다.

162 불행이조득(不幸而早得): '조득'은 일찍이 벼슬길에 나감을 말한다. 동파는 나이 22세에 진사에 급제하였다. 일찍이 벼슬길에 나갔기 때문에 학문을 할 기회가 얼마 안 되었음을 불행하게 생각하는 것이다.

163 오자(吾子): 그대 또는 자네. 여기서는 같은 해에 급제한 장호를 가리킨다.

亦不可謂不早矣라. 역 불 가 위 부 조 의	또한 빠르지 않다고 말할 수 없을 것 같다.
吾今雖[164]欲自以爲不足이나, 오 금 수 욕 자 이 위 부 족	내 지금 비록 스스로 부족함을 보충하고자 하나
而衆且妄推之矣라. 이 중 차 망 추 지 의	사람들이 또한 함부로 나를 밀어내고 있는 것 같다.
嗚呼라! 오 호	슬프다!
吾子는 其去此하고, 오 자 기 거 차	그대는 이것을 버리고
而務學也哉저! 이 무 학 야 재	학문에 힘쓸지어다.
博觀而約取[165]하고, 박 관 이 약 취	널리 배워서 간략하게 취하고
厚積而薄發[166]을, 후 적 이 박 발	두텁게 쌓아서 엷게 발휘할 것을
吾告吾子하노니, 오 고 오 자	내 그대에게 고하노니,
止於此矣라. 지 어 차 의	여기서 그칠지어다.

164 오금수(吾今雖): 이 문장의 뜻은 동파가 자신의 학문이 아직 부족하다고 생각하기 때문에 잠시라도 벼슬을 그만두고 들어가 학문을 더 닦고자 하나, 세상 사람들이 자기를 두고 박학다재하다고 추천하여 관직에 나아가게 하니 도리가 없다는 말이다.

165 박관이약취(博觀而約取): 배우기는 널리 배워서 많이 알되, 실제 활용하기는 간략하게 요령 있게 쓴다.

166 후적이박발(厚積而薄發): '후적'은 학문의 공, '박발'은 재능을 발휘하다.

子歸過京師[167]而問焉하라.
자 귀 과 경 사 이 문 언

그대 돌아가는 길에 경사를 지나치매 물어 주오,

有曰轍子由[168]者는
유 왈 철 자 유 자

철 자유라고 하는 사람은,

吾弟也니,
오 제 야

나의 아우이니,

其[169]亦以是語之하라.
기 역 이 시 어 지

또한 이 말을 꼭 해 주오.

105. 임금은 이적을 다스리지 않음을 논함(王者不治夷狄論)[170]

소식(蘇軾)

論曰,
논 왈

논하노니,

夷狄[171]은
이 적

오랑캐들은

---

167 경사(京師): '경'은 대(大), '사'는 중(衆)의 뜻. 대중이 모여 사는 곳이므로 천자의 도읍을 경사라고 한다.

168 철자유(轍子由): 자유는 동파의 아우 철의 자(字)이다.

169 기(其): 여기서는 희망을 나타내는 부사로 '마땅히'라는 뜻이 있다.

170 왕자불치이적론(王者不治夷狄論): 소식이 스물두 살 되던 해(1057)에 진사시에 합격하고, 이 문장은 26세 때인 1061년 제과(制科) 시험에 합격했을 당시 썼던 답안이다. 이때의 시험문제가 "왕자불치이적(王子不治夷狄)을 논하라"는 것이었다. "왕자는 오랑캐를 다스리지 않는다"는 뜻의 이 구절은 『춘추(春秋)』의 「은공(隱公) 2년」 기록에 "공[魯隱公]이 잠(潛)에서 오랑캐를 만났다(公會戎千潛)"고 쓰인 글에 대한 『공양전(公羊傳)』의 하휴(何休: 후한의 학자)의 「해고(解詁: 뜻풀이)」에 보이는 글이다. 춘추 시대에 중국 제후들끼리 어떤 일이 있어 협의하기 위하여 모이는 것을 회(會)라고 하는데, 여기서는 중국의 제후가 아닌 이적의 군주와 만난 것을 회라 하였으니, 틀림없이 잘못된 것인데도 왜 이렇게 썼는가 하는 것을 밝히고 있다. 이 글에서는 중국 사람들의 중화사상(中華思想)과 함께 이른바 미언대의(微言大義: 미묘한 말이 품고 있는 큰 진리)를 추구하려던 중국 학자들의 『춘추』에 대한 연구 태도를 엿볼 수가 있다.

不可以中國之治[172]로 治也라.
불가이중국지치 치야

중국의 정치로써 다스릴 수는 없는 것이다.

譬若禽獸然하야,
비약금수연

비유를 들면 마치 새나 짐승과 같아서,

求其大治면,
구기대치

그들이 크게 다스려지기를 구한다면

必至於大亂이라.
필지어대란

반드시 크게 혼란에 빠지게 될 것이다.

先王知其然이라.
선왕지기연

옛 임금들은 그러함을 알았다.

是故로 以不治로 治之하나니,
시고 이불치 치지

그래서 다스리지 않음으로 그들을 다스렸던 것이다.

治之以不治者는,
치지이불치자

다스림에 다스리지 않는다는 것은

乃所以深治[173]之也니라.
내소이심치 지야

바로 그들을 철저히 다스리는 것이다.

春秋[174]에 書
춘추 서

『춘추(春秋)』에 씌어 있기를,

公會戎于潛[175]이라 하니,
공회융우잠

"공이 잠에서 오랑캐를 만났다" 하니,

---

171 이적(夷狄): 오랑캐. 동쪽 오랑캐는 이(夷), 남쪽은 만(蠻), 서쪽은 융(戎), 북쪽은 적(狄)이라 했다 하나, 여기서는 오랑캐의 총칭

172 중국지치(中國之治): 중국의 다스림. 중국을 다스리는 방법의 정치. 이 글에서 이적과 중국이라는 말을 인종과 지역에 대한 차이보다는 오히려 문화 수준의 차이로 구분하고 있음을 주목해야 한다.

173 심치(深治): 깊이 다스리다. 철저히 다스리다.

174 춘추(春秋): 『춘추(春秋)』「은공 2년」에 보이는 구절

175 잠(潛): 노(魯)나라에 있던 땅 이름

何休[176]曰, 하휴 왈	하휴가 말하기를,
王者不治夷狄하니, 왕자불치이적	"임금은 오랑캐를 다스리지 않으니,
錄戎은, 녹융	오랑캐에 대하여 기록한 것은,
來者를 不拒, 내자 불거	찾아오는 자는 거절하지 않고,
去者를 不追[177]也니라. 거자 불추 야	떠나가는 자는 쫓아가지 않는 것이다"라고 한다.
夫天下之至嚴 부천하지지엄	천하에서 가장 엄격하며,
而用法之至詳者는, 이용법지지상자	적용하는 법이 가장 상세한 것으로는
莫過於春秋하니, 막과어춘추	『춘추』보다 좋은 것이 없으니,
凡春秋之 범춘추지	『춘추』에서
書公書侯[178]書字書名[179]은 서공서후 서자서명	공과 후를 쓰거나 자와 이름을 쓰기도 하는 것은,

176 하휴(何休): 후한(後漢) 때 학자. 여기에 보이는 글은 하휴가 지은 『춘추공양전해고(春秋公羊傳解詁)』에서 인용하였다.

177 추(追): 뒤쫓아 가 떠나는 것을 말리다.

178 서공서후(書公書侯): 『춘추』에서 제후들에 관하여 기록할 때, 죽은 뒤에는 나라 이름과 시호 밑에 '공'을 붙여 예를 들면 진문공(晉文公)·제환공(齊桓公)처럼 부르고, 살아 있는 동안에는 나라 이름에 작위를 붙여 예를 들면 진후(晉侯)·제후(齊侯)〔그들은 모두 후작(侯爵)이었음〕라 부른 것을 가리킨다.

179 서자서명(書字書名): 신하인 대부들에 관하여 기록할 때에는, 이름을 부르는 것이 통례이나 가끔 자(字)도 사용함으로써 그들에 대하여 존중하고 있음을 나타내는 것을 가리킨다.

其君이 得爲諸侯하고,
기군 득위제후

그 임금이 제후의 신분이 될 수 있고,

其臣이 得爲大夫者니,
기신 득위대부자

그 신하가 대부가 될 수 있는 것이니,

擧皆齊晉[180]也오.
거개제진 야

모두가 제나라와 진(晉)나라의 경우이다.

不然則齊晉之與國[181]也니라.
불연즉제진지여국 야

그렇지 않다면 곧 제나라와 진나라의 동맹국들이다.

其書州書國書氏書人[182]은,
기서주서국서씨서인

주나 나라를 쓰거나, 씨나 사람으로 쓰기도 하는 것은,

其君이 不得爲諸侯하고,
기군 부득위제후

그 임금이 제후의 신분이 될 수 없고,

其臣이 不得爲大夫者니,
기신 부득위대부자

그 신하가 대부가 될 수 없는 것이니,

擧皆秦楚[183]也오.
거개진초 야

모두가 진(秦)나라와 초나라의 경우이다.

---

180 제진(齊晉): 춘추 시대에 제나라는 지금의 산동성(山東省), 진나라는 산서성(山西省)에 있으면서, 제환공(齊桓公)과 진문공(晉文公)이 각각 패자(覇者)로서 제후들을 이끌며 '존왕양이(尊王攘夷)'의 대세를 이룩하였던 중원(中原)의 중심을 이루었던 두 나라

181 여국(與國): 함께하는 나라. 동맹국. 송(宋)·위(衛)·진(陳)·정(鄭) 등의 나라처럼 '존왕양이' 정책에 적극 참여했던 나라들을 가리킨다.

182 서주서국서씨서인(書州書國書氏書人): '주'는 중국을 구주(九州)로 나누었을 때의 주로, 나라[國]는 그 안에 있다. 『공양전(公羊傳)』「장공(莊公) 10년」에는 초(楚)나라를 주명(州名)인 형(荊)으로 부른 데 대하여 "주(州)는 나라를 호칭함만 못하고, 나라는 씨(氏)를 호칭함만 못하고, 씨는 사람을 호칭함만 못하고, 사람은 이름을 호칭함만 못하고, 이름은 자(字)를 호칭함만 못하고, 자(字)는 자(子)라 호칭함만 못하다"고 설명하고 있다. 씨는 종족제(宗族制)에서 성(姓)에서 갈려나간 씨족(氏族)의 호칭인데, 후세에는 대체로 모두 성이 되었다.

不然則秦楚之與國也니라.
불 연 즉 진 초 지 여 국 야

그렇지 않다면 곧 진나라와 초나라의 동맹국들이다.

夫齊晉之君이,
부 제 진 지 군

제나라와 진(晉)나라의 임금이

所以治其國家하고,
소 이 치 기 국 가

그의 나라를 다스리고

擁衛天子而愛養百姓者가,
옹 위 천 자 이 애 양 백 성 자

천자를 옹호하며 백성을 사랑하고 기르는 것이

豈能盡如古法哉아?
기 능 진 여 고 법 재

어찌 모두가 옛 법과 같을 수가 있겠는가?

蓋亦出於詐力[184]
개 역 출 어 사 력

대체로 사술(詐術)과 권력을 쓰면서

而參[185]之以仁義니,
이 참 지 이 인 의

인의를 거기에 혼용했던 것이니,

是齊晉亦未能純爲中國也라.
시 제 진 역 미 능 순 위 중 국 야

제나라와 진나라도 순수한 중국이 될 수가 없는 것이다.

---

183 진초(秦楚): 춘추 시대에 스스로 왕을 참칭(僭稱)하며 오랑캐들 비슷하게 '존왕양이'의 명분에서 벗어나는 행동을 하던, 중원으로부터 약간 벗어난 두 나라. 진나라는 지금의 섬서성(陝西省), 초나라는 호북성(湖北省)에 있었다.

184 출어사력(出於詐力): 사술(詐術)과 권력으로부터 나오다. 속임수와 권력, 곧 권모술수를 쓰는 것

185 참(參): 섞다. 혼용하다.

秦楚者亦非獨貪冒[186]無恥[187]하고,
진 초 자 역 비 독 탐 모 무 치

진(秦)나라와 초나라도 모두 탐욕스럽고 수치를 몰라서

肆行[188]而不顧也오,
사 행 이 불 고 야

멋대로 행동하며 아무것도 돌보지 않는 것은 아니다.

蓋亦有秉道行義之君焉하니,
개 역 유 병 도 행 의 지 군 언

도를 지키고 의를 행하는 임금이 있었던 것이니,

時秦楚亦未至於純爲夷狄也라.
시 진 초 역 미 지 어 순 위 이 적 야

진나라와 초나라도 순수한 오랑캐는 아닌 것이다.

齊晉之君이,
제 진 지 군

제나라와 진(晉)나라의 임금들이

不能純爲中國이나,
불 능 순 위 중 국

순수한 중국을 이루지 못하고 있는데도

而春秋之所與[189]者常嚮[190]焉하여,
이 춘 추 지 소 여 자 상 향 언

『춘추』에서는 그들을 편들고 있는 것이 늘 드러나,

---

186 탐모(貪冒): 탐욕스럽다. 이익을 함부로 취하려 드는 것
187 무치(無恥): 부끄러움을 모르다.
188 사행(肆行): 자기 멋대로 행동하다.
189 소여(所與): 함께하고 있다. 편들고 있다.
190 상향(常嚮): 언제나 그 편으로 향하다. 언제나 그러함이 드러나는 것

有善則汲汲[191]而書之하야,
유 선 즉 급 급 이 서 지
훌륭한 것이 있으면 서둘러서 그것을 써서

惟恐其不得聞於後世하고,
유 공 기 부 득 문 어 후 세
오직 후세에 알려지지 않을까 두려워하는 듯이 하며,

有過則多方[192]而開赦[193]之하야,
유 과 즉 다 방 이 개 사 지
잘못한 것이 있으면 여러 방면에서 널리 용서해 주어

惟恐其不得爲君子라.
유 공 기 부 득 위 군 자
오직 군자가 되지 못할까 걱정하는 듯이 하고 있다.

秦楚之君은,
진 초 지 군
진(秦)나라와 초나라의 임금은

未至於純爲夷狄이나,
미 지 어 순 위 이 적
순수한 오랑캐가 되지는 못하나,

而春秋之所不與者常在焉하니,
이 춘 추 지 소 불 여 자 상 재 언
『춘추』에서는 편들지 않고 있는 것이 늘 눈에 뜨이니,

有善則累而後進[194]하고,
유 선 즉 누 이 후 진
훌륭한 것이 있으면 그것이 쌓인 뒤에야 드러내고,

---

191 급급(汲汲): 서두르는 모양. 애쓰는 모양

192 다방(多方): 많은 방향에서 봐주다. 여러 가지 방법으로 봐주는 것

193 개사(開赦): 널리 용서하다. 너그러이 용서하다.

194 누이후진(累而後進): (선이) 쌓인 뒤에야 드러내 주다. 착한 일을 거듭해야만 기록해 주는 것

有惡則略而不錄하니, 유 악 즉 략 이 불 록	악한 것이 있으면 생략하고 기록하지 않았으니,
以爲不足錄也니라. 이 위 부 족 록 야	기록할 만한 것이 못 된다고 여겼기 때문이다.
是는 非獨私[195]於齊晉하고, 시 비 독 사 어 제 진	이것은 오직 제나라와 진(晉)나라에게 호의를 보이고
而偏疾[196]於秦楚也라. 이 편 질 어 진 초 야	진(秦)나라와 초나라에게 치우친 것이 아니다.
以見中國之不可以一日背요, 이 견 중 국 지 불 가 이 일 일 배	이로써 중국에 하루도 등을 돌려서는 안 되고,
而夷狄之不可以一日嚮[197]也라. 이 이 적 지 불 가 이 일 일 향 야	오랑캐들에게 하루도 치우치면 안 되는 것을 보여 준다.
其不純者도, 기 불 순 자	그러한 불순한 자들도
不足以寄其褒貶[198]하니, 부 족 이 기 기 포 폄	좋고 나쁘다는 비판을 하기에 부족하다 여겼으니,

195 독사(獨私): 오직 개인적으로 좋아하고 봐주다.

196 편질(偏疾): 치우치게 미워하다. 한 편만을 싫어하는 것

197 향(嚮): 향하다. 그 쪽으로 몸을 돌리는 것

198 포폄(褒貶): 칭찬하여 드러내고, 비난하여 깎아내리다.

則其純者는 可知矣라.
즉 기 순 자 가 지 의

순수한 자들에 대해서는 알 수 있을 것 같다.

故曰, 天下之至嚴
고 왈 천 하 지 지 엄

그러므로 "천하에서 가장 엄격하며,

而用法之至詳者는,
이 용 법 지 지 상 자

적용하는 법칙이 가장 상세한 것으로는

莫如春秋라 하노라.
막 여 춘 추

『춘추』만 한 것이 없다"고 하는 것이다.

夫戎者는,
부 융 자

오랑캐는

豈特如秦楚之
기 특 여 진 초 지

어찌 다만 진(秦)나라와 초나라처럼

流入[199]於夷狄而已哉아?
유 입 어 이 적 이 이 재

오랑캐로 유입된 자들뿐이겠는가?

然而나 春秋書之曰,
연 이 춘 추 서 지 왈

그런데 『춘추』에서는

公會戎于潛이라 하야,
공 회 융 우 잠

"공(公)이 잠(潛)에서 오랑캐를 만났다"고 써서,

公無所貶
공 무 소 폄

은공(隱公)에 대하여 비판하는 말도 없고

而戎爲可會는,
이 융 위 가 회

오랑캐와 만나도 되는 것 같으니,

是獨何歟오?
시 독 하 여

이것은 또 어째서인가?

199 유입(流入): 흘러들어가다. 타락하여 그 속으로 끼어들게 되는 것

夫戎之不能以會禮[200]로 부 융 지 불 능 이 회 례	오랑캐가 회견(會見)의 예를 따라
會公이 亦明矣나, 회 공 역 명 의	은공을 만나지 못했을 것도 분명한 일 같으나,
此學者之所以深疑 차 학 자 지 소 이 심 의	이 점이 학자들이 깊은 의혹을 지니고
而求其說[201]也라. 이 구 기 설 야	그 이유를 추구하게 된 까닭인 것이다.
故曰, 王者는 不治夷狄하니, 고 왈 왕 자 불 치 이 적	그래서 "임금은 오랑캐를 다스리지 않으니,
錄戎은 녹 융	오랑캐에 대하여 기록한 것은,
來者를 不拒, 내 자 불 거	찾아오는 자는 거절하지 않고,
去者를 不追也라 하니라. 거 자 불 추 야	떠나가는 자는 좇아가지 않는 것이다"라고 한 것이다.
夫以戎之 부 이 융 지	무릇 오랑캐란
不可以化誨懷服[202]也로, 불 가 이 화 회 회 복 야	교화하고 가르치고 달래고 복종시킬 수가 없는 자들로,
彼其不悍然[203]執兵하야 피 기 불 한 연 집 병	그들이 사납게 무기를 들고

200 회례(會禮): 회견(會見)의 예의

201 구기설(求其說): 그 이론을 추구하다. 그 이유를 추구하다.

202 화회회복(化誨懷服): 교화(敎化)하고 가르치고 달래고 복종시키는 것

203 한연(悍然): 사나운 모양. 거친 모양

以與我從事[204]於邊鄙[205]도,
이 여 아 종 사 　 어 변 비

우리와 변경 지방에서 전쟁을 하지 않는 것만으로도

固亦幸矣니,
고 역 행 의

진실로 다행스런 일인 것 같다.

又況知有所謂會者[206]
우 황 지 유 소 위 회 자

그러니 하물며 회견이란 것이 있음을 알고

而欲行之하니,
이 욕 행 지

그것을 행하려 하니,

是豈不足以深嘉其意[207]乎아?
시 기 부 족 이 심 가 기 의 　 호

이 어찌 뜻을 가상히 여기기에 부족하다 하겠는가?

不然하야
불 연

그렇게 여기지 않고

將深責其禮면,
장 심 책 기 례

그들의 예를 모름을 깊이 책망한다면,

彼將有所不堪하야,
피 장 유 소 불 감

그들은 견디지 못하고

而發其暴怒면,
이 발 기 폭 로

그들의 사나운 노여움을 터뜨리게 될 것이니,

則其禍大矣리라.
즉 기 화 대 의

그러면 그 화가 클 것이다.

仲尼深憂之하사,
중 니 심 우 지

공자께서도 이것을 매우 걱정하시어

---

204 종사(從事): 전쟁을 하는 것을 뜻한다.

205 변비(邊鄙): 변경 지방. 국경 지역

206 회자(會者): 회견(會見)이라는 것

207 심가기의(深嘉其意): 그 뜻을 깊이 가상하게 여기다. 그 뜻을 매우 훌륭하게 여기다.

故로 因其來而書之以會曰, 고 인기래이서지이회왈	그들이 찾아온 것을 회견한 것으로 써 놓고
若是足矣라 하시니, 약시족의	그만하면 충분하다고 하셨으니,
是將以不治로, 시장이불치	이것이 다스리지 않는 것으로
深治之也라. 심치지야	깊이 다스리려 하였던 것이다.
由是觀之면, 유시관지	이로써 본다면
春秋之疾戎狄者는, 춘추지질융적자	『춘추』에서 오랑캐를 미워하고 있는 것은,
非疾純戎狄也오, 비질순융적야	순수한 오랑캐를 미워하는 것이 아니라
疾其以中國而流入於戎狄者也니라. 질기이중국이류입어융적자야	중국으로서 오랑캐로 흘러들어간 것을 미워했던 것이다.

106. 범증을 논함(范增論)[208]

소식(蘇軾)

漢用陳平[209]計하야, 한용진평 계	한나라에서 진평의 계책을 써서

---

208 범증론(范增論): 소식이 지은 「조조론(鼂錯論)」·「유후론(留侯論)」·「순경론(荀卿論)」 등 여러

間疏[210]楚君臣[211]하니, 간 소 초 군 신	초나라 임금과 신하를 소원하게 하니,
項羽疑范增[212] 항 우 의 범 증	항우는 범증이
與漢有私하고, 여 한 유 사	한나라와 사사로이 내통하고 있다고 의심하고
稍奪[213]其權하니라. 초 탈 기 권	그의 권리를 조금씩 빼앗았다.
增大怒曰, 증 대 노 왈	범증은 크게 노하여,
天下事大定矣라. 천 하 사 대 정 의	"천하의 일은 대체로 결정되었소.
君王은 自爲之하소서. 군 왕 자 위 지	임금께서 자신이 멋대로 해 보시오.

편의 인물론 중의 하나. 이 글의 자료는 『사기(史記)』의 「항우본기(項羽本紀)」에서 나온 것이다. 소식은 범증을 한나라 고조도 두려워했던 위대한 인물이라고 인정하면서도, 그가 항우를 섬긴 태도에는 약간 불만을 지녔던 듯하다. 그래서 범증이 끝내는 한나라 진평(陳平)의 계책으로 항우로부터 의심을 받게 된 뒤에야, 항우 곁을 떠나 고향으로 돌아간 사실을 중심으로 범증을 비판하고 있는 것이다. 범증이 항우 곁을 떠나는 시기가 너무 늦었다는 것이다. 작가의 논리적 서술이 두드러지는 문장이다.

209 진평(陳平): 한(漢) 고조(高祖) 유방(劉邦)을 도와 천하를 통일케 한 책사(策士). 항우의 군대가 범증의 도움으로 고조의 군대를 포위했을 때, 항우의 사자가 찾아왔다. 이때 진평의 계책을 따라, 그 사자 앞에서 훌륭한 음식을 장만하였으나, "아보[亞父, 범증의 별칭]께서 보낸 사자가 아니고, 항우의 사자입니까?" 하고 물어보고는, 형편없는 음식으로 바꾸어 대접하였다. 사자가 돌아가 항우에게 이 사실을 강조하여 보고하자, 항우는 범증이 고조와 내통하고 있는 것이 아닌가 의심하기 시작하였다.

210 간소(間疏): 사이가 멀어지게 하다. 이간질하다.

211 초군신(楚君臣): 초나라의 임금과 신하, 곧 항우와 범증을 가리킨다.

212 범증(范增): 초나라 항우의 군사(軍師). 항우는 그를 존경하여 아보(亞父: 작은아버지)라고 불렀다.

213 초탈(稍奪): 조금씩 뺏다.

願賜骸骨[214]歸卒伍[215]라 하더니,
원사해골 귀졸오

나는 벼슬을 내놓고 평민으로
돌아가고 싶소!"라 하더니,

未至彭城[216]하야,
미지팽성

팽성도 채 못 가서

疽發背[217]死하니라.
저발배 사

등창이 나서 죽어 버렸다.

蘇子曰,
소자왈

나는 이렇게 말한다.

增之去善矣라.
증지거선의

범증이 떠나갔던 일은 잘한 것이다.

不去면 羽必殺增이니,
불거 우필살증

떠나가지 않았다면 항우는 반드시
범증을 죽였을 것이니,

獨恨其不蚤[218]耳라.
독한기부조 이

단지 빨리 떠나지 않은 것이
한이 될 따름이다.

然則當以何事去오?
연즉당이하사거

그렇다면 어떤 일이 있었을 때
떠나야만 했을까?

增勸羽殺沛公[219]이나,
증권우살패공

범증이 항우에게 유방을 죽이라고
권했으나

---

214 사해골(賜骸骨): 벼슬을 내놓고 고향으로 돌아가 늙도록 살다 죽을 수 있도록 허락되는 것

215 귀졸오(歸卒伍): 졸개로 돌아가다. 곧 평민으로 돌아가는 것

216 팽성(彭城): 지금의 강소성(江蘇省) 동산현(銅山縣) 근처. 항우의 거성(居城)이 그곳에 있었다.

217 저발배(疽發背): 큰 부스럼이 등에 나다. 등창이 나다.

218 부조(不蚤): 빠르지 않다. '조'는 조(早)와 같은 뜻

219 패공(沛公): 한 고조를 가리킴. 황제가 되기 전에는 패공(패 지역을 영지로 받은 공작이란 뜻)이라 불렀다. 홍문연(鴻門宴) 때 범증은 항우에게 유방을 죽이라고 권했다.

羽不聽이라.
우 불 청

항우가 말을 듣지 않았다.

終以此失天下하니,
종 이 차 실 천 하

끝내는 이 때문에 천하를 잃게 되었으니,

當於是去邪아?
당 어 시 거 야

마땅히 그때 떠나야만 했을까?

曰否라.
왈 부

아니다!

增之欲殺沛公은,
증 지 욕 살 패 공

범증이 유방을 죽이고자 했던 것은

人臣之分[220]也오,
인 신 지 분 야

신하로서의 본분이었고,

羽之不殺은,
우 지 불 살

항우가 그를 죽이지 않은 것은

猶有君人之度[221]也니,
유 유 군 인 지 도 야

임금으로서의 도량 때문이었으니,

增曷爲以此去哉아?
증 갈 위 이 차 거 재

범증이 어찌 이 때문에 떠나야만 했겠는가?

易[222]에 曰,
역 왈

『역경(易經)』에 이르기를,

知幾[223]는 其神[224]乎인저! 하고
지 기 기 신 호

"빌미를 안다는 것은 아마도 신(神)의 작용인지고"라고 하고,

220 인신지분(人臣之分): 신하로서의 본분. 항우의 신하로서 장차 천하를 다투게 될 상대이니 유방을 죽이라 한 것이다.

221 군인지도(君人之度): 임금 된 사람으로서의 도량

222 역(易): 『역경(易經)』「계사전(繫辭傳)」에 보이는 말

223 기(幾): 빌미, 기미, 어떤 일의 근본 징후

詩[225]에 曰, 시 왈	『시경(詩經)』에 이르기를,
相彼雨雪한데, 상 피 우 설	"저 눈이 내리는 것을 보라,
先集[226]維霰이라 하니, 선 집 유 산	먼저 습기가 모여 싸락눈으로 내리는구나" 하니,
增之去는, 증 지 거	범증이 떠날 시기는
當於羽殺卿子冠軍[227]時也라. 당 어 우 살 경 자 관 군 시 야	항우가 장군 송의를 죽였을 때였다.
陳涉[228]之得民也는, 진 섭 지 득 민 야	진승이 백성들의 지지를 얻었던 것은
以項燕[229]扶蘇[230]요, 이 항 연 부 소	항연과 부소 덕분이었고,
項氏[231]之興也는, 항 씨 지 흥 야	항씨가 흥기한 것은

224 신(神): 신 같은 마음의 작용. 미묘한 정신적 작용

225 시(詩): 『시경』「소아(小雅)·규변(頍弁)」 시에 보이는 구절. 거기에는 상(相)이 여(如)로 되어 있다.

226 선집(先集): 먼저 습기가 모여서 얼다.

227 경자관군(卿子冠軍): '경자'는 공자(公子)와 같은 뜻으로 귀족 가문의 자제라는 뜻이고, '관군'은 으뜸가는 장수라는 뜻. 초(楚)나라 의제(義帝)의 장군 송의(宋義)를 말한다. 처음에 진(秦)나라에 대항하는 세력은 초나라 임금의 자손을 임금으로 모셔 그를 의제라 부르고 명분을 내세웠다. 이때 송의가 상장(上將), 항우는 차장(次將)이었다. 그러나 뒤에 항우는 송의를 죽이고 자신이 상장이 되었다.

228 진섭(陳涉): 이름은 승(勝). 오광(吳廣)과 함께 처음 진(秦)나라에 반기를 들어 진왕 타도의 선봉이 되었던 사람

229 항연(項燕): 항우의 할아버지인 초나라 장군

230 부소(扶蘇): 진시황(秦始皇)의 태자 이름. 진섭은 처음에 군사를 일으키면서, 이들 두 사람이 지도자라고 거짓 명분을 내세워 사람들의 호응을 얻었다.

231 항씨(項氏): 항우는 숙부인 항량(項梁)과 함께 군사를 일으켰기 때문에 '항씨'라 합쳐 부른 것

以立楚懷王孫心[232]이요,
이 립 초 회 왕 손 심

초 회왕의 손자 심(心)을 옹립한 덕분이었으며,

而諸侯叛之也는,
이 제 후 반 지 야

그리고 제후들이 항우를 배반한 것은

以弑義帝[233]라.
이 시 의 제

의제(義帝)를 죽였기 때문이었다.

且義帝之立은,
차 의 제 지 립

또한 의제가 왕위에 오른 것은

增爲謀主[234]矣러라.
증 위 모 주 의

범증이 주모한 것이었다.

義帝之存亡이,
의 제 지 존 망

의제가 살고 죽는 것이

豈獨爲[235]楚之盛衰오?
기 독 위 초 지 성 쇠

어찌 초나라의 성쇠만을 뜻하겠는가?

亦增之所與同禍福[236]也니,
역 증 지 소 여 동 화 복 야

또한 범증도 그와 더불어 화복을 함께하고 있었으니,

未有義帝亡
미 유 의 제 망

의제가 죽었는데도

而增獨能久存者也라.
이 증 독 능 구 존 자 야

범증만이 오래 잘 살 수는 없었다.

---

232 초회왕손심(楚懷王孫心): 초나라 회왕의 손자 심(心). 전국 시대 말기에 초나라 회왕은 진(秦)나라에 갔다가 붙잡혀 거기에서 객사하였다. 그래서 초나라는 특히 진나라에 대한 원한이 컸다. 이런 심리를 이용하기 위하여 범증은 항량에게 권하여 회왕의 손자 심을 임금으로 내세워 의제라 하였다.

233 시의제(弑義帝): 항우는 진(秦)나라를 멸망시키고 나서 의제를 호남성(湖南省) 장사(長沙)로 옮겼다가 암살하였다.

234 모주(謀主): 주모자(主謀者)

235 독위(獨爲): 오직 ~만을 나타내다. 오직 ~와만 관계가 있다.

236 소여동화복(所與同禍福): 함께하며 화와 복을 동시에 받다.

羽之殺卿子冠軍也는,
우 지 살 경 자 관 군 야

항우가 장군 송의를 죽인 것은

是弑義帝之兆[237]也오,
시 시 의 제 지 조 야

바로 의제를 죽이려는
조짐이었던 것이요,

其弑義帝는,
기 시 의 제

그리고 의제를 죽인다는 것은

則疑增之本[238]也니,
즉 의 증 지 본 야

범증을 의심하는 근본이었던 것이니,

豈必待陳平哉아?
기 필 대 진 평 재

어찌 반드시 진평의 계책을
기다려야 했겠는가?

物必先腐也而後에,
물 필 선 부 야 이 후

물건이란 반드시 먼저 썩은 뒤에야

蟲生之하고,
충 생 지

벌레가 거기에 생기는 것이고,

人必先疑也而後에,
인 필 선 의 야 이 후

사람이란 반드시 먼저 의심을
하게 된 뒤에야

讒[239]入之하나니,
참 입 지

모함이 먹혀들 수 있으니,

陳平이 雖智나,
진 평 수 지

진평이 비록 지혜가 많다 하더라도

安能間無疑之主哉아?
안 능 간 무 의 지 주 재

어찌 의심도 없는 임금을
이간질할 수가 있겠는가?

吾嘗論義帝는
오 상 논 의 제

나는 언젠가 의제는

---

237 조(兆): 징조, 조짐
238 본(本): 근본, 근원
239 참(讒): 모함

天下之賢主也라. 천 하 지 현 주 야	천하의 현명한 임금이라고 논하였다.
獨遣沛公入關[240] 독 견 패 공 입 관	그는 오직 유방만을 보내어 함곡관 안으로 들어가게 하고
而不遣項羽하고, 이 불 견 항 우	항우는 들여보내지 않았으며,
識卿子冠軍於稠人[241]之中하야, 식 경 자 관 군 어 조 인 지 중	경자관군 송의를 많은 사람 가운데서 알아보고
而擢以爲上將하니, 이 탁 이 위 상 장	그를 상장군으로 발탁했던 사람이니,
不賢而能如是乎아? 불 현 이 능 여 시 호	현명하지 않다면 그렇게 할 수가 있었겠는가?
羽旣矯殺[242]卿子冠軍하니, 우 기 교 살 경 자 관 군	항우가 송의를 속여서 죽여 버리니,
義帝는 必不能堪[243]이라. 의 제 필 불 능 감	의제는 반드시 참고만 있을 수가 없었을 것이다.

240 견패공입관(遣沛公入關): 패공 유방을 보내 함곡관으로 들어가게 하다. 본시는 항우가 먼저 함곡관으로 들어가 진(秦)나라 함양(咸陽)을 공격하겠다고 나섰으나, 의제는 항우가 난폭하여 민심을 잃을 거라 생각하고 너그러운 패공으로 하여금 먼저 함양을 공격하게 하였다 한다〔『사기』「고조본기(高祖本紀)」〕. 함곡관을 거쳐 들어가야만 동남쪽으로부터 진나라 수도인 함양으로 갈 수가 있다.

241 조인(稠人): 많은 사람

242 교살(矯殺): 속여 죽이다. 항우는 군중에서 송의를 죽이고는, 그가 제(齊)나라와 내통하고 반란을 꾀했기 때문에 의제의 명을 받아 죽인 것이라고 하였다.

243 불능감(不能堪): 참지 못하다.

非羽弑帝면,
비 우 시 제
항우가 의제를 죽이지 않았다면

則帝殺羽는,
즉 제 살 우
의제가 항우를 죽였을 것임은

不待智者而後知也니라.
부 대 지 자 이 후 지 야
지혜로운 사람이 아니라도 알 수 있는 일이다.

增始勸項梁立義帝하니,
증 시 권 항 량 립 의 제
범증이 처음에 항량에게 권하여 의제를 옹립하니,

諸侯以此服從이라.
제 후 이 차 복 종
제후들은 그 때문에 복종케 되었던 것이다.

中道而弑之는,
중 도 이 시 지
중도에 의제를 시해한 것은

非增之意也라.
비 증 지 의 야
범증의 뜻이 아니었다.

夫豈獨非其意리오?
부 기 독 비 기 의
어찌 그의 뜻이 아닐 따름이겠는가?

將必力爭[244]而不聽也리라.
장 필 역 쟁 이 불 청 야
기필코 힘써 다투었으나 들어주지 않았을 것이다.

不用其言하고,
불 용 기 언
그의 말은 듣지 않고

而殺其所立하니,
이 살 기 소 립
그가 옹립하였던 임금을 죽였으니,

羽之疑增이,
우 지 의 증
항우의 범증에 대한 의심은

必自此始矣리라.
필 자 차 시 의
분명 이때로부터 시작되었을 것이다.

---

244 역쟁(力爭): 힘써 다투며 의제의 죽음을 막다.

方羽殺卿子冠軍에, 방 우 살 경 자 관 군	항우가 송의를 죽였을 때
增與羽比肩而事義帝하니, 증 여 우 비 견 이 사 의 제	범증은 항우와 어깨를 나란히 하고 의제를 섬겼으니,
君臣之分[245]이, 군 신 지 분	임금과 신하의 구분이
未定也라, 미 정 야	아직 정해지지 않았다.
爲增計者는, 위 증 계 자	범증을 위한 계책으로는,
力能誅羽則誅之오, 역 능 주 우 즉 주 지	항우를 죽일 능력이 있다면 항우를 죽이고,
不能則去之면, 불 능 즉 거 지	죽일 능력이 없어 그로부터 떠나갔다면,
豈不毅然[246]大丈夫也哉아? 기 불 의 연 대 장 부 야 재	어찌 그것이 꿋꿋한 대장부가 아니었겠는가?
增年已七十이라. 증 년 이 칠 십	범증은 그때 나이 이미 칠십이었다.
合則留요, 합 즉 유	뜻이 맞으면 남아 있고,
不合則去며, 불 합 즉 거	맞지 않는다면 떠나야만 했으며

245 군신지분(君臣之分): 임금과 신하의 구분. 그때는 항우가 아직 임금이 아니었기 때문에, 항우와 범증 사이는 임금과 신하의 관계가 아니었다.

246 의연(毅然): 꿋꿋한 모양

不以此時明去就之分[247]하고, 불이차시명거취지분	그때에 거취의 한계를 분명히 하지 않고
而欲依羽以成功名하니, 이욕의우이성공명	항우에 의지하여 공명을 이룩하려 하였으니,
陋矣라. 누의	비루한 일이었다.
雖然이나 수연	비록 그러하나
增은 高帝之所畏也라. 증 고제지소외야	범증은 고조가 두려워하는 사람이었다.
增이 不去면, 증 불거	범증이 떠나지 않았다면
項羽不亡이라. 항우불망	항우는 망하지 않았을 것이다.
嗚呼라! 오호	아아!
增亦人傑也哉저! 증역인걸야재	범증도 역시 인걸이었던 것인저!

247 거취지분(去就之分): 벼슬자리에 나아가고 떠나가고 할 때의 구별

107. 추밀원의 한태위께(上樞密韓太尉書)[248]

소철(蘇轍)[249]

轍이 生好爲文하여, 철 생호위문	저는 타고난 성격이 글을 좋아하여
思之至深하여, 사지지심	거기에 대하여 깊이 생각해 보니
以爲文者는, 이위문자	"글이란
氣[250]之所形이라. 기 지소형	기(氣)에 의하여 이루어지는 것" 이라 여기고 있습니다.
然文不可以學而能이요, 연문불가이학이능	그런데 글이란 배워 할 수 있는 것이 아니요,
氣可以養而致[251]라. 기가이양이치	기란 보양함으로써 얻어질 수가 있습니다.

---

248 상추밀한태위서(上樞密韓太尉書): 추밀원(樞密院)은 군사와 국방에 관한 업무를 담당하는 곳이고, 태위(太尉)는 진(秦)·한(漢)대에 군사를 맡은, 지위가 승상(丞相)과 같은 벼슬이었다. 한태위(韓太尉)는 한기(韓琦, 1008~1075)를 가리키며, 그가 나라의 최고 군사 책임자인 당시의 추밀사(樞密使)였으므로 그렇게 부른 것이다. 이 글에는 작자 소철의 문론, 인물론 같은 것들도 보이지만, 요점은 당시의 고관인 한기에게 한 번 만나기를 완곡히 청하는 간알문(干謁文)이다. 소철이 19세 때 진사에 합격한 뒤에 쓴 글로, 그때 과거 시험을 주관하였던 구양수의 소개로 형 소식과 함께 국사(國士: 나라에 으뜸가는 선비)의 대접을 받으며 한기를 면회하였다고 한다.

249 소철(蘇轍: 1039~1112): 자는 자유(子由), 호는 난성(欒城). 당송 팔대가의 한 사람. 아버지 소순, 형 소식과 더불어 '삼소'라 불린다. 상서우승, 문하시중 같은 요직을 역임하였으나, 구법당으로 몰려 좌천되기도 하였다. 저서로 『난성집』(84권), 『시전(詩傳)』 등이 있다.

250 기(氣): 기운. 기량(氣量), 재기(才氣) 같은 것을 말한다.

251 양이치(養而致): 잘 보양함으로써 얻어지다.

孟子[252]曰, 맹 자 왈	맹자가 말하기를,
我는 善養吾浩然之氣[253]라. 아 선 양 오 호 연 지 기	"나는 나의 호연지기를 잘 보양한다" 하였습니다.
今觀其文章하니, 금 관 기 문 장	지금 그 문장을 보니,
寬厚宏博[254]하여, 관 후 굉 박	넓고도 두텁고 크고도 탁 트여서
充乎天地之間하여, 충 호 천 지 지 간	하늘과 땅 사이에 가득 차 있어
稱[255]其氣之小大[256]라. 칭 기 기 지 소 대	그분의 기의 크기와 어울리고 있습니다.
太史公[257]은 行天下하야, 태 사 공 행 천 하	사마천은 천하를 여행하여
周覽四海名山大川하고, 주 람 사 해 명 산 대 천	온 세상의 유명한 산과 큰 강물을 두루 구경하고,
與燕趙[258]間豪俊으로 交遊라. 여 연 조 간 호 준 교 유	연나라 조나라 지방의 호걸 명사들과 교유하였습니다.

---

252 맹자(孟子): 『맹자(孟子)』 「공손추(公孫丑)」에 보이는 말

253 호연지기(浩然之氣): 자연에 어울리는 커다란 사람의 기운

254 관후굉박(寬厚宏博): 관대하고 온후하고 굉원(宏遠)하고 광박(廣博)한 것. 여유 있고 두텁고 크고 넓은 것

255 칭(稱): 대칭을 이루다. 어울리다.

256 소대(小大): 크기. 여기서는 실제로 대(大)의 뜻만 있다.

257 태사공(太史公): 한(漢)나라 사마천(司馬遷). 『사기(史記)』 130권의 작자

258 연조(燕趙): 연나라는 지금의 하북성(河北省) 지방, 조나라는 산서성(山西省) 일대이다.

故로 其文疏蕩[259]하며, 고 기문소탕	그러므로 그의 글은 거리낌이 없고
頗有奇氣라. 파유기기	자못 특이한 기운이 있습니다.
此二子者는, 차이자자	이들 두 분이
豈嘗執筆하여, 기상집필	어찌 일찍이 붓을 들고
學爲如此之文哉아? 학위여차지문재	이러한 글을 짓는 일을 배웠겠습니까?
其氣充乎其中[260] 기기충호기중	그분들의 기가 그분들 속에 가득 차서
而溢乎其貌하며, 이일호기모	그분들 모습으로 넘쳐흐르며,
動乎其言 동호기언	그분들 말 속에 움직이고
而見[261]乎其文 이현 호기문	그분들 글 속에 드러나는 것인데,
而不自知也라. 이부자지야	그분들 자신은 알지도 못하고 있는 일입니다.
轍生十有九年矣라. 철생십유구년의	저는 나이 열아홉 살입니다.
其所居家與遊者는, 기소거가여유자	집에 살아오면서 함께 교유한 사람들이란

259 소탕(疏蕩): 탁 트이고 거침이 없이 자유롭다.

260 기중(其中): 그의 몸 가운데

261 현(見): 드러나다.

不過其隣里鄕黨[262]之人이요,
불 과 기 인 이 향 당 지 인
불과 이웃 마을 한 고장 사람들이고,

所見은 不過數百里之間이라.
소 견 불 과 수 백 리 지 간
본 것이란 불과 수백 리 사이입니다.

無高山大野하야,
무 고 산 대 야
올라가고 구경함으로써

可登覽以自廣[263]이요,
가 등 람 이 자 광
스스로를 넓힐 만한 높은 산과
큰 들도 없습니다.

百氏[264]之書를,
백 씨 지 서
제자백가의 책을

雖無所不讀이나,
수 무 소 부 독
비록 읽지 않은 것이 없다고는
하더라도,

然皆古人之陳迹[265]이라,
연 개 고 인 지 진 적
모두가 옛사람의 낡은 발자취에
지나지 않아

不足激發其志氣니,
부 족 격 발 기 지 기
저의 뜻과 기를 격발시키기에는
부족하였으니,

恐遂汨沒[266]이라.
공 수 골 몰
마침내는 기가 없어져 버릴까
두렵습니다.

---

262 인리향당(隣里鄕黨): 이웃 마을 한 고장. 본시 옛날 행정 단위로는 다섯 집[家]이 '인', 25집이 '리', 125집이 '향', 5백 집이 '당'이었다.

263 자광(自廣): 자신의 견식을 넓히다.

264 백씨(百氏): 제자백가를 가리킨다.

265 진적(陳迹): 낡은 발자취. 과거의 흔적

故決然捨去[267]하고,
고 결 연 사 거

그래서 결연히 고향을 버리고,

求天下之奇聞壯觀하야,
구 천 하 지 기 문 장 관

천하의 특이한 견문과 장관을
찾아 나섬으로써

以知天地之廣大라.
이 지 천 지 지 광 대

천지의 광대함을 알려 하게
되었습니다.

過秦漢之故都[268]하야,
과 진 한 지 고 도

진나라와 한나라의 도읍에 들러서는

恣觀[269]終南[270]嵩[271]華[272]之高하고,
자 관 종 남 숭 화 지 고

종남산과 숭산, 화산의 높은 모습을
실컷 구경하였고,

北顧黃河之奔流하며,
북 고 황 하 지 분 류

북쪽으로는 황하의 세찬 흐름을
둘러보면서

慨然[273]想見古人之豪傑하고,
개 연 상 견 고 인 지 호 걸

옛 호걸들을 감개 속에
생각하여 보았고,

---

266 골몰(汨沒): 멸망되다, 없어지다.

267 사거(捨去): 고향을 버리고 딴 고장으로 떠나다.

268 진한지고도(秦漢之故都): 진나라와 한나라의 옛 도읍. 진나라는 함양(咸陽), 한나라는 장안(長安)이 수도였다. 앞에 있는 '과(過)'는 지나가는 길에 들른다는 뜻

269 자관(恣觀): 마음껏 구경하다.

270 종남(終南): 산 이름. 섬서성(陝西省) 남쪽에 있다.

271 숭(崇): 산 이름. 하남성(河南省) 동봉현(登封縣) 북쪽에 있다.

272 화(華): 산 이름. 섬서성 화음현(華陰縣) 남쪽에 있다.

273 개연(慨然): 감개를 느끼는 모양

至京師[274]하야, 지 경 사	서울에 이르러
仰觀天子宮闕之壯과, 앙 관 천 자 궁 궐 지 장	천자의 궁궐의 장대함과
與倉廩[275]府庫[276] 여 창 름 부 고	곡식 창고, 재물과 무기 창고 및
城池[277]苑囿[278]之 성 지 원 유 지	성과 해자, 숲과 호수의
富且大也而後에, 부 차 대 야 이 후	풍부하고도 광대함을 본 후에,
知天下之巨麗하며, 지 천 하 지 거 려	천하의 광대하고 미려함을 알게 되었으며,
見翰林歐陽公[279]하고, 견 한 림 구 양 공	한림 구양공을 뵙고
聽其議論之宏辨[280]하고, 청 기 의 론 지 굉 변	그분 이론의 광대한 논리를 듣고
觀其容貌之秀偉하며, 관 기 용 모 지 수 위	그분 용모의 빼어나고 위대함을 보고,
與其門人賢士大夫遊而後에, 여 기 문 인 현 사 대 부 유 이 후	그 문하생들과 현명한 사대부들과 교유한 뒤에야,

274 경사(京師): 북송(北宋)의 수도 변경(汴京). 지금의 하남성(河南省) 개봉시(開封市)

275 창름(倉廩): 곡식을 저장하는 창고. 곡식을 저장하는 곳이 '창', 쌀을 저장하는 곳이 '름'이다.

276 부고(府庫): '부'는 문서 같은 것을 보관하는 창고. '고'는 무기나 수레 같은 것을 보관하는 창고

277 성지(城池): 성과 해자[濠]

278 원유(苑囿): 숲과 호수를 보호하여 새와 짐승을 돌보아 기르는 곳

279 구양공(歐陽公): 구양수(歐陽脩). 한림학사(翰林學士) 등의 벼슬을 하였다. 소식(蘇軾)·소철(蘇轍) 형제뿐 아니라 그 아버지 소순(蘇洵)까지도 구양수의 추천으로 벼슬을 하고 그를 스승으로 받들었다.

280 굉변(宏辨): 이론의 내용이 광대하고 또 말 표현에 조리가 있다.

知天下之文章이, 지 천 하 지 문 장	천하의 문장이
聚乎此也라. 취 호 차 야	모두 여기에 모여 있다는 것을 알았습니다.
太尉以才略[281]으로, 태 위 이 재 략	태위께서는 재능과 지략으로
冠天下하사, 관 천 하	천하의 으뜸이 되시어,
天下之所恃以無憂하고, 천 하 지 소 시 이 무 우	온 천하가 의지하여 걱정이 없고,
四夷[282]之所憚[283] 사 이 지 소 탄	또 사방의 오랑캐들이 꺼리어
而不敢發[284]이라. 이 불 감 발	감히 싸움을 걸지 못합니다.
入則周公召公[285]이요, 입 즉 주 공 소 공	들어와서는 주공과 소공이요,
出則方叔召虎[286]나, 출 즉 방 숙 소 호	나가서는 방숙과 소호이시지만,
而轍也未之見焉이라. 이 철 야 미 지 견 언	그러나 저는 아직도 뵙지를 못하고 있습니다.

281 재략(才略): 재능과 지략

282 사이(四夷): 사방의 오랑캐들

283 탄(憚): 꺼리다, 두려워하다.

284 발(發): 전쟁을 발동하다.

285 주공소공(周公召公): 주(周)나라 무왕과 성왕을 보좌하여 천하를 평정하였던 현명한 사람들. 모두 무왕의 형제이며 주공은 이름이 단(旦), 소공은 이름이 석(奭)이다.

286 방숙소호(方叔召虎): 주(周)나라 선왕(宣王) 때 형만(荊蠻)·회이(淮夷)를 정벌하여 중국 영토를 개척하고 주나라를 중흥시키는 데 큰 공헌을 했던 두 사람. 『시경』에는 이들의 활동과 관계되는 작품이 여러 편 있다.

且夫人之學也에,
차 부 인 지 학 야

또한 사람이 학문을 함에 있어서

不志其大면,
부 지 기 대

그의 뜻이 크지 않다면

雖多而奚爲[287]오?
수 다 이 해 위

비록 많이 배운다 하더라도
무슨 소용이리오?

轍之來也에,
철 지 래 야

저는 고향을 떠나와

於山엔 見終南嵩華之高하고,
어 산 견 종 남 숭 화 지 고

산으로는 종남산, 숭산, 화산의
거대함을 보았고,

於水엔 見黃河之大且深하고,
어 수 견 황 하 지 대 차 심

강물로는 황하의 광대하고도
깊음을 보았고,

於人엔 見歐陽公이나,
어 인 견 구 양 공

사람으로는 구양공을 뵈었지만

而猶以未見太尉也라.
이 유 이 미 견 태 위 야

아직 태위님은 뵙지 못하였습니다.

故로 願得觀賢人之光耀[288]하고,
고 원 득 관 현 인 지 광 요

그러므로 현명한 분의 광채를 뵙고

聞一言以自壯이라.
문 일 언 이 자 장

한 말씀 들음으로써 스스로
강해지기를 바랍니다.

---

287 해위(奚爲): 하위(何爲)와 같다.

288 광요(光耀): 광휘. 광채

然後에 可以盡天下之大觀[289]
연 후 가 이 진 천 하 지 대 관

그런 뒤에야 천하의 위대한 경관을 다 구경하여

而無憾[290]者矣리라.
이 무 감 자 의

유감이 없게 될 것입니다.

轍年少하야,
철 연 소

저는 나이가 어려

未能通習吏事라.
미 능 통 습 리 사

아직도 관청의 일을 다 익히지 못하였습니다.

嚮[291]之來는,
향 지 래

전에 고향을 떠나왔던 것은

非有取於升斗之祿[292]이나,
비 유 취 어 승 두 지 록

몇 말의 녹을 받으려는 목적이 아니었으나,

偶然得之하니,
우 연 득 지

우연히 그것을 받을 수 있게 되니,

非其所樂이라.
비 기 소 락

즐거워할 만한 일만은 아니었습니다.

然이나 幸得賜歸待選[293]하야,
연 행 득 사 귀 대 선

그러나 다행히도 고향으로 돌아와 뽑히기를 기다리며

289 대관(大觀): 위대한 경관

290 무감(無憾): 유감이 없다.

291 향(嚮): 전날. 이 편지를 쓰기 1년 전(1056) 3월에 소씨 형제는 과거 시험을 보기 위하여, 아버지를 따라서 당시 북송의 수도인 개봉에 도착하였다.

292 승두지록(升斗之祿): 몇 되 몇 말의 봉록. 적은 녹. 여기서는 벼슬한다는 뜻

293 대선(待選): 뽑혀 벼슬에 임용되기를 기다리다. 소철은 아직 나이가 어리므로 관리로 바로 임명되는 것을 원하지 않고 있다.

使得優游[294]數年之間하며, 몇 년 동안 여유 있게 지내면서,
사득우유 수년지간

將以益治其文하고, 장차 저의 글을 더욱 닦고
장이익치기문

且學爲政하노이다. 또 정치하는 것도 공부하고자 합니다.
차학위정

太尉苟以爲可教 태위께서 진실로 가르칠 만한 상대라 여기시고
태위구이위가교

而辱[295]教之면, 영광스럽게 저를 가르쳐 주신다면
이욕 교지

又幸矣리이다. 더욱 다행이겠습니다.
우행의

108. 원주학교기(袁州學記)[296]

이구(李覯)[297]

皇帝[298]二十有三年에, 황제께서 즉위한 지 23년째 되던 해에
황제 이십유삼년

---

294 우유(優游): 여유 있게 지내다. 한가롭게 잘 지내는 것.

295 욕(辱): 여기서는 겸손을 나타내는 부사로 사용되었다. 대단히 죄송스러우면서도 영광스럽다는 뜻을 지니고 있다.

296 원주학기(袁州學記): 원주(袁州)는 강서성에 속해 있는 고을로, 지금의 의춘현(宜春縣)이다. 송나라 인종 때, 각 주현에 학교를 세우라는 황제의 조칙에 의해 학교가 세워짐으로써, 교육이 크게 일어나게 되었다. 인종 황우 5년, 태수 조무택이 이제까지의 학교가 너무 궁색했음을 살펴보고, 원주청사 동쪽에 새로이 학교를 세웠는데, 이것이 원주의 주학(州學)이다. 주학이 낙성된 후 이구가 이 기를 쓴 것이다.

297 이구(李覯: 1009~1059): 송나라의 학자, 정책 이론가. 자는 태백(泰伯), 호는 우강(盱江). 훌륭한 언변과 뛰어난 문장으로 많은 제자를 양성하였으며, 태학조교(太學助教), 설서(說書), 직강(直講) 등 교육 관련 직책을 역임하였다. 문집으로『우강집(盱江集)』37권 등이 전한다.

制詔[299]州縣立學하니,
제조 주현립학

각 주와 현에 학교를 세우도록
어명을 내리시니,

惟時守令[300]에,
유시수령

그때 태수나 현령들 가운데에는

有哲有愚라.
유철유우

현명한 자도 있었고,
우매한 자도 있었다.

有屈力[301]殫慮[302]하여,
유굴력 탄려

힘과 지혜를 다하여

祗[303]順德意[304]하고,
지 순덕의

경건히 성덕을 받들기도 하였지만,

有假宮借師[305]하여,
유가궁차사

궁관을 빌려 스승이라 하며

苟具文書[306]나,
구구문서

구차하게 문서로만 갖추어 놓거나,

或連數城[307]하여,
혹연수성

혹은 여러 성에 걸쳐

---

298 황제(皇帝): 송의 인종 황제를 가리킨다.

299 제조(制詔): 조서. 곧 천자의 명령.

300 수령(守令): 태수와 현령. 태수는 중국 고대의 군(郡)의 장관. 한대에 창설되어 뒤에 주제(州制)의 시행에 따라 자사(刺史)로 개칭되었으며, 송대 이후에는 지사(知事)를 우아하게 불러 이렇게 썼다.

301 굴력(屈力): 힘을 다하다. '굴'은 갈(竭)과 같은 뜻

302 탄려(殫慮): 생각을 다하다. '탄'은 진(盡)과 같은 뜻

303 지(祗): 경(敬) 또는 근(謹)의 뜻으로, '삼가'

304 덕의(德意): 교육 사업을 크게 실시하고자 하는 천자의 깊은 생각

305 가궁차사(假宮借師): 도교의 궁관(宮觀)을 빌려 학교라 하고, 속된 선비를 분에 넘치게 스승이라 칭하다. 학궁을 교(校)라 하고, 불교의 궁을 사(寺)라 하며, 도교의 궁을 관(觀)이라 한다. 이름만 학교일 뿐, 학교라고 할 수도 없는 학교를 세우는 것을 뜻한다.

306 구구문서(苟具文書): 구차스럽게 문서를 갖추다. 학교로서 갖추어야 할 것은 갖추지 못하고, 궁여지책으로 문서상으로만 학교인 것처럼 꾸며 놓은 것을 뜻한다.

307 수성(數城): 여러 도읍. 도읍마다 성벽을 둘러놓았기 때문에 성이라 한 것

亡誦弦聲[308]하니, 무 송 현 성	글 읽고 시 읊는 소리가 없으니,
倡而不和[309]하여, 창 이 불 화	주창하여도 응하지 않아
敎尼不行[310]이라. 교 니 불 행	교육이 행해지지 않았다.
三十有二年[311]에, 삼 십 유 이 년	인종 32년에,
范陽祖君無擇[312]이, 범 양 조 군 무 택	범양 사람 조무택이
知袁州라. 지 원 주	이곳 원주의 지사가 되었다.
始至에 進諸生[313]하여, 시 지 　 진 제 생	처음 와 학생들을 만나며
知學宮闕狀[314]하고, 지 학 궁 궐 상	학교의 부실한 상태를 알고,
大懼[315] 人材放失[316]하여, 대 구 　 인 재 방 실	인재가 흩어져
儒效闊疏[317]하며, 유 효 활 소	유가의 교육이 희미해지며,

308 무송현성(亡誦弦聲): 금 소리에 맞추어 읊는 시 소리가 없다. 예악은 예로부터 교육의 대본이었다. 예는 사회 기강을 바로잡는 근본이며, 악은 사람의 심성을 맑게 하고 인심을 화평하게 하기 때문이다. 시와 음악이 없다 함은, 교육이 행해지지 않는다는 것과 같다. '무'는 무(無)의 본자

309 창이불화(倡而不和): 주창하여도 응하지 않다. '창'은 창(唱), '화'는 응(應)의 뜻

310 교니불행(敎尼不行): 교화의 도가 막혀 행해지지 않다. '니'는 지(止)의 뜻

311 삼십유이년(三十有二年): 인종 32년, 지화(至和) 원년(1054)에 해당한다.

312 조군무택(祖君無擇): 조무택은 자가 택지(擇之)이며, 범양 사람으로 당시의 명관이었다.

313 제생(諸生): 학교의 여러 학도

314 궐상(闕狀): 비어 있는 상태

315 대구(大懼): 크게 두려워하다.

316 방실(放失): 흩어져 없어지다. '방'은 산(散)의 뜻

317 활소(闊疏): 물정에 어둡고 실제와 거리가 멀다.

無以稱[318]上意旨라. 무 이 칭 상 의 지	천자의 뜻에 부합하지 못함을 크게 걱정하게 되었다.
通判[319]穎川陳君侁[320]이, 통 판 영 천 진 군 신	원주의 통판관으로 있는 영천 사람 진신이
聞而是[321]之하고, 문 이 시 지	지사의 말을 듣고 크게 찬성하여,
議以克合[322]이라. 의 이 극 합	학교를 세우기로 합의하였다.
相[323]舊夫子[324]廟하니, 상 구 부 자 묘	전부터 있던 공자의 사당을 둘러보았더니,
陿隘[325]不足改爲라. 협 애 부 족 개 위	좁고 막혀 고치기 부족하여,
乃營治[326]之東하니라. 내 영 치 지 동	청사 동쪽에 학교를 세우기로 하였다.
厥土[327]는 燥剛[328]하고, 궐 토 조 강	그곳의 땅은 건조하고 단단하고

318 칭(稱): 적합하다.

319 통판(通判): 통판관을 말한다. 지부(知府), 지주(知州) 같은 지방 수령 밑에서 행정을 보좌했다.

320 진군신(陳君侁): 여기 보이듯이 원주 통판을 지내고 검찰관인 대리시승(大理寺丞)을 지냈으나 그 밖에는 잘 알려져 있지 않다.

321 시(是): 찬성하다.

322 극합(克合): 능히 뜻이 하나로 모아지다.

323 상(相): 보다.

324 부자(夫子): 여기서는 공자를 가리킨다.

325 협애(陿隘): 좁다.

326 치(治): 정사를 맡아보는 곳. 청사

327 궐토(厥土): 그 땅

328 조강(燥剛): 건조하고 단단하다.

厥位는 面陽[329]하며, 궐 위 면 양	그 방향은 남향으로 세워졌으며,
厥材는 孔[330]良하고, 궐 재 공 양	그 목재는 가장 좋은 것이 사용되었고
瓦甓은 와 벽	기와·벽돌은
黝堊丹漆[331]하야, 유 악 단 칠	검푸른 칠, 흰 칠, 붉은 칠, 옻칠 등을 하여,
擧[332]以法故[333]하니라. 거 이 법 고	고스란히 옛 법식을 따랐다.
殿[334]堂[335]室房廡[336]門은, 전 당 실 방 무 문	전각의 당과 방 그리고 행랑채와 문들은
各得其度라. 각 득 기 도	각기 그 법도에 맞았다.
生師[337]有舍하며, 생 사 유 사	선생과 학생이 기거할 집이 있고
庖廩[338]有次하며, 포 름 유 차	부엌과 쌀광이 그다음에 있으며,
百爾[339]器備하고, 백 이 기 비	갖가지 공구가 갖추어지고

329 면양(面陽): 남쪽을 향하고 있다.
330 공(孔): 매우
331 유악단칠(黝堊丹漆): '유'는 검푸른 칠. '악'은 흰 칠. '단'은 붉은 칠. '칠'은 검은 옻칠
332 거(擧): 모두. 개(皆)와 같은 뜻
333 법고(法故): '법'은 법식. '고'는 예로부터의 관습. 즉 예로부터의 법식을 좇아 지었다는 뜻
334 전(殿): 공자의 상을 모신 집으로, 대성전 또는 선성전이라고도 한다.
335 당(堂): 강당
336 무(廡): 복도
337 생사(生師): 학생과 선생
338 포름(庖廩): 부엌과 쌀광
339 백이(百爾): 갖가지

竝手偕作[340]하니, 병수해작	여러 사람이 손을 모아 일을 하니,
工善吏勤하고, 공선리근	일꾼들은 솜씨 좋고 관리들은 부지런하고
晨夜展力하여, 신야전력	새벽에서 저녁까지 힘써
越[341]明年成하니, 월 명년성	이듬해 낙성을 보게 되니,
舍菜[342]且有日[343]이라. 사채 차유일	이제 사채의 날도 받아 놓았다.
盱江李滑가 諗[344]于衆曰, 우강이구 심 우중왈	우강 이구가 여러 사람에게 말했다.
惟四代之學[345]은, 유사대지학	“우·하·은·주 사 대의 학문은,
考諸經[346]可見已라. 고제경 가견이	경서를 생각해 보면 확실히 알 수 있다.
秦以山西[347]로, 진이산서	진왕은 산서 땅을 근거지로 하여
鏖[348]六國[349]하고, 오 육국	여섯 나라를 모두 멸망시키고

340 병수해작(竝手偕作): 손을 모아 함께 만들다.

341 월(越): 어(於)와 같은 뜻

342 사채(舍菜): 옛날, 학교에서 채소를 놓고 지내는 공자의 제사. 석채(釋菜) 또는 전채(田菜)라고도 한다.

343 차유일(且有日): 날짜를 받아 놓다.

344 심(諗): 여러 사람에게 고하다. 원래는 임금이나 웃어른에게 간한다는 뜻

345 사대지학(四代之學): 우(虞: 순임금의 나라)·하(夏)·상(商)·주(周)대의 교육

346 제경(諸經): 『시경(詩經)』·『서경(書經)』·『예기(禮記)』·『역경(易經)』·『춘추(春秋)』·『악경(樂經)』의 여섯 가지 경전

347 산서(山西): 진이 일어났던 곳. 섬서성과 하남성 중간에 있는 효산(殽山)의 서쪽을 산서, 동쪽을 산동이라 한다.

348 오(鏖): 모조리 무찔러 죽이다.

欲帝萬世[350]라, 욕 제 만 세	만세의 황제가 되고자 하였는데,
劉氏[351]一呼하니, 유 씨 일 호	유방이 한 번 고함치자
而關門不守하고, 이 관 문 불 수	함곡관마저도 지키지 못하고,
武夫健將[352]이, 무 부 건 장	진나라 병사와 용맹한 장수들이
賣降[353]恐後는, 매 항 공 후	이익을 좇아 남에게 뒤질세라 항복한 것은,
何耶오? 하 야	이 무슨 까닭인가?
詩書之道廢[354]하야, 시 서 지 도 폐	『시경』과 『서경』의 도가 끊어져,
人唯見利而不聞義焉耳라. 인 유 견 리 이 불 문 의 언 이	사람들은 오직 이익만을 보고 의를 몰랐기 때문이다.
孝武[355]는 乘豐富하고, 효 무 승 풍 부	한나라 무제는 풍부함을 이용하고

349 육국(六國): 전국 시대 진에 멸망당한 한·위·연·조·제·초의 여섯 나라. 이 여섯 나라를 산동 6국이라고 부른다.

350 욕제만세(欲帝萬世): 만세의 제왕이 되고자 하다.

351 유씨(劉氏): 한의 고조가 된 유방을 가리킨다.

352 무부건장(武夫健將): 병사와 용맹한 장수

353 매항(賣降): 장사치가 이익을 위하여 물건을 팔 듯 신명을 아끼고 이익을 얻기 위하여 항복하는 것을 말한다.

354 시서지도폐(詩書之道廢): 시황제는 육국을 멸한 뒤, 법가인 이사의 제안을 받아들여 시·서 등의 경전은 물론 백가의 책을 불사르고, 유자들을 생매장하여 공자의 인의의 도를 폐하였다.

355 효무(孝武): 한의 효무제. 글 번호 4「가을바람(秋風辭)」의 작자이다. 고조·효문제·효경제의 뒤를 이었다. 효문제는 경학을 존중하여 대학을 일으켰고, 효경제는 천하를 부유하게 했다. 이 문물 양면이 번성한 시기에 무제는 유학과 문학의 번영에 더욱 힘썼으며 공자를 존중했다. 유교가 이때에 국교가 되었다.

世祖[356]는 出戎行[357]이나, 세 조 출 융 항	광무제는 군대에서 몸을 일으켰으나,
皆孶孶[358]學術하니, 개 자 자 학 술	모두 학술에 힘썼으니,
俗化[359]之厚가, 속 화 지 후	풍속과 교화의 두터움이
延于靈獻[360]하니, 연 우 영 헌	영제와 헌제까지 이어져,
草茅[361]危言[362]者는, 초 모 위 언 자	초야에서 직언하는 자는
折首[363]而不悔하고, 절 수 이 불 회	목이 잘려도 후회하지 않고,
功烈震主[364]者는, 공 렬 진 주 자	공적이 임금을 진동시키는 자는
聞命而釋兵하며, 문 명 이 석 병	명을 듣고 군대를 해산하였으며,
群雄이 相視나, 군 웅 상 시	많은 영웅들이 서로 살피나
不敢去臣位가, 불 감 거 신 위	감히 신하의 지위를 떠나지 못한 지

356 세조(世祖): 후한의 광무 황제. 전한 효경제의 자손으로, 이름은 유수(劉秀). 왕망이 전한의 천하를 빼앗아 신(新)이라는 나라를 세운 것을 멸하고 후한을 일으켰다. 그는 전한의 훈고주의에 대하여, 절의를 존중하는 학문을 장려했다.

357 출융항(出戎行): 군진에서 몸을 일으키다. 왕손이던 유수가 군사를 일으켜 신의 왕망을 멸하고 제위에 오른 것을 말한다.

358 자자(孶孶): 부지런히 힘쓰는 것을 말한다.

359 속화(俗化): '속'은 풍속, '화'는 교화

360 영헌(靈獻): 영제와 헌제. 후한의 12대 천자와 14대 천자

361 초모(草茅): 벼슬하지 않고 초야에 묻혀 사는 선비. 미천한 사람

362 위언(危言): 직언

363 절수(折首): 목을 자르다.

364 공렬진주(功烈震主): 공업(功業), 위열(偉烈)로 군주를 떨게 한 사람. 후한 말의 효웅 동탁·원소·조조 등을 말한다.

尙數十年이니, 상 수 십 년	수십 년 계속되니,
敎道之結人心이 교 도 지 결 인 심	교화의 도가 사람의 마음을 묶어 놓음이
如此라. 여 차	이와 같은 것이다.
今代遭聖神[365]하고, 금 대 조 성 신	지금 시대는 성스러운 임금을 만났고,
爾袁[366]이 得賢君[367]하여, 이 원 득 현 군	원주는 어진 지사를 얻어,
俾[368]爾由庠序[369]하여, 비 이 유 상 서	그대들에게 학교를 만들어
踐古人之迹하니, 천 고 인 지 적	옛사람들의 발자취를 밟게 하고자 한다.
天下治 천 하 치	천하가 잘 다스려지면
則譚[370]禮樂以陶[371]吾民하고, 즉 담 예 악 이 도 오 민	예와 악을 강의하여 우리 백성들을 훈도하고,
一有不幸이면, 일 유 불 행	한 번 불행한 일이 있으면

365 성신(聖神): 인종 황제를 극찬하여 표현한 것이다. 『맹자』「진심 하(盡心下)」에 "위대한 사람을 감화시키는 것을 '성'이라 하고 성스러워 헤아려 알 수 없는 것을 '신'이라 한다"고 하였다.

366 이원(爾袁): 너, 원주. 원주를 인격화하여 표현한 것. '이'는 여(汝)와 같은 뜻

367 현군(賢君): 원주의 태수 조무택을 말한다.

368 비(俾): 사(使)와 같은 뜻

369 상서(庠序): 향리의 학교 이름

370 담(譚): 담(談)과 같은 뜻. 강의하다.

371 도(陶): 질그릇을 만들 듯이 사람을 교화하다.

尤當仗[372]大節[373]하야, 우 당 장 대 절	더욱 커다란 절개에 따라,
爲臣死忠하고, 위 신 사 충	신하로서 죽어 충성하고
爲子死孝하야, 위 자 사 효	자식으로 죽어 효도하여,
使人有所賴하고, 사 인 유 소 뢰	사람들이 믿는 바가 있도록 하며
且有所法이니, 차 유 소 법	본받을 바가 있게 하니,
是惟朝家[374]教學之意라. 시 유 조 가 교 학 지 의	이것이 조정이 백성들에게 학문을 가르치는 뜻이다.
若其弄筆墨하야, 약 기 롱 필 묵	만약 붓과 먹을 놀려
以徼利達[375]而已덴, 이 요 리 달 이 이	이익과 영달을 구하는 것뿐이라면,
豈徒二三子之羞[376]리오? 기 도 이 삼 자 지 수	어찌 그대 몇 사람만의 수치리오?
抑亦[377]爲國者之憂니라. 억 역 위 국 자 지 우	나라를 다스리는 자의 근심인 것이다.”

372 장(仗): 의(依)의 뜻으로, 기대다·의지하다.

373 대절(大節): 대의명분

374 조가(朝家): 조정을 가리킨다.

375 요리달(徼利達): 이욕과 영달을 구하다. ‘요’는 구(求)의 뜻

376 수(羞): 부끄러움

377 억역(抑亦): 또한 정말

109. 약에서 얻은 교훈(藥戒)[378]

장뢰(張耒)[379]

客有病痞[380]하야, 객 유 병 비	손님 중에 속병을 앓는 사람이 있어,
積於其中[381]者는, 적 어 기 중 자	뱃속에 쌓이는 것들은
伏[382]而不能下하고, 복 이 불 능 하	체하여 내려가지를 않고,
自外至者[383]는, 자 외 지 자	밖으로부터 들어오는 것들은
捍[384]而不得納이라. 한 이 부 득 납	딱딱해져서 받아들일 수가 없었다.
從醫而問之하니, 종 의 이 문 지	의원에게 찾아가 물어보니,
曰非下之[385]면 不可라. 왈 비 하 지 불 가	속의 것들을 내려보내지 않으면 안 된다고 한다.

---

378 약계(藥戒): 병을 너무 빨리 서둘러 고치려 들면, 그 병은 고쳐질지 모르나 다른 곳에 또 병이 생기고 만다. 그처럼 나라를 다스리는 일을 비롯한 모든 일에서 서서히 잘못을 바로잡아 가야 하며, 너무 다급히 서두르면 오히려 또 다른 잘못을 불러일으켜 혼란을 더하게 된다는 것이다.

379 장뢰(張耒: 1054~1114): 자는 문잠(文潛), 호는 가산(柯山), 또는 완구(宛丘) 선생. 진사가 된 뒤 태상소경(太常少卿) 등을 역임하였다. 소동파의 뛰어난 제자 네 명을 일컫는 소문사학사(蘇門四學士) 중의 하나로, 사회의 모순을 글로 담는 데 힘썼다. 문집으로 『완구집(宛丘集)』 76권이 있다.

380 병비(病痞): 속병을 앓다. '비'는 가슴과 뱃속이 막힌 듯 답답해지는 병

381 적어기중(積於其中): (음식이나 병의 원인이 되는 물건들이) 그의 몸 가운데 쌓이다.

382 복(伏): 체하다. 밑으로 쌓이다.

383 자외지자(自外至者): 몸 밖으로부터 들어오는 것. 곧 음식 같은 것을 가리킨다.

384 한(捍): 딱딱해지다.

385 하지(下之): 체한 것을 내려보내다.

歸而飮其藥하니,
귀 이 음 기 약

돌아와서 의사가 준 약을 마시니,

既飮而暴下[386]하야,
기 음 이 폭 하

마시고 나자 갑자기 내려가 버려,

不終日而向之伏者
부 종 일 이 향 지 복 자

하루가 다 가지 않아 전에 체하여
있던 것들이

散而無餘하고,
산 이 무 여

흩어져 남아 있는 것이 없게 되었고,

向[387]之捍者
향 지 한 자

전에 딱딱해졌던 것들이

柔而不支[388]하니,
유 이 부 지

부드러워져서 걸리지 않게 되니,

焦鬲[389]이 導達하고,
초 격 도 달

내장과 가슴속이 탁 트이고

呼吸이 開利[390]하여,
호 흡 개 리

호흡이 순조로워져서,

快然若未始有疾者라.
쾌 연 약 미 시 유 질 자

상쾌하게 처음 병이
없었던 것처럼 되었다.

不數日에,
불 수 일

며칠 지나지 않아

痞復作이어늘,
비 부 작

속병이 다시 일어났으나,

投以故藥하니,
투 이 고 약

전의 약을 먹으니

---

386 폭하(暴下): 갑자기 내려가다. 단번에 내려가다.

387 향(向): 전에. 옛날에

388 부지(不支): 걸리지 않다.

389 초격(焦鬲): 삼초(三焦)와 흉격(胸鬲). 삼초는 상초(上焦: 심장 아래)·중초(中焦: 위)·하초(下焦: 배꼽 아래)가 있고, 흉격은 심장과 내장 사이의 기관이다.

390 개리(開利): 열려 순조롭게 되다.

其快然也亦如初라.
기 쾌 연 야 역 여 초

깨끗이 낫는 것이 역시 처음과 같았다.

自是로 不逾月이나,
자 시 불 유 월

이로부터 한 달도 넘지 않았으나,

而痞五作五下라.
이 비 오 작 오 하

속병이 다섯 번 일어났다가
가라앉았다 하였다.

每下輒愈나,
매 하 첩 유

내려보낼 때마다 나아졌으나,

然客之氣一語而三引[391]하며,
연 객 지 기 일 어 이 삼 인

손님의 기운은 말 한마디 하는
데도 세 번이나 끌게 되었으며,

體不勞而汗하고,
체 불 로 이 한

몸에서는 일하지 않아도 땀이 났고,

股不步而慄[392]하며,
고 불 보 이 률

다리는 걷지 않아도
떨리게 되었으며,

膚革[393]이 無所耗[394]於前이나,
부 혁 무 소 모 어 전

살갗과 피부는 전보다
여윈 것이 없었으나,

而其中[395]은 薾然[396]하야,
이 기 중 이 연

그 속은 맥이 없어

---

391 삼인(三引): 세 번 끌다. 한 번 말하는 사이에 호흡이 가빠서 세 번 말을 끌면서 힘들여 말하는 것

392 율(慄): 떨다.

393 부혁(膚革): 살갗과 피부

394 모(耗): 여위다. 마르다.

395 기중(其中): 그의 몸속

396 이연(薾然): 지쳐서 기운이 없는 모양. 맥이 빠진 모양

莫知其所來라. 막 지 기 소 래	그리 된 바를 알 수가 없었다.
嗟夫라! 차 부	아아!
心戀는 非下不可已라. 심 비 　 비 하 불 가 이	속병은 내리지 않고는 낫게 할 수가 없는 것이다.
予從而下之나, 여 종 이 하 지	나는 그래서 속의 것을 내려보냈으나,
術未爽[397]也하야, 술 미 상 　 야	그 방법이 깨끗하지 못하여
薾然獨何歟오? 이 연 독 하 여	맥이 없게 되었으니, 어째서인가?
聞楚之南에, 문 초 지 남	초나라 남쪽에
有良醫焉하야, 유 량 의 언	훌륭한 의원이 있다 하여
往而問之하니, 왕 이 문 지	찾아가서 물어보니
醫曰, 의 왈	의원이 이렇게 말하였다.
子無歎是然者也하라. 자 무 탄 시 연 자 야	"당신은 몸이 그렇게 된 것을 탄식하지 마시오!
凡子之術은, 범 자 지 술	당신의 방법은
固爲是薾然也라. 고 위 시 이 연 야	본시 그렇게 만드는 것이었소.

397 술미상(術未爽): 병을 고치는 의술이 깨끗지 않다. 곧 병의 쾌유가 완전한 상태가 아님을 뜻한다.

坐하라! 좌	앉으시오.
吾語女하리라. 오 어 여	내 당신에게 말해 주리라.
天下之理가, 천 하 지 리	천하의 이치는
有甚快於予心者는, 유 심 쾌 어 여 심 자	자기 마음에 매우 상쾌함을 주는 것들은
其末에 必有傷이니, 기 말 필 유 상	종말에 가서는 반드시 손상이 있으니,
求無傷於終者면, 구 무 상 어 종 자	종말에 가서 손상되지 않기를 바란다면
則初無望於快吾心이라. 즉 초 무 망 어 쾌 오 심	애초 마음이 상쾌해지길 바라지 말아야 할 것이오.
夫陰伏[398]而陽蓄[399]하여, 부 음 복 이 양 축	대체로 음(陰)이 체하여 걸리고 양(陽)이 모여
氣與血이 不運而爲痞하여, 기 여 혈 불 운 이 위 비	기운과 피가 운행되지 않아 속병이 되어,
橫乎子之胸中者니, 횡 호 자 지 흉 중 자	그대의 가슴속에 가로놓이게 되는 것이니,
其累大[400]矣라. 기 누 대 의	그 쌓인 것이 큰 것이오.

398 음복(陰伏): 음기가 체하여 걸려 있다.

399 양축(陽蓄): 양기가 모여 걸려 있다.

擊而去之하되, 격 이 거 지	그것을 쳐서 제거하되
不須臾[401]而除甚大之累니, 불 수 유 이 제 심 대 지 누	순간에 매우 크게 쌓인 것을 제거해 버리려니,
和平之物[402]은, 화 평 지 물	부드럽고 평이한 방법으로는
不能爲也오, 불 능 위 야	할 수가 없고
必將擊搏[403]震撓[404] 필 장 격 박 진 요	반드시 세게 쳐서 진동을 시킨
而後에 可하니라. 이 후 가	연후에야 가능하게 되는 것이오.
夫人之和氣는, 부 인 지 화 기	사람의 화기(和氣)란
冲然[405]而甚微하야, 충 연 이 심 미	부드러우면서도 매우 미세하여
泊乎[406]其易危[407]하니, 박 호 기 이 위	조용하면서도 위태로워지기 쉬운 것이니,
擊搏震撓之功이, 격 박 진 요 지 공	세게 쳐서 진동시키는 효과가
未成而子之和, 미 성 이 자 지 화	이루어지기도 전에 당신의 화기는

---

400 누대(累大): 쌓인 것이 크다. 누적이 크다.

401 불수유(不須臾): 얼마 되지 않아서. 잠깐 사이도 되지 않아서

402 화평지물(和平之物): 온화하고 평이한 물건. 부드럽고 쉬운 방법

403 격박(擊搏): 치고 때리다.

404 진요(震撓): 진동시키고 요동시키다.

405 충연(冲然): 부드러운 모양, 허(虛)한 모양

406 박호(泊乎): 고요한 모양, 조용한 모양

407 이위(易危): 위태로워지기 쉽다.

蓋已病矣라. 개 이 병 의	이미 병나게 되는 것이오.
由是觀之면, 유 시 관 지	이렇게 볼 것 같으면
則子之痞凡一快者면, 즉 자 지 비 범 일 쾌 자	당신의 속병은 한 번 완쾌될 때마다
子之和一傷矣이니, 자 지 화 일 상 의	당신의 화기는 한 번 손상을 받았던 것이니,
不終月而快者五면, 부 종 월 이 쾌 자 오	한 달이 못 되어 다섯 번이나 나았다면
則子之和平之氣가, 즉 자 지 화 평 지 기	곧 당신의 화평한 기운은
不旣索[408]乎아? 불 기 삭 호	이미 없어져 버리지 않았겠소?
故膚不勞而汗하고, 고 부 불 로 이 한	그래서 피부는 일하지 않아도 땀이 나고
股不步而慄하며, 고 불 보 이 률	다리는 걷지 않아도 떨리며
薾然如不可終日也라. 이 연 여 불 가 종 일 야	맥이 없어져 하루를 넘기지도 못할 것처럼 된 것이오.
蓋將去子之痞 개 장 거 자 지 비	당신의 속병을 없애 버리면서
而無害於和乎덴, 이 무 해 어 화 호	화기도 해치지 않고 싶을 것인데,
子歸燕居[409]三月而後에, 자 귀 연 거 삼 월 이 후	당신은 돌아가 집에서 석 달을 잘 지낸 다음에

408 삭(索): 다하다. 없어지다.

予之藥을 可爲也리라. 여 지 약 　 가 위 야	내가 주는 약을 쓰면 될 것이오."
客歸燕居三月하고, 객 귀 연 거 삼 월	손님은 집으로 돌아가 석 달을 보낸 다음
齋戒而復請之하니라. 재 계 이 부 청 지	재계(齋戒)를 하고는 다시 찾아왔다.
醫曰, 의 왈	의사가 말하였다.
子之氣小復矣라 하고, 자 지 기 소 복 의	"당신의 기운이 약간 회복되었소." 라고 하며
取藥而授之曰, 취 약 이 수 지 왈	그리고 약을 지어 주면서 말하였다.
服之三月而病少平하고, 복 지 삼 월 이 병 소 평	"이것을 복용하면 석 달 만에 병이 약간 덜해지고,
又三月而少康하고, 우 삼 월 이 소 강	또 석 달 지나면 약간 편안해지고,
終是年而復常[410]하리라. 종 시 년 이 복 상	이해가 다 갈 무렵이면 원상태로 회복될 것이오.
且飮藥하되, 차 음 약	그러니 약을 먹되
不得亟進[411]하라 하니라. 부 득 극 진	너무 빨리 마셔도 안 되오."

409 연거(燕居): 집에서 편안히 지내다.
410 복상(復常): 본래대로 회복되다.
411 극진(亟進): 빨리 약을 먹다.

客歸而行其說하니라. 객 귀 이 행 기 설	손님은 돌아가 의원의 말대로 실행하였다.
然이나 其初엔, 연 기 초	그런데 처음에는
使人懣然[412]遲之[413]하야, 사 인 만 연 지 지	사람이 답답하게 효과가 더디어
蓋三投藥而三反之[414]也러라. 개 삼 투 약 이 삼 반 지 야	세 번 약을 먹으면 세 번 되돌아가는 듯하였다.
然이나 日不見其所攻之效[415]나, 연 일 불 견 기 소 공 지 효	그러나 하루에는 병이 고쳐지는 효과가 보이지 않았으나,
較則[416]月異[417] 교 즉 월 이	비교해 보면 한 달 만에 달라지고
而時不同[418]하야, 이 시 부 동	한 철을 두고 보면 같지 않게 나아서,
蓋終歲에 疾平이라. 개 종 세 질 평	한 해가 끝날 무렵에는 병이 완쾌되었다.

412 만연(懣然): 답답해하는 모양

413 지지(遲之): 약효가 더디다.

414 삼투약이삼반지(三投藥而三反之): 세 번 투약을 하니 세 번 모두 병이 원상으로 되돌아가다. 약을 먹는 효과가 눈에 띄지 않음을 형용한 말

415 소공지효(所攻之效): 병이 고쳐지는 효과, 약을 먹는 효과

416 교즉(較則): 대체로 보면

417 월이(月異): 한 달을 두고 보면 달라지다.

418 시부동(時不同): 한 철을 두고 보면 같지 않게 되다.

客謁醫하고,
객 알 의

손님은 의원을 찾아가

再拜而謝之하며,
재 배 이 사 지

정중히 두 번 절하며 감사를 표시하고는

坐而問其故하니라.
좌 이 문 기 고

앉아서 그 까닭을 물었다.

醫曰,
의 왈

의원이 이렇게 말하였다.

是는 醫國之說也라.
시 의 국 지 설 야

"이것은 나라의 병도 고칠 이론이오.

豈特醫之於疾哉오?
기 특 의 지 어 질 재

어찌 다만 사람의 병만 고칠 뿐이겠소?

子獨不見夫秦之治乎아?
자 독 불 견 부 진 지 치 호

당신은 어찌 진(秦)나라의 정치를 보지 못하였소?

民悍[419]而不聽令하고,
민 한 이 불 청 령

백성들은 사나워서 명령을 따르지 않고

惰而不勤事하며,
타 이 불 근 사

게을러서 일에 힘쓰지 않으며

放[420]而不畏法이라.
방 이 불 외 법

방종해서 법을 두려워하지 않았었소.

令之不聽하고,
영 지 불 청

그들에게 명령을 내려도 듣지 않고,

治之不變[421]하니,
치 지 불 변

그들을 다스려도 변화할 줄 몰랐으니,

---

419 한(悍): 사납다, 거칠다.

420 방(放): 방종하다.

421 불변(不變): 변화하지 않다. 올바로 다스려지지 않음을 뜻한다.

則秦之民이, 즉 진 지 민	곧 진나라 백성은
嘗痞矣라. 상 비 의	일찍이 속병에 걸렸던 셈이지요.
商君[422]이 見其痞也에, 상 군 견 기 비 야	상앙(商鞅)이 그 속병을 보고서
厲[423]以刑法하고, 여 이 형 법	형벌과 법령으로 엄히 다스리고,
威[424]以斬伐[425]하며, 위 이 참 벌	목 베고 치는 것으로 위협하면서
悍戾[426]猛鷙[427]하야, 한 려 맹 지	사납고 맹렬하게 다루어,
不貸毫髮[428]하며, 부 대 호 발	터럭 끝만 한 일도 용서치 않으면서
痛剗[429]而力鋤[430]之하니라. 통 잔 이 역 서 지	철저히 잘라 내고 힘써 뽑아내었소.
於是乎秦之政이, 어 시 호 진 지 정	이에 진나라의 정치는
如建瓴[431]하야, 여 건 령	높은 곳에서 물병을 기울인 듯이

422 상군(商君): 상앙(商鞅). 성은 공손씨(公孫氏). 위(衛)나라 왕자로서 형명지학(刑名之學)을 좋아하였다. 뒤에 진(秦)나라 효공(孝公)의 재상이 되어 법술(法術)로써 나라를 부강하게 하였다. 상(商) 땅에 봉(封)해져 흔히 상군이라 부른다. 법의 운용을 엄격히 하여 다른 신하들의 원한을 많이 사서, 효공이 죽자 그도 몸이 수레에 매달린 채 찢기는 형벌을 받고 죽었다.

423 여(厲): 엄히 하다. 힘써 권장하다.

424 위(威): 위협하다.

425 참벌(斬伐): 목을 베고 치다.

426 한려(悍戾): 사납고 매섭다.

427 맹지(猛鷙): 맹렬하고 억세다.

428 부대호발(不貸毫髮): 머리 터럭만 한 작은 잘못도 용서하지 않다.

429 통잔(痛剗): 철저히 법을 어기는 자들을 잘라 내다.

430 역서(力鋤): 힘써 법을 어기는 자들을 뿌리 뽑다.

431 여건령(如建瓴): 높은 곳에서 물병을 쏟는 것과 같다. '건'은 기울이다. '령'은 큰 물병

流蕩四達[432]하야,
유 탕 사 달

거침없이 흘러 사방으로 통하게 되어

無敢或拒하니,
무 감 혹 거

감히 아무도 거역할 수가 없었으니,

而秦之痞가,
이 진 지 비

진나라의 속병은

嘗一快矣라.
상 일 쾌 의

일찍이 한 번 쾌유되었소.

自孝公[433]으로,
자 효 공

진나라 효공으로부터

以至二世[434]也에,
이 지 이 세 야

이 세에 이르기까지

凡幾痞而幾快矣乎아?
범 기 비 이 기 쾌 의 호

모두 몇 번이나 속병이 나서
몇 번이나 쾌유되었던가?

頑[435]者는 已圮[436]하고,
완 자 이 비

완고했던 것은 이미 무너지고

强者는 已柔나,
강 자 이 유

강했던 것은 이미 부드러워졌으나,

而秦之民이,
이 진 지 민

진나라 백성들은

無歡心[437]矣러라.
무 환 심 의

기쁜 마음이 없어졌소.

---

432 유탕사달(流蕩四達): 거침없이 흘러서 사방으로 통달케 되다.

433 효공(孝公): 전국 시대 초기의 진(秦)나라 임금. 상앙(商鞅)을 등용하여 변법(變法)을 씀으로써 진나라를 부강케 하여 국세를 크게 떨쳤다.

434 이세(二世): 진시황(秦始皇)의 둘째 아들. 이름은 호해(胡亥). 진시황이 죽은 뒤 이사(李斯)와 조고(趙高)가 태자 부소(扶蘇)를 죽이고 대신 옹립하였다. 그러나 삼 년 만에 조고에게 죽음을 당하고 말았다.

435 완(頑): 완고하다, 딱딱하다.

436 비(圮): 무너지다.

437 환심(歡心): 기쁜 마음. '환'은 뒤의 환(懽)과 같은 글자

故로 猛政一快者는, 고 맹정일쾌자	그러므로 사나운 정치로써 한 번 병을 쾌유시키는 것은
懽心一亡이라. 환심일망	기쁜 마음을 한 번 없애 버리는 것이 되오.
積快而不已나, 적쾌이불이	여러 번 끊임없이 병을 쾌유시키자
而秦之四支枵然[438]하야, 이진지사지효연	진나라의 사지는 맥도 없어져,
徒有其物而已라. 도유기물이이	공연히 그러한 물건이 달려 있을 따름이 되었다오.
民心이 日離 민심 일이	백성들의 마음은 날로 떠나가서
而君孤立於上이라. 이군고립어상	임금은 윗자리에 외로이 서 있게 되었소.
故로 匹夫大呼[439]에, 고 필부대호	그래서 필부가 나와 크게 한 번 소리치자
不終日而百病皆起하니, 부종일이백병개기	하루도 넘기지 않는 사이에 백 가지 병이 생겨나니,
秦欲運其手足肩膂[440]나, 진욕운기수족견려	진나라는 손발과 어깨 등허리를 움직여 보려 했으나,

438 효연(枵然): 텅 빈 모양. 기운이 없는 모양

439 필부대호(匹夫大呼): 필부가 크게 소리치다. 진나라 말엽에 진승(陳勝)과 오광(吳廣) 등이 진나라에 대항하여 무력봉기했던 것을 가리킨다.

而漠然不我應矣라. 이 막 연 불 아 응 의	까마득히 응하지 않았다오.
故로 秦之亡者는, 고 진 지 망 자	그러므로 진나라가 망했던 것은
是好爲快者之過也니라. 시 호 위 쾌 자 지 과 야	바로 낫는 것만을 좋아했던 잘못 때문이라 할 것이오.
昔先王之民이, 석 선 왕 지 민	옛날 선왕의 백성들도
其初亦嘗痞矣라. 기 초 역 상 비 의	처음에는 역시 모두 속병이 있었소.
先王이 豈不知砉然[441] 선 왕 기 부 지 획 연	선왕들이 어찌 분연히
擊去之以爲速也리오마는, 격 거 지 이 위 속 야	쳐서 쫓아 버리는 것이 빠르다는 것을 몰랐으리오만,
惟其有懼於終也라. 유 기 유 구 어 종 야	오직 그 끝을 두려워했던 것이오.
故로 不敢求快於吾心하고, 고 불 감 구 쾌 어 오 심	그래서 감히 마음을 상쾌하게 해 주는 것을 구하지 않고,
優柔[442]而撫存[443]之하며, 우 유 이 무 존 지	부드럽게 그들을 어루만져 주며,
敎以仁義하고, 교 이 인 의	인의로써 가르치고
導以禮樂하며, 도 이 예 악	예악으로 인도하여,

440 견려(肩膂): 어깨와 등허리

441 획연(砉然): 분연히. 갑자기 힘을 내는 모양

442 우유(優柔): 부드러운 모양

443 무존(撫存): 어루만져 보호해 주다.

陰[444]解其亂 음 해기난	은연중 그들의 혼란을 해결하고
而除去其滯하야, 이제거기체	그들의 체한 것을 제거하여,
使其悠然 사기유연	그들로 하여금 유유히
自趨[445]於平安 자추 어평안	스스로 편안하게 나아가게 하면서
而不自知러라. 이부자지	스스로는 잘 알지도 못하게 하였던 것이오.
方其未[446]也에, 방기미 야	그들의 병이 쾌유되기 전까지는
旁視[447]而懣然者가 有之矣라. 방시 이만연자 유지의	옆에서 보며 답답하게 여기는 이가 있었소.
然이나 月計之하고, 연 월계지	그러나 한 달을 두고 헤아려 보고
歲察之하니, 세찰지	일 년을 두고 살펴보니,
前歲之俗이, 전세지속	지난해의 사람들 습속이
非今歲之俗也라. 비금세지속야	금년의 습속이 아니었소.
不擊不搏하고, 불격불박	치지도 않고 때리지도 않고

444 음(陰): 모르는 중에. 살며시

445 유연자추(悠然自趨): 유유히 스스로 나아가다.

446 방기미(方其未): 아직 병이 다 쾌유되지 않았을 적

447 방시(旁視): 곁에서 보고 있다. '방'은 방(傍)과 같다.

無所忤逆[448]하니,
무 소 오 역

거스르는 일도 없었으니,

是以로 日去其戾氣[449]나,
시 이 일 거 기 여 기

그래서 날로 그들의 사나운 기운은
제거되었으나

而不嬰[450]其歡心이라.
이 불 영 기 환 심

기쁜 마음은 다치지 않았던 것이오.

於是政成敎達하야,
어 시 정 성 교 달

이에 정치가 이루어지고
교화가 통달되어

安樂悠久
안 락 유 구

안락함이 유구해져서

而無後患矣러라.
이 무 후 환 의

후환이 없게 되었던 것이오.

是以로 三代之治는,
시 이 삼 대 지 치

그러니 하·은·주 삼대의 정치는

皆更數聖人하고,
개 경 수 성 인

모두 몇 분의 성인을 거치고

歷數百年而後에 俗成하니,
역 수 백 년 이 후 속 성

수백 년의 세월을 겪은 뒤에야
습관을 이루는 것이니,

則予之藥이,
즉 여 지 약

내가 준 약이

終年而愈疾도,
종 년 이 유 질

한 해가 지나 병이 완쾌되는 것도

蓋無足怪라.
개 무 족 괴

이상하다고 여길 게 못 되는 것이오.

---

448 오역(忤逆): 정면으로 거스르다.

449 여기(戾氣): 사나운 기운

450 영(嬰): 다치다, 부딪히다.

故로 曰, 고 왈	그러므로 말하기를
天下之理가, 천하지리	'천하의 이치가
有甚快於吾心者는, 유심쾌어오심자	내 마음을 매우 상쾌하게 해 주는 것은
其末也엔, 必有傷이라. 기말야 필유상	그 종말에 가서는 반드시 손상이 있다'는 것이오.
求無傷於其終이면, 구무상어기종	그 종말에 가서 손상이 없기를 바란다면
則初無望於快吾心이라. 즉초무망어쾌오심	애초 내 마음이 상쾌해지는 것을 바라지 않아야 된다오.
雖然이나 수연	그렇지만
豈獨於治天下哉아? 하니, 기독어치천하재	어찌 유독 천하를 다스리는 것만이겠소?" 하니,
客이 再拜而記其說하니라. 객 재배이기기설	손님은 두 번 절하고 그의 말을 기록하였다.

권 10

110. 진소장을 이별하면서(送秦少章序)[1]

장뢰(張耒)

詩[2]에 不云乎아? 시 불운호	『시경』에도 읊지 않았던가?
蒹葭[3]蒼蒼[4]하니, 겸가 창창	"갈대 무성한데
白露爲霜이라 하니, 백로위상	흰 이슬 서리되어 내리네."
夫物不受變, 부물불수변	물건이란 변화를 받아들이지 않으면
則材不成하고, 즉재불성	재목을 이루지 못하고,
人不涉難[5], 인불섭난	사람은 어려움을 겪지 않으면
則智不明이라. 즉지불명	지혜가 밝아지지 않는 법이다.
季秋之月에, 계추지월	늦은 가을 달에
天地始肅[6]하야, 천지시숙	천지가 움츠러들기 시작하고

---

1 송진소장서(送秦少章序): 시와 고문(古文)을 좋아하는 진구(秦覯)와 작별하면서 준 글. 글의 내용은 먹고살기 위하여 벼슬을 해야 하는 자기 처지를 한탄하는 진구에게 장뢰가 자신의 인생관을 밝히며 격려한 것이다. 곧 사람이란 어려운 변화에 적응해야 하며, 어려움을 극복하고 올바른 길을 추구하는 데서 더욱 위대한 성과를 이룩할 수 있고, 또 그러는 속에 진정한 삶의 뜻이 있다는 것이다. 그러니 처자를 위한 벼슬살이 정도에 절망하지 말고, 더욱 분발하여 공부하라는 격려의 뜻이 담겨 있다. 그러나 진구는 그의 형 진관(秦觀)만큼 사(詞)와 시문(詩文)에서의 명성을 이룩하지는 못하였다.

2 시(詩):『시경(詩經)』「진풍(秦風)·겸가(蒹葭)」에 보이는 시

3 겸가(蒹葭): '겸'과 '가' 모두 갈대의 한 종류

4 창창(蒼蒼): 푸른 모양. 무성한 모양

5 섭난(涉難): 어려움을 겪다.

寒氣欲至라. 한 기 욕 지	차가운 기운이 닥쳐오기 시작한다.
方是時에, 방 시 시	이때에
天地之間에, 천 지 지 간	하늘과 땅 사이에
凡植物이 범 식 물	모든 식물이
出於春夏雨露之餘하야, 출 어 춘 하 우 로 지 여	봄여름의 비와 이슬을 먹어 온 덕분에,
華澤[7]充溢하고, 화 택 충 일	꽃들은 윤택이 넘치고
支節美茂라가, 지 절 미 무	가지와 마디가 아름답고 무성한 모습을 보이고 있다가,
及繁霜[8]夜零[9]하야, 급 번 상 야 령	된서리가 밤에 내려
旦起而視之면, 단 기 이 시 지	아침에 일어나 보면,
如戰敗之軍이, 여 전 패 지 군	마치 전쟁에 패한 군대가
卷旗棄鼓하고, 권 기 기 고	깃발을 말아 들고 북도 내던지고
裹瘡[10]而馳나, 과 창 이 치	상처를 싸매고 달리나

6 숙(肅): 숙(縮)과 통하며 동식물이 움츠러드는 것(『시경』)

7 화택(華澤): 화려한 윤택

8 번상(繁霜): 많은 서리

9 야령(夜零): 밤에 내리다.

10 과창(裹瘡): 상처를 싸매다.

吏士[11]無人色이라.
이사 무인색

장교와 사병이 사람의 모습을 잃은 것과 같다.

豈特如是而已오?
기특여시이이

어찌 그럴 뿐이겠는가?

於是에 天地閉塞[12]而成冬이면,
어시 천지폐색 이성동

이로부터 천지가 닫혀서 겨울이 되면,

則摧敗拉毁[13]之者過半이니,
즉최패랍훼 지자과반

꺾이고 부서지고 무너지는 것들이 반도 넘으니,

其爲變亦酷矣라.
기위변역혹의

그 변화가 매우 혹독하다.

然이나 自是로,
연 자시

그러나 이로부터

弱者堅하고,
약자견

약한 것은 튼튼해지고,

虛者實하며,
허자실

텅 빈 것은 충실해지며,

津者燥[14]하니,
진자조

촉촉하던 것은 마르니,

皆斂[15]其英華[16]於腹心[17]하야,
개렴 기영화 어복심

모두가 그 꽃답고 화려한 것을 뱃속으로 거두어들여

11 이사(吏士): 장교와 병사들
12 폐색(閉塞): 닫히고 막히다. 식물을 성장케 하는 따스한 기운이 없어지는 것
13 최패랍훼(摧敗拉毁): 꺾이고 부서지고 부러지고 무너지다.
14 진자조(津者燥): 물기가 많던 것이 건조해지다.
15 염(斂): 거둬들이다.
16 영화(英華): 아름답고 왕성하다.

而各效其成하나니, 이 각 효 기 성	그러한 완성을 나타내게 되는 것이다.
深山之木하야, 심 산 지 목	깊은 산의 나무가
上撓[18]青雲하고, 상 요 청 운	위로는 푸른 구름 사이로 솟아오르고
下庇[19]千人者도, 하 비 천 인 자	아래로는 천 명을 가려 줄 만하더라도
莫不病焉이온, 막 불 병 언	걱정하지 않을 수 없거늘,
況所謂蒹葭者乎아? 황 소 위 겸 가 자 호	하물며 이른바 갈대야 어떠하겠는가?
然匠石[20]이 操斧하야, 연 장 석 조 부	그러나 장석(匠石)이 도끼를 들고
以遊山林하야, 이 유 산 림	산과 숲을 돌아다니다가,
一擧而盡之하야, 일 거 이 진 지	한꺼번에 나무들을 다 베어 가지고
以充棟梁[21]桷杙[22] 이 충 동 량 각 익	대들보·들보·말뚝·
輪輿[23]輹輻[24]하야, 윤 여 복 복	수레바퀴·수레 바탕·바퀴 테· 바큇살에 충당시켜,
巨細强弱이, 거 세 강 약	크고 가늘고 강하고 약한 것이

17 복심(腹心): 마음속. 뱃속
18 요(撓): 소란케 하다.
19 비(庇): 가리다.
20 장석(匠石): 옛날의 유명한 장인(匠人) 석. '석'은 그의 이름
21 동량(棟梁): 대들보와 들보
22 각익(桷杙): 네모진 서까래와 말뚝
23 윤여(輪輿): 수레바퀴와 수레 바탕
24 복복(輹輻): 바퀴 테 또는 바퀴통과 바큇살

無不勝其任者하니,
무 불 승 기 임 자

그 소임을 감당해 내지 않는 것이 없도록 만드니,

此之謂損之而益이오,
차 지 위 손 지 이 익

이것이 바로 손상시켜 유익하게 만들고

敗之而成이며,
패 지 이 성

무너뜨려 이룩하고,

虐之而樂者가,
학 지 이 락 자

모질게 하여 즐겁게 한다는

是也라.
시 야

것이다.

吾黨有秦少章[25]者하니,
오 당 유 진 소 장 자

우리 고장에 진소장이란 사람이 있는데,

自余爲大學官時에,
자 여 위 대 학 관 시

내가 태학의 벼슬을 하고 있을 때에

以其文章을 示余하고,
이 기 문 장 시 여

자신의 글을 나에게 보여 주면서,

愀然[26]告我曰,
초 연 고 아 왈

얼굴빛을 바로잡고 나에게 말하였다.

余家貧에,
여 가 빈

"우리 집이 가난하여

奉命大人하야,
봉 명 대 인

아버님의 명을 받들어

而勉爲科擧之文也라.
이 면 위 과 거 지 문 야

과거를 보기 위해 글공부에 힘쓰고 있습니다.

異時[27]에 率其意하야,
이 시 율 기 의

전날 저의 뜻을 따라

25 진소장(秦少章): 진구(秦覯). 자가 소장. 당시의 유명한 시인 진관(秦觀)의 동생

26 초연(愀然): 얼굴빛이 변하는 모양

爲詩章古文하니, 위 시 장 고 문	시와 옛 문장을 지어 보니
往往淸麗奇偉하야, 왕 왕 청 려 기 위	어떤 것은 맑고 미려하고 기특하고 뛰어나서
工於擧業[28]百倍라 하니라. 공 어 거 업 백 배	과거 공부보다는 백 배나 잘된 것 같습니다.”
元祐[29]六年에 及第하야, 원 우 육 년 급 제	원우 6년(1091)에 과거에 급제하여
調臨安[30]主簿[31]라. 조 임 안 주 부	임안의 주부로 임명되었다.
擧子[32]中第는, 거 자 중 제	급제한 과거 응시자는
可少樂矣나, 가 소 락 의	약간 즐길 수도 있을 것이나,
而秦子每見余면, 이 진 자 매 견 여	진소장은 내가 볼 때면
輒不樂이라. 첩 불 락	늘 즐겁지 않았다.
余問其故하니, 여 문 기 고	내가 그 이유를 물으니
秦子曰, 진 자 왈	진소장이 이렇게 대답하였다.
余世之介士[33]也라. 여 세 지 개 사 야	“저는 세상의 강직한 선비입니다.

27 이시(異時): 그 전날
28 거업(擧業): 과거를 위한 공부
29 원우(元祐): 송나라 철종(哲宗)의 연호
30 임안(臨安): 지금의 절강성(浙江省) 항주시(杭州市)
31 주부(主簿): 여러 관청 또는 지방 관청에서 장부와 서류[簿書]를 주관하던 벼슬 이름
32 거자(擧子): 과거를 보려는 사람

性所不樂은 不能爲하며, 성 소 불 락 불 능 위	성격상 즐겁지 않은 일은 하지 못하고,
言所不合은 不能交하며, 언 소 불 합 불 능 교	말이 합치되지 않는 사람이면 사귀지를 못하며,
飮食起居와, 음 식 기 거	먹고 마시고 사는 것과
動靜[34]百爲[35]를, 동 정 백 위	갖가지 행동을
不能勉以隨人이라. 불 능 면 이 수 인	억지로 남을 따르지 못합니다.
今一爲吏하니, 금 일 위 리	지금 한번 관리가 되고 보니,
皆失己而惟物之應이라. 개 실 기 이 유 물 지 응	자신은 잃고 오직 사물에 대응하기만 하고 있습니다.
少自偃蹇[36]이면, 소 자 언 건	스스로 조금만 마음대로 굴었다가는
悔禍響至[37]라. 회 화 향 지	후회와 화근이 곧 미칩니다.
異時엔, 이 시	전날에는
一身이 資養[38]於父母나, 일 신 자 양 어 부 모	이 몸이 부모에 힘입어 양육되었지만,

33 개사(介士): 강직한 선비

34 동정(動靜): 행동하다. 여기에서 '정' 자는 의미가 없다.

35 백위(百爲): 갖가지 행위

36 언건(偃蹇): 교만하게 마음대로 구는 모양

37 향지(響至): 소리의 울림처럼 어떤 일이 저절로 따라오는 것

38 자양(資養): 힘입어 보양(保養)되다.

今則婦子仰食[39]於我하니,
금 즉 부 자 앙 식 어 아

지금은 처자들이 저를 쳐다보며 먹고살고 있어서,

欲不爲吏나,
욕 불 위 리

관리 노릇을 그만두고 싶어도

又不可得하니,
우 불 가 득

또한 그럴 수가 없었으니,

自今以往은,
자 금 이 왕

지금부터는

如沐漆[40]而求解矣라 하니라.
여 목 칠 이 구 해 의

옻칠로 머리를 감고 풀리기를 바라는 것과 같을 것입니다."

余解之曰,
여 해 지 왈

나는 다음과 같이 풀이해 주었다.

子之前日은,
자 지 전 일

"그대의 전날은

春夏之草木也이나,
춘 하 지 초 목 야

봄여름의 초목이었으나,

今日之病子者는,
금 일 지 병 자 자

오늘 그대를 걱정케 하는 것은

蒹葭之霜也라.
겸 가 지 상 야

갈대에 내린 서리나 같은 것이오.

凡人性惟安之求나,
범 인 성 유 안 지 구

대체로 사람의 본성이란 편안함을 추구하나,

39 앙식(仰食): 우러르며 먹고살다.

40 목칠(沐漆): 옻칠로 머리를 감다. 옻칠로 머리를 감으면 머리가 엉겨 붙어 풀리기 어렵다는 것을 말한다.

夫安者는 天下之大患也라.
부안자 천하지대환야

편안함이란 천하의 큰 환난인 것이오.

能遷之[41]爲貴하니,
능천지 위귀

옮아가는 것이 중요하니,

重耳[42]不十九年於外이면,
중이 불십구년어외

옛날 중이가 십구 년 동안 밖에 가 있지 않았다면,

則歸不能覇요,
즉귀불능패

뒤에 돌아와 패자(覇者)가 될 수 없었을 것이며,

子胥[43]不奔이면,
자서 불분

오자서가 도망치지 않았다면

則不能入郢이라.
즉불능입영

영(郢)으로 들어갈 수가 없었을 것이오.

二子者方其羇窮[44]憂患之時에,
이자자방기기궁 우환지시

이 두 사람이 궁지에 몰리고 환난을 당하고 있을 적에,

---

41 천지(遷之): 그전의 자리에서 옮아가다. 안락함으로부터 옮아가는 것

42 중이(重耳): 춘추 시대 진(晉)나라 헌공(獻公)의 아들. 그는 포성(蒲城)에 살았는데 뒤에 헌공이 아랫사람을 시켜 포성을 치려 하자, 아버지와 싸울 수 없다 하고 나라 밖으로 도망하였다. 제(齊), 조(曹), 송(宋), 정(鄭), 초(楚), 진(秦) 등 여러 나라에 십구 년 동안 망명한 뒤 진목공(秦穆公)의 도움에 힘입어 진(晉)나라로 돌아가 뒤에 문공(文公)이 되었다. 그리고 제환공(齊桓公)을 뒤이어 이른바 춘추오패(春秋五覇) 중의 한 사람이 되었다.

43 자서(子胥): 오원(伍員). 춘추 시대 초(楚)나라 사람. 초나라 평왕(平王)에게 아버지 오사(伍奢)와 형 오상(伍尙)이 억울하게 죽음을 당하자 오(吳)나라 합려(闔廬)에게 도망쳤다. 뒤에 오나라 장수가 되어 초나라에 쳐들어가 도읍인 영(郢)을 무찔러 아버지와 형의 원수를 갚았다. 뒤에 오왕(吳王) 부차(夫差)에게 죽음을 당하였다.

44 기궁(羇窮): 궁지에 몰려 있다.

陰[45]益其所短하야,
음 익기소단
남몰래 그의 단점을 보강하고

而進其所不能者하니,
이진기소불능자
그가 할 수 없었던 일을 발전시켰으니,

非如學於口耳者之淺淺[46]也라.
비여학어구이자지천천 야
입과 귀로 배운 것처럼 얕고 가벼운 것이 아니었소.

自今吾子思前之所爲면,
자금오자사전지소위
이제부터 그대가 앞서 해 온 일을 생각하여 본다면,

其可悔者衆矣나,
기가회자중의
후회할 일도 많을 것 같으나,

其所知益加多矣리니,
기소지익가다의
아는 것도 더욱 많아질 것이니,

反身而安之면,
반신이안지
자신을 반성하고 편안히 지낸다면

則行於天下에,
즉행어천하
곧 천하에서 행동함에

無可憚者矣리라.
무가탄자의
거리낄 것이 없게 될 것이오.

能推食與人[47]者는,
능추식여인 자
남에게 음식을 양보할 수 있는 사람은

常飢者也오,
상기자야
언제나 굶주리는 사람이며,

賜之車馬而辭者는,
사지거마이사자
그에게 수레와 말을 주어도 사양할 수 있는 사람은

45 음(陰): 남몰래, 슬며시

46 천천(淺淺): 개울물이 얕고 급하게 흐르는 모양

47 추식여인(推食與人): 자기는 먹지 않고 음식을 양보하여 남에게 주다.

不畏徒步者也니라.
불 외 도 보 자 야

걷기를 두려워하지 않는 사람인 것이오.

苟畏飢而惡步면,
구 외 기 이 오 보

진실로 굶주림을 두려워하고 걷기를 싫어한다면

則將有苟得[48]之心하리니,
즉 장 유 구 득 지 심

구차히 그것들을 구하려는 마음이 생길 것이니,

爲害不旣多乎아?
위 해 불 기 다 호

해가 되는 것이 많지 않겠소?

故로 隕霜[49]不殺[50]者는,
고 운 상 불 살 자

그러므로 서리가 내려도 시들지 않는다는 것은

物之災[51]也오,
물 지 재 야

식물로서는 재난이 되는 일이고,

逸樂終身者는,
일 락 종 신 자

평생 편히 즐기기만 하는 것은

非人之福也니라.
비 인 지 복 야

인간으로서의 행복이 아닌 것이오."

元祐七年仲春十一日書.
원 우 칠 년 중 춘 십 일 일 서

원우 7년(1092) 2월 11일에 씀.

48 구득(苟得): 구차히 음식이나 수레와 말을 구하려 하다.

49 운상(隕霜): 서리가 내리다.

50 살(殺): (식물이) 시들고 마르다.

51 재(災): 재난

111. 오대의 곽숭도 열전의 뒤에 적음(書五代郭崇韜傳後)[52]

장뢰(張耒)

自古로 大臣이, 자고 대신	옛날부터 대신이
權勢已隆極[53]하고, 권세이융극	권세가 극히 융성해지고
富貴已亢滿[54]하야, 부귀이항만	부귀가 충만해져서
前無所希면, 전무소희	나아가도 더 이상 바랄 것이 없게 되면,
則退爲身慮하나니, 즉퇴위신려	곧 물러나 자기 몸을 걱정하게 되나니,
自非大姦雄[55]包異志와, 자비대간웅 포이지	스스로가 특이한 뜻을 품은 간악한 영웅과
與夫甚庸[56]駑昏[57]闒茸이면, 여부심용 노혼 흡용	매우 용렬하고 아둔하고 어리석은 자가 아니라면
鮮有不然者러라. 선유불연자	그렇지 않은 사람이 매우 드물 것이다.

---

52 서오대곽숭도전후(書五代郭崇韜傳後): 곽숭도는 후당(後唐)을 위하여 큰 공을 세운 뒤, 유씨(劉氏)를 황후로 만들어 앞날의 영달을 꾀하였으나 오히려 그녀에게 죽임을 당한다. 그러니 사람은 뛰어난 지혜로 계책을 세우기보다는 언제나 올바르고 당당한 방법으로 살아가야 한다는 것이다.

53 융극(隆極): 융성함이 극에 이르다.

54 항만(亢滿): 벼슬이 높아지고 재물이 가득 차다.

55 간웅(姦雄): 간사한 영웅

56 심용(甚庸): 매우 용렬하다.

57 노혼(駑昏): 아둔하고 사리에 어둡다.

其爲謀[58]實難하니, 기 위 모 실 난	그러나 계책을 세우는 일은 실로 어려운 것이니,
不憂思之不深하고, 불 우 사 지 불 심	걱정하고 생각한 것이 깊지 않은 것도 아니고
計之不工이나, 계 지 불 공	계획이 잘 짜이지 않은 것도 아니나,
然이나 異日釁[59]之所起는, 연 이 일 흔 지 소 기	다른 날 말썽이 일어나는 것은
往往自夫至深至工하나니, 왕 왕 자 부 지 심 지 공	흔히 지극히 깊고 잘 짜였던 데서 오는 것이다.
是故로 莫若以正이니라. 시 고 막 약 이 정	그러므로 일은 올바르게 하는 것보다 좋은 것은 없다.
夫正者는, 부 정 자	바른 사람은
操術[60]이 簡而周[61]나, 조 술 간 이 주	그 수법이 간단하고 완벽하지만,
智者는 爲緖[62]多而拙이라. 지 자 위 서 다 이 졸	재주를 부리는 사람은 하는 일은 많으나 졸렬하다.

58 위모(爲謀): 자신을 걱정하여 자기를 위한 계책을 세우다.

59 흔(釁): 말썽, 분쟁

60 조술(操術): 지키는 술법

61 간이주(簡而周): 간단하면서도 완벽하다.

62 위서(爲緖): 하는 일

夫正者는 無所事計也니,
부 정 자 　 무 소 사 계 야

바른 사람은 일을 두고 따로 계획하는 것이 없으니,

行所當然이면,
행 소 당 연

당연한 것을 행한다면,

雖怨讐라도 不敢議[63]之온,
수 원 수 　 불 감 의 　 지

비록 원수라도 감히 그것을 비평할 수 없을 것인데,

況繼之者賢乎아?
황 계 지 자 현 호

하물며 그를 계승하는 사람이 현명하다면이야!

郭崇韜[64]는 於五代에,
곽 숭 도 　 어 오 대

곽숭도는 오대(五代)에

亦聰明權智之士也라.
역 총 명 권 지 지 사 야

매우 총명하고 임기응변의 지혜가 있던 선비이다.

佐莊宗하야,
좌 장 종

후당(後唐)의 장종을 보좌하여

決策滅梁하고,
결 책 멸 량

계책을 세워 후량(後梁)을 멸망시키고,

遂一天下러니,
수 일 천 하

마침내 천하를 통일했다.

自見功高權重하니,
자 견 공 고 권 중

스스로 자기의 공로가 크고 권세도 무거우니,

姦人이 議己하고,
간 인 　 의 기

간사한 자들이 자기를 비평하는데,

---

63 의(議): 의론하다. 비평하다.

64 곽숭도(郭崇韜): 후당(後唐) 장종(莊宗) 때 병부상서(兵部尙書), 추밀사(樞密使)를 지냈다. 뒤에 후량(後梁)을 멸한 공로로 시중(侍中)과 성덕군절도(成德軍節度)가 되었다. 그러나 뒤에 유황후의 명을 받은 환관 마언규(馬彦珪)의 손에 죽임을 당하였다.

而莊宗之昏은, 이 장 종 지 혼	장종은 어리석어
爲不足賴也라. 위 부 족 뢰 야	믿을 수 없다고 여기고,
乃爲自安之計[65]하니, 내 위 자 안 지 계	이에 스스로를 보전할 계책을 세웠다.
時劉氏[66]有寵하야, 시 유 씨 유 총	이때 유씨는 임금의 총애를 받아
莊宗嬖[67]之라. 장 종 폐 지	장종은 그를 편애하고 있었다.
因請立爲后 인 청 립 위 후	그래서 유씨를 황후로 삼도록 함으로써
而中莊宗之欲[68]하며, 이 중 장 종 지 욕	장종의 욕망을 채워 주고,
又結劉氏之援하니, 우 결 유 씨 지 원	또 유씨와 서로 돕는 관계를 맺었다.
此於劉氏에, 차 어 유 씨	이것은 유씨에게는
爲莫大之恩이요, 위 막 대 지 은	막대한 은혜가 되었고,
而莊宗日以昏湎[69]하야, 이 장 종 일 이 혼 면	장종은 날로 혼미함에 빠져들어
內聽婦言하니, 내 청 부 언	안으로 부인의 말을 듣고 따르게 되었으니,

65 자안지계(自安之計): 자신이 편안히 살아갈 계획

66 유씨(劉氏): 장종의 황후가 되었던 여자

67 폐(嬖): 사랑하다. 편애하다.

68 중장종지욕(中莊宗之欲): 장종의 욕심을 채워 주다.

69 혼면(昏湎): 혼미하게 빠지다. 주색에 빠지다.

其爲計宜無如是之良者라.
기 위 계 의 무 여 시 지 량 자

계책에 이처럼 훌륭한 것이 있을 수 없다 할 것이다.

然이나 卒之殺崇韜者는,
연 졸 지 살 숭 도 자

그러나 마침내 곽숭도를 죽인 사람은

劉氏也라.
유 씨 야

유씨였다.

使崇韜謬計[70]라도,
사 숭 도 류 계

만약 곽숭도가 잘못된 계책을 세웠다 하더라도

不過劉氏不能有所助而已니,
불 과 유 씨 불 능 유 소 조 이 이

다만 유씨의 도움을 받는 일이 없었을 따름이니,

豈知身死其手哉아?
기 지 신 사 기 수 재

그의 손에 자신이 죽게 될 줄이야 어찌 알았으랴?

好謀之士는
호 모 지 사

계책을 좋아하는 사람은

敗於謀하고,
패 어 모

계책 때문에 실패하고,

好辯之士는,
호 변 지 사

말하기를 좋아하는 사람은

敗於辯이나,
패 어 변

말로 실패하게 되지만,

惟道德之士는,
유 도 덕 지 사

오직 올바른 도덕을 지키는 사람만은

爲無窮하니,
위 무 궁

무궁히 발전하는 것이니,

---

70 유계(謬計): 그릇된 계획을 세우다.

而禍福之變을,
이 화 복 지 변

그러니 재난과 행복의 변화를

豈思慮能究之哉아?
기 사 려 능 구 지 재

어찌 사람의 생각만으로 알아낼 수가 있겠는가?

112. 이추관에게 답하는 글(答李推官書)[71]

장뢰(張耒)

南來多事하야,
남 래 다 사

남쪽으로 와 일이 많아

久廢讀書러니,
구 폐 독 서

오랫동안 독서를 못하고 있었는데,

昨送簡人還하야,
작 송 간 인 환

어제 편지를 배달하는 사람이 돌아와

忽辱惠及所作病暑賦及雜詩하니,
홀 욕 혜 급 소 작 병 서 부 급 잡 시

문득 외람되게도 보내 주신 「병서부」와 「잡시」들을 받으니,

誦詠愛歎하야,
송 영 애 탄

외우고 읊으며 좋아하여 탄식하면서

旣有以起竭涸之思[72]하고,
기 유 이 기 갈 학 지 사

물이 다 마르는 듯한 데서 생각이 일어나기도 했고,

71 답이추관서(答李推官書): 추관은 절도사나 관찰사의 속관(屬官)으로 형옥(刑獄)에 관한 일을 관장하였다. 여기의 이추관(李推官)은 어떤 사람인지 확실하지 않다. 이추관은 편지와 함께 그가 지은 「병서부(病暑賦)」와 여러 편의 시를 보내면서, 장뢰에게 평을 부탁했다. 여기에서 장뢰는 문장의 형식과 표현에만 힘쓰고 내용은 없는 글을 혹독히 비판하고 있다.

而又喜世之學者가,
이 우 희 세 지 학 자

또 세상의 학자들이

比來[73]에 稍稍[74]追古人之文章하야,
비 래 초 초 추 고 인 지 문 장

근래에는 조금씩 옛사람들의
문장을 좇아서,

述作體製[75]가,
술 작 체 제

지은 글의 체제가

往往已有所到[76]也라.
왕 왕 이 유 소 도 야

더러 옛 수준에 이르게 되었음을
기뻐하게 되었습니다.

耒不才나,
뇌 부 재

저 장뢰는 재주는 없지만

少時喜爲文辭하야,
소 시 희 위 문 사

젊었을 적에 글짓기를 좋아하고,

與人遊에,
여 인 유

사람들과 어울릴 적에는

又喜論文字하니,
우 희 논 문 자

또 문장을 논하기를 좋아하였으니,

謂之嗜好則可나,
위 지 기 호 즉 가

제가 글을 좋아한다고 하는 것은
괜찮지만,

以爲能文이면,
이 위 능 문

글을 잘 짓는다고 하면,

---

72 기갈학지사(起竭涸之思): 물이 다 마르는 듯한 생각이 일어나다. 이추관이 지은 「병서부」에서 표현한 무더위의 모습이 이런 생각을 일으킨다는 것이다.

73 비래(比來): 근래

74 초초(稍稍): 조금씩

75 술작체제(述作體製): 지은 글의 형식과 내용

76 소도(所到): 옛사람의 경지나 일가를 이루는 수준에 이른 것

則世自有人하니, 즉 세 자 유 인	세상에 달리 잘하는 사람이 있으니
決不在我라. 결 부 재 아	절대로 제게 해당되는 것은 아닙니다.
足下與耒로, 족 하 여 뢰	선생께서는 저와
平居飮食笑語에, 평 거 음 식 소 어	평소에 마시고 먹고 웃고 애기할 적에
忘去屑屑[77]하고, 망 거 설 설	제가 부질없이 애쓰던 것은 잊어버리시고,
而忽持大軸[78]하고, 이 홀 지 대 축	갑자기 큰 두루마리를 가지고
細書題官位姓名하여, 세 서 제 관 위 성 명	가늘게 저의 벼슬과 성명까지 적어
如卑賤之見尊貴하니, 여 비 천 지 견 존 귀	마치 미천한 사람이 존귀한 사람을 대하듯 하고 계시니,
此何爲者오? 차 하 위 자	이건 어찌된 일입니까?
豈妄以耒爲知文하고, 기 망 이 뢰 위 지 문	어찌 제가 글을 안다고 잘못 생각하시고
繆[79]爲恭敬若請敎者乎아? 유 위 공 경 약 청 교 자 호	가르침을 청하는 사람처럼 공경하는 것입니까?
欲持納[80]하되, 욕 지 납	글을 되돌려 드리고 싶기도 하나,

77 설설(屑屑): 부질없는 일로 애쓰는 모양

78 대축(大軸): 큰 두루마리 책. 앞에 얘기한 「병서부」와 「잡시」를 뜻한다.

79 유(繆): 잘못 생각하다.

而貪於愛玩이라,
이 탐 어 애 완

좋아하여 감상하고 싶은지라,

勢不可得捨[81]라.
세 불 가 득 사

그것을 버릴 수 없는 형편입니다.

雖怛然[82]不以自寧이나,
수 달 연 불 이 자 령

비록 걱정스러워 스스로 편히
지낼 수 없다 해도,

而旣辱勤厚[83]니,
이 기 욕 근 후

이미 간곡하고 진실한
부탁을 받았으니,

不敢隱其所知於左右[84]也라.
불 감 은 기 소 지 어 좌 우 야

당신께 알고 있는 것을 감히
숨길 수 없군요.

足下之文은,
족 하 지 문

선생의 글은

可謂奇矣라.
가 위 기 의

기이하다고 할 수 있습니다.

捐去[85]文墨[86]常體하고,
연 거 문 묵 상 체

문장의 일반적인 체례를 버리고

力爲瓌奇[87]險怪하야,
역 위 괴 기 험 괴

힘써 기특하고 괴이하게 하여,

---

80 지납(持納): 보내 준 글을 가지고 가서 돌려주다.

81 불가득사(不可得捨): 그것을 버릴 수가 없다.

82 달연(怛然): 걱정하는 모양

83 기욕근후(旣辱勤厚): 이미 욕되이도 부지런하고 두텁게 하였다. 곧 간곡하고 진실되게 부탁하였음을 뜻한다.

84 좌우(左右): 그대의 곁에 있는 사람들이라는 뜻이나 실제로는 그대라는 말. 편지글에서 정중한 어투로 흔히 이렇게 표현한다.

85 연거(捐去): 버리다.

86 문묵(文墨): 문장. 글짓기

87 괴기(瓌奇): 뛰어나게 기특하다.

務欲使人讀之에, 무 욕 사 인 독 지	사람들이 그 글을 읽음에
如見數千歲前 여 견 수 천 세 전	마치 수천 년 전의
蝌蚪[88]鳥跡[89]所記 과 두 조 적 소 기	과두문이나 새 발자국 글씨체로 기록한
弦匏[90]之歌와, 현 포 지 가	악기를 울리며 노래하던 가사와
鍾鼎[91]之文也라. 종 정 지 문 야	여러 가지 동기(銅器)에 새겨진 글처럼 느껴집니다.
足下之所嗜者如此면, 족 하 지 소 기 자 여 차	선생께서 좋아하시는 것이 이러하다면,
固無不善者나, 고 무 불 선 자	본시 좋지 않을 것은 없지만,
抑[92]耒之所聞所謂能文者는, 억 뢰 지 소 문 소 위 능 문 자	그러나 제가 듣고 또 말하고자 하는 것은,
豈謂其能奇哉아? 기 위 기 능 기 재	그 능력이 어찌 기이함을 말하는 것이겠습니까?
能文者는 능 문 자	글을 잘 짓는다는 것은

88 과두(蝌蚪): 과두문자. 중국 고대에 쓰이던 올챙이 모양의 자체

89 조적(鳥跡): 새 발자국. 동한(東漢) 허신(許愼)의 『설문서(說文序)』에 옛날 사람들이 처음 글자를 만들 때 새 발자국을 비롯한 여러 가지 자연 현상을 보고 만들었다는 말이 있다. 옛날의 글자를 가리키는 말로 쓰인 것

90 현포(弦匏): 현악기와 타악기

91 종정(鍾鼎): 종과 세 발 달린 솥

92 억(抑): 그렇지만

固不以能奇爲主也라.
고 불 이 능 기 위 주 야

본시 기이한 것을 위주로 하는 것이 아닙니다.

夫文은 何爲而設也오?
부 문 하 위 이 설 야

문장이란 무엇 때문에 늘어놓는 것이겠습니까?

不知理者는,
부 지 리 자

이치를 알지 못하는 사람은

不能言이라.
불 능 언

말을 할 수가 없는 것입니다.

世之能言者多矣나,
세 지 능 언 자 다 의

세상에는 말을 잘하는 사람이 많사오나,

而文者獨傳이라.
이 문 자 독 전

그러나 문장이라는 것만이 전해집니다.

豈獨傳哉아?
기 독 전 재

어찌 오직 전해지기만 하는 것이겠습니까?

因其能文也而言益工하고,
인 기 능 문 야 이 언 익 공

글을 잘 짓는 것으로 말미암아 말도 더 잘해지고

因其言工也而理益明이라.
인 기 언 공 야 이 리 익 명

말을 잘함으로써 이치도 더욱 분명해지는 것입니다.

是以로 聖人이 貴之하나니,
시 이 성 인 귀 지

그래서 성인들이 글을 귀중히 여기셨던 것이니,

自六經[93]으로,
자 육 경

육경으로부터

93 육경(六經): 『시경(詩經)』·『서경(書經)』·『예기(禮記)』·『역경(易經)』·『춘추(春秋)』·『악경(樂經)』

下至于諸子百氏와,
하 지 우 제 자 백 씨

아래로는 제자백가의 저술과

騷人[94]辯士論述이,
소 인 변 사 논 술

시부의 작가들과 변사들의 논술이

大抵皆將以爲寓理[95]之具也라.
대 저 개 장 이 위 우 리 지 구 야

모두 이치를 담는 용구로 삼으려던 것이었습니다.

是故로 理勝者는,
시 고 이 승 자

그런 까닭에 이치에 뛰어난 사람은

文不期工而工하나,
문 불 기 공 이 공

글을 잘 쓰려 하지 않아도 잘 쓰게 되지만,

理媿[96]者는
이 괴 자

이치에 어두운 사람은

巧於粉澤而間隙[97]百出하니,
교 어 분 택 이 간 극 백 출

글을 꾸미는 일에 능하지만 빈틈이 많이 생기는 것이니,

此猶兩人이,
차 유 양 인

이것은 마치 두 사람이

持牒[98]而訟에,
지 첩 이 송

고소장을 가지고 소송을 함에 있어서,

直者는 操筆에,
직 자 조 필

정직한 사람은 집필할 때

등 유가의 여섯 가지 경전

94 소인(騷人): 시부(詩賦)를 짓는 사람. 시인. 옛날 굴원(屈原)이 「슬픔을 만나(離騷)」를 지은 데서 생겨난 말

95 우리(寓理): 이치를 실어 표현하다.

96 괴(媿): 부끄럽다. 잘 모르다.

97 간극(間隙): 틈

98 첩(牒): 고소장

不待累累[99]나, 부 대 루 루	번거로이 생각하며 쓰지 않았으되,
讀之如破竹하고, 독 지 여 파 죽	그것을 읽어 보면 대쪽이 갈라지듯 하고,
橫斜反覆이, 횡 사 반 복	옆으로 비껴보고 되풀이해 보더라도
自中節目이나, 자 중 절 목	자연스럽게 항목들이 딱 들어맞는 반면에,
曲者는 雖使假辭於子貢[100]하고, 곡 자 수 사 가 사 어 자 공	비뚤어진 사람은 비록 자공에게서 말재주를 빌리고,
問字於揚雄[101]이라도, 문 자 어 양 웅	양웅에게 글 솜씨에 대하여 물었다 하더라도,
如列五味[102]而不能調和하야, 여 열 오 미 이 불 능 조 화	여러 가지 양념을 늘어놓고 조화를 시키지는 못하여,
食之於口에, 식 지 어 구	그것을 입에 넣고 먹어 보면

99 누루(累累): 여러 번 번거로이 하다. 쌓여 있는 모양

100 자공(子貢): 『논어(論語)』「선진(先進)」에 공자의 제자 중 덕행(德行)·언어(言語)·정사(政事)·문학(文學)에 뛰어난 사람들의 이름을 들고 있는데(孔門四科), 언어에는 재아(宰我)와 자공을 꼽고 있다.

101 양웅(揚雄): 서한(西漢) 때의 대표적인 부(賦) 작가

102 오미(五味): 달고 짜고 맵고 시고 쓴 다섯 가지 맛. 또는 여러 가지 맛을 내는 양념

無一可愜[103]이니, 무 일 가 협	하나도 뜻에 맞는 것이 없는 것과 같으니,
何況使人玩味之乎아? 하 황 사 인 완 미 지 호	하물며 어찌 그것을 사람들에게 감상하도록 하겠습니까?
故로 學文之端은, 고 학 문 지 단	그러므로 글을 공부하는 단서로서는
急於明理라. 급 어 명 리	이치에 밝게 되는 일이 다급한 것입니다.
夫不知爲文者는, 부 부 지 위 문 자	글을 지을 줄 모르는 사람은
無所復道나, 무 소 부 도	다시 말할 것도 없거니와,
如知文而不務理하고, 여 지 문 이 불 무 리	만약 글을 알면서도 이치에 힘쓰지 아니하고
求文之工은, 구 문 지 공	글이 잘 지어지기를 구한다면,
世未嘗有是也라. 세 미 상 유 시 야	이런 일은 일찍이 세상에는 없었던 것입니다.
夫決水於江河淮海하야, 부 결 수 어 강 하 회 해	장강·황하·회수·호수의 물이 터져서
水順道而行하야, 수 순 도 이 행	물이 물길을 따라 내려가면서,
滔滔[104]汩汩[105]하야, 도 도 골 골	도도히 콸콸

103 협(愜): 뜻에 맞다.

日夜不止하야, 일 야 부 지	밤낮을 쉬지 않고 흘러,
衝砥柱[106]하고, 충 지 주	지주산에 부딪히고
絶呂梁[107]하며, 절 여 량	여량산을 무너뜨리기도 하면서
放於江湖而納之海하되, 방 어 강 호 이 납 지 해	강물과 호수를 이루면서 바다로 흘러들어가면,
其舒[108]爲淪漣[109]하고, 기 서 위 윤 련	서서히 흘러 잔물결 치고
鼓[110]爲濤波하며, 고 위 도 파	세차게 흘러 큰 물결 치며,
激之爲風飆[111]하고, 격 지 위 풍 표	회오리바람에 격동하기도 하고
怒之爲雷霆하니, 노 지 위 뢰 정	우레가 치면 성난 듯 움직이기도 하며,
蛟[112]龍魚黿[113]이, 교 룡 어 원	교룡과 용과 물고기와 큰 자라들이
噴薄[114]出沒하니, 분 박 출 몰	용솟음치며 나왔다 들어갔다 하니,

---

104 도도(滔滔): 물이 질펀히 흐르는 모양

105 골골(汨汨): 물이 콸콸 흐르는 모양

106 지주(砥柱): 산 이름. 옛날 우임금이 황하의 홍수를 다스릴 때 트인 물길이 흘러가다 산에 부딪혀 황하 가운데 높은 기둥 같은 산이 남아 지주〔일명 저주(底柱)〕라 했다 한다.

107 여량(呂梁): 산 이름. 산서성(山西省) 용문산(龍門山)과 연해 있었다. 우임금이 홍수를 다스릴 때 물길을 트기 위해 산 중턱을 허물어 물이 흐르게 했다 한다.

108 서(舒): 물이 퍼져서 서서히 흐르다.

109 윤련(淪漣): 잔물결 치다.

110 고(鼓): 물이 세차게 흐르다.

111 표(飆): 회오리바람

112 교(蛟): 교룡. 용의 일종

113 원(黿): 큰 자라

是水之奇變也나, 시 수 지 기 변 야	이것이 물의 기특한 변화인 것이나,
而水初豈如此아? 이 수 초 기 여 차	그러나 물이 처음부터 어찌 그러한 것이겠습니까?
順道而決之하야, 순 도 이 결 지	물길을 따라 터져 흘러가면서
因其所遇而變生焉이라. 인 기 소 우 이 변 생 언	물이 만나는 것들로 말미암아 변화가 생기는 것입니다.
溝瀆[115]東決而西竭하고, 구 독 동 결 이 서 갈	도랑물은 동쪽으로 터지면 서쪽은 말라 버리고
下滿而上虛하며, 하 만 이 상 허	아래쪽이 차면 위쪽은 비게 되며,
日夜激之하야, 일 야 격 지	밤낮으로 그 물을 격동시켜
欲見其奇나, 욕 견 기 기	기특한 모습을 드러내 보려 하나,
彼其所至者는, 피 기 소 지 자	거기에 몰려드는 것들이란
蛙蛭[116]之玩耳라. 와 질 지 완 이	개구리나 거머리 따위인 것입니다.
江淮河海之水는, 강 회 하 해 지 수	장강·회수·황하·호수의 물은
理達之文也니, 이 달 지 문 야	이치에 통달한 글과 같아서

114 분박(噴薄): 용솟음쳐 올라오다.

115 구독(溝瀆): 도랑

116 와질(蛙蛭): 개구리와 거머리

不求奇而奇至矣나,
불 구 기 이 기 지 의

기특함을 추구하지 않아도 기특함에 이르고,

激溝瀆而求水之奇는,
격 구 독 이 구 수 지 기

도랑물을 격동시켜 물이 기특하기를 추구하는 것은,

此無見於理
차 무 견 어 리

바로 이치에 대하여는 아는 것이 없으면서도,

而欲以言語句讀로
이 욕 이 언 어 구 두

말과 글귀만으로

爲奇之文也라.
위 기 지 문 야

기특한 글을 지으려는 것과 같은 일입니다.

六經之文은,
육 경 지 문

육경의 글로서는

莫奇於易하고,
막 기 어 역

『역경』보다 더 기특한 것이 없고,

莫簡於春秋나,
막 간 어 춘 추

『춘추』보다 더 간결한 것이 없으나,

夫豈以奇與簡爲務哉아?
부 기 이 기 여 간 위 무 재

어찌 기특함과 간결함에 힘써서 그런 것이겠습니까?

勢自然耳라.
세 자 연 이

형세가 자연히 그렇게 만든 것입니다.

傳[117]에 曰,
전 왈

『역경』에 말하기를,

吉人之辭寡라 하니,
길 인 지 사 과

"길한 사람은 말이 적다" 하니,

117 전(傳): 『역경』「계사전(繫辭傳)」에 보이는 구절

彼豈惡繁而好寡哉아? 피 기 오 번 이 호 과 재	어찌 번거로움은 싫어하고 적은 것을 좋아하는 것입니까?
雖欲爲繁而不可得也라. 수 욕 위 번 이 불 가 득 야	비록 번거롭게 말을 하려 하더라도 되지 않는 것입니다.
自唐以來至今에, 자 당 이 래 지 금	당나라 때부터 지금에 이르기까지
文人好奇者不一이라. 문 인 호 기 자 불 일	문인들 중에 기특함을 좋아하는 자가 하나가 아닙니다.
甚者는 或爲缺句斷章하야, 심 자 혹 위 결 구 단 장	심한 경우 간혹 한 구절을 빼먹거나 글귀를 중단하여
使脈理[118]不屬하고, 사 맥 리 불 속	문맥이 이어지지 않도록 만들기도 하고,
又取古人訓詁로, 우 취 고 인 훈 고	또는 옛사람들의 해석으로써
希於見聞者하야, 희 어 견 문 자	보고 듣기 어려운 것들을 취하여
衣被[119]而綴合[120]之하니, 의 피 이 철 합 지	겉을 꾸미고 서로 이어 놓기도 하니,
或得其字나, 혹 득 기 자	혹 그 글자는 맞는다 하더라도
不得其句하고, 부 득 기 구	그 구절의 뜻은 이루지 못하며,

118 맥리(脈理): 문맥과 문리
119 의피(衣被): 옷을 입히다. 즉 글의 겉을 꾸미는 것
120 철합(綴合): 서로 이어 놓은 것

或得其句나,
혹 득 기 구

혹 그 구절의 뜻은 맞는다 하더라도

不得其章하여,
부 득 기 장

그 대목은 이루지 못하여,

反覆咀嚼[121]에,
반 복 저 작

되풀이하여 음미해 보아도

卒亦無有하니,
졸 역 무 유

끝내 아무것도 없으니,

此最文之陋也라.
차 최 문 지 루 야

이것이 글 중에서도 가장
비루한 것입니다.

足下之文은,
족 하 지 문

선생의 글은

雖不若此나,
수 불 약 차

비록 그러하지는 않다 하더라도

然其意靡靡[122]하야,
연 기 의 미 미

그 뜻이 애매하여

似主於奇矣라.
사 주 어 기 의

마치 기특함을 위주로 한 것 같습니다.

故로 豫爲足下陳之하노니,
고 예 위 족 하 진 지

그래서 선생께 그 점을 미리
말씀드리는 것이니,

願無以僕之言質俚[123]
원 무 이 복 지 언 질 리

바라건대 제 말이 질박하고
속되다 해서

而不省也하소서.
이 불 성 야

깨닫지 못하는 일이 없도록 하십시오.

---

121 저작(咀嚼): 음식을 씹듯이 글을 음미하다.
122 미미(靡靡): 더딘 모양. 애매한 모양
123 질리(質俚): 질박하고 속되다.

113. 진소유에게 보내는 글(與秦少游書)[124]

진사도(陳師道)[125]

辱書에 喩[126]以章公[127]이, 욕 서 유 이 장 공	편지에 장공께서
降屈年德[128]하야, 강 굴 년 덕	나이와 덕망을 굽히시고
以禮見招[129]하니, 이 례 견 초	예를 갖추어 초대하여 주시니,
不佞[130]何以得此오? 불 녕 하 이 득 차	못난 제가 어찌 그런 대접을 받을 수 있겠습니까?
豈侯嘗欺之耶아? 기 후 상 기 지 야	어찌 장공께서 놀리시는 것은 아닌지요?

---

124 여진소유서(與秦少游書): 친구인 진관(秦觀: 1049~1100)에게 답한 글. 진관은 자가 소유(少遊)이며 호는 회해(淮海)거사. 진사도와 함께 소식(蘇軾)의 제자이다. 당시의 왕안석(王安石)의 개혁파 중 한 사람으로 높은 벼슬자리에 있던 장돈(章惇)이 진관을 통하여 진사도에게 만나 줄 것을 요청해 왔으나, 진사도는 예(禮)를 내세워 그의 요청을 단호히 거절하고 있다. 편지 끝머리에서 장돈이 벼슬을 그만두고 돌아온다면 스스로 성문 밖까지라도 나가 그를 마중하겠다는 말에 큰 뜻을 느끼게 된다.

125 진사도(陳師道: 1053~1101): 자는 무기(無己), 또는 이상(履常). 증공(曾鞏)에게서 문장을 배웠고, 황정견(黃庭堅)의 시를 으뜸으로 삼았다. 소식 문하의 글을 잘하는 여섯 사람으로 불리는 소문육군자(蘇門六君子)의 한 사람으로 일컬어진다. 문집에 『후산집(後山集)』 30권이 있다.

126 유(喩): 깨우쳐 주다.

127 장공(章公): 장돈(章惇). 왕안석의 천거로 벼슬이 지추밀원사(知樞密院事)에 이르렀다. 유지(劉摯)·소철(蘇轍) 등의 공격을 받아 한때 쫓겨났다가 다시 상서좌복야(尙書左僕射), 문하시랑(門下侍郎) 등 요직을 역임하였다.

128 강굴년덕(降屈年德): 많은 나이와 높은 덕망을 갖고도 아랫사람에게 굽히는 것

129 견초(見招): 만나자고 부르다.

130 불녕(不佞): 재주가 없는 자. 부재(不才)와 같은 뜻으로 남에게 자신을 낮추어 부르는 말

公卿不下士는 尙[131]矣라,
공경불하사 상 의

공경이 선비를 홀대하지 않는 법은 오래되었습니다.

乃特見於今而親於其身하니,
내특견어금이친어기신

그런데 특별히 지금 그분을 뵙고 그분께 가까워지니,

幸孰大[132]焉고?
행숙대 언

다행스러움이 이보다 클 수가 있겠습니까?

愚雖不足以齒士[133]나,
우수부족이치사

어리석은 저는 비록 선비의 대열에 끼지도 못하나,

猶當從侯之後하야,
유당종후지후

마땅히 장공의 뒤를 따라

順下風[134]而成公之名이라.
순하풍 이성공지명

뜻을 받들어 장공의 명성을 이룰 것입니다.

然先王之制에,
연선왕지제

그러나 옛 선왕(先王)의 제도에서

士가 不傳贄[135]爲臣이면,
사 부전지 위신

"사(士)는 폐백을 통하여 신하가 되지 않는다면,

131 상(尙): 오래되었다. 오래된 일이다.

132 행숙대(幸孰大): 행복이 누가 더 큰가? 행복이 이보다 더 클 수 있겠는가?

133 치사(齒士): '사'의 대열에 끼다.

134 하풍(下風): 바람의 아래편. 여기서는 높은 사람 아래에서 뜻을 받듦을 뜻한다.

135 전지(傳贄): '전'은 통(通)의 뜻으로 폐백을 바쳐 만남의 뜻이 서로 통하는 것. '지'는 초견례(初見禮)에 바치는 폐백

則不見於王公하나니,
즉 불 현 어 왕 공

왕공(王公)을 뵙지 못하는 법이다"
라고 했으니,

夫相見은 所以成禮로되,
부 상 견 　 소 이 성 례

서로 만난다는 것은 예를 이룩하는
방법이 되며,

而其弊[136]는 必至於自鬻[137]이라.
이 기 폐 　 필 지 어 자 육

그 폐단은 반드시 그 자신을
파는 데 이르는 것입니다.

故로 先王이
고 　 선 왕

그러므로 선왕은

謹其始以爲之防[138]하니,
근 기 시 이 위 지 방

그 처음 시작을 조심하여 잘못을
경계하도록 하여,

而爲士者世守焉이라.
이 위 사 자 세 수 언

선비 신분의 사람들은 대대로
그것을 지켜 왔던 것입니다.

師道는 於公에,
사 도 　 어 공

저와 장공의 관계는

前有貴賤之嫌하고,
전 유 귀 천 지 혐

앞에는 신분이 귀한 사람과 천한
사람이란 혐의가 있고

後無平生之舊[139]하고,
후 무 평 생 지 구

뒤에는 평생 사귄 정이 없으니,

---

136 폐(弊): 예물을 바치는 폐단

137 자육(自鬻): 스스로를 상대방에게 잘 알리다.

138 방(防): 잘못되는 것을 막다.

139 구(舊): 오래 사귀다.

公雖可見이나,
공 수 가 견
비록 공을 뵈올 수는 있으나,

禮可去乎아?
예 가 거 호
예를 버릴 수가 있겠습니까?

且公之見招는,
차 공 지 견 초
또한 장공의 초대를 받으니,

公豈以能守區區[140]之禮乎아?
공 기 이 능 수 구 구 지 례 호
공께서야 어찌 제가 사소한 예를
지키는 것을 고려하실 수 있겠습니까?

若冒昧[141]法義하고,
약 모 매 법 의
그러나 만약 법도와 의리를 무시하고

聞命走門이면,
문 명 주 문
명을 따라 장공 댁으로 달려간다면,

則失其所以見招니,
즉 실 기 소 이 견 초
곧 초대받은 본래의 뜻을 잃게
될 것이니,

公又何取焉고?
공 우 하 취 언
장공은 또 저에게서 무엇을
취하시겠습니까?

雖然有一[142]於此하니,
수 연 유 일 어 차
그러나 여기에 한 가지 길은 있으니,

幸公之他日에,
행 공 지 타 일
다행히도 장공께서 훗날

成功謝事하고,
성 공 사 사
공을 이룩하고 일을 그만두시고,

---

140 구구(區區): 자질구레한 모양
141 모매(冒昧): 무릅쓰고 무시하다.
142 유일(有一): 한 가지(해결책 또는 좋은 방법)가 있다.

幅巾[143]東歸면, 폭건 동귀	가벼운 두건을 쓰고 동쪽으로 돌아오게 된다면,
師道當御款段[144]하며, 사도당어관단	제가 당연히 더디고 둔한 말을 몰아
乘下澤[145]하야, 승하택	짐수레를 타고
候公於上東門[146]外리니, 후공어상동문 외	상동문 밖에 나가 기다릴 것이니,
尙未晩也리라. 상미만야	그래도 늦지 않을 것입니다.

114. 임수주에게 보내는 편지(上林秀州書)[147]

진사도(陳師道)

宗周[148]之制에, 종주 지제	옛 주나라 제도에
士見于大夫卿公이면, 사견우대부경공	사(士)가 대부(大夫)와 공경(公卿)을 뵈려면,

143 폭건(幅巾): 간편한 두건의 일종

144 어관단(御款段): '어'는 말이 끄는 수레를 몰다. '관단'은 '관단마'로 더디고 둔한 말

145 승하택(乘下澤): '승'은 타다. '하택'은 '하택거(下澤車)'로 시골에서 짐 싣는 데 쓰는 수레. 『후한서(後漢書)』「마원전(馬援傳)」의 글귀를 인용한 것이다.

146 상동문(上東門): 낙양(洛陽)의 성문 이름

147 상임수주서(上林秀州書): 진사도가 스승 증공(曾鞏)의 소개로 수주(秀州)자사인 임씨를 찾아가 뵙기를 요청하는 글. 증공의 소개를 받았지만 진사도는 예를 논하면서 빈틈없는 행동으로 품위를 유지하려 하고 있다.

148 종주(宗周): 본래는 주나라 도읍을 가리키는 말이나, 여기서는 주나라 시대를 가리킨다.

介[149]以厚其別[150]하고, 개 이후기별	소개를 통하여 차별을 엄격히 하고,
詞以正其名하고, 사이정기명	말로 명분을 바로 세우고,
贄[151]以效其情[152]하고, 지 이효기정	폐백으로써 그의 진정을 나타내고,
儀[153]以致其敬하나니, 의 이치기경	위엄과 의리로 그의 존경을 표현하였으니,
四者備矣라야, 사자비의	이 네 가지가 갖추어져야만
謂之禮成이라. 위지례성	예가 이루어졌다고 말했던 것입니다.
士之相見은, 사지상견	사(士)가 사람들을 뵙는다는 것은
如女之從人[154]하야, 여녀지종인	마치 여자가 시집가는 것과 같아서,
有願見之心이나, 유원견지심	만나 뵙고자 하는 마음이 있다 하더라도
而無自行之義요, 이무자행지의	스스로 찾아가는 일은 없었던 것입니다.

149 개(介): 소개
150 기별(其別): 사와 대부·공경의 신분상의 차별
151 지(贄): 폐백
152 효기정(效其情): 그의 진정을 나타내다.
153 의(儀): 위의(威儀)
154 종인(從人): 시집가다.

必有紹介爲之前焉하니, 필 유 소 개 위 지 전 언	반드시 소개하는 사람이 앞길을 인도해야 하였으니,
所以別嫌[155] 소 이 별 혐	신분의 차이로 말미암는 혐의를 분별하고
而愼微[156]也라. 이 신 미 야	미세한 잘못에도 신중하려는 것이었습니다.
故로 曰, 介以厚其別이라. 고 왈 개 이 후 기 별	그러므로 "소개로 차별을 엄격히 한다"고 한 것입니다.
名以擧事하고, 명 이 거 사	명분이란 일을 드러내는 것이고
詞以道名하나니, 사 이 도 명	말이란 명분을 인도하는 것이니,
名者는 先王所以定民分也라. 명 자 선 왕 소 이 정 민 분 야	명분이란 선왕께서 분수를 정해 주는 근거였습니다.
名正則詞不悖[157]하고, 명 정 즉 사 불 패	명분이 바르면 곧 말도 어긋나지 않게 되고,
分定則民不犯이라. 분 정 즉 민 불 범	분수가 정해지면 백성들은 범하지 않았던 것입니다.

155 별혐(別嫌): 신분의 차이로 인한 혐의를 분별하다.

156 신미(愼微): 미세한 행동도 잘못이 없도록 신중히 하다.

157 패(悖): 도리에 어긋나다.

故로 曰, 詞以正其名이라.
고 왈 사이정기명

그러므로 "말로 명분을 바로 세운다"고 한 것입니다.

言不足以盡意하고,
언부족이진의

말이란 뜻을 다 표현하기에는 불충분하고

名不可以過情이라.
명불가이과정

명분은 진정보다 지나칠 수는 없는 것입니다.

又爲之贄하야,
우위지지

또 그 때문에 폐백을 마련하여

以成其終[158]이라.
이성기종

그 목적을 이룩하려는 것입니다.

故로 授受焉에,
고 수수언

그러므로 폐백을 주고받음에

介以通名하고,
개이통명

중개로써 명분을 통하게 하고

擯[159]以將命[160]하니,
빈 이장명

인도로써 명령을 받들게 하였던 것이니,

勤亦至矣라.
근역지의

그 애씀이 지극하였습니다.

然因人而後達也니,
연인인이후달야

그러나 사람으로 말미암은 뒤에야 서로 통하는 것이니,

158 기종(其終): 그 끝. 그 최후의 목적

159 빈(擯): 인도하다.

160 장명(將命): 명을 받들다.

禮莫重於自盡이라. 예 막 중 어 자 진	예에 스스로 다하는 것보다 더 중대한 일은 없습니다.
故로 祭主於盥[161]하고, 고 제 주 어 관	그러므로 제사에는 손 씻는 것을 우선하고,
婚主於迎[162]하고, 혼 주 어 영	결혼식은 친영(親迎)을 위주로 하고,
賓主於贄라. 빈 주 어 지	손님맞이는 폐백을 위주로 하는 것입니다.
故로 曰, 贄以效其情이라. 고 왈 지 이 효 기 정	그러므로 "폐백으로 진정을 나타낸다"고 한 것입니다.
誠發于心而諭[163]于身하며, 성 발 우 심 이 유 우 신	정성이란 마음에서 생겨나서 몸에 드러나고,
達于容色이라. 달 우 용 색	얼굴빛에 이르게 되는 것입니다.
故로 又有儀焉하니, 고 우 유 의 언	그러므로 또 위의(威儀)가 있는 것이니,
詞以三請하고, 사 이 삼 청	말로 세 번 요청하고
贄以三獻하며, 지 이 삼 헌	폐백을 세 번 바치며,

161 관(盥): 제사를 지낼 때 잔을 올리기 전에 손을 씻는 의식

162 영(迎): 결혼식에서 신랑이 직접 신부 집으로 가 신부를 마중해 오는 친영례(親迎禮)

163 유(諭): 고하다.

三揖而升하고,
삼 읍 이 승

세 번 읍하고 한 계단씩 오르고

三拜而出하니,
삼 배 이 출

세 번 절하고 물러나오게 되는데,

禮繁則泰[164]요,
예 번 즉 태

예의가 번거로우면 위대한 것이고

簡則野니,
간 즉 야

간단하면 속된 것이니,

三者는 禮之中也라.
삼 자 예 지 중 야

세 번이라는 것은 예에 합당한 것입니다.

故로 曰, 儀以致其敬이라.
고 왈 의 이 치 기 경

그러므로 “예로써 존경을 표현하였다”고 한 것입니다.

是以로 貴不陵賤하고,
시 이 귀 불 릉 천

이래서 귀한 사람은 천한 사람을 능멸하지 않고

下不援上하며,
하 불 원 상

아랫사람은 윗사람에게 기어오르지 않으며,

謹其分守하고,
근 기 분 수

삼가 그들의 분수를 지키고,

順于時命하여,
순 우 시 명

시국의 운명에 순종하여,

志不屈而身不辱하여,
지 불 굴 이 신 불 욕

그의 뜻을 굽히지 않고 또 몸을 욕되게 하지 않음으로써

以成其善이라.
이 성 기 선

그의 훌륭함을 완성시키는 것입니다.

---

164 태(泰): 위대하다.

當是之世에,
당시지세

이러한 세상에 있어서

豈特士之自賢이리오?
기특사지자현

어찌 유독 사(士)가 스스로 현명해지는 것이겠습니까?

蓋亦有禮爲之節也니라.
개역유례위지절야

대개 예가 있어서 그를 조절해 주기 때문인 것입니다.

夫周之制禮는,
부주지제례

주(周)나라 때 제정된 예는

其所爲防[165]至矣나,
기소위방 지의

경계하는 바로써 지극한 것이나,

及其晩世하야,
급기만세

그 후대에도

禮存而俗變하야,
예존이속변

예는 그대로 존재하고 풍속이 변하여,

猶自市[166]而失身이어든,
유자시 이실신

스스로를 내세우려다 체신을 잃는 일이 있게 되었는데,

況於禮之亡乎아?
황어례지망호

하물며 예가 없어진다면 어떠하겠습니까?

自周之禮亡으로,
자주지례망

주나라의 예가 없어진 뒤로

士知免[167]者寡矣라.
사지면 자과의

사(士)로써 체신을 잃지 않는 자가 적어졌습니다.

---

165 방(防): 잘못을 막다. 경계하다.

166 자시(自市): 스스로를 팔다.

167 면(免): 잘못을 면하다.

世無君子明禮以正之하고, 세 무 군 자 명 례 이 정 지	세상에는 예를 밝혀 그것을 바로잡아 줄 군자가 없고,
旣相循以爲常하고, 기 상 순 이 위 상	이미 서로 따라 그렇게 하는 것이 일상화되어,
而史官이 又載其事라. 이 사 관 우 재 기 사	사관도 그런 일들을 기록하게 되었습니다.
故로 其弊習而不自知也라. 고 기 폐 습 이 부 자 지 야	그러므로 폐습이 있어도 자신은 모르고 있는 것입니다.
師道는 鄙人也라. 사 도 비 인 야	저는 비루한 사람입니다.
然이나 有聞於南豊先生[168]하니, 연 유 문 어 남 풍 선 생	그러나 남풍 선생께 들은 것이 있으니,
不敢不勉也라. 불 감 불 면 야	그것을 힘쓰지 않을 수가 없습니다.
先生謂師道曰, 선 생 위 사 도 왈	선생께서 말씀하셨습니다.
子見林秀州[169]乎아? 자 현 임 수 주 호	"너는 임수주를 뵌 일이 있느냐?"
曰未也로다. 왈 미 야	"아직 없습니다."
先生曰, 行矣어다 하시니, 선 생 왈 행 의	선생께서, "곧 가서 뵈어라!" 하시니,

168 남풍선생(南豊先生): 증공(曾鞏)을 가리킨다. 자는 자고(自固). 남풍 사람이었기 때문에 그렇게 불렀다. 당송 팔대가의 한 사람으로, 고문(古文)의 대가이다.

169 임수주(林秀州): 수주자사를 지내던 임씨 성의 사람. 누구인지 확실하지 않다. 임자중(林子中)이라고 추측하기도 한다.

師道承命以來하야,
사 도 승 명 이 래
저는 선생의 명을 받들고 와서

謹因先生而請焉하노이다.
근 인 선 생 이 청 언
삼가 선생의 말씀을 따라서 뵙기를 청하는 바입니다.

115. 왕평보 문집의 발문(王平甫文集後序)[170]

진사도(陳師道)

歐陽永叔[171]이,
구 양 영 숙
구양수가

謂梅聖兪[172]曰,
위 매 성 유 왈
매요신을 두고 이렇게 말하였다.

世謂詩能窮人[173]이나,
세 위 시 능 궁 인
"사람들은 시가 사람을 궁하게 한다지만,

非詩之窮이라,
비 시 지 궁
시가 궁하게 만드는 것이 아니라

窮則工也라 하니,
궁 즉 공 야
궁하면 시를 잘 짓게 되는 것이다."

---

170 왕평보문집후서(王平甫文集後序): 왕안석(王安石)의 동생 왕안국(王安國)의 문집 뒤에 작자가 덧붙여 쓴 서문. 왕안국의 시와 글의 특징뿐 아니라 그의 사람됨도 짧은 글 속에 잘 드러나 있다. 더욱이 왕안국의 형은 당시에 군림하던 유명한 정치가요 문학가였음에도 불구하고, 그에 대해 한마디 언급도 없는 것이 두드러진다.

171 구양영숙(歐陽永叔): 구양수(歐陽脩). 송대의 문인으로 소식(蘇軾)·왕안석 등이 모두 그의 문하에서 나왔다.

172 매성유(梅聖兪): 매요신(梅堯臣). 자가 성유(聖兪). 시를 잘 지어 송시(宋詩)의 개조(開祖)가 되었으며, 평생을 가난 속에서 살았다.

173 시능궁인(詩能窮人): 시가 사람을 궁하게 할 수 있다. 구양수가 쓴 『매성유집(梅聖兪集)』 서문에 보이는 유명한 구절이다.

聖俞는 以詩名家로,
성유 이시명가
매요신은 시로써 유명한 작가로

仕不前人하고,
사부전인
벼슬로는 남보다 앞서지 못하고,

年不後人하니,
연불후인
나이로는 남보다 뒤지지 못했으니,

可謂窮矣라.
가위궁의
궁한 사람이었다고 할 수 있을 것이다.

其同時에,
기동시
그와 같은 때에

有王平甫[174]者하니,
유왕평보 자
왕안국이란 사람이 있었는데,

臨川[175]人也라.
임천 인야
임천 사람이다.

年過四十에,
연과사십
나이 사십이 넘어서

始名薦書하고,
시명천서
비로소 그의 이름이 천거되어

群下士[176]나,
군하사
하급 관리 속에 끼었으나,

歷年未幾에,
역년미기
몇 해 지나지 않아

復解章綬[177]하고,
부해장수
다시 벼슬을 버리고

歸田里하니,
귀전리
고향 마을로 돌아왔으니,

---

174 왕평보(王平甫): 왕안국(王安國). 평보는 자이며 왕안석의 아우. 형의 정치 개혁에 반대하였으며, 꼿꼿한 성품으로 평생을 가난하게 살았다.

175 임천(臨川): 지금의 강서성(江西省)에 있던 고을 이름

176 명천서군하사(名薦書群下士): 추천서에 이름이 올라가, 낮은 관리들과 함께 일하게 되다.

177 해장수(解章綬): 도장을 매다는 끈을 풀다. 옛날 관리들은 도장을 허리에 매달고 있었으므로 벼슬을 내놓는 것을 뜻한다.

其窮이 甚矣나, 기 궁 심 의	그의 궁함이 대단하였으나
而文義蔚然[178]하고, 이 문 의 울 연	그의 문장은 뜻이 훌륭하였고,
又能於詩라. 우 능 어 시	또 시에도 능했다.
惟其窮愈[179]甚, 유 기 궁 유 심	그는 궁함이 더욱 심해졌기 때문에
故로 其得이 愈多하니, 고 기 득 유 다	그의 문학적 소득은 더욱 많아졌다 하니,
信所謂人窮而後에 신 소 위 인 궁 이 후	“사람이 궁해진 뒤에야
工也라. 공 야	글을 잘 짓게 된다”는 것을 믿을 수 있겠다.
雖然이나 天地命物[180]은, 수 연 천 지 명 물	비록 그러하나 천지가 만물에 명을 부여함에 있어서는
用之不全하니, 용 지 부 전	그 쓰임이 완전하지 않게 하였으니,
實者는 不華하고, 실 자 불 화	충실한 것은 화려하지 않고
淵者는 不陸하니, 연 자 불 륙	연못에 사는 것은 땅위에서 살지 못한다.
物之不全은, 물 지 부 전	만물이 완전하지 않다는 것은

---

178 울연(蔚然): 무성한 모양. 글의 문채(文彩)가 있는 모양

179 유(愈): ~할수록 더욱 ~하다.

180 명물(命物): 만물에 품성을 부여하다.

物之理也라.
물 지 리 야
만물의 이치인 것이다.

盡天下之美,
진 천 하 지 미
천하의 아름다움을 다 표현했다 해도

則於富貴에,
즉 어 부 귀
부귀까지도

不得兼而有也니,
부 득 겸 이 유 야
겸비할 수는 없는 것이니,

詩之窮人을,
시 지 궁 인
시가 사람을 궁하게 한다는 것을

又可信矣라.
우 가 신 의
또한 믿어야 할 것이다.

方平甫之時에,
방 평 보 지 시
왕안국은 그의 시대에

其志抑而不伸하고,
기 지 억 이 불 신
그의 뜻이 억눌려 펴 보지 못하고

其才積而不發하여,
기 재 적 이 불 발
그의 재능을 쌓아 둔 채 펴지 못하여,

其號位[181]勢力은,
기 호 위 세 력
명성과 지위와 세력이

不足動人이나,
부 족 동 인
사람들을 움직일 만하지 못했지만,

而人聞其聲하고,
이 인 문 기 성
사람들이 그의 목소리를 듣게 되고

家有其書하며,
가 유 기 서
집집마다 그의 글이 있어서,

旁行[182]於一時하고,
방 행 어 일 시
한때 널리 유행되어

而下達[183]於千世리니,
이 하 달 어 천 세
아래로 천 세대에 이를 것이니,

181 호위(號位): 명성과 지위
182 방행(旁行): 널리 행해지다.

雖其怨敵이라도,
수 기 원 적
비록 그의 원수라 할지라도

不敢議也하니,
불 감 의 야
감히 그를 비판하지 못할 것이다.

則詩能達人矣요,
즉 시 능 달 인 의
곧 시는 사람을 통달케 할 수 있지만,

未見其窮也라.
미 견 기 궁 야
그의 궁함은 돌보지 못하는 것이다.

夫士之行世에,
부 사 지 행 세
선비가 세상에서 행세함에 있어

窮達은 不足論이요,
궁 달 부 족 론
궁함과 통달함은 논할 만한 것이 못 되고,

論其所傳[184]而已라.
논 기 소 전 이 이
그 전하는 바를 논할 따름인 것이다.

平甫는 孝悌于家하고,
평 보 효 제 우 가
왕안국은 집에서는 효도하고 우애가 있고,

信于友하며,
신 우 우
친구들 사이에는 신의가 있고,

勇於義而好仁하니,
용 어 의 이 호 인
의로운 일에는 용감하고 어짊을 좋아하니,

不特文之可傳也라.
불 특 문 지 가 전 야
오직 문장만이 전해질 수 있는 것이 아니다.

向使平甫로 用力于世하고,
향 사 평 보 용 력 우 세
만약에 왕안국이 세상일에 힘을 써서

---

183 달(達): 통달하다. 잘 알려지는 것

184 소전(所傳): 전해지는 것. 여기서는 주로 문장을 가리킨다.

薦聲詩[185]于郊廟[186]하고, 천성시 우교묘	교묘에서는 노래를 연주하며 돕고,
施典策[187]於朝廷이라도, 시전책 어조정	조정에서는 국법과 왕명을 시행했더라도,
而事負其言하고, 이사부기언	하는 일이 그의 말과 어긋나고
後戾其前이면, 후려기전	뒤와 앞이 어그러진다면,
則幷其可傳而棄之라. 즉병기가전이기지	곧 전해질 만해도 버릴 것이다.
平生之學이, 평생지학	평생 학문에
可謂勤矣오, 가위근의	근면했다고 할 수 있고,
天下之譽가, 천하지예	천하의 명예가
可謂盛矣나, 가위성의	왕성했다고 할 수 있으나,
一朝而失之면, 일조이실지	하루아침에 그것들을 잃게 된다면
豈不哀哉아? 기불애재	어찌 슬프지 않겠는가?
南豊先生[188]이, 남풍선생	남풍 선생께서
既叙其文하야, 기서기문	이미 그의 글에 서문을 써서

185 성시(聲詩): 악가(樂歌)

186 교묘(郊廟): '교'는 천자가 하늘에 제사 지내는 것. '묘'는 종묘에서 조상들을 제사 지내는 것

187 전책(典策): 나라의 법과 임금의 책명(策命)

188 남풍선생(南豊先生): 증공(曾鞏). 진사도의 스승이며 고문(古文)의 대가

以詔[189]學者러니, 이 조 학 자	학자들에게 사실을 알려주었는데,
先生之沒에, 선 생 지 몰	선생께서 돌아가셨기에,
彭城[190]陳師道가, 팽 성 진 사 도	팽성의 진사도가
因而伸之하야, 인 이 신 지	그것을 근거로 설명을 덧붙여
以通于世라. 이 통 우 세	세상에 알려지게 하려는 것이다.
誠愚不敏이, 성 우 불 민	진실로 어리석고 총명하지 않은 사람이
其能使人後其所利 기 능 사 인 후 기 소 리	어찌 사람들로 하여금 그에게 이로운 것을 뒤로 미루고
而隆[191]其所棄者耶아? 이 융 기 소 기 자 야	그가 버리는 것을 존중하게 할 수가 있겠는가?
因先生之言하여, 인 선 생 지 언	선생님의 말씀을 근거로
以致其志하고, 이 치 기 지	그의 뜻을 드러내 주고
又以自勵云爾라. 우 이 자 려 운 이	또 스스로를 독려하도록 하려는 것이다.

189 조(詔): 고하다, 알려주다.

190 팽성(彭城): 지금의 강소성(江蘇省) 동산현(銅山縣). 진사도의 고향

191 융(隆): 높이다.

116. 부모를 생각하는 정자(思亭記)[192]

진사도(陳師道)

甄[193]은 故[194]徐[195]富家니, 견 고 서 부가	견씨는 본디 서주의 부호였다.
至甄君[196]하야, 지 견 군	견군의 대에 이르러,
始以明經[197]敎授하니, 시 이 명 경 교 수	비로소 견군이 경전에 두루 밝아 가르치게 되니,
鄕稱善人이나, 향 칭 선 인	마을 사람들은 견군을 착한 사람이라 했다.
而家益貧하야, 이 가 익 빈	그런데 집안이 갈수록 가난해져,
更數十歲에, 갱 수 십 세	십여 년이 지나도록
不克[198]葬하고, 불 극 장	장례를 치르지 못하고,
乞貸[199]邑里하야, 걸 대 읍 리	마을 사람들에게 장례 비용을 빌려

192 사정기(思亭記): 견씨 성을 가진 사람이 어버이를 장사 지낸 다음에 그 무덤 곁에 정자를 세우고, 진사도에게 그 정자의 내력을 설명하는 글을 지어 달라고 부탁하였다. 진사도는 그 정자에 자식이 어버이를 생각한다는 의미로 '사정'이라는 이름을 붙이고 이 글을 썼다. 이 글에서는 중간에 문답 형식을 빌려 이치를 설명하고 있는 점이 특징이다.

193 견(甄): 이 글을 의뢰한 사람의 성. 여기서는 '甄' 자는 '견(鄄: 지명)' 자와도 통한다.

194 고(故): 본디

195 서(徐): 서주

196 견군(甄君): 바로 이 글을 의뢰한 사람을 가리킨다.

197 명경(明經): 『시경』과 『서경』 그리고 『역경』 등 유교의 경전에 밝다.

198 극(克): 능(能)의 뜻

葬其父母兄弟凡幾喪하니, 장 기 부 모 형 제 범 기 상	부모 형제의 여러 영구를 함께 장사 지내니,
邑人이 憐之하야, 읍 인 연 지	마을 사람들은 이를 딱하게 여겨,
多助之者라. 다 조 지 자	많이 도와주었다.
旣葬益樹以木[200]하고, 기 장 익 수 이 목	장례를 끝내자 나무를 심어 묘표로 삼고,
作室其旁하고, 작 실 기 방	무덤 옆에 작은 정자를 지은 다음,
而問名於余하니, 이 문 명 어 여	그 이름을 내게 물어 왔다.
余以謂 여 이 위	나는 그래서 이른다.
目之所視而思從之하나니, 목 지 소 시 이 사 종 지	“사람은 눈에 보이는 것에 따라 생각하는 것이 달라지니,
視干戈[201]則思鬪하고, 시 간 과 즉 사 투	방패와 창을 보면 싸움을 생각하게 되고,
視刀鋸[202]則思懼하고, 시 도 거 즉 사 구	칼이나 톱을 보면 두려운 마음이 생기고,
視廟社[203]則思敬하고, 시 묘 사 즉 사 경	묘사를 보면 공경하는 마음이 일고,

199 걸대(乞貸): 구걸하여 빌다.

200 익수이목(益樹以木): 묘의 표로 삼기 위해 무덤에 나무를 심는 것을 말한다.

201 간과(干戈): 방패와 창. 병기를 뜻한다.

202 도거(刀鋸): 칼과 톱. 형벌 기구를 가리킨다.

視第[204]家則思安하나니, 저택을 보면 안일한 마음이 생긴다 하니,
시제 가즉사안

夫人存好惡喜懼之心하야, 무릇 사람들이 좋고 싫고 기쁘고 두려운 마음을 지니고 있어
부인존호오희구지심

物至而思[205]는, 사물에 이르러 생각나는 것은,
물지이사

固其理也라. 실로 당연한 이치이다.
고기리야

今夫升高而望松梓[206]하고, 이제 저 높은 데에 올라 소나무와 가래나무를 바라보고,
금부승고이망송재

下丘壟[207]而行墟墓[208]之間하면, 언덕을 내려와 오래된 무덤 사이를 지나면,
하구롱 이행허묘 지간

荊棘[209]이 莽然[210]하고, 가시덤불이 뒤얽혀 있고
형극 망연

狐兎[211]之迹이 交道면, 여우와 토끼의 발자국이 길에 있으니,
호토 지적 교도

---

203 묘사(廟社): 종묘와 사직. '묘'는 선조를 제사 지내는 곳, '사'는 토지신을 제사 지내는 곳
204 제(第): 저택
205 물지이사(物至而思): 외물에 느껴 생각을 일으키다.
206 송재(松梓): 소나무와 가래나무. 주로 묘지 주변에 많이 심는다.
207 구롱(丘壟): 언덕
208 허묘(墟墓): 오래되어 잡초만 무성한 채 거칠어진 무덤
209 형극(荊棘): 가시나무
210 망연(莽然): 잡초 등이 무성한 모양을 형용하는 말
211 호토(狐兎): 여우와 토끼

其有不思其親[212]者乎아 하여,
기 유 불 사 기 친 자 호

어버이의 생각을 아니할 사람이
누가 있겠는가?

請名之曰思亭이라 하니라.
청 명 지 왈 사 정

그래서 '사정'이라 이름 붙이고 싶다.

親者는 人之所不忘也라,
친 자 인 지 소 불 망 야

어버이는 사람이 잊어서는 안 되는지라

而君子愼之하나니,
이 군 자 신 지

군자는 그 일에 신중하니,

故爲墓於郊[213]
고 위 묘 어 교

그래서 교외에 무덤을 만들고

而封溝[214]之하고,
이 봉 구 지

봉분을 세우고 도랑을 파고,

爲廟[215]於家
위 묘 어 가

집에 사당을 지어

而嘗禘[216]之하고,
이 상 체 지

봄가을로 제사를 지내고,

爲衰[217]爲忌[218]而悲哀之는,
위 최 위 기 이 비 애 지

기일이 되면 복을 입고 슬퍼하는 것은

所以存其思也니,
소 이 존 기 사 야

마음을 길이 간직하기 위함이니,

其可忘乎아?
기 가 망 호

잊을 수 있겠는가?

---

212 친(親): 육친. 여기서는 어버이

213 교(郊): 교외

214 봉구(封溝): 봉분을 세우고 도랑을 파다.

215 묘(廟): 선조의 신위를 모신 사당

216 상체(嘗禘): 사시(四時)의 제사. '체'는 봄 제사, '상'은 가을 제사를 뜻한다.

217 최(衰): 상복

218 기(忌): 사람이 죽은 날. 여기서는 기일에 제사를 올리는 것을 가리킨다.

雖然이나 自親而下로, 수 연　　자 친 이 하	그렇지만 돌아가신 분의 아래에
至于服盡[219]하니, 지 우 복 진	이르러서는 상복을 입지 않는다 하니,
服盡則情盡하고, 복 진 즉 정 진	상복을 입지 않으면 정이 다하게 되고,
情盡則忘之矣라. 정 진 즉 망 지 의	정이 다하면 조상을 잊게 된다.
夫自吾之親而至于忘之者는, 부 자 오 지 친 이 지 우 망 지 자	어버이로부터 아래로 내려가서 잊게 되는 것은
遠故也[220]니, 원 고 야	촌수가 멀어지기 때문이니,
此亭之所以作也라. 차 정 지 소 이 작 야	이것이 바로 정자를 지은 까닭이다.
凡君之子孫에 登斯亭者는, 범 군 지 자 손　등 사 정 자	견군의 자손 중에 이 정자에 오르는 자는
其有忘乎아? 기 유 망 호	어찌 잊을 수가 있겠는가?
因其親하야, 인 기 친	어버이에서 비롯하여
以廣其思[221]면, 이 광 기 사	그 생각의 폭을 넓혀 보면,
其有不興[222]乎아 하니라. 기 유 불 흥　호	효심이 일어나지 않겠는가?"라 하였다.

219 복진(服盡): 고인의 현손까지 상복을 입는데, 촌수가 그 이상 되면 복을 입지 않는다는 뜻

220 원고야(遠故也): 너무 멀기 때문이다.

221 광기사(廣其思): 어버이를 생각하는 마음을 넓히다.

222 흥(興): 효심을 일으키다.

君曰,
군 왈

견군이 말했다.

博哉라!
박 재

"넓습니다!

子之言也여!
자 지 언 야

선생님의 말씀이여!

吾其庶[223]乎리라.
오 기 서 호

제가 원하던 것입니다."

曰未也[224]라.
왈 미 야

"아직 끝나지 않았다.

賢不肖異思하니,
현 불 초 이 사

현명한 자와 불초한 자는
생각이 다르니,

後豈不有望其木하고,
후 기 불 유 망 기 목

나중에 그 나무를 바라보고

思以爲材[225]하며,
사 이 위 재

재목으로 생각하고,

視其榛棘[226]하고,
시 기 진 극

가시나무를 보고

思以爲薪[227]하며,
사 이 위 신

땔감을 생각하며,

登其丘墓하고,
등 기 구 묘

그 분묘 위에 올라

思發[228]其所藏者[229]乎아?
사 발 기 소 장 자 호

부장품을 꺼내려 생각하는 자가
없겠는가?"

---

223 서(庶): 가까이하다. 따르다.

224 미야(未也): 아직 말을 다하지 못하다.

225 망기목사이위재(望其木思以爲材): 무덤 주변에 자란 나무를 베어 목재로 쓸 생각을 하다.

226 진극(榛棘): 가시덤불, 잡목 따위

227 신(薪): 땔나무

於是에 遽然[230]流涕以泣하니,
어시 거연 유체이읍

이에 [견군이] 눈물을 흘리며 슬퍼하였다.

曰未也라.
왈미야

“아직 끝나지 않았다.

吾爲君記之하야,
오위군기지

나는 그대를 위해 기문을 써

使君之子孫誦斯文者로,
사군지자손송사문자

그대의 자손들에게 외우게 함으로써,

視其美[231]以爲勸[232]하고,
시기미 이위권

그 아름다움을 보고 그렇게 하도록 힘쓰고

視其惡[233]以爲戒[234]면,
시기악 이위계

그 나쁨을 보고 경계하도록 하면,

其可免乎인저!
기가면호

그것은 면할 수 있으리라.”

君攬涕[235]하고,
군남체

견군은 눈물을 닦고

而謝曰,
이사왈

감사하며 이르기를,

---

228 발(發): 감추어져 있는 것을 헤쳐 찾아내다.

229 소장자(所藏者): 무덤 속에 들어 있는 부장품

230 거연(遽然): 갑자기

231 기미(其美): ‘기’는 앞 문장의 “登斯亭者, 其有忘乎. 因其親, 以廣其思, 其有不興乎”를 가리킨다.

232 위권(爲勸): 그렇게 하도록 권하다.

233 기악(其惡): ‘기’는 앞 문장의 “後豈不有望其木, 思以爲材, 視其榛棘, 思以爲薪, 登其丘墓, 思發其所藏者乎”를 가리킨다.

234 위계(爲戒): 경계가 되도록 하다.

235 남체(攬涕): 눈물을 쥐다. 눈물을 닦고 흐느끼는 것을 멈추는 것

免矣리로다.
면 의

“면할 것 같습니다”라 한다.

遂[236]爲之記하노라.
수 위지기

마침내 이 기문을 쓰는 바이다.

117. 진소유의 자에 대하여(秦少游字叙)[237]

진사도(陳師道)

熙寧元豊之間에,
희녕원풍지간

희녕·원풍 연간(1068~1085)에

眉蘇公[238]之守徐[239]에,
미소공 지수서

소공이 서주(徐州)의
수령으로 있을 때,

余以民事太守하야,
여이민사태수

나는 백성으로 수령을 섬기면서

間見如客한데,
간견여객

간간이 손님처럼 뵙고 있었는데,

---

236 수(遂): 드디어

237 진소유자서(秦少游字叙): 진사도와 같은 시대의 문인이며 사(詞) 작가인 진관(秦觀)의 자를 두고 그의 인생관과 결부시켜 그 뜻을 논한 글이다. 진관은 젊어서 호기가 있고 기개가 대단하여, 글에도 호쾌한 기운이 넘쳐흘렀다. 그는 서주(徐州)로 소식(蘇軾)을 찾아뵙고 문재를 인정받아, 소식의 추천으로 태학박사(太學博士)를 거쳐 국사원편수관(國史院編修官)을 지냈다. 젊어서는 나라를 위해 큰 공을 세우려는 포부를 지니고 큰 허공, 즉 하늘이라는 뜻의 태허(太虛)라는 자를 썼으나, 뒤에는 시골에 묻혀 편히 살고자 소유(少游)라고 자를 고쳤다. 여기에서 진사도는 숨어 살기는 쉽지만 나가서 큰일을 하기는 쉽지 않을 것이니, 진관 같은 유능한 인물이 시골에 묻힐 생각을 하지 말고 나라를 위해 공헌해야 함을 강조하고 있다.

238 미소공(眉蘇公): 소식(蘇軾). 미산(眉山) 사람이었기 때문에 이렇게 부른 것이다.

239 수서(守徐): 서주(徐州)의 수령 노릇을 하다. 서주는 지금의 강소성(江蘇省) 동산현(銅山縣)으로, 바로 진사도의 고향인 팽성(彭城)이다.

揚秦[240]子過焉이면, 양 진 자 과 언	양주(揚州)의 진관이 방문하면,
置醴[241]備樂하야, 치 례 비 락	잔치를 벌이고 음악도 갖추어
如師弟子라. 여 사 제 자	스승과 제자가 만나는 듯하였다.
其時余病臥旅中하야, 기 시 여 병 와 려 중	그 무렵 나는 여행 중에 병이 나서 누워
聞其行道[242]雍容[243]하야, 문 기 행 도 옹 용	듣건대 그의 행차는 위의(威儀)가 대단하여
逆[244]者旋目[245]하고, 역 자 선 목	마중하는 사람들은 눈이 돌아가고,
論說偉辨[246]하야, 논 설 위 변	논설이 웅변적이어서
坐者屬耳[247]라. 좌 자 촉 이	앉아 있던 사람들이 귀를 기울였다 한다.
世以此奇之하고, 세 이 차 기 지	세상에서는 이 때문에 그를 기이하게 여겼고

240 양진(揚秦): 진관(秦觀). 양주〔揚州, 지금의 강소성(江蘇省)〕에 속하는 고우(高郵) 사람이었기 때문에 이렇게 부른 것이다.

241 치례(置醴): 단술을 차려 놓다. 잔치를 벌이는 것을 뜻한다.

242 행도(行道): 길가는 채비

243 옹용(雍容): 위의(威儀)가 성대하다.

244 역(逆): 마중하다. 영(迎)과 같은 뜻

245 선목(旋目): 눈이 돌아가다.

246 위변(偉辨): 웅변적이다.

247 촉이(屬耳): 귀를 기울여 듣다.

而亦以此疑之하되,
이 역 이 차 의 지

또 이 때문에 그를
의심하기도 하였으나,

惟公以爲傑士라.
유 공 이 위 걸 사

오직 소공만은 걸출한 선비라고
생각하였다.

是後數歲에,
시 후 수 세

그 뒤 몇 년 지나

從吾歸하야,
종 오 귀

내가 돌아올 적에 따라와서

見于廣陵[248]逆旅之家[249]할세,
견 우 광 릉 역 려 지 가

광릉의 객사에서 만났는데,

夜半語未卒하고 別去나,
야 반 어 미 졸 별 거

밤중에 얘기도 다 끝내지 않고
떠나갔으니,

余亦以謂當建侯[250]萬里外也러라.
여 역 이 위 당 건 후 만 리 외 야

나는 마땅히 만 리 밖 수령이
될 것으로 생각했다.

元豊之末에,
원 풍 지 말

원풍 연간 말엽에

余客東都[251]할세,
여 객 동 도

내가 낙양에 머물고 있을 적에

秦子從東來하니,
진 자 종 동 래

진관도 동쪽으로부터 왔으니,

---

248 광릉(廣陵): 양주(揚州)의 땅 이름

249 역려지가(逆旅之家): 여사(旅舍). 여관

250 건후(建侯): 제후(諸侯) 또는 주목(州牧)이 되다.

251 동도(東都): 낙양(洛陽)

別數歲矣라.
별 수 세 의
이별한 지 몇 년 만이었다.

其容이 充然[252]하고,
기 용 충 연
그의 모습이 꽉 차 있고

其口가 隱然[253]이라,
기 구 은 연
그의 입이 묵직해져 있어,

余驚焉以問하니,
여 경 언 이 문
내가 놀라서 그 까닭을 물으니,

秦子曰,
진 자 왈
진관이 대답하였다.

往吾少時에,
왕 오 소 시
"전에 제가 젊었을 적에는

如杜牧之[254]하야,
여 두 목 지
두목지(杜牧之)와 같아서

彊志盛氣하야,
강 지 성 기
뜻이 강대하고 기운이 왕성하여

好大而見奇라.
호 대 이 견 기
큰 것을 좋아하고 기특함을 드러냈습니다.

讀兵家書하고,
독 병 가 서
병가서를 읽고

乃與意合이면,
내 여 의 합
곧 저의 뜻과 맞으면,

謂功譽可立致요,
위 공 예 가 립 치
공로와 명예를 당장에 이룰 수가 있고,

---

252 충연(充然): 꽉 차서 막힌 것 같은 모습

253 은연(隱然): 묵직하고 점잖은 모양

254 두목지(杜牧之): 만당(晩唐)의 시인 두목(杜牧). 자가 목지. 벼슬은 중서사인(中書舍人)에 이르렀고, 이상은(李商隱)과 나란히 시명을 떨쳐 '이두(李杜)'라 불렸다. 문집으로 『번천집(樊川集)』 20권이 있다.

而天下無難事라. 이 천 하 무 난 사	또 천하에는 어려운 일이 없을 것으로 생각했습니다.
顧今二虜[255] 고 금 이 로	지금 두 적국이
有可勝之勢[256]하고, 유 가 승 지 세	승승장구하는 기세를 지닌 것을 보고는,
願效至計[257]하야, 원 효 지 계	거대한 계획을 세워
以行天誅[258]하야, 이 행 천 주	하늘의 주벌을 대신 행하여,
回幽夏[259]之故墟하고, 회 유 하 지 고 허	유주와 하주의 옛 땅을 회복하고
弔[260]唐晉之遺人[261]이면, 조 당 진 지 유 인	당(唐)·진(晉)의 유민들을 위로해 주면,
流聲無窮하고, 유 성 무 궁	명성이 무궁해지고
爲計不朽니, 위 계 불 후	영원불변하는 대계(大計)를 세워 놓았으니,

255 이로(二虜): 두 적국. 곧 송나라를 위협하던 요(遼)와 서하(西夏)

256 가승지세(可勝之勢): 승리할 수 있는 형세

257 지계(至計): 지극한 계책. 요나라와 서하를 정벌할 큰 계획

258 행천주(行天誅): 하늘의 주벌을 대신 행하다. 곧 요와 서하를 정벌하는 것

259 유하(幽夏): 유주(幽州)와 하주(夏州). 유주는 요나라가 있던 지금의 요령성(遼寧省)을 중심으로 한 중국 북부 지방을 가리키고, 하주는 서하가 자리 잡고 있던 중국 서부의 수원성(綏遠省)을 중심으로 한 지방을 가리킨다.

260 조(弔): 위로하다.

261 당진지유인(唐晉之遺人): 옛날 요임금의 당나라와 춘추 시대의 진나라 후예들. 요나라와 서하 땅에 남아 있는 한족(漢族) 계열의 유민들을 가리킨다.

豈不偉哉아?
기 불 위 재

어찌 위대하지 않겠는가 하고
생각했습니다.

於是에 字以太虛[262]하야,
어 시 자 이 태 허

이에 자를 태허(太虛)라 하고

以遺[263]吾志나,
이 유 오 지

저의 뜻을 담았으나,

今吾年至[264]而慮易[265]하야,
금 오 연 지 이 여 역

지금 제 나이가 많아지자
생각이 바뀌어

不持蹈險[266]而悔及之하니,
부 지 도 험 이 회 급 지

위험한 일을 행하지 않고
뉘우치기에 이르렀습니다.

願還四方之事[267]하고,
원 환 사 방 지 사

나라 사방의 일들은 되돌려주고

歸老邑里하야,
귀 로 읍 리

고향 마을로 돌아와

如馬少游[268]하리니,
여 마 소 유

늙기까지 마소유처럼 되리니,

於是에 字以少游하야,
어 시 자 이 소 유

이에 자를 소유(少游)라 하여

以識吾過리라.
이 지 오 과

저의 잘못을 표시한 것입니다.

---

262 태허(太虛): 하늘, 태공(太空). 또 심오하고 근본적인 이치를 지칭하는 말

263 유(遺): 머물게 하다.

264 연지(年至): 나이가 들다.

265 여역(慮易): 생각이 바뀌다.

266 부지도험(不持蹈險): 모험을 주장하지 않다. 위험한 일을 하는 것을 지지하지 않다.

267 사방지사(四方之事): 나라 사방의 일. 나라를 지키고 외적을 쳐부수고 하는 일

268 마소유(馬少游): 동한(東漢) 광무제(光武帝) 때 많은 공을 세워 신식후(新息侯)에 봉해진 마원(馬援)의 사촌동생. 그는 평생 고향 마을에 묻혀 깨끗하고 가난하게 살았다.

嘗試以語公하니, 상 시 이 어 공	언젠가 소공에게 말씀드려 본 일이 있는데
又以爲可라. 우 이 위 가	괜찮다고 하셨습니다.
於子何如오? 어 자 하 여	선생께서는 어떻게 생각하시는지요?”
余以謂 여 이 위	나는 이른다.
取善於人하야, 취 선 어 인	“남에게서 훌륭한 점을 취하여
以成其身은, 이 성 기 신	그 자신을 완성시키는 일은
君子偉之라. 군 자 위 지	군자들이 위대하게 생각하는 것입니다.
且夫二子[269]는, 차 부 이 자	그런데 앞의 두 사람은
或進以經世하고, 혹 진 이 경 세	누구는 나아가서 세상을 다스렸고
或退以存身하니, 혹 퇴 이 존 신	누구는 물러나 자신을 잘 보존하였으니,
可與爲仁矣라. 가 여 위 인 의	어진 사람들이라 할 수가 있습니다.
然行者[270]는 難工하고, 연 행 자 난 공	그러나 행동이라는 것은 잘하기가 어렵고,

269 이자(二子): 두목과 마소유 두 사람을 가리킨다.

270 행자(行者): 행동하는 사람. 두목 같은 사람

處者[271]易持라, 처자 이지	가만히 있는 것은 자신을 유지하기가 쉬운 것이라,
牧之之智得[272]이, 목지지지득	두목지의 지혜로운 얻음이
不若少游之拙失矣라. 불약소유지졸실의	마소유의 졸렬한 잃음만 못한 것과 같습니다.
子以倍人之材로, 자이배인지재	선생은 남의 두 배의 재능을 지녀
學益明矣로되, 학익명의	학문도 더욱 밝아졌는데도
猶屈意於少游하니, 유굴의어소유	마소유에게도 뜻을 굽혔으니,
豈過直[273] 기과직	어찌 지나치게 곧음으로써
以矯曲[274]耶아? 이교곡 야	굽은 것을 교정하려는 것이 아니겠습니까?
子年益高德益大면, 자년익고덕익대	선생의 연세가 더욱 많아지고 덕이 커지면
余將屢驚[275]焉이, 여장누경 언	내가 자주 놀랄 일이 생기게 될 것이니,
不一再而已也리라. 불일재이이야	한두 번에 그치지 않을 것입니다.

271 처자(處者): 가만히 들어앉아 있는 사람. 마소유 같은 사람
272 지득(智得): 지혜와 터득
273 과직(過直): 지나치게 곧다.
274 교곡(矯曲): 굽은 것을 교정하다.
275 누경(屢驚): 여러 번 놀라다.

雖然이나 以子之才로, 수연 이자지재	그런데 선생의 재능으로
雖不效於世나, 수불효어세	비록 세상에 공을 드러내지 않는다 하더라도
世不捨子니, 세불사자	세상이 선생을 버리지 않을 것이니,
余意子終有萬里行[276]也리라. 여의자종유만리행 야	내 생각으로 선생은 결국 만 리 길을 가시게 될 것입니다.
如愚之愚는, 여우지우	나와 같이 어리석고 바보 같은 사람은
莫宜於世니, 막의어세	세상에는 적합하지 않으니,
乃當守丘墓保田里하고, 내당수구묘보전리	이에 조상의 묘나 지키며 고향 마을을 고수하고,
力農以奉公上[277]하며, 역농이봉공상	힘써 농사를 지어 나라와 임금을 받들며,
謹身以訓閭巷[278]하야, 근신이훈여항	자신의 행동을 삼가 마을의 교훈이 되게 하여,
生稱善人하고, 생칭선인	살아서는 착한 사람이란 칭송을 듣고,

276 만리행(萬里行): 먼 곳으로 가다. 나라를 위해 싸우러 먼 곳으로 나가는 것을 뜻한다.

277 봉공상(奉公上): 나라와 임금을 위해 봉사하다. 나라에 세금을 바침으로써 신하의 도리를 한다는 말

278 훈여항(訓閭巷): 시골 마을에 교훈이 되게 하다.

死表於道曰, 사 표 어 도 왈	죽어서는 길가 푯말에
處士陳君之墓리라. 처 사 진 군 지 묘	'처사 진군의 묘'라 할 것입니다.
或者天祚以年[279]하야, 혹 자 천 조 이 년	혹시 하늘이 오래 살도록 복을 주시어,
見子功遂名成하고, 견 자 공 수 명 성	선생이 공과 명성을 이루게 되고
奉身以還에, 봉 신 이 환	무사히 환향하실 때에,
王侯將相이, 왕 후 장 상	왕후와 장수 재상들이
高車大馬로, 고 거 대 마	높은 수레와 큰 말로
祖行[280]帳飮[281]이면, 조 행 장 음	제사를 지내며 송별주를 마시게 된다면,
於是에 乘俾[282]御駑하고, 어 시 승 비 어 노	그때에는 낮은 수레에 둔한 말을 매어 타고 나가
候子上東門[283]外하야, 후 자 상 동 문 외	상동문 밖에서 선생을 기다려,
擧酒相屬하리니, 거 주 상 촉	술잔을 들어 권할 것입니다.

279 천조이년(天祚以年): 하늘이 나이로써 복을 내리다. 곧 오래 살도록 해 주다.

280 조행(祖行): '조'는 길제사. 옛날 길을 떠날 때 길의 신에게 제사를 지내는 것

281 장음(帳飮): 길가에 장막을 치고 송별연을 벌이고 송별주를 마시는 것

282 비(俾): 낮은 집. 낮은 수레

283 상동문(上東門): 낙양의 성문 이름

成公知人之名하고, 성 공 지 인 지 명	소식 공이 사람을 알아보는 명성을 이루고
以爲子賀리니, 이 위 자 하	선생을 위하여 축하드릴 것이니,
蓋自此始[284]니라. 개 자 차 시	일은 이제부터 시작하는 것입니다."

118. 「사마천의 놀이」라는 글을 갑방식에게 주노라 (子長遊贈蓋邦式)[285]

마존(馬存)[286]

予友蓋邦式이, 여 우 갑 방 식	나의 친구 갑방식이
嘗爲予言하되, 상 위 여 언	언젠가 나에게 말하였다.
司馬子長[287]之文章은, 사 마 자 장 　 지 문 장	"사마천의 문장은

---

284 자차시(自此始): 나라를 위한 진관의 활동이 이로부터 시작될 것이라는 뜻

285 자장유증갑방식(子長游贈蓋邦式): 사마천(司馬遷)의 개성적인 문장이 기특하고 빼어난 것은 그가 일찍이 나라 안 여러 곳을 유람하면서 여러 가지 특이한 자연 경관을 구경하며 자신의 기상을 키웠기 때문이며, 자연 유람을 통하여 얻어진 기특하고 광대한 기상은 결국 글을 지으면 문장에 그대로 나타나게 마련이라는 것을 역설하고 있다. 곧 마존은 좋은 글을 짓기 위한 전제로서 여러 가지 자연의 무수한 변화를 직접 경험하여 큰 기상을 기를 것을 권하고 있다. 갑방식은 작자의 친구인 것 같으나, 자세한 것은 알 수 없다.

286 마존(馬存: ?~1096): 자는 자재(子才). 진사에 급제하고 시와 문장으로 이름이 있기는 하였으나 벼슬은 월주(越州)의 관찰추관(觀察推官)이라는 지방정부의 관리에 그쳤다. 문집 20권이 있다.

287 사마자장(司馬子長): 서한(西漢)의 사마천(司馬遷). 자장(子長)은 그의 자(字). 유명한 『사기(史記)』의 저자

有奇偉氣하니,
유 기 위 기

기특하고 위대한 기상이 있으니,

切有志於斯文[288]也라.
절 유 지 어 사 문 야

그 글을 배우려는 뜻이 절실하오.

子其爲說以贈我하라.
자 기 위 설 이 증 아

그대가 거기에 대한 논설을 써서
내게 주구려.”

予謂
여 위

내가 말하였다.

子長之文章은,
자 장 지 문 장

“사마천의 문장은

不在書하니,
부 재 서

책에 있지 않으니,

學者每以書求之면,
학 자 매 이 서 구 지

학자들이 누구나 책을 통하여
그 글을 추구한다면

則終身不知其奇리라.
즉 종 신 부 지 기 기

곧 종신토록 그 글의 기특함을 알지
못할 것이다.

予有史記一部한데,
여 유 사 기 일 부

내게 『사기(史記)』 한 질이 있는데,

在名山大川壯麗可怪之處를,
재 명 산 대 천 장 려 가 괴 지 처

유명한 산과 큰 강물의 장려하고
기이한 곳을

將與子周遊[289]而歷覽[290]之면,
장 여 자 주 유 이 역 람 지

그대와 두루 노닐며 모두 구경한다면,

---

288 유지어사문(有志於斯文): 이 글에 뜻이 있다. 곧 “사마천의 문자를 배우려는 뜻이 있다”는 뜻
289 주유(周遊): 두루 여행하다.

庶幾乎[291]可以知此文矣리라.
서 기 호 가 이 지 차 문 의

아마도 이 글에 대하여 거의 알 수 있게 될 것이다.

子長平生喜遊하야,
자 장 평 생 희 유

사마천은 평생 유람을 좋아하여

方少年自負之時에,
방 소 년 자 부 지 시

젊어서 자부심이 많았을 때에는

足迹不肯一日休하니,
족 적 불 긍 일 일 휴

발자국이 하루도 쉬는 날이 없을 정도였으니,

非直[292]爲景物役[293]也라.
비 직 위 경 물 역 야

그는 단지 경치를 즐기려 여행한 것이 아니었다.

將以盡天下之大觀으로,
장 이 진 천 하 지 대 관

장차 천하의 위대한 경관을 다 구경함으로써

以助吾氣然後에,
이 조 오 기 연 후

나의 기상을 도운 뒤에야

吐而爲書하니,
토 이 위 서

그것을 토하여 책으로 쓰려는 것이니,

今於其書에 觀之면,
금 어 기 서 관 지

지금 그의 책을 보면

則平生之所嘗遊者가,
즉 평 생 지 소 상 유 자

곧 평생에 일찍이 유람했던 곳들이

---

290 역람(歷覽): 여러 가지를 모두 보다.

291 서기호(庶幾乎): 아마도 ~하리라.

292 직(直): 다만. 지(只)와 같은 뜻

293 위경물역(爲景物役): 경치와 풍경에 부림을 당하다. 경치와 풍물을 구경하고 즐기려 여행함을 뜻한다.

皆在焉이라. 모두 거기에 있다.
개 재 언

南浮[294]長淮[295]하고, 남쪽으로는 긴 회수에 배 띄우고
남 부 장 회

泝[296]大江[297]하며, 큰 장강을 거슬러 올라가기도 하면서,
소 대 강

見狂瀾驚波하니, 미친 듯한 물결과 놀란 파도를 보니,
견 광 란 경 파

陰風이 怒號하야, 음산한 바람이 노호하면서
음 풍 노 호

逆走而橫擊이라. 거슬러 올라가고 옆으로 치고 한다.
역 주 이 횡 격

故其文은 奔放而浩漫[298]이라.
고 기 문 분 방 이 호 만

그러므로 그의 글은 분방하면서도 광대한 것이다.

望雲夢[299]洞庭[300]之陂[301]와, 운몽택과 동정호의 언덕과
망 운 몽 동 정 지 파

彭蠡[302]之瀦[303]하니, 팽려의 호수를 바라보니,
팽 려 지 저

---

294 부(浮): 배를 띄우다.

295 장회(長淮): 긴 회수(淮水). 회수는 하남성(河南省)에서 시작, 안휘(安徽)·강소(江蘇) 두 성의 북부를 거쳐 바다로 흘러드는 큰 강

296 소(泝): 강물을 거슬러 올라가다.

297 대강(大江): 큰 강수(江水). '강'은 장강(長江) 또는 양자강(揚子江)이라 부르는 중국 최대의 강

298 호만(浩漫): 물이 넓고 큰 모양

299 운몽(雲夢): 대몽(大夢)이라고도 한다. 지금의 호북성(湖北省)의 장강(長江)을 끼고 남북으로 각각 있던 큰 두 호수를 중심으로 한 옛날의 큰 저습 지대 이름. 지금은 큰 호수가 메워져 조호(曹湖)·홍호(洪湖) 등 수십 개의 작은 호수들이 그 자리에 남아 있다.

300 동정(洞庭): 호남성(湖南省) 북쪽에 있는 큰 호수 이름. 상수(湘水)·원수(沅水) 등의 강물이 모여들어 이루어진 것이다.

301 파(陂): 언덕. 방축

302 팽려(彭蠡): 지금의 파양호(鄱陽湖). 강서성(江西省) 북쪽 경계에 있는 큰 호수 이름

涵混[304]太虛[305]하며,
함혼 태허

하늘까지도 물로 질펀하게 하고

呼吸[306]萬壑[307]
호흡 만학

수많은 골짜기로 호흡하면서

而不見介量[308]이라.
이불견개량

아무런 물건의 윤곽이나 한계도 보이지 않았다.

故其文이 渟滀[309]而淵深[310]이라.
고기문 정축 이연심

그러므로 그의 글은 물이 모여서 깊은 것이다.

見九疑[311]之邈綿[312]하고,
견구의 지막면

구의산은 아득하고

巫山[313]之嵯峨[314]하며,
무산 지차아

무산은 가파르게 치솟아 있고

陽臺[315]朝雲[316]하고,
양대 조운

양대의 아침구름이 일고

---

303 저(瀦): 물이 고이다.

304 함혼(涵混): 많은 물이 질펀한 모양

305 태허(太虛): 하늘. 태공

306 호흡(呼吸): 여기서는 바람이 오락가락 부는 것

307 만학(萬壑): 여러 골짜기

308 개량(介量): '개'는 물건의 한계, '량'은 물건의 윤곽

309 정축(渟滀): 많은 물이 모인 것

310 연심(淵深): 물이 깊은 것

311 구의(九疑): 창오산(蒼梧山)이라고도 하며, 호남성(湖南省) 영원현(寧遠縣)에 있다. 구의산 아래에 순(舜)임금의 무덤이 있다는 창오(蒼梧)의 들판이 있다.

312 막면(邈綿): 아득한 것. 멀리 있는 것

313 무산(巫山): 지금 유명한 관광지인 삼협의 가운데 위치한 무협의 산명. 사천성(四川省) 무산현(巫山縣)에 있음. 옛날 초(楚)나라 임금이 운몽 안에 있는 고당대(高唐臺)에 놀러 나왔다가 낮에 잠이 들어 꿈속에 조운(朝雲)이라는 무산의 선녀와 어울려 잤다는 전설이 있어 유명하다.

314 차아(嵯峨): 가파르게 산이 솟아 있는 모양

315 양대(陽臺): 사천성 무산현 근처에 있는 산봉우리 이름

蒼梧[317]暮煙하니, 창 오 모 연	창오의 저녁노을이 피는 것을 보니,
態度[318]無定하야, 태 도 무 정	그 모습은 곱고 부드러워
靡曼[319]綽約[320]하며, 미 만 작 약	아름다움이 빛나며,
春粧如濃하고, 춘 장 여 농	봄 화장을 짙게 한 듯하기도 하고
秋飾如薄이라. 추 식 여 박	가을 장식을 엷게 한 듯하다.
故其文姸媚[321]而蔚紆[322]라. 고 기 문 연 미 이 울 우	그러므로 그의 글들은 아름답고도 성대한 것이다.
泛沅[323]渡湘하야, 범 원 도 상	원수에 배를 띄우고 상수를 건너
弔大夫[324]之魂하고, 조 대 부 지 혼	굴원의 혼을 조상하고
悼妃子[325]之恨하니, 도 비 자 지 한	이비(二妃)의 한을 애도하니,

316 조운(朝雲): 무산의 선녀 이름. 초나라 왕과 헤어지면서 자신의 정체는 "아침에는 동쪽 하늘의 구름이 되어 떠 있고 저녁에는 서쪽 하늘의 비가 되어 내리는 것"이라 대답하였다 한다.

317 창오(蒼梧): 앞에 나온 구의산의 별명. 옛날 순(舜)임금이 순수(巡狩)를 하다 그 아래 창오지야(蒼梧之野)에서 죽었다는 전설이 있다.

318 태도(態度): 모양. 형태

319 미만(靡曼): 부드럽고 약한 모양. 섬세하고 윤택이 있는 것

320 작약(綽約): 아름다운 모양. 고운 모양

321 연미(姸媚): 아름답고 사랑스럽다.

322 울우(蔚紆): 성대한 모양. 굉장한 모양

323 원(沅): 상수(湘水)와 함께 앞에 보인 동정호로 흘러들어가고 있는 강물 이름

324 대부(大夫): 전국 시대 초(楚)나라 삼려대부(三閭大夫) 굴원(屈原)을 가리킨다. 그는 바른말을 하다가 회왕과 경양왕에게 쫓겨나 강남 땅을 떠돌다가 동정호 근처 멱라수(汨羅水)에 몸을 던져 죽었다.

325 비자(妃子): 순임금의 부인 아황(娥皇)과 여영(女英). 그들은 순임금을 기다리다 남편이 죽고

竹[326]上에 猶有斑斑[327]이나,
죽 상 유유반반

대나무 위에는 눈물 자국이 여전히 얼룩얼룩하나

而不知魚腹之骨[328]이,
이부지어복지골

물고기 뱃속에 들어 있을 굴원의 뼈는

尙無恙[329]乎아?
상무양 호

아직도 무고한지?

故其文感憤而傷激이라.
고기문감분이상격

그러므로 그의 글은 감정적이고 애잔하며 격정적이다.

北過大梁[330]之墟[331]하며,
북과대량 지허

북쪽으로는 대량의 옛 터를 지나고

觀楚漢[332]之戰場하고,
관초한 지전장

초나라와 한나라가 싸우던 곳을 둘러보니,

想見項羽[333]之喑啞[334]하고,
상견항우 지음아

항우가 쉰 소리를 내지르고

돌아오지 않자 물의 여신이 되었다 한다.

326 죽(竹): 대나무. 순임금의 두 부인이 남편이 돌아오지 않자 울면서 뿌린 눈물이 그곳 대나무에 묻어 소수(瀟水)와 상수(湘水) 가에 많이 나는 유명한 반죽(斑竹)이 되었다 한다.

327 반반(斑斑): 무늬가 얼룩얼룩한 모양

328 어복지골(魚腹之骨): 굴원의 몸 뼈를 가리킨다. 굴원은 멱라수에 투신하여 물고기 밥이 되었을 것이기 때문이다.

329 무양(無恙): 무고하다. 별 탈이 없다.

330 대량(大梁): 지금의 하남성(河南省) 개봉현(開封縣). 전국 시대 위(魏)나라 혜왕(惠王)이 이곳으로 도읍을 옮겼고, 진시황(秦始皇) 때 왕분(王賁)이 위나라를 공격하면서 황하의 물을 대량으로 끌어들여 그 성을 무너뜨린 것으로 유명하다.

331 허(墟): 옛 성터

332 초한(楚漢): 진(秦)나라 말엽에 천하를 두고 싸웠던 항우(項羽)의 초나라와 유방(劉邦)의 한나라

333 항우(項羽): 이름은 적(籍), 자가 우임. 진(秦)나라 서울인 함양(咸陽)을 불태운 뒤 서초패왕(西楚霸王)이라 자칭하였다. 그러나 뒤에 한(漢)나라 군사에게 해하(垓下)에서 패전하여 자결하고 말았다.

高帝[335]之慢罵[336]하니, 고제 지만매	고조가 거침없이 꾸짖는데,
龍跳虎躍하고, 용도호약	용이 뛰고 호랑이가 뛰어오르고
千兵萬馬와, 천병만마	수많은 병사와 무수한 말들과
大弓長戟이, 대궁장극	큰 활과 긴 창이
俱遊而齊呼라. 구유이제호	함께 내달으며 다 같이 소리치고 있는 듯하였다.
故其文雄勇猛健하야, 고기문웅용맹건	그러므로 그의 글은 웅장하고 용맹스러워
使人心悸[337]而膽慄[338]이라. 사인심계 이담률	사람들의 마음을 떨리게 하고 간담을 서늘하게 하는 것이다.
世家龍門[339]하야, 세가용문	그는 대대로 용문에 살아서
念神禹之鬼功하고, 염신우지귀공	신령스런 우임금의 귀신같은 공로를 생각하였고,

334 음아(喑啞): 목쉰 소리를 지르다.

335 고제(高帝): 한(漢)나라 유방(劉邦). 항우를 쳐부수고 천하를 통일하여 한나라를 세워 고조(高祖)가 되었다.

336 만매(慢罵): 마음껏 꾸짖고 욕하다.

337 심계(心悸): 심장이 떨리다.

338 담률(膽慄): 쓸개가 떨리다. 곧 간담이 서늘해지는 것

339 용문(龍門): 산서성(山西省) 하진현(河津縣) 서북쪽과 섬서성(陝西省) 한성현(韓城縣) 동북쪽의 황하가 양편 절벽 사이로 급류를 이루며 흐르는 곳. 본시 산이었는데 옛날 우(禹)가 황하 물을 다스리기 위하여 이 산을 뚫고 황하를 흐르게 한 것이라 한다. 물고기들이 이곳을 거슬러 올라가면 용이 된다는 전설이 있다.

西使巴蜀[340]하야, 서 사 파 촉	서쪽으로 촉 땅에 사신으로 가서
跨劍閣[341]之鳥道[342]하니, 과 검 각 지 조 도	검각의 험한 고갯길을 넘기도 하였는데,
上有摩雲之崖나, 상 유 마 운 지 애	위로는 구름 사이로 솟은 절벽이 있으나,
不見斧鑿[343]之痕이라. 불 견 부 착 지 흔	도끼나 끌의 흔적은 찾아볼 수도 없었다.
故其文斬截[344]峻拔[345] 고 기 문 참 절 준 발	그러므로 그의 글은 칼로 자른 듯하고
而不可援躋[346]라. 이 불 가 원 제	높이 빼어나서 부여잡고 올라갈 수가 없는 듯하다.
講業[347]齊魯[348]之都하야, 강 업 제 노 지 도	제나라와 노나라의 도성에서 학업을 닦아
覩夫子之遺風과, 도 부 자 지 유 풍	공자의 유풍을 직접 보고,

340 서사파촉(西使巴蜀): 파촉은 지금의 사천성(四川省). 사마천은 젊어서 낭중(郎中)이 된 후, 곧 무제(武帝)의 명으로 서쪽 파촉 땅에 사신으로 갔다.

341 검각(劍閣): 사천성 검각현(劍閣縣) 북쪽 대소(大小)의 검산(劍山) 사이에 난 유명한 사다리 길로 검문관(劍門關)이라고도 부른다.

342 조도(鳥道): 나는 새나 넘을 수 있을 듯한 험난한 고갯길

343 부착(斧鑿): 도끼로 깎고 끌로 쪼아내다.

344 참절(斬截): 칼로 싹 자르다.

345 준발(峻拔): 높이 빼어나다.

346 원제(援躋): 부여잡고 올라가다.

347 강업(講業): 학업을 닦다.

348 제노(齊魯): 제나라와 노나라. 공자와 맹자가 난 유학(儒學)의 중심지를 뜻한다.

鄕射[349]鄒嶧[350]을,
향 사 추 역

추역산에서 향사례를 보고

彷徨乎汶[351]陽洙[352]泗[353]之上이라.
방 황 호 문 양 수 사 지 상

문수의 남쪽과 수수와 사수 곁을 거닐기도 했다.

故其文典重溫雅하야,
고 기 문 전 중 온 아

그러므로 그의 글은 전중하고도 온아하여

有似乎正人君子之容貌라.
유 사 호 정 인 군 자 지 용 모

올바른 사람과 군자들의 풍모와 유사한 것이다.

凡天地之間萬物之變이,
범 천 지 지 간 만 물 지 변

모든 하늘과 땅 사이 만물의 변화 중에서

可驚可愕하고,
가 경 가 악

깜짝 놀라게 하고

可以娛心하며,
가 이 오 심

즐겁게 할 수도 있어,

使人憂하고,
사 인 우

사람들을 근심하게 하고

---

349 향사(鄕射): 옛날 사례(射禮) 중의 하나. 고을[州]의 우두머리가 봄·가을로 사람들을 모아 학교에서 활쏘기 의식을 행하던 것

350 추역(鄒嶧): 산동성(山東省) 추현(鄒縣)에 있는 산 이름. 맹자가 그 아래 추(鄒) 땅에서 출생하였다.

351 문(汶): 산동성에 흐르는 강물 이름. 태산(泰山)을 중심으로 문수라 불리는 여러 갈래가 있는데, 사수(泗水) 동남쪽을 흐르는 동문하(東汶河)를 가리킬 것이다.

352 수(洙): 수수(洙水). 산동성 경계를 흘러와 곡부현(曲阜縣) 북쪽에서 사수(泗洙)와 합쳐지는 지류

353 사(泗): 사수. 산동성 사수현(泗水縣)에서 시작되어 곡부(曲阜)를 거쳐 회수(淮水)에 합쳐지는 강물 이름. 사수는 공자의 고향을 대변하는 말로도 쓰인다.

使人悲者하니,
사 인 비 자

또 사람들을 슬프게 하니,

子長盡取而爲文章이라.
자 장 진 취 이 위 문 장

사마천은 모두 취하여 문장으로 만들었던 것이다.

是以로 變化出沒이,
시 이 변 화 출 몰

그래서 변화가 들쭉날쭉하여

如萬象[354]이,
여 만 상

마치 온갖 자연의 형상이

供四時[355]而無窮이라 하니,
공 사 시 이 무 궁

사철 무궁히 다른 모습을 보여 준다고 하니,

今於其書에 而觀之면,
금 어 기 서 이 관 지

지금 그의 책을 놓고 본다면

豈不信哉아?
기 불 신 재

어찌 진실로 그렇지 않겠는가?

予謂欲學子長之爲文이면,
여 위 욕 학 자 장 지 위 문

내가 사마천의 글 짓는 법을 배우려 한다면,

先學其遊可也라.
선 학 기 유 가 야

먼저 그의 유람을 공부해야 할 것이다.

不知學遊以采奇[356]나,
부 지 학 유 이 채 기

유람은 배울 줄 모르면서 기특한 것만을 추구하나,

而欲操觚[357]弄墨[358]하고,
이 욕 조 고 농 묵

종이를 펴고 붓을 들고

---

354 만상(萬象): 온갖 자연의 현상

355 공사시(供四時): 사철을 뒷받침해 주다. 사철의 변화에 따라 변화함을 뜻한다.

356 채기(采奇): 기특함을 채택하다. 무장의 기특함만을 추구하는 것

357 조고(操觚): 나무쪽을 잡다. 옛날에는 종이가 없어 나무쪽에 글을 썼으므로, 여기서는 종이를 다루는 것을 뜻한다.

組綴[359]腐熟[360]者가,
조철 부숙 자

썩어빠진 곳들을 얽어 놓는 것이

乃其常常[361]耳라.
내기상상 이

늘 하던 식일 따름이다.

昔公孫氏[362]善舞劒하니,
석공손씨 선무검

옛날 공손씨는 칼춤을 잘 추었으니,

而學書者得之하야,
이학서자득지

붓글씨를 공부하던 사람이 그것을 터득하여

乃入於神하고,
내입어신

신묘한 경지를 이루었고,

庖丁氏[363]善操刀하니,
포정씨 선조도

포정씨는 소 잡는 칼을 잘 썼는데,

而養生者得之하야,
이양생자득지

양생하는 사람이 그것을 보고 터득하여

乃極其妙하니,
내극기묘

그 오묘한 도에 이르게 되었으니,

事固有殊類
사고유수류

일은 본시 다른 것이나

而相感者는,
이상감자

서로 감지하는 바가 있는 것은

---

358 농묵(弄墨): 먹을 희롱하다. 붓으로 먹물을 찍어서 글씨를 쓰는 것을 가리킨다.

359 조철(組綴): 엮고 얽다.

360 부숙(腐熟): 썩어빠지다.

361 상상(常常): 늘 하던 대로의 모양

362 공손씨(公孫氏): 당나라 현종(玄宗) 때 칼춤을 잘 추던 공손대랑(公孫大娘). 장욱(張旭)은 초서(草書)를 잘 써서 유명했는데, 언젠가 업현에서 공손대랑이 서하검기(西河劍器)라는 칼춤을 추는 것을 보고 묘리를 터득하여 초서 글씨가 입신(入神)의 경지에 이르렀다 한다.

363 포정씨(庖丁氏): 『장자(莊子)』「양생주(養生主)」에 나오는 소를 잡는 백정. 그는 춤을 추는 듯한 동작으로 칼날을 조금도 상하지 않고 소를 가벼이 해체하였는데, 문혜군(文惠君)이 그 소 잡는 모습을 보고서 양생(養生)의 묘법을 터득했다 한다.

其意同故也니라.
기 의 동 고 야

그 뜻이 같기 때문인 것이다.

今天下之絶蹤[364]詭觀[365]이,
금 천 하 지 절 종 궤 관

지금은 발길이 끊어졌지만
천하에 특이한 경관이

何以異於昔고?
하 이 이 어 석

옛날과 무엇이 다르겠는가?

子果能爲我遊者乎아?
자 과 능 위 아 유 자 호

그대는 과연 나를 위하여 유람하는
사람이 되겠는가?

吾欲觀子矣리라.
오 욕 관 자 의

나는 그대를 두고 보리라.

醉把杯酒하고,
취 파 배 주

취하여 술잔을 들고

可以呑江南吳越[366]之淸風하고,
가 이 탄 강 남 오 월 지 청 풍

강남 오월 땅의 맑은 바람을
삼킬 수가 있고,

拂劒長嘯하고,
불 검 장 소

칼을 어루만지며 긴 휘파람 불고,

可以吸燕趙秦隴[367]之勁氣然後에,
가 이 흡 연 조 진 농 지 경 기 연 후

연·조·진·농의 강한 기운을
마신 다음에,

---

364 절종(絶蹤): 발길을 끊다.

365 궤관(詭觀): 특이한 경관

366 오월(吳越): 지금의 강소성(江蘇省)을 중심으로 한 오나라와 절강성(浙江省)을 중심으로 한 월나라

367 연조진농(燕趙秦隴): '연'은 지금의 하북성(河北省)을 중심으로 한 나라. '조'는 산서성(山西省)을 중심으로 한 나라. '진'은 섬서성(陝西省)을 중심으로 한 나라. '농'은 감숙성(甘肅省)을 중심으로 한 지역. 예부터 전쟁이 잦던 중국의 서북부 지방

歸而治文著書면,
귀 이 치 문 저 서
돌아와 글을 짓고 책을 엮는다면,

子畏子長가?
자 외 자 장
그대가 사마천을 두려워하겠는가?

子長畏子乎아?
자 장 외 자 호
사마천이 그대를 두려워하겠는가?

不然하고 斷編敗冊[368]을,
불 연 단 편 패 책
그러지 아니하고 종잇조각을

朝吟而暮誦之라도,
조 음 이 모 송 지
아침에 읊고 저녁에 외운다 하더라도

吾不知所得矣리라.
오 부 지 소 득 의
나는 소득이 없으리라 믿고 있다."

119. 집안에 전해 오는 옛날 벼루에 새긴 글(家藏古硯銘)[369]

당경(唐庚)[370]

硯與筆墨[371]은,
연 여 필 묵
벼루와 붓과 먹은,

蓋氣類[372]也라.
개 기 류 야
뜻을 같이하는 기물들이다.

---

368 단편패책(斷編敗冊): 끊어진 대쪽을 얽어매던 끈과 깨어진 대쪽. 여기서는 종잇조각을 가리킨다.

369 가장고연명(家藏古硯銘): 붓은 상하기 쉽고 먹은 닳아져 없어지지만, 벼루만은 몇 세대를 전해져 내려온다. 벼루에 새긴 말은 마지막에 나오는 "명(銘)에 말한다" 이하이고, 그 위에 서술한 것은 명에 대한 설명으로 서(序)라고 한다. 세상에서의 처세법이나 양생법 등도 이 벼루와 같이 둔하고 고요해야 한다고 생각하고 이 글을 썼다.

370 당경(唐庚: 1071~1121): 사천의 미주(眉州) 출신으로 자는 자서(子西), 호는 미산(眉山), 또는 노국선생(魯國先生). 벼슬길은 그리 순탄하지 않았으나, 글을 잘 지어 정밀한 문장으로 이름이 났다. 문집으로 『당미산집(唐眉山集)』 24권이 있다.

371 연필묵(硯筆墨): 벼루와 붓과 먹

372 기류(氣類): '기'는 뜻을 같이하는 것, '류'는 동류의 뜻. 즉 친구임을 뜻한다.

出處相近[373]하고, 출 처 상 근	나아가는 곳이 서로 비슷하고
任用寵遇[374]相近也나, 임 용 총 우 상 근 야	쓰이는 바와 사랑받고 대우받는 것도 유사하나,
獨壽夭[375]不相近也니, 독 수 요 불 상 근 야	다만 오래 살고 일찍 죽는 것이 서로 비슷하지 않으니,
筆之壽는 以日計하고, 필 지 수 이 일 계	붓의 수명은 날로 계산하고,
墨之壽는 以月計하고, 묵 지 수 이 월 계	먹의 수명은 달로 계산하고,
硯之壽는 以世[376]計라. 연 지 수 이 세 계	벼루의 수명은 세대로 헤아린다.
其故何也오? 기 고 하 야	어찌 그러한가?
其爲體[377]也는, 기 위 체 야	그 몸체는
筆最銳하고, 필 최 예	붓은 뾰족하고
墨次之하고, 묵 차 지	먹이 그다음이요
硯鈍者也라. 연 둔 자 야	벼루는 둔하다.

---

373 상근(相近): 서로 비슷하다.

374 총우(寵遇): 사랑받고 대우받다.

375 수요(壽夭): 명의 길고 짧음. '수'는 오래 살다. '요'는 일찍 죽다.

376 세(世): 30년을 말한다. 『설문해자(說文解字)』에 의하면 '세'는 본디 '삽(卅: 삼십이라는 뜻)'과 같다. 인간의 일대를 '세'라 하기도 한다. 벼루는 몇 대에 걸쳐 전해지므로 그 생명이 긴 것을 말한다.

377 체(體): 생김새. 철학적인 의미로는 사물의 본체

豈非鈍者壽而銳者夭乎[378]아?
기 비 둔 자 수 이 예 자 요 호

어찌하여 둔한 것은 명이 길고
예리한 것은 요절하는가?

其爲用[379]也는,
기 위 용 야
그 쓰임은

筆最動하고,
필 최 동
붓이 가장 많이 움직이고

墨次之하고,
묵 차 지
먹이 그다음이요

硯靜者也라.
연 정 자 야
벼루는 움직이지 않는다.

豈非靜者壽而動者夭乎아?
기 비 정 자 수 이 동 자 요 호
어찌하여 고요한 것은 명이 길고
움직이는 것은 짧은가?

吾於是에,
오 어 시
나는 여기에서

得養生[380]焉하니,
득 양 생 언
양생의 법을 알았으니,

以鈍爲體하고,
이 둔 위 체
둔한 것으로 몸체를 삼고

以靜爲用이라.
이 정 위 용
고요한 것으로 쓰임을 삼는 것이다.

或曰,
혹 왈
어떤 사람은 말한다.

壽夭數[381]也니,
수 요 수 야
"오래 살고 일찍 죽는 것은 운명이니,

---

378 기비~호(豈非~乎): 어찌 ~하지 않겠는가. '기'는 강조의 뜻을 나타낸다.

379 용(用): 앞 문장의 '체'에 대응하는 것으로 쓰임새를 뜻한다. 작용

380 양생(養生): 몸과 마음을 건강하게 하여 오래 사는 것을 뜻한다.

非鈍銳動靜所制[382]라. 비 둔 예 동 정 소 제	둔하고 예리함과 움직이고 고요함에 제어당하는 것이 아니다.
借令[383]筆不銳不動이라도, 차 령 필 불 예 부 동	붓은 예리하지 않고 움직이지 않을지라도
吾知其不能與硯久遠矣리라. 오 지 기 불 능 여 연 구 원 의	벼루처럼 오래 갈 수 없음을 나는 안다.”
雖然寧爲此나, 수 연 영 위 차	비록 이와 같을지언정,
勿爲彼[384]也니라. 물 위 피 야	저렇게 해서는 안 된다.
銘에 曰, 명 왈	명에 말한다.
不能銳[385]라, 불 능 예	예리하지 못하여
因以鈍爲體하고, 인 이 둔 위 체	둔함을 몸통으로 삼고,
不能動[386]이라, 불 능 동	움직일 수 없는지라,
因以靜爲用이라. 인 이 정 위 용	고요함으로 쓰임을 삼는다.

381 수(數): 천명(天命)
382 제(制): 지배
383 차령(借令): 가령
384 영위차, 물위피(寧爲此, 勿爲彼): 차라리 이렇게 살지언정 저렇게 하지는 않는다. 벼루의 둔하고 고요한 것을 본받고 붓의 날카롭고 부지런히 움직이는 것을 따르지 않겠다는 뜻이다.
385 불능예(不能銳): 벼루는 본디 날카로운 것일 수 없다.
386 불능동(不能動): 벼루는 움직일 수 없다. 벼루가 움직이면 먹이 갈리지 않는다.

惟其然[387]이니, 유 기 연	다만 그렇게 함으로써
是以能永年[388]이라. 시 이 능 영 년	수명을 영원히 할 수 있다.

120. 석시랑께 올린 편지(上席侍郎書)[389]

당경(唐庚)

某備員[390]學校가, 모 비 원 학 교	제가 학교의 직원으로 근무한 지
三載于此라. 삼 재 우 차	이제 삼 년이 됩니다.
在輩流[391]中에, 재 배 류 중	동료들 가운데에서
年齒最爲老大나, 연 치 최 위 노 대	나이는 가장 늙어 많지만,
詞氣[392]學術은, 사 기 학 술	문장과 학문은

387 유기연(惟其然): 본디 그렇게 때문에. '유'·'기'는 모두 강조의 동사이다.

388 영년(永年): 수명이 오래가다. 마지막 부분의 명(銘)에서는 예(銳)와 체(體), 동(動)과 용(用), 연(然)과 년(年)이 각각 운자로 사용되었다.

389 상석시랑서(上席侍郎書): 작자의 상관이던 석씨가 중앙정부로 영전되어 갈 때 축하하며 기념으로 적어 준 송별사이다. 시랑은 중앙정부의 차관급으로 석시랑은 아마 남송 초기에 참지정사(參知政事)를 지낸 석익(席益)일 것이다. 이때에 광동의 혜주(惠州: 지금의 해남도)로 좌천되었다가 다시 승진되어 간 것으로 보인다. 이 글의 요점은 조정에서 벼슬하면서 기발한 새로운 제도를 마련하여 큰 공을 세우려 들지 말고, 옛 법도를 잘 지키며 소리 없이 나라를 다스리어 이른바 '무공지공(無功之功)'을 추구할 줄 알아야 한다는 것이다. 이는 왕안석(王安石)이 신법을 마련하여 나라의 정치를 개혁하려다가 오히려 큰 혼란만을 야기했던 일을 전제로 하고 있다.

390 비원(備員): 직원이 되다.

391 배류(輩流): 동료

392 사기(詞氣): 문사의 기세. 글 짓는 솜씨

最爲淺陋하고,
최 위 천 루
가장 얕고 비루하고,

敎養訓導之方은,
교 양 훈 도 지 방
교육하고 이끌어 주는 방법도

最爲疏拙[393]이나,
최 위 소 졸
가장 졸렬하나,

所以未卽遂去는,
소 이 미 즉 수 거
떠나지 못하고 있는 것은

正賴主人[394]以爲重이러라.
정 뢰 주 인 이 위 중
바로 책임진 분이 중하 여겨 주고 있기 때문입니다.

今閤下還朝하야,
금 합 하 환 조
지금 각하께서 조정으로 돌아가서

曉夕大用하야,
효 석 대 용
아침저녁으로 크게 쓰여

爲執政[395]爲宰相爲公[396]爲師[397]가,
위 집 정 위 재 상 위 공 위 사
집정관이 되고 재상, 공경, 사부가 되는 것은,

此誠門下小子之所願聞이라.
차 성 문 하 소 자 지 소 원 문
이는 진실로 문하에서 섬기고 있는 사람들이 듣기를 바라는 일입니다.

然이나 孤宦[398]小官이,
연 고 환 소 관
그러나 외롭고 작은 관리인 제가

393 소졸(疏拙): 소원하고 졸렬하다.
394 주인(主人): 주관하는 사람. 석시랑(席侍郞)을 가리킨다.
395 집정(執政): 정권을 잡다.
396 위공(爲公): 공경(公卿)이 되다.
397 위사(爲師): 사부(師傅)가 되다. 태사(太師)·태부(太傅)·소사(少師)·소부(少傅) 등의 벼슬
398 고환(孤宦): 외로운 관리

遽奪所依하니,
거 탈 소 의

갑자기 의지하던 곳을 빼앗기게 되니,

此其胸中에,
차 기 흉 중

이로써 가슴속에

不能無介然[399]者라.
불 능 무 개 연 자

불안함이 없을 수가 없게 되었습니다.

日夜思慮하야,
일 야 사 려

밤낮으로 생각하면서

求所以補報[400]萬一이나,
구 소 이 보 보 만 일

만의 하나 은덕에 보탬이 되고
보답할 바를 찾았으나,

而書生門戶[401]가,
이 서 생 문 호

서생 가문에서

無有它技라,
무 유 타 기

다른 재주라고는 없기에,

因效其所得於古人者하노니,
인 효 기 소 득 어 고 인 자

옛사람에게서 터득한 것을
드러내려고 하니,

惟閤下裁擇[402]하소서.
유 합 하 재 택

각하께서 헤아려 가려 주소서.

某初讀書時에,
모 초 독 서 시

저는 처음 공부를 시작할 때

未習時事라.
미 습 시 사

시국에 관한 일에
익숙하지 않았습니다.

意謂古之聖賢이,
의 위 고 지 성 현

옛날의 성현들이

399 개연(介然): 불안한 모양
400 보보(補報): 보충해 주고 보답하다.
401 문호(門戶): 집안. 자기와 어울리는 사람들
402 재택(裁擇): 헤아려 채택하다.

例[403]須建立功名이러니,
예 수건립공명

모두가 반드시 공명을 세웠거니 했는데,

其後涉世[404]益深하고,
기후섭세 익심

그 뒤로 세상의 경험을 더욱 깊이 하고

更事[405]益多하며,
경사 익다

일의 경험도 더욱 많이 하며,

攷論[406]前代經史하야,
고론 전대경사

이전 시대의 경전과 역사를 연구하여

益見首尾[407]하고,
익견수미

그 시말을 더욱 잘 보고 나서야,

乃知古人之心이,
내지고인지심

곧 옛사람들의 마음이

本不如此라.
본불여차

본시 그러하지 않았음을 알게 되었습니다.

舟遇險則有功하고,
주우험즉유공

배는 험난한 물을 만나야 공이 있게 되고,

燭遇夜則有功하며,
촉우야즉유공

촛불은 밤을 만나야 공이 있게 되고,

藥遇病則有功하고,
약우병즉유공

약은 병을 만나야 공이 있게 되고,

桔槔[408]遇旱則有功하며,
길고 우한즉유공

길고는 가뭄을 만나야 공이 있게 되고,

---

403 예(例): 모두
404 섭세(涉世): 세상일들을 경험하는 것
405 경사(更事): 일에 대하여 경험을 쌓는 것
406 고론(攷論): 고구(考究)하다.
407 수미(首尾): 처음과 끝
408 길고(桔槔): 용두레. 물을 퍼 올리는 기계

戈弩劍戟臨衝[409]兜鍪[410]는, 과 노 검 극 임 충 두 무	창, 임거(臨車), 충거(衝車), 투구는
遇戰鬪則有功하니, 우 전 투 즉 유 공	전쟁을 만나야 공이 있게 되는 것이니,
凡物有功이, 범 물 유 공	모든 사물의 공로가
悉非得己[411]라. 실 비 득 기	모두 자기 스스로 얻어지는 것이 아닙니다.
龍蛇雜處[412] 용 사 잡 처	용과 뱀이 뒤섞여 있으면서
而禹[413]有功하고, 이 우 유 공	우(禹)가 공이 있게 되었고,
草木障塞[414] 초 목 장 색	풀과 나무가 가리고 막히도록 자라서
而益[415]有功하고, 이 익 유 공	익(益)이 공을 얻게 되었으며,
民不粒食 민 불 입 식	백성들이 곡식을 먹을 줄 몰라서
而稷[416]有功하고, 이 직 유 공	직(稷)은 공로가 있는 것이고,

409 임충(臨衝): 임거(臨車)와 충거(衝車). 임거는 높은 위치에서 성을 공격할 수 있도록 고안된 전차이고, 충거는 성벽을 부수는 데 쓰는 전차

410 두무(兜鍪): 투구

411 득기(得己): 혼자의 힘으로 얻어지는 것

412 용사잡처(龍蛇雜處): 용과 뱀이 뒤섞여 있다. 여기의 뱀은 용의 종류로 구름과 안개를 일으킨다는 등사(螣蛇). 비가 많이 왔음을 뜻한다.

413 우(禹): 순임금의 명으로 천하의 홍수를 다스리고 뒤에 하(夏)나라를 세웠다.

414 초목장색(草木障塞): 풀과 나무가 가리고 막히도록 무성히 자라는 것

415 익(益): 순임금의 신하로 산림과 호수를 다스리는 우(虞)라는 벼슬을 하였다.

416 직(稷): 요임금의 신하로 백성들에게 농사짓는 법을 가르쳤다 한다. 보통 후직(后稷)이라 부르며 주(周)나라의 시조가 되었다.

天理人倫이, 천 리 인 륜	천리와 인륜이
顚倒失次 전 도 실 차	거꾸로 되고 차례를 잃어
而契[417]有功하며, 이 설 유 공	설(契)이 공로를 세우게 되었으며,
夷蠻賊寇가, 이 만 적 구	오랑캐들과 도둑들이
干紀[418]亂治 간 기 난 치	기율을 범하고 다스림을 어지럽혀
而皐陶[419]有功하며, 이 고 요 유 공	고요가 공을 얻게 되었던 것이며,
自此以降은, 자 차 이 강	이로부터 내려가서는
不可勝擧라. 불 가 승 거	이루 다 열거할 수가 없는 정도입니다.
然皆因時立功이, 연 개 인 시 립 공	그러나 모두가 때로 말미암아 공을 세운 것이지,
非聖賢本意라. 비 성 현 본 의	성현들의 본뜻이 아니었던 것입니다.
伊陟[420]臣扈巫咸은, 이 척 신 호 무 함	이척과 신호와 무함은
相太戊[421]하야, 상 태 무	태무왕의 재상이 되어

417 설(契): 순임금 때 백성들의 교육을 담당하는 사도(司徒)의 벼슬을 맡았던 사람. 상(商)나라의 시조가 되었다.
418 간기(干紀): 기강 또는 기율을 범하다.
419 고요(皐陶): 순임금의 신하로 형옥(刑獄)을 관장하는 사(士)의 벼슬을 지냈다.
420 이척(伊陟): 신호(臣扈)·무함(巫咸)과 함께 상(商)나라 태무왕의 재상
421 태무(太戊): 상(商)나라 제7대 임금

無它奇功이나,
무 타 기 공
여타 특이한 공로는 없었지만,

以格上帝[422]乂[423]王家爲功하고,
이 격 상 제 예 왕 가 위 공
하늘을 감동시켜 왕실을 잘 다스린 공이 있었고,

巫賢[424]甘盤傅說은,
무 현 감 반 부 열
무현과 감반과 부열은

相祖乙[425]相武丁[426]
상 조 을 상 무 정
조을왕과 무정왕의 재상이 되어

不聞有功이나,
불 문 유 공
공을 세웠다는 말은 듣지 못했지만,

以保乂[427]有商爲功하고,
이 보 예 유 상 위 공
상나라를 보전하고 다스린 공이 있었으며,

君陳[428]은 相成王[429]하고,
군 진 상 성 왕
군진은 성왕의 재상이 되고

畢公[430]은 相康王[431]하야,
필 공 상 강 왕
필공은 강왕의 재상이 되어,

不自立功하고,
부 자 립 공
그들 자신의 공은 세우지 못했지만

---

422 격상제(格上帝): 하느님을 감동케 하다.

423 예(乂): 다스리다.

424 무현(巫賢): 감반(甘盤)·부열(傅說)과 함께 상(商)나라 때의 대부. 무현은 조을왕의 재상, 감반과 부열은 무정왕의 재상을 지냈다.

425 조을(祖乙): 상나라 제11대 임금. 태무왕의 손자

426 무정(武丁): 상나라 제20대 임금. 도읍을 은(殷)으로 옮겼던 반경(盤庚)왕의 조카

427 보예(保乂): 보전하고 다스리다.

428 군진(君陳): 주(周)나라 성왕 때 재상을 지낸 사람. 주공 단(周公旦)의 아들

429 성왕(成王): 주(周)나라 제2대 왕으로 무왕(武王)의 아들

430 필공(畢公): 주나라 강왕의 신하로 이름은 고(高)

431 강왕(康王): 주나라 제3대 왕으로 성왕의 아들

以循周公之業爲功하니,
이 순 주 공 지 업 위 공

주공의 유업을 계승한 공로가 있었던 것이니,

後世知有功之爲功이요,
후 세 지 유 공 지 위 공

후세에는 공이 있는 것만이 공 있는 것으로 알고

而不知無功之爲功이라.
이 부 지 무 공 지 위 공

공이 없어도 공로가 있음은 알지 못하고 있습니다.

其去道已遠이요,
기 거 도 이 원

그것은 올바른 도리에서 이미 멀어져 있고,

至謂聖賢有心於功名이라 하니,
지 위 성 현 유 심 어 공 명

심지어 성현들도 공명에 마음이 있었다고 말하니,

其探[432]聖賢이,
기 탐 성 현

성현에 대한 이해가

亦淺矣라.
역 천 의

매우 얕은 것입니다.

天下承平日久하니,
천 하 승 평 일 구

천하는 평화로운 날이 오래되어,

綱紀文章이,
강 기 문 장

기강과 문장이

纖悉[433]備具하야,
섬 실 비 구

미세한 것까지도 모두 다 갖추어져서,

432 탐(探): 탐구. 이해

433 섬실(纖悉): 미세한 것까지 모두

無有毫髮未盡未便이라. 무 유 호 발 미 진 미 편	털끝만큼도 다하지 않거나 편하지 않은 것이 없습니다.
一部周禮[434]가, 일 부 주 례	한 부의 『주례(周禮)』가
擧行略遍이나, 거 행 략 편	모든 행사의 법도로 두루 적용되었으나,
但不姓姬[435]耳라. 단 불 성 희 이	다만 성이 희(姬)가 아닐 뿐입니다.
竊謂今日이, 절 위 금 일	제 생각으로는 오늘날
正當持循法度요, 정 당 지 순 법 도	마땅히 옛 법도만을 유지하고 따르면 되지,
不宜復有增廣建置[436]라. 불 의 부 유 증 광 건 치	다시 그것을 늘리고 확장시켜 놓아서는 안 됩니다.
歌呼[437]於吏舍[438]者를 勿問하고, 가 호 어 이 사 자 물 문	관청에서 노래하고 소리 지르는 자를 따지지 말 것이며,

434 주례(周禮): 유가(儒家)의 경전 중 이른바 삼례(三禮) 중의 하나. 본시 『주관(周官)』이라 했다. 주나라의 정치제도에 대해 주공(周公)이 쓴 것이라 하나, 후세에 이루어진 것으로 보인다. 송(宋)대에 왕안석(王安石)은 이 『주례』를 바탕으로 하여 신법(新法)을 행하려다가 오히려 큰 혼란을 불러일으켰다.

435 희(姬): 『주례』의 주체가 되는 주(周)나라 임금의 성이 희(姬)였다.

436 증광건치(增廣建置): 이전의 법도에서 더 늘리고 넓혀 새로운 제도를 많이 마련해 놓는 것

437 가호(歌呼): 노래하고 소리 지르다.

438 이사(吏舍): 일하는 관청

醉吐於車茵[439]者를 勿逐하고, 취토어거인 자 물축	수레 깔개에 취하여 토하는 자를 쫓아내지 말 것이며,
客至欲有所開說者어든, 객지욕유소개설자	손님이 와서 설득시키고자 하거든
飮以醇酒[440]하고, 음이순주	진한 술을 마시게 하고는
勿聽하고, 물청	듣지 말 것이며,
擇士에 唯取通大體[441] 택사 유취통대체	선비를 가려 씀에 대체적인 것에 통하고
知古誼[442]者를, 지고의 자	옛 뜻을 알고 있는 사람을
用之면, 용지	쓸 것 같으면,
雖不立功이나, 수불립공	비록 공을 세우지 못한다 하더라도
功在其中矣리이다. 공재기중의	공로가 그 가운데 있게 될 것입니다.
某之所得於古人者如此나, 모지소득어고인자여차	제가 옛사람들에게서 터득한 것이 이와 같은데
不知其當否也니이다. 부지기당부야	합당한 것인지 아닌지 알지 못하겠습니다.

439 거인(車茵): 수레 깔개
440 순주(醇酒): 진한 술. 아직 거르지 않은 술
441 통대체(通大體): 대체적인 것에 통달하다.
442 지고의(知古誼): 옛 뜻을 알다.

閤下倘以爲然이면,
합 하 당 이 위 연
각하께서 만약 그렇다고 여기신다면,

歸見何丞相[443]하야,
귀 견 하 승 상
돌아가 하승상을 뵙고서

其亦以此說로 告之하소서.
기 역 이 차 설 고 지
그에게도 이러한 말씀을 알려 주소서.

121. 『낙양명원기』의 뒤에 적음(書洛陽名園記後)[444]

이격비(李格非)[445]

洛陽은 處天下之中하야,
낙 양 처 천 하 지 중
낙양은 천하의 한가운데 위치하여

挾殽黽[446]之阻하며,
협 효 민 지 조
효산과 민지의 험준함을 끼고 있으며,

---

443 하승상(何丞相): 송(宋)나라 때의 하율(何栗: 1089~1126). 그는 작자의 동향 후배로 북송 말기에 개봉윤(開封尹), 상서우복야(尙書右僕射), 중서시랑(中書侍郎) 등의 요직을 지냈다. 금나라와의 화의에 반대하였으며, 당시 북송의 수도인 개봉이 금나라에게 함락당하자, 금나라에 끌려가 단식하다가 39세의 나이로 죽었다.

444 서낙양명원기후(書洛陽名園記後): 하남성의 낙양은 송나라 이전에 여러 나라가 도읍하였던 곳이고, 북송 시대에도 매우 중요한 위치를 차지하였다. 낙양의 이름난 집안들의 정원에 관하여 그 내력, 경치, 꽃과 나무 등에 관하여 쓴 책이 바로 『낙양명원기(洛陽名園記)』이다. 이 문장은 이 책 맨 뒤에 붙은 후서이다. 이 글은 정원들의 흥폐에 대한 감개를 빌려서 공경대부들이 사욕에 빠져 천하의 치란(治亂)을 잊어버려서는 안 된다고 경계하고 있다.

445 이격비(李格非: ?~1090?): 자는 문숙(文叔)이며 송 제남(濟南, 지금의 산동) 사람이다. 당시에는 시부(詩賦)로 인재를 뽑았으나 이격비는 홀로 경학에 뜻을 두어 『예기설(禮記說)』 수십만 자를 지었다. 신종(神宗) 희령(熙寧) 9년(1076) 진사 시험에 급제하였으며, 문장으로 소식(蘇軾)의 지우를 받았다. 당시의 유명한 여류 사(詞) 작가 이청조(李淸照)는 바로 그의 딸이다.

446 효민(殽黽): 효산(殽山)과 민지(黽池, 혹은 澠池)를 말한다. 효산은 하남성(河南省) 낙영현(洛寧縣)에 있는데, 서북쪽으로는 섬현(陝縣)에 접해 있고 동쪽으로는 민지에 닿아 있다. 민지는 지금의 하남성 민지현이다.

當秦隴[447]之襟喉,[448]
당 진 롱 지 금 후
진롱의 옷깃과 목구멍으로

而趙魏之走集[449]하니,
이 조 위 지 주 집
조나라와 위나라가 달려드는 곳이니,

蓋四方必爭之地也라.
개 사 방 필 쟁 지 지 야
대체로 사방에서 반드시 다투는 땅이다.

天下當無事則已나,
천 하 당 무 사 즉 이
천하에 응당 아무 일이 없으면 그만이지만

有事則洛陽必先受兵이라.
유 사 즉 낙 양 필 선 수 병
무슨 일만 있으면 낙양이 반드시 먼저 병화를 입었다.

余故로 嘗曰,
여 고 상 왈
나는 그래서 일찍이 말하기를

洛陽之盛衰者는,
낙 양 지 성 쇠 자
"낙양이 흥성하고 쇠락하는 것은

天下治亂之候[450]也라 하니라.
천 하 치 란 지 후 야
천하가 다스려짐과 어지러움의 조짐이다"라고 하였다.

方唐貞觀開元[451]之間에,
방 당 정 관 개 원 지 간
바야흐로 당나라 정관과 개원 연간에

---

447 진롱(秦隴): 진나라와 농서(隴西) 지방. 지금의 섬서(陝西)와 감숙성(甘肅省) 일대이다.

448 금후(襟喉): 옷깃과 목구멍이란 뜻으로 요해처(要害處)를 가리키는 말로 쓰인다.

449 주집(走集): 군대 따위가 앞다투어 달려들다.

450 후(候): 조짐, 징후. 『송사(宋史)』「이격비전(李格非傳)」에 "일찍이 『낙양명원기』를 지어 '낙양이 흥성하고 쇠락하는 것은 천하가 잘 다스려지고 어지럽게 되는 조짐이다'라고 하였는데, 그 후에 낙양이 금나라에 함락되니 사람들은 정세를 알고 한 말이라고 하였다(嘗著洛陽名園記, 謂洛陽之盛衰, 天下治亂之候也. 其後洛陽陷千金, 人以爲知言)"는 구절이 있다.

公卿貴戚이, 공 경 귀 척	공경과 귀족, 왕족들이
開館列第於東都[452]者가, 개 관 열 제 어 동 도 자	동도 낙양에다 별관을 열고 저택을 벌여 놓은 것이
號千有餘邸[453]라. 호 천 유 여 저	천여 집이나 된다.
及其亂離하고, 급 기 란 리	난리를 만나고
繼以五季[454]之酷하니, 계 이 오 계 지 혹	오대의 참혹함이 이어지니,
其池塘竹樹를, 기 지 당 죽 수	그 못 둑의 대나무며 나무를
兵車蹂蹴[455]하야, 병 거 유 축	군대의 수레가 짓밟아,
廢而爲丘墟하고, 폐 이 위 구 허	망가져 언덕과 폐허가 되어 버렸고,
高亭臺榭[456]는, 고 정 대 사	높은 정자와 누대 위의 정자는
煙火焚燎[457]하야, 연 화 분 료	연기와 불 속에 활활 타서
化而爲灰燼하니, 화 이 위 회 신	재와 깜부기로 변해 버렸으며,

---

451 정관개원(貞觀開元): 정관은 당 태종(太宗)의 연호(627~649), 개원은 현종(玄宗)의 연호(713~741)

452 동도(東都): 낙양을 말한다.

453 저(邸): 큰 귀족들의 집을 '저'라고 한다.

454 오계(五季): 당나라와 송나라 사이에 있었던 후량(後梁), 후당(後唐), 후진(後晋), 후한(後漢), 후주(後周) 등의 다섯 왕조를 말한다.

455 유축(蹂蹴): 유린(蹂躪)과 같음. '유'는 짓밟다의 뜻이고, '축'은 발로 차는 것을 말한다.

456 대사(臺榭): 자연적으로 높이 솟은 곳과 그 위에 지어진 정자를 말한다.

457 요(燎): 종화(縱火). 방화(放火)하다.

與唐共滅而俱亡하야, 여 당 공 멸 이 구 망	당나라와 함께 멸하여 모두 없어져
無餘處矣라. 무 여 처 의	남은 곳이라곤 없었다.
余故로 嘗曰, 여 고 상 왈	내 그래서 일찍이 말하기를
園囿[458]之興廢는, 원 유 지 흥 폐	“정원들의 흥성과 황폐함은
洛陽盛衰之候也라 하니라. 낙 양 성 쇠 지 후 야	낙양이 흥성하고 쇠락하는 조짐이다”라고 하였다.
且天下之治亂을, 차 천 하 지 치 란	장차 천하가 잘 다스려지고 어지러워지는 것을
候於洛陽之盛衰而知하고, 후 어 낙 양 지 성 쇠 이 지	낙양의 흥성과 쇠락의 조짐에서 알 수 있고,
洛陽之盛衰를, 낙 양 지 성 쇠	낙양이 흥성하고 쇠락하는 것을
候於園囿之興廢而得하니, 후 어 원 유 지 흥 폐 이 득	정원들의 흥성과 황폐함의 징후에서 터득할 수 있으니,
則名園記之作이, 즉 명 원 기 지 작	『낙양명원기』의 저작이
予豈徒然哉리오? 여 기 도 연 재	내 어찌 헛되다 하겠는가?
嗚呼라! 오 호	아아!
公卿大夫方進於朝하야, 공 경 대 부 방 진 어 조	공경대부가 바야흐로 조정에 나아가

458 유(囿): 울타리가 있는 정원. 새와 짐승 따위를 기르는 곳

放乎一己之私自爲하고, 방 호 일 기 지 사 자 위	개인의 사사로움에 방종하여 자기의 일에만 몰두하고
而忘天下之治忽[459]하며, 이 망 천 하 지 치 홀	천하의 다스려짐과 혼란스러움을 잊고서
欲退享此나, 욕 퇴 향 차	물러나 이것을 누리고자 하여도
得乎아? 득 호	되겠는가?
唐之末路是矣니라! 당 지 말 로 시 의	당나라의 말로가 이러하였도다!

122. 연꽃을 사랑함에 대하여(愛蓮說)[460]

주돈이(周敦頤)[461]

水陸草木之花에, 수 륙 초 목 지 화	수륙 초목의 꽃에는
可愛者甚蕃[462]이라. 가 애 자 심 번	사랑스러운 것이 대단히 많다.

459 치홀(治忽): 치란(治亂). 잘 다스려질 때와 어지러운 때

460 애련설(愛蓮說): 연꽃의 요모조모에 군자의 덕을 비유한 아름다운 글이다. 작자는 많은 꽃 중에서 도덕 수양이 높은 군자를 닮은 연꽃을 사랑하여 이 글을 지었다.

461 주돈이(周敦頤: 1017~1073): 자는 무숙(茂叔). 강서성의 여산(廬山) 기슭에 있는 염계(濂溪)에서 염계서당을 짓고 살았기 때문에 호를 염계(濂溪)라 붙였다. 북송의 대유학자요, 송학의 비조로, 그의 학설 가운데 이 글 바로 뒤에 나오는 「태극도에 관한 해설」은 주자에게 큰 영향을 주었다. '이기이원론'을 제창한 정이천, 정명도 형제의 스승이기도 하다. 저서로는 『통서(通書)』 등이 전한다.

462 번(蕃): 다(多)와 같다.

晉陶淵明[463]은, 진 도 연 명	진나라의 도연명은
獨愛菊하고, 독 애 국	유독 국화를 사랑하였고,
自李唐[464]來로, 자 이 당 래	당나라로부터
世人이 甚愛牡丹[465]이나, 세 인 심 애 모 단	세상 사람들은 모란을 몹시 사랑하였으나,
予獨愛蓮之 여 독 애 련 지	나는 홀로 연꽃을 사랑한다.
出於淤泥[466]而不染하고, 출 어 어 니 이 불 염	진흙 속에서 나와서 물들지 않고,
濯淸漣而不夭[467]하며, 탁 청 련 이 불 요	맑은 물 잔물결에 씻겨도 요염하지 않고,
中通[468]外直[469]하고, 중 통 외 직	속은 통해 있고 밖은 쭉 곧아
不蔓[470]不枝[471]하며, 불 만 부 지	덩굴지지 않고 가지도 없으며,

463 도연명(陶淵明): 글 번호 14 「돌아가리(歸去來辭)」의 작자이며 전원시인으로 이름이 높다.

464 이당(李唐): 당나라 왕실의 성이 이씨이므로 '이당'이라 하였다.

465 애모단(愛牡丹): 고조의 황후가 모란을 사랑하여 궁중 곳곳에 모란을 심은 뒤로부터 상하를 막론하고 모란을 사랑하는 것이 유행이 되었다고 한다.

466 어니(淤泥): 진흙. 이 대문의 뜻은 더러운 진흙 물속에서 깨끗한 한 송이의 꽃을 피우는 연꽃처럼 도덕 수양이 높은 군자는 세속에 몸담아 있으면서 거기에 물들지 않는다는 것이다.

467 탁청련이불요(濯淸漣而不夭): '련'은 잔잔한 물결. 곧 안으로 티 없이 맑고 깨끗하면서 겉을 꾸미지 않는 군자의 덕을 비유하였다.

468 중통(中通): 연꽃의 대 속이 비어 위아래가 통해 있는 것을 말하는 것으로, 욕심 없이 맑게 트인 군자의 마음이 사물의 이치에 통달함을 비유하였다.

469 외직(外直): 연꽃 겉대의 쭉 곧은 모양. 대쪽같이 곧고 바른 군자의 언행을 비유하였다.

470 불만(不蔓): 연꽃이 덩굴지지 않는 것. 군자가 사사로운 이익을 좇아 어울려 다니지 않는 것을 비유하였다.

香遠益淸[472]하며, 향 원 익 청	향기는 멀수록 더욱 맑고
亭亭淨植[473]하니, 정 정 정 식	우뚝 깨끗하게 서 있으니,
可遠觀而不可褻翫[474]焉이라. 가 원 관 이 불 가 설 완 언	멀리서 바라봐도 만만하게 다룰 수 없다.
予謂 여 위	나는 말하겠다.
菊은 花之隱逸者[475]也오, 국 화 지 은 일 자 야	국화는 꽃 중의 은일자요,
牡丹은 花之富貴者[476]也오, 모 단 화 지 부 귀 자 야	모란은 꽃 중의 부귀자요,
蓮은 花之君子者也라 하노라. 연 화 지 군 자 자 야	연꽃은 꽃 중의 군자라고.
噫라! 희	아!
菊之愛는, 국 지 애	국화에 대한 사랑은

471 부지(不枝): 연꽃이 가지 벌리지 않고 한 줄기로 뻗은 것. 군자가 쓸데없는 일을 하지 않는 것을 비유하였다.

472 향원익청(香遠益淸): 향기가 멀리 갈수록 더욱 맑다. 군자의 아름다운 덕의 이름이 갈수록 멀리 들림을 비유하였다. .

473 정정정식(亭亭淨植): '정정'은 우뚝 곧게 서 있는 모양. '정식'은 깨끗하게 심어져 있는 것. 군자가 평생 동안 결백하게 홀로 서서 중정한 길을 걸어가는 것을 비유하였다.

474 설완(褻翫): 만만하게 다루다. 이 대문의 뜻은 도덕이 높은 군자는 그 위엄에 눌려 감히 함부로 할 수 없다는 것이다.

475 국화지은일자(菊花之隱逸者): 국화는 모든 꽃이 다 피고 진 뒤 홀로 찬 서리를 맞으며 피므로, 속세를 떠나 사는 은자와 같다고 한 것이다.

476 모단화지부귀자(牡丹花之富貴者): 모란은 꽃 중에도 사치스러운 꽃이므로 부귀의 꽃이라 하고 또 부귀한 사람을 비유한 것이다.

陶後에 鮮有聞[477]이요, 도후 선유문	도연명 이후엔 들은 적이 드물고,
蓮之愛는, 연지애	연꽃에 대한 사랑은
同予者가 何人고? 동여자 하인	나와 같은 이가 몇 사람인고!
牡丹之愛는, 모단지애	모란에 대한 사랑은
宜乎衆矣리라. 의호중의	많을 것이 당연하리라.

123. 태극도에 관한 해설(太極圖說)[478]

주돈이(周敦頤)

無極[479]而太極이니라. 무극 이태극	무극이 태극이니라.
太極이 動而生陽하니, 태극 동이생양	태극이 움직여 양을 낳으니,
動極而靜하고, 동극이정	움직임이 극에 달하면 고요하게 되고,

477 도후선유문(陶後鮮有聞): '도'는 위의 도연명. '선'은 거의 없다, 드물다. 곧 국화를 사랑하는 사람은 도연명 이후에는 듣지 못하였다는 말이다. 당시 부귀공명을 찾아 급급한 세상이라 은둔의 취미를 가진 국화를 사랑할 만한 사람이 없다는 뜻이다.

478 태극도설(太極圖說): '역(易)'의 원리를 도해(圖解)하고 여기에 설명을 붙인 글인데, 『역경(易經)』의 기본 원리가 잘 요약되어 있다. 이를 바탕으로 송대의 새로운 유학이 발전하여, 이른바 성리학이 이룩되었던 것이라고까지 할 수 있다. 여기에서 도설한 '태극'이란 천지만물 생성의 근본을 뜻한다. 그 태극이란 '무'에 가까운 것이어서 '무극'이라고도 하는데, 거기에서 음양과 오행이 생겨나고 다시 만물이 생겨났다는 것이다.

479 무극(無極): 천지나 만물이 이룩되기 전에 있었던 혼돈 상태의 만물 생성의 근원이 된 하나의 기운을 태극(太極)이라 부르는데(『역경』「계사전(繫辭傳)」), 그것은 또 아무것도 없는 상태이므로 주돈이는 '무극'이라고도 표현하여, 유명한 이 글의 첫 구절을 이룩한 것이다.

靜而生陰하니,
정 이 생 음

고요하게 되면 음을 낳으니,

靜極復動이라.
정 극 부 동

고요함이 극에 달하면 다시 움직이게 되는 것이다.

一動一靜이,
일 동 일 정

한 번 움직이고 한 번 고요해지는 것이

互爲其根하며,
호 위 기 근

서로 그 뿌리가 되면서,

分陰分陽에,
분 음 분 양

음으로 나뉘고 양으로 나뉘어서

兩儀[480]立焉하니라.
양 의 립 언

양의(兩儀)가 서게 되는 것이다.

陽變陰合하야,
양 변 음 합

양이 변하고 음이 합쳐져서

而生水火木金土[481]하니,
이 생 수 화 목 금 토

수·화·목·금·토를 낳으니,

五氣[482]順布하야,
오 기 순 포

이 다섯 가지 기운이 순조로이 펴짐으로써

四時行焉하니라.
사 시 행 언

사철이 운행되는 것이다.

五行은 一陰陽也오,
오 행 일 음 양 야

오행은 하나의 음양이고,

陰陽은 一太極也니,
음 양 일 태 극 야

음양은 하나의 태극인 것이니,

太極은 本無極也라.
태 극 본 무 극 야

태극은 본시 무극이다.

---

480 양의(兩儀): 하늘과 땅을 가리킨다(『역경』「계사전」).

481 수화목금토(水火木金土): 이른바 오행(五行). 만물의 기본적인 다섯 가지 물질

482 오기(五氣): 오행(五行)의 기운. 본시 '행(行)'이라는 말은 "자연을 따라서 행해지는 기운"(鄭玄注)이란 뜻으로 붙여진 말이다.

五行之生也에, 오 행 지 생 야	오행이 생겨남에 있어서
各一其性이니라. 각 일 기 성	각각 한 가지씩 그 성품을 타고난다.
無極之眞[483]과, 무 극 지 진	무극의 진리와
二五[484]之精[485]이, 이 오 지 정	음양오행의 정기(精氣)가
妙合而凝하야, 묘 합 이 응	오묘하게 합쳐지고 엉겨서,
乾道[486]는 成男하고, 건 도 성 남	건의 도는 남자를 이루고
坤道는 成女하고, 곤 도 성 녀	곤의 도는 여자를 이루고,
二氣交感하야, 이 기 교 감	두 기운이 서로 느껴서
化生萬物하니, 화 생 만 물	만물을 변화 생성케 되니,
萬物生生[487] 만 물 생 생	만물은 끊임없이 서로 생성하면서
而變化無窮焉이라. 이 변 화 무 궁 언	무궁히 변화하는 것이다.
惟人也得其秀而最靈하니, 유 인 야 득 기 수 이 최 영	오직 사람만은 빼어남을 얻어 가장 신령스러우니,

483 진(眞): 참된 것. 성리학자들이 말하는 이른바 이(理)를 가리킨다.

484 이오(二五): 음양과 오행을 가리킨다.

485 정(精): 정기(精氣). 성리학자들이 말하는 이른바 기(氣)를 가리킨다.

486 건도(乾道): '건'의 도. '건'은 하늘을 뜻하기도 하며 '양'이 되기도 한다. 반대로 '곤(坤)'은 땅을 뜻한다. '도'란 자연의 변화 원리를 가리킨다. "乾道成男, 坤道成女"는 『역경』 「계사전」의 글을 그대로 인용한 것이다.

487 생생(生生): 서로 끊임없이 생성토록 하다(『역경』 「계사전」).

形既生矣에,
형 기 생 의
형체가 생성되고 나서는

神發知矣라.
신 발 지 의
정신이 앎을 발휘하게 된 것이다.

五性感動하야,
오 성 감 동
다섯 가지 성품이 느끼고 움직여서

而善惡分하고,
이 선 악 분
선함과 악함이 나눠지고

萬事出矣니라.
만 사 출 의
만사가 출현하게 된다.

聖人定之以中正仁義而主靜하야,
성 인 정 지 이 중 정 인 의 이 주 정
성인께서 중정과 인의로써
안정시키고 고요함을 위주로

立人極[488]焉이라.
입 인 극 언
사람의 법도를 세우셨다.

故로 聖人은 與天地合其德하고,
고 성 인 여 천 지 합 기 덕
그러므로 성인은 천지와 그의
덕이 합치되고,

日月合其明하며,
일 월 합 기 명
해와 달과 그의 밝음이 합치되며,

四時合其序하고,
사 시 합 기 서
사철과 그의 질서가 합쳐지고,

鬼神合其吉凶하나니,
귀 신 합 기 길 흉
귀신과 그의 길흉이 합치게 되나니,

君子는 修之라 吉하고,
군 자 수 지 길
군자는 이를 닦음으로써 길하게 되고,

488 극(極): 법도. 기본 원리

小人은 悖之라 凶이니라.
소인 패지 흉

소인은 이를 거스름으로써 흉하게 되는 것이다.

故로 曰,
고 왈

그러므로 말하기를,

立天之道[489]
입천지도

"하늘을 서게 하는 도는

曰陰與陽이오,
왈음여양

음과 양이고,

立地之道
입지지도

땅을 서게 하는 도는

曰柔與剛이오,
왈유여강

부드러움과 강함이고,

立人之道
입인지도

사람을 서게 하는 도는

曰仁與義라 하고,
왈인여의

인과 의이다"라고 하였고,

又曰,
우왈

또 말하기를

原始反終[490]이라.
원시반종

"사물의 시작을 거슬러가서 끝으로 되돌아오는 것이다.

故로 知死生之說이라 하니,
고 지사생지설

그러므로 죽고 사는 이론을 안다" 고도 한 것이니,

大哉라!
대재

위대하다!

---

489 입천지도(立天之道): 이 말은 『역경』 「설괘전(設卦傳)」에 보인다.

490 원시반종(原始反終): 사물의 처음 시작을 추궁하고 사물의 마지막 끝으로 되돌아온다. 이 구절은 『역경』 「계사전」에 보이며, '역'의 원리를 설명한 말이다.

易[491]也여! 역(易)이여!
역 야

斯其至矣로다. 이것이 그 지극함인 것이다.
사 기 지 의

124. 네 가지 지켜야 할 일(四勿箴)[492]

정이(程頤)[493]

볼 때 지킬 일(視箴)

心兮本虛[494]하니, 마음은 본디 형체가 없으니,
심 혜 본 허

---

491 역(易): 『역경』의 '역'으로, 변화 생성의 원리를 뜻한다. 이 세상의 변화 생성의 원리를 그대로 추구하여 미래의 일까지도 알 수 있는 것이라 생각했던 것이다.

492 사물잠(四勿箴): 『논어(論語)』「안연(顔淵)」에 "예가 아니면 보지 말고 예가 아니면 듣지 말고 예가 아니면 말하지 말고 예가 아니면 움직이지 말라(非禮勿視, 非禮勿聽, 非禮勿言, 非禮勿動)"는 말이 있는데, 이것을 '사물(四勿: 네 가지 해서는 안 되는 것)'이라고 한다. 이 글은 이 '사물'의 뜻을 좌우명 형식으로 쓴 것이다. '잠(箴)'이라는 말은 마음에 침을 놓는다는 뜻인데, 마음에 새겨둘 말을 좌우명과 같이 운문 형식으로 적었다. 이 글은 장중한 사언(四言: 네 자)구로 매 구 또는 한 구씩 건너 각운자를 달았다. '시잠'에서는 눈에 보이지 않는 마음을 파악하는 방법은 허정(虛靜: 아무것도 생각하지 않고 조용히 있는 것)을 주로 한 수양법인데, 지각 욕망이 외물에 끌려 본심을 잃게 되는 것을 경계하고 있다. '청잠'에서는 사념(邪念)을 물리치고 진실한 마음을 지킬 것을 이야기하고 있다. '언잠'에서는 말은 사상을 표현하는 도구이지만, 말로 인해 마음의 평정을 잃지 않기 위해 또는 남과의 충돌을 피하기 위해, 말을 조심하지 않으면 안 된다는 것을 이야기하고 있다. 마지막의 '동잠'에서는 생각이나 행동을 성실하고 절조 있게 하며, 언제나 바른 도리를 좇도록 자신을 수양하면 아름다운 습관이 천성처럼 된다는 궁극의 이상적 인격에 이르는 길을 제시하고 있다. 짧은 글이지만 매우 논리 정연한 구성이다.

493 정이(程頤: 1033~1107): 북송의 낙양 사람. 자는 정숙(正叔), 호는 이천(伊川). 형인 정호(程顥)와 함께 주돈이에게 사사하여 나란히 북송 성리학의 창시자가 되었다. 저서로는 『역전(易傳)』, 『춘추전(春秋傳)』 등이 있다.

494 심혜본허(心兮本虛): 마음은 본디 형체가 없다. '혜'는 강조의 뜻을 나타내는 조사. '허'는 공허하여 형태가 없는 것. 무형, 무색, 무성, 무취의 상태를 나타내는데 한편으로는 불가사의한 작

應物無迹[495]이라. 응 물 무 적	외물에 응하되 그 흔적이 없다.
操之有要[496]하니, 조 지 유 요	마음을 지키는 요령이 있으니,
視爲之則[497]이라. 시 위 지 칙	보는 것이 법칙이 된다.
蔽交於前[498]이면, 폐 교 어 전	앞에 가려지면
其中[499]則遷하나니, 기 중 즉 천	그 마음이 옮겨 가나니,
制之於外[500]하야, 제 지 어 외	밖에서 제어하여
以安其內[501]니라. 이 안 기 내	안을 안정시켜야 한다.
克己復禮[502]면, 극 기 복 례	자신을 극복하고 예로 돌아가면,

용을 하는 것을 뜻한다.

495 응물무적(應物無迹): 물에 응하되 자취가 없다.

496 조지유요(操之有要): 마음을 바르게 지키는 요령. '조'는 지(持) 또는 수(守)의 뜻. '지'는 마음. 『맹자(孟子)』「고자 하(告子下)」에 "공자께서도 말씀하셨다. '잡으면 있고 버리면 없어진다. 그 나가고 들어옴에 때가 없고 또한 어디로 가는지 알 수 없다'고 함은 바로 마음을 두고 이른 말이다"라고 하였다.

497 시위지칙(視爲之則): 보는 것이 마음의 법칙이 된다. '시'는 예에 어긋나지 않는 것을 보는 것. '칙'은 법칙으로 삼는 것. 즉 예의 바른 것을 보는 것이 마음을 바르게 지키는 길이 된다는 뜻이다.

498 폐교어전(蔽交於前): 눈앞에 교차되는 여러 가지 바르지 못한 일에 눈이 가려지다. 『맹자』「고자」에 "귀나 눈 같은 기관은 생각하는 능력이 없기 때문에 외물에 의해 지배를 받는다. 외물이 섞이는 대로 귀와 눈은 그대로 받아들인다. 그러나 마음의 기관만은 사고하는 능력이 있다. 사고할 수 있기 때문에 외물을 주체적으로 파악할 수 있다. 귀와 눈은 사고하는 능력이 없어 외물을 파악하지 못하고 거꾸로 그것에 지배된다"라고 하였다.

499 중(中): 마음

500 제지어외(制之於外): 눈에 비치는 외계의 것을 막다. 즉 "예가 아닌 것은 보지 않는다"는 뜻이다.

501 내(內): 마음

502 극기복례(克己復禮): 자신의 사욕을 극복하고 예로 돌아가다. 예로 돌아간다는 것은 인간이

久而誠[503]矣리라. 오래도록 성실하리라.
구 이 성 의

들을 때 지킬 일(聽箴)

人有秉彝[504]는, 사람에게 지켜야 하는 도는
인 유 병 이

本乎天性[505]하니, 천성에 근본을 두는 것이니,
본 호 천 성

知誘[506]物化[507]면, 지각이 사물의 변화에 유인되면
지 유 물 화

遂亡其正이니라. 그 올바름을 잃게 된다.
수 망 기 정

卓彼先覺[508]이여, 저 탁월했던 선각자들이여!
탁 피 선 각

知止有定[509]이로다. 멈출 줄 알아 안정을 얻었도다.
지 지 유 정

지켜야 할 도덕을 이행한다는 뜻이다. 『논어』「안연」에 "자기를 극복하고 예로 돌아감이 곧 인이다. 하루만이라도 자기를 극복하고 예로 돌아가면 천하가 모두 인으로 돌아간다"라고 하였다.

503 성(誠): 진실하여 조금도 그릇된 생각이 없다.

504 인유병이(人有秉彝): 사람들이 영원히 변하지 않는 도를 갖고자 하다. 군신유의(君臣有義), 부자유친(父子有親), 부부유별(夫婦有別), 붕우유신(朋友有信), 장유유서(長幼有序) 등과 같은 윤리 도덕

505 천성(天性): 인간이 태어날 때 하늘로부터 부여받은 성품

506 지유(知誘): 욕망에 끌리다. '지'는 욕(欲)의 뜻

507 물화(物化): 외물로부터 영향을 받아 변하다.

508 선각(先覺): 중인(衆人)보다 먼저 도를 깨달은 사람. 『맹자』「만장(萬章)」에 이윤이 선각에 관해 이야기한 것이다. "하늘이 이 백성을 만든 것은 먼저 아는 사람으로 하여금 뒤늦게 깨닫는 사람을 깨우쳐 주기 위함이다. 나는 하늘이 만들어 낸 백성 가운데에서 먼저 깨달은 사람일 뿐이다."

509 지지유정(知止有定): 지극한 선에 머물 수 있어 마음이 평정되고 안존되다. 『대학(大學)』에서 취한 내용이다. "대학의 도는 밝은 덕을 밝히는 데 있으며 백성들을 새롭게 함에 있으며 지극한 선에 머무름에 있다. 머무를 때를 안 뒤에라야 편함이 있고 정해진 뒤에라야 생각할 수 있으며

閑邪存誠[510]하야, 한 사 존 성	사악해짐을 막고 성실함을 유지하여
非禮勿聽[511]하니라. 비 례 물 청	예가 아니면 듣지 말지어다.

말할 때 지킬 일(言箴)

人心之動은, 인 심 지 동	사람 마음의 움직임은
因言以宣[512]하나니, 인 언 이 선	말로 나타나는 것이니,
發禁躁妄[513]이라사, 발 금 조 망	말함이 조급하거나 경망스러움을 경계하여
內斯靜專하나니라. 내 사 정 전	안으로 고요하고 한결같게 한다.
矧[514]是樞機[515]라, 신 시 추 기	하물며 중요한 동기인지라,

생각한 뒤에라야 얻을 수 있다."

510 한사존성(閑邪存誠): 사념을 막고 마음속에다 거짓 없는 성심을 보존하다. 『역경(易經)』「문언전(文言傳)」의 건괘에서 발췌한 내용이다. "사념을 물리치고 진실한 마음을 간직한다."

511 비례물청(非禮勿聽): 예가 아니면 듣지 않다. 『논어』「안연」에 나오는 말. "공자께서 말하였다. '예가 아니면 보지 말고 예가 아니면 듣지 말고 예가 아니면 말하지 말고 예가 아니면 움직이지 말라.'"

512 인언이선(因言以宣): 말로써 나타내다.

513 발금조망(發禁躁妄): 말을 하는 데 조망하지 않도록 하다. '조'는 침작하지 못한 것. '망'은 경망스럽고 절도가 없는 것

514 신(矧): 하물며

515 추기(樞機): 가장 중요한 것. '추'는 여닫이문의 돌쩌귀, '기'는 문지방. 문이 추기에 의해 열리고 닫히는 데서 '매우 중요한 역할을 하는 것'이라는 뜻으로 쓰이게 되었다. 『역경』에 "언행은 군자의 추기이다. 언행이 밖으로 나타나는 것에 의해서 영예와 치욕이 초래되니 언행은 영욕을 부르는 근본이다"라고 한 것을 가리키는 말이다.

興戎出好[516]하나니, 흥 융 출 호	전쟁을 일으키기도 하고 우호를 맺기도 하니,
吉凶榮辱이, 길 흉 영 욕	길흉과 영욕을
惟其所召[517]니라. 유 기 소 소	오직 그것이 초래하는 것이다.
傷易則誕[518]하고, 상 이 즉 탄	지나치게 쉬우면 실속이 없고,
傷煩則支[519]하며, 상 번 즉 지	지나치게 번거로우면 지루하며,
己肆物忤[520]하고, 기 사 물 오	자기 멋대로 하면 남과 거스르고,
出悖來違[521]하나니, 출 패 래 위	나가는 말이 곱지 않으면 들어오는 말도 곱지 않으니,
非法不道[522]하야, 비 법 부 도	법이 아니면 말하지 말아서

---

516 흥융출호(興戎出好): 싸움을 일으키게 하기도 하고 우호를 맺게 하기도 한다. 『서경(書經)』「대우모(大禹謨)」에 "입에서는 좋은 말도 나오지만 싸움을 일으키게 할 말도 나온다"고 하였다.

517 소(召): 불러들이다.

518 상이즉탄(傷易則誕): 말을 가볍고 쉽게 하면 거짓말이 되기 쉽다. '이'는 경박하고 안이한 것. '탄'은 거짓말

519 상번즉지(傷煩則支): 말이 너무 많으면 조리를 잃는다. '번'은 번거로움. '지'는 여러 가지로 갈라져 요령이 없는 것

520 기사물오(己肆物忤): 자기 멋대로 하면 남과 뜻이 맞지 않게 된다. '사'는 하고 싶은 대로 멋대로 하는 것. '물'은 외물(外物), 즉 자기 이외의 사람과 사물. '오'는 충동을 일으켜 말썽이 일어나는 것

521 출패래위(出悖來違): 입에서 나가는 말이 도리에 어긋나는 일이면 내게 돌아오는 말도 그와 같다. '패'는 도리에 어긋나는 것. 『대학』 10장에 "말이 거슬려 나간 것은 거슬려 돌아오고 재물이 거슬려 들어온 것은 거슬려 나간다"고 하였다.

522 비법부도(非法不道): 법도에 맞는 말이 아니면 말하지 않는다. 『효경(孝經)』에 나오는 말. "도에 맞지 않는 것은 이야기하지 말고 도가 아닌 것은 행하지 말라."

欽哉[523]訓辭하라. 흠 재 훈 사	이 교훈을 공경하도록 하라.

움직일 때 지킬 일(動箴)

哲人[524]은 知幾[525]하야, 철 인 지 기	철인은 기미를 알아서
誠之於思[526]하고, 성 지 어 사	그것을 진실하게 생각하고,
志士는 勵行[527]하야, 지 사 여 행	뜻있는 선비는 행동에 힘써
守之於爲[528]하나니, 수 지 어 위	행위할 때 그것을 지킨다.
順理則裕[529]요, 순 리 즉 유	이치를 따르면 여유가 있고,
從欲惟危[530]니, 종 욕 유 위	욕망을 따르면 위태로워지는 것이니,
造次克念[531]하야, 조 차 극 념	다급해도 꼭 잘 생각하여

---

523 흠재(欽哉): 삼가 공경하여 지키다.

524 철인(哲人): 도리를 깨달은 사람

525 기(幾): 일의 조짐. 아직 표면에 나타나지 않은 희미한 징조

526 성지어사(誠之於思): 성실하고 진실한 마음으로 생각하다. 『중용(中庸)』 20장에 "진실됨이란 하늘의 도요. 진실해지려고 함은 사람의 도이다"라 했고, 21장에 "진실됨으로 말미암아 밝아지는 것을 성이라 하고 밝음으로 말미암아 진실해지는 것을 교라 하고, 진실하면 밝아지고 밝으면 진실해진다"라 했다.

527 지사여행(志士勵行): 도를 행하려고 뜻을 세운 사람은 그 실행에 힘쓴다. '지사'는 인도를 세상에 펴기 위해 뜻을 세우는 사람. '여행'은 노력하여 행동하다.

528 수지어위(守之於爲): 행위할 때 바른 도리를 굳세게 지키다.

529 순리즉유(順理則裕): 도리를 좇으면 여유가 있게 된다. 바른 도리를 좇아 행동하면 마음이 편안하고 여유 있게 된다는 뜻

530 종욕유위(從欲惟危): 욕심을 좇으면 위험하게 될 뿐이다. 『서경』「대우모」에 "사람의 마음은 위태롭기만 하여 도를 지키려는 마음이 희박하다"고 하였다.

戰兢自持[532]하라.
전 긍 자 지

스스로 지키려고 전전긍긍하라.

習與性成[533]이면,
습 여 성 성

습관이 본성과 더불어 잘 이루어지면

聖賢同歸하리라.
성 현 동 귀

성현들과 같이 훌륭하게 되리라.

125. 서쪽 창에 붙인 좌우명(西銘)[534]

장재(張載)[535]

乾稱父요,
건 칭 부

건은 아버지라 부르고,

---

531 조차극념(造次克念): 아무리 급한 때라도 잊지 않는다. '조차'는 '창졸'의 뜻. 『논어』 「이인(里仁)」에 "군자는 비록 밥 먹는 사이에도 인을 어겨서는 안 되며, 아무리 황급한 때에라도 이를 지켜야 한다"라 하였다.

532 전긍자지(戰兢自持): 두려워하고 조심하는 마음으로 지켜 나가다. '전긍'은 전전긍긍을 약화한 것. '자지'는 경솔히 행동하지 않고 자신을 잘 보존한다는 뜻

533 습여성성(習與性成): 좋은 습관이 자연히 천리와 합하게 되다. '습'은 후천적인 습관으로 밝은 도리를 실천하기 위해 매사에 조심하는 것. '성'은 도덕을 실천하고자 하는 인간의 천성. 『서경』 「태갑(太甲)」에 "그의 불의는 습성이 되어 고칠 수 없게 되었으니 나는 의를 좇지 않는 그와 가까이하지 않겠다"라 하여 이 악습이 고질화된다고 하였다. 그러나 여기에서는 좋은 습관이 천성화된다는 좋은 뜻으로 쓰였다.

534 서명(西銘): 작자가 그 서실의 두 쪽 창에 명을 지어 붙여 놓았는데, 어리석은 마음에 침을 놓아 그 어리석음을 치료한다는 의미로 동쪽 창의 명을 '폄우(砭愚)'라 하고, 자신의 완고한 마음을 고치겠다는 의미로 서쪽 창의 명을 '정완(訂頑)'이라 하였다. 그런데 정이가 이것을 보고 이런 이름은 사람들의 논쟁의 실마리가 될 것이라 하여 차라리 이것을 단지 '동명' '서명'이라 하는 편이 좋겠다고 이야기했으므로, 작자는 그 말에 따랐다고 한다. 송대의 철학 사상을 간결하게 서술한 것이므로, 주돈이의 「태극도에 관한 해설」과 함께 송학의 쌍벽으로 일컬어진다.

535 장재(張載: 1020~1077): 북송의 철학자. 섬서성 미현(郿縣) 횡거진(橫渠鎭) 사람이므로 호를 횡거(橫渠)라고 하였다. 자는 자후(子厚). 주돈이, 정이, 정호, 소옹(邵雍)과 함께 북송의 다섯 철학자[北宋五子]로 불린다. 저서로는 『정몽(正蒙)』, 『장자전서(張子全書)』 등이 있다.

坤稱母[536]라.
곤 칭 모

곤은 어머니라 부른다.

予玆藐焉이,
여 자 묘 언

나는 여기 미미하게

乃混然中處[537]로다.
내 혼 연 중 처

섞여 그 가운데 있도다.

故로 天地之塞이,
고 천 지 지 색

그러므로 천지의 가득함을

吾其體[538]오,
오 기 체

내 몸으로 삼고,

天地之帥가,
천 지 지 수

천지의 주재자를

吾其性[539]이니,
오 기 성

내 본성으로 하니,

民吾同胞[540]요,
민 오 동 포

사람들은 나의 형제이고

物吾與也[541]라.
물 오 여 야

만물은 나의 벗이다.

---

536 건칭부, 곤칭모(乾稱父, 坤稱母): 건을 아버지라 부르고, 곤을 어머니라 부르다. '건'은 강건의 뜻으로, 굳세어 쉴 줄 모른다. 양을 대표하는 것으로 자연으로 말하면 '천'이며, 사람으로 말하면 '부'이다. '곤'은 유순의 뜻으로 고요하여 움직이지 않으며, 하늘의 뜻을 받들어 만물을 낳는다. 음을 대표하는 것으로, 자연으로 말하면 '지'이며, 사람으로 말하면 '모'이다.

537 여자묘언, 내혼연중처(予玆藐焉, 乃混然中處): 내가 여기 조그만 모양으로 하늘과 땅의 중간에 뒤섞여 있다. '자'는 인간을 대표하는 존재. '묘'는 형체가 매우 작은 것. 사람은 하늘로부터 기를 받고 땅으로부터 형체를 받아 생겨난 것으로 천지의 광대함에 비하면 미미한 존재이나, 천지의 기운을 받아 태어난 것임을 뜻한다.

538 천지지색, 오기체(天地之塞, 吾其體): 우리의 몸은 천지간의 꽉 찬 음양의 기운을 받아 이루어진 것이다.

539 천지지수, 오기성(天地之帥, 吾其性): 인간이 태어나면서부터 받은 성은 천지를 이루고 있는 모든 주재자의 성과 똑같다. 건이 강건하고 곤이 유순한 것은 천지의 성이다. 인간은 건, 곤이 섞여 생겨나는 것이므로 태어나면서부터 강건유순의 성을 지니고 있다. 성은 도덕을 지키려는 인간의 도덕성으로 혈기, 즉 행동을 다스리게 된다.

540 민오동포(民吾同胞): 모든 인간은 다 형제이다. 사람은 모두 천지의 두 기운이 합하여 생겨난 것이므로, 형제라 한 것이다.

大君[542]者는 吾父母宗子[543]오,
대군 자 오부모종자

임금은 내 부모의 종손이고

其大臣은 宗子之家相[544]也라.
기대신 종자지가상 야

그의 대신들은 종손의 가신들이다.

尊高年[545]은
존고년

노인을 존경하는 것은

所以長其長[546]이요,
소이장기장

자기의 어른을 어른으로
모시는 것과 같고,

慈孤弱[547]은
자고약

불쌍한 아이들을 사랑하는 것은

所以幼吾幼[548]라.
소이유오유

나의 자식을 자식으로
보살피는 것과 같다.

---

541 물오여야(物吾與也): 만물은 모두 벗이다. '물'은 여기서는 인간 이외의 모든 사물, 금수, 초목 등. '여'는 벗. 천지에는 정기와 편기, 청기와 탁기가 있는데 인간은 정기와 청기로서 이루어진 것이다. 따라서 인간은 마음이 영명하여 성(性)이 기를 다스릴 수 있어, 만물 중에서 가장 귀중한 존재이다. 반면 인간 이외의 만물들은, 인간에게 볼 수 있는 성, 즉 바른 도리를 따르려는 도덕성을 갖추고 있지 않다. 단지 천지의 두 기운을 받아 태어난 것이 인간과 같을 뿐이다. 그러나 인간이나 만물 모두 하나의 근원에서 나온 것이므로 만물을 인간의 벗이라고 한 것이다.

542 대군(大君): 천자를 가리킨다.

543 종자(宗子): 제일 큰 종가의 종손

544 가상(家相): 집안일을 돌보아 주는 사람

545 고년(高年): 노인

546 장기장(長其長): 자기의 어른을 어른으로서 섬기다. 『맹자』 「이루(離婁)」에 나오는 말. "사람들이 저마다 자기 부모를 부모로서 섬기고 자기 어른을 어른으로서 받든다면 천하는 저절로 화평해질 것이다."

547 고약(孤弱): 어려서 아버지를 잃은 사람을 '고'라 하고, 나이 어린 아이를 '약'이라 한다.

548 유오유(幼吾幼): 내 집 아이를 보살피는 것처럼 보살피다. 『맹자』 「양혜왕(梁惠王)」에 나오는 말. "내 집 노인을 공경하는 마음을 다른 집 노인들에게 미치게 하고, 내 집 아이를 사랑하는 마음을 남의 집 아이들에게 미치게 한다면, 천하를 손바닥 위에서 움직일 수 있다."

聖其合德[549]이요, 성 기 합 덕	성인은 그 덕이 천지의 덕과 합해진 사람이고
賢其秀[550]者也라. 현 기 수 자 야	현인은 그 덕이 빼어난 사람이다.
凡天下疲癃[551]殘疾[552] 범 천 하 피 륭 잔 질	무릇 천하의 노쇠하여 지친 이, 병들어 허약한 이,
惸獨鰥寡[553]는, 경 독 환 과	형제가 없는 이, 늙어 외로운 이, 홀아비, 과부 등은
皆吾兄弟之顚連[554] 개 오 형 제 지 전 련	모두 우리의 형제 중에서도 어렵고 궁한 처지에 놓여 있지만,
而無告[555]者也라. 이 무 고 자 야	하소연조차 못하는 사람들인 것이다.
于時保之[556]는, 우 시 보 지	이에 하늘의 뜻을 잘 보전하는 것은
子之翼也[557]오, 자 지 익 야	자식으로서 공경하는 것이고,

549 성기합덕(聖其合德): 성인은 그 덕이 천지의 큰 덕과 서로 합한다.

550 수(秀): 남보다 뛰어나다.

551 피륭(疲癃): 노쇠하여 지친 사람

552 잔질(殘疾): 병들어 허약한 사람

553 경독환과(惸獨鰥寡): '경'은 형제가 없이 외로운 사람. '독'은 늙어 자식이 없는 사람. '환'은 홀아비. '과'는 과부. 『맹자』「양혜왕」에 "늙고 아내가 없는 것을 홀아비라 하고, 늙고 남편 없는 것을 과부라 하며, 늙고 자녀가 없는 것을 외로운 이라 하고, 어리고 부모가 없는 것을 고아라고 하는데, 이 네 분류의 사람들은 세상에서 가장 곤궁한 사람들이다"라고 하였다.

554 전련(顚連): '전'은 넘어지다. '련'은 길이 험하여 나아가지 못하다. 어려운 처지에 있음을 뜻한다.

555 무고(無告): 하소연할 데가 없다.

556 우시보지(千時保之): '시'는 시(是)와 같은 뜻, 이에. '보지'는 하늘의 뜻을 길이 잘 보전하는 것

557 자지익야(子之翼也): (하늘의) 자식으로서 하늘을 두려워하여 하늘의 뜻을 잘 지키는 것이 부

樂且不憂[558]는,
낙 차 불 우
즐기면서 걱정하지 않는 것은

純乎孝者也라.
순 호 효 자 야
순수한 효성인 것이다.

違曰悖德[559]이오,
위 왈 패 덕
도를 어기는 것을 패덕이라 하고

害仁曰賊[560]이오,
해 인 왈 적
인을 해치는 것을 역적이라 한다.

濟惡者不才[561]니,
제 악 자 부 재
악을 조장하는 자는 못난 자이니,

其踐形[562]은 惟肖[563]者也라.
기 천 형 유 초 자 야
몸으로 실천하는 사람만이 오직
하늘의 덕을 본받는 사람이니라.

知化[564]則善述其事[565]오,
지 화 즉 선 술 기 사
변화를 알면 그 일을 잘
이어받을 수 있고

모님을 공경하는 길이라는 뜻. 익(翼) 자는 돕는다, 공경한다는 뜻이다.

558 낙차불우(樂且不憂): 즐거워하여 근심하지 아니하다. 『역경』에 나와 있는 "하늘의 섭리에 따르고 명에 만족하므로, 마음에 우려하는 바가 조금도 없다"와 같은 뜻이다.

559 위왈패덕(違曰悖德): 천리를 따르지 않고 인욕을 따르는 것을 패덕이라 한다. 『효경(孝經)』에는 "어버이를 사랑하지 않고 다른 사람을 사랑하는 것을 패덕이라 한다"고 되어 있다.

560 해인왈적(害仁曰賊): 인애의 덕을 해치는 것을 '적'이라 한다.

561 제악자부재(濟惡者不才): 악을 조장하여 악명을 높이는 자는 부모를 섬길 줄 모르는 무식한 자이다.

562 천형(踐形): 『맹자』「진심(盡心)」에 "형체와 얼굴 모습은 천성이다. 오직 성인이라야 형체의 바른 도를 실천할 수 있다"라고 하였다. '천'은 실천을 뜻하며, '형'은 신체의 여러 기관을 가리킨다. 눈은 사물을 바르게 보아야 하고 두 귀는 모든 소리를 총명하게 듣는 등 인간의 모든 기관에는 각기 주어진 바른 도리가 있다. '천형'이란 인간이 자신의 각 기관으로 하여금 그것들이 지켜야 할 바른 도리를 잘 따르게 하여 자신의 타고난 본성의 선을 잘 간직하는 것을 말한다.

563 초(肖): 사(似)와 같은 뜻으로, 닮다. 천지의 덕을 따르는 것을 말한다.

564 지화(知化): 천지의 변화의 도를 아는 것. 『역경』「계사전」에 "천지자연의 모든 변화의 이치에 통하는 것은, 천지와 덕을 똑같이 하는 성인만이 할 수 있는 것이다"라고 하였다.

565 술기사(述其事): 깊고 오묘한 하늘의 도를 좇다. '기'는 깊고 오묘한 천도. 『중용(中庸)』의 "대

窮神[566]則善繼其志[567]니,
궁신 즉선계기지

신명을 추궁하면 그 뜻을 잘 계승할 수 있으니,

不愧屋漏[568]爲無忝[569]이오,
불괴옥루 위무첨

집안 구석에서 부끄러운 바가 없어야 욕됨이 없고

存心養性[570]爲匪懈라.
존심양성 위비해

마음을 지키고 본성을 키워야 게으르지 않게 된다.

惡旨酒[571]는 崇伯子之顧養[572]이오,
오지주 숭백자지고양

맛있는 술을 싫어함은 숭백의 아드님이 봉양을 생각함이요,

저 효라는 것은 부모의 뜻을 잘 받들고 부모의 일을 잘 발전시키는 것을 말한다"라는 글에서 취했다.

566 궁신(窮神): 천지의 정신을 끝까지 추궁하여 들여다보다.

567 선계기지(善繼其志): 하늘의 뜻을 잘 계승하다. 앞에서 인용한『중용』의 글 가운데 나오는 문장.

568 불괴옥루(不愧屋漏): 아무도 보지 않는 캄캄한 곳에서도 부끄러운 생각을 갖지 아니하다. '옥루'는 방의 북서쪽 모퉁이로 방안에서 가장 무섭고 어두운 곳이다.『시경』「대아(大雅)·억억(抑抑)」에 "방안에 있는 그대를 본다. 옥루에 있더라도 부디 하늘에 대하여 부끄러운 생각을 갖지 말기를 바란다. 눈에 뜨이지 않을 곳이라 말하지 말고, 자신의 허물이 보이지 않을 것이라 생각하지 말라. 하늘이 아래를 굽어보심은, 아무도 헤아릴 수 없는 것이다"라고 했다.

569 무첨(無忝): 욕됨이 없다.『시경』「소아(小雅)·소완(小宛)」에 보인다. "일찍 일어나고 늦게 잠자리에 들며 너의 부모님께 욕됨을 드려서는 안 된다."

570 존심양성(存心養性): 마음을 지키고 성을 기르다. 즉 자신의 본심을 잃지 않도록 지키며, 하늘로부터 받은 덕성을 잘 키워 나가는 것을 의미한다.『맹자』「진심」에 "자신의 마음을 살피고 자신의 마음을 기르는 것이 하늘을 섬기는 방법이다"라고 하였다.

571 오지주(惡旨酒): 맛있는 술을 싫어하다. '지주'는 맛 좋은 술

572 숭백자지고양(崇伯子之顧養): 숭백의 아들이 부모를 봉양할 것을 생각하다. 숭백은 우의 아버지인 곤으로, 숭국의 백작에 봉해져 숭백이라 한다. 의적(儀狄)이 술을 만들자 우는 "후세에 반드시 술 때문에 나라를 망칠 사람이 나올 것이다"라 하고, 숭백을 봉양하지 못할 것을 두려워하여 의적을 멀리했을 뿐만 아니라 단숨에 마시지 않았다.『맹자』「이루 하」에 "우임금은 맛있는 술을 싫어하고 선한 말을 좋아하였다"고 하였다.

育英才는 穎封人之錫類[573]라.
육영재 영봉인지석류

영재를 길러냄은 영고숙이 착한 길을 제시해 줌과 같다.

不弛勞而底豫[574]는,
불이노이저예

노력을 게을리하지 않아 기쁘게 한 것은

573 육영재영봉인지석류(育英才穎封人之錫類): 영재를 기름에 있어 영고숙의 지극한 효심과 같은 마음으로 하다. '석'은 사(賜), '류'는 선(善)의 뜻. 『시경』「대아·기취(旣醉)」에 "효자의 도리가 시들어지지 않을 수 있다면, 하느님이 너희 임금에게 착한 길을 내려 주실 것이다(孝子不匱, 永錫爾類)"라 하였다. '영봉인'은 효로써 이름 높은 영고숙(潁考叔)을 가리킨다. 봉인이란 국경을 지키는 관리를 말한다. 『춘추좌씨전(春秋左氏傳)』「은공 원년」에 실려 있는 이야기이다. 춘추 시대 정나라 무공이 신나라의 공녀를 받아들여 무강이라 하였다. 무강은 장공과 공숙단을 낳았는데 장공은 태어날 때 거꾸로 태어나 강씨를 괴롭혔다. 그 때문에 강씨는 장공을 미워하고 동생인 은을 사랑했다. 강씨는 은으로 하여금 무공의 뒤를 잇게 하고자 공에게 여러 번 청하였으나 무공은 허락하지 않았다. 장공이 즉위하자 강씨는 장공에게 청해 은을 경이라는 땅에 살게 하였다. 이때부터 은은 경성의 대숙이라 불리게 되었다. 장공의 중신 제중은 필시 나라에 해가 될 것이라 하면서 반대했다. 그러나 장공은 어머니가 원하시는 일이라 하여 제중의 말을 물리쳤다. 한편 대숙은 모반할 뜻을 품고 어머니 강씨와 공모하여 자신의 영지를 넓혀 나갔다. 마침내 대숙은 병사를 일으켰다. 장공이 그것을 알고는 즉시 아들 자봉에게 명하여 경을 치도록 하였다. 대숙은 패하여 언이라는 땅으로 도망쳤다. 장공은 동생과 공모하여 모반을 기도한 어머니 강씨를 성영에서 살게 하고, 황천에 갈 때까지 만나지 않겠다고 맹세했다. 그러나 곧 장공은 그것을 후회했다. 그 무렵, 영곡이라는 땅에 영고숙이라는 사람이 있었는데, 그가 주군 장공의 소문을 들었다. 고숙은 헌상품을 가지고 장공에게로 갔다. 장공은 영고숙에게 식사를 내렸다. 그런데 웬일인지 영고숙은 고기를 먹지 않고 한 옆으로 비켜 놓았다. 장공이 그 까닭을 물으니 영고숙은 "제게 어머니가 한 분 계시는데 제가 먹는 어떤 것이든 알고 계십니다. 그런데 공께서 내려주신 음식은 아직 모르시니 이것을 어머니에게 가져다 드리려 합니다"라고 대답했다. 그 말을 듣자 장공이 탄식하며 "그대에게는 음식을 가져다 드릴 수 있는 어머니가 계시는구나. 아아. 내게는 그럴 어머니가 없다!"고 말했다. 장공이 탄식하는 말을 듣고 영고숙이 그 연유를 묻자, 장공은 모든 이야기를 하고는 "몹시 후회스럽지만 지금은 어쩔 도리가 없다"고 말했다. 영고숙이 그 일이라면 조금도 염려하실 것 없다며, "물이 나오도록 땅을 깊이 판 다음 어머니가 계신 곳까지 땅 밑으로 길을 만드십시오. 그 길을 따라가 어머니와 만나신다면 아마도 주군께서 맹세를 어겼다고 말하지 않을 것입니다"라고 말했다. 장공은 영고숙의 말대로 하여 어머니를 만나 다시 모자의 정을 되찾았다.

舜其功也오,
순 기 공 야

순이 이루어 놓은 공이고,

無所逃而待烹[575]이라,
무 소 도 이 대 팽

도망하지 않고 삶겨 죽음을
기다린 것은

---

574 불이노이저예(不弛勞而底豫): 순이 노력을 게을리하지 않아 부모의 마음이 감동되어 기뻐하다. '저'는 치(致: 이르다), '예'는 기쁘다는 뜻이다. 순의 아버지 고수는 완고하였고 계모는 교활하였으며 아우 상은 오만하였다. 『맹자』「만장(萬章)」에 "순의 부모가 순으로 하여금 지붕에 올라가 창고를 고치게 하고 사다리를 치운 다음, 아버지 고수가 창고에 불을 질렀으며, 우물에 들어가 바닥을 치게 하고서 순이 나오려 할 때에 그대로 묻어 버렸다. 동생 상이 말하기를 '형을 묻어 버린 것은 다 나의 공적이다. 소와 양은 부모님께 드리고 창고도 부모님께 드리며, 방패와 창은 내가 차지하고 활도 내가 갖고 두 형수는 내 잠자리를 맡게 하리라'"라고 한 일을 만장이 맹자에게 물은 이야기이다. 그러나 순은, 그런 일이 있을수록 더욱 효를 다해 부모의 마음을 감동시켜 천심으로 돌아가게 하였다. 『맹자』「이루」에 "부모의 마음을 얻지 못한 사람은 사람 노릇을 할 수가 없고 부모를 기쁘게 해 드리지 못한 자식은 자식 노릇을 할 수가 없다. 순임금이 부모 섬기는 도리를 다하자, 그의 아버지 고수가 기뻐하기에 이르렀다. 고수가 기뻐하자 온 천하가 감화되고 고수가 기뻐하게 되자 온 천하의 아비와 아들 된 사람 모두가 안정되었다. 바로 이런 것을 큰 효도라 일컫는다"라 하였다

575 무소도이대팽(無所逃而待烹): 달아나지 않고 팽살의 형을 기다리다. 『춘추좌씨전』「희공 4년」에 실려 있는 이야기. 진나라 헌공이 여융의 여희를 두 번째 비로 맞아들였다. 여희는 해제를 낳았다. 여희는 해제로 하여금 헌공의 뒤를 잇게 하고자 계책을 꾸며 태자 신생을 죽이기로 하였다. 어느 날 여희가 태자에게 "공께서 어머님의 꿈을 꾸신 모양입니다. 태자께서는 곧 그분의 제사를 지내십시오"라고 말했다. 태자는 곧 곡옥에서 어머니의 제사를 지내고 그 음식을 헌공에게 보냈다. 여희는 그 음식에 독을 넣어 헌공에게 가져갔다. 헌공은 그 음식을 먹기 전에 땅에 제사를 지냈는데, 곧 땅이 부풀어 올랐다. 개에게 먹여 보았더니 맥없이 죽고 종에게 먹여 보니 역시 맥없이 죽었다. 여희는 소리치면서 울었다. "나쁜 사람들이 태자 곁에 붙어 있습니다!" 헌공이 노하여, 먼저 태자의 스승인 두원관을 죽였다. 어떤 사람이 태자에게 사실을 밝히라고 하였지만 태자는 "아버님은 여희가 없으면 앉아서도 불편하시고 맛있는 음식을 잡수셔도 그 맛을 모르시는 듯하다. 내가 사실을 밝히면 필시 여희의 죄가 드러날 것이다. 아버님은 이미 늙으셨다. 그 아버님으로부터 여희를 빼앗고 싶지 않다"라고 말하며 사실을 밝히기를 거절했다. 그 사람은 또, 태자에게 도망칠 것을 권유하였다. 태자는 "아니다. 아버님을 죽이려 했다는 더러운 누명을 쓰고서야 내가 다른 나라로 도망을 친들 누가 나를 받아 주겠느냐" 하고 도망치라는 권고마저도 물리쳤다. 그러고는 목을 매어 자살하였다. 사람들은 이 소식을 듣고 신생을 공세자(恭世子)라 하였다. 아버지를 생각하는 신생의 효심이 지극했기 때문이다.

申生其恭也라.
신 생 기 공 야

신생 그분의 공손함이다.

體其受而歸全[576]者는,
체 기 수 이 귀 전 자

그가 받은 것을 그대로 육체로
보존하다가 온전한 몸으로 죽은 이는

參乎오,
삼 호

증자요,

勇於從而順令[577]者는,
용 어 종 이 순 령 자

따르는 데 용감했고 명령에
순종한 것은

伯奇[578]也라.
백 기 야

백기였다.

富貴福澤은,
부 귀 복 택

부귀와 윤택함은,

將厚吾之生也오,
장 후 오 지 생 야

장차 나의 삶을 두텁게 하고자 함이요,

貧賤憂戚[579]은,
빈 천 우 척

가난과 천함 그리고 근심 걱정은,

---

576 체기수이귀전(體其受而歸全): 부모님에게서 받은 몸을 온전히 지키다가 돌아가다. 증자에 관한 이야기이다. 증자의 병이 무거워지자 제자들을 불러놓고 말하였다. “내 발과 손을 펴 보아라. 『시경』에 이르기를 ‘두려워하고 조심하여 깊은 못가에 이른 듯이 하며, 살얼음을 밟는 듯이 하라!’고 하였는데, 이제부터는 그런 근심에서 풀려나겠구나. 얘들아.” 증자는 공자의 제자로 공자보다 46세나 아래였다. 학문과 덕행이 뛰어나 공자의 학문을 계승하여 후세에 전하였으며, 특히 효행이 지극하여 ‘천성으로 타고난 효성’이라 불린다. 증자가 편찬한 『효경』 첫 머리에 “몸과 털과 살갗은 부모에게서 받은 것이다. 손상시키지 않는 것이 효의 시작이다. 몸을 세워 도를 행하여 이름을 후세에까지 떨쳐 그로써 부모의 이름을 드러내는 것이 효의 마지막이다”라는 말이 있다.

577 용어종이순령(勇於從而順令): 부모의 뜻을 따르는 데 용감하고 부모의 명령에 순종하다.

578 백기(伯奇): 주나라 선왕의 신하 윤길보는 후처한테 빠져 전처의 몸에서 난 아들 백기를 미워했다. 겨울날, 길보는 아들에게 옷도 주지 않고 신발도 없이 서리를 밟으며 수레를 끌도록 명령했다. 그럼에도 백기는 순순히 아버지의 명령에 따랐다.

579 우척(憂戚): 근심과 슬픔

庸玉汝於成[580]也니, 용 옥 여 어 성 야	너희들을 옥처럼 아껴 완성시키려 함이니,
存吾順事오, 존 오 순 사	생존한다는 것은 나 주어진 일에 순종한다는 것이요,
沒吾寧也니라. 몰 오 녕 야	죽는다는 것은 나 편안하게 되는 것이다.

126. 동쪽 창에 붙인 좌우명(東銘)[581]

장재(張載)

戱言[582]出於思[583]也오, 희 언 출 어 사 야	실없이 하는 말이라도 생각에서 나오는 것이요
戱動[584]은 作於謀[585]也라. 희 동 작 어 모 야	실없는 행동도 꾀하였기에 만들어지는 것이다.

580 용옥여어성(庸玉汝於成): 하늘이 인간에게 '빈천우척'을 내려주는 것은 인간을 옥처럼 아껴 큰 그릇으로 다듬어 완성시키려는 것이라는 뜻. '용'은 용(用)과 같은 데, 이(以) 자와 통한다. '~으로써'란 뜻. 여기서는 이 글자의 목적어는 앞 구에 있는 '빈천우척'이다. 『시경』「대아·민노(民勞)」의 "왕이 그대들을 보배처럼 중히 여겨, 이로써 크게 간하는 것이네(王欲玉汝, 是用大諫)"와 같은 뜻이다.

581 동명(東銘): 전편「서명」이 천지를 부모로, 만물을 일체시하는 철학적인 신조를 서술한 것에 비하여,「동명」은 자기 자신의 수양 방법을 서술한 것이다.

582 희언(戱言): 실없이 하는 말. 농담

583 사(思): 사려

584 희동(戱動): 익살로 하는 행동

發於聲이며, 발 어 성	소리로 표현하고
見乎四肢어늘, 현 호 사 지	손발에 나타나는 것이거늘,
謂非己心이면, 위 비 기 심	자신의 본뜻이 아니라고 한다면
不明也오, 불 명 야	사리에 맞지 않는 이야기이고,
欲人無己疑나, 욕 인 무 기 의	다른 사람이 의심하지 않기를 바라나
不能也니라. 불 능 야	있을 수 없는 일이다.
過言[586]은 非心[587]也오, 과 언 비 심 야	도리에 어긋난 말은 본심에서 나온 것이 아니고
過動[588]은 非誠也라. 과 동 비 성 야	어긋난 행동은 성심에서 나온 것이 아니다.
失於聲이면, 실 어 성	말을 잘못하면
繆迷[589]其四體[590]어늘, 무 미 기 사 체	사지의 행동도 잘못되어 버리거늘,
謂己當然이면, 위 기 당 연	자기가 당연하다 한다면

585 모(謀): 마음속에서 계획하다.

586 과언(過言): 그릇된 말, 실언

587 비심(非心): 본심이 아니다. '심'은 인간 본연의 마음. 곧 바른 도리를 좇고자 하는 마음으로, 진실되고 거짓됨이 없는 성심을 뜻한다.

588 과동(過動): 그릇된 행동

589 무미(繆迷): 잘못되어 미혹되다.

590 사체(四體): 사지, 수족

自誣[591]也오,
자 무 야

스스로 속이는 것이요,

欲他人己從이나,
욕 타 인 기 종

다른 사람들이 자신을
따르게 하고 싶지만,

誣人也라.
무 인 야

다른 사람들을 속이는 것이다.

或者는 謂出於心者[592]를,
혹 자 위 출 어 심 자

어떤 사람들은 본심에서 나온 말을

歸咎[593]爲己戱하고,
귀 구 위 기 희

자기의 농담으로 돌리고,

失於思者[594]를,
실 어 사 자

그릇된 생각에서 나온 것을

自誣爲己誠하며,
자 무 위 기 성

스스로를 속여 자기의 성심이라 한다.

不知戒其出汝者하고,
부 지 계 기 출 여 자

자신에게서 나오는 것을
경계할 줄 모르고,

反歸咎其不出汝者하야,
반 귀 구 기 불 출 여 자

오히려 자신에게서 나오지 않은
것같이 실수로 돌려,

長傲[595]且遂非[596]하니,
장 오 차 수 비

오만 방자함이 커지고 그릇되게 하니,

---

591 무(誣): 속이다.

592 출어심자(出於心者): 자신의 본심에서 나온 언동

593 귀구(歸咎): 허물을 다른 것에 돌리다.

594 실어사자(失於思者): 그릇된 생각에서 나온 언동

595 장오(長傲): 오만하고 방자한 마음을 키워서 크게 하다.

596 수비(遂非): 이치에 맞지 않는 것을 좇고, 잘못을 고치지 않다.

不知孰甚焉[597]이라. 부 지 숙 심 언	무엇이 이보다 더 심할 수 있을지 모르겠노라.

127. 자신을 극복하자(克己銘)[598]

여대림(呂大臨)[599]

凡厥有生[600]이, 범 궐 유 생	무릇 생명이 있는 것들은
均氣同體[601]어늘, 균 기 동 체	모두 같은 몸에서 나왔거늘,
胡[602]爲不仁가? 호 위 불 인	어찌하여 서로를 해치며 어질지 못하는가?
我則有己라. 아 즉 유 기	내가 바로 자신을 내세우기 때문이다.
物我旣立에, 물 아 기 립	남과 내가 대치함에

---

597 숙심언(孰甚焉): 무엇이 이것보다 심하겠는가? '언'은 이것의 뜻.

598 극기명(克己銘): 자기에게 이긴다는 것은 자신의 사욕을 억눌러 없애고 하늘이 명한 도덕을 수행한다는 의미이다. 『논어』「안연」의 '극기복례(克己復禮)'를 근거로 하고 안연을 모범 삼아 송의 도학 사상을 전개한 것이다.

599 여대림(呂大臨: 1046~1092): 자는 여숙(與叔). 섬서성 남전(藍田) 사람으로 여씨향약을 만든 여대방(呂大防)의 아우. 처음에는 장재에게 사사하였으나, 뒤에 정이·정호 형제를 사사하여, 그들의 사대제자의 하나가 되었다. 문집으로 『옥계집(玉溪集)』이 있다.

600 유생(有生): 생명을 지닌 모든 것

601 균기동체(均氣同體): 만물은 천지를 부모로 하여 오직 하나의 근원에서 나왔으므로 같은 기운으로 이루어졌음. 사람들의 근본은 모두 같다는 뜻

602 호(胡): 하(何)와 같은 뜻

私爲町畦[603]하야, 사 위 정 휴	사사로이 경계를 지어 놓고
勝心[604]橫發[605]하야, 승 심 횡 발	이기고 싶은 마음이 걷잡을 수 없이 일어나
擾擾[606]不齊[607]라. 요 요 부 제	시끄럽고 어지럽게 된다.
大人[608]은 存誠[609]하야, 대 인 존 성	군자는 항상 진심을 가지고 있어
心見帝則[610]이라. 심 견 제 칙	마음이 하늘의 법칙을 본다.
初無吝驕[611]나, 초 무 인 교	처음에는 인색하고 교만함이 없으나
作我蟊賊[612]이라. 작 아 모 적	내가 나를 좀먹게 한다.
志以爲帥[613]하고, 지 이 위 수	뜻을 장수로 삼고
氣爲卒徒[614]라. 기 위 졸 도	기를 졸개로 삼으라.

---

603 정휴(町畦): 밭이랑 경계를 짓는다는 뜻이니, 격리됨을 뜻한다.

604 승심(勝心): 남을 이기고자 하는 마음

605 횡발(橫發): 어지럽게 마구 일어나다.

606 요요(擾擾): 시끄럽고 어지러운 모양

607 부제(不齊): 가지런히 정돈되지 못하다.

608 대인(大人): 큰 덕을 지닌 인물, 성현과 군자

609 성(誠): 진실하여 거짓이 없는 마음, 정성스러운 마음

610 제칙(帝則): 하늘이 정한 법칙. 천리 또는 진리

611 인교(吝驕): 인색함과 교만함. 『논어』「태백(泰伯)」에 다음과 같은 말이 있다. "설사 주공과 같은 훌륭한 재능을 지녔을지라도 그가 교만하고 인색하다면 더 이상 볼 것이 없다."

612 모적(蟊賊): 나무의 뿌리나 마디를 갉아먹는 해충. 전하여 사람의 마음을 좀먹는 짓

613 지이위수(志以爲帥): 의지를 장수로 삼다. 『맹자』「공손추(公孫丑)」에 "마음은 기운을 거느리고 기운은 몸을 거느린다"라는 말에 근거한 것. '지'는 삶의 기운을 주체하는 의지 또는 마음

614 기위졸도(氣爲卒徒): 기운을 병졸로 삼다. '기'는 신체의 활동. 『맹자』「공손추」에 "무릇 의지가

奉辭[615]于天이면, 봉사 우천	천명을 받들어 하늘을 섬기면
誰敢侮予[616]오. 수감모여	누가 감히 나를 업신여기리오.
且戰且徠[617]하야, 차전차래	싸우기도 하다가 달래기도 하며
勝私窒慾[618]하니, 승사질욕	사사로움을 이기고 욕망을 억누르니,
昔爲寇讐[619]가, 석위구수	옛날에 원수가
今則臣僕[620]이라. 금즉신복	지금은 신하나 종복이 된다.
方其未克[621]엔, 방기미극	그것을 이기지 못할 때에는
窘吾室廬[622]하야, 군오실려	내 집안을 군색하게 하여
婦姑勃磎[623]하니, 부고발계	고부가 서로 싸우듯 하니,

지극히 강하면 기운은 절로 그것을 따르게 마련이다"라 하였다.

615 사(辭): 하늘의 명령. 하늘이 인간에게 도덕을 지키라고 내린 명령

616 수감모여(誰敢侮予): 누가 감히 나를 업신여기겠는가?

617 차전차래(且戰且徠): 한편으로는 싸우고 한편으로는 달래다. '차~차~'는 '한편으로는 ~하고 또 한편으로는 ~한다'는 뜻. '전'은 바른 도덕을 따르려는 인간의 천성이 고개를 들어 사악한 마음과 싸우는 것. '래'는 그런 나쁜 마음을 달래는 것

618 승사질욕(勝私窒慾): 사욕을 누르고 욕심을 숨 막히게 하다.

619 구수(寇讐): 도둑과 원수. 지금까지 바른 양심과 갈등을 일으켰던 사사로운 감정을 뜻한다.

620 신복(臣僕): 신하와 노예. 양심의 명령에 따르는 것을 뜻한다.

621 방기미극(方其未克): 바야흐로 이기지 못하면

622 군오실려(窘吾室廬): 나의 마음을 곤궁하게 하다. '군'은 궁색하고 옹색한 것. '실려'는 원래 집을 뜻하는데 여기서는 '마음'이라는 뜻으로 쓰였다.

623 부고발계(婦姑勃磎): 며느리와 시어머니가 다투다. 바른 도리를 좇으려는 양심과 사욕의 싸움을 고부 사이에 벌어지는 싸움에 비유한 것. '발계'는 다투는 것. 『장자(莊子)』「외물(外物)」에 나오는 말. "방안에 빈 곳이 없으면 며느리와 시어머니가 얼굴을 마주하게 되어 싸움이 벌어진다. 마음이 유유자적한 자연의 경지에서 노닐게 되지 못하면 마음속에 온갖 역정이 일어나 다

安取厥餘[624]오?
안 취 궐 여
어찌 그 나머지를 취하겠는가?

亦既克之면,
역 기 극 지
그것을 극복하면

皇皇四達[625]하니,
황 황 사 달
밝게 사방으로 통하니,

洞然[626]八荒[627]이,
통 연 팔 황
먼 곳이 훤하게

皆在我闥[628]이라.
개 재 아 달
모두 내 방에 있는 것이다.

孰曰,
숙 왈
누가 말하는가?

天下不歸吾仁고?
천 하 불 귀 오 인
천하는 나의 어짊으로 귀착한다고.

癢痾疾痛[629]이,
양 아 질 통
남의 가려움과 아픔이

擧切吾身하니,
거 절 오 신
내 몸에도 절실히 느껴질 것이니,

一日至焉[630]에,
일 일 지 언
그렇게 되는 어느 날에

투게 된다."

624 안취궐여(安取厥餘): 어찌 그 나머지를 취할 수 있겠는가. '안'은 어찌. '궐여'는 조그만 선행. 한 방에서 고부가 다투듯 마음속에서 사욕이 기승을 부려 양심과 다툰다면 조그만 선행을 아무리 쌓아도 소용이 없다는 뜻이다.

625 황황사달(皇皇四達): 사방으로 통하여 밝고 큰 모양을 형용하는 말

626 통연(洞然): 명확하고 환한 모양

627 팔황(八荒): 팔방의 먼 지역

628 달(闥): 작은 문

629 양아질통(癢痾疾痛): 가려움과 아픔

630 일일지언(一日至焉): 하루만이라도 '인'의 경지에 이르면. 『논어』「안연」에 "자기를 극복하고 예로 돌아가면, 천하가 모두 인으로 돌아간다"라고 한 공자의 말씀이 있다. 『논어』에 또 "안회는 그 마음이 석 달을 두고도 인을 어기지 않았는데 그 나머지 제자들은 고작 하루나 한 달을 인에 이를 뿐이다"라고 하였다.

莫非吾事[631]라. 막 비 오 사	나의 일이 아닌 것이 없게 된다.
顏何人哉[632]오? 안 하 인 재	안회란 어떤 분인가?
希之則是[633]니라. 희 지 즉 시	그분과 같이 되기를 바란다면 곧 그렇게 될 것이니라.

631 막비오사(莫非吾事): 나의 일이 아닌 것이 없다. 즉 무슨 일이든지 마음만 굳게 먹으면 할 수 있다는 뜻이다.

632 안하인재(顏何人哉): 안회란 어떤 사람인가? 노력하면 누구든지 안회와 같은 사람이 될 수 있다는 뜻이다. 안회는 공자의 수제자로 자를 연(淵)이라 한다. 『맹자』「등문공(滕文公)」에서 안연이 이렇게 말하였다. "순임금은 어떤 사람이며, 또 나는 어떤 사람인가? 선을 행하는 사람은 다 그와 같다."

633 희지즉시(希之則是): 누구든지 안회와 같이 되고자 노력하면 될 수 있다. '희'는 갈망하는 것. '시'는 안회를 가리킨다. 양웅의 『법언(法言)』「학행(學行)」에 "안회와 같이 되고자 갈망하는 사람은 안회처럼 될 수 있다"라고 하였다.

찾아보기

ㅇ

ㅌ

ㅍ

ㅎ